MONSUN

WILBUR SMITH

MONSUN

ROMAN

Aus dem Englischen
von Bernd Seligmann

Weltbild

Die englische Originalausgabe erschien 1999 unter dem Titel
Monsoon
bei Macmillan Publishers Ltd., London

*Ich widme dieses Buch meiner Frau Danielle Antoinette,
deren Liebe all die Jahre so verlässlich und treu war
wie der Monsunwind und meinem Leben ein Ziel gegeben hat.*

Besuchen Sie uns im Internet:
www.weltbild.de

Genehmigte Lizenzausgabe für Verlagsgruppe Weltbild GmbH,
Steinerne Furt, 86167 Augsburg

Übersetzung: Bernd Seligmann
Umschlaggestaltung: Johannes Frick, Augsburg
Umschlagmotiv: Archiv für Kunst und Geschichte, Berlin
Gesamtherstellung: GGP Media GmbH,
Karl-Marx-Straße 24, 07381 Pößneck
Printed in Germany
ISBN 3-8289-7261-6

2006 2005 2004 2003
Die letzte Jahreszahl gibt
die aktuelle Lizenzausgabe an.

Die drei Jungen kamen die steile Klamm hinter der Kirche herauf, sodass sie von dem Herrenhaus und den Ställen her nicht zu sehen waren. Der Älteste, Tom, ging wie immer voran, doch der jüngste der Brüder war dicht hinter ihm. Sobald Tom stehen blieb, wo der Bach seine erste Kehre oberhalb des Dorfes machte, begann der Knirps wieder zu nörgeln. «Warum muss ich immer den Ausguck spielen? Warum darf ich nie mitmachen, wenn der Spaß beginnt?»

«Weil du der Kleinste bist», erklärte Tom trocken. Er blickte auf den Weiler hinab, der nun am Eingang des schmalen Tales zu sehen war. Von der Schmiede stieg Rauch auf und hinter der Hütte der Witwe Evans flatterte die Wäsche im leichten Ostwind. Doch keine Spur von Leben, keine Menschenseele war zu sehen. Um diese Tageszeit waren die meisten Männer draußen auf den Feldern seines Vaters, wo die Ernte in vollem Gange war, und die Frauen, die nicht an der Seite ihres Mannsvolks schufteten, waren im Herrenhaus bei der Arbeit.

Tom grinste zufrieden und voller Vorfreude. «Niemand hat uns gesehen.» Kein Mensch würde ihrem Vater etwas erzählen können.

«Das ist ungerecht!» Dorian ließ sich nicht so leicht abwimmeln. Seine rotgoldenen Locken fielen ihm in die Stirn über den grünen Augen, sodass er aussah wie ein zorniger Engel. «Ich darf gar nichts tun! Du verbietest mir alles!»

«Und wer hat dich letzte Woche seinen Falken fliegen lassen? Das war doch ich, oder?», erwiderte Tom ärgerlich. «Wer hat dich gestern seine Muskete abfeuern lassen? Ich. Wer hat dich den Kutter steuern lassen?»

«Ja, sicher, aber …»

«Kein Aber!», zürnte Tom. «Wer ist hier der Captain?»

«Du, Tom.» Unter dem strengen Blick seines großen Bruders schaute Dorian zu Boden. «Aber trotzdem …»

«Du kannst an meiner Stelle mit Tom gehen, wenn du willst», sagte Guy leise. «Ich werde den Ausguck spielen.»

Tom schaute seinen jüngeren Zwillingsbruder an und Dorian rief: «Wirklich, Guy, würdest du das tun?» Erst jetzt, als er lächelte, wurde seine ganze Schönheit sichtbar, so wie die Sonne, wenn sie zwischen den Wolken hervorbricht.

«Nein, das wird er nicht!», widersprach Tom. «Dorry ist noch ein Baby. Er kann nicht mitkommen. Er muss aufs Dach, er ist der Ausguck.»

«Ich bin kein Baby!», protestierte Dorian wütend. «Ich bin fast elf!»

«Wenn du kein Baby bist, dann zeige uns deine Sackhaare», forderte Tom ihn heraus. Seit seine eigenen zu sprießen begonnen hatten, war das zu seinem Maßstab geworden.

Dorian tat, als hätte er ihn nicht gehört. Er konnte nicht einmal blonden Flaum vorweisen im Gegensatz zum eindrucksvollen Busch, den sein großer Bruder nun mit sich herumtrug. Er versuchte es also anders. «Na gut, ich halte die Augen offen.»

«Und zwar vom Dach aus», beendete Tom das Thema. «Und jetzt bewegt euch, sonst kommen wir zu spät.» Er kletterte eilig die steile Rinne den Bach entlang hinauf.

Die beiden anderen trotteten mehr oder weniger widerwillig hinter ihm her. «Wer soll denn schon kommen», grollte Dorian weiter, «es sind doch alle bei der Arbeit. Eigentlich sollten auch wir bei der Ernte helfen.»

«Black Billy», antwortete Tom, ohne sich umzuschauen. Die Erwähnung dieses Namens brachte sogar Dorian zum Schweigen. Black Billy war der älteste der Courtney-Söhne. Seine Mutter war eine äthiopische Prinzessin gewesen, eines der Mitbringsel aus Afrika, mit denen Sir Hal Courtney von seiner ersten Reise zu jenem geheimnisvollen Kontinent zurückgekehrt war: eine Braut von königlichem Geblüt und eine Schiffsladung von Schätzen, erbeutet von Holländern und Heiden, ein riesiges Vermögen, mit dem der Vater der Jungen das Gut, das den Courtneys seit Urzeiten gehörte, fast auf das Doppelte ausgedehnt hatte. Damit hatte er die Familie zu einer der reichsten in Devon gemacht, fast so reich wie die Grenvilles.

William Courtney, «Black Billy» für seine Halbbrüder, war fast vierundzwanzig, sieben Jahre älter als die Zwillinge. Er war schlau und rücksichtslos und sah gut aus auf seine düstere, wölfische Art, und seine jüngeren Brüder fürchteten und hassten ihn aus gutem Grund. Sein Name ließ Dorian erzittern, und die letzte halbe Meile kletterten sie, ohne ein Wort zu sagen. Schließlich näherten sie sich der Klippe und machten unter der großen Eiche Rast, wo der Hühnerhabicht im letzten Frühjahr genistet hatte.

Tom ließ sich ins Gras fallen und lehnte sich an den Baumstamm, um Atem zu schöpfen. «Wenn diese Brise sich hält, können wir morgen früh segeln gehen», verkündete er, während er seine Kappe abnahm und sich mit einem Ärmel den Schweiß von der Stirn wischte. In der Kappe steckte eine schöne Wildentenfeder von dem ersten Vogel, den er mit seinem eigenen Falken erlegt hatte.

Er schaute sich um. Von hier aus konnte man fast das halbe Courtney-Gut überblicken, fünfzehntausend Morgen mit wogenden Hügeln und tiefen Tälern, mit Wäldern, Weiden und Kornfeldern, die sich bis zur Felsenküste erstreckten, fast bis zum Hafenbecken. Doch Tom kannte diese Landschaft so gut, dass er sich nicht lange mit der Aussicht aufhielt. «Ich gehe voraus und schaue nach, ob die Luft rein ist.» Er rappelte sich auf und schlich sich gebückt zu der Mauer, die die Kirche umgab. Dann hob er den Kopf und spähte über den Rand.

Die Kirche war von seinem Urgroßvater errichtet worden, Sir Charles, der seinen Ritterschlag in Diensten der guten Königin Elisabeth erhalten hatte. Als einer ihrer Hochseekapitäne hatte er sich im Kampf gegen die Armada des Königs Philipp von Spanien große Ehre erworben. Vor über hundert Jahren hatte Sir Charles dann diese Kirche gebaut, Gott zum Ruhme und in Gedenken an die Seeschlacht vor Calais. Dort hatte er sich seine Ritterwürde verdient, wo zahllose spanische Galeonen brennend an den Strand getrieben worden waren, bevor die Reste der Flotte sich in den Stürmen verloren, die Vizeadmiral Drake als die «Stürme Gottes» bezeichnet hatte.

Die Kirche war ein hübsches, achteckiges Bauwerk aus grauem Stein, mit einem hohen Turm, der an klaren Tagen von Plymouth aus, fast fünfzehn Meilen entfernt, zu sehen war. Tom flankte behände über die Mauer und schlich zwischen den Apfelbäumen hindurch zu der eisenbeschlagenen Sakristeitür. Er öffnete sie einen Spaltbreit und horchte angestrengt. Die Stille war undurchdringlich. Auf Zehenspitzen ging er zu der Tür, hinter der das Hauptschiff lag. Als er dort hineinspähte, sah er das Innere der Kirche, durch die hohen Buntglasfenster in allen Farben des Regenbogens beleuchtet. Die Fenster über dem Altar zeigten die englische Flotte in erbittertem Gefecht mit den Spaniern, während Gott von den Wolken herab billigend zuschaute, wie die spanischen Galeonen brannten.

Die Fenster über dem Hauptportal hatte Toms Vater gestiftet. Dort waren die Holländer und die Moslemhorden die Feinde, die vernichtend geschlagen wurden, und Sir Hal, mit heldenhaft erhobenem Schwert und seiner äthiopischen Prinzessin an der Seite, schaute auf die Schlacht hinab. Beide waren in voller Rüstung, und auf ihren Schilden prangte das *croix pattée* des Ordens von St. George und dem Heiligen Gral.

Die Kirche war leer. Die Vorbereitungen für Black Billys Trauung, die am kommenden Samstag stattfinden sollte, hatten noch nicht begonnen; Tom hatte das Gotteshaus ganz für sich allein. Rasch lief er zur Sakristeitür zurück und schaute hinaus. Er steckte zwei Finger in den Mund und ließ einen schrillen Pfiff erklingen, worauf seine beiden Brüder eilig über die Mauer sprangen und zu ihm gerannt kamen.

«Ab zum Glockenstuhl, Dorry», befahl Tom, und da der kleine Rotschopf immer noch Anstalten zu machen schien, Protest einzulegen, ging er drohend einen Schritt auf ihn zu, worauf Dorian schmollend die Treppe hinauf verschwand.

«Ist sie schon da?», fragte Guy mit belegter Stimme.

«Nein. Es ist noch früh.» Tom ging auf die andere Seite des Kirchenschiffs und die dunkle Steintreppe hinunter, die in die unterirdische Krypta führte. Sobald er unten war, öffnete er den Lederbeutel, der neben der Dolchscheide an seinem Gürtel hing und holte den schweren Eisenschlüssel heraus, den er am Morgen aus dem Schreibzimmer seines Vaters stibitzt hatte. Knirschend schwang das Eisentor auf. Tom zeigte keinerlei Zögern, als er die Gruft betrat, in der so viele seiner Vorfahren in ihren Steinsarkophagen ruhten. Guy folgte ihm zaghaft; er hatte sich noch nie wohl gefühlt in Anwesenheit der Toten.

Durch hohe Fenster fiel schauriges Licht in die runde Krypta, vor deren Wand sechzehn Stein- und Marmorsärge aufgereiht waren, lauter Courtneys samt Gattinnen, angefangen bei Urgroßvater Charles. Guy schaute unwillkürlich auf den Marmorsarg, in dem die sterblichen Überreste seiner Mutter ruhten, die mittlere der drei toten Frauen seines Vaters. Auf dem Sargdeckel war ein Bild von ihr eingemeißelt: ein junges Mädchen, blass wie eine weiße Lilie. Wie schön sie war, dachte Guy. Er hatte sie nie gekannt, nie an ihrem Busen gesaugt. Die drei Tage Wehen bis zur Geburt der Zwillinge waren zu viel gewesen für solch ein zartes Geschöpf. Wenige Stunden nachdem Guy seinen ersten Schrei ausgestoßen hatte, war sie an Blutverlust und Erschöpfung gestorben. Die Jungen waren dann von einer Reihe von Ammen und Kinderfrauen großgezogen worden und von ihrer Stiefmutter, Dorians Mutter.

Er ging zu dem Marmorsarg hinüber und kniete am Kopfende, welches die Inschrift trug: «In diesem Sarge ruht Margaret Courtney, geliebte zweite Gattin des Sir Henry Courtney, Mutter von Thomas und Guy, aus diesem Leben geschieden am zweiten Mai 1673. Geborgen im Herzen Jesu.» Guy schloss die Augen und betete.

«Sie kann dich nicht hören», erklärte ihm Tom mit sanfter Stimme.

«Doch, das kann sie», erwiderte Guy, ohne den Kopf zu heben oder die Augen zu öffnen.

Tom drehte sich um und schlenderte die Reihe der Särge entlang. Rechts neben Margaret Courtney lag Dorians Mutter, die letzte Frau seines Vaters. Es war erst drei Jahre her, dass ihr Kutter an der Einfahrt der Bucht gekentert war und die Strömung sie aufs Meer hinausgetrieben hatte. Hal hatte alles versucht, sie zu retten, doch die Strömung war zu stark und hätte ihn fast selbst mitgerissen. Am Ende wurden sie beide in einer sturmgepeitschten Felsenbucht an Land geworfen, doch da war Elizabeth schon ertrunken und Hal halb tot.

Tom spürte, wie ihm Tränen in die Augen stiegen, denn Elizabeth hatte er geliebt, wie er die Mutter, die er nie gekannt hatte, niemals lieben konnte. Er hustete und unterdrückte die Tränen, bevor Guy seine kindliche Schwäche bemerken konnte. Obwohl Hal Elizabeth hauptsächlich geheiratet hatte, um seinen verwaisten Zwillingen eine Mutter zu geben, hatten alle sie bald lieb gewonnen, so wie sie Dorian liebten, seitdem sie ihn geboren hatte – alle bis auf Black Billy, denn William Courtney liebte nur seinen Vater, den er mit der Eifersucht eines Panthers für sich beanspruchte. Elizabeth war die Einzige gewesen, die die jüngeren Knaben vor Williams Bösartigkeiten in Schutz nahm, doch dann hatte das Meer sie ihnen geraubt, und nun waren sie wehrlos.

«Du hättest uns nie verlassen sollen», flüsterte Tom und schaute sich sofort schuldbewusst nach Guy um, doch der hatte ihn nicht gehört, so vertieft war er in sein Gebet. Tom ging weiter zu dem anderen Sarg neben seiner toten Mutter. Dort ruhte Judith, die äthiopische Prinzessin, Black Billys Mutter. Die Marmorfigur auf dem Sargdeckel stellte eine schöne Frau dar, eine Frau mit den wilden Zügen eines Raubvogels, die William von ihr geerbt hatte. Sie trug einen Brustpanzer, wie es einer Frau anstand, die ganze Armeen gegen die Heiden geführt hatte. Ein Schwert steckte in ihrem Gürtel, und Schild und Helm ruhten auf ihrer Brust. Auf dem Schild, war ein koptisches Kreuz ausgemeißelt, ein christliches Symbol, älter als die römische Kirche. Das dichte Haar auf ihrem bloßen Haupt war wie eine Lockenkrone. Während er sie anschaute, spürte Tom den Hass in sich aufsteigen, den er für ihren Sohn empfand. «Dein Gaul hätte dich abwerfen sollen, bevor du diesen Bastard zur Welt bringen konntest», sagte er diesmal laut.

Guy erhob sich und trat neben ihn. «Es bringt Unglück, so von den Toten zu reden», warnte er seinen Bruder.

Tom zuckte die Schultern. «Sie kann mir nicht mehr wehtun.»

Guy packte ihn am Arm und führte ihn zum nächsten Sarg in der Reihe. Sie wussten beide, dass er leer war; der Deckel war nicht versiegelt.

«Sir Francis Courtney, geboren am sechsten Januar 1616 in der Grafschaft Devon, Ritter des Hosenbandordens und des Ordens von St. George und dem Heiligen Gral, Navigator und Seemann, Entdecker und Krieger, Vater des Henry und furchtloser Edelmann», las Guy die Inschrift vor. «Zu Unrecht der Freibeuterei angeklagt von den feigen holländischen Siedlern am Cap de Bonne Esperance, und grausamst hingerichtet von ihnen am 15ten Juli 1668. Seine sterblichen Überreste mögen im fernen, wilden Afrika begraben liegen, doch sein Gedenken lebt für immer im Herzen seines Sohnes, Henry Courtney, und in den Herzen all jener tapferen und frommen Seemänner, die unter seinem Kommando die Ozeane befahren haben.»

«Wie kommt Vater nur dazu, hier einen leeren Sarg aufzustellen?», brummte Tom.

«Vielleicht hat er vor, Großvaters Leichnam eines Tages heimzuholen», meinte Guy.

Tom funkelte ihn an. «Hat er dir das erzählt?» Er war eifersüchtig, dass sein Bruder etwas erfahren hatte, von dem er, der Ältere, nichts wusste. Jeder der Jungen vergötterte seinen Vater.

«Nein, das hat er nicht», gestand Guy, «aber das würde ich für meinen Vater tun.»

Tom verlor das Interesse an dem Gespräch und trat in die offene Mitte des Raums, wo ein eigenartiges, buntes Rundmosaik aus Granit und Marmor den Boden schmückte. In den vier Quadranten des Kreises standen vier Kupferkessel, die bei den Versammlungen des Ordens von St. George und dem Heiligen Gral, die jährlich unter dem Vollmond der Sommersonnenwende stattfanden, die vier Elemente der Antike enthalten würden, Feuer, Erde, Luft und Wasser. Sir Henry Courtney war ein Ritter des *Nautonnier*-Ordens, wie schon sein Vater und Urgroßvater vor ihm.

In der Mitte des Kuppeldachs der Krypta befand sich ein Luftloch, durch das der Himmel zu sehen war. Das Gebäude war so ausgerichtet, dass der Mittsommervollmond durch dieses Loch genau auf die Inschrift scheinen würde, die im Zentrum des Kreises in schwarzem Marmor eingelegt war: *«In Arcadia habito.»* Weder Tom noch Guy wussten zu diesem Zeitpunkt, was dieses Wappenmotto wirklich bedeutete.

Tom stand auf den schwarzen, gotischen Lettern, legte eine Hand aufs Herz und sprach die Liturgie, mit der auch er eines Tages in den Orden eingeführt werden würde: «Dies ist es, woran ich glaube und was ich mit meinem Leben verteidigen werde. Ich glaube an den einen Gott in Dreieinigkeit, den Vater in Ewigkeit, den Sohn in Ewigkeit und den Heiligen Geist in Ewigkeit …»

«Amen!», schloss Guy mit gedämpfter Stimme. Beide Jungen hatten den Katechismus des Ordens eifrig studiert und kannten die hundert Antworten auswendig.

«Ich glaube an die Kommunion der Kirche von England und an das gottgegebene Recht seines Statthalters auf Erden, William der Dritte, König von England, Schottland, Frankreich und Irland, Verteidiger des Glaubens.»

«Amen!», sprach Guy. Eines Tages würden sie beide aufgefordert werden, diesem berühmten Orden beizutreten, indem sie diese Formeln sprechen würden, im Lichte des Vollmonds.

«Ich werde der Kirche von England dienen. Ich werde den Feinden meines Herrn und Gebieters entgegen …», fuhr Tom fort, mit klarer Stimme, die beinahe jede Spur von Kindlichkeit verloren hatte. Doch dann war durch das Loch in der Decke über ihm ein leiser Pfiff zu hören, und er verstummte sofort.

«Dorry!», sagte Guy nervös. «Es kommt jemand!» Beide standen stocksteif und warteten auf den zweiten schrillen Pfiff, der von Gefahr künden würde, doch die Warnung blieb aus.

«Es ist das Mädchen», grinste Tom seinen Bruder an. «Ich fürchtete schon, sie würde nicht kommen.»

Guy teilte seine Freude nicht. Er kratzte sich nervös im Nacken. «Das Ganze gefällt mir überhaupt nicht, Tom.»

«Red keinen Unsinn, Guy Courtney», lachte sein Bruder ihn aus. «Du wirst nie wissen, wie gut es ist, bevor du es nicht probiert hast.»

Sie hörten das Rascheln von Röcken, leichte Schritte auf der Treppe, und schon stand ein Mädchen im Eingang der Krypta. Sie atmete schnell, und ihre Wangen glühten feurig rot, nachdem sie den Hügel hinaufgerannt war.

«Hat dich jemand gesehen, als du aus dem Haus gingst, Mary?», wollte Tom wissen.

Sie schüttelte den Kopf. «Nein, niemand, Master Tom. Die hatten ihre Nasen alle viel zu tief in ihrer Suppe», schnurrte sie im breiten Dialekt der Landschaft, doch ihre Stimme war klar und gefällig. Sie war ein gut gewachsenes Mädel, vorn und hinten, und etwas älter als die Zwillinge, wahrscheinlich näher an zwanzig als an fünfzehn. Ihre Haut war makellos zart wie die berühmte Devon-Sahne, das hübsche, runde Gesicht umrahmt von unzähligen dunklen Löckchen. Ihre Lippen waren rosa, weich und feucht, doch in ihren hellen Augen war ein verschmitztes, wissendes Funkeln zu bemerken.

«Weißt du genau, dass Master Billy dich nicht gesehen hat?» Tom wollte ganz sicher sein.

Sie schüttelte den Kopf, dass ihre Löckchen tanzten. «Ja, ich habe in die Bücherei geschaut, bevor ich das Haus verließ, und er war da, den Kopf in den Büchern, wie immer.» Sie legte ihre beiden kleinen Hände auf die Hüften und ihre Finger, grob und gerötet von der Arbeit in der Spülküche, umspannten fast vollständig ihre Taille. Die Augen der Zwillinge folgten der Bewegung, und ihre Blicke ruhten auf ihrem Körper. Die Unterröcke und das zerlumpte Kleid reichten ihr halb über die strammen Waden; ihre Füße waren nackt und schmutzig, doch die Knöchel des Mädchens waren zart und schlank. Sie bemerkte die Blicke der beiden und lächelte im Bewusstsein ihrer Macht über die zwei Burschen.

Sie hob eine Hand und fummelte an dem Band, das ihr Mieder zusammenhielt. Die beiden Augenpaare folgten ihr gehorsam, und sie schob ihren Busen vor, sodass er fast das Band sprengte. «Ihr habt gesagt, ich bekäme Sixpence dafür», erinnerte sie Tom, der nun vor sie trat.

«Das habe ich, Mary», nickte er, «Sixpence für uns beide, für Guy und mich.»

Sie schüttelte den Kopf und streckte ihm ihre rosa Zunge heraus. «Ihr seid mir einer, Master Tom. Es war Sixpence pro Kopf, ein Schilling für euch beide; das hatten wir gesagt.»

«Sei nicht töricht, Mary.» Er griff in den Geldbeutel an seinem Gürtel, holte eine silberne Münze hervor und schnipste sie hoch. Sie funkelte in dem fahlen Licht, während sie durch die Luft wirbelte, und er fing sie mit einer Hand. Dann hielt er ihr die Münze vor die Nase, damit sie sie anschauen konnte. «Ein ganzer, silberner Sixpence, ganz für dich allein.»

Sie schüttelte noch einmal den Kopf und löste die Schlaufe an ihrem Miederband. «Ein Schilling», wiederholte sie, während sich das Mieder einen Finger weit öffnete. Die beiden Jungen starrten den Streifen weißer Haut an, den sie ihnen zeigte – welch ein Kontrast zu ihren sonnengebräunten, sommersprossigen Schultern!

«Ein Schilling oder es wird nichts aus uns!», zuckte sie die Schultern in gespielter Gleichgültigkeit. Dabei quoll eine fette, runde Brust halb hervor, die Brustwarze noch verborgen, doch der rubinrote Hof darum herum schüchtern über den Rüscherand ihrer Bluse hervorlugend. Den beiden Jungen verschlug es bei diesem Anblick die Sprache.

«Hat ein Mäuschen eure Zungen gefressen?», fragte sie frech. «Ich glaube, hier ist nichts zu holen für mich.» Sie ging zurück auf die Treppe zu, wobei sie kräftig mit dem runden Po wackelte, der sich unter ihren Röcken verbarg.

«Warte!», rief Tom ihr heiser nach. «Na gut, meine Hübsche, ein Schilling also.»

«Den müsst Ihr mir erst zeigen, Master Tom!» Sie schaute über ihre Schulter, während er hastig in seinem Geldbeutel wühlte.

«Hier, Mary.» Er hielt die Münze hoch, und sie kam langsam auf ihn zu, die Hüften wiegend wie die Hafenmädchen in Plymouth. Sie schnappte ihm die Münze zwischen den Fingern weg.

«Ihr meint also, ich bin hübsch, Master Tom?»

«Du bist das hübscheste Mädchen in ganz England», beteuerte Tom leidenschaftlich, und er meinte es genau so, wie er es sagte. Er langte nach ihren großen runden Brüsten, die sich nun ganz aus dem Mieder befreit hatten. Sie kicherte und wischte seine Hände beiseite.

«Was ist mit Master Guy? Ist er nicht als Erster dran?» Sie schaute an Tom vorbei. «Es ist das erste Mal für Euch, nicht wahr, Master Guy?»

Guy schluckte verzweifelt. Die Stimme wollte ihm nicht gehorchen. Er blickte zu Boden und wurde puterrot.

«Ja, es ist das erste Mal», bestätigte Tom. «Nimm ihn als Ersten. Ich komme danach.»

Mary ging zu Guy und nahm ihn bei der Hand. «Habt keine Angst.» Sie lächelte ihn aus ihren verschmitzten Augen an. «Ich werde Euch nicht wehtun, Master Guy», versprach sie und führte ihn sacht ans andere Ende der Krypta. Er konnte sie riechen, als sie sich an ihn drückte. Sie hatte wahrscheinlich seit einem Monat nicht gebadet und roch stark nach der Küche, in der sie arbeitete, nach Speck, Holzrauch, Fisch und Schweiß.

Guy spürte, wie ihm der Magen in den Hals stieg. «Nein!», rief er plötzlich und riss sich von ihr los. «Ich will nicht – ich kann nicht!» Er war den Tränen nahe. «Du zuerst, Tom.»

«Aber ich habe sie für dich herbestellt», erklärte Tom ungeduldig. «Wenn du es einmal gespürt hast, willst du nicht mehr aufhören. Bestimmt. Probier es.»

«Bitte zwinge mich nicht, Tom!», flehte Guy. Er schaute verzweifelt zur Treppe. «Lass mich nach Hause gehen. Vater wird alles herausfinden.»

«Ich habe ihr schon unseren Schilling gegeben», versuchte es Tom noch einmal. «Welch eine Verschwendung!»

Mary nahm ihn wieder bei der Hand. «Nun kommt schon»,

versuchte sie ihn zu beruhigen. «Seht Ihr: Guter Junge. Ich hatte schon ein Auge auf Euch geworfen, ehrlich. Ihr seid so ein hübscher, strammer Knabe, wirklich, das seid Ihr!»

«Lass Tom zuerst ran!», beharrte Guy, nun voller Panik.

«Wie Ihr wollt!» Sie tänzelte auf Tom zu. «Dann soll Master Tom Euch zeigen, wie es gemacht wird. Der sollte es inzwischen mit verbundenen Augen finden. Er ist oft genug da gewesen.» Sie packte Toms Arm, zog ihn zum nächsten Sarg – es war jener von Sir Charles, dem Helden von Calais – und lehnte sich mit ihrem Hinterteil dagegen.

«Und ich bin nicht die Einzige», lachte sie ihm ins Gesicht. «Mabel und Jill – bei denen habt Ihr Euch auch bedient, und bei der Hälfte der anderen Mädchen im Dorf, das habe ich gehört. Ihr seid mir schon ein Bock, Master Tom!» Sie machte sich an Toms Hosenschlag zu schaffen. Gleichzeitig stellte sie sich auf die Zehenspitzen und pflanzte ihren Mund auf den seinen. Tom drückte sie an den Steinsarg. Er verdrehte die Augen in Guys Richtung und wollte etwas sagen, doch er war geknebelt von ihren weichen, feuchten Lippen und der katzenhaften Zunge tief in seinem Mund.

Als er sich endlich losreißen und nach Luft schnappen konnte, glänzte sein Kinn vom Speichel des Mädchens. «Jetzt zeige ich dir das Schönste, was du je erblicken wirst», grinste er Guy an, «selbst wenn du hundert Jahre alt wirst.»

Mary stand immer noch an den Sarg gelehnt. Tom beugte sich hinunter und löste mit geübten Fingern die Schnüre ihres Rocks, worauf dieser zu Boden fiel und sich um ihre Knöchel bauschte. Darunter war sie nackt. Ihre Haut war so zart und weiß, als bestünde sie ganz aus feinstem Kerzenwachs. Alle drei schauten an ihrem Körper hinab, die Zwillinge voller Staunen und sie voller Stolz. Nach langem Schweigen, nur gestört von Toms rauem Atem, zog Mary mit beiden Händen ihre Bluse über den Kopf und legte sie auf den Sargdeckel hinter ihr. Dann schaute sie Guy geradewegs ins Gesicht. «Ihr möchtet wirklich nichts davon abhaben?» Sie nahm ihre schweren Brüste in beide Hände und hielt sie ihm entgegen. «Wirklich nicht?», spottete sie. Guy fühlte sich wie betäubt. Sie fuhr mit den Fingern an ihrem sahnig weißen Körper hinab, vorbei an dem tiefen Krater, in dem ihr Bauchnabel lag. Mit einem Fuß schob sie ihre Röcke beiseite und spreizte ihre Beine, ihren Blick immer noch auf Guys Gesicht gerichtet. «So etwas wie dieses kleine Miezekätzchen habt Ihr bestimmt noch nicht gesehen, oder, Master Guy?»

Die Schamlocken knisterten unter ihren Fingern, während sie sich streichelte. Guy stieß einen erstickten Laut aus, und sie lachte triumphierend. «Zu spät, Master Guy!», spottete sie. «Ihr hattet Eure Gelegenheit. Jetzt müsst Ihr warten, bis Ihr an der Reihe seid!»

Tom hatte schon seine Hose fallen gelassen. Mary legte ihm ihre Hände auf die Schultern und zog sich mit einem kleinen Sprung an ihm hoch. So klammerte sie sich an ihn, mit beiden Armen um seinen Hals und beiden Beinen um seine Mitte. Sie trug eine Halskette aus billigen Glasperlen, die sich zwischen ihnen verfing. Die Schnur riss, die glänzenden Perlen flossen an ihren Körpern hinab und rollten über den Steinboden, doch die beiden schienen nichts davon zu bemerken.

Guy sah zu, halb schockiert, halb fasziniert, wie sein Zwillingsbruder mit seinem Leib das Mädchen an den steinernen Sarg seines Großvaters zu nageln schien, grunzend, mit hochrotem Kopf, und das Mädchen stieß und stemmte sich dagegen, voller Leidenschaft. Irgendwann begann sie leise zu wimmern, dann immer lauter, bis sie jaulte wie eine junge Hündin.

Guy wollte sich abwenden, doch er konnte nicht. So schaute er gebannt zu, wie sein Bruder den Kopf zurückwarf, den Mund aufriss und einen grauenhaften, gequälten Schrei ausstieß.

«Jetzt hat sie ihn umgebracht!», dachte Guy. «Was sollen wir nur Vater erzählen?» Toms Kopf glühte wie heißes Eisen, und er glänzte vor Schweiß.

«Tom! Geht es dir gut?» Die Worte schlüpften ihm von der Zunge, bevor er sie zurückhalten konnte.

Tom drehte sich nach ihm um. «Ich habe mich noch nie besser gefühlt», antwortete er mit einem verzerrten Grinsen. Mary rutschte von ihm ab, und er trat einen Schritt zurück, sodass sie wieder an dem Sarg lehnte. «Jetzt bist du dran», keuchte Tom. «Soll sie etwas tun für deine Sixpence, Bruder!»

Auch Mary war atemlos. Sie lachte erschöpft. «Lasst mich eine Minute Luft schnappen, und dann werden wir zusammen auf einen Ritt gehen, den Ihr so schnell nicht vergessen werdet, Master Guy.»

Im selben Augenblick hallte ein schriller Doppelpfiff durch das Luftloch in der Kuppel über ihnen. Guy zuckte zusammen, zugleich erschrocken und erleichtert. Kein Zweifel: Dies war ein dringender Alarm.

«Das war Dorry, oben auf dem Dach!», rief er aus. «Es kommt jemand!»

Tom hoppelte auf einem Fuß, dann auf dem anderen, während er seine Hose hochzog und an den Schnürbändern zerrte. «Mach, dass du wegkommst, Mary», befahl er dem Mädchen, das auf allen vieren über den Boden kroch und ihre Kleider zusammensuchte. Auf ihrem nackten Po waren rote Abdrücke zu sehen, wo sie gegen die Kante des Sargdeckels gequetscht worden war. Man konnte fast die Inschrift lesen auf der weißen Haut, und Tom war nahe daran, laut loszulachen. Er riss sich jedoch zusammen und packte Guy an der Schulter. «Komm! Das könnte Vater sein!» Dieser Gedanke verlieh ihnen Flügel, und sie rannten eiligst die Treppe hoch.

Als sie durch die Sakristeitür getaumelt kamen, wartete Dorian dort auf sie, versteckt in dem Efeu, das die Mauer bedeckte.

«Wer ist es, Dorry?», keuchte Tom.

«Black Billy!», rief Dorian. «Er ist soeben aus den Ställen gekommen, auf Sultans Rücken, und jetzt kommt er schnurstracks den Hügel heraufgeritten. Er wird jede Minute hier sein.»

Tom fluchte, wie er es von Daniel Fisher, dem Bootsmann seines Vaters, gelernt hatte. «Er darf uns hier nicht erwischen. Kommt!» Die drei rannten über den Kirchhof. Tom setzte Dorian auf die Mauer, und er und Guy kletterten hinüber. Auf der anderen Seite hoben sie ihren jüngeren Bruder herunter und setzten ihn ins Gras. Tom grunzte vor Lachen und Aufregung.

«Was ist geschehen?», piepste Dorian. «Ich habe Mary hineingehen sehen. Hast du es mit ihr gemacht, Guy?»

«Du weißt nicht, wovon du redest», versuchte Guy der Frage auszuweichen.

«Ich weiß *genau*, wovon ich rede», erwiderte Dorian beleidigt. «Ich weiß, was die Schafböcke tun und die Hunde und Hähne und Herkules, der Stier. Ich habe genau beobachtet, wie sie es machen, nämlich so.» Er richtete sich auf und gab eine schauerliche Darbietung zum Besten, mit zuckenden Hüften, verdrehten Augen und heraushängender Zunge. «Ist es das, was du mit Mary gemacht hast, Guy?»

Guy wurde wieder tiefrot. «Hör auf damit, Dorian Courtney, hast du gehört?»

Doch Tom brüllte vor Lachen und drückte Dorians Kopf ins Gras. «Du schmutziger kleiner Affe! Ich wette eine Guinee, dass du es besser machen würdest als Guy, selbst ohne Sackhaare.»

«Darf ich es das nächste Mal versuchen, Tom?», bettelte Dorian mit erstickter Stimme, das Gesicht im Gras.

«Das werde ich erst zulassen, wenn du ein bisschen mehr hast, womit du etwas versuchen könntest», antwortete Tom und ließ ihn los. Im selben Augenblick hörten sie die Hufschläge den Hügel herauftrommeln.

«Still!», befahl Tom, immer noch kichernd. Sie legten sich flach ins Gras hinter der Mauer und hielten die Luft an. Der Reiter näherte sich in leichtem Galopp, und dann hörten sie, wie er sein Pferd zügelte und auf den mit Kies bestreuten Kirchplatz trabte.

«Bleibt unten», flüsterte Tom seinen Brüdern zu, während er seine Federkappe abstreifte und vorsichtig den Kopf hob, um über die Mauer zu spähen.

William Courtney saß stramm aufgerichtet auf Sultans Rücken. Er war ein vorzüglicher Reiter, und das ohne eine einzige Reitstunde: Vielleicht war es ein Instinkt, den er seinen afrikanischen Wurzeln zu verdanken hatte. Seine hoch gewachsene, schlanke Gestalt war, wie immer, ganz in Schwarz gekleidet. Dies war der Grund, abgesehen von seiner Haut- und Haarfarbe, weshalb seine Halbbrüder ihm den Spitznamen verpasst hatten, den er so hasste. Die Kopfbedeckung fehlte diesmal, doch gewöhnlich trug er einen weitkrempigen schwarzen Hut mit einem Büschel Straußenfedern im Band. Seine hohen Reitstiefel waren schwarz, sein Sattel und Zaumzeug waren schwarz, und Sultan war ein gestriegelter, fast polierter schwarzer Hengst. Pferd und Reiter waren ein imposanter Anblick.

Offenbar war William gekommen, um nachzusehen, wie es um die Vorbereitungen für seine baldige Hochzeit stand. Die Zeremonie würde in dieser Kirche abgehalten werden, nicht in der Heimatkirche der Braut, da danach ein anderes wichtiges Ritual zu folgen hatte, und das konnte nur in der Kirche der *Nautonniers* stattfinden, dem Tempel der Ritter der Meere.

Er blieb vor dem Portal stehen und beugte sich aus dem Sattel, um in die Kirche zu spähen. Dann richtete er sich wieder auf und ritt langsam um das Gebäude herum zur Sakristeitür. Plötzlich schaute er sich abrupt um und blickte genau in Toms Richtung. Tom erstarrte. Er und die anderen Jungen sollten eigentlich unten an der Flussmündung sein und Simon und seiner Mannschaft mit den Lachsnetzen helfen. Die Wanderarbeiter, die William für die Ernte angeheuert hatte, lebten fast ausschließlich von Lachs, weil dieser Fisch billig und im Überfluss vorhanden war, und sie beschwerten sich oft über die eintönige Kost.

Die Äste des Apfelbaums mussten Tom vor Williams Blicken verborgen haben, denn nun stieg er ab und band Sultan an dem Eisenring neben der Tür fest. Seine Braut war die mittlere der Grenville-Töchter. Es war eine prunkvolle Hochzeit geplant. Über die Mitgift hatte sein Vater fast ein Jahr lang mit John Grenville, dem Earl von Exeter, verhandelt.

Black Billy kann es kaum abwarten, sie in seine Finger zu bekommen, dachte Tom verächtlich, während er beobachtete, wie sein Halbbruder auf den Stufen der Kirche stehen blieb, um sich mit der mit Blei gespickten Reitpeitsche, die er stets bei sich trug, den Staub von den schimmernden Stiefeln zu klopfen. Seine Haut war eigentlich nicht schwarz, sondern bernsteinfarben, wie Tom erneut feststellte. Er sah eher aus wie ein Europäer vom Mittelmeer als wie ein Afrikaner. Mit seinem dichten, rabenschwarzen Haar, glatt aus der Stirn gekämmt und von einem schwarzen, eingeflochtenen Band in einem Pferdeschwanz zusammengehalten, hätte man ihn leicht für einen Spanier oder Italiener halten können – ein schöner Mann auf seine Furcht einflößende, gefährliche Art, mit der schmalen äthiopischen Nase und den blitzenden, dunklen Raubtieraugen. Tom dachte mit Neid daran, wie nervös und durcheinander junge Frauen in Williams Gegenwart gewöhnlich wurden.

William verschwand in der Sakristei, und Tom wagte sich aus seinem Versteck. «Er ist weg», flüsterte er seinen Brüdern zu. «Los, lasst uns zurückgehen …» Doch bevor er zu Ende gesprochen hatte, hörten sie einen Schrei von der Kirche.

«Mary!», rief Tom. «Ich dachte, sie wäre längst verschwunden. Die kleine Närrin ist immer noch da drinnen!»

«Black Billy hat sie geschnappt», keuchte Guy.

«Das bedeutet Ärger», bemerkte Dorian finster, bevor er aufsprang, um besser sehen zu können, was vor sich ging. «Was, glaubt ihr, wird er jetzt tun?»

«Ich weiß nicht», antwortete Tom, «und ich habe nicht vor abzuwarten und es herauszufinden.»

Er war im Begriff, seine Brüder zum Bach zurückzuführen, doch dann kam Mary aus der Sakristei gestürzt. Selbst aus der Entfernung war deutlich zu erkennen, welche Ängste sie ausstand. Sie rannte, als wäre ein Rudel Wölfe hinter ihr her. Im nächsten Augenblick trat William in den Sonnenschein. «Komm zurück, du kleine Hure!», rief er dem fliehenden Mädchen hinterher. Mary raffte ihre Röcke zusammen und lief noch schneller, direkt auf die Mauer zu, wo die Jungen sich versteckt hielten.

William band Sultans Zügel los und schwang sich in den Sattel. Dann ritt er in vollem Galopp hinter dem Mädchen her, sodass er sie bald einholte. «Bleib auf der Stelle stehen, du schmutzige kleine Hure.» Mit der schweren Reitpeitsche in seiner Rechten beugte er sich zu ihr hinunter. «Du wirst mir jetzt sofort erzählen, was du da drinnen gemacht hast.» Er hieb nach ihr, doch Mary konnte ausweichen und rannte weiter. William wendete den Hengst und jagte ihn weiter hinter ihr her. «Du wirst mir nicht entkommen, Hure.» Er lächelte grausam und kalt.

«Bitte, Master William», kreischte Mary, als er wieder mit seiner Peitsche ausholte. Die Schnur zischte durch die Luft, und Mary duckte sich mit der Gewandtheit eines gehetzten Tieres. Inzwischen lief sie wieder auf die Kirche zu, zwischen den Apfelbäumen hindurch; William blieb ihr dicht auf den Fersen.

«Kommt», flüsterte Guy, «das ist die Gelegenheit!» Er sprang auf und stolperte die steile Böschung der Klamm hinab. Dorian lief hinter ihm her, doch Tom blieb an der Mauer hocken und beobachtete mit wachsendem Schrecken, wie sein Bruder das fliehende Mädchen einholte und über ihr in seinen Steigbügeln aufstand.

«Ich werde dich lehren, zu tun, was ich sage, wenn ich dir befehle, stehen zu bleiben!» Sein nächster Hieb traf Mary zwischen den Schulterblättern. Sie schrie auf, ein schriller Schrei voller Schmerz und Angst, und stürzte ins Gras.

Als Tom diesen Schrei hörte, stieg kalte Wut in ihm auf. Er knirschte mit den Zähnen. «Hör auf!», sagte er laut, doch William hörte ihn nicht.

Er stieg ab und stand über Mary. «Welche Schandtat hattest du im Sinn, du Schlampe?» Sie lag in einem Knäuel aus Röcken und nackten Beinen, und er schlug noch einmal zu. Diesmal zielte er auf ihr angstverzerrtes Gesicht, doch sie hob die Arme und fing den Hieb ab.

Sofort zeigte sich eine flammend rote Strieme auf ihrem linken Arm, und sie schluchzte und winselte vor Schmerzen. «Bitte, tut mir nicht weh, Master William.»

«Ich werde dich prügeln, bis du blutest und bis du mir erzählst, was du in der Kirche gemacht hast. Wieso bist du nicht in der Küche bei deinen schmierigen Töpfen und Pfannen?» William hatte offenbar seinen Spaß, das zeigte sein Lächeln.

«Ich habe nichts getan, Sir.» Mary ließ ihre Arme sinken, um ihrem Peiniger in die Augen zu schauen, und nun konnte sie sie nicht schnell genug wieder heben, um zu verhindern, dass der nächste Hieb sie voll im Gesicht traf. Sie heulte auf, und das Blut schoss ihr in die geschwollene Wange. «Bitte, bitte, tut mir nicht mehr weh.» Sie vergrub ihr Gesicht in den Händen und wollte sich von ihm wegrollen, doch sie verfing sich in ihren Kleidern.

William lächelte wieder, als er entdeckte, dass sie nackt war unter ihren Röcken. Den nächsten Hieb platzierte er genussvoll auf ihrem weißen Hinterteil. «Was wolltest du stehlen, Hure? Was hast du da drinnen gemacht?» Er schlug sie noch einmal und verpasste ihr eine glühend rote Strieme quer über die Oberschenkel. Ihr Schrei war für Tom fast so schmerzhaft wie die Peitsche auf ihrer Haut.

«Verdammt, lass sie in Ruhe, Billy!», rief Tom, überwältigt von Gefühlen der Verantwortlichkeit und des Mitleids für das gequälte Mädchen. Ohne weiter nachzudenken, sprang er über die Mauer, um Mary zu Hilfe zu eilen.

William hörte ihn nicht kommen, so verzückt war er von dem Hochgefühl, das ihm die Bestrafung der jungen Frau verschaffte. Der Anblick der roten Streifen auf ihrer weißen Haut, ihre bebenden, nackten Glieder, ihre wilden Schreie, der animalische Geruch ihres ungewaschenen Körpers erregten ihn mehr, als er erwartet hätte. «Was hattest du vor?», brüllte er. «Wirst du es mir sagen, oder soll ich es aus dir herausprügeln?» Fast hätte er gelacht beim nächsten Hieb, den er ihr versetzte, quer über die Schultern, beim Anblick der in Schmerzkrämpfen zuckenden Muskeln unter ihrer weichen Haut.

Tom rammte ihn von hinten. Er war ein strammer Bursche für sein Alter, nicht viel kleiner oder leichter als sein älterer Bruder. Die Empörung und der Hass, den er angesichts solcher Ungerechtigkeit und Grausamkeit empfand, und die Erinnerung an die tausend Schläge und Demütigungen, die er und seine Brüder durch Black Billy erlitten hatten, verdoppelten seine Kräfte. Und diesmal hatte er das Überraschungsmoment auf seiner Seite.

Er traf William im Kreuz, gerade als der auf einem Bein stand, bereit, das Mädchen in eine bessere Lage zu treten, um den nächsten Schlag mit seiner Reitpeitsche anzubringen. Jetzt wurde er mit derartiger Gewalt nach vorn geschleudert, dass er über sein Opfer stolperte und der Länge nach hinfiel, herumrollte und mit dem Kopf gegen den Stamm eines Apfelbaums schlug. Dort blieb er benommen liegen.

Tom beugte sich hinab und half dem zitternden, schluchzenden Mädchen auf die Beine. «Lauf!», stieß er sie an. «Lauf, so schnell du kannst!» Das ließ sich Mary nicht zweimal sagen. Schon floh sie den Pfad hinab, heulend und tränenüberströmt, und Tom wandte sich wieder seinem Bruder zu, dessen Zorn er sich nun zu stellen hatte.

William setzte sich auf. Er war noch nicht sicher, wer oder was ihn umgeworfen hatte. Er betastete seinen Kopf, schob zwei Finger in seine dichte Haarwolle und zog sie wieder hervor, blutverschmiert von dem Kratzer, den er von dem Zusammenprall mit dem Baum davongetragen hatte. Dann schüttelte er den Kopf und rappelte sich auf. Sein Blick fiel auf Tom. «Du!», sagte er sanft, fast freundlich. «Ich hätte mir denken können, dass du hinter dieser Teufelei steckst.»

«Sie hat nichts getan.» Tom war immer noch zu aufgebracht und zornig, um sein Handeln bedauern zu können. «Du hättest sie schlimm verletzen können.»

«Ja», stimmte William zu, «das war meine Absicht. Sie hat es reichlich verdient.» Er bückte sich und hob seine Peitsche auf. «Doch jetzt ist sie weg. Du wirst es also sein, den ich ernsthaft verletzen werde, und es wird mir eine große Freude sein, diese Pflicht zu erfüllen.»

Er schwang seine Peitsche hin und her, sodass die schweren Stränge bedrohlich durch die Luft summten. «Und nun erzähle mir, kleiner Bruder: Was habt ihr dort drinnen gemacht, du und diese stinkende kleine Hure? War es etwas Schmutziges und Sündhaftes, von dem unser Vater erfahren sollte? Besser, du redest jetzt, bevor ich es aus dir herauspeitschen muss.»

«Bevor das passiert, sehen wir uns in der Hölle.» Das war einer der Lieblingssprüche seines Vaters, doch trotz der tapferen Pose bedauerte Tom inzwischen zutiefst, dass seine ritterlichen Instinkte ihn in diese Konfrontation getrieben hatten. Ohne das Überraschungsmoment auf seiner Seite hatte er kaum eine Chance, das wusste er genau. Sein älterer Bruder war nicht nur gut mit Büchern: In Cambridge hatte er für das King's College gerungen, und Freistilringen war ein Sport ohne Regeln, selbst wenn der Gebrauch tödlicher Waffen nicht gern gesehen war. Tom hatte miterlebt, wie William auf dem Volksfest in Exmouth im vergangenen Frühjahr den örtlichen Meister umgeworfen und zu Boden gedrückt hatte, nachdem er ihn fast besinnungslos getreten und geschlagen hatte.

Er dachte ernsthaft daran, auf der Stelle kehrtzumachen und das Weite zu suchen. Er wusste jedoch auch, dass William mit seinen langen Beinen ihn innerhalb kürzester Zeit eingeholt hätte, selbst in Reitstiefeln. Also stellte er sich in Positur, mit erhobenen Fäusten, wie Big Daniel es ihm beigebracht hatte.

William lachte ihm ins Gesicht. «Bei Petrus und allen Heiligen, das Küken will sich auf einen Kampf einlassen.» Er ließ die Reitpeitsche fallen und die Arme locker hängen, während er sich langsam seinem Halbbruder näherte. Plötzlich schoss seine rechte Faust vor. Der Hieb kam ohne jede Warnung, und Tom konnte gerade noch zurückspringen. Dennoch streifte die Faust seine Lippe, die sofort kräftig anschwoll. Tom hatte den brackigen Geschmack frischen Blutes im Mund. Seine Zähne färbten sich rot, als hätte er Himbeeren gegessen.

«Na also! Der erste Tropfen Rotwein ist schon vergossen. Aber sei sicher, wir werden mehr davon sehen, ein ganzes Fass, bis ich mit dir fertig bin.» William täuschte wieder mit der Rechten an, und als Tom wegtauchte, kam der linke Haken. Tom blockte ab, wie es Big Daniel ihm gezeigt hatte. «Das Äffchen hat ein paar Tricks gelernt», grinste William, doch seine Augen verengten sich zu Schlitzen: Solchen Widerstand hatte er nicht erwartet. Er versuchte es noch einmal mit derselben Faust. Tom tauchte wieder ab, doch dann packte er Williams Ellbogen mit beiden Händen in einem verzweifelten Griff. William riss instinktiv den Arm zurück, doch Tom, anstatt sich dagegenzustemmen, legte den Schwung in einen schnellen Sprung nach vorn und in kräftige, wilde Tritte nach seinem Bruder, und einer dieser Tritte landete direkt in Williams Unterleib. Williams Lungen leerten sich in einem qualvollen Atemstoß. Er krümmte sich und presste beide Hände auf seine schmerzende Scham. Tom wirbelte herum und lief den Pfad hinab auf das Herrenhaus zu.

Für einen Augenblick blieb William mit schmerzverzerrtem Gesicht gekrümmt auf dem Hügel stehen und schaute dem Jungen nach, doch dann riss er sich zusammen, richtete sich auf und machte sich an die Verfolgung.

William holte schnell auf, und da seine Schritte immer näher kamen, schaute Tom sich um und verlor dadurch weiter an Boden. Er hörte seinen Bruder hinter sich ächzen und keuchen, meinte schon, seinen Atem im Nacken zu spüren. Es gab kein Entkommen, er konnte nicht vor ihm weglaufen. Also ließ er sich fallen und rollte sich zu einem Ball zusammen.

William war so dicht hinter ihm und lief so schnell, dass er nicht rechtzeitig bremsen konnte. Wenn er nicht stolpern wollte, musste er über Tom hinwegspringen. Das gelang ihm mit Leichtigkeit, doch Tom rollte sich auf den Rücken und packte Williams Fußgelenk mitten im Sprung. Mit der Kraft der Verzweiflung hielt er das Bein fest, und der schwere Mann landete mit dem Gesicht auf dem Pfad, wo er für den Augenblick hilflos liegen blieb. Tom rappelte sich hoch und war im Begriff weiterzulaufen, doch dann siegten Wut und Hass über besseres Wissen.

Black Billy lag vor ihm im Schlamm, alle viere von sich gestreckt. Die Versuchung war einfach zu groß für Tom; er konnte nicht widerstehen. Zum ersten Mal in seinem Leben hatte er seinen Bruder ganz in seiner Gewalt. Tom holte mit dem rechten Bein aus und traf William mit voller Wucht seitlich am Kopf, direkt vor dem Ohr. Das Ergebnis war jedoch ganz anders, als Tom es erwartet hatte. Statt bewusstlos zusammenzubrechen, brüllte William wütend auf und umklammerte Toms Stiefel mit beiden Händen. Mit einem Ruck schleuderte er den Jungen in die Farnbüsche am Wegesrand. Dann stemmte er sich hoch und stürzte sich auf Tom, bevor dieser einen klaren Gedanken fassen konnte.

Breitbeinig saß er auf Toms Brust, die Handgelenke des Jungen eisern umklammert und in den Schmutz über dessen Kopf gedrückt. Tom konnte sich nicht rühren. Er konnte kaum atmen, da William mit seinem vollen Gewicht ihm fast den Brustkorb zerquetschte. Zuerst schien auch William nach Luft zu schnappen, doch dann wurde sein Atem ruhiger, und er lächelte wieder, qualvoll verzerrt.

«Für diesen Streich wirst du bezahlen, Kleiner, teuer bezahlen, das verspreche ich dir», flüsterte er. «Jetzt werden wir diese Sache zu Ende bringen.» Schweiß tropfte von seinem Kinn auf Toms Gesicht.

«Ich hasse dich!», zischte Tom. «Wir alle hassen dich, meine Brüder, jeder, der hier arbeitet, jeder, der dich kennt – alle hassen dich!»

William lockerte seinen Griff um eines von Toms Handgelenken und schlug ihm mit dem Handrücken ins Gesicht. «All die Jahre habe ich versucht, dir Manieren beizubringen», sagte er leise, «doch du willst einfach nicht lernen.»

Der Schmerz trieb Tom die Tränen in die Augen. Dennoch gelang es ihm, seinen Mund mit Speichel zu füllen und William in die verschwitzte Fratze zu spucken. Er traf ihn am Kinn, doch William beachtete es nicht. «Ich werde dich noch kriegen, Black Billy», versprach Tom mit letzter Kraft. «Eines Tages werde ich dich kriegen.»

«Nein.» William schüttelte den Kopf. «Das glaube ich nicht.» Er lächelte. «Primogenitur – kennst du das Wort? Hast du je davon gehört, du kleiner Affe?» Er landete noch einen Hieb mit der flachen Hand an Toms Schläfe. Toms Blick wurde glasig, und unter einem Nasenloch zeigte sich ein Blutstropfen. «Antworte, Bruder!» Er holte mit der anderen Hand aus. Sein Schlag schleuderte Toms Kopf in die andere Richtung. «Weißt du, was es bedeutet?» Er schlug ihn noch einmal, wieder mit der rechten Hand. «Antworte mir, mein Hübscher.»

Der nächste Hieb war linkshändig, gefolgt von einem Schlag mit der Rechten, und dann kamen die Schläge immer im selben Rhythmus, links, rechts, links, rechts. Toms Kopf rollte schlaff hin und her. Bald war er dabei, das Bewusstsein zu verlieren, doch die Schläge hörten nicht auf. «Primogenitur» – wieder ein Schlag – «bedeutet» – links – «das Vorrecht» – rechts – «des Erstgeborenen.»

Der nächste Schlag kam von hinter Black Billys Rücken. Dorian war ihnen den Weg hinunter gefolgt und hatte beobachtet, was seinem Lieblingsbruder geschah. Die Prügel, die Tom einsteckte, taten Dorian ebenso weh wie seinem großen Bruder. Verzweifelt schaute er sich nach einer Waffe um, bis er die abgefallenen Äste bemerkte, die entlang des Weges aufgehäuft lagen. Er hob einen trockenen Stock auf, so dick wie sein Handgelenk und lang wie sein Arm, und schlich sich von hinten an William an. Er war schlau genug, keinen Laut von sich zu geben, und hob den Knüppel mit beiden Händen über seinen Kopf. So hielt er inne, um sein Ziel anzupeilen und all seine Kräfte zusammenzunehmen, und dann ließ er den Knüppel mitten auf Williams Haupt niedersausen, mit solcher Gewalt, dass der Stock in seinen Händen entzweibrach.

William griff sich an den Schädel und rollte von Toms Brust. Er schaute zu Dorian auf und brüllte wie ein verwundeter Stier. «Die ganze stinkende Brut!» Er kam schwankend auf die Beine. «Sogar der jüngste der Bastarde!»

«Lass meinen Bruder in Ruhe, oder es passiert etwas», drohte Dorian, bleich vor Angst.

«Lauf, Dorry!», krächzte Tom benommen. Er lag noch im Farn, zu schwach, sich aufzurichten. «Er wird dich umbringen. Lauf weg!»

Doch Dorian blieb standhaft. «Lass Tom in Ruhe», wiederholte er.

William kam einen Schritt auf ihn zu. «Ach Dorry. Weißt du, deine Mutter war eine Hure.» Er lächelte sanft, trat einen weiteren Schritt nach vorn und ließ seinen schmerzenden Kopf los. «Das heißt, du bist ein Hurensohn.»

Obwohl Dorian nicht genau wusste, was eine Hure war, erwiderte er voller Wut: «So darfst du nicht reden von meiner Mama.» Er zog sich unwillkürlich einen Schritt zurück, als William immer näher kam.

«Mamas Baby», verhöhnte ihn William. «Aber die Hure, die du deine Mutter nennst, ist tot, mein Kleiner.»

Dorians Augen füllten sich mit Tränen. «Das darfst du nicht sagen! Ich hasse dich, William Courtney!»

«Auch du musst noch einige Manieren lernen, Baby Dorry.» Williams Hände schossen vor und legten sich um den Hals des

Knaben. So hob er den um sich tretenden und kratzenden Jungen mit Leichtigkeit in die Luft.

«Ein Mensch ohne Manieren ist nicht besser als ein Tier.» William hielt den Jungen gegen den Stamm der Rotbuche, unter der sie standen. «Das musst du lernen, Dorry.» Er drückte dem Kind mit beiden Daumen die Luftröhre zusammen und starrte ihm ins Gesicht, das schon anschwoll und sich blau verfärbte. Dorian trat mit den Fersen hilflos gegen den Baumstamm und zerkratzte Williams Hände, doch kein Laut drang aus seiner Kehle.

«Ein Schlangennest», sagte William, «das seid ihr, Klapperschlangen und Vipern, und ich bin es, der euch auszumerzen hat.»

Tom befreite sich aus dem Farngestrüpp, kroch mühsam zu seinem älteren Bruder und klammerte sich an seine Beine. «Bitte, Billy, tu ihm nicht weh! Es tut mir Leid, Billy. Du kannst mich schlagen, aber lass Dorry in Frieden. Bitte tu ihm nicht weh. Er weiß doch nicht, was er tut.»

William trat ihn beiseite und hielt den Jungen weiter gegen den Baum gepresst, die Füße des Knaben zwei Fuß über dem Boden.

«Respekt, Dorry, du musst lernen, was Respekt bedeutet.» Er ließ seine Daumen etwas locker und erlaubte seinem Opfer, kurz Atem zu schöpfen, bevor er den Druck wieder verstärkte. Dorians lautloses Ringen wurde immer verzweifelter.

«Nimm mich an seiner Stelle!», flehte Tom. «Lass Dorry los! Er hat genug!» Tom rappelte sich hoch, hielt sich an dem Baumstamm aufrecht und zerrte an Williams Ärmel.

«Du hast mir ins Gesicht gespuckt», sagte William düster, «und diese kleine Klapperschlange hat versucht, mir den Schädel zu zertrümmern. Jetzt kannst du zuschauen, wie ich ihn erwürge.»

«William!» Eine andere Stimme, heiser vor Zorn, war neben ihnen zu hören. «Was tust du da, zum Teufel? Bist du von Sinnen?» Ein schwerer Hieb traf Williams ausgestreckte Arme. Er ließ das Kind in den Schmutz fallen und wirbelte herum, um seinem Vater gegenüberzutreten.

Hal Courtney hatte seine Schwertscheide benutzt, um seinen Jüngsten aus Williams Griff zu befreien, und nun sah es so aus, als würde er seinen Erstgeborenen im nächsten Augenblick damit niederschlagen.

«Bist du verrückt? Wie kannst du so mit Dorian umgehen?» Seine Stimme bebte vor Zorn.

«Ich musste ihn – es war nur ein Spiel, Vater. Wir haben gespielt.» Auf wunderbare Weise war die Wut, die William einen Augenblick zuvor gezeigt hatte, plötzlich verflogen, und er erklärte kleinlaut: «Er hat keinen Schaden davongetragen. Es war alles im Guten.»

«Du hättest den Jungen fast umgebracht!», brüllte Hal. Dann kniete er nieder, hob seinen jüngsten Sohn aus dem Schmutz und drückte ihn sanft an seine Brust. Dorian vergrub sein Gesicht unter dem Kinn seines Vaters, schluchzend, hustend um Atem ringend. Sein Hals war mit roten Flecken bedeckt, wo sich Williams Finger in seine zarte Haut gegraben hatten, und sein Gesicht war tränenverschmiert. «Dies ist nicht das erste Mal, dass ich dich warnen muss, die Kleinen nicht so grob zu behandeln», fauchte Hal Courtney. «Bei Gott, William, wir werden darüber zu reden haben. Komm nach dem Abendessen in die Bibliothek, und jetzt: Aus meinen Augen, bevor ich die Beherrschung verliere!»

«Ja, Sir», sagte William demütig und machte sich auf den Rückweg zur Kirche hinauf. Im Weggehen warf er Tom einen Blick zu, aus dem der Junge entnehmen konnte, dass die Angelegenheit damit keineswegs erledigt war.

«Und was ist mit dir passiert, Tom?», wandte sich Hal an den älteren seiner Zwillinge.

«Nichts, Vater», antwortete Tom stur, «nichts.» Er wischte sich mit seinem Ärmel das Blut von der Nase. Es hätte seinem persönlichen Ehrenkodex widersprochen, wenn er jetzt etwas gesagt hätte, selbst wenn es um einen Feind ging, der so verhasst war wie Black Billy.

«Was war es dann, das deine Nase zum Bluten gebracht hat, und warum ist dein Gesicht geschwollen und rot wie ein reifer Apfel?» Hals Stimme war zugleich rau und sanft. Er wollte den Jungen auf die Probe stellen.

«Ich bin gefallen», antwortete Tom.

«Du bist manchmal ein unbeholfener Klotz, das weiß ich wohl, Tom, aber bist du sicher, dass dich niemand gestoßen hat?»

«Wenn es so war, dann ist es zwischen ihm und mir, Sir.» Tom reckte sich zu seiner vollen Größe, um die Schmerzen zu überspielen, die er in allen Gliedern spürte.

Hal legte ihm einen Arm um die Schultern. Mit dem anderen drückte er Dorian an seine Brust. «Kommt, Jungs, lasst uns nach

Hause gehen.» Sie stiegen zu der Stelle am Waldrand hinab, wo er sein Pferd zurückgelassen hatte, und Hal setzte zuerst Dorian auf den Hals des Tieres, bevor er sich hinter ihm in den Sattel schwang und seine Füße in die Steigbügel schob. Danach bot er Tom seinen Arm an und hob ihn hinter sich auf den Rücken des Pferdes.

Tom legte beide Arme um die Mitte seines Vaters und drückte sein geschwollenes Gesicht an dessen Rücken. Er liebte die Wärme und den Geruch seines Vaters, seine Härte und Kraft. Nichts konnte ihm wehtun, wenn er in seiner Nähe war. Am liebsten hätte er geweint, doch er unterdrückte die Tränen. «Du bist kein Kind mehr», sagte er sich. «Dorry darf weinen, aber du bist zu alt dafür.»

«Wo ist Guy?», fragte sein Vater, ohne sich umzuschauen.

«Der ist weggelaufen», hätte Tom fast gesagt, doch er verschluckte die unbrüderlichen Worte, bevor sie ihm über die Lippen kamen. «Ich glaube, er ist zu Hause, Sir», sagte er nur.

Hal ritt schweigend weiter. Er spürte die beiden warmen Körper, die sich dankbar an ihn drückten. Er fühlte ihren Schmerz, denn er wusste, wie verletzt sie waren, und er empfand tiefe Hilflosigkeit. Es war bei weitem nicht das erste Mal, dass er in diesen fast biblischen Bruderkrieg zwischen den Kindern seiner drei Frauen gezogen worden war. Er wusste, dies war ein Wettkampf, in dem die Jüngeren stets im Nachteil sein würden und der nur auf eine Weise ausgehen konnte.

Er runzelte die Stirn, als er daran dachte, wie machtlos er war. Hal Courtney war nicht einmal einundvierzig – bei Williams Geburt war er gerade achtzehn gewesen –, und dennoch fühlte er sich alt und gebeugt unter der Last, die der Konflikt zwischen seinen vier Söhnen für ihn bedeutete. Das Problem war, dass er William ebenso liebte oder gar noch mehr als den kleinen Dorian.

William war sein Erstgeborener, der Sohn der Judith, der wilden, schönen Kriegerin, die er so leidenschaftlich geliebt und vergöttert hatte. Ihr Tod unter den Hufen ihres eigenen Hengstes hatte eine klaffende Lücke in sein Leben gerissen, und für viele Jahre war der bildschöne Knabe, den sie zurückgelassen hatte, das Einzige gewesen, was diese Lücke füllen konnte.

Hal hatte William großgezogen und ihn gelehrt, hart zu sein, im Geben wie im Nehmen, sowie klug und gerissen. All diese

Eigenschaften besaß er nun, und mehr als das: Es war auch etwas von der unbezähmbaren Wildheit und Grausamkeit jenes dunklen, geheimnisvollen Kontinents in ihm. Das machte Hal zuweilen Angst, doch zugleich hätte er sich nie etwas anderes für ihn gewünscht. Er selbst war ein harter, rücksichtsloser Mann. Wie konnte er es also bedauern, dass sein erstgeborener Sohn genau diese Eigenschaften zeigte?

«Vater? Was bedeutet das, ‹primogenital›?», hörte er plötzlich Toms Stimme, gedämpft zwischen den Falten seines Reitumhangs.

Die Frage des Jungen floss so mit seinen eigenen Gedanken zusammen, dass Hal zusammenzuckte. «Wo hast du dieses Wort gelernt?», fragte er ernst.

«Ich habe es irgendwo gehört», murmelte Tom, «ich weiß nicht mehr, wo.»

Hal erriet sehr wohl, wo Tom es gehört hatte, doch er wollte den Jungen nicht unter Druck setzen. Er hatte genug gelitten für einen Tag. So versuchte er, ihm möglichst ehrlich zu antworten, denn Tom war inzwischen alt genug. Es war höchste Zeit, dass er erfuhr, wie schwer das Leben sein würde, das er als jüngerer Bruder vor sich hatte.

«Du meinst Primogenitur, Tom. Es bedeutet das Recht des Erstgeborenen.»

«Billy», sagte Tom leise.

«Ja, Billy», gab Hal offen zu. «Nach dem Gesetz hier in England wird er mein direkter Nachfolger sein. Er genießt den Vorzug vor allen seinen jüngeren Brüdern.»

«Vor uns», sagte Tom mit einem Anflug von Bitterkeit.

«Ja, vor euch», bestätigte Hal. «Wenn ich einmal nicht mehr bin, wird alles ihm gehören.»

«Ihr meint, wenn Ihr tot seid», warf Dorian ein. Seine Logik war unbestreitbar.

«Das stimmt, Dorian, wenn ich tot bin.»

«Ich will aber nicht, dass Ihr sterbt», jammerte Dorian, immer noch heiser von der Misshandlung, die er hinter sich hatte. «Versprecht mir, dass Ihr niemals sterben werdet, Vater.»

«Ich wollte, das könnte ich, Junge, aber es ist nicht möglich. Irgendwann müssen wir alle sterben.»

Dorian blieb für eine Weile still, bevor er bemerkte: «Aber nicht morgen, oder?»

Hal lachte leise. «Nein, nicht morgen. Noch lange nicht, wenn es nach mir geht. Doch eines Tages wird es geschehen. Das steht fest.»

«Und wenn es so weit ist, wird Billy Sir William sein», sagte Tom. «Ist es das, was Ihr uns zu erklären versucht?»

«Ja. William wird meinen Titel erben. Aber das ist nicht alles. Er wird auch alles andere bekommen.»

«Alles? Das verstehe ich nicht», wunderte sich Tom. Er schaute zu seinem Vater auf. «Ihr meint, er wird auch High Weald erben, das Haus und das Land?»

«Ja, alles wird einmal Billy gehören. Das Gut, das Land, das Haus und das Geld.»

«Das ist unfair», stellte Dorian fest. «Warum können Tom und Guy nicht auch etwas abbekommen? Sie sind viel netter als Billy. Das ist nicht fair.»

«Es ist vielleicht nicht fair, aber das ist nun einmal das Gesetz in diesem England.»

«Es ist ungerecht», beharrte Dorian. «Billy ist grausam; er ist schrecklich.»

«Wenn du durchs Leben gehst und erwartest, dass es immer gerecht zugeht, dann wirst du noch viele traurige Enttäuschungen erdulden müssen, mein Junge», entgegnete Hal sanft und zog seinen Kleinsten an sich. Ich wünschte, ich könnte es dir leichter machen, dachte er.

«Wenn Ihr tot seid, wird Billy uns niemals erlauben, auf High Weald zu bleiben. Er wird uns fortschicken.»

«Das ist nicht sicher», widersprach Hal.

«Doch, das ist es», sagte Tom voller Überzeugung. «Er hat es selbst gesagt, und er meint, was er sagt.»

«Du wirst deinen eigenen Weg gehen, Tom. Deshalb musst du klug und hart sein. Deshalb bin ich manchmal so hart mit dir, mehr, als ich es je mit William war. Du musst lernen, deinen Mann zu stehen, wenn ich nicht mehr bin.» Er hielt inne. Konnte er ihnen diese Dinge wirklich klar machen, wo sie doch noch so jung waren? Er musste es versuchen; das war er ihnen schuldig. «Das Gesetz der Primogenitur hat dazu beigetragen, England groß zu machen. Wenn jedes Mal, wenn jemand stirbt, sein Land unter seinen Kindern aufgeteilt würde, wäre das ganze Land längst in lauter winzige, unnütze Parzellen zerfallen, die nicht einmal eine einzige Familie ernähren würden. Wir wären ein Volk von Bauern und Hungerleidern.»

«Was werden wir also tun?», fragte Tom. «Ich meine, die von uns, die vom Land getrieben werden.»

«Euch stehen das Heer, die Marine und das Priestertum offen. Ihr könnt auch als Kaufleute oder Siedler in die Welt hinausziehen, und eines Tages werdet ihr vielleicht von den fernsten Winkeln der Erde und der Ozeane heimkehren, beladen mit großen Schätzen, vielleicht größer als das, was William einmal erben wird, wenn ich sterbe.»

Die Jungen dachten schweigend darüber nach. Nach einer Weile sagte Tom schließlich: «Ich werde zu See fahren wie Ihr, Vater. Ich werde bis ans Ende der Ozeane fahren, wie Ihr es getan habt.»

«Und ich werde mitkommen, Tom», meldete sich Dorian.

Hal Courtney saß auf der vordersten Bank der Familienkirche. Er hatte allen Grund zur Zufriedenheit mit sich selbst und der Welt um ihn herum. Sein ältester Sohn wartete vor dem Altar. Orgelmusik erfüllte die kleine Kirche mit frohen Klängen. William sah großartig aus in dem Kostüm, das er für seine Hochzeit ausgesucht hatte. Er hatte diesmal sogar auf die düstere schwarze Kluft verzichtet, die er gewöhnlich trug: Sein Kragen war aus feinsten flämischen Spitzen, sein Wams aus grünem Samt, bestickt mit goldenen Hirschen, sein Schwertknauf besetzt mit Karneolen und Lapislazuli. Und Hal war nicht allein in seiner Bewunderung für den Bräutigam; die meisten Frauen in der Kirche konnten kaum ihre Blicke von ihm wenden, und die Jüngeren unter ihnen kicherten und flüsterten untereinander.

«Was könnte ich mir mehr wünschen von einem Sohn?», sagte Hal zu sich selbst. William hatte sich sowohl als Athlet wie auch als Student ausgezeichnet. Sein Tutor in Cambridge hatte ihn für seinen Fleiß und seine Gelehrigkeit gepriesen, und in Ringen, Reiten und Falknerei fand er nicht seinesgleichen. Nach dem Studium und seiner Heimkehr nach High Weald hatte er sich dann als Verwalter und Entrepreneur bewährt, sodass Hal ihm nach und nach immer mehr die Kontrolle über den Betrieb des Gutes und der Zinnminen überlassen hatte. Hal hatte sich fast ganz aus den alltäglichen Geschäften der Familiengüter zurückgezogen. Wenn es etwas gab, das ihm ein wenig Sorge bereitete, dann war es der Umstand, dass William zu hart im Geschäft war und in seinem Umgang mit den Männern, die für ihn arbeiteten, sehr rücksichtslos sein konnte. Mehr als einmal waren Arbeiter in den Zinngruben ums Leben gekommen, weil William sich vielleicht nicht genug um ihre Sicherheit kümmerte und weil er sich geweigert hatte, etwas mehr Geld in die Verbesserung der Schächte und Förderanlagen zu investieren. Die Gewinne von den Minen und dem Gut hatten sich in den vergangenen drei Jahren jedoch verdreifacht, was seine Fähigkeiten zweifelsfrei unter Beweis stellte.

Und nun konnte William diese prunkvolle Hochzeit feiern! Anfangs war es natürlich Hal gewesen, der William taktvoll mit Lady Alice Grenville in Kontakt gebracht hatte, doch William hatte ihr dann den Hof gemacht und sie nach kurzer Zeit so für sich eingenommen, dass sie ihren Vater von den Vorteilen dieser Verbindung überzeugt hatte – trotz seiner anfänglichen Zweifel: William Courtney war schließlich nicht von Adel.

Hal schaute zu dem Earl hinüber, als dieser sich in der ersten Reihe auf der anderen Seite der Kirche niederließ. John Grenville war zehn Jahre älter als er, ein drahtiger, einfach gekleideter Mann, was in krassem Kontrast zu seinem Status als einem der größten Landeigentümer Englands stand. Seine dunklen Augen waren tief eingesunken in seinem ungesund grauen Gesicht. Er bemerkte Hal und nickte ihm zu, weder freundlich noch feindselig, obgleich es zwischen ihnen zu lautstarken Meinungsverschiedenheiten gekommen war, als es darum ging, Alice' Mitgift auszuhandeln. Am Ende hatten sie sich darauf geeinigt, dass Alice die Rechte auf die Gainesbury-Farmen, über tausend Morgen, mit in die Ehe bringen würde, zusammen mit den Zinnminen von East und South Rushwold. Die Nachfrage nach Zinn schien in jenen Tagen unersättlich zu sein, und Rushwold grenzte an die Courtney-Minen, über die William so erfolgreich waltete. Der Zusammenschluss der beiden Unternehmen würde den Umsatz erhöhen und die Förderkosten senken. Doch das war noch nicht die ganze Mitgift: Das Letzte, was Hal dem Earl hatte abhandeln können, waren zwölftausend reguläre Anteilscheine der Ostindischen Kompanie, mit vollen Stimmrechten. Hal war schon ein Großaktionär und einer der Direktoren der Kompanie, doch diese neuen

Anteile würden seine Position erheblich stärken und ihn nach dem Vorsitzenden, Nicholas Childs, zu einem der einflussreichsten Männer im Vorstand machen.

Er hatte also allen Grund, mit sich zufrieden zu sein. Doch woher kamen dann diese nagenden Zweifel, dieses ungute Gefühl? Manchmal, wenn er die Klippen entlangritt und auf die kalte, graue See hinausschaute, erinnerte er sich an die warmen, azurblauen Wasser des Indischen Ozeans. Wenn er einen Falken fliegen ließ und seine schnellen Flügelschläge unter dem Himmel beobachtete, musste er an den höheren, blaueren Himmel über Afrika denken. An manchen Abenden nahm er seine Karten von den Regalen in seiner Bibliothek, starrte stundenlang auf die Anmerkungen, die er zwei Jahrzehnte zuvor darauf eingetragen hatte, und träumte von den blauen Bergen, den weißen Stränden und den mächtigen Strömen Afrikas.

Einmal, vor gar nicht so langer Zeit, war er schweißgebadet und verwirrt aus einem Traum erwacht, in dem er jene tragischen Ereignisse nacherlebt hatte. Sie war wieder bei ihm gewesen, die wundervolle Prinzessin, seine erste wahre Liebe. Wieder hatte sie sterbend in seinen Armen gelegen. «Sukena, Geliebte, ich will mit dir sterben.» Wieder hatte er gespürt, wie ihm das Herz brach, als er diese Worte aussprach.

«Nein.» Die süße Stimme klang immer ferner. «Nein, du wirst weiterleben. Ich habe dich begleitet, solange ich durfte, doch dein Schicksal wird dich zu einer besonderen Bestimmung führen. Du wirst weiterleben. Du wirst viele kräftige Söhne haben, deren Nachfahren einst Afrika erobern werden.» Hal bedeckte seine Augen und beugte den Kopf wie im Gebet, damit niemand in der Gemeinde die Tränen bemerkte, die sich in seinen Augen sammelten. Als er wieder aufschaute, betrachtete er die Söhne, die sie vor so vielen Jahren vorausgesagt hatte.

Tom war ihm am nächsten, im Geiste wie im Fleische. Er war grobknochig und stark für sein Alter, mit dem Blick und der Hand eines Kriegers. Er war ruhelos und schnell gelangweilt von Alltäglichkeiten oder Aufgaben, die lange, sorgfältige Zuwendung erforderten. Er war kein Gelehrter, doch es fehlte ihm nicht an Verstand und Schlauheit. Sein Äußeres war gefällig, wenngleich nicht hübsch. Nase und Mund waren zu groß, doch seine Stirn war breit und entschlossen, sein Kinn schwer und stark. Er war spontan, zuweilen ungestüm, schien keine Furcht zu kennen und war oft waghalsiger, als es ihm gut tat. Sein Gesicht war noch voller gelber und hässlich violetter Flecke von seiner letzten Konfrontation mit William, doch das war typisch für Tom: Er würde es mit jedem aufnehmen, selbst mit viel älteren und stärkeren Widersachern, ohne je über die Folgen nachzudenken.

Inzwischen hatte Hal erfahren, was wirklich geschehen war in dem Gehölz unterhalb der Kirche. William hatte ihm von Mary erzählt, dem Küchenmädchen, und die hatte schließlich ihrem Herrn gebeichtet, in tränenerstickten Worten, die er kaum verstehen konnte: «Ich bin ein gutes Mädchen, Sir, bei Gott, das bin ich. Das stimmt alles nicht, was er gesagt hat, dass ich was gestohlen haben soll. Es war nur ein bisschen Spaß, nichts Schlimmes. Und dann kam Master William, er kam in die Kirche und sagte schlimme Dinge zu mir, und dann hat er mich geschlagen.» Hemmungslos weinend hatte sie dann ihre Röcke gehoben und ihm die flammend roten Striemen auf ihren Schenkeln gezeigt.

«Bedecke dich, Kind», hatte Hal sie hastig aufgefordert. Er hatte eine ziemlich genaue Vorstellung davon, wie unschuldig dieses Kind wirklich war. Sie war ihm schon aufgefallen, obgleich er die vielleicht zwei Dutzend Frauen, die im großen Haus arbeiteten, sonst kaum beachtete. Ihre lasziven Blicke und sinnlichen Kurven waren schwer zu übersehen.

«Master Tom wollte ihn aufhalten, sonst hätte er mich umgebracht, das hätte Master William getan. Er ist ein guter Junge, der Master Tom. Er hat nichts getan ...» Tom hatte also von ihrem süßen Fleisch genascht, dachte Hal. Es wird dem Burschen nicht schaden, wenn er sich ein wenig die Hörner abstößt. Wahrscheinlich hatte sie ihm eine gute Einführung in das alte Spiel gegeben, und als William sie dabei überraschte, war Tom zu ihrer Verteidigung geeilt. Der Gedanke war lobenswert, die Tat jedoch närrisch. Das Objekt seines ritterlichen Schutzinstinkts war kaum die Schläge wert, die er dafür eingesteckt hatte. Hal schickte das Mädchen in die Küche zurück und hatte eine Unterredung mit seinem Hausverwalter. Innerhalb von zwei Tagen war für die Kleine dann eine Stelle als Serviermädchen in einem Gasthof in Plymouth gefunden, wohin sie unauffällig verschwand. So blieb Hal jedenfalls die Aussicht erspart, dass sie in neun Monaten mit einem kleinen Bündel im Arm vor seiner Tür stehen könnte.

Bald würde er auch für Tom eine neue Beschäftigung finden müssen, dachte er seufzend. Lange würde er nicht mehr auf dem Gut bleiben können; er war fast ein Mann. Aboli hatte kürzlich seine Fechtstunden mit ihm aufgenommen. Hal hatte mit diesem Schritt gewartet, bis Tom über ausreichend Kraft in den Armen verfügte. Er hatte genug junge Burschen gesehen, denen eine zu frühe Bekanntschaft mit der Klinge nicht gut bekommen war. Es schauderte ihn bei der Vorstellung, wie Tom in einem seiner Zornausbrüche William zum Gefecht fordern könnte, einen wahren Meister mit der Klinge. In Cambridge hatte er einen Kommilitonen mit einem Stich in die Brust schwer verletzt. Es war ein Ehrenstreit gewesen, und doch hatte Hal all seinen Einfluss und einen Beutel Goldguineen einsetzen müssen, um einen Skandal zu verhindern. Duelle waren zwar legal, wurden jedoch nicht gern gesehen. Wäre der Student umgekommen, dann wäre vielleicht nicht einmal Hal in der Lage gewesen, seinen Sohn vor den Konsequenzen zu bewahren. Der Gedanke, dass zwei seiner Söhne ihren Streit mit der Klinge ausfechten könnten, war ihm unerträglich, obgleich ein solcher Ausgang immer wahrscheinlicher wurde, wenn er sie nicht bald voneinander trennte. Er würde für Tom einen Platz auf einem der Schnellsegler der John-Kompanie finden müssen – so nannte man die Ostindische Kompanie damals liebevoll.

Guy saß neben seinem Zwillingsbruder. Guy war ebenfalls ein Problem, sinnierte Hal, wenn auch ganz anderer Art als Tom. Zwillinge waren keine Seltenheit bei den Courtneys – jede Generation hatte gewöhnlich ein Zwillingspaar hervorgebracht –, doch Tom und Guy waren nicht identisch, ganz im Gegenteil: Sie waren fast in allem verschieden, woran Hal nur denken konnte.

Mit seinen zarten, eher femininen Zügen war Guy der bei weitem Hübschere von den beiden. Sein Körper war geschmeidig, besaß jedoch nicht die Kraft und Energie, die Tom zu Eigen war. Er war von Natur bedachtsam, fast ängstlich, trotz seiner beträchtlichen Intelligenz. Selbst der scheinbar langweiligsten Tätigkeit würde er seine volle Aufmerksamkeit schenken.

Hal teilte nicht die Verachtung, mit der der Landadel üblicherweise auf Kaufleute und Geldverleiher hinabblickte. Er hatte keine Schwierigkeiten damit, einen seiner Söhne zu einer solchen Laufbahn zu ermutigen. Für Guy, so dachte er, wäre diese Richtung wahrscheinlich das Beste – als Soldat oder Seemann konnte

Hal ihn sich einfach nicht vorstellen. In der John-Kompanie gab es jedoch auch zahlreiche Stellen für Buchhalter und Sekretäre, sichere, ungefährliche Tätigkeiten, die dennoch einen geschwinden Aufstieg versprachen, besonders für einen hellen, fleißigen jungen Mann, dessen Vater zu den Direktoren gehörte. Nächste Woche, wenn sie sich wieder träfen, würde er Childs darauf ansprechen.

Hal hatte vor, früh am nächsten Morgen nach London aufzubrechen, sobald er sicher sein konnte, dass Williams und Lady Alice' Ehe vollzogen und die Mitgift in das Courtney-Vermögen übergegangen war. Die Pferde standen schon bereit. Wenn Hal den Befehl gab, hätten Big Daniel und Aboli sie innerhalb einer Stunde vor die Kutsche geschirrt, und dann wären sie unterwegs. Selbst im schnellsten Tempo würde die Fahrt nach London mindestens fünf Tage beanspruchen, und das Treffen des Kompanievorstands war für den ersten Tag des nächsten Monats geplant.

Ich muss die Jungen mitnehmen, beschloss er, plötzlich besorgt über ihre Zukunft. Er würde nur das Schicksal herausfordern, wenn er sie in High Weald zurückließe, mit William als Herrn über das ganze Gut und er selbst weit weg und nicht in der Lage, zwischen seinen Söhnen zu vermitteln und die Jüngeren zu beschützen. Am besten, ich nehme auch Dorian mit, dachte er.

Liebevoll schaute er auf seinen jüngsten Sohn, der neben ihm auf der Kirchenbank saß, und wurde sofort mit einem strahlenden, anbetenden Lächeln belohnt. Dorian kuschelte sich auf der harten Eichenbank noch enger an ihn. Hal fühlte sich auf seltsame Weise ergriffen durch diese Berührung, und er legte seinen Arm um die Schultern des kleinen Jungen. Man kann noch nicht sagen, was aus dem hier einmal werden wird, dachte er, doch es sieht so aus, als könnte er all die guten Eigenschaften der beiden anderen und nur wenige ihrer Schwächen in sich haben. Aber es war noch zu früh, um darüber ein Urteil zu fällen.

Der Orgelspieler setzte dramatisch mit dem Hochzeitsmarsch ein, und Hal wurde aus seinen Gedanken gerissen. Unter lautem Kleiderrascheln und Gemurmel wandten sich aller Augen dem Hauptportal zu, und die Gäste reckten die Hälse, um einen ersten Blick auf die Braut zu erhaschen.

Die Sonne war noch nicht über die Baumwipfel gestiegen und nur wenige verirrte Strahlen streiften die hohen Giebel und Türme des Herrenhauses. Dennoch hatte sich der gesamte Haushalt versammelt, um sich von den Reisenden zu verabschieden, die sich nun auf den Weg nach London machen würden. Alle waren da, angefangen von William und seiner jungen Braut über Ben Green, den Gutsaufseher, und Evan, den Hausverwalter, bis hinunter zum geringsten Küchenmädchen und Stallburschen.

Der Reihe nach, entsprechend ihrem Rang, wurden sie nun die Haupttreppe hinuntergeführt, die zum Herreneingang führte. Die geringeren Diener stellten sich ordentlich auf dem Rasen vor dem Haus auf. Big Daniel und Aboli saßen auf dem Kutschbock. Die Pferde schnaubten Dampf in die kühle Morgenluft.

Hal drückte William kurz an seine Brust. Alice, ganz rosa und strahlend vor Glück und Liebe, hing am Arm ihres angebeteten jungen Gatten. Auf Anweisung ihres Vaters hatten sich die Jungen hinter ihm aufgestellt, um ihrem Bruder ernst die Hand zu drücken. Als das erledigt war, rannten sie, jauchzend vor Aufregung, zu der wartenden Kutsche.

«Kann ich oben neben Aboli und Big Daniel sitzen?», bettelte Tom. Sein Vater hatte nichts dagegen und nickte ihm aufmunternd zu.

«Ich auch!», hüpfte Dorian neben ihm auf und ab.

«Du sitzt in der Kutsche, mit mir und Mr. Walsh.» Mr. Walsh war ihr Hauslehrer. Sollte Dorian wirklich vier Tage Gefangenschaft vor sich haben, vier Tage mit dem Lehrer und seinen Büchern: Latein, Französisch und Arithmetik?

«Bitte, Vater, warum nicht?», fragte Dorian, bevor er sich gleich selbst die Antwort gab. «Ich weiß, weil ich der Jüngste bin!»

«Komm schon, Dorry.» Guy nahm ihn bei der Hand und zog ihn in die Kutsche. «Ich werde dir bei deinen Lektionen helfen.»

Die Härten und Ungerechtigkeiten, die seine jungen Jahre mit sich brachten, waren sofort vergessen, als Aboli seine Peitsche knallen ließ und die Kutsche ruckend und knirschend in Bewegung kam. Guy und Dorian lehnten sich aus dem Fenster und winkten und riefen ihren Lieblingen unter den Hausdienern Lebewohl zu, bis sie zu der Kreuzung kamen, wo die Kutsche abbog und High Weald nicht mehr zu sehen war.

Strahlend vor Freude saß Tom auf dem Kutschbock, zwischen seinen beiden besten Freunden unter den Männern des Gutes. Big Daniel war ein Berg von einem Kerl, mit silberner, struppiger Mähne, die unter seinem über drei Ecken gekrempten Hut hervorkroch. Er hatte keinen einzigen Zahn mehr, sodass sein Gesicht sich faltete wie ein lederner Blasebalg, wenn er etwas kaute. Trotz seines Alters galt er immer noch als der stärkste Mann von Devon. Einmal hatte Tom gesehen, wie Big Daniel ein störrisches Pferd hochhob und es zu Boden plumpsen ließ, auf den Rücken, wo es mit allen vieren in der Luft strampelte. So hatte er das Tier festgehalten, bis der Schmied es beschlagen hatte. Er war Francis Courtneys Bootsmann gewesen, und seit dem Tod von Toms Großvater durch die Hände der Holländer hatte er dessen Sohn gedient und mit ihm die südlichen Ozeane befahren, wo sie zusammen unzählige Schlachten geschlagen hatten, gegen Heiden und Holländer, Piraten und Rebellen und ein Dutzend anderer Feinde. Für William und die Zwillinge hatte er gar das Kindermädchen gespielt: Er hatte sie auf seinem Rücken umhergetragen und in seinen mächtigen Armen gewiegt. Er konnte die zauberhaftesten Geschichten erzählen, die sich ein kleiner Junge nur wünschen kann, und baute Schiffsmodelle, die so schön waren, so naturgetreu in allen Einzelheiten, dass Tom gemeint hatte, sie würden jeden Moment über den Horizont verschwinden, auf ein wildes Abenteuer zu, mit Tom auf dem Achterdeck. Außerdem verfügte Big Daniel über einen faszinierenden Schatz an Flüchen und Sprichwörtern, die Tom nur vor Dorian und Guy zu üben pflegte, denn wenn er sie in Gegenwart von William oder seinem Vater ausgesprochen hätte, wäre er sofort bestraft worden.

Tom liebte Big Daniel also von ganzem Herzen. Außerhalb seiner engsten Familie gab es nur einen Menschen, den er noch mehr liebte, und das war Aboli, der zu seiner anderen Seite saß und die Zügel mit seinen riesigen, schwarzen Händen führte.

«Du hältst die Donnerbüchse.» Aboli wusste, welche Freude er Tom machte, indem er ihm die grausame Waffe überließ. Der Lauf war kürzer als Toms Arm, doch die zwei Hand voll Schrot, welche die Büchse aus ihrem klaffenden Mündungstrichter feuerte, konnten verheerenden Schaden anrichten. «Wenn ein Straßenräuber uns aufzuhalten versucht, jage ihm eine Ladung Blei in den Bauch, Klebe.» Tom saß mit stolzgeschwellter Brust zwischen den beiden Männern und betete im Stillen für eine Gelegenheit, die Waffe einzusetzen, die er auf seinem Schoß hielt.

Aboli hatte Tom mit seinem Kosenamen angesprochen. «Klebe» bedeutete Falke in der Sprache der Wälder Afrikas, und Tom gefiel dieser Name. Aboli hatte ihn die Sprache des Urwalds gelehrt, «weil», wie er erklärt hatte, «das der Ort ist, wohin dich deine Bestimmung führen wird. Das hat eine weise, schöne Frau vor langer Zeit prophezeit. Afrika wartet auf dich. Ich, Aboli, habe dich auf den Tag vorzubereiten, wenn du zum ersten Mal afrikanischen Boden betreten wirst.»

Aboli war ein Prinz seines Stammes. Die rituellen Narben, deren Spiral- und Balkenmuster sein schwarzes Gesicht bedeckten, waren Beweis, dass er von königlichem Blute war. Er war ein Meister mit jeder Waffe, die er in die Hände bekam, vom afrikanischen Kriegsknüppel bis zum feinsten Toledo-Degen. Da seine Zwillinge nun im richtigen Alter dafür waren, hatte Hal Courtney Aboli die Aufgabe übertragen, sie in der Fechtkunst zu unterrichten, wie er es zuvor für Hal selbst und für William getan hatte, die er beide zu Meisterfechtern geformt hatte. Tom hatte das gleiche Talent für die Klinge gezeigt wie sein Vater und sein Halbbruder, wogegen Guy für diese Disziplin weder Lust noch Neigung zeigte, was Aboli einigen Kummer bereitete.

«Wie alt ist Aboli wohl?», hatte Dorian seine Brüder einmal gefragt.

In der Weisheit seiner fortgeschrittenen Jahre hatte Tom darauf geantwortet: «Er ist noch älter als Vater. Er muss mindestens hundert Jahre alt sein!»

Abolis Schädel war kugelrund, ohne ein einziges Haar – also auch kein graues, das sein Alter verraten hätte – und obgleich Narben und Falten sich unauslöschlich in seine Züge gefurcht hatten, war er schlank und muskulös, seine Haut glatt und schimmernd wie poliertes Schwarzglas. Niemand, nicht einmal Aboli selbst wusste, wie alt er war. Die Geschichten, die er erzählte, waren noch fesselnder als Big Daniels beste Abenteuer. Er wusste von Riesen und Pygmäen zu erzählen; von Wäldern voller wunderbarer Tiere; von großen Affen, die einen Mann in Stücke reißen konnten, als wäre er ein Grashüpfer; von Geschöpfen, deren Hälse so lang waren, dass sie das Laub von den höchsten Bäumen fressen konnten; von Wüsten, wo apfelgroße Diamanten in der

Sonne funkelten wie klares Wasser, und von Bergen aus purem Gold.

«Eines Tages werde ich es sehen!», hatte Tom ihm einmal begeistert geschworen, nach einer dieser zauberhaften Erzählungen. «Wirst du dann mit mir kommen, Aboli?»

«Ja, Klebe, eines Tages werden wir zusammen segeln», hatte Aboli damals versprochen.

An der Kreuzung kurz vor Plymouth, die sie nach rumpelnder Fahrt auf der holprigen, schlammigen Landstraße erreichten, hing ein stark verwester Leichnam von einem Galgen, noch in Ketten und in Weste, Hose und Stiefeln.

«Nächsten Sonntag wird er einen Monat dort gehangen haben.» Big Daniel lüftete seinen Hut vor dem grinsenden Skelett des gehängten Straßenräubers, dem die Krähen das meiste Fleisch von den Knochen gepickt hatten. «Gute Reise, John Warking, lege ein gutes Wort für mich ein, wenn du den Sensenmann siehst!»

Aboli fuhr nicht nach Plymouth weiter, sondern schwenkte mit der Kutsche auf die breite, von vielen Rädern zerfurchte Straße nach Osten ein, auf Southampton und London zu – London, die größte Stadt der Welt. Fünf Tage später, als sie noch zwanzig Meilen entfernt waren, sahen sie den Rauch der Stadt über dem Horizont. Dort hing er in der Luft und mischte sich mit den Wolken, wie Pulverqualm über einem Schlachtfeld. Die Straße führte am Ufer der Themse entlang, die hier breit und belebt war, eine endlose Prozession von kleinen Booten, Barken, Leichtern und Hafenkähnen, tief im Wasser unter der Last von Bauholz und Steinen, Kornsäcken und Vieh oder von Kisten, Ballen und Fässern: das Handelsgut eines ganzen Volkes. Der Verkehr auf dem Fluss wurde immer dichter, je näher sie dem Londoner Hafenbecken kamen, wo die großen Segelschiffe vor Anker lagen, und dann kamen sie an den ersten Häusern vorbei, jedes umgeben von weiten Feldern und Gärten.

Bald konnten sie die Stadt riechen, und der Rauch senkte sich über sie und verdunkelte die Sonne. Schornstein für Schornstein spie schwarzen Qualm und steuerte sein Teil bei zu dieser trüben Düsternis. Der Geruch der Stadt wurde stärker – das Aroma grüner Häute, neuer Stoffballen und verrottenden Fleisches, andere eigenartige, faszinierende Düfte von Menschen, Pferden, Ratten und Hühnern, der schweflige Gestank glühender Kohle und offener Jauscheströme. Der Fluss war nun kotbraun, die Straße verstopft mit Karren, Kutschen und Fuhrwerken. Aus den weiten Feldern wurden endlose Häuserreihen, die Dächer immer enger zusammengekuschelt, die Seitenstraßen zu eng für zwei Wagen nebeneinander. Der Fluss war fast nicht mehr zu sehen hinter den Lagerhäusern, die nun beide Ufer säumten.

Aboli steuerte die Kutsche durch die Massen, Scherze und Flüche austauschend mit den anderen Fahrern. Tom hatte seine liebe Not, das alles in sich aufzusaugen, sosehr er auch den Hals reckte und den Kopf verdrehte, während seine Blicke in alle Richtungen schossen, und er schnatterte wie ein aufgeregtes Eichhörnchen. Hal Courtney hatte Dorians Betteln schließlich nachgegeben und ihm erlaubt, auf das Kutschdach zu klettern, wo er nun hinter Tom saß und in dessen Rufen und Lachen einfiel.

Schließlich überquerten sie den Fluss auf einer gigantischen Brücke, ein solcher Steinberg, dass die Strömung sich an den Brückenpfeilern verfing und sie umwirbelte wie brauner Malstrom. Der Brückenweg war von unzähligen Ladenständen flankiert, von denen aus schreiende, zerlumpte Händler ihre Waren anpriesen.

«Frischer Hummer, liebe Leute, frischer Hummer und Muscheln!»

«Bier, süß und stark! Betüddelt für einen Penny, besoffen für zwei!»

Tom sah einen Mann aus vollem Hals in den Fluss kotzen, und eine betrunkene Dirne breitete ihre Röcke um sich aus, während sie in die Gosse urinierte. Soldaten in schimmernden Uniformen – Offiziere von König Williams Garderegimentern, zurück von den Kriegen – stolzierten, hübsche Mädchen am Arm, durch die Menschenmassen.

Auf dem Fluss lagen etliche Kriegsschiffe vor Anker, auf die Tom Daniel eifrig aufmerksam machte.

«Ja.» Daniel spuckte einen Mund voll Tabaksaft auf den Boden. «Das da drüben ist die alte *Dreadnought*. Vierundsiebzig Kanonen. Sie war in der Schlacht unten am Medway dabei. Das andere Schiff dort ist die *Cambridge* …» So leierte Daniel die ruhmreichen Schiffsnamen herunter, und Tom konnte nicht genug davon bekommen.

«Da!», rief er plötzlich. «Das muss Saint Paul's sein!» Tom

erkannte die Kathedrale von den Bildern in seinen Schulbüchern. Die Kuppel war erst halb fertig und noch zum Teil offen unter einem Spinnnetz von Gerüsten.

Guy hatte ihn gehört und steckte seinen Kopf aus dem Kutschfenster. «New Saint Paul's», berichtigte er seinen Zwillingsbruder. «Die alte Kathedrale ist im Großen Feuer vollkommen niedergebrannt. Master Wren ist der Architekt, und die Kuppel wird einmal 365 Fuß hoch …»

Doch seine Brüder oben auf der Kutsche hatten schon etwas anderes entdeckt.

«Und was ist mit den Gebäuden dort drüben passiert?» Dorian zeigte auf die rauchgeschwärzten Ruinen, unterbrochen von neueren Gebäuden, entlang dem Flussufer.

«Das ist alles dem Großen Feuer zum Opfer gefallen», erklärte Tom ihm. «Sieh nur, wie geschäftig die Bauleute an der Arbeit sind.»

Auf der anderen Seite der Brücke begannen die belebten Straßen der City von London, wo der Verkehr von Fuhrwerken und Menschen noch dichter war.

«Ich war vor dem Feuer hier», erzählte ihnen Daniel, «lange bevor an euch beide Knirpse auch nur gedacht war. Die Straßen waren nur gerade halb so breit wie jetzt, und die Leute leerten ihre Nachttöpfe in die Gosse …» Er erfreute die Jungen mit weiteren bildhaften Beschreibungen der Bedingungen, wie sie vor nur zwanzig Jahre noch in der Stadt geherrscht hatten.

In manchen der offenen Kutschen, denen sie begegneten, saßen vornehme Herren, gekleidet nach der neuesten Mode und in Begleitung von Damen in strahlenden Seiden- und Satingewändern, so schön, dass Tom sie ehrfurchtsvoll anstarrte, fast sicher, dass er keine Sterblichen, sondern Engel vor sich hatte.

Manche der anderen Frauen, die in den Fenstern der Häuser lagen, zwischen denen die Straßen eingequetscht waren, erweckten einen weniger himmlischen Eindruck. Eine schrie Aboli eine eindeutige Einladung zu.

«Was will sie Aboli zeigen?», piepste Dorian mit weit aufgerissenen Augen.

Daniel zauste sein feuerrotes Haar. «Am besten, das findest du niemals heraus, Master Dorry, denn wenn du es einmal gesehen hast, wirst du nie mehr Ruhe finden.»

Endlich kamen sie am «Pflug» an, und die Kutsche kam auf dem Pflaster vor dem Gasthof ratternd zum Stehen. Der Wirt kam herausgeeilt, um sie in Empfang zu nehmen. Er verbeugte sich tief und rieb sich erfreut die Hände. «Willkommen, Sir Hal, willkommen! Wir hatten Euch nicht vor morgen erwartet.»

«Die Straße war besser, als ich erwartet hatte. Wir sind gut vorangekommen.» Hal kletterte steif aus der Kutsche. «Bringt uns einen Krug Bier, damit wir uns den Staub aus den Kehlen waschen können», rief er auf dem Weg in die Gaststube, wo er sich auf einen der Stühle fallen ließ.

«Ich habe das übliche Zimmer für Euch bereit, Sir Hal, und eine Kammer für Eure Jungen.»

«Gut, und sorgt dafür, dass Eure Stallburschen sich um die Pferde kümmern und ein Zimmer für meine Diener finden.»

«Ich habe eine Nachricht von Lord Childs für Euch, Sir Hal. Er hat mich angewiesen, ihn sofort zu benachrichtigen, sobald Ihr eingetroffen seid.»

«Habt Ihr das getan?» Hal schaute ihm streng ins Gesicht. Nicholas Childs war der Vorstandsvorsitzende der Ostindischen Kompanie, doch er waltete seines Amtes, als wäre die Kompanie sein persönliches Eigentum. Er war immens reich und hatte unerhörten Einfluss in der City und bei Hofe. Die Krone war einer der größten Anteilseigner der Kompanie, und Childs hatte das Ohr und die Gunst des Königs persönlich. Kurz gesagt: ein Mann, mit dem nicht zu spaßen war.

«Ich habe soeben einen Boten zu ihm geschickt.» Hal nahm einen großen Schluck Bier und rülpste höflich hinter vorgehaltener Hand. «Ihr könnt mich jetzt zu meinem Zimmer führen.» Er stand auf, und der Wirt ging vor ihm die Treppe hinauf, die meiste Zeit rückwärts und sich bei jedem dritten Schritt verbeugend. Hal erklärte schnell sein Einverständnis mit der Unterkunft. Seine Räume umfassten neben dem Schlafzimmer einen Salon und ein Esszimmer. Die Jungen waren im Zimmer gegenüber, und Walsh, ihr Hauslehrer, belegte das Zimmer daneben, denn Hal legte großen Wert darauf, dass die Burschen keine Lektion versäumten.

«Dürfen wir hinausgehen und uns die Stadt anschauen? Bitte, Vater!», bettelte Tom.

Hal schaute Walsh an. «Sind sie mit den Aufgaben fertig, die Ihr ihnen für die Reise aufgegeben habt?»

«Master Guy ist tatsächlich mit allem fertig, aber die anderen beiden …», bemerkte Walsh steif.

«Ihr erledigt zuerst die Aufgaben, die Master Walsh euch gestellt hat», ermahnte Hal seine Söhne, «und zwar zu seiner vollsten Zufriedenheit. Vorher kommt ihr mir nicht aus dem Haus.» Als sein Vater nicht hinschaute, bedachte Tom seinen Lehrer, der ihm den Rücken zugekehrt hatte, mit einer abscheulichen Grimasse.

Noch bevor Aboli und Daniel alle schweren Lederkoffer von der Kutsche heraufgebracht hatten, traf Nicholas Childs' Bote ein. Der livrierte Diener verbeugte sich und überreichte Hal einen versiegelten Pergamentbogen. Hal gab ihm eine Münze und brach das Wachssiegel der Ostindischen Kompanie mit seinem Daumennagel. Der Brief war von einem Sekretär geschrieben worden: «Lord Childs bittet um das Vergnügen Eurer Gesellschaft beim Abendessen, heute um acht Uhr im Bombay House.» Darunter ein Postskriptum in Childs' eigener kunstvoller Handschrift: «Der einzige andere Gast ist Oswald Hyde. N.C.»

Hal pfiff leise durch die Zähne: Ein privates Abendessen mit dem Alten und dem Schatzkanzler Seiner Majestät König William III. «Interessant», lächelte Hal voller Vorfreude und Spannung, was die beiden Herren ihm wohl zu sagen haben würden.

Aboli und Daniel hatten gemeinsam den Straßenschlamm von der Kutsche geschrubbt und die Pferde gestriegelt, bis ihr Felle glänzten wie poliertes Metall. Hal hatte Zeit für ein ausgiebiges Bad und ließ das Zimmermädchen seine Kleider abwaschen, bevor er sich auf den Weg zu seinem Treffen mit Childs machte.

Bombay House lag hinter hohen Mauern in einem großen Park, nur einen Steinwurf vom Gerichtspalast und einen bequemen Spaziergang vom Hauptquartier der Ostindischen Kompanie an der Leadenhall Street entfernt. Das hohe, schmiedeeiserne Tor war bewacht, doch sobald Aboli seinen Herrn angekündigt hatte, schwangen die Torflügel sofort auf. Drei Diener warteten vor dem Eingang des Hauses, baten Hal herein und nahmen ihm Mantel und Hut ab. Der Majordomus führte ihn durch eine Reihe prächtiger Räume voller Spiegel und Ölgemälde von Schiffen, Schlachtszenen und exotischen Landschaften, im Licht wahrer Wälder von

Wachskerzen in Kristallkandelabern und Öllampen, gehalten von Statuen hölzerner Nymphen und Mohren.

Nach einer Weile gingen die grandiosen öffentlichen Räume in bescheidenere Zimmer über, und Hal bemerkte, dass sie nun die privaten Gemächer des großen Hauses betraten, näher bei den Küchen und den Quartieren der Dienerschaft. Schließlich blieben sie vor einer Tür stehen, die so klein und unauffällig war, dass er bestimmt daran vorbeigelaufen wäre, wenn der Hausmeier nicht mit seinem Stab daran geklopft hätte.

«Herein!», donnerte eine vertraute Stimme hinter der niedrigen Tür. Hal bückte sich, trat ein und fand sich in einem kleinen, aber opulenten Privatgemach. Die getäfelten Wände waren mit arabischen und indischen Teppichen behangen. Ein großer Tisch, beladen mit silbernen Wärmplatten und Terrinen, denen die appetitlichsten Aromen und Dämpfe entströmten, passte gerade in das enge Zimmer.

«Pünktlich wie immer», lobte Lord Childs ihn. Er saß am Kopfende des Tisches auf einem großen, gepolsterten Stuhl. «Vergebt mir, wenn ich nicht aufstehe, um Euch zu begrüßen, Courtney. Die verdammte Gicht …» Er zeigte auf seinen verbundenen Fuß, der auf einem Hocker ruhte. «Ihr habt Oswald schon kennen gelernt?»

«Ich hatte die Ehre.» Hal verbeugte sich vor dem Kanzler. «Guten Abend, Lord Hyde. Wir haben uns vergangenen August in Mr. Samuel Pepys' Haus getroffen.»

«Guten Abend, Sir Henry. Gewiss erinnere ich mich an jene Begegnung.» Lord Hyde verbeugte sich lächelnd, doch ohne aufzustehen. «Ihr seid kein Mann, den man so leicht vergisst.» Der Abend beginnt nicht schlecht, dachte Hal.

Childs winkte ihn formlos an seine Seite. «Setzt Euch doch, hier neben mir, dann können wir uns unterhalten. Nehmt die Perücke ab, Mann, zieht den Rock aus, machen wir es uns bequem.» Er schaute auf und bemerkte Hals dichtes schwarzes Haar, in dem kaum ein Silberstreif zu sehen war. «Natürlich, Ihr tragt keine Perücke. Sehr vernünftig. Wir sind allesamt Sklaven der Mode, wir unglücklichen Bewohner der City.»

Childs und Hyde hatten beide kurz geschorene Schädel und waren in Hemdsärmeln und offenen Krägen. Childs hatte eine Serviette um den Hals. Sie hatten offenbar ohne ihn mit dem

Essen begonnen: Nach dem Berg leerer Austerschalen zu urteilen, musste Childs schon mehrere Dutzend verdrückt haben. Hal legte seinen Rock ab und überließ ihn einem Diener, bevor er sich am Tisch niederließ.

«Wonach gelüstet es Euch, Courtney, Rheinwein oder Madeira?» Hal entschied sich für den Rheinwein. Er wusste aus Erfahrung, dass dies ein langer Abend werden würde und dass der Madeira trügerisch süß und stark war. Sobald sein Glas gefüllt war und er einen mächtigen Teller voll Colchester-Austern vor sich hatte, entließ Childs die Diener mit einer Handbewegung, sodass sie offen reden konnten, und fast sofort kamen sie auf die leidige Frage des Irland-Krieges. Der abgesetzte König James war von Frankreich aus nach Irland gesegelt, um unter seinen katholischen Anhängern dort eine Armee auszuheben. Nun zog er die Streitkräfte auf sich, die König William treu ergeben waren. Oswald Hyde beklagte die Kosten des Feldzugs, doch Childs bejubelte die erfolgreiche Verteidigung von Londonderry und Enniskillen durch die Soldaten Seiner Majestät.

«Seid versichert, sobald der König mit den Iren fertig ist, wird er seine ganze Aufmerksamkeit wieder Frankreich widmen.» Oswald Hyde saugte noch eine Auster aus ihrer Schale. Er schaute unglücklich drein, ein Gesichtsausdruck, der ihm nicht schwer zu fallen schien. «Ich werde noch einmal vor das Parlament treten und um die Bewilligung neuer Gelder bitten müssen.»

Obwohl er auf dem Land lebte, war Hal stets informiert über die Ereignisse des Tages. Er hatte viele gute Freunde in London, mit denen er regelmäßig korrespondierte. So konnte er den vielen subtilen Wendungen der Diskussion nicht nur folgen, sondern auch selbst dazu beitragen. «In der Angelegenheit haben wir leider kaum die Wahl», warf er ein. «Wenn Louis in die Pfalz einmarschiert, müssen wir einfach einschreiten, das schreibt uns der Wiener Vertrag vor.» Damit hatte er eine Meinung kundgetan, mit der die anderen nur übereinstimmen konnten, das spürte Hal, obwohl Hyde damit fortfuhr, die Kosten des Krieges in Europa zu beklagen.

«Sicher, der Krieg gegen Frankreich ist unvermeidlich, aber, in Gottes Namen, wir haben noch nicht einmal die Kosten für den Holland-Krieg und das Feuer bezahlt. Black Boy und Jamie haben uns Schulden bei jeder Bank Europas vererbt.» Black Boy war der

Spitzname für Charles II., den «lustigen Monarchen». Jamie war James II., Charles' Nachfolger für kaum drei Jahre, bevor seine offene Hingabe für die römische Kirche ihn dazu zwang, nach Frankreich zu fliehen. William, der Statthalter der Vereinigten Provinzen der Niederlande und Vierter in der englischen Thronfolge, war dann mit seiner Gattin Mary eingeladen worden, den Thron von England einzunehmen. Mary war James' Tochter, was ihrem Thronanspruch noch größeres moralisches Gewicht verlieh, und natürlich waren sowohl sie als auch William standhafte Protestanten.

Als sie mit den Austern fertig waren, rief Childs die Diener wieder herein, um die anderen Gänge zu servieren. Er fiel über eine Seezunge her, als wäre sie ein erbitterter Feind, und dann wurden Lamm und Rindfleisch aufgetragen, mit drei verschiedenen Suppen aus silbernen Terrinen, um alles herunterzuspülen. Dem ziemlich faden Rheinwein folgte ein anständiger roter Bordeaux.

Hal nippte bedachtsam an seinem Glas. Die Unterhaltung war faszinierend und eröffnete ihm Einblicke in die verwickelten Strukturen von Macht- und Weltpolitik, wie sie ihm selten zuteil wurden. Selbst der feinste Wein sollte seinen Geist nicht umnebeln. Das Gespräch befasste sich mit allen möglichen Ereignissen von der Krönung des Zaren Peter von Russland zu den französischen Übergriffen in Kanada; von dem Massaker, das die Irokesen unter den Siedlern von Lachine angerichtet hatten, bis zur Rebellion der Marathen gegen die Herrschaft des Mogul-Kaisers Aurangsib in Indien.

Diese letzte Neuigkeit lenkte das Gespräch schnell auf den eigentlichen Anlass des Treffens, die Angelegenheiten und Geschäfte der Ostindischen Kompanie zu London. Hal bemerkte die Veränderung im Verhalten der anderen, sobald sie zur Sache kamen. Ihre Blicke waren plötzlich voller List und Berechnung.

«Ich höre, Ihr haltet einige Anteile an der Kompanie, ist das richtig?», fragte Lord Hyde unschuldig.

«Ich hatte das Glück, ein kleines Anteilspaket erwerben zu können, nachdem ich in den Siebzigern aus dem Osten zurückgekehrt war», gab Hal bescheiden zu, «und seitdem habe ich meine Interessen hin und wieder aufgestockt, wenn es das Schicksal erlaubte.»

Childs wischte Hals Erklärungen beiseite. «Alle Welt weiß von

Euren und Eures Vaters außerordentlichen Taten in den Holland-Kriegen und danach. Und wer wüsste nicht von den erheblichen Beträgen, die aus Eurer Kriegsbeute in die Staatskasse geflossen sind? Auch die Früchte Eurer Handelsreisen zu den Molukken und zur afrikanischen Ostküste sind kein Geheimnis.» Er wandte sich dem Kanzler zu. «Sir Henry kontrolliert viereinhalb Prozent der Kompanieaktien – ohne die Mitgift der Alice Grenville, die vor wenigen Tagen seinen ältesten Sohn geehelicht hat», erklärte er trocken.

Hyde wirkte beeindruckt, als er im Kopf den Geldwert berechnete, den das darstellen würde. «Ihr habt Euch als ein mutiger und gescheiter Seefahrer erwiesen», murmelte Hyde, «und als ein bedachtsamer Investor. Ihr habt Euch diese Schätze redlich verdient.» Er betrachtete Courtney mit einem durchdringenden Blick, und Hal wusste, dass der Kanzler bald aussprechen würde, weshalb sie ihn wirklich eingeladen hatten. «Darüber hinaus sind Eure persönlichen Interessen eng mit den unseren verknüpft», fuhr der Kanzler ruhig fort, wobei er sich mit einer Hand den geschorenen Schädel rieb, dass die Haarstoppeln knisterten. «Wir alle sind Aktionäre, und die Krone ist der größte von allen. Die letzten Neuigkeiten aus Ostindien betreffen uns daher umso schmerzlicher – uns alle.»

Hal spürte, wie sich sein Herz zusammenkrampfte. Er versteifte sich auf seinem Stuhl und sagte mit gepresster Stimme: «Vergebt mir, Eure Lordschaft, aber ich bin erst heute Morgen in London eingetroffen. Ich kenne diese Neuigkeiten nicht.»

«Da könnt Ihr Euch glücklich schätzen, denn die Nachrichten sind schlecht», brummte Childs, bevor er sich einen bluttriefenden Batzen Rindfleisch in den Mund stopfte. Er kaute und trank einen großen Schluck Wein. «Vor zwei Wochen hat unser Schnellsegler *Yeoman of York* an den East-India-Docks festgemacht, nach zweiundsechzig Tagen auf See, von Bombay. Sie brachte Baumwolle und Cochenille – und eine Botschaft von General Aungier, dem Gouverneur der Kolonie.» Childs runzelte die Stirn und schüttelte den Kopf, so schwer fand er es, das Folgende auszusprechen. «Wir haben zwei Schiffe verloren, die *Minotaur* und die *Albion Spring*.»

Hal schnellte auf seinem Stuhl zurück, als hätte ihn jemand vor den Kopf geschlagen. «Der Stolz der Flotte!», rief er aus.

Er konnte es kaum glauben. Die Indien-Schnellsegler oder «Indiamen» waren stattliche, grandiose Schiffe, die Königinnen der Meere, nicht nur für den Transport von Fracht gebaut, sondern auch zum Ruhme der großen und reichen Kompanie, der sie gehörten, und der englischen Krone, unter deren Flagge sie segelten.

«Gesunken?», fragte Hal nach. Selbst einen Konzern so mächtig wie die Kompanie musste ein derartiger Verlust erschüttern. Wenn ein solches Schiff sank, war das ein schlimmer Schlag, doch zwei verlorene Schiffe waren eine Katastrophe, ein Schaden von vielleicht hunderttausend Pfund, wenn man die Ladungen dazurechnete.

«Wo ist es passiert?», wollte er wissen. «Auf der Agulhas-Sandbank? Auf den Korallenriffen der Maskarenen?»

«Sie sind nicht gesunken», entgegnete Childs geheimnisvoll.

«Was dann?»

«Piraten», antwortete Childs, «Korsaren.»

«Seid Ihr sicher? Wie könnt Ihr das wissen?» Die Indiamen waren schließlich besonders deshalb so schnell und so schwer bewaffnet, um genau diese Art Vorfälle zu vermeiden. Es bedurfte schon eines mächtigen Kriegsschiffes, ein solches Schiff zu entern. Wenn sich diese Neuigkeiten herumsprachen, würden die Aktien der Kompanie ins Bodenlose fallen. Seine eigenen Anteile würden Tausende, nein, Zehntausende an Wert verlieren.

«Beide Schiffe sind nun seit Monaten überfällig, und von keinem haben wir seitdem gehört», erklärte Childs. «Ein Seemann scheint jedoch von der *Minotaur* entkommen zu sein. Er war fast vierzig Tage im Wasser, an ein Stück Treibgut geklammert, und hat sich mit Regenwasser und rohem Fisch aus dem Meer am Leben gehalten, bis er in der afrikanischen Wildnis an Land gespült wurde. Danach marschierte er wochenlang die Küste entlang und erreichte schließlich die portugiesische Kolonie Lobito. Dort fand er eine Koje an Bord einer Schaluppe, die ihn nach Bombay brachte, wo er seine Geschichte dem Gouverneur Aungier vortrug. Der schickte dann den Seemann und seine Nachrichten weiter zu uns, an Bord der *Yeoman of York*.»

«Wo ist dieser Matrose jetzt?», fragte Hal. «Habt Ihr mit ihm geredet? Ist er glaubwürdig?»

Childs hob die Hand, um dem Fragenschwall Einhalt zu gebieten. «Er ist an einem sicheren Ort und gut versorgt. Wir wollen zu diesem Zeitpunkt nicht, dass er seine Geschichte auf den Straßen Londons verbreitet, oder in den Kaffeehäusern.» Hal nickte; dieses Vorgehen war sinnvoll. «Und, ja, ich habe mich ausgiebig mit ihm unterhalten. Er scheint ein vernünftiger Bursche zu sein, stark und findig, wenn sein Bericht zutrifft, was ich für wahrscheinlich halte.»

«Was ist nach seinen Worten geschehen?»

«Die *Minotaur* stieß auf eine kleine Dau, die vor Madagaskar in Seenot geraten war, und nahm die Mannschaft auf, etwa ein Dutzend Araber, bevor das Boot sank. Doch in der ersten Nacht, während der Mittelwache, eroberten die Überlebenden das Deck. Sie hatten Waffen in ihren Kleidern verborgen und schnitten den Offizieren der Wache die Kehlen durch. Natürlich wäre es der Mannschaft der *Minotaur* nicht schwer gefallen, eine so kleine Piratenbande zu überwältigen, doch fast im selben Augenblick erschien ein ganzer Schwarm kleiner Boote aus der Dunkelheit, offenbar auf ein Signal, und die Piraten, die schon an Bord waren, konnten die Schiffsmannschaft daran hindern, die Kanonen zu laden oder sich sonst wie zu verteidigen, bevor es zu spät war.»

«Wie ist dieser Matrose entkommen?»

«Die meisten Männer der *Minotaur* wurden niedergemetzelt, doch dieser Mann – Wilson ist sein Name – überzeugte den Piratenkapitän davon, dass er sich ihnen anschließen und sie zu neuer Beute führen wollte. Dann nahm Wilson die erste Gelegenheit wahr, zu entkommen. Mit einem kleinen Fass als Floß schlüpfte er durch ein Kanonenloch und sprang über Bord.»

Childs öffnete eine silberne Schatulle und nahm ein längliches braunes Objekt heraus. Es sah aus wie ein Stück vertrocknete Baumrinde. «Tabakblätter, zu einem Stab zusammengerollt», erklärte er. «Spanisch, aus ihren Kolonien in Amerika. Sie nennen sie *Cigarros*. Ich rauche sie inzwischen lieber als meine Pfeifen. Möchtet Ihr eine probieren? Hier, ich bereite eine für Euch vor.» Er schnupperte umständlich an der Zigarre und schnitt an einem Ende die Spitze ab.

Hal nahm das Angebot an und roch skeptisch an dem eigenartigen Tabakgebilde. Der Duft war überraschend angenehm. Er folgte Childs Beispiel und zündete das Ende der Zigarre an dem brennenden Span an, den Childs ihm hinhielt. Er paffte vorsichtig, und trotz der Sorgen, die ihm das eben Gehörte bereitete, schmeckte ihm dieser Tabak besser als jede Pfeife, die er geraucht hatte.

Auch die anderen beiden Männer pafften inzwischen an ihren Zigarren, was Hal eine Minute Zeit gab, über das Problem nachzudenken, das Childs ihm vorgetragen hatte. «Ihr sagtet, zwei Schiffe sind verloren», bemerkte er schließlich.

«Ja», bestätigte Childs, «die *Albion Spring* verschwand nur wenige Wochen vor der *Minotaur* – geentert von derselben Bande von Halsabschneidern.»

«Wie können wir da sicher sein?»

«Der Kapitän der Piraten prahlte damit vor diesem Wilson.»

Wieder herrschte längeres Schweigen, dann fragte Hal weiter: «Und was plant Ihr zu unternehmen, Lord Childs?» Sein Puls beschleunigte sich, als er sah, wie die beiden Männer Blicke austauschten, und zum ersten Mal meinte er zu ahnen, weshalb er zu diesem vertraulichen Gespräch geladen worden war.

Childs wischte sich mit dem Handrücken das Fett vom Kinn und blinzelte Hal verschwörerisch zu. «Wir werden jemanden schicken, diesen Piraten zu erledigen. Jangiri nennt er sich – Jangiri, so heißt der Schurke.»

«Und wen gedenkt Ihr schicken?», fragte Hal, obwohl er die Antwort bereits kannte.

«Euch natürlich.»

«Euer Lordschaft, ich bin jetzt ein Farmer. Ich lebe auf dem Land …»

«Aber erst seit ein paar Jahren», fiel ihm Hyde ins Wort. «Davor wart Ihr einer der besten und erfolgreichsten Seefahrer der südlichen und östlichen Ozeane.»

Hal sagte nichts. Natürlich stimmte, was der Kanzler sagte. Die beiden wussten alles über ihn. Wahrscheinlich konnten sie fast jede Reise aufzählen, die er je unternommen hatte, und Hyde musste alle Schätze und wertvollen Frachten in seinen Akten haben, die Hal im Laufe der Jahre der Krone übergeben hatte.

«Meine Herren, ich habe Familie. Ich habe vier Söhne, um die ich mich kümmern muss, und keine Frau, mit der ich diese Verantwortung teilen könnte. Deshalb fahre ich nicht mehr zur See.»

«Ich weiß, Ihr habt die Seefahrerei aufgegeben, Courtney, und seid meines tiefsten Beileids versichert, was den Verlust Eurer Gattin angeht. Andererseits muss selbst Euer jüngster Sohn inzwischen in dem Alter sein, in dem Ihr selbst Eure erste Seereise angetreten habt. Ich sehe keinen Grund, weshalb Ihr nicht für jeden einzelnen Eurer Söhne einen Platz auf einem gut ausgerüsteten Schiff finden solltet.» Auch das stimmte. Childs hatte seine Strategie offenbar sorgfältig geplant, in allen Einzelheiten, doch Hal war entschlossen, es ihm nicht leicht zu machen.

«Ich kann meine Verantwortung für High Weald nicht einfach aufgeben. Ohne ordentliche Verwaltung sehen meine Güter dem Ruin entgegen.»

«Mein lieber Sir Henry», lächelte Hyde, «mein eigener Sohn war mit Eurem William am King's College. Sie sind noch heute die besten Freunde und schreiben sich regelmäßig. Soweit ich gehört habe, liegt die Verwaltung Eurer Güter inzwischen fast ausschließlich in den Händen des jungen William. Ihr selbst verbringt immer mehr Zeit mit Euren Falken, Jagdhunden und Büchern – und in Erinnerung an alte Zeiten, in Gesellschaft Eurer früheren Schiffskameraden.»

Hal stieg die Zornesröte ins Gesicht. War das wirklich, was William über seine Rolle und seinen Beitrag zur Verwaltung von High Weald und der Minen dachte?

«Wenn wir uns nicht sofort um diesen Burschen, Jangiri, kümmern, werden wir bald alle ruiniert sein», fügte Childs hinzu. «Ihr seid der beste Mann für diese Aufgabe, das wissen wir. Das wisst Ihr selbst.»

«Die Ausmerzung des Piratentums ist Sache der Königlichen Marine», erwiderte Hal stur.

«Das ist es in der Tat», stimmte Hyde zu, «doch vor Ende des Jahres werden wir im Krieg mit Frankreich sein, und die Königliche Marine wird wichtigere Dinge zu tun haben. Es könnten mehrere Jahre vergehen, bevor die Admiralität sich der Sicherung der fernen Ozeane zuwenden kann, und so lange können wir nicht warten. Jangiri hat schon zwei mächtige Schiffe unter seinem Kommando. Wer weiß, ob er in ein oder zwei Jahren nicht stark genug sein wird, Bombay oder unsere Manufakturen an der Küste von Karnataka anzugreifen? Eure Anteile an der Kompanie wären nicht mehr viel wert, wenn ihm das gelangen sollte.»

Unruhig rutschte Hal auf seinem Stuhl herum und spielte mit dem Stiel seines Weinglases. Dies war der Augenblick, auf den er im Geheimen gewartet hatte in all diesen Monaten der Langeweile und Untätigkeit. Sein Puls raste, seine Gedanken flatterten von Idee zu Idee wie ein Kolibri, der von Blüte zu Blüte schwebt, um Nektar zu trinken.

«Ich habe kein Schiff», sagte er. Die *Golden Bough* hatte er verkauft, nachdem er nach Devon zurückgekehrt war. Sie war abgetakelt, der Rumpf halb aufgefressen vom Schiffswurm. «Ich bräuchte ein Schiff, das der *Minotaur* oder der *Albion Spring* mindestens ebenbürtig wäre.»

«Ich kann Euch zwei feine Schiffe anbieten», konterte Childs, ohne zu zögern. «Euer Flaggschiff wäre die neue *Seraph*, das beste Schiff, das die Kompanie je hat bauen lassen hat. Sechsunddreißig Kanonen und schnell wie der Wind. Sie ist zurzeit bei den Ausrüstern in der Deptford-Werft. Bis Ende des Monats kann sie bereit sein.»

«Und das andere Schiff?», forschte Hal nach.

«Die *Yeoman of York*, das Schiff, das diesen Burschen Wilson aus Bombay mitgebracht hat. Ende der Woche wird sie neu ausgerüstet und seefertig sein, ebenfalls mit sechsunddreißig Kanonen, und Captain Edward Anderson ist ein tüchtiger Seemann.»

«Ich kenne ihn gut», nickte Hal. «Aber unter welcher Autorität würden wir segeln?» Hal war entschlossen, noch ein wenig Widerstand zu leisten.

«Bis morgen Mittag kann ich Euch eine Kommission besorgen, unterzeichnet von Seiner Majestät persönlich», versprach Hyde. «Diese wird Euch berechtigen, die Korsaren aufzuspüren und zu vernichten und ihre Schiffe und Besitztümer als Beute einzubehalten.»

«Was sind die Bedingungen hinsichtlich der Beute?» Hal ließ nicht locker.

«Ein Drittel für die Krone, ein Drittel an die Kompanie und ein Drittel für Euch und Eure Mannschaften», schlug Hyde vor.

«Wenn ich mich auf dieses Unternehmen einlasse, und das ist noch keineswegs garantiert, möchte ich die Hälfte für mich und meine Männer.»

«Es stimmt also», sagte Hyde bedrückt, «Ihr seid ein harter Verhandlungspartner. Wir können das diskutieren, sobald Ihr die Kommission akzeptiert habt.»

«Ich möchte während der Reise auch auf eigene Rechnung handeln dürfen.»

Einer der Grundsätze der Kompanie war, dass ihre Kapitäne keine Privatgeschäfte betrieben, weil dies zu Interessen- und Loyalitätskonflikten führen konnte. Childs' Miene verfinsterte sich, und seine Wangen zitterten vor Empörung. «Unter keinen Umständen! Dem werde ich niemals zustimmen! Es würde ein gefährliches Exempel statuieren!» Erst dann bemerkte er, dass Hal ihm eine Falle gestellt hatte, in die er prompt getappt war.

«Na gut», sagte Hal ruhig, «auf dieses Recht werde ich also verzichten, sofern Ihr mir die Hälfte der Beute zugesteht.» Childs schluckte und prustete über Hals Unverschämtheit, doch Hyde lächelte grimmig.

«Er hat Euch in der Klemme, Nicholas. Was könnt Ihr anbieten? Die Prämie oder das Handelsrecht?»

Childs dachte fieberhaft nach. Die Beute konnte jeden Handelsprofit weit übersteigen, den selbst dieser gerissene und begabte Seefahrer entlang den asiatischen und afrikanischen Küsten erwirtschaften mochte, doch das Recht, dort überhaupt Handel zu betreiben, war ein geheiligtes Privileg der Kompanie, das sie mit niemandem teilen wollte.

«Na gut», sagte er schließlich, «die Hälfte der Beute, aber nichts von den Handelsprofiten.»

Hal zog eine Grimasse, obwohl er im Grunde sehr zufrieden war. Er nickte scheinbar widerwillig. «Gebt mir eine Woche, darüber nachzudenken.»

«Wir haben keine Woche Zeit», protestierte Hyde. «Wir brauchen Eure Antwort noch heute Abend. Seine Majestät erwartet meinen Bericht morgen früh in der Kabinettssitzung.»

«Es gibt zu viele Dinge, die ich abzuwägen habe, bevor ich die Kommission annehmen kann.» Hal lehnte sich zurück und verschränkte die Arme vor der Brust. Wenn er die Angelegenheit noch etwas verzögerte, bestand die Möglichkeit, noch mehr Konzessionen zu gewinnen.

«Henry Courtney, Baron Dartmouth», sagte Hyde leise, «klänge das nicht gut?»

Hal ließ seine Arme sinken und beugte sich nach vorn. Die Bemerkung des Kanzlers hatte ihn so überrascht, dass er für einen Augenblick seine Begeisterung verriet. Ein Adelstitel! Daran hatte er nie zu denken gewagt, und doch war es eines der wenigen Dinge, die ihm noch fehlten auf dieser Welt.

«Ist das Euer Ernst, Sir?», stammelte er. «Was meint Ihr damit?»

«Akzeptiert die Kommission, die wir Euch anbieten, sofort und bringt uns den Kopf dieses Schurken Jangiri in einem Essigfass, und ich gebe Euch mein Wort, dass der Titel Euer ist. Was sagt Ihr dazu, Sir Hal?»

Hal grinste. Er war immer noch bürgerlich, wenn auch ein Bürger von höchstem Rang, doch dieser nächste Schritt auf der Leiter würde ihn in den Adelsstand und das House of Lords befördern. «Ihr seid es, der hier hart verhandelt, Lord Hyde. Nun kann ich weder Euren Schmeicheleien noch meiner Pflicht länger widerstehen.» Er hob sein Glas, und die anderen folgten seinem Beispiel.

«Volle Segel und gute Jagd», offerierte er als Trinkspruch.

«Auf Gold und Ruhm», entgegnete Hyde, und sie leerten ihre Gläser.

Hyde nahm seine Serviette und tupfte sich die Lippen ab. «Wir haben Euch noch nicht bei Hofe vorgestellt, oder, Sir Hal?» Als Hal den Kopf schüttelte, fuhr der Kanzler fort: «Nun, da Ihr bald ein Freiherr des Königreiches sein werdet, sollten wir das hinter uns bringen, bevor Ihr London verlasst. Zwei Uhr nachmittags, diesen Freitag im St.-James-Palast. Der König hält eine Levée ab, bevor er nach Irland aufbricht, um das Kommando im Feldzug gegen seinen Schwiegervater zu übernehmen. Ich werde jemanden zu Eurem Gasthof schicken und Euch zum Palast führen lassen.»

Alfred Wilson entpuppte sich als Überraschung. Bei einem solchen Namen hatte Hal einen echten englischen Teerkopf mit einem deftigen Yorkshire- oder Somerset-Akzent erwartet. Auf Hals Bitte hatte Childs den Seemann entlassen, wo immer er festgehalten worden war, und zu Hals Gasthof schicken lassen. Nun stand er mitten in Hals Privatsalon und drehte eine Mütze in seinen schlanken, dunklen Händen.

«Ihr seid Engländer?», wollte Hal wissen.

Wilson hob respektvoll eine Hand an das dichte schwarze Haar, das seine Stirn umspielte. «Mein Vater stammt aus Bristol, Captain.»

«Aber nicht Eure Mutter», riet Hal.

«Nein, sie war aus Indien, eine Mogul, eine Muselmanin, Sir.»

Wilson war noch schwärzer als Hals Sohn William und ebenso gut aussehend. «Sprecht Ihr ihre Sprache, Wilson?»

«Ja, Sir, und ich kann auch darin schreiben. Meine Mutter war eine Frau von Stand, wenn Ihr erlaubt, Sir.»

«Ihr könnt also auch in Englisch schreiben?» Hal mochte den Mann, und wenn seine Geschichte stimmte, wie er Jangiri entkommen war, dann war er tatsächlich sehr intelligent und findig.

«Ja, Sir.»

Das machte ihn zu einer Ausnahme, denn die meisten Seeleute konnten weder lesen noch schreiben. «Sprecht Ihr noch andere Sprachen?», fragte Hal ruhig.

«Nur noch Arabisch.» Er zuckte entschuldigend die Schultern.

Das wird ja immer besser, dachte Hal im Stillen. Dann wechselte er ins Arabische, um Wilson auf die Probe zu stellen. Er hatte die Sprache von Judith gelernt, seiner ersten Frau, und seine Kenntnisse darin auf vielen Reisen entlang den Küsten Afrikas und Arabiens weiter verfeinert. «Wo habt Ihr das gelernt?» Nach einigen Jahren Pause kamen ihm die kehligen arabischen Laute etwas schwer von der Zunge.

«Ich habe lange Zeit auf dem Vorschiff gearbeitet, und die Mannschaft bestand hauptsächlich aus Arabern», kam Wilsons Antwort geschwind und flüssig.

«Welchen Rang hattet Ihr auf der *Minotaur*?»

«Bootsmann, Sir.»

Hal war entzückt. Nur die Besten konnten es in so jungen Jahren zu diesem Rang bringen. Ich muss ihn haben, entschied er. «Ihr müsst mir genau berichten, was sich bei dem Verlust der *Minotaur* zugetragen hat, doch vor allem: Erzählt mir von Jangiri.»

«Mit Verlaub, Captain, aber das kann einige Zeit in Anspruch nehmen.»

«Wir haben den ganzen Tag, Wilson.» Hal zeigte auf die Bank vor der Wand am anderen Ende des Zimmers. «Setzt Euch dort.» Als der Mann zögerte, ermunterte ihn Hal: «Ihr sagt, es würde eine Weile dauern. Setzt Euch also, Mann, und beginnt endlich.»

Er brauchte fast vier Stunden. Walsh, der Hauslehrer, saß am Tisch und machte Notizen, wie Hal es ihm aufgetragen hatte. Wilson sprach mit ruhiger Stimme und ohne Gefühle zu zeigen, bis er berichten musste, wie die Piraten seine Schiffskameraden umgebracht hatten. Er stockte, und als Hal aufschaute, bemerkte er verwundert, dass Wilsons Augen vor Tränen glänzten. Er ließ einen Krug Bier kommen, damit Wilson seine Kehle ölen und seine Fassung wiedererlangen konnte, doch Wilson schob das Bier beiseite. «Ich trinke keinen Alkohol, Sir.»

Hal war hochzufrieden. Alkohol war das schlimmste Laster der meisten Seeleute. «Nie?», fragte er.

«Nein, Sir, nie. Meine Mutter … Ihr versteht, Sir.»

«Ihr seid Christ?»

«Ja, Sir, aber ich kann auch nicht vergessen, was meine Mutter mich gelehrt hat.»

«Ich verstehe.» Bei Gott, dachte Hal, ich brauche diesen Mann – er ist ein Juwel! Und dann kam er auf den Gedanken, dass Wilson seinen Jungen Arabisch beibringen könnte, während sie unterwegs waren. Das würden sie brauchen, wenn sie an der Küste landeten.

Als Wilson zum Schluss kam, hatte Hal eine lebhafte Vorstellung davon, was an Bord der *Minotaur* geschehen war und wer der Mann war, mit dem er es aufzunehmen hatte. «Ich möchte, dass Ihr alles noch einmal durchdenkt, Wilson. Wenn Euch noch etwas einfällt, irgendeine Einzelheit, die nützlich sein könnte, müsst Ihr wieder zu mir kommen und mir davon berichten.»

«Sehr wohl, Captain.» Wilson stand auf und wollte gehen. «Wo werde ich Euch finden, Sir?»

Hal zögerte. «Ich hoffe, Ihr könnt den Mund halten», sagte er dann, und als Wilson nickte, fuhr er fort: «Ich weiß, dass man Euch daran gehindert hat, die Geschichte der *Minotaur* zu erzählen. Wenn Ihr mir Euer Wort geben könnt, dass Ihr sie auch in Zukunft nicht verbreiten werdet, könnt Ihr Euch meiner Mannschaft anschließen. Ich suche noch einen guten Wachoffizier. Wollt Ihr bei mir anheuern, junger Mann?»

Wilson lächelte, fast ein wenig schüchtern. «Ich habe von Euch gehört, Captain», gab er schließlich zu. «Mein Onkel hat unter Eurem Vater gedient, an Bord der *Lady Edwina*, und unter Euch selbst auf der *Golden Bough*. Er hat mir von Euch erzählt.»

«Wer war Euer Onkel?»

«Ned Tyler, und er ist immer noch mein Onkel.»

«Ned Tyler!», rief Hal aus. Den Namen hatte er seit fünf Jahren nicht mehr gehört. «Wo ist der Kerl?»

«Auf seiner Farm bei Bristol. Die hat er von dem Beutegeld gekauft, das er auf Eurem Schiff verdient hat, Captain.» Ned Tyler war einer der besten Männer, mit denen Hal je gesegelt war. Er wunderte sich immer wieder, wie klein und eng geknüpft die Bruderschaft der Meere war.

«Was sagt Ihr also, Wilson? Wollt Ihr als Wachoffizier auf der *Seraph* anheuern?»

«Ich würde sehr gern mit Euch segeln, Captain.»

Hal war hoch erfreut, dass Wilson sein Angebot akzeptiert hatte. «Sagt meinem Bootsmann Daniel Fisher, er soll eine Behausung für Euch finden, bis wir unsere Quartiere auf dem Schiff beziehen können. Und dann könnt Ihr Eure Künste mit der Feder üben, indem Ihr Eurem Onkel Ned einen Brief schreibt. Schreibt ihm, er soll aufhören, seine Kühe zu melken und auszumisten, und wieder in seine Seemannsstiefel steigen. Ich brauche ihn.»

Sobald Wilson die enge Treppe zur Wirtschaft hinunter verschwunden war, schaute Hal aus dem kleinen Fenster auf den gepflasterten Hof hinab. Die Hände hinter dem Rücken gefaltet, stand er da und beobachtete, wie Aboli die Zwillinge im Fechtkampf unterwies. Guy saß mit Dorian auf einem Heuballen. Er musste seine Lektion schon hinter sich haben, denn sein Kopf war hochrot und sein Hemd voller dunkler Schweißflecken. Dorian klopfte ihm anerkennend auf den Rücken.

Hal sah zu, wie Aboli mit Tom das Fechtlehrbuch durchging, die sechs Paraden und das komplette Repertoire an Hieben und Stößen. Tom schwitzte schon ein wenig, als Aboli ihm gegenübertrat und mit einem Nicken das Signal zum Gefecht gab. «In Stellung, Klebe!»

Sie fochten ein halbes Dutzend ausgeglichene Kämpfe. Hal konnte sehen, wie Aboli sich mäßigte, damit Tom eine Chance hatte, doch der Junge war schon müde und langsam, als Aboli ihm zurief: «Ein letztes Gefecht, Klebe, und diesmal werde ich ernst machen!»

Tom biss die Zähne zusammen, nahm Quartstellung ein, die Säbelspitze hoch, und versuchte, Abolis nächste Bewegung zu erahnen, indem er ihm in die dunklen Augen schaute. Sie kreuzten die Klingen, und Aboli ging auf ihn los, den rechten Fuß voran, graziös wie ein Tänzer. Eine Finte nach oben und dann, als Tom parierte und seine Riposte anbrachte, sprang Aboli gewandt zurück und konterripostierte in Linie, schnell wie eine Viper. Tom versuchte die korrekte Parade, eine tiefe Quarte, doch ihm fehlte die nötige Schnelligkeit. Stahl schrammte an Stahl, und im nächsten Augenblick stoppte Abolis Säbelspitze einen Daumenbreit vor Toms Brustwarze, die sich unter dem weißen Hemd abzeichnete.

«Du musst schneller werden, Klebe, schnell wie ein Falke», ermahnte Aboli den Jungen, der sich geschwind wieder in Position brachte. Abolis Handgelenk war leicht nach innen verdreht, und seine Klinge stand etwas schräg. Er bot eine Blöße, durch die Tom stoßen und seine rechte Schulter treffen konnte. Tom rauchte vor Wut über Abolis Treffer, doch diese Chance bemerkte er sofort.

Von seinem Fenster im Obergeschoss aus beobachtete Hal, wie Tom den Fehler beging, seine Absicht zu verraten, indem er sein Kinn etwas hob. «Nein, Tom, nein!», flüsterte er. Aboli hielt ihm den Köder vor die Nase, mit dem er ihn selbst so oft in die Falle gelockt hatte, als er in Toms Alter war. Mit makellosem Gefühl für die Entfernung brachte Aboli seine Schulter zwei Daumenbreit aus Toms Reichweite. Er würde den Jungen wieder schlagen, falls der sich auf die Attacke einließ.

Hal jubelte vor Freude, als er sah, wie sein Sohn mit einem Doppelschritt auf Abolis Schulter zu fintierte und dann – mit der Gewandtheit eines Affen und mit für sein Alter erstaunlicher Kraft im Handgelenk – seinen Angriffswinkel änderte und Abolis Hüfte attackierte. «Fast hättest du ihn gehabt!», flüsterte Hal, als Aboli sich plötzlich gezwungen sah, all seine Kunst einzusetzen, und sich mit einer Kreisparade verteidigte, mit der er Toms Klinge erwischte und sie wieder in Linie zwang.

Aboli trat zurück und brach das Gefecht ab. Er schüttelte den Kopf, dass die Schweißtropfen von seinem kahlen Schädel flogen, und ließ seine weißen Zähne blitzen. «Gut gemacht, Klebe. Falle niemals auf eine Einladung herein. Gut. Diesmal hättest du mich fast geschlagen.» Er legte Tom seinen Arm um die Schultern. «Das reicht für heute. Master Walsh wartet schon, dass du die Klinge weglegst und mit der Feder übst.»

«Noch eine Runde, Aboli!», bettelte Tom. «Diesmal werde ich dir einen Treffer versetzen, ganz bestimmt!» Doch Aboli schob den Jungen Richtung Tür.

«Aboli findet genau das richtige Maß», sagte sich Hal anerkennend. «Er würde die Jungen nie jenseits ihrer Jahre oder ihrer Kräfte zwingen.» Er berührte die weiße Narbe an seinem rechten Ohrläppchen und lächelte wissend. «Der Tag ist jedoch nicht fern, wenn er dem guten Master Thomas ein paar Tropfen von seinem Himbeersaft abzapfen wird, wie er es einst mit mir gemacht hat, um den Burschen ein wenig von seiner hohen Meinung betreffend seiner Fähigkeiten zu kurieren.»

Hal öffnete das Fenster und lehnte sich hinaus. «Aboli, wo ist Big Danny?»

Aboli wischte sich mit einem Ärmel den Schweiß von der Stirn. «Er hatte an der Kutsche zu tun, und dann ist er mit diesem neuen Burschen weggegangen, diesem Wilson.»

«Finde ihn und komme mit ihm herauf. Wir müssen uns unterhalten.»

Wenig später schlurften die beiden großen Männer herein, und Hal schaute von dem Dokument auf, das er auf dem Schreibtisch vor sich hatte. «Setzt euch.» Er zeigte zu der Bank, und die beiden setzten sich nebeneinander wie zwei übergroße Schuljungen, auf die eine Strafe wartete. «Ich habe mit Mabel gesprochen.» Hal nahm sich zunächst Daniel vor. «Sie sagt, sie würde nicht noch einen Winter ertragen, wo du in ihrer Hütte herumlungerst. Sie bittet mich, dich irgendwohin zu bringen, möglichst weit weg.»

Daniel schaute erschrocken drein. Mabel war seine Frau, die Küchenchefin auf High Weald, eine dralle, fröhliche Frau mit roten Wangen. «Wie kommt sie dazu …», begann er zornig, doch dann bemerkte er das Funkeln in Hals Augen.

Hal wandte sich an Aboli. «Und was dich angeht, du schwarzer Teufel: Der Bürgermeister von Plymouth hat mir erzählt, die Stadt wäre bald von braunen, glatzköpfigen Babys überschwemmt und sämtliche Ehemänner hätten schon ihre Musketen geladen. Auch du solltest also für eine Weile verschwinden.»

Aboli schüttelte sich vor Lachen. «Wo soll es hingehen, Gundwane?» Er gebrauchte den Kosenamen, auf den er Hal vor langer Zeit getauft hatte. In der Sprache der Wälder bedeutete es «Schilfratte». Er benutzte diesen Namen kaum noch, nur in Augenblicken, wenn er sich seinem einstigen Schüler besonders nahe fühlte.

«Nach Süden!», war Hals Antwort, «um das Kap der Guten Hoffnung herum, auf den Ozean, den du so gut kennst.»

«Und was werden wir dort tun?»

«Einen Mann namens Jangiri aufstöbern.»

«Und wenn wir ihn gefunden haben?», fragte Aboli weiter.

«Dann werden wir ihn töten und seinen Schatz an uns nehmen.»

Aboli dachte einen Augenblick nach, bevor er entgegnete: «Das klingt ganz gut.»

«Auf welchem Schiff?», fragte nun Big Daniel.

«Auf der *Seraph*, einem Indiaman frisch von der Werft, sechsunddreißig Kanonen und wieselflink.»

«Was bedeutet der Name?»

«Ein Seraph ist einer der mächtigsten Engel des Himmels.»

«Das passt mir genau», Daniel lächelte breit und zeigte sein rosa Zahnfleisch, «bis aufs i-Tüpfelchen.» Dabei konnte er natürlich weder lesen noch schreiben – was ein i-Tüpfelchen war, wusste er nur vom Hörensagen, worüber Hal nun lächeln musste. «Wann können wir uns die *Seraph* anschauen?», wollte Daniel wissen.

«Morgen früh. Sorge dafür, dass die Kutsche bei Morgengrauen bereit ist. Es ist ein langer Weg zu den Werften der Kompanie unten in Deptford.» Die beiden wollten schon aufstehen, doch Hal winkte sie zurück. «Bis dahin gibt es noch einiges zu tun. Als Erstes brauchen wir eine Mannschaft.» Das ernüchterte die beiden sofort. Eine Mannschaft für ein neues Schiff zu finden, irgendeine Mannschaft, war eine schwierige Aufgabe.

Hal hielt das Papier hoch, das er vor sich auf dem Tisch gehabt hatte. Es war ein Plakat, das er am Tag zuvor entworfen und mit dem er Walsh zu den Druckern an der Cannon Street geschickt hatte. Dies war der erste Abzug.

BEUTEFAHRT!
£HUNDERTE£

kreischte die Überschrift in fetter schwarzer Tinte. Der Text darunter war in kleineren Lettern, doch nicht weniger flamboyant und reich an Prahlerei:

CAPTAIN SIR HAL COURTNEY, Held der Holländerkriege, Meisterseemann und berühmter Navigator, Eroberer der holländischen Galeonen *Standvastigheid* und *Heerlige Nacht*, der auf seinen WELTBEKANNTEN Schiffen *Lady Edwina* und *Golden Bough* viele große Reisen nach Afrika und zu den Pfefferinseln des Indischen Ozeans unternommen und die Feinde Seiner Majestät bekämpft und geschlagen hat – wobei er PHANTASTISCHE SCHÄTZE erobert und REICHE BEUTE gemacht hat –, hat Kojen für GUTE Männer auf seinem neuen Schiff, der *Seraph*, einem mächtigen, pfeilschnellen Indiaman mit 36 Kanonen, sorgfältig ausgerüstet und proviantiert für das Wohl und die Bequemlichkeit seiner Offiziere und Mannschaften. Diejenigen Seeleute, die das große GLÜCK hatten, unter CAPTAIN COURTNEY auf seinen früheren Reisen zu segeln, haben eine BEUTE von ganzen £ 200 gemacht, Mann für Mann.

Mit KAPERBRIEF von SEINER MAJESTÄT WILLIAM III. persönlich (GOTT SEGNE IHN), wird CAPTAIN COURTNEY die Feinde SEINER MAJESTÄT AUF DEN INDISCHEN OZEANEN aufstöbern, überraschen und VERNICHTEN für einen FÜRSTLICHEN PREIS! von dem die Hälfte den Offizieren und MANNSCHAFTEN gehören wird!

ALLE GUTEN SEELEUTE auf der Suche nach Beschäftigung und Reichtum sind herzlich zum Gasthof zum PFLUG in der TAILORS LANE eingeladen, mit BIG DANIEL FISHER, dem Oberbootsmann der *Seraph*, einen Krug Bier zu leeren.

Aboli las den Aushang laut vor, damit auch Big Daniel – der hartnäckig behauptete, seine Augen wären zu schwach für die winzigen Buchstaben, obwohl er jede Möwe über dem Horizont ausmachen konnte und auch mit den kleinsten Einzelheiten seiner Modellschiffe keine Schwierigkeiten hatte – wusste, worum es ging.

Als Aboli mit dem Vorlesen fertig war, grinste Daniel: «Die Gelegenheit ist einfach zu gut, um sie sich durch die Lappen gehen zu lassen, und dieser berühmte Kapitän ist genau der Mann für mich. Ich will verdammt sein, wenn ich nicht mein Kreuz unter seinen Heuerbrief kritzle.»

Sobald Master Walsh von der Druckerei zurückkam, taumelnd unter dem Gewicht des Papierstapels, schickte Hal Aboli und

Daniel mitsamt seiner Zwillinge los, die Plakate an jeder Straßenecke und jeder Tavernen- und Hurenhaustür an den Docks anzuschlagen.

Aboli ließ die Kutsche auf dem Pflaster der Werft ausrollen. Hal sprang heraus wie ein junger Bursche und ging flott zum Ende des Deptford-Piers hinunter, wo Big Daniel und Alf Wilson auf ihn warteten. Der Fluss war bedeckt mit Gefährten aller Klassen, von Marketenderkähnen bis zu schweren Kriegsschiffen. Manche waren nackte Rümpfe, andere unter voller Hochseetakelage, die Rahen gekreuzt und alle Segel gesetzt, entweder auf dem Weg flussabwärts Richtung Gravesend und Ärmelkanal oder langsam gegen Wind und Strömung nach Blackwall zu.

Doch selbst in diesem Gewimmel war die *Seraph* unübersehbar und unverwechselbar. Hal schaute sofort zu ihr hinüber, wie sie neben der Hauptströmung vor Anker lag, umschwärmt von Leichtern. Auf den Decks waren Zimmermänner und Segelmacher geschäftig bei der Arbeit. Aus einem der Leichter wurde gerade ein riesiges Wasserfass gehievt und langsam in die offene Achterluke abgelassen.

«Meine Schönheit!», hauchte Hal, während er sie mit fast sinnlichem Genuss bewunderte. Obwohl ihre Rahen noch nicht gekreuzt waren, neigten sich die hohen Masten elegant in die Brise, und Hal sah schon die Wolken von Segeltuch vor sich, die sie bald tragen würden.

Ihr Rumpf war ein perfekter Kompromiss. Sie hatte die Breite und Tiefe für schwere Frachten und zahlreiche Kanonen, wie es sich gehörte für ein bewaffnetes Handelsschiff. Bug und Heck lagen jedoch so leicht im Wasser, dass sie bei jedem Wind schnell und hoch manövrierbar sein würde.

«Sie wird so schnell sein, wie Ihr es Euch nur erträumen könnt, Captain. Jeder Engelsfurz wird genügen, sie vor sich her zu treiben», brummte Daniel hinter ihm. Dass er überhaupt etwas sagte, ohne gefragt zu werden, zeigte, wie begeistert auch er war.

Die Aufmachung der *Seraph* war voller Prunk und Pracht, wie es dem Stolz und Ansehen der Ostindischen Kompanie zustand. Durch das Heer der Leichter um sie herum, die auch dazu da waren, sie vor unwillkommenen Blicken zu schützen, schimmerte ihr goldener und blauer Anstrich in der blassen Frühlingssonne. Die Achtergalerien strotzten von fein geschnitzten Cherubim, und die Galionsfigur war ein geflügelter Seraph mit dem Gesicht eines Kindes: die Gestalt, von der das Schiff seinen Namen hatte. Die Kanonenluken waren in Gold hervorgehoben, sodass die Schiffseiten sich als beeindruckende, ihre Macht unterstreichenden Schachbrettmuster darstellten.

«Winke einen Kahn heran», befahl Hal, und als sich einer näherte und an den schleimigen Steinstufen des Piers festmachte, lief er leichtfüßig die Treppe hinunter und sprang dann auf die Heckplanken.

«Bring uns zur *Seraph* hinaus», rief Big Daniel dem Greis zu, der am Ruder saß. Dann stieß er das Boot ab. Das Skiff stank nach Jauche, und das Deck war voller brauner Flecken. Wahrscheinlich war der Kahn auch in dem nächtlichen Geschäft, die Latrinen der Offiziere zu leeren, die mit ihren Schiffen auf dem Fluss vor Anker lagen, und am Tag transportierte er dann Gemüse und Passagiere zur Flotte hinaus.

«Seid Ihr Captain Courtney, der neue Kapitän der *Seraph*?», krächzte der alte Fährmann. «Ich hab Euren Aushang in der Kneipe gesehen.»

«Ja, das ist Captain Courtney», antwortete Big Daniel für seinen Herrn, der zu sehr damit beschäftigt war, seine neue Liebe zu betrachten, als dass er die Frage gehört hätte.

«Ich hätte zwei stramme Burschen, die gern mit Euch auf große Fahrt gehen würden», fuhr der alte Mann fort.

«Schicke sie zu mir», grunzte Big Daniel. In den drei Tagen, seit die Plakate hingen, hatte er schon fast eine komplette Mannschaft angeheuert. Es würde nicht nötig sein, das Gefängnis zu besuchen und den Oberaufseher zu bestechen, dass er die am ehesten geeigneten Gefangenen in Ketten auf die *Seraph* bringen ließ. Im Gegenteil, von den Massen der arbeitslosen Matrosen, die sich vor dem Gasthof gedrängt hatten, hatte er sich die Besten aussuchen können. Nach Kojen auf einem Kompanieschiff bestand immer große Nachfrage: Die Arbeitsbedingungen und die Bezahlung waren unendlich besser als in der Königlichen Kriegsmarine. Jeder Faulenzer in den Häfen und jeder Seemann, der irgendwo in England von Bord kam, wusste genau, dass alle Häfen sofort von den Presstrupps der Marine wimmeln würden, wenn der König den Franzosen den Krieg erklärte. Und sie würden jeden, dessen sie habhaft werden konnten, auf die Kriegsschiffe werfen. Jeder Narr wusste, dass es gescheiter war, jetzt eine bequeme Koje zu ergattern und auf die fernen Ozeane zu entkommen, bevor die Presstrupps ihre Arbeit aufnahmen.

Der Schiffbaumeister auf dem Achterdeck der *Seraph* erkannte die hoch gewachsene Gestalt im Heck des Kahns als einen Mann von Stand und erriet, wen er vor sich hatte. So wartete er an der Reling, um Hal willkommen zu heißen, als dieser die Leiter heraufkam.

«Ephraim Greene, zu Euren Diensten, Captain.»

«Zeigt mir das Schiff, Mr. Greene, wenn Ihr so freundlich sein wollt.» Hals Blicke schossen schon von den Marsstengen in jeden Winkel des Decks, und er ging so schnell Richtung Heck, dass Greene Mühe hatte, mit ihm Schritt zu halten. Sie besichtigten alles, von den Tiefen des Schiffsbauchs bis zur Hauptbram, und Hal rief Big Daniel knappe Befehle zu, wann immer er etwas entdeckte, was nicht ganz nach seinem Belieben war. Daniel gab alles an Wilson weiter, der Notizen in den Lederband kritzelte, den er unter dem Arm trug. Daniel und Wilson arbeiteten schon gut zusammen.

Während Aboli Hal zum Gasthof zurückfuhr, mussten Daniel und Wilson bleiben und sich ein Quartier suchen in dem Gewirr aus Bauholz und Sagespänen, zwischen Bündeln und Säcken voll Segeltuch und großen Spulen frischen Hanfseils, mit dem die Zwischendecks der *Seraph* voll gestopft waren. Sie würden kaum die Zeit finden, noch einmal an Land zu gehen, bis das Schiff segelfertig war.

«Ich werde morgen früh wiederkommen», versprach Hal Big Daniel. «Ich brauche dann eine Liste der Vorräte, die schon an Bord sind – Master Greene wird dir die geben können –, und eine Liste der Dinge, an denen es noch fehlt.»

«Jawohl, Captain.»

«Und dann werden wir einen Beladungsplan aufstellen und das Schiff für die beste Segellage austrimmen.»

«Jawohl, Captain.»

«Und in deiner Freizeit kannst du Master Greene und seine Gesellen anhalten, sich etwas zu beeilen, damit wir auf See sind, bevor der Winter einsetzt.» Im Laufe des Nachmittags war ein schneidender Nordostwind aufgekommen. Er roch nach Eis und veranlasste die Männer auf dem offenen Deck, sich in ihre Mäntel zu kuscheln. «An Abenden wie diesem scheinen die warmen Südwinde meinen Namen zu flüstern», lächelte Hal zum Abschied.

Big Daniel grinste. «Genau. Ich kann schon den heißen Staub Afrikas riechen, den der Monsun uns bringen wird.»

Es war längst dunkel, als die Kutsche auf den gepflasterten Hof des Gasthofs zum Pflug rollte, doch alle drei Courtney-Söhne kamen aus dem in warmes Lampenlicht getauchten Gastraum gelaufen, noch bevor Hal ausgestiegen war. Sie begrüßten ihn stürmisch und folgten ihm die Treppe hinauf zu seinem Privatsalon.

Hal rief nach dem Wirt und bestellte einen Krug Glühwein gegen das Frösteln, das der Wetterumschwung ihm verursacht hatte. Dann legte er seinen Mantel ab und ließ sich in einen hochlehnigen Sessel fallen, bevor er sich den drei Jungen zuwandte, die mit ernsten Gesichtern vor ihm standen. «Was gibt mir die Ehre dieses Besuchs, meine Herren?» Er schaute ebenso ernst drein wie die drei Knaben, von denen zwei nun Tom anschauten, ihren anerkannten Wortführer.

«Wir wollten bei Big Daniel für die Reise anheuern», begann Tom, «aber der hat uns zu Euch geschickt.»

«Was ist euer Rang, und welche Erfahrung könnt ihr aufbieten?», neckte Hal die Jungen.

«Wir haben weder Rang noch Erfahrung, aber wir sind guten Herzens und willig zu lernen», gab Tom zu.

«Das tut es für Tom und Guy. Ich werde euch als Kapitänsburschen anheuern. Die Bezahlung ist eine Guinee im Monat.» Ihre Gesichter erhellten sich, als ginge die Sonne in ihnen auf. «Doch Dorian ist noch zu jung», fuhr Hal rasch fort. «Er wird auf High Weald bleiben müssen.»

Die Reaktion war schockiertes Schweigen. Dorian wäre fast in Tränen ausgebrochen. «Und wer wird sich um mich kümmern, wenn Tom und Guy weg sind?»

«Dein Bruder William wird auf High Weald der Herr sein, während ich auf See bin, und Master Walsh wird bei dir bleiben und für deine Erziehung sorgen.»

«Aber William hasst mich», sagte Dorian leise, mit zitternder Stimme.

«Du bist zu hart mit ihm. Er ist streng, aber er liebt dich.»

«Er hat versucht, mich umzubringen», erwiderte Dorian, «und wenn Ihr nicht da seid, wird er es wieder versuchen. Master Walsh wird ihn nicht davon abhalten können.»

Hal schüttelte zunächst den Kopf, doch dann erinnerte er sich lebhaft an Williams Gesicht, als er das Kind bei der Kehle hatte. Zum ersten Mal musste er sich eingestehen, dass Dorian mit seiner außerordentlichen Behauptung der Wahrheit recht nahe kam.

«Dann werde auch ich hier bleiben müssen, damit Dorian nichts passiert», brach Tom das Schweigen mit niedergeschlagener Stimme.

Hal wusste sofort, welch hohen Preis der Junge damit bezahlen würde. Toms ganze Existenz hatte sich nur darum gedreht, dass er einmal zur See fahren würde, und doch war er nun bereit, all das aufzugeben. Hal war tief gerührt von solcher Bruderliebe. «Wenn du nicht auf High Weald bleiben möchtest, Dorian, kannst du zu deinem Onkel in Canterbury ziehen. Er ist der Bruder deiner Mutter. Er liebt dich fast so sehr wie ich.»

«Wenn Ihr mich wirklich liebt, Vater, dann werdet Ihr mich nicht zurücklassen. Lieber lasse ich mich von William umbringen, als dass es dazu kommt.» Dorian sprach mit solchem Ernst und solcher Überzeugung, dass es Hal die Sprache verschlug. Mit diesem Widerstand hatte er nicht gerechnet.

«Tom hat Recht», stimmte Guy standhaft zu. «Wir können Dorian nicht zurücklassen, keiner von uns. Tom und ich müssen dann eben bei ihm bleiben.» Guys Plädoyer überzeugte Hal mehr als alles andere. Es geschah fast nie, dass Guy in irgendeiner Sache eine dezidierte Meinung äußerte, doch wenn er es tat, würde keine Drohung ihn von seinem Standpunkt abbringen.

Hal runzelte die Stirn und dachte fieberhaft nach. Konnte er ein Kind von Dorians Jahren einer Situation aussetzen, die mit Sicherheit furchtbare Gefahren mit sich bringen würde? Er schaute die Zwillinge an. Er erinnerte sich, wie sein eigener Vater ihn mit zur See genommen hatte, nachdem seine Mutter gestorben war. Wie alt war er da gewesen? Vielleicht ein Jahr älter als Dorian jetzt. Er spürte, wie sein Entschluss ins Wanken kam.

Dann dachte er an die Gefahren, die ihnen bevorstanden. Er

stellte sich vor, wie eine Kanonenkugel die Bordwand durchschlug und Dorians vollkommener Körper in einer Wolke von Holzschrapnell in Stücke gerissen wurde. Er dachte an Schiffbruch und wie das ertrunkene Kind an irgendeinem verlassenen afrikanischen Strand angespült wurde, wo Hyänen und andere wilde Tiere seinen Leichnam verschlangen. Er blickte seinen Sohn an, dessen rotgoldener Kopf so unschuldig und lieblich wirkte wie die geschnitzten Engel an seinem neuen Schiff. Wieder spürte er, wie sich das Wort «Nein» in seiner Kehle formen wollte, doch im gleichen Augenblick legte Tom seine Hand schützend auf Dorians schmale Schulter. Es war eine arglose Geste voll stiller Würde, eine Geste der Liebe und des Pflichtgefühls, eine Geste, die, wie Hal spürte, seine Ablehnung unmöglich machte.

Er seufzte tief und sagte schließlich: «Ich werde darüber nachdenken. Und jetzt verschwindet, alle drei. Ihr habt mir für heute genug Scherereien gemacht.»

Sie zogen sich zurück und riefen von der Tür aus im Chor: «Gute Nacht, Vater.»

Als sie wieder in ihrem Zimmer waren, packte Tom Dorian bei beiden Schultern. «Weine nicht, Dorry. Du weißt, wenn er sagt, er wird darüber nachdenken, dann heißt das Ja. Aber du darfst nie mehr weinen. Wenn du mit Guy und mir zur See fahren willst, musst du dich wie ein Mann benehmen, verstehst du?» Dorian schluckte und nickte eifrig, traute sich jedoch nicht zu antworten.

Die Kutschen stauten sich auf der Allee vor dem Tor des St.-James-Palasts, der von Heinrich VIII. gebaut worden war und von dem herrschenden König noch häufig benutzt wurde. Schließlich war Hal an der Reihe, und zwei Diener öffneten ihm die Kutschentür. Der Sekretär, den Lord Hyde geschickt hatte, führte ihn durch das Palasttor und über den Hof.

Die Freitreppe, die zu dem weiten Balkon hinaufführte, war von behelmten und gepanzerten Lanzenträgern bewacht, doch als der Sekretär seine Papiere zeigte, ließen sie Hal durch. Ein anderer Bursche verkündete dann mit Stentorstimme: «Captain Sir Henry Courtney!»

Die Wachen salutierten mit einem Strauß von Lanzen, und Hal folgte dem spanischen Botschafter und seinem Gefolge die Treppe hinauf. Oben angekommen sah Hal sich in der auserlesenen Gesellschaft zahlreicher uniformierter Gentlemen, behangen mit Orden und Ehrensternen, unter Federhüten und Perücken. Er fühlte sich wie ein Dorftrottel. Er schaute sich nach dem Sekretär um, der ihn geführt hatte, doch der Idiot war einfach verschwunden, und Hal wusste nicht, was er nun tun sollte.

Wenigstens sah er nicht aus, als wäre er fehl am Platz, denn er trug das neue, weinrote Kostüm, das er sich für den Anlass hatte schneidern lassen, und die Schnallen an seinen Schuhen waren aus massivem Silber. Er hatte das Ordensabzeichen der *Nautonniers* um den Hals, der Seefahrer-Ritter von St. George und dem Heiligen Gral. Dieses Abzeichen hatten vor ihm sein Vater und sein Großvater getragen, ein prächtiges Schmuckstück: Der goldene Löwe von England mit Augen aus Rubinen an einer schweren Goldkette, mit der Weltkugel in seinen Pranken und diamantenen Sternen über dem Haupt. Es stand den unzähligen anderen Orden, die auf jener Galerie zur Schau getragen wurden, in nichts nach. Dazu trug Hal das Schwert des blauen Neptun an der Hüfte, mit dem glitzernden blauen Saphir auf dem Knauf und der Scheide mit goldenem Einlegewerk.

Im nächsten Augenblick spürte er einen festen Griff an seinem Ellbogen, und Hyde flüsterte ihm ins Ohr: «Ich bin froh, dass Ihr kommen konntet. Wir brauchen uns hier nicht lange aufzuhalten. Es ist nur eine Versammlung von Pfauen, die ihre Federn herzeigen wollen, obwohl einige darunter sind, die Ihr vielleicht kennen lernen möchtet. Zum Beispiel Admiral Shovel dort drüben; er wird demnächst zum Direktor der neuen Königlichen Werften in Devonport ernannt werden. Oder Lord Ailesham, ein guter Mann. Er weiß, wie man Dinge erledigt bekommt.»

Oswald Hyde lotste Hal geschickt durch die Menge. Jede Gruppe öffnete sich einladend, wenn er sich näherte. Sobald er Hal vorstellte, musterten ihn alle neugierig und erkannten ihn als jemand Wichtigen an, da er offenbar ein Protegé des Kanzlers war. Hal bemerkte, dass Hyde sich langsam zu den getäfelten Türen vorarbeitete, die am Ende der Galerie zu sehen waren, und als sie schließlich dort ankamen, stellte der Kanzler sicher, dass sie an einer Stelle standen, wo sie unter den Ersten sein würden, die diejenigen, die durch diese Türen traten, begrüßen würden.

«Seine Majestät hat gestern im Kabinett Euer Patent unterzeichnet», flüsterte Hyde dem Captain ins Ohr. Gleichzeitig ließ er eine Pergamentrolle aus seinem Rockärmel schlüpfen. Sie war mit rotem Band zusammengebunden und mit einem Wachsabdruck des Großsiegels von England versehen: *Honni soit qui mal y pense*. «Passt gut darauf auf.» Er legte das Dokument in Hals Hand.

«Keine Angst», versicherte ihm Hal. Dieses Stück Papier konnte ein Vermögen wert sein. Und einen Adelstitel.

In diesem Augenblick wurden die Türen aufgestoßen, und ein Raunen ging durch die versammelte Menge. William III., König von England und Statthalter der Niederlande, trat ein, die kleinen Füße in mit Zuchtperlen und Goldfiligran verzierten Pantoffeln. Alle verbeugten sich wie auf Kommando.

Hal wusste natürlich von der Missbildung des Monarchen, aber der Anblick war dennoch ein Schock für ihn. Der König von England war ein buckliger Zwerg, kaum größer als Dorian. Der scharlachrot-blaue Mantel des Hosenbandordens wirkte gigantisch hinter dem kleinen Vogelkopf, während die massiv goldene Ordenskette ihn fast zu Boden zu reißen schien. Seine Königin, eine zarte junge Frau kaum über zwanzig, wirkte neben ihm wie eine Riesin.

Der König bemerkte Hyde sofort und nickte ihm zu, er möge näher kommen. Hyde verbeugte sich tief und streifte den Boden mit seinem Hutrand. Hal war zwei Schritte hinter ihm und folgte seinem Beispiel. Der König musterte ihn über den Rücken seines Kanzlers hinweg. «Ihr dürft mir nun Euren Freund vorstellen», sagte er mit starkem holländischem Akzent. Für solch eine kindliche Gestalt hatte er eine überraschend tiefe, kräftige Stimme.

«Euer Majestät, Sir Henry Courtney.»

«Ach ja, der Seefahrer», bemerkte der König und reichte Hal seine Hand zum Kuss. Williams Nase war lang und krumm, doch ansonsten war sein Gesicht wohlproportioniert, und seine Augen blitzten vor Intelligenz.

Hal war verblüfft, dass der König ihn sofort erkannt hatte, doch er reagierte schnell und sagte in fließendem Holländisch: «Darf ich Eure Majestät meiner getreuen Ehrerbietung versichern.»

Der König bedachte ihn mit einem scharfen Blick und erwiderte ebenfalls auf Holländisch: «Wo habt Ihr meine Sprache so gut gelernt?»

«Ich habe einige Jahre am Kap der Guten Hoffnung zugebracht, Euer Majestät», antwortete Hal. Er fragte sich, ob der König wohl von seiner Gefangenschaft in der holländischen Festung dort wusste. Williams dunkle Augen blitzten vor Vergnügen, woraus Hal schloss, dass der König sehr wohl über seine Kerkerzeit informiert war; Hyde musste es ihm erzählt haben. Eigenartig, dass dieser König von England einmal sein bitterer Feind gewesen war und dass er als Soldat so manchen der englischen Generäle geschlagen hatte, die nun diese Galerie bevölkerten, bereit, ihm ihren tiefsten Respekt und ihre Treue zu bekunden.

«Ich erwarte bald gute Nachricht von Euch», sagte der kleine Mann, während die Königin Hal zunickte. Er verbeugte sich noch einmal, als der König mit seinem Gefolge weiterging und die Galerie entlangschritt. Hals Audienz mit dem Monarchen war damit beendet.

«Folgt mir», forderte Hyde ihn auf und führte Hal verstohlen zu einer Seitentür. «Gut gemacht. Der König hat ein bemerkenswertes Gedächtnis. Er wird Euch nicht vergessen, wenn es darum geht, Euch zu belohnen, wie wir es besprochen haben.» Er zeigte eine Treppe hinunter. «Diese Stufen werden Euch auf den Hof führen. Lebt wohl, Sir Hal. Wir werden uns nicht mehr treffen, bevor Ihr Eure Reise antretet, doch auch ich erwarte gute Nachrichten von Eurem Unterfangen im Fernen Osten.»

Die beiden Schiffe segelten in Formation den Fluss hinunter, die *Seraph* an der Spitze, die *Yeoman of York* zwei Kabellängen dahinter. Die *Seraph* hatte noch Werftarbeiter an Bord. Am Ende waren die Ausrüster nicht in der Lage gewesen, den abgesprochenen Termin einzuhalten, und mussten noch letzte Hand anlegen, doch Hal hatte dennoch ablegen lassen. «Ich werde Eure Männer an Land lassen, sobald wir in Plymouth sind», hatte er Master Greene, dem Schiffsbaumeister, eröffnet, «aber nur, wenn sie bis dahin mit ihrer Arbeit fertig sind. Wenn nicht, werde ich sie in die Biskaya werfen, und sie können nach Hause schwimmen.»

Die Mannschaft war noch dabei, sich mit dem Schiff vertraut zu machen, ganz im Gegensatz zu den Leuten auf der *Yeoman*, zu der Hal nun zurückblickte. Die Mannschaft dort arbeitete schon fachmännisch und schnell in den Segeln, während die *Seraph* noch schwerfällig auf den Fluten dümpelte. Edward Anderson, dem Kapitän der *Yeoman*, würde dies gewiss nicht entgehen, und Hal errötete vor Scham über die Ungeschicklichkeit seiner Männer. Das muss sich ändern, bevor wir das Kap der Guten Hoffnung erreichen, schwor er sich.

Als sie den Kanal und somit die offene See erreichten, drehte der Wind und frischte zu einem Herbststurm auf. Die Sonne verschwand hinter den Wolken, und die See war bald stumpfgrün und rau. Es wurde früh dunkel, sodass die beiden Schiffe den Kontakt miteinander verloren, noch bevor sie Dover passiert hatten.

Die nächsten Tage mühte sich die *Seraph* gegen die Strömung, bis sie endlich vor der Isle of Wight ankamen und Hal die *Yeoman* nur vier Meilen vor sich sah, unter der gleichen Takelage, die er gewählt hatte. «Gut.» Er wusste noch nicht genau, was er von Anderson halten sollte. Der Kapitän der *Yeoman* war ein stämmiger Yorkshiremann. Auf seinem roten Gesicht war kaum je ein Lächeln zu sehen. Er sagte nicht viel und schien es nicht zu mögen, dass Hal das Kommando über ihn hatte, doch in diesen ersten Tagen hatte er sich zumindest als zuverlässiger Seemann erwiesen.

Hal schob sein Teleskop zusammen und wandte sich wieder der *Seraph* zu. Die Mannschaft wurde inzwischen besser mit ihr fertig. In diesen schwierigen Bedingungen lernten die Männer schnell, und sie erschienen wohlgemut und willig. Das war das Mindeste, was Hal von ihnen erwartete, denn er hatte gutes Geld geboten, um sich die besten Matrosen zu sichern. Er hatte sogar aus eigener Tasche zugelegt, was die Kompanie nicht bezahlen wollte.

In diesem Augenblick kamen seine drei Jungen die Treppe von den unteren Decks heraufgerannt, nachdem Master Walsh sie vom Unterricht entlassen hatte. Sie waren aufgeregt und fröhlich und zeigten keinerlei Anzeichen von Seekrankheit nach der Fahrt durch den leichten Sturm. In den Londoner Docks, wo es Schiffsausrüster in Hülle und Fülle gab, hatte Aboli sie mit passender Kleidung ausgestattet, und nun sahen sie besser aus als ihr Vater auf seiner ersten Seereise. Sein Alter Herr hatte ihn nicht verwöhnen wollen, und er erinnerte sich nun an den groben Leinenrock und die teerfleckige Wollweste, die ihm damals verpasst worden waren. Die Weste war steif vor Salz gewesen und hatte ihn furchtbar wund gescheuert. Er musste lächeln, wenn er daran dachte, wie er neben Aboli auf einem feuchten Strohballen auf offenem

Deck geschlafen hatte, zusammen mit den anderen einfachen Matrosen, und wie er sich hinter einer der Kanonen geduckt hatte, um seine Mahlzeiten zu sich zu nehmen, täglich Eintopf und ein harter Keks. Den Eintopf musste er mit den Fingern und einem flachen Messer aus einer Schale schaufeln, und für das umgekehrte Geschäft gab es nur einen alten Ledereimer in einer Ecke unter Deck. Die ganze Reise über hatte er kein einziges Bad nehmen können. Es hat mir nicht geschadet, erinnerte sich Hal, aber bestimmt hat es mir auch nicht viel genützt. Man braucht einen Knaben nicht wie ein Schwein zu halten, um ihn zu einem guten Seemann zu machen.

Natürlich waren auch die Umstände seiner ersten Reise mit seinem Vater ganz anders gewesen. Die alte *Lady Edwina* war gerade halb so groß wie die *Seraph*, und selbst die Kabine seines Vaters war eine Hundehütte im Vergleich zu der geräumigen Heckkabine, die Hal nun bewohnte. Er hatte den Handwerkern befohlen, eine kleine Ecke seines Quartiers, kaum größer als ein Schrank, abzuteilen und drei schmale Bretter einzubauen, auf denen die Jungen schlafen konnten. Master Walsh hatte er als seinen Sekretär angeheuert, obwohl der Hauslehrer protestiert hatte, er wäre kein Seemann. So konnte er, mit seiner winzigen Kabine als Klassenzimmer, mit der Erziehung der Jungen fortfahren.

Nun konnte Hal zufrieden zuschauen, wie Daniel die jauchzenden Jungen, sobald sie an Deck erschienen, an die Arbeiten schickte, für die er sie eingeteilt hatte. Die Zwillinge hatte er getrennt. Toms Platz war auf der Steuerbordwache, Guys auf der anderen. In Guys Nähe neigte Tom dazu, mit seiner Geschicklichkeit anzugeben. Mit seinem Gehabe hätte Tom Guy nur von der Arbeit abgelenkt. Dorian wurde in die Kombüse geschickt, wo er dem Schiffskoch bei der Zubereitung des Frühstücks behilflich war.

Hal war nicht ganz wohl bei dem Gedanken, dass Daniel die Zwillinge eines Tages in die Takelage hinaufschicken würde, doch dazu würde es erst kommen, wenn sie sicher auf ihren Matrosenbeinen stünden und wie im Schlaf auf dem rollenden, krängenden Deck balancierten. Bis dahin würde Daniel sie auf dem offenen Deck halten und sie mit den Schoten helfen lassen.

Hal wusste, dass die Jungen bei dem großen Kerl in guten Händen waren, und wandte sich seinen eigenen Problemen zu. Er lief das Achterdeck auf und ab und fühlte sich in das Schiff unter ihm ein, wie es auf jede Veränderung und Segeltrimmung reagierte. Sie ist etwas buglastig, meinte er, als sie einen grünen Brecher an Bord nahm und das Wasser nach achtern über das Deck strömte und durch die Speigatten wieder abfloss. Im Laufe der letzten Tage hatte er überlegt, wie er die Ladung im Kielraum umverteilen konnte, besonders die schweren Wasserfässer, um die Trimmung zu erzielen, die er sich vorstellte. Damit könnte ich sie zwei Knoten schneller machen, schätzte er. Childs hatte ihn zwar gewissermaßen auf den Kriegspfad geschickt, doch das änderte nichts an der Tatsache, dass es der Kompanie stets in erster Linie um Profit ging. Deshalb waren die Laderäume der *Seraph* mit Waren für ihre Faktoreien in Bombay voll gestopft.

Beladung und Trimmung, das war die eine Sache, die ihn beschäftigte. Das andere Problem war die Mannschaft. Er hatte noch immer nicht genug Wachoffiziere. Das war der Hauptgrund, weshalb er in Plymouth anlegen wollte, anstatt gleich um Ushant an der französischen Küste herumzusegeln, die Biskaya zu überqueren und Kurs nach Süden zu nehmen, auf das Kap Verde und dann das Kap der Guten Hoffnung zu. Plymouth war ihr Heimathafen, wo Daniel und Aboli fast jeden Mann, jede Frau und jedes Kind kannten, nicht nur in der Stadt, sondern auch in den umliegenden Dörfern. «Wenn wir erst in Plymouth sind, brauche ich nur einen Tag, dann haben wir die Wachen komplett, mit den besten Männern», hatte Daniel vorausgesagt, und Hal wusste, dass er damit nicht zu viel versprach.

«Mein Onkel Ned hat mir Nachricht zukommen lassen, dass er uns in Plymouth erwarten wird, Captain», hatte Wilson ihn zudem beruhigt. Ned Tyler war ein Mann, den Hal unbedingt auf der *Seraph* haben wollte.

Abgesehen von der Notwendigkeit, weitere Matrosen anzuheuern, gab es noch andere Gründe für den Aufenthalt in Plymouth. In London waren Pulver und Ladung kaum zu bekommen. Der Irland-Krieg hatte zu einem Mangel an Munition geführt, und jetzt, mit der Aussicht auf einen Krieg gegen Frankreich, hortete die Admiralität jedes Fass Pulver und jede Kugel, die zu finden waren. Man hatte sogar die Fabriken gezwungen, ihre ganze Produktion abzuliefern.

Eines der Lagerhäuser, die Hal in Plymouth gehörten, enthielt Berge von Pulverfässern und Eisenkugeln, die er dort für die letzte Reise der *Golden Bough* deponiert hatte. Diese Reise hatte er aufgeben müssen, als Dorians Mutter starb und er sich um das Baby kümmern musste. Das Pulver, das Hal eingelagert hatte, war neueren Typs, und obwohl es nun mehrere Jahre alt war, würde es, im Gegensatz zu älteren Macharten, noch in gutem Zustand sein.

Der letzte Grund für den Zwischenstopp in Plymouth war schließlich, dass Childs ihm Passagiere anvertraut hatte, die er zu der Kompaniefaktorei auf Bombay Island bringen musste. Diese Leute würden nun am Hafen auf ihn warten. Childs hatte ihm nicht gesagt, um wie viele es sich handelte, doch Hal hoffte, die Gruppe würde nicht allzu groß sein. Schlafraum war auf jedem Schiff Mangelware, selbst auf einem von der Größe der *Seraph*, und einige seiner Offiziere würden ihre Kabinen aufgeben müssen, um für die Passagiere Platz zu machen.

Hal war so vertieft in diese Fragen, dass kaum Zeit vergangen zu sein schien, bis die Isle of Wight querab lag. Als Nächstes segelten sie um Gara Point und dann den Sund hinunter an Drake's Island vorbei, bis Plymouth Ho vor ihnen lag. Von der Küste aus hatten einige Dutzend Faulenzer die beiden stolzen Schiffe den Sund herunterkommen sehen, und nun säumten sie den Hafen und schauten zu, wie sie festmachten.

Daniel blieb neben Hal stehen und murmelte: «Seht Ihr den Silberschopf dort drüben? Er glitzert wie ein Leuchtfeuer.» Er deutete mit dem Kinn zum Kai hinüber. «Er ist unübersehbar, nicht wahr?»

«Gott sei Dank, es ist Master Ned!», freute sich Hal.

«Und der Kerl neben ihm ist Will Carter. Ned muss ihn an die Leine gelegt haben», nickte Daniel. «Will ist ein guter Mann. Mit ihm als dritten Offizier und Ned als Maat haben wir alle Wachen zusammen, Captain Sir.»

Kaum waren die Leinen fest, kam Ned Tyler als Erster an Bord. Hal musste sich beherrschen, ihn nicht zu umarmen. «Gut, Euch zu sehen, Mr. Tyler.»

«Ja», nickte Ned. «Das ist ein hübsches Schiffchen, das Ihr da unter Euch habt. Schade nur, dass der Bug etwas tief im Wasser liegt und die Segel von den Rahn hängen wie schmutzige Betttücher an einem Waschtag.»

«Darum wirst du dich schon kümmern, nicht wahr, Ned?», entgegnete Hal.

Ned nickte grimmig. «Darauf könnt Ihr Euch verlassen, Captain.»

Trotz der schlechten Straßen war Aboli von London aus gut durchgekommen. Nun stand er mit der Kutsche auf dem Dock, die Pferde noch angehalftert. Hal befahl Daniel, mit dem Transport des Pulvers vom Lagerhaus zu beginnen, und ließ die Wasserfässer ausladen, um sie später mit mehr Rücksicht auf die Trimmung wieder an Bord zu nehmen. Dann rief er die Jungen zu sich und ging mit ihnen an Land, zu Aboli, der auf seinem Kutschbock wartete. Guy folgte seinem Vater gehorsam, fast ein wenig erleichtert.

Tom und Dorian dagegen betraten die Planke, die auf festen Boden führte, äußerst widerwillig und nicht bevor sie all den Mitgliedern der Mannschaft, mit denen sie sich angefreundet hatten, ausgiebig Lebewohl gesagt hatten. Die Seefahrt schien ihnen im Blut zu liegen. Das tat sie schließlich auch, dachte Hal lächelnd. «Nun kommt schon, ihr beiden. Vielleicht seid ihr morgen schon zurück und könnt Big Daniel beim Umladen helfen.» Als sie schließlich neben Aboli auf dem Kutschbock saßen, befahl Hal: «Bringe uns nach High Weald, Aboli.»

Etwas später, als die Kutsche durch das Tor in der Steinmauer rollte, die die Grenzen des Guts markierte, sah Tom einen einzelnen Reiter im leichten Galopp über das Moor kommen, um die Kutsche am Fuß des Hügels abzufangen. Die hoch gewachsene, ganz in Schwarz gekleidete Gestalt auf dem Rücken des schwarzen Hengstes war unverwechselbar. Er kam aus Richtung des Zinnbergwerks in East Rushwold. Dorian hatte ihn ebenfalls bemerkt und rückte näher an Tom heran, als suchte er Schutz bei ihm. Keiner der Jungen sprach ein Wort.

William hielt seinen Hengst auf die Hecke zu. Pferd und Reiter schwebten über das Gebüsch, dass Williams schwarzer Umhang hinter ihnen her wehte, und landeten leichtfüßig auf der Straße, wo William direkt auf die sich nähernde Kutsche zugaloppierte.

William ignorierte Aboli und seine beiden kleinen Brüder auf dem Kutschbock und schwenkte gleich neben der Kabine ein. «Gut getroffen, Vater!», begrüßte er Hal durch das Kutschfenster. «Willkommen auf High Weald. Ihr habt uns sehr gefehlt.» Hal lehnte sich aus dem Fenster und lächelte erfreut. Sie waren sofort mitten in einem angeregten Gespräch. William berichtete, was sich in Hals Abwesenheit ereignet hatte, besonders hinsichtlich der Minen und der Kornernte.

Als sie die letzte Steigung zum Herrenhaus hinauffuhren, hielt William plötzlich inne und rief: «Fast hätte ich es vergessen! Euer Besuch aus Brighton ist eingetroffen. Sie warten seit zwei Tagen auf Euch.»

«Mein Besuch?», fragte Hal verdattert.

William zeigte mit seiner Reitpeitsche auf die Gestalten, die auf dem Rasen hinter dem Haus zu sehen waren. Ein stattlicher Mann mit zwei Damen am Arm schaute ihnen entgegen, und zwei Mädchen in bunten Schürzen kamen quietschend vor Aufregung auf die Kutsche zugerannt.

«Mädchen», sagte Dorian verächtlich, «kleine Mädchen!»

«Und ein großes.» Toms scharfer Blick war auf die schlankere der beiden Frauen am Arm des beleibten Herrn gefallen. «Und verdammt hübsch.»

«Vorsicht, Klebe», brummte Aboli, «deine letzte Eroberung hat dir genug Ärger bereitet.» Doch Tom war wie ein Jagdhund, der Witterung aufgenommen hatte.

«Wer sind diese Leute?», fragte Hal seinen ältesten Sohn irritiert. Er hatte alle Hände voll zu tun, ein Schiff für eine lange Reise auszurüsten. Es war keine Zeit für die Bewirtung ungeladener Gäste auf High Weald.

«Ein gewisser Mr. Beatty und seine Brut», antwortete William. «Man hat mir gesagt, Ihr erwartet sie, Vater. Ist das nicht so? Wenn nicht, dann werde ich sie sofort bitten, ihre Sachen zu packen und zu verschwinden.»

«Verdammt!», rief Hal aus. «Die hatte ich ganz vergessen! Das müssen die Passagiere sein, die ich auf der *Seraph* nach Bombay bringen soll. Beatty ist der neue Buchprüfer für die Kompaniefaktorei dort. Childs hat aber nie erwähnt, dass er seine ganze Sippschaft mitbringen würde. Vier Frauen! Wo in Teufels Namen soll ich Platz finden für dieses Volk?»

Hal verbarg seine Verärgerung, als er aus der Kutsche stieg und die Familie begrüßte. «Zu Euren Diensten, Mr. Beatty. Lord Childs hat mir viel von Euch erzählt. Ich bin sehr beeindruckt. Hattet Ihr eine angenehme Reise zu uns nach Devon herunter?»

Tatsache war, dass er die Familie in einer Unterkunft am Hafen erwartet hatte, nicht auf High Weald, doch er machte gute Miene zu diesem Spiel und begrüßte die Gattin. Mrs. Beatty war ebenso gut im Futter wie ihr Ehemann – kein Wunder nach zwanzig Jahren am gleichen Esstisch. Ihr Gesicht war rund und rot, und unter ihrer Haube lugten mädchenhafte Löckchen hervor. Als sie vor ihm ihren Knicks machte, musste Hal an einen knienden Elefanten denken.

«Ich bin entzückt, Madam», sagte Hal galant.

Er küsste ihre Hand, und sie kicherte. «Darf ich Euch meine älteste Tochter, Caroline, vorstellen?» Sie wusste, Sir Henry Courtney war nicht nur einer der reichsten und größten Landeigentümer Devons, er war auch ein Witwer. Caroline war fast sechzehn und ein entzückendes Mädchen. Der Altersunterschied wäre kaum über fünfundzwanzig Jahren, schätzte sie, also nicht mehr als zwischen ihr und Mr. Beatty. Bald wären sie alle zusammen auf einer langen Reise, reichlich Zeit, dass eine Freundschaft knospen und so mancher Traum wahr werden konnte.

Hal verbeugte sich vor dem Mädchen, das auf liebenswürdigste Weise vor ihm geknickst hatte, doch er küsste ihr nicht die Hand. Sein Blick fiel auf ihre beiden kleinen Schwestern, die um ihre Eltern herumtanzten wie zwei Spatzen. «Und wer sind diese beiden zauberhaften jungen Damen?», fragte er mit väterlichem Lächeln.

«Ich heiße Agnes!», rief die eine.

«Und ich bin Sarah.»

Als sie die Freitreppe zum Haus hinauf hinter sich hatten, hatte Hal schon an jeder Hand ein Kind, das plappernd und tanzend um seine Aufmerksamkeit wetteiferte.

«Er hat sich immer eine Tochter gewünscht», sagte Aboli leise, als er seinen Herrn so sah, «und was hat er bekommen? Euch Bande von Höllenhunden.»

«Ach was, es sind doch nur Mädchen», erinnerte ihn Dorian hochmütig.

Tom war sprachlos, seit er Gelegenheit gehabt hatte, Caroline aus der Nähe zu bewundern, in allen bezaubernden Einzelheiten.

Caroline und Guy folgten den anderen die Treppe hinauf, Seite an Seite, doch als sie oben ankamen, schaute sie sich kurz um, und ihr Blick fiel auf Tom, der ihr direkt in die Augen sah.

Sie war das Schönste, was Tom je erblickt hatte, selbst in seinen wundervollsten Träumen. Sie war so groß wie Guy, doch ihre

Schultern waren schmal, und ihre Taille war schlank wie ein junges Bäumchen. Unter den üppigen Röcken und Petticoats hatte sie winzige Füße, die in feinen Pantoffeln steckten. Unter den Puffärmeln waren ihre Arme nackt und makellos weiß. Ihr Haar war ein Turm schimmernder Locken und Schleifen. Ihr Gesicht konnte man nur als exquisit bezeichnen, mit vollen, rosaroten Lippen und großen, violetten Augen.

Sie schaute durch Tom hindurch, vollkommen ausdruckslos, ruhig und ohne zu lächeln. Es war fast, als sähe sie ihn nicht, als existierte er nicht für sie. Dann wandte sie sich ab und folgte ihrer Familie ins Haus. Tom hatte, ohne es zu merken, die Luft angehalten, und jetzt atmete er hörbar aus.

Aboli schüttelte den Kopf. Ihm war nichts entgangen. Dies würde eine lange Reise werden, dachte er, eine lange, gefährliche Reise.

Die *Seraph* lag sechs Tage am Kai – so lange dauerte es, bis die Handwerker mit dem Ausrüsten endlich fertig waren, obwohl Ned Tyler und Big Daniel sie unablässig antrieben. Sobald dann die letzte Fuge verleimt und zusammengenagelt und der letzte Keil eingehämmert war, packte Daniel die Männer in die nächste Postkutsche zurück zu ihrer Werft in Deptford. Fracht, Proviant und Bewaffnung waren aus dem Kielraum gehievt und neu eingeladen worden. Hal hatte dabei in einem Langboot mitten im Hafenbecken gestanden und die Trimmung begutachtet. Edward Anderson, der Kapitän der *Yeoman*, hatte seinen guten Willen gezeigt, indem er seine Mannschaft geschickt hatte, bei der schweren Arbeit mit anzupacken.

In der Zwischenzeit hatte Ned sämtliche Segel zu den Werkstätten der Segelmacher geschickt. Dort hatte er jede Naht und jeden Stich überprüft, und was ihm nicht gefiel, hatte er neu nähen lassen. Danach hatte er zugesehen, wie jedes Segel in seinen eigenen Leinensack gepackt, markiert und in den Segeltruhen bereitgelegt wurde.

Als er mit den Segeln fertig war, inspizierte er die Ersatzspieren und -rahen und ließ sie vor der Hauptfracht wieder einladen. Tom blieb in seiner Nähe und stellte Fragen, begierig auf alles, was es über die Seefahrerei zu lernen gab.

Hal probierte persönlich einen Becher von jedem der Wasserfässer, bevor sie wieder an Bord gebracht wurden, um sicherzugehen, dass das Wasser süß und trinkbar war. Er öffnete auch jedes dritte Pökelfass und ließ den Schiffsarzt, Dr. Reynolds, überprüfen, ob das gesalzene Schweine- und Rindfleisch sowie Kekse und Mehl von bester Qualität waren. Sie wussten alle, dass das Wasser mit grünem Schleim bedeckt sein würde, wenn sie am Kap der Guten Hoffnung wären, und die Kekse zerkrümelt und voller Wiebelkäfer, doch bei der Abreise sollte alles frisch und sauber sein, das wollte Hal unbedingt sicherstellen. Den Männern entging dies nicht, und sie nickten sich anerkennend zu: «Nicht viele Kapitäne würden sich diese Mühe machen. Manche würden vergammeltes Fleisch von der Admiralität kaufen, nur um ein paar Guineen zu sparen.»

Daniel und seine Kanoniere öffneten die Pulverfässer, um zu sehen, ob keine Feuchtigkeit hineingelangt war und das Pulver verpappt hatte. Danach reinigten sie die Musketen, einhundertfünfzig an der Zahl, und überprüften, ob die Feuersteine solide waren und genug Funken versprühten, wenn das Schloss betätigt wurde. Die Deckkanonen wurden herausgerollt und ihre Lafetten geschmiert. Die Murderer und Falkonetts wurden auf ihre Drehgestelle gesetzt und auf die Mastkörbe gehievt oder auf dem Achterdeck aufgestellt, von wo sie die Decks eines feindlichen Schiffes, das längsseits käme, mit einem Sturm von Kartätschenfeuer belegen konnten. Der Schmied und seine Gesellen schärften die Stutzsäbel und Äxte und stellten sie in ihre Regale zurück, griffbereit, wenn sie gebraucht würden.

Hal arbeitete eine Quartierliste aus, die jedem Mann seinen Platz zuwies, und überlegte dann, wo er seine unerwarteten Passagiere unterbringen würde. Am Ende verbannte er die Jungen aus ihrer neuen Kabine, die er den drei Beatty-Schwestern überließ. Will Carter, der Dritte Offizier, musste ebenfalls seine Kabine aufgeben, mit der, so klein sie auch war, Mr. Beatty samt Gattin vorlieb zu nehmen hatten. Die beiden Fleischberge würden eine nur etwas über einen halben Meter breite Koje teilen müssen. Hal konnte sich ein Grinsen nicht verkneifen, als er sich das vorstellte.

Dann saß Hal stundenlang in der Heckkabine der *Seraph* mit Edward Anderson zusammen und arbeitete mit ihm ein Signalsystem aus, mit dem die beiden Schiffe auf See miteinander kommunizieren konnten. Vierzig Jahre zuvor hatten Blake, Dean und Monk, die drei parlamentarischen «Generäle zur See», ein neues System eingeführt, in dem tagsüber Flaggen und Segel und nachts Laternen und Kanonen eingesetzt wurden. Hal hatte sich Abschriften ihres Pamphletes «Instruktionen für eine bessere Ordnung der Flotte im Gefecht» besorgt, und er und Anderson nahmen nun die fünf Flaggen und vier Laternen als Grundlage ihres eigenen Signalalphabets. Die Bedeutung der Flaggen hing von ihrer Kombination und Position in der Takelage ab; die Laternen würden nachts in Mustern angeordnet werden, senkrechte und waagerechte Linien oder Quadrate und Dreiecke an Hauptmast und -rahe.

Sobald sie sich über die Signale einig waren, legten sie einen Plan für Treffen der beiden Schiffe nieder für den Fall, dass sie den Kontakt miteinander verloren, entweder wegen schlechter Sicht oder in den Wirren einer Schlacht. Nach diesen langen Diskussionen meinte Hal seinen Kollegen gut genug zu kennen, dass er darauf vertrauen konnte, er würde seine Pflicht erfüllen.

Am siebten Tag nach ihrer Ankunft in Plymouth waren sie bereit auszulaufen, und William gab ein prunkvolles Essen für sie im großen Speisesaal von High Weald.

Caroline saß zwischen William und Guy an der langen Tafel. Tom saß ihr gegenüber, doch der Tisch war zu breit, als dass eine Unterhaltung möglich gewesen wäre. Für Tom spielte das jedoch keine Rolle; er hätte ohnehin nicht gewusst, was er sagen sollte. Er aß wenig. Selbst den Hummer und die Seezunge, seine Lieblingsspeisen, rührte er kaum an. Er konnte kaum seinen Blick lassen von dem lieblichen, ruhigen Antlitz des Mädchens.

Guy war schnell aufgefallen, dass Caroline die Musik liebte, was sofort ein Band zwischen ihnen geschaffen hatte. Unter Master Walshs Anleitung hatte er das Cembalo und die Cister, ein damals modisches Zupfinstrument, zu spielen gelernt. Tom hatte für keines dieser Instrumente eine Gabe gezeigt, und sein Gesang war nach Master Walshs Ansicht eher dazu angetan, die Pferde in Panik zu versetzen.

Während ihres Aufenthalts in London hatte Master Walsh Guy und Dorian zu Konzerten mitgenommen. Tom hatte schwere Magenschmerzen entwickelt, die ihn daran hinderten, sie zu begleiten, was er nun bitter bereute, da er Zeuge war, wie Caroline verzückt zu lauschen schien, als Guy ihr den Abend beschrieb, die Musik und die glänzende Versammlung der Londoner Gesellschaft. Guy schien sich gar erinnern zu können, welche Kostüme und Schmuckstücke die Frauen getragen hatten. Caroline konnte folglich ihre Blicke aus diesen großen, violetten Augen nicht von ihm lassen.

Einmal versuchte Tom, ihre Aufmerksamkeit zu gewinnen, indem er von ihrem Besuch des Irrenhauses in Moorfields zu erzählen begann, wo die Verrückten in ihren Eisenkäfigen zur Schau gestellt wurden. «Als ich einen Stein in einen der Käfige warf, hob der Mann seinen eigenen Scheißhaufen auf und versuchte, ihn mir an den Kopf zu werfen», berichtete er fröhlich. «Zum Glück hat er nur Guy getroffen.»

Carolines rosige Oberlippe hob sich ein wenig, als röche sie das besagte Geschoss, und ihr tödlicher Blick reduzierte Tom zu einem stammelnden Häufchen Elend, bevor sie sich wieder Guy zuwandte.

Dorian saß steif zwischen Agnes und Sarah am untern Ende der Tafel. Die Blumen in silbernen Vasen und ein hoher Kandelaber verbargen die beiden Mädchen vor den Blicken ihrer Eltern. Sie kicherten und flüsterten das ganze Essen hindurch, oder sie erzählten sich alberne, sinnlose Witze, die sie als so drollig empfanden, dass sie sich ihre Servietten in den Mund stopfen mussten, um nicht laut herauszulachen.

Dorian blieb nichts anderes übrig, als beschämt dazusitzen, voller Furcht, dass die Leute, die sie am Tisch bedienten, den anderen im Domestikentrakt erzählen würden, wie sie ihn hier gesehen hatten. Dann würden ihn gar die Stalljungen, die normalerweise seine Busenfreunde waren, für einen Blödmann halten und auslachen.

Am Kopfende des Tisches waren Hal und William, Mr. Beatty und Edward Anderson in eine Diskussion über den König vertieft. «Gott weiß, dass ich nicht ganz glücklich bin mit einem Holländer auf dem Thron, doch man kann sagen, was man will: Der kleine Gentleman hat sich als ein wirklicher Krieger erwiesen», gab Beatty zu bedenken.

Hal nickte. «Er ist ein großer Gegner Roms und gewiss kein

Franzosenfreund. Dafür allein verdient er schon meine Loyalität. Ich habe ihn jedoch auch als einen Mann scharfen Auges und Geistes kennen gelernt. Ich glaube daher, er wird uns ein guter König sein.»

Alice Courtney, Williams frisch angetraute Gattin, saß blass und still neben Hal. Im Gegensatz zu den Liebesbezeugungen, die sie ihrem Mann anfänglich gezollt hatte, hatte sie nun keinen Blick für ihn. Sie hatte einen tiefblauen Fleck an der Kinnspitze, den sie mit Reispuder und einer dunklen Locke, die sie darüber gekämmt hatte, zu verbergen suchte. Auch auf Mrs. Beattys Geplauder reagierte sie sehr einsilbig.

Am Ende der Mahlzeit stand William auf und bat um Ruhe, indem er mit einem Silberlöffel an sein Weinglas klopfte. «Als jemand, den die Pflicht dazu bestimmt hat, hier zurückzubleiben», begann er, «wenn der Rest meiner geliebten Familie zu fernen Ländern aufbricht ...»

Tom duckte sich hinter der Blumendekoration, sodass William und sein Vater ihn nicht sehen konnten, als er sich einen Finger in den Hals steckte und tat, als müsste er sich übergeben. Dorian fand das so lustig, dass er sich vor Lachen verschluckte, einen Hustenanfall bekam und seinen Rotschopf unter den Tisch stecken musste. Caroline bedachte Tom mit einem hochmütigen Blick und setzte sich anders, sodass sie ihn nicht mehr sehen konnte. William blieb all dessen ungewahr und fuhr fort: «Ich weiß, Vater, dass Ihr Euch auf dieser Reise mit Ruhm bedecken und die Laderäume Eurer Schiffe mit Schätzen füllen werdet, wie Ihr es so oft zuvor getan habt. Und Ihr werdet zurückkommen. Das ist der Tag, der Tag Eurer Rückkehr, für den ich fortan leben werde. Während Eurer Abwesenheit könnt Ihr jedoch sicher sein, dass unsere Familiengeschäfte hier in England meine ungeteilte Aufmerksamkeit genießen werden.»

Hal lehnte sich auf seinem Stuhl zurück und senkte die Lider, während er seinem ältesten Sohn ermutigend zulächelte, wie dieser ihn pries und ihn seiner besten Wünsche für sein Wohlergehen versicherte. Doch als William die Namen seiner drei Halbbrüder in seine Ausführungen einschloss, spürte Hal nagende Zweifel. Die Gefühle, denen William Ausdruck gab, klangen einfach nicht echt.

Als Hal plötzlich die Augen öffnete, sah er, wie William Tom anschaute. Sein kalter, finsterer Blick passte so wenig zu seinen warmen Worten, dass Hal überzeugt war, dass er nichts davon wirklich meinte. William schien zu spüren, was sein Vater dachte, änderte geschwind seine Miene und strahlte plötzlich nichts als Bruderliebe aus und Traurigkeit über die bevorstehende Abreise all derer, die er am meisten liebte.

Was Hal in Williams Augen gelesen hatte, erfüllte ihn mit der Vorahnung, dies könnte das letzte Mal sein, dass er mit allen seinen Söhnen am selben Tisch sitzen würde. Die Stürme des Lebens werden uns in alle Himmelsrichtungen tragen, jeden auf seinem eigenen Kurs – einige von uns werden High Weald nie mehr wieder sehen, dachte er. Die Traurigkeit, die er dabei empfand, war so tief, dass er sie nicht abschütteln konnte. Er musste sich zu einem Lächeln zwingen, als er sich erhob, um Williams Trinkspruch zu erwidern: «Auf Gottes Gnade und günstige Winde.»

William stand am Ende des Wellenbrechers, hoch zu Ross auf seinem Hengst Sultan, und hob seinen Hut zum Abschiedsgruß, als die beiden Schiffe in See stachen. Hal begab sich zur Achterreling und erwiderte den Gruß, bevor er sich abwandte und Befehl an den Ruderstand gab, das Schiff zu wenden und den Sund hinunter auf die offene See zuzusteuern.

«Welcher Kurs um Ushant herum?», fragte er Ned Tyler, während sie Penlee Point hinter sich ließen und die grünen Hügel Englands achtern hinter dem Horizont verschwanden. Ned stand an dem neumodischen Steuerrad, das auf modernen Schiffen wie der *Seraph* die alte Ruderstange ersetzt hatte. Es war eine wunderbare Erfindung. Mit der Ruderstange konnte der Steuermann nur fünf Grad links und rechts vom Geradeauskurs steuern, doch mit diesem neuen Rad betrug der Spielraum siebzig Grad, was das Schiff unter Wind viel manövrierfähiger machte.

«Der Wind steht gut, Captain, Südsüdwest», antwortete Ned. Er wusste, dass die Frage nur eine Formalität war, da Hal bestimmt seine Karte sorgfältig studiert hatte, bevor er seine Kabine verließ.

«Markiere es auf dem Kreuzbrett», befahl Hal, worauf Ned einen Stift in ein Loch auf dem Rand eines runden Kursbretts steckte. Solch ein Stift würde jede halbe Stunde eingesteckt werden, und am Ende der Wache konnte man dann den mittleren Kurs und damit die Position des Schiffes berechnen.

Hal ging nach achtern und schaute zu den Segeln hinauf. Der Wind blies frisch von backbord, und mit Neds Einstellung der Takelage zog jedes Segel sie mit voller Kraft voraus. Die *Seraph* schien von Welle zu Welle zu fliegen, und Hal hätte vor Freude jauchzen können. Er war überrascht von sich selbst; er hatte gemeint, er wäre inzwischen zu alt, um noch solchen Spaß an einem Schiff zu haben und an dem Abenteuer, das es versprach. Er gab sich alle Mühe, seine Würde zu bewahren, doch Big Daniel stand am Rand des Achterdecks, und ihre Blicke trafen sich. Sie lächelten nicht, doch beide wussten, was der andere empfand.

Die Passagiere standen mittschiffs an der Reling. Die Röcke der Frauen flatterten im Wind, und sie mussten ihre Hüte festhalten. Sobald die *Seraph* nicht mehr in Küstennähe war und die volle Gewalt der See zu spüren bekam, erstarben ihre aufgeregten Schreie, und sie verschwanden eine nach der anderen unter Deck, bis nur noch Caroline mit ihrem Vater übrig war.

Den ganzen Tag und mehrere Tage danach nahm der Wind ständig zu. Er trieb die beiden Schiffe vor sich her, bis eines Abends ein ausgewachsener Sturm drohte und Hal gezwungen war, Segel einzuholen. Als es dunkel wurde, setzten beide Schiffe Laternen an der Spitze des Hauptmastes, um in dem Wetter Kontakt zu halten, und als die Dämmerung hereinbrach, klopfte Ned an Hals Kabinentür, um ihm mitzuteilen, dass das Leuchtfeuer von Ushant backbord voraus lag.

Noch am Vormittag umsegelten sie Ushant und stürzten sich kopfüber in die stürmischen Gewässer der Biskaya, die ihrem üblen Ruf alle Ehre machten. Die nächste Woche gab der Mannschaft reichlich Gelegenheit, mit den Segeln zu üben und das Schiff durch schwere Seen und starke Winde zu führen. Von den Damen schien Caroline die Einzige zu sein, der das nichts ausmachte, und sie schloss sich Tom und Dorian für die täglichen Lektionen in Master Walshs enger Kabine an. Sie sprach allgemein nicht viel, doch zu Tom sagte sie gar nichts; sie ignorierte gar seine witzigsten Sprüche. Sie schüttelte auch den Kopf, wenn *er* ihr anbot, ihr bei den Rechenaufgaben zu helfen – Sprachen und Mathematik waren die beiden Gebiete, in denen Tom sich auszeichnete. An den Arabischstunden, die Alf Wilson jeden

Nachmittag für die drei Knaben abhielt, wollte Caroline ebenfalls nicht teilnehmen.

Guy litt während der Überquerung der Biskaya an heftiger Seekrankheit und kam kaum auf die Beine. Hal fand es bedrükkend, dass einer seiner Söhne dem Seegang erliegen konnte, doch er ließ eine Strohmatratze für ihn in eine Ecke der Heckkabine legen, wo Guy nun lag, bleich und stöhnend, als läge er im Sterben, unfähig zu essen und kaum in der Lage, etwas Wasser aus dem Krug zu schlürfen, den Aboli ihm hinhielt.

Mrs. Beatty und ihre jüngeren Töchter waren in keinem besseren Zustand. Sie blieben in ihren Kabinen, und Dr. Reynolds verbrachte den größten Teil seiner Zeit damit, sie zu verarzten, wobei ihm Caroline zur Hand ging. Um die Nachttöpfe herrschte lebhafter Verkehr, sowohl was das Füllen als auch was das Ausschütten über die Reling anging. Der vorherrschende Geruch in den Achterquartieren war säuerlicher Kotzgestank.

Hal hatte einen Kurs sehr weit westlich angeordnet, um in der Dunkelheit nicht bei Madeira oder den Kanarischen Inseln auf Grund zu laufen und in der Hoffnung auf günstigere Winde, wenn sie erst in der Kalmenzone um den Äquator herum wären. Der Sturm legte sich endlich, als sie fünfunddreißig Grad nördlicher Breite erreichten; Madeira lag hundert Seemeilen östlich. Nun konnte Hal beginnen, die Reparatur der Segel und des Riggs zu organisieren, die in den Stürmen beschädigt worden waren, und seine Mannschaft andere Manöver als das Setzen und Reffen von Segeln üben zu lassen. Die Männer konnten ihre Kleider und feuchte Bettwäsche trocknen und der Koch zündete seine Feuer an und bereitete wieder warme Mahlzeiten zu. Die Laune an Bord verbesserte sich sofort.

Nach ein paar Tagen erschienen auch Mrs. Beatty und ihre kleinen Töchter wieder an Deck. Zuerst waren sie blass und schwach, doch bald waren die Kleinen wieder lebhaft wie gewohnt und machten den Männern das Leben schwer. Tom, für den sie eine Art Heldenverehrung entwickelt hatten, nahmen sie besonders aufs Korn, und um ihnen zu entkommen, überredete er Aboli, ihn – ohne Erlaubnis seines Vaters, die, wie sie beide wussten, niemals erteilt worden wäre – in die Takelage klettern zu lassen.

Als Hal zum Vormittagswachwechsel an Deck kam, fand er Tom auf der Rah dreißig Fuß über sich, die nackten Füße fest auf dem Jackstag, wo er dabei half, ein weiteres Reff im Haupt-Toppsegel auszuschütteln. Hal erstarrte mitten in der Bewegung, den Hals nach oben gereckt, und überlegte, mit welchem Befehl er Tom herunterbeordern konnte, ohne seine Sorge um ihn zu verraten. Er drehte sich zum Ruderstand um und sah, dass sämtliche Offiziere ihn beobachteten. Darauf schlenderte er zur Reling, wo Aboli stand, als wäre nichts geschehen.

«Ich weiß noch, wie Ihr das erste Mal auf den Toppmast geklettert seid, Gundwane», sagte Aboli leise. «Es war in schwerer See vor der Agulhas-Sandbank. Ihr habt es getan, weil ich Euch verboten hatte, höher als bis zu den Hauptwanten zu steigen. Ihr wart zwei Jahre jünger als Klebe jetzt, aber so wart Ihr eben: ein wilder Bursche.» Aboli schüttelte missbilligend den Kopf und spuckte ins Wasser. «Euer Vater hätte Euch am liebsten mit einem Tau verprügelt. Ich hätte ihn nicht davon abhalten sollen.»

Hal erinnerte sich genau an den Tag, von dem Aboli sprach. Was als lausbübische Trotzreaktion begonnen hatte, endete in schierem Grauen, als er sich an den Mastkopf klammern musste, während er hundert Fuß unter sich abwechselnd das Deck und die schäumende, grüne See sah, wobei das Schiff durch die Wogen rollte und stampfte und das Kielwasser hinter ihnen davonschoss. War Tom tatsächlich zwei Jahre älter als er damals? Das Segel, von dem sein Sohn nun hing, war höchstens auf halber Höhe des Toppmasts. «Wir wissen beide, was ein Sturz vom Hauptsegel bedeutet», brummte er. «Es bricht dir die Knochen und bringt dich genauso sicher um wie ein Fall von der Mastspitze.»

«Klebe wird nicht herunterfallen. Er klettert wie ein Affe», grinste Aboli plötzlich. «Er muss es im Blut haben.»

Hal überhörte die Anzüglichkeit und verkroch sich in seine Kabine, angeblich um sein Logbuch aufzufrischen, aber in Wirklichkeit, damit er nicht länger zuschauen musste, wie sein Sohn in der Takelage herumkletterte. Den Rest der Vormittagswache wartete er auf einen furchtbaren, fleischig-dumpfen Knall auf dem Deck über seinem Kopf oder auf Rufe: «Mann über Bord!» Als dann jemand an der Kabinentür pochte und Toms Kopf im Türschlitz erschien, strahlend vor Freude, um ihm eine Nachricht vom Wachoffizier zu überbringen, musste Hal sich zurückhalten, nicht vor Erleichterung aufzuspringen und den Jungen an seine Brust zu drücken.

Dann erreichten sie die Kalmenzone. Die Segel erschlafften und nicht die kleinste Welle kräuselte sich unter dem Schiffsbauch. Vor Mittag empfing Hal Big Daniel, Ned Tyler und Wilson in seiner Kabine, um noch einmal Wilsons Beschreibung des Verlusts der *Minotaur* an Jangiri durchzusprechen. Hal wollte, dass alle seine Offiziere genau wussten, was sie zu erwarten hatten und wie sie Jangiri in die Schlacht ziehen oder in seiner Hafenfestung aufspüren konnten.

Plötzlich brach Hal mitten im Satz ab und horchte nach oben. Etwas Ungewöhnliches tat sich auf Deck, Schritte, ferne Stimmen und Gelächter. «Entschuldigt, meine Herren.» Er stand auf, eilte die Treppe hinauf und schaute sich geschwind um. Alle, die nicht auf Wache waren, befanden sich an Deck, nein, jede Menschenseele an Bord schien sich dort eingefunden zu haben. Alle Hälse waren nach oben gereckt, den Hauptmast hinauf, und Hal folgte ihren Blicken.

Tom saß bequem über dem Royalsegel und rief Dorian ermutigend zu: «Na komm schon, Dorry! Schau nicht nach unten!»

Dorian hing in den Toppmastwanten unter ihm. Einen schrecklichen Augenblick lang dachte Hal, er säße dort fest, hundert Fuß über Deck, doch dann rührte sich der Junge endlich. Er machte einen vorsichtigen Schritt nach oben, fand Halt an einem Tau über seinem Kopf und tat den nächsten Schritt.

«Gut gemacht, Dorry! Und jetzt weiter!»

Hals Wut auf Tom war fast so groß wie seine Angst um seinen Jüngsten. Ich hätte ihm schon nach seinem ersten Ausflug in die Takelage den Hintern versohlen sollen, dachte er. Er ging zum Steuerrad und nahm das Sprechhorn von seinem Haken, doch bevor er es an seine Lippen setzen und die Jungen anbrüllen konnte, erschien Aboli an seiner Seite.

«Es wäre nicht klug, sie jetzt zu erschrecken, Gundwane. Dorian braucht beide Hände und seine ganze Aufmerksamkeit für die Aufgabe, die er sich vorgenommen hat.»

Hal ließ das Horn sinken und beobachtete mit angehaltenem Atem, wie sich Dorian die Wanten emportastete. «Warum hast du sie nicht aufgehalten, Aboli?», fragte er wütend.

«Sie haben mich nicht um Erlaubnis gefragt.»

«Selbst wenn sie das getan hätten, hättest du sie hinaufgelassen», erwiderte Hal anklagend.

«Das weiß ich nicht, wenn ich ganz ehrlich bin», zuckte Aboli die Schultern. «Jeder Junge wächst in seiner eigenen Zeit und auf seine eigene Weise zum Mann heran.» Er schaute zu dem kleinen Kerl hoch oben in der Takelage hinauf. «Dorian hat keine Angst.»

«Woher willst du das wissen?», schnaubte Hal, außer sich vor Sorge.

«Schaut Euch nur an, wie er seinen Kopf hält. Schaut Euch an, wie er seine Hände und Füße einsetzt, um Halt zu finden.»

Hal sagte nichts. Ihm wurde klar, dass Aboli Recht hatte. Ein Angsthase würde sich an den Seilen festklammern und die Augen schließen, mit zitternden Händen und vollen Hosen. Dorian blieb jedoch in Bewegung, den Kopf erhoben und den Blick voraus. Fast die ganze Mannschaft war an Deck und schaute ihm zu, still und voller Spannung.

Tom reichte seinem Bruder die Hand. «Du bist fast da, Dorry!» Doch Dorian verschmähte die Hilfe und zog sich mit sichtbarer Anstrengung allein hoch, bevor er neben seinem Bruder zu sitzen kam. Einen Augenblick schnappte er nach Luft, und dann warf er den Kopf zurück und stieß einen gellenden Triumphschrei aus. Tom legte ihm beschützend einen Arm um die Schultern und drückte ihn an sich. Sogar aus der Entfernung vom Deck aus war zu sehen, wie die beiden strahlten. Die Mannschaft brach in Jubel aus und Dorian nahm seine Mütze ab und winkte den Männern damit zu. Schon jetzt waren er und Tom die Lieblinge des ganzen Schiffs.

«Er war bereit dafür», erklärte Aboli, «das hat er uns nun bewiesen.»

«Ach was! Er ist doch noch ein Baby!», brüllte Hal.

«Dorian ist kein Baby. Ihr seht ihn mit den Augen eines Vaters», entgegnete Aboli. «Es wird bald zum Kampf kommen, und wir beide wissen, dass der Toppmast in einer Schlacht der sicherste Ort für einen Jungen ist.» Das stimmte natürlich. Als Hal in dem Alter war, war seine Gefechtsstellung stets hoch im Rigg gewesen, weil das feindliche Feuer immer auf den Rumpf zielte, und falls das Schiff geentert würde, wäre er weit weg vom Schlachtgetümmel.

Wenige Tage später änderte Hal die Quartierliste, indem er Tom und Dorian beide im Mastkorb des Hauptmastes postierte, wenn es zur Schlacht kommen würde. Was er mit Guy machen sollte, wusste er nicht. Guy hatte keinerlei Neigung gezeigt, die Sicherheit des Hauptdecks zu verlassen. Vielleicht konnte er sich im Krankenquartier nützlich machen, als Helfer des Schiffsarztes – doch was war, wenn er kein Blut sehen konnte?

Der Wind trieb sein Spiel mit ihnen. Sie waren noch immer in der Kalmenzone, die Flaute war gnadenlos, Tag um Tag, und die See glatt wie ein Ölspiegel. Die Sonne brannte hernieder, dass die Menschen auf dem Schiff um Atem rangen und ihnen der Schweiß aus allen Poren floss, und wer sich an Deck aufhielt, suchte den Schatten der Segel als Rettung vor der Hitze. Und dann schien das spiegelglatte Meer am Horizont plötzlich wie von Katzenkrallen durchfurcht, und für eine Stunde oder einen Tag füllte ein Luftzug die Segel und blies sie vor sich her.

Wenn der launische Wind dann wieder verschwand und sie bewegungslos auf dem Ozean lagen, drillte Hal seine Männer für die Schlacht. Er ließ sie an den Kanonen üben, Wache gegen Wache, wer am schnellsten im Laden, Herausrollen, Feuern und wieder Laden war. Er gab ihnen Musketentraining, ließ sie Fässer über Bord werfen und als Übungsziele benutzen. Dann gab er die Stutzsäbel aus der Waffenkammer aus und ließ Aboli und Big Daniel mit ihnen das Waffenhandbuch durchgehen. Tom übte mit dem Rest seiner Wache, wenn sie mit dem Hieber zugange waren, und mehr als einmal forderte Big Daniel ihn auf, sich vor die Gruppe zu stellen und ihnen den korrekten Stil zu demonstrieren.

Hal hatte für seine Mannschaft fast nur erfahrene Seeleute ausgesucht, die schon im Gefecht gewesen waren, mit Pistole, Stutzsäbel, Enterstange und Axt umgehen konnten und auch schon an der Kanone gedient hatten. Nach zwei oder drei Wochen wusste er, dass dies die beste Kampftruppe war, die er je kommandiert hatte. Sie zeichneten sich durch etwas aus, das schwer beim Namen zu nennen war; er konnte es nur als Eifer bezeichnen. Sie waren wie Jagdhunde, begierig, eine Witterung aufzunehmen. Hal hätte keine Bedenken gehabt, sie gegen jeden Feind zu führen.

Die Inseln von Madeira und der Kanaren lagen in sicherem Abstand, weit hinter dem östlichen Horizont, doch je tiefer sie in die Kalmen trieben, desto langsamer kamen sie voran. Tagelang lagen sie an derselben Stelle, die Segel leblos, der Ozean glatt, als wäre er von einem Ölfilm bedeckt, nur unterbrochen von Klumpen von Sargassoseegras und glitzernden Spuren, wo fliegende Fische die Oberfläche streiften. Und über allem brannte die gnadenlose Sonne.

Hal kannte die Malaise, die eine Mannschaft in diesen Breiten befallen konnte, wie sie die Lebenskraft und Entschlossenheit eines jeden Mannes schwächen konnte. So gab er sich alle Mühe, zu verhindern, dass seine Leute in diesem Sumpf von Langeweile und Aussichtslosigkeit versanken. Jeden Tag, wenn die Kampfausbildung beendet war, veranstaltete er Staffelrennen zwischen den Wachen, vom Deck auf die höchste Mastspitze und zurück. Auch Tom und Dorian nahmen daran teil, und die Beatty-Bälger, wie Tom Agnes und Sarah getauft hatte, schauten zu und quietschten vor Begeisterung.

Die Schiffsschreiner wies Hal an, die Ruderbänke in die Boote zu nageln. Diese wurden dann zu Wasser gelassen, und eine Mannschaft von der *Seraph* ruderte gegen eine von der *Yeoman*, zweimal um die dümpelnden Schiffe herum. Der Preis war ein rotes Band und eine Extraration Rum für das siegreiche Boot. Nach dem ersten Rennen endete das Band als Ehrenzeichen an der Bugfigur der *Seraph*; danach sollte es mehrmals zwischen den beiden Schiffen hin und her wechseln.

Zur Feier des Tages lud Hal Captain Anderson ein, von der *Yeoman* herüberzurudern und sich ihm und seinen Passagieren beim Abendessen in der Heckkabine anzuschließen. Er wollte auch seine Söhne dabei haben, da Master Walsh ein musikalisches Rezital vorgeschlagen hatte, das nach dem Essen stattfinden sollte. Walsh würde die Flöte spielen und Guy die Cister, und Dorian, der eine wunderbare Stimme hatte, würde für sie singen.

Hal kredenzte seinen besten Klarett, und der Abend war geschwätzig und lebhaft. Bei dieser Anzahl von Gästen war kaum genug Platz in der Kabine, dass alle sitzen konnten, geschweige denn sich bewegen, und als Hal schließlich um Ruhe bat und Master Walsh das Zeichen gab, die Vorstellung solle beginnen, sah sich der unmusikalische Tom auf einen Hocker hinter der spanischen Wand verbannt, die das Schlafquartier seines Vaters von der Tageskabine abteilte, abgeschirmt vor den Blicken der versammelten Gesellschaft.

Walsh und Guy begannen mit einer Darbietung mehrerer alter

Melodien, darunter «Greensleeves» und «Frauen von Spanien». Alle waren hingerissen, außer Tom, der es so langweilig fand, dass er mit dem Messer seine Initialen in den Holzrahmen der Zwischenwand schnitzte, hinter der er saß.

«Und nun werden Fräulein Caroline Beatty und Master Dorian Courtney ein Lied für uns singen», verkündete Walsh bald. Caroline erhob sich und zwängte sich durch die überfüllte Kabine, bis sie an dem Ende war, wo Tom saß. Sie schenkte ihm einen ihrer kalten Blicke und wandte sich halb von ihm ab, die Hüfte an dem geschnitzten Paravent, und schaute zu Dorian, der an der gegenüberliegenden Bordwand stand.

Als Erstes sangen sie eine Arie von Purcell. Carolines Stimme war süß und klar, wenn auch ein wenig gestelzt, während Dorian in seinem Gesang natürlichen Überschwang zeigte. Die himmlischen Töne aus seiner Kehle trieben den Zuhörern die Tränen in die Augen.

Tom rutschte indes auf seinem Hocker herum, die Hände in den Hosentaschen vergraben, und spürte den unwiderstehlichen Drang, aus der heißen, erstickend engen Kabine zu entkommen. Er wollte oben auf Deck sein, mit Daniel oder Aboli oder beiden hinter einer Kanone hocken und ihren Geschichten über die wilden Länder und geheimnisvollen Ozeane lauschen, die vor ihnen lagen. Er fühlte sich eingesperrt.

Dann fiel ihm auf, dass Caroline sich auf die Zehenspitzen stellte, wenn sie die ganz hohen Töne sang. Dabei rutschte ihr Rocksaum hoch und offenbarte ihre Knöchel und die Rückseite ihrer Waden. Beim Anblick der zarten Füße des jungen Mädchens war Toms Langeweile sofort verflogen. Sie trug dunkelblaue Strümpfe und der Übergang zwischen ihren Fersen und den entzückenden Waden war unendlich reizvoll. Tom nahm unwillkürlich eine Hand aus der Tasche und streckte sie nach Carolines Schenkeln aus.

«Du bist verrückt», sagte er sich. «Sie wird ein Heidengeschrei veranstalten, wenn ich sie auch nur mit einem Finger berühre.» Er schaute sich verstohlen um. Caroline stand direkt vor ihm, sodass die anderen ihn nicht sehen konnten. Er wusste, dass aller Blicke auf Dorian ruhten; dennoch zögerte er. Er zog seine Hand zurück und steckte sie wieder in die Tasche. Und dann roch er ihren Duft.

Über den anderen Gerüchen in der Kabine, dem Aroma gerösteten Schweinefleischs, der Ausdünstung des Weins und dem Zigarrenrauch seines Vaters nahm er den warmen Mädchenduft auf, den ihr Körper ausströmte. Sein Herz krampfte sich zusammen wie eine Faust, und sein Magen schmerzte vor Begierde. Fast hätte er laut aufgestöhnt.

Schließlich beugte er sich auf seinem Hocker nach vorn und berührte ihr Fußgelenk. Seine Fingerspitzen streiften das glatte, blaue Gewebe ihres Strumpfes. Er zuckte zurück und machte sich bereit den Unschuldigen zu spielen, wenn das Geschrei losginge.

Caroline fiel mit Dorian in den Refrain ein, ohne einen Takt zu verpassen, und Tom war verblüfft, dass sie überhaupt nicht reagierte. Wieder streckte er seine Hand aus, und diesmal legte er zwei Finger sanft um ihr Fußgelenk. Caroline rührte sich nicht von der Stelle und sang weiter mit klarer, klingender Stimme. Dann streichelte Tom ihren Fuß und umfasste ihren Knöchel, so schlank, so weiblich, dass sich sein Herz noch mehr zusammenkrampfte. Der Strumpf knisterte seidig unter seiner Berührung, als seine Hand nun langsam, zögernd ihre Wade hinaufwanderte, die warme Wölbung genießend, bis sie das Ende des Strumpfes erreichte, wo ein Band ihn unter dem Knie zusammenhielt. Dort hielt Tom inne, während ein himmlischer Akkord der beiden jungen Stimmen das Lied ausklingen ließ.

Für einen Augenblick herrschte Stille, bevor alles in lautes Klatschen und Bravorufe ausbrach. «Dakapo! Singt uns noch ein Lied!»

Toms Vaters Stimme war zu hören: «Wir sollten Fräulein Caroline nicht zu viel zumuten, nachdem sie uns schon solche Freude geschenkt hat.»

Carolines dunkle Locken tanzten auf ihren Schultern. «Es macht mir nichts aus, Sir Henry, das versichere ich euch. Ich freue mich, dass es euch gefallen hat. Es wird uns ein großes Vergnügen sein, noch ein Lied zu singen. Wie wäre es mit ‹My Love She Lives In Durham Town›, Dorian?»

«Na gut», nickte Dorian ohne große Begeisterung, und Caroline öffnete ihr reizendes Mündchen, um das Lied anzustimmen. Toms Hand hatte sich nicht bewegt, und nun stahlen sich seine Finger über den Rand ihres Strumpfes hinweg und streichelten ihre Kniekehle. Sie sang unbeirrt weiter. Ihre Stimme schien gar an Kraft und Empfindung zu gewinnen, sodass Master Walsh anerkennend mit seiner Flöte nickte.

Tom streichelte erst das eine, dann das andere Knie. Er hatte ihren Rocksaum gehoben und starrte auf die schimmernde Haut, die er so weich und warm unter seinen Fingerspitzen fühlte. Nun, da klar war, dass sie nicht schreien oder ihn bei den Erwachsenen verpetzen würde, wurde er immer kühner.

Seine Finger wanderten höher, über ihre Oberschenkel hinweg, und er spürte, wie sie erzitterte, doch ihre Stimme blieb fest, und sie vergaß keinen Vers des Liedes. Aus dem Augenwinkel sah Tom, wie sein Vater mit einem Fuß unter dem Tisch den Takt klopfte. Das Wissen, dass Hal in solcher Nähe saß, die Gefahr, die mit seinem Benehmen verbunden war, das machte für Tom alles nur noch aufregender. Seine Finger zitterten, als er die zarte Falte erreichte, über der sich Carolines fester, runder Po zu wölben begann. Sie war nackt unter ihrem Petticoat und er folgte der Rundung ihrer Pobacke, bis er tiefe, senkrechte Schlucht erreichte, die die beiden Halbkugeln warmen Fleisches voneinander trennte. Er versuchte, einen Finger zwischen ihre Schenkel zu stehlen, doch die waren fest zusammengepresst, alle Muskeln in beiden Beinen hart wie Stein. Diese Barriere war unüberwindbar, und Tom gab den Versuch auf. Stattdessen umfasste er ihren festen Hintern nun mit beiden Händen und drückte ihn sanft.

Mit der hohen, schallenden Schlussnote der Strophe änderte Caroline ein wenig ihre Stellung, bewegte ihre zarten Füße leicht auseinander und drückte ihm ihren Hintern entgegen. Ihre Schenkel teilten sich, und als Tom es noch einmal versuchte, fühlte er nun das seidige Haarnest dazwischen. Wieder bewegte sie sich ein wenig, wie um es ihm leichter zu machen und seine forschende Hand zu führen. Mary, das Küchenmädchen, hatte ihm gezeigt, wo das magische kleine Fleischknöllchen zu finden war, und er begann es geschickt zu bearbeiten. Mit hochroten Wangen und glänzenden Augen wiegte Caroline inzwischen ihren ganzen Körper zu der Musik. Ihre Tochter hatte noch nie so entzückend ausgesehen wie in diesem Augenblick, dachte Mrs. Beatty, das zeigten ihr auch die bewundernden Blicke der Männer, unter denen sie sich geschwind umschaute.

Das Lied kam zu seinem Höhepunkt, und selbst Dorian fiel es schwer, dem Zauber der letzten hohen Note gerecht zu werden, die Caroline sang. Der Ton schien die ganze Kabine zu erfüllen und noch in der Luft zu hängen, als der Gesang längst beendet war. Caroline breitete ihre Röcke und Petticoats zu einer prächtigen tropischen Orchidee aus und verbeugte sich so tief, dass ihre Stirn fast den Boden berührte.

Die Männer applaudierten begeistert und erhoben sich. Als Caroline den Kopf hob, zitterten ihre Lippen, und ihre Wangen waren nass von Tränen tiefster Empfindung. Ihre Mutter sprang auf und umarmte sie.

«Mein Schatz, das war schöner als schön. Du hast gesungen wie ein Engel. Aber jetzt bist du bestimmt sehr erschöpft.»

Begleitet von weiteren Gratulationen und Freudenbekundungen begab Caroline sich wieder an ihren Platz. Das Mädchen war wie verzaubert, nicht mehr das stille, zurückhaltende Kind, und beteiligte sich lebhaft, fast ausgelassen an der Unterhaltung. Als Mrs. Beatty es schließlich für an der Zeit hielt, sich zurückzuziehen und die Männer mit ihren Tabakpfeifen und Zigarren und ihrem Portwein allein zu lassen, folgte Caroline ihr gehorsam. Sie wünschte allen eine gute Nacht und verließ die Kabine, ohne Tom auch nur eines Blickes zu würdigen.

Tom saß auf seinem Hocker in der Ecke und schaute unschuldig an die Decke. Seine Hände steckten tief in den Hosentaschen und hielten umfasst, was in seinem Schoß gewachsen war.

Tom fand kaum Schlaf in jener Nacht. Er lag zwischen Dorian und Guy auf seiner Matratze und lauschte dem Schnarchen, Stöhnen und Grummeln der schlafenden Matrosen auf dem Kanonendeck. Im Geiste durchlebte er noch einmal jeden Augenblick seines Erlebnisses in der Heckkabine, jede Berührung und jede ihrer Bewegungen, ihren Duft und ihre Stimme, während er sie streichelte, die feuchte, warme Weichheit ihrer geheimsten Regionen. Er konnte es kaum ertragen, dass er bis zum nächsten Morgen warten musste, bevor er Caroline wieder sehen würde, und das wäre in Master Walshs Kabine, wo sie alle über ihren Schiefertafeln brüten würden und den qualvoll langweiligen Monologen des Lehrers zu lauschen hätten. Er sehnte sich nach einem Blick von ihr oder einer Berührung, die ihm bestätigen würde, von welch monumentaler Bedeutung war, was zwischen ihnen stattgefunden hatte.

Als sie schließlich Master Walshs Kabine betrat, ihre quietschenden Schwestern voran, ignorierte sie Tom und ging gleich auf Master Walsh zu. «Ich finde es an meinem Platz zu dunkel. Könnte ich vielleicht neben Guy sitzen?»

«Ja, natürlich dürft Ihr das, mein Fräulein», erwiederte Walsh sofort. Auch er war nicht immun gegen ihre Reize. «Warum habt Ihr mir nicht längst gesagt, dass Euch der Platz neben Tom nicht behagt?»

Guy rückte eifrig beiseite, um ihr auf der Bank neben sich Platz zu machen, und Tom fühlte sich zurückgestoßen und versuchte ihre Aufmerksamkeit zu erhaschen, indem er sie unentwegt anstarrte. Caroline blickte jedoch stur auf ihre Tafel, ohne ein einziges Mal aufzuschauen.

Am Ende bemerkte gar Master Walsh Toms eigenartiges Benehmen. «Bist du seekrank?»

Diese Unterstellung war für Tom die größte Unverschämtheit. «Nein, Sir, es geht mir ausgezeichnet.»

«Dann wiederhole bitte, was ich gesagt habe», forderte Walsh ihn auf.

Tom schaute nachdenklich drein und rieb sich das Kinn, während er zugleich Dorian unter dem Tisch gegen die Knöchel trat.

Dorian kam ihm pflichtschuldigst zu Hilfe. «Ihr sagtet, eine Tautologie ist …»

«Danke, Dorian», unterbrach ihn Walsh, «aber ich spreche mit deinem Bruder.» Er bedachte Tom mit einem missbilligenden Blick. Es wurmte ihn stets, wenn ein Knabe mit gutem Köpfchen keinen vollen Gebrauch davon machte. «Nun, da dir dein Bruder aus der Klemme geholfen hat, kannst du uns vielleicht erklären, was das Wort bedeutet.»

«Eine Tautologie ist die unnötige Wiederholung einer Aussage, die schon zuvor in einem Satz oder einem Ausdruck vermittelt worden ist», beantwortete Tom die Frage.

Walsh sah enttäuscht aus. Er hatte gehofft, er würde Tom vor den anderen bloßstellen. «Die Tiefe deiner Kenntnisse ist beeindruckend», sagte er steif. «Könntest du uns mehr davon demonstrieren, indem du uns ein Beispiel nennst für eine Tautologie?»

Tom dachte kurz nach. «Ein pedantischer Pädagoge», schlug er dann vor, «oder ein langweiliger Lehrer?»

Dorian lachte laut auf, und selbst Guy schaute auf und lächelte.

Die Beatty-Bälger verstanden kein Wort, doch als sie sahen, wie Walsh puterrot wurde und Tom mit einem triumphierenden Grinsen im Gesicht die Arme vor der Brust verschränkte, erkannten sie, dass ihr Idol wieder einmal gewonnen hatte, und kicherten erfreut. Nur Caroline schrieb weiter auf ihrer Tafel, ohne auch nur den Kopf zu heben.

Dass selbst seine ewigen Wortgefechte mit Master Walsh sie nicht zu beeindrucken schienen, verblüffte und verletzte Tom nun wirklich. Wie kam sie dazu, sich zu benehmen, als wäre nicht das Geringste zwischen ihnen geschehen? Er musste es also anders versuchen. Als Caroline später an Deck erschien, führte er ihr seine frisch erworbenen Fähigkeiten als Bezwinger des Toppmastes vor. Er ahmte die älteren Matrosen nach, indem er all seine Kraft und Geschicklichkeit zusammennahm und sich auf der Hochrahe zu seinem Platz auf den Rattenseile hinaushangelte, oder er glitt in einem Rutsch das Besanstag hinunter, dass das grobe Hanfseil ihm die Hände verbrannte, bevor er mit einem dumpfen Knall in ihrer Nähe landete. Sie wandte sich jedoch einfach ab.

Zu Guy und Dorian war sie dagegen süß wie Honig, und sogar Master Walsh gegenüber war sie ein Ausbund an Charme. Der vollkommen unmusikalische Tom war von ihren Übungsstunden ausgeschlossen, und Caroline schien sich besonders in Guys Gesellschaft überaus wohl zu fühlen. Sogar während der Schulstunden flüsterten die beiden zusammen, und Master Walsh unternahm nur halbherzige Versuche, diesem Tun Einhalt zu gebieten. Einmal beschwerte sich Tom: «Ich arbeite hier an einer Geometrieaufgabe! Ich kann nicht nachdenken, wenn ihr zwei die ganze Zeit schwatzt!» Worauf Walsh seine Chance auf Rache wahrnahm: «Ich kann keinerlei erhöhte Hirntätigkeit bei dir feststellen, Thomas, selbst wenn vollkommene Ruhe herrscht.»

Caroline quittierte diese Riposte mit einem glockenklaren Lachen und lehnte sich an Guys Schulter, wie um ihren Spaß mit ihm zu teilen. Da blickte sie Tom böse und herausfordernd an.

Tom und Dorian hatten die scharfen Augen ihres Vaters geerbt, weshalb sie als Ausgucke eingesetzt wurden. Bald fand Tom Spaß an diesen langen Schichten an der Mastspitze. Es war der einzige Ort auf dem überfüllten Schiff, wo sie allein sein konnten, und Dorian hatte gelernt, seinen Mund zu halten. So saßen sie stundenlang in einträchtigem Schweigen, ohne sich gegenseitig in ihren Gedanken, Fantasien und Träumen zu stören, und Tom träumte und träumte.

Während es in diesen Träumen früher um Schlachten und Ruhm gegangen war, um wilde Länder und weite Ozeane, um Elefanten und Wale und Riesenaffen auf nebelverhüllten Berggipfeln, um die Dinge also, über die Tom so gern mit Aboli und Big Daniel geredet hatte, drehten sich nun all seine Fantasien um Caroline. Er träumte von ihrem warmen, weichen Leib, den er berührt, doch nie gesehen hatte, von ihren Augen, deren Blicke voller Liebe und Hingabe auf ihn gerichtet wären, von den wunderbaren Dingen, die er mit ihr tun würde; Dinge, die er mit Mary und den anderen Dorfmädchen nie getan hatte. Es erschien ihm gar als lästerlich, dass diese rohen Geschöpfe in denselben Träumen Einlass fanden, in denen er die göttliche Caroline vor sich sah.

Er stellte sich vor, wie er sie vom brennenden Schiff retten würde, das Deck voller Piraten, wie er über Bord sprang, mit ihr in den Armen, und an den schneeweißen Strand einer Koralleninsel schwamm, wo sie ganz allein sein würden. Allein! Das war das Problem, das jeden seiner Träume beendete. Wie konnten sie je allein sein? Die *Seraph* konnte bis ans Ende der Welt segeln, doch sie würden auf ihr niemals allein sein.

Er überlegte fieberhaft, wo auf dem Schiff sie wenigstens für ein paar Minuten allein sein konnten, sicher vor neugierigen Blicken – wenngleich, wie er sich eingestehen musste, sie ihm wahrscheinlich nie dorthin folgen würde.

Es gab den Kielraum, doch alle Luken waren geschalkt und mit dem Kompaniesiegel gesichert. Dann gab es die Kabinen in den Heckquartieren, doch selbst die größte davon war kaum geeignet für traute Zweisamkeit, so voll gepackt war sie mit Menschenwesen. Die Wände waren so dünn, dass er die drei Schwestern hatte streiten hören, deren Kabine so winzig war, dass jeweils nur eine von ihnen darin aufrecht stehen konnte. Zwei mussten in ihre Kojen kriechen, damit die dritte ihre Kleider an- oder ausziehen konnte. Dort würde er bestimmt nicht mit Caroline allein sein und ihr seine unsterbliche Liebe gestehen oder ihre unwiderstehlichen Reize näher studieren können. Dennoch ließ ihm die Vorstellung keine Ruhe.

An lauen Abenden holten Tom und Dorian ihre Essschalen aus der Kombüse und gingen zum Bug, wo sie sich dann mit Aboli auf die Planken hockten und wo manchmal auch Big Daniel zu ihnen stieß. Und danach lagen sie nebeneinander auf dem Rücken und schauten in den Nachthimmel.

Daniel paffte an seiner Tonpfeife und erklärte den beiden Jungen, wie sich der Himmel jeden Tag veränderte, je weiter sie nach Süden kamen. Er zeigte ihnen das große Kreuz des Südens, das sich jeden Abend höher über dem Horizont vor ihnen erhob, und die funkelnden Magellanschen Wolken, die wie Engel mit Heiligenschein darunter auftauchten.

Um jedes Sternbild wusste Aboli eine Geschichte zu spinnen, und zu jedem Stern gab es eine Legende, die man sich in seinem Stamm erzählte. Big Daniel feixte: «Ach was, du alter schwarzer Heide. Die christliche Wahrheit ist: Das ist Orion, der große Jäger, nicht irgendein wilder Buschmann.»

Aboli ignorierte ihn und erzählte eines Abends die Legende vom törichten Jäger, der alle seine Pfeile in eine Herde Zebras verschossen hatte – er zeigte zu den Sternen in Orions Gürtel – und deshalb nichts mehr hatte, womit er sich verteidigen konnte, als der Löwe des Sirius ihm auflauerte. Wegen dieser Dummheit endete der Jäger im Bauch des Löwen. «Klingt das nicht viel besser für den Zuhörer?», schloss er selbstgefällig.

«Und für den Löwen», brummte Big Daniel, während er seine Pfeife ausklopfte und sich erhob. «Ich habe auf diesem Schiff noch Arbeit zu erledigen, im Gegensatz zu manch anderem, wie es scheint.» Er ging nach achtern und begann seine Runde.

Die anderen schwiegen für eine Weile, nachdem Big Daniel verschwunden war. Dorian rollte sich auf den Deckplanken zusammen wie ein kleines Hündchen und war fast sofort eingeschlafen. Aboli seufzte zufrieden. Dann murmelte er in der Sprache der Wälder, die sie oft sprachen, wenn sie allein waren: «Der törichte Jäger hätte noch vieles lernen können, wenn er lange genug gelebt hätte.»

«Was zum Beispiel?», fragte Tom in derselben Sprache.

«Manchmal ist es das Beste, nicht dem Zebra nachzujagen und seine Pfeile aus großer Entfernung zu verschießen.»

«Was meinst du damit, Aboli?» Tom setzte sich auf und zog die Knie an die Brust. Er spürte, dass Aboli ihm mit seiner Geschichte etwas sagen wollte.

«Dem törichten Jäger mangelt es an List und Tücke. Je verzweifelter er dem Wild nachjagt, desto schneller flieht es vor ihm, und wer ihn sieht, ruft: ‹Schaut nur, der dumme Jäger!›, und lacht ihn aus in seinem fruchtlosen Unterfangen.»

Tom dachte darüber nach. Jede Geschichte, die Aboli erzählte, hatte etwas zu bedeuten, das wusste er mittlerweile, und plötzlich ging ihm die Moral auf, und er riss den Kopf hoch. «Machst du dich über mich lustig, Aboli?»

«Das würde ich niemals tun, Klebe, aber es schmerzt mich, wenn ich sehe, wie andere es tun.»

«Warum sollte irgendjemand mich auslachen wollen?»

«Weil du zu hastig auf der Jagd bist. Jeder Mann an Bord weiß inzwischen, was du im Schilde führst.»

«Du meinst mit Caroline?», flüsterte Tom. «Ist es so offensichtlich?»

«Die Antwort darauf kennst du. Erzähle mir lieber, was es ist, was dich am meisten zu ihr zieht.»

«Sie ist schön …», begann Tom.

«Sie ist jedenfalls nicht hässlich», lächelte Aboli in der Dunkelheit. «Was dich jedoch verrückt macht, ist, dass sie dich links liegen lässt.»

«Ich verstehe nicht, Aboli.»

«Du jagst sie, weil sie vor dir davonläuft, und sie läuft davon, weil du hinter ihr her bist.»

«Und was sollte ich stattdessen tun?»

«Tu, was jeder kluge Jäger tun würde: Warte geduldig am Wasserloch. Lass die Beute zu dir kommen.»

Bis dahin hatte Tom jede Gelegenheit wahrgenommen, nach den täglichen Schulstunden noch in Walshs Kabine zu bleiben, immer in der Hoffnung, dass Caroline etwas Interesse an ihm zeigen würde. Sein Vater hatte angeordnet, dass alle drei Jungen täglich drei Stunden ordentlichen Unterricht bekamen, bevor sie ihre Pflichten auf dem Schiff antraten. Selbst Hal hatte drei Stunden mit Walsh für ausreichend befunden, doch Tom schien nicht genug davon zu bekommen, wenn er nur einige Minuten länger in der Gegenwart seiner Angebeteten verbringen konnte.

Nach seinem Gespräch mit Aboli änderte sich das jedoch. Während des Unterrichts gab er sich alle Mühe, still und unergründlich zu wirken. Mit Walsh wechselte er nur die allernötigsten Worte, und sobald die Schiffsglocke den Wachwechsel ankündigte, selbst wenn dies mitten in einer schwierigen Mathematikaufgabe geschah, packte er sofort seine Bücher und Tafel weg und sprang auf. «Entschuldigt, Master Walsh, aber ich muss mich jetzt an Deck meinen Pflichten widmen.» Und dann marschierte er aus der Kabine, ohne Caroline eines Blickes zu würdigen.

An den Abenden, wenn Caroline mit ihrer Mutter und den Schwestern für ihren täglichen Spaziergang an der frischen Luft an Deck kam, sorgte Tom dafür, dass seine Arbeit ihn so weit von ihr entfernt hielt, wie es auf dem beengten Schiff nur möglich war.

Einige Tage lang ließ sie sich nicht anmerken, dass ihr die Veränderung in Toms Benehmen aufgefallen war, doch dann, als Tom einmal während des morgendlichen Unterrichts von seiner Tafel aufschaute, ertappte er sie dabei, wie sie ihn aus dem Augenwinkel beobachtete. Sie senkte sofort ihren Blick, konnte jedoch nicht verhindern, dass ihr das Blut in die Wangen schoss. Tom machte innerlich einen Luftsprung: Aboli hatte also Recht! Es war das erste Mal, dass er sie dabei erwischt hatte, wie sie ihn musterte.

Dies ließ ihn noch entschlossener werden, und es fiel ihm Tag um Tag leichter, sie so zu ignorieren, wie sie es zuvor mit ihm gemacht hatte. Nach fast zwei Wochen bemerkte er schließlich eine feine Veränderung in ihrem Verhalten. Sie wurde plötzlich gesprächiger während der Morgenlektionen, wobei ihre Bemerkungen meist an Walsh und Guy gerichtet waren, doch besonders an Guy. Sie flüsterten miteinander, und Caroline lachte ausgelassen über seine albernsten Sprüche. Tom bewahrte sein grimmiges Schweigen und hob nicht einmal den Kopf, obwohl ihr Gelächter ihm im Herzen wehtat.

Einmal, nachdem Walsh sie aus seiner Kabine entlassen hatte und sie auf dem Weg nach oben waren, sagte Caroline mit theatralischer Stimme: «Oh, diese Treppe ist so steil. Darf ich mich auf deinen Arm stützen, Guy?» Sie ergriff seinen Arm und schaute zu seinem grinsenden Gesicht empor. Tom ging ohne jede Gefühlsregung an ihnen vorbei.

Irgendwie gelang es Guy, immer wieder mit Mrs. Beatty und den Mädchen Zeit an Deck zu verbringen, ohne dadurch seine Pflichten zu vernachlässigen. Oder er saß stundenlang mit Mr. Beatty in dessen Kabine, wo sie sich in ernsten Gesprächen ergingen. Mr. und Mrs. Beatty schienen ihn aufrichtig ins Herz geschlossen zu haben. Er hatte noch keinen Versuch unternommen, ins Rigg hinaufzuklettern, obwohl ihn Tom immer wieder damit aufzog, wenn Caroline in Hörweite war. Tom war überrascht, dass er Guy wegen dessen Furchtsamkeit nicht verachtete. Im Gegenteil, er war sogar erleichtert, dass er sich in den gefährlichen Höhen der Takelung nicht um seinen Zwillingsbruder zu kümmern hatte, wo er schon Dorian im Auge behalten musste, obgleich der kleine Junge schon so schnell und gewandt durch die Takelage zu klettern vermochte, dass Tom sich bald kaum mehr Sorgen um ihn machte.

Carolines Einfluss mochte es als Erstes offenbart haben, doch die Zwillinge waren einander immer fremder geworden, und zwar schon seit einiger Zeit. Sie verbrachten kaum noch Zeit miteinander, und wenn sie sich einmal trafen, waren sie kurz angebunden und zurückhaltend, ganz anders als früher, als sie noch jeden Gedanken und Traum geteilt und sich gegenseitig durch die kleinen Enttäuschungen und Ungerechtigkeiten des Lebens getröstet hatten.

Nach dem Abendessen geschah es oft, dass Hal seine Passagiere zu einem Whistabend in der Heckkabine einlud. Er war ein leidenschaftlicher Kartenspieler und hatte auch Tom dieses Spiel beigebracht. Mit seinem Kopf für die Mathematik hatte sich der Junge zu einem ausgezeichneten Spieler gemausert und spielte nun oft mit seinem Vater zusammen gegen Mr. Beatty und Master Walsh. In diesen Whistpartien ging es sehr ernst zu. Jedes Spiel war hart umkämpft und wurde danach leidenschaftlich diskutiert und analysiert. Am anderen Ende der Kabine kicherte Guy unterdessen mit Mrs. Beatty und den Mädchen bei ihren kindischen Lu- oder Quartettspielen. Guy hatte weder ein Talent für das viel schwierigere Whist gezeigt, noch hatte er Freude daran.

An einem dieser Abende hatte Hal nach dem Kartengeben Herz als die Trumpffarbe angesagt und Tom stand im dritten Stich, den er auszuspielen hatte, vor einer schwierigen Wahl: Er konnte hoffen, dass die Kreuz-Farbe gleichmäßig verteilt war und sein Ass ausspielen, oder er konnte seinen Vater mit einem niedrigen Trumpf wieder ins Spiel zu bringen versuchen. Er überlegte, was nach dem Ausgang der ersten beiden Stiche die bessere Taktik wäre, wurde jedoch durch das Gekicher und Gekreische der Frauen am anderen Tisch abgelenkt. Er dachte eine Weile nach und entschied sich schließlich, die Fehlfarbe anzuspielen. Sein Vater runzelte die Stirn, und Master Walsh trumpfte ihn prompt ab. Durcheinander nach diesem Patzer machte Tom anschließend einen Fehler nach dem anderen, und das Spiel war eine einzige Katastrophe.

Hal war außer sich. «Hast du wirklich nicht gesehen, dass Master Walsh sich auf Kreuz gelegt hat? Wie kannst du denn nur so dumm sein!»

Tom rutschte auf seinem Stuhl herum und schaute zum anderen Tisch hinüber. Dort hatten alle ihr Spiel unterbrochen und lauschten offenbar, wie sein Vater ihn ausschimpfte. Caroline und Guy schauten zu ihm herüber und steckten tuschelnd die Köpfe zusammen. In Guys Gesicht bemerkte Tom eine Schadenfreude, wie er sie noch nie bei ihm gesehen hatte. Guy sonnte sich regelrecht in der Demütigung seines Bruders.

Tom fühlte sich sofort schuldig bei der Erkenntnis, dass er seinen Bruder eigentlich nicht mochte. Guy zwinkerte Caroline zu und das Mädchen legte ihm eine Hand auf den Arm. Mit der anderen Hand bedeckte sie ihren Mund und flüsterte Guy etwas ins Ohr, wobei sie Tom frech ins Gesicht schaute, und nun war Tom noch tiefer schockiert, da er erkannte, dass er Guy nicht nur nicht mochte, sondern ihn richtig hasste und ihm Unheil an den Hals wünschte.

Noch Tage danach rang Tom mit seinen Schuldgefühlen. Hal Courtney hatte allen seinen Söhnen beigebracht, dass Loyalität innerhalb einer Familie das Heiligste war. «Wir gegen den Rest der Welt», hatte er ihnen eingeschärft, und nun machte Tom sich Vorwürfe, dass er diesem Grundsatz nicht gerecht geworden war.

Doch dann sah er sich unerwartet ins Recht gesetzt. Zuerst hatte er nur ein vages Gefühl, dass etwas sehr Wichtiges in der Luft lag. Er bemerkte, wie Mr. Beatty und sein Vater sich des Öfteren auf dem Achterdeck trafen, in ernste Gespräche vertieft, und er hatte das starke Gefühl, dass sein Vater irgendetwas zutiefst missbilligte. Über die nächsten Tage verbrachte Mr. Beatty geraume Zeit mit Hal in der Heckkabine, und dann schickte Hal Dorian aus, um Guy zu einem dieser Treffen vorzuladen.

«Was haben sie gesagt?», fragte Tom seinen kleinen Bruder, sobald er zurückkam.

«Ich weiß nicht.»

«Du hättest an der Tür lauschen sollen», brummte Tom, außer sich vor Neugier.

«Das habe ich mich nicht getraut», gestand Dorian. «Wenn Vater mich dabei erwischte, würde er mich kielholen lassen.» Dorian hatte erst vor kurzem von dieser grausamen Bestrafung gehört, die ihn natürlich zutiefst faszinierte.

Guy hatte diesen Augenblick seit Tagen gefürchtet. Er war mit Ned Tyler im Pulvermagazin beschäftigt, wo er ihm half, die Fässer zu öffnen und nachzuschauen, ob die körnige, schwarze Substanz keine Feuchtigkeit angezogen hatte, als Dorian schließlich mit seiner Nachricht kam.

«Vater will, dass du in seinem Quartier erscheinst», verkündete der Junge in vollem Bewusstsein seiner Wichtigkeit als Überbringer einer so schicksalhaften Botschaft. Guy stand auf und wischte sich die Pulverkörner von den Händen.

«Du beeilst dich besser», warnte ihn Dorian. «Vater hat sein Tod-den-Ungläubigen-Gesicht aufgesetzt.»

Als Guy die Kabine betrat, sah er sofort, dass Dorian nicht übertrieben hatte, was die Laune seines Vaters betraf. Hal stand mit hinter dem Rücken gefalteten Händen vor den Heckfenstern. Als er sich zu seinem Sohn umdrehte, wirbelte sein dicker, langer Pferdeschwanz herum wie der Schweif eines Löwen. Sein Blick war, wie Guy bemerkte, nicht nur wütend, sondern auch sorgenvoll, geradezu erschüttert.

«Ich hatte ein langes Gespräch mit Mr. Beatty.» Er nickte Beatty zu, der mit feierlichem Gesicht am großen Tisch saß, in vollem Putz einschließlich Perücke – ein weiteres Zeichen dafür, wie ernst dieses Treffen war. Hal schwieg für einen Augenblick, als wäre das, was er zu sagen hatte, so Ekel erregend, dass er die Worte am liebsten nicht ausgesprochen hätte.

«Ich habe erfahren, dass du Pläne für deine Zukunft zu machen scheinst, ohne mich, das Oberhaupt unserer Familie, zu Rate zu ziehen.»

«Vergebt mir, Vater, aber ich will kein Seemann werden», murmelte Guy niedergeschlagen.

Hal trat unwillkürlich einen Schritt zurück, als hätte sein Sohn

Gott abgeschworen. «Wir sind immer Seeleute gewesen. Seit zweihundert Jahren fahren die Courtneys zur See.»

«Ich hasse es», sagte Guy leise, mit zitternder Stimme. «Ich hasse den Gestank und die Enge an Bord eines Schiffes. Mir wird schlecht, und ich fühle mich unglücklich, wenn ich kein Land sehen kann.»

Nach einem weiteren langen Schweigen fuhr Hal fort: «Tom und Dorian haben ihr Erbe angenommen. Sie werden sich mit Sicherheit großer Abenteuer und großen Wohlstands erfreuen. Einmal dachte ich, ich könnte dir einst ein eigenes Schiff anbieten, aber ich verschwende meinen Atem, das sehe ich jetzt.»

Guy ließ den Kopf hängen und wiederholte jämmerlich: «Ich werde niemals glücklich sein, wenn ich kein Land sehen kann.»

«Glücklich!» Hal hatte sich fest vorgenommen, nicht die Beherrschung zu verlieren, doch das verächtliche Wort brach aus ihm heraus, bevor er sich bremsen konnte. «Was hat Glück damit zu tun? Ein Mann geht den Weg, der ihm vorgezeichnet ist. Er tut seine Pflicht für Gott und König. Er tut, was er zu tun hat, und nicht, was ihm gefällt.» Er spürte, wie sich Wut und Entrüstung in ihm aufbauten. «Bei Gott, Junge, was wäre diese Welt, wenn jeder täte, was ihm gefiel? Wer würde die Felder pflügen und die Ernte einbringen, wenn jedermann das Recht hätte zu sagen, das wolle er nicht? Auf dieser Welt hat jeder Mensch seinen Platz, und jeder Mensch muss wissen, wo sein Platz ist.»

Er hielt inne, da er bemerkte, dass sein Sohn immer verstockter dreinschaute. Er drehte sich wieder zum Fenster um und schaute auf den Ozean hinaus und in den blauen Himmel, den die untergehende Sonne nun mit goldenen Streifen durchwirkte. Hal atmete tief durch; nach einigen Minuten hatte er seine Fassung wiedererlangt und konnte seinem Sohn wieder in die Augen schauen.

«Also gut», sagte er, «vielleicht bin ich zu nachsichtig, aber ich werde dich nicht zwingen – obwohl mir weiß Gott der Sinn danach stünde. Du hast das Glück, dass Mr. Beatty die gute Meinung von dir hat, die dein selbstsüchtiges Benehmen mir selbst unmöglich gemacht hat.» Er ließ sich in seinen Kapitänssessel fallen und schob ihm das Dokument zu, das auf dem Tisch lag.

«Wie wir alle wissen, hat Mr. Beatty dir eine Stellung als Schreiberlehrling bei der ehrenwerten Ostindischen Kompanie angeboten, mit großzügiger Bezahlung und guten Bedingungen. Wenn du dieses Angebot annimmst, wird deine Anstellung bei der Kompanie noch heute in Kraft treten. Ich werde dich aus deinen Pflichten als Besatzungsmitglied dieses Schiffes entlassen. Stattdessen wirst du deine Arbeit als Mr. Beattys Assistent antreten, und dann wirst du ihn zur Kompaniefaktorei in Bombay begleiten. Verstehst du?»

«Ja, Vater», murmelte Guy.

«Ist das dein Wunsch?» Hal beugte sich nach vorn und schaute seinem Sohn in die Augen, immer noch in der Hoffnung, dass er Nein sagen würde.

«Ja, Vater, das ist, was ich will.»

Hal seufzte. Sein Zorn war plötzlich verpufft. «Also gut, ich bete um deinetwillen, dass du die richtige Entscheidung getroffen hast. Dein Schicksal liegt nun nicht mehr in meinen Händen.» Er zeigte auf das Vertragsdokument. «Unterschreibe. Ich werde als Zeuge fungieren.»

Als der Vertrag geschlossen war, streute Hal Sand auf die feuchte Tinte der Unterschriften, blies ihn vorsichtig weg und überreichte das Dokument Mr. Beatty. Dann wandte er sich wieder Guy zu. «Ich werde es auf mich nehmen, die neue Lage den Offizieren zu erklären – und deinen Brüdern. Ich weiß genau, was sie von dir halten werden.»

Die Brüder saßen mit Aboli und Big Daniel in der Dunkelheit im Bug und sprachen über Guys Entscheidung.

«Wie kann uns Guy so im Stich lassen? Wir haben uns geschworen, wir würden immer zusammenhalten, nicht wahr, Tom?», fragte Dorian traurig.

«Guy wird ständig seekrank. Er könnte niemals ein echter Seemann sein», wich Tom der Frage aus. «Und er hat Angst vor dem Meer und der Höhe der Masten.» Irgendwie gelang es Tom nicht, die gleiche Trauer über die neue Entwicklung zu empfinden, die sein Bruder zeigte.

Dorian schien das zu spüren und suchte Trost bei den beiden Männern. «Er sollte bei uns bleiben, meinst du das nicht auch, Aboli?»

«Viele Wege führen durch den Dschungel», antwortete Aboli.

«Wenn wir alle denselben Weg einschlügen, würde es dort bald sehr eng werden.»

«Guy hätte uns nie im Stich lassen dürfen!», rief Dorian den Tränen nahe, und dann an Tom gewandt: «Du wirst mich doch nicht im Stich lassen, Tom, oder?»

«Natürlich nicht», brummte Tom.

«Versprochen?» Eine einzelne Träne floss über Dorians Wange und schimmerte im Sternenlicht.

«Du darfst nicht weinen», ermahnte Tom ihn.

«Ich weine nicht. Es ist der Wind, der mir in die Augen bläst.» Er wischte sich die Träne ab. «Aber du musst es mir versprechen, Tom.»

«Ich verspreche es dir.»

«Nein, nicht so. Du musst mir schwören, bei deinem Blute.»

Mit einem tiefen Seufzer – es war nicht das erste Mal, dass Dorian ihm einen solchen Eid abverlangte – zog Tom den Dolch aus der Scheide an seinem Gürtel und hielt die Klinge hoch, sodass sie im Mondlicht schimmerte. «So wahr Gott, Aboli und Big Daniel meine Zeugen sind …» Er ritzte eine Daumenkuppe mit der Messerspitze, und die anderen sahen zu, wie das Blut hervorquoll, teerschwarz in dem silbrigen Licht. Dann steckte er den Dolch in seine Scheide zurück und zog mit der freien Hand Dorians Kopf dicht an den seinen. Er schaute ihm ernst in die Augen und zeichnete ihm mit dem Daumen ein blutiges Kreuz auf die Stirn. «Ich schwöre bei meinem Blute, dass ich dich nie verlassen werde, Dorian – und jetzt hör auf zu flennen.»

Guys Ausscheiden führte dazu, dass die Wachliste so geändert wurde, dass Tom die Aufgaben seines Bruders übernahm, zusätzlich zu seinen eigenen. Ned Tyler und Big Daniel brauchten sich in ihrem Unterricht in Navigation, Kanonen und Beseglung nur noch um zwei Schüler kümmern, nicht mehr um drei. Toms Pflichten waren zuvor schon beträchtlich gewesen, doch nun schien die Liste schier endlos zu werden.

Guys Aufgaben waren dagegen leicht und angenehm. Nach den täglichen Schulstunden bei Master Walsh, wenn Tom und Dorian nach oben eilen mussten, um ihre Schichten anzutreten, verbrachte er einige Stunden damit, für Mr. Beatty Briefe und Berichte zu schreiben oder Schriftstücke der Kompanie zu studieren, darunter die «Instruktionen für Rekruten im Dienste der Ehrenwerten Englisch-Ostindischen Kompanie», und danach durfte er Mrs. Beatty vorlesen oder mit ihren Töchtern Karten spielen. Das machte ihn nicht gerade beliebt bei seinem älteren Bruder, der zuweilen von der Riggung aus zusehen musste, wie Guy mit den Beattys auf dem Achterdeck schwatzend und lachend herumspazierte, wo nur die Offiziere und Passagiere des Schiffes zugelassen waren.

Als die *Seraph* den Äquator überquerte, gab es die üblichen Feierlichkeiten, in denen alle, die dieses Ereignis das erste Mal erlebten, der Initiation unterzogen wurden und Neptun, dem Gott der Meere, ihre Treue zu schwören hatten. Aboli erschien in einem absurden Kostüm aus der Klamottenkiste und mit einem Bart aus aufgezwirbeltem Seil und stellte somit einen eindrucksvollen Neptun dar.

Bald lagen die Kalmen hinter ihnen, und die beiden Schiffe drangen in den Gürtel der südlichen Passatwinde. Das Meer änderte sich vollkommen. Nach der flauen Trübsal der vergangenen Wochen schien es plötzlich zu funkelndem Leben zu erwachen. Die Luft war frisch und belebend und der Himmel voller stürmischer Zirruswolkenschwänze, und die Mannschaft wurde plötzlich von einer heiteren, fast überschwänglichen Stimmung ergriffen.

Hal entwarf einen südwestlichen Kurs, der sie zwar in Richtung Südamerika von der afrikanischen Küste wegführte, doch als Ausgleich kamen sie gut voran.

Alle zehn Tage ging Tom mit Ned und den Kanonieren unter Deck, um das Arsenal zu überprüfen. Es gehörte zu seiner Ausbildung in der Geschützkunst, sich mit den Launen des Schwarzpulvers vertraut zu machen. Er musste die Zusammensetzung kennen – Schwefel, Holzkohle und Salpeter –, wie diese Zutaten sicher zusammengemischt und gelagert wurden und wie man den Aufbau von Hitze und Feuchtigkeit verhinderte, der ein Zusammenbacken der Körner verursachen und zu Fehlzündungen führen konnte. Bei jedem dieser Besuche im Magazin schärfte Ned ihm ein, wie gefährlich Funken oder gar offenes Feuer dort waren: Sie konnten eine Explosion verursachen, die das Schiff in Stücke reißen würde.

Vor jeder Schlacht würden die Fässer geöffnet und das Pulver sorgfältig in Seidenbeutel abgefüllt werden, jeder mit genau einer Kanonenladung. Diese Ladung würde in die Mündung gestopft und mit einem Stoffballen versiegelt werden; dann kam die Kugel obendrauf. Die Pulverbeutel wurden von den Schiffsjungen auf die Kanonendecks getragen. Selbst wenn dem Schiff keine Schlacht bevorstand, lagen stets mehrere gefüllte Pulverbeutel für den Fall einer Überraschung in Regalen bereit. Leider war das Pulver in der dünnen Seide empfindlich für Feuchtigkeit und Zusammenbacken, sodass die Beutel regelmäßig überprüft und ersetzt werden mussten.

Neds und Toms Arbeit im Magazin war also eine ernste Angelegenheit. Die einzige Lichtquelle war die kleine Flamme in der vergitterten Laterne, und es herrschte Grabesstille. Tom bekam die Seidenbeutel angereicht und legte sie vorsichtig in die Regale. Sie fühlten sich fest und glatt an. Das wäre ein bequemes Bett, dachte er, und plötzlich stellte er sich vor, wie Caroline nackt auf der Seide lag. Er stöhnte unwillkürlich.

«Was ist los, Master Tom?» Ned schaute ihn fragend an.

«Nichts. Ich habe nur überlegt.»

«Überlasse die Tagträumerei deinem Bruder. Der ist besser darin», riet ihm Ned lakonisch. «Und du machst lieber deine Arbeit, darin bist du besser, ganz bestimmt.»

Tom räumte die Säcke ein, doch seine Gedanken rasten weiter. Das Pulvermagazin war der einzige Ort auf dem Schiff, wo sich zehn Tage hintereinander niemand aufhalten würde, wo man allein sein konnte, ohne Angst, jemals gestört zu werden. Es war genau der Platz, nach dem er so lange gesucht hatte. Die Lösung war so offensichtlich, und doch war er nicht darauf gekommen. Er schaute das Schlüsselbund an, das an Neds Gürtel hing, ein halbes Dutzend Schlüssel für die Waffenschränke, die Speisekammern und die Klamottentruhe – und für das Magazin.

Als Ned nach getaner Arbeit die schwere Eichentür abschloss, war Tom an seiner Seite und merkte sich den Schlüssel, den er in dem massiven Schloss drehte. Er war deutlich anders als die übrigen in dem Bund, fünf Zapfen in der Form einer Krone. Er überlegte, wie er dem alten Seemann das Bund abluchsen konnte, wenigstens für ein paar Minuten, um den Magazinschlüssel an sich zu nehmen, doch er verschwendete seine Zeit. Generationen von Matrosen vor ihm hatten sich vergeblich das Hirn zermartert, wie sie ihrem Quartiermeister einen Schlüssel stehlen konnten, wenngleich es dabei meistens um den Schlüssel zum Schnapslager ging.

Als Tom in der folgenden Nacht auf seiner Matratze lag, kam ihm eine andere Idee, so plötzlich, dass er augenblicklich hochschoss: Es musste mehr als eines dieser Schlüsselbunde an Bord sein, und wenn das so war, dann wusste er, wo das zweite Exemplar zu finden war – in der Kabine seines Vaters, in der Truhe unter seiner Koje oder in einer der Schreibtischschubladen. Den Rest der Nacht fand er kaum Schlaf. Trotz seiner privilegierten Stellung als ältester der Söhne des Kapitäns an Bord hatte er keineswegs freien Zugang zum Kapitänsquartier, und wo Hal sich zu irgendeinem Zeitpunkt aufhalten würde, war nie im Voraus zu sagen. Tom konnte nie sicher sein, dass sein Vater nicht in seiner Kabine war, und wenn er nicht da war, wäre sein Steward vielleicht mit der Bettwäsche oder der Garderobe beschäftigt. Er verwarf die Idee, einen Einbruch zu versuchen, wenn sein Vater in der Koje lag, denn dieser hatte einen leichten Schlaf – das wusste er aus eigener schmerzhafter Erfahrung.

In der folgenden Woche erwog und verwarf Tom eine Reihe anderer wilder Ideen, dass er beispielsweise von außen über die Heckgalerie einsteigen könnte. Er wusste, er musste ein kalkuliertes Risiko eingehen und warten, bis sein Vater einen größeren Segelwechsel anordnete, dann wären beide Wachen auf Deck, und sein Vater wäre voll und ganz beschäftigt. Tom könnte sich dann einen Grund ausdenken, weshalb er nach unten musste.

Die Tage vergingen wie im Flug. Der Passatwind blies beständig von Südosten, und die *Seraph* lief weiter unter Backbord-Takelung; eine andere Beseglung war nicht vonnöten. Tom hatte also keine Gelegenheit, seinen Plan in die Tat umzusetzen.

Und dann kam diese Gelegenheit auf so eigenartige Weise, dass Tom fast glaubte, es ginge nicht mit rechten Dingen zu. Er hockte mit den anderen Männern seiner Wache auf dem Vorschiff und genoss eine seltene Pause, als sein Vater vom Kompasshaus heraufschaute und ihn heranwinkte. Tom sprang auf und lief zu seinem Vater. «Sei ein guter Junge und gehe in meine Kabine», forderte Hal ihn auf. «Bringe mir mein schwarzes Notizbuch. Du findest es wahrscheinlich in der obersten Schublade meines Schreibtischs.»

«Jawohl, Sir.» Für einen Augenblick fühlte sich Tom etwas schwindelig, doch dann lief er geschwind zur Heckstiege.

«Nicht so schnell, Tom», hielt ihn sein Vater zurück. Er blieb auf der Stelle stehen. Das Herz klopfte ihm bis zum Hals. Es war alles viel zu einfach. «Wenn es nicht in der obersten Schublade ist, wird es in einer der anderen sein.»

«Ja, Vater.» Tom schoss die Stiege hinunter.

Das schwarze Notizbuch befand sich tatsächlich in der obersten Schublade, wie sein Vater vermutet hatte. Tom versuchte schnell die anderen; er fürchtete, sie könnten verschlossen sein, doch sie klemmten nicht einmal und er durchsuchte sie hastig. Als er die letzte Schublade herauszog, hörte er schweres Metall darin klappern und umherrutschen. Sein Herz schlug noch schneller.

Die Zweitschlüssel lagen unter einer Ausgabe des Almanachs und den Navigationstabellen. Er nahm sie vorsichtig heraus und erkannte gleich die kronenförmigen Zacken des Magazinschlüssels. Er schaute zur Kabinentür und horchte, ob sich jemand näherte, bevor er zur Tat schritt. Er schraubte den Schlüsselring auf, nahm den Magazinschlüssel ab, steckte ihn in seine Tasche, schloss den Schlüsselring wieder und legte das unvollständige Bund in die Schublade zurück, unter den Almanach.

Auf dem Weg zurück an Deck wurde ihm der Schlüssel in seiner Tasche schwer wie eine Kanonenkugel. Er musste ein Versteck dafür finden. Seine Hoffnung war, dass sein Vater den Diebstahl nicht entdecken würde, solange das Originalexemplar nicht verloren ging oder verlegt wurde. Obwohl das höchst unwahrscheinlich erschien, war es viel zu gefährlich, das teure Stück bei sich zu tragen.

In jener Nacht wurde er wie gewöhnlich von der Schiffsglocke geweckt, die zum mitternächtlichen Beginn der Mittelwache läutete. Danach wartete er noch eine Stunde, bevor er sich langsam von seiner Matratze erhob. Guy, der neben ihm schlief, setzte sich auf. «Wo willst du hin?», flüsterte er.

Tom fluchte im Stillen. «Nach vorn», flüsterte er. «Leg dich wieder schlafen.» So ging es nicht weiter, dachte er. Er oder Guy musste sich einen anderen Schlafplatz suchen. Guy sank auf seine Strohmatratze zurück, und Tom zog sich Richtung Bug zurück, doch sobald Guy ihn nicht mehr sehen konnte, huschte er die Stiege zum Unterdeck hinunter.

In diesem Wind und mit dieser Takelung war es niemals still auf dem Schiff. Die Balken knarrten und stöhnten, regelmäßig platzte irgendeine Naht, knallend wie ein Pistolenschuss, und das Meer rauschte, flüsterte und schlug gegen den Schiffsrumpf.

Auf dem Unterdeck gab es kaum Licht, doch Tom bewegte sich sicher und stieß nur einmal gegen ein Schott. Eine einsame Laterne hing von der Decke unten an der Heckstiege und tauchte den Mittelgang in Funsellicht. Durch die Ritze unter der Kabinentür seines Vaters drang fahles Licht. Er huschte daran vorbei und blieb kurz vor der winzigen Kabine stehen, in der die drei Mädchen schliefen. Er hörte keinen Laut und ging weiter.

Das Pulvermagazin war auf dem nächsttieferen Deck, direkt neben der Stelle, wo das Hiel des Hauptmasts im Kielschwein saß. Tom schlich die letzten Holzstufen in die tiefe Finsternis des untersten Decks hinunter und näherte sich auf Zehenspitzen der Tür des Magazins. Er kniete sich davor hin, ertastete das Schlüsselloch und steckte seinen Schlüssel hinein. Das Schloss war sehr schwergängig, und er musste einige Gewalt anwenden, bevor es nachgab und er die Tür einen Spalt aufstoßen konnte. Nun stand er in dem dunklen Türloch und inhalierte den scharfen Geruch des Schwarzpulvers. Obwohl bisher alles gut gegangen war, hatte Tom noch einige Hindernisse zu überwinden. Er zog leise die Tür zu und schloss sie hinter sich ab. Er ertastete die Ritze über dem Türsturz, wo er den Schlüssel und das Feuerzeug verbarg, das er mitgebracht hatte. Dann näherte sich er den gleichen Weg durch das Schiff zurück, bis er wieder auf dem Kanonendeck war und auf seine Matratze kriechen konnte. Guy wühlte ruhelos auf dem Stroh neben ihm. Er war immer noch wach, doch keiner der beiden Jungen sprach ein Wort und bald waren sie eingeschlafen.

So weit war alles nach Toms Geschmack gegangen, und zwar in solchem Maß, dass seine größte Furcht war, solches Glück könne nicht lange anhalten. Caroline hatte ihm kaum Anlass zur Hoffnung gegeben, dass er mit seinem Plan auch nur einen Schritt weiterkommen würde. Sein Mut sank und er machte sich über die Risiken Gedanken, die er schon eingegangen war und die er noch einzugehen hatte. Mehr als einmal nahm er sich vor, den Magazinschlüssel in seines Vaters Schreibtisch zurückzulegen und die ganze verrückte Idee aufzugeben, doch dann sah er wieder Caroline vor sich, wie sie in ihre Schularbeit vertieft war, sah ihre Wangen, die rosaroten Lippen, geschürzt in angestrengtem Studium, die zarten Arme, inzwischen leicht vergoldet von der Tropensonne, den feinen Pfirsichflaum …

Ich muss mit ihr allein sein, beschloss er, selbst wenn es nur für eine Minute ist, das ist jedes Risiko wert; und dennoch zögerte er, unfähig, den Mut aufzubringen, endlich etwas zu unternehmen – bis sie ihm den Stoß versetzte, der ihn die Schwelle überqueren ließ.

Nach dem Unterricht an jenem Tag stürzte Caroline vor Tom aus der Kabine. Doch als sie ihren Fuß auf die Stiege setzte, rief Master Walsh ihr nach: «Ach ja, Fräulein Caroline, könnt Ihr heute Abend unserer Musikstunde beiwohnen?»

Caroline drehte sich herum, um ihm zu antworten, so unerwartet, dass Tom mit ihr zusammenstieß. Sie verlor fast das Gleichgewicht, fand jedoch Halt an seinem Arm, und er legte den anderen um ihre Taille. Walsh konnte sie in diesem Augenblick nicht sehen, und auch die beiden anderen Jungen waren noch unten in der Kabine.

Caroline stieß Tom nicht weg, sondern wankte ein wenig und drückte ihren Unterleib gegen den seinen, in einer absichtlichen, kreisenden Bewegung. Dabei schaute sie ihm ins Gesicht, ein verschmitzter, wissender Blick. Dieser Augenblick veränderte für Tom die ganze Welt. Die Berührung war flüchtig, und im nächsten Moment schob sie sich an ihm vorbei und rief in die Kabine: «Ja, natürlich. Das Wetter ist so gut, dass wir uns an Deck treffen könnten, meint Ihr nicht auch?»

«Eine glänzende Idee», stimmte Walsh begeistert zu. «Sagen wir sechs Uhr?» Walsh berechnete die Uhrzeit noch immer nach Art der Landratten.

Ned Tyler und Tom standen nebeneinander am Steuerrad. Tom versuchte die *Seraph* auf südsüdwestlichem Kurs zu halten auf ihrem unbeirrbaren Zug über den Ozean.

«Du musst gegensteuern», grunzte Ned, als Tom das Schiff einen Strich vom Wind abfallen ließ. Alle Segel waren gesetzt, bis hinauf zu den Bramstengen, und mit fünfundzwanzig Knoten beständigen Windes gefüllt, sodass Tom das Gefühl hatte, er hätte es mit einem durchgehenden Hengst zu tun.

«Halte das Kielwasser im Auge», befahl ihm Ned streng und Tom schaute gehorsam über das Heck hinaus. «Wie zwei Schlangen auf Hochzeitsreise», bemerkte Ned, obwohl beide wussten, dass das nicht ganz zutraf. Eine Kabellänge hinter ihnen war ein ganz leichter Knick in der sahnigen Kielwasserlinie auszumachen, sonst hielt der Jungen den Kurs einwandfrei, doch Toms Ausbilder erwarteten stets Perfektion von diesem Lehrling. Über die nächsten zehn Minuten zog die *Seraph* eine schnurgerade Linie durch die blauen Wogen.

«Sehr gut, Master Thomas», nickte Ned. «Und jetzt die Segel, von der Spitze des Hauptmasts angefangen, wenn du so freundlich sein könntest.»

«Royalsegel, Toppbramsegel ...» Tom sagte die Namen aller Segel auf, flüssig und fehlerfrei und ohne eine Spur vom Kurs abzuweichen.

Dann kamen die drei Musiker von den Heckquartieren herauf. Guy trug Carolines Liederbuch und seine Cister. Walsh hatte seine Flöte in der Gesäßtasche und Carolines Hocker in der einen sowie seine Perücke in der anderen Hand. Sie nahmen ihre üblichen Plätze an der Leereling ein, wo es relativ windstill war.

Tom versuchte, sich weiter auf die Führung des Schiffes zu konzentrieren und Neds Fragen zu beantworten, während er zugleich gespannt darauf wartete, dass Caroline ihr Liederbuch öffnete und die Nachricht fand, die er zwischen die Seiten gelegt hatte.

«Und jetzt die Segel am Besanmast, bitte, von oben angefangen», verlangte Ned.

«Besan-Toppsegel ...» Tom stockte. Caroline war bereit, und Walsh reichte ihr das Liederbuch.

«Weiter!», rief Ned.

«Besan-Stagsegel», fuhr Tom fort, doch dann hielt er wieder inne. Caroline öffnete das Buch und runzelte die Stirn.

Sie las etwas zwischen den Seiten. Er meinte zu bemerken, dass sie blasser wurde, doch dann schaute sie auf und schaute direkt in seine Richtung, über das offene Deck hinweg.

«Besan-Großsegel.» Tom erwiderte ihren Blick. Wieder zeigte sie diesen wissenden, unergründlichen Gesichtsausdruck. Sie schüttelte ihr Haar aus, dass die Locken im Wind tanzten. Dann nahm sie das Stück Reispapier, auf das er seine Botschaft gekritzelt hatte, zwischen den Seiten hervor, zerknüllte es zu einem kleinen

Ball und warf es verächtlich über Bord. Der Wind ergriff es und trug es weit auf das Meer hinaus, bevor es ins Wasser fiel und zwischen perlweißen Wellenkräuseln verschwand. Die Abfuhr erschien so unmissverständlich, dass Tom seine Welt in Stücke fallen sah.

«Halte dich nach Luv!», sagte Ned scharf, und Tom zuckte schuldbewusst zusammen, als er bemerkte, dass die *Seraph* leewärts abgetrieben war.

Obwohl er wusste, dass es hoffnungslos war, verbrachte Tom die lange erste Wache hellwach auf seiner Strohmatratze und wartete, dass es endlich Mitternacht schlug. Er haderte mit sich, ob es irgendeinen Grund gäbe, das Risiko einzugehen und die Verabredung einzuhalten, um die er gebeten hatte. Ihre Ablehnung erschien total, und doch war er sicher, dass sie jene intimen Augenblicke in der Kabine seines Vaters ebenso genossen hatte wie er. Und nach der flüchtigen Berührung vor Walshs Kabine hatte er keinerlei Zweifel, dass sie einem weiteren Abenteuer nicht abgeneigt war.

«Sie ist nicht die große Dame, die sie zu sein vorgibt», sagte er sich wütend. «Unter all den feinen Petticoats will sie es genauso wie Mary und die anderen Dorfmädchen. Ich wette eine Goldguinee gegen eine Hand voll Pferdemist, dass sie genau weiß, was es mit Rumpelstilzchen auf sich hat.»

Tom hatte sein Strohlager in eine Nische hinter einer der Kanonen geschoben, sodass weder Guy noch Dorian neben ihm Platz hatten und ihn in der Nacht kommen und gehen sehen würden. Die Wache schien kein Ende nehmen zu wollen. Ein- oder zweimal döste er ein und rüttelte sich wieder wach, zitternd vor Erwartung und voller nagender Zweifel.

Als die Glocke an Deck über ihm siebenmal schlug, hielt er es nicht mehr aus. Er kroch unter seiner Decke hervor und schlich sich zur Stiege, möglichst lautlos, damit seine Brüder nicht aufwachten.

Wieder blieb er vor der Kabine der drei Mädchen stehen und legte sein Ohr an die Tür. Er hörte nichts und fühlte sich versucht, leise anzuklopfen, um zu sehen, ob auch Caroline wach lag, wie er es getan hatte. Doch dann siegte sein Verstand, und er ging weiter nach unten.

Zu seiner Erleichterung fand er den Magazinschlüssel und das Feuerzeug dort, wo er sie versteckt hatte. Er schloss die Tür auf, zwängte sich durch den Spalt und kletterte auf das Pulverregal, von wo er die Lampe aus ihrer Aufhängung heben konnte. Er ging damit auf den Gang und schloss die Magazintür sorgfältig hinter sich, damit die Funken des Feuerzeugs die losen Pulverkörner auf dem Magazinboden nicht entzündeten.

Er holte das Feuerzeug aus dem Versteck und hockte sich mit der Laterne auf die Planken. Wieder dachte er über die Risiken nach, die er eingehen würde, wenn er in dieser Finsternis Funken schlüge. Nicht so sehr die Explosionsgefahr machte ihm Sorgen, sondern dass das Licht jemandem auffallen könnte. Die Kabine seines Vaters lag direkt oben an der Stiege, und daneben schliefen Mr. Beatty und seine Frau. Vielleicht litten sie unter Schlaflosigkeit, oder einer von ihnen verließ die Kabine, um ein natürliches Bedürfnis zu befriedigen. Der Wachoffizier konnte auf seiner Runde unter Deck sein, und wenn er in der Nähe wäre, würde er sofort herbeigeeilt kommen, wenn er irgendwo Licht sähe.

Andererseits war Tom sicher, dass Caroline weder die Courage hatte noch das Schiff gut genug kannte, um in vollkommener Dunkelheit den Weg zum Magazin zu finden. Das Licht würde es ihr ein wenig leichter machen.

Er beugte sich über das Feuerzeug, sodass er es mit seinem Körper abschirmte, und schlug den Stahl an den Feuerstein. Es gab eine blendende Eruption blauer Funken, und der Zunder fing Feuer. Sein Herz schlug schneller, als er den Gitterkäfig der Laterne anhob, den Docht anzündete und eine Hand darum legte, bis er ordentlich brannte. Dann senkte Tom den Sicherheitskäfig und die Flamme wurde kleiner. Er legte Schlüssel und Feuerzeug in ihr Versteck, ging mit der Laterne ins Magazin zurück und hängte sie wieder in ihre Aufhängung.

Dann begab er sich wieder auf den Gang und zog die Tür so weit hinter sich zu, dass nur ein zarter Schimmer herausdrang, zu wenig, um unerwünschte Aufmerksamkeit zu erregen, doch gerade genug, um das junge Mädchen zur Stiege zu locken.

Tom duckte sich neben der Tür, bereit, sie beim ersten Anzeichen von Gefahr zuzuziehen, sodass es wieder vollkommen dunkel wäre. Die Schiffsglocke war dort unten, so dicht über dem Kiel, nicht zu hören; er wusste also nicht, wie spät es war.

«Sie kommt nicht», sagte er sich nach einer halben Ewigkeit. Er richtete sich halb auf, konnte sich jedoch immer noch nicht dazu durchringen, die Laterne zu löschen und zu Bett zu gehen. «Ich warte noch, nur noch ein bisschen», beschloss er und lehnte sich an die Holzwand.

Er musste eingeschlafen sein, denn das Erste, was Tom von ihrem Kommen bemerkte, war der Duft ihres Körpers, der Kätzchengeruch eines jungen Mädchens. Erst dann hörte er ihre nackten Fußsohlen über die Planken gleiten.

Er sprang auf, und sie schrie vor Schreck, als er plötzlich vor ihr auftauchte. «Ich bin es! Ich bin es!», flüsterte er. «Hab keine Angst!»

Caroline klammerte sich an ihn, viel fester, als er erwartet hätte. «Du hast mich erschreckt.» Sie zitterte wild, und er drückte sie an seine Brust und streichelte ihr offenes Haar, die dichte, federnde Mähne, die ihren halben Rücken bedeckte.

«Keine Sorge, hier bist du sicher, bei mir bist du sicher.» Im Schummerlicht sah er, dass sie ein helles, knöchellanges Baumwollnachthemd trug, das am Hals mit einem Band zusammengebunden war.

«Ich hätte nicht kommen sollen», flüsterte sie, das Gesicht an seine Brust gepresst.

«Oh doch, doch, es ist gut, dass du gekommen bist. Ich habe mich so danach gesehnt.» Er wunderte sich, wie klein sie war und wie warm ihr Körper an dem seinen war. Er drückte sie fester. «Es ist alles in Ordnung, Caroline, hier sind wir sicher.»

Er fuhr ihr mit der Hand den Rücken hinunter. Die Baumwolle war sehr dünn, und darunter trug sie nichts. Er fühlte jeden Hügel und jede Senke an ihrem Körper.

«Was, wenn mein Vater …» Ihre Stimme war atemlos und heiser vor Angst.

«Nein, nein», unterbrach er sie. «Komm mit.» Er zog sie geschwind in das Pulvermagazin und schob die Tür hinter ihnen zu. «Hier kann uns niemand finden.»

Er umarmte sie fest und küsste ihr Haupt. Ihr Haar roch leicht parfümiert. Ihr Zittern ließ nach, und sie hob ihr Gesicht, um ihn anzuschauen. Die großen Augen schimmerten schwach im Licht der Laterne. «Sei bitte nicht grob mit mir», bat sie. «Tu mir nicht weh.»

Schon der Gedanke daran entsetzte ihn. «Aber mein Schatz, wie könnte ich das jemals tun?» Seine beruhigenden Worte klangen natürlich und überzeugend. «Ich liebe dich. Vom ersten Augenblick an habe ich dich geliebt; von dem Augenblick an, als ich zum ersten Mal dein schönes Gesicht erblickte.» Ihm war noch nicht klar, dass er die Eloquenz besaß, die nur großen Liebhabern zu Eigen war; auch wusste er noch nicht, wie sehr ihm das über die Jahre zugute kommen würde. «Ich habe dich sogar geliebt, als du so kalt zu mir warst.» Ihre Taille war so schlank, dass er sie fast mit den Händen umgreifen konnte. Er drückte sie fester an sich und spürte ihren Bauch heiß an dem seinen.

«Es war nie meine Absicht, mich so zu benehmen», gestand sie ihm reuig. «Ich wollte immer bei dir sein, aber ich konnte einfach nicht anders.»

«Du brauchst es mir nicht zu erklären», entgegnete er, «ich weiß, wie es ist.» Er küsste ihr Gesicht, überschüttete ihre Stirn und ihre Augen mit Küssen, bis er ihren Mund fand. Zuerst presste sie ihre Lippen fest zusammen, dann öffnete sie sie leicht, wie die fleischige Blüte einer exotischen Blume, so heiß und feucht und voller Nektar, dass ihm die Sinne schwanden. Er wollte alles aufsaugen, ihr ganzes Sein durch diesen süßen Mund.

«Wir sind sicher hier», beruhigte er sie noch einmal. «Niemand kommt je hier herunter», redete er auf sie ein, während er sie langsam auf die Pulverregale zuschob.

«Du bist so wunderbar.» Er schob sie nach hinten. «Es vergeht keine wache Minute, wo ich nicht an dich denken muss.» Sie entspannte sich und ließ sich auf das Bett aus Seide und Schießpulver sinken.

Sie hatte den Kopf zurückgeworfen und er küsste ihren Hals. Gleichzeitig löste er sanft das Band, das ihr Nachthemd am Hals zusammenhielt. Er wusste instinktiv, dass er so langsam vorgehen musste, dass sie sich einbilden konnte, es würde nichts geschehen.

«Dein Haar ist wie Seide, es duftet nach Rosen», flüsterte er ihr ins Ohr, während seine Finger geschickt und flink an ihrem Nachthemd arbeiteten.

Eine ihrer Brüste schlüpfte heraus, worauf sich ihr ganzer Körper versteifte und sie keuchte: «Wir dürfen das nicht. Du musst aufhören, bitte!»

Ihre Brust war sehr weiß und viel größer, als er erwartet hatte.

Er machte keinen Versuch, sie zu berühren, obwohl sie weich an seiner Wange lag. Er hielt sie fest und murmelte beruhigende und schmeichelnde Worte, bis sich ihr Körper langsam wieder entspannte und sie ihn am Hinterkopf ergriff. Sie zog an seinem Zopf, bis ihm die Augen tränten, doch der Schmerz machte ihm nichts aus.

Fast als wäre ihr nicht bewusst, was sie tat, führte sie ihn an den Haaren, presste die warme, weiche Brust so fest an sein Gesicht, dass er für einen Moment keine Luft bekam. Dann öffnete er seinen Mund und saugte an der festen, gummiharten Brustwarze, die in seinem Mund lag. Mary hatte es sehr gemocht, wenn er das mit ihr machte – «das Baby stillen», hatte sie es genannt.

Caroline stieß ein tiefes, kehliges Summen aus und begann ihn sanft zu wiegen, als wäre er ein Säugling. Sie hatte die Augen geschlossen, ein Lächeln auf den Lippen, während er rhythmisch an ihr saugte.

«Fasse mich an», hauchte sie so schwach, dass er zuerst nicht verstand, was sie sagte. «Fasse mich an», wiederholte sie, «fasse mich an, wie du es schon einmal getan hast.» Ihr Nachthemd war fast bis zu ihrem Schoß heraufgerutscht, und sie öffnete ihre Schenkel. Er fasste nach unten, und sie seufzte. «Ja, so.»

Sie stieß ihre Hüften nach vorn und zurück, als säße sie auf einem trabenden Pony, und es dauerte keine zwei Minuten, bevor sie den Rücken durchbog und er spürte, wie sich jeder Muskel in ihrem kleinen Körper anspannte.

Es ist, wie wenn man einen Bogen spannt, dachte Tom, und dann ließ er den Pfeil abschnellen.

Sie erzitterte und stieß einen Schrei aus, der ihn aufschrecken ließ, und dann fiel sie zurück und war plötzlich schlaff wie ein Leichnam. Er war beunruhigt und schaute ihr ins Gesicht.Ihr war das Blut in die Wangen geschossen. Sie hatte die Augen geschlossen, und auf ihrer Oberlippe lag glitzernder Schweißtau.

Sie öffnete die Augen und starrte ihn an wie von Sinnen. Dann stieß sie ihn weg und versetzte ihm eine schallende Ohrfeige. «Ich hasse dich», flüsterte sie zornig. «Du hättest mich nie herkommen lassen dürfen. Du hättest mich nie so berühren sollen. Es ist alles deine Schuld.» Sie brach in Tränen aus.

Er wich verblüfft zurück, und bevor er sich von dem Schock erholen konnte, war sie auch schon auf den Beinen. Und dann, unter Kleidergeraschel und Fußgetrippel, stieß sie die Tür auf und eilte den Gang hinauf.

Tom brauchte einige Zeit, bis er sich so weit gefasst hatte, dass auch er das Weite suchen konnte. Immer noch verdattert löschte er die Laterne und schloss die Magazintür sorgfältig hinter sich ab. Er würde eine Gelegenheit finden müssen, den Schlüssel in Vaters Schreibtisch zurückzulegen, doch das hatte Zeit: Bisher deutete nichts darauf hin, dass sein Fehlen bemerkt worden war. Dennoch blieb es gefährlich, ihn bei sich zu tragen, weshalb er ihn in das Versteck über dem Türstock zurücklegte.

Als er an Carolines Kabinentür vorbeischlich, zitterte er vor Entrüstung und Zorn. Er spürte den fast unwiderstehlichen Drang, sie aus ihrer Koje zu zerren und seine Wut spüren zu lassen. Er nahm sich jedoch zusammen und fand schließlich den Weg zu seiner Matratze auf dem Kanonendeck.

Guy schien auf ihn gewartet zu haben.

«Wo bist du gewesen?», fragte er im Flüsterton.

«Nirgendwo.» Tom war so überrascht, dass ihm die unsinnige Antwort herausrutschte, bevor er sich etwas Besseres überlegen konnte. «Ich war vorn im Bug.»

«Du warst weg seit der siebten Glocke der ersten Wache, fast zwei Stunden», klärte ihn Guy auf. «Wenn du die ganze Zeit auf dem Eimer zugebracht hättest, könnte nicht mehr viel von dir übrig sein.»

«Ich war an Deck», begann Tom sich zu verteidigen, doch dann brach er ab. «Aber was geht dich das überhaupt an? Du bist nicht mein Aufpasser.» Er warf sich auf seine Strohmatratze, rollte sich zusammen und zog sich die Decke über den Kopf.

Diese dumme kleine Hexe, dachte er bitter. Ich würde keine Träne vergießen, wenn sie über Bord fiele und von den Haien gefressen würde.

Die *Seraph* zog weiter Richtung Südwesten, ohne ein einziges Mal Segel einzuholen, auch nicht in den sternenklaren Nächten. Jeden Mittag gesellte sich Tom zu den Offizieren auf dem Achterdeck und brachte seinen eigenen Backstaff mit, ein Geschenk seines Vaters, mit dem er den Mittagsdurchgang beobachtete, um die geografische Breite zu bestimmen, auf der sie sich befanden. Sein

Vater und Ned Tyler führten ihre eigenen Sonnenpeilungen durch und verglichen die Ergebnisse. An einem unvergesslichen Mittag wurde Tom mit der komplizierten Berechnung fertig und schaute von seiner Schiefertafel auf.

«Nun, Sir?», fragte sein Vater mit nachsichtigem Lächeln.

«Zweiundzwanzig Grad, sechzehn Minuten und achtunddreißig Winkelsekunden südlicher Breite», antwortete Tom unsicher. «Nach meiner Berechnung sind wir nur wenige Meilen vom Wendekreis des Krebses entfernt.»

Hal runzelte dramatisch die Stirn und schaute Ned an. «Was haltet Ihr davon, Bootsmann? Ein grober Fehler, nicht wahr?»

«Allerdings, Captain, er hat sich um mindestens zehn Sekunden vertan», nickte Ned theatralisch.

«Wenn nicht gar fünfzehn.» Hals Miene erhellte sich. «Meint Ihr, wir sollten ihn dafür die Peitsche spüren lassen?»

«Nee», grinste Ned breit. Der Unterschied zwischen den drei Berechnungen betrug nur wenige Seemeilen in den Weiten des Ozeans. Niemand auf der ganzen Welt hätte sagen können, wer von den dreien der Wahrheit am nächsten kam.

«Gut gemacht, Bursche.» Hal zauste ihm das Haar. «Vielleicht können wir doch noch einen brauchbaren Seemann aus dir machen.» Tom strahlte den ganzen Nachmittag vor Freude über dieses Lob.

Sobald sie den Wendekreis des Krebses überquert hatten, änderte sich das Wetter schlagartig. Sie hatten das feuchte Viertel des Südatlantiks erreicht, und der Himmel vor ihnen hing vom Horizont bis zum Zenit voller dunkler, brütender Gewitterwolken, deren Kronen zum Amboss des Vulkan, des Schmieds der Götter, abgeflacht waren. In ihren finsteren Bäuchen zuckten und glühten Blitze, der Donner hallte wie Schläge des göttlichen Schmiedehammers.

Hal gab Befehl, Segel einzuholen, und setzte ein Signal für die *Yeoman* ab, die achtern lag: «Hinter mir Stellung halten.»

Die Sonne versank hinter den Gewitterwolken und färbte sie blutrot, und dann rauschte der Regen auf die beiden Schiffe hernieder. Das Wasser hämmerte aus himmlischen Fässern auf die Holzdecks, so laut, dass jede Stimme darin versank, und so dicht, dass man kaum mehr die Hand vor Augen sehen konnte. Die Speigatten konnten das Hauptdeck nicht schnell genug entwässern, und der Steuermann stand bis zu den Knien im Wasser. Die Matrosen hüpften in dieser Welt aus Süßwasser umher, reckten die Köpfe hoch, mit weit aufgerissenen Mündern, und soffen, bis ihnen die Bäuche zu platzen drohten. Sie rissen sich die Kleider vom Leib und wuschen sich das Salz von den Körpern, lachend und sich gegenseitig nass spritzend.

Hal machte keine Anstalten, seine Leute davon abzuhalten. Das Salz plagte alle gleich und bei manchen hatte es eiternde Seefurunkel in Achselhöhlen und Leisten verursacht. Es war eine große Erleichterung, sich die ätzenden Kristalle von der Haut waschen zu können. So gab Hal lediglich den Befehl, die Wasserfässer zu füllen, und die Männer schöpften Eimer um Eimer des süßen, reinen Wassers, bis am Abend jedes Fass an Bord bis zum Rand voll war.

Der Regen ließ auch über Nacht und am nächsten und übernächsten Tag nicht nach, und am vierten Tag, als die Sonne über der nassen Wildnis milchweißer Schaumkronen und gigantischer Wolkenberge aufging, war die *Yeoman* nirgends mehr zu sehen. Hal beorderte Tom und Dorian, deren junge Augen sich bereits als die schärfsten an Bord erwiesen hatten, in den Mastkorb. Obwohl sie den größten Teil des Tages an der Mastspitze verbrachten, entdeckten jedoch auch sie keine Spur von der *Yeoman* am aufgewühlten Horizont.

«Wir werden sie erst wieder sehen, wenn wir vor dem Kap der Guten Hoffnung vor Anker gehen», meinte Ned Tyler, und Hal war im Stillen derselben Meinung. Die Chance war verschwindend gering, dass sie sich auf den endlosen Weiten des windgepeitschten Ozeans je wiederfinden würden. Das bereitete Hal jedoch keine besondere Sorge, denn für genau diese Eventualität hatte er mit Anderson Vorkehrungen getroffen. Der Plan war, sich in der Table Bay zu treffen; bis dahin würden die beiden Schiffe eben unabhängig voneinander segeln.

Am zweiundfünfzigsten Tag nach dem Auslaufen aus Plymouth befahl er, die *Seraph* nach Steuerbord zu takeln. Nach seiner Berechnung waren sie keine tausend Meilen von der südamerikanischen Küste entfernt. Mit Hilfe des Backstaff und der Navigationstabellen konnte er die Breitenposition des Schiffes zuverlässig auf zwanzig Meilen genau berechnen. Die Bestimmung der Längenposition war jedoch keine so exakte Wissenschaft, sondern eher eine Art obskure Kunst, bei der man die Stifte zu Rate zog, die täglich in das Kursbrett gesteckt wurden, und dann die von dem Schiff zurückgelegte Entfernung halb erriet, halb berechnet.

Hal wusste sehr wohl, dass er sich dabei um mehrere hundert Meilen irren konnte. Wenn sie am Kap der Guten Hoffnung auf Land stoßen wollten, mussten sie nun mit den Passatwinden segeln, bis sie zweiunddreißig Grad südlicher Breite erreichten, und dann mussten sie sich genau nach Osten halten, bis sie den unverkennbaren Tafelberg an der Südspitze des afrikanischen Kontinents vor sich sahen. Dies würde die langsamste und erschöpfendste Etappe der Reise sein: Sie mussten direkt gegen den Wind kreuzen und daher fast stündlich umtakeln.

Um nicht südlich am Kap vorbeizusegeln und gleich im Indischen Ozean zu landen, musste Hal den Kurs so festlegen, dass sie das afrikanische Festland einige Seemeilen nördlich des Kaps anlaufen würden. Dabei bestand immer die Gefahr, in der Finsternis der Nacht oder in dem dichten Nebel, der so oft das Kap umhüllte, auf Grund zu laufen. So manches stolze Schiff hatte an jener tückischen Küste sein nasses Grab gefunden. Angesichts dieser Gefahr war Hal froh, dass er sich, wenn es so weit wäre, auf Toms und Dorians scharfe junge Augen verlassen konnte.

Er war zufrieden mit den Fortschritten, die seine beiden Söhne im Erlernen der arabischen Sprache machten. Guy nahm nicht mehr teil an diesem Unterricht, da in Bombay kaum Arabisch gesprochen wurde, doch Tom und Dorian hockten jeden Nachmittag für eine Stunde mit Alf Wilson auf dem Vorschiff und schnatterten auf Arabisch wie die Wellensittiche. Als Hal sie einmal auf die Probe stellte, konnte er befriedigt vermerken, dass sie sich flüssig mit ihm unterhalten konnten. Ihre wachsenden Kenntnisse der Sprache würden ihnen an der Fieberküste gut zustatten kommen. Es war immer von Vorteil, die Sprache seines Feindes zu sprechen, dachte Hal.

Außer der *Yeoman* hatten sie, seit sie Ushant hinter sich gelassen hatten, kein anderes Schiff gesichtet, doch dieser Ozean war keine leblose Wüste. Es gab fremdartige, wundervolle Dinge zu sehen, über die Tom und Dorian staunen konnten, wenn sie Schulter an Schulter in dem Mastkorb hoch über dem Deck saßen.

Eines Tages näherte sich ein Albatros aus der Ferne und begann das Schiff in großen Kreisen zu umsegeln, fallend und steigend auf der Luftströmung, manchmal so dicht über den Wellenkämmen, dass er im Schaum aufzugehen schien. Einen so großen Vogel hatten die beiden noch nie gesehen, und der Albatros leistete dem Schiff tagelang Gesellschaft. Manchmal kam er ganz dicht an den Mastkorb heran, wo er im Aufwind vom Hauptsegel zu ruhen schien, ohne je mit den Flügeln zu schlagen, nur sacht in die Luft tastend mit seinen schwarzen Federspitzen. Besonders Dorian erfreute sich an dem Geschöpf, dessen Flügelspanne drei oder vier Mal so weit war wie die seiner Arme.

«Mollymock!», rief er den Vogel bei dem Namen, den Matrosen für den Albatros erfunden hatten. Es bedeutet etwa «dumme Möwe», und spielt auf die Zutraulichkeit an, die diese Vögel zeigen. Dorian hatte dem Schiffskoch ein paar Brocken Futter abgebettelt, die er nun dem kreisenden Albatros zukommen ließ. Der hatte bald Vertrauen zu ihm gefasst und kam auf einen Pfiff oder Ruf herbeigesegelt. Dann schwebte er beinahe bewegungslos in der Luft, fast nah genug, dass Dorian ihn berühren konnte, und schnappte geschickt die Brocken auf, die der Junge ihm zuwarf.

Am dritten Tag lehnte sich Dorian mit einem Stück Salzfleisch in der Hand so weit aus dem Korb, wie er konnte, während Tom ihn am Gürtel festhielt. Mollymock schaute ihn an aus seinen weisen, erfahrenen Augen, flog dicht an ihn heran und zupfte ihm das Geschenk zart aus der Hand, obwohl er dem Jungen mit seinem Furcht erregenden Krummschnabel leicht einen ganzen Finger hätte abschnippen können.

Dorian stieß einen Pfiff aus und klatschte triumphierend in die Hände, und alle drei Beatty-Töchter, die ihn vom Deck aus beobachtet hatten, kreischten vor Begeisterung. Als er am Ende der Wache herunterkam, küsste ihn Caroline vor allen Offizieren, die an Deck waren, und der Mannschaft auf Wache.

«Mädchen sind so weich», vertraute Dorian Tom an, als sie auf dem Kanonendeck allein waren. Dabei tat er so, als müsste er sich jeden Augenblick übergeben.

Im Laufe der nächsten Tage wurde Mollymock immer zahmer und zutraulicher gegenüber Dorian. «Meinst du, er hat mich gern, Tom?», fragte Dorian einmal. «Ich würde ihn gern für immer behalten.» Doch als sie am achten Tag zum Mastkorb hinaufkletterten, war der Vogel verschwunden. Obwohl Dorian den ganzen Tag nach ihm pfiff, ließ er sich nicht mehr blicken, und bei Sonnenuntergang weinte der Knabe bitterlich.

«Was bist du nur für ein Baby», sagte Tom und drückte ihn an seine Brust, bis er zu schniefen aufhörte.

Am nächsten Morgen nahm Tom seinen üblichen Platz an der Querwand in Master Walshs Kabine ein. Als die drei Mädchen hereinkamen, unpünktlich wie immer, und der Unterricht beginnen konnte, widerstand Tom der Versuchung, Caroline anzuschauen; seine Wut über die Art, wie sie ihn behandelt hatte, war noch nicht verflogen. Sarah Beatty, die ihn immer noch vergötterte und ihm ständig kleine Geschenke zu machen pflegte, hatte ihm diesmal eine Papierrose mitgebracht, die wohl als Lesezeichen gedacht war. Sie überreichte ihm die Gabe vor allen in der Kabine, und Tom wurde rot vor Scham, als er seinen knappen Dank murmelte, während Dorian hinter Sarahs Rücken ein imaginäres Baby in seinen Armen wiegte. Tom trat ihn gegen das Schienbein und holte seine Bücher und Schiefertafel aus dem Schränkchen unter der Bank.

Als er auf die Tafel schaute, bemerkte er, dass jemand die algebraische Gleichung ausgewischt hatte, mit der er am Tag zuvor gerungen hatte. Er wollte schon Dorian des Verbrechens beschuldigen, als er sah, dass seine verworrenen Kreidestriche durch eine einzige zierliche Zeile ersetzt worden waren: «Heute Nacht zur selben Zeit.»

Tom starrte auf seine Tafel. Die Handschrift war unverwechselbar. Dorian und die jüngeren Schwestern hatten noch eine kindliche, ungleichmäßige Schrift, und Guys Schreibart war steif und kunstlos. Obgleich er Caroline noch immer von ganzem Herzen hasste, hätte er ihre Handschrift immer und überall erkannt. Plötzlich wurde er gewahr, dass Guy den Hals reckte und versuchte, ihm über die Schulter zu schauen. Tom drehte die Tafel rasch und verschmierte die Botschaft mit dem Daumen, bis sie nicht mehr lesbar war.

Er konnte nicht umhin, in Carolines Richtung zu schauen. Wie immer schien sie seine Gegenwart nicht einmal wahrzunehmen, so vertieft war sie in den Gedichtband, den Master Walsh ihr geliehen hatte, doch sie musste seine Blicke gespürt haben, da das Ohr, das Tom zwischen den Locken unter ihrer Haube hervorlugen sah, langsam eine tiefrosa Farbe annahm. Das fand Tom so verblüffend und faszinierend, dass er vergaß, wie sehr er sie hasste, und seinen Blick nicht mehr von ihr lassen konnte.

«Thomas! Bist du mit der Aufgabe fertig geworden, die ich dir gestern gestellt habe?»

Walsh schreckte ihn jäh aus seinen Träumen, und Tom murmelte schuldbewusst: «Ja – ich meine, nein, fast.»

Für den Rest des Tages fand sich Tom in einem Sturm von Gefühlen. Zuerst war er fest entschlossen, ihr Angebot zu missachten und ihr am nächsten Morgen ins Gesicht zu lachen. Er übte dieses Lachen sogar, und alle in der Kabine schauten auf und fragten sich, was mit ihm los war.

«Möchtest du den Witz, an den du denkst, vielleicht mit uns anderen teilen?», fragte Walsh sarkastisch.

«Nein, Sir, ich habe nur nachgedacht.»

«Oh, Sir, das kommt so selten vor, dass wir dich lieber nicht stören in deiner Besinnlichkeit. Denk ruhig weiter.»

Toms Gefühle gegenüber Caroline pendelten zwischen Anbetung und zorniger Verachtung. Später, als er hoch oben im Mastkorb saß, konnte er nur daran denken, dass das Wasser ringsum so violett und blau schimmerte wie Carolines Augen. Dorian musste ihn auf den weißen Schweif am Horizont aufmerksam machen, wo ein Wal prustend durch die Meeresoberfläche brach, und selbst das vermochte sein Interesse nicht zu wecken.

Als er neben seinem Vater stand und durch die Öffnung seines Backstaffs die Mittagspeilung aufnahm, erinnerte er sich plötzlich, wie Caroline ihren weichen, weißen Busen an sein Gesicht gedrückt hatte, und die Vorstellung erfüllte sogleich sein ganzes Denken.

Später nahm Hal die Navigationstafel aus der Hand und warf einen Blick auf seine Berechnungen. Dann wandte der Kapitän sich an Ned Tyler: «Glückwunsch, Mr. Tyler. Es sieht aus, als hättet Ihr uns über Nacht in die nördliche Hemisphäre zurückgesegelt. Schickt einen guten Mann in den Mastkorb; wir sollten jeden Moment vor der amerikanischen Küste ankommen.»

Beim Abendessen hatte Tom keinen Hunger, und er gab sein Stück Pökelfleisch an Dorian ab, dessen Appetit legendär war und der das Stück Rind sofort verschlang. Später, nachdem die Laternen auf dem Kanonendeck für die Nacht heruntergedreht worden waren, lag Tom schlaflos in seiner Nische hinter dem Geschütz und ging in Gedanken immer wieder durch, was er nun tun wollte.

Der Schlüssel und das Feuerzeug lagen noch in ihrem Versteck über der Magazintür. Er hatte vorgehabt, den Schlüssel in seines Vaters Schublade zurückzulegen, doch die Gelegenheit hatte sich noch nicht ergeben. Dafür war er nun zutiefst dankbar, denn inzwischen war er sicher, dass er Caroline mehr liebte als alles auf der Welt und dass er nicht zögern würde, sein Leben für sie zu opfern.

Als die Glocke für die erste Wache sieben Glasen schlug, kroch Tom von seiner Strohmatratze und schaute sich um, ob jemand ihn beobachtete. Seine beiden Brüder waren kleine Schatten hinter Abolis massigem Körper, ausgestreckt auf ihrem Lager im schwachen Licht der gedämpften Schlachtlaternen. Tom stieg durch das Gewirr der anderen schnarchenden Matrosen und gelangte ohne Zwischenfall zur Stiege in die Unterdecks.

Auch diesmal brannte Licht in Hals Kabine und Tom fragte sich, was seinen Vater wohl nach Mitternacht wach halten konnte. Er schlich an der Kabinentür vorbei und blieb wieder vor dem Quartier der Mädchen stehen. Durch die Holzwand meinte er leises Atmen zu hören, und einmal schien eines der Kinder im Schlaf zu brabbeln. Er ging weiter, nahm den Schlüssel aus dem Versteck, holte die Lampe aus dem Magazin, zündete sie an und hängte sie dann an ihren Kardanring zurück.

Inzwischen war er so überspannt, dass er schon zusammenzuckte, wenn eine Ratte im Schiffsbauch umherraschelte oder wenn ein loses Stück Tau an einen Mast schlug. Er duckte sich neben die Magazintür und behielt die Stiege im Auge. Diesmal schlief er nicht ein und sah sie, sobald ihre nackten, weißen Füße zaghaft die Stufen berührten. Er stieß einen leisen Pfiff aus, um sie zu beruhigen.

Caroline bückte sich, schaute zu ihm und kam eilig die letzten Stufen hinunter. Er lief ihr entgegen und sie warf sich in seine Arme. «Ich wollte dir sagen, wie Leid es mir tut, dass ich dich geschlagen habe», flüsterte sie. «Ich habe mich dafür gehasst, jeden Tag, seitdem es geschehen ist.»

Er traute sich nicht zu sprechen, und als er schwieg, hob sie den Kopf und blickte ihn an. Ihr Gesicht war nur ein blasser Schimmer, den er nun küsste, auf der Suche nach ihren Lippen.

Auch sie bewegte sich auf ihn zu, und sein erster Kuss berührte ihre Augenbraue, der nächste die Nasenspitze, und dann trafen sich ihre Münder.

Sie war es dann, die sich von ihm löste. «Nicht hier», hauchte sie. «Es könnte jemand kommen.»

Willig folgte sie ihm, als er sie bei der Hand nahm und in das Magazin zog, wo sie sofort auf das Pulverregal zuging und ihn neben sich auf die Seidensäcke zog. Ihr Mund öffnete sich für seinen nächsten Kuss, und er spürte ihre Zunge über seine Lippen flattern wie eine Motte um eine Kerzenflamme. Er saugte sie ein.

Immer noch Mund an Mund zerrte sie an der Schnur, die sein Hemd zusammenhielt, und als sie sie gelöst hatte, schob sie eine kleine, kalte Hand in die Öffnung und streichelte seine Brust.

«Wie haarig du bist», sagte sie überrascht. «Ich will es sehen.» Sie hob sein Hemd. «Wie Seide, weich wie Seide.» Sie drückte ihr Gesicht an seine Brust. Ihr Atem war warm und kitzelte ihn ein wenig – es versetzte ihn in Erregung, wie er es noch nie erlebt hatte. Plötzlich spürte er eine Eile, als könnte sie jeden Augenblick entschweben. Er versuchte ihr Nachthemd zu öffnen, doch er war zu hastig, seine Finger zu ungeschickt.

«Lass mich das machen.» Sie schob seine Hände weg. Sie benahm sich ganz anders als beim letzten Mal, dachte Tom, sie schien genau zu wissen, was sie wollte, war voller Selbstbewusstsein. Sie benahm sich eher wie Mary und die anderen Mädchen, die er gekannt hatte. Sein erstes Gefühl hatte ihn also nicht getäuscht: Es war nicht das erste Mal für sie. Sie wusste genauso viel oder vielleicht gar mehr als er, und dieser Gedanke ermutigte ihn.

Sie kniete sich auf, hob ihr Nachthemd über den Kopf und ließ es in derselben Bewegung auf die Planken fallen. Sie war nun nackt wie Mutter Natur, doch er sah nur ihre Brüste, groß, rund und weiß, schimmernd wie zwei große Perlen über ihm im Halbdunkel. Er streckte die Arme aus und füllte seine Hände mit der weißen Pracht.

«Nicht so fest. Sei nicht so grob», warnte sie ihn. Dann ließ sie ihn für eine Weile tun, was er wollte, bevor sie flüsterte: «Komm, fass mich an, fass mich an da unten.»

Er erfüllte ihr den Wunsch, und sie schloss die Augen und lag ganz still, während er sich sachte über sie schob, ganz langsam, damit sie nicht erschreckte, und seine Hose öffnete und bis zu den Knien herunterzog.

Plötzlich versuchte sie, sich aufzusetzen. «Warum hast du aufgehört?» Sie schaute an ihm hinab. «Was machst du da? Nein, hör auf damit!» Sie wollte sich ihm entwinden, doch er war viel schwerer und stärker als sie, und sie konnte ihn nicht bewegen.

«Ich werde dir nicht wehtun», versprach er. Sie versuchte noch, ihn an den Schultern wegzuschieben, doch allmählich gab sie auf, wehrte sich nicht mehr und entspannte sich unter seiner zielstrebigen Berührung. Alle Steifheit wich aus ihrem Körper; sie schloss die Augen und begann wieder kehlig zu summen.

Dann schüttelte sie sich plötzlich am ganzen Körper und schrie leise auf. «Was tust du da? Bitte, nein! Oh Tom, was tust du da?» Sie wehrte sich noch einmal, doch Tom hielt sie fest, und nach einer Weile lag sie still in seinen Armen, und dann bewegten sich beide in einem Rhythmus, so alt wie die Menschheit selbst.

Lange danach lagen sie zusammen und ließen den Schweiß auf ihren Körpern trocknen und ihren Atem sich so weit beruhigen, dass sie wieder sprechen konnten.

«Es ist spät. Agnes und Sarah werden bald aufwachen. Ich muss gehen», flüsterte Caroline und streckte einen Arm nach ihrem Nachthemd aus.

«Wirst du wiederkommen?»

«Vielleicht.» Sie schlüpfte in ihr Nachthemd und band es zu.

«Morgen Nacht?», fragte er verlangend.

«Vielleicht», sagte sie noch einmal. Sie ließ sich von dem Regal rutschen und ging zur Tür. Dort blieb sie stehen, lauschte und spähte durch den Türspalt, bevor sie auf den Gang verschwand.

Die *Seraph* ließ die tropischen Breiten allmählich hinter sich. Die Tage wurden kühler, und nach der stickenden Hitze, die sie durchlitten hatten, wehte endlich ein süßer, frischer Südostwind. Der milde Ozean wimmelte von Leben zwischen grünen Wolken aus Krill und Plankton. Von der Mastspitze aus sah man die Schatten der Thunfischschwärme, endlose Ströme von riesigen Fischen, die mühelos das Schiff überholten auf ihrer geheimnisvollen Wanderschaft durch den grünen Ozean.

Schließlich zeigte die mittägliche Sonnenpeilung, dass das

Schiff auf zweiunddreißig Grad südlicher Breite eine Position erreicht hatte, wo Hal den Bug für das letzte Stück auf das Kap der Guten Hoffnung zu Richtung Osten drehen konnte.

Er war erleichtert, dass sie diese Etappe der Reise hinter sich hatten und bald Land in Sicht kommen würde. Noch am Tag zuvor hatte Dr. Reynolds ihm die ersten Fälle von Skorbut gemeldet. Dieses geheimnisvolle Leiden war der Fluch jedes Kapitäns auf einer langen Reise. Sobald ein Schiff sechs Wochen auf See war, begann der stinkende Eiter, in dem die Krankheit brütete, die Mannschaft zu befallen und die Männer ohne Vorwarnung und ohne ersichtlichen Grund aufs Lager zu raffen.

Die beiden erkrankten Männer waren nur die ersten von vielen, die nach ihnen kommen würden, das wusste Hal. Sie hatten dem Schiffsarzt ihre geschwollenen, blutenden Gaumen und die ersten dunklen Flecke auf ihren Bäuchen gezeigt, wo sie unter der Haut bluteten. Niemand kannte die Ursache für diese Pest, und niemand wusste, wie sie auf so wunderbare Weise wieder verschwinden konnte, sobald das Schiff einen Hafen erreichte.

«Oh Herr, lass es nicht zu lange dauern», betete Hal, während er zum leeren östlichen Horizont blickte.

Da sie sich nun allmählich dem Land näherten, wurden sie bald von Schulen von Delphinen begleitet, die unter dem Kiel hin- und hertauchten und deren glitzernde schwarze Rücken links und rechts über den Wogen erschienen, wo sie mit ihren flachen Schwänzen platschten und die Seemänner in der Riggung anstarrten, mit funkelnden Augen und starrem Grinsen.

Dies war der Ozean der großen Wale. An manchen Tagen sahen sie in allen Richtungen weiße Fontänen im Wind hochspritzen, wenn die gigantischen Tiere an die Oberfläche kamen, um Luft zu holen oder sich in der Sonne zu wälzen. Manche waren länger als die *Seraph*, und sie schwammen so dicht heran, dass die Jungen vom Mastkorb aus sogar die Muscheln und anderen lebendigen Gewächse erkennen konnten, mit denen die Wale verkrustet waren.

«In jedem dieser Riesen stecken zwanzig Tonnen Öl», erklärte Big Daniel, als er mit Tom am Bugspriet lehnte und sie zusahen, wie sich einer der Leviathane eine Kabellänge voraus aus den Tiefen erhob und seinen riesigen, zweizackigen Schwanz gen Himmel streckte.

«Diese Schwanzflosse ist so groß wie unsere Kreuzrahe», staunte Tom.

«Man sagt, sie sind die größten Tiere der Schöpfung», nickte Daniel. «Das Öl bringt zehn englische Pfund pro Tonne. Wir würden vielleicht mehr Geld machen, wenn wir Wale jagten anstatt Piraten.»

«Wie würdest du je ein so großes Tier zur Strecke bringen?», fragte Tom verwundert. «Wäre das nicht, als ob man einen Berg erlegen wollte?»

«Es ist gefährliche Arbeit», stimmte Daniel zu, «doch es gibt Leute, die es können. Die Holländer sind große Waljäger.»

«Das würde ich gern versuchen», meinte Tom. «Ich wäre gern ein großer Jäger.»

Big Daniel zeigte über den Bugspriet hinaus, der sich in regelmäßigem Rhythmus über den Horizont hob. «Wohin wir unterwegs sind, da gibt es viel zu jagen, mein Junge. Es ist ein Land voller wilder Tiere. Es gibt dort Elefanten mit Stoßzähnen, die länger sind als du. Dein Wunsch wird schon noch in Erfüllung gehen.»

Tom wurde von Tag zu Tag aufgeregter. Gleich nach der Mittagspeilung begab er sich mit seinem Vater zur Heckkabine, um ihm zuzusehen, wie er die Position des Schiffes eintrug. Die Linie auf der Karte näherte sich immer mehr der großen Landmasse mit den Konturen eines Pferdekopfes: Afrika.

Seine Tage waren so voller Aufregung und hektischer Aktivität, dass er eigentlich erschöpft gewesen sein sollte, wenn der Abend anbrach. Meistens bekam er einige Stunden Schlaf, bevor es Mitternacht schlug, doch dann war er sofort hellwach und kroch von seiner Matratze.

Die Zeit des Bettelns und Überredens war nun vorbei. Caroline kam jede Nacht von selbst zu ihrem Liebesnest im Pulvermagazin. Tom hatte die Wildkatze in ihr geweckt. Alle Zurückhaltung war von ihr abgefallen, jeder Anschein von Züchtigkeit, und ihre Leidenschaft war ebenso unbändig wie jene Toms. Sie ließ ihren Gefühlen freien Lauf, in Wort und ausschweifender Tat, und oft kam Tom nicht ohne Narben davon. Sein Rücken war von ihren langen Fingernägeln zerkratzt und seine Lippen zerbissen und wund.

In seiner Hast, ihre allnächtlichen Rendezvous einzuhalten, war er jedoch auch leichtsinnig geworden, was ihn einige Male fast in die größten Schwierigkeiten gebracht hätte. Einmal öffnete sich plötzlich die Tür, als er an der Kabine der Beattys vorbeischlich, und Mrs. Beatty trat auf den Gang. Tom schaffte es gerade noch, sich die Mütze in die Stirn zu schieben und seine Stimme zu verstellen, während er an ihr vorbeihuschte. «Sieben Glasen auf der ersten Wache und alles in Ordnung», krächzte er heiser. Er war inzwischen so groß wie die meisten Matrosen an Bord, und der Korridor war zum Glück nur schwach beleuchtet.

«Danke, guter Mann.» Mrs. Beatty war so erschrocken, dass jemand sie in ihrem Nachtgewand erwischt hatte, dass sie in ihre Kabine zurückschoss, als wäre sie die Schuldige.

Mehr als einmal hatte er auch das Gefühl, jemand verfolge ihn, wenn er sich vom Kanonendeck schlich. In einer Nacht war er sicher, Schritte auf der Stiege hinter sich zu hören, doch als er sich umdrehte, war niemand da. Ein andermal war er in den frühen Morgenstunden am Ende der Mittelwache auf dem Rückweg zu seinem Strohlager, als Ned Tyler in seinen Matrosenstiefeln die Leiter vom Achterdeck herunterpolterte, und Tom konnte sich gerade noch verstecken, als Ned den Gang zu Hals Kabine herunterkam. Er sah den Schatten des alten Seemanns, wie er an der Kabinentür klopfte, und dann hörte er die Stimme seines Vaters.

«Was gibt's?»

«Ich bin's, Captain, Ned Tyler. Der Wind hat aufgefrischt. Wir könnten einen Mastbruch erleben, wenn wir sie zu sehr treiben. Bitte um Erlaubnis, das Stagsegel einzuholen und das Hauptsegel zu reffen.»

«Ich komme an Deck, Ned», antwortete Toms Vater. Eine Minute später kam er aus seiner Kabine gestürzt, zog sich im Laufen seine Wolljacke über und stürmte nur wenige Schritt von Tom entfernt die Stiege hinauf.

Kaum war Tom an seiner Matratze auf dem Kanonendeck angekommen, da schrillte schon die Pfeife des Hochbootsmanns und Big Daniels Stimme donnerte aus der Finsternis. «Alle Mann an Deck, die Segel reffen!» Tom tat so, als müsste er sich den Schlaf aus den Augen reiben, und stolperte mit den anderen Matrosen in die stürmische Nacht hinaus.

Es lag in Toms Natur, dass es ihn weder beunruhigte noch ängstigte, wenn er nur mit knapper Not entkommen war – im Gegenteil, solche Situationen machten ihn nur noch waghalsiger. Er hatte einen solchen Schwung im Schritt, wie ein junger Gockel, dass Aboli lächelnd den Kopf schüttelte. «Welch ein Bursche. Genau wie der Vater!»

Eines Morgens war Tom unter den Toppmastleuten, die das Schiff nach Backbord umgetakelt hatten, sodass es nun in langen, kraftvollen Stößen durch die Sturzwellen pflügte. Während sie aus der Takelage kletterten, richtete sich Tom plötzlich zu seiner vollen Höhe auf und tanzte, offenbar aus reinem Übermut, freihändig die Rahe entlang.

Alle auf Deck waren starr vor Schreck, als sie Toms tollkühnes Gehabe sahen. Fünfzig Fuß über Deck führte Tom zwei komplette Schrittfolgen, drei pro Takt, des Dudelsacktanzes vor, auf nackten Zehenspitzen, eine Hand in der Hüfte und die andere über dem Kopf, und dann sprang er in die Wanten und ließ sich aufs Deck rutschen. Er war vernünftig genug gewesen, darauf zu achten, dass sein Vater in der Kabine war, als er diese Vorstellung gab, doch Hal hörte noch am selben Tag von dem Spektakel und schickte nach ihm. «Wie konntest du nur so dumm sein, so unverantwortlich?», fragte er ihn zornig.

«Weil John Tudwell gesagt hat, ich würde mich nicht trauen», erklärte Tom, als wäre das die beste Entschuldigung auf der Welt.

Was es vielleicht auch war, dachte Hal, als er seinem Sohn ins Gesicht schaute. Zu seiner Verblüffung hatte er plötzlich keinen Jungen mehr vor sich, sondern einen ausgewachsenen Mann. Nach den wenigen Monaten, die sie nun unterwegs waren, erkannte er Tom fast nicht mehr wieder, so hart war er geworden, so gereift. Durch die ständige schwere Arbeit, die Kletterei in der Takelage und das Hantieren mit schweren Segeln in starkem Wind hatten seine Schultern an Masse und Kraft gewonnen. Die täglichen Fechtstunden mit Aboli hatten seine Arme mit stahlharten Muskeln bepackt, und außerdem besaß Tom mittlerweile die Balance einer Katze, wo immer er sich befand auf dem Schiff, selbst bei heftigstem Seegang.

Er hatte sich jedoch noch auf andere Art verändert, auf eine Weise, die Hal sich nicht recht erklären konnte. Tom war immer schon frühreif gewesen, im Vergleich zu seinen anderen Söhnen, und wenngleich er seine ärgsten Ausschweifungen im Zaum zu halten versuchte, hätte er diesen waghalsigen, abenteuerlustigen Geist niemals in Fesseln legen wollen. Im Geheimen hatte Hal die

Courage und den Eigensinn des Jungen sogar bewundert und mit Stolz betrachtet. Doch nun wurde ihm bewusst, dass etwas geschehen sein musste, was ihm entgangen war. Er stand plötzlich einem Mann gegenüber, Auge in Auge.

«Nun, jedenfalls hast du John Tudwell gezeigt, dass er sich getäuscht hat. Es besteht also keine Notwendigkeit, diesen Tanz noch einmal aufzuführen.»

«Nein, Vater», gab Tom bereitwillig zu, «das heißt, nicht solange niemand anderes mir erzählt, ich hätte nicht den Mut dafür.» Sein Grinsen war so ansteckend, dass auch Hal lächeln musste.

«Mach, dass du wegkommst!» Er schubste Tom auf die Kabinentür zu. «Was rede ich überhaupt mit einem solchen Barbaren.»

Guy saß an seinem gewohnten Platz neben Caroline auf der Bank in Master Walshs Kabine. Er war blass und sagte den ganzen Morgen kaum einen Ton. Wenn der Schulmeister ihn etwas fragte, war seine Antwort einsilbig. Für Tom und Caroline hatte er keinen Blick. Er schaute kaum einmal von seinem Buch auf, selbst wenn Tom oder Caroline auf Master Walshs Anweisung eine Stelle vorlasen.

Schließlich bemerkte Caroline sein eigenartiges Benehmen. «Fühlst du dich nicht wohl, Guy? Bist du wieder seekrank?», fragte sie ihn flüsternd.

Guy brachte es nicht fertig, ihr ins Gesicht zu schauen. «Es geht mir gut», antwortete er. «Du brauchst dir keine Sorgen um mich zu machen», fügte er im Stillen hinzu, «nie mehr.»

Während der vergangenen Wochen, seit sein Vertrag mit der Kompaniefaktorei in Bombay unter Dach und Fach war, hatte Guy sich eine Fantasiewelt zusammengeträumt. Mit seinen Verbindungen und unter Mr. Beattys Obhut hatte er seinen schnellen Aufstieg im Dienste der Kompanie vorausgesehen. Die Beattys würden ihn praktisch in ihre Familie aufnehmen, und Caroline wäre an seiner Seite, Tag für Tag in dem tropischen Paradies, als das er sich Bombay vorstellte. Zusammen wären sie durch Palmenhaine geritten, und jeden Abend gäbe es Musik, Guy an der Cister und Caroline würde singen, und Gedichtstunden und Picknicks mit der ganzen Familie. Hand in Hand wäre er mit Caroline an weißen Stränden entlangspaziert, wo sie reine, unbefleckte Küsse austauschen würden. In wenigen Jahren wäre er zwanzig, hätte eine gehobene Stellung in der Kompanie und wäre finanziell in der Lage zu heiraten. Und all diese Träume lagen nun in Trümmern.

Wenn er an die grässlichen Dinge zu denken versuchte, die er entdeckt hatte, scheute er davor zurück wie ein nervöses Pferd. Seine Hände begannen zu zittern, und das Blut brodelte in seinem Hirn. Keine Minute länger konnte er es in der Enge der winzigen Kabine ertragen, in Gegenwart der beiden Menschen, die er mehr hasste, als er es je für möglich gehalten hätte. Er sprang auf. «Bitte entschuldigt mich, Master Walsh. Ich fühle mich unwohl. Ich brauche frische Luft. Ich gehe nach oben.» Ohne auf die Erlaubnis zu warten, stolperte er zur Tür und rannte die Stiege hinauf und dann zum Bug, wo er sich an ein Halliard klammerte und sich den Wind ins Gesicht blasen lies. Sein Kummer war bodenlos. Der Rest seines Lebens erschien ihm wie eine endlose Wüste.

«Ich will sterben!», sagte er laut und schaute über die Schiffsseite. Das Wasser war grün und einladend. Wie friedlich wäre es dort unten. Er tastete sich auf die Wantenplatten vor und balancierte darauf, mit einer Hand an den Wanten. «Es ist so einfach», sagte er sich, «so einfach und schnell.» Er lehnte sich hinaus über die rasende, schäumende Bugwelle.

Ein kraftvoller Griff schloss sich um sein freies Handgelenk und er verlor fast das Gleichgewicht. «Du hast dort unten nichts verloren, Mbili», donnerte Abolis Stimme. «Du kannst nicht einmal schwimmen.»

«Lass mich in Ruhe!», rief Guy verbittert. «Warum musst du dich immer einmischen, Aboli? Ich will nur noch sterben.»

«Der Wunsch wird sich erfüllen, irgendwann, das ist das Einzige, was sicher ist in diesem Leben», belehrte ihn Aboli, «aber nicht heute, Mbili.» So hatte er Guy, seit dem Tage seiner Geburt genannt: «Nummer zwei» in der Sprache des Urwalds. Er zog sacht am Arm des Jungen.

Guy versuchte vergeblich, ihm Widerstand zu leisten. «Lass mich los, Aboli, bitte!»

«Die Männer schauen schon zu uns herüber», warnte ihn Aboli leise. Guy schaute sich um und sah, wie einige der Matrosen der Wache in ihren Gesprächen innegehalten hatten und das kleine

Schauspiel neugierig beobachteten. «Mache deinem Vater und mir keine Schande mit solchen Dummheiten.»

Guy gab nach und sprang ungelenk auf die Deckplanken zurück. Aboli ließ sein Handgelenk los. «Wir sollten uns unterhalten», schlug er vor.

«Ich will mich nicht unterhalten, weder mit dir noch mit sonst jemandem.»

«Dann lass uns zusammen schweigen», bot Aboli an und führte ihn zur Leereling, wo sie sich zusammen niederhockten, geschützt vor dem Wind und vor den Blicken der Matrosen. Aboli strahlte die Ruhe und Stille eines Berges aus. Er schaute Guy nicht an und berührte ihn nicht, doch er war da.

Die Minuten verstrichen, bis Guy plötzlich herausplatzte: «Ich liebe sie so sehr, Aboli. Es ist, als fräße mich etwas auf, von innen, in meinem Bauch.»

Das ist es also, dachte Aboli traurig. Er hatte die Wahrheit herausgefunden. Das sah dem Burschen ähnlich: Klebe hatte sich wahrscheinlich keine große Mühe gegeben, es zu verbergen. Er war hinter diesem jungen Fohlen her gewesen wie ein junger Hengst, der alle Zäune niedertrampelt – ein Wunder, dass Mbili so lange gebraucht hatte, es zu bemerken. «Ich weiß, Mbili», sagte er. «Auch ich habe geliebt.»

«Was soll ich nur tun?», fragte Guy verzweifelt.

«Ganz gleich, wie weh es tut, es wird dich nicht umbringen, und eines Tages, früher, als du es heute für möglich hältst, wirst du den Schmerz vergessen haben.»

«Ich werde es nie vergessen», erwiderte Guy inbrünstig, «und meine Liebe für sie wird nie vergehen.»

Hal Courtney hörte die Schiffsglocke den Beginn der Mittelwache schlagen.

«Mitternacht.» Er drückte sich beide Fäuste ins Kreuz. Nach den vielen Stunden an seinem Schreibtisch fühlte er sich steif und die Augen schmerzten ihn. Er stand auf und trimmte den Docht seiner Lampe, sodass sie die Papiere auf seinem Schreibtisch beleuchtete. Dann ließ er sich wieder auf dem schweren Eichenstuhl nieder und vertiefte sich aufs Neue in seine Arbeit.

Er hatte die Baupläne der *Seraph* vor sich ausgebreitet. Für eine

Weile studierte er den Grundriss der Kanonendecks, dann schob er den Plan beiseite, zog den Aufriss heran und verglich die beiden Zeichnungen. «Wir müssen die Kanonen verbergen, damit wir aussehen wie ein unbewaffnetes Handelsschiff», murmelte er. «Das heißt, wir werden den Goldlack von den Kanonenluken schleifen müssen …» Er runzelte die Stirn: Jemand oder etwas kratzte leise an seiner Kabinentür.

«Wer ist da?», rief er. Das Wetter war mild und ruhig. Er hatte nicht damit gerechnet, dass man ihn stören würde. Als niemand antwortete, wandte er sich grunzend wieder seinen Plänen zu. Vielleicht war es eine Ratte, dachte er, oder seine Einbildung hatte ihm einen Streich gespielt.

Doch dann kratzte es wieder an der Tür, und diesmal stieß er verärgert seinen Stuhl zurück und stand auf. Er ging durch die Kabine, gebückt unter den Deckenbalken, und riss die Tür auf. Eine schmale, schüchterne Gestalt stand auf dem Gang. Hal brauchte einen Augenblick, bevor er seinen Sohn erkannte. «Guy?» Er blinzelte ihn an. «Was machst du hier mitten in der Nacht?» Guy trat in die Kabine und zog die Tür hinter sich zu, bevor er sich die Mütze vom Kopf zog. Er war blass und wirkte nervös.

«Vater, ich dachte, ich muss es euch sagen …», stammelte er mit der Mütze in der Hand.

«Was wolltest du mir sagen? Nun sprich schon!», drängte Hal.

«Jemand ist im Pulvermagazin, unten im Kielraum», sagte Guy endlich. «Die Tür ist offen, und es brennt ein Licht.»

«Was?», rief Hal mit scharfer Stimme. «Im Magazin, und es brennt Licht?»

«Ja, Sir.»

Hal wirbelte herum und stürzte zu seinem Schreibtisch, wo er die oberste Schublade aufriss und eine der doppelläufigen Pistolen herausnahm. Er überprüfte hastig Feuerstein und Zünddraht und steckte die Waffe in seinen Gürtel. Dann sah er sich die zweite Pistole kurz an und hielt sie in seiner Rechten.

«Da wollen wir doch mal sehen», sagte er grimmig und hob die Laterne aus ihrer Aufhängung. «Komm mit, Guy, aber sei leise. Wir wollen die Gauner nicht warnen, wer immer es ist.»

Er öffnete vorsichtig die Kabinentür, und Guy folgte ihm auf den Gang. «Schließe die Tür hinter dir, aber leise», warnte ihn

Hal, bevor er zur Stiege vorausging. Er spähte ins Unterdeck hinunter, konnte jedoch kein Licht entdecken. «Bist du sicher?», fragte er Guy.

«Ja, Vater.»

Hal ging leisen Schrittes die Treppe hinunter, wobei er auf jeder Stufe stehen blieb und lauschte. Unten angekommen, hielt er wieder inne. Erst jetzt sah er den blassen Lichtschein in den Ritzen der Magazintür.

«Tatsächlich!», zischte er und spannte beide Hämmer der Pistole in seiner Hand. «Mal sehen, was da vor sich geht.» Er ging auf das Magazin zu, mit der Laterne hinter dem Rücken, um das Licht abzuschirmen. Guy war dicht hinter ihm.

Als Hal an der Tür war, legte er ein Ohr an das dicke Eichenpaneel. Über den anderen Geräuschen des Schiffes hörte er verblüffende Laute: Leise Schreie und Stöhnen, Rascheln und rhythmisches Klopfen. Was war das?

Er versuchte den Türknopf, der sich bereitwillig drehen ließ. Dann legte er eine Schulter an die Tür und stemmte vorsichtig sein Gewicht dagegen. Die Tür klemmte zuerst am Pfosten, doch dann schwang sie auf. Für eine Weile stand Hal da wie gelähmt. Was er vor sich sah, überraschte ihn so, dass ihm der Atem stockte.

Das Licht der vergitterten Laterne über den Pulverregalen mischte sich mit dem seiner eigenen Lampe. Auf dem Boden vor ihm lagen Kleider verstreut, und auf den seidenen Pulversäcken vor ihm lagen menschliche Körper ausgebreitet. Es dauerte eine Weile, bevor er begriff, dass sie nackt waren. Er starrte ungläubig auf die weiße Haut, die im Laternenlicht schimmerte. Frauenlocken, ein Gewirr von Armen und Beinen, ein roter Mund, weit aufgerissen, kleine Füße hoch in der Luft unter dunklen Deckenbalken, schmale Hände im Haar eines Mannes, der Kopf des Mannes zwischen perlweißen Schenkeln, ihr Rücken und Po auf der Matratze aus Pulversäcken, rhythmisch zuckend und stoßend in tiefer Ekstase.

Die beiden schienen sich um nichts zu kümmern außer um sich selbst. Selbst der volle Laternenschein hatte sie nicht aufgeschreckt. Das Mädchen hatte die Augen fest geschlossen. Ihre Züge waren so verzerrt vor Leidenschaft, dass Hal sie kaum wiedererkannte.

Hal stand da wie angewurzelt und erwachte erst aus seiner Lähmung, als Guy sich an ihm vorbeizwängen wollte. Er trat einen Schritt zur Seite, um ihm den Weg zu versperren und die Szene, die sich im Magazin darbot, vor ihm zu verbergen.

«Zurück, Guy.» Erst Hals Stimme durchbrach den Schleier der Leidenschaft, der das Paar auf dem Pulverregal umgab. Die Frau riss die Augen auf, immer weiter, wie sich entfaltende Veilchenblätter, bis sie Hal mit einem Blick voller Schrecken ungläubig anstarrte. Ihr Mund verzerrte sich in einem stummen Verzweiflungsschrei, und sie stützte sich mühsam auf die Ellbogen. Ihre Brüste schwangen rund und weiß im Licht der Laternen. Sie zerrte mit beiden Händen an dem dunklen Haarschopf zwischen ihren Schenkeln, konnte ihn jedoch nicht bewegen.

«Tom!» Hal fand endlich seine Sprache wieder. Er sah, wie sich die Muskeln auf dem breiten, weißen Rücken des Jungen vor Schreck zusammenkrampften, als hätte jemand ein Messer in sie gestoßen. Schließlich hob Tom den Kopf und schaute zu seinem Vater auf. Für eine Ewigkeit, so schien es, verharrten die drei in dieser Pose.

Tom war das Blut in den Kopf gestiegen, als hätte er ein Wettrennen oder einen schweren Kampf hinter sich. Sein Blick war glasig und verschwommen wie der eines Saufbolds.

«In Gottes Namen, Mädchen, nun bedecke dich doch!», krächzte Hal, der sich nun selbst schämte, als er bemerkte, wie schwer es ihm fiel, den Blick von ihrem vor ihm ausgebreiteten Körper zu wenden.

Auf Hals Worte trat sie Tom mit beiden Füßen von sich, rollte sich aus dem Regal und hielt sich ihr Nachthemd vor die Brust, um ihre Blöße zu bedecken. So hockte sie mit den Knien auf den Deckplanken wie ein wildes Tier in der Falle. Hal wandte ihr den Rücken zu. Guy stand dicht hinter ihm und reckte den Hals, um ihm über die Schulter zu schauen und zu sehen, was vor sich ging. Sein Vater stieß ihn grob auf den Gang hinaus. «Geh wieder zu Bett!», knurrte er. «Das hier geht dich nichts an.» Guy schreckte zurück, so giftig klang sein Vater. «Und erzähle niemandem, was du hier gesehen hast, denn wenn du das tust, werde ich dir die Haut vom Rücken prügeln.» Guy zog sich langsam und widerwillig zurück und schlich bedrückt die Stiege hinauf. Erst als er nicht mehr zu sehen war, ging Hal in das Magazin zurück.

Caroline hatte sich das Nachthemd übergestreift, das sie nun bis zu den Knöcheln bedeckte. Sie stand vor ihm und ließ den Kopf hängen. Die dichten Locken fielen ihr ins Gesicht. Sie sah aus wie ein kleines Mädchen, jung und unschuldig – was sie gewiss nicht war, wie der Teufel bezeugen konnte. Dann schaute er zu seinem Sohn, der auf einem Bein hüpfend in seine Hose stieg. Welch ein Anblick, dachte Hal, da stehst du nun mit deiner Frechheit und Schamlosigkeit. Schließlich war der Junge so weit, dass er seinen Gürtel zuschnallen konnte, und nun stand er demütig neben dem Mädchen, unfähig wie sie, Hals strengem Blick standzuhalten.

«Fräulein Caroline», befahl Hal, «Ihr werdet Euch augenblicklich in Eure Kabine begeben.»

«Ja, Captain», hauchte sie.

«Ich kann nicht sagen, wie empört ich über Euer Benehmen bin. So etwas hätte ich nie erwartet von einer Dame Eures Standes.» Noch während er es aussprach, wurde ihm bewusst, wie lächerlich es war: Als wäre es ein Privileg der Unterklassen, sich solchen Spielen hinzugeben, verspottete er sich im Stillen, bevor er sich einen weniger albernen Spruch ausdachte. «Was wird wohl Euer Vater sagen, wenn ich ihm davon erzähle?», fragte er streng, worauf sich ihr hübsches Gesicht zu einer angsterfüllten Grimasse verzog.

Um die Szene noch peinlicher zu machen, warf sie sich ihm plötzlich zu Füßen und umklammerte seine Knie. «Ihr werdet es ihm doch nicht erzählen? Bitte erzählt ihm nichts davon, Captain! Ich will alles tun, wenn Ihr es ihm nur nicht erzählt!»

«Steht auf, Kind!» Hal half ihr hoch. Sein Ärger drohte nun gänzlich zu verpuffen, doch er gab sich alle Mühe, ihn wieder anzufachen. «Geht in Eure Kabine und bleibt dort, bis ich Euch rufen lassen!»

«Ihr werdet doch meinem Vater nichts erzählen?», flehte sie weiter, während die Tränen ihr über die Wangen kullerten.

«Das kann ich nicht versprechen», erwiderte er. «Wenn er Euch mit der Reitpeitsche bestraft, was er gewiss tun wird, habt Ihr es reichlich verdient.» Er brachte sie hinaus und schob sie in Richtung ihrer Kabine. Sie flüchtete die Stiege hinauf, und er hörte, wie sich ihre Tür leise öffnete und schloss.

Hal wandte sich wieder Tom zu und versuchte, ihn streng anzuschauen, doch das Feuer seiner Empörung war nun fast vollkommen verloschen. Er konnte nichts dagegen tun, er musste einfach an eine andere Zeit zurückdenken, vor fünfundzwanzig Jahren, an einen anderen Jungen und ein anderes Mädchen in einer finsteren Kabine auf diesem südlichen Ozean. Der Junge war in Toms Alter gewesen und das Mädchen, eine Holländerin, vielleicht fünf Jahre älter, als sie ihn zum Manne machte. Sie hatte goldenes Haar und das Antlitz eines unschuldigen Engels, doch ihr Körper war nichts als Lust, und ihr Temperament war das einer Teufelin. Er musste sich zusammenreißen, um wieder in die Gegenwart zu gelangen. Tom stand immer noch demütig vor ihm. «Miss Beatty ist ein Passagier auf diesem Schiff und daher unter meiner Obhut», klärte er ihn auf. «Du hast dir selbst und mir Schande gemacht.»

«Es tut mir Leid, Vater.»

«Soll ich das wirklich glauben?» Hal schaute ihm ins Gesicht und bemerkte, wie er mit der Wahrheit haderte.

«Ich meine, es tut mir Leid, dass ich euch Schande gemacht habe», verbesserte sich Tom, «aber da niemand außer uns davon weiß, wird Eure Schande nie an die Öffentlichkeit dringen, Sir.»

Hal stand der Mund offen ob dieser Frechheit, doch dann verstand er die schlaue Logik, mit der sein Sohn sich verteidigte.

«Du bist ein Barbar», entgegnete er finster und dachte dabei: Genau wie ich damals, genau wie jeder heißblütige junge Stier in deinem Alter.

«Ich werde versuchen, mich zu bessern», versprach Tom.

Hal starrte ihn an. Er hätte nie gewagt, so mit seinem Vater zu reden. Sein Vater hatte ihn in Angst und Schrecken gehalten, doch dieser Junge schien keinerlei Angst vor ihm zu empfinden – Respekt und Bewunderung, vielleicht, und bestimmt Liebe, aber keine Angst. Habe ich in meiner Pflicht versagt? Hätte ich dafür sorgen sollen, dass er mich fürchtet?, fragte er sich. Nein, ich bin froh darüber. Ich habe ihn zu einem Mann erzogen.

«Vater, ich werde jede Strafe annehmen, die Ihr für angemessen haltet, doch wenn Ihr Carolines Familie davon erzählt, werdet Ihr sie in Schande setzen und ihr Leben zerstören.» Toms Stimme zitterte ein wenig. «Das hat sie nicht verdient, nicht von uns.»

«Da hast du wohl Recht», stimmte Hal zögernd zu. «Versprichst du mir, dich nicht mehr allein mit dem Mädchen zu treffen, solange sie auf diesem Schiff ist?»

«Das schwöre ich euch.» Tom hob seine rechte Hand. «Ich schwöre es hoch und heilig.»

«Dann wollen wir nicht mehr davon reden, und ich werde auch Mr. Beatty gegenüber nichts erwähnen.»

«Danke, Sir.»

Der Blick, mit dem sein Sohn ihm in die Augen schaute, war Hal ein großer Lohn, und er hatte Mühe, seine Ergriffenheit nicht zu zeigen. Er suchte geschwind nach einer Möglichkeit, das Thema zu wechseln. «Wie bist du in das Magazin gekommen?»

«Ich habe mir den Schlüssel aus Eurem Schreibtisch geliehen», antwortete Tom offen.

«Geliehen?»

«Ja, Sir. Ich hätte ihn zurückgelegt, sobald ich ihn nicht mehr gebraucht hätte.»

«Du wirst ihn nicht mehr brauchen, so viel kann ich dir versichern», erwiderte Hal grimmig. Tom ging gehorsam zur Tür, langte in die Ritze darüber und holte den Schlüssel heraus.

«Schließ die Tür ab», befahl Hal, und als Tom das getan hatte: «Gib her.» Tom legte ihm den Schlüssel in die Hand.

«Ich glaube, das reicht für diese Nacht», sagte Hal. «Geh zu deiner Matratze zurück.»

«Gute Nacht, Vater, und es tut mir wirklich Leid, dass ich euch Kummer bereitet habe.»

Hal schaute ihm nach, wie er die Stiege hinauf verschwand, und lächelte trocken. Vielleicht hätte ich diese kleine Auseinandersetzung besser etwas robuster angegangen, dachte er, doch wie zum Teufel hätte ich das anstellen sollen?

Guy wartete ungeduldig auf den Aufruhr, den seine Entdeckung des sündigen Paares nach sich ziehen sollte. Er erwartete, dass Caroline von ihrem Vater gezüchtigt wurde, vielleicht gar verprügelt wie eine Küchendirne, die beim Stehlen ertappt worden war, verachtet von ihrer Mutter und ihren Schwestern, von allen ausgestoßen, sodass er der Einzige wäre, bei dem sie noch Trost finden würde.

In seinen Tagträumen flehte sie ihn um Vergebung an dafür, dass sie die reine, edle Liebe, die er für sie empfand, so verschmäht hatte. Sie würde sich seiner Gnade unterwerfen, und wenn er ihr vergäbe, würde sie für den Rest ihres Lebens versuchen, es wieder gutzumachen. Der Gedanke erwärmte Guy zutiefst und entschädigte ihn ein wenig für die furchtbaren Qualen, die er gelitten hatte, seit er Tom das erste Mal zum Unterdeck gefolgt war und gesehen hatte, welch schmutzigem Tun er sich dort hingab.

Er hoffte, sein Vater würde Tom an Deck schleppen und auf das Dreieck binden lassen, um ihn öffentlich auszupeitschen, obwohl er in seinem Innersten wusste, dass er da wohl zu viel erhoffte. Doch wenigstens würde er Tom zwingen, sich vor Mr. und Mrs. Beatty zu entschuldigen, und ihm verbieten, je wieder mit Caroline oder irgendjemandem ihrer Familie ein Wort zu wechseln. Tom wäre der Paria auf dem Schiff. Vielleicht würde sein Vater ihn sogar von der *Seraph* verbannen, sobald sie am Kap der Guten Hoffnung ankamen, und ihn in Schande nach England zurückschicken, wo er Black Billys Tyrannei auf High Weald zu erleiden haben würde.

So wartete Guy gespannt, dass all dies oder wenigstens etwas davon endlich eintrat. Sein Verdruss wuchs jedoch immer mehr, als die Tage verstrichen, als wäre nichts geschehen, als wären seine verletzten Gefühle und sein tiefes Leiden keinen Pfifferling wert.

Zwar wirkte Caroline für einige Tage still und zurückgezogen. Sie zuckte jedes Mal zusammen, wenn sie Schritte hörte vor der Kabine, wo sie zusammen über ihren Büchern schwitzten, und sie blickte erschrocken auf, wenn sie die Stimme ihres Vaters durch die Deckplanken hörte. Sie schaute auch kein einziges Mal in Toms Richtung, sondern blickte brav in ihre Bücher. Guy bemerkte auch – und dies verschaffte ihm wenigstens etwas Genugtuung –, dass Caroline sofort, wenn Tom an Deck erschien, eine Entschuldigung fand und sich in ihre winzige Kabine zurückzog, wo sie dann Stunden allein zubrachte.

So blieb es während fast einer Woche, bevor sie ihre gewohnte Energie und ihren alten Charme wiederfand. Ihre Wangen waren wieder rosig wie eh und je; sie lachte und scherzte mit Master Walsh und sang wunderschön in ihren Duetten mit Dorian an den Liederabenden. Guy weigerte sich eine Zeit lang, an diesen Veranstaltungen teilzunehmen. Er schütze Unwohlsein vor und lag verdrossen auf seiner Matratze auf dem Kanonendeck, von wo er Musik und Gelächter durch die Wände hören konnte. Am Ende drängte ihn Master Walsh, doch wieder für sie seine Cister zu spielen, und er erfüllte ihm schließlich den Wunsch, wenn auch mit der Miene eines tragischen Helden.

Tom seinerseits zeigte kaum Reue für sein schändliches Benehmen. Sicherlich machte er für eine Weile keinen Versuch, Caroline anzusprechen oder auch nur ihre Aufmerksamkeit zu erhaschen, doch das war nichts Neues. Es war nur einer seiner gemeinen Tricks, dachte Guy. Doch dann, an einem der Schulvormittage, ertappte er das Paar wieder bei ihrem alten Spiel.

Caroline ließ ihr Stück Kreide zu Boden fallen, und bevor Guy es für sie aufheben konnte, beugte sie sich unter den Tisch und tastete danach. Das Schiff legte sich auf die Seite, und die Kreide rollte zu Toms Platz, wo er sie aufhob und ihr mit einer übertrieben galanten Verbeugung zurückgab, nicht ohne die Gelegenheit wahrzunehmen, ihr tief ins Dekolleté zu blicken. Carolines Augen funkelten vor Vergnügen. Sie drehte sich weg, sodass Master Walsh ihr Gesicht nicht sehen konnte, und streckte Tom die Zunge heraus. Es war keine kindliche Geste, sondern sehr anzüglich und einladend, voller erotischer Untertöne. Tom bedankte sich mit einem lüsternen Blick und einem Augenzwinkern, was Caroline zierlich erröten ließ. Für Guy war es, als hätte ihn jemand mit der Faust ins Gesicht geschlagen.

Den restlichen Tag brütete er über dieser Szene. Ihm fiel jedoch nur ein Ausweg ein, um Caroline zu zeigen, wie tief sie ihn verletzt hatte, wie sie sein Vertrauen in sie zerstört und sein Leben vernichtet hatte. Am Tag darauf setzte er sich, ohne Erklärung oder Erlaubnis, nicht an seinen Platz neben Caroline, sondern auf den niedrigen, unbequemen Hocker in der Ecke am weitesten von ihr entfernt.

Diese Taktik hatte unvorhergesehene und unerwünschte Folgen. Master Walsh betrachtete die neue Sitzordnung und schaute Guy an. «Warum hast du dich woanders hingesetzt?»

«Ich finde es hier bequemer», antwortete Guy verdrossen, ohne den Lehrer oder Caroline eines Blickes zu würdigen.

«Wenn das so ist», wandte sich Walsh an Tom, «kannst du vielleicht neben Fräulein Caroline Platz nehmen, wo ich dich besser im Auge behalten kann.»

Das ließ sich Tom nicht zweimal sagen, sodass Guy für den Rest des Morgens gezwungen war, mit anzusehen, welches Spiel die beiden miteinander trieben. Tom tat, als grübelte er angestrengt über seiner Tafel, während er unter dem Tisch mit einem seiner großen Latschen Carolines zierlichen Seidenpantoffel berührte. Caroline lächelte in sich hinein, als hätte sie gerade etwas besonders Amüsantes gelesen, machte jedoch keine Anstalten, ihren Fuß zurückzuziehen.

Ein wenig später schrieb Tom etwas auf seine Tafel, und als Walsh damit beschäftigt war, Dorians Rechenaufgaben zu korrigieren, beugte sich Caroline hinüber und las, was Tom geschrieben hatte. Sie errötete und schüttelte ihre Locken, doch ihre Augen lachten vor Entzücken. Dann schrieb sie etwas auf ihre eigene Tafel und ließ Tom es lesen, worauf der grinste wie der Flegel, als den ihn Guy kannte.

Guy verzehrte sich in Abscheu und fühlte sich vollkommen hilflos. Wieder tauchten diese Bilder vor ihm auf, die scheußlichen Dinge, deren Zeuge er im Pulvermagazin geworden war. Der breite Rücken seines Vaters mochte das Schlimmste vor ihm verborgen haben, und es war sehr dunkel gewesen, doch immer wieder blitzte der Schimmer ihrer weißen Haut vor ihm auf, ihre verlockenden, runden, weichen Formen, sodass er sie zugleich hasste und sich unendlich nach ihr sehnte. Dann sah er wieder seinen Bruder vor sich, den unaussprechlichen Schandakt, den er an ihr verübte, wie er diese reine, liebliche Gestalt beschmutzte wie ein Schwein, wie ein schmutziger Eber, grunzend und schlabbernd an seinem Trog. Er suchte nach den stärksten Ausdrücken für seinen Abscheu, doch kein Wort in seinem Lexikon vermochte seine wahren Gefühle wiederzugeben. Ich hasse ihn, dachte er rasend vor Zorn, und dann: Ich werde ihn umbringen. Zuerst empfand er einen Stich bei diesem Gedanken, doch dieses Schuldgefühl währte nicht lange und wich bald unbändiger Freude.

Ich werde ihn umbringen! Es war für ihn die einzige Lösung.

Guy wartete auf seine Gelegenheit. Am nächsten Mittag ging er mit Mr. Beatty auf dem Vorschiff auf und ab, während die Offiziere der Wache wie auch sein Vater und Tom mit ihren Backstaffs die Sonnenpeilung vornahmen.

Mr. Beatty erklärte ihm in allen Einzelheiten, auf welche Weise die Kompanie im Orient ihren Geschäften nachging. «Wir haben zwei Faktoreien in Karnataka. Wisst Ihr, wo das ist, Courtney?»

«Ja, Sir.» Guy hatte die Stapel von Büchern und Schriftstücken studiert, die Mr. Beatty ihm zu lesen gegeben hatte. «Karnataka ist ein Gebiet in Südostindien, zwischen den Ostghats und der Koromandelküste. Es ist eine der reichsten Handelsregionen im Orient», sagte er gehorsam auf.

Mr. Beatty nickte anerkennend. «Ich sehe, Ihr nehmt Eure Pflichten sehr ernst.»

Guy versuchte sich auf das Gespräch zu konzentrieren, doch seine Gedanken schweiften immer wieder zu der Gruppe auf dem Achterdeck. Die Männer dort schauten sich das Kursbrett an und diskutierten angeregt. Dann kritzelte Tom etwas auf seine Tafel und zeigte es seinem Vater. «Gut gemacht, Bursche. So werde ich es auf der Karte eintragen.» Hals Stimme war sogar gegen den Wind zu hören. Das Lob für seinen Bruder ärgerte Guy und machte ihn noch entschlossener in seinem Vorhaben.

Sein Vater machte eine letzte Deckrunde, schaute kritisch in die Takelage hinauf und überprüfte noch einmal den Kurs im Kompasshäuschen. Er war eine imposante Gestalt, hoch gewachsen und breitschultrig, mit einnehmenden, ebenmäßigen Gesichtszügen und dichtem dunklen Haar, das im Nacken zusammengeknotet war. Es fiel Guy nicht leicht, ihm gegenüberzutreten, doch schließlich kam der Augenblick: Sein Vater übergab das Deck an den Wachoffizier und verschwand die Treppe zu seinem Quartier hinunter.

«Sir», wandte sich Guy an Mr. Beatty, «würdet Ihr mich bitte entschuldigen? Ich muss mit meinem Vater reden. Es ist sehr wichtig.»

«Natürlich.» Mr. Beatty winkte, er möge gehen. «Ich werde hier auf Euch warten. Dann können wir unser Gespräch fortsetzen; ich finde es äußerst anregend.»

Guy klopfte an die Tür der Heckkabine und öffnete sie, sobald er die Stimme seines Vaters hörte: «Herein!» Hal hob seine Feder vom Papier und schaute von dem Logbuch auf, in das er gerade die Mittagsposition des Schiffes eintrug. «Was willst du von mir, Junge?»

Guy holte tief Luft. «Ich will Tom zu einem Duell herausfordern.»

Hal stellte den Gänsekiel vorsichtig in das Tintenfass zurück und rieb sich nachdenklich das Kinn, bevor er wieder aufschaute. «Worum geht es?»

«Das wisst Ihr, Vater, ihr wart dabei. Es war so ekelhaft, dass ich es nicht über mich bringe, darüber zu reden – Tom hat Fräulein Caroline zutiefst beleidigt.»

«Aha», seufzte Hal, «das ist es also.» Während er Guys angespanntes Gesicht musterte, dachte er im Stillen: Wenn sich die kleine Schlampe bei dem, was sie da im Pulvermagazin trieb, beleidigt gefühlt hat, hatte sie eine seltsame Art, es zu zeigen. Laut sagte er: «Was bedeutet sie dir, Guy?»

«Ich liebe sie, Vater.»

Guys einfache, würdevolle Antwort brachte Hal etwas aus der Fassung. Er unterdrückte das Lächeln, das sich auf seinen Lippen zu formen begonnen hatte. «Und ist die junge Dame deiner Gefühle für sie gewahr?»

«Das weiß ich nicht», gab Guy zu.

«Du hast dich ihr noch nicht erklärt? Du bist noch nicht verlobt? Du hast Mr. Beatty noch nicht um die Hand seiner Tochter angehalten?»

Guy trat verlegen von einem Fuß auf den anderen. «Nein, Vater, so weit bin ich noch nicht. Ich bin erst siebzehn und …»

«Dann, fürchte ich, wirst du ein wenig spät dran sein», sagte Hal sanft. Er bemühte sich, nicht sarkastisch zu klingen – schließlich erinnerte er sich nur zu gut, wie sehr junge Liebe schmerzen konnte. «Wofür ich dich unter den Umständen wahrscheinlich beglückwünschen sollte», fügte er rasch hinzu.

«Ich verstehe nicht, was Ihr meint, Sir.» Guy versteifte sich.

Jetzt muss ich es dem kleinen Tugendbold tatsächlich Stück für Stück auseinander legen, dachte Hal. «Wie soll ich sagen: Jetzt, wo dir die, äh, Vorlieben des Fräulein Beatty so schmerzlich vor Augen geführt worden sind, möchtest du deine Gefühle für sie vielleicht noch einmal überdenken. Ist sie einer so noblen Liebe, wie du sie für sie hegst, wirklich würdig? Hat dein Bruder dir keinen Gefallen erwiesen, indem er dich auf ihren wahren Charakter aufmerksam gemacht hat, selbst wenn es auf recht drastische Weise geschehen musste?»

«Tom hat sie dazu gezwungen», entgegnete Guy voller Überzeugung. «Deshalb muss ich ihn herausfordern.»

«Hat er sie gegen ihren Willen ins Pulvermagazin geschleppt?»

«Vielleicht nicht, aber er hat sie dorthin gelockt. Er hat sie verführt.»

«Wenn du Tom zur Rechenschaft ziehst, wird dann nicht bald

die ganze Mannschaft wissen, was zwischen ihr und Tom vorgefallen ist? Willst du, dass ihr Vater von ihrer kleinen Unbesonnenheit erfährt? Willst du, dass sie die ganze Macht seiner und Mrs. Beattys Missbilligung zu spüren bekommt?»

Guy schien durcheinander, und Hal zögerte nicht, seinen Vorteil auszunutzen. «Ich habe deinen Bruder für seine Rolle in dieser Angelegenheit nur deshalb nicht strenger bestraft, weil ich die Reputation und die Zukunft der jungen Dame im Sinn hatte. Möchtest du sie wirklich bloßstellen?»

«Ich brauche nicht jedem zu erzählen, weshalb es ist, aber ich muss ihn zum Kampf stellen.»

«Na gut.» Hal gab es auf. «Wenn du es dir in den Kopf gesetzt hast und da ich nichts weiter sagen kann, was dich überzeugen würde, werde ich einen Ringkampf zwischen euch beiden arrangieren lassen ...»

«Nein, Vater», fiel ihm Guy ins Wort, «Ihr habt mich nicht verstanden. Ich werde ihn zu einem Pistolenduell herausfordern.»

Hals Gesichtsausdruck veränderte sich augenblicklich. «Welch ein Unsinn, Guy! Tom ist dein Bruder!»

«Ich hasse ihn», erwiderte Guy. Seine Stimme zitterte vor Inbrunst.

«Hast du daran gedacht, dass Tom die Waffe wählen kann, wenn du ihn herausforderst? Er wird sich gewiss für den Säbel entscheiden. Ist es wirklich dein Wunsch, Tom mit einem Säbel in der Hand gegenüberzutreten? Davor würde ich mich an deiner Stelle hüten. Aboli hat ihn zu einem Fechter geformt, der sich mit jedem Gegner messen könnte. Du würdest keine Minute gegen ihn durchstehen. Er würde dich demütigen – oder töten», erklärte ihm Hal geradeheraus.

«Das ist mir egal. Ich will gegen ihn antreten.»

Schließlich verlor Hal die Geduld. Er schlug mit der Faust auf den Tisch, dass die Tinte auf die Seiten des Logbuchs spritzte. «Das reicht! Ich habe versucht, vernünftig mit dir zu reden, doch jetzt muss ich diesen Unsinn schlicht verbieten. Auf diesem Schiff veranstalten wir keine Duelle, schon gar nicht zwischen meinen eigenen Söhnen! Wenn ich noch ein Wort davon höre, lasse ich dich vorn im Laderaum anketten, und sobald wir am Kap sind, werde ich dich auf ein anderes Schiff übersetzen lassen und nach England zurückschicken. Hast du mich verstanden, Bursche?»

Guy schreckte zurück vor dem Zorn seines Vaters. So wütend hatte er ihn noch nie gesehen. Dennoch gab er nicht auf. «Aber Vater …»

«Schluss damit!», brüllte Hal. «Ich habe gesagt, was es zu sagen gibt, und damit ist die Sache erledigt, ein für alle Mal. Und jetzt kümmere dich gefälligst um deine Arbeit für Mr. Beatty. Ich will nichts mehr hören von diesem Unsinn.»

Das Meer änderte seine Farbe und Stimmung, während die *Seraph* auf ihrem Kurs nach Osten kreuzte. Aus den zufälligen, wirren Wellenformationen des offenen Ozeans wurden Reihen mächtiger Wellenfronten, die eine nach der anderen, wie eine Armee von Riesen, auf das Land zumarschierten, das noch hinter dem Horizont lag.

«Die Kap-Brecher», klärte Ned Tyler Tom und Dorian auf. Er zeigte voraus zum dunstigen Horizont. «Kalte Strömungen treffen auf die warme afrikanische Luft. Manche nennen es das Kap der Guten Hoffnung, doch andere sprechen vom Meer der Nebel, und wieder andere vom Kap der Stürme.»

Die Stimmung auf dem Schiff, das so lange kein Land gesehen hatte, wurde mit jedem Tag aufgeregter. Die Vögel kamen von dem fernen Kontinent zu ihnen herausgeflogen, endlose Formationen von Kaptölpeln mit schwarzen Streifen an ihren gelben Hälsen, gefolgt von heiser schreienden Möwen mit schneeweißem Brustgefieder und pechschwarzen Flügeln sowie winzigen Sturmvögeln, die mit ihren Schwimmflügeln das Wasser aufplanschten.

Dann sahen sie die ersten dunklen Klumpen treibenden Seetangs, den die stürmische See von den Felsen gerissen und in die Strömung gespült hatte. Unüberschaubare Schwärme kleiner, sardinenartiger Fische zeigten sich an der Oberfläche der kalten, grünen See, und eine Legion schlüpfriger, glitzernder Seelöwen labte sich an diesem Überfluss. Als das Schiff an ihnen vorbeizog, reckten sie ihre borstigen Schnauzbärte gen Himmel und beäugten die Besatzung mit wässrigen Blicken.

Hal ließ nun jeden Abend Segel einholen, sodass das Schiff kaum gegen die wirbelnde, grüne Strömung ankam. Bei Tagesanbruch schickte er Tom und Dorian in den Mastkorb, um nach Riffs oder Klippen Ausschau zu halten, die in ihrem Weg liegen und dem Schiff den Bauch aufschlitzen konnten. Erst wenn er sicher war, dass kein solches Hindernis vor ihnen lag, ließ er die Reefs ausschütteln und alle Segel setzen.

Am dreiundsiebzigsten Vormittag seit ihrem Ablegen von Plymouth Ho machte Dorian seinen großen Bruder auf eine Wolke aufmerksam, die geradewegs voraus unbeweglich über dem Horizont stand, während die übrigen himmlischen Heerscharen sich überschlugen und vor dem Wind einherwehten. Die beiden Jungen beobachteten die Wolke für eine Weile, bis sie plötzlich in Bewegung kam und aufbrach und eine klare, dunkle Linie unter ihr sichtbar wurde, schnurgerade wie eine Säbelwunde

«Land!», flüsterte Tom.

«Kann das sein?», fragte Dorian zweifelnd.

«Ja, ja», rief Tom, «Land! Afrika!» Er sprang auf in dem hin und her schwingenden Mastkorb und zeigte voraus, mit zitternder Hand. «Land!», schrie er. «Land voraus!»

Auf dem Deck unter ihnen herrschte sofort lebhafte Unruhe. Die Männer drängelten und kletterten in die Takelage, und bald hingen Trauben lachender, johlender Matrosen wie reife Früchte von allen Wanten und Rahen.

Hal Courtney kam in Hemdsärmeln aus seiner Kabine geeilt, mit dem Bronzerohr seines Teleskops unter dem Arm, und kletterte zu seinen Söhnen an der Mastspitze hinauf. Er bewegte sich schnell und kraftvoll und hielt kein einziges Mal inne, bis er am Mastkorb war. Tom bemerkte voller Stolz, dass sein Vater trotz des langen Aufstiegs kaum außer Atem geraten war.

Hal setzte sich das Teleskop ans Auge und richtete es auf die blaugrauen Umrisse der zerklüfteten Felsenküste. «Nun, Master Thomas?» Er reichte Tom das Fernrohr. «Was hältst du davon?» Er hockte sich zwischen die beiden Jungen und legte seine Arme um sie.

«Es ist ein Berg», rief Tom, «ein großer Berg, oben ganz flach.»

«Ein Tafelberg», nickte Hal. Tom war noch nicht klar, welch meisterhafte Navigation sie hierher gebracht hatte. Über siebzig Tage hatten sie kein Land gesehen, und dennoch hatte sein Vater sie auf genau vierunddreißig Grad südlicher Breite vor Afrika geführt. «Schau dir dieses Land gut an, das da vor dir liegt», riet ihnen Hal. Für einen Augenblick hatte er das Gefühl, als läge die Zukunft offen vor ihm. «Denn dort liegt deine Bestimmung.»

«Meine auch?», zwitscherte Dorian.

«Das gilt für euch beide. Dies ist das Land, in das euch das Schicksal geführt hat.» Die Jungen schwiegen. Der Ernst, mit dem ihr Vater sich an sie wandte, hatte sie sprachlos gemacht.

Die drei saßen noch im Mastkorb, als die Sonne den Zenit erreichte. «Auf die Mittagspeilung können wir heute verzichten», grinste Hal. «Das können wir Ned Tyler und Alf Wilson überlassen. Wir drei wissen genau, wo wir sind, nicht wahr?»

Am Nachmittag arbeitete sich die *Seraph* willig auf die Küste zu, langsam gegen den frischen Südostwind kreuzend, und der Tafelberg erhob sich immer majestätischer vor ihnen aus dem Meer, bis er den halben Himmel einzunehmen schien. Sie konnten sogar die weißen Punkte am Fuß der senkrechten Felsenklippen ausmachen, wo Menschen sich ein Heim gemacht hatten.

«Diese Festung haben wir mit errichtet», sagte Hal stolz, «Aboli, Daniel, Ned Tyler und ich.»

«Erzählt uns die Geschichte!», bettelte Dorian.

«Die habt ihr doch schon hundertmal gehört», sträubte sich sein Vater.

«Das macht nichts», schloss sich Tom der Bitte an, «wir wollen sie noch einmal hören.»

So saßen sie zusammen im Rigg und Hal erzählte noch einmal, was sich vor fünfundzwanzig Jahren an diesen Gestaden zugetragen hatte, wie die gesamte Mannschaft seines Großvaters in holländische Gefangenschaft geraten und in Ketten zum Kap der Guten Hoffnung gebracht worden war. Sir Francis Courtney war gefoltert worden, um aus ihm herauszubekommen, wo die Schätze verborgen waren, die er von holländischen Galeonen erbeutet hatte. Als er trotz der grausamen, unmenschlichen Qualen standhaft blieb, schleppten ihn die Holländer auf den Exerzierplatz und richteten ihn öffentlich hin.

Hal und die übrige Mannschaft waren zu schwerer Zwangsarbeit an den Mauern der holländischen Festung verurteilt worden, wo sie drei Jahre lang schufteten und litten, bevor ihnen die Flucht gelang.

«Das ist also der Berg, wo Großvater Francis begraben liegt. Wisst Ihr, wo sein Grab ist, Vater?», fragte Tom.

«Aboli weiß das, denn er war es, der den Leichnam in jener Nacht vom Galgen geschnitten hat. Im Mondschein hat er ihn dann den Berg hinaufgetragen und an einem geheimen Ort begraben.»

Tom schwieg und dachte an den leeren Sarg in der Kirche von High Weald, den Sarg, auf dem der Name seines Großvaters eingemeißelt war. Er konnte sich vorstellen, was sein Vater plante, doch dies war nicht die Zeit, davon zu beginnen. Er würde ihn später darauf ansprechen.

Die *Seraph* erreichte die kleine Felseninsel am Eingang der Bucht am Fuße des großen Berges. Wälder schwarzen Seetangs verstopften den Wasserweg um die Insel herum, und Horden von Seelöwen drängten sich auf dem Felsenstrand der Robbeninsel, wie die Holländer sie genannt hatten.

«Ich muss jetzt hinunter und das Schiff zu einem sicheren Ankerplatz lotsen», raffte Hal sich schließlich auf.

«Ein Rennen! Wer als Erster unten ist!», rief Dorian und sprang in die Riggung. Tom gab ihm ein wenig Vorsprung, bevor er hinter ihm her kletterte. Ihre Füße tanzten über die Rattenseile und sie stürzten Richtung Deck fast wie im freien Fall. Der Abstand zwischen den Brüdern wurde immer geringer und als Tom Dorian fast eingeholt hatte, ging er es ein wenig langsamer an, sodass Dorian einen Schritt vor ihm auf Deck ankam.

«Gewonnen! Gewonnen!», jubelte Dorian.

Tom zauste ihm die kupferroten Locken und schubste ihn weg. «Hör auf mit dem Geschrei!» Dann schaute er zu der kleinen Gruppe auf dem Bug der *Seraph*, wo Mr. und Mrs. Beatty standen, mit ihren Töchtern und Guy. Lachend und plappernd zeigten sie auf die berühmte Landspitze neben dem Kap Agulhas, dem südlichsten Punkt der afrikanischen Landmasse.

«Die weiße Wolke, die auf dem Berg hängt, nennt man das Tischtuch», belehrte Guy die anderen, «und der kleine Hügel dort drüben, südlich von der Siedlung, ist Lion's Head, der Löwenkopf. Seht ihr, warum?» Er hatte wie immer alles nachgelesen und kannte jede Einzelheit.

«Warum kletterst du nicht in den Mastkorb, Guy?», rief ihm Tom zu, ohne es böse zu meinen. «Von dort hast du eine viel bessere Aussicht.»

«Danke, aber ich bin ganz glücklich, wo ich gerade bin», antwortete Guy kalt, trat etwas näher an Caroline heran und drehte Tom den Rücken zu.

«Du brauchst keine Angst zu haben», versicherte ihm Tom, «es ist vollkommen sicher dort oben.»

Guy schnellte herum. «Du nennst mich einen Feigling?», rief er in entrüstetem Ton und mit hochrotem Kopf.

«Das habe ich nicht gesagt», lachte Tom und machte sich auf den Weg zum Ruderstand.

Guy starrte ihm nach. Die Kränkung drohte ihn innerlich aufzufressen. Tom hatte erst seine Courage in Zweifel gezogen und ihn dann einfach stehen gelassen, vor der ganzen Familie Beatty einschließlich Caroline. Etwas brannte in ihm durch, und ehe er sich's versah, lief er in vollem Tempo hinter seinem Bruder her.

«Tom, pass auf!», rief Dorian, doch seine Warnung kam zu spät. Tom versuchte noch, sich wegzudrehen, doch da krachte Guy schon mit seinem ganzen Gewicht in ihn. Der Zusammenstoß warf Tom mit solcher Wucht gegen das Schandeck, dass ihm die Luft wegblieb.

Guy sprang ihm auf den Rücken und setzte sofort einen Genickhebel an. Alle drei Jungen hatten regelmäßigen Ringkampfunterricht bei Big Daniel, und obwohl Guy langsam und ungeschickt war, kannte er alle Griffe und Würfe, und nun, da er Tom in diesem tödlichen Griff hatte, versuchte er, das Beste daraus zu machen. Er drückte Tom ein Knie in den Rücken, während er Toms Hals in die Armschere nahm, um ihm die Luft abzudrücken und sein Genick so zu verrenken, dass jeden Augenblick ein Wirbel brechen konnte. Tom wand sich auf den Deckplanken und zerrte verzweifelt an Guys Armen, doch er wurde immer schwächer und rang mit weit aufgerissenem Mund um Luft.

Die Mannschaft kam herbeigelaufen, um sich den Kampf anzuschauen. Alle jubelten und spornten ihren Favoriten an, und dann war über dem Geschrei eine donnernde Stimme zu hören: «Rückenwurf, Klebe!» Tom reagierte auf der Stelle. Statt sich gegen den Griff zu stemmen, der ihn nach hinten zog, legte er plötzlich all seine Gewicht und alle Kraft in einen Rückwärtssalto. Guy sah sich auf einmal mit solcher Gewalt nach hinten geworfen, dass er keine andere Wahl hatte, als seinen Griff zu lösen und beide Arme nach hinten auszustrecken, um den Sturz abzufangen, der ihm sonst die Rippen gebrochen hätte.

Tom sprang herum wie eine Katze und war schon über seinem Bruder, bevor der auf den Planken lag. Nach der Landung presste er beide Ellbogen und Knie in Guys Brust und Bauch.

Guy schrie wie ein Mädchen und wollte sich den geschundenen Bauch halten, doch Tom saß auf ihm und ließ nicht locker. Er ballte eine Faust, um einen Schwinger in Guys Gesicht zu landen, doch dann hörte er eine Stimme.

«Nein, Tom!»

Es war sein Vater, und Tom erstarrte mitten in der Bewegung. Der wilde Zorn wich langsam aus seinem Blick. Er ließ seine Faust sinken, stand auf und schaute verächtlich auf Guy hinab. «Das nächste Mal kommst du nicht so leicht davon», knurrte er. Dann wandte er sich ab. Guy kam hinter ihm auf die Beine und lehnte sich an eine der Kanonen, während er sich den Bauch hielt. Die Zuschauer trotteten davon, enttäuscht, dass der Kampf nicht blutiger geendet hatte.

«Tom!», rief Guy, und Tom schaute sich um. «Es tut mir Leid», sagte Guy, «komm, lass uns die Hände schütteln. Lass uns wieder Freunde sein.» Er taumelte auf seinen Bruder zu und streckte unterwürfig seine rechte Hand aus.

Tom grinste, ging ihm sofort entgegen und ergriff die Hand, die ihm angeboten wurde. «Ich weiß schon nicht mehr, weshalb wir überhaupt gekämpft haben.»

«Aber ich weiß es», erwiderte Guy, und der zerknirschte Gesichtsausdruck wich schwärzestem Hass. Schnell wie eine Viper zog er mit der Linken den Dolch aus der Scheide an seinem Gürtel. Die Klinge war sechs Zoll lang und aus glänzendem Stahl, mit nadelscharfer Spitze. Er hob sie vor Toms Bauchnabel und stieß mit aller Kraft zu. Gleichzeitig zerrte er an Toms rechter Hand, um ihn auf die Klinge zu ziehen.

«Ich hasse dich!», schrie er Tom ins Gesicht, dass ihm der Speichel von den Lippen spritzte und in der Sonne funkelte. «Ich werde dich töten für das, was du getan hast!»

Erschrocken riss Tom die Augen auf und drehte sich blitzschnell zur Seite, sodass die Dolchspitze nur seine Seite streifte, das Hemd aufschlitzte und über das Fleisch schrammte. Sofort schoss Blut aus der Wunde, färbte das Hemd rot und floss ihm am Bein hinunter.

«Du hast ihn umgebracht!», schrie Caroline mit schriller Stimme, worauf die Matrosen wieder an den Ort des Geschehens zurückeilten, um dieses Schauspiel auf keinen Fall zu verpassen.

Guy wusste, dass er Tom nicht richtig getroffen hatte. Er war wie von Sinnen und bedrohte Toms Gesicht und Brust mit wilden Hieben und Stichen. Doch Tom tänzelte und duckte sich in Sicherheit, und dann sprang er plötzlich vor und rammte Tom seine linke Handwurzel unters Kinn. Guys Kopf schnappte zurück. Sein erbarmungsloser Griff um Toms rechte Hand löste sich.

Der jüngere der Zwillingsbrüder taumelte zurück und lehnte sich gegen das Schandeck. Er hatte sich auf die Zunge gebissen, und aus seinem Mundwinkel quoll dickes Blut. Seine Dolchspitze weiterhin auf Toms Gesicht gerichtet, krächzte er: «Ich werde dich töten.» Seine Zähne waren rot von seinem eigenen Blut. «Ich werde dich töten, du dreckiges Schwein.»

Tom rieb sich mit einer Hand die wunde Kehle und zog mit der anderen seinen Dolch aus der Scheide. «Eine hübsche Rede, Bruder», sagte er finster. «Jetzt wollen wir mal sehen, ob du sie auch wahr machen kannst.» Damit ging er zum Angriff über, den rechten Fuß voran, auf den Zehen tänzelnd, den Dolch locker in der Hand wie eine aufgerichtete Kobra, den Blick auf Guys Gesicht gerichtet. Guy konnte nur zurückweichen.

Hal trat vor und wollte den beiden Einhalt gebieten, doch bevor er etwas sagen konnte, war Aboli bei ihm und hielt ihn am Arm fest. «Nein, Gundwane», presste der Afrikaner hervor. Er sprach so leise, dass unter den Schreien der Frauen und dem Johlen der Männer nur Hal ihn hören konnte. «Versucht niemals, zwei kämpfende Hunde zu trennen. Damit würdet Ihr dem einen nur einen Vorteil verschaffen.»

«In Gottes Namen, Aboli, es sind meine Söhne!»

«Aber sie sind keine Kinder mehr, Gundwane. Sie sind Männer. Behandelt sie also wie Männer.»

Tom sprang vor. Er hielt seinen Dolch tief und fintierte auf Guys Bauch zu. Guy floh rückwärts und fiel fast über die eigenen Beine. Tom bewegte sich in einem Bogen nach Backbord zu und trieb Guy immer weiter Richtung Bug. Die Männer dort liefen auseinander, um den Kampfplatz frei zu machen. Hal sah genau, was Tom vorhatte: Er trieb Guy vor sich her wie ein Schäferhund seine Herde in den Pferch, immer weiter zum Bug.

Toms Gesichtsausdruck war kalt und ruhig. Er zeigte keinerlei

Gefühl, doch seine Augen funkelten und sein Blick war auf Guys Gesicht geheftet. Hal hatte viele Kämpfe hinter sich, und er wusste, dass nur die gefährlichsten Fechter diesen kalten, drohenden Blick zeigten, wenn sie ihre Opfer in die Enge getrieben sahen. Er wusste, dass Tom nicht mehr einen Bruder vor sich sah, sondern einen Feind, den es zu vernichten galt; er war zu einer Mordmaschine geworden. Selten zuvor hatte Hal solche Angst verspürt, Angst um Guy, doch er wusste auch, dass Aboli Recht hatte. Er konnte nichts tun, er konnte sie nicht mehr aufhalten, jedenfalls nicht Tom. Es wäre, als wollte man sich einem jagenden Leoparden entgegenstellen.

Tom blutete immer noch aus der tiefen Schramme in seiner Seite. Das Blut tropfte aufs Deck und in seine Schuhe, sodass es bei jedem Schritt ein unangenehmes Geräusch gab. Er dachte jedoch nicht an seine Wunde – er sah nur noch den Mann, der sie ihm gerade beigebracht hatte.

Guy stand schließlich mit dem Rücken zur Reling. Mit der Linken betastete er die Eichenbalken hinter sich. Langsam begriff er, dass er in der Falle saß, und der wilde Zorn in seinem Blick wich nackter Angst. Er schaute sich hastig um und suchte nach einem Ausweg. Dann berührten seine Finger eine der Piken, die unter dem Schandeck aufgehängt waren, und seine Furcht löste sich auf wie Nebel unter der Sonne. Mit wilder Freude im Gesicht ließ er seinen Dolch fallen und riss die Pike aus ihrer Halterung. Angesichts der schweren Lanze mit der widerhakigen Stahlspitze wich Tom einen Schritt zurück.

Guy grinste, sein Mund ein blutiger Schlitz. «Wollen wir mal sehen», äffte er seinen Bruder nach, während er die Lanzenspitze senkte und auf Tom losging. Der sprang zurück, doch Guy ließ nicht nach und stieß immer wieder mit der Pike nach ihm. Ein weiteres mal stürmte er zum Angriff vor. Da ließ Tom den Dolch fallen, warf sich zur Seite, um der funkelten Lanzenspitze zu entgehen, und ergriff im Zurückspringen die eichene Stange, bevor Guy ihm wieder die Spitze vor die Brust halten konnte.

So stemmten sich die Zwillinge gegeneinander, die Pikenstange zwischen ihnen, grunzend und blutend, bis Tom seinen Bruder schließlich an die Schiffsseite drücken konnte, wo der Kampf weiterging, Gesicht an Gesicht, Brust an Brust.

Langsam drückte Tom die Pikenstange nach oben, und bald

hatte er sie vor Guys Kehle. Dessen Rücken bog sich über der Reling; die dicke Eichenstange unter dem Kinn, lag wieder nackte Panik in Guys Blick. Er hörte das Wasser am Schiffsrumpf gurgeln. Seine Füße hingen schon in der Luft. Er würde über Bord gehen, und er konnte nicht schwimmen – er hatte Angst vor dem Wasser.

Tom stemmte sich gegen die Deckplanken, doch er stand in einer Lache seines eigenen Blutes. Es war glatt wie Öl; die Füße rutschten ihm weg, und er knallte aufs Deck. Guy war wieder frei. Keuchend und mit durchgeschwitztem Hemd stolperte er auf die Fockwanten zu, wo er sich festhielt und nach Tom umschaute.

Dieser richtete sich mühsam auf und bückte sich nach seinem Dolch. Dann kam er hinter Guy her wie ein Leopard, der sich auf seine Beute stürzt.

«Haltet ihn auf!», schrie Guy voller Grauen. «Haltet ihn zurück!» Doch das Geschrei der Zuschauer war ohrenbetäubend und nahm gar noch an Lautstärke zu, als Tom sich mit dem Dolch in der Hand und Wahnsinn im Blick seinem Bruder näherte.

Mit der Kraft der Verzweiflung sprang Guy in die Wanten und begann, Hand über Hand hinaufzuklettern. Tom hielt nur inne, um den Dolch zwischen die Zähne zu nehmen, und stieg dann hinter ihm her.

Die Leute an Deck rissen die Köpfe zurück und schauten hoch. Niemand hatte Guy je in der Takelage gesehen. Selbst Hal war verblüfft, wie schnell er vorankam; Tom holte ihn nur langsam ein.

Schließlich war Guy hoch genug, dass er auf die Rahe klettern konnte. Er schaute hinunter und fühlte sich schwindelig, bis er das Gesicht unter sich sah, das näher und näher kam, als Tom mit unglaublicher Schnelligkeit an den Rattenseilen nach oben kletterte. Guy sah den gnadenlosen Zug um Toms Mund, die Blutspritzer auf seinem Gesicht und das rot gefärbte Hemd. Verzweifelt schaute er am Mast hinauf, doch angesichts der Höhe des Toppmastes verließ ihn der Mut. Es gab nur einen Ausweg: Qualvoll langsam kroch er die Hochrahe hinaus. Er hörte Tom hinter sich und kroch weiter. Er brachte es nicht über sich, auf die grünen Fluten hinunterzuschauen, die unter ihm tosten und brausten. Er schluchzte vor Angst, doch er kroch weiter, bis er am Ende der Rahe war. Dann schaute er über seine Schulter.

Tom war nur noch ein paar Schritte hinter ihm. Wieder saß Guy hilflos in der Falle. Tom setzte sich auf die hin und her schwingende Rahe und nahm das Messer aus dem Mund. Er sah grässlich aus, über und über mit Blut bespritzt, kreidebleich und rasend vor Zorn – und er hatte einen blitzenden Dolch in der Hand.

«Bitte, Tom», winselte Guy, «ich wollte dir nicht wehtun.» In seiner Panik hob er beide Hände schützend vors Gesicht und verlor dabei sein prekäres Gleichgewicht. Er schwankte, ruderte wild mit den Armen, lehnte sich immer weiter hinaus und fiel schließlich hintüber. Furchtbar schreiend taumelte und trudelte er durch die Luft, bis er in einem wirren Knäuel von Armen und Beinen auf dem Wasser aufschlug und versank.

Tom saß stocksteif da. Die Mordlust, die ihn umnebelt hatte, verzog sich allmählich, und als er wieder klar denken konnte, schaute er voller Schrecken aufs Meer hinab: Was hatte er bloß angerichtet? Guy war verschwunden, keine Spur von ihm unter dem grünen Wasser, kein Kopf tauchte aus dem langen, milchweißen Kielwasser.

Er kann nicht schwimmen! Die grausame Wahrheit traf Tom mit solcher Gewalt, dass er erzitterte. *Es ist passiert. Ich habe meinen eigenen Bruder umgebracht.* Biblisches Grauen durchzuckte ihn. Er sprang auf, stand aufrecht auf der Hochrahe und reckte den Kopf, um im Kielwasser Ausschau zu halten. Und dann sah er Guys Kopf an die Oberfläche kommen, seine rudernden Arme und die schwachen, klagenden Schreie, wie eine verletzte Möwe.

Unten auf dem Deck brüllte sein Vater Befehle zum Ruder: «Beidrehen! Lasst ein Boot ab! Mann über Bord!»

Noch bevor das Schiff auf die Ruderbewegung reagieren konnte, fasste sich Tom und stürzte sich in gestrecktem Kopfsprung hinunter in die Fluten. Er tauchte sauber ein, so tief, dass ihm die dunklen Wassermassen den Brustkorb zu zerquetschen drohten. Er wirbelte herum und arbeitete sich mit kräftigen Zügen an die Oberfläche empor, wo er mit pfeifenden Lungen senkrecht aus dem Wasser schoss. Das Schiff war schon vorbei und drehte seinen Bug in den Wind.

Tom schaute auf die Kielwasserspur zurück, und obwohl er nichts entdecken konnte, kraulte er mit aller Kraft zurück. Das Brennen des Salzes in der langen, zum Glück jedoch nicht allzu tiefen Wunde bemerkte er kaum. Als er ungefähr an der Stelle war, wo er Guys Kopf zuletzt gesehen zu haben meinte, schaute er sich nach Luft schnappend um: keine Spur von seinem Bruder.

Oh Gott, wenn er ertrinkt, werde ich nie – er dachte den Gedanken nicht zu Ende, sondern holte tief Luft und glitt unter Wasser. Die Augen weit offen, sah er nur Grün vor sich, durchschossen von Sonnenstrahlen, als er auf den Meeresgrund zu tauchte, bis ihm die Lungen schmerzten. Ich muss wieder nach oben, dachte er, ich brauche Luft.

Dann sah er etwas unter sich, verschwommenes Weiß und Blau, Guys Hemd und Jacke, leblos in der Strömung wie ein Stück Treibgut. Tom tauchte tiefer, bis er seinen Bruder an der Schulter berühren konnte. Er packte ihn am Kragen und schwamm Richtung Oberfläche, doch er kam kaum voran; der schlaffe Körper war wie ein Bleigewicht. Die Sekunden schienen sich zu einer qualvollen Ewigkeit auszudehnen. Toms Lungen brannten, und der Drang zu atmen verzehrte ihn fast. Seine Beine wurden kraftlos; sein Griff an Guys Kragen löste sich, bis er ihm fast entglitt. Dann sah er nur noch grüne Finsternis und lautlos explodierende Sterne vor sich.

Sei stark! – ein stummer Schrei, mit dem er sich zwang, seinen Griff an Guys Jacke zu festigen und seine Beine in Bewegung zu halten.

Plötzlich wurde das Licht stärker; das Grün brach auf, und Toms Kopf war an der Luft und im hellen Sonnenschein. Der erste Atemzug füllte seine Lungen fast bis zum Platzen, doch der zweite war honigsüß und er spürte, wie frische Kraft seinen Körper durchströmte. Er griff nach unten und bekam eine Hand voll dichter, nasser Locken zu fassen, an denen er Guys Kopf an die Luft zog.

Guy gab kein Lebenszeichen von sich. Seine Augen waren offen und starrten blind ins Leere. Sein Gesicht war bleich und kalt wie Wachs.

«Atme, um Gottes willen, atme!», schrie Tom in dieses weiße, leblose Gesicht. Er umfasste Guys Brust mit beiden Armen und drückte zu. Diesen Trick hatte Aboli ihm gezeigt, und er funktionierte: Die tote, abgestandene Luft pfiff aus Guys Lungen, direkt in Toms Gesicht, vermischt mit Salzwasser und Erbrochenem. Tom lockerte seinen Griff und Guys Brustkorb dehnte sich im Reflex, um frische Luft aufzunehmen. Tom quetschte noch zwei Mal das Wasser aus ihm heraus, obwohl er Mühe hatte, Guys Gesicht über Wasser zu halten.

Beim dritten Mal würgte und hustete Guy und begann, aus eigener Kraft zu atmen. Er öffnete blinzelnd die noch blinden Augen, die sich langsam mit Leben füllten. Anfangs atmete er noch mit großen Schwierigkeiten, unter Schmerzen und heftigen Hustenkrämpfen, dann aber immer ruhiger, bis er die ersten Worte sprach.

«Ich hasse dich», zischte er Tom ins Gesicht. «Ich hasse dich, was immer geschehen mag. Ich werde dich immer hassen.»

«Aber warum, Guy, warum?»

«Du hättest mich ertrinken lassen sollen, denn eines Tages werde ich dich umbringen.»

«Warum?», fragte Tom noch einmal.

«Du weißt es», keuchte Guy, «du weißt, warum.»

Das Langboot war mittlerweile dicht bei ihnen; die Mannschaft legte sich in die Riemen und Hal steuerte das Boot an die Zwillinge heran. Schließlich gab er Befehl, die Ruder zu heben, und bald zogen kräftige Arme die beiden Jungen aus dem Wasser.

Dr. Reynolds erwartete sie an der Reling, als Guy an Bord der *Seraph* gehoben wurde. Tom stand verloren neben seinem Vater und sah zu, wie die Gehilfen des Schiffsarztes seinen Bruder unter Deck trugen.

«Er hasst mich, Vater», flüsterte er.

«Schauen wir uns lieber deine Wunde an», versuchte Hal auszuweichen.

Tom schaute teilnahmslos an seiner Seite hinab. Das Seewasser hatte die Blutung so weit gestillt, dass nur noch ein träges Rinnsal zu sehen war. «Es ist nichts», sagte er, «nur ein Kratzer.» Dann schaute er Hal wieder in die Augen. «Er hasst mich. Das war das Erste, was er sagte, als ich ihn an der Oberfläche hatte. Was soll ich nur tun?»

«Guy wird darüber hinwegkommen. Er wird vergeben und vergessen.»

«Nein, das wird er nicht», schüttelte Tom den Kopf. «Er wird mich immer hassen, das hat er gesagt. Aber er ist doch mein Bruder! Helft mir, Vater, was soll ich nur tun?»

Hal konnte ihm darauf keine Antwort geben. Er wusste nur zu

gut, wie halsstarrig und ausdauernd Toms jüngerer Zwillingsbruder sein konnte. Diese Eigenschaften waren seine Stärke und zugleich seine Schwäche. Tom irrte sich nicht: Guy würde ihm niemals vergeben.

An all den Ozeanen, die Hal schon besegelt hatte, war dies der schönste Ort, wo man landen konnte. Der Berg ragte vom Meer auf wie eine himmelhohe Mauer. Der Wind kam über das Hochplateau gefegt und sammelte sich in einer milchigen, pulsierenden Wolke. Die Hänge unter den senkrechten Felswänden waren mit grünen Wäldern bedeckt; die Strände lagen weiß hinter der tosenden Brandung.

Solche Schönheit hätte ihn mit nichts als Entzücken erfüllt, wäre nicht dieser Schmerz gewesen, all das Grauen, an das er sich dabei erinnern musste. Die Festungsmauern waren schon deutlich zu erkennen, selbst die Kanonen, deren Mündungen sie durch die Schießscharten anstarrten wie aus dunklen, leeren Augenhöhlen. Drei harte Kapwinter hatte er in den Kerkern unter diesen Mauern zugebracht. Die Kälte, die er damals gelitten hatte, ließ ihn noch heute bis in die Knochen erzittern. Dies waren die Mauern, auf denen er geschuftet hatte, bis Haut und Fleisch von seinen Handflächen gescheuert waren und er vor Erschöpfung kaum noch stehen konnte. Viele gute Männer hatte er auf den Gerüsten sterben sehen, damals, als er an der schwierigen Schwelle zum Mannesalter stand.

Hal hob sein Teleskop und musterte die anderen Schiffe, die in der Bucht vor Anker lagen. Er war verblüfft, wie viele es waren. Er zählte dreiundzwanzig Segler, lauter große Handelsschiffe, die meisten aus Holland. Er konnte auch einen Engländer ausmachen, ebenfalls von der Kompanie, doch zu seiner Enttäuschung war es nicht die *Yeoman of York*, von der es immer noch keine Spur gab.

Sein Blick schwenkte von der Bucht zum Festland und verharrte auf dem offenen Exerzierplatz vor den Festungsmauern, wo sein Vater hingerichtet worden war, damals, an jenem Tag, an den er sich nun wieder in allen grausamen Einzelheiten erinnern musste. Doch jetzt war keine Zeit für diese Erinnerungen; zuerst musste er die *Seraph* sicher zu ihrem Ankerplatz lotsen.

«Wir werden außerhalb der Reichweite der Festungskanonen ankern, Mr. Tyler.» Er brauchte diesem Befehl nichts hinzuzusetzen. Ned wusste, woran sein Kapitän dachte, und vielleicht dachte auch er an diese Tage des Grauens zurück, als er mit ernster Miene zum Steuerrad ging und Befehl gab, die Segel einzuholen.

Der Anker platschte ins Meer, dass das Wasser aufs Vorschiff spritzte, und das Ankertau schnellte rauchend durch das Klüsloch. Die *Seraph* ruckte und drehte sich majestätisch in den Wind, bevor sie endgültig zum Stehen kam. Plötzlich war sie nicht mehr das lebendige, aufbrausende Seeungetüm, sondern ruhig und friedlich, fast wie ein Schwan.

Die Matrosen standen aufgereiht auf den nackten Rahen oder in den Wanten. Sie schauten zum Land und riefen sich Kommentare, Vermutungen und Fragen zu, während die Bumboote zu ihnen herausgerudert kamen. Unter Seeleuten war dieses paradiesische Kap auch als die Taverne der Meere bekannt. Die Kolonie dort diente nun seit über fünfzig Jahren als Versorgungsstützpunkt für die Ostindische Kompanie, und diese Boote würden all die Dinge bringen, nach denen sich die Männer nach drei Monaten auf See sehnten.

Hal rief seine Offiziere zu sich. «Passt auf, dass kein scharfer Alkohol aufs Schiff geschmuggelt wird», warnte er Alf Wilson. «Die Rumhändler werden versuchen, ihr Zeug durch die Kanonenluken einzuladen. Wenn Ihr das zulasst, wird die ganze Mannschaft stockbetrunken sein, bevor der Tag zu Ende ist.»

«Jawohl, Captain.» Der vierte Offizier fasste sich an die Mütze. Als Abstinenzler war er bestens geeignet für diese Aufgabe.

«Aboli, stelle mit Hiebern und Pistolen bewaffnete Männer an der Reling auf. Wir wollen nicht, dass die Diebeshorden an Bord gelangen und alles stehlen, was nicht niet- und nagelfest ist. Und ich will keine Huren auf dem Kanonendeck sehen. Das würde nur zu Messerstechereien führen.» Er musste wieder an seine beiden Söhne denken und wie sie sich fast umgebracht hätten wegen eines Mädchens.

«Mr. Fisher, Ihr werdet die Verhandlungen mit den Bumbooten übernehmen. Ihr seid gut im Feilschen.» Big Daniel würde sich nicht übers Ohr hauen lassen, da konnte Hal sicher sein. Er würde jedes Stück Obst und Gemüse genau prüfen, bevor es an Bord käme. «Mr. Walsh wird Euch behilflich sein und die Händler bezahlen.» Walsh hatte viele Pflichten. Er war nicht nur der Schulmeister, sondern zugleich auch Schiffsschreiber und Zahlmeister.

Die Offiziere machten sich an die Aufgaben, die ihr Kapitän ihnen aufgetragen hatte, und Hal schlenderte an die Reling und schaute auf die Bumboote hinab, die nun längsseits kamen. Sie waren bis an die Schandecks mit frischen Waren beladen: erdverkrustete Kartoffeln, Grünkohl, Äpfel, Feigen und Kürbisse; frische, rote Hammelhälften und gerupfte Hühnchen. Am Abend würde die Mannschaft ein Festmahl genießen. Selbst Hal lief beim Anblick dieses Füllhorns das Wasser im Mund zusammen. Der Hunger nach frischer Nahrung war eine verzehrende Lust, die nach einer langen Reise jeden Seemann überkam. Einige seiner Männer lehnten sich schon über die Seite und feilschten mit den Bootsleuten. Wer Geld hatte, bezahlte bis zu einem halben Penny für eine einzelne frische Kartoffel. Halb verrückt vor Fressgier rieben sie die Knollen an ihren Rockschößen sauber und verschlangen sie roh, als wären es die süßesten Äpfel.

Dr. Reynolds trat an Hals Seite. «Welche Erleichterung, wieder in einem Hafen zu sein. Wir haben inzwischen sechsundzwanzig Fälle von Skorbut an Bord, doch die werden alle geheilt sein, bevor wir wieder in See stechen. Es ist wie ein Wunder, aber die Landluft heilt gar die schlimmsten Fälle, selbst Männer, die alle Zähne verloren haben und nicht mehr aufrecht stehen können.» Er reichte Hal einen reifen Apfel. «Ich habe ein paar davon aus Master Walshs Vorräten stibitzt.»

Hal biss in den Apfel und musste die Augen schließen, ein solcher Genuss war es. «Göttlich.» Der Saft füllte seinen Mund und floss ihm die Kehle herunter wie süßes Öl. «Mein Vater pflegte zu sagen, der Mangel an frischer Nahrung sei die Ursache für Skorbut.»

Dr. Reynolds lächelte mitleidig und nahm einen kräftigen Biss von dem Apfel, den er sich selbst gesichert hatte. «Bei allem Respekt für Euren Vater – Gott habe ihn selig, er war ein großer und guter Mann, das weiß alle Welt –, doch Schiffszwieback und Salzfleisch sind für jeden Seemann Nahrung genug.» Reynolds schüttelte weise den Kopf. «Man hört die wunderbarsten Theorien von Männern, die nicht in der ärztlichen Kunst geschult sind, doch es ist die Seeluft, nichts anderes, was den Skorbut verursacht.»

«Wie geht es meinen beiden Söhnen, Doktor?», wechselte Hal höflich das Thema.

«Thomas ist ein gesunder junger Bursche und die Wunde war zum Glück nicht sehr tief und hat kaum Schaden angerichtet. Ich habe sie mit Katzendarm zugenäht. Sie wird bald verheilt sein – vorausgesetzt, das Fleisch stirbt nicht ab.

«Und was ist mit Guy?»

«Ich habe ihn in die Koje in Eurer Kabine legen lassen. Seine Lungen waren voller Salzwasser, was zuweilen krankhafte Säfte hervorrufen kann. Doch in ein paar Tagen sollte auch er sein unfreiwilliges Bad überwunden haben.»

«Ich bin Euch sehr dankbar, Doktor.»

Von mittschiffs drangen laute Stimmen zu ihnen. Aboli hatte einen der Hottentottenburschen ergriffen, der eine Kiste Obst die Leiter von seinem Bumboot heraufgetragen hatte. «He, du, hübscher Junge», rief er ihm zu, «oder Moment: Bist du überhaupt ein Junge?» Sein Opfer hatte ein herzförmiges Gesicht, makellose, goldene Haut und asiatische Schlitzaugen. Er beantwortete Abolis Bemerkung mit einer Flut von Beschimpfungen; seine Stimme war eigenartig hoch, die Sprache fremdartig, mit vielen schnalzenden und klickenden Lauten. Er wand sich in Abolis mächtigem Griff. Lachend zog ihm dieser Mütze vom Kopf, und eine dichte, schwarze Mähne fiel dem Burschen über die Schultern. Dann hob Aboli ihn mit einer Hand hoch und zog ihm mit der anderen die Hose herunter.

Die Männer johlten vor Vergnügen, als sie den fetten gelben Hintern, die wohlgeformten Oberschenkel und das, was sich dazwischen verbarg, erblickten, das kleine Haardreieck, das den «Burschen» eindeutig als Frau auswies. Das Mädchen, hoch in der Luft, prügelte mit beiden Fäusten auf Abolis kahlen Schädel ein, und als das keine Wirkung zeigte, versuchte sie ihm mit ihren langen Fingernägeln die Augen auszukratzen und trat ihn mit beiden Füßen, wo sie ihn nur treffen konnte.

Aboli trug sie zur Reling und warf sie über Bord wie eine streunende Katze. Ihre Kameraden hievten sie in ihr Boot, während sie, triefend nass, sich die Hose festhielt und die Matrosen beschimpfte, die johlend an der Reling standen.

Hal wandte sich ab, um sein Lächeln zu verbergen und gesellte sich zu Mr. Beatty und seiner Familie, die am Fuß des Hauptmastes standen und unter lebhaften Diskussionen zur Küste blickten. Hal hob seinen Hut vor der strahlenden Mrs. Beatty und den anderen Damen. Nur Caroline wich seinem Blick aus. Seit jener Nacht im Pulvermagazin schämte sie sich in seiner Anwesenheit.

«Hier werden wir einige Tage, wenn nicht Wochen, vor Anker liegen», informierte Hal Mr. Beatty. «Ich muss auf die Ankunft der *Yeoman* warten, und es gibt eine Menge andere Dinge, um die ich mich kümmern muss. Ich bin sicher, Ihr wollt mit Eurer Familie an Land gehen, um den Damen Gelegenheit zu geben, der Enge ihrer Kabinen zu entkommen. In der Stadt werdet Ihr bequeme Unterkunft finden, da bin ich sicher.»

«Welch großartige Idee, Sir!», entgegnete Beatty begeistert. «Euch macht es bestimmt nichts aus, aber für uns Landratten ist die Enge an Bord zuweilen schwer zu ertragen.»

Hal nickte verständnisvoll. «Ich werde meinen Guy mit Euch an Land gehen lassen. Ich bin sicher, Ihr wollt Euren Sekretär bei euch haben.» Hal war froh, so schnell zu der Sache kommen zu können, um die es ihm wirklich ging: Erstens wollte er Tom und Guy voneinander getrennt halten, und zweitens wollte er nicht, dass Tom mit Caroline zusammen sein konnte. Beides hätte eine Situation heraufbeschwören können, die jeden Augenblick explodieren konnte wie ein Pulverfass. «Ich werde euch an Land bringen lassen, sobald die Boote zu Wasser gelassen werden. Heute Abend ist es jedoch wahrscheinlich zu spät.» Er blinzelte in den Sonnenuntergang. «Vielleicht möchtet ihr beginnen, eure Truhen zu packen, damit morgen früh alles bereit ist.»

«Ihr seid sehr zuvorkommend, Captain», verbeugte sich Beatty.

«Falls Ihr die Gelegenheit findet, könnt Ihr dann vielleicht dem holländischen Gouverneur einen Höflichkeitsbesuch abstatten? Sein Name ist van der Stel, Simon van der Stel. Ich werde hier an Bord zu beschäftigt sein, und Ihr würdet mir einen großen Gefallen erweisen, wenn Ihr mir, auch im Namen der Kompanie, diese Pflicht abnehmen könntet.»

Beatty verbeugte sich noch einmal. «Mit dem größten Vergnügen, Sir Hal.»

Es war nun über zwanzig Jahre her, dass Hal mit seiner Mannschaft aus den Festungskerkern entkommen war, und wahrscheinlich würde ihn niemand in der Siedlung wiedererkennen, doch er war immer noch ein verurteilter Verbrecher, dem eine lebenslange

Kerkerstrafe drohte. Auf ihrer Flucht aus der Festung waren er und seine Männer gezwungen gewesen, etliche Wärter und Verfolger zu töten. Wenn man ihn erkannte, lief er Gefahr, für diese Taten vor ein holländisches Tribunal geschleppt zu werden und seine volle Strafe abbüßen zu müssen. Er konnte für seine Verbrechen gar am Galgen enden, wie es seinem Vater widerfahren war. Ein förmlicher Besuch beim Gouverneur der Kolonie wäre also keine gute Idee gewesen. Es war viel sicherer, wenn er Beatty an seiner Stelle schickte.

Andererseits brauchte er jede Neuigkeit, die in der Siedlung in Erfahrung zu bringen war. Jedes Schiff, das aus dem Orient zurückkam, ganz gleich, welcher Nationalität, würde hier am Kap Halt machen. Die Informationen, die er benötigte, waren am besten in den Tavernen und Bordellen am Hafen zu erhalten.

Er entschuldigte sich bei der Familie Beatty und rief Aboli und Big Daniel zu sich. «Sobald es dunkel ist, werden wir an Land gehen. Lasst eines der Boote klarmachen.»

Es war vier Tage vor Vollmond. Der Berg dräute über ihnen, finster und unheimlich, mit einem Hauch von Silber auf den Wänden und Rinnen, durch die der Mondschein seinen Weg zum Strand fand. Hal saß zwischen Aboli und Big Daniel auf der Heckbank. Alle drei waren dick vermummt mit Hüten und Mänteln, unter denen sie Pistolen und Säbel trugen. Auch die Ruderer waren bewaffnet, zwölf gute Männer unter Alf Wilson.

Die Atlantikdünung trug sie an den Strand, wo sie auf einem schäumenden Wellenkamm auf den Sand zischten. Sobald die Welle zurückzuströmen begann, sprangen die Ruderer hinaus und zogen das Langboot aufs Trockene.

«Behaltet die Männer im Auge, Alf, damit sie sich nicht davonstehlen und auf die Suche nach Schnaps und Frauen machen», warnte Hal Wilson. «Wir brauchen sie hier, wenn wir zurückkommen. Es könnte um jede Sekunde gehen.»

Sie stapften durch den weichen Sand, und sobald sie den Pfad gefunden hatten, hielten sie auf die Gebäude zu, die vor dem Festungshügel kauerten. Durch manche der Fenster schien Laternenlicht, und als sie näher kamen, hörten sie Musik, Gesang und trunkenes Geschrei.

«Seit unserem letzten Besuch hat sich wenig verändert», brummte Aboli.

«Die Geschäfte scheinen immer noch gut zu gehen», bemerkte Daniel, während er den Kopf einzog und die Tür der ersten Taverne am Rand der Siedlung öffnete.

Drinnen war es so dunkel und verraucht von den vielen Tabakspfeifen, dass sie eine Weile brauchten, bevor sie sich an das Licht gewöhnt hatten. Die Gaststube war von düsteren Gestalten bevölkert. Es roch nach Schweiß, abgestandenem Pfeifenrauch und billigem Schnaps. Der Lärm war ohrenbetäubend, und während sie noch am Eingang standen, taumelte ein Seemann an ihnen vorbei. Er stolperte zu den Dünen, fiel auf die Knie und übergab sich ausgiebig und geräuschvoll. Dann fiel er vornüber, mit dem Gesicht in die eigene Kotze.

Die drei Männer gingen weiter hinein und drängten sich durch die Menge auf das andere Ende des Raumes zu, wo eine Bank und ein grober Tisch standen, auf dem ein anderer Betrunkener, alle viere von sich gestreckt, seinen Rausch ausschlief. Big Daniel hob ihn hoch wie ein schlafendes Kind und legte ihn sanft auf den mit Kuhmist bedeckten Boden. Aboli wischte die leeren Krüge und halb leer gegessenen Teller vom Tisch, und Hal setzte sich auf die Bank, mit dem Rücken zur Wand, um die Leute und das Geschehen in dem überfüllten Raum zu beobachten.

Die meisten waren Matrosen. Er entdeckte jedoch auch ein paar Soldaten der Garnison in ihren blauen Jacken und weißen Kreuzkoppeln. Hal lauschte, was sie sagten, doch es war nur besoffenes Geschwätz, gespickt mit Prahlerei, Flüchen und sinnlosem Gelächter.

«Holländer», murmelte Aboli, während er neben Hal Platz nahm. Sie lauschten noch eine Weile. Es war überlebensnotwendig für sie alle drei gewesen, dass sie während ihrer Gefangenschaft die holländische Sprache erlernt hatten.

Am nächsten Tisch saßen fünf raue Matrosen. Sie schienen nicht so betrunken zu sein wie der Rest und sprachen mit lauter Stimme, um sich in dem Lärm verständlich zu machen. Hal horchte für eine Minute, hörte jedoch nichts, was für ihn von Interesse gewesen wäre. Ein Hottentotte servierte ihnen Krüge voll schäumenden Bieres.

Daniel nippte an seinem Krug und verzog das Gesicht. «Welch

eine Pisse! Das Zeug ist noch so warm, wie es aus dem Schwein gekommen ist.» Dennoch nahm er noch einen Schluck.

Hal rührte sein Bier nicht an, da er soeben vernommen hatte, wie der Holländer am Nebentisch sagte: «Wir können von Glück sagen, wenn dieser verdammte Konvoi je aus diesem Pesthafen ausläuft.»

Das Wort Konvoi ließ Hal aufhorchen. Handelsschiffe fuhren gewöhnlich allein; nur in Kriegszeiten oder anderen Notlagen bildeten sie Konvois und segelten unter dem Schutz von Kriegsschiffen. Er beugte sich nach vorn, um den Rest mitzubekommen.

«Ja, ich für mein Teil werde keine Träne vergießen, wenn dies das letzte Mal war, dass wir vor diesem Nest schwarzer Huren und diebischer Hottentotten Anker geworfen haben. Ich habe kaum noch einen Gulden in der Tasche, und alles, was ich für mein Geld bekommen habe, ist Kopfweh und einen wunden Schwanz.»

«Der Skipper sollte sein Glück versuchen und allein segeln. Zum Teufel mit diesem Bastard Jangiri und seiner Heidenrotte! Die *Luipard* kann es mit jedem verdammten Sohn des Propheten aufnehmen. Was sitzen wir hier herum und warten darauf, dass van Ruyters uns ans Händchen nimmt?»

Hals Herz schlug schneller, als der Name Jangiri erwähnt wurde. Es war das erste Mal seit seinem Gespräch mit Nicholas Childs und dem Schatzkanzler, dass er ihn zu Ohren bekam.

«Wer ist van Ruyters?», fragte Big Daniel leise, bevor er noch einen Schluck nahm. Auch er hatte die Ohren gespitzt.

«Der holländische Admiral im Indischen Ozean», klärte Hal ihn auf. «Seine Basis ist die holländische Faktorei in Batavia.» Er schnippte einen Silberschilling über den Tisch. «Spendiere ihnen einen Krug Bier, Big Danny, und höre, was sie dir zu erzählen haben», befahl er, doch als Big Danny aufstand, stellte sich ihm eine Frau in den Weg.

Sie blieb vor ihm stehen, die Arme in die Seiten gestemmt, und bedachte ihn mit einem Lächeln, das vielleicht verführerisch gewesen wäre, wenn sie ein paar Zähne mehr gehabt hätte. «Komm mit mir ins Hinterzimmer, mein großer Stier», lud sie ihn ein, «und ich werde dir etwas geben, was du noch nie gehabt hast.»

«Und was wäre das, mein Schatz?» Big Daniel verzog seinen zahnlosen Mund zu einem breiten Grinsen. «Lepra?»

Hal musterte die Schlampe geschwind und erkannte, dass sie vielleicht eine bessere Informationsquelle war als jeder betrunkene Holländer. «Schämt Euch, Master Daniel», mischte er sich ein. «Seht Ihr nicht, dass Ihr eine Dame vor Euch habt?» Die Frau beäugte Hal und registrierte den Schnitt und die Qualität seines Mantels und die silbernen Knöpfe an seiner Weste.

«Setzt Euch doch zu uns, meine Dame», forderte Hal sie auf. Sie kicherte und wand sich wie ein junges Mädchen, während sie sich mit ihren schmutzigen, schwarzen Fingernägeln die grauen Haarsträhnen aus dem Gesicht wischte. «Wie wäre es mit einem kleinen Schluck für die Gesundheit? Daniel, holt der Dame doch ein Gläschen Gin. – Nein, lasst uns nicht kleinlich sein, bringt eine ganze Flasche.»

Die Frau schlug ihre zerlumpten Petticoats aus und setzte sich Hal gegenüber. «Ihr seid ein echter Prinz, das seid Ihr. Und hübsch wie der Teufel selbst.»

«Wie heißt Ihr, meine Schöne?», fragte Hal.

«Mevrouw Maakenberg», antwortete sie, «aber Ihr könnt mich Hannah nennen.» Daniel kam mit einer würfelförmigen Flasche Gin und einem Becher, den er bis zum Rand füllte. Hannah hob das Glas, den kleinen Finger abgespreizt, und nippte damenhaft. Obwohl der Schnaps brannte wie Feuer, zuckte sie nicht mit der Wimper.

«Also, Hannah», lächelte Hal sie an. Unter seinem Blick zappelte sie wie ein Hündchen. «Ich nehme an, hier am Kap geschieht nichts, von dem Ihr nichts wüsstet, ist es nicht so?»

«Oh ja, es ist Gottes Wahrheit, wenn ich etwas sage.» Sie zeigte ihm noch einmal ihre Zahnlücken. «Wenn Ihr etwas wissen wollt, fragt nur die alte Hannah, was immer es ist.»

Und sie versprach nicht zu viel. Die nächste Stunde saß Hal ihr gegenüber und lauschte dem, was sie zu erzählen hatte. Hinter dem zerfurchten Gesicht und den wässrigen Schnapsaugen schienen sich die Überreste einer ehemals hochintelligenten Frau zu verbergen.

Anscheinend kannte sie die sexuellen Vorlieben jedes Mannes und jeder Frau in der Siedlung, von Gouverneur van der Stel bis zu den Hafenarbeitern und Kutschern. Sie konnte ihm die Preise aller Produkte aufsagen, die auf dem Markt zu haben waren, von Kartoffeln bis Mampoer, dem feurigen Pfirsichschnaps, den die

Bürger sich brauten. Sie wusste, welche Sklaven zum Verkauf standen, die Preise, die die Besitzer verlangten, und was sie wirklich zu bekommen hofften. Sie kannte nicht nur den Auslauftermin eines jeden Schiffes im Hafen, sondern auch den Namen des Kapitäns, die Fracht und alle Häfen, die es auf seiner Fahrt anlaufen würde. Sie konnte ihm auch von der letzten Fahrt jedes Schiffes berichten, von den Gefahren und Nöten, die es durchsegelt hatte.

«Sagt, Hannah, warum liegen so viele Schiffe der VOC in der Bucht vor Anker?» Die VOC war die *Verenigde Oostindische Compagnie*, die Ostindienkompanie der Holländer.

«Die sind alle auf dem Weg nach Batavia. Gouverneur van der Stel hat befohlen, dass alle Schiffe nach Osten im Konvoi segeln müssen, unter dem Schutz von Kriegsschiffen.»

«Warum könnte er das wohl befohlen haben, Hannah?»

«Wegen Jangiri. Von dem habt Ihr doch gehört, oder?»

Hal schüttelte den Kopf. «Wer oder was ist er?»

«Das Schwert des Propheten, so nennt er sich jedenfalls. Dabei ist er nichts weiter als ein blutiger Pirat, schlimmer noch als Franky Courtney, das ist er.»

Hal und Aboli tauschten Blicke aus, verblüfft, dass plötzlich der Name von Hals Vater fiel und dass sich die Leute hier noch so lebhaft an Sir Francis' Taten erinnerten.

Hannah war nicht aufgefallen, wie die beiden reagiert hatten. Sie nahm einen großen Schluck von ihrem Gin und lachte rau. «In den letzten sechs Monaten sind drei VOC-Schiffe vom Indischen Ozean verschwunden, und jeder weiß, dass Jangiri dahinter steckt. Sie sagen, er hätte die Kompanie schon eine Million Gulden gekostet. Stellt euch vor, eine Million! Ich wusste gar nicht, dass es so viel Geld gibt auf der Welt.» Sie lehnte sich über den Tisch und starrte Hal ins Gesicht. Ihr Atem stank wie eine Jauchegrube, doch Hal zuckte nicht zurück. Er wollte nicht riskieren, sie zu kränken.

«Ihr seht aus wie jemand, den ich kenne.» Sie rätselte einen Augenblick darüber nach. «Seid Ihr schon mal hier gewesen, hier am Kap? Ich vergesse kein Gesicht, wenn ich es einmal gesehen habe.»

Hal schüttelte den Kopf, und Big Daniel kicherte. «Vielleicht erkennt Ihr ihn eher wieder, wenn er Euch seinen Pimmel zeigt,

Missus. Den erkennt Ihr bestimmt – besser als sein Gesicht, meine ich.»

Hal schaute ihn tadelnd an, doch die Flasche Gin war schon halb leer, und Hannah gackerte: «Für den Anblick würde ich eine Million Gulden geben!» Sie beehrte Hal mit einem lüsternen Blick. «Wollt Ihr mit Hannah ins Hinterzimmer kommen? Ich tu es umsonst, weil Ihr so ein wunderhübsches Mannsbild seid.»

«Das nächste Mal», versprach Hal.

«Ich kenne euch, ganz bestimmt», begann sie wieder. «Wenn Ihr so lächelt, bin ich ganz sicher. Es wird mir wieder einfallen. Ich vergesse nie ein Gesicht.»

«Erzählt Ihr mir mehr von Jangiri», schlug er vor, um sie abzulenken, doch sie war nicht mehr klar genug im Kopf.

Sie füllte ihren Becher noch einmal und hielt die leere Flasche hoch. «Alle, die ich lieb habe, verlassen mich immer», klagte sie mit Tränen in den Augen. «Sogar die Flasche bleibt nicht lange bei mir.»

«Jangiri», erinnerte sie Hal, «erzählt mir von Jangiri.»

«Er ist ein blutiger muselmanischer Pirat. Er verbrennt Christen, nur um sie schreien zu hören.»

«Wo ist er her? Wie viele Schiffe hat er? Wie viele Leute?»

«Einer meiner Freunde war auf einem Schiff, hinter dem Jangiri her war, das er aber nicht erwischt hat», lallte sie. «Ein herzenslieber Bursche. Er will mich heiraten und nach Amsterdam mitnehmen, nach Hause.»

«Was, Jangiri?», fragte Big Daniel.

«Nein, du blöder Lehmklumpen!», fauchte Hannah. «Ich rede von meinem Liebsten. Ich habe seinen Namen vergessen, aber er will mich heiraten. Er hat Jangiri gesehen. Er hatte großes Glück, diesem blutrünstigen Heiden zu entwischen.»

«Wo hat sich das zugetragen, Hannah? Wann ist Euer Freund Jangiri begegnet?»

«Es ist keine zwei Monate her. Es war vor der Fieberküste, nicht weit von Madagaskar.»

«Wie stark war Jangiris Streitmacht?», bohrte Hal weiter.

«Viele große Schiffe», antwortete Hannah unsicher, «eine Flotte von Kriegsschiffen. Das Schiff meines Freundes konnte entkommen.»

Hal erkannte, dass er nicht mehr viel aus ihr herausbekommen würde, jedenfalls nicht viel, was von Bedeutung wäre. Er stellte ihr eine letzte Frage: «Wisst Ihr, welche Route der VOC-Konvoi nach Batavia nehmen wird?»

«Südlich», antwortete sie, «weit südlich, habe ich gehört, in weitem Bogen um Madagaskar herum, denn dort lauert Jangiri, der dreckige Heide.»

«Wann wird der Konvoi aus der Bucht auslaufen?», fragte Hal weiter.

Doch nun war sie zu tief im Alkoholnebel versunken. «Jangiri ist der Teufel», hauchte sie, «der Antichrist. Alle wahren Christen sollten ihn fürchten.» Ihr Kopf taumelte langsam nach vorn, bis das Gesicht in der Ginpfütze lag, die sich auf dem Tisch angesammelt hatte.

Daniel packte sie am grauen Schopf und hob ihren Kopf, um ihr in die Augen zu schauen. «Die Dame ist nicht mehr bei uns», urteilte er und ließ ihren Kopf auf den Tisch knallen. Sie rollte von der Bank und kam laut schnarchend auf dem Boden zu liegen. Hal nahm eine silberne Zehn-Gulden-Münze aus seinem Schwertgürtel und schob sie in Hannahs Mieder.

«Das ist mehr, als sie in einem Monat auf ihrem Arsch verdienen kann, selbst wenn jeder Tag ein Sonntag wäre», grunzte Dan.

«Sie ist es wert.» Hal stand auf. «Sie weiß wahrscheinlich mehr als Admiral van Ruyters, und sie hat uns einiges erzählt.»

Als sie mit Alf Wilson und seinen Leuten, die beim Langboot am Strand gewartet hatten, über die Bucht zurück zur *Seraph* segelten, saß Hal schweigend auf der Heckbank, verdaute die Informationen, die er aus Hannah herausbekommen hatte, und flocht sie in seine Pläne ein.

«Manches ist klar, nach dem, was uns Daniels Freundin gestern Abend erzählt hat.» Hal schaute in die Runde der Offiziere, die sich in der Heckkabine versammelt hatten und ihm aufmerksam zuhörten. «Das Erste ist: Jangiri hat sein Nest irgendwo hier.» Hal beugte sich über die Karte, die auf seinem Schreibtisch ausgebreitet lag, und legte seinen Finger auf den Umriss von Madagaskar. «Von hier aus kann er mit Leichtigkeit die Handelswege nach Süden und Osten terrorisieren.»

«Wo genau ist sein Schlupfwinkel, das ist die Frage», brummte

Aboli. «Er braucht keinen Stützpunkt auf einer der großen Inseln. Es gibt Hunderte kleinerer Eilande, verteilt über zweitausend Seemeilen zwischen der Küste von Oman am Arabischen Meer bis zu den Maskarenen im Süden.»

«Das stimmt», nickte Hal, «und dann gibt es bestimmt noch Dutzende anderer Inseln, von denen wir nichts wissen, die weder einen Namen haben noch auf irgendeiner Karte eingezeichnet sind. Selbst wenn wir hundert Jahre umhersegeln könnten, würden wir sie wahrscheinlich nicht alle entdecken oder erforschen können.» Er schaute in die Runde. «Wenn wir also nicht zu ihm finden können, was sollen wir dann tun?»

«Wir müssen dafür sorgen, dass er uns findet», sagte Ned Tyler.

Wieder nickte Hal. «Ja, wir müssen ihn aus seiner Höhle locken, ihm einen Köder vorwerfen, und der Ort dafür ist vor der Fieberküste. Wir werden vor den Inseln Madagaskar und Sansibar kreuzen und uns vor dem afrikanischen Festland herumtreiben.» Die anderen brummten zustimmend.

«Seine Agenten sitzen in jedem Hafen am Indischen Ozean, da könnt ihr sicher sein. Die benachrichtigen ihn jedes Mal, wenn sie eine lohnende Beute ausmachen», erklärte Daniel. «So würde ich es jedenfalls machen, wenn ich ein heidnischer Pirat wäre.»

«Genau», griff Hal den Gedanken auf. «Wir werden jeden Hafen anlaufen und die Leute sehen lassen, wie reich wir sind und wie dürftig bewaffnet.»

«Zwei Schlachtschiffe mit je sechsunddreißig Kanonen?», lachte Ned. «Das ist genug Bewaffnung, um jedem Piraten einen Schrecken einzujagen.»

«Ein Schiff», verbesserte ihn Hal. Er lächelte, als die anderen ihn verwundert anschauten. «Ich werde die *Yeoman* allein nach Bombay vorausschicken, sobald sie hier eintrifft. Sie kann unsere Passagiere übernehmen und alle wichtige Fracht, die wir in ihren Kiel stopfen können. Wir werden allein die Fieberküste hinaufsegeln.»

«Auch allein ist die Seraph noch stark genug, dass die meisten Piraten das Weite suchen werden», hatte Alf Wilson darauf einzuwenden.

«Das braucht aber niemand zu wissen. Ihr werdet unser Schiff nicht wieder erkennen, wenn wir erst bereit zum Auslaufen sind.»

Hal rollte die Zeichnungen des Schiffsrumpfes aus, an denen er gearbeitet hatte, seit sie den Äquator überquert hatten. «Ein Trojanisches Pferd, meine Herren, so werden wir uns für Mr. Jangiri aufmachen.»

Sie drängten sich um den Schreibtisch und steuerten zustimmende Kommentare und ihre eigenen Anregungen bei, sobald ihnen klar wurde, was Hal im Schilde führte.

«Wir werden die *Seraph* als einen fetten, mit Schätzen beladenen, unbewaffneten Handelssegler herausputzen. Als Erstes müssen wir uns um die Kanonenluken kümmern …»

Am nächsten Morgen ließ sich Hal um das ankernde Schiff herumrudern. Er hatte Ned Tyler und die beiden Schiffsschreiner bei sich und zeigte ihnen, wie er das Aussehen der *Seraph* verändert haben wollte. «Die Schnitzereien und das Goldwerk dort können bleiben, wie sie sind», erklärte er, als sie die zauberhaften Verzierungen an Bug und Heck betrachteten. «Dadurch wirkt sie schön dekadent, ein bisschen wie die Barke des Lord Mayor von London.»

«Oder wie ein französisches Hurenhaus», schniefte nun Big Daniel.

«Außerdem wäre Lord Childs tief betrübt, wenn wir sein kleines Kunstwerk beschädigten. Nein, in erster Linie müssen wir uns um die Kanonenluken kümmern.» Die Simse der Luken waren mit Blattgold hervorgehoben, was den Seiten der *Seraph* ein hübsches Schachbrettmuster verlieh, aber zugleich auch ihre Schlachttüchtigkeit betonte. «Daran werdet ihr als Erstes arbeiten», befahl Hal den Schreinern. «Ich will, dass die Fugen der Kanonenluken nicht mehr zu sehen sind. Verstopft sie mit Teer und bemalt sie in einer unauffälligen Farbe, die zu dem restlichen Schiffsrumpf passt.» So fuhren sie für eine Stunde um die *Seraph* herum und besprachen, mit welchen kleinen Veränderungen sie das Schiff nun als einen harmlosen Frachter erscheinen lassen könnten.

Als sie damit fertig waren, sagte Hal zu Big Daniel: «Die Festungskanonen sind nicht der einzige Grund, weshalb wir so weit vor dem Strand ankern. Ich wollte auch verhindern, dass man uns vom Ufer aus beobachtet.» Er deutete auf die Bumboote und die anderen kleinen Kähne, die immer noch das Schiff umschwärmten. «Sobald die Arbeiten beginnen, musst du diese Boote verscheuchen. Wir müssen davon ausgehen, dass Jangiri seine Agenten in der Siedlung hat, und uns entsprechend verhalten. Ich will nicht, dass uns jedermann zuschauen kann und an Land herumerzählt wird, was wir hier tun.»

Sobald er wieder in seiner Kabine war, schrieb Hal einen Brief an Mr. Beatty, adressiert an dessen Unterkunft in der Stadt, in dem er ihm eröffnete, dass er und seine Familie ihre Reise nach Bombay auf der *Yeoman of York* fortsetzen würden, sobald diese eingetroffen wäre, und dass Guy sich ihnen anschließen würde. Hal hielt es für besser, ihm diese Entscheidung schriftlich mitzuteilen, anstatt sich auf Diskussionen oder Streit einlassen zu müssen.

«Das ist erledigt!», sagte er laut, während er die Tinte auf dem Papier mit Sand bestreute. «Damit hätten wir auch Master Toms Hang zu Schaukämpfen und amourösen Abenteuern fürs Erste gebändigt.» Er versiegelte den Brief und ließ Big Daniel rufen, um ihn an Land zu bringen. «Die *Yeoman* ist immer noch nicht zu sehen?», fragte er, als Big Daniel seinen Kopf in die Kabine streckte.

«Nein, Captain.»

«Sage dem Wachoffizier, er soll mich sofort benachrichtigen, wenn ihr Toppmast über dem Horizont auftaucht.» Diesen Befehl hatte er schon des Öfteren gegeben. Big Daniel verdrehte die Augen und seufzte leise. Hal musste sich ein Lächeln verkneifen. Big Daniel konnte sich solche kleine Vertraulichkeiten eben erlauben.

Es war ein strahlender Morgen. Der junge Mann auf dem Gerüst war, kaum dem Knabenalter entwachsen, bestimmt nicht älter als achtzehn, und auffallend hübsch – genau so, wie es Hannah Maakenberg liebte. Er war groß, mit langen, geraden Gliedern und rabenschwarzem Haar, das seine Schultern umspielte. Er zitterte vor Angst, was Hannah ebenso erregte wie jeden anderen in der Menschenmenge um sie herum. Jeder Mann, jede Frau und jedes Kind in der Siedlung waren erschienen, jeder Bürger und jede Hausfrau, jeder Sklave und Hottentotte. Alle waren in Feiertagslaune, ausgelassen und vergnügt. Selbst die kleinsten Kinder wurden von dem allgemeinen Frohsinn angesteckt und jagten kreischend hintereinander her, zwischen den Beinen der Erwachsenen hindurch.

Hannah stand neben der Gattin eines der freien Bürger, einer rundlichen, gutmütig wirkenden Frau in einer mehlbedeckten Schürze; offenbar kam sie direkt vom Brotbacken in ihrer Küche. An ihre Schürze geklammert stand ihre kleine Tochter, ein engelhaftes Kind, das, den Daumen im Mund, mit großen blauen Augen zu dem Mann auf dem Gerüst aufschaute.

«Es ist ihre erste Hinrichtung», erklärte die Mutter. «Es kommt ihr alles ein wenig seltsam vor; sie hat Angst vor den vielen Menschen.»

Man hatte dem Gefangenen die Hände hinter dem Rücken gefesselt. Er trug eine zerlumpte Seemannskluft und keine Schuhe. Als nun der Richter vor das Galgengerüst trat, um Anklage und Urteil zu verlesen, ging ein erwartungsvolles Raunen durch die Menge.

«Hört also das Urteil des Gerichts dieser Kolonie der Guten Hoffnung, von Gottes Gnaden und ermächtigt durch die Charta der Ständekammer der Republik Holland.»

«Nun mach schon voran!», rief einer der Bürger von hinten in der Zuschauerschar. «Lasst ihn seinen kleinen Tanz für uns aufführen.»

«Es wird hiermit erklärt, dass Hendrik Martinus Ockers, schuldig befunden des Mordes …»

«Ich habe es gesehen», sagte Hannah stolz zu der Hausfrau neben ihr, «von Anfang an. Ich habe sogar als Zeugin vor Gericht ausgesagt.»

Die Frau war angemessen beeindruckt. «Warum hat er es getan?», wollte sie wissen.

«Warum geschehen solche Dinge schon?», zuckte Hannah die Schultern. «Besoffen, sie waren beide vollkommen besoffen.» Sie erinnerte sich, wie die beiden Gestalten sich gegenseitig umkreist hatten, die langen Dolche blitzend im fahlen Laternenschein, verzerrte Schatten auf die Kneipenwände werfend, und wie die Zuschauer gejohlt und mit den Füßen gestampft hatten.

«Und wie hat er es gemacht?»

«Mit dem Messer, meine Gute. Für den vielen Schnaps in seinem Bauch war er ganz schön flink, schnell wie ein Panther, das war er.» Sie ahmte einen Dolchhieb nach. «Genau so, quer über den Bauch. Er hat ihn aufgeschlitzt wie einen Fisch. Die Därme fielen einfach auf den Boden, er verhedderte sich mit den Füßen darin und fiel flach auf die Schnauze.»

«Oh!» Die Hausfrau schüttelte sich in fasziniertem Gruseln. «Die sind wie Tiere, diese Matrosen.»

«Das sind sie alle, meine Gute, nicht nur die Matrosen», nickte Hannah in rechtschaffner Entrüstung. «Die Männer sind alle gleich.»

«Und das ist Gottes Wahrheit!», stimmte die Frau zu, bevor sie das Kind hochhob und auf ihre Schultern setzte. «So, mein Liebling, von da oben kannst du besser sehen.»

Der Richter kam zum Ende seiner Urteilsverkündung: «Besagter Hendrik Martinus Ockers wird hiermit zum Tod durch den Strang verurteilt. Das Urteil wird öffentlich vollstreckt werden am dritten Septembertage um zehn Uhr vormittags, auf dem Exerzierhof der Burg.» Er begab sich schwerfällig auf die Leiter des Gerüsts, und einer der Wachsoldaten half ihm die letzten paar Stufen herunter. Der Henker, der hinter dem Verurteilten stand, trat vor und zog diesem einen schwarzen Baumwollsack über den Kopf.

«Warum tun die das nur?», murrte Hannah. «Ich hasse das. Ich will sein Gesicht sehen, wenn er am Strick hängt, wie es sich verzerrt und ganz blau wird.»

«Der langsame John hat nie ein Gesicht versteckt», stimmte die Frau neben ihr zu.

«Ach, Ihr erinnert Euch an den langsamen John? Das war ein Künstler!»

«Ich werde nie vergessen, wie er Sir Franky hingerichtet hat, den englischen Piraten. Das war etwas.»

«Ich erinnere mich, als wäre es gestern geschehen», nickte Hannah. «Er hat ihn fast eine halbe Stunde lang bearbeitet, bevor er ihm den Kopf abgehackt hat …» Sie stockte, da sie sich an etwas anderes zu erinnern schien, etwas, das mit Piraten zu tun hatte und dem hübschen Burschen auf dem Gerüst. Sie schüttelte verbiestert den Kopf; der Gin hatte sie durcheinander gebracht.

Der Henker legte dem Verurteilten die Schlinge um den Hals und zog sie unter seinem linken Ohr zu. Der junge Mann zitterte wie Espenlaub. Wieder wünschte sich Hannah, sie könnte sein Gesicht sehen. Die ganze Szene erinnerte sie an jemanden.

Der Henker trat zurück und hob seinen schweren Holzhammer. Er holte weit aus und zielte auf den Keil, der die Falltür verschlossen hielt. Der Verurteilte stieß einen jämmerlichen Schrei aus. «In Gottes Namen, habt Gnade!»

Die Zuschauer johlten und lachten. Der Henker schwang noch einmal den Hammer, und der Keil flog aus der Türritze, die Falltür öffnete sich krachend, und der Mann fiel hindurch. Das Seilende bremste seinen Sturz abrupt, und sein Kopf schnappte zur Seite. Hannah hörte die Halswirbel brechen wie trockene Zweige und war wieder enttäuscht. Der langsame John hätte das besser gemacht: Er hätte den Kerl minutenlang am Seilende zappeln und treten und langsam ersticken lassen. Dieser Henker hier war ein Tölpel, ohne jede Raffinesse. Für Hannah ging alles viel zu schnell. Nach wenigen, kurzen Schüttelkrämpfen drehte sich der Gehängte schlaff, den Hals in einem unmöglichen Winkel, im sachten Morgenwind.

Hannah wandte sich verärgert ab. Und dann kam es ihr plötzlich; das Bild, an das sie sich die ganze Zeit zu erinnern versucht hatte, war plötzlich wieder da. «Der Piratenjunge! Sir Franky, der Piratenjunge! Ich vergesse nie ein Gesicht. Ich wusste, ich kenne ihn.»

«Über wen redet Ihr?» fragte die Frau mit dem Kind auf den Schultern. «Frankys Junge? Wer soll das sein?»

Hannah eilte davon, ohne die Hausfrau einer Antwort zu würdigen, zitternd vor Aufregung: Dies war ihr Geheimnis und so sollte es bleiben. Die Erinnerungen an die Geschehnisse vor zwanzig Jahren waren plötzlich alle wieder da. Die Verhandlung gegen die englischen Piraten – Hannah war damals jung und hübsch gewesen. Sie hatte einem der Wachsoldaten etwas umsonst gegeben, und er hatte sie in den Gerichtssaal gelassen. Von ihrem Platz in der hintersten Reihe hatte sie das ganze Verfahren mitverfolgt. Es war interessanter gewesen als jedes Theaterstück und jeder Jahrmarkt.

Sie sah den Jungen wieder vor sich, Frankys Sohn, an den Piraten gekettet, Seite an Seite mit seinem Vater, als der alte Gouverneur van der Velde den einen zum Tode verurteilte und den anderen zu lebenslänglicher Zwangsarbeit auf den Festungsmauern. Wie hatte der Junge noch geheißen? Als sie ihre Augen schloss, sah sie ihn wieder deutlich vor sich.

«Henry!», rief sie aus. «Henry Courtney!»

Drei Jahre nach dem Urteil waren die Piraten dann, unter Führung eben dieses Henry Courtney, aus ihrem Kerker ausgebrochen. Das Kampfgeschrei und die Musketenschüsse würde Hannah nie vergessen, und dann die mächtige Explosion, wie ein Erdbeben, und die himmelhohe Wolke von Rauch und Staub, als die englischen Banditen das Pulvermagazin der Festung sprengten. Mit eigenen Augen hatte sie sie durch die Festungstore kommen und auf einer gestohlenen Kutsche die Straße in die Wildnis einschlagen sehen. Die Truppen der Garnison hatten sie bis zu den Bergen im Norden verfolgt, doch sie waren entkommen. Danach waren dann Steckbriefe am Markt angeschlagen und in jeder Taverne an der Küste.

«Zehntausend Gulden!», hauchte sie, «das Kopfgeld betrug zehntausend Gulden.» Sie versuchte sich vorzustellen, wie viel Geld das war. «Damit könnte ich nach Amsterdam zurück und den Rest meines Lebens als große Dame verbringen.» Doch dann kamen ihr die ersten Zweifel. Werden sie nach all den Jahren immer noch mit der Belohnung herausrücken? Ihr ganzer Körper sackte zusammen, als sie das Vermögen, das sie in Händen zu halten glaubte, wieder schwinden sah.
Ich werde Annetjie losschicken, beschloss sie, die soll ihren Freund in der Festung fragen. Annetjie war eine der jüngeren, hübscheren Huren, die in den Hafentavernen arbeiteten. Zu ihren Kunden zählte der Schreiber des Gouverneurs, ihr «Feiner» in der Sprache ihres Gewerbes. Hannah hob die Röcke und rannte am Wasser entlang. Annetjie hatte ein Zimmer im «Malmok», einer der beliebtesten Matrosenkneipen am Kap, benannt nach dem Wanderalbatros.

Sie hatte Glück. Annetjie lag noch lang ausgestreckt auf ihrer fleckigen Matratze in der winzigen Dachkammer. Das Zimmer stank nach Männerschweiß und Lust. Annetjie setzte sich auf, ihre dichten schwarzen Locken zerzaust, der Blick schlaftrunken. «Wie kommst du dazu, mich um diese Zeit zu wecken? Bist du verrückt?», zischte sie zornig. Hannah setzte sich neben sie auf die Matratze und platzte mit ihrer Geschichte heraus.

Das Mädchen rieb sich die Augen und hörte immer aufmerksam zu, je länger Hannah redete. «Wie viel?», fragte sie am Ende ungläubig. Sie kroch von ihrer Matratze und sammelte ihre auf dem Boden verstreuten Kleider auf. «Auf welchem Schiff ist dieser Kerl wohl?», fragte sie, während sie sich das Unterhemd über den schwabbelnden weißen Busen zog. Hannah stutzte bei der Frage. Es lagen über zwanzig Schiffe in der Bucht, und sie hatte keine Ahnung, auf welchem ihre Beute zu finden war. Doch halt: Unter all diesen Schiffen, die dort vor Anker lagen, gab es nur zwei Engländer. Auf einem davon musste er sein. «Lass das nur meine Sorge sein, Liebchen. Du brauchst nur herauszufinden, ob die Belohnung noch gilt und wie wir sie in Empfang nehmen können.»

Die *Seraph* hatte fünfzehn Tage zu warten, bevor die *Yeoman of York* endlich gegen den Südostwind in die Tafelbucht segelte und eine Kabellänge achtern von ihr vor Anker ging. Edward Anderson kam sofort herübergerudert und begrüßte Hal von der Leiter aus, die an Deck führte. «Ich hätte euch fast nicht erkannt, Sir Henry. Die *Seraph* sieht aus wie ein ganz anderes Schiff.»

«Wenn das so ist, waren unsere Anstrengungen nicht umsonst.» Hal nahm ihn am Arm und führte ihn zur Stiege. «Was hat Euch so lange aufgehalten?»

«Widrige Winde, seit wir den Kontakt verloren haben. Wir sind so weit abgetrieben worden, dass wir die Küste Brasiliens in Sicht hatten», brummte Anderson. «Ich bin froh, dass wir wieder zusammen sind.»

«Aber nicht für lange», klärte Hal ihn sofort auf, während er ihm einen Stuhl anbot und ein Glas kanarischen Wein einschenkte. «Sobald Ihr frische Versorgung an Bord genommen und die *Yeoman* in Schuss gebracht habt, werde ich Euch allein nach Bombay vorausschicken, während ich die Küste hinaufsegeln werde, um diesen muselmanischen Piraten aufzuspüren.»

«Das habe ich nun wirklich nicht erwartet!» Anderson hätte fast seinen Wein ausgespuckt, da er jede Hoffnung auf Beutegeld dahingehen sah. «Mein Schiff und meine Mannschaft sind kampfbereit …»

«Genau das ist das Problem», fiel ihm Hal ins Wort. «Nach den Informationen, die wir seit unserer Ankunft hier sammeln konnten, haben wir die beste Chance, Jangiri auf die Spur zu kommen, wenn wir ihm einen Köder anbieten. Zwei für die Schlacht gerüstete Schiffe würden ihn eher verscheuchen als anlocken.»

«Ich verstehe. Deshalb sieht die *Seraph* nun so anders aus.»

Hal nickte und fuhr fort: «Außerdem haben wir Passagiere und dringende Post für Bombay. Mr. Beatty hat sich in der Stadt eingemietet und wartet darauf, dass Ihr ihn und seine Familie nach Bombay bringt. Die Passatwinde werden nicht drehen und eine Überquerung des Indischen Ozeans unmöglich machen.»

«Ich verstehe Eure Argumente, Sir», seufzte Anderson, «doch das gibt mir kaum Trost. Es gefällt mir überhaupt nicht, mich wieder von Euch trennen zu müssen.»

«Bis Ihr in Bombay seid, wird der Monsun gedreht haben. Ihr könnt dann Eure Fracht löschen und mit dem Wind im Rücken zur Fieberküste segeln, wo wir uns wieder treffen werden.»

«Bis dahin werden Monate vergehen, ganz gleich wie günstig die Winde sind», erinnerte ihn Anderson leicht verstimmt.

Hal freute sich, dass sein Kollege solchen Kampfeifer zeigte. Andere Kapitäne der Kompanie gingen am liebsten jeder Gefahr aus dem Weg; normalerweise genossen sie das friedliche Leben als Frachtschiffer. «Wenn wir uns wieder treffen, werde ich viel mehr über Jangiri in Erfahrung gebracht haben», versuchte er ihn zu trösten. «Vielleicht haben wir bis dahin gar seinen Schlupfwinkel aufgespürt, und dann werden wir bestimmt beide Schiffe brauchen, um ihn auszuräuchern. Ich versichere Euch, dass ich ein solches Unterfangen nicht allein versuchen würde, nicht ohne Euch und Eure Mannschaft, Sir.»

Das heiterte Anderson ein wenig auf. «Dann beeile ich mich am besten mit den Vorbereitungen für die Passage nach Bombay.» Er leerte sein Glas und erhob sich. «Ich werde sofort an Land gehen und Mr. Beatty aufsuchen, um ihn zu bitten, sich und seine Familie für die Fortsetzung der Reise bereitzumachen.»

«Ich werde Ihnen meinen Offizier Daniel Fisher mitgeben. Der kann sie zu Mr. Beattys Quartier führen. Ich würde selbst mitkommen, aber das wäre unklug, aus verschiedenen Gründen.» Er begleitete Anderson an Deck. An der Reling sagte er zu ihm: «Ich werde alle unsere Fracht und die Post für Gouverneur Aunguier in meine Pinassen laden und morgen zu Euch übersetzen lassen. Ich habe vor, in drei Tagen Anker zu lichten und mich auf die Jagd nach Jangiri zu machen.»

«Meine Männer werden bereitstehen, Eure Ladung in Empfang zu nehmen. Mit Gottes Hilfe werde auch ich in höchstens zehn Tagen abfahrtbereit sein.»

«Es würde mich sehr freuen, wenn Ihr morgen Abend mein

Gast sein könntet, zum Essen in meiner Kabine. Das gäbe uns auch Gelegenheit, die Einzelheiten zu vereinbaren, was unsere Pläne für die Zukunft angeht.»

Sie schüttelten sich die Hand. Anderson sah schon erheblich glücklicher aus, als er nun in sein Langboot zurückkletterte, gefolgt von Big Daniel.

Hannah saß auf einer der hohen Sanddünen hinter dem Strand, von wo aus sie die Flottille überschauen konnte, die in der Bucht vor Anker lag. Sie war nicht allein. Annetjie und Jan Oliphant waren bei ihr.

Jan Oliphant war Hannahs Bankert. Sein Vater war Xia Nka, ein mächtiger Hottentottenhäuptling. Dreißig Jahre zuvor, noch als hübsches Mädchen mit goldenem Haar, hatte sie als Gegenleistung für eine Nacht mit ihr ein wunderschönes *Kaross* aus roten Schakalhäuten von ihm geschenkt bekommen. Die VOC hatte Liebschaften zwischen weißen Frauen und farbigen Männern strengstens verboten, doch Hannah hatte sich nie um die dummen Gesetze gekümmert, die sich siebzigjährige Greise in Amsterdam ausgedacht hatten.

Obwohl Jan Oliphant nach Farbe und Aussehen eher seinem Vater glich, war er stolz auf seine europäische Abstammung. Er sprach fließend Holländisch, trug ein Schwert und eine Muskete und kleidete sich wie ein Bürger. Der Name Oliphant ging auf seinen Beruf zurück: Er war ein berühmter Elefantenjäger, ein harter, gefährlicher Mann. Auf Anordnung der VOC durfte sich keiner der Bürger außerhalb der Grenzen der Kolonie bewegen, doch Jan Oliphant war dank seines Hottentottenblutes nicht von diesem Verbot betroffen. Er konnte kommen und gehen, wie er wollte, und durch die unerschlossene Wildnis hinter den Bergen streifen, und wenn er zurückkam, brachte er wertvolles Elfenbein mit, das er dann auf den Märkten der Kolonie verkaufte.

Sein speckiges Gesicht war furchtbar verstümmelt: Die Nase stand schief, und die Lippen waren von leuchtend weißen Narben durchkreuzt, die unter seiner dichten Haarwolle begannen und bis zum Kinn reichten; sein zerschmetterter Kiefer war falsch zusammengewachsen, wodurch er ununterbrochen zu grinsen schien. Auf einer seiner ersten Expeditionen ins Landesinnere hatte sich eine Hyäne an ihn herangeschlichen, als er am Lagerfeuer schlief, und ihm mit ihren starken Kiefern ein Stück von seinem Gesicht entrissen.

Nur ein Mann von Jan Oliphants Masse und Kraft konnte einen solchen Angriff überleben. Die Bestie hatte ihn in die Dunkelheit geschleppt, wie eine Katze eine Maus umherträgt. Die Schreie und Steine, die Jans Kameraden ihr hinterherschickten, hatten sie nicht gekümmert. Ihre langen, gelben Fänge waren so tief in seinem Gesicht vergraben, dass sie seine Kieferknochen zerquetschten, und sein Mund und seine Nase waren so tief in ihrem Rachen, dass er nicht atmen konnte.

Dennoch gelang es Jan, sein Messer aus dem Gürtel zu ziehen und mit der anderen Hand die Stelle zwischen den Rippen des Untiers zu ertasten, wo das Herz schlug. Dort setzte er die Spitze seines Messers an und platzierte einen einzigen, kräftigen Aufwärtsstich, der die Bestie tötete.

Nun saß er auf der Düne zwischen den beiden Frauen. Seine Stimme war verzerrt von der zerbissenen Nase und dem verwachsenen Kiefer. «Bis du sicher, es ist derselbe Mann, Mutter?»

«Mein Sohn, ich vergesse nie ein Gesicht», antwortete Hannah stur.

«Zehntausend Gulden?» Jan Oliphant grunzte vor Lachen. «Kein Mann ist so viel wert, tot oder lebendig.»

«Aber es stimmt», ging Annetjie dazwischen. «Das Kopfgeld gilt noch. Ich habe mit meinem Freund in der Festung geredet. Er sagt, die VOC würde immer noch die volle Summe auszahlen.» Sie grinste gierig. «Sie zahlen, tot oder lebendig, solange wir beweisen können, dass es Henry Courtney ist.»

«Warum schicken sie dann keine Soldaten auf das Schiff und schnappen ihn sich?», fragte Jan Oliphant skeptisch.

«Glaubst du, sie werden uns auch nur einen Groschen geben, wenn sie ihn selbst festnehmen?», fragte Annetjie verständnislos. «Wir müssen ihn uns selbst schnappen.»

«Vielleicht sind sie schon wieder in See gestochen», erinnerte sie Jan.

«Nein», schüttelte Hannah den Kopf, «nein, mein Liebling. Kein englisches Schiff hat in den letzten drei Tagen Segel gesetzt. Es ist eines angekommen, aber keines hat seinen Ankerplatz verlassen. Da.» Sie zeigte über die Bucht. «Da sind sie.»

Auf den weiß schäumenden Wellen, die überall in der Bucht zu sehen waren, tanzten die Schiffe ein zierliches Menuett, verbeugten sich und hoben den Bug an ihren Ankertauen, die Flaggen und Wimpel ein schillernder Regenbogen. Hannah kannte die Namen jedes einzelnen Schiffes dort, und die sagte sie nun auf, bis sie zu den beiden Engländern kam, die so weit draußen ankerten, dass ihre Flaggen nicht zu erkennen waren.

«Das da ist die *Seraph*, und das Schiff dahinter ist die *Yeoman of York*», misshandelte sie die Namen mit ihrem starken Akzent. Dann hielt sie sich eine Hand über die Augen und spähte hinaus. «Da kommt ein Boot von der *Seraph*. Vielleicht haben wir Glück, und der Pirat sitzt darin.»

«Sie werden fast eine halbe Stunde brauchen, bis sie an Land sind. Wir haben jede Menge Zeit.» Jan Oliphant legte sich wieder flach auf den Rücken und kratzte sich ausgiebig seinen dicken Sack. «Ach, wie das juckt, Annetjie. Kannst du es für mich kratzen?»

Sie rückte neckisch-verschämt von ihm weg. «Du weißt, dass es für uns weiße Damen gegen die Kompaniegesetze verstößt, euch schwarze Bastarde abzumelken.»

«Ich werde dich bestimmt nicht bei Gouverneur van der Stel anzeigen, obwohl ich gehört habe, dass auch er einer Scheibe dunklen Fleisches nicht abgeneigt ist.» Jan Oliphant wischte sich den Speichel vom Kinn, der zwischen den gespaltenen Lippen hervortropfte. «Meine Mutter kann für uns Schmiere stehen.»

«Ich vertraue dir nicht, Jan Oliphant. Das letzte Mal hast du mich übers Ohr gehauen. Zeige mir zuerst dein Geld», forderte Annetjie.

«Ich dachte, wir sind ein Liebespaar, Annetjie.» Er beugte sich nach vorn und drückte eine ihrer dicken, runden Brüste. «Wenn wir erst die zehntausend Gulden Kopfgeld in der Tasche haben, werde ich dich vielleicht sogar heiraten.»

«Heiraten?» Sie kreischte vor Lachen. «Mit dir würde ich mich nicht mal auf der Straße blicken lassen, du hässlicher Affe.»

Er grinste. «Ich rede nicht davon, auf der Straße herumzulaufen.» Er packte sie um die Hüften und küsste sie auf den Mund. «Komm, mein kleiner Pudding, wir haben reichlich Zeit, bevor das Langboot am Strand ankommt.»

«Zwei Gulden», war ihre Antwort, «das ist der Preis für meine besten Freunde.»

«Hier ist ein halber Florin.» Er schob ihr die Münze zwischen die Brüste.

Sie streckte eine Hand aus und massierte seinen Schoß, in dem es sich fühlbar regte. «Für einen halben Florin kannst du ihn in den Ozean tunken, wenn du dich abkühlen willst.»

Er schnaubte durch seine verstümmelten Nasenlöcher und wischte sich den Speichel vom Kinn, während er in seiner Börse nach einer weiteren Münze kramte. Annetjie nahm ihm das Geld ab, warf ihre vom Wind zerzauste Mähne zurück und stand auf. Er nahm sie auf den Arm und trug sie in eine Mulde zwischen den Dünen.

Hannah blieb oben auf der Düne sitzen und schaute ihnen unbeteiligt zu. Sie machte sich Sorgen um ihren Anteil an dem Kopfgeld. Jan Oliphant mochte ihr Sohn sein, doch sie gab sich keinen Illusionen hin, dass er sie nicht bei der erstbesten Gelegenheit um ihr Geld betrügen würde. Sie musste dafür sorgen, dass sie es war, der das Geld ausgehändigt wurde, doch dann wäre das Problem, dass weder Annetjie noch Jan ihr vertrauen würden. Dies war das Dilemma, über das sie nachgrübelte, während Jan sich auf Annetjie abarbeitete. Ihre Bäuche klatschten laut gegeneinander, und er trieb sich schnaufend zu größerer Anstrengung an. «Ja, ja, wie ein Wirbelsturm, wie ein spritzender Riesenfisch, wie der Vater aller Elefanten, der die Wälder niederreißt! Ja! Ja! Hier kommt Jan Oliphant!» Er stieß einen letzten, bellenden Schrei aus und sank schlaff auf den Sand neben ihr.

Annetjie stand auf, strich sich die Kleider glatt und schaute verächtlich auf ihn hinab. «Eher wie ein blubbernder Goldfisch als wie ein schnaubender Wal.» Mit diesen Worten kroch sie wieder die Düne hinauf und ließ sich neben Hannah nieder. Das Langboot von der *Seraph* war inzwischen fast am Strand und geriet in den Sog einer Brandungswelle.

«Siehst du die Männer im Heck?», fragte Hannah.

Annetjie hielt sich eine Hand über die Augen, um die Sonne abzuschirmen. «Ja, zwei Kerle.»

«Der da», Hannah zeigte auf eine der Gestalten auf der Heckbank des Bootes, «der war an dem Abend mit Henry Courtney zusammen. Sie sind zusammen auf einem Schiff, das ist ganz klar.»

Der große Mann stand auf und rief den Ruderern einen Befehl zu. Die hoben daraufhin alle gleichzeitig die Ruder aus dem Wasser und hielten sie senkrecht nach oben, wie die Lanzen einer Kavallerieschwadron. Das Boot glitt auf den Sand und kam im Trockenen zu liegen.

«Was für ein Riesenbastard», bemerkte Annetjie.

«Das ist er, ganz bestimmt.»

Sie beobachteten, wie Big Daniel und Captain Anderson aus dem Langboot stiegen und über den Strand auf die Siedlung zumarschierten.

«Ich gehe hinunter und rede mit den Ruderern», bot Annetjie an. «Ich werde herausfinden, auf welchem Schiff unser Mann ist und ob er wirklich Frankys Sohn ist.»

Hannah und Jan Oliphant schauten ihr nach, wie sie am Wasser entlang auf das Boot zuschlenderte. Die Matrosen sahen sie kommen und lachten und stießen einander an, erwartungsvoll grinsend.

«Annetjie wird das Kopfgeld für uns in Empfang nehmen müssen», eröffnete Hannah ihrem Sohn.

«Ja, das habe ich mir auch schon überlegt. Es ist schließlich ihr Freund, der das Geld aushändigen wird.»

Sie sahen zu, wie das Mädchen mit den Matrosen lachte und flirtete. Schließlich nickte sie und führte einen von ihnen in ein dunkelgrünes Gummibaumgebüsch oberhalb des Strandes.

«Wie viel hast du ihr als Anteil versprochen?», wollte Jan Oliphant wissen.

«Die Hälfte.»

«Die Hälfte?» Er war schockiert über diese Freigiebigkeit. «Das ist zu viel!»

Der erste Matrose erschien zwischen den Bäumen, noch damit beschäftigt, das Seil zusammenzubinden, das seine Hose zusammenhielt. Seine Kameraden jubelten ihm zu, und ein zweiter Mann sprang aus dem Boot und lief in das Wäldchen, begleitet vom Pfeifen und Klatschen der anderen.

«Ja, es ist zu viel», gab Hannah zu. «Sie ist ein habgieriges Luder. Pass auf, sie wird wahrscheinlich jedem einzelnen dieser Engländerschweine den Gefallen tun.»

«Ja, und mir hat sie zwei Gulden abgeknöpft. Sie ist ein habgieriges Luder. Wir müssen sie loswerden.»

«Du hast Recht, mein Sohn, sie verdient es. Doch erst nachdem sie für uns die Belohnung in Empfang genommen hat.»

Sie warteten geduldig im warmen Sonnenschein, plaudernd und Pläne schmiedend, wie sie das Vermögen ausgeben würden, das ihnen bald gehören würde, und sahen zu, wie ein englischer Matrose nach dem anderen zwischen den Gummibäumen verschwand und nach wenigen Minuten wieder auftauchte, um sich grinsend dem Gejohle seiner Kameraden zu stellen.

«Ich habe es gesagt: Sie nimmt jeden Einzelnen von ihnen», schüttelte Hannah prüde den Kopf, als der letzte der Seemänner zu dem Langboot zurückstolperte. Einige Minuten später kam auch Annetjie aus dem Wäldchen und schüttelte sich den Sand aus Haaren und Kleidern, bevor sie mühsam zu Hannah und Jan Oliphant heraufgekrochen kam. Sie ließ sich neben Hannah in den Sand fallen.

«Also?», fragte Hannah.

Nach ihrem Gesichtsausdruck zu urteilen, war Annetjie sehr mit sich zufrieden, als sie den anderen eröffnen konnte: «Der Kapitän des englischen Indiaman *Seraph* heißt Sir Henry Courtney.»

«Wie acht seiner Matrosen nacheinander bezeugt haben, nicht wahr?», sagte Hannah sarkastisch.

Annetjie ließ sich davon nicht aus der Fassung bringen und fuhr fort: «Henry Courtney scheint ein reicher englischer Lord zu sein, mit großen Ländereien in seiner Heimat.»

«Vielleicht ist er dann als Geisel noch mehr wert als zehntausend Gulden», grinste Jan Oliphant. «Ich werde mit meinen Schlägern hier auf ihn warten, wenn er noch einmal an Land kommt.»

Hannah schaute besorgt drein. «Ihn als Geisel zu halten könnte gefährlich werden. Er scheint mir ein schlüpfriger Fisch zu sein. Packt den Kerl, hackt ihm den Kopf ab und überreicht ihn der VOC. Wir nehmen das Kopfgeld. Vergiss das Lösegeld.»

«Tot oder lebendig?», vergewisserte sich Jan Oliphant bei Annetjie.

«Ja, das habe ich doch gesagt!»

«Meine Mutter hat Recht. Ein toter Fisch wird uns nicht durch die Finger gleiten – nicht, nachdem wir ihm die Kehle durchgeschnitten haben», sinnierte Jan.

«Ich werde mit dir warten, bis er wieder auf dem Strand auftaucht. Ich werde ihn dir zeigen. Den Rest überlasse ich dir und deinen Kumpanen», entschied Hannah.

«*Wenn* er noch einmal an Land kommt», erinnerte Annetjie sie gehässig, worauf Hannah sich gleich wieder Sorgen machte.

Die Fracht für Bombay war aus der *Seraph* gehievt und zur *Yeoman* übergesetzt worden. Die Wasserfässer waren geschrubbt und aus dem Fluss, der sich den Tafelberg herunterschlängelte, neu gefüllt worden. Die Vorräte an Lampenöl, Salz, Mehl, Keksen und anderen Trockenwaren, die sie auf der langen Reise nach Süden fast aufgebraucht hatten, waren aufgefüllt. Hal hatte das Schiff neu getrimmt, sodass es wieder segelklar war. Die Mannschaft war guter Gesundheit und guten Mutes, satt und zufrieden nach der Diät aus frischem Obst, Gemüse und Fleisch; die sechsundzwanzig Skorbut-Fälle hatten sich alle erholt. Hal hatte die erkrankten Männer an Land geschickt und in Quartieren in der Siedlung untergebracht, und nun kamen sie wieder an Bord und konnten es kaum abwarten, die Reise fortzusetzen.

«Ich werde morgen früh in See stechen. Kommt Ihr auf der *Yeoman* mit Euren Vorbereitungen gut voran?», fragte Hal Captain Anderson.

«Macht Euch darüber keine Sorgen», versicherte ihm Anderson. «Ich werde am ersten Dezember an unserem Treffpunkt sein.»

«Und dann habe ich einiges für Euch zu tun», versprach ihm Hal. «Ich möchte Euch nur noch um einen Gefallen bitten.»

«Ja?»

«Ich werde heute Abend an Land gehen, um etwas zu erledigen, was für mich von großer Wichtigkeit ist.»

«Entschuldigt meine Unverschämtheit, Sir Henry, aber haltet Ihr das für klug? Wie Ihr mir selbst anvertraut habt und wie ich durch meine eigenen diskreten Nachforschungen bei den holländischen Behörden in der Kolonie bestätigen konnte, haben die Holländer immer noch eine Rechnung zu begleichen. Wenn Ihr in ihre Hände fallt, wäre das gewiss zu Eurem Nachteil.»

«Es ehrt mich, dass Ihr Euch solche Sorgen um mich macht, Sir, aber es führt leider kein Weg daran vorbei. Sobald ich erledigt habe, was ich an Land zu tun habe, werde ich eine kleine Truhe für Euch haben, und ich bitte Euch, diese nach Bombay mitzunehmen. Und dann wäre ich Euch sehr verbunden, wenn Ihr diese

Truhe mit dem allernächsten Schiff an meinen ältesten Sohn in Devon weitersenden würdet.»

«Ihr könnt Euch vollkommen auf mich verlassen, Sir Henry.»

Tom und Dorian hatten mit wachsender Neugier verfolgt, wie die Vorbereitungen für die Expedition aufs Festland vorangingen. Sie hatten tagelang darüber gesprochen. Als Hal die Männer auswählte, die ihn begleiten würden, und Ausrüstung und Waffen an sie verteilte, hielten sie es schließlich nicht mehr aus.

Sie nahmen all ihren Mut zusammen und schlichen sich zur Kabine ihres Vaters, als der dort wieder einmal mit seinen Offizieren zusammensaß. Dorian stand auf der Stiege Schmiere, während Tom an der Tür horchte, durch die er die Stimme seines Vaters hörte.

«Ihr, Mr. Tyler, werdet für das Schiff verantwortlich sein, während ich an Land bin. Die Holländer könnten uns auf den Fersen sein, wenn wir zurückkommen. Ich will also, dass eine Bootsmannschaft am Strand auf uns wartet. Die Männer müssen wachsam, gut bewaffnet und bereit sein, uns jederzeit zurückzubringen. Notfalls müsst ihr uns zu Hilfe eilen, Mr. Tyler, und sobald wir wieder an Bord sind, müssen wir gegebenenfalls sofort Anker lichten und Segel setzen, selbst wenn es mitten in der Nacht ist.»

Tom ging mit Dorian zurück an Deck. Sie kletterten ins Rigg und setzten sich nebeneinander auf die Hauptrahe. Dort trafen sie sich, wenn sie nicht wollten, dass jemand sie hörte.

«Heute Abend. Ich habe gehört, wie Vater seine Befehle gegeben hat. Heute Abend wird er mit einem bewaffneten Kommando an Land gehen», weihte Tom seinen kleinen Bruder ein. «Jetzt wissen wir also, wofür diese Truhe gedacht ist.»

«Wissen wir das wirklich?», fragte Dorian unsicher. Sie hatten gesehen, wie Big Daniel mit einem Trupp Matrosen den geheimnisvollen Kasten aus dem Kielraum geholt hatte. Sie war etwa so groß wie eine kleine Überseetruhe, aus poliertem Teakholz, wundervoll zusammengefügt und mit einem verschraubbaren Deckel.

«Natürlich wissen wir es», sagte Tom gewichtig. «Vater will Großvaters Leichnam von dort wegholen, wo Aboli ihn versteckt hat.»

Dorian riss begeistert die Augen auf. «Meinst du, wir dürfen mitkommen?»

Tom nahm die Mütze ab und kratzte sich skeptisch den Kopf.

«Du hast doch nicht etwa Angst, ihn zu fragen, Tom?» Er wusste, eine Herausforderung wie diese war die beste Art, Tom herumzukriegen.

«Natürlich nicht», tat Tom die Unterstellung ab, obwohl er all seine Courage zusammennehmen musste, bevor er sich mit solch einem Anliegen zur Heckkabine traute.

«Lass mich das Reden übernehmen», flüsterte er Dorian zu, als er an die Tür klopfte.

«Herein!», rief sein Vater mit unfreundlicher Stimme. «Ach, ihr beide, schon wieder? Was immer ihr von mir wollt, ich habe jetzt keine Zeit. Ihr müsst schon später wiederkommen. Vielleicht morgen, ja, morgen können wir uns unterhalten.»

Die beiden Jungen blieben stur vor ihm stehen. So leicht ließen sie sich nicht abwimmeln. Tom zeigte auf die polierte Teaktruhe in der Mitte der Kabine. «Dorian und ich wissen, dass Ihr heute Abend Großvater Francis' Leichnam holen wollt. Das da ist der Sarg, den Ihr dafür mitgebracht habt.»

Hal zog die Ladungen aus den beiden Pistolen, die vor ihm auf dem Schreibtisch lagen, führte den Korkenzieher in die Läufe ein und zog die alte Kugel samt Pfropfen und Pulverladung heraus. Dann schaute er von seiner Arbeit auf und musterte die ernsten Gesichter seiner Söhne. Schließlich seufzte er: «Ihr habt mich ertappt, das kann ich nicht abstreiten.»

«Wir möchten mitkommen», sagte Tom.

Hal blickte verblüfft zu ihm auf, dann schaute er wieder auf die Pistole und fuhr fort, sie zu laden. Er maß sorgfältig eine Ladung Pulver aus dem Flakon ab, füllte sie in die Mündung und schob mit dem Stock kräftig nach. Dann nahm er einen kleinen Stofflappen aus einer Messingdose und wickelte die eine halbe Unze schwere Bleikugel darin ein, sodass diese genau in den Lauf passte. Die Pistole war eine wunderschöne Waffe aus den Werkstätten des George Truelock in London. Der Griff war aus üppig gemasertem Walnussholz. «Deine Wunde ist noch nicht verheilt, Tom», sagte Hal ohne aufzuschauen.

«Das ist sie doch. Es war sowieso nur ein Kratzer.»

Hal tat, als bewunderte er die golden ziselierten Schlösser und die beiden achteckigen, gerieften Läufe der Pistole. Die Riefen würden die Kugel in Drehung versetzen, sie auf diese Weise stabilisieren und für eine Zielgenauigkeit sorgen, wie sie mit einer glattläufigen Waffe nicht zu erreichen war: Mit dieser Pistole konnte er aus zwanzig Schritt Entfernung ein Objekt von der Größe seines Fingernagels treffen, mit jedem Schuss. Hal nahm einen kleinen hölzernen Schlegel und schob die eingewickelte Kugel damit tief in den Lauf. Dann schüttete er etwas Pulver auf die Zündpfanne. «Dennoch halte ich es für keine gute Idee», sagte er schließlich.

«Er war unser Großvater. Wir sind seine Familie», versuchte es Tom weiter. «Es ist unsere Pflicht, Euch zu begleiten.» Tom hatte seine Worte sorgsam gewählt und eingeübt. «Familie» und «Pflicht» waren Begriffe, die sein Vater in höchsten Ehren hielt.

Hal legte die geladene Pistole beiseite, erhob sich von seinem Stuhl und ging zum Heckfenster, wo er eine Weile stehen blieb, die Hände hinter dem Rücken gefaltet, und zur Küste blickte. Dann sagte er. «Vielleicht hast du Recht, Tom. Du bist jetzt alt genug und kannst dich behaupten, wenn es zum Kampf kommen sollte.» Er drehte sich um und schaute die beiden an.

Tom strahlte. Er war überglücklich. «Danke, Vater.»

Dorian starrte erwartungsvoll auf Hals Lippen und wartete gespannt, was er als Nächstes sagen würde.

«Das gilt jedoch nicht für dich, Dorian. Du bist noch zu jung.» Hal versuchte Dorians Enttäuschung zu mildern, indem er ihn liebevoll anlächelte. «Wir wollen dich schließlich nicht verlieren.»

Für Dorian brach eine Welt zusammen. Fast wäre er in Tränen ausgebrochen, doch Tom stieß ihn an und flüsterte aus dem Mundwinkel: «Weine nicht. Sei kein Baby.»

Dorian fasste sich und kämpfte die Tränen nieder. «Ich bin kein Baby», sagte er tapfer.

Wie schön er ist, dachte Hal, während er Dorian ins Gesicht blickte. Die tropische Sonne hatte der Haut des Jungen einen goldenen Schimmer verliehen. In seinen Locken spielte ein Sonnenstrahl, der durch das Heckfenster drang, und ließ sie funkeln wie Kupferzwirn. Wie ähnlich er seiner Mutter sah, dachte Hal nicht zum ersten Mal.

«Ich bin kein Baby mehr, Vater. Bitte gebt mir die Chance, es zu beweisen. Bitte.»

Wie konnte Hal diesem Engel einen Wunsch abschlagen? «Also gut», gab Hal schließlich gegen besseres Wissen nach. «Du kannst mitkommen.»

Dorian strahlte in unbändiger Freude, und Hal beeilte sich, seine Erlaubnis einzuschränken: «Doch nur bis zum Strand. Dort wirst du mit Alf Wilson und der Bootsmannschaft warten, bis wir zurückkommen.» Er hob eine Hand, um Dorians Proteste abzuwehren. «Schluss jetzt. Keine Diskussion mehr. Tom, du gehst jetzt zu Big Daniel und bittest ihn, dir eine Pistole auszuhändigen.»

Es war eine Stunde vor Sonnenuntergang, als sie in das Langboot kletterten. Der eigentliche Expeditionstrupp war nur vier Mann stark, Hal, Aboli, Daniel Fisher und Tom. Jeder von ihnen hatte ein Feuerzeug und eine Blendlaterne bei sich. Unter den dunklen Schiffsmänteln trugen sie Hieber und Pistolengürtel. Aboli hatte sich zudem einen großen, zusammengefalteten Ledersack um den Bauch gebunden.

Sobald sie sich auf den Duchten niedergelassen hatten, gab Alf Wilson Befehl loszumachen, und die Bootsmannschaft ruderte auf den Strand zu. Im Bug und im Heck waren langläufige Falkonette aufgepflanzt, tödliche, mit Kartätschen geladene Handgeschütze. Auf den Planken, zwischen den Füßen der Ruderer, lagen Hieber und Piken griffbereit.

Niemand sagte ein Wort. Die Ruder glitten lautlos ins Wasser, das leise von den Ruderblättern tropfte, wenn sie für den nächsten Zug zurückgeschwungen wurden. Das war das einzige Geräusch. Alf Wilson hatte die Ruderlöcher mit Lappen umwickelt. In der Stille grinsten Tom und Dorian aufgeregt. Dies war die Art Abenteuer, wie sie es sich erträumt hatten und worüber sie auf ihren langen Wachen oben im Mastkorb so oft zusammen fantasiert hatten.

Hannah Maakenberg lag in dem Gummibaumwäldchen oberhalb des Strandes. Dort hatte sie die vergangenen drei Tage jede lichte Stunde damit zugebracht, die *Seraph* im Auge zu behalten, die in der Ferne am Anker schaukelte. Dreimal waren Boote von dem englischen Schiff zu Wasser gelassen worden, die sie durch das lange Messingfernrohr, das Jan Oliphant ihr geliehen hatte, bis an den Strand verfolgte, und jedes Mal war sie enttäuscht worden, da Henry Courtney nicht an Bord war.

Sie verlor immer mehr den Mut. Vielleicht stimmte, was Annetjie gesagt hatte, vielleicht würde er sich nicht noch einmal an

Land wagen. Auch ihr Sohn verlor schon die Lust an der Jagd. Die ersten beiden Tage war er bei ihr geblieben, doch dann war es ihm zu langweilig geworden, und er hatte sich zu seinen Freunden in den Saufhöllen am Hafen verdrückt.

Das Langboot, das sich nun von der *Seraph* näherte, war nur ein Umriss, kaum sichtbar in der hereinbrechenden Dunkelheit. Er kommt, wenn es finster ist, sagte sie sich hoffnungsvoll, genau wie das letzte Mal, damit ihn niemand erkennt. Sie behielt das Boot im Visier, und ihr Herz klopfte immer schneller, bis es vor Aufregung fast zersprang. Kaum ein Schimmer über dem westlichen Horizont war vom Tageslicht übrig, als die hoch gewachsene Gestalt aus dem Boot auf den weißen Sand trat und sich mit einer geschwinden Kopfdrehung zu den Dünen und dem kleinen Wald umschaute. Für einen Augenblick sah er genau in die Richtung, wo Hannah sich versteckt hielt, und im letzten Abendschimmer konnte sie seine Züge ausmachen: Unverwechselbar. Danach war es so dunkel, dass das Boot und die Mannschaft nur noch ein dunkler Fleck am Rand des Strandes waren.

«Er ist es», hauchte Hannah. «Ich wusste, er würde wiederkommen.» Sie kniff die Augen zusammen, als eine kleine Gruppe sich von dem dunklen Umriss des Bootes zu entfernen begann. Sie gingen zwischen den Haufen Treibholz hindurch, die die Hochwasserlinie säumten, und kamen auf den Wald zu. Sie schob das Fernrohr zusammen und duckte sich hinter dem nächsten Baumstamm.

Die Männer kamen schweigend auf sie zu, bis sie so nah waren, dass Hannah dachte, sie hätten sie entdeckt, doch dann knirschten die Stiefel der Engländer neben ihr im losen Sand und sie gingen so dicht an ihr vorbei, dass sie ihre Beine hätte berühren können. Als sie aufschaute, sah sie noch einmal Henry Courtneys Gesicht im letzten Licht des Sonnenuntergangs. Dann verschwanden die Männer im Dickicht landeinwärts.

Sie wartete einige Minuten, bis sie weit genug weg waren, dann sprang sie auf und lief den Pfad zur Stadt hinunter. Ihr Herz hüpfte vor Freude, und sie jubelte laut: «Jetzt habe ich ihn. Ich bin reich. All das Geld! Ich bin reich!»

Sie umgingen die Siedlung in weitem Bogen, hintereinander, Aboli an der Spitze. Sie begegneten keiner Menschenseele, selbst als sie die Straße überquerten, die den Berg entlang zum Salt River und zu den verstreuten Farmen von Constantia führte. Einmal musste ein Hund sie geschnuppert haben. Sie hörten hysterisches Bellen, doch niemand kam heraus.

Das Gelände unter ihren Füßen wurde steiler, und sie lehnten sich in den Hang und begannen den Aufstieg. Der Busch wurde immer dichter, doch Aboli fand instinktiv den schmalen Wildpfad, der zum Plateau hinaufführte. Bald konnten sie die Sterne nicht mehr sehen, so dick war das Laubdach über ihnen, und Hal und Big Daniel stolperten mehr als einmal. Toms junge Augen sahen dagegen gut in der Dunkelheit, und er fand sicher seinen Weg durch die Baumschatten. Aboli als Geschöpf der Wälder führte sie lautlos wie ein Panther, bis sie eine nackte Felsenkuppe hoch über der Siedlung erreichten.

«Hier machen wir Rast», befahl Hal. Tom suchte sich einen Platz auf einem der mit Flechten bedeckten Felsbrocken und staunte, wie hoch sie schon waren. Die Sterne schienen sehr nah, ein Meer aus silbrigen Lichtpunkten, überwältigend in ihrer Zahllosigkeit. Das gelbe Licht der vereinzelten Kerzen unten am Meer verblasste vor diesem grandiosen Anblick.

Tom trank aus der Lederflasche, die Aboli ihm reichte. Sie sprachen kein Wort, doch die Nacht war umso geschwätziger. Alles mögliche Kleingetier raschelte im Dickicht um sie herum. Nachtvögel kreischten und gurrten. Weiter unten am Hang hörte er den grässlichen Chor einer Hyänenrotte, die die Müllhaufen und Mistberge am Rand der holländischen Siedlung durchwühlten. Das Geräusch ließ Toms Nackenhaare zu Berge stehen, und er spürte einen fast unwiderstehlichen Drang, näher an Aboli heranzurücken.

Plötzlich spürte er einen warmen Luftzug im Gesicht, und als er zum Nachthimmel aufschaute, sah er, wie die Sterne hinter einer schweren Wolkenbank verschwanden, die vom Meer hereinwehte.

«Ein Unwetter», brummte Aboli, «es wird bald hier sein», während noch ein Windstoß über die Lichtung hinwegfegte. Diese Böe war jedoch nicht warm, sondern eisig kalt, sodass Tom schauderte und sich tiefer in seinen Mantel verkroch.

«Wir müssen uns sputen», sagte Hal, «sonst geraten wir in furchtbares Wetter.» Ohne noch ein Wort zu verlieren, standen sie auf und gingen weiter in die nun wolkenschwere Nacht. Der Wind heulte durch das knackende und knirschende Geäst über ihnen.

Als er hinter Aboli einherstolperte, kamen Tom Zweifel, ob irgendjemand, selbst Aboli, in dieser Finsternis den Weg zu einem geheimen Ort finden konnte, den er seit zwanzig Jahren nicht mehr besucht hatte.

Die Nacht schien schon halb vorbei zu sein, als Aboli vor einer senkrechten, zersplitterten Felsenklippe stehen blieb, deren Spitze vor dem schwarzen Himmel kaum zu erkennen war. Hal und Big Daniel keuchten hörbar, und obwohl Aboli der Älteste war, atmeten nur er und Tom noch ruhig durch.

Aboli ging in die Knie und stellte seine Laterne auf einer ebenen Felsplatte ab. Er öffnete die Klappe und machte sich mit seinem Feuerzeug zu schaffen. Helle Funken spritzten zwischen Feuerstein und Stahl hervor, und er hielt den brennenden Zunder an den Docht der Laterne. Dann hielt er die Laterne hoch und leuchtete die flechtengefärbte Felswand an.

Aboli fand die enge Felsspalte, nach der er gesucht hatte, grunzte zufrieden und zwängte sich hinein. Der Spalt war gerade weit genug für seine breiten Schultern, und nach wenigen Schritten fand er ihn verstopft mit Lianen und Gestrüpp. Er zog seinen Hieber und hackte sich den Weg frei. Dann ging er wieder in die Knie.

«Halte die Lampe, Klebe.» Im Licht der Laterne sah Tom, dass die Felsspalte mit Schutt und Felsbrocken zugebaut war. Aboli grub mit bloßen Händen einen der Steine aus und reichte ihn Big Daniel. So legten sie schweigend den Eingang eines niedrigen, natürlichen Tunnels frei. Als sie fertig waren, wandte sich Aboli an Hal. «Nur Ihr und Klebe solltet die Ruhestätte Eures Vaters betreten», sagte er leise. «Daniel und ich werden hier auf euch warten.»

Er band sich den Ledersack vom Bauch und gab ihn Hal. Dann zündete er die Dochte der anderen Laternen an, bevor er sich mit Daniel vor die Klippe zurückzog und Hal und Tom ihre heilige Pflicht tun ließ. Für eine Weile blieben Vater und Sohn schweigend nebeneinander stehen. Ihre Mäntel flatterten im Sturmwind wie Geierschwingen. Das Laternenlicht warf bizarre Schatten auf die Felswand.

«Komm, Junge.» Hal kroch auf Händen und Knien voran in die dunkle Tunnelöffnung. Tom gab ihm die Laterne und kroch hinter ihm her, bis sich der Tunnel plötzlich zu einer Höhle öffnete. Als Hal sich aufrichtete, war die Felsendecke nur wenige fingerbreit über seinem Kopf.

Tom trat neben ihn und blinzelte in das gelbe Lampenlicht. Die Gruft, in der sie sich befanden, roch nach dem Staub des Altertums und erfüllte Tom mit solcher Ehrfurcht, dass er kaum atmen konnte und ihm die Hände zitterten.

Dann sah er die hagere Gestalt, die auf einer natürlichen Felsplattform am anderen Ende der Höhle saß. Sie starrte ihn an, aus großen, leeren Augenhöhlen. Tom zuckte zurück und hätte fast aufgeschrien.

«Ruhig, Junge.» Hal nahm ihn an der Hand und führte ihn Schritt für Schritt auf die grausige Gestalt zu. Das Licht der schaukelnden Laterne offenbarte immer mehr von dem grässlichen Anblick: Der Kopf war ein Leichenschädel.

Tom wusste, dass die Holländer seinen Großvater geköpft hatten; Aboli musste ihm den Kopf wieder auf die Schultern gesetzt haben. Von dem Schädelknochen hing noch ausgetrocknete Haut wie Rinde von einem toten Baumstamm. Das lange, schwarze Haar, das ihm vom Hinterkopf hing, war sorgfältig gekämmt und frisiert.

Tom zitterte. Die leeren Augen seines Großvaters schienen ihm tief in die Seele zu schauen. Wieder zuckte er zurück, doch sein Vater hielt ihn fest bei der Hand und ermahnte ihn leise: «Du brauchst keine Angst vor ihm zu haben. Er war ein guter Mann, ein tapferer Mann mit einem großen Herzen.»

Der Leichnam war in die Haut eines wilden Tieres eingenäht, ein schwarzes Fell, halb von Speckkäfern zerfressen, sodass es wie die Haut eines Leprakranken aussah. Tom wusste, dass der Henker seinen toten Großvater gevierteilt hatte, noch auf dem Galgengerüst, brutal mit einem Hackmesser. Aboli hatte die Teile liebevoll zusammengefügt und in die Haut eines frisch erlegten Büffels gewickelt. Auf dem Boden unter der Steinplattform waren die Überreste eines kleinen Begräbnisfeuers zu sehen, ein runder Fleck aus Asche und schwarzen Holzkohlestücken.

«Lass uns zusammen beten», sagte Hal leise und zog Tom neben sich auf die Knie.

«Vater unser, der Du bist im Himmel ...», begann Hal, und Tom faltete die Hände vor seinen Augen und stimmte ein in die vertrauten Verse, mit immer festerer Stimme. «... Dein Wille geschehe, wie im Himmel, so auf Erden.»

Während er betete, betrachtete Tom zwischen seinen Fingern hindurch die seltsamen Gegenstände, die auf der Felsplattform ausgelegt waren, Grabgeschenke, die Aboli vor all den Jahren dort niedergelegt hatte, als er Großvater die letzten Ehren erwies.

Darunter waren ein hölzernes, mit Abalonen besetztes Kruzifix, Knochenstücke und vom Wasser rund geschliffene Kiesel, sanft schimmernd im Licht der Laterne, ein grob geschnitztes Modell eines Dreimasters mit dem Namen *Lady Edwina* auf dem Heckbalken, ein hölzerner Bogen und ein Messer: Symbole der Kräfte, die Toms Großvaters Leben beherrscht hatten, der eine, wahre Gott, ein Segelschiff und die Waffen des Kriegers. Aboli hatte seine letzten Geschenke mit Bedacht und Liebe ausgewählt.

Nach dem Gebet schwiegen sie eine Zeit lang, bevor Hal die Augen öffnete und aufschaute. «Vater», sprach er ruhig zu dem in Häute eingenähten Skelett vor ihnen, «ich bin gekommen, Euch nach High Weald heimzuholen.»

Er breitete den Ledersack auf der Plattform aus. «Halte ihn offen», befahl er Tom. Dann kniete er über dem Leichnam seines Vaters und hob ihn an. Er war verblüffend leicht. Die getrocknete Haut knisterte und kleine Flocken Haar und Haut fielen ab. Nach so vielen Jahren roch es nicht mehr nach Verwesung, sondern nur noch nach Schimmel und Staub.

Hal schob den kauernden Leichnam in den Sack, bis nur noch der alte, geschundene Schädel herausschaute. Dann hielt er inne, um die langen, schwarzen, mit silbernen Strähnen durchschossenen Haarsträhnen zu berühren.

«Ihr müsst ihn sehr geliebt haben», sagte Tom.

«Wenn du ihn gekannt hättest, hättest auch du ihn geliebt.»

«Das kann ich mir vorstellen, da ich weiß, wie sehr ich Euch liebe», entgegnete Tom.

Hal legte seinem Sohn einen Arm um die Schultern und drückte ihn kurz, aber fest an sich. «Lass uns nur hoffen, dass du nicht eines Tages mir diese beschwerliche Pflicht erweisen musst», sagte Hal ernst. Dann zog er den Sack über Francis Courtneys Schädel und zog die Lederschnüre fest zu. «Wir müssen jetzt hier weg», sagte er im Aufstehen, «bevor der Sturm seinen Höhepunkt erreicht.» Er hob den Sack vorsichtig an und schwang ihn sich über die Schulter, bevor er sich gebückt auf den Höhleneingang zubewegte.

Draußen kam Aboli ihnen entgegen und wollte Hal von seiner Last befreien, doch dieser schüttelte den Kopf. «Ich werde ihn tragen, Aboli. Führe du uns nur diesen Berg hinunter.»

Der Abstieg war gefährlicher als der Aufstieg. In der Finsternis und dem tosenden Sturm hätten sie leicht vom Pfad abkommen, in einen Abgrund stürzen oder einen der tückischen Geröllhänge hinabrutschen und sich ein Bein brechen können, doch Aboli führte sie sicher durch die Nacht. Irgendwann bemerkte Tom, wie das Gelände flacher wurde und sie nicht mehr über Felsboden und Geröll wanderten, sondern auf fester Erde und schließlich auf knirschendem Sand.

Für einen Augenblick spaltete ein blendender blauer Blitz die Wolken und tauchte die Nacht in strahlendes Mittagslicht, sodass sie die Bucht deutlich vor sich sahen, die aufgewühlten, brodelnden Sturmwogen. Dann wurde wieder alles schwarz, und eine Kaskade von Donnerschlägen machte sie fast taub.

«Das Langboot ist noch da!», rief Hal erleichtert gegen den Wind. Der kantige Umriss des Bootes hatte sich in seine Netzhaut eingebrannt. «Mach dich bemerkbar, Aboli!»

«Seraph!», brüllte Aboli in die Nacht, und die Antwort wehte dünn zu ihnen herüber.

«Ahoi!» Es war Alf Wilsons Stimme. Sie liefen die Dünen hinunter auf die Stelle zu, wo die Stimme herkam. Hal war inzwischen gebeugt von der Last, die ihm anfangs so leicht erschienen war, doch noch immer wollte er sie sich nicht abnehmen lassen. Am Fuß der Dünen drängten sie sich dicht zusammen, und Aboli öffnete die Laternenklappe, um mit dem schwachen, gelben Strahl vorauszuleuchten.

«Achtung!», rief er seine verzweifelte Warnung, als er sah, dass sie von düsteren Gestalten umringt waren – Menschen oder wilde Tiere. «Verteidigt euch!», rief er, und sie rissen ihre Mäntel auf und zogen ihre Klingen, schon in Kreisformation, Rücken an Rücken, die Spitzen ihrer Schwerter ein Ring aus Stahl.

Wieder brach ein gleißender Blitz durch die niedrigen Wolken und erhellte den Strand und das sturmgepeitschte Meer. In seinem Licht sahen sie Reihen von Männern auf sie zustürmen. Der Blitz machte ihre nackten Klingen, Knüppel und Lanzen sichtbar und für einen Moment auch ihre Gesichter: lauter Hottentotten, kein einziger Holländer unter ihnen.

Tom fühlte abergläubische Furcht in sich aufsteigen, als er den Kerl sah, der sich ihm mit langen Sätzen näherte. Er war hässlich wie ein Albtraum: lange, schwarze Haarsträhnen wie sturmgepeitschte Schlangen über der schrecklichen Fratze, wild blitzende Augen, eine weiße, grässliche Narbe von der Stirn bis zum Kinn, durch die unförmige Nase und die purpurnen, gespaltenen, mit Speichel triefenden Lippen.

Dann schloss sich wieder die Nacht über ihnen, doch Tom hatte gesehen, wie der Mann sein Schwert erhoben hatte, und begegnete dem zu erwartenden Hieb, indem er seine Schultern wegdrehte und abtauchte. Er hörte die Klinge an seinem Ohr vorbeizischen und das gepresste Grunzen, mit dem der Angreifer seinen Hieb vorantrieb.

Endlich kam Tom zu Nutzen, was er von Aboli gelernt hatte. Er ging flüssig in die Riposte und stieß in die Gegend, wo er den Kerl atmen hörte. Schon spürte er, wie seine Klinge in lebendiges Fleisch eintauchte – ein Gefühl, wie er es noch nie zuvor gekannt hatte. Der Feind schrie vor Schmerz, und Tom empfand grenzenlose Freude. Schnell wie eine Katze zog er sich zurück und änderte seinen Stand, bevor er den nächsten blinden Stoß anbrachte: Wieder ein Treffer. Der Stahl schlüpfte mühelos in das weiche Fleisch, bis er krachend auf einen Knochen stieß. Der Mann winselte, und zum ersten Mal in seinem Leben empfand Tom wilde Schlachtlust.

Ein Blitz schnellte über den Himmel, sodass Tom sehen konnte, wie sein Opfer zusammenbrach, sein Schwert in den Sand fiel und er sich das verstümmelte Gesicht hielt, die Wange aufgeschlitzt bis auf den Knochen. Das Blut, teerschwarz in dem blauen Blitzlicht, rann ihm das Kinn hinunter und tropfte auf seine Brust.

Im Licht desselben Blitzes sah Tom, dass auch Aboli und sein Vater schon ihre ersten Opfer gefunden hatten, die nun beide am Boden lagen, der eine zuckend und tretend, der andere zusammengerollt und mit beiden Händen seine Wunde haltend, den Mund weit aufgerissen in einem stummen Schmerzensschrei.

Big Daniel war Klinge an Klinge mit einer hageren, halb nackten Figur, schwarz und glänzend wie ein Aal, doch die anderen Angreifer waren schon auf dem Rückzug, zurückgetrieben von der Gewalt, mit welcher der kleine Haufen sich verteidigte.

Dunkelheit brach wieder herein, als ob sich eine Tür knallend geschlossen hätte, und Tom fühlte Abolis Griff an seinem Oberarm. «Zurück zum Boot, Klebe», hörte er die Stimme an seinem Ohr. «Wir müssen dicht zusammen bleiben.» So liefen sie durch den weichen Sand, blind und einander anrempelnd.

«Ist Tom bei uns?», fragte Hal besorgt.

«Hier, Vater!», rief Tom.

«Gott sei Dank. Danny?»

«Hier!» Big Daniel musste seinen Gegner getötet haben, denn seine Stimme klang nah und laut.

«*Seraph*!», rief Hal, «zu mir!»

«*Seraph*!», bestätigte Alf Wilson. Im selben Augenblick machte ein Blitz wieder alles sichtbar. Die vier waren immer noch hundert Schritt von der Stelle entfernt, wo das Langboot am Rand der brüllenden See lag. Mit Alf an der Spitze eilten ihnen die acht Männer zu Hilfe, die am Boot gewartet hatten, mit Piken, Hiebern und Enterbeilen, denn die Hottentottenbande hatte sich wieder gesammelt und schnappte nach ihnen wie eine Meute Jagdhunde.

Tom schaute über seine Schulter und sah, dass der Mann, den er verwundet hatte, sich aufgerappelt hatte und die Meute anführte. Obwohl sein Gesicht nur noch eine blutige Maske war, spaltete er die Luft mit wilden Schwerthieben und kreischte sein Kriegsgeschrei in einer fremden Sprache. Er hatte besonders Tom im Visier und war ihm dicht auf den Fersen.

Tom versuchte abzuschätzen, wie viele es waren. Vielleicht neun oder zehn, dachte er, doch dann war es wieder dunkel. Sein Vater und Alf Wilson hielten mit ihren Rufen Kontakt zwischen den beiden Gruppen, bis sie endlich zusammen waren und Hal befahl: «Stellt sie! In Gefechtsordnung!»

Selbst in dieser Finsternis hatten sie keine Schwierigkeit, das Manöver auszuführen, das sie so oft auf der *Seraph* geübt hatten. Schulter an Schulter stellten sie sich dem Angriff entgegen, der wie eine Welle aus der Nacht über sie kam. Stahl krachte auf Stahl unter den Schreien und Flüchen der Fechter. Dann wieder ein Blitz.

Hannah erschien mit fünfzehn Mann am Rand des Gummibaumwäldchens. Die Nacht war zu lang gewesen, der Sturm zu wild, und schließlich hatte sie die Langeweile überwältigt, und sie waren in den Wald gekrochen, hatten sich ein windgeschütztes Plätzchen gesucht und schlafen gelegt. Erst die Schreie und der Gefechtslärm hatten sie geweckt, und nun hatten sie ihre Waffen ergriffen und strömten zwischen den Bäumen hervor.

Der Blitz erhellte das Kampfgeschehen nicht weit von dem leeren Langboot. Dabei konnte Hannah auch Henry Courtney deutlich erkennen. Er focht in der ersten Reihe, das Gesicht zu ihr, das Stutzschwert hoch in der Rechten, das in mächtigem Schwung auf das Haupt des Hottentotten vor ihm krachte.

«Er ist es!», schrie Hannah. «Er ist es! Zehntausend Gulden! Kommt, Männer!» Sie hob die Heugabel, mit der sie bewaffnet war, und rannte die Düne hinunter. Die Männer, die noch zögernd am Waldrand gestanden hatten, folgten ihrem Beispiel und liefen hinter ihr her, ein johlender, kreischender Mob.

Dorian war allein in dem Langboot zurückgeblieben. Er hatte zusammengerollt auf den Planken geschlafen, als die Schlacht begann, doch nun kroch er zum Bug und kniete sich neben das Kartätschengeschütz. Aus verschlafenen Augen sah er Tom und seinen Vater von Feinden bedrängt und bemerkte auch die neue Gefahr, die sich schnell von den Dünen näherte.

Während der Gefechtsübungen auf der *Seraph* hatte Aboli Tom gezeigt, wie man das Falkonett auf seinem Drehfuß herumschwang und fixierte und wie man es abfeuerte. Dorian hatte aufmerksam zugeschaut und hätte es gern selbst einmal probiert, doch wenn er fragte, lautete die Antwort stets: «Du bist noch zu klein. Warte, bis du alt genug bist.»

Nun bot sich ihm endlich die Gelegenheit, die ihm bislang verwehrt geblieben war. Er griff nach der brennenden Lunte in dem Topf Sand unter der Kanone – genau für Notfälle wie diesen hatte Alf Wilson sie angezündet und dort bereitgelegt. Dorian nahm das Ende der Lunte in eine Hand und den langen Affenschwanz des Falkonetts in die andere und drehte es in Richtung des Kriegsgeschreis auf den Pöbel zu, der die Dünen herabgestürmt kam. Er schaute den Lauf entlang, konnte jedoch weder das Visier der kleinen Kanone erkennen, noch vermochte er sein Ziel in der Dunkelheit auszumachen.

Dann donnerte es direkt über ihm, und der Blitz tauchte den Strand in strahlendes Licht. Dorian hatte die Meute direkt im Korn, geführt von einer kreischenden Hexe wie aus dem Märchen, einer grausigen, mit einer Heugabel fuchtelnden Alten mit fliegendem grauen Haar, die weißen Brüste halb aus dem Kleid schwappend, das Gesicht entstellt nach Jahren der Maßlosigkeit und Sünde. Dorian drückte die brennende Lunte auf das Zündloch des Falkonetts.

Eine zwanzig Fuß lange Flamme schoss aus der Mündung, und eine Eimerladung Kartätsche, jede Kugel so groß wie ein Menschenauge, rauschte über den Strand. Die Reichweite war gerade richtig, dass die Geschosse optimal streuen konnten. Hannah bekam eine volle Ladung ab. Ein Dutzend Bleikugeln zerfetzten ihr die Brust, und eine traf sie mitten in die Stirn und sprengte ihre Schädeldecke weg wie eine Eierschale. Sie wurde nach hinten geworfen, flach auf den weißen Sand zwischen sechs Männern ihrer Truppe, die ebenfalls tot waren. Der Rest taumelte unter dem Schock. Drei von denen, die noch auf den Beinen waren, heulten vor panischem Schreck und flohen zu dem Wäldchen zurück. Die anderen waren wie gelähmt, stolperten umher und fielen über ihre toten Kameraden, ohne zu wissen, in welche Richtung sie sich wenden sollten.

Der brennende Stoffballen aus dem Falkonett war in die lange Treibholzgalerie geflogen, die den Strand säumte. Das trockene Holz fing sofort Feuer und brannte bald lichterloh, angefacht von dem starken Wind. Die Salzkristalle, mit denen das Holz bedeckt war, entflammten zu blauen Funken, die in alle Richtungen stoben und den Strand in flackerndes Licht tauchten.

Der Kampf wogte hin und her. Zwar hatten Piken und Klingen dafür gesorgt, dass die Engländer nicht mehr ganz so stark in der Unterzahl waren, doch der Feind war immer noch deutlich in der Übermacht. Hal hatte drei Mann gegen sich, wie ein Löwe umkreist von einer Meute hungriger Hyänen. Er kämpfte um sein Leben und hatte keine Zeit, sich nach seinem Sohn umzuschauen.

Jan Oliphant dürstete nach Rache für die Wunde, die in seiner Wange klaffte, und so ging er, fluchend und schreiend vor Wut mit wilden Stößen und Überkopfhieben mit seinem Säbel auf

Tom los. An Größe, Kraft und Reichweite war der massige Hottentotte Tom weit überlegen, weshalb er den Jungen nun zurückdrängen konnte. In diesen schicksalhaften Sekunden war Tom ganz auf sich allein gestellt. Niemand würde ihm zu Hilfe eilen können, nicht Aboli oder Daniel, nicht einmal sein Vater. Entweder würde er sich in dieser Nacht als wahrer Mann erweisen, oder er würde auf diesem blutgetränkten Strand sterben. Er fürchtete sich, doch die Furcht lähmte ihn nicht, sondern verlieh seinem Handgelenk und seinem Schwertarm noch zusätzliche Kraft: Tom fand etwas in sich, von dem er bis zu diesem Augenblick nichts gewusst hatte.

Instinktiv fiel er in den Kampfrhythmus, in dem Aboli ihn über all die Jahre geschult hatte. Jetzt, da das brennende Treibholz den Strand erhellte, wuchs auch seine Zuversicht. Stählerne Kraft floss in seinen Arm, je mehr er erkannte, dass der Wilde, dem er sich gegenübersah, kein Fechter war, sondern nur ein Schläger, wenn auch mit enormer Gewalt in seinen Säbelschwüngen, unwiderstehlich wie eine Felslawine. Tom machte nicht den Fehler, sich mit der gleichen rohen Gewalt zu wehren; stattdessen sah er jeden der wilden Hiebe voraus, bevor Jan Oliphant ihn anbrachte. Der Mischling focht vollkommen kunstlos und verriet jede seiner Absichten mit seinem funkelnden Blick in dem verzerrten, blutverschmierten Gesicht oder mit seiner Fußstellung und Schulterhaltung vor jedem Hieb.

Tom hob seine Klinge nur, um Jan Oliphants Hiebe, die auf ihn niederprasselten, abzulenken, sodass sie harmlos an seinem Kopf vorbeizischten. Mit jeder solchen Parade wuchs Jan Oliphants Wut, bis sie ihn schließlich überwältigte. Er hob sein Schwert mit beiden Händen über den Kopf und stürmte auf Tom zu, brüllend wie ein brünstiger See-Elefant, ohne jede Deckung, sein Körper eine offene Zielscheibe.

Hal traf einen seiner Widersacher in der rechten Schulter. Der Mann schrie auf, taumelte zurück, ließ sein Schwert fallen und hielt sich die klaffende Wunde. Die anderen beiden Hottentotten links und rechts von Hal bekamen es nun mit der Angst zu tun und zogen sich ebenfalls zurück, sodass Hal einen Augenblick Zeit hatte, sich in dem flackernden Feuerschein umzuschauen.

Das Herz wollte ihm in der Brust gefrieren, als er sah, wie der Hottentottenanführer auf Tom zustürmte. Der Angriff war schon zu weit fortgeschritten, als dass Hal hätte einschreiten können. Ein verzweifelter Warnschrei wollte aus seiner Kehle fahren, doch Hal beherrschte sich: Er hätte Tom nur abgelenkt.

Tom war bleich wie der Sand unter seinen Füßen, doch sein Gesicht verriet eisenharte Entschlossenheit, sein Blick war klar und konzentriert, kein Fünkchen Angst darin, als er über die wedelnde Spitze seines Säbels hinwegschaute. Hal erwartete, dass sich der Junge vor der Attacke dieses Untiers von einem Mann zurückfallen ließ, und nach Toms Körperhaltung zu urteilen, war genau dies seine Absicht. Doch dann schwang plötzlich sein linker Fuß vor, und mit gestrecktem Schwertarm, *en flèche*, wie von einem Bogen abgeschossen ging er direkt auf Jan Oliphants Kehle los. Der große Mann hatte keine Zeit, in Deckung zu gehen oder sich vor dem Stoß wegzudrehen, und Toms Schwertspitze traf ihn genau in der Kuhle am Halsansatz, einen knappen Zoll über der Stelle, wo sich die Schlüsselbeinknochen treffen. Die Klinge tauchte eine Handspanne tief in Jan Oliphants Hals ein, bevor sie auf seine Wirbelsäule stieß und sein Genick sauber durchtrennte. Der Stahl bohrte sich weiter, bis die blutverschmierte, im Feuerschein rosa schimmernde Klinge drei Handbreit weit aus Jan Oliphants Nacken ragte.

Das Schwert fiel dem Schwarzen aus den gefühllosen Händen, und er streckte alle viere von sich, sodass er für einen Augenblick wie ein dunkles Kruzifix vor dem flammenden Hintergrund stand, bevor er schlaff und leblos flach auf den Rücken fiel. Sein Gewicht und die Gewalt des Sturzes schoben dem toten Mann das Schwert aus der Kehle. Seine Lungen lehrten sich pfeifend und rasselnd durch das Loch in der Luftröhre, aus dem Blut und Wasser rosa hervorschäumten.

Für einen langen Augenblick erstarrten alle auf dem Strand mitten in der Bewegung und glotzten den grotesken Leichnam an. Dann heulte einer der Hottentotten, die Hal gegenüberstanden, vor Angst auf, drehte sich um und floh die Dünen hinauf. Die anderen rannten sofort in Panik hinter ihm her, ohne sich um die Toten und Verwundeten zu kümmern, die sie zurückließen, wo sie gefallen waren.

Tom starrte noch immer den Mann an, den er getötet hatte,

zitternd vor Schock und Erleichterung, als alle Furcht, alle Kampfwut plötzlich von ihm abfiel. Hal ging sofort zu ihm und legte ihm einen Arm um die Schultern. «Gut gekämpft, Junge.»

«Ich habe ihn getötet», flüsterte Tom ungläubig.

«Bevor er dich töten konnte», erwiderte Hal. Dann schaute er sich nach seinen über den Strand verstreuten Männern um.

«Wer von euch hat das Falkonett abgefeuert?», rief er gegen den Wind. «Das war unsere Rettung.»

«Ich nicht.»

«Ich auch nicht.»

Aller Blicke richteten sich auf das Langboot und die schmächtige Gestalt, die dort im Bug hockte.

«Du, Dorian?», rief Hal verblüfft.

«Ja, Vater.» Dorian hielt die rauchende Lunte hoch.

«Zwei junge Löwen», sagte Aboli leise, «doch jetzt sollten wir hier verschwinden, bevor die holländischen Soldaten sich fragen, was es mit dem Kanonenknall und dem Feuer auf sich hat.» Er zeigte auf die Haufen brennenden Treibholzes.

«Haben wir jemanden verloren?», rief Hal.

«Ich habe Dick Foster fallen sehen», rief Alf Wilson zurück. Dann ging er zu dem Gefallenen und kniete sich neben ihn. Der Mann hatte eine furchtbare Brustwunde davongetragen. «Er ist tot.»

«Sonst jemand?», erkundigte sich Hal.

«Nein, das ist der Einzige», antwortete Alf.

Hal war zutiefst erleichtert. Es hätte viel schlimmer kommen können. Er hätte einen Sohn verlieren können oder einen lieben Freund. «Los, schafft Dick in das Boot. Wir werden ihm ein christliches Begräbnis geben, sobald wir auf See sind.» Er nahm den Ledersack mit den sterblichen Überresten seines Vaters auf die Schulter.

«Was sollen wir mit diesem Abschaum machen?» Big Daniel trat einen der verwundeten Hottentotten, und der Mann stöhnte auf. «Wir sollten ihnen die Kehle durchschneiden.»

«Lasst sie liegen. Verschwendet nicht eure Zeit.» Hal schaute sich um und bemerkte, dass die Hälfte seiner Männer leichte Schnitt- und Stichwunden davongetragen hatte, die offenbar niemandem einer Erwähnung wert waren. Dies war das erste Mal, dass er sie im Kampf erlebt hatte. Sie sind eine gute, harte Mannschaft, dachte er zufrieden. Sie werden sich auch gut gegen Jangiri schlagen, und gegen jeden anderen Feind.

«Zurück zum Boot!», befahl er noch einmal. Vier Mann hoben Dick Fosters Leichnam an und legten ihn vorsichtig in das Boot. Hal legte den Ledersack daneben und sprang an seinen Platz an der Ruderpinne. Die Männer packten das Boot und schoben es so leicht über den Sand, als hätte es kein Gewicht. Die erste Welle warf den Bug hoch, und sie sprangen an Bord und ergriffen die Riemen.

«Rudert!», rief Hal. Die nächste Sturmwelle donnerte über sie hinweg und füllte das Boot knietief mit Wasser.

«Rudert!», trieb Hal die Männer an, und sie schossen nach vorn, in einem unmöglichen Winkel den nächsten steilen Wellenberg hinauf. Auf dem Kamm standen sie für einen Augenblick still, überschlugen sich fast der Länge nach und stürzten krachend in das Wellental dahinter. «Rudert!», brüllte Hal und sie schossen hinaus in die Bucht, wo die Wellen zwar hoch waren, doch nicht steil genug, um sie zum Kentern zu bringen. Die Hälfte der Männer legten ihre Riemen beiseite und machten sich daran, Wasser aus dem Boot zu schöpfen, während die anderen mit voller Kraft auf die ferne *Seraph* zuhielten.

«Dorian!», rief Hal den Jungen zu sich. «Setze dich neben mich.» Er nahm seinen Sohn unter seinen Mantel und drückte ihn fest an sich. «Wo hast du gelernt, wie man ein Falkonett abfeuert?»

«Tom hat es mir gezeigt», antwortete Dorian unsicher. «Warum? Habe ich etwas falsch gemacht?»

«Nein, nein.» Hal drückte ihn noch fester. «Bei Gott, du hättest es nicht besser machen können.»

Hal trug den Ledersack in die Heckkabine. Die beiden Jungen folgten ihm in ihren triefenden Kleidern. Die *Seraph* stampfte und zerrte an ihren Ankertauen. Der Sturm wütete mit unverminderter Gewalt.

Hal legte den Sack mit seinem kostbaren Inhalt neben dem Sarg ab. Die Schrauben, die den Deckel zuhielten, waren schon lose und benötigten nur noch wenige Umdrehungen, bevor Hal den Deckel abnehmen und beiseite stellen konnte. Dann legte er vorsichtig den Sack hinein. Er musste ihn hin und her drehen und verkanten, damit er in die Truhe passte, und dann packte er die Hohlräume mit geteerten Hanffasern zu, damit die Knochen seines Vaters auf der langen Reise nicht umhergeschüttelt wurden und brachen. Tom half ihm schließlich, den Deckel wieder aufzusetzen. Er nahm seinem Vater den Schraubendreher aus der Hand. «Überlasst bitte mir diese Ehre, Vater.»

«Du hast es verdient», nickte Hal, «ihr habt es beide verdient. Lass Dorian dir zur Hand gehen.»

Er schaute zu, wie die beiden den Sargdeckel zuschraubten.

«Wir werden für euren Großvater einen Gottesdienst abhalten, wenn wir ihn in dem Steinsarkophag in der Krypta auf High Weald beisetzen», klärte er sie auf, wobei er sich fragte, ob dieser Anlass wohl alle seine Söhne zusammenbringen würde. Wahrscheinlich nicht, dachte er, verdrängte jedoch seine traurigen Gedanken, während sie ihre Arbeit beendeten. «Danke», sagte er schlicht. «Jetzt geht und zieht euch etwas Trockenes an. Und schaut nach, ob der Koch trotz dieses schlimmen Wetters noch ein Feuer am Brennen hat und euch etwas zu essen und zu trinken geben kann.»

An der Tür wandte er sich noch einmal an Dorian. «Wir werden dich nie mehr ein Baby nennen. Diese Nacht hast du bewiesen, dass du ein Mann bist, magst du auch noch so klein sein. Du hast unser aller Leben gerettet.» Dorians Lächeln war so strahlend, und selbst mit den pitschnassen Locken im Gesicht war er so wunderhübsch, dass es Hal das Herz zerreißen wollte.

Bald hörte er die beiden Brüder in der kleinen Kabine neben der seinen, wo die Beatty-Schwestern zuvor gehaust hatten, munter drauflosplappern, und dann hörte er sie die Stiege hinaufrennen, auf dem Weg zur Kombüse.

Hal zündete zwei Kerzen an und stellte sie auf den Sarg seines Vaters. Dann kniete er davor nieder und begann seine lange Totenwache. Von Zeit zu Zeit betete er laut für seines Vaters Seelenfrieden und die Vergebung seiner Sünden. Ein oder zwei Mal sprach er leise zu ihm von Dingen, die sie gemeinsam erlebt hatten, und durchlebte noch einmal den furchtbaren Schmerz, den er bei Sir Francis' Tod empfunden hatte. Die Nacht war lang, und Hal war erschöpft und fror, doch seine Wache endete erst, als der Morgen dämmerte und sturmgraues Licht in den Heckfenstern schimmerte. Erst dann erhob er sich und ging an Deck.

«Guten Morgen, Mr. Tyler. Ruft beide Wachen zusammen. Wir stechen in See», rief er in den Wind. Die Matrosen taumelten verschlafen auf das Windendeck. Die Vorschiffmänner besetzten das Gangspill, und die Sperrkegel krachten, als sie das Ankertau einholten. Die Toppmänner verteilten sich inzwischen im Rigg und bemannten die Rahen.

Hal gab Befehl, das Focksegel kurz zu setzen, um die Ankerflügel aus dem sandigen Meeresboden zu reißen, und es wieder einzufalten, sobald das Schiff sich befreit hatte. Hal lauschte dem Geräusch der Sperrkeile: Klank, klank, dann Stille, immer noch still, dann klank, klank, immer schneller, bis es zu einem beständigen Rasseln wurde, als der Anker sich aus dem Meeresgrund löste und das Tau durch die Klüse rutschte.

«Vorsegel!», brüllte Hal, und sofort spannte der Wind die Segel stramm wie ein Trommelfell. Die *Seraph* erzitterte freudig, und sobald Hal das Ruder umgelegt hatte, drehte sie sich und brauste davon, unter dem Jubel der Männer in der Takelage. Einen Augenblick später war Toms Stimme aus dem Mastkorb zu hören: «He da unten! Ein Boot!»

«Wie weit weg?», rief Hal zurück.

«Noch dicht vor dem Strand. Jetzt sind es zwei – nein, drei!»

Hal ging zur Leereling hinüber und hob sein Fernrohr. Die See war grau mit unzähligen weißen Schaumkronen. Niedrige Wolken huschten über den Himmel und umhüllten den Berggipfel. Vor dem Strand kämpften drei Langboote gegen Wind und Brandung, eindeutig mit Kurs auf die *Seraph*.

«Besuch, Captain», bemerkte Ned, der neben ihm stand.

Hal grunzte nur und stellte sein Fernrohr scharf. Nun erkannte er die holländischen Uniformen und blitzende Bajonette. «Ich glaube nicht, dass die uns irgendetwas zu sagen haben, was wir gern hören würden, Mr. Tyler.» Er schob entschlossen sein Teleskop zusammen. Es waren Truppen von der Festung; die nächtliche Unruhe am Strand hatte sie offenbar aufgeschreckt. Er wandte der fernen Flottille den Rücken zu und gab den nächsten Befehl: «Bringt das Schiff auf Kurs, dass wir die *Yeoman of York* leeseits passieren, wenn Ihr so freundlich sein wollt, Mr. Tyler.»

Eine halbe Kabellänge von der *Yeoman* entfernt drehte die *Seraph* bei und setzte ein Langboot aus, in das die Teaktruhe abgelassen wurde, sobald es längsseits auf den Wellen tanzte. Dann stieg Hal die Leiter hinunter und übernahm die Ruderpinne, bevor er Befehl gab, zur geankerten *Yeoman* überzusetzen. Anderson stand an der Reling und Hal stand auf und winkte ihm zu. «Ich habe Fracht für Euch!»

«Ich bin bereit, sie in Empfang zu nehmen», rief Anderson zurück. Seine Mannschaft ließ einen Flaschenzug von der Hauptrahe ab. Das Langboot manövrierte sich geschwind in Position, sodass sie die Truhe an den Haken hängen konnten.

«Windet sie hoch!», rief Hal, und der Sarg hob sich und schwang über dem Deck der *Yeoman* ein.

«Ich bin Euch zu großem Dank verpflichtet, Sir», rief Hal zum Deck hinauf.

«Mit dem größten Vergnügen, Sir», antwortete Anderson. «Ich wünsche Euch günstige Winde.» Er berührte zum Gruß seinen Hutrand.

«Bis zu unserem nächsten Treffen», entgegnete Hal.

Dann erschien Guys Kopf über der Reling. Er war blass, als litte er schon unter Seekrankheit. Dennoch lächelte er tapfer und winkte mit seiner Mütze. «Lebt wohl, Vater. Wir sehen uns in Bombay wieder.»

«Lebe wohl und gute Reise», antwortete Hal, plötzlich sehr traurig, dass sie so auseinander gehen mussten. Ich wünschte, das Schicksal wäre uns gnädiger gewesen, dachte er, während er Guy ermutigend zulächelte und versuchte, seinem Sohn Liebe und Hoffnung mit auf den Weg zu geben. Doch dann musste er sich abwenden und darum kümmern, das Boot zur *Seraph* zurückzubringen.

Obwohl der Fockmast der *Seraph* heftig hin und her pendelte und die schwere See und der Sturm den Aufstieg gefährlich und beängstigend gestalteten, kamen Tom und Dorian schließlich sicher an der Mastspitze an. Vom Mastkorb aus konnten sie auf das Deck der *Yeoman* hinabschauen, während sie so dicht an dem geankerten Schiff vorbeisegelten, dass sie die Gesichter der Passagiere und Mannschaft an Deck genau sehen konnten.

«Da ist Guy.» Dorian lüftete seine Mütze und winkte seinem Bruder damit zu. «Guy! Ahoi, Guy!»

Guy hob den Kopf und schaute zu ihnen auf, doch seine Hände blieben hinter dem Rücken verschränkt, und kein Lächeln milderte seinen ernsten Gesichtsausdruck.

«Warum grüßt er mich nicht zurück?», fragte Dorian traurig. «Ich habe ihm doch nichts getan.»

«Sei nicht bekümmert, Dorry. Er hasst nicht dich, sondern mich», erklärte Tom ruhig, während er den kalten Blick seines Zwillingsbruders erwiderte.

Hinter Guy war die Familie Beatty zu sehen. Sie waren mit ihm zusammen an Bord gekommen, nachdem sie ihr Quartier in der Siedlung verlassen hatten, bereit, auf dem Schiff nach Bombay zu segeln. Caroline stand einige Schritte abseits. Wie hübsch sie aussah, dachte Tom, wie ihre Röcke und Petticoats im Wind blitzten und flatterten, wie sie ihr Hütchen mit einer Hand festhielt, ihre Locken um rosige Wangen spielten und ihre Augen blitzten, als sie zu dem anderen Schiff hinüberschaute.

«Caroline!», rief Tom. «Hier oben! Ahoi!» Er tat es mehr, um seinen Zwillingsbruder zu ärgern, als aus irgendeinem anderen Grund. Caroline hob den Kopf und sah ihn hoch oben im Mastkorb. Sie führte einen spontanen Freudentanz auf und winkte mit ihrer freien Hand.

«Tom!» Der Wind trug ihre Stimme davon, doch Tom konnte ihre Lippen lesen. «Leb wohl!»

Guy wirbelte herum, als er sie hörte. Er marschierte quer über das Deck und postierte sich dicht neben ihr. Er berührte sie nicht, doch seine Pose und der Blick, mit dem er seinen Bruder bedachte, waren Besitz ergreifend und feindselig.

Die *Seraph* rollte mehr Segel aus, legte sich scharf auf die Seite und schoss mit dem Wind davon. Die Gestalten an Deck der *Yeoman* erschienen immer kleiner und waren bald nicht mehr zu sehen. Die beiden Jungen im Mastkorb schauten zurück, bis das andere Schiff nur noch ein ferner Umriss am Horizont war, fast eins mit dem dunklen Berg dahinter und den grauen, zerrissenen Wolkenbänken am Himmel.

«Jetzt sind nur noch wir beide übrig», sagte Dorian bedrückt.

Tom sagte nichts. Ihm fiel einfach nichts ein.

«Du wirst bestimmt nicht den Eid vergessen, den du mir geschworen hast, nicht wahr, Tom?», fragte Dorian ernst. «Du wirst mich doch nicht verlassen?»

«Nein, ich lasse dich nicht im Stich», versicherte ihm Tom.

«Du hast mit deinem Blut geschworen», erinnerte ihn Dorian. «Das ist der stärkste Schwur, den es gibt.»

«Ich weiß», beruhigte ihn Tom, «ich werde es nicht vergessen.» Er rieb sich die winzige weiße Narbe an seiner Daumenkuppe.

Nachdem sie den Tafelberg hinter sich gelassen hatte, bekam die *Seraph* dreiundzwanzig Tage lang weder Land noch die Sonne zu sehen. Sie erlebten unglaubliche Regengüsse, so stark, dass man meinen konnte, der ganze Ozean wäre zum Himmel aufgestiegen, um sich auf sie zu ergießen. Die Regenfälle dauerten Tag und Nacht, ohne jede Unterbrechung. In solchen Bedingungen konnte selbst Hal nur oberflächlich und mehr oder weniger nach Gefühl navigieren. Er musste sich ganz auf das Kursbrett und die tägliche Fahrtabschätzung verlassen.

«Dies ist gewöhnlich ein freundlicher, sonniger Ozean», bemerkte Aboli, während er zu den brodelnden Wolken dicht über ihnen aufschaute. «Die Seeteufel haben alles auf den Kopf gestellt.»

«Dort im Osten herrscht mächtige Unruhe», stimmte Ned Tyler zu. «Der Wind dreht sich über uns wie ein Rad und treibt uns ständig in eine andere Richtung.»

«Wir sind schon einmal in solche Winde geraten», erinnerte Big Daniel sie. «Sie wirbeln herum wie ein Kinderkreisel. Ich habe gehört, sie sind nicht ungewöhnlich in diesen Breitengraden und um diese Jahreszeit. Aber wir sind nicht im Zentrum ...» Er stockte mitten im Satz, da ein mächtiger Wellenberg mit majestätischer Würde auf sie zurollte, noch höher als alle, die schon auf sie niedergegangen waren, so hoch, dass die *Seraph* vor ihm winzig wirkte. Der Kamm dieser Welle reichte bis zur Toppfockrahe, und das gähnende Tal zwischen ihr und der vorhergehenden Welle war über eine Seemeile breit.

Hal verließ seine Position an der Leereling und begab sich eilig ans Steuerrad. «Dreht zwei Strich hinein», befahl er ruhig. «Hinein!» Die Welle donnerte auf sie nieder, und danach dümpelten sie für einen langen Augenblick in dem Tal dahinter. Die Männer am Steuerrad hielten den Atem an und atmeten erst aus, als die *Seraph* endlich den Bug hob.

«Mr. Fisher hat Recht», nickte Hal seinem Offizier zu, «von ihrem Zentrum aus breiten sich diese Stürme über Hunderte von

Seemeilen aus. Sie überqueren den ganzen Ozean, von einem Ende zum anderen. Gott sei Dank sind wir nicht im Zentrum dieses Sturms. Der Wind dort ist so stark, dass er wahrscheinlich unseren Hauptmast rupfen würde, selbst wenn wir nicht einen Fetzen Segel führten.»

«Auf den Maskarenen habe ich gesehen, wie ein solcher Teufelssturm die größte Palme entwurzelte und eine Meile weit auf das Meer hinaustrug, wie einen Kinderdrachen», hatte Big Daniel beizutragen.

«Hoffentlich sehen wir bald die Sonne» – Ned Tyler schaute zu den dunklen Wolken auf – «damit wir endlich unsere Breitenposition bestimmen können.»

«Nach meiner Navigation umsegeln wir das Festland in weitem Bogen.» Hal schaute auf das Kompasshäuschen und dann nach Westen. «Die afrikanische Küste sollte mindestens zweihundert Meilen entfernt sein.»

«Aber Madagaskar, eine der größten Inseln der Welt, fast zehnmal so groß wie Irland, liegt mitten auf unserem Weg», erinnerte Ned die anderen leise, damit der Steuermann ihn nicht hören konnte. Es würde niemandem nützen, wenn sie die Mannschaft nun mit ihrer unsicheren Navigation in Unruhe versetzten.

In diesem Augenblick rief eine Stimme von der Mastspitze: «Deck! Treibgut, leichtes Treibgut backbord voraus!»

Die Offiziere spähten über den Bug, und Hal rief durch das Sprachrohr: «Mastkorb! Was könnt ihr erkennen?»

«Sieht aus wie eine Schiffsspiere oder ...» Der Ausguck stockte, bevor er aufgeregt fortfuhr: «Nein! Es ist ein kleines Boot, fast voll gelaufen, mit Männern darin.»

Hal eilte nach vorn und sprang auf das Bugspriet. «Bei Gott, ja. Schiffbrüchige, wie es aussieht. Und sie leben noch. Einer von ihnen bewegt sich. Macht euch bereit, ein Boot zu Wasser zu lassen und sie aufzufischen.»

Die *Seraph* an das kleine Boot heranzubringen, war in diesem Sturm und der schweren See ein gefährliches, schwieriges Unterfangen, doch schließlich gelang es Hal, ein Boot abzulassen und Big Daniel mit einer Rettungsmannschaft hinauszuschicken. Es waren nur zwei Mann in dem halb zertrümmerten Boot, das Big Daniel aufgab: Es wäre nicht der Mühe wert gewesen, es zu bergen. Sie mussten die beiden Überlebenden in einem Hochbootsmannsstuhl an Bord hieven, da sie viel zu schwach waren, die Leiter zu erklimmen.

Dr. Reynolds nahm sie in Empfang und untersuchte sie sofort an Deck. Beide waren nur noch halb bei Bewusstsein. Das Salz hatte ihnen die Haut vom Gesicht gefressen. Die Augen waren fast zugeschwollen; die Zungen, blau und aufgedunsen, füllten den ganzen Mund und quollen ihnen zwischen den Lippen hervor. «Als Erstes brauchen sie Wasser», brummte Reynolds, «und dann werde ich die beiden zur Ader lassen.»

Ihre Zungen waren so geschwollen, dass sie nicht trinken konnten, weshalb Reynolds ihnen eine Messingnadel in den Rachen schob und Wasser einspritzte. Dann schmierte er ihre vom Salz zerfressenen Lippen, Gesichter und Arme dick mit Hammelfett ein, was beim Jüngeren der beiden eine fast wunderbare Wirkung zeigte; innerhalb von zwei Stunden hatte er sich so weit erholt, dass er zusammenhängend reden konnte. Der ältere Mann war jedoch immer noch bewusstlos und sah aus, als würde er nie wieder aufwachen. Auf Dr. Reynolds' Bitte begab Hal sich zu der Ecke auf dem Kanonendeck, wo die beiden auf Strohmatratzen ruhten. Er setzte sich neben sie und sah zu, wie der Arzt den jüngeren Patienten zur Ader ließ. «Ich hätte ihm noch ein gutes Glas mehr abgezapft», erklärte er Hal, als er fertig war, «aber dieser hier macht gute Fortschritte, und ich war immer schon ein vorsichtiger Arzt. Ein Pint sollte im Augenblick reichen.» Er schloss die Wunde mit einem Tupfer Teer und verband sie mit einem sauberen Tuch. «Der alte Mann macht sich nicht so gut. Dem werde ich zwei ganze Pint entnehmen.» Er machte sich an der bewegungslosen Gestalt auf der anderen Matratze zu schaffen.

Hal beobachtete, dass der jüngere Mann nach dieser Behandlung tatsächlich lebhafter zu werden schien, und lehnte sich über ihn. «Sprichst du Englisch?»

«Jawohl, Captain, das tue ich», hauchte der Seemann mit unüberhörbarem walisischem Akzent.

«Was ist dein Name, Bursche, und von welchem Schiff bist du?»

«Taffy Evans, wenn es recht ist, Captain, vom Kompanieschiff *Nile*, Gott sei ihr gnädig.»

So holte Hal langsam und schonend seine Geschichte aus ihm heraus. Als Vorsichtsmaßnahme gegen Piraten war die *Nile* im

Konvoi mit zwei anderen Schiffen auf dem Weg von Bombay nach England mit einer Fracht von Stoffen und Gewürzen gesegelt, als sie hundert Meilen nördlich der Maskarenen mitten in diesen furchtbaren Wirbelsturm geriet. Gebeutelt von grausamen Winden und gigantischen Wellen war die *Nile* von den anderen Schiffen des Konvois getrennt worden und hatte Wasser aufgenommen. Am fünften Tag, während der zweiten Nachmittagswache, hatte ein mächtiger Brecher sie so schwer getroffen, dass sie, mit all dem Wasser in ihrem Kiel, kenterte und sank. Ihr Ende war so schnell gekommen, dass nur eine Hand voll Männer in einem Boot davonkam. Doch ohne Wasser und Nahrung waren die meisten schnell zu Grunde gegangen. Nach zwölf Tagen waren nur noch die beiden Männer am Leben, die Hal nun gerettet hatte.

Während der Matrose erzählte, hatte Dr. Reynolds dem anderen Patienten zwei Pint Blut abgezapft. Er hatte soeben seinen Helfer weggeschickt, die Schüssel Blut über die Reling zu leeren, als er verärgert ausrief: «Zum Teufel, jetzt ist er tot, der arme Kerl! Ich hatte gehofft, ich könnte ihn retten.» Er wandte sich wieder Taffy Evans zu. «Der hier sollte aber durchkommen.»

«Wenn du dich ganz erholt hast, habe ich eine Koje für dich, mit voller Bezahlung und vollem Anteil am Beutegeld.» Hal stand gebückt unter der niedrigen Decke. «Willst du anheuern?»

Taffy fasste sich an die Stirn und lächelte schwach. «Sehr gern, Captain, ich schulde Euch ein Leben.»

«Willkommen an Bord, Seemann.» Hal stieg die Leiter hinauf und ging leichtfüßig über das rollende, stampfende Deck. Es war reiner Zufall, dass sie diese Schiffbrüchigen gefunden hatten, genau wie der ganze Sturm, der nun allmählich an Kraft verlor, unvorhersehbar gewesen war – Zufälle, die Hal Courtney jedoch sehr gelegen kamen. Sie lieferten ihm den Vorwand, nach dem er gesucht hatte. Sobald er seinen Plan in allen Einzelheiten durchdacht hatte, beorderte er die Offiziere in seine Kabine. Sie versammelten sich um die Seekarte, die auf Hals Schreibtisch ausgebreitet lag.

«Wie Ihr sicherlich wisst, ist es seit zweihundert Jahren das einzige wirklich große Handelszentrum an der Fieberküste – hier.» Er legte seinen Finger auf eine winzige Inselgruppe auf der Karte. «Sansibar. Dort muss also auch unsere Suche nach Jangiri beginnen.»

Alle nickten. Jeder Einzelne von ihnen hatte diesen Ozean schon befahren und wusste, dass die drei kleinen Inseln der Sansibargruppe ideal für den Handel zwischen Indien, dem Roten Meer und dem Persischen Golf gelegen waren; zudem waren sie nur wenige Meilen vom afrikanischen Festland entfernt. Die Inseln lagen mitten auf der Bahn der Monsunwinde, die ihre Richtung mit den Jahreszeiten wechselten. Der Südostmonsun brachte Schiffe von Indien nach Afrika, und der Nordwestmonsun in der Jahreszeit danach ermöglichte die Rückreise. Außerdem besaß Sansibar einen sicheren Hafen auf der Hauptinsel Unguja, und selbst in der schlimmsten Regenzeit waren die Inseln relativ frei von den gefürchteten Malariafiebern, die das afrikanische Festland zu einer Todesfalle machten. Seit dem Aufstieg des Islam waren die Inseln als Hauptstützpunkt zwischen Afrika und dem Indischen Ozean der Markt, auf dem in den Gütern Afrikas gehandelt wurde: Sklaven, Gold, Elfenbein, Gummi und kostbarer Weihrauch.

Alf Wilson meldete sich zu Wort: «Während meiner Gefangenschaft haben die Piraten oft von Sansibar gesprochen. Ich hatte den Eindruck, dass sie es regelmäßig besuchten, um einen Teil ihrer Beute einzutauschen, ihre Gefangenen auf dem Sklavenmarkt zu verkaufen und ihre Flotte auszurüsten und mit Lebensmitteln zu versorgen.»

«Hattet ihr das Gefühl, Sansibar wäre Jangiris Hauptstützpunkt?», fragte ihn Hal.

«Nein, Captain, das nicht. Ich glaube, er würde sich nicht in die Gewalt des Sultans von Oman begeben, was er sicherlich täte, wenn er sich dort einrichtete. Jangiri muss einen anderen geheimen Schlupfwinkel haben. Sansibar benutzt er nur als seinen Handelshafen.»

«Seit Beginn unserer Expedition hatte ich die Absicht Sansibar anzulaufen. Doch wie sollte ich erklären, was ein bewaffnetes englisches Schiff in diesen Gewässern zu suchen hat, so weit weg von dem normalen Handelsweg zwischen Indien und dem Kap?» Hal schaute in die Runde. Big Daniel und Ned Tyler nickten. «Wenn wir vor Sansibar auftauchen, wird sich innerhalb einer Woche an der ganzen Küste herumsprechen, dass eine Schwadron Piratenjäger angekommen ist, und Jangiri wird sich verkriechen. Wir werden ihn niemals zur Schlacht stellen, wenn wir keinen guten, harmlosen Grund für unser Auftauchen in diesen Gewässern nennen können. Und diesen Grund haben wir jetzt: den Sturm», fuhr Hal fort. «Die Schiffbrüchigen, die wir aufgefischt haben, haben uns den Vorwand beschert, an dem es uns bislang gemangelt hat.» Die Männer schauten ihn gespannt an.

«Welche Geschichte wollt Ihr dem Konsul in Sansibar also auftischen?», fragte Ned Tyler.

«Ich werde ihm erzählen, wir hätten zu dem Konvoi aus Bombay gehört, der die unglückliche *Nile* verloren hat. Meine Geschichte wird lauten, dass wir mit wertvoller Fracht beladen sind. Ich werde mir einen so fabelhaften Schatz ausdenken, dass Jangiri das Wasser im Mund zusammenlaufen wird, wenn er davon hört.» Alle lachten, hoch erfreut über diese Idee. «Wir sind in das Herz des großen Sturms geraten und davon gebeutelt worden, genau wie die *Nile*.» Er schaute über seinen Schreibtisch hinweg Ned Tyler an. «Den größten Teil unserer Bewaffnung haben wir schon verborgen, doch jetzt möchte ich, dass Ihr die eine oder andere Rahe und Spiere herunternehmt, um Sturmschäden an Rigg und Rumpf vorzutäuschen. Das wird jeden Beobachter an Land überzeugen, dass unsere Geschichte wahr ist. Könnt Ihr das erledigen, Mr. Tyler?»

«Das kann ich allerdings, Captain», antwortete Ned grinsend.

«Solcher Schaden liefert uns zudem eine Erklärung für unser Verweilen auf dem Sansibarkanal, während jeder Spion und jede Dau von unserem Schicksal berichten werden, überall an der Küste», führte Hal seinen Plan weiter aus. «Bis wir wieder in See stechen, wird jeder Korsar und Freibeuter von uns angezogen sein wie die Wespen von einem Eimer Honig, die ganze Küste hinauf bis nach Djidda.»

Trotz der schweren See begannen sie sofort mit den Arbeiten, die *Seraph* in ein Sturmopfer zu verwandeln. Ned schien die Aufgabe, die ihm Hal übertragen hatte, großen Spaß zu machen. Er ließ seine Männer den Rumpf in verschiedenen Farben bepinseln und eine alte Segelgarnitur von der Atlantikpassage an Deck holen, die er dann absichtlich weiter zerfetzte und beschmutzte. Er wählte Teile der Riggung aus, darunter einige der oberen Rahen und Spieren, deren Abbau die Segeltüchtigkeit des Schiffes nicht zu sehr beeinträchtigen würde. Sobald Land in Sicht wäre, würden diese verschwinden. Die *Seraph* würde ein wahrhaft trauriges, zerlumptes Bild abgeben, wenn sie sich in den Hafen von Sansibar schleppte.

Drei Tage später klarte der Himmel auf. Die Wellen waren immer noch hoch und ungebärdig, doch bald brannte wieder die tropische Sonne auf sie hernieder, was, wie Hal zu seiner Freude beobachten konnte, die Stimmung unter der Mannschaft sofort anhob. Jeder war mit ganzem Herzen und voller Kraft an der Arbeit. Am Mittag konnte er, nach all den Wochen auf See, endlich die erste Sonnenpeilung vornehmen. Das Schiff befand sich auf zwölf Grad südlicher Breite, zweihundertundfünfzig Meilen weiter nördlich, als seine Kursschätzungen ergeben hatten. «Je nachdem, wie weit wir nach Osten abgetrieben sind, könnte noch diese Woche Madagaskar in Sicht kommen», bemerkte er, als er die neue Position ins Logbuch eintrug. Er befahl eine Kursänderung nach Westen, auf die große Insel und das afrikanische Festland zu.

Wie immer waren die Vögel das erste Zeichen dafür, dass Land in der Nähe war. Es waren Arten, die Tom und Dorian noch nie gesehen hatten. Sie konnten Feenseeschwalben beobachten, mit Federn so weiß wie der Dezemberfrost auf High Weald. Langschwänzige Tropenvögel kreisten über Schwärmen kleiner Fische, die in ihrer Zahllosigkeit das Meer dunkel färbten. Näher an der Insel begegneten sie verwegen ausschauenden Fregattenvögeln, schwarz wie die Hölle mit scharlachroter Kehle, die, von der Hochströmung des Monsunwinds getragen, auf der Lauer lagen, um die Seeschwalbenschwärme nach ihren Angelausflügen abzufangen. Tom und Dorian sahen zu, wie sie sich – die Flügel halb eingeklappt wie Taschenmesser – auf ihre Opfer stürzten, sie dazu zwangen, die mühsam erworbenen Früchte ihrer Arbeit hervorzuwürgen, und die halb verdauten Fische aus den Rachen der Seeschwalben fraßen.

Das Meer nahm allmählich einen gelblichen Farbton an. Als die Jungen nach dem Grund dafür fragten, erklärte ihnen Aboli: «Die Regenfälle des großen Sturms haben die Flüsse auf dem Festland anschwellen lassen, und diese Flüsse haben ihr schlammiges Flutwasser nun ins Meer getragen. Wir müssen sehr dicht vor Land sein.»

Am nächsten Morgen, als die Dämmerung den östlichen Himmel erhellte und den Horizont in den Farben von Feueropalen und Rosenblättern schmückte, sahen die Jungen vom Mastkorb aus eine blaue, wellige Linie im Westen voraus. «Land voraus!», hallten die freudigen Rufe über das Schiff.

Hal kannte diese Inseln gut, und als er später am Tag selbst in die Takelage stieg, konnte er die blauen Berge an der Nordspitze von Madagaskar ausmachen, die sich immer höher aus dem Meer erhoben.

Beide Wachen verbrachten den ganzen Tag mit der schweren Arbeit, die Spiere von den Toppmasten abzulassen, damit das Schiff wie ein Sturmkrüppel aussah. Ohne ihre Toppsegel war die *Seraph* behäbig und störrisch, und als sie sie dichtholen wollten, ließ sie sich nicht mehr als acht Strich in den Wind drehen. Sie hatten jedoch den Passatwind im Rücken, sodass Hal in der Lage war, die Segel locker zu lassen und direkten Kurs auf die Landspitze zu nehmen. Zum Glück hatten sie ihre Arbeiten abgeschlossen, bevor das Schiff näher an Land war und jedes der kleinen Fischerboote, die ihnen begegnen würden, von ihrer Ankunft auf diesen Gewässern und dem Zustand der *Seraph* berichten konnte.

Am nächsten Mittag lag Cap d'Ambre, die Nordspitze Madagaskars, zehn Seemeilen steuerbord voraus. Von dieser Position aus konnte Hal direkt auf Sansibar zusteuern, quer über den Mosambik-Kanal, eine See-Enge, in der wundervolle kleine Inseln wie bunte Juwelen verstreut liegen. Manche der Inseln passierte die *Seraph* nah genug, dass sie die schwarzen Insulaner winken sehen konnten. Die Matrosen kletterten ins Rigg und fragten sich, ob es sich bei den winzigen, halb nackten Gestalten auf den Stränden um Männlein oder Weiblein handelte, während sie lustig zurückwinkten.

Die Gewässer hier waren gefleckt mit den Segeln kleiner Handelsschiffe und Fischerdauen, deren Besatzungen neugierige Fragen riefen, wenn die *Seraph* sie passierte, auf Arabisch oder in anderen fremden Sprachen. Zur Freude der Matrosen befanden sich auch Frauen auf manchen dieser Dauen.

«Mein Gott, ich kann die Brüste von der dort sehen, braun wie zwei frisch gebackene Kuchen!»

«Da würde ich liebend gern den Zuckerguss ablecken!»

«Sag, dass du mich heiraten wirst, du kleine Heidin, und ich springe sofort über Bord!», rief einer der Toppmastmänner.

«Das Wort Heiraten verstehen sie nicht. Sag einfach ‹Jig-jig›, das verstehen sie bestimmt», riet ihm sein Kamerad. Das ferne Frauengelächter, das zu ihnen herüberplätscherte, bewies, dass der Rat nicht schlecht war.

Durch sein Fernrohr konnte Hal sehen, welchen Schaden die Palmen und andere Vegetation auf den Inseln gelitten hatten. Auch die Trümmer und der Unrat, der auf der Meeresoberfläche trieb, erinnerten daran, dass der Sturm hier ebenfalls gewütet hatte, was ihre Geschichte noch glaubwürdiger machen würde, wenn sie vor Sansibar ankämen. «Falls wir nicht vorher mit Jangiri aneinander geraten», bemerkte Ned Tyler trocken. «Wir haben in diesen Gewässern schon so viel Wellen geschlagen, dass man uns bestimmt erwarten wird.»

Hal war sich der Gefahr bewusst, dass Jangiri sich früher zeigen könnte, als es ihnen lieb war, denn nun waren sie in seinen Heimatgewässern. Entsprechend war er doppelt wachsam: Die Ausgucke waren vorgewarnt, und die Mannschaft befand sich in Alarmbereitschaft. Wegen der Arbeiten an den Kanonenluken konnte Hal nicht mit den Geschützmannschaften üben, sodass er sie stattdessen mit Fechten und Musketendrill beschäftigt hielt. Diese Maßnahmen erwiesen sich jedoch als überflüssig, da sie keinem einzigen großen Schiff begegneten, und nach zehn Tagen kam endlich das afrikanische Festland in Sicht.

Seit sie das Kap der Guten Hoffnung hinter sich gelassen hatten, war dies das erste Mal, dass Tom und Dorian wieder Afrika vor sich sahen. Wann immer sie von ihrer Plackerei in Master Walshs Klassenzimmer, den Arabischstunden mit Alf Wilson und von ihren anderen Pflichten entkommen konnten, erklommen die beiden Jungen die Mastspitze und redeten dort stundenlang über das geheimnisvolle Land da draußen, über die Wunder und Abenteuer, die es versprach. Die *Seraph* bewegte sich nordwärts die Küste entlang, manchmal dicht vor den Kaps und Korallenriffs vor dem Festland, und die Jungen hielten angestrengt Ausschau nach eigenartigen Tieren und wilden Stämmen, doch Afrika erschien groß, rätselhaft und verlassen.

Schließlich tauchte die Insel Unguja vor ihnen auf. Das Archipel umfasst noch zwei kleinere Eilande, Pemba und Latham, doch wenn Seeleute von Sansibar sprachen, meinten sie gewöhnlich diese Insel, gekrönt von einer großen Festung aus weißem Korallengestein, die in der Sonne glitzerte wie ein Eisberg, die Brüstungen gespickt mit schweren Kanonen. Hal manövrierte die *Seraph* durch die Einfahrt des uralten Hafens.

Zahlreiche Schiffe mit Fock- und Achterriggung lagen dort vor Anker, manche der Dauen fast so groß wie die *Seraph*. Dies waren die Handelssegler aus Indien und Muskat und vom Roten Meer. Keines davon war jedoch als Piratenschiff zu erkennen – obwohl wahrscheinlich jedes einzelne davon eines war, lächelte Hal. Dann ließ er die Flagge senken, als Zeichen des Respekts für den Repräsentanten des Sultans, und ankerte gerade noch innerhalb der Reichweite der Geschütze der Festungsbatterien. Schon vor langer Zeit hatte er gelernt, keinem afrikanischen Potentaten je zu vertrauen, selbst wenn er sie noch so warm und offen willkommen zu heißen schien.

Ein Schwarm kleiner Boote kam zu ihnen heraus, sobald sie vor Anker lagen, und bot Waren feil, die jedes Bedürfnis und Laster befriedigten, von grünen Kokosnüssen bis zu Bündeln betäubender Hanfblätter und -blüten, von den fleischlichen Diensten kleiner brauner Sklavenjungen und -mädchen bis zu mit Goldstaub gefüllten Stachelschweinstacheln.

«Sorgt dafür, dass niemand von diesem Pack an Bord kommt», warnte Hal Big Daniel. «Und behaltet unsere eigenen Burschen im Auge, dass sie nicht versuchen, sich an Land zu stehlen, um sich der Flasche und dem Vergnügen hinzugeben. Ich werde dem englischen Konsul einen Besuch abstatten, obwohl ich nicht glaube, dass ich denselben Mann vor mir haben werde wie vor zwanzig Jahren, als ich das letzte Mal hier war. Wie hieß der Bursche noch gleich?»

«Grey, soweit ich mich entsinne, Captain.»

«Richtig, Daniel, William Grey hieß der Halunke. Es würde mich wundern, wenn er nicht längst am Galgen gelandet ist.»

Hal nahm Aboli und fünf bewaffnete Matrosen mit an Land. Das Langboot setzte sie auf dem Steinpier vor den dicken, weißen Festungsmauern ab. Aboli bahnte ihnen einen Weg durch die Massen von Markthändlern und Bettlern, und sie betraten das Labyrinth schmaler Gassen, kaum breit genug für drei Mann nebeneinander.

Der Gestank der offenen Jauchekanäle, die sich in den Hafen ergossen, war so schlimm, dass es ihnen die Kehle zuschnürte. Hal drehte sich fast der Magen um. Wo der Wind nicht hingelangte, herrschte stickige Hitze, und bevor sie hundert Schritte gegangen waren, waren ihre Hemdrücken durchgeschwitzt. Manche der Gebäude waren drei Stockwerke hoch, doch keine einzige Wand war senkrecht. Sie wölbten und neigten sich in die Gassen, sodass sie an den Dachkanten fast zusammenstießen. Die oberen Balkone waren mit feinem Gitterwerk verbaut: die Zenanas, die Frauenwohnungen, aus denen gesichtslose weibliche Wesen in schwarzen Schleiern auf die Gasse hinunterschauten.

Es war die Jahreszeit des Monsuns, die Zeit, in der die Sklavenhändler von den entferntesten Winkeln der Ostküste nach Sansibar strömten. Aboli führte sie über den Hauptsklavenmarkt, einen langen, dachlosen Suk im Schatten einer Gruppe von Banyanbäumen mit eigenartig gewundenen Stämmen und dunkelgrünen, ausladenden Laubkronen.

Die Sklaven, die zu verkaufen waren, saßen in Reihen unter den Banyanästen. Hal wusste, dass sie Wochen in Ketten verbracht hatten seit dem Tag ihrer Gefangennahme tief im Innern Afrikas – den ganzen langen, herzzerreißenden Weg zur Küste und dann in den Sklavenbunkern der Dauen, auf denen sie über den Kanal gebracht worden waren. Einige der Männer trugen Brandzeichen auf der Stirn, die Narben noch rosa, frisch verheilt. Diese Zeichen bedeuteten, dass sie in den Sklavenbaracken auf den Stränden am Festland kastriert worden waren. Sie waren für China bestimmt, wo der Kaiser das Gesetz erlassen hatte, dass kein schwarzer Sklave importiert werden durfte, der noch in der Lage wäre, chinesisches Blut zu schänden. Diese Eunuchen waren fast doppelt so teuer wie die anderen, da die primitive Operation und das Ausbrennen der Wunden gewöhnlich zu hohen Verlusten führten.

Die Käufer von den Schiffen im Hafen inspizierten das Angebot und feilschten mit den Sklaventreibern in ihren knöchellangen Kitteln und Turbanen. Hal drängte sich an ihnen vorbei, bis sie in den Gassen jenseits des Suks waren.

Obwohl seit seinem letzten Besuch zwei Jahrzehnte vergangen waren, führte Aboli sie unfehlbar zu der schweren Tür an einer lärmenden Straße. Sie war aus afrikanischem Mahagoni und mit Eisennägeln beschlagen. Die Schnitzereien waren islamische Muster und Texte aus dem Koran, ohne jede Abbildung von Tieren oder Menschen, was als Götzenverehrung verschrien war. Sie läuteten die große Glocke, und ein Sklave in einem langen, schwarzen Kaftan, den Kopf mit einem Turban bedeckt, öffnete die Tür.

«*Salam alaikum.*» Er berührte seine Brust und Lippen und hieß sie mit einer Verbeugung willkommen. «Mein Herr erwartet Euch.» Er schaute auf Hals kleines Gefolge. «Wir haben Erfrischungen für Eure Männer.» Er klatschte in die Hände, worauf ein anderer Sklave erschien und die Gruppe ins Haus führte, während Hal ihm auf einen Innenhof folgte, wo ein Springbrunnen plätscherte und Hibiskussträucher blühten, deren Duft den Gestank der Straße versüßte.

Zuerst erkannte er die monströse Gestalt nicht, die auf einem Haufen Kissen im Schatten neben dem Brunnen lag. Er zögerte und starrte ihn an, bis er hinter dem aufgedunsenen Gesicht die Züge des Mannes wieder erkannte.

«*Salam alaikum*», begrüßte ihn William Grey, der Konsul Seiner Majestät im Sultanat von Sansibar.

Hal hätte fast in derselben Sprache geantwortet, doch damit hätte er William Grey verraten, dass er des Arabischen mächtig war, was Hal vermeiden wollte. Also sagte er: «Leider spreche ich kein Wort dieser Heidensprache, Sir. Ich dachte, Ihr seid ein Engländer. Sprecht Ihr keine christliche Sprache?»

«Entschuldigt, Sir, es ist reine Gewohnheit.» Grey lächelte schmeichlerisch. «Ich bin William Grey, konsularischer Vertreter Seiner Majestät beim Sultan von Oman. Vergebt mir, dass ich nicht aufstehe, um Euch zu begrüßen.» Grey wies mit einer Geste auf seinen verwüsteten Körper und seine elefantenhaft geschwollenen, mit eitrigen Geschwüren bedeckten Beine hin, die Zeichen extremer Wassersucht. «Bitte setzt Euch doch, Sir. Ich habe Euren Besuch erwartet, seit ich von Eurer Ankunft im Hafen hörte.»

«Guten Tag, Sir. Captain John Black, zu Euren Diensten.» Hal erinnerte sich, dass Grey dem Christentum abgeschworen und zum Islam übergetreten war, vermutlich weniger aus religiöser Überzeugung als aus finanziellen und ökonomischen Gründen.

Offenbar hatte Grey ihn weder erkannt, noch erinnerte er sich an ihn. Nichts anderes hatte Hal erwartet, nachdem er Grey einen falschen Namen genannt hatte. Die Piraten durften unter keinen Umständen seiner wahren Identität gewahr werden, denn zwanzig Jahre zuvor, im Äthiopien-Krieg am Horn von Afrika, hatte Hal in der ganzen islamischen Flotte Angst und Schrecken verbreitet. Seine Attacken hatten ihm den arabischen Ehrennamen *El Tazar* eingebracht, «Barrakuda». Wenn er Jangiri zu einem Überfall verlocken wollte, durften seine Feinde keine Ahnung haben, wen sie tatsächlich gegen sich hatten.

Hal ließ sich auf den Kissen nieder, die für ihn ausgebreitet worden waren. Eine Sklavin kam mit einem Tablett mit zwei silbernen Kaffeetässchen. Eine zweite Frau brachte eine hohe, silberne Kanne mit passender Wärmpfanne. Beide Sklavinnen waren noch junge Mädchen, schlank und mit schmalen Taillen; für jede musste Grey mindestens zweihundert Rupien bezahlt haben. Hal erinnerte sich, dass Grey sein Vermögen im Sklavenhandel gemacht hatte und mit dem Verkauf von Lizenzen und Aufträgen vom Sultan. Bei ihrem letzten Zusammentreffen hatte er Hal zu überreden versucht, sich an diesen Geschäften zu beteiligen. Doch Hal nahm nicht an, dass Greys schändliches Treiben dort seine Grenzen fand; er hatte keine Illusionen über die Niedertracht dieses Mannes. Es war sogar denkbar, dass er kein geringerer Schurke war als Jangiri und dessen Kumpane.

Eines der Mädchen kniete vor Grey und füllte die Tassen mit dem bitteren, schwarzen Sud, dickflüssig wie Honig. Mit einer Hand, an der Goldringe und Juwelen in die geschwollenen, weißen Finger eingesunken waren, streichelte Grey ihr träge den Arm, als wäre sie ein Schoßkätzchen. «Hattet Ihr eine gute Reise, Captain?»

«Nicht ohne Zwischenfälle, Sir», antwortete Hal. Grey war bestimmt schon genauestens informiert, in welchem Zustand die *Seraph* war, und wollte es nur noch einmal bestätigt hören. «Auf unserem Weg von Bombay, im Konvoi mit zwei anderen Schiffen der ehrenwerten Ostindischen Kompanie, sind wir vor der Küste von Madagaskar in einen furchtbaren Sturm geraten. Eines der anderen Schiffe ist mit der ganzen Besatzung untergegangen, und wir selbst sind nur mit großem Schaden an Rumpf und Rigg davongekommen. Hauptsächlich deshalb haben wir diesen Hafen angelaufen, was ursprünglich nicht in meiner Absicht lag.»

«Ich bin betrübt, von Eurem Missgeschick zu hören» – Grey schüttelte teilnahmsvoll den Kopf – «doch zugleich bin ich dankbar, Euch hier zu sehen, Euch und Euer feines Schiff. Ich hoffe, ich kann Euch zu Diensten sein und Euch mit allem versorgen, was Ihr benötigt.»

Hal verbeugte sich im Sitzen. Das hofft er bestimmt, dachte

Hal, zweifellos zu Wucherpreisen und mit einer saftigen Kommission für sich selbst. Er staunte, welche Veränderungen Alter und Krankheit in Grey verursacht hatten. Als er ihn das letzte Mal gesehen hatte, war Grey jung und stark gewesen, doch nun war sein Kopf kahl, der Bart silberweiß; seine Augen waren matt und verschleimt. Er hatte den Geruch des Todes an sich.

«Danke, Sir. Ich bin sehr dankbar für die Dienste, die Ihr mir anzubieten geruht, besonders da ich eine außerordentlich wertvolle Fracht an Bord habe, die zudem für Seine Majestät, König William, von großer politischer Bedeutung ist.»

Grey regte seinen massigen Leib und ein Funke von Interesse erschien in seinem wässrigen Blick. «Als Vertreter Seiner Majestät in diesen Gefilden sollte ich vielleicht erfahren, welcher Art diese Fracht ist», murmelte er.

Hal atmete tief durch und blickte auf den Zierfisch hinab, der in dem Springbrunnen umherschwamm. Er rieb sich nachdenklich die Schläfen und gab allen Anschein, dass dieser Vorschlag reiflicher Überlegung bedurfte. Schließlich seufzte er: «Als Repräsentant Seiner Majestät solltet Ihr tatsächlich der Erste sein, der informiert wird.» Er legte noch eine Kunstpause ein, bevor er seine Stimme zu verschwörerischem Flüstern senkte. «Mir ist das Geschenk anvertraut worden, das Aurangsib, der Großmogul von Indien, Seiner Majestät zur Feier seiner Krönung schickt.»

Grey stützte sich auf einen Ellbogen. Der Mund stand ihm offen, die Habgier stand ihm ins Gesicht geschrieben, sosehr er es auch zu verbergen suchte. Der Gedanke an einen königlichen Tribut, das Geschenk eines Monarchen an einen anderen, erfüllte ihn mit fast religiöser Ehrfurcht.

Die Dynastie der Moguln ging auf Babur zurück, der seinerseits ein direkter Nachkomme Timurs und Dschingis Khans war. Sein Vater, Schah Jehan, hatte die fabelhafte Tadsch Mahal errichten lassen, als Mausoleum für seine Lieblingsfrau. Das Mogulreich war der mächtigste und reichste Staat, den der Orient je hervorgebracht hatte. Wie kostbar musste das Geschenk eines so mächtigen Kaisers sein?

Hal flüsterte noch leiser. «Der Gouverneur von Bombay, an den das Geschenk zunächst ausgeliefert wurde, hat mich informiert, dass es sich um Smaragde handelt, zwanzig Steine, jeder von perfektem Feuer und so groß wie ein Granatapfel.»

Grey verschlug es fast den Atem.

«Gouverneur Aungier hat mich eingeweiht, dass diese Steine fünfhunderttausend Rupien wert sind.»

Grey versuchte sich aufzusetzen, doch die Anstrengung war zu viel für ihn. Er fiel auf seine Kissen zurück und starrte Hal sprachlos an. Eine halbe Million Rupien konnte man für fast hunderttausend Pfund eintauschen – ein fast unvorstellbares Vermögen.

«Eine so bedeutende Fracht ist in der Tat mit allerhöchster Priorität zu behandeln», brachte Grey schließlich heraus. «Seid versichert, dass ich alles tun werde, was in meiner Macht steht, um Euch bei den Reparaturen an Eurem Schiff behilflich zu sein und Eure Abreise zu beschleunigen.»

«Danke, Sir.»

«Wie lange werdet Ihr nach Eurer Schätzung mit diesen Reparaturen beschäftigt sein?», fragte Grey besorgt. «Wann glaubt Ihr Eure Reise wieder aufnehmen zu können, Captain?»

«Mit Eurer Hilfe sollten wir in einem Monat wieder seeklar sein.»

Grey schwieg für einen Augenblick, während er offenbar schnell etwas ausrechnete; das Ergebnis schien ihn zu erleichtern. Alle diese kleinen Zeichen überzeugten Hal immer mehr, dass Grey mit den Korsaren unter einer Decke steckte.

Grey schenkte ihm ein schleimiges Lächeln. «Die Schäden müssen größer sein, als man auf den ersten Blick annehmen könnte.» Dies bestätigte einen weiteren Verdacht, den Hal gehegt hatte: dass Grey die *Seraph* von seinem Dach aus mit einem Teleskop persönlich in Augenschein genommen hatte.

«Natürlich werde ich versuchen, früher auslaufen zu können, doch wir haben viel Wasser aufgenommen. Ich fürchte, der Rumpf hat auch unter der Wasserlinie Schaden gelitten. Die Reparaturen werden mindestens zwei bis drei Wochen beanspruchen.»

«Gut!», platzte Grey heraus. «Ich meine, bis dahin wird Euer Schiff bestimmt in jeder Hinsicht seetüchtig sein.»

Hal lächelte freundlich, während er dachte: Und – falls ich mich nicht sehr irre – dein Geschäftspartner Jangiri wird bereit sein, uns abzufangen und uns ein herzhaftes Willkommen zu bereiten, sobald wir wieder auf dem Mosambik-Kanal sind.

Grey gab den Sklavenmädchen ein Zeichen, die Kaffeetassen aufzufüllen. «Neben der üblichen Schiffsverpflegung kann ich

Euch noch andere Dinge anbieten, die Euch persönlich zum Vorteil gereichen würden – Waren, die den drei- bis vierfachen Einkaufspreis bringen werden, wenn Ihr wieder in England seid. Hättet Ihr Interesse, Captain?»

«Trotz der Erlasse gegen Privatgeschäfte, welche die Kompanie erlassen hat, glaube ich, dass jeder das Recht haben sollte, die Früchte seiner Arbeit und Findigkeit zu genießen», entgegnete Hal.

Grey nickte begeistert. «Das ist genau meine Ansicht. Ich habe ein Dutzend Sklaven in meiner Baracke, und zwar von einer Qualität, wie sie im Suk selten zu finden ist.» Er beugte sich vor und gab Hal einen so anzüglichen, obszönen Wink, dass Hal Mühe hatte, nicht seinen Abscheu zu verraten. «Vielleicht würde ich es gar über mich bringen, mich von einem oder zwei meiner besonderen Schätze zu trennen.» Er tätschelte dem Mädchen, das vor ihm kniete den Kopf und lächelte sie liebevoll an, während er auf Arabisch sagte: «Lächle ihm zu, dem ungläubigen Schwein.» Das Mädchen schaute Hal aus dem Augenwinkel an und zeigte ihre weißen Zähne in einem scheuen Lächeln. «Ist sie nicht bezaubernd?», fragte Grey. «Am Kap der Guten Hoffnung würde sie bestimmt hundertfünfzig Pfund bringen. Ihr könnt sie für siebzig haben. Ein kleiner Gefallen von mir, Ihr versteht.» Er streichelte das Mädchen. «Zeige dem Ungläubigen deine Brüste», befahl er auf Arabisch. Das Mädchen zögerte. «Zeige sie ihm, oder ich werde dir die Haut vom Rücken peitschen lassen.» Sie war fast noch ein Kind, nicht älter als sechzehn. Sie senkte bescheiden den Kopf, hob ihre Bluse und zeigte eine halbreife, braune Brust, die Brustwarze rund und fest wie eine schwarze Perle. «Ihre intimeren Organe sind ebenso vollkommen, wenn Ihr nachschauen möchtet», versicherte ihm Grey.

«Sie ist sehr schön, doch leider habe ich keinen Platz für sie auf meinem Schiff», sagte Hal bestimmt, während das Mädchen ihren Busen wieder bedeckte.

Grey ließ sich von der Ablehnung nicht aus der Ruhe bringen. «Ich habe eine Ladung Weihrauch, allerfeinste Qualität», fuhr er fort. «Danach wird sicherlich große Nachfrage herrschen. Ein hübscher Profit wäre Euch garantiert.»

Hal wusste, dass er wenigstens eines der Angebote annehmen musste, wenn er mit Grey auf gutem Fuße bleiben wollte. So feilschte er um zehn Körbe Weihrauch mit einem Gesamtgewicht von einhundertfünfzig Pfund.

Greys Sklaven trugen die Körbe herbei und reihten sie in der Mitte des Hofes auf, wo Hal den Inhalt prüfte. Die duftende Substanz stammte von Bäumen in den Bergen Afrikas. Die Baumstämme wurden mit tiefen Einschnitten versehen, und der Saft, der aus diesen Wunden quoll, verhärtete sich, sobald er mit Luft in Berührung kam. Nach vier Monaten formte sich diese Masse zu edelsteinartigen Kügelchen, von denen dann der zu verbrennende Weihrauch abgerieben werden konnte. Der erste, frische Saft produzierte halb durchsichtige, grünliche Kugeln, ein sicheres Zeichen gehobener Qualität. Hal fand diese Merkmale in der Ware, die ihm angeboten wurde, und ging schließlich auf den Handel ein.

Guy schien beeindruckt von Hals Fachkenntnissen. «Wie ich sehe, seid Ihr ein Mann von Geschmack und Scharfblick, Captain. Kürzlich sind zwei Elefantenstoßzähne hier auf den Markt gekommen, wie ich sie in all meinen Jahren auf dieser Insel noch nicht gesehen habe. Nur einem Gentleman wie Euch, Sir, würde ich solche Ware je anbieten.» Er klatschte in die Hände, und fünf kräftige Sklaven, die auf den Befehl gewartet zu haben schienen, schleppten ächzend einen der großen Stoßzähne herbei.

«Zehn Fuß lang!», rief Grey stolz. «Zweihundert Pfund schwer!» Es war ein unglaubliches Exemplar. Die Wurzel, die im Schädel des Tieres gesteckt hatte, war milchweiß; der Rest des gekrümmten Elfenbeinbalkens war gelblich braun verfärbt von den Säften der großen Bäume, von denen er die Rinde geschabt hatte. Als die Sklaven den zweiten Stoßzahn daneben legten, war es fast unmöglich, die Zwillingsstücke auseinander zu halten, so perfekt passten sie zusammen.

Hal war fasziniert von den riesigen Dickhäutern, seit er etwa in Toms Alter zum ersten Mal mit eigenen Augen eine wilde Elefantenherde beobachtet hatte. Er streichelte einen der Stoßzähne und meinte, die innerste Seele jenes unermesslichen, wilden Kontinents zu berühren. Er wusste, er musste dieses Paar besitzen, um jeden Preis. Grey bemerkte das Verlangen in Hals Augen und verhandelte entsprechend. Am Ende bezahlte Hal mehr, als ihn ein halbes Dutzend Sklavenmädchen gekostet hätten.

Später, nachdem die Stoßzähne an Deck der *Seraph* gehievt worden waren, wo sie nun in der Sonne schimmerten wie Bernstein, war Hal überzeugt, dass der Handel sich dennoch gelohnt hatte. Wenn er alt wäre und die Kälte des englischen Winters ihm in die Knochen kröche, bräuchte er nur den Arm auszustrecken und dieses Stück Afrika zu berühren, um sich in eine Zeit und an einen Ort zurückzuversetzen, wo er einst jung war, und sofort würde er den Zauber und das Feuer dieses Kontinents wieder in seiner Brust spüren.

Während er fast ehrfurchtsvoll auf die beiden großartigen Stoßzähne hinabschaute, gesellten sich seine beiden Söhne zu ihm. Selbst Dorian verstummte unter dem Zauber, der auf sie alle wirkte. Als Tom schließlich sprach, war seine Stimme kaum hörbar. «Sie sind so groß», flüsterte er. «Eines Tages würde ich gern ein Tier jagen, das so groß ist, wie dieses gewesen sein muss.»

Hal zog die «Reparaturen» an der *Seraph* kräftig in die Länge. Er wollte genug Zeit verstreichen lassen, dass sich ihre Ankunft in Sansibar und entlang der Fieberküste herumsprechen würde, bis die Neuigkeiten Jangiri zu Ohren kämen, wo immer er sich aufhalten mochte. Danach würde der Korsar seine Zeit brauchen, eine Streitmacht zusammenzutrommeln und sie für den Angriff auf dem Kanal vorzubereiten. Jangiri würde niemals versuchen, die *Seraph* zu entern, während sie noch im Hafen ankerte, da war Hal ganz sicher. Schließlich waren sie Gäste des Sultans und standen unter dessen Schutz.

Er kannte die Lehren des Propheten gut genug, um zu wissen, dass sie dem Gastgeber in der islamischen Welt eine Fürsorgepflicht auferlegten, mit deren Missachtung jeder Untertan den Sultan entehren würde. Niemand würde das wagen. Doch sobald die *Seraph* wieder auf offener See wäre, durften die Piraten zur Jagd blasen, und der Sultan würde nichts dabei finden, seinen Anteil an der Beute zu verlangen.

Das andere, was Hal zu bedenken hatte, war, wie die *Yeoman of York* unter Captain Edward Anderson vorankam und wann er sie am vereinbarten Treffpunkt erwarten konnte. Auf offener See wäre Hal mehr als gewillt, Jangiri allein zu begegnen, doch wenn er ihn in seinem Schlupfwinkel an Land aufgespürt hätte, würde er dort wahrscheinlich schwere Befestigungen und zahlreiche Streitkräfte vorfinden. Um eine solche Bastion zu stürmen und einzunehmen, würde er jeden Mann und jedes Schiff benötigen, dessen er habhaft werden konnte.

Wenn Edward Anderson das Kap der Guten Hoffnung eine Woche nach der *Seraph* verlassen hatte, war er wahrscheinlich dem schlimmsten Unwetter entgangen. Die kräftigen Winde nach dem großen Sturm hätten ihn dann auf seiner Reise nach Bombay vorangetrieben. Nun stand der Wechsel der Jahreszeiten bevor. Bald würde der Monsunwind drehen und Andersons Rückreise zur afrikanischen Küste beschleunigen. Dennoch würden noch viele Wochen vergehen, bevor er am Treffpunkt sein konnte. Hal war also in keinerlei Eile.

So schwang die Mannschaft gemächlich die Rahen und Spieren wieder an Ort und Stelle und hängte sie an die Masten, während die Schiffszimmerleute sich an die Arbeit machten, den Rumpf auszubessern und mit einem neuen Anstrich zu versehen.

Eine Woche nach seinem Besuch beim britischen Konsul schickte Hal Aboli an Land, um im Suk ein paar Einkäufe zu erledigen. Am selben Abend rief er Tom und Dorian in seine Kabine. Beide Jungen hatten ihn zu überreden versucht, sie an Land zu lassen, wann immer sich ein Boot auf den Weg zum Kai machte. Die überschüssige Energie, die sich in letzter Zeit in ihnen aufgebaut hatte, war in so manchem gefährlichen Streich zum Ausbruch gekommen; es würde ihnen gut tun, sich die Beine an Land zu vertreten und ihren Übermut dort ein wenig abzulassen.

«Ich werde heute Abend mit Aboli an Land gehen, um den Gerüchten zu lauschen, die in den Gassen und auf dem Markt dort kursieren», eröffnete er seinen Söhnen. «Ich könnte zwei Sklavenjungen gebrauchen, die mir zu Diensten sind.» Er sprach auf Arabisch und musste lächeln, als Tom die Stimmung des Augenblicks aufnahm und in derselben Sprache antwortete.

«Verehrter Vater, Ihr würdet uns eine große Ehre erweisen, wenn wir Euch begleiten dürften.»

Hal wies ihn auf die Fehler hin, die er noch machte, obwohl er zufrieden war mit den Fortschritten, die der Junge schon gemacht hatte. Natürlich wäre er noch nicht als geborener Araber durchgegangen, doch bei den meisten Leuten würde Tom sich verständlich machen können. Er schaute Dorian an. «Und was hat mein jüngster Sohn dazu zu sagen?»

Dorian verbeugte sich respektvoll. «Geliebter Vater, meine

Dankbarkeit für solche Güte würde sprudeln wie süßes Wasser aus einer Wüstenquelle.»

«Ich habe einen Poeten zum Sohn!», lachte Hal. Dorians Arabisch war weit besser als das seines großen Bruders. Sein Vokabular war eindrucksvoll, und die Worte, die er gewählt hatte, waren genau die, welche ein Araber unter ähnlichen Umständen benutzt hätte. «Aboli hat Kleider für euch besorgt. Esst zu Abend und haltet euch bereit, mit uns zu kommen.»

Hal trug das knöchellange Gewand und die Sandalen, die Aboli für ihn gekauft hatte. Der breite Gürtel war aus Goldfiligran, mit einer Scheide für den Krummsäbel, den er vor dem Bauch trug. Der Knauf der Waffe war aus Rhinozeroshorn, poliert wie gelber Achat. Seine Weste war mit Goldstickereien und Silberfäden verziert, und er trug einen schwarzen Turban. Mit seinem dichten, schwarzen Schnurrbart, der Hakennase und seinem Teint, der inzwischen tiefbraun glänzte wie geöltes Teakholz, sah er aus wie ein wohlhabender Daukapitän, vielleicht ein Sklavenhändler oder ein Pirat vom Roten Meer. Zur Vorsicht steckte er sich auch seine beiden doppelläufigen Pistolen unter den goldenen Gürtel, versteckt unter den Schößen der langen Weste.

Auch die beiden Jungen waren so braun gebrannt, dass sie keine Schminke brauchten, und ihr Haar war von dem Tuch bedeckt, das sie sich um den Kopf gewickelt hatten. Dorians Augen stachen grün gegen die kupferfarbene Haut hervor, doch auch unter den Paschtunenstämmen im Norden Indiens waren helle Haut und blassfarbene Augen nichts Ungewöhnliches.

Sobald es dunkel war, stiegen sie in das Langboot. Hal steuerte nicht zum Steinpier des Hafens, sondern um die Mole herum, um an einem ruhigen Strand eine Meile außerhalb der Stadt zu landen. Dort ließ er das Boot in der Obhut Big Daniels, und sie folgten dem gut ausgetretenen Pfad in die Stadt.

Es gab keine Stadtmauern, und die engen Straßen waren unbeleuchtet bis auf das Lampenlicht, das aus manchen der oberen Fenster schien. Es war also nicht schwer, unbemerkt in die Stadt zu gelangen. Als sie am Hauptsuk ankamen, waren die meisten der Stände und kleinen Läden noch geöffnet. Hal entschied sich für einen Teppichhändler, der ihm auf dem Rückweg von Konsul Greys Haus aufgefallen war. Manche der Teppiche in dem Laden waren wunderschönen Musters und Materials. Der Eigentümer, ein Mann namens Salim bin-Talf, begrüßte ihn überschwänglich, bat ihn, sich auf einem üppigen Seidenteppich niederzulassen, und ließ dickflüssigen, süßen, mit Kardamom gewürzten Kaffee servieren. Aboli und die beiden «Sklavenjungen» hielten sich im Hintergrund und bewahrten den ganzen Abend respektvolles Schweigen, wie Hal es befohlen hatte.

«Was gibt es Neues, Effendi?», stellte bin-Talf die rituelle Eingangsfrage.

«Gute Neuigkeiten», entgegnete Hal. Dies war die gebräuchliche Antwort, selbst wenn er soeben sämtlicher weltlicher Eigentümer beraubt worden, sein gesamter Harem vergewaltigt und sein erstgeborener Sohn einem Schlangenbiss erlegen wäre. «Und was sind Eure Neuigkeiten?»

«Auch ich habe gute Neuigkeiten.» Sie schlürften ihren Kaffee und plauderten. Unterdessen kamen drei oder vier von bin-Talfs Verwandten und Freunden hinzu, angelockt durch den Besuch eines Fremden. Langsam und stets mit Rücksicht auf Sitten und Protokoll kamen die Fragen und das Gespräch darüber in Gang, wie die Dinge wirklich lagen.

«Eure Sprache ist nicht die des Nordens, Effendi.» Sie hatten Hals Akzent bemerkt.

«Ich bin aus Morbi in Gujarat im Reiche des Großmoguls. Mein Schiff liegt im Hafen vor Anker.» Er hatte eine Reihe von Hochseedaus gemustert, die in der Nähe der *Seraph* ankerten, um seinen Zuhörern eine glaubwürdige Beschreibung geben zu können. «Ich bin hier, um Sklaven zu kaufen und auf den Märkten von Sansibar und Lamu Waren einzutauschen.»

«Und wie ist es in Eurem Land?»

«Die Stämme der Maratha und Sikhs haben sich gegen den Kaiser aufgelehnt, doch mit Gottes Hilfe wird er sie besiegen.»

«Gott sei uns gnädig!»

«In der Segelzeit wird Asaf Khan, sein ältester Sohn, seine Pilgerfahrt nach Mekka antreten, mit einer Flotte von hundert Schiffen.»

«Gott sei gepriesen!»

«Der einzige Gott.»

All diese Informationen hatte Hal am Kap der Guten Hoffnung aufgeschnappt, doch ihre Wahrheit bestätigte in bin-Talfs und seiner Leute Augen, dass Hal war, wer er vorgab zu sein. Sie wurden freundlicher und entspannter, und das Gespräch wurde immer flüssiger. Hal feilschte höflich um einen großartigen Seidenteppich aus Persien, und als er mit Goldmohuren bezahlte, Münzen im Wert von jeweils fünfzehn Rupien, kannte die Wärme der Verkäufer keine Grenzen mehr.

«Habt Ihr das englische Schiff unten im Hafen gesehen?», fragte ein Vetter bin-Talfs. «Das mit dem schwarzen Rumpf, das am Ende der Mole ankert?»

«Mein eigenes Schiff liegt ganz in der Nähe des Engländers. Es scheint beschädigt zu sein. Die Mannschaft ist dabei, die Masten zu reparieren.»

«Man sagt, es wäre in dem großen Sturm vor einem Monat geschehen.»

«Mit demselben Sturm bin auch ich in Berührung geraten, doch durch Gottes Gnade haben wir seinen Zorn überlebt.»

«Gott sei gedankt!»

«Man sagt, das Schiff komme aus Eurem Land, aus Bombay im Reiche des Großmoguls.» Bin-Talf schaute sich um, ob keine Spione lauschten. «Es hat einen unermesslichen Schatz geladen, ein Geschenk des Großmoguls für einen Frankenkönig.»

«Von diesem Schatz habe ich auch gehört.» Hal hatte Mühe, ein Lächeln zu unterdrücken. «Es wurde viel davon geredet, als ich Allahabad verließ.» Er senkte ebenfalls seine Stimme. «Man sagt, es ist ein Diamantenschatz im Wert von zwei Millionen Rupien.»

«Nein!», flüsterte der Vetter aufgeregt. «Ich habe gehört, es wären Smaragde, fünf Millionen Rupien wert. Man sagt, der Großmogul habe seine ganze Schatzkammer geleert.»

«Dann muss es einer der größten Schätze sein, die die Welt je gesehen hat», staunte Hal pflichtschuldigst, «und jetzt ist er hier, ganz in unserer Nähe. Einen solchen Schatz würde ich gern einmal mit eigenen Augen sehen.»

Alle fielen in Schweigen und dachten über die Möglichkeiten nach, auf die Hal sie aufmerksam gemacht hatte. Ihre Augen glänzten vor Habgier.

«Einen solchen Schatz würde ich gern einmal in Händen halten», sagte bin-Talf schließlich, «und sei es nur, um vor meinen Enkeln damit prahlen zu können.»

Sein Vetter lachte böse. «Aber al-Auf würde ihn dir schnell entreißen, Vetter.»

Alle lachten, und dann sagte ein anderer: «Al-Auf würde dir gleich die Hände mit abreißen.»

«Bei Gott, das ist wahr.»

«Wahr, wahr!» Sie lachten unbändig.

«Wer ist dieser böse Mann?», fragte Hal unschuldig, denn das war es, was «al-Auf» bedeutete.

«Ihr wollt ein Seefahrer sein und habt nichts von ihm gehört?», wunderte sich bin-Talf. «Ich dachte, jeder Seemann würde erzittern, sobald sein Name fällt.»

«Ich bin unwissend und von einem fernen Land», gab Hal zu.

«Musallim bin-Jangiri, die Geißel der Ungläubigen, das Schwert des Islam, das ist al-Auf, der Böse.»

Hal spürte, wie sein Herz schneller schlug, doch er ließ sich nichts anmerken und rieb sich nachdenklich das Kinn.

«Al-Auf ist also ein Pirat?», fragte er.

«Er ist der Vater und die Mutter aller Korsaren», lächelte bin-Talf.

«Das klingt nach jemandem, dem man am besten aus dem Weg geht. Wo würde ihn wohl finden, wer dumm genug wäre, ihn aufsuchen zu wollen?»

Bin-Talf kicherte und nahm einen langen Zug aus seiner Wasserpfeife. Das Wasser blubberte in der Schale, und feuchter Haschischrauch quoll aus seinem Mund. «Ihr habt Recht, Effendi. Nur ein Verrückter würde al-Auf besuchen wollen. Wer jedoch dem Tigerhai auf seinem Zug durch den Ozean folgen kann, der weiß auch, wo er nach Jangiris Schiff zu suchen hat. Wer weiß, wo der Nebel über dem Meer aufsteigt, der wird den Schatten seiner schwarzen Segel zu Gesicht bekommen.»

«Das klingt, als wäre er ein Dschinn, ein Meergeist, nicht ein Mensch aus Fleisch und Blut», entgegnete Hal.

«Ein Mensch ist er gewiss. Ich habe ihn mit eigenen Augen gesehen», prahlte der Vetter.

«Wo habt Ihr ihn gesehen? Wie ist er?»

«Ich habe ihn auf Lamu getroffen. Er war auf seinem Schiff dort im Hafen. Ich habe ihn an Deck gesehen. In Blick und Miene zeigt er den Stolz und die Tapferkeit eines Helden aus alten Zeiten – ein mächtiger Mann, ein Furcht einflößender Anblick.»

«Und sein Schiff?» Hal wusste, dass jede Beschreibung des Jangiri von blindem Schrecken gefärbt sein würde und wahrscheinlich nicht viel mit dem wirklichen Aussehen des Mannes zu tun hatte. Vielleicht war es jedoch möglich, eine gute Beschreibung seines Schiffes zu erhalten.

«Seltsam, es ist keine Dau, wie man vielleicht erwarten würde. Es ist ein Frankenschiff mit vielen Segeln», berichtete der Vetter. «Doch die Segel sind alle schwarz.»

«Ein Schiff wie der Engländer unten im Hafen?», fragte Hal.

«Ja, genau solch ein Schiff, nur viel größer und mit viel mehr Kanonen.»

Das kann nur die *Minotaur* sein, dachte Hal. «Wie viele Kanonen?», fragte er nach.

«Viele! Vielleicht hundert», schätzte der Vetter. Er war offenbar kein Seemann und die Zahl hatte keine Bedeutung für ihn. «Wenn das englische Schiff je auf al-Auf stößt, kann die Mannschaft nur noch Allah um Gnade bitten, denn al-Auf wird bestimmt keine walten lassen.»

Wenig später sprach Hal seine Abschiedsgrüße und verließ den Laden mit Aboli und den Jungen.

Als sie zur *Seraph* zurückruderten, saß er allein im Heck und hörte mit halbem Ohr zu, wie Tom und Dorian aufgeregt Big Daniel und Alf in allen Einzelheiten erzählten, was sie im Hafen gesehen und gehört hatten. Hal war zufrieden mit den Ergebnissen seines Besuchs. Niemandem außer Konsul Grey hatte er von dem vermeintlichen Mogulschatz erzählt, und doch schien nun jeder im Suk davon zu reden. Es musste inzwischen auch dem Korsaren zu Ohren gekommen sein.

Die *Seraph* döste noch drei Wochen an ihrem Liegeplatz, bevor Hal dem Konsul einen letzten Besuch abstattete. Sobald die üblichen Schmeicheleien und blumigen Begrüßungsformeln ausgetauscht waren, eröffnete ihm Hal: «Ich bin endlich fertig mit den Reparaturen an meinem Schiff. Wir sind bereit, in See zu stechen.»

«Wann plant Ihr auszulaufen?» Grey brachte seinen massigen Körper mühsam in eine sitzende Position und schaute Hal neugierig an.

«In drei Tagen, mit der Morgenebbe.»

«Obwohl Eure Gegenwart in meinem Haus mir eine große Ehre war, verstehe ich Euren Drang, die Reise wieder aufzunehmen nach dieser langen Unterbrechung, besonders da Ihr eine so kostbare Fracht an Bord habt. Ich kann Euch nur günstige Winde und Gottes Segen wünschen.» Er machte keinerlei Versuch, Hals Abreise zu verzögern; im Gegenteil, ihm schien sehr daran gelegen, ihn wieder unterwegs zu sehen. In Hals Augen konnte das nur eines bedeuten: Jangiri – al-Auf – war bereit und lag wahrscheinlich schon im Mosambik-Kanal auf der Lauer.

Die verbleibenden drei Tage in Sansibar verbrachten sie mit letzten Vorbereitungen für die Schlacht. Unter Big Daniels Leitung wurden die Kanonen frisch geladen. Die seidenen Pulverbeutel im Magazin wurden aufgefüllt und neben den Kanonen bereitgelegt. Aboli sorgte dafür, dass alle Musketen und Pistolen mit neuen Feuersteinen ausgerüstet und ordentlich geladen waren. Die Wetzsteine schwirrten, und die Funken flogen, als die Stutzschwerter rasiermesserscharf geschliffen wurden. Die Spitzen der Piken wurden von Hand nachgewetzt. Dabei sorgte Daniel stets dafür, dass diese Vorbereitungen für die Seeschlacht vor den Augen der Spione verborgen blieben, die sie vom Kai oder von den Festungsmauern aus beobachten mochten.

Hal achtete auf jede ungewöhnliche Bewegung der anderen Schiffe, die vor Anker lagen. Seit seinem letzten Gespräch mit Grey schien der Verkehr an kleinen Daus, die ein- und ausliefen, zugenommen zu haben. Viele der Schiffe segelten dicht an der *Seraph* vorbei, und die Mannschaften hingen über die Schandecks und glotzten das stolze Schiff an. Das war vielleicht alles mit natürlicher Neugier zu erklären, doch Hal war sicher, dass die Nachricht von ihrem unmittelbar bevorstehenden Auslaufen bald an interessierte Ohren draußen auf dem blauen Meer dringen würde.

In ihrer letzten Nacht im Hafen von Sansibar brach ein heftiges Gewitter aus. Donner rollten wie Felslawinen über das Himmelsdach, Blitze machten die Nacht zum Tage, und Sturzbäche von Regen prasselten auf die *Seraph* hernieder. Die Männer auf den Kanonendecks mussten laut schreien, um sich untereinander verständlich zu machen.

Nach Mitternacht lockerte die Bewölkung auf, und Myriaden von Sternen flimmerten und flackerten am Himmel und spiegelten sich auf dem Hafenbecken. Es war so still, dass Hal, schlaflos in seiner Koje, einen arabischen Wachmann auf einer der in der Nähe ankernden Daus hören konnte, wie er leise sang:

Gott ist groß,
der Mensch wie ein Kräuseln
im Wind des Monsuns.
Sieh nur die Plejaden über dir
und den Morgenstern, sieh.
Nur Gott kennt alle Wege des Ozeans.
Nur Gott ist ewig.

Sobald sich am Osthimmel die Dämmerung anzukündigen begann und die Sterne verblassen ließ, erhob sich Hal von seinem Lager und ging an Deck. Von der Insel wehte der Landwind in warmen Stößen, und die *Seraph* zerrte an ihrem Ankertau, voller Ungeduld, wieder die Meere zu pflügen. Hal nickte Ned Tyler zu, und der rief beide Wachen an Deck, um das Schiff auf den Weg zu bringen.

Die Mannschaft schwärmte in die Takelage aus, und bald blähten sich die Segel, zuerst flatternd und schüttelnd, dann stramm im Wind. Die *Seraph* drehte und schwang ihren Bug Richtung Hafenausfahrt. Hal ging an die Heckreling, von wo aus er beobachten konnte, wie vier Dauen ihre Liegeplätze verließen, die Lateinersegel setzten und ihnen folgten.

«Vielleicht haben die ebenfalls die Morgenebbe abgewartet, um in See zu stechen», grunzte Ned Tyler neben Hal, während sie beide zurückblickten.

«Nichts ist unmöglich, Mr. Tyler, nicht einmal, dass Konsul Grey ein ehrbarer Mann ist», nickte Hal.

«Das wäre vielleicht ein bisschen zu viel Optimismus, Captain», entgegnete Ned ernst.

Hal blickte zu den hohen Festungsmauern auf, die im Morgenlicht perlmuttfarben schimmerten, und stieß Ned an. Auf dem Ostturm war zunächst ein Funke zu sehen, und dann stieg eine weiße Rauchsäule auf und wurde vom Monsunwind davongeweht. «Glaubt Ihr, die wärmen sich die Hände dort oben?»

«Der Rauch ist bestimmt vom Festland auf der anderen Seite des Kanals zu sehen», meinte Ned.

«Und von zwanzig Meilen draußen auf dem Meer vor Sansibar.»

Der Kanal war so schmal, dass sie die scharfen Konturen der afrikanischen Küste deutlich sehen konnten, als die Sonne ihren glühenden Rand über den Horizont schob und die fernen Berge in Brand zu setzen schien.

Hal schaute wieder über das Heck hinaus. Die kleine Flotte, die mit ihnen den Hafen verlassen hatte, folgte ihnen weiter im Kielwasser. Er hatte noch nicht alle Segel gesetzt, und das Hauptsegel war noch dreifach eingerefft, sodass die *Seraph* recht gemächliche Fahrt machte, doch die meisten der Verfolger fielen schon zurück. Nur zwei der größeren Dauen konnten Schritt halten.

«Deck! Mehr Rauch vom Festland!», rief Tom vom Mastkorb, und Hal begab sich zur Leereling. Eine dünne Rauchfahne erhob sich vor dem grünen Hintergrund einer der Landzungen um einen weiten Strandbogen mit weißem Korallensand. Der Rauch zeigte eine unnatürliche, silbrig weiße Färbung und stieg senkrecht nach oben, bis er plötzlich vom Wind ergriffen wurde und über den grünen Hügeln verwehte.

Sie segelten den ganzen Tag nach Süden, an mehreren Feuern vorbei, die an der Küste entzündet wurden, wann immer die *Seraph* eine Landzunge oder ein Vorgebirge passierte, und alle diese Feuer erzeugten den gleichen silbrigen Rauch, der meilenweit sichtbar sein musste.

Die Flottille der kleinen Dauen blieb weiterhin sichtbar, und die beiden größeren Schiffe folgten der *Seraph* in zwei oder drei Meilen Abstand. Erst als die Sonne auf den Horizont zusank und die wattigen Haufenwolken rot und golden färbte, lösten die beiden Schiffe ihre Reffs und schlossen fast unmerklich auf, sodass sie selbst im verlöschenden Abendlicht vom Hauptdeck der *Seraph* aus deutlich zu sehen waren. Durch sein Fernrohr konnte Hal die Massen von Männern sehen, die sich auf ihnen drängten. «Ich glaube, es wird bald etwas geschehen», bemerkte er zu Ned Tyler. «Ich will, dass die Mannschaft ihr Abendessen einnimmt, solange wir noch Tageslicht haben. Wir sollten uns auf ein Nachtgefecht vorbereiten.»

Ned war besorgt. In einem Nachtgefecht wäre selbst ein mächtiges Schlachtschiff im Nachteil gegen einen unterlegenen, aber zahlreichen Feind. Im Schutz der Dunkelheit konnte sich eine Flotte kleiner Schiffe nähern und das größere Schiff mit Massen von Kämpfern überschütten, bevor die Kanoniere sie vertreiben konnten.

Der Mastkorb meldete sich wieder: «Deck! Ein kleines Boot direkt voraus! Es scheint in Schwierigkeiten zu sein!»

Hal eilte zur Reling und hob sein Fernrohr. Über den Bug

konnte er den Rumpf einer Dau erkennen, die umgestülpt im Wasser trieb, nur die Kielplanken sichtbar. Darum herum waren etliche Köpfe zu sehen, Menschen, deren dünne Rufe vom Wind zur *Seraph* getragen wurden.

«Bei Gottes Liebe!»

«Gnade! Gott hat euch gesandt, uns zu retten!»

Als sie nahe genug waren, dass sie die Gesichter der Männer ausmachen konnten, die um das Wrack herum schwammen, gab Hal den Befehl beizudrehen. Die *Seraph* schwang herum, den Bug in den Wind, und trieb auf die gekenterte Dau zu.

«Lasst ein Boot ab, um sie aufzufischen!», befahl Hal, und während das Langboot zu Wasser ging und zu den Schiffbrüchigen gerudert wurde, zählte er ab, wie viele es waren. «Zweiundzwanzig. Eine große Mannschaft für ein so kleines Boot, Mr. Tyler.»

«Allerdings, Captain, eine ungewöhnlich große Mannschaft.»

Hal ging an die Reling, wo Big Daniel und Alf Wilson mit einer Gruppe Bewaffneter warteten.

«Sind wir bereit, ihnen einen passenden Empfang zu bereiten, Mr. Fisher?»

«Sie werden die beste Begrüßung bekommen, die diesseits des Paradieses zu haben ist», antwortete Big Daniel grimmig. Das Langboot war nun voll mit den triefenden, zitternden Überlebenden der Dau und lag tief im Wasser, als es sich auf den Rückweg zur *Seraph* machte.

Alf Wilson pfiff leise durch die Zähne, und seine dunklen, hübschen Züge erstrahlten in teuflischem Vergnügen. «Der Große dort vorn im Boot, der mit dem Bart.» Er zeigte auf einen der Schiffbrüchigen. «Den kenne ich. Bei Gott, welche Freude, ihn noch einmal begrüßen zu dürfen! Er war der Anführer der Bande von Halsabschneidern, die die *Minotaur* geentert hat, mit genau der gleichen List.»

«Verschwindet von der Reling, Mr. Wilson», warnte Hal ihn leise, «sonst erkennt er Euch ebenfalls. Er soll Euch erst sehen, wenn er schon an Bord ist.»

Das Langboot machte an den Ketten der *Seraph* fest, und der erste der geretteten Schiffbrüchigen kam die Leiter herauf und fiel auf Hände und Knie. Er drückte seine Stirn auf die Planken, und das Meerwasser aus seinem durchnässten Kaftan bildete eine Pfütze um ihn herum.

«Mögen Allah und all seine Heiligen dieses Schiff segnen. Eure Gnade und Güte werden im goldenen Buch der …»

«Genug, Bursche.» Big Daniel half ihm freundlich auf die Beine, und seine Männer schleppten den verblüfften Araber zur anderen Seite des Schiffes, wo sie ihn in Schach hielten. Der Nächste, der die Leiter hoch und über die Reling kam, war der große, bärtige Mann, den Wilson erkannt hatte. Er breitete die Arme aus, und sein langer Kittel klebte an seinem schlanken Körper. «Dies ist ein glücklicher Tag. Meine Kinder und Enkelkinder …», begann er mit klangvoller Stimme.

«*Salam alaikum*, Rachid», begrüßte ihn Alf Wilson. «Wie viele lange Tage haben meine Augen nach dem Anblick deiner holden Züge gehungert.»

Rachid blickte erschrocken in seine Richtung. Alf ging auf ihn zu und grinste ihm ins Gesicht. Der Araber erkannte ihn und schaute sich hastig nach einem Fluchtweg um, bevor er einen Sprung auf die Reling zu wagte. Alf Wilson packte ihn im Flug und drückte ihn aufs Deck, das Knie in Rachids Kreuz und die Spitze seines Messers auf der weichen Haut unter Rachids Ohr. «Bitte, du Liebling des Propheten, gib mir einen Grund, dir die Kehle durchzuschneiden.» Er stach ihn sacht an, sodass der Bärtige aufkreischte und sich auf den Planken wand, während Alf ihn mit seiner freien Hand von oben bis unten abtastete. Dann griff er unter Rachids nassen Kaftan und förderte einen mörderischen Krummdolch zutage, dessen Klinge er sogleich an Rachids Ohr ausprobierte. Das Ohrläppchen fiel ab, und Blut tröpfelte in den Bart des Mannes.

«Sieh da, wie scharf es ist», freute sich Alf. «Das ist bestimmt dieselbe Klinge, mit der du meinem alten Kameraden Ben Brown die Nase abgeschnitten hast, derselbe Dolch, mit dem du Johnnie Waite ermordet hast.»

Rachid schluchzte und winselte um Gnade. «Gott ist mein Zeuge, ich bin unschuldig, Ihr verwechselt mich mit jemand anderem; ich bin ein armer, ehrbarer Fischer!»

Die anderen wurden zu einem verwirrten Haufen zusammengetrieben, umringt von gezückten Hiebern. Alf zerrte den jammernden, katzbuckelnden Rachid auf die Beine und stieß ihn quer über das Deck zu den anderen Arabern. «Jeder, der versucht zu entkommen oder eine der Waffen zu ergreifen, die ihr unter euren Kleidern versteckt habt, wird seinen Kopf verlieren; das habe ich meinen Männern befohlen», warnte sie Hal, bevor er sich an Ned Tyler wandte. «Bringt das Schiff wieder in Fahrt.»

Sobald die *Seraph* wieder im Wind war und den Kanal weiter hinuntersegelte, schrie er die Gefangenen an: «Ausziehen, alle! Bis auf die ungewaschene Haut!»

«Effendi, das geht nicht», protestierten die Araber, «unsere Nacktheit beschämt uns in Gottes Angesicht.»

Hal zog eine der Pistolen aus seinem Gürtel, spannte die Hämmer und setzte Rachid die Mündung an den Kopf. «Alle Kleider ablegen! Beeindruckt uns mit der Dicke und Länge eurer beschnittenen Schwänze, so wie ihr die Huren im Paradies beeindrucken werdet, sobald ich euch zu ihnen schicke.»

Rachid zog widerwillig seine nasse Kluft aus und stand in seinem Lendenschurz da.

«Alles ausziehen!», befahl Hal, und einer nach dem anderen schlüpften die Araber aus ihren Kleidern und legten sie auffällig sorgsam ab, damit, was immer sie darin verborgen hatten, nicht klirrte und klapperte oder auf die Planken knallte. Schließlich standen sie nackt da, ein elendes Häufchen, protestierend und ihre Unschuld beteuernd, mit den Händen ihre Blöße bedeckend, ihre Kleider auf einem Haufen neben ihnen.

«Durchsucht die Lumpen!», befahl Hal, und Aboli und Big Daniel gingen jedes Kleidungsstück durch. Nach einigen Minuten hatten sie eine hübsche Auswahl von Dolchen, die sie in den Kleidern gefunden hatten, auf dem Deck gestapelt.

«Rachid!», rief Hal den Anführer, der sogleich auf die Knie fiel, das Gesicht überströmt mit Tränen und Blut von seinem verstümmelten Ohr. «Was ist al-Aufs Plan? Welches Signal solltest du geben, sobald ihr mein Schiff unter Kontrolle hättet?»

«Ich verstehe nicht, Effendi. Ich kenne niemanden namens al-Auf. Habt Gnade mit einem armen Fischer! Meine Kinder werden verhungern, wenn ich nicht für sie sorgen kann!»

«Der gnädige Allah wird sich schon um deine armen Waisen kümmern», versicherte ihm Hal, bevor er von einem verschreckten Gefangenen zum anderen blickte. «Der da!» Er wählte einen Lumpen mit Narbengesicht und einer leeren Augenhöhle aus. Aboli zerrte ihn aus der Menge und legte ihm eine schwere Kette um den Hals, die er im Nacken verriegelte. «Ich frage dich noch einmal», grinste Hal Rachid an. «Was ist das Signal?»

«Bei Gott, Effendi, ich kenne diesen al-Auf nicht, ich weiß von keinem Signal.»

Hal nickte Aboli zu, der den Mann mit der Kette um den Hals unter den Arm nahm wie einen kleinen Jungen und ihn zur Reling trug. Dort hob er ihn hoch über seinen Kopf und warf ihn über Bord. Das Gewicht der Kette zog ihn sofort unter Wasser. An Deck herrschte schockiertes Schweigen, selbst unter den englischen Matrosen, die nie geglaubt hätten, dass ihr Kapitän so grausam sein konnte. Die nackten Gefangenen begannen leise zu winseln und fielen alle gleichzeitig auf die Knie, die Hände vor den Augen gefaltet, während sie um ihr Leben flehten.

«Das Signal.» Hal schaute Rachid ungerührt in die Augen.

«Gott ist mein Zeuge, ich weiß von keinem Signal.»

«Bringe ihn weg», sagte Hal zu Aboli, der Rachid an seinem verwundeten Ohr packte und ihn kreischend und blutend zur Reling schleppte. Dort warf er ihn flach auf die Planken, drückte ihm seinen riesigen, nackten Fuß zwischen die Schulterblätter und zog ein weiteres Stück Kette hervor, das er ihm um den Hals legte. «Werfe ihn den Haien zum Fraß vor», befahl Hal, «obwohl selbst die ein solches Gekröse kaum anrühren werden.»

«Ich werde reden», heulte Rachid von hoch über Abolis Kopf. «Wenn Ihr diesem schwarzen *Scheitan* sagt, er soll mich herunterlassen, werde ich reden.»

«Halte ihn über die Reling», ordnete Hal an.

Aboli wechselte seinen Griff und hielt Rachid an den Fußgelenken weit hinaus über die schäumende Bugwelle der *Seraph*. «Sprich», flüsterte er sanft, «meine Arme werden allmählich müde. Ich werde dich nicht viel länger halten können.»

«Zwei Lichter», kreischte Rachid, «zwei rote Laternen am höchsten Mast. Das ist das Signal an al-Auf, dass wir das Schiff erobert haben.»

Aboli holte ihn herein und ließ ihn auf die Deckplanken fallen, wo er wimmernd liegen blieb.

«Welchen Kurs solltest du einschlagen? Wo hättet ihr euch getroffen?», setzte Hal das Verhör fort.

«Er hat befohlen, ich solle nach Süden steuern, dicht vor der Küste, auf Ras Ibn Khum zu.» Hal kannte diese Landspitze, die in den Kanal ragte.

«Legt alle in Ketten und sperrt sie im Vorschiff ein, unter

strenger Bewachung. Jeder, der zu fliehen versucht, wird sofort erschossen», ordnete Hal auf Arabisch an, damit auch die Gefangenen es verstehen konnten.

Als die Sonne glutrot im Meer versank, ließ Hal einige Segel reffen und hielt größeren Abstand zum Land, wie es jeder gescheite Kapitän tun würde, wenn er so dicht vor einer Leeküste war. So segelten sie langsam nach Süden weiter. Einige Male zu Beginn der Nacht machte der Ausguck schwachen Laternenschein auf der einen oder anderen der Daus aus, die ihnen folgten.

Al-Auf, wo immer er lauerte, erwartete wahrscheinlich, dass seine Männer die *Seraph* erst übernehmen würden, wenn der größte Teil der Mannschaft schlafen gegangen wäre. Hal wartete deshalb bis vier Glasen auf der Mittelwache – zwei Uhr früh –, bevor er Befehl gab, die beiden roten Signallaternen anzuzünden und an den Mastkorb zu hängen. Sie funkelten in der Nacht wie Drachenaugen.

Dann befahl er Aboli und zwanzig ausgewählten Männern, die immer noch feuchten Kleider der gefangenen Araber überzuziehen. Während sie ihre Kopftücher wickelten, ging Hal in seine Kabine und legte geschwind die Verkleidung an, die er auf dem Markt in Sansibar getragen hatte. Nachdem er wieder an Deck kam, segelte die *Seraph* immer durch dunkle Gewässer, und als der Mond unterging, versank auch die Küstenlinie mit ihrem schimmernden Saum aus perlweißer Gischt in der Finsternis.

Hal ging das Deck entlang und sprach mit seinen Männern, die in Gruppen unter den Schandecks saßen. «Dies ist die gefährlichste Zeit», erklärte er ihnen leise. «Seid auf der Hut. Sie können sich nähern, ohne dass wir sie sehen können.»

Zwei Stunden vor Morgengrauen, als die Nacht am dunkelsten war, schickte Hal nach den beiden Jungen. Tom war hellwach und platzte fast vor Aufregung. Dorian musste dagegen fest geschlafen haben, denn er war nur halb wach. Er gähnte und rieb sich die Augen.

«Ich will, dass ihr euch jetzt beide an eure Gefechtsstellung im Mastkorb begebt», sagte er streng. «Wenn das Schiff angegriffen wird, bleibt ihr, wo ihr seid, ganz gleich was auf den Decks unter euch geschieht. Versteht ihr?»

«Ja, Vater.» Toms ernstes Gesicht war im Schein des Kompasshäuschens zu sehen.

«Du bist verantwortlich für deinen Bruder, Tom», sagte Hal nicht zum ersten Mal. «Dorian, du wirst tun, was Tom sagt, was immer er dir befiehlt.»

«Ja, Vater.»

«Ich werde sehr beschäftigt sein und euch nicht im Auge behalten können. Ich will deshalb, dass ihr in Sicherheit seid, hoch über dem Kampfgetümmel.»

Er ging mit ihnen zu den Fockmastwanten und drückte sie in der Dunkelheit an sich. «Möge Gott euch so lieben, wie ich es tue, meine Jungen. Versucht nicht, die Helden zu spielen. Haltet euch heraus, wenn es zum Kampf kommt.» Er schaute ihnen nach, wie sie in die Wanten stiegen und in der Finsternis verschwanden.

Bei Anbruch der Dämmerung begann es wieder zu regnen, was die Nacht etwas verlängerte, doch als die Sonne aufging, brachen auch die Regenwolken auf, und der Tag erwachte mit dramatischer Plötzlichkeit. Über Nacht hatte die Strömung in dem engen Kanal die *Seraph* dicht an die Küste getrieben.

Zwei Meilen steuerbord lag das afrikanische Festland mit seinen weißen Stränden. In den flachen Lagunen vor der Küste drohten die Korallenriffe mit ihren steinernen Reißzähnen. Direkt voraus ragte die bucklige Landzunge von Ras Ibn Khum in den Kanal. Hal befahl eine Kursänderung, die sie davon fern halten würde.

Die Verfolgerflotte, geführt von den Signallaternen am Mastkorb der *Seraph*, hatte in der Nacht aufgeholt. Das führende Schiff, eine mit Männern voll gepackte Dau von mehreren Hundert Tonnen, war weniger als eine Kabellänge achtern zu sehen. Sobald sie die *Seraph* wie durch Zauberei aus der Dunkelheit vor sich auftauchen sahen, brachen sie in Jubel aus und feuerten ihre Jezail-Flinten in die Luft. Offenbar hatten die Signallampen sie glauben gemacht, das Schiff wäre schon in al-Aufs Gewalt. Pulverrauchschwaden hingen in der Luft, und ihre Stimmen sowie Waffengeklapper kamen dünn über das dunkle, unruhige Wasser zur *Seraph* geweht.

«Begrüßt sie, Männer», befahl Hal seinen als Araber verkleideten Leuten, die nun begannen, ebenfalls herumzutanzen und zu der Dau zurückzuwinken. Ihre Kittel flatterten und blähten sich in der Morgenbrise. Hal unternahm nichts, um das Schiff zu verlangsamen, und der Abstand blieb gleich.

Er schaute nach vorn, um zu sehen, ob die Entfernung von der grünen Landzunge sicher genug war, und dann stockte ihm der Atem, als er keine zwei Meilen voraus ein anderes quer geriggtes Schiff erblickte, dessen schwarze Segel plötzlich hinter der Landspitze erschienen.

Hal war sofort klar, dass Jangiri in der nächsten Bucht vor Anker gelegen haben musste, während die Signalfeuer ihn über die Position der *Seraph* auf dem Laufenden gehalten hatten. Nun kam sein Schiff auf einer schäumenden Bugwelle herausgeeilt, um die *Seraph* zu stellen, gefolgt von einem Rudel kleinerer Schiffe, ein Dutzend oder mehr kleine Dauen.

Alf Wilson kam zu Hal gelaufen und rief aufgeregt: «Das ist die alte *Minotaur*, Captain. Die würde ich überall wieder erkennen.»

«Danke, Mr. Wilson, das habe ich mir schon selbst gedacht», entgegnete Hal kühl, bevor er sich an Ned Tyler wandte. «Haltet diesen Kurs.»

Die beiden Schiffe fuhren schnell aufeinander zu. Hal musterte die *Minotaur* durch sein Fernrohr. Es war keine zwei Jahre her, dass al-Auf sie geentert hatte, doch ihre Segel und Riggung waren schon in jämmerlichem Zustand. Kein englischer Kapitän würde sein Schiff je so verkommen lassen. Außerdem wurde sie nachlässig geführt. Wahrscheinlich war der Kapitän die Lateinerriggung gewöhnt und kannte sich mit der komplizierten Trimmung der höheren Rechtecksegel nicht aus. Die Toppsegel hatten sich in den Wind gedreht, und die Hauptsegel standen falsch, sodass das schwarze Segeltuch wie von Krämpfen geschüttelt flatterte und schlug. An der trägen Fahrt, die die *Minotaur* machte, konnte Hal ablesen, dass der Kiel des Schiffes mit Seegras bedeckt sein musste.

Liederliches Mannsvolk hing über die Seiten und sprang mit seinen Waffen in der Takelage umher, außer sich in ihrer gehässigen Freude. Nach Hals Schätzung waren es mehrere Hundert Mann. Es fröstelte ihn bei dem Gedanken, dass diese Horde bald die *Seraph* überfluten könnte. Er ordnete jedoch keine Ausweichmanöver an, da dies den Korsaren misstrauisch gemacht hätte. Die verkleideten Matrosen gaben sich derweil alle Mühe, den Piraten mit ihrer verrückten Pantomime willkommen zu heißen.

Die *Minotaur* führte je fünfundzwanzig Kanonen backbord und steuerbord; ihre Breitseite war fast doppelt so mächtig wie die der *Seraph*. In guten Händen wäre sie der *Seraph* weit überlegen. Wollen wir hoffen, dass sie im Gefecht ebenso unbedarft sind wie in ihrer Segelführung, dachte Hal, während die beiden Schiffe direkt aufeinander zusteuerten, bis sie jeden Moment zusammenzustoßen drohten. Die Dauen, die die *Minotaur* begleiteten, schaukelten hinter ihr her wie eine Entenfamilie.

Nun waren sie so dicht zusammen, dass Hal die Galionsfigur an ihrem Bug erkennen konnte, das gehörnte Fabeltier antiker Mythologie, halb Stier, halb Mensch. Sekunden später konnte er auch den Namen des Schiffes lesen, *Minotaur*, obwohl die Goldlettern halb abgeblättert, verblichen und salzverkrustet waren.

Hal hob sein Fernrohr und musterte das Deck. Fast sofort fiel sein Blick auf eine schwarz gewandete Gestalt, die die zusammengewürfelten arabischen Seemänner überragte. Er hatte keinen Zweifel: Das war al-Auf, der Böse. Wie hatte bin-Talfs Vetter ihn noch beschrieben? «Der Stolz und die Tapferkeit eines Helden aus alten Zeiten – ein mächtiger Mann, ein Furcht einflößender Anblick.» Der Mann hatte kaum übertrieben, dachte Hal grimmig.

Al-Auf trug einen hohen grünen Turban. Der Edelstein auf der Nadel, die ihn zusammenhielt, funkelte in den flachen Strahlen der frühen Sonne. Die breiten Schultern verrieten harte Muskeln, und der Körper unter den Falten des Gewandes wirkte geschmeidig und sprungbereit wie der einer großen Raubkatze; der Bart war geölt und in zwei Stränge geteilt, die ihm über die Schultern wehten. Schließlich waren die Schiffe dicht genug beisammen, dass Hal al-Aufs Gesicht betrachten konnte: dunkle Augen unter dichten, schwarzen Brauen; eine Adlernase über einem Mund dünn wie eine Schwertwunde; ein Gesicht so hart und grausam wie die arabische Wüste, die es geformt hatte.

Alle Kanonenluken der *Minotaur* standen offen und alle ihre schweren Kanonen waren ausgefahren. Ein feiner, blauer Rauchnebel wehte aus den Kanonendecks und warnte Hal, dass die Lunten schon brannten und die Kanoniere bereit waren. Al-Auf war klug und vorsichtig genug, sich nicht vollkommen auf die roten Laternen zu verlassen, die von der Mastspitze der *Seraph* herableuchteten.

Hals Augen verengten sich, als der Abstand zwischen den beiden Schiffen sich weiter verringerte und al-Auf keine Neigung zeigte, der *Seraph* Platz zu machen. Einige der Männer im Bug erstarrten in ihrem Tanz und schauten sich besorgt um.

«Kanonen ausfahren!» Hal hatte bis zum letzten Augenblick gewartet. Sein Befehl wurde an die Unterdecks weiter gegeben. «Kanonen ausfahren!», hallte es die Stiegen hinunter. Sofort dröhnten schwere Hammerschläge durch das Schiff: Die Keile wurden weggeschlagen. Als Nächstes flogen die Klappen der Kanonenluken krachend auf, und dann war das Rumpeln der Rolllafetten zu hören. In den gähnenden Luken erschienen schwarze Geschützmündungen. Hal stellte sich die Verblüffung der Schurken auf der *Minotaur* vor, als sie nun zusehen mussten, wie sich das vermeintlich hilflose, unbewaffnete Opfer vor ihren Augen in einen kampfbereiten, gefährlichen Feind verwandelte.

Hal beobachtete, wie al-Auf zum Steuerrad eilte und einen Befehl rief, der jedoch im Wind und unter den Schreien der Männer auf der *Seraph* unterging. Im nächsten Augenblick schwang die *Minotaur* ihren Bug in den Wind – ein ungeschicktes Manöver in der Absicht, einer Kollision und der Breitseite der *Seraph* zu entgehen.

«Welch dumme Entscheidung», murmelte Hal zufrieden. «Ihr hättet bessere Chancen, wenn ihr euch Schuss um Schuss mit der *Seraph* messen würdet.» Er hielt seinen Kurs.

«Mr. Fisher», rief Hal, «wir segeln vor ihrem Bug vorbei. Zielt und feuert!» Big Daniel ging zur vordersten Steuerbordkanone, schaute sich schnell die Zielrichtung an und schlug den Kanonierskeil weg, um die Mündung des schweren Geschützes zu senken. Die Zielentfernung würde nur wenige Schritt betragen. Mit dieser Geschützeinstellung würde die Kanonenkugel durch die Eingeweide der *Minotaur* toben.

Al-Aufs unüberlegte Wende in den Wind hatte die *Minotaur* praktisch lahm gelegt. Der Wind drückte von vorn gegen die Segel, sodass ein Abdrehen, ganz gleich in welche Richtung, unmöglich war.

«Einen Strich in den Wind», befahl Hal dem Steuermann. Die *Seraph* hielt etwas mehr auf die *Minotaur* zu und schob sich so dicht vor ihrem Bug entlang, dass sie fast das feindliche Bugspriet mitnahm. Die Kanonen des anderen Schiffes zielten ins Leere, während jede einzelne der Steuerbordkanonen der *Seraph* den vergoldeten Bug der *Minotaur* direkt vor sich haben würde. Big

Daniel drückte die Lunte in das Zündloch der führenden Kanone. Der Schuss löste sich mit enormem Donner und das Geschütz sprang in seine Rückstoßseile zurück. Eine lange Rauchwolke leckte am Bug der *Minotaur*, und deren Planken explodierten in einer Wolke aus Holzsplittern.

Die Kugel fraß sich durch die Unterdecks der *Minotaur*, wo die Kanoniere an ihren Geschützen warteten. An Bord der *Seraph* hörte man deutlich die Schreie und Gebete, als das Geschoss durch das Kanonendeck des anderen Schiffes wütete. Big Daniel ging zur zweiten Kanone und richtete sie ein. Die *Seraph* glitt ruhig vor der stöhnenden *Minotaur* entlang, bis die Mündung direkt in sie hineinschaute. Daniel feuerte und entfesselte damit eine weitere Donnerwolke aus Feuer und Rauch. Der Wind trug die Schreie der Verwundeten und Sterbenden herüber.

Eine nach der anderen spien die Kanonen der *Seraph* ihre tödliche Ladung aus. Die *Minotaur* erzitterte und wand sich, wehrlos gegen diese furchtbaren Schläge. Hal sah den grünen Turban aus dem panischen Haufen ragen, zu dem seine Männer geworden waren. Er versuchte sie dazu zu bringen, die Segel herumzutrimmen, damit das Schiff sich in den Wind drehen und vor dem grausamen Geschützfeuer fliehen konnte, das es vom Vorsteven bis zum Heck erschütterte.

Von der Takelage der *Seraph* hagelte Musketenfeuer auf das Hauptdeck der *Minotaur* hinab. Trotz der Ungenauigkeit der Waffen mit ihren glatten Läufen fand fast jeder Schuss ein Ziel in den Knäueln von Arabern, die auf dem Deck umherirrten. Der ohrenbetäubende Kanonendonner wurde von dem schärferen Knall der Falkonette unterbrochen, die das Deck der Minotaur mit Kartätschenfeuer belegten. Als Hal am Fockmast hinaufschaute, um zu sehen, ob die beiden Jungen in Sicherheit waren, konnte er Tom beobachten, wie er eifrig sein Handgeschütz nachlud. Dicht neben Tom tauchte immer wieder Dorians Kopf auf, und Hal meinte selbst in diesem Schlachtlärm die hohe, aufgeregte Stimme des Jungen hören zu können.

Jede einzelne der Steuerbordkanonen der *Seraph* hatte sich nun in die hilflose *Minotaur* entladen und entsetzlichen Schaden angerichtet; aus den offenen Kanonenluken triefte Blut und zog hellrote Spuren auf den Seiten des Schiffes.

«Wir gehen längsseits», warnte Hal Ned Tyler. Er wartete, bis die letzte Kanone abgefeuert war und die *Seraph* an ihrem Opfer vorbeigezogen war, dann rief er den Befehl in die momentane Ruhe. «Eine Breitseite, sobald wir längsseits sind, und dann entern wir sie im Rauch.» Die Mannschaft jubelte und hob ihre Enterwaffen – Piken, Hieber und Beile. Auf der *Minotaur* würden sie immer noch in der Unterzahl sein, doch Hal hatte genug Vertrauen in die Ausbildung und den Kampfgeist seiner Männer, dass er zuversichtlich war, die verwirrten und geschwächten Araber im ersten Ansturm überwinden zu können.

Er gab den Befehl, und die *Seraph* vollführte eine saubere Wende, sodass die beiden Schiffe einander die Breitseiten zeigten. Die *Seraph* war jedoch zu weit hinausgetragen worden; immer noch waren sie einen ganzen Musketenschuss weit entfernt. Hal befahl, die Hauptsegel einzuholen, sodass nur die Gefechtstakelage stehen blieb. Dann nahm er das Focktoppsegel back, damit die *Seraph* schneller auf die *Minotaur* zu abfallen konnte. Eine der kleinen Dauen im Geleit des Feindes fand sich direkt unter dem Bug der *Seraph*, zu spät, um der Kollision auszuweichen. Die Mannschaft schaute erschrocken nach oben, wo sich der mächtige Schnellsegler über ihnen auftürmte. Manche der Männer sprangen über Bord, andere waren vor Angst gelähmt, als die *Seraph* die Dau niedertrampelte. Die Planken brachen knirschend, und die Dau verschwand unter den Fluten. Die Schreie der Mannschaft verstummten abrupt.

Die *Seraph* ging durch den Wind und nahm Fahrt auf, immer näher an die *Minotaur* heran, doch das feindliche Schiff drehte schließlich ab und ging über Stag.

Als sie noch einen halben Musketenschuss, hundert Schritt, entfernt waren, sah Hal, wie al-Auf seine Leute mit Schreien und Hieben an ihre Gefechtsstände trieb. Einige der schweren Kanonen der *Minotaur* wurden abgefeuert. Manche der Kugeln verfehlten die *Seraph* um fünfzig Schritt und hüpften über die Wasseroberfläche wie von Kindern geworfene Kieselsteine; andere Geschosse heulten durch die Takelage hoch über dem Deck und eines der Stage riss knallend wie ein Pistolenschuss. Dennoch hielten sie unbeirrt auf die *Minotaur* zu, die nur langsam Fahrt aufnahm, mit immer noch flatternden und klatschenden Segeln. Die Rahen der beiden Schiffe waren jetzt einander so nah, dass sie sich fast berührten.

«Fertig zum Angriff!», rief Hal und schaute zu den Männern in den Ketten hinauf, die schon die schweren Enterhaken um ihre Köpfe kreisen ließen, um den Schwung aufzubauen, sie über die enge Lücke zu schleudern und den Feind zu ergreifen.

Hal beobachtete, wie al-Auf die aussichtslosen Bemühungen, seine Mannschaft zur Schlacht anzuspornen, schließlich aufgab und zu einer der geladenen Kanonen lief, die von der Geschützmannschaft verlassen worden war. Hal entdeckte kein Zeichen von Furcht auf dem bärtigen Gesicht, als der Pirat eine brennende Lunte aus dem Topf neben der Kanone nahm und zur *Seraph* blickte. Er schaute Hal geradewegs ins Gesicht, und seine dünnen Lippen verzogen sich zu einem wütenden Grinsen. Hal spürte in diesem Augenblick, dass keiner von beiden den anderen je vergessen würde. Dann stopfte al-Auf die rauchende, Funken sprühende Lunte in das Zündloch der Kanone. Er hatte keine Zeit, das Geschütz einzurichten. Es war eine verzweifelte Geste, ein letzter, verwegener Versuch, das Schlachtglück zu wenden.

Mit einem langen Schweif aus Feuer und Rauch schlug die schwere Eisenkugel in das Schandeck der *Seraph* ein, riss zwei englische Matrosen in blutige Stücke und landete am Fuß des Fockmasts. Der Mast erzitterte und begann sich langsam zur Seite zu neigen; Stage und Wanten schnappten entzwei und der Mast stürzte immer schneller.

Vor Hals Augen verwandelte sich sein Schiff von einer schnittigen Kriegsmaschine in ein verkrüppeltes Wrack. Dann sah er, wie zwei Gestalten wie Glaskugeln von einer Schleuder von der Spitze des umstürzenden Masts katapultiert wurden. Für einen Moment zeichneten sie sich deutlich vor den grauen Wolken ab, und dann verschwanden sie in den Fluten.

«Tom!», rief Hal in tiefer Verzweiflung. «Dorian, mein Gott, Dorian!»

Tom schaute vom Mastkorb aus auf die Decks der *Minotaur* hinab, auf die Horde von Arabern in Turbanen und bunten Kitteln. Er schwang das Falkonett auf seinem Drehfuß herum und zielte fast senkrecht nach unten, sodass er sich weit aus dem Korb lehnen musste.

«Schieß!», rief Dorian neben ihm. «Schieß, Tom!»

Tom hatte gute Sicht auf den furchtbaren Schaden, den die Geschütze der *Seraph* auf dem feindlichen Schiff angerichtet hatten. Die Schandecks waren zerschmettert bis auf das rohe, weiße Holz, das Bugspriet war weggeschossen, ebenso die Focksegel, die in einem Gewirr aus Tuch und Seilen im Wasser hingen. Eine der Deckkanonen hatte einen direkten Treffer erlitten und war aus ihrer Lafette gerissen worden, zwei arabische Kanoniere unter ihrem tonnenschweren schwarzen Lauf begrabend.

Das Deck war übersät mit Toten und Verwundeten. Die verschreckte Mannschaft rutschte und stürzte auf den blutroten Planken. Sie fielen über die Leichen ihrer Kameraden auf ihrer Flucht zu der Seite des Schiffs, wo sie sich den Kanonen der *Seraph* nicht direkt gegenübersahen.

«Schieß!» Dorian boxte mit der Faust auf Toms Schulter ein. «Warum schießt du nicht?»

Tom wartete auf den richtigen Augenblick. Er wusste, in der Enge im Mastkorb würde er fünf Minuten brauchen, das langläufige Falkonett wieder zu laden. In dieser Zeit konnte er den besten Moment verpassen, während das Geschütz ohne Ladung war.

«Nimm dir Zeit», hatte Big Daniel ihm eingehämmert. «Feuere nicht einfach drauflos. Warte, bis du nah genug dran bist, und sorge dafür, dass jeder Schuss wirklich zählt.»

Die arabischen Seeleute drängten sich an der Reling auf der anderen Seite der *Minotaur*. Einige der Matrosen waren schon hinaufgeklettert, bereit, sich ins Meer zu stürzen und zu einer der kleinen Dauen zu schwimmen, bevor sie die Breitseite der *Seraph* zu spüren bekommen und die Ungläubigen an Bord stürmen würden; sie schoben und kämpften um einen Platz, von dem aus sie sich in Sicherheit bringen konnten. Die Front der Fliehenden war sechs oder sieben Mann tief, und Tom sah ihre angstverzerrten Gesichter, als sie sich zu der *Seraph* umschauten, die hoch über ihnen dräute.

Er zielte sorgfältig mitten in die Menge und hielt die Lunte an das Falkonett. Rauch und brennende Stofffetzen schossen in einer dicken Wolke aus der Mündung und wurden ihm vom Wind ins Gesicht geblasen, sodass er für Sekunden nichts sehen konnte. Dann wurde der Rauch weggeweht, und er sah das klaffende Loch, das die Kartätschenladung in die Reihen der Männer unter ihm geschlagen hatte. Mindestens ein Dutzend Araber lagen danieder, zuckend und strampelnd in ihrem Blute.

«Ein guter Schuss, guter Schuss!», schrie Dorian.

«Hilf mir beim Nachladen», sagte Tom und schwang den kurzen, dicken Lauf des Falkonetts nach oben, bis er zum Himmel zeigte.

Dorian putzte den Lauf aus und schüttete eine Ladung Schwarzpulver aus dem Lederbeutel in die gähnende Mündung, bevor Tom mit dem Wergstempel nachstieß.

In diesem Augenblick erzitterte der Mast unter ihnen unter dem vernichtenden Aufprall der Kanonenkugel, die al-Auf abgefeuert hatte. Tom ließ den Ladestock fallen und suchte mit einer Hand Halt am Rand des Mastkorbs. Den anderen Arm legte er um Dorian und drückte ihn fest an sich.

«Tom, was ist geschehen?», rief Dorian in wilder Angst, während er sich an seinen Bruder klammerte.

«Halte dich fest, Dorian!» Tom versuchte seiner eigenen Panik Herr zu werden, während der Mast schwankte und sich über die Schiffsseite neigte, bis sie die schäumenden Fluten direkt unter sich sahen. «Wir gehen über Bord, Dorry! Halte dich an mir fest!»

Der Fockmast schwang immer weiter nach draußen, unter ohrenbetäubendem Kreischen des geschundenen Holzes und dem Schnappen und Peitschen der reißenden Seile und Segel. Schneller und schneller stürzten die Jungen an der Spitze des Mastes aufs Meer zu, am Ende so schnell, dass ihnen der Atem stillstand.

«Ich kann mich nicht mehr halten!», schrie Tom verzweifelt. Immer noch aneinander geklammert, wurden die beiden aus dem Leinenkorb geworfen und fielen in einem Dickicht aus Seilen und Spieren, in einem langen, geschwungenen Sturz, bis sie schließlich auf dem Wasser aufschlugen und tief in die grünen Fluten gesogen wurden.

Die Gewalt, mit der sie ins Meer eintauchten, riss die beiden auseinander. Noch tief unten öffnete Tom die Augen und suchte nach Dorian, während er sich strampelnd an die Oberfläche kämpfte. Auch als er endlich nach Luft schnappen konnte, galt sein erster Gedanke dem kleinen Bruder. Mit tränenden, vom Salz brennenden Augen schaute er sich nach ihm um. «Dorry!», würgte er. «Wo bist du?»

Der zerschmetterte Mast der *Seraph* lag über die Seite, die Segel wirr im Wasser wie ein riesiger Schleppanker, der den Bug herumzog, sodass sich die *Minotaur* schnell davonmachen konnte. Tom fand sich in einem Gewirr von Seilen und Segeltuch verstrickt, aus dem er sich freizustrampeln versuchte. Er entwand sich dem Seilende, das seine Beine umschlungen hatte, und griff nach einer zersplitterten Spiere, an der er sich hoch genug zog, um sich umschauen zu können.

«Dorry!» Seine Stimme war schrill vor Panik und Grauen. Im selben Augenblick tauchte Dorians Kopf aus dem Wasser, dreißig Fuß von ihm entfernt. Er war halb ertrunken und hustete und würgte Unmengen von Wasser heraus. Die Art, wie das Schiff herumschwang, trieb sie schnell auseinander.

«Dorry, halte aus!», rief Tom. «Ich komme!» Er ließ die Spiere los und kraulte auf seinen Bruder zu, doch sofort wickelte sich das Seil wieder um seine Beine.

«Tom!» Dorian sah ihn und streckte eine Hand nach ihm aus. «Rette mich, Tom, bitte rette mich!» Er war draußen im offenen Wasser und trieb schnell davon.

«Ich komme, Dorry!» Tom trat um sich und versuchte sich von dem Seil zu befreien, doch es war, als hielte ihn ein Riesenkrake umklammert. Eine Welle überschlug sich über Dorians Kopf und zwang ihn unter Wasser. Als er wieder auftauchte, war er fünfzehn Fuß weiter entfernt, hilflos mit den Armen wedelnd in seinem Versuch, den Kopf über Wasser zu halten.

«Schwimm, Dorry», rief Tom ihm zu, «schwimm, wie ich es dir beigebracht habe!» Dorian hörte ihn und brachte sein frenetisches Rudern etwas unter Kontrolle.

«Trete mit den Beinen!», rief Tom. «Paddle mit den Händen!» Dorian begann regelmäßiger zu schwimmen, doch die Strömung hatte ihn schon im Griff, und Tom wurde von dem Seil, das ihn an die gebrochene Spiere fesselte, in die andere Richtung gezogen. Er tauchte unter, tastete nach dem Seil und versuchte, es von seinen Beinen zu wickeln, doch der Sog des Meeres straffte die Windungen wieder; das Seil wollte einfach nicht nachgeben, obwohl er an dem rohen Hanf zerrte, bis ihm die Finger bluteten. Er brauchte Luft und musste wieder auftauchen.

Sobald er wieder etwas sehen konnte, schaute er sich nach Dorian um. Dieser war nun schon dreihundert Fuß entfernt. Sein

Gesicht war nicht mehr zu erkennen, doch seine Schreie waren zu einem verzweifelten Heulen geworden. «Tom, hilf mir!»

Die Spiere überschlug sich im Wasser, und Tom wurde wieder nach unten gezogen, diesmal so tief, dass seine Trommelfelle knirschten und ihm der Schädel schmerzte, als würde er mit einem Bohrer bearbeitet. Er riss an dem Seil, das ihn festhielt, dass es ihm die Haut von den Fingern riss und sich die Fingernägel aus ihren Betten lösten. Der Schmerz in seiner Brust, das Bedürfnis zu atmen war unerträglich, doch Tom kämpfte weiter, obwohl ihn bald alle Kraft verließ. Ihm wurde schwarz vor Augen, und nur noch sein nackter Wille ließ ihn weiter ringen. Ich gebe nicht auf, das war sein einziger Gedanke, Dorry braucht mich, ich darf nicht aufgeben.

Dann spürte er, wie ihn kraftvolle Hände packten. Als er die Augen öffnete und die Schwärze zurückdrängte, sah er Aboli vor sich, von Angesicht zu Angesicht, die Augen ganz weit aufgerissen. Mit seinen unheimlichen Tätowierungen sah er aus wie ein grässliches Seeungeheuer. Er hielt ein Messer zwischen den angespitzten Zähnen, und silberne Luftblasen strömten aus seinen Mundwinkeln.

Aboli hatte die beiden Jungen mit dem zerschmetterten Mast stürzen sehen und ohne zu zögern seinen Gefechtsstand verlassen. Bis er das Deck überquert hatte und an der Wetterreling stand, war Dorian schon hundertfünfzig Fuß abgetrieben. In verzweifelter Eile riss sich Aboli das islamische Kostüm vom Leib, sprang, nur noch in seiner Hose, auf die Reling und balancierte dort einen Augenblick, während er überlegte, welcher der beiden Jungen in größerer Gefahr war.

Dorian schien sich sicher über Wasser zu halten, doch er trieb auf die Flotte arabischer Dauen zu; Tom dagegen war in einem Gewirr aus Seilen und geblähtem Segeltuch verstrickt. Aboli zögerte, hin und her gerissen zwischen Liebe und Pflicht, unfähig, zwischen den beiden Jungen zu entscheiden.

Dann, mit einem lauten Knall, brach eine der Fockspieren entzwei und überschlug sich der Länge nach. Tom wurde von den Seilen in die Tiefe gerissen. Aboli blickte noch einmal in die Ferne, wo Dorians Kopf immer winziger aus dem Wasser ragte, zog das Messer aus der Scheide an seinem Gürtel, klemmte sich die Klinge zwischen die Zähne und stürzte sich in die Fluten. Als er wieder auftauchte, war er fast genau an der Stelle, wo Tom verschwunden war. Er holte kurz Luft und hangelte sich an den Seilen in die Tiefe, durch wirbelndes Grün und Wolken von Luftblasen.

Tief unten zeichnete sich schließlich eine Gestalt ab in dem sprudelnden Nebel. Tom bewegte sich kaum noch. Er war fast ertrunken, das gelbe Seil um seine Beine gewunden wie eine Python. Aboli streckte die Arme aus und packte ihn an den Schultern. Er schaute dem Jungen ins Gesicht, sah, dass Tom die Augen geöffnet hatte, und drückte ihn an sich, nur um ihm Hoffnung zu geben. Dann nahm er das Messer aus dem Mund und langte zu dem Seil hinunter, das Toms Beine fesselte. Er war sehr vorsichtig mit der Klinge, denn sie war rasiermesserscharf und würde dem Jungen schwere Schnittwunden beibringen, wenn er abrutschte. Vorsichtig entwirrte er das Hanfknäuel, schnitt Knoten für Knoten auf, bis schließlich das letzte Stück Seil abfiel und Tom befreit war. Aboli packte ihn unter den Armen und schoss mit ihm Richtung Oberfläche. Sie tauchten zusammen auf, und Abolis Lungen füllten sich wie mächtige Blasebälge, während er Toms Gesicht über Wasser hielt und in seinen Augen nach Lebenszeichen forschte. Plötzlich hustete Tom aus tiefster Brust, kotzte einen Schwall Seewasser aus und rang um Atem. Aboli zog ihn auf den umgestürzten Mast und legte ihn bäuchlings darüber, während er ihm mit der flachen Hand auf den Rücken schlug, sodass das verschluckte Wasser Tom aus dem weit aufgerissenen Mund schoss und die Luft pfeifend ihren Weg in die Lungen fand.

Aboli hielt indes verzweifelt nach Dorian Ausschau. Eine dichte Pulverrauchwolke wehte über das Meer und trieb auf die Küste zu. Die Kanonen krachten noch in ihrem schrillen Chor und verstummten erst allmählich, als die beiden Schiffe sich immer weiter voneinander entfernten.

Die *Minotaur* fuhr unter vollen Segeln und hatte sich schon mindestens eine halbe Meile nach Norden davongemacht. Die Piraten unternahmen keinen Versuch, den verkrüppelten Zustand der *Seraph* auszunutzen und sie anzugreifen, während sie noch manövrierunfähig war. Sie hatten sich offenbar für die Flucht entschieden. Aboli konzentrierte sich also darauf, Dorian zu finden.

Drei der kleinen Dauen umkreisten die *Seraph* wie Schakale einen verwundeten Löwen, in sicherer Entfernung. Bei dem ersten Anzeichen, dass die *Seraph* sich an die Verfolgung machte, würden sie sofort in die Untiefen der Lagune fliehen, zwischen die Korallenriffe, wo das große Schiff keinen Zugang hätte. Dennoch trieb die *Seraph*, gelähmt von dem Trümmergewirr, das über ihre Seite hing, hilflos mit Wind und Strömung auf diese tödliche Küste zu.

Aboli sah, dass Big Daniel schon eine Mannschaft zusammengetrommelt hatte, die nun Äxte schwingend die Trümmer beiseite räumte. Er versuchte um Hilfe zu rufen, doch die Männer waren zu sehr in ihre Arbeit vertieft, und Abolis Stimme erreichte sie nicht unter dem Hämmern der Werkzeuge und dem Schwall von Befehlen an Deck. Dann sah er plötzlich, wie eines der Langboote von der *Seraph* ausschwang und eilig zu Wasser gelassen wurde. Die Männer an den Rudern pullten sofort mit aller Kraft auf die Stelle zu, wo Aboli und Tom sich an den zerschmetterten Fockmast klammerten. Hal saß selbst an der Pinne; er hatte das Schiff in Ned Tylers Obhut gelassen, um seinen Söhnen zu Hilfe zu kommen. Nun stand er aufrecht im Heck des Bootes und rief Aboli zu: «Wo ist Dorian? Hast du ihn gesehen, in Gottes Namen?» Mit seinen geschundenen Lungen gelang es Aboli nicht, ihm eine Antwort zuzurufen, doch innerhalb einer Minute war das Boot bei ihnen, und drei Mann lehnten sich heraus, um sie an Bord zu hieven. Sie legten Tom auf die Planken zwischen die Duchten und sprangen wieder an ihre Plätze an den Riemen. Zu seiner Erleichterung sah Aboli, dass Tom sich schon aufzurappeln versuchte. Er reichte ihm seine Hand und half ihm, sich aufzusetzen. Hal fragte noch einmal: «In Gottes Namen, Aboli, wo ist Dorian?»

Immer noch nicht seiner Stimme mächtig zeigte Aboli zu den über das Wasser treibenden Rauchbänken hinaus. Hal sprang auf die Ducht und hielt sich eine Hand über die Augen, um sie vor der tiefen Morgensonne abzuschirmen.

«Da!», rief er erleichtert. «Pullt, Burschen, rudert! Rudert, was das Zeug hält!» Unter dem Antrieb der langen Riemen kam das Boot langsam in Fahrt, auf den winzigen Punkt zu, wo Dorians Kopf über den Wellen zu sehen war, eine viertel Meile entfernt.

Ihr plötzlicher Vorstoß aufs offene Meer zu, weg von der Sicherheit der *Seraph*, musste die Männer an Bord einer der Dauen aufmerksam gemacht haben, die das Schiff umkreisten. Die arabische Mannschaft zeigte auf Dorians Kopf und ihre aufgeregten Schreie hallten schwach zu dem Langboot herüber. Die Männer im Heck der Dau holten die lange Ruderstange scharf bei und änderten den Kurs. Die Mannschaft halste eilig das Lateinersegel herum, und nun machten sie schnelle Fahrt auf das Kind zu, im Rennen mit dem Langboot.

«Rudert!», brüllte Hal, sobald er die Gefahr bemerkte.

Aboli legte Tom aufs Deck zurück, schob einen der Ruderer beiseite, nahm seinen Platz ein und legte sich mit seinem ganzen Gewicht und seiner gewaltigen Kraft in die Riemen. «Alle zusammen, pull!» Er gab den Takt und das Langboot schnellte vor, durch Wellen und Gischt auf den hilflosen Dorian zu.

In diesem Augenblick hob eine größere Woge den Knaben hoch auf den Wellenberg, sodass er das Langboot kommen sehen konnte. Er hob einen Arm und winkte. Offenbar hatte er noch nicht bemerkt, dass sich aus der entgegengesetzten Richtung die Dau auf ihn zu stahl.

«Schwimm, Junge!», rief Hal. «Schwimm auf uns zu!» Doch Dorian konnte ihn nicht hören. Er winkte noch einmal schlapp, offenbar am Ende seiner Kräfte. Die Morgenbrise war schwach und launisch, und das Langboot machte bessere Fahrt als die Dau, die jedoch näher bei Dorian war.

«Wir holen auf, Männer!», freute sich Hal. «Wir werden vor ihnen bei ihm sein.»

Dann jedoch spürte er den Wind auf seinen Wangen, diesmal stärker und beständiger. Er sah, wie die Brise das Wasser dunkler erscheinen ließ, über Dorians Kopf hinwegstrich und dann das Segel der Dau blähte wie einen prallen Weinbeutel. Das Schiff legte sich auf die Seite und schnellte vor, dass die Bugwelle weiß in der jungen Sonne glitzerte.

Dorian musste die Rufe der Araber auf der sich nähernden Dau gehört haben, denn nun drehte er sich nach ihnen um und begann zu schwimmen, doch seine erschöpften Arme brachten nur ein hilfloses Paddeln zustande, und er kam kaum voran in dem aufgewühlten Wasser.

Hal schätzte die Abstände zwischen seinem Boot und Dorian und zwischen Dorian und der Dau ab sowie die Geschwindigkeiten der beiden Fahrzeuge, und er erkannte zu seiner Bestürzung, dass die Dau gewinnen musste. «Rudert!», rief er verzweifelt. «Hundert Goldguineen, wenn wir vor ihnen bei ihm sind! Rudert! Um Himmels willen, rudert!»

Es waren mindestens zwanzig Mann auf der Dau, einem kleinen, hässlichen Schiff mit zusammengeflicktem, schmutzigem Segel, abblätternder Farbe und braunen Streifen, wo die Seeleute sich über das Schandeck zu erleichtern pflegten. Einer der Araber hob seine langläufige Flinte und zielte über die immer kürzere Entfernung auf das Langboot. Weißer Rauch drang aus der Mündung der alten Waffe, und Hal hörte eine Kugel an seinem Kopf vorbeizischen. Er zuckte nicht einmal mit der Wimper.

Aboli legte sich mit solcher Macht in die langen Riemen, dass es ihm das Blut in die hervorquellenden Augen trieb und sein tätowiertes Gesicht sich zu einer furchtbaren Grimasse verzerrte. Das Ruder bog sich in seinen Händen wie ein junger Zweig. Das Wasser zischte sanft unter dem Bug hinweg und fächerte hinter dem Boot zu einer pfeilgeraden, schimmernden Kielwelle auf.

Dennoch war die Dau schneller, und sie hatte zudem eine geringere Entfernung zurückzulegen. Hal spürte eisiges Grauen in der Brust. Sie konnten dieses Rennen nicht gewinnen. Sie waren immer noch zweihundert Fuß von Dorian entfernt, als der Kapitän der Dau den Jungen erreichte und gerade lange genug beidrehte, dass fünf seiner Männer sich hinauslehnen und das Kind ergreifen konnten.

Sie hoben Dorian aus dem Wasser. Er strampelte und trat um sich, Wasser strömte aus seinen Kleidern, seine panischen Schreie hallten in seines Vaters Schädel. Hal zog die Pistole unter seiner Weste hervor und zielte in seiner Verzweiflung auf die Araber, obwohl er wusste, dass es sinnlos war, noch bevor Aboli knurrte: «Nein, Gundwane. Ihr könntet den Jungen treffen.»

Hal senkte die Waffe und sah zu, wie Dorian über das verdreckte Schandeck gezogen wurde und der Kapitän die Ruderstange herumschwang. Das Segel füllte sich klatschend, und die Dau fand verblüffend schnell und wendig ihre beste Segellage. So zog sie geschwind davon, auf die Küste zu, während die arabische Mannschaft ihnen Spott und Beschimpfungen zurief. Einige der Matrosen feuerten ihre Donnerbüchsen, und die Kugeln klatschten in die See rings um das Langboot.

Hals Männer brachen keuchend und schweißtriefend auf den Rudern zusammen und blickten der Dau nach. Niemand sprach ein Wort, sie starrten nur dem sich rasch entfernenden Piratenschiff nach, in tiefer Verzweiflung, dass sie diesen reizenden Knaben verloren hatten, der jedermanns Liebling war.

Zwei der Araber hoben den kleinen, strampelnden Dorian hoch in die Luft, sodass die Männer im Langboot sein blasses Gesicht deutlich sehen konnten. Einer zog einen Krummdolch aus seinem Gürtel und hielt ihn hoch über dem Kopf, wo die silberne Klinge in der Sonne funkelte. Dann riss er Dorians Kinn hoch und zog seinen Kopf zurück, als wäre er ein Schwein vor der Schlachtung. Er setzte dem Jungen den Dolch an die Kehle und schaute sich grinsend zu den anderen Männern auf der Dau um.

Hal spürte, wie etwas tief in seinem Inneren zusammensank und erstarb, und wie von selbst, flüsterten seine Lippen: «Herr, ich bete zu dir, verschone meinen Jungen. Ich werde alles tun, was du von mir verlangst, doch erspare mir diese Pein.»

Dorian wand sich im Griff des Arabers. Dann fiel ihm plötzlich die Mütze vom Kopf, und die rotgoldenen Locken ergossen sich auf seine Schultern und strahlten im Sonnenschein. Offensichtlich verblüfft nahm der Mann den Dolch von der Kehle des Jungen. Die übrige Mannschaft der Dau scharte sich schreiend und gestikulierend um Dorian. Dann wurde der Knabe weggeschleppt und war nicht mehr zu sehen, und die Dau eilte davon, getrieben von ihrem großen Dreieckssegel.

Sie war zwei Meilen entfernt, bevor Hal in der Lage war zu befehlen, zur treibenden *Seraph* zurückzurudern. Auf dem ganzen Weg schaute er über seine Schulter und beobachtete, wie die Dau der fernen *Minotaur* den Kanal hinauf Richtung Norden folgte.

«Dort werde ich nach ihnen suchen», flüsterte er, «und ich werde nicht aufgeben, bevor ich sie gefunden habe.»

An Bord der *Seraph* wurde jeder Mann benötigt, das Schiff zu retten. Das half Hal, die ersten furchtbaren Stunden seines Verlustes zu überstehen. Solange der Fockmast samt Segeln und Riggung sie wie ein riesiger Schleppanker umherzog, konnte das Schiff nicht in den Wind gesteuert werden. An den verbleibenden Masten ließ Hal sämtliche Segel setzen, um das Schiff von der Leeküste fernzuhalten, doch das konnte den Augenblick nur herauszögern, wo sie auf Grund laufen würden.

Unter Abolis und Big Daniels Führung kletterten zehn Mann mit ihren Äxten auf den Fockmast hinaus und hackten die verworrene Masse aus Seilen und Segeltuch weg. Es war gefährliche

Arbeit: Jedes Mal, wenn ein Seil unter den Axthieben nachgab, rollte der Mast wild umher und drohte die Männer abzuwerfen.

Immer weiter trieben sie auf die Korallenriffs zu, während die *Seraph* gegen den Zug der zertrümmerten Takelage ankämpfte und Hal von einer Seite zur anderen hetzte, um die sich nähernde Küste im Auge zu behalten und den Matrosen draußen auf dem Mast die Stellen zu zeigen, wo der umgestürzte Mast noch am Schiff hing.

Der grüne Buckel des Ras Ibn Khum erhob sich immer höher und drohender vor dem um sein Leben kämpfenden Schiff. Die Wellen hoben und senkten sich unter dem Kiel der auf die Riffs zu treibenden *Seraph*. Die schwarzen Korallen mit ihren tödlichen Reißzähnen schienen grinsend darauf zu warten, ihr die hölzernen Eingeweide zu zerfetzen.

Schließlich hing der umgestürzte Mast nur noch an einem einzigen Zehn-Zoll-Hanfseil des Vorstags, das stramm und hart war wie eine Eisenstange, sodass das Seewasser von den bis zum Zerreißen gespannten Fasern spritzte. Big Daniel schickte alle anderen Männer zurück an Deck und balancierte leichtfüßig über den schwankenden Mast. Dann holte er tief Luft, holte mit seiner Axt aus und ließ sie auf das verzwirbelte Seil niedersausen. Sein Hieb war so gut dosiert, dass das dicke Tau nicht sofort entzweisprang, sondern nur fünf der Stränge durchtrennt wurden.

Die übrigen Fasern wickelten sich auf, rissen eine nach der anderen unter lauten Peitschenknällen, und der Mast drehte sich langsam unter Big Daniels Füßen. Daniel hatte gerade noch Zeit, den Mast hinaufzulaufen und an Deck zu springen, bevor der Mastfuß knirschend über Bord rutschte und, endlich frei, vom Schiff wegtrieb.

Die *Seraph* reagierte sofort überschwänglich auf die Befreiung aus ihren Fesseln. Der bis dahin extrem geneigte Rumpf richtete sich auf, und das Schiff folgte bereitwillig jeder Ruderbewegung. Der Bug kam herum, und endlich konnten sie der Drift auf die Landzunge des Ras Ibn Khum zu entgegensteuern, an dessen Klippen sie fast zerschellt wären.

Hal lief zur Leereling und sah zu, wie der abgeschnittene Fockmast auf das Riff zutrieb, wobei er sich genau die Stelle merkte, wo er angespült werden würde. Dann konzentrierte er sich darauf, sein Schiff an einen sicheren Ankerplatz zu bringen.

Durch leichte Änderungen der Segeltrimmung an den zwei noch stehenden Masten und mit kleinen Ruderbewegungen gelang es ihm, die schwer angeschlagene *Seraph* an der Spitze der Landzunge vorbeizumanövrieren und in die dahinter liegende Bucht zu steuern. Dort angekommen sah er sofort, weshalb al-Auf sie als seinen Hinterhalt gewählt hatte.

Die Bucht war auf drei Seiten eingeschlossen. Das Wasser war tief und blau wie Lapislazuli. Der hohe Berg auf der Landzunge bot Schutz vor dem Monsun, und wenn man über die Reling schaute, sah man zehn Faden unter sich den glatten, sandigen Meeresgrund.

«Macht Euch bereit, Anker zu werfen, Mr. Tyler», befahl er noch, doch dann, als das Eisen vor dem Bug ins Meer klatschte und das Tau durch die Klüse rauschte, stürzte die Flut der Trauer, die ihn in den vergangenen Stunden zu überwältigen gedroht hatte, mit solcher Schwärze, solcher Gewalt über ihn herein, als wollte sie jeden Funken Leben in ihm zum Erlöschen bringen. Er konnte nur noch an Dorian denken. Das Bild des kleinen Knaben in den Händen der arabischen Korsaren, das Messer an seiner Kehle, brannte sich in sein Hirn; er wusste, es würde niemals ausgelöscht werden. Die Trauer entmannte ihn fast, schien alle Kraft aus seinen Gliedern zu saugen, allen Atem aus seinen Lungen. Er wollte nur noch in seine Kabine gehen, sich auf die Koje werfen und sich seinem Kummer hingeben.

Er war allein auf dem Achterdeck. Seine Offiziere und die ganze Mannschaft hielten sich von ihm fern. Niemand schaute auch nur in seine Richtung. Mit dem angeborenen Takt harter, rauer Männer ließen sie ihn mit seinem Schmerz allein. Hal starrte zum leeren Horizont im Norden. Das blaue Meer des Kanals funkelte hübsch im Sonnenschein, doch kein Segel, nicht ein Fünkchen Hoffnung in Sicht. Dorian war verloren. Er konnte sich nicht einmal dazu aufraffen, darüber nachzudenken, was als Nächstes zu tun war, welchen Befehl er den Männern als Nächstes geben sollte. Alle warteten, ohne ihn anzuschauen.

Schließlich kam Aboli zu ihm und berührte ihn am Arm. «Gundwane, hierfür ist später Zeit. Wenn Ihr Euren Sohn retten wollt, muss Euer Schiff bereit sein, die Verfolgung aufzunehmen.» Er blickte das Deck hinunter, wo der Stumpf des Fockmastes zu sehen war, von schwerem Eisen zerschmettertes, rohes Holz.

«Während Ihr weint, stehlen sich die Tage davon. Gebt den Befehl.»

Hal sah ihn an. Sein Blick war leer wie der eines Haschischrauchers. «Er ist so jung, Aboli, so klein.»

«Gebt den Befehl, Gundwane.»

«Ich bin so müde», sagte Hal, «so unendlich müde.»

«Ganz gleich, wie groß Euer Schmerz ist, Ihr dürft nicht ruhen», sagte Aboli sanft. «Und jetzt gebt den Befehl.»

Hal zitterte unter der Anstrengung, dann hob er das Kinn.

«Mr. Tyler, ich will, dass die Pinasse und die Boote zu Wasser gelassen werden.» Die Worte kamen ihm zögernd von den Lippen, als spräche er eine fremde Sprache.

«Jawohl, Captain.» Ned kam erleichtert zu ihm geeilt.

Hal spürte, wie die Kraft in seinen Körper zurückströmte und er seine Entschlusskraft wiedergewann. Mit festerer Stimme fuhr er fort: «Die Bootsmannschaften werden den abgeworfenen Mast bergen. In der Zwischenzeit werden die Zimmerleute den Stumpf des Fockmastes so vorbereiten, dass der Mast aufgesetzt werden kann. Die Segelmacher breiten die Ersatzsegel und Taue aus, mit denen der Mast aufgeriggt wird.» Er schaute zur Sonne auf, die bereits den Zenit überschritten hatte. «Die Mannschaft soll jetzt essen, Wache für Wache. Wir werden kaum Zeit zum Ruhen oder Essen haben, bis das Schiff repariert ist.»

Hal saß an der Pinne der führenden Pinasse, als die Flottille kleiner Boote den Ras Ibn Khum umfuhr. Die beiden Pinassen waren offene, nur acht Meter lange Boote, die jedoch höchst seetüchtig waren, auch in schwerem Wetter und auf langen Reisen über den offenen Ozean. Sie waren gut gerüstet für die schwere Arbeit, die Hal für sie im Sinn hatte.

Hal entdeckte den Fockmast sofort, als sie die Landspitze hinter sich hatten. Selbst aus zwei Meilen Entfernung war er leicht zu erkennen in seinem Kleid aus weißem Segeltuch auf dem schwarzen Korallenriff, auf dem er zu liegen gekommen war. Als sie näher kamen, sah Hal, dass es nicht leicht sein würde, den langen Kiefernstamm fortzuschleppen, da die Segel und Taue sich in den scharfkantigen Korallen verheddert hatten und die langen Wellen vom Kanal sich auf dem Riff überschlugen, in Strudeln aus Schaum und Gischt.

Alf Wilson steuerte eines der Langboote durch eine Lücke im

Korallenriff in das ruhigere Wasser der Lagune. Von dort aus konnte er eine mit Messern und Äxten ausgerüstete Mannschaft auf dem Riff landen, die sich nun gegen die rauschenden, schäumenden Fluten um sie herum an den gestrandeten Mast klammerte.

Inzwischen waren fünf der besten Schwimmer unter Abolis und Big Daniels Führung von den Pinassen und Langbooten zum Riff geschwommen, mit dünnen Seilen um den Bauch, deren Enden sie nun den Männern reichten, die schon auf dem Mast waren. Dann schwammen sie wieder zu ihren Booten zurück.

Die dünnen Leinen dienten dazu, schwerere, stärkere Seile zu dem Mast zu ziehen. Sobald die Enden am Mastfuß befestigt waren, schwärmten die kleinen Boote aus und begannen damit, die siebzig Fuß massiven, schweren Kieferholzes vom Riff zu schleppen.

Alle Boote führten doppelte Besatzungen, die sich ablösten, sobald eine Gruppe müde wurde. Die Männer hatten die Seile zu spannen und auf Kommando mit aller Kraft zu ziehen. Die Matrosen auf dem Mast hackten derweil auf die Seile und Segelbündel ein, die sich in den Korallen verfangen hatten. Die Ruderblätter schäumten das Wasser auf, während die Boote an ihrer störrischen Last zerrten. Der Mast rutschte ein paar Fuß, und die Mannschaften jubelten vor Freude, doch dann hing er wieder fest, so fest wie zuvor, und die mörderische Schufterei begann von vorn. Widerwillig entließ das Korallenriff den Mast aus seinen Klauen, Stück für Stück, bis das Holz, nachdem Hal dreimal die Mannschaften gewechselt hatte, schließlich vom Riff rollte und sie es in tieferes Wasser schleppen konnten.

Alf Wilson fischte die Männer auf, die sich noch an den Mast klammerten. Ihre Arme und Beine waren zerkratzt und voller Schnitte vom Kontakt mit den gnadenlosen Korallen. Viele dieser Wunden würden vereitern. Korallenverletzungen waren wie Schlangenbisse, das wusste Hal.

Es war kurz vor Sonnenuntergang, und Hal tauschte noch einmal die Mannschaften aus, bevor die kleinen Boote sich auf die lange Fahrt um die Landspitze machten, zurück in die Lagune, die dahinter lag. Mit ihrer schweren Last hatten die Männer das Gefühl stillzustehen, sosehr sie auch mit langen, kräftigen Zügen ruderten. Die tropische Sonne hatte ihnen Rücken und Arme derart verbrannt, dass sie rot waren wie rohes Rindfleisch. Ihr Schweiß sammelte sich in Pfützen unter den Duchten. Winzig im Vergleich zu ihrer Last kämpften sich die Boote müsam vor der Seeseite des Riffs entlang, doch als sie den Mast um die Landspitze herum schleppen wollten, nahm die Strömung sie in ihre Klauen und hielt sie fest.

Die Sonne versank im Meer und immer noch stemmten sich die Männer gegen die Strömung. Sie waren dem Zusammenbruch nahe, jeder Muskel schmerzte in ihren geschundenen Körpern und doch konnten sie nicht ruhen. Hätten sie in ihrer Anstrengung nachgelassen, dann wären sie von der Strömung sofort wieder auf das Riff geworfen worden. Um seinen Männern ein Beispiel zu geben, zog Hal Jacke und Hemd aus und tat sein Teil an den Riemen. Weder seine Rückenmuskeln noch seine Hände waren so gestählt für diese schwere Arbeit wie die seiner Männer. Nach einer Stunde fand er sich in einem Schmerztaumel, die Rudergriffe rot und klebrig von dem Blut seiner aufgescheuerten Hände, doch wenigstens lenkte ihn der Schmerz, der seinen Körper ergriff, und der hypnotische Takt der Ruder von dem viel tieferen Leid ab, in das der Verlust seines Sohnes ihn gestürzt hatte.

Kurz vor Mitternacht wechselten endlich die Gezeiten. Mit der Ebbe kamen sie langsam um die Landspitze herum in die geschützte Lagune, wo sie schließlich die *Seraph* vor sich sahen, im Licht des Mondes und unzähliger Sterne, die sich friedlich im Wasser spiegelten. Als sie den treibenden Mast längsseits angebunden hatten, besaßen nur wenige noch die Kraft, die Deckleiter zu erklimmen. Die meisten blieben einfach in den kleinen Booten liegen und schliefen sofort ein.

Hal zwang sich mühsam die Leiter hinauf zu Ned Tyler, der ihn an der Reling erwartete. Im Licht der Laterne sah Ned, wie erschöpft sein Kapitän war, wie blutig seine Hände. «Ich werde sofort nach dem Doktor schicken», sagte er ernst.

Er wollte Hal an Deck helfen, doch der stieß ihn zurück. «Wo ist Tom?», fragte er heiser. «Wo ist mein Sohn?»

Ned blickte nach oben, und Hal folgte seinem Blick in die Takelage hinauf, wo eine kleine, einsame Gestalt hoch in der Riggung des Hauptmastes saß.

«Dort sitzt er, seit wir Anker geworfen haben», sagte Ned.

«Gebt den Männern einen Schluck Rum mit dem Frühstück, Mr. Tyler», befahl Hal, «aber sorgt dafür, dass sie bei Tagesanbruch zur Stelle sind. Sie haben weiß Gott eine Pause verdient, aber die kann ich ihnen nicht gewähren, solange die *Seraph* noch nicht wieder seetüchtig ist.»

Obwohl jeder Muskel in seinem Körper nach Ruhe schrie, drehte er sich auf dem Absatz um, ging zu den Hauptmastwanten und machte sich an den langen Aufstieg zur Rahe.

Tom machte seinem Vater auf der Hauptrahe Platz, wo die beiden schweigend nebeneinander saßen. Die Trauer und der Schmerz, die Hal den ganzen Tag und die ganze Nacht unterdrückt hatte, überwältigten ihn wieder in aller Schärfe und brannten in seiner Brust wie glühende Kohlen. Er legte Tom den Arm um die Schultern, teils um ihn zu trösten und teils um selbst Trost bei ihm zu finden.

Tom lehnte sich an ihn, doch sie sagten immer noch nichts. Über ihnen zogen die Sterne ihre majestätischen Bahnen. Die Plejaden versanken schon hinter der Landzunge, als Tom leise zu schluchzen begann. Sein junger Körper schüttelte sich in unerträglichem Schmerz. Hal drückte ihn fest an sich, doch es half alles nichts.

«Es ist meine Schuld, Vater», flüsterte er mit brechender Stimme. Er schien untröstlich.

«Es war niemandes Fehler, Tom.»

«Ich hätte ihn retten sollen, ich hatte es ihm versprochen. Ich habe ihm den Bluteid geschworen, dass ich ihn niemals im Stich lassen würde.»

«Nein, Tom, es war nicht dein Fehler. Niemand von uns hätte irgendetwas tun können.» Im Stillen dachte er jedoch: Wenn jemand Schuld hat, dann bin ich es. Ich hätte Dorian auf High Weald lassen sollen, in Sicherheit. Er war zu jung für all das. Ich werde es für den Rest meiner Tage bedauern, dass ich ihn mitgenommen habe.

«Wir müssen ihn finden, Vater. Wir müssen Dorian retten.» Seine Stimme war nun fester. «Er ist irgendwo dort draußen. Aboli sagt, sie werden ihn niemals töten. Sie werden ihn als Sklaven verkaufen. Wir müssen ihn finden.»

«Ja, Tom. Wir werden ihn finden.»

«Wir müssen einen Eid darauf schwören.» Tom schaute zu seinem Vater auf. Hal war bleich im Sternenlicht, die Augen dunkle Höhlen, der Mund wie in Marmor gemeißelt. Tom ergriff seine Hand, die immer noch klebte von halb getrocknetem Blut.

«Schwöre du für uns beide», sagte Hal, und Tom hob ihrer beide Hände zum prachtvollen Tropenhimmel.

«Höre unseren Schwur, oh Herr», sprach er. «Wir schwören, dass wir weder ruhen noch rasten werden, bis wir Dorian gefunden haben, wo immer er sein mag auf der weiten Welt.»

«Amen», hauchte Hal, «amen, amen.» Die Sterne verschwammen hinter seinen Tränen.

Die Zimmerleute schrägten den Stumpf des gebrochenen Fockmastes ab und sägten und metzelten eine Stufe in den zerschmetterten Mastfuß, in welcher der Mastbaum angefugt werden konnte. Der Mast selbst wurde inzwischen an Land geflößt, wo eine andere Tischlermannschaft ihn für die Verfugung vorbereitete. Die Arbeiten dauerten den ganzen Tag und gingen im Licht von Laternen auch nach Einbruch der Dunkelheit noch weiter. Hal war wie von Dämonen getrieben und schonte niemanden, vor allem nicht sich selbst.

Hal und Ned Tyler beobachteten den Gezeitengang in der Bucht und begutachteten den Strand. Der sandige Grund war ideal für ihre Zwecke, und der Tidenhub betrug über zweieinhalb Faden. Sobald der Mast fertig zum Einsetzen war, bugsierten sie die *Seraph* bei Hochwasser zum Strand und vertäuten sie mit schweren Seilen an den Palmen am Wasserrand.

Die Ebbe legte die *Seraph* dann aufs Trockene, und mit den Tauen legten sie sie um dreißig Grad auf die Seite. Sie mussten schnell arbeiten, denn in sechs Stunden würde die Tide das Schiff wieder flott machen. Mit Hilfe von Keilen und Seilen wurde der alte Mast in der vorbereiteten Stellung verfugt und mit langen, in Teer getauchten Dornen festgenagelt.

Hal nahm die Gelegenheit wahr, den Kiel des Schiffes auf Teredos zu untersuchen, die bis zu armlangen und daumendicken Schiffsbohrwürmer, die in diesen warmen Gewässern über das Rumpfholz herfallen konnten. In extremen Fällen fraßen sie ihre Löcher so dicht beieinander, dass kaum noch Holz übrig blieb, und in schwerer See würde einem so betroffenen Schiff einfach der Kiel herausfallen. Hal war erleichtert zu sehen, dass die Schichten von Teer und Tuch, mit denen der Rumpf der *Seraph* bedeckt war, nicht nur die Teredos fern gehalten hatte, sondern auch den Algenbewuchs, der ihr mit der Zeit die Schnelligkeit geraubt hätte. Der Rumpf war so sauber, wie er nur sein konnte, abgesehen von der dünnen Seegras- und Muschelschicht, die abzukratzen sich in dem Zeitdruck, unter dem sie standen, nicht lohnte.

Sobald die Flut das Schiff wieder vom Sand hob, schleppten sie die *Seraph* an ihren Ankerplatz im tiefen Wasser zurück. Der Fockmast stand noch nicht fest genug, um dem Zug voll geblähter Segel standhalten zu können, und die Zimmerleute arbeiteten weiter daran, die Bruchstelle zu verstärken. Als Erstes fertigten sie Hartholzkantel an, mit denen sie die Fuge versplinteten. Die nächste Lage bestand aus angefeuchteten Hanfseilen, die sie mit dem Gangspill festzurrten; danach waren die getrockneten Seile hart wie Stahl.

Sobald die Zimmerleute mit ihrer Arbeit fertig waren und Hal das Ergebnis inspizierte, warf sich der Schreinermeister in die Brust und sagte: «Die Verfugung ist stärker als der Mast selbst. Wenn erst die Stagen und Wanten verriggt sind, könnt Ihr so viele Segel an ihm aufhängen, wie Ihr wollt; an der Stelle wird der Mast nie wieder brechen.»

«Gut gemacht», lobte ihn Hal, «und jetzt macht euch fertig, die neun Rahen und Spieren hinaufzuhieven.»

Als auch das geschehen war und die *Seraph* mit ihrem neuen Fockmast und allen Segeln unter den Zeisigen ungeduldig an ihrem Anker zerrte, kam Ned Tyler zu Hal auf das Achterdeck, mit allen anderen Offizieren im Schlepptau, und meldete förmlich: «Tipptopp und seeklar, Captain.»

«Sehr gut, Mr. Tyler.»

Ned zögerte, doch dann nahm er all seinen Mut zusammen: «Wenn ich fragen darf, Sir, wo soll es als Nächstes hingehen? Könnt Ihr mir einen Kurs nennen, den ich steuern soll?»

«Ich hoffe, das kann ich bald – sehr bald», versprach Hal ernst. Niemand hatte ihn lächeln sehen, seit sie Dorian verloren hatten. «Lasst die Gefangenen an Deck bringen.»

Die Araber wurden aus dem Vorschiff geholt. Sie trugen nichts als ihre Lendenschurze und Fußfesseln. Die Ketten rasselten, als sie blinzelnd auf das Vordeck hoppelten.

Hal schien sie zu ignorieren und ging zur Reling, wo er lange ins Wasser starrte. Es war so klar, dass er die Seegurken über den sandigen Grund kriechen sehen konnte und die Schwärme kleiner Fische, die sich um den Rumpf der *Seraph* herumtrieben. Dann glitt plötzlich ein dunkles Etwas unter dem Kiel hinweg, so groß wie eines der Langboote, mit schwarzen Wellenlinien auf dem Rücken, die hohe Schwanzflosse in trägem Rhythmus.

Die *Seraph* lag schon lange genug an ihrem Platz, dass die in die Bucht geschütteten Küchenabfälle und Abwässer die Tigerhaie aus den Tiefen hinter dem Riff angelockt hatten. Hal lief es kalt den Rücken herunter, als er beobachtete, wie das Untier mit einem Flossenschlag die Richtung änderte und unter dem Schiff verschwand. Der Tigerhai war das Ungeheuer, das jeden Seemann in diesen tropischen Gewässern in seinen Albträumen verfolgte.

Hal drehte sich um und schritt langsam die Reihe der Gefangenen ab. Endlich hatte seine Trauer ein Ziel, auf das sie sich richten konnte. Er benötigte all seine Willenskraft, seinen Zorn unter Kontrolle zu halten und seine Miene zu beherrschen, als er den Korsaren in die Gesichter schaute. Rachid war der Letzte in der Reihe. Ein schmutziger Stofffetzen bedeckte sein verletztes Ohr. Vor ihm blieb Hal stehen.

«Was ist die Strafe für Seeräuberei?», fragte er Rachid ruhig. «Was sagt der Koran über Mörder und Vergewaltiger? Erzähle mir von der Scharia. Erkläre mir das Gesetz des Islam.»

Rachid konnte ihm nicht in die Augen schauen. Er zitterte wie im Fieber. Der Schweiß floss ihm über die Wangen und tropfte ihm vom Kinn. Er wusste inzwischen, wie grausam der fränkische Seeteufel war, dem er hier gegenüberstand.

«Hat der Prophet nicht dargelegt, was das Schicksal eines Mörders zu sein hat? Sagt er nicht, dass der Vater des Opfers über dieses Schicksal gebieten soll?», fragte Hal. «Hält er uns nicht an, keine Gnade mit dem zu zeigen, dem das Blut eines Unschuldigen an den Händen klebt?»

Rachid fiel auf die Knie und versuchte, Hal die Füße zu küssen. «Gnade, großer Herr! Ich lege meine wertlose Seele in Eure Hände.» Hal trat ihn von sich wie einen Straßenköter und ging wieder die Reihe der Gefangenen entlang.

«Der Prophet sagt, die Strafe für Mord ist der Tod. Ihr alle seid Mörder, Piraten, auf frischer Tat ertappt. Ich diene dem König von

England, der mich beauftragt und ermächtigt hat, diese Meere von Abschaum wie euch zu reinigen.»

Er wandte sich an Ned Tyler. «Mr. Tyler, lasst für jeden der Gefangenen einen Strick über den Rahenarm legen.» Er stand mit hinter dem Rücken gefalteten Händen und legte den Kopf in den Nacken, um zuzusehen, wie die Seile hinaufgetragen und durch die Scheidengatts gezogen wurden.

«Bereit zur Vollstreckung», meldete Ned schließlich, als die Schlingen geknotet waren und an jedem Seilende eine Gruppe Matrosen Stellung bezogen hatte.

«Der Schurke dort soll als Letzter drankommen.» Hal machte eine Geste zu Rachid, der immer noch auf den Knien lag. «Die anderen könnt ihr jetzt hängen.»

Die Piraten zerrten winselnd an ihren Ketten und flehten Allah um Gnade an, während die Schlingen über ihre Köpfe rutschten und sich um ihre Hälse zuzogen. Dann gingen die Männer mit den Seilenden weg, rhythmisch die nackten Füße auf die Deckplanken stampfend und singend, als würden sie ein Großsegel setzen. In Gruppen von drei oder vier wurden die Araber strampelnd und ächzend zur Hochrahe hinaufgezogen, wo ihr Ringen allmählich nachließ und sie zu hängen kamen wie Trauben grotesker Früchte, die Hälse in unmöglichen Winkeln, die Zungen blau und geschwollen aus den aufgerissenen Mündern hängend.

Bald war Rachid der einzige noch lebende Araber auf dem Schiff, und Hal ging zu ihm. «Deinen Freunden habe ich einen schnellen Tod geschenkt», sagte er, «doch du, du hast mir meinen jüngsten Sohn geraubt. Du wirst nicht so leicht davonkommen, es sei denn, du kannst mir sagen, was ich wissen will.»

«Alles, was in meiner Macht steht, Effendi», flennte Rachid. «Ihr braucht mich nur zu fragen.»

«Ich will wissen, wo ich al-Auf und meinen Sohn finden kann.»

«Das weiß ich nicht, Effendi.» Rachid schüttelte so heftig den Kopf, dass seine Tränen umherspritzten wie Wasser von einem nassen Hund. Hal griff nach unten und riss ihn auf die Beine. Dann verdrehte er ihm einen Arm hinter den Rücken und schob ihn zur Reling.

«Schau da hinunter», flüsterte er dem Araber ins verstümmelte Ohr. «Sieh, was dich erwartet.» Rachid heulte auf, als er den Tigerhai lautlos durch das kristallklare Wasser gleiten sah. Die Bestie rollte leicht herum, sodass er jede Einzelheit ihres hässlichen, abgestumpften Kopfes erkennen konnte. Mit einem kalten Auge schaute der Hai zu ihnen herauf.

«Wo finde ich al-Auf? Wo ist sein Schlupfwinkel? Sprich, und du wirst einen schnellen Tod haben und deinem Gott in einem Stück gegenübertreten anstatt in kleinen Fetzen aus dem Maul der unreinen Kreatur dort unten.»

«Ich weiß es nicht», schluchzte Rachid. «Nur sehr wenige Menschen wissen, wo al-Auf seine Zitadelle hat. Ich bin nur ein armer Fischer.»

«Aboli!», rief Hal, und der schwarze Riese trat an seine Seite, das Ende des letzten Stricks in der Hand. «Mit dem Kopf zuerst», befahl Hal.

Aboli ging in die Knie und fädelte das Seil durch die Kette, mit der die Fußgelenke des Arabers gefesselt waren. «Zieht an!», befahl er den Matrosen am anderen Ende des Seils, und Rachid wurde an den Füßen in die Luft gehoben. So pendelte er langsam über die Seite des Schiffes.

«Wo ist al-Auf?», rief Hal zu ihm hinauf. «Wo finde ich meinen Sohn?»

«Ich weiß es nicht! Gott ist mein Zeuge!», schrie Rachid.

«Lasst ihn ab!», befahl Hal den Männern am Seilende. Rachid sank ruckweise auf die Meeresoberfläche zu. «Halt!» Hal stoppte sie erst, als Rachids Gesicht nur noch zwei Fuß über dem Wasser war. Der Mann versuchte sich nach Hal umzuschauen, der sich nun weit über die Reling lehnte.

«Ich weiß es nicht, ich schwöre es bei allem, was mir heilig ist», schrie der Pirat, «ich weiß nicht, wo al-Auf Euren Sohn gefangen hält!»

Hal nickte Aboli zu. «Füttere die Bestie!» Aboli nahm einen der Eimer voll Küchenabfälle, die in einer Reihe bereitstanden, und schüttete den Inhalt über die Reling. Fischköpfe, Därme und Gemüsereste platschten ins Wasser und lockten die Fischschwärme an, die in rasender Gier das Wasser aufwühlten. Aboli warf noch eine Eimerladung über Bord.

Innerhalb einer Minute zeigte sich ein dunkler, bedrohlicher Schatten unter den glitzernden Fischschwärmen, und dann erschien der breite, gestreifte Rücken majestätisch aus der Tiefe. Die kleinen Fische zerstreuten sich, und der Behemoth war unter der

Oberfläche zu sehen, der geöffnete Rachen groß genug, den Rumpf eines ausgewachsenen Mannes zu packen. Die mehrfachen Zahnreihen richteten sich auf, als er nach den Abfällen schnappte, und er wühlte schon das Wasser auf, obwohl er noch tief unter der Stelle war, wo Rachid am Seil hing. «Du wirst niemals durch die Tore des Paradieses treten können, wenn dein Körper von diesem liederlichen, unreinen Fisch verschlungen worden ist», rief Hal zu ihm hinunter.

Der Gefangene zappelte hilflos am Ende des Seils und schrie halb von Sinnen: «Nein! Ich weiß es nicht! Oh großer Herr, habt Gnade mit mir!»

«Ablassen!» Die Männer gaben Seil nach, bis Rachids Kopf und Schultern unter Wasser waren. «Lasst ihn so hängen.» Hal beobachtete den Araber in seinem verzweifelten Ringen. Der große Hai spürte die Unruhe und kreiste unter ihm, langsam und vorsichtig aus der Tiefe aufsteigend. Rachid, dem Ertrinken nahe, bewegte sich immer schlaffer und krampfartiger.

«Hebt ihn an!», befahl Hal, und sie hievten den Araber wieder aus dem Wasser und ließen ihn mit dem Kopf direkt über der Oberfläche baumeln. Die blutige Bandage war ihm vom Kopf gerutscht und seine triefenden Locken hingen im Wasser. Er rang zuckend um Atem.

«Sprich! Lass uns von meinem jüngsten Sohn reden!», rief Hal kalt, gnadenlos und ohne jedes Mitleid. Der Hai witterte das Blut in dem treibenden Stofffetzen und kam heran. Wieder öffnete sich der gigantische Rachen und saugte den blutigen Verband ein. Als er seinen Rücken bog und wieder untertauchte, brach die Schwanzflosse durch die Oberfläche und versetzte dem hängenden Mann einen furchtbaren Hieb. Rachid kreischte vor Angst und pendelte hin und her.

«Sprich!», spornte ihn Hal an. «Ich möchte von meinem Sohn hören. Ich warte.»

«Ich kann nicht verraten, was ich nicht weiß», heulte Rachid. Hal nickte den Männern am Seil zu, die den Mann wieder bis zur Hüfte ins Wasser tunkten. Nun wurde der Hai, tief unten, wirklich lebendig und stieg mit einer für ein so riesiges Tier schier unglaublichen Schnelligkeit zur Oberfläche auf.

«Anheben!», befahl Hal scharf. Die Männer zogen an, und Rachid entging dem Biss des großen Rachens nur um Haaresbreite.

«Es ist noch nicht zu spät», sagte Hal gerade laut genug, dass Rachid ihn durch den Schleier seiner Panik und Erschöpfung hören konnte. «Sprich, und dein Ende wird ein schnelles sein.»

«Ich weiß nicht, wo al-Auf zu finden ist, aber ich kenne jemanden, der es weiß», krächzte Rachid schließlich.

«Sag mir den Namen.»

«Sein Name ist Grey Effendi. Er wohnt in Sansibar. Er ist der Mann, der uns von dem großen Schatz erzählt hat, den Ihr auf Eurem Schiff habt.»

«Runter!» Noch während sie Rachid abließen, schnellte der Hai herbei, um ihn in Empfang zu nehmen. Diesmal gab sich Hal keine Mühe, den Araber vor ihm wegzuschnappen. Rachid war nicht mehr von Nutzen für ihn; ohne den Hauch eines Skrupels ließ er Rachid seine Strafe zukommen und sah mitleidslos zu, wie die Kiefer des Hais sich um den Kopf des Mannes schlossen, der bis zu den Schultern im Maul der Bestie verschwand.

Der Hai hing an der Leine und peitschte seinen Schwanz hin und her, verbog seinen tonnenschweren Körper und sägte mit seinen Fängen durch Fleisch und Knochen. Unter dem Gewicht und der Gewalt der Bewegungen des Riesenfisches verloren die Männer am anderen Ende des Seils ihren Halt und rutschten über das Deck.

Schließlich trafen sich die Kiefer des Hais und Rachids Kopf wurde sauber vom Rumpf getrennt. Der Hai fiel ins Wasser zurück und ließ den zuckenden Torso über der Oberfläche hängen. Rachids Blut spritzte aus dem offenen Halsloch und bildete eine rote Wolke im klaren Wasser.

Hal zog sein Schwert und durchtrennte das Seil mit einem einzigen Rückhandhieb. Der kopflose Rumpf fiel ins Meer und sank, sich langsam überschlagend im dunklen Schleier seines eigenen Blutes, auf den Meeresgrund zu. Der Hai kam zurück und nahm sein Futter an wie ein Hund einen zugeworfenen Brocken Fleisch, fasste den blutigen Torso beinahe sanft mit seinem halbmondförmigen Maul und schwamm damit ins tiefere Wasser. Hal kehrte dem Schauspiel den Rücken zu.

«In einer Stunde wird die Tide umschlagen, Mr. Tyler.» Er schaute zu den toten Männern an der Rahe hinauf. «Entledigen wir uns der Kerle. Werft sie über Bord. Mit der Ebbe werden wir nach Sansibar segeln.»

Mit allen Segeln unter Wind umfuhren sie den Ras Ibn Khum. «Der neue Kurs ist Nordnordost, Mr. Tyler. Bei diesem Wind sollten wir morgen bei Sonnenuntergang wieder in Sansibar sein.»

Um niemandem eine Vorwarnung von seiner Rückkehr zu geben, legte Hal für die Nacht im Kanal bei und segelte die *Seraph* erst in der Morgendämmerung in den Hafen von Sansibar. Sobald der Anker am Meeresgrund Halt gefunden hatte und er als Zeichen des Respekts für die Festung die Flagge gesenkt hatte, befahl er, das Langboot zu Wasser zu lassen. Dann eilte er in seine Kabine, nahm die beiden doppelläufigen Pistolen von seinem Schreibtisch und steckte sie unter seinen Schwertgürtel.

Als er aus der Kabine trat, wartete Tom auf dem Gang, die Mütze in der Hand, das Schwert im Gürtel, Stiefel an seinen gewöhnlich nackten Füßen.

«Ich möchte mit Euch kommen, Sir», sagte Tom. Hal zögerte. An Land konnte es zum Kampf kommen. Doch Tom setzte sofort nach. «Wir haben zusammen den Eid abgelegt», erinnerte er seinen Vater.

«Dann komm.» Hal lief an Deck. «Haltet alles zum sofortigen Auslaufen bereit», wies er Ned Tyler an, bevor er mit Tom und einem Dutzend Männern in das Langboot hinabstieg. Am Kai ließen sie Alf Wilson mit vier Matrosen beim Boot zurück. «Haltet euch vom Kai fern, aber wenn nötig, müsst ihr sofort kommen und uns aufnehmen», sagte er zu Alf, und dann zu Aboli: «Führe uns zum Haus des Konsuls, schnell.»

In doppelter Reihe, Schulter an Schulter, trabten sie durch die engen Gassen, die Hände an den Waffen. Vor dem Eingang zu Greys Haus nickte Hal Aboli zu, und der klopfte mit dem Kolben seiner Pike an die geschnitzte Tür. Die Schläge hallten durch das stille Haus. Nach einer Weile hörten sie schlurfende Schritte näher kommen, und der Türriegel wurde gehoben. Eine steinalte Sklavin blickte auf die Gruppe bewaffneter Männer, das verschrumpelte Gesicht starr vor Verblüffung. Sie versuchte, die Tür vor ihnen zuzuschlagen, doch Aboli legte sich mit der Schulter dagegen.

«Du hast nichts zu befürchten, alte Mutter», sagte Hal mit sanfter Stimme. «Wo ist dein Herr?»

«Das darf ich nicht sagen», flüsterte die Frau, doch ihr Blick deutete zu der weiten Steintreppe, die vom Hof zu den Obergeschossen führte.

«Verriegele die Tür», befahl Hal Aboli, «und lasse zwei Mann hier Wache stehen.» Er lief die Treppe hinauf, bis er im zweiten Stockwerk war. Dort blieb er stehen und schaute sich in dem Salon um, in dem er sich nun befand. Der Raum war üppig ausgestattet mit Schmuckteppichen und schweren Möbeln aus dunklem Holz, mit Einlegearbeiten aus Elfenbein und Perlmutt. Hal wusste, wie solche Häuser gewöhnlich ausgelegt waren: Die Zenana, das Frauenquartier, lag stets im obersten Stockwerk. Wo er sich nun befand, waren die Hauptwohnräume, das große Schlafgemach hinter Wandschirmen aus kunstvoll geschnitztem Ebenholz am anderen Ende des Stockwerks. Hal ging leise zwischen den Schirmen hindurch in einen kleineren Salon, wo der Boden mit großen Seidenkissen bedeckt war. Auf einem niedrigen Tisch in der Mitte des Raumes stand eine Wasserpfeife zwischen schmutzigen Essensschalen. Es roch schwer nach abgestandenem Haschischrauch, Gewürzen und den Ausdünstungen von Greys Krankheit.

Hal ging durch eine weitere Reihe von Wandschirmen in den nächsten Raum, dessen Boden zur Hälfte von einem niedrigen Bett eingenommen wurde. Er blieb in der Tür stehen und schaute auf das Gewirr weißer und brauner Körper und Gliedmaßen auf dem Bett. Er brauchte einen Augenblick, bevor er begriff, was er vor sich sah. Konsul Grey lag auf dem Rücken, die geschwollenen Glieder ausgestreckt, der riesige Bauch aufgebläht wie bei einer hochschwangeren Frau, die Brust unter einem groben, schwarzen Tierfell, die grotesk entstellten Beine voller offener, roter Geschwüre, den Wundmalen seiner Krankheit. Es stank so stark nach der gelben Flüssigkeit aus diesen unbedeckten Wunden, dass es Hal fast den Magen umdrehte.

Zwei Sklavenmädchen knieten über dem Konsul, eine über seinem Gesicht, die andere über seinem Unterleib. Eine von ihnen hob den Kopf. Sie starrte Hal an, und dann begann sie zu schreien. Beide Mädchen sprangen auf und flohen wie aufgeschreckte Gazellen hinter eine weitere Reihe von Wandschirmen, sodass Grey allein auf dem Bett zurückblieb.

Der aufgedunsene Mann rollte sich auf die Seite und stützte sich auf einen Ellbogen. «Ihr!», glotzte er. «Ich hatte nicht erwartet …» Er stockte und schnappte lautlos, wie ein Fisch.

«Ich weiß sehr wohl, was Ihr erwartet, Sir», erklärte Hal, «und es tut mir Leid, Euch enttäuschen zu müssen.»

«Ihr habt kein Recht, in mein Haus einzudringen.» Dann wich seine Überraschung dem Zorn, und er keifte: «Ich habe bewaffnete Männer im Haus! Die werde ich jetzt rufen!» Er öffnete wieder den Mund, doch nun setzte ihm Hal seine Schwertspitze an die Kehle. Grey sank zusammen wie eine geplatzte Schweinsblase und versuchte, sich unter dem Stahl hinwegzuwinden.

«Bedeckt Euch.» Hal hob einen Seidenmantel auf, der neben dem Bett lag, und warf ihn ihm zu. «Der Anblick Eures Kadavers verursacht mir Übelkeit.»

Grey streifte umständlich den Nachtmantel über und schien wieder ein wenig gelassener zu werden. «Es war nicht meine Absicht, Euch zu drohen», lächelte er entschuldigend, «aber Ihr habt mich erschreckt. Ihr habt einen peinlichen Augenblick gewählt ...» Er zwinkerte anzüglich. «Außerdem dachte ich, Ihr wärt schon auf halbem Weg zum Kap.»

«Noch einmal muss ich mich entschuldigen», entgegnete Hal. «Ich war nicht ganz aufrichtig zu Euch. Ich bin weder ein Kaufmann, noch stehe ich im Dienste der Ostindischen Kompanie. Mein wahrer Name ist Henry Courtney. Ich bin ein Diener Seiner Majestät König Williams.»

«Wir alle sind Diener des Königs», sagte Grey mit frömmelnder Stimme und unschuldigem Gesicht. Er rutschte zum Bettrand und kam mühsam auf die Beine.

Hal drückte ihm die Schwertspitze vor den aufgedunsenen Bauch und schob ihn zurück. «Bitte, Ihr solltet Euch nicht überanstrengen», ermahnte er ihn höflich. «Wenn ich sage, ich bin ein Diener des Königs, dann meine ich damit, ich handle in seinem Auftrag. Unter den Vollmachten, die er mir erteilt hat, ist die, dass ich jede Person, die ich der Piraterie für schuldig befinde oder die im Verbrechen der Piraterie auf hoher See als Komplize oder Helfershelfer gewirkt hat, standrechtlich hinrichten kann.» Hal zog die Pergamentrolle unter seinem Mantel hervor. «Möchtet ihr es durchlesen?»

«Ich bin sicher, Ihr sagt die Wahrheit», sagte Grey leichthin, in gespielter Gelassenheit, doch sein Gesicht hatte sich gelbgrün verfärbt. «Ich kann mir jedoch nicht vorstellen, wie ich davon betroffen sein könnte.»

«Lasst mich erklären.» Hal steckte das Pergament in sein Mantelfutter zurück. «Mein Schiff hat keinen Schatz an Bord. Ihr wart der Einzige, der das je angenommen hat. Ich habe es Euch erzählt, um Eure Ehrlichkeit auf die Probe zu stellen. Ich habe einen Köder gelegt für den Piraten, der unter dem Namen al-Auf bekannt ist.»

Grey starrte ihn an. Auf seinem Kinn und seiner Stirn bildeten sich unzählige Schweißtropfen.

«Auch habe ich Euch erzählt, an welchem Tag ich aus Sansibar auslaufen würde, und ich habe Euch über den Kurs unterrichtet, den ich einschlagen würde. Ohne diese Informationen, die nur von Euch kommen können, hätte al-Auf uns nicht auflauern können. Ihr wart der Einzige, der ihm auf diese Weise helfen konnte.» Hal stieß ihn leicht mit der Schwertspitze in die Brust. «Der Einzige, Sir.»

«Das ist nicht wahr!», brabbelte Grey. «Ich bin ein loyaler Diener des Königs, ein Ehrenmann.»

«Wenn es eines weiteren Beweises bedürfte, dann reichte die Aussage von einem von al-Aufs Männern, der mir Euren Namen genannt hat. Ihr steckt mit dem Korsaren unter einer Decke. Ihr seid der Beihilfe zu Verbrechen der Feinde des Königs schuldig, das brauchen wir nicht weiter zu diskutieren. Ich verurteile Euch daher zum Tode durch den Strang. – Aboli!»

Aboli erschien an seiner Seite, das tätowierte Gesicht so erschreckend, dass sich Grey zum anderen Ende des Bettes rollte und sich zusammenzog wie eine gestrandete Qualle.

«Bereite die Hinrichtung vor.»

Aboli hatte das Seil aufgerollt über der Schulter hängen. Er schritt zum Fenster, das vom Boden bis zur Decke reichte, und trat die geschnitzten Läden auf. Dann schaute er auf den Innenhof mit dem sprudelnden Springbrunnen hinunter, schüttelte das Seil aus und ließ es halb die Wand hinunterhängen. Das andere Ende band er mit einem Bulinknoten an dem senkrechten Mittelbalken des Fensters fest. «Für solch einen Fettberg ist der Sturz viel zu tief. Es wird ihm den Kopf abreißen wie einem fetten Hühnchen», grunzte Aboli kopfschüttelnd. «Das dürfte kein schöner Anblick sein.»

«Wir können in diesem Fall nicht zu heikel sein», sagte Hal. «Lege ihm die Schlinge um den Hals.»

Grey wälzte sich kreischend auf seinem Bett. «Um Gottes willen, Courtney, das könnt Ihr nicht tun!»

«O doch, das kann ich. Sehen wir mal, ob Aboli mit seiner Theorie Recht behält.»

«Ich bin Engländer! Ich verlange eine faire Verhandlung vor einem englischen Richter!»

«Die habt ihr soeben bekommen», belehrte ihn Hal. «Mr. Fisher, helft uns bitte, den Häftling für die Hinrichtung fertig zu machen.»

«Jawohl, Captain.» Big Daniel führte seine Männer ins Zimmer und sie umstellten das Bett.

«Ich bin ein kranker Mann», heulte Grey.

«Dann haben wir die richtige Medizin für Euch, was immer Euer Leiden sein mag», sagte Big Daniel ruhig. Er rollte Grey auf den Bauch und fesselte ihm die Hände hinter dem Rücken. Seine Männer hoben den schweren Mann vom Bett und schleppten ihn zum Fenster. Aboli streifte ihm die Schlinge über den Kopf. Dann drehten sie ihn so hin, dass er Hal gegenüberstand. Sie mussten ihn stützen, da seine dick geschwollenen Beine ihn nicht tragen wollten.

«Ihr werdet dankbar sein zu hören, dass Euer Verbündeter Musallim bin-Jangiri, auch bekannt als al-Auf, aus der Falle geschlüpft ist, die ich ihm gestellt hatte.» Hal setzte sich ans Fußende des Betts. «Er ist aufs offene Meer geflohen. Wir müssen annehmen, dass er sich in seinen Schlupfwinkel zurückgezogen hat, um sich die Wunden zu lecken, die ich ihm beibringen konnte.»

«Ich weiß von nichts.» Grey zitterte vor Angst im Griff der Matrosen. «Ihr müsst mir glauben, Sir Henry.»

Hal fuhr fort, als hätte er ihn nicht gehört. «Mein Problem ist, dass al-Auf meinen jüngsten Sohn in seiner Gewalt hat. Ihr werdet sicher verstehen, dass ich alles tun werde, meinen Jungen zu retten. Nun glaube ich, Ihr wisst, wo ich ihn finden kann.» Er streckte den Arm aus und setzte Grey die Schwertspitze an die Kehle. «Lasst ihn auf seinen eigenen Füßen stehen», befahl er den Männern, die den Konsul festhielten, und sie traten beiseite.

«Ich flehe Euch an, Sir Henry!» Grey schwankte in dem offenen Fenster. «Ich bin ein alter Mann.»

«Alt und bösartig», nickte Hal und drückte ihm die Klinge fester an die Kehle. Ein hellroter Blutstropfen quoll dem Schurken aus der angeritzten Haut und floss über den gravierten Toledostahl. «Wo finde ich al-Auf? Wo finde ich meinen Sohn?»

Unter Greys Nachtmantel spratzte und gurgelte es. Sein Darminhalt, dünn und braun wie Tabaksaft, floss ihm die aufgedunsenen Beine hinunter und sammelte sich in einer Pfütze zwischen seinen Füßen. Der scharfe Gestank war fast unerträglich in dem kleinen, heißen Zimmer, doch Hal verzog keine Miene. «Wo finde ich meinen Sohn?», fragte er noch einmal.

«Die Blume des Meeres!», schrie Grey. «Flor de la Mar, die alte portugiesische Festung auf der Insel. Das ist al-Aufs Schlupfwinkel!»

«Ich muss Euch darauf hinweisen, Sir, dass nun, da Ihr mir diese Information geben konntet, Eure Schuld vollkommen außer Zweifel steht.»

Langsam verstärkte er den Druck der Stahlspitze an Greys Kehle. Grey beugte sich immer weiter zurück und rutschte mit den Füßen durch seine eigene Jauche, bis er auf der Schwelle des offenen Fensters stand. Dort schwankte er für einen Augenblick und fiel dann mit einem verzweifelten Heulen rücklings ins Leere. Der Strick sauste hinter ihm her, bis er sich mit einem dumpfen Geräusch unter Greys vollem Gewicht über die Fensterschwelle spannte und dehnte.

Hal ging an der Spitze seiner Männer die Treppe hinunter auf den Hof. Dort blieb er stehen und schaute zu dem aufgedunsenen Leichnam hinauf, der über dem Fischteich friedlich an seinem Strick baumelte. Hal zog die Pergamentrolle, die er am Vorabend präpariert hatte, aus seinem Mantel und überreichte sie Aboli. «Hänge ihm das um den Hals.»

Aboli sprang auf die Brüstung des Springbrunnens, reckte sich hoch und legte Grey die Zwirnschlinge um den Hals, die durch das Pergament gezogen war. Hals Proklamation war in Englisch und in Arabisch abgefasst. Die englische Version lautete:

> Nach Verhandlung und Schuldigsprechung wegen Komplizenschaft mit dem Korsaren al-Auf in Akten der Piraterie auf hoher See wurde der Gefangene William Grey zum Tode durch den Strang verurteilt. Unter den Vollmachten, die Seine Majestät König William III. mir übertragen hat, habe ich, Henry Courtney, es auf mich genommen, das Urteil zu vollstrecken.

Tom stand neben seinem Vater und las den arabischen Text der Proklamation. Am Ende sagte er: «Die Unterschrift lautet ‹El Tazar›-Barrakuda. Warum?»

«Das ist der Name, den mir die Muselmanen gegeben haben, als ich das erste Mal in diesen Gewässern unterwegs war.» Hal schaute seinen Sohn an. Wieder packten ihn Schuldgefühle, dass jemand von Toms jungen Jahren solch grässliche Szenen erleben musste. Doch dann erinnerte er sich, dass Tom inzwischen siebzehn war und mit Schwert und Geschütz selbst schon mehr als einen Mann getötet hatte. Er war kein Kind mehr. Sein Charakter und seine Ausbildung machten ihn dieser grausigen Arbeit gewachsen. «Wir haben unsere Aufgabe hier erfüllt», sagte Hal leise. «Zurück zum Schiff.» Er ging auf die hohe Eingangstür zu, während Big Daniel den Befehl an die Männer weitergab, die dort Wache standen. Sie schwangen die Tür auf.

Die Greisin, die ihnen die Tür geöffnet hatte, stand nun auf der Schwelle. Auf der Straße hinter ihr drängten sich die Wachen, mindestens ein Dutzend, bewaffnet mit Donnerbüchsen und Krummsäbeln, eine Furcht einflößende Bande von Halsabschneidern, die nun auf die Tür zudrängte.

«Seht, was die Ungläubigen unserem Herrn angetan haben», jammerte die Alte, als sie Grey über dem Fischteich baumeln sah. «Mord!» Sie öffnete ihren zahnlosen Mund und stimmte das Klagegeheul an, mit dem arabische Frauen ihre Männer zu blinder, mörderischer Wut aufhetzten.

«*Allah akbar*!», rief der Anführer der Wachen. «Gott ist groß!» Er riss die lange Jezail-Flinte hoch und schoss in die Gruppe der englischen Seeleute. Die Kugel traf einen von Hals Männern mitten ins Gesicht, nahm die meisten seiner Zähne mit, zertrümmerte die Kiefer und bohrte sich tief in seinen Schädel. Er fiel, ohne einen Laut von sich zu geben. Sofort hatte Hal eine seiner Pistolen in der linken Hand.

Sein erster Schuss traf den Anführer ins rechte Auge. Der Augapfel platzte und hinterließ ein gähnendes Loch. Der Mann brach zusammen, und Hal feuerte den zweiten Lauf auf den Mann, der die Lücke füllte. Diesen traf er mitten in die Stirn; er stürzte tot in die Menge hinter ihm zurück und riss einen Mann mit zu Boden.

«Auf sie, Leute!», rief Hal, und seine Männer stürmten in geschlossener Reihe durch die Tür.

«Seraph!», hallte ihr Schlachtruf, als sie den Haufen Araber vor sich her trieben. In dem Gedränge war der Feind nicht in der Lage, die langen Musketen anzulegen, und wurde zurückgedrängt von der geschlossenen Front blitzender Stutzschwerter. Noch drei der vermummten Gestalten gingen zu Boden, und dann waren Hal und seine Männer auf der Straße, wo mehr Platz zum Fechten war.

Hal hatte seine zweite Pistole gezogen, sparte sich aber die Kugeln und mähte stattdessen mit der Klinge einen weiteren Araber nieder, der sich ihm in den Weg gestellt hatte. Er schaute sich nach Tom um und fand ihn einen Schritt hinter sich; Tom hatte sein Schwert gehoben, und die Spitze war blutrot. Auch er hatte also schon ein Opfer gefunden. «Guter Junge», brummte Hal, «halte dich hinter mir.» Er stürmte mit seinen Männern auf die übrigen Araber zu, die das Schicksal ihrer Kameraden in der ersten Reihe verfolgt hatten. Aufschreiend drehten sie sich um und flohen die Gasse hinunter.

«Lasse sie ziehen!», musste Hal Tom aufhalten. «Zurück zum Boot!»

«Was ist mit Bobby?», fragte Big Daniel, während er auf den toten Seemann hinter ihnen zeigte, der inmitten der gefallenen Araber lag.

«Nehmt ihn mit», befahl Hal. Es wäre nicht gut gewesen, wenn die Männer hätten sehen müssen, wie einer ihrer Kameraden auf dem Schlachtfeld zurückgelassen wurde. Sie sollten sicher sein, dass Hal sie niemals im Stich lassen würde, tot oder lebendig. «Sobald wir wieder auf See sind, bereiten wir ihm ein ordentliches Begräbnis.»

Daniel ging in die Knie, und Aboli legte ihm den toten Mann über die Schulter. Dann führten die beiden großen Männer mit gezückten Schwertern den übrigen Trupp durch die engen Gassen zum Hafenkai zurück. So früh am Morgen waren kaum Leute auf der Straße, und die, die sie kommen sahen, verdrückten sich geschwind in Seitengassen und Eingänge. So erreichten sie unbehelligt den Hafen, und Alf Wilson kam sogleich mit dem Langboot, um sie aufzunehmen.

Während sie zur *Seraph* zurückruderten, kamen ein paar mutigere Seelen unter den Arabern aus ihren Verstecken, feuerten ihre Büchsen ab und riefen Beschimpfungen oder wilde Herausforderungen über das Hafenbecken, doch das Boot war schon außer

Reichweite der Musketenkugeln. Ned Tyler ließ das Ankertau spannen, und ein Dutzend Männer standen am Gangspill bereit. Sobald die Bootsmannschaft die Leiter herauf und das Langboot aus dem Wasser gehoben war, gab Hal den Befehl, Anker zu lichten und Segel zu setzen.

Als die *Seraph* auf den Hafenausgang zulavierte, zeigte sich bald das lange, grüne Banner des Sultans auf dem Westturm der Festung, und die Batterien von Kanonen zwischen den Zinnen eröffneten ihr Feuer auf sie.

Selbst aus dieser Entfernung konnten sie die Kanoniere in ihren weißen Kaftanen ausmachen, wie sie die Geschütze bedienten. Durch sein Fernrohr sah Hal, welche Panik und Verwirrung unter ihnen herrschte. Die großen Kanonen wurden nachgeladen und wieder herausgefahren, ohne dass man sich die Mühe machte, ihre Zielrichtung zu korrigieren. Er beobachtete, wie einer der übereifrigen Kanoniere seine mächtige Waffe abfeuerte, während seine Kameraden noch hinter der Lafette damit beschäftigt waren, die Kanone in Stellung zu wuchten. Der Rückstoß trieb das Geschütz über sie hinweg. Aus zwei vollen Kabellängen Entfernung hörte Hal die Schmerzensschreie, als den armen Kanonieren die Knochen gebrochen und die Glieder abgetrennt wurden.

Hal sah die riesige Steinkugel im Fluge, wie sie von der Festungsmauer in die Höhe stieg, im Zenit der Flugbahn in der Luft zu verharren schien, ein winziger schwarzer Punkt vor dem blauen Himmel, und sich dann auf sie zusenkte. Für einen Augenblick dachte Hal, sie würde das Schiff treffen, doch dann stürzte sie längsseits ins Wasser und spritzte eine Fontäne auf, die sich auch auf das Achterdeck ergoss und Hals Stiefel bis zu den Knien mit Wasser füllte.

«Für diesen eindrucksvollen Abschiedsgruß sollten wir uns bedanken.» Hal schaute Ned Tyler an; er lächelte nicht. «Senkt unsere Flagge in Ehrerbietung für den Sultan, Mr. Tyler. Und dann bringt das Schiff auf südlichen Kurs.»

«Es ist nicht eingezeichnet», murmelte Hal, in die Karte vertieft, die auf seinem Schreibtisch ausgebreitet lag, «und doch könnte ich schwören, ich habe den Namen schon gehört. Flor de la Mar, die Blume des Meeres. Bei diesem Namen kann es sich nur um eine der alten portugiesischen Besitzungen handeln.» Er hatte seine Offiziere schon gefragt und sie losgeschickt, in der Mannschaft nachzuforschen, doch niemand hatte von der Insel gehört.

Neben der Karte lagen acht dicke, in Kalbsleder gebundene Bücher aufgestapelt, die zu Hals liebsten Schätzen gehörten. Er nahm eines aus dem Stapel, schlug die steifen, knisternden Seiten auf und betrachtete kurz den in wundervoller Handschrift geschriebenen Text und die Tintenzeichnungen auf jeder Seite. Die Handschrift war ihm so vertraut, dass sie Teil seiner Existenz zu sein schien: Es war die Handschrift seines Vaters, Sir Francis Courtneys. Diese Logbücher gehörten zu der Erbschaft, die er Hal hinterlassen hatte. Die acht Bände beschrieben die dreißig Jahre, die er auf Reisen über die Weltmeere verbracht hatte, die Gesamtheit des Wissens und der Erfahrungen eines ganzen Lebens. Die Bücher waren von solchem Wert für Hal, sowohl in ihrer Nützlichkeit wie auch als Erinnerung an seinen Vater, dass sie nicht in Gold aufzuwiegen waren.

Vorsichtig blätterte er die Seiten durch auf der Suche nach dem Namen, den er vor vielen Jahren irgendwo darin gelesen hatte. Immer wieder ließ er sich jedoch von irgendeiner kleinen, unnachahmlichen Beschreibung oder einer faszinierenden Zeichnung eines fernen Hafens oder einer exotischen Küste, dem Porträt eines Mannes oder dem Abbild eines Vogels oder Fisches ablenken, der seines Vaters Aufmerksamkeit erregt hatte und von ihm kunstvoll dargestellt worden war.

Als seine Suche erfolglos blieb, legte er den ersten Band beiseite und suchte einen anderen aus. Der Einband trug die Inschrift «Indischer Ozean, Anno Domini 1632 bis 1641». Hals Suche dehnte sich über so viele Stunden aus, dass er die Öllampe nachfüllen musste, und dann sprang der Name plötzlich von der Seite in seine geröteten, schmerzenden Augen. Er seufzte vor Erleichterung: «Isla Flor de la Mar». Es war eine Zeile unter einer Zeichnung, die eindeutig eine Insel darstellte, vom Meer aus betrachtet. Die Windrose und ein Entfernungsmaßstab waren ebenfalls eingezeichnet. Danach betrug die Nord-Süd-Ausdehnung der Landmasse ganze fünf Seemeilen. Unter dem Namen war die Position eingetragen, «11 Grad 25 Minuten südlicher Breite, 47 Grad 32 Minuten östlicher Länge», und in kleinerer Schrift: «Unter den Muselmanen als Daar Al Shaitan oder ‹Hafen des Teufels› bekannt».

Hal beugte sich wieder über seine Karte und suchte mit Zirkel und Lineal die Koordinaten auf, die sein Vater nannte. Nach diesen Angaben, obgleich Sir Francis' Längenschätzung mit Vorbehalt zu betrachten war, befand sich die Insel etwa 150 Seemeilen nördlich der Glorietta-Inseln. Auf Hals Karte war dort jedoch nichts als offenes Meer. Er schaute noch einmal in das Logbuch. Sein Vater hatte fast eine ganze Seite an Beschreibungen beigefügt. Hal begann zu lesen und war sofort hingerissen. «Die Insel wurde zuerst von Alfonse d'Albuquerque erwähnt, im Jahre 1508, als er mit Vorbereitungen für die Eroberung der arabischen Städte entlang der Fieberküste Ostafrikas beschäftigt war. Von diesem Stützpunkt aus unternahm er seine Angriffe auf Sansibar und Dar Es Salaam.»

Hal nickte. Ihm war bekannt, dass Albuquerque – Albuquerque der Große für seine christlichen Zeitgenossen – unter den Arabern als al-Scheitan, der Teufel, bekannt war, wegen seiner erfolgreichen Vorstöße im Indischen Ozean. Mehr noch als Tristão da Cunha waren ihm die portugiesische Vorherrschaft und der portugiesische Einfluss an der Fieberküste und im Persischen Golf zu verdanken gewesen. Seine Schiffe waren die ersten, die im Namen einer europäischen Macht in die arabischen Hochburgen am Roten Meer vorgedrungen waren. Hal wandte sich wieder dem Bericht seines Vaters zu.

Albuquerque errichtete das beachtliche Fort an der Nordspitze der Insel, indem er von muselmanischen Gefangenen Korallenblöcke aus den Riffs hauen ließ. Die Kanonen, mit denen er das Fort bewaffnete, hatte er während seiner Eroberung von Hormus und Aden erbeutet. Er benannte die Insel nach seinem Flaggschiff, der *Flor de la Mar*. Einige Jahre später, 1508, zerschellte eben dieses Schiff auf den Korallenriffen vor der Küste von Goa, und Albuquerque verlor den unermesslichen Schatz, den er sich im Laufe seiner Kampagnen auf diesen Meeren angeeignet hatte. Nach dem Erfolg seiner Expeditionen auf dem afrikanischen Festland räumte Albuquerque seinen Stützpunkt auf der Insel und brachte seine Flagge nach Sansibar. Die Festung von Flor de la Mar verfiel zur Ruine.

Ich landete hier am zweiten November 1637. Die Insel ist fünf und eine viertel Seemeilen lang und eine halbe Seemeile breit, an der breitesten Stelle. Die Ostseite ist dem Gezeitenstrom und den vorherrschenden Winden ausgesetzt und bietet keinen sicheren Hafen. Die Bucht an der Nordwestspitze liegt dagegen gut geschützt hinter einem Korallenriff. Der Boden besteht aus Sand und Muscheln und bietet ausgezeichneten Ankerhalt. Die Passage durch das Riff verläuft direkt vor den Festungsmauern. Jedes Schiff, das sich näherte, wäre also in schweres Feuer von den Batterien der Festungsgarnison geraten, als die Portugiesen die Festung noch bemannt hielten.

Auf der Mitte der Seite hatte Hals Vater eine detaillierte Karte der Bucht und der Festung eingefügt, auf der die Durchfahrt durch das Riff und die verschiedenen Orientierungspunkte und Wassertiefen eingetragen waren. «Danke, Vater», flüsterte Hal inbrünstig, bevor er mit seiner Lektüre fortfuhr.

An Land konnte ich feststellen, dass die Mauern der Festung die fast anderthalb Jahrhunderte seit ihrer Errichtung gut überstanden hatten. Sie waren solide gebaut und nur mit modernster Belagerungsmaschinerie bezwingbar. Die Messingkanonen standen noch in ihren Schießscharten, doch das Metall hatte stark gelitten unter der salzigen Meeresluft. Die Zisternen zum Sammeln von Regenwasser waren intakt, sodass wir unsere Fässer dort auffüllen konnten. Eine große Vogelkolonie nistete an der Südspitze. Bei Tageslicht formten diese Massen von Vögeln einen dunklen Baldachin über der Insel, der noch aus vielen Meilen Entfernung vom Meer aus zu sehen war. Der Chor ihrer Stimmen konnte zu solch lärmender Kakophonie anwachsen, dass er die Sinne betäubte. Das Fleisch dieser Vögel war ölig und schmeckte stark nach Fisch, doch gesalzen und geräuchert war es genießbar. Ich setzte einen Landungstrupp ab, um Eier zu sammeln. Sie kamen mit zehn großen Körben voll zurück, und die ganze Mannschaft hatte ein Festmahl davon. Es gab außerdem viel Fisch und Austern in der Bucht, wo wir zehn Tage liegen blieben, in denen alle Mann damit beschäftigt waren, diese Beute zu fangen und zu räuchern, um die Schiffslager aufzufüllen. Am zwölften November stachen wir wieder in See, mit Kurs auf den Bab al Mandeb, den Eingang zum Roten Meer.

Hal schloss das Logbuch so ehrfürchtig, als wäre es die Familienbibel – was in gewissem Sinne auch zutraf –, und wandte sich seiner Karte zu. Er markierte sorgfältig die Position der Insel, die sein Vater angegeben hatte, und zeichnete Kurs und Peilungen von ihrer gegenwärtigen Position am Südende des Sansibarkanals ein.

Als er an Deck kam, schwebte die Sonne nur noch einen Fingerbreit über dem Horizont und war so in Seedunst gehüllt, dass Hal, mit bloßem Auge auf die brodelnde rote Scheibe schauen konnte. Mit der Abenddämmerung hatte der Monsunwind sich etwas gelegt, blies jedoch immer noch kräftig genug, dass alle Segel stramm gefüllt waren wie die weißen Brüste einer Amme.

«Mr. Tyler, bringt sie so dicht an den Wind, wie sie unter diesem Takel segeln kann», befahl er entschlossen. «Voll und bei!»

«Voll und bei, zu Befehl, Captain.» Ned tippte seine Mütze an.

Hal ließ ihn stehen und marschierte nach vorn. Im Vorbeigehen schaute er zur Fockrahe hinauf, wo Tom saß, seit sie den Hafen von Sansibar verlassen hatten. Hal verstand ihn sehr gut und stieg diesmal nicht zu ihm hinauf; auch er wollte allein sein.

Am Steven stieg er auf den Ansatz des Bugspriets, hielt sich am Vorstag fest und schaute voraus auf das sich verfinsternde Meer, das nun in der Farbe vollreifer Pflaumen schimmerte. In regelmäßigen Abständen durchschnitt die *Seraph* den Berg einer größeren Welle und sprühte Hal kühles Wasser ins Gesicht. Er kümmerte sich nicht darum und ließ es auf seine Brust tropfen.

Afrika war weit hinter ihnen in der dunstigen Dämmerung versunken; auch vor ihnen war kein Land in Sicht. Der dunkle Ozean schien unendlich. Wie konnte er nur hoffen, in diesen grenzenlosen Weiten einen einzelnen kleinen Jungen zu finden, fragte sich Hal. «Doch ich werde ihn finden, selbst wenn ich mein ganzes restliches Leben dafür brauche», flüsterte er, «und wehe dem, der sich mir dabei in den Weg stellt.»

Die Dau war ein Sklaventransporter, der mit seiner Elendsfracht zwischen dem Festland und den Märkten Sansibars hin und her pendelte. Es roch nach den Ausflüssen menschlicher Körper und dem Schmerz gebrochenen menschlichen Geistes. Das stinkende Miasma hing über dem ganzen Schiff und drang in Haare und

Kleidung. Mit jedem Atemzug gelangte es in Dorians Lungen und schien an seiner innersten Seele zu nagen.

Er war im Unterdeck angekettet. Die Eisennieten, welche die Kette hielten, steckten tief in dem schweren Holzrahmen des Schiffes, und die Kette war durch die Ösen seiner Fußeisen gezogen. In dem langen Laderaum war Platz für hundert Gefangene, doch Dorian war mutterseelenallein. Er saß im Schneidersitz auf einem der Rahmenbalken und versuchte seine Füße aus der stinkenden Giftbrühe zu halten, die mit jeder Welle durch den schmalen Rumpf schwappte. In der Brühe schwammen Fischschuppen und aufgeweichte Kopra – Überreste der anderen Waren, die die Dau zuweilen geladen hatte.

Etwa einmal die Stunde wurde die Luke über seinem Kopf aufgerissen, und einer der Araber schaute neugierig zu ihm herab. Sein Wärter reichte ihm von Zeit zu Zeit eine Schale Reis und Fischsuppe hinunter oder eine grüne, aufgehackte Kokosnuss, deren süße, leicht schaumige Milch Dorian gierig trank. Die Suppe aus halb verfaultem, an der Sonne getrocknetem Fisch ließ er jedoch meistens stehen.

Abgesehen von den Fußeisen und dem Gestank in seinem Kerker behandelten ihn seine arabischen Entführer mit größter Aufmerksamkeit. Sie schienen tatsächlich sein Wohlergehen im Sinn zu haben und sorgten stets dafür, dass er weder Hunger noch Durst litt.

Viermal in den vergangenen zwei Tagen war der Kapitän der Dau im Sklavendeck erschienen und hatte mit undurchdringlicher Miene über ihm gestanden. Er war ein hoch gewachsener Mann mit sehr dunkler, pockennarbiger Haut und Hakennase. Er war es gewesen, der Dorian aus dem Wasser gezogen und ihm den Dolch an die Kehle gehalten hatte. Bei seinem ersten Besuch hatte er versucht, Dorian zu verhören.

«Wer bist du? Wo kommst du her? Bist du ein Anhänger des wahren Glaubens? Was hattest du auf einem Schiff der Ungläubigen zu suchen?» Der Kapitän sprach in einem sonderbaren Akzent und betonte manche Wörter ganz anders, als Alf Wilson es Dorian beigebracht hatte, doch er verstand ihn ohne Schwierigkeiten und hätte leicht antworten können. Stattdessen hatte er die ganze Zeit den Kopf hängen lassen und sich geweigert, den Mann auch nur anzuschauen. Wie gern hätte er vor dem Araber seiner Angst und seinem Zorn Luft gemacht. Er wollte ihn warnen, dass er der Sohn eines reichen, mächtigen Mannes war, doch instinktiv wusste er, dass dies die größte Dummheit gewesen wäre. Er wollte herausplatzen: «Mein Vater wird kommen, und wenn er mich gefunden hat, wird er keine Gnade zeigen, weder mit dir noch mit deinen Männern.» Stattdessen hatte er sich auf die Zunge gebissen, um sich daran zu hindern, die Fragen des Arabers zu beantworten.

Am Ende hatte der Kapitän seine Versuche aufgegeben, den Jungen zum Sprechen zu bringen. Er hatte sich neben ihn gehockt, eine Hand voll der dichten Locken des Knaben ergriffen und sie fast liebevoll gestreichelt. Zu Dorians Verblüffung hatte er dann ein Gebet geflüstert. «Gott ist groß. Es gibt keinen Gott außer Gott, und Mohammed ist sein Prophet.»

Dieses eigenartige Ritual, das Streicheln und das Gebet, hatte sich bei allen weiteren Besuchen des Kapitäns im Sklavendeck wiederholt. Bei seinem letzten Erscheinen zog er dann plötzlich den Dolch aus der Scheide an seinem Gürtel. Sein Benehmen zuvor hatte Dorian in Sicherheit gewiegt, weshalb er nun umso mehr erschrak, als die rasiermesserscharfe Klinge vor ihm aufblitzte. Fast hätte er aufgeschrien, doch dann zuckte er nur ängstlich zurück.

Der Araber bleckte seine braunen Zähne in einem furchtbaren Grinsen, das wohl als ein beruhigendes Lächeln gedacht war, und schnitt ihm eine lange Locke aus dem rotgoldenen Haar, bevor er den Dolch in seine Scheide zurücksteckte.

Dorian verwirrte dieses Verhalten, und in dem dunklen, stinkenden Sklavenquartier dachte er lange darüber nach. Ihm wurde klar, dass sein Haar, besonders dessen Farbe, seine Entführer zu faszinieren schien. Es hatte offenbar eine besondere Bedeutung für sie.

Kurz nachdem die Araber ihn aufgegriffen hatten, hatte alles danach ausgesehen, als wollten sie ihren Zorn und Hass an ihm auslassen. Dorian erinnerte sich lebhaft an den scharfen Schmerz, den er gespürt hatte, als ihm der Dolch an die Kehle gesetzt wurde, und wenn er mit den Fingerspitzen darüberfuhr, konnte er noch jetzt die Kruste fühlen, die sich gebildet hatte, wo die Klinge die Haut angeritzt hatte.

Erst als der Kapitän ihm die Matrosenmütze vom Kopf riss und sein langes Haar im Wind wehen sah, hatte er das Messer von seiner Kehle genommen. Im Schrecken jener Augenblicke hatte

Dorian nicht mitbekommen, worüber die Araber so laut palaverten und stritten, während sie ihn unter Deck zerrten und in der Sklavenbucht anketteten, doch eines war sicher: Jeder einzelne Mann auf der Dau hatte die Gelegenheit wahrgenommen, seinen Kopf zu berühren oder zu streicheln. Und nun erinnerte er sich auch an Wortfetzen ihres aufgeregten Geschnatters.

Viele hatten von einer «Prophezeiung» gesprochen, und manche hatten einen Namen ausgerufen, den sie offenbar tief verehrten, da die anderen jedes Mal im Chor geantwortet hatten: «Möge Allah ihm gnädig sein.» Der Name hatte wie «Taimtaim» geklungen. Verängstigt und ganz allein kauerte er auf seinem Balken in der Finsternis des stinkenden Laderaums und dachte an Tom und seinen Vater, sehnte sich nach ihnen mit solcher Macht, dass es ihm das Herz zu zerreißen drohte. Zuweilen döste er ein, doch jedes Mal schreckte er nach wenigen Minuten wieder auf, wenn die Dau von einer größeren Welle ergriffen wurde und er von seinem wackligen Sitz rutschte. Er behielt sein Gefühl für den Ablauf der Tage und Nächte, da sich immer wieder die Luke über seinem Kopf öffnete und jemand ihm Nahrung und Kokosnussmilch anreichte, oder der Kapitän kam herunter, um ihn für eine Weile anzustarren. So wusste er, dass es am zwölften Tag nach seiner Gefangennahme war, dass ihm endlich die Fußeisen abgeschlagen wurden. Er wurde durch die Luke an Deck geschleift, wo das Sonnenlicht nach der Dunkelheit unten im Sklavenraum so grell war, dass Minuten vergingen, bevor sich seine Augen daran gewöhnt hatten. Als er sich dann blinzelnd umschaute, sah er die halbe Mannschaft glotzend im Kreis um ihn versammelt, und diesmal hörte er gut zu, was sie sagten.

«So steht es tatsächlich in der Prophezeiung geschrieben, Gott sei gepriesen.»

«Es kann nicht sein, da al-Amhara nicht die Sprache des Propheten spricht.» Mit al-Amhara – was, wie Dorian wusste, ‹der Rote› hieß – konnten sie nur ihn meinen.

«Hüte dich, dass du keine Lästerung aussprichst, oh Ismael. Es steht dir nicht an, zu urteilen, ob er das Kind in der Prophezeiung ist oder nicht.»

«Gottes Wege sind wunderbar und unergründlich», sagte ein anderer, und alle riefen im Chor: «Gott sei gepriesen!»

Dorian schaute jenseits des Kreises dunkler, bärtiger Gesichter über den Schiffsbug hinweg. Die Wellen vor ihnen waren windgepeitscht und kräuselten sich silbern im Sonnenschein. Er strengte seine Augen so an, dass sie zu tränen begannen. Zunächst schien es nur wirbelnder, quellender Rauch zu sein, doch dann erspähten seine jungen Augen die Palmwipfel darunter, und er erkannte, dass er einen riesigen Vogelschwarm vor sich sah.

Während er noch in die Ferne schaute, überholten kleinere Gruppen von zehn oder zwanzig Seevögeln die schmutzige Dau, um sich den Massen ihrer Artgenossen anzuschließen. Um besser sehen zu können, zugleich jedoch auch um auszuprobieren, welcher Laune die Piraten waren und was sie ihm durchgehen lassen würden, ging Dorian auf den Bug zu. Der Kreis der Araber öffnete sich respektvoll vor ihm, als empfänden die Männer Angst oder Scheu davor, ihm in den Weg zu treten. Einer berührte Dorians Kopf, als er an ihm vorbeiging.

«Behaltet ihn gut im Auge», rief der Kapitän von der Segelpinne aus. «Er darf nicht entkommen.»

«Ach, Yusuf», erwiderte jemand, «ist al-Amhara etwa so heilig, dass er fliegen kann wie der Engel Gabriel?» Alle lachten, und niemand versuchte, Dorian aufzuhalten. Er ging nach vorn und lehnte sich an den hässlichen, plumpen Mast.

Die Palmenfranse und die Wolke von Vögeln hoben sich allmählich schärfer vor dem Horizont ab, und an der Nordspitze der Landmasse, die nun deutlich als Insel zu erkennen war, war der Umriss eines Vorgebirges zu sehen. Als sie näher kamen, sah er die weißen Mauern eines kantigen Bauwerks in der Sonne funkeln, und dann bemerkte er die Kanonen auf den Mauern und die Flottille von Schiffen, die in der Bucht unter der Festung vor Anker lagen.

«Die *Minotaur*!», rief er plötzlich, als er die hohen Masten und die Umrisse des Schiffes erkannte, mit dem sich die *Seraph* nur wenige Tage zuvor eine Schlacht geliefert hatte. Mit ihrer Schnelligkeit musste sie lange vor der winzigen Dau vor der Insel angekommen sein. Sie ankerte in der Mitte der Bucht unter nackten Rahen. Bald konnte Dorian den Schaden ausmachen, den die Kanonen der *Seraph* auf ihr angerichtet hatten. Als sie noch näher waren, konnte er auch lesen, was in arabischer Schrift auf den Heckbalken über den englischen Namen gemalt worden war: *Der Atem Allahs.*

Sie war nicht das einzige rahgetakelte Schiff in der Bucht: Vier andere lagen in ihrer Nähe, eines größer und die anderen kleiner als die *Minotaur* – lauter Schiffe, die der Korsar, wie Dorian sich überlegte, von den Konvois europäischer Schiffe im Orient erbeutet haben musste. Fünf große Kauffahrer, beladen mit kostbarer Fracht, waren eine enorme Beute. Kein Wunder, dass der Name al-Auf auf den Längen und Breiten dieses Ozeans so gefürchtet war.

«Bereit zur Wende!» Der Ruf des Kapitäns an der Segelpinne und das Getrampel vieler nackter Füße auf den Deckplanken, als die Männer davoneilten, um die Dau durch den Wind zu drehen, rissen Dorian aus seinen Gedanken. Die lange Rahe wurde zurückgezogen und auf der anderen Seite des Mastes wieder nach vorn geschoben. Das einzelne Segel blähte sich nach backbord, und der Kapitän steuerte auf die enge Einfahrt durch das Riff zu, das die Bucht abschirmte.

«Bringt al-Amhara in die Vorderkabine. Verbergt ihn vor den Blicken der Männer auf den Festungsmauern», rief Yusuf. Zwei der Männer fassten Dorian an den Armen, führten ihn sanft auf das Vordeck und schoben ihn in die Kabine. Die Tür wurde hinter ihm verriegelt, doch die Kabine hatte Fenster auf beiden Seiten, durch die er einen guten Blick auf die Bucht hatte, in welche die Dau langsam einfuhr.

Der Kanal bog zwischen den Korallen ab und führte dann dicht vor den Mauern der Festung entlang. Dorian blickte zu den Kanonen hinauf, deren Mündungen aus den Schießscharten ragten, und sah die braunen Gesichter der Kanoniere dahinter. Die dünne, blaue Rauchfahne von der Dauerlunte wehte über die Mauerkronen, und die Besatzung der Dau erwiderte freudig die Willkommensrufe, die schwach von der Garnison herüberhallten. Der Kapitän ankerte dicht hinter dem Heck der *Atem Allahs* und rief über das ruhige, klare Wasser eines der kleinen Boote herbei, die auf dem Strand vor der Festung lagen. Drei Männer kamen herausgerudert und machten längsseits fest. Durch die dünne Holzwand der Kabine konnte Dorian verfolgen, wie die Mannschaft darüber stritt, wer den Kapitän und al-Amhara an Land begleiten solle. Am Ende entschied Yusuf, indem er drei Mann aussuchte und als Eskorte in das Boot beorderte. Dann kam er in Dorians Kabine und zeigte ihm wieder seine schlechten Zähne in seinem grässlichen, falschen Lächeln. «Wir gehen an Land und werden al-Auf besuchen.»

Dorian glotzte ihn blöde an. Er tat immer noch so, als verstände er kein Wort, weshalb Yusuf ihm seine Absicht nun mit Zeichen und Gesten klar zu machen versuchte. «Wir müssen dein schönes Haar bedecken. Ich will al-Auf damit überraschen.» Er nahm einen schmutzigen grauen Kittel von einem Holzhaken neben der Tür und signalisierte Dorian, ihn überzustreifen. Dorian gehorchte, obwohl das Gewand nach altem Schweiß und vergammeltem Fisch stank. Yusuf schob die Kapuze so zurecht, dass der Kopf des Jungen bedeckt und sein Gesicht nicht zu sehen war. Dann packte er Dorian beim Arm und führte ihn auf das wartende Boot.

Am Strand angekommen betraten sie knirschenden, weißen Korallensand. Die drei Araber, die sie an Land gerudert hatten, hielten sich dicht bei Dorian, während Yusuf in einen Palmenwald voranging, auf dem Pfad, der zur Festung führte. In der Mitte des Wäldchens kamen sie an einem kleinen Friedhof vorbei. Einige der Grüfte dort waren uralt; der Korallenputz war gerissen und abgebröckelt, die Kreuze an den Grabköpfen waren gebrochen und umgestürzt. Am anderen Ende des Friedhofs befanden sich neuere Gräber ohne Gedenksteine, frisch aufgeworfene Grabhügel, markiert mit weißen Fahnen an kurzen Stangen und bedeckt mit Gebeten und Sprüchen in arabischer Schrift. Die Grabfahnen flatterten im stetigen Monsunwind.

Hinter dem Friedhof wand sich der Pfad weiter durch den Wald auf das Fort zu, bis sie plötzlich auf eine weitere Lichtung traten. Dorian blieb erschrocken stehen, voller Schock und Angst: Nackte menschliche Körper hingen von groben, dreibeinigen Holzgestellen zu beiden Seiten des Weges. Es handelte sich offenbar um einen Hinrichtungsplatz.

Einige der Opfer an den Dreibeinen lebten noch. Sie atmeten und bewegten sich schmerzvoll in ihren Fesseln. Einer versteifte sich am ganzen Körper und stöhnte laut auf, bevor er wieder zusammensackte. Viele andere waren tot, manche offenbar seit mehreren Tagen, die Züge verzerrt im Todeskrampf, die Bäuche aufgebläht, die Haut rot verbrannt von der gnadenlosen Sonne. Alle, tot und lebendig, waren gezeichnet von grausamen Foltern. Dorian starrte auf einen, der nur noch verkohlte Stümpfe hatte, wo einmal seine Hände und Füße gewesen waren. Andere hatten leere Augenhöhlen, wo ihnen die Augen mit glühendem Eisen ausgebrannt worden waren. Zungen waren aus Mündern gehackt worden, und Wolken blauer Fliegen krochen in die aufgerissenen Münder. Manche von denen, die noch am Leben waren, flehten heiser um Wasser; andere beteten nur noch zu Gott. Einer beobachtete Dorian aus großen dunklen Augen und flüsterte immer wieder: «Gott ist groß, Gott ist groß ...» Seine Zunge war vor Durst so geschwärzt und angeschwollen, dass die Worte kaum zu verstehen waren.

Einer der Männer, die Dorian bewachten, ging lachend vom Weg ab auf den Sterbenden zu und sagte zu ihm: «Der Name Allahs auf deinen Lippen ist Ketzerei.» Dann zog er seinen Krummdolch, packte mit der anderen Hand die verschrumpelten Genitalien des sterbenden Mannes, schnitt sie mit einem Hieb ab und stopfte sie dem Mann in den offenen Mund. «Das wird dich zum Schweigen bringen», kicherte er. Das gepeinigte Opfer zeigte kein Zeichen von Schmerz. Die Qualen, die er litt, waren längst jenseits allen Schmerzes.

«Du bist schon immer ein Narr gewesen, Ismael», tadelte Yusuf ihn prüde. «Nun komm schon. Du verschwendest unsere Zeit mit deinen Possen.»

Dorians Wächter schoben ihn weiter, bis sie vor einem Tor in der hinteren Festungsmauer ankamen. Das Tor stand weit offen, bewacht von einer kleinen Gruppe von Arabern, die im Schatten des Torbogens hockten, ihre Schwerter an die Festungsmauer gelehnt.

Tom hatte Dorian stets eingeschärft, wie wichtig es war, alles in sich aufzunehmen, in allen Einzelheiten, wenn man in eine unbekannte Umgebung kam. Die Kapuze verbarg Dorians Gesicht, bedeckte jedoch nicht seine Augen, sodass er nun bemerkte, dass die Torflügel des Forts alt und verrottet waren, die Scharniere fast abgerostet, doch die Mauern waren sehr dick und würden selbst schwerstem Beschuss standhalten.

Die Wachen schienen den Kapitän der Dau gut zu kennen. Sie machten sich nicht die Mühe aufzustehen, sondern tauschten nur die üblichen blumigen Grüße mit ihm aus, bevor sie die Gruppe durchwinkten. Sie betraten den Festungshof, wo Dorian sich wieder aufmerksam umschaute. Die beiden ursprünglichen Bauwerke schienen sehr alt zu sein. Die Korallensteinblöcke waren verwittert und an manchen Stellen zu Boden gestürzt. In jüngerer Zeit schien die Anlage jedoch Reparaturen erfahren zu haben, und noch jetzt arbeiteten Steinmetze an der Treppe, die auf die Brüstungen führte. Die alten Dächer waren durch Palmblätter ersetzt worden, die erst halb getrocknet waren. Nach Dorians Schätzung lungerten etwa zweihundert Mann im Schatten am Fuße der Mauern. Manche hatten ihre Gebetsmatten ausgebreitet und lagen darauf ausgestreckt. Andere saßen in kleinen Gruppen zusammen und vergnügten sich mit Würfelspielen oder pafften an hohen Wasserpfeifen, reinigten plaudernd ihre Musketen oder schärften die Klingen ihrer Krummsäbel. Manche riefen ihnen den althergebrachten Gruß zu, *«Salam alaikum»*, worauf Dorians Entführer erwiderten: *«Alaikum ya salam.»*

Unter einem Blätterdach in der Mitte des weiten Hofes brannte eine Reihe Küchenfeuer. Verschleierte Frauen backten Brot auf Eisengrills oder rührten in schwarzen, dreibeinigen Töpfen über den glühenden Kohlen. Sie schauten auf, als Dorian und die Männer von der Dau vorbeigingen, doch ihre Blicke waren hinter den Schleiern verborgen, und sie äußerten keinen Gruß.

In den Außenwänden des Forts befanden sich Zimmer, deren Türen auf den Innenhof führten. Manche dieser Räume waren bewacht, dienten also offenbar als Lager oder Pulvermagazine. «Wartet hier auf mich», befahl Yusuf seinen Männern. «Vielleicht könnt ihr den Frauen etwas Futter abbetteln und eure andauernd leeren Bäuche füllen.» Er packte Dorian fest am Arm und schleppte ihn zu einer Tür in der Mitte der vorderen Festungsmauer.

Zwei Wachen stellten sich ihnen in den Weg. «Was führt dich uneingeladen zur Tür von Musallim bin-Jangiri, Yusuf?», fragte einer der Männer.

Sie stritten für eine Weile. Yusuf bestand auf seinem Recht auf Zugang zu dem Piratenfürsten, und der Wachmann bestand auf seinem Recht, ihm diesen zu verweigern. Am Ende zuckte der Mann die Schultern und gab nach: «Du hast eine ungünstige Stunde gewählt. Unser Herr hat heute schon zwei Mann in den Tod geschickt, und jetzt ist er in Verhandlungen mit Händlern vom Festland. Aber du warst schon immer ein leichtsinniger Bursche, Yusuf, ein Mann, der gern mit dem Tigerhai schwimmt. Tritt ein, aber auf eigene Gefahr.» Er senkte sein Schwert und trat grinsend zur Seite.

Yusuf festigte seinen Griff um Dorians Arm, doch seine Finger zitterten. Er zog den Jungen durch die Tür in den Raum dahinter und zischte ihm ins Ohr: «Nieder, nieder, auf den Bauch!»

Dorian tat, als verstünde er nicht, und sträubte sich gegen Yusufs Versuche, ihn zu Boden zu ziehen. Sie rangen für eine Weile auf der Türschwelle, bis Yusuf aufgab und den Jungen stehen ließ, während er selbst über den Boden kroch, auf die vier Männer zu, die am anderen Ende des Raumes saßen.

Dorian versuchte sein Unbehagen zu unterdrücken und schaute sich in dem Zimmer um. Die Wände bestanden aus rohen, unverputzten Korallensteinblöcken, die jedoch mit farbenfrohen, freundlich gemusterten Teppichen behangen waren. Ansonsten war der Raum spärlich eingerichtet. Der Boden war sorgfältig gefegt, aber leer bis auf den einen niedrigen Tisch und die Kissen, auf denen die vier Männer saßen und mit offensichtlicher Verachtung zuschauten, wie Yusuf unter Litaneien des Lobes und der Entschuldigung auf sie zugekrochen kam. «Hoher Herr! Liebling Allahs! Schwert des Islam! Geißel der Ungläubigen! Friede sei mit dir!»

Dorian erkannte den Mann, der ihm zugewandt saß. Das letzte Mal hatte er ihn auf dem Achterdeck der *Minotaur* gesehen. Er wusste, er würde dieses Gesicht nie mehr vergessen.

Der Kopf unter dem grünen Turban schien aus Teakholz oder einem anderen harten Material gemeißelt zu sein. Die Haut war so straff über den Schädel gespannt, dass die Wangenknochen unnatürlich vorstanden. Seine Stirn war hoch und glatt, die Nase schmal und knochig. Der Bart, der ihm bis zur Hüfte reichte, war in zwei Stränge gebürstet und mit Henna hellrot gefärbt, was jedoch nicht die grauen Strähnen darin verbergen konnte. Der Mund unter dem hängenden Schnurrbart war ein dünner, harter Strich.

Dieses lippenlose Reptilienmaul öffnete sich nun, und die Stimme, die daraus hervordrang, war weich und melodisch, in krassem Kontrast zu den grausamen, teerschwarzen Augen. «Du musst guten Grund haben, uns in unseren Verhandlungen zu stören», sagte al-Auf.

«Mächtiger Fürst, ich bin nichts als ein Haufen Kamelmist, der in der Sonne deines Antlitzes vertrocknet.» Yusuf berührte den Steinboden dreimal mit der Stirn.

«Das stimmt wenigstens», befand al-Auf.

«Ich bringe dir einen großen Schatz, oh Liebling des Propheten.» Yusuf hob den Kopf gerade lange genug, um in Dorians Richtung deuten zu können.

«Ein Sklave?», fragte al-Auf. «Ich habe die Märkte der Welt mit Sklaven überschwemmt, und du bringst mir noch einen?»

«Ein Knabe», bestätigte Yusuf.

«Ich ziehe den Honigtopf vor, nicht die Mistgrube.»

«Kein gewöhnlicher Knabe», blubberte Yusuf voller Furcht und drückte noch einmal seine Stirn auf die Steine. «Dies ist ein goldener Knabe, noch wertvoller als Gold.»

«Du redest in Rätseln und Kreisen, Sohn eines kranken Ebers.»

«Würdest du mir erlauben, diesen Schatz deinem gnädigen Blick darzubieten, oh Mächtiger? Dann wirst du sehen, dass wahr ist, was ich sage.»

Al-Auf nickte und strich sich den gefärbten Bart. «Aber schnell. Ich verliere bald die Geduld mit deinen Albernheiten.»

Yusuf stellte sich auf die Füße, hielt aber den Rücken gekrümmt und blieb in tiefer, ehrfürchtiger Verbeugung stehen. Er nahm Dorian bei der Hand und zog ihn nach vorn; er schwitzte vor Angst. «Tu jetzt, was ich sage», zischte er panisch, «oder ich lasse dich kastrieren und von meinen Leuten als Hure missbrauchen.» Er zog Dorian in die Mitte des Raumes und stellte sich hinter ihn. «Musallim bin-Jangiri, mein Gebieter, ich werde dir nun etwas zeigen, was du noch nie gesehen hast!» Er hielt inne, um die Spannung zu steigern. Dann zog er schwungvoll die Kapuze zurück, die Dorians Kopf bedeckte. «Seht! Die Krone des Propheten, wie in der Prophezeiung versprochen!»

Die vier Männer starrten Dorian schweigend an. Dorian war diese Reaktion der Araber inzwischen gewohnt, wenn sie ihn zum ersten Mal erblickten.

«Du hast sein Haar mit Henna gefärbt», sagte al-Auf schließlich, «so wie ich meinen Bart gefärbt habe.» Aber seine Stimme war unsicher und sein Blick voller Zweifel.

«Oh nein, Herr.» Yusuf gewann allmählich an Selbstsicherheit – gerade hatte er al-Auf einfach widersprochen, ein Vergehen, für das schon viele gestorben waren. «Gott allein hat sein Haar gefärbt, so wie er das Haar von Mohammed gefärbt hat, seinem einzigen wahren Propheten.»

«Gott sei gepriesen», murmelten die anderen mechanisch.

«Bringe ihn her!», befahl al-Auf. Yusuf packte Dorian bei den

Schultern und stieß ihn fast zu Boden in seinem Eifer, dem Wunsch seines Herrn nachzukommen.

«Vorsichtig!», warnte al-Auf ihn. «Gehe behutsam mit ihm um!» Yusuf war überglücklich über diesen Tadel, der nur zeigte, dass al-Auf seine Behauptungen über den Sklavenjungen nicht einfach von der Hand weisen konnte. Er zog Dorian auf etwas sanftere Art voran und zwang ihn vor dem Korsaren auf die Knie.

«Ich bin Engländer.» Seine kindliche Stimme zitterte, was seine Rede des beabsichtigten Nachdrucks beraubte. «Lasse deine schmutzigen, blutbefleckten Hände von mir.»

«Das Herz eines schwarzmähnigen Löwen in einem zarten Jungtier.» Al-Auf nickte anerkennend. «Was hat er gesagt?» Keiner der Anwesenden konnte ihm darauf eine Antwort geben, und al-Auf wandte sich wieder Dorian zu. «Sprichst du Arabisch, mein Kleiner?»

Dorian lag eine wütende Antwort in derselben Sprache auf der Zunge, doch er riss sich zusammen und antwortete auf Englisch: «Fahre zur Hölle und grüße den Teufel von mir, wenn du dort ankommst.» Das war ein Spruch, den sein Vater zu gebrauchen pflegte. Der Klang der Worte verlieh ihm neuen Mut. Er versuchte aufzustehen, doch Yusuf drückte ihn nieder.

«Er spricht nicht Arabisch», sagte al-Auf mit einem Hauch von Enttäuschung in der Stimme. «Das gehört jedoch zu der Prophezeiung des heiligen Taimtaim, sein Name sei gepriesen, in alle Ewigkeit.»

«Er kann es lernen», war Yusufs etwas verzweifelter Vorschlag. «Wenn du ihn mir überlässt, wird er in einem Monat den ganzen Koran aufsagen können.»

«Das ist nicht dasselbe», schüttelte al-Auf den Kopf. «Die Prophezeiung sagt, das Kind komme vom Meer, mit der roten Krone auf dem Haupt und der Sprache des Propheten auf den Lippen.» Er blickte Dorian schweigend an. Allmählich dämmerte dem Jungen, dass die Araber noch nie in ihrem Leben rotes Haar gesehen hatten. Er begann zu verstehen, dass sie es als irgendein heiliges, religiöses Mal ansahen; ihr Prophet Mohammed hatte anscheinend dieselbe Haarfarbe gehabt. Er erinnerte sich schwach, dass auch Alf Wilson das in einer seiner langen Reden über den islamischen Glauben erwähnt hatte. Al-Auf hatte seinen Bart offenbar rot gefärbt, um dem Propheten ähnlicher zu sehen.

«Vielleicht ist dieses Haar am Ende doch nur geschickt gefärbt», sagte al-Auf düster, «und wenn es so ist», wandte er sich plötzlich mit finsterem Gesicht an Yusuf, «werden du und das Kind auf dem Hinrichtungsplatz enden.»

Dorian spürte, wie ihm bei dem Gedanken die Angst die Kehle zuschnürte. Die Erinnerung an die gepeinigten Opfer an den Gestellen im Palmenwald war noch zu frisch.

Yusuf warf sich sofort wieder auf die Knie und versuchte, seine Unschuld beteuernd, al-Auf die Füße zu küssen. Der Pirat trat ihn weg und sagte laut. «Lasst Ben Abram, den Arzt, kommen.»

Nach wenigen Minuten kam ein alter Araber herbeigeeilt und verbeugte sich vor al-Auf. Sein Bart und sein Haupt waren silberweiß, seine Haut hatte den blassen Ton von Eierschalen, und seine Augen blitzten vor Intelligenz. Selbst al-Auf sprach höflich zu ihm.

«Untersuche bitte diesen fränkischen Knaben, alter Onkel. Zeigt das Haar seine natürliche Farbe, oder ist es gefärbt? Sage mir auch, ob er gesund und wohlgeformt ist.»

Die Berührung des alten Arztes war zugleich sanft und fest, und Dorian ließ die Untersuchung widerwillig über sich ergehen, sein ganzer Körper steif und ablehnend, während Ben Abram seine seidigen roten Locken prüfend zwischen den Fingern rieb. Als Nächstes raffte der Arzt Dorians Haar auseinander und drehte seinen Kopf ins Licht, das durch die vergitterten Fenster drang, um die Kopfhaut eingehend zu untersuchen. Er schnupperte nach Spuren irgendwelcher Färbemittel oder Kräuter.

«So etwas habe ich in fünfzig Jahren medizinischer Praxis noch nicht gesehen, weder bei einer Frau noch bei einem Mann, wenngleich ich von Völkern im Norden Parthiens gehört habe, die so gekrönt sind», sagte Ben Abram schließlich.

«Es ist also nicht gefärbt.» Al-Auf beugte sich auf seinen Kissen vor, mit neu erwachtem Interesse.

«Es ist die natürliche Farbe», bestätigte Ben Abram.

«Und was ist mit dem übrigen Körper?»

«Das werden wir sehen. Sagt ihm, er soll sich entkleiden.»

«Er spricht die Sprache des Propheten nicht. Du musst ihn selbst ausziehen.»

Obwohl Yusuf ihn festhielt, konnten sie diesen Befehl nicht ausführen. Dorian sträubte sich wie eine Katze, die man mit dem Kopf zuerst in einen Eimer Wasser stecken will. Er trat um sich, kratzte und biss, und am Ende mussten sie zwei Wachen rufen, ihn unter Kontrolle zu bringen. Schließlich stand er nackt vor ihnen. Die Wachen hielten ihn an den Handgelenken, um ihn davon abzuhalten, seine Scham zu bedecken.

«Seht nur die Farbe und Beschaffenheit seiner Haut», staunte Ben Abram. «Sie ist so schön wie die feinste weiße Seide, wie das Fell, das den Hengst des Sultans schmückt – makellos. Sie passt genau zu dem Rot seines Haares und beweist zweifelsfrei, dass ich mich nicht irre. Die Haarfarbe ist natürlich.»

Al-Auf nickte. «Und der Rest?»

«Haltet ihn fest», befahl Ben Abram den Wachen; der Biss an seinem Handgelenk blutete noch. Vorsichtig streckte er die Hand aus, um Dorians kleines, weißes Geschlechtsteil abzutasten. «Die Hoden sind noch nicht gesackt, aber sie sind intakt.» Er nahm den kindlichen weißen Penis zwischen die Finger. «Wie ihr seht, ist er noch nicht beschnitten, wenngleich ...» Er zog die Vorhaut zurück, und die kleine rosa Eichel schlüpfte hervor.

Dorian wand sich im Griff der Wachen. Seine Entschlossenheit, nichts zu sagen, schwand angesichts seiner Scham und Demütigung. «Du Heidensau!», schrie er auf Arabisch. «Nimm deine dreckigen Hände von meinem Schwanz, oder ich bringe dich um, so wahr mir Gott helfe!»

Al-Auf zuckte zurück. Schock und religiöse Ehrfurcht zeichneten seine hageren Züge. «Er spricht! Es ist die Prophezeiung!»

«Allah ist gnädig! Gepriesen sei sein ruhmreicher Name!», sagten die Männer an seiner Seite im Chor. «Es ist die Prophezeiung des heiligen Taimtaim!»

«Deck!», rief Tom von seinem Aussichtspunkt hoch auf dem Fockmast, die Hände zu einem Sprachrohr geformt, um gegen den Wind anzuschreien. «Segel in Sicht!»

«Wo?», rief Ned Tyler zum Mast hinauf.

«Backbord voraus, zwei Meilen Entfernung!»

Hal hörte die Rufe in seiner Kabine und sprang so plötzlich auf, dass die Tinte auf seine Karte spritzte. Er wischte die Kleckse schnell ab und lief zur Tür. Im nächsten Augenblick stand er in Hemdsärmeln an Deck.

«Mastkorb! Was kannst du erkennen?», rief er hinauf.

«Ein kleines Schiff, Lateinerriggung», wehte Toms Antwort zu ihm herunter. «Ah, sie haben uns gesehen. Sie drehen ab.»

«Nur ein schuldiger Mann ergreift die Flucht.» Big Daniel war an Deck gekommen und stand am Steuerrad.

«Oder ein vorsichtiger Mann», meinte Ned Tyler.

«Ich wette eine Guinee gegen eine Prise Kuhmist, dass sie von al-Aufs Insel kommen», entgegnete Big Daniel.

Hal schaute die beiden an. «Wir bringen sie auf, Mr. Tyler. Setzt alle Segel und bringt das Schiff auf Kurs, sie abzufangen, wer immer sie sind.»

Die kleine Dau versuchte, luvwärts zu entkommen, doch auf dem aufgewühlten Meer hatte sie keine Chance gegen die *Seraph*. Innerhalb einer halben Stunde war sie vollständig über dem Horizont, und das große, rahgetakelte Schiff näherte sich unaufhaltsam.

«Sendet einen Gruß, Mr. Fisher», sagte Hal, worauf Big Daniel zu den Bugkanonen eilte. Minuten später erdröhnte ein einzelner Kanonenschuss. Hal schaute durch sein Fernrohr der Kugel nach und wenige Sekunden nach dem Knall sah er, wie eine weiße Gischtfontäne eine halbe Kabellänge neben der fliehenden Dau aus dem Meer spritzte.

«Jeder Heide versteht diese Sprache», brummte er, eine Ansicht, die sich sofort bestätigte. Die Dau schien sich in das Unvermeidliche zu ergeben; sie reffte ihr Segel und drehte bei.

«Stellt einen Entertrupp zusammen und rudert hinüber», befahl Hal Big Daniel, während die *Seraph* weiter auf das kleine Schiff zustürmte.

Big Daniel setzte mit seinem Trupp in einem der Langboote über, sprang auf die Dau und verschwand in ihrem Laderaum. Seine Männer nahmen inzwischen das Schiff in ihre Gewalt und trieben die kleine Mannschaft zusammen. Nach zehn Minuten erschien Big Daniel wieder an Deck und winkte zur *Seraph* herüber. «Captain, sie ist voll beladen mit Seide, lauter Ballen mit dem Siegel der John-Kompanie.»

«Piratenbeute! Bei Gott!» Hal lächelte zum ersten Mal seit Tagen und rief zurück: «Lasst Mr. Wilson mit fünf Mann drüben, um die Dau zu segeln. Bringt den Kapitän und die gesamte Mannschaft zu uns herüber.»

Big Daniel scheuchte die verwirrten und verängstigten Araber an Bord, während Alf Wilson mit der Dau im Kielwasser der

Seraph folgte, die ihren früheren Kurs dicht am Wind wieder aufnahm.

Der arabische Kapitän brauchte nicht viel Ermunterung, bevor er zu reden begann. «Ich heiße Abdulla Wazari und komme aus Lamu. Ich bin ein ehrbarer Kaufmann», protestierte er zugleich trotzig und unterwürfig.

«Wo hast du deine gegenwärtige Fracht erworben, Wazari?», fragte ihn Hal.

«Ich habe in barer Münze bezahlt, in gutem Glauben, Allah ist mein Zeuge», antwortete der Kapitän etwas ausweichend.

«Zweifellos ist dir entgangen, dass die Ballen in deinem Laderaum den Stempel der Ostindischen Kompanie von England tragen.»

«Ich bin kein Dieb. Ich habe sie nicht gestohlen, sondern in ehrlichem Handel erworben.»

«Wer hat sie dir verkauft, Wazari, mein ehrbarer Kaufmann, und wo?»

«Ein Mann namens Musallim bin-Jangiri hat sie mir verkauft. Es gab keinen Hinweis darauf, dass sie einmal Eigentum der englischen Kompanie waren.»

«Kein Hinweis – bis auf das, was du mit eigenen Augen sehen konntest», sagte Hal trocken auf Englisch, bevor er in Arabisch fortfuhr: «Und wo hast du Jangiri getroffen?»

«Auf der Insel Daar Al Shaitan.»

«Wo ist diese Insel? Wann habt ihr dort abgelegt?»

«Vielleicht fünfzig Meilen von hier», zuckte Wazari die Schultern. «Wir sind gestern mit der Morgenbrise in See gestochen.»

Diese Angaben stimmten mit den Koordinaten in Hals Vaters Logbuch überein. Hal wandte sich ab und ging langsam auf und ab, während er über die Informationen nachdachte, die Wazari ihm geliefert hatte. Eines schien sicher: Al-Auf hielt offenen Markt auf der Insel Flor de la Mar; dort verkaufte er seine Beute. Wahrscheinlich strömten arabische Kaufleute von allen Häfen des westlichen Meeres zu ihm, um ihre Frachträume mit billig erworbenem, gestohlenem Gut zu füllen. Er ging zu Wazari zurück. «Du hast Jangiri selbst gesehen, nicht einen seiner Offiziere, oder?»

«Ja, ich habe ihn gesehen. Er war soeben von einer furchtbaren Schlacht mit einem Schiff der Ungläubigen zurück. Sein eigenes Schiff liegt in der Bucht und ist in jämmerlichem Zustand ...»

Wazari stockte, als ihm die Möglichkeit dämmerte, dass er auf den Planken eben dieses Frankenschiffes stehen könnte, von dem er gesprochen hatte.

«Hat Jangiri einen ungläubigen Gefangenen erwähnt, den er in dieser Schlacht genommen hat?», fragte Hal weiter. Wazari schüttelte den Kopf. «Hat er nicht vor dir geprahlt, er hätte ein Frankenkind als Sklaven, einen Jungen von vielleicht elf oder zwölf Sommern?» Hal versuchte, die Frage beiläufig klingen zu lassen, doch er bemerkte das plötzliche Interesse in Wazaris Blick, das der Araber so schnell verbarg, wie es sich für einen guten Kaufmann gehörte.

«Ich bin ein alter Mann. Mein Gedächtnis ist nicht mehr sehr gut», sagte Wazari. «Vielleicht kann ihm eine kleine Freundlichkeit, ein Gefallen auf die Sprünge helfen.»

«An welche Art Gefallen denkst du dabei?», fragte Hal.

«Dass du, Herr, mir und meinem Schiff erlaubst, unserer Wege zu ziehen, ohne uns weiter zu behelligen. Das wäre ein Gefallen, der im Goldenen Buch neben deinem Namen verewigt bleiben würde.»

«Gefallen gegen Gefallen», entgegnete Hal. «Sei freundlich zu mir, Wazari, dann werde ich vielleicht dir eine Freundlichkeit erweisen können. Hast du von einem fränkischen Knaben gehört, als du bei Jangiri warst, oder al-Auf, wie er auch genannt wird?»

Der Araber zupfte nachdenklich an seinem Bart. Dann seufzte er: «Ach ja, jetzt erinnere ich mich an etwas der Art.»

«Woran erinnerst du dich?», fragte Hal harsch, mit der Hand an seinem Schwertknauf.

Hals Ton und Geste entgingen dem Araber nicht. «Ich erinnere mich jetzt, dass Jangiri mir vor zwei Tagen einen Sklaven zum Kauf angeboten hat, ein fränkisches Kind, das jedoch die Sprache des Propheten beherrscht.»

«Warum hast du ihn nicht gekauft?» Hal stand so dicht vor ihm, dass er Wazaris letzte Mahlzeit – an der Sonne getrockneter Fisch – in dessen Atem riechen konnte.

Wazari lachte. «Der Preis war hunderttausend Rupien. Hunderttausend Rupien», wiederholte er mit weit aufgerissenen Augen, «für einen Sklavenjungen!»

«Das ist das Lösegeld für einen Prinzen, nicht der Preis für einen Sklaven», stimmte Hal zu. «Hast du den Jungen gesehen?»

«Für hunderttausend?», fragte Wazari ungläubig. «Nein. Jangiri sagte, er wolle erst mein Gold sehen, bevor ich den Jungen in Augenschein nehmen dürfte. Ich bin ein armer Mann, das habe ich Jangiri gesagt. Wo sollte ich hunderttausend Rupien hernehmen?»

«Wie konnte er es wagen, eine solche Summe zu verlangen?», bohrte Hal weiter.

«Er sagte, es wäre das Kind in der Prophezeiung des Taimtaim», erklärte Wazari.

«Ich kenne diese Prophezeiung nicht.»

«Der Heilige hat gesagt, ein Kind von eigenartiger Haarfarbe würde vom Meer kommen.»

«Welche Farbe?»

«Rot!», rief Wazari. «Die rote Krone des Propheten! Jangiri sagte, das Haar dieses Jungen hätte die Farbe des Sonnenuntergangs.»

Hal wollte das Herz aus der Brust springen, so erfreute ihn diese Neuigkeit. Er wandte sich ab, um sein Gesicht vor Wazari zu verbergen, und trat an die Reling. Dort stand er für eine Zeit und ließ sich den Wind ins Gesicht blasen. Dann strich er sich mit beiden Händen das Haar aus der Stirn und ging zu Wazari zurück. «Du hast mir in der Tat einen Gefallen erwiesen.» Er wandte sich lächelnd an Ned Tyler. «Bringt diesen Mann und seine Leute auf ihre Dau zurück und lasst sie ihrer Wege ziehen.»

«Ihr lasst sie gehen?», fragte Ned verblüfft. «Entschuldigt, Captain, aber was ist mit der gestohlenen Seide?»

«Die können sie behalten!» Hal lachte laut, und jedermann in Hörweite starrte ihn an: Dieses Lachen hatten sie seit vielen Tagen nicht mehr gehört. «Es ist ein geringer Preis für das, was er mir gegeben hat.»

«Und was hat er Euch gegeben, Captain?», fragte Ned. «Obwohl es mich nichts angeht …»

«Hoffnung», antwortete Hal, «er hat mir Hoffnung gegeben.»

In der Nacht stahl sich die Pinasse um die Südspitze von Flor de la Mar. Der Mond würde erst in einer Stunde aufgehen, und es war sehr finster. Hal konnte sich nur an der phosphoreszierenden Brandung auf dem Strand orientieren. Er hatte das Segel eingeholt; obwohl sie das Tuch schwarz eingefärbt hatten, tat er alles, um ihre Entdeckung zu verhindern.

Über Tag hatte Hal die *Seraph* hinter dem Horizont gehalten, um al-Auf nicht vorzuwarnen. Erst nach Sonnenuntergang war er näher herangesegelt, um die Pinasse zu Wasser zu lassen, und nun lag das Schiff zwei Meilen vor der Küste. Hal hatte mit Tyler eine Reihe von Raketensignalen abgesprochen. Falls sie in Schwierigkeiten gerieten, würde die *Seraph* hereinkommen und sie aufnehmen. Bisher war jedoch alles gut gegangen. Die Südspitze der Insel schien verlassen. Am Nordende hatten sie dagegen im Vorbeisegeln das flimmernde Licht von Laternen und Herdfeuern erspäht.

Wenn die Zeichnungen seines Vaters stimmten, würden sie bald auf eine kleine Bucht stoßen, versteckt hinter dem Südausläufer der Insel. Die Pinasse hatte eine Besatzung von zwanzig Mann, doch als Landungstrupp hatte Hal eine viel kleinere Gruppe im Sinn: Aboli, Tom und er selbst. Er plante noch keinen Angriff auf die Festung oder die Schiffe, die davor ankerten; dies war eine Erkundungsexpedition. Hal wollte sich ein Bild von der Stärke der muselmanischen Korsaren machen und wenn möglich herausfinden, wo Dorian festgehalten wurde. Er hoffte, an Land gehen und wieder verschwinden zu können, ohne die Garnison aufzuschrecken oder den Piraten ihre Anwesenheit zu offenbaren.

Er hörte das Senkblei ins Wasser plumpsen. Kurz darauf flüsterte Big Daniel vom Bug aus: «Genau vier Faden.» Daniel vertraute die wichtige Aufgabe des Auslotens niemand anderem an. Der Meeresboden stieg steil an. Eine große Woge schwappte unter dem Boot hinweg, und Hal wünschte, er hätte mehr Licht, um sie zum Strand zu manövrieren. Die Brandung begann dicht vor ihnen.

«Macht euch bereit, Männer», warnte er die Ruderer leise, und dann, sobald der nächste Wellenzug das Heck anzuheben begann: «Los!» Die Pinasse wurde von der Welle erfasst und glitt auf ihr vorwärts. Mit kleinen Steuerbewegungen an der Pinne hielt Hal sie in Schwung. Ringsum brach die Welle in schäumender Gischt, doch das Boot wurde weitergetrieben, und plötzlich rutschten sie über Sand.

Die drei sprangen in das hüfttiefe Wasser und wateten mit erhobenen Pistolen an Land. Big Daniel brachte indes die Pinasse in tieferes Wasser hinter der Brandung zurück, um ihre Rückkehr abzuwarten.

Sie blieben stehen, sobald sie über der Hochwasserlinie waren. «Aboli, lege die Raketen hier ab», befahl Hal, und Aboli legte das schwere, in Leinentücher gewickelte Paket auf den Sand. «Lasst uns hoffen, dass wir sie nicht brauchen werden», knurrte Hal, «und jetzt überprüft eure Pistolenladungen.»

Metallisches Klicken und Schnappen war zu hören, als Tom und Aboli ihre Pistolen nachluden. Nach der langen Fahrt und dem Marsch durch die Brandung war es sehr gut möglich, dass das Pulver feucht geworden war. Die langläufigen, schweren und unhandlichen Musketen, die in der Dunkelheit ohnehin kaum von Vorteil gewesen wären, hatten sie auf der *Seraph* gelassen.

«Schaffst du es, Tom?», fragte Hal leise. Er hatte lange mit der Entscheidung gerungen, ob er den Jungen mitnehmen sollte.

«Alles in Ordnung», flüsterte Tom. Hal wünschte, er hätte nicht diesen gemeinsamen Eid mit Tom geschworen. Der Junge berief sich nun auf dieses Gelöbnis, wann immer Hal versuchte, ihn von Gefahren fern zu halten. So war er nicht in der Lage gewesen, ihn von dieser Expedition auszuschließen, doch immerhin konnte er sich nun damit rechtfertigen, dass Tom in dieser Finsternis viel besser sehen konnte als selbst Aboli. Vielleicht würden sie, noch bevor die Nacht vorbei war, dankbar sein für diese scharfen, jungen Augen.

«Du gehst an der Spitze», befahl er Tom nun, als sie sich nach Indianerart auf den Weg machten, hintereinander, mit Hal in der Mitte und Aboli als Letztem. Sie kamen durch offenes Gelände ohne Büsche oder Seegras, doch sie mussten genau in Toms Fußstapfen bleiben. Die Nester der Seevögel lagen so dicht beieinander auf dem Korallensand, dass man kaum zwischen ihnen hindurchkam, und die Rücken der Vögel waren kohlrabenschwarz und daher fast unsichtbar. Sie gackerten und krähten zornig, wenn die Männer über sie hinwegstiegen, doch die Laute gingen unter in dem allgemeinen Raunen der großen Vogelkolonie. Zuweilen hackte einer schmerzhaft, bis aufs Blut, nach einem nackten Knöchel, doch der große Aufschrei unter den Vögeln blieb aus, und schließlich hatten sie die Kolonie hinter sich und standen vor dem Palmenwald.

Im Schutz der Bäume direkt über dem Korallenstrand konnte

Tom sie nun schneller voranführen. Nach einer halben Stunde blieb er wieder stehen, und als Hal zu ihm aufschloss, zeigte er voraus. «Das ist die Landzunge, hinter der die Bucht liegt», flüsterte er. «Ich kann schon die Schiffe sehen, die dort vor Anker liegen, obwohl ich noch nicht erkennen kann, welches die *Minotaur* ist.» Für Hals Augen lag nichts als undurchdringliche Finsternis vor ihnen. Wazari hatte ihm jedoch versichert, dass die *Minotaur* vor vier Tagen in der Bucht gewesen sei, und angesichts des Schadens, den die *Seraph* ihr beigebracht hatte, war es unwahrscheinlich, dass sie seitdem wieder in See gestochen war.

«In Kürze wird der Mond aufgehen», murmelte Hal. «Dann werden wir uns vergewissern können, ob sie noch da ist. Führe uns näher heran.»

Sie schlichen weiter durch den dichten Dschungel unter den Baumwipfeln. Der Boden war mit abgefallenen, trockenen Palmwedeln übersät, die unter jedem Schritt laut geknirscht und geknackt hätten. Sie mussten sich auf Tom verlassen, dass er sie sicher auch durch diese Gefahrenzone führte. Hal rümpfte die Nase, als er den Rauch der Küchenfeuer und die anderen, weniger angenehmen Aromen roch, die von dem Piratenlager zu ihnen wehten: verrottende Fischköpfe und Eingeweide, Abfälle und offene Jauchegruben.

Dann blieb er wieder stehen, als ihm der Gestank verwesender Menschen in die Nase drang. Er hatte schon zu viele Schlachtfelder gesehen, als dass er diesen Geruch nicht erkannt hätte. Er dachte sofort an Dorian, verbannte diese Gedanken jedoch aus seinem Hirn und konzentrierte sich ganz auf ihr Vorhaben. Sie gingen langsam weiter.

Licht schimmerte zwischen den Baumstämmen, und als sie innehielten, hörten sie jemanden ein islamisches Gebet anstimmen. Jemand anderes hackte Feuerholz klein. In diese Geräusche mischte sich das Klatschen und leise Knirschen von Wanten und Spieren, dann das Klirren einer Ankerkette von einem der Schiffe in der Bucht. Sie kamen am Rand des Palmenwalds an und hatten die dunkle Bucht vor sich.

«Das ist die *Minotaur*», sagte Tom leise, «ohne jeden Zweifel.» Für Hal war es lediglich ein dunkler Fleck in der Finsternis.

«Jeden Moment wird der Mond aufgehen», flüsterte Hal. Sie ließen sich nieder und warteten.

Schließlich breitete sich ein weicher, silberner Glanz über den Himmel aus, und die Umrisse der Schiffe in der Bucht zeichneten sich immer deutlicher vor ihnen ab, bis sie die entblößten Rahen der *Minotaur* klar erkennen konnten. Hal bemerkte drei weitere rahgetakelte Schiffe auf dem Wasser, genau wie Wazari gesagt hatte – lauter Beutestücke von al-Auf.

«Du bleibst hier, Tom», flüsterte Hal.

«Vater …», wollte Tom protestieren.

«Keine Diskussion!», sagte Hal entschieden. «Du hast gute Arbeit geleistet, doch jetzt wartest du hier, bis wir zurückkommen.»

«Aber Vater!» Tom war außer sich.

Hal ignorierte ihn. «Wenn etwas geschieht, wenn wir getrennt werden, musst du zu dem Strand zurückkehren, wo wir gelandet sind, und die Pinasse herbeirufen.»

«Was habt ihr vor?», wollte Tom wissen.

«Aboli und ich werden einen näheren Blick auf die Schiffe in der Bucht werfen. Dabei kannst du uns nicht helfen.»

«Ich will aber …», fing Tom wieder an, doch Hal schnitt ihm das Wort ab.

«Genug! Wir treffen uns hier! Komm, Aboli.»

Die beiden Männer erhoben sich lautlos und innerhalb von Sekunden fand Tom sich allein am Rand des Palmenwalds. Tom empfand keine Furcht, dafür war er zu wütend. Man hatte ihn hinters Licht geführt, wie ein Kind behandelt, das er längst nicht mehr war, wie er oft genug bewiesen hatte.

«Ich habe einen Eid abgelegt», grollte er. «Ich kann nicht einfach hier sitzen bleiben, wenn zumindest die Chance besteht, dass ich Dorian helfen kann.» Dennoch bedurfte es all seiner Courage, seinem Vater den Gehorsam zu verweigern und seinen ausdrücklichen Befehl zu missachten.

Er stand zögernd auf. «Es ist meine Pflicht», sprach er sich noch einmal Mut zu. Dann machte er sich auf den Weg. Er folgte nicht seinem Vater und Aboli, sondern ging vom Wasser weg in einem Bogen auf das Innere der Insel zu. Sein Vater hatte ihm die Karte und die Zeichnungen der alten Festung gezeigt, die sein Großvater vor fünfzig Jahren angefertigt hatte. Er wusste also ziemlich genau, wie das Gelände vor ihm aussah und wo sein Weg hinführen würde.

Der Mond stand inzwischen über den Bäumen, und er konnte zügig ausschreiten. Bald sah er die weißen Festungsmauern vor sich im Mondlicht glitzern, und dann stieß er auf einen Weg, der ihn weiter darauf zuführte. Der Verwesungsgeruch wurde immer stärker, bis er auf eine Lichtung kam und erschrocken stehen blieb.

Vor ihm lag ein Leichenfeld, nackte Menschen an einer Reihe grober Galgen, bizarr und gespenstisch. Er spürte, wie der Aberglaube sein Blut in den Adern gefrieren lassen wollte, und konnte sich nicht dazu bringen auf die Lichtung zu treten; stattdessen hielt er sich an den Waldrand. Das war eine glückliche Entscheidung, denn bevor er halb um das Leichenfeld herum war, tauchte eine Kolonne von Arabern aus dem Wald auf, aus Richtung des Forts. Wäre er auf dem Weg geblieben, wäre er ihnen direkt in die Arme gelaufen.

Als die Männer vorbei waren, hielt sich Tom weiter im Schutze der Palmen, und nach wenigen Minuten kauerte er am Fuß der dicken, mondsilbernen Festungsmauer. Sein Zorn hatte sich inzwischen gelegt und er fühlte sich sehr allein und schutzlos. Er wusste, es wäre nun das Beste, sich seine Dummheit einzugestehen und zum Treffpunkt zurückzuschleichen, bevor sein Vater herausfand, dass er sich davongemacht hatte. Er würde nicht lange brauchen, seinen Fehler ungeschehen zu machen. Vorsichtig ging er um die Festung herum, bis er sich fast direkt dem weit offenen Haupttor gegenüber fand, unter dessen Bogen eine Anzahl Wachen hockten. Anscheinend schliefen sie, aber er konnte nicht riskieren, noch näher heranzugehen. So kauerte Tom für weitere Minuten in den Schatten. Zu einer Seite des Tores brannte eine Fackel, in deren Licht er die massiven, kräftigen Türbalken sehen konnte.

Er machte kehrt und ging denselben Weg zurück um die Festung herum. Die Ostseite lag voll im Mondlicht, und Tom konnte erkennen, dass die kreideweißen Korallenblöcke an manchen Stellen in Trümmern lagen. Die äußere Schicht war abgebröckelt und halb vom Dschungel überwachsen. Feigenbäume hatten sich mit ihren Wurzeln tief in die Fugen zwischen den Steinblöcken gebohrt, und die Stämme wilder Lianen krochen die Mauer empor wie riesenhafte schwarze Pythons.

Dann kam ihm eine ungeheuerliche Idee: Was, wenn er in das

Fort kletterte, mit einer Liane als Leiter, und nach Dorian suchte? Er dachte noch darüber nach, als er plötzlich jemanden leise husten hörte. Er duckte sich zwischen die Bäume und blickte in die Richtung, aus der er das Geräusch gehört hatte. Oben an einer Ecke der Befestigungsanlage sah er nun den beturbanten Kopf eines Mannes. Die Mauer war also mit Wachen besetzt, wahrscheinlich in regelmäßigen Abständen. Das Herz schlug ihm bis zum Hals, als ihm klar wurde, wie nah er daran gewesen war, in sein Unglück zu klettern. Vorsichtig schlich er weiter um die Nordwestecke des Forts.

Er bemerkte die schmalen Luken an diesem Abschnitt, hoch an der Mauer, so eng, dass sich nur ein Kind hindurchzwängen konnte. Die meisten dieser Schlitze waren dunkel, doch hinter einem oder zweien schimmerte das weiche, gelbe Licht einer Öllampe oder Laterne. Hinter diesen Fenstern mussten sich Zimmer oder Zellen befinden.

Tom duckte sich dicht vor der Mauer und schaute wehmütig daran hinauf. Hinter einem dieser Fenster lag Dorian vielleicht in einer Sklavenzelle. Er stellte sich vor, welche Furcht, welche Einsamkeit sein kleiner Bruder empfinden musste, und teilte diese Gefühle in seiner tiefen, brüderlichen Liebe.

Plötzlich spitzte Tom fast unbewusst die Lippen und pfiff die ersten Takte der «Frauen von Spanien»:

Lebt wohl und adieu, holde spanische Frauen,
lebt wohl und adieu, ihr Frauen von Spanien,
denn wir müssen segeln nach Engeland nun.

Er saß still und wartete auf irgendeine Antwort. Als keine kam, stand er auf und ging leise ein Stück weiter die Mauer entlang, pfiff die Melodie noch einmal und wartete.

Etwas rührte sich: Hinter einem der hohen, schmalen Fenster hatte jemand eine Lampe bewegt. Tom sah, wie sich die Schatten verschoben. Mit klopfendem Herzen kroch er näher. Er war im Begriff, die Verse noch einmal zu pfeifen, als zwischen der Lampe und dem Fenster der dunkle Umriss eines Kopfes erschien. Jemand schaute aus der Schießscharte, doch das Gesicht konnte Tom nicht erkennen. Dann flüsterte eine süße, helle Knabenstimme in die Nacht:

Wir johlen und grölen über den wilden Ozean,
wir johlen und grölen über das brausende Meer …

«Dorry!» Tom wollte es laut herausschreien, doch er riss sich zusammen. Er kroch näher an die Mauer heran, verließ die Deckung des dichten Urwalds. Eine Liane wand sich die Korallenblöcke empor, eine Armlänge an dem erleuchteten Fenster vorbei, wo der Schatten von Dorians Kopf zu sehen war. Tom griff nach der Liane und prüfte, ob sie sein Gewicht tragen würde. Seine Hände zitterten vor Aufregung, doch die Liane war stark und fest verwurzelt. Er nahm seinen Schwertgürtel ab und legte ihn vor der Schlingpflanze auf den Boden, neben seine Pistole.

Dann schwang er sich die Liane hinauf. Die Arbeit in der Takelage hatte jeden Muskel in seinem Körper gestählt, und er kletterte mit der Geschicklichkeit eines Affen. Bald war er auf Höhe der Schießscharte und lehnte sich zur Seite, auf die Öffnung zu. «Dorry?»

«Tom!», kam sofort die Antwort. «Ich wusste, du würdest kommen. Ich wusste, du würdest dein Versprechen halten.»

«Pscht. Nicht so laut, Dorry. Kannst du dich durch das Fenster zwängen?»

«Nein. Sie haben mich an die Wand gekettet.»

«Weine nicht, Dorry. Sie werden dich hören.»

«Ich weine nicht», schluchzte Dorian bitterlich, beide Hände vor den Mund gepresst.

«Meinst du, ich kann durch dein Fenster klettern?», fragte Tom. «Ich komme herein und befreie dich.»

«Ich weiß nicht, Tom. Das Fenster ist so schmal, und du bist so groß.»

«Es gibt keine andere Möglichkeit. Ich werde es versuchen.» Tom griff nach dem Zweig der Liane, der dem Fenster am nächsten kam. Die Pflanze bog sich unter seinem Gewicht, doch er hangelte sich vorsichtig weiter, bis er ihr Ende erreichte. Er war immer noch mindestens drei Fuß von dem Sims unter der Schießscharte entfernt, zwanzig Fuß über dem Boden. Er streckte eine Hand aus und tastete sich weiter.

«Sei vorsichtig, Tom!»

Tom fand einen Riss in der Mauer, der ihm sicheren Halt bot, und nahm die andere Hand von der Schlingpflanze. Dann schwang er sich über die Lücke, hielt sich mit der rechten Hand fest und suchte mit der linken hektisch nach einer Ritze oder einem Mauervorsprung. Seine Zehen huschten über das glatte Korallengestein unter dem Fenstersims, fanden jedoch keinerlei Halt.

«Hier!» Dorian hielt beide Arme aus der Schießscharte. «Gib mir deine Hand.»

Dankbar griff Tom nach Dorians Hand und hielt sie nach Matrosenart im sicheren Affengriff. Sein Gewicht zog den kleinen Jungen nach vorn und quetschte ihn in dem Fensterschlitz ein. Tom sah sofort, dass er mit seinen breiten, muskelbepackten Schultern niemals hindurchpassen würde, wenn die Luke schon für den schmalen Dorian zu eng war. Er saß fest: Er konnte nicht durch das Fenster einsteigen, und die Liane war drei Fuß entfernt zu seiner Linken.

«Es hat keinen Zweck, Dorry.» Ihre Gesichter waren keine zwei Fuß voneinander entfernt. «Wir müssen wiederkommen und dich holen.»

«Du kannst mich nicht hier zurücklassen, Tom!», rief Dorian in hysterischer Angst.

«Die *Seraph* wartet direkt vor der Küste. Vater, Big Danny, Aboli und ich, wir sind alle auf der Insel. Wir werden bald wieder bei dir sein.»

«Tom!»

«Mache nicht solchen Lärm, Dorry. Ich schwöre dir, wir werden bald zurück sein.»

Tom streckte den Arm nach der Liane aus, während Dorian sich an sein anderes Handgelenk klammerte wie ein Ertrinkender.

«Tom! Lass mich nicht allein, Tom!»

«Lass los, Dorry! Sonst stürze ich ab!»

Von der Brüstung über ihnen rief eine Stimme auf Arabisch: «Wer ist da? Wer ist da unten?»

«Die Wachen, Dorry! Lass mich los!» Tom schaute nach oben und sah die Umrisse zweier Köpfe vor dem sternenklaren Himmel. Er hing flach an der Wand, eine Hand unsicher an der Liane, die andere im Griff seines Bruders. Einer der Männer über ihm hielt seine Jezail-Büchse über die Mauer und zielte ihm direkt ins Gesicht. «Lass mich los, Dorry!» Tom stemmte sich mit beiden Füßen gegen die Korallenblöcke und stieß sich nach hinten ab, während die Büchse über ihm donnerte und eine helle Flamme sowie ein Schwall von Pulverfunken aus ihrer Mündung schossen.

Tom hörte die Kugel an seinem Kopf vorbeizischen. Er war in freiem Fall, zwanzig Fuß die Mauer hinunter, bis er mit betäubender Gewalt auf den Waldboden prallte. Dort lag er auf dem Rücken und versuchte verzweifelt, seine Lungen wieder zu füllen.

Ein zweiter Schuss von der Balustrade rüttelte ihn auf. Diesmal hörte er die Kugel nicht. Keuchend und immer noch um Luft ringend kam er mühsam auf die Beine. Er wollte in den Wald laufen, doch als er seinen linken Fuß belastete, schoss ihm heißer Schmerz vom Fußgelenk bis in die Leisten, wie der Stich einer Riesenhornisse.

Trotz der Schmerzen hob er seinen Hieber und seine Pistole auf und hoppelte auf den Waldrand zu. Hinter sich hörte er Dorians herzzerreißende Schreie, schrill und verzweifelt, «Tom!», immer wieder, «Tom!». Dies schmerzte ihn mehr als sein verletzter Knöchel. Bevor er hundert Schritt gelaufen war, hatten die Schüsse und Rufe der Wachen die ganze Piratenfestung geweckt.

Tom blieb stehen und lehnte sich an einen Baumstamm. Während er sich den Schwertgürtel umschnallte, versuchte er, sich zu orientieren und zu entscheiden, was er tun sollte. Er wusste, ohne Hilfe würde er es nicht zu dem südlichen Strand zurück schaffen, wo das Boot auf ihn wartete. Er konnte nur hoffen, dass sein Vater und Aboli, von dem Aufruhr alarmiert, ihn suchen kämen, wenn auch in der Dunkelheit wenig Hoffnung bestand, dass sie ihn finden würden.

Er hatte nicht viel Zeit, zu einem Entschluss zu kommen, denn der Wald schien plötzlich von Menschen zu wimmeln; aufgeregte Rufe hallten durch die Nacht und Salven von Gewehrfeuer, wenn sie auf Schatten schossen.

«Wer ist das? Was ist geschehen?» Weitere Männer kamen vom Strand herauf und schnitten Tom den Rückweg zum Treffpunkt ab.

«Es ist ein Franke, ein Ungläubiger. Ich habe sein Gesicht gesehen.»

«Wo ist er jetzt?»

«Er ist auf die Bucht zugelaufen.»

«Wo kommt er her? Es ist kein Frankenschiff in der Nähe.»

Die Stimmen kamen näher, und Tom hörte, wie die Männer durch das Unterholz stürmten. Er stieß sich von dem Baumstamm ab, sein ganzes Gewicht auf dem gesunden Fuß, und hoppelte weiter. Nach nicht einmal fünfzig Schritt rief eine Stimme dicht hinter ihm: «Da ist er! Lasst ihn nicht entkommen!» Noch ein Schuss donnerte durch die Nacht. Tom hörte, wie die Kugel in eine der Palmen neben ihm krachte. Er belastete den verwundeten Fuß und zwang sich zu rennen.

Er schwitzte vor Schmerzen. Der Schweiß floss ihm übers Gesicht und in die Augen, machte ihn halb blind. Jeder Schritt war so qualvoll, dass er Feuerbälle vor seinen Augen explodieren sah, doch er lief weiter. Seine Verfolger kamen immer näher. Als er sich umschaute, sah er ihre weißen Gewänder zwischen den Bäumen hinter ihm aufblitzen.

Tom lief um einen dichten Busch herum. Auf der anderen Seite wurde er zu seinem Schrecken plötzlich von hinten ergriffen und zu Boden gerissen. Er schlug wild um sich, doch der Griff um sein Handgelenk war wie eine Eisenfessel. Das Gewicht des Mannes auf seinem Rücken drückte ihn auf den weichen Sandboden.

«Tom!» Er hörte die Stimme seines Vaters an seinem Ohr. «Höre auf, dich zu wehren. Gib keinen Laut von dir.» Toms Erleichterung war unbeschreiblich. «Bist du verletzt?», fragte Hal scharf. «Warum hinkst du?»

«Mein Knöchel», keuchte Tom, «ich bin gestürzt. Ich glaube, er ist gebrochen.»

Die Geräusche der Verfolger kamen nun ganz aus der Nähe.

«Hast du ihn gesehen?», rief ein Araber. «In welche Richtung ist er gelaufen?»

«In diese Richtung, ich habe ihn gesehen», antwortete jemand. Sie kamen immer näher.

Dann brummte Aboli: «Der Junge kann nicht schnell genug laufen. Ich werde sie ablenken, und ihr geht zum Boot zurück.» Er richtete sich auf – er hatte neben Hal auf dem Boden gelegen – und verschwand in die Nacht. Als er zwanzig Schritt entfernt war, rief er auf Arabisch: «Da ist er! Er hat kehrtgemacht und läuft auf die andere Seite der Insel zu. Schneidet ihm den Weg ab!» Er feuerte seine Pistole ab und lief durch den Wald.

Sofort war ein Gewirr von Stimmen und Schüssen zu hören. «Da ist er!»

«Hier entlang! Schneidet ihm den Weg ab!»

Hal drückte Toms Gesicht in das trockene Laub. «Lieg still! Keine Bewegung!»

Dicht neben seinem Kopf hörte Tom Schritte, doch er schaute nicht auf. Dann hörte er, wie die Verfolger sich entfernten und durch das Unterholz brachen, auf die Ostseite der Insel zu. Abolis Rufe verhallten allmählich.

Nach einer Weile war wieder alles still, und Hal löste seinen Griff an Toms Genick. «Welches Bein ist es?», knurrte er mitleidslos.

Tom setzte sich auf. «Dieses hier.»

Hal strich seine Finger über den Knöchel. «Du hast deinen Posten verlassen», sagte er anklagend, während er den Jungen untersuchte. «Du hättest uns alle umbringen können. Durch deine Dummheit ist Aboli jetzt in größter Gefahr.»

«Es tut mir Leid, aber ich musste es einfach tun», keuchte Tom. «Ich … ich habe Dorry gefunden.»

Hal erstarrte. Er schaute Tom ins Gesicht, das blass im Mondlicht schimmerte. «Du hast ihn gefunden? Wo?»

«In der Festung. Ich habe mit ihm gesprochen, durch ein Fenster.»

«Mein Gott!», flüsterte Hal. Sein Zorn ließ etwas nach. «Wie geht es ihm?»

«Er hat große Angst, aber sie scheinen ihm nichts getan zu haben. Sie haben ihn in einer der Zellen auf der Nordwestseite angekettet.»

Hal dachte nach. Dann entschied er: «Im Moment können wir nichts weiter für ihn tun. Wir müssen zum Schiff zurück.» Er drückte Toms Schulter. «Gut gemacht, Tom, doch hüte dich davor, noch einmal meinen Befehl zu missachten. Dein Knöchel ist stark geschwollen, und wir haben noch ein Stück vor uns, bevor wir am Strand sind.» Er erhob sich und zog Tom auf die Beine. «Stütze dich auf mich, komm.»

Sie brauchten fast die ganze restliche Nacht, sich durch den Wald zur Südspitze der Insel vorzukämpfen. Tom litt weiterhin große Schmerzen, doch seine größte Sorge galt nun Aboli. Alle halbe Stunde blieben sie stehen und horchten auf Geräusche hinter ihnen, auf Abolis Stimme, doch es war nichts zu hören.

Der Mond zog seine Bahn auf das afrikanische Festland zu, als sie endlich aus dem Wald taumelten, auf das offene Gelände der Vogelkolonie. Toms Knöchel war inzwischen geschwollen wie eine Schweinsblase. Hal musste ihn halb tragen, halb hinter sich her ziehen.

Die Eier platzten und knirschten unter ihren Füßen und die Vögel erhoben sich um sie in einer schwarzen Wolke, zogen kreischend ihre Kreise unter dem silbernen Mond und hackten nach ihren bemützten Köpfen.

«Bedecke deine Augen», sagte Hal, während sie versuchten, sich die Vögel vom Leib zu halten. «Die Schnäbel sind spitz wie Speere.»

«Al-Aufs Männer wird dieser Lärm nicht entgehen, selbst wenn sie meilenweit entfernt sind.»

Schließlich hörten sie durch die Kakophonie der Vogelstimmen die Brandung vor dem kleinen Strand, und als sie die letzten Schritte auf die Bucht zu stolperten, sah Hal den schwarzen Flecken auf dem Sand, wo er das Paket Raketen abgelegt hatte.

«Gott sei Dank», keuchte Hal, ebenso wie Tom am Ende seiner Kräfte, bevor er erschrocken rief: «Pass auf! Ein Hinterhalt!»

Eine riesige, dunkle Gestalt erhob sich aus der Finsternis vor ihnen. Hal ließ Tom auf den Sand fallen und zog sein Schwert.

«Warum habt Ihr so lange gebraucht, Gundwane? In einer Stunde wird es hell», ertönte Abolis Stimme.

«Aboli! Gott möge dich lieben!»

«Das Boot wartet direkt hinter der Brandung», sagte Aboli, während er Tom auf die Arme nahm wie ein Baby. «Ihr braucht keine Rakete abzufeuern. Das würde nur den Feind anlocken. Kommt, lasst uns hier verschwinden.»

Er stieß einen hohen, scharfen Pfiff aus, der von draußen auf dem dunklen Meer beantwortet wurde. Dann hörte Tom Ruder in ihren Ösen quietschen, als Big Daniel die Pinasse hereinbrachte, um sie aufzunehmen.

Zwei Nächte nach dem glücklichen Entkommen des kleinen Expeditionstrupps von der Insel glitt die *Seraph* majestätisch auf deren Küste zu.

Auf Hals gedämpften Befehl an den Ruderstand wendete sie in die leichte Brise und drehte bei. Hal ging an die Reling und horchte angestrengt in die Dunkelheit. Das Donnern der Brandung vor den Stränden von Flor de la Mar war schwach, aber unverkennbar.

«Wir sind noch ungefähr eine Meile von der Küste entfernt», bestätigte Ned Tyler Hals eigene Schätzung.

«Lasst die Boote zu Wasser», befahl Hal. «Ich lasse das Schiff in Euren Händen, Mr. Tyler. Haltet hier die Stellung und wartet auf unser Signal.»

«Jawohl, Captain. Viel Glück, Sir.»

Die Boote standen an Deck bereit. Eines nach dem anderen wurden sie nun ausgeschwenkt und längsseits zu Wasser gelassen. Die bewaffneten Männer kletterten schnell und lautlos an Bord und nahmen ihre Plätze auf den Ruderbänken ein.

Als Hal an die Leiter trat, wartete Tom dort auf ihn, auf die Krücke gelehnt, die einer der Zimmerleute für ihn gemacht hatte. «Ich wünschte, ich könnte mitkommen, Vater», platzte er heraus, «selbst wenn ich mir dafür dieses verdammte Bein abschneiden lassen müsste.» Er stampfte zornig mit der Krücke auf. Dr. Reynolds hatte befunden, dass Tom, obgleich der Knochen nicht gebrochen war, ihn für einige Wochen nicht belasten dürfe.

«Für deinen starken rechten Arm hätten wir bestimmt Verwendung», tröstete ihn Hal. Er hatte Tom seinen Ungehorsam, der sie alle in solche Gefahr gebracht hatte, inzwischen vergeben.

«Wirst du versuchen, Dorry zu finden?»

«Wie du weißt, greifen wir nur die Schiffe in der Bucht an. Nach deinem Besuch wird al-Auf wissen, dass wir in der Nähe sind, und seine Männer in Alarmbereitschaft halten. Ohne den Vorteil der Überraschung hätten wir mit so wenigen Männern keine Chance, die Festung zu erobern.»

«Ich bin halb wahnsinnig vor Sorge, was diese Schweine dem armen Dorry antun könnten.»

«Das sind wir alle, doch wenn wir erst al-Aufs Schiffe eingenommen oder niedergebrannt haben, sitzt er in der Falle. Er kann dann nicht mehr mit Dorian von der Insel verschwinden. Und wenn dann Captain Anderson mit der *Yeoman* zu uns stößt, werden wir stark genug sein, das Fort zu stürmen. Bis dahin müssen wir uns gedulden.»

«Ich bete zu Gott, dass die *Yeoman* bald zurück ist.»

«Ja, Junge, bete. Das kann nie schaden. Wir werden unseren

Gebeten jedoch mit ein wenig Pulver und Stahl Nachdruck verleihen», sagte Hal grimmig, bevor er in die Pinasse hinabstieg.

Sie stießen sich von der *Seraph* ab, mit Hal in der ersten Pinasse an der Spitze der Flottille. Big Daniel kommandierte die zweite, und Alf Wilson war für die beiden Langboote verantwortlich. Hinter ihnen drehte sich die *Seraph* in den Wind. Segel wurden eingeholt, und die *Seraph* bereitete sich auf die langen Stunden bis zur Rückkehr der Männer vor.

Die Riemen der kleinen Boote waren mit Tüchern umwickelt, und den Mannschaften war striktes Schweigen befohlen worden. So strichen sie lautlos auf den Strand zu. Hal navigierte mit dem Kompass und ließ von Zeit zu Zeit die Ruder heben, um auf die Brandung zu lauschen. Sie wurde lauter und lauter, bis die Bugmänner schließlich nach vorn zeigten. Hal sprang auf die Heckschoten und konnte verstreute Feuer ausmachen, die Feuer des Lagers vor den Festungsmauern. Er erkannte sofort, dass die Strömung sie nach Süden abgetrieben hatte, und änderte den Kurs auf die Passage durch das Korallenriff zu.

Hal konnte fast riechen, wie gespannt die Mannschaft der Pinasse ihrer Aufgabe entgegensah. Ein feindliches Schiff an seinem geschützten Ankerplatz zu entern, war für jeden Kampfmatrosen stets von besonderem Reiz. Diese Taktik, «dem Löwen den Bart abschneiden», war eine Spezialität der Engländer, eine Neuerung, die Männer wie Drake, Frobisher und Hawkins eingeführt hatten.

Hal hatte genug Leute, sich um zwei der Schiffe zu kümmern, die er in der Bucht gesehen hatte. Er und Aboli hatten sie vom Strand aus genau studiert. Der Mond hatte genug Licht gespendet, dass sie ihre Auswahl treffen konnten. Die erste Wahl war natürlich die *Minotaur*. Obwohl sie von den Korsaren schwer vernachlässigt und dann in ihrer Begegnung mit der *Seraph* schwer beschädigt worden war, war sie immer noch ein gut ausgerüstetes Schiff von großem Wert. Hal schätzte, sie würde zehntausend Pfund bringen, wenn sie erst wieder vor London läge. Er wusste nicht, wie viel ihrer Ladung noch an Bord war, doch auch diese konnte einen beträchtlichen Wert darstellen.

Das andere Schiff, das er ausgewählt hatte, war ein Holländer, den die Piraten offenbar von der VOC, der holländischen Ostindienkompanie, erobert hatten. Es war ein breiteres Schiff im Rotterdamer Stil und würde wahrscheinlich ebenso viel Geld bringen wie die *Minotaur*. Wenn Hal beide Schiffe hier herausholen konnte, hatte er in dieser Nacht zwanzigtausend Pfund verdient.

Er beugte sich auf seinem Platz an der Pinne nach vorn und flüsterte dem Ruderer, der ihm am nächsten saß, ins Ohr: «In der Bucht dort kann jeder von euch zwanzig Pfund einheimsen. Sage das weiter.» Die Matrosen lachten leise und drehten sich auf ihren Ruderbänken um, bis die Nachricht sich auf der ganzen Pinasse herumgesprochen hatte.

Nichts erregt den Blutdurst eines englischen Seemanns mehr als der Geruch von Gold, dachte Hal lächelnd. Wie schade, dass er nicht auch die anderen Schiffe herausbringen konnte. Zwei rahgetakelte Schiffe und ein Dutzend Dauen unterschiedlichster Form und Größe hätten die Beute noch fetter gemacht, doch da mussten sie sich leider mit dem Rauch ihrer Grabfeuer begnügen.

Als sie sich der Durchfahrt durch das Riff näherten, formierten sich die anderen Boote in einer Reihe hinter ihm, und sie begannen die Passage. Dies war die Phase, wo die Expedition, noch bevor sie richtig begonnen hatte, in einer blutigen Katastrophe enden konnte. Hal hatte nur die Karte seines Vaters und seinen seemännischen Instinkt, um sie durch die Korallen zu lotsen.

Er stand auf den Schoten, so hoch wie möglich, und spähte nach vorn. Er beobachtete das Kräuseln der Wellen auf den mörderisch scharfen Spitzen des Riffs und peilte die dunkle Stelle gegen Norden an, wo das Wasser tiefer und nicht so voller Hindernisse war.

«Senkt das Lot», flüsterte er. Er hörte es leise platschen, als das Senkblei über den Bug geworfen wurde.

Sekunden später kam der gedämpfte Ruf des Bugmanns: «Kein Grund mit dieser Leine.» Sie befanden sich also immer noch vor dem Strandschelf. Plötzlich ein überraschter Aufschrei vom Bug: Eine große Dau kam den Kanal herunter direkt auf sie zu, das Dreieckssegel im Mondlicht schimmernd, das Kielwasser eine lange, glitzernde Spur auf der Passage. Sie war auf Kollisionskurs mit Hals Pinasse.

Für einen Augenblick fühlte sich Hal versucht. Es war ein großes Schiff und bestimmt mit Schätzen aus al-Aufs Beutelagern beladen. Sie erwartete keinen Angriff und war verletzlich. Es wäre eine Sache von Minuten gewesen, sie zu entern und die Mannschaft zu überwältigen. Fünf seiner Männer könnten sie dann zur *Seraph* hinaussegeln.

Hal zögerte. Wenn sie die Dau im Handumdrehen einnähmen, bedeutete das Gold in jedermanns Börse auf der *Seraph*. Wenn sie jedoch auf Widerstand stießen und es an Deck der Dau zum Kampf käme, würden die Piraten an Land sicherlich den Gefechtslärm hören.

«Sollen wir sie nehmen oder ziehen lassen?», dachte Hal nach. Er hatte nur Sekunden für diese Entscheidung. Er schaute jenseits der herankommenden Dau ins Herz der Bucht und sah die nackten Masten der *Minotaur* hoch und stolz vor dem sternenklaren Himmel. Dann schaute er wieder auf die Dau und beschloss, sie ziehen zu lassen. «Beilegen», flüsterte er den Befehl an seine Mannschaft.

Die Ruderer hielten inne. Die Ruderspitzen streiften die Wasseroberfläche und nahmen Fahrt aus dem Boot, bis es still in den dunklen Wassern lag. Die anderen Boote hinter der Führungspinasse folgten ihrem Beispiel.

Die große Dau vollführte die letzte Wende durch das Korallenriff und strich unbehelligt an der Pinasse vorbei.

Ein Ausguck an Deck der Dau sah sie und rief auf Arabisch: «Wer seid ihr?»

«Fischerboote auf Nachtfang», antwortete Hal leise genug, dass er von der Küste aus nicht gehört werden würde. «Und wer seid ihr?»

«Das Schiff des Prinzen Abd Muhammad al-Malik.»

«Allah sei mit euch», rief Hal der Dau nach, die weiter nach Westen zog und bald auf dem dunklen Ozean verschwunden war. «Weiter!», befahl er, und die langen Riemen schwangen im Gleichtakt nach vorn, tauchten ein, wurden zurückgepullt und wieder aus dem Wasser gehoben, das von den Ruderspitzen tropfte wie flüssiges Feuer. Hal steuerte genau auf den Punkt zu, wo die große Dau durchgekommen war.

«Zehn Faden.» Das Senklot war auf Grund gestoßen. Sir Francis' Karte erwies sich wieder einmal als sehr genau, was der Kurs, den die Dau genommen hatte, noch bestätigte. Sie ruderten auf die Lücke zu. Plötzlich brachen sich die Wellen zu beiden Seiten von ihnen.

«Fünf Faden.» Sie hatten die Einfahrt erreicht.

«Setzt die erste Boje aus!», befahl Hal. Der Bugmann ließ die Boje über die Bootsseite fallen, und das Seil an dem kleinen, weiß gestrichenen Fass schnellte hinaus. Hal schaute sich um und sah das Fass im Kielwasser schaukeln. Daran würde er sich orientieren können, wenn sie die *Minotaur* hinausbrächten. Er blickte wieder nach vorn, kniff die Augen zusammen und erkannte die Festungsmauern, die blass im Mondlicht schimmerten. Dann wartete er, bis die Festung auf einer Linie mit der Riffspitze zu sehen war. «Jetzt», hauchte er und steuerte die erste Wende des Zickzackkurses. Die anderen Boote wendeten an derselben Stelle.

«Vier Faden. Dreieinhalb.»

«Wir sind zu dicht am äußeren Riff.» Hal korrigierte den Kurs, um sie auf der Mitte des Einfahrtskanals zu halten.

«Zwei Faden!»

Nach dieser Warnung des Mannes am Lot erkannte Hal den Umriss einer Korallenklippe, die aus dem Wasser ragte wie der Kopf eines Seeungeheuers, direkt voraus. Er riss die Ruderpinne herum und schaffte es gerade noch, auf dem Kanal zu bleiben.

«Sieben Fuß», meldete der Mann erleichtert. Sie waren den Klauen des Korallenriffs entkommen und befanden sich in dem offenen Hafenbecken, wo die nichts ahnenden feindlichen Schiffe lagen.

«Lasst die zweite Boje zu Wasser», flüsterte Hal. Sie hinterließen das Seezeichen in der Mitte der Passage, um ihren Rückweg zu markieren. Er schaute hinter sich, wo die anderen Boote ausfächerten.

Jedem der Boote war ein bestimmtes Ziel zugewiesen. Hal würde die *Minotaur* nehmen. Die zweite Pinasse unter Big Daniels Kommando war auf den Holländer angesetzt, und die Langboote sollten die anderen Schiffe an ihren Ankerplätzen angreifen und niederbrennen. Hal steuerte auf den großen Ostindiensegler zu, der an der tiefsten Stelle direkt vor dem Fort vor Anker lag. Finden wir doch einmal heraus, wie achtsam die Ankerwache diese Nacht ist, dachte Hal, während er auf den ersten Alarmschrei wartete. Doch auf der *Minotaur*, die sich dunkel vor ihnen erhob, blieb alles still, als sie von achtern an sie heranruderten und an ihren Ketten festmachten.

Aboli, das doppelschneidige Enterbeil in einer Hand, schwang sich als Erster über ihre Seite. Mit seinen nackten Füßen landete er fast lautlos auf den Deckplanken und lief nach vorn, während die anderen Männer von der Pinasse heraufgeströmt kamen. Ein

Wachmann rappelte sich mühsam unter dem Schandeck auf, wo er geschlafen hatte. Er war wacklig auf den Beinen, offenbar noch nicht ganz wach. «Wer bist du?», rief er voller Angst, als Aboli sich vor ihm aufbaute. «Ich kenne dich nicht!» Er griff nach der Muskete, die neben ihm am Schandeck lehnte.

«Geh mit Gott!», sagte Aboli und holte blitzschnell mit seiner Axt aus. Die Klinge traf den Mann seitlich am Hals und köpfte ihn auf der Stelle. Der Kopf fiel nach vorn und rollte den noch aufrechten Rumpf hinunter, bevor dem Mann die Knie wegklappten. Seine Lungen leerten sich rasselnd in einem Schwall von Blutschaum aus der offenen Luftröhre.

Aboli sprang über den Toten hinweg und war nach zehn gestreckten Schritten am Ankertau, das stramm aus dem Klüsloch hing. Er schaute sich um und sah, dass Hal schon am Steuerrad Stellung bezogen hatte.

Die übrige Besatzung der *Minotaur* war ohne jeden Aufruhr überwältigt worden. Die toten Araber lagen über das offene Deck verstreut. Als er nach oben blickte, konnte Hal zusehen, wie die meisten der Seeleute von der *Seraph* in die Takelage ausschwärmten und über die Rahen nach außen liefen. Die *Minotaur* kam von derselben Werft wie die *Seraph*; die Riggung der Masten war fast identisch. Die Toppmastleute wussten daher genau, was zu tun war.

Als die Hauptsegel sich aufspannten wie die Flügel eines aus der Puppe schlüpfenden Schmetterlings, schwang Aboli das Beil mit beiden Händen hoch über den Kopf und ließ es mit aller Macht niedersausen. Die Klinge grub sich mit einem dumpfen Laut in das Deckholz, und das Ankertau schnappte schwirrend entzwei.

Die *Minotaur* drehte sich vor der leichten Nachtbrise, bis das Ruder und der Schub der sich ausbreitenden Segel ihr Einhalt geboten. Hal drehte das Rad voll nach Steuerbord, und die *Minotaur* legte sich sanft in den Wind.

Erst jetzt hatte Hal Zeit, zu den anderen Booten der Flottille hinüberzuschauen. Auf dem Holländer waren Kämpfe im Gange. Er hörte metallisches Klirren, Schwert gegen Krummsäbel, und dann den schwachen Todesschrei eines Mannes, dem das Herz durchbohrt wurde. Die Segel blähten sich an den Rahen, und das große Schiff steuerte auf den Ausgang der Bucht zu.

Im selben Augenblick flackerte Licht auf, das bald so stark war, dass es das ganze Deck erleuchtete. Hal schnellte herum und sah, dass das andere rahgetakelte Schiff ganz in der Nähe in Flammen stand. Die Langbootmannschaft unter Alf Wilson war an Bord gestiegen, hatte die Araber getötet und brennende Teerfackeln in die Frachträume und Takelage geworfen.

Die Flammen ergriffen den Rumpf und fraßen sich blitzschnell die Riggung hinauf, züngelten vor dem tiefdunklen Himmel und erreichten bald die Segel, die an den Rahen zusammengerafft waren, um dann in einer wirbelnden Lichtsäule zu explodieren, höher als die Palmen am Strand.

Alfs Männer stürzten in ihr Langboot zurück und ruderten munter zum nächsten Schiff. Die arabischen Seeleute sahen sie kommen und begrüßten sie mit vereinzelten, wilden Schüssen, bevor sie ihre Waffen wegwarfen, über Bord sprangen und eilig auf den Strand zuschwammen.

So ging ein Schiff nach dem anderen in Flammen auf und machte die Nacht zum Tage. Schatten und Lichter spielten auf den Mauern der Festung, und dann hörte Hal den ersten Kanonenschuss. Er konnte nicht sehen, wo die Kugel einschlug, da er damit beschäftigt war, die *Minotaur* herumzubringen und auf die Einfahrt zuzusteuern. Die Boje, die sie dort ausgesetzt hatten, war leicht auszumachen; die Flammen waren jetzt so hell, dass er sogar das Riff erkennen konnte, das drohend unter der Wasseroberfläche aufragte.

«Bereitmachen zur Wende!», rief Hal, bevor er das schwierige Manöver begann, das Schiff mit so wenigen Matrosen in der Enge der Bucht durch den Wind zu drehen. Für Nachlässigkeiten war hier kein Raum: Ein Fehler, und sie würden auf den Strand geworfen oder auf den Korallen zermalmt. Darüber hinaus hatten sie die Pinasse im Schlepptau, was das Manövrieren der *Minotaur* noch schwieriger machte. Bei jeder Ruderbewegung hatte Hal das Gewicht und die Trägheit des kleinen Bootes zu berücksichtigen.

Die *Minotaur* hielt direkt auf das Fort zu, wo Hal im flackernden Feuerschein die Kanoniere an ihre Geschütze eilen sah. Noch bevor sie die Boje am Eingang der Durchfahrt passiert hatten, wurde eine Kanone abgefeuert, dann noch eine. Wie durch Zauberei erschien plötzlich ein großes, rundes Loch hoch oben im Hauptsegel. Die Kanoniere machten sich offenbar nicht die Mühe, ihre

Zielrichtung nach unten zu korrigieren: Jeder einzelne Schuss ging über sie hinweg. Hal schaute über das Heck zurück und sah, dass Big Daniel mit dem Holländerschiff nur eine Kabellänge hinter ihnen war. Auch er schleppte seine Pinasse hinter sich her – sie wollten dem Feind schließlich keinen Trostpreis überlassen.

Näher an Land hatten die Langboote inzwischen ihr Zerstörungswerk vollendet. Alle feindlichen Schiffe standen in Flammen. Das Ankertau eines der großen, rahgetakelten Frachter brannte durch, und das Schiff trieb auf den Strand zu, doch dann erreichten die Flammen sein Pulvermagazin, und es explodierte mit einem brüllenden Donnerschlag. Der Großmast wurde wie ein Speer in die Luft geschleudert und krachte im Rücksturz auf eine der kleinen Dauen, durchschlug die Decks und durchbohrte den Rumpf. Die Dau sank augenblicklich, mit dem Heck zuerst. Die Schockwelle der Explosion brachte zwei andere Dauen, die in der Nähe lagen, zum Kentern und löste eine Flutwelle aus, die nun durch die Bucht schwappte.

Hal hielt nach den Langbooten Ausschau, in Sorge, die Gewalt der Explosion könnte sie überwältigt haben, doch dann sah er sie auf dem aufgewühlten Wasser tanzen, die Ruderer voll in den Riemen und eifrig dabei, die *Minotaur* einzuholen. Hal konzentrierte sich wieder ganz darauf, das Schiff durch den Kanal zu bringen.

Er passierte das Markierungsfass eine Ruderlänge backbord, und in voller Fahrt segelten sie in die Einfahrt der Passage, dicht unter den Kanonen auf den Festungsmauern. Hal hatte nun einige Sekunden Zeit bis zur nächsten Wende und schaute zu den Batterien hinauf.

Manche der Kanoniere schienen ihren Fehler erkannt zu haben und richteten ihre Geschütze tiefer ein. Hal konnte sehen, wie sich die Mündungen langsam senkten, während die Araber sich an den Richtwinden abmühten.

«Haltet euch am Hauptsegel bereit!», befahl Hal seiner winzigen Mannschaft. Jeder musste für drei arbeiten, doch als er das Ruder eingestellt hatte und «Lee ho» rief, taten sie freudig ihre Pflicht. Die *Minotaur* kam brav herum und glitt auf die Durchfahrt zwischen den Korallen zu, die dicht auf beiden Seiten ihre Krallen nach ihr ausstreckten. Hal schaute zurück und sah, dass Big Daniel an derselben Stelle gewendet hatte und im Kielwasser der *Minotaur* folgte.

Die Geschütze auf der Festung feuerten nun wütend hinter ihnen her. Dichter Pulverrauch, durchzuckt von weißen Blitzen, wälzte sich über die Bucht. Den Kanonieren war es inzwischen gelungen, die Geschütze auf tieferes Ziel einzurichten, und eine Kugel ließ dicht unter dem Heck der *Minotaur* eine glitzernde Fontäne aufspritzen.

Hal lächelte diebisch. Die Wende führte das Schiff im rechten Winkel von der Festung weg, das hieß, die Kanonen zielten jetzt zu tief. Die Kanoniere würden ihre Zeit brauchen, bevor sie das bemerkten, und bis dahin hoffte Hal die Durchfahrt hinter sich zu haben und auf die offene See zuzusteuern.

«Bereit zur Wende!», rief er, sobald er die zuerst ausgesetzte Boje direkt vor ihnen im Wasser schaukeln sah. Als einer seiner Männer auf dem Weg zu seinem Platz am Hauptsegel in Armeslänge vor Hal vorüberlief, traf sie ein Glücksschuss von einer der Festungskanonen. Die Schockwelle riss Hal fast von den Beinen; er musste sich mit beiden Händen an den Speichen des Steuerrads festklammern. Die Steinkugel, stinkend nach dem Pulver, das sie auf den Weg geschickt hatte, traf den laufenden Matrosen hoch zwischen den Schultern, zerriss seinen Körper und zertrümmerte ihm den Schädel, sodass die Hälfte seines Gehirns Hal ins Gesicht flog wie eine Schale warmen Puddings. Hal würgte und schüttelte sich vor Entsetzen und war so abgelenkt von dem Unglück, dass er um ein Haar die letzte Wende verpasst hätte. Im letzten Moment fasste er sich, wischte sich die gelbe Brühe aus dem Gesicht und rief, mit einem Ekel erregenden Geschmack auf den Lippen: «Lasst die Segel ab!» Dann riss er das Ruder hart nach Backbord.

Die *Minotaur* schwenkte herum, streifte den Rand des Korallenriffs und hob ihren Bug auf den ersten Wogen des offenen Meeres. Während sie das Riff weiter hinter sich ließen, schaute Hal sich besorgt um und beobachtete, wie Big Daniel die letzte Wende absolvierte. Dans Manöver sah besser aus als sein eigenes. Der Holländer drehte sein dickes Hinterteil, krängte leicht unter dem Wechsel des Windwinkels und folgte der *Seraph* mit der behäbigen Würde einer stolzen Mutter auf den Fersen ihrer leichtfüßigeren Tochter ins tiefe, offene Wasser.

«Wir sind durch», seufzte Hal, bevor er seine Stimme zu einem Triumphschrei erhob. «Wir haben es geschafft, Männer! Gratuliert euch!»

Die Männer johlten und heulten wie wilde Hunde. Die Besatzung auf Big Daniels Schiff hinter ihnen jubelte nicht weniger ausgelassen und die Männer in den Langbooten sprangen auf ihre Duchten und tanzten und hüpften umher, dass sie fast gekentert wären. Die Festungskanonen feuerten verzweifelt weiter in ihrem hoffnungslosen Versuch, sie aufzuhalten, doch ihr Donner klang immer ferner, und bald begannen sich auch die Feuer auf den brennenden Schiffen zu legen, während Hal mit seiner Flottille auf die wartende *Seraph* zufuhr.

Als der nächste Morgen anbrach, lagen Hals Schiffe zehn Meilen südwestlich von Flor de la Mar. Hal kam an Deck – er hatte lediglich sein Hemd gewechselt und war sonst in denselben Kleidern – und schlang ein frühes Mahl herunter, bevor auch schon die Sonne ihr glühendes Haupt über den Horizont schob.

Die Schäden an der *Minotaur* waren deutlich zu erkennen, als Hal vom Achterdeck der *Seraph* zu ihr hinüberschaute. Sie war zerschossen und vernachlässigt, die verfärbten Segel in Fetzen, der Rumpf fleckig und zerschunden. Sie lag leicht und hoch im Wasser. Eine kurze Inspektion während der Nacht hatte gezeigt, dass alle Laderäume leer waren, doch das Magazin war fast voll mit Munition, und die Pulverfässer schienen in gutem Zustand zu sein. Diese Vorräte würden Hal sicherlich zugute kommen, wenn es erst zum Sturm auf al-Aufs belagerte Hochburg käme.

Trotz des äußeren Anscheins waren auf der *Minotaur* nur kleinere Reparaturen und Ausbesserungsarbeiten nötig, dann wäre sie wieder in erstklassigem Zustand. Hal sah keinen Grund, seine Schätzung zu revidieren. Sie war mindestens zehntausend Pfund wert, und sein persönlicher Anteil würde fast dreitausend betragen. Er lächelte zufrieden und richtete sein Fernrohr auf die andere Beute, die sie in der vergangenen Nacht gemacht hatten.

Der Holländer hatte zweifellos der VOC gehört, wie Hal schon vermutet hatte. Durch das Teleskop konnte er den Namen lesen, der in Goldlettern auf ihren Heckbalken gemalt war: *Die Lam*, «das Lamm». Ein passender Name, dachte Hal. Sie wirkte plump und gefällig, zugleich aber solide und sachlich, eine Freude für seine Seemannsaugen. Sie war ein Neubau und nicht lange genug in der Gewalt der Piraten gewesen, um großen Schaden zu erleiden.

Die Luken des Frachtraums waren verschlossen und an ihrem Tiefgang war abzulesen, dass sie noch voll beladen war. Al-Auf hatte bislang offenbar noch nicht die Zeit gefunden, sie ausräumen zu lassen.

«Lasst ein Langboot ab, Mr. Tyler.» Hal schob sein Fernrohr zusammen. «Ich möchte Mr. Fisher auf der *Lam* einen Besuch abstatten, um zu sehen, was genau wir erbeutet haben.»

Big Daniel begrüßte ihn an der Eingangspforte des holländischen Schiffes mit einem breiten, zahnlosen Grinsen. «Glückwunsch, Captain, sie ist eine Schönheit.»

«Gut gemacht, Mr. Fisher. Mehr hätte ich mir von Euch und Euren Halunken nicht erträumen können.» Er lächelte in die Runde der grinsenden Seemänner, die sich hinter Big Daniel drängten. «Ihr alle werdet die Börsen voll Gold haben, wenn ihr in Plymouth Ho an Land geht.» Sie bedankten sich mit wildem Jubel.

«Wie viele von euch tapferen Gesellen sind letzte Nacht umgekommen?» Hal senkte seine Stimme, als er dieses traurige Thema ansprach.

«Kein Einziger, Gott sei gepriesen!», antwortete Daniel laut. «Obwohl unser junger Peter hier einen Finger verloren hat. Abgeschossen. Komm, Junge, zeige es dem Captain.»

Der junge Matrose hielt den mit einem schmutzigen Tuch umwickelten Stumpf seines Zeigefingers hoch.

«Du wirst eine Goldguinee extra bekommen», versprach ihm Hal, «um den Schmerz ein wenig zu lindern.»

«Für den Preis könnt Ihr auch die restlichen vier Finger haben, Captain», grinste der Seemann, und seine Kameraden johlten vor Lachen, während sie an ihre Plätze zurückgingen.

Big Daniel führte Hal zum Vorschiff. «Die waren noch unter Deck angekettet.» Er zeigte auf eine Gruppe zerlumpter Fremder, die am Fockmast kauerten. «Es sind die Überlebenden der holländischen Mannschaft, dreiundzwanzig kleine Käsköppe, die al-Auf für die Sklavenmärkte bestimmt hatte.» Hal betrachtete die Gefangenen kurz. Sie waren dünn, aber nicht verhungert, und obwohl die Abschürfungen durch die Eisenfesseln um Hand- und Fußgelenke noch deutlich zu sehen waren und arabische *Kibokos* ihnen Striemen auf Beinen und Rücken beigebracht hatten, schienen sie bei einigermaßen guter Gesundheit zu sein. Ebenso wie die *Lam* waren sie nicht lange genug in Gefangenschaft gewesen, um zu schweren Schaden davonzutragen.

«Es ist euer Glücktag, *Jongens*», begrüßte Hal sie auf Holländisch. «Ihr seid wieder freie Männer.» Die Züge der Holländer erhellten sich. Mit zwei Beuteschiffen, die es zu segeln galt, brauchte Hal jeden Mann, den er finden konnte. «Wollt ihr für den Rest der Reise bei mir anheuern, für eine Guinee im Monat und einen Anteil an Beute und Preisgeld?», fragte er in die Runde. Ihr Lächeln wurde noch strahlender, und sie akzeptierten das Angebot freudig.

«Sind Offiziere unter euch?», fragte Hal.

«Nein, *mijn heer*», antwortete ihr Wortführer. «Kapitän van Orde und alle seine Offiziere haben sie umgebracht, diese Heidenschweine. Ich war der Bootsmann des Kapitäns.»

«Diesen Rang wirst du behalten», eröffnete ihm Hal. «Alle diese Männer stehen jetzt unter deinem Kommando.» Wenn er die Holländer zusammenhielt, gäbe es wenigstens keine Sprachprobleme; auch Big Daniel sprach gut Holländisch seit ihrer Gefangenschaft am Kap der Guten Hoffnung.

«Da habt Ihr Eure kleinen Lämmer, Mr. Fisher», sagte Hal. «Lasst sie ihre Kreuze auf der Heuerliste machen und gebt ihnen saubere Kleider aus der Klamottentruhe. Und jetzt wollen wir einmal sehen, was wir uns hier eingefangen haben.» Er ging voran zum Kapitänsquartier im Heck des Schiffes.

Die Hauptkabine hatten die Korsaren gründlich geplündert. Der Schreibtisch des Kapitäns war aufgebrochen und durchwühlt worden, alles von Wert gestohlen. Die Bücher und Dokumente des Schiffes lagen auf dem Boden verstreut, zertrampelt und in Fetzen, doch vieles war noch leserlich. Hal fand Logbuch und Frachtmanifest unter dem Durcheinander. Ein Blick auf das Manifest veranlasste ihn, überrascht und erfreut durch die Zähne zu pfeifen. «Bei Gott, wenn all das noch in ihren Laderäumen ist, dann ist die *Lam* ein wirklicher Schatz.» Beinahe hätte er Big Daniel den steifen Pergamentbogen hingehalten, doch dann erinnerte er sich, dass sein alter Kamerad nicht lesen konnte, und sagte nur: «Tee aus China, Mr. Fisher. Sie ist damit voll gestopft, genug, um sämtliche Kaffeehäuser in London zu überschwemmen.» Er lachte und zitierte den Spruch, den er über dem Eingang von Garway's Kaffeehaus an der Fleet Street gelesen hatte: «Das exzellente, von jedem Arzte empfohlene Getränk aus China – Tee.»

«Ist es etwas wert, Captain?», fragte Big Daniel skeptisch.

«Etwas wert?», lachte Hal ihm ins Gesicht. «Der Tee ist wahrscheinlich mehr wert als sein Gewicht in Silberbarren, Danny.» Er blätterte das Hauptbuch durch, bis er zur Zusammenrechnung des Manifests kam. «Um genau zu sein, am Kai von Jakarta war die Ladung 123 692 Gulden wert – zweimal so viel wie in London. Sagen wir, grob geschätzt, dreißigtausend Guineen. Mehr als die *Lam* selbst.»

Am Mittag desselben Tages rief Hal seine Offiziere an Bord der *Seraph*, um ihnen ihre Befehle zu erteilen.

«Wir haben kaum genug Männer für alle drei Schiffe», erklärte er ihnen, nachdem sie sich in der Heckkabine versammelt hatten. «Die *Minotaur* und die *Lam* schicke ich nach Süden, zu den Glorietta-Inseln, um sich dort mit der *Yeoman* unter Captain Anderson zu treffen. Mr. Fisher übernimmt die *Lam* und das Oberkommando für diese Reise.» Er schaute Big Daniel an und dachte daran, wie sehr er ihn vermissen würde. «Mr. Wilson», fuhr er fort, «wird die *Minotaur* unter sich haben.» Alf Wilson akzeptierte das Kommando mit einem Kopfnicken.

«Grand Glorietta ist zweihundertdreißig Seemeilen von hier entfernt, also nicht sehr weit. An der Südspitze der Insel werdet Ihr einen sicheren Ankerplatz und einen Bach vorfinden, aus dem Ihr Euch mit Trinkwasser versorgen könnt. Ich gebe Euch vier unserer Zimmerleute mit, die sich um die Reparaturen an der *Minotaur* kümmern und sie wieder gefechtstüchtig machen werden. Das wird Eure erste Aufgabe sein. Nach meinen Berechnungen sollte sich die *Yeoman* innerhalb der nächsten drei Wochen an unserem Treffpunkt einfinden. Sobald sie eintrifft, lasst Ihr die *Lam* vor Grand Glorietta geankert, mit einer Rumpfmannschaft an Bord, and wenn die *Minotaur* bis dahin repariert ist, wird sie mit der *Yeoman* hierher zurückkommen, um an dem Angriff auf Flor de la Mar teilzunehmen.»

«Ich verstehe, Captain», entgegnete Big Daniel. «Wann soll ich auslaufen, Sir?»

«So bald wie möglich, Mr. Fisher. Vielleicht wartet Captain Anderson schon an unserem Treffpunkt. Jeder Tag zählt, solange Dorian auf Flor de la Mar gefangen gehalten wird. Ich werde hier bleiben und die Blockade der Insel aufrechterhalten.»

Allein auf dem Achterdeck der *Seraph*, die Sonne blutrot am westlichen Himmel, sah Hal zu, wie die *Minotaur* und die *Lam* sich aus der Flottille lösten und Kurs nach Süden nahmen. Die Umrisse der beiden Schiffe wurden nun immer kleiner und gingen schließlich in den Schatten der Abenddämmerung auf. Hal gab Befehl, die *Seraph* wieder vor Flor de la Mar in Stellung zu bringen.

Mit den ersten Sonnenstrahlen am nächsten Morgen segelte Hal sein Schiff frech vor der Einfahrt zur Bucht entlang, gerade außerhalb der Reichweite der Festungskanonen. Er wollte al-Auf damit zeigen, dass er unter Blockade stand, und zugleich konnte er so die Insel genauer betrachten. Korsaren strömten haufenweise aus ihren Hütten und Unterständen zwischen den Palmen und suchten in der Festung Schutz. Das große Teakholztor schwang wieder zu, bevor alle Eintritt gefunden hatten, und die, die noch draußen standen, bearbeiteten die schweren Holzplanken mit Fäusten und Musketen. Hal sah mit Zufriedenheit, wie undiszipliniert sie waren. Ihr Mangel an Ausbildung und Disziplin hatte sich schon in der ziellosen Kanonade gezeigt, mit der sie sich verteidigt hatten.

Hal konnte die beturbanten Köpfe der Kanoniere erkennen, wie sie auf den Brüstungen zu ihren Geschützen eilten. Der erste Schuss donnerte los, und die Kugel prallte auf halbem Weg zwischen der Küste und der *Seraph* auf die Meeresoberfläche. Sie hüpfte über das Wasser, mit jedem Sprung langsamer, und versank schließlich eine halbe Kabellänge neben der *Seraph*.

Dann eröffneten die anderen Kanonen das Feuer. Bald waren die Festungsmauern in dichten Pulverdampf gehüllt, und zwischen Küste und Schiff erhob sich ein Wald von Rauchwolken und Aufschlagfontänen. Die *Seraph* war immer noch bequem außer Reichweite der arabischen Geschosse, die Hal offenbar überschätzt hatte.

Er schaute über die Bucht. Kein einziges Schiff, nicht einmal die kleinste Fischerdau war zu sehen. Ihr Angriff hatte die Bucht vollkommen leer gefegt. Verkohlte Wrackteile trieben im Wasser und häuften sich entlang der Hochwasserlinie auf dem Strand, darunter das ausgebrannte Wrack des Dreimasters, der auf der Seite lag, sodass der Kiel zu sehen war.

«Die wird niemand mehr seetüchtig machen», bemerkte Ned Tyler zufrieden. «Wir haben die Ratte in der Falle, Captain.»

«Als Nächstes müssen wir ihn daraus hervorlocken», erklärte Hal. «Lasst Tom zu mir kommen.» Tom kam das Backstag des Fockmastes heruntergerutscht und humpelte auf seinem verletzten Fuß nach achtern. Der Fuß schien schneller zu heilen, als Dr. Reynolds vorausgesagt hatte. Hal musterte seinen Sohn genau, während er über die Länge des Decks auf ihn zukam. Tom war inzwischen größer als die meisten anderen Männer an Bord und hatte die breiten Schultern und muskulösen Arme eines Schwertkämpfers. Sein Haar hatte keine Schere zu spüren bekommen, seit sie England verlassen hatten, und hing ihm in langen, dichten Locken den Rücken herunter wie ein Pferdeschweif. Vor kurzem hatte Hal ihm ein Rasiermesser überlassen, sodass seine Wangen glatt rasiert waren, tiefbraun von der unablässigen Sonne. Er hatte die Courtney-Nase und stechende grüne Augen – ein hübscher Junge, dachte Hal. Seit er Dorian verloren hatte, waren seine väterlichen Gefühle so intensiv geworden, dass sie ihn oft zu überwältigen drohten. Er musste sich beherrschen. Er gab Tom das Fernrohr in die Hand und brummte: «Zeige mir genau, wo du die Festungsmauer erklommen hast, und das Fenster, hinter dem Dorians Zelle lag.»

Sie schauten zu der Insel, von der immer noch Kanonendonner zu ihnen hallte. Selbst der Monsun schaffte es nicht, die dicken Rauchwolken zu vertreiben.

«Es war an der Nordwestecke.» Tom zeigte auf die Stelle. «Seht Ihr die drei höheren Palmen, die dort zusammenstehen? Direkt darüber ist ein Riss in der Mauer, aus dem grüne Büsche herauswachsen. Die erste Schießscharte links davon, ja, da war es wahrscheinlich – ich bin nicht ganz sicher.»

Hal nahm das Teleskop zurück und studierte die Befestigungsanlagen. In den ersten, schrägen Sonnenstrahlen waren die Schießscharten scharfe, schwarze Striche auf den weißen Korallenmauern. Als er nun die Öffnung anpeilte, die Tom ihm gezeigt hatte, empfand er fast unerträglichen Schmerz.

«Wenn Ihr mich noch einmal auf die Insel lasst, mit Aboli und einer kleinen Schar guter Männer …», begann Tom ernst.

Mit einem Kopfschütteln schnitt ihm Hal das Wort ab. «Nein, Tom.» Er hatte schon einen Sohn verloren. Niemals würde er nun den zweiten riskieren.

«Ich weiß genau, wo Dorry zu finden ist», versuchte Tom es

weiter. «Es gibt genügend Stellen, wo wir die Mauer erklettern könnten.»

«Sie würden dich erwarten.»

«Wir können nicht einfach nichts tun!», protestierte Tom immer leidenschaftlicher. «Gott weiß, was aus Dorry wird, wenn wir ihn nicht aus den Klauen der Araber befreien.»

«Wir werden erst losschlagen, wenn wir uns des Erfolges sicher sein können. Al-Auf wird Dorian kein Leid geschehen lassen. Anscheinend gibt es eine religiöse Legende, die Prophezeiung eines islamischen Heiligen, die Dorian beschützt.»

«Ich verstehe nicht, Vater. Was soll Dorian mit einer Prophezeiung zu tun haben? Woher wisst Ihr das alles, Vater?»

«Von Wazari, dem arabischen Kaufmann, den wir aufgegriffen haben. Es ist Dorians rotes Haar. Nach der Legende hatte auch der Prophet Mohammed rotes Haar. Es ist sehr selten unter den Völkern des Ostens und hochgeschätzt in ihrem Aberglauben.»

«Wir können uns nicht auf Dorrys Haarfarbe verlassen!»

«Genug, Tom! Zurück auf deinen Posten!» Hal gelang es kaum, böse zu schauen, und es bedurfte all seiner Vernunft und Entschlossenheit, Toms Ersuchen zu widerstehen.

Die *Seraph* entfernte sich vom Fort; allmählich verstummten die Kanonen, und der Pulverrauch verzog sich. Hal lavierte zur anderen Seite und sie begannen die Umrundung der Insel, indem sie die Nordspitze passierten. Hal studierte jede Einzelheit an der Küste und segelte so nah am Riff, wie es gerade noch vertretbar war.

Hal hatte eine genaue Kopie der Karte seines Vaters angefertigt, und diese lag nun ausgebreitet neben dem Kompasshäuschen. Darauf trug er neben den Anmerkungen, die sein Vater fünfzig Jahre zuvor gemacht hatte, seine eigenen Beobachtungen ein. Er postierte einen Lotmann in den Wanten, der regelmäßig die Wassertiefe maß, und einmal schickte er Aboli in einem Langboot aus, einen Weg durch die Korallen zu erforschen. Aboli hatte fast den Strand auf der anderen Seite der Lagune erreicht, als eine Horde von mindestens hundert Arabern aus dem Palmenwald stürmte und das Langboot aus geringer Entfernung mit schwerem Musketenfeuer belegte. Einer der Ruderer trug eine Schulterwunde davon, bevor Aboli sie durch die Riffpassage wieder hinausbringen konnte.

Nach der Umseglung der Insel entschied sich Hal für ein Dutzend Plätze, wo er einen Landungstrupp an Land bringen konnte, und trug sie sorgfältig auf seiner Karte ein. Dann, wieder vor der Hauptbucht, studierte er die Befestigungsanlagen, soweit sie vom Meer aus zu sehen waren, und die Gräben, die die Araber vor den Mauern ausgehoben hatten, in allen Einzelheiten.

Er versuchte zu schätzen, wie viele Männer al-Auf wohl unter seinem Kommando hatte. Schließlich kam er auf eine Zahl von mindestens tausend und wahrscheinlich nicht mehr als zweitausend.

Alle paar Minuten schien sein Fernrohr ein Eigenleben anzunehmen und zu dem Schlitz in der dicken weißen Mauer zu schwenken, den Tom ihm gezeigt hatte. «Wir werden hier noch viele lange, schmerzliche Tage verbringen, bevor Edward Anderson bei uns ist», sagte er düster voraus. Jeder auf der *Seraph* tat sein Teil in dem monotonen Geschäft der Inselblockade.

Hal versuchte, die Männer mit unablässigem Drill beschäftigt zu halten, an Muskete, Schwert und Kanone, doch die Tage schleppten sich öde dahin. Nur viermal in den folgenden Wochen wurde die Eintönigkeit durchbrochen, als sie Schiffe ausmachten, die von Westen her auf Flor de la Mar zugesegelt kamen. Die *Seraph* setzte dann alle Segel und schoss davon, den Monsun im Rücken, um sie abzufangen.

Die ersten drei Schiffe erwiesen sich als leichte Beute und wurden ohne Verluste längsseits geholt und geentert. Das vierte Schiff war jedoch eine wunderschöne Dau, über vierzig Schritt lang, fast so groß wie die *Seraph*. Sie lieferte der *Seraph* eine mächtige Jagd, zeigte große Schnelle und Wendigkeit und wurde von der verängstigten Mannschaft geschickt geführt. Die *Seraph* hätte sie fast verloren, als es dunkel wurde, doch Hal erriet, was der Kapitän der Dau im Schilde führte, und kehrte im Schutz der Nacht zur Insel zurück. Bei Tagesanbruch erwischte er die Dau dann dabei, wie sie sich in die Bucht vor Flor de la Mar stehlen wollte. Die *Seraph* konnte ihr den Weg abschneiden, als sie nur noch eine halbe Meile von ihrem Ziel entfernt war. Die Mannschaft lieferte ihnen einen tapferen Kampf: Einer von Hals Männern wurde totgeschossen und drei andere verwundet, bevor sie die Decks erobert hatten. Wie sich herausstellte, handelte es sich um die Dau des Prinzen Abd Muhammad al-Malik.

Der Prinz war nicht an Bord, doch seine Privatkabine war eingerichtet wie der Thronsaal eines orientalischen Potentaten. Hal ließ die Teppiche und Möbel zusammenpacken und in seine Kabine auf der *Seraph* bringen.

Hal hatte den Namen des Prinzen keineswegs vergessen. Er erinnerte sich genau an die Dau, die ihnen in der Nacht begegnet war, als sie die *Minotaur* und die *Lam* aus der Bucht entführt hatten, und die sie bewusst hatten ziehen lassen. Sie hatte demselben Mann gehört. Nun, da er mit eigenen Augen gesehen hatte, welche Schätze ihm dadurch wahrscheinlich entgangen waren, bezweifelte er die Weisheit jener Entscheidung. Er befahl, ein Seil über das Topp zu werfen, und legte dem Kapitän der Dau die Schlinge um den Hals. Dann begann er, den Mann eingehend zu verhören.

«Ja, Effendi», antwortete der Araber in Todesangst, «al-Malik ist ein reicher und mächtiger Mann. Er ist der jüngere Bruder des Kalifen von Maskat. Seine Flotte umfasst über hundert Handelsschiffe, die zwischen allen Hafen Indiens und Afrikas und des Landes des Propheten verkehren. Wir laufen regelmäßig auch Daar al Shaitan an, um mit Jangiri Handel zu treiben.»

«Weißt du nicht, dass al-Auf ein Korsar ist, dass sämtliche Waren, die ihr von ihm kauft, von christlichen Schiffen geraubt sind und dass der Korsar auf seinen Raubzügen viele unschuldige Seeleute ermordet und die Überlebenden als Sklaven verkauft hat?»

«Ich weiß nur, dass mein Herr mich hergeschickt hat, um mit Jangiri Handel zu treiben, da seine Preise günstig sind. Wie er zu seinen Waren gekommen ist, geht weder meinen Herrn noch mich etwas an.»

«Ich werde dafür sorgen, dass es dich etwas angeht», spuckte ihm Hal ins Gesicht. «Durch deinen Handel mit gestohlenem Gut hast du dich ebenso in Schuld gesetzt wie der Pirat.» Er wandte sich an Aboli. «Durchsucht das Schiff genau.» Die drei Dauen, die sie schon aufgebracht hatten, waren genau wie dieser Kapitän für Einkäufe in diese Gewässer gekommen. Anscheinend hatte sich zwischen dem Persischen Golf und der Küste von Koromandel überall herumgesprochen, welch günstige Angebote es auf Daar Al Shaitan gab. Die drei anderen Schiffe hatten reichlich Geld an Bord, um al-Auf für die Waren zu bezahlen, die sie zu erwerben gehofft hatten. «Mal sehen, ob dieser Kerl weiter zu den Kosten für die Blockade dieser Insel beitragen kann.»

Hal lief auf Deck auf und ab, während seine Männer die Dau auf den Kopf stellten. Nach einer halben Stunde hatten sie den Platz gefunden, wo der Kapitän seine Geldtruhen versteckt hielt. Der Mann raufte sich vor Kummer den Bart und riss sich fast die Kleider vom Leib, als die vier Truhen an Deck geschleift wurden – sie waren so schwer, dass man sie nicht tragen konnte.

«Habt Gnade, Effendi!», jammerte der Kapitän. «Das Geld gehört mir nicht, es gehört meinem Herrn.» Er fiel auf die Knie. «Wenn Ihr es mir nehmt, verurteilt Ihr mich damit zum Tode.»

«Den du reichlich verdient hast», erwiderte Hal trocken, bevor er sich wieder Aboli zuwandte. «Gibt es sonst noch etwas von Wert in den Laderäumen?»

«Nein, die Bunker sind leer, Gundwane.»

«Dann bringt die Beute zur *Seraph* hinüber.» Der Kapitän der Dau heulte auf. «Diese Truhen sind der Preis dafür, dass ich dich und dein Schiff ziehen lasse. Warne deinen Herrn, dass dieser Preis gering ist im Vergleich zu dem, was es ihn kosten wird, wenn er noch einmal so dumm ist, mit Korsaren Geschäfte zu machen. Und nun gehe mit Gott, und danke ihm für deine Errettung.»

Vom Deck der *Seraph* aus sah er zu, wie die Dau davoneilte, zurück auf das afrikanische Festland zu. Dann ging er in seine Kabine, wo Aboli die erbeuteten Truhen vor dem Schott aufgestellt hatte.

«Öffne sie», befahl Hal, worauf Aboli mit einem Stemmeisen die Schlösser aufsprengte.

Die drei anderen Schiffe hatten Hal schon reiche Beute beschert, doch all das verblasste im Vergleich mit dem, was er nun vor sich sah, als die Deckel dieser vier Truhen aufflogen.

Die Münzen waren in kleinen Leinenbeuteln verpackt. Hal schlitzte einen mit seinem Dolch auf, und glitzerndes Gold strömte auf seinen Schreibtisch. Er sah sofort, dass es sich bei den meisten der Münzen um Mohure handelte, jede mit den drei Bergen und dem Elefanten des Mogulreiches geprägt. Dazwischen fanden sich jedoch auch andere Münzen: Golddinare der islamischen Sultane, voller Koransprüche, und einige antike Tetradrachmen der persischen Satrapen, dessen Sammlerwert den Wert des Metalls weit übertraf.

«Zehn Leute bräuchten eine Woche, um diesen Schatz zu

zählen», sagte Hal. «Wir wollen es stattdessen wiegen. Lasse Mr. Walsh die Schiffswaage herunterbringen, und gib ihm zwei Männer mit, die ihm zur Hand gehen sollen.»

Walsh mühte sich den Rest des Tages und die halbe Nacht, bevor er Hal die endgültige Summe nennen konnte. «Auf einem schwankenden Schiff ist es schwer, zu dem richtigen Resultat zu kommen», erklärte ihm Walsh entnervt. «Die Waagarme kommen niemals ganz zur Ruhe.»

«Ich mache Euch keinen Vorwurf, wenn Ihr Euch um die eine oder andere Unze vertan habt», versicherte ihm Hal. «Nennt mir das Gewicht, nach bestem Wissen und Gewissen. Damit will ich mich zufrieden geben, bis wir es beim Landgericht in England nachwiegen können.»

«Das Gewicht ist genau – oder, besser gesagt, ungenau – sechshundertundfünf Pfund.» Walsh kicherte über seinen kleinen Scherz, während Hal ihn verblüfft anstarrte. So viel hatte er nicht erwartet. Bei Gott, das waren fast hunderttausend Rupien, ein riesiges Vermögen in jeder Währung. Wenn man noch die Gold- und Silbermünzen von den anderen drei Dauen dazunahm, überstieg die Beute der vergangenen zwei Tage gar den Wert der beiden Großsegler, die er zuvor erobert hatte.

«Hunderttausend Rupien», staunte Hal, sein Blick auf den vier aufgebrochenen Truhen vor dem Schott. Etwas an dieser Summe ließ ihn aufhorchen. «Hunderttausend Rupien! Genau der Preis, den al-Auf nach Wazaris Worten für das rotschöpfige Kind aus der Prophezeiung gefordert hatte – der Preis für Dorian.»

Je mehr er darüber nachdachte, desto plausibler erschien es ihm. Das Gold war der Kaufpreis für Dorian. Die Freude, die ihm dieser Gedanke bereitete, war ihm mehr wert als das Gold selbst. Wenn al-Malik Gold an al-Auf schickte, um Dorian zu kaufen, dann bewies das nur, dass sein Sohn noch auf der Insel war, und unter der Blockade würde ihn niemand dort wegholen können.

«Danke, Mr. Walsh. Ihr habt gute Arbeit geleistet.»

«Ich hätte nie gedacht, dass mir der Anblick von so viel Gold je unangenehm sein könnte», spottete Walsh über die Schwerarbeit, die mit dem Wiegen verbunden gewesen war. Als er fort war, ging Hal wieder an Deck. Das Warten ging weiter.

«Bitte, Gott, lasse Anderson bald hier sein», flüsterte er, während er zu der smaragdgrünen Insel jenseits des blau funkelnden

Wassers und der weißen Sandstrände schaute. «Oder gib mir wenigstens die Kraft, meine Geduld zu bewahren.»

Noch eine Woche zog sich dahin. Dann, eines strahlenden Morgens – das Meer war glatt wie ein Ölteppich in der glühenden, atemlosen Hitze – war vom Mastkorb ein Freudenschrei zu hören. «Segel ahoi!», rief Tom.

Hal wartete nicht auf die Berichte seines Ausgucks, sondern kletterte gleich selbst die Takelage hinauf und zwängte sich neben Tom in den Mastkorb.

«Da!» Tom zeigte nach Süden. Viele Minuten lang dachte Hal, sein Sohn müsse sich geirrt haben, denn der Horizont erschien ihm vollkommen leer. Dann erspähte er einen hellen Punkt, der sofort wieder verschwand. Er richtete sein Fernrohr auf die Stelle, und plötzlich war es wieder da, eine winzige, schneeweiße Spitze.

«Du hast Recht!», jubelte er. «Ein rahgetakeltes Schiff.»

«Nein, zwei», berichtigte ihn Tom, «es sind zwei Schiffe. Das können nur die *Yeoman* und die *Minotaur* sein.»

«Lass uns hinuntersteigen und sie willkommen heißen.»

Die beiden Schiffe waren bald tatsächlich als die *Yeoman of York* und die *Minotaur* zu erkennen. Hal musterte sie gespannt durch sein Fernrohr. Die *Minotaur* war kaum wiederzuerkennen; Big Daniel hatte wahre Wunder vollbracht in der kurzen Zeit, die er gehabt hatte, sie neu auszurüsten. Sie sah prächtig aus mit ihrem neuen Anstrich, und selbst als sie näher kam, war von dem Kugelschaden an Rumpf und Riggung nichts mehr zu erkennen. Die *Yeoman* wirkte dagegen erschöpft und zeigte die Narben ihrer langen Reise.

Hal tauschte Flaggensignale aus, um sie zu begrüßen, und sobald sie längsseits waren, drehten beide Schiffe bei, und die *Yeoman* ließ ein Boot ab. Edward Andersons rotes Gesicht glühte wie eine Hecklaterne, als sie herübergerudert kamen, und er bewältigte die Leiter mit überraschender Gewandtheit für einen so beleibten Mann. Er ergriff Hals ausgestreckte Hand. «Ich höre von Mr. Fisher, dass Ihr in meiner Abwesenheit alle Hände voll zu tun hattet, Sir Henry, und dass Ihr mächtig viel Beute gemacht habt.» Sein Ton und Gesichtsausdruck verbargen nicht seinen Verdruss, denn nur ein Kapitän, der die Beute in Sicht hatte, wie sie genommen wurde, hatte das Recht auf einen Anteil.

«Euer Schiff erwartet noch viel mehr Arbeit, Sir, und noch größere Beute», versicherte ihm Hal. Es wäre in diesem Augenblick zu grausam gewesen, wenn er die Schätze erwähnt hätte, die sie auf den arabischen Dauen gefunden hatten. «Kommt in meine Kabine.»

Sobald sie sich gesetzt hatten, servierte Hals Diener jedem ein Glas Madeira, bevor er sie allein ließ.

«Ich habe Briefe für Euch, von Mr. Beatty und von Eurem Sohn Guy», begann Captain Anderson und zog ein mit Leinen umwickeltes Paket aus der Rocktasche.

Hal legte es beiseite, um es später zu öffnen und die Briefe durchzulesen. «Wie geht es Guy?» Die Frage war beiläufig, denn Hal war in Gedanken schon bei dringenderen Angelegenheiten. Andersons Antwort überraschte ihn jedoch.

«Er schien bei guter Gesundheit, als ich ihn das letzte Mal gesehen habe. Soweit ich weiß, wird er in Kürze heiraten.»

«Was? Er ist doch erst siebzehn!» Hal runzelte die Stirn. «Ich bin in der Sache nicht zu Rate gezogen worden. Ihr müsst Euch irren, Sir.»

«Ich versichere Euch, es ist kein Irrtum, Sir Henry.» Andersons Kopf wurde noch roter als gewöhnlich, und er rutschte auf seinem Stuhl herum.

«Wer ist die Frau?», wollte Hal wissen. «So viele junge Damen kann es in Bombay doch nicht geben.» Er sprang auf und ging in der Kabine auf und ab. Es war jetzt noch enger, mit all den Schmuckstücken, die er von al-Maliks Dau erbeutet hatte, und Hal ärgerte sich über den Mangel an Bewegungsfreiheit.

«Meines Wissens handelt es sich um Fräulein Caroline Beatty.» Edward Anderson zog ein buntes Schnupftuch aus der Tasche und tupfte sich den Schweiß vom Gesicht, so peinlich war ihm die Angelegenheit. «Nach meinem Eindruck hatte man es recht eilig mit der Hochzeit. Sie sollte nur einen oder zwei Tage nach meiner Abreise aus Bombay stattfinden. Wir können also davon ausgehen, dass Euer Sohn inzwischen ein verheirateter Mann ist.»

Hal blieb auf der Stelle stehen, als ihm die unangenehme Wahrheit dämmerte. «Tom!», sagte er laut.

«Nein, Sir Henry, Ihr missversteht mich. Ich rede von Guy, nicht Tom.»

«Verzeiht, ich habe nur laut gedacht», entschuldigte sich Hal. Der Schock hatte ihn von den dringenderen Dingen abgelenkt, doch Andersons nächste Bemerkung erinnerte ihn daran, was es wirklich zu besprechen gab.

«Mr. Fisher hat mich von dem furchtbaren Umstand unterrichtet, dass Euer jüngster Sohn dem Feind in die Hände gefallen ist. Seid meines tiefsten Mitgefühls versichert, Sir Henry.»

«Danke, Captain Anderson. Ich verlasse mich auf Eure Hilfe bei der Rettung des Jungen.»

«Mein Schiff und meine Mannschaft stehen ganz zu Eurer Verfügung. Das ist selbstverständlich.»

«Dann lasst uns unsere Pläne besprechen.»

Hal hatte Wochen Zeit gehabt, den Angriff auf Flor de la Mar zu planen, und nun erläuterte er Anderson in allen Einzelheiten, was er vorhatte. Den Rest des Tages verbrachten sie in Klausur in der Heckkabine der *Seraph* und diskutierten die Operation, angefangen von den Flaggensignalen, die sie von Schiff zu Schiff und von Schiff zu Küste benutzen würden, bis zur Einteilung der Seeleute, die an dem Angriff teilnehmen sollten, und den Befehlsgewalten, die den verschiedenen Offizieren übertragen werden sollten. Danach schwitzten sie noch eine Stunde über den Karten, die Hal vorbereitet hatte. Der Sonnenuntergang stand kurz bevor, als sie schließlich so weit waren, dass Anderson auf die *Yeoman* zurückkehren konnte.

«Denkt daran, was ich gesagt habe, Captain Anderson. Al-Auf verschanzt sich schon seit einigen Jahren in dieser Festung, und die ganze Zeit hat es arabische Kaufleute aus allen Winkeln des Ozeans zu der Insel gezogen wie Fliegen zum Misthaufen. All diese Leute haben riesige Mengen an Gold und Silber hergebracht, mit dem sie für Sklaven und geraubte Waren bezahlt haben. Was ich vor Eurer Ankunft erbeutet habe, wird dagegen verschwindend gering erscheinen. Ich glaube, wir werden auf Flor de la Mar Schätze finden, wie sie selbst Drake und Hawkins nicht von ihren Abenteuern heimgebracht haben.»

Edward Andersons blaue Augen glänzten bei dem Gedanken, und Hal versäumte es nicht, ihn weiter anzuspornen. «Eure Mitwirkung an diesem Unternehmen wird Euch mit Sicherheit den Ritterschlag einbringen, dafür werde ich meinen ganzen Einfluss bei der ehrenwerten Kompanie geltend machen. Mit Eurem Anteil an der Beute werdet Ihr in der Lage sein, ein hübsches Landgut zu erwerben, und danach braucht Ihr nie wieder zur See fahren.»

Sie gaben sich kurz die Hand. «Bis morgen früh!» Andersons rosiger Mund öffnete sich in einem breiten Grinsen, und sein Händedruck kam von Herzen.

«Warnt Eure Männer, dass mein Sohn sich in der Festung befindet», erinnerte ihn Hal in ernsterem Ton. «Wir wollen in der Hitze des Gefechts keine Fehler machen.»

Hal gab Befehl, die *Seraph* für die Fortsetzung der Blockade auf Kurs zu bringen, und ging sofort in seine Kabine zurück. Dort schnitt er das Briefpaket auf, das Anderson aus Bombay mitgebracht hatte. Einen der gefalteten Bogen, auf dem er Guys steife Handschrift erkannte, legte er beiseite, um ihn später zu lesen. Dann öffnete er Beattys Brief und las mit gerunzelter Stirn.

Residenz
Bombay
6. November

Sir Henry,
Meine Freude, Euch auf diese Weise ansprechen zu können, ist ein wenig getrübt durch die Umstände, die diesen Brief notwendig machen. Um es kurz zu machen: Wir mussten entdecken, dass unsere Tochter, Caroline Beatty, ein Kind unter dem Herzen trägt. Nach Dr. Goodwins Aussage – er ist der Arzt an der Faktorei hier in Bombay – ist die Schwangerschaft im dritten Monat. Die Zeit der Empfängnis fällt also mit unserem Aufenthalt in der Siedlung am Kap der Guten Hoffnung zusammen, als Euer Sohn Guy, wie Ihr Euch erinnern werdet, mit uns im selben Gasthof geweilt hat.
Nun kann ich Euch zum Glück informieren, dass Euer Sohn, Guy Courtney, sich in dieser Angelegenheit wie ein wahrer Gentleman benommen hat. Er hat die Vaterschaft des Kindes eingestanden und mich um die Erlaubnis gebeten, meine Tochter zu heiraten. Da er nun über siebzehn Jahre alt ist, steht einer Heirat seinerseits rechtlich nichts im Wege. Meine Tochter wird nächsten Freitag ihren achtzehnten Geburtstag feiern. Bezüglich des Alters der beiden jungen Leute bestehen also keine Schwierigkeiten.

Meine Frau und ich haben es für angeraten gehalten, der Heirat unseren Segen zu geben. Die Hochzeit wird nächsten Freitag stattfinden, am achtzehnten Geburtstag meiner Tochter. Wenn Ihr diesen Brief in Händen haltet, wird also wahrscheinlich alles bereits geschehen sein.

Ich fand mich in der Lage, meine Tochter mit einer Mitgift von £500 auszustatten. Die Kompanie wird dem jungen Ehepaar ein Haus in der Kolonie zur Verfügung stellen. Ihren unmittelbaren Bedürfnissen ist also Sorge getragen. Ich bezweifle nicht, dass Ihr Euren Sohn mit einem Stipendium angemessener Höhe ausstatten werdet, um sein Einkommen über sein Gehalt hinaus etwas aufzubessern. Sicherlich werdet Ihr zudem Euren beträchtlichen Einfluss beim Vorstand der ehrenwerten Kompanie geltend machen, um seinen schnellen Aufstieg sicherzustellen.

In diesem Zusammenhang kann ich Euch informieren, dass Guy sich in seiner neuen Tätigkeit gut eingelebt hat. Auch Gouverneur Aungier hat seine Arbeit mit Lob bedacht.

In höchster Wertschätzung, auch von meiner Gemahlin,

Euer Diener
Thurston Beatty

Hal knüllte den Bogen in der Faust zusammen und blickte auf Guys Brief, der ungeöffnet auf dem Schreibtisch lag. «Dieser Idiot! Wie kann er den Vogel beanspruchen, den Tom abgeschossen hat? Welcher Teufel muss ihn geritten haben?»

Er riss Beattys Brief in kleine Fetzen, warf sie aus dem Kabinenfenster und schaute zu, wie sie auf dem Kielwasser davonschaukelten. Dann wandte er sich seufzend Guys Brief zu. Darin erfuhr er nicht mehr, als er schon in Beattys Brief gelesen hatte, außer dass Guy ihm erklärte, wie überglücklich er war, die Hand der reizenden Caroline gewonnen zu haben.

«Und dein Bruder Tom hat all das Schaufeln erledigt, um diesen Diamanten für dich auszugraben», murmelte er angewidert. Fast hätte er nach Tom geschickt, um ihm zu eröffnen, welche Früchte seine Anstrengungen getragen hatten, und um ihm sein Missfallen kundzutun, doch dann seufzte er nur: «Was würde es schon nützen? Es ist geschehen, und alle Seiten scheinen ganz zufrieden damit zu sein, wie es ausgegangen ist, obwohl ich nirgendwo lesen konnte, wie die Braut über die Sache denkt.» Er formte einen Papierball aus Guys Brief und warf ihn durchs Heckfenster.

Es klopfte an der Kabinentür, und ein Matrose sagte leise: «Entschuldigt, Captain, Mr. Tyler lässt ausrichten, Flor de la Mar ist in Sicht, direkt voraus.»

Hals Familienprobleme und Guys dummer Brief waren sofort vergessen. Er schnallte sich den Schwertgurt um und eilte an Deck.

Die *Seraph* unter Ned Tylers Kommando, denn Hal war nicht an Bord, führte die *Minotaur* vor die Einfahrt zur Bucht. Sobald die beiden großen Schiffe nahe genug an der Insel waren, begannen sie eine anhaltende Kanonade der arabischen Stellungen zwischen den Palmen und auf den Festungsmauern. Nun zeigte sich, wie nützlich die monatelangen Übungen der Kanonenmannschaften waren. Obwohl so viele Männer fehlten, feuerten sie schnell und genau. Im Vertrauen auf die Unbedarftheit der arabischen Kanoniere brachte Ned Tyler die *Seraph* bis an den Rand des Korallenriffs. Dort war er gut innerhalb der Reichweite der schweren Geschütze auf den Mauern der Festung, doch dafür schlug das Feuer von der *Seraph* große Brocken Korallenfels aus den Befestigungsanlagen und stiftete noch größeres Durcheinander unter den Verteidigern. Diese erwiderten das Feuer nur noch sporadisch und ziellos. Die angreifenden Schiffe lagen weit unter den Flugbahnen der großen Steinkugeln, von denen nur wenige nah genug landeten, dass Wasser auf das Deck der *Seraph* spritzte, während die meisten weit draußen im Meer aufschlugen.

Das Araberlager zwischen den Palmen lag gerade in Reichweite der Musketen der beiden Schiffe, von denen die Hälfte ihr Feuer auf dieses Lager konzentrierten, während die andere Hälfte die Hütten und Unterstände vor der Festung beschossen. Die Gewehre waren mit Bleischrot geladen und die Kugeln schwirrten durch die Trauben von Männern und Frauen, die in die schützende Festung Eingang suchten. Der Pfad zum Tor lag voller Leichen, niedergemäht wie Kornhalme.

Nach der ersten Vorbeifahrt wendeten die beiden Schiffe und kehrten zurück, so dicht vor der Festung, wie das Riff es erlaubte, und setzten die Kanonade fort. Inzwischen hatten die Araber sich von dem ersten Schock erholt. Rings um die *Seraph* schlugen nun die Steinkugeln im Wasser ein, und eine krachte durch das dünne Holzbollwerk. Sie riss einem der Pulverburschen beide Beine ab, als er, zwei Seidensäcke voll Schwarzpulver auf den Schultern, die Stiege vom Magazin heraufkam.

Ned schaute auf den beinlosen Torso des Jungen, wie er sich dicht vor dem Steuerrad, wo Ned stand, in einer sich schnell ausbreitenden Blutlache wand. Der sterbende Knabe rief jämmerlich nach seiner Mutter. Beide Beinschlagadern waren durchtrennt, und niemand hatte Zeit, seinen Posten zu verlassen und ihm zu Hilfe zu eilen. Dennoch dachte Ned keinen Augenblick daran, sich außerhalb der Reichweite der Festungskanonen zurückzuziehen, um weitere Verluste zu vermeiden. Hal hatte ihm befohlen, das Schiff so dicht wie möglich vor Land zu bringen, um die Festungsbatterien beschäftigt und die Araber eingeschlossen zu halten, solange es möglich war. Von diesem Plan würde Ned kein Iota abweichen, obwohl er den Verlust selbst eines einzigen seiner tapferen Männer tief bedauerte.

Von der anderen Seite der Insel aus hörte Hal das regelmäßige, kontrollierte Feuer der Bordkanonen der beiden Schiffe. «Guter Kerl», lobte er Neds Standhaftigkeit. Dann wischte er sich den Schweiß von der Stirn und konzentrierte sich darauf, die restlichen Männer der *Yeoman of York* an Land zu bringen. Die Boote kamen durch die Passage, die er viele Wochen zuvor zwischen den Riffen markiert hatte. Die vier Pinassen waren so voller Männer und lagen deshalb so tief, dass sie nur eine Handbreit Wasser unter dem Kiel hatten.

Sobald die Boote auf Sand zu rutschen begannen, sprangen die Männer in das knietiefe, warme Lagunenwasser und wateten an Land. Big Daniel und Alf Wilson trieben sie zu Marschkolonnen zusammen und führten sie in den Schutz des Palmenwalds.

Selbst mit allen Männern, die Anderson auf der *Yeoman* entbehren konnte, hatte Hal keine vierhundert Mann in seiner Landungsstreitmacht. Der Feind jedoch war zwischen tausend und zweitausend Mann stark, wie Hal geschätzt hatte, aber bisher hatten sie der Landung nichts entgegengesetzt. Anscheinend hatten die Geschützsalven von der *Seraph* und der *Minotaur* den erhofften Effekt, dass die Araber alle in der Festung Schutz suchten.

Die letzte Bootsladung kam mit Waffen, Pulver- und Wasserflaschen für den Kampf in sengender Hitze den Strand heraufmarschiert. Hal schaute den Booten nach, die leer zur *Yeoman* zurückgerudert wurden, die über eine halbe Meile vor dem Riff wartete. Dann drehte er sich um und folgte der Marschkolonne in den Wald.

Die Marschordnung war genau geplant worden. Big Daniel kommandierte die Vorhut, die mit Spähern voranging, auf beiden Seiten flankiert von Musketenschützen, damit sie nicht in einen Hinterhalt gerieten. Das Kommando über die Hauptstreitmacht hatte Hal sich selbst vorbehalten.

Von der kleinen Bucht, wo sie gelandet waren, bis zum Fort waren es nicht einmal drei Meilen nach Norden. Hal trieb die Männer zu größter Eile an, hielt sie in Trab über den weichen, sandigen Grund. Nach kaum einer Meile hörten sie Musketensalven im Wald vor sich, dann wilde Rufe und Schreie. Hal lief voraus. Er fürchtete, Big Daniel könnte in einen Hinterhalt geraten sein, und wagte nicht daran zu denken, was er vorfinden würde. Neun tote Araber lagen zu beiden Seiten des breiten Pfades, den die vorrückenden Seeleute ausgetrampelt hatten, und der Kampflärm wurde schwächer: Die Araber flohen offenbar zurück zur Festung, wütend verfolgt von Daniels Matrosen. Ein einzelner Seemann saß an eine Palme gelehnt und wickelte sich einen Streifen Tuch um eine Schusswunde im Oberschenkel. Hal beauftragte einen Mann, dem Verwundeten zum Strand zurückzuhelfen und ihn auf die *Yeoman* bringen zu lassen. Dann eilte er weiter hinter Big Daniel her. Von der anderen Seite der Insel war immer noch Kanonendonner zu hören, und jetzt waren sie nahe genug an der Festung, dass sie vor sich über den Baumwipfeln den Pulverrauch aufsteigen sehen konnten.

«Ned Tyler hält die Söhne des Propheten von ihren Gebeten ab», murmelte Hal. Der Schweiß floss ihm das Gesicht hinunter in seinen Bart, und sein Hemd war durchnässt, als hätte er unter einem Wasserfall gestanden.

Er hatte schon seit einigen Minuten den fauligen Geruch bemerkt, der nun, in der feuchten Hitze des Waldes, immer unerträglicher wurde. Dann kamen sie auf eine Lichtung, und Hal blieb abrupt stehen. Trotz seiner Eile und Ungeduld erfüllte ihn der Anblick, der sich ihnen auf al-Aufs Hinrichtungsplatz bot, mit tiefem Grauen. Manche der sonnengeschwärzten, grotesk aufgedunsenen Leichen, die von den Dreibeingestellen hingen, waren aufgeplatzt wie überreife Früchte. Alles war bedeckt von einem lebendigen, wimmelnden Teppich aus blau schimmernden Fliegen.

Hal konnte nicht umhin, in den Reihen der toten Leiber nach einer kleinen Gestalt mit rotem Haar Ausschau zu halten, und sein Magen entkrampfte sich erst wieder, als er nicht fand, wonach er suchte. Er zwang sich, zwischen den Gehängten hindurchzugehen und die summenden Insekten zu ignorieren, die sich in dicken Wolken um ihn erhoben und sein Gesicht streiften.

Aboli und Tom warteten zwischen den Bäumen auf der anderen Seite der Lichtung. «Können wir jetzt weiter?», rief Tom aus dreißig Schritt Entfernung. Er, Aboli und die drei Männer, die sie bei sich hatten, waren in arabischen Kleidern und Turbanen. Tom war voller Entschlossenheit und Ungeduld, den Säbel gezückt in der rechten Faust. Wieder bedauerte Hal, dass er Toms Drängen nachgegeben und ihm erlaubt hatte, mit Aboli zu gehen. Tom war jedoch der einzige unter den Angreifern, der schon einmal auf der Mauer gewesen war und wusste, wo man sie mit einer Hand voll guter Männer erklimmen konnte. Tom wusste auch, in welcher Zelle sie Dorian festhielten. Als Piraten verkleidet würden sie versuchen, zu Dorian durchzukommen und ihn zu beschützen, wenn erst das Gemetzel begänne, das der Erstürmung der Festung folgen würde.

Hal packte Aboli am Arm und zischte: «Behalte Tom im Auge. Lasse ihn keine Dummheiten machen. Sei stets darauf gefasst, dass er sich in Schwierigkeiten bringt.»

Aboli schaute ihn nur aus seinen rauchgrauen Augen an und sagte nichts.

«Lasse ihn erst die Mauer besteigen, wenn wir jeden Mann auf die Brüstung zur Ostseite gezogen haben», fuhr Hal fort.

Erst jetzt zischte Aboli zurück: «Tut Ihr nur Eure Pflicht, Gundwane, und ich tu die meine.»

«Dann los.» Hal schob ihn von sich und sah zu, wie der kleine Trupp mit Aboli und Tom an der Spitze in einem Bogen durch den Wald davontrabte, um sich der Festung von hinten zu nähern.

Als sie verschwunden waren, schaute Hal zu der Mauer hinauf, deren Brüstungen gerade über den Baumwipfeln zu sehen waren. Er neigte den Kopf und horchte auf Kanonenfeuer. Diese Seite der Insel war in dichten Rauch gehüllt, und der Geschmack verbrannten Pulvers brannte ihm im Rachen, doch der Kanonendonner ließ allmählich nach. Ned war offenbar schon dabei, die *Seraph* und die *Minotaur* in sicherere Gewässer zu bringen.

Als er sich umschaute, sah Hal, dass die Hauptstreitmacht trotz des langen Eilmarsches durch den Wald bis auf wenige Nachzügler immer noch dicht hinter ihm war. Er führte sie weiter zu Big Daniel, der sie am Waldrand erwartete.

Jenseits von einhundertfünfzig Schritt offenen Geländes erhoben sich die Festungsmauern sechzig Fuß hoch. Die Tore waren geschlossen, dicke Mahagoniplanken verstärkt mit Eisennieten. Kein einziger Araber war auf den Brüstungen zu sehen; sie mussten alle auf der Westmauer sein, auf der Meerseite. Als die letzten Schüsse der Kanonade verhallten, hörte Hal ihre fernen Triumphschreie. Die Araber dachten offenbar, sie hätten die beiden Schiffe in die Flucht geschlagen.

«Noch sind wir im Vorteil», erklärte Hal Big Daniel, «aber wir müssen schnell handeln, wenn wir das Überraschungsmoment nutzen wollen.»

Hinter ihm kam die Marschkolonne weiter heran, jeder Mann gebeugt unter der Last seiner Waffen. Schwitzend und keuchend ließen sie sich zu Boden fallen, hoben ihre Wasserflaschen und tranken gierig. Hal ging zwischen ihnen umher, spornte sie an und schickte sie an ihre Gefechtsposten entlang des Waldrands.

«Haltet euch bedeckt, bleibt außer Sicht. Überprüft eure Ladungen, aber feuert erst, wenn ich den Befehl gebe.»

Die Gruppen, die die fünf schweren Pulverfässer trugen, waren ans Ende der Kolonne zurückgefallen, doch schließlich kamen auch sie herangestolpert, jedes der fünfzig Pfund schweren Fässer an einer Stange zwischen zwei Männern. Sie stapelten die Fässer unter den Palmen auf, und Hal und Daniel bereiteten die Zünder vor.

Hal hatte die Lunten so kurz geschnitten, wie er es gerade noch wagen konnte – ein heikles Geschäft, da keine Lunte genau gleich schnell brannte wie die andere. Sie klopften jedes Stück Lunte mit Messerknäufen, um den Zündstoff möglichst gleichmäßig zu verteilen, und fädelten die Zünder durch die Stopflöcher der Fässer. Da nun jede Sekunde kostbar war, konnten sie nicht prüfen, ob jeder der Zünder perfekt saß. Wenn einer versagte, wären außerdem noch die vier anderen da, die Explosion auszulösen.

«Fertig?» Hal schaute auf.

Big Daniel stopfte den letzten Zünder mit einer Hand voll weichen Pechs in eines der Fässer. «Fertig. Besser geht es nicht in der Eile.»

«Zünde die Lunte an», befahl Hal, und Daniel schlug das Eisen an den Feuerstein. Der Zunder fing Feuer und sie hielten die kurzen Lunten eine nach der anderen in die Flamme, bis sie zu glühen und rauchen begannen.

«Schultert die Fässer!», rief Hal. Fünf frische, besonders kräftige Männer traten vor, gefolgt von einer zweiten Reihe, die sich bereithielt, falls einer der Träger dem Musketenfeuer von den Brüstungen zum Opfer fallen sollte.

Hal zog sein Schwert und trat an den Waldrand. Aus sicherer Deckung spähte er über das offene Gelände vor ihnen. Auf den Mauern war immer noch niemand zu sehen. Er holte noch einmal tief Luft; dann befahl er: «Leise, Burschen. Folgt mir.»

Ohne einen Laut liefen sie los, in geschlossener Gruppe. Die nackten Füße sanken bei jedem Schritt in den Sandboden ein, doch sie kamen schnell voran und hatten fast das Tor erreicht, als von den Zinnen darüber ein Schrei und ein Schuss zu hören waren. Hal sah einen beturbanten Kopf und die nach unten zielende Mündung einer Donnerbüchse in der Lücke zwischen den Felsblöcken. Die Kugel traf einen der Matrosen mitten in die nackte Brust. Der verwundete Mann fiel der Länge nach in den Sand, und das Fass rollte ihm von der Schulter.

Big Daniel war nur einen Schritt hinter ihm und hob das Fass auf, als wäre es ein Staffelstab. Er sprang über den sterbenden Mann und kam als Erster am Tor an. Er lehnte das Fass an die Scharniere und winkte die anderen heran. «Hierher! Bringt sie her!»

Der erste Mann erreichte keuchend sein Ziel, und Big Daniel nahm ihm die Last ab. «Zurück unter die Bäume!», brüllte er, während er das Fass neben das andere legte. «Gut gemacht, Bursche.» Er packte das nächste Fass und stapelte es auf die ersten beiden.

Inzwischen hatte sich über ihnen auf der Mauer eine Horde kreischender Araber versammelt und belegte Daniels Männer auf ihrem Rückzug in den Wald mit wildem Musketenfeuer. Noch ein Matrose wurde niedergeschossen und lag stöhnend im Sand, umgeben von Staubwolken, wo die Kugeln einschlugen, mit denen die Araber ihm den Rest geben wollten. Aus ihrer Deckung unter den Bäumen erwiderten die Engländer das Feuer. Ihre Musketenkugeln krachten in die Steinblöcke und schlugen Steinsplitter los, die nun auf die Männer niederprasselten, die vor dem massiven Tor kauerten.

Hal kniete neben Big Daniel, als der die Sprengstoffpyramide mit dem fünften Fass vollendete. Er blies die rauchende Lunte an, die er in der Hand hielt; sie glühte rot auf. «Mach, dass du wegkommst, Danny», sagte er zu dem großen Mann. «Ich werde das Restliche hier erledigen.»

Doch Big Daniel hatte schon seine eigene Lunte in der Hand. «Entschuldigt, Captain, aber ich möchte dabei sein, wenn Ihr Satans Tochter küsst.» Er kniete sich neben Hal und hielt die Glut an den Zünder in einem der Pulverfässer. Hal verschwendete keine Zeit mit Diskussionen und tat es ihm nach. So zündeten sie alle fünf Lunten und warteten geduldig ab, um sicherzugehen, dass sie richtig brannten.

Inzwischen hatte sich die Hälfte der Festungstruppen auf der Mauer über ihnen eingefunden. Sie feuerten, so schnell sie nachladen konnten, in den Waldrand, von wo aus vierhundert johlende englische Seeleute die Festung mit vernichtendem Musketenfeuer belegt hielten.

Vor dem Tor waren Hal und Daniel durch den leichten Überhang unter den Zinnen vor dem Beschuss der Araber geschützt, doch sobald sie diese Deckung verließen, wären sie wandelnde Zielscheiben auf dem offenen Gelände, das sie vom Wald trennte. Hal schaute noch einmal die heftig brennenden Lunten an, die nur noch ein paar Zoll aus den Stopflöchern der Fässer ragten. Dann sprang er auf. «Ich glaube, es wird Zeit, dass wir hier verschwinden.»

«Ich sehe keinen Grund, uns noch länger hier aufzuhalten, Captain», grinste Big Daniel zahnlos, und Seite an Seite liefen sie los.

Das Geschrei auf der Mauer hinter ihnen wurde sofort lauter, und alle Araber richteten ihre Büchsen auf die beiden rennenden Engländer. Die schweren Bleikugeln zischten um ihre Köpfe und bohrten sich in den weichen Sand neben ihren Füßen. Die Seeleute am Waldrand riefen ihnen Ermutigung zu und gaben Feuerschutz, so gut sie konnten.

«*Seraph*!», hallte ihr Schlachtruf. «Komm, Danny, schneller, Captain!»

Für Hal schien die Zeit immer langsamer zu vergehen. Jeder Schritt schien sich über Minuten hinzuziehen, als träte er Wasser, und der Waldrand wollte und wollte nicht näher rücken, während die Kugeln um ihn herumschwirrten, dicht wie ein Hagelschauer.

Dann wurde Big Daniel getroffen, nicht einmal, sondern von zwei Kugeln fast gleichzeitig. Eine bohrte sich ihm in die Kniekehle und brach den Knochen, sodass das Bein unter ihm wegklappte wie ein Tischlerzollstock. Die zweite Kugel krachte in seine Hüfte und zerschmetterte den Oberschenkelhals. Daniel stürzte in den Sand, beide Beine verdreht und nutzlos unter sich begraben.

Hal war schon vier Schritte weiter, als er bemerkte, dass er plötzlich allein war. Er blieb stehen und drehte sich um.

«Lauf weiter!», schrie Big Daniel ihm zu, Mund und Augen voller Sand. «Du kannst mir nicht helfen, meine Beine sind hin!» Hal wirbelte herum und lief durch den Kugelhagel zu seinem Freund zurück.

«Nein! Nein!», brüllte Big Daniel, dass ihm Sand und Speichel aus dem Gesicht spritzten. «Lauf, du Narr, lauf weiter!»

Hal ging neben ihm in die Knie und packte ihn bei den Schultern. Er wollte ihn hochheben, doch der große Kerl war unglaublich schwer, und da ihm beide Beine weggeschossen worden waren, konnte er Hal kein Gramm der Last abnehmen. Hal holte noch einmal tief Luft, änderte seinen Griff und hob ihn wieder an. Diesmal bekam er Daniels Oberkörper vom Boden und versuchte, seine Schulter unter Daniels Achselhöhle zu stemmen.

«Es hat keinen Zweck», keuchte ihm Daniel ins Ohr. Der Schmerz war fast unerträglich, als die Knochentrümmer in seiner Hüfte zusammenschabten. «Lauf weiter. Rette dich.»

Hal fand nicht den Atem, ihm zu antworten. Noch einmal spannte er jeden Muskel und jede Sehne in seinem Körper und hob Daniel an. Vor Anstrengung wurde ihm schwarz vor Augen, und er sah Sterne und wirbelnde Lichtspiralen, doch Big Daniel kam endlich hoch und stützte sich mit dem rechten Arm auf Hals Schultern. So standen sie einen langen Augenblick ineinander verhakt, unfähig, einen Schritt zu tun.

«Du bist verrückt», flüsterte Big Daniel, die Lippen dicht vor Hals Ohr. «Das Pulver wird jeden Moment in die Luft …»

Hoch oben auf der Mauer hinter ihnen schüttete ein arabischer Musketier eine Hand voll grobes Schwarzpulver in die Mündung seiner Jezail-Büchse und schob einen Stoffpfropfen nach. Die Kugel hielt er zwischen den Zähnen. Es war ein unregelmäßiger Klumpen Weicheisen, den er selbst geschmiedet hatte, dass er gerade in den Gewehrlauf passte. Nun spuckte er die Kugel in die Mündung und schob sie mit einem langen Ladestock vor das Pulver. Dann drehte er die Waffe um und legte den Stock auf das Sims hinter der Brüstung. Mit zitternden Fingern goss er einen feinen Strahl Pulver auf die Zündpfanne, ließ das Steinschloss zuschnappen und spannte den Hammer bis zum Anschlag.

Als er den Kolben an die Schulter hob und den langen, messingroten Lauf entlangschaute, sah er, dass die beiden Ungläubigen dort draußen auf dem offenen Gelände immer noch hilflos zusammenstanden, sich aneinander klammernd wie zwei Geliebte.

Er zielte auf ihre Köpfe und zog kräftig an dem schwergängigen Abzug der Flinte. Der Hammer klappte herunter. Der Feuerstein sprühte Funken, die das Pulver auf der Pfanne in einer weißen Wolke explodieren ließen. Für einen Augenblick schien es, als wollte der Vorderlader wieder einmal versagen, doch dann gab es einen mächtigen Knall, und der Lauf wurde hochgerissen.

Der grob geschmiedete Klumpen Eisen begann sich zu überschlagen, sobald er die Mündung verließ. Er wirbelte durch die Luft zu der Stelle, wo Hal und Big Daniel sich fortzuschleppen versuchten. Der Araber hatte auf Hals Kopf gezielt, doch die Kugel verlor so rapide an Höhe, dass sie ihn fast verfehlt hätte. Am Ende traf sie ihn mit einem dumpfen Knall seitlich am Fußgelenk, riss ihm die Ferse weg und zerschmetterte die zerbrechlichen Knochen in seinem linken Fuß.

Hal stürzte unter dem Gewicht seines Kameraden, und die beiden lagen Seite an Seite flach auf dem Boden.

«Lauf, in Gottes Namen, lauf!», schrie Big Daniel Hal ins Gesicht. «Die Fässer werden jeden Moment in die Luft fliegen!»

«Ich kann nicht!», keuchte Hal unter Schmerzen. «Ich bin getroffen! Ich kann nicht stehen!»

Big Daniel stützte sich auf einen Ellbogen und schaute zu Hals Fuß hinab. Er sah sofort, dass Hal mit dieser Wunde nicht weiterlaufen konnte. Dann schaute er zu der Pyramide aus Pulverfässern unter dem Torbogen, nur hundert Fuß von ihnen entfernt. Die

Glut an einer der Lunten berührte das Stopfloch und entflammte das Pech darin. Das Fass musste jeden Augenblick explodieren.

Big Daniel nahm Hal in einen erdrückenden Bärengriff, rollte sich auf ihn und presste sein Gesicht in den weichen Boden; so bedeckte er seinen Herrn mit seinem massigen Körper.

«Lass mich los, verdammt!» Hal strampelte unter ihm, doch in diesem Augenblick flog das unterste Fass in die Luft und löste die Explosion der anderen Fässer aus.

Zweihundertundfünfzig Pfund Schwarzpulver verbrannten in einem einzigen Blitz, einem gewaltigen Donnerschlag, der die schweren Torflügel aus den Angeln hob und zersplitterte Holzbalken in den Festungshof blies. Der steinerne Torbogen brach zusammen und mit ihm die Mauer darüber, in einer Lawine aus Korallenfels, Mörtel und Staub, zwanzig oder mehr Araber unter sich zerquetschend und begrabend.

Rauch und Staub stiegen zweihundert Fuß senkrecht in die Luft, bevor sich die Wolke oben abflachte wie der Amboss einer Gewitterwolke. Die Schockwelle fegte über das offene Gelände vor der Festung und erreichte den Waldrand, wo sie schwere Äste abriss, Palmen umbog und ihre Wedel zauste wie ein Hurrikan.

Big Daniel und Hal lagen mitten in der Bahn der Explosion, die in einer Welle aus Staub und Trümmern über sie hinwegrollte. Sie saugte ihnen die Luft aus den Lungen und hämmerte sie zu Boden wie eine rasende Büffelherde. Hal spürte, wie seine Trommelfelle sich dehnten. Er war blind, schien durch schwarzen Raum zu taumeln, ringsum explodierende Sterne.

Allmählich tauchte er wieder auf aus diesem tiefen, finsteren Abgrund. Seine geschundenen Trommelfelle brüllten und sangen noch im Nachhall der furchtbaren Explosion, doch durch dieses Rauschen hörte er, fern und gespenstisch, das Kampfgeheul seiner Männer, die nun aus dem Wald hervorstürmten. Sie liefen in Haufen an ihm vorbei und schoben und stießen einander über die Trümmer, die das zerstörte Tor versperrten, und dann, durch Staub und Rauch, schwärmten sie auf den Festungshof. Mit gezückten Hiebern und bellend wie eine Meute Jagdhunde fielen sie über die benommenen Verteidiger her und begannen ihr blutiges Werk.

Vom Staub geblendet versuchte Hal sich aufzusetzen, doch ein enormes Gewicht lastete auf seiner Brust, drohte ihn zu ersticken und drückte ihn zu Boden. Hustend und würgend versuchte er den

Staub aus seinen tränenden Augen zu blinzeln. Er zerrte an dem riesigen schlaffen Körper über sich, hatte aber nicht die Kraft, sich zu befreien.

Allmählich konnte er wieder sehen, und das Getöse in seinem Kopf wurde zu einem Summen, als wären Bienen in seinem Schädel. Über sich sah er Big Daniels Gesicht, die Augen weit aufgerissen, der Blick starr. Sein Kopf schwankte hin und her, als Hal versuchte, ihn wegzustoßen. Der zahnlose Mund öffnete sich, und die Zunge schlabberte heraus. Eine Mischung aus Blut und Speichel tropfte Hal auf die Wange.

Das Grauen dieses Anblicks spornte Hal zu übermenschlicher Anstrengung an, und es gelang ihm schließlich, sich unter dem schlaffen Leichnam hinwegzuwinden. Danach setzte er sich benommen auf und schaute den toten Mann an, der neben ihm lag. Um seinen Freund zu schützen, hatte sich Big Daniel der vollen Macht der Explosion ausgesetzt. Die Druckwelle hatte ihm die Kleider vom Leib gerissen; er war nackt bis auf Stiefel und Schwertgurt. Der fliegende Sand hatte ihm die Haut von Hintern und Rücken geschliffen, sodass er aussah wie ein frisch gehäutetes Stück Wild. Steine und Schutt hatten sich in Rücken und Seiten gebohrt und entblößten weiße Rippensplitter und sein gebrochenes Rückgrat.

«Danny?», rief Hal. «Danny? Kannst du mich hören?» Die Frage war sinnlos. Hal konnte nicht klar denken. Er versuchte, näher an seinen Freund heranzurücken, doch seine Beine gehorchten ihm nicht. Er schaute an ihnen hinab. Sie waren die einzigen Körperteile gewesen, die Daniel nicht bedeckt hatte. Beide Beine waren nackt, das Fleisch zermalmt, als wäre er damit zwischen die Eisenzähne eines Gangspills geraten. Weiße Knochensplitter ragten aus der blutigen Masse. Er spürte keine Schmerzen, weshalb sein Geist nicht akzeptierte, was seine Augen sahen. Hal konnte nicht glauben, dass er beide Beine verloren hatte, und schaute weg.

Auf den Ellbogen zog er sich näher an Big Daniel heran, die zertrümmerten Beine hinter sich her schleifend. Dann lag er neben dem großen Mann und umarmte ihn, wiegte ihn sanft, wie er einst seinen kleinen Sohn in den Schlaf gewiegt hatte. «Es wird alles gut. Wir beide werden es schaffen, wie wir es immer geschafft haben», flüsterte er. «Es wird alles gut, Danny.»

Er bemerkte nicht, dass er weinte, bis seine Tränen Daniels Gesicht benetzten wie warmer, tropischer Regen und den weißen Staub abwuschen, der die starren Augen bedeckte.

Dr. Reynolds kam mit seinen Gehilfen durch den Wald und fand die beiden.

«Kümmert Euch zuerst um Daniel», flehte ihn Hal an.

«Um den kümmert sich jetzt Gott», erwiderte Dr. Reynolds ruhig, während sie Hal vorsichtig auf die Trage legten und anhoben. Was von Hals Beinen übrig war, hing seitlich herunter. So brachten sie ihn in Sicherheit.

Tom schaute über die Insel zurück. Von der niedrigen, weißen Düne aus, auf der sie lagen, konnte er die beiden Großsegler sehen, etwa eine Meile jenseits des Riffs, die *Seraph* elegant an der Spitze, gefolgt von der mächtigen, bedrohlichen *Minotaur* mit ihren schwarzen Segeln. Während er aufs Meer hinausschaute, wendeten die beiden Schiffe nach Süden auf ihrem Blockadekurs vor der Hauptbucht.

Tom reckte den Hals und spähte über den Grat der Düne zu den Festungsmauern, die sich zweihundert Schritt vor ihnen erhoben. Der Monsunwind blies die Pulverrauchschwaden allmählich aufs Meer. Auf der Mauerbrüstung waren Hunderte von Köpfen zu sehen, dunkle, bärtige Gesichter unter Kaffiyeh-Kopftüchern und Turbanen. Die Verteidiger der Festung winkten mit ihren Musketen und führten einen Triumphtanz auf. Tom konnte ihr aufgeregtes Geplapper hören und verstand sogar manche der Beschimpfungen, die sie zu den beiden englischen Schiffen hinausschrien:

«Möge Gott den Ungläubigen die Gesichter schwärzen.»

«Gott ist groß! Er hat uns den Sieg geschenkt!»

Tom wollte aufspringen. «Es ist etwas schief gegangen. Das Tor sollte längst gesprengt sein.»

Aboli packte ihn beim Handgelenk und zog ihn neben sich zu Boden. «Ruhig, Klebe! Manchmal ist das Grausamste an der Schlacht das Warten.»

Dann hörten sie Musketenfeuer von der anderen Seite des Forts und all die Araber auf der Brüstung drehten sich um. Ihre Spottschreie verstummten allmählich.

«Die Ungläubigen greifen das Tor an!», rief eine Stimme auf

Arabisch, und sofort rannten alle los. Selbst die Kanoniere verließen ihre Geschütze und liefen einen Laufsteg hinunter, um der neuen Bedrohung entgegenzutreten. Innerhalb von Sekunden waren die Brüstungen menschenleer.

«Das ist die Gelegenheit! Folgt mir!»

Aboli zog ihn wieder herunter. «Geduld, Klebe.»

Tom versuchte, sich seinem Griff zu entwinden. «Wir können nicht weiter warten. Wir müssen zu Dorry!»

Aboli schüttelte den Kopf. «Selbst du kannst nicht allein gegen tausend Mann ankommen.»

Tom blickte zu der Schießscharte hoch oben in der Mauer, hinter der Dorian gefangen saß. «Warum gibt er uns kein Zeichen, um uns zu zeigen, wo er ist? Er sollte mit seinem Hemd winken oder mit sonst etwas.» Doch dann fand er schnell eine Entschuldigung für seinen Bruder. «Er ist noch klein. Er weiß manchmal nicht, was zu tun ist.»

Aus den vereinzelten Schüssen auf der anderen Seite wurde eine wütende Füsillade.

«Hörst du das, Klebe?» Aboli hielt ihn immer noch zurück. «Danny und dein Vater werden jetzt dabei sein, den Sprengstoff vor das Tor zu legen. Es wird nicht mehr lange dauern.»

Augenblicke später ließ die Explosion ihre Trommelfelle erzittern. Der Donner betäubte sie fast. Ein Turm aus Staub und Rauch schoss in die Luft und sammelte sich in einer dicken Pilzwolke. In die Staubwolke mischten sich Trümmer und Felsbrocken. Brennende Holzteile zogen Rauchbahnen vor dem blauen Himmel. Eine Messingkanone flog hundert Fuß hoch in die Luft. Menschen und abgerissene Glieder flogen noch höher, zusammen mit Holzbalken und anderem Schutt.

Bevor Tom sich erholen konnte, war Aboli schon auf den Beinen und lief über das offene Gelände auf das Fort zu. Tom sprang auf und rannte hinter ihm her, doch seine Kluft behinderte ihn, und er konnte Aboli erst einholen, als der schon am Fuß der Mauer stand.

Aboli kniete sich hin, verschränkte die Hände und baute Tom eine Hühnerleiter. Tom setzte einen Stiefel auf Abolis Hände und ließ sich von ihm hoch in die Äste des Feigenbaums schwingen, dessen Wurzeln sich in die Fugen zwischen den Mauerblöcken gebohrt hatten. Tom kletterte wie ein Affe. Weder die Schwertscheide, die ihm gegen die Beine schlug, noch die Pistolen in seinem Gürtel verlangsamten ihn. Aboli und die drei anderen Männer folgten ihm, doch Tom erreichte die Brüstung lange vor ihnen. Er kletterte in die Lücke, wo ein Felsblock zerbröckelt war, und schwang seine Beine über die Mauer.

Sofort sah er sich einem verdutzten braunen Gesicht gegenüber: Einer der Araber war trotz des Tumults am Festungstor auf seinem Posten geblieben. Er schrie verblüfft auf und versuchte seine Muskete anzulegen, doch die gebogenen Hämmer verfingen sich in seinem Kittel, und während er daran zog und rüttelte, zischte Toms Säbel aus der Scheide, traf den Mann an der Kehle und durchtrennte ihm die Stimmbänder, sodass sein nächster Schrei stumm blieb. Er taumelte zurück und stürzte mit wedelnden Armen siebzig Fuß tief in den Festungshof.

Während Aboli und die drei Matrosen über die Mauer geklettert kamen, schaute Tom sich rasch auf der Brüstung und auf dem Hof um. Durch die dicken Staub- und Rauchwolken sah er verschwommen, wie die Araber von den Ruinen des Tores zurückgewankt kamen. Auf den Laufstegen hinter der Brüstung überschlugen sich heulende Piraten in ihrer Hast, von dem rauchenden Trümmerhaufen wegzukommen, der einmal das Festungstor gewesen war.

Dann stürmten johlende Horden englischer Seeleute durch das zertrümmerte Portal, stiegen über das Geröll und liefen die Rampen hinauf, um über die Araber hinter den Brüstungen herzufallen. Es gab vereinzeltes Musketenfeuer, und Tom sah einen der Matrosen rückwärts in die Tiefe stürzen. Dann trafen sich beide Seiten, und alles vermischte sich zu einer verworrenen Masse schreiender, hackender, kämpfender Männer.

Tom hielt in dem Gewirr nach seinem Vater Ausschau. Gewöhnlich war Hal mit seiner Körpergröße und dem schwarzen Bart selbst in dem schlimmsten Durcheinander unübersehbar. Doch Tom konnte ihn nicht finden und gab bald die Suche auf. «Hierher!», rief er und führte seine Gruppe über den Laufsteg zu der Rampe, die am weitesten vom Tor entfernt war. In ihrer Verkleidung wurden sie von den Arabern ohne weiteres durchgelassen. Tom rannte die Rampe hinunter und erreichte unbehelligt den Absatz auf halber Höhe, von wo ein Eingang ins Innere der Festungsgebäude führte.

Zwei Araber bewachten die Tür. Einer bemerkte Toms helle Augen und europäische Gesichtszüge und hob seinen Krummsäbel. «*Ferenghi!*», schrie er und hieb mit voller Kraft nach Toms Kopf.

Tom tauchte ab und ripostierte mit einem sauberen Stoß in hoher Linie. Die Klinge drang tief in die Brust des Arabers. Als er sie wieder herauszog, pfiff der Lungeninhalt aus der Wunde, und der Mann fiel auf die Knie. Aboli tötete den anderen Wächter ebenso schnell. Sie sprangen über die Leichen und liefen in einen dunklen, engen Gang.

«Dorry!», rief Tom. «Wo bist du?» Er riss sich den Turban vom Kopf. Er brauchte die Verkleidung nicht mehr und wollte, dass Dorian ihn erkannte. «Dorian!» Seine Rufe hallten unheimlich durch den Gang und wurden von Geschrei und Gestöhne in allen möglichen Sprachen beantwortet.

Zu beiden Seiten des Ganges befand sich ein Dutzend oder mehr Zellen. Die ursprünglichen Türen waren wahrscheinlich vor einem halben Jahrhundert verrottet und in letzter Zeit durch grobe Balkenkonstruktionen ersetzt worden. Tom sah abgehärmte, bärtige, bleiche Gesichter durch die Lücken spähen, knochige Hände flehend nach ihm ausgestreckt. Dies waren al-Aufs Gefangene von den europäischen Schiffen. Tom fasste wieder Mut. Irgendwo hier musste Dorian sein.

«Dorian!»

Jemand antwortete auf Englisch: «Jesus liebt Euch, Sir; wir haben gebetet, dass Ihr kommen möget.»

Aboli hob den schweren Riegel aus seinen Klammern, die Tür flog auf, und die Gefangenen strömten aus der winzigen Steinzelle auf den Gang. Tom sah sich fast überwältigt von dieser Flut zerlumpter, stinkender Menschen und musste sich freikämpfen, um in die anderen Zellen schauen zu können.

«Dorian!», brüllte er in dem Tumult. Er versuchte, sich zu erinnern, in welcher Zelle er seinen Bruder gesehen hatte, verlor jedoch die Orientierung.

Er packte einen der befreiten Gefangenen und schüttelte ihn bei den Schultern. «Wo ist der kleine weiße Junge mit rotem Haar?», schrie er ihm ins Gesicht. «Wo ist er?»

Der Mann starrte ihn an, als hätte er einen Wahnsinnigen vor sich. Dann riss er sich los und schloss sich der Flut der Befreiten an, die auf den Festungshof strömten. Tom kam ans Ende des Ganges, zur letzten Zelle. Die Tür stand offen, und er betrat den winzigen Raum. Die Zelle war leer. Eine Matratze aus getrockneten Palmwedeln lehnte an einer der Steinwände, sonst gab es keine Möbel. Die Sonne schien schräg durch eine Schießscharte am anderen Ende des Raumes. Tom schaute hinaus und sah die Bucht vor sich ausgebreitet und die beiden Schiffe draußen vor der Küste.

«Das war die Zelle», flüsterte er. Er sprang auf die Stufe unter der Schießscharte und steckte seinen Kopf durch den Schlitz. An der Außenwand wuchsen Lianen empor, fast so dicht an dem Fenster, dass er sie berühren konnte. «Das ist die Zelle, in der sie Dorian festgehalten haben. Aber wo ist er jetzt?»

Er sprang von der Stufe und schaute sich in der leeren Zelle um. In die Steinblöcke waren Eisenringe einzementiert. Die Wände waren mit Gekritzel bedeckt, eingeritzt in den weichen Korallenfels. Er las portugiesische Namen und Daten, hundert Jahre in der Vergangenheit, abgewetzt und überwachsen mit Moos und Flechten. Neuere Inschriften waren auf Arabisch. Er entdeckte einen frommen Spruch, eine Zeile aus der siebzehnten Sure des Korans. Er erkannte sie, da Alf Wilson sie die Worte hatte auswendig lernen lassen: «Die sieben Himmel und die Erde mit allem, was darauf existiert, zeugen von Seinem Ruhme.» Darunter war eine andere Zeile, mit einer Gürtelschnalle oder irgendeinem anderen Metallteil eingekratzt, noch ganz frisch in schräger, kindlicher Handschrift: ‹Dorian COURTNEY – 3. Februar 1691.›

«Er war hier!», rief Tom laut. «Aboli, Dorry war hier!»

Aboli erschien in der Tür. «Doch wo ist er jetzt, Klebe?»

«Wir werden ihn finden.»

Tom hielt inne, um sich das hinderliche arabische Gewand vom Leib zu reißen und an die Wand zu werfen. Dann liefen sie zusammen den Gang zurück, hinaus in den Sonnenschein. Auf dem Hof unter ihnen und auf den Brüstungen wütete noch der Kampf, doch es war klar zu erkennen, dass die Verteidiger auf dem Rückzug waren. Hunderte waren schon durch das zerstörte Tor entkommen; sie hatten ihre Waffen fortgeworfen und strömten in den Wald. Andere waren noch zwischen den Festungsmauern eingeschlossen. Viele flehten auf ihren Knien um Gnade, doch andere sah Tom lieber von der Brüstung springen, als sich den englischen

Hiebern zu stellen. Die weißen Roben aufgebauscht, stürzten sie kreischend in die Tiefe.

Einige der Araber kämpften jedoch weiter. Ein abgeschnittenes Dutzend hielt noch die Ostbastion unter trotzigen Schreien – *Allah akbar*! Gott ist groß!» – doch nun, vor Toms Augen, fielen die Engländer über sie her, hackten sie nieder und warfen die schlaffen Leichname über die Mauer.

Tom suchte verzweifelt nach einer kleinen Gestalt, einem Rotschopf in dem Gewimmel, doch Dorian war nirgendwo zu sehen. Eine Frau kam die Rampe herauf auf Tom zugelaufen. Ihr schwarzer Schleier war weggeflogen und ihr Kopf unbedeckt. Sie war fast noch ein Kind. Das lange schwarze Haar wehte ihr aus dem angsterfüllten Gesicht; ihre kohlschwarzen Augen erinnerten an ein Reh auf der Flucht vor der Jagdmeute. Vier Matrosen, wild lachend, die Hemden getränkt mit dem Blut der Männer, die sie getötet hatten, die Gesichter voller Blutspritzer, aufgedunsen, rasend vor Wollust, liefen hinter ihr her.

Sie holten sie ein, bevor sie das Ende der Rampe erreichte, und rissen sie zu Boden. Drei drückten sie auf die Felsplatten, zogen ihre Röcke hoch, obwohl sie wild um sich strampelte, und legten ihre schlanken braunen Glieder und ihren glatten Bauch bar. Der vierte Matrose riss sich die Hose auf und stürzte sich auf sie.

«Schmiere den rosa Tunnel für uns!», stachelten ihn seine Kameraden an. Tom hätte nie gedacht, dass etwas so Scheußliches je passieren könnte. Als Novize des Ordens von St. George und dem Heiligen Gral hatte er gelernt, dass Krieg etwas Erhabenes sei, dass jeder wahre Krieger sich zuallererst durch Ritterlichkeit auszeichne. Er wollte loslaufen und einschreiten, doch Aboli hielt ihn mit eisernem Griff am Arm zurück. «Lasse sie, Klebe. Es ist das Recht des Siegers. Unsere Pflicht gilt jetzt Bomvu.» Dies war sein Spitzname für Dorian, «rot» in der Sprache der Wälder.

«Wir dürfen das nicht zulassen!», schrie Tom.

«Wir können sie nicht aufhalten», fiel ihm Aboli ins Wort. «Sie werden dich umbringen, wenn du es versuchst. Lass uns lieber Bomvu finden.» Das Mädchen schluchzte erbärmlich, doch Aboli zog Tom die Rampe hinunter auf den Hof.

Auf dieser Seite endete der Festungshof in einem Labyrinth von Mauern und Türen, von denen manche offen standen, doch die meisten waren schwer verbarrikadiert und die Fenster zugenagelt. Hinter einem davon konnte Dorian sein. Tom wusste, wie verloren sein kleiner Bruder sich fühlen, welche Angst er empfinden musste. Sie mussten ihn finden, bevor er in dem Kämpfen und Plündern verletzt würde.

«Beginne du am anderen Ende», rief er Aboli zu. Er zeigte die überdachte Terrasse hinunter. «Ich fange hier an.»

Ohne sich noch einmal umzuschauen, lief Tom zur nächsten Tür. Sie war verriegelt, und er versuchte, sie mit der Schulter aufzustemmen. Als das nicht gelang, ging er einen Schritt zurück und trat gegen das massive Eisenschloss, das jedoch ebenfalls nicht nachgeben wollte. Er schaute sich um und erkannte einen der Toppmastmänner von der *Seraph*, der die Terrasse heruntergelaufen kam, eine langstielige Axt in der einen, eine Pistole in der anderen Hand. Seine Arme waren blutverschmiert bis zu den Ellbogen, das Gesicht ekstatisch im Schlachtrausch.

«Charley!», rief Tom ihm zu. «Hilf mir, diese Tür aufzubrechen!»

Charley grinste in der Aussicht, noch mehr Zerstörung anrichten zu können. «Tritt zurück, mein Junge.» Er nahm Anlauf und warf sich gegen die Tür. Mit zwei mächtigen Axthieben zertrümmerte er das Holz, bis die Tür nur noch lose an ihren Scharnieren hing. Tom trat die Trümmer beiseite und stürmte hinein in ein Labyrinth kleiner Zimmer und schmaler Korridore. Er lief weiter, schaute in jedes Zimmer, an dem er vorbeikam. Alle waren offenbar in größter Eile verlassen worden, da überall Bettzeug und Kleider verstreut lagen.

Plötzlich hörte er lautes Klopfen über seinem Kopf. Er spähte eine wacklige Treppe am Ende des Ganges empor. Es klang, als versuchte dort oben jemand, aus einem versperrten Zimmer zu entkommen. Vielleicht ist es Dorry! Toms Herz schlug schneller. Ohne weiter nachzudenken, lief er die Treppe hinauf, zwei Stufen auf einmal, bis er eine schwere Tür vor sich sah. Sie stand offen, der riesige Eisenschlüssel steckte noch im Schloss. Er betrat das lange, schmale Zimmer, halb dunkel hinter geschlossenen Fensterläden.

«Dorry!» Er schaute sich hastig um. Dies war kein Gefängnis, das sah er sofort. Vor der Wand den geschlossenen Fenstern gegenüber, sah er eine Reihe kleiner Holztruhen, ähnlich wie die Truhen, die sie auf al-Maliks Dau erbeutet hatten – die Truhen, die Dorians Lösegeld enthalten hatten. Dies musste einer von al-Aufs Lagerräumen sein, wahrscheinlich der, in dem er seine wertvollste Beute aufbewahrte.

Vier der Truhen standen offen, die Deckel zurückgeworfen. Trotz der Sorge um seinen Bruder starrte Tom wie gebannt auf den Inhalt: arabische Münzenbeutel. Er nahm einen heraus und wog ihn in der Hand. Das Gewicht und die Form der Münzen, die er durch das Tuch fühlen konnte, vertrieben allen Zweifel, den er noch gehabt hatte. «Gold», hauchte er. Dann bemerkte er die lederne Satteltasche, die jemand auf dem Steinboden neben der Truhe zurückgelassen hatte; sie war halb voll mit Goldbeuteln. Er musste jemanden beim Füllen der Satteltasche gestört haben. Jemand hatte offenbar nicht ganz mittellos aus der belagerten Festung entkommen wollen. Das Krachen und Klopfen, das Tom gehört hatte, rührte offenbar daher, dass jemand die Truhen aufbrach.

Dieser Jemand, wer immer es ist, muss noch hier sein, begriff Tom plötzlich, und schon hörte er Schritte hinter sich auf den Steinplatten. Er wirbelte herum.

Al-Auf hatte sich hinter der offenen Tür versteckt, als er Tom die Treppe heraufkommen hörte. Tom erkannte ihn sofort. Er hatte ihn an Bord der *Minotaur* gesehen, während der Schlacht mit der *Seraph*. Er war größer, als Tom gedacht hatte. Seine tief eingesunkenen Augen waren dunkel und grausam wie die eines Geiers. Sein Kopf war entblößt, er trug keinen Turban; dichte, schwarze, silberdurchwirkte Strähnen fielen ihm auf die Schultern und mischten sich mit seinen Bartlocken. Sein Mund war zu einer mörderischen Grimasse verzerrt. Er hob die Pistole in seiner linken Hand und zielte auf Toms Kopf.

Für einen Sekundenbruchteil schaute Tom tief in die gähnende Mündung der Waffe, dann in al-Aufs funkelndes Auge, mit dem er ihn anvisierte. Mit einem metallischen Klicken, unheimlich laut in der Enge des kleinen Raumes, fiel der Hammer, und die Pfanne blitzte in einer weißen Rauchwolke. Tom verzog das Gesicht und wartete auf die Kugel, die jedoch nicht kam. Die Pistole hatte eine Fehlzündung erlitten.

Einen Augenblick war al-Auf geblendet von dem Rauch und dem Blitz auf der Pfanne, und diese Zeit genügte Tom, auf den Piraten zuzuspringen. Die Pistole war doppelläufig, und al-Aufs

Zeigefinger krümmte sich um den zweiten Abzug. Tom wusste, noch einmal würde er nicht so viel Glück haben – die zweite Kugel würde ihn töten.

Er hieb mit seinem Säbel nach der ausgestreckten Pistolenhand, und die Klinge schnitt sich in die Innenseite von al-Aufs Handgelenk, wie ein Rasiermesser durch Stränge von Venen und Arterien unter der braunen Haut. Die Pistole fiel aus der gefühllosen Hand. Mit dem Knauf zuerst landete sie auf dem Steinboden und der zweite Schuss löste sich mit einem lauten Knall. Die Kugel zersplitterte das Holz an einer der Goldtruhen. Al-Auf ließ sich zurückfallen und tastete nach dem Krummsäbel an seinem mit Edelsteinen besetzten Gürtel. Er konnte die Klinge gerade noch rechtzeitig ziehen, um Toms mitten auf seine Brust gezielten Stoß zu parieren.

Tom hatte nicht erwartet, dass sein Widersacher so schnell reagieren würde. Die silbernen Strähnen in al-Aufs Haar und Bart hatten ihn in falsche Sicherheit gewiegt. Der Korsar war schnell wie ein Panther, und die Kraft, mit der er die Klinge führte, hätte einem viel jüngeren Mann alle Ehre gemacht. Al-Auf ließ sich auf ein Knie fallen und attackierte Toms Fersen mit einem weiten Rückhandhieb, ein Hieb, der Tom hätte lähmen können. Der Junge hatte keine Zeit zurückzuweichen und sprang stattdessen mit beiden Füßen in die Luft, während die gebogene Klinge unter seinen Stiefelsohlen hindurchzischte. Noch in der Luft hieb Tom nach dem dunklen Kopf des Arabers, doch al-Auf entwand sich ihm wie eine Schlange, die unter einen Felsen kriecht. Auf dem Boden hatte sich schon eine Blutlache gebildet, und sein Handgelenk sprudelte heftig weiter. Tom blockte die Riposte ab und fintierte hoch in der Terz. Al-Auf konterte, indem er sich unter Toms Klinge duckte und auf dessen Bauch zielte; Tom sprang zurück, und der Stoß geriet zu kurz. So umkreisten sie einander, Auge in Auge, und versuchten zu ergründen, was der andere dachte, Klinge an Klinge, jeder darauf aus, beim anderen eine Schwäche aufzudecken.

Tom rutschte mit einem Fuß in dem Blut aus. In dem Augenblick, als Tom aus dem Gleichgewicht war, schnellte al-Auf vor wie von einer Armbrust geschossen und stieß wieder tief, diesmal auf Toms Hüfte zu. Tom lenkte den Stoß ab und zwang den Araber zum Rückzug. Tom wusste nun, welchen Fechter er vor sich hatte. Al-Auf war schnell und listig; seine Schwerthand war stark, trotz seines Alters, und wenn das Gefecht noch lange weiterging, würde am Ende al-Aufs Erfahrung obsiegen. Tom wusste, er musste den Kampf zu einer puren Kraftprobe machen.

Er ging auf die starke Seite des Feindes und neckte ihn, gab sich die Blöße, und als al-Auf wieder mit einem tiefen Stoß reagierte, fing Tom die Klinge ab und stoppte sie mit der seinen. Sie standen fast Brust an Brust, die Klingen gekreuzt in Augenhöhe. Tom legte das ganze Gewicht seiner breiten, jungen Schultern nach vorn, und al-Auf ließ sich einen Schritt zurückdrängen. Tom spürte, wie dem älteren Mann mit dem stark blutenden Handgelenk langsam die Kräfte schwanden, und stemmte sich noch einmal vor. Doch al-Auf war nicht so geschwächt, wie er vorgegeben hatte. Nun gab er so plötzlich nach, dass Tom nach vorn stolperte und seinem Gegner die Gelegenheit bot, nochmals zu einem tiefen Stoß anzusetzen. Das hätte Tom inzwischen vorhersehen können, doch nur ein Wunder an Schnelligkeit und katzenhaftem Gleichgewicht bewahrte ihn vor dem Verderben – im letzten Moment konnte er seitlich ausweichen. Die Klinge streifte seine Hüfte und ritzte seine Hose auf, doch Tom erlitt nur einen flachen Schnitt im Oberschenkel.

Die Wunde behinderte ihn nicht, und nach diesem Stoß war al-Auf der Entblößte. Während er verzweifelt versuchte, wieder in Deckung zu gehen, hob Tom sein Schwert und zwang ihn in einen Klingenwirbel. Die beiden Waffen umschwirrten einander, Klinge kreischte an Klinge, die Knäufe erzitternd in den Händen der Fechter.

Endlich war es Tom gelungen, das Gefecht in eine reine Kraftprobe zu verwandeln, denn al-Auf konnte nicht wagen, sich zurückzuziehen, da er dazu seine Deckung hätte öffnen müssen, was zu einer blitzschnellen Riposte geführt hätte. Dies war das klassische ausgedehnte Gefecht, wie Tom es von Aboli gelernt hatte. «Mit dieser Taktik hat dein Vater Schreuder bezwungen», hatte Aboli ihm einmal erzählt, «und dieser Holländer war der größte Fechter, den ich je eine Klinge habe führen sehen – nach deinem Vater, natürlich.»

Tom legte all seine Kraft in sein Handgelenk und drängte al-Auf einen Schritt zurück. Die beiden Klingen wirbelten weiter in enger Mensur. Schweiß brach aus auf der braunen Stirn, inzwischen tief gefurcht vor Anstrengung, und rann ihm in Augen und

Bart. Tom spürte triumphierend, wie der Feind schwächer wurde. Das Blut floss dem Araber immer noch in dicken Tropfen aus seiner Wunde und seine Lippen verzerrten sich in einer grauenhaften Maske der Verzweiflung. Entsetzen und Tod glommen in seinen Augen.

Tom änderte unvermittelt den Winkel, in dem er sein Handgelenk hielt, und im nächsten Moment hatte al-Auf Toms Schwertspitze direkt vor dem Gesicht, wo sie schließlich zur Ruhe kam. Gegen seinen Willen öffnete al-Auf die langen, braunen Finger seiner Schwerthand, und der Knauf des Krummsäbels begann ihm zu entgleiten. Tom erwischte die Waffe mit seiner eigenen Klinge und schleuderte sie mit einer Bewegung aus dem Handgelenk an die Wand am anderen Ende des Zimmers, wo sie klappernd zu Boden fiel.

Al-Auf wollte sich ducken und zur Tür fliehen, doch Tom hatte seine Schwertspitze schon wieder im Bart des Arabers und drückte sie ihm sanft unters Kinn. So zwang er ihn an die Wand zurück. Tom keuchte schwer und brauchte eine Weile, bevor er genügend bei Atem war, um wieder sprechen zu können. «Es gibt nur eines, womit du nun dein Leben retten kannst», sagte er zwischen heiseren Atemstößen. Al-Aufs Augen verengten sich, als er den Ungläubigen so flüssig Arabisch sprechen hörte. «Gib mir den fränkischen Knaben, den du hier gefangen hältst.»

Al-Auf starrte ihn an, den verletzten Arm vor die Brust gepresst und die andere Hand fest um das blutige Handgelenk.

«Antworte», sagte Tom, während er ihm die Klingenspitze fester an die Kehle drückte. «Sprich, du Ausgeburt einer kranken Sau. Gib mir den Jungen, und ich lasse dich leben.»

Der Araber winselte unter dem Stahl an seinem Hals. «Ich kenne dieses Kind nicht, von dem du sprichst …»

«Du kennst ihn sehr wohl. Es ist der Junge mit rotem Haar», schnitt ihm Tom das Wort ab.

Al-Auf verzerrte die Lippen zu einem spöttischen Lächeln. «Was willst du mit al-Amhara, dem Roten?», fragte er mit grausamem Hass in den Augen. «War er dein Geliebter?»

Toms Schwerthand zitterte vor Zorn über diese Beleidigung. «Al-Amhara ist mein Bruder.»

«Dann kommst du zu spät», grinste al-Auf. «Er ist jetzt an einem Ort, wo du ihn niemals finden wirst.»

Tom fühlte sich, als schlösse sich ein Eisenring um seine Brust. «Du lügst!», rief er mit flatterndem Atem, die arabischen Wörter ausspuckend, als wären sie Gift. «Ich weiß, dass er hier ist. Ich habe ihn mit eigenen Augen gesehen. Ich werde ihn finden.»

«Er ist nicht auf dieser Insel. Doch suche ruhig, suche, wo du willst.» Al-Auf stieß ein schneidendes, verdorbenes Lachen aus.

Tom brachte ihn zum Schweigen, indem er seine Klinge fester aufdrückte. Seine Gedanken überschlugen sich, während er dem Araber in die dunklen Augen starrte. «Nein!» Tom wollte es nicht glauben. «Du versteckst meinen Bruder hier. Du lügst.» Doch etwas in al-Aufs Verhalten sagte Tom, dass er die Wahrheit sprach. Er wusste, sie hatten den kleinen Dorry verloren, und langsam füllte schwarze Verzweiflung die Leere, die Dorry in seinem Herzen hinterlassen hatte.

Er ließ die Schwertspitze von al-Aufs Kehle sinken und wandte sich zur Tür, bereit, jeden Winkel der Insel zu durchsuchen, selbst wenn es nur für seinen Seelenfrieden war.

Al-Auf war so überrascht, dass er sich zunächst nicht rührte. Dann führte er seine unverletzte Hand zum Knauf des Krummdolches in der goldverzierten Scheide an seinem Gürtel. Die polierte Klinge zischte leise, als sie aus der Scheide glitt.

Tom war jedoch nicht so tief in seinem Kummer versunken, dass er dieses tödliche Flüstern überhört hätte. Er wirbelte herum und sah al-Auf auf sich zustürmen, den Dolch hoch erhoben, bereit, ihm die Klinge in den Rücken zu treiben.

Angesichts dieser Hinterlist verwandelte sich Toms Trauer in verzehrenden Zorn. Er sprang dem Angreifer entgegen und stieß ihm seinen Säbel mitten in die Brust. Er spürte, wie der Stahl eine Rippe streifte, durch Herz und Lunge glitt und zitternd auf das Rückgrat stieß.

Al-Auf erstarrte. Der Dolch fiel ihm aus der Hand und klirrte zu Boden. Der Hass verschwand aus seinen schwarzen Augen. Tom setzte ihm den Stiefel auf die Brust und zog seine Klinge aus dem Fleisch des Piraten.

Al-Auf ging in die Knie, und sein Kopf taumelte nach vorn, doch Toms Wut war noch nicht befriedigt. Er holte weit aus und ließ den Säbel niedersausen, setzte alle Kraft seiner Schultern und seines Schwertarms in den Hieb und fügte noch einen Schwung aus dem Handgelenk hinzu. Die Klinge zischte durch die Luft und traf al-Auf im Genick. Der Kopf löste sich vom Blut spritzenden Halsstumpf und rollte Tom vor die Füße.

Tom starrte al-Auf ins Gesicht. Die wilden Augen des Arabers waren weit aufgerissen, die Lippen geöffnet, als wollte er sprechen, doch dann flatterten seine Lider, und sein Blick erlosch. Die Augen waren plötzlich trüb und blass, und sein Mund klappte auf.

«Es ist vollbracht, gut vollbracht.» Aboli stand an der Tür. Er trat in das Zimmer und streifte seine arabische Kluft ab. Dann kniete er nieder, breitete das Gewand auf dem Boden aus und packte den abgeschlagenen Kopf am öligen, schwarzen Schopf.

Tom sah zu, wie Aboli al-Aufs Kopf in den Kittel wickelte. Er empfand nichts, kein Gefühl, kein Bedauern, als er das Blut durch den Stoff rinnen sah. Aboli erhob sich und schwang sich die grausige Last über die Schulter. «Den bringen wir deinem Vater. Al-Aufs Kopf wird ihn zu einem Baron machen, wenn er ihn den Gouverneuren der ehrenwerten Kompanie in London präsentiert.»

Das Schwert noch in der Hand ging Tom wie ein Schlafwandler hinter Aboli her den Gang hinab. Er empfand keine Freude, nur die zerschmetternde Gewissheit, dass er Dorian für immer verloren hatte.

Tom bahnte sich einen Weg zwischen Trauben von Seeleuten, die johlend und plündernd durch die Gänge und Zimmer der Festung zogen. Lachend und einander Scherze zurufend verwüsteten sie das Gebäude. Von Zeit zu Zeit waren Schreie zu hören, wenn sie wieder auf einen Araber stießen, der sich in einer der Zellen zu verbergen versuchte, und ihn auf den Hof schleiften.

Die Gefangenen wurden bis auf die Haut ausgezogen, selbst die Frauen. Die Seeleute wussten aus Erfahrung, wie leicht ein Araber einen Dolch unter seinem faltenreichen Gewand verstecken konnte. Die Waffen, die sie auf diese Weise fanden, wurden auf einen Haufen in der Mitte des Hofes geworfen. Die Geldbörsen der Männer und der Goldschmuck der Frauen wurden auf einer Leinendecke gesammelt.

Dann schleppte man die Gefangenen zu dem Haufen nackter, brauner Geschöpfe, die schon vor der Nordwand knieten, bewacht von grinsenden Matrosen mit geladenen Pistolen und gezückten Stutzschwertern.

Tom schlenderte auf die Reihen der Araber zu und wählte einen aus. Auch dieser Mann war nackt, doch seine Züge waren edel und sein Blick intelligent und würdevoll.

«Wie ist dein Name, alter Vater?», fragte ihn Tom so respektvoll, wie es unter den Umständen möglich war.

Der alte Mann war verblüfft, auf Arabisch angesprochen zu werden, doch Toms sanfter Ton beruhigte ihn. «Mein Name ist Ben Abram.»

«Du siehst aus wie ein Gelehrter oder ein heiliger Mann», schmeichelte ihm Tom.

Wieder antwortete der Mann bereitwillig: «Ich bin Arzt.»

«Ihr hattet einen Jungen hier auf der Insel, zwölf Jahre alt, mit rotem Haar. Er war ein Gefangener al-Aufs. Kennst du ihn?»

«Ich kenne ihn», nickte Ben Abram, und Tom fasste sofort neuen Mut.

«Er ist mein Bruder. Wo ist er jetzt? Ist er noch auf der Insel?», fragte er hastig.

Ben Abram schüttelte den Kopf. «Er ist fort. Al-Auf hat ihn als Sklaven verkauft.»

Schließlich musste Tom akzeptieren, was schon al-Auf selbst ihm eröffnet hatte, und für einen langen Augenblick meinte er, den Schmerz nicht ertragen zu können. «Wo haben sie ihn hingebracht? Wie heißt der Mann, der meinen Bruder als Sklaven erworben hat?»

Wieder schüttelte Ben Abram den Kopf, doch sein Blick wurde ausweichend. «Ich weiß nicht», flüsterte er.

Tom wusste, dass der Mann log, und seine Hand legte sich auf den Schwertknauf. Er würde es aus dem Alten herauszwingen, dachte er. Dann bemerkte er jedoch die Kraft und Entschlossenheit in Ben Abrams Zügen, und sein Gefühl warnte ihn, dass er mit Gewalt nichts erreichen würde.

Um sich Bedenkzeit zu geben, blickte er die Innenmauern der Festung entlang. Überall auf den Brüstungen lagen tote Araber verstreut, und viele Verwundete stöhnten und zappelten im Schmutz. Er rief den Bootsmann herbei, der die Wachen unter sich hatte. «Dieser Mann ist ein Arzt. Gebt ihm seine Kleider zurück und lasst ihn sich um die feindlichen Verwundeten kümmern.»

«Jawohl, Mr. Courtney.» Der Mann legte grüßend eine Hand an die Stirn.

Tom wandte sich wieder Ben Abram zu. «Viele eurer Männer brauchen deine Hilfe. Gehe jetzt zu ihnen.»

«Möge Allah deine Nächstenliebe belohnen.» Ben Abram stand auf und streifte den Kittel über, den der Bootsmann ihm zuwarf. Dann schaute Tom dem alten Mann nach, wie er davoneilte und neben einem der schwer verwundeten Araber am Fuß der Rampe kniete.

Als Nächstes musste er seinen Vater finden und ihm die schlimmen Neuigkeiten über Dorian mitteilen. Tom schaute sich noch einmal um und ging auf das Tor zu. Auf dem Weg fragte er jeden Matrosen von der *Seraph*, der ihm begegnete: «Hast du den Captain gesehen? Wo ist er?»

Als ihm niemand eine Antwort geben konnte, begann er sich ernsthaft Sorgen zu machen. Dann sah er Captain Anderson in der Nähe des zertrümmerten Tores. Anderson war leuchtend rot im Gesicht und brüllte wie ein verwundeter Stier, während er seine plündernden Truppen zu Gruppen zu organisieren versuchte, die die Lagerräume der geschlagenen Piraten ausräumen sollten. Manche der Matrosen taumelten schon unter der Last von Ballen und Fässern aus dem Fort. Sie stapelten die Beute neben dem Tor, von wo sie zum Strand getragen und auf die wartenden Schiffe verladen würde.

Tom drängte sich durch das Getümmel, bis er bei Anderson war. Anderson drehte sich zu ihm um, und sein Gesichtsausdruck wurde eigenartig milde.

«Ich habe al-Auf getötet!», rief Tom, um sich in dem Tumult hörbar zu machen. «Aboli hat den Kopf.» Tom zeigte zu dem großen schwarzen Mann und dem blutbefleckten Bündel, das er über der Schulter trug.

«Heilige Mutter Maria!» Anderson wirkte sehr beeindruckt. «Gute Arbeit, mein Junge. Ich hatte mich schon gefragt, wo dieser Schurke sein könnte. Sein Kopf wird in London hunderttausend wert sein.»

«Da oben am Ende des Ganges ist ein Zimmer voller Goldtruhen. Gott weiß, wie viel Gold al-Auf da gestapelt hat. Ich glaube, Ihr schickt besser einen zuverlässigen Offizier, um es zu bewachen, bevor Eure Männer sich selbst bedienen.»

Anderson rief nach seinem Bootsmann und gab seine Befehle. Mit fünf eilig rekrutierten Männern machte sich der Offizier davon, und Tom konnte endlich die Frage stellen, die ihm auf der Zunge brannte. «Habt Ihr meinen Vater gesehen, Captain? Ich kann ihn nicht finden. Er sollte hier sein und Euch hier zur Seite stehen.»

Anderson schaute ihn an, und diesmal war eindeutig Mitgefühl in seinem Blick. «Dein Vater ist gefallen, Junge. Ich habe gesehen, wie ihn die Explosion vor dem Tor erwischt hat.»

Als Tom seine böse Vorahnung bestätigt sah, spürte er eine eisige Hand sein Herzen umklammern. «Wo ist er, Sir?»

«Das letzte Mal, als ich ihn gesehen habe, lag er vor dem Tor», antwortete Anderson leise. «Es tut mir Leid, Junge, aber nach dem, was ich gesehen habe, ist er fast mit Sicherheit umgekommen.»

Tom ließ ihn stehen. In diesem Augenblick dachte er nicht einmal mehr an Dorian. Er kletterte über die Trümmerhaufen, die das Tor blockierten, und sah draußen auf dem offenen Gelände einen zerschmetterten Körper liegen. Er lief hin und fiel neben dem Leichnam auf die Knie. Der Tote war so verstümmelt, die Kleider vom Leib gerissen, die Haut abgeschabt bis aufs rohe Fleisch, dass Tom nicht sicher war, wen er vor sich hatte. Vorsichtig drehte er den zertrümmerten Kopf. «Danny.» Seine Augen füllten sich mit Tränen. Er hatte nicht gewusst, wie sehr er den großen Mann geliebt hatte. Er drängte die Tränen zurück. Aus dieser Nähe war der Tod hässlicher als in seinen schlimmsten Alpträumen. Big Daniels Augen waren noch geöffnet und starrten ins Leere, bedeckt mit blauen Fliegen. Tom wischte die Insekten weg und strich ihm mit dem Handballen die Lider zu. Als er aufstand, fand er Aboli neben sich. «Wo ist mein Vater? Captain Anderson sagt, er wäre hier gewesen.»

Tom sah keinen anderen Leichnam, bei dem es sich um seinen Vater handeln konnte. Dreißig oder vierzig tote Araber lagen am Waldrand, auf der Flucht erschossen. Einige Matrosen schritten die Leichen ab, schauten nach, ob sich niemand tot stellte – ein beliebter Trick unter Arabern –, und durchsuchten sie nach Wertsachen.

«Dein Vater ist nicht hier», sagte Aboli. «Sie müssen ihn weggebracht haben.»

Tom lief zu einem Seemann, der neben einem Toten hockte. Tom erkannte ihn nicht; er musste zur Besatzung der *Yeoman of York* gehören. «Hast du Sir Henry gesehen, den Kapitän der *Seraph*?»

Der Mann schaute zu ihm auf. «Ja, Junge. Der alte Knabe war schwer verwundet. Ich habe gesehen, wie ihn die Knochenflicker zur Bucht hinuntergetragen haben.» Er gestikulierte mit einer Hand voll Goldschmuck.

Über den Baumwipfeln zeigten sich nun die Masten des Geschwaders. Alle drei Schiffe waren in die Bucht gesegelt, sobald auf den Mauern der Festung die Flaggen gehisst waren als Signal, dass das Fort erobert war. Tom und Aboli nahmen den Pfad durch den Wald, über weichen, weißen Korallensand, und bald waren sie am Strand und schauten zu den Großseglern hinaus, die in dem ruhigen, klaren Wasser der Lagune vor Anker lagen.

Zwischen den Schiffen und dem Strand waren Boote unterwegs und brachten Männer an Land, die ihre Posten an Bord nun verlassen konnten. Als Tom ein Langboot von der *Seraph* kommen sah, winkte er der Besatzung zu, sobald der Kiel den Sand berührte.

«Wo ist der Captain?»

«Der ist schon an Bord, Master Tom», rief der Hochbootsmann zurück.

«Ich muss zu ihm. Bringt mich zum Schiff hinaus.»

«Sicher, Master Tom. Springt nur an Bord.»

Tom war der Erste auf der Leiter, als das Langboot an den Rumpf der *Seraph* stieß, Aboli wieder dicht hinter ihm. Von der Mannschaft war nur eine Hand voll an Deck, und die standen alle wehmütig an der Reling und beobachteten das Treiben an Land, versessen darauf, an dem Kämpfen und Plündern teilzunehmen.

«Wo ist der Captain?», fragte Tom den erstbesten Mann.

«Sie haben ihn in sein Quartier gebracht.»

Tom rannte unter Deck, doch als er vor der Heckkabine ankam, hielt ihn ein furchtbares Stöhnen, das durch das stille Unterdeck hallte, davon ab, die Tür zu öffnen. Er erstarrte, die rechte Hand ausgestreckt, unfähig, die Klinke niederzudrücken und zu entdecken, welches Grauen ihn hinter der Tür erwartete. Aboli griff an ihm vorbei und stieß die Tür leise auf. Tom starrte in die Kabine seines Vaters.

Unter den Heckfenstern, wo das Licht am besten war, hatten

sie einen Lattenrost aufgestellt, auf dem sein Vater nun lag. Dr. Reynolds stand daneben. Er trug seinen schwarzen Gehrock, die formelle Operationskleidung, das dicke Sergetuch grünlich vor Alter und steif von dem vielen Blut, das es aufgesaugt hatte. Reynolds schwitzte heftig in der heißen, kleinen Kabine. Er schaute zu Tom auf und nickte. «Gut! Komm herein, Junge. Steh nicht da und glotze! Ich brauche noch ein Paar starke Hände», sagte er finster, während er sich die Ärmel hochkrempelte.

Tom wurden die Füße schwer wie Blei, als er zu dem Operationstisch ging. Dann stand er neben seinem Vater und schaute auf dessen geschundenen Körper. Die Kabine war erfüllt vom brennenden Gestank starken Alkohols. Einer der beiden Chirurgengehilfen war dabei, den Hals einer dreiviertel leeren Rumflasche in Hal Courtneys Mund zu zwingen. Der Schnaps rann ihm über die Wangen und ins Haar. Hal würgte und versuchte noch in seinem Zustand halber Bewusstlosigkeit den Kopf wegzudrehen.

Tom riss dem Mann die Flasche aus der Hand. «Langsam, du unbeholfener Klotz, sonst ertränkst du ihn noch!»

«Er braucht den Rum, um die Schmerzen zu überstehen», protestierte der Gehilfe.

Tom ignorierte ihn und hob den Kopf seines Vaters so sanft, als wäre er ein Baby. Dann gab er ihm vorsichtig die Flasche, immer nur wenige Tropfen, und wartete jedes Mal so lange, bis er geschluckt hatte.

Wie Tom sehen konnte, hatte Reynolds beide Beine seines Vaters in der Mitte zwischen Knie und Hüfte mit Lederriemen umwickelt, welche er spannen konnte, um die Blutung zu stillen, doch die Wunden waren immer noch nass. Sie hatten einen Eimer unter den Lattenrost gestellt, in dem sich das Blut sammelte, und das ständige Tropfen klang für Tom wie eine Wasseruhr, die die Sekunden abzählte, die sein Vater noch zu leben hatte.

Reynolds war schließlich fertig mit seinen Vorbereitungen und nahm ein Skalpell mit Elfenbeingriff aus dem leinenen Chirurgenetui, das neben den verstümmelten Beinen ausgerollt lag. Damit begann er, Hals zerfetzte und blutgetränkte Hosenbeine aufzuschneiden. Tom erbleichte und war der Ohnmacht nahe, als sich die ganze Grässlichkeit vor ihm offenbarte.

Die Explosion hatte das Fleisch in ein Gelee verwandelt, das an gehackte Leber erinnerte. Sand und Korallenstücke hatten sich in

Hals Beine gebohrt; Knochensplitter ragten aus der blutigen Masse wie urzeitliche Speerspitzen.

Reynolds tastete die Beine ab, weich und knochenlos unter seinen Händen. Er stülpte die Lippen vor und schüttelte den Kopf. «Sie müssen ab, beide. Ich kann die Beine nicht retten.»

«Nein!», keuchte Tom. «Ihr könnt ihm nicht die Beine wegnehmen! Er wird nie mehr ein Pferd reiten oder ein Schiff kommandieren können. Das könnt Ihr nicht tun!»

«Dann wird er sterben. Seine Beine werden verfaulen, und er wird innerhalb einer Woche an Blutvergiftung sterben – oder schneller, wenn er Glück hat.» Er nickte seinen beiden Helfern zu. «Haltet ihn fest.»

Aboli trat vor, und Reynolds sagte: «Ja, Ihr auch. Wir brauchen starke Arme.» Er wählte ein anderes Skalpell aus, das für Tom eher wie ein Fleischermesser als wie ein chirurgisches Instrument aussah, und prüfte dessen Schärfe an seinem Daumen. Tom sah die Rostflecke auf der Klinge, wo das Blut nicht ordentlich abgerieben worden war. «Master Tom, Ihr haltet seinen Kopf.» Reynolds gab ihm einen Holzkeil. «Haltet ihm das zwischen die Zähne. Er muss auf etwas beißen können, wenn der Schmerz einsetzt, oder er wird seine Zähne zermalmen.»

Er tauchte einen Schwamm in eine Schüssel heißen Wassers, die ihm sein Gehilfe hinhielt, und wischte etwas von dem Blut auf Hals linkem Bein ab, um zu sehen, wo er den ersten Schnitt ansetzen konnte. Dann zog er noch einmal die Lederriemen der Aderpresse nach und zog die Klinge über die straff gespannte Haut. Das Fleisch brach auf, und Tom, der seinem Vater den Holzkeil zwischen die Kiefer hielt, schüttelte und versteifte sich, jeder Muskel in seinem Körper angespannt wie eine Ankertrosse.

Ein furchtbarer Schrei drang aus seiner Kehle, und er biss auf den Keil, dass das Holz zwischen seinen Zähnen knirschte. Tom versuchte, den Kopf zu halten, doch sein Vater hatte die Kraft eines Wahnsinnigen.

«Haltet ihn fest!», grunzte Reynolds, während er tiefer schnitt, und Aboli und die anderen Männer, die Hal hielten, wurden herumgeworfen von der Gewalt der Zuckungen. Tom hörte, wie der Klingenstahl auf den Oberschenkelknochen seines Vaters traf. Reynolds legte das Messer geschwind beiseite und nahm eine Rolle schwarzen Katzendarms zur Hand, mit dem er die Enden der offenen Blutgefäße abband, die nun trotz der Aderpresse hemmungslos sprudelten. Das Blut strömte in den Eimer unter dem Tisch. Tom konnte nicht glauben, wie viel Blut ein Mensch lassen konnte.

Reynolds nahm eine Säge aus seiner Instrumentenrolle und inspizierte die feinen Zähne. Dann ergriff er das zerschmetterte Bein mit der linken Hand und setzte die Säge in der tiefen Skalpellwunde an, wie ein Tischler, der eine Planke durchzusägen hat.

Der Stahl knirschte schrill auf dem Knochen, und Hal schnellte hoch, gegen das Gewicht der vier Männer, die ihn niederzuhalten versuchten, sodass er plötzlich aufrecht saß. Sein ganzer Körper war im Krampf, der Kopf zurückgeworfen, die Muskel- und Sehnenstränge in seinem Hals und seinen Schultern bis zum Zerreißen gespannt. Wieder drang ein gequälter Schrei aus seinem aufgerissenen Mund und hallte durch das Schiff, bevor er erschlaffte und auf den Lattenrost zurückfiel. «Gott sei Dank», flüsterte Reynolds. «Jetzt müssen wir schnell arbeiten, bevor er wieder zu sich kommt.»

Mit drei langen Zügen der Säge durchtrennte er den Knochen. Das Bein senkte sich. Der Chirurg legte die Säge ab und griff wieder nach dem Messer. «Ich lasse ihm ein gutes, dickes Polster auf dem Stumpf, damit der Knochen gut abgedeckt ist.» Er formte das Fleisch mit wenigen schnellen Schnitten. Tom musste würgen, als das Bein sich löste und auf den Tisch fiel. Einer der Arzthelfer hob es an und ließ es zu Boden fallen. Dort lag es wie frisch gefangener Kabeljau auf den Planken eines Fischerboots, leise zuckend, als die Nervenenden langsam abstarben.

Reynolds fädelte ein Stück Katzendarm durch das Öhr einer Segelmachernadel und faltete den Fleischlappen über den offenen Knochen, der aus dem Stumpf ragte. Er summte leise, während er die Nadelspitze durch die dicke Haut stieß und eine saubere kleine Naht anlegte. Die losen Enden des Fadens, mit dem er die Blutgefäße abgebunden hatte, hingen aus der verschlossenen Wunde.

Nach wenigen Minuten trat Reynolds einen Schritt zurück und legte den Kopf auf die Seite, wie eine Schneiderin, die ihre Stickerei begutachtet. «Hübsch», urteilte er schließlich, «sehr hübsch. Aber ich sollte mich nicht selbst loben.» Er kicherte zufrieden. Für Tom sah der Stumpf aus wie der Kopf eines neugeborenen Kindes: rund, nackt und blutig.

«Wollen wir uns nun seine andere Stelze anschauen.» Reynolds nickte seinem Gehilfen zu, der Hals anderes Fußgelenk in seine haarigen Hände nahm und das zermatschte Bein geradezog. Der Schmerz weckte Hal aus den dunklen Nebeln der Bewusstlosigkeit. Er stöhnte herzzerreißend und wehrte sich schwach, doch die starken Arme hielten ihn nieder.

Reynolds untersuchte das Bein zunächst hoch am Oberschenkel, dicht unter der Aderpresse. Von dort arbeitete er sich langsam nach unten vor, über das Knie hinweg, bohrte seine kräftigen Stummelfinger tief in das Fleisch, um den gebrochenen Knochen zu ertasten.

«Gut!», sprach er sich selbst Mut zu. «Ausgezeichnet! Ich glaube, hier kann ich riskieren, weiter unten zu schneiden. Ich werde das Knie retten. Das ist wichtig, denn dann können wir ihm vielleicht ein Holzbein anpassen. Vielleicht wird er sogar wieder laufen können.»

Plötzlich traf Tom der Gedanke wie ein Hammerschlag: Sein Vater, der kraftvolle Mittelpunkt seiner Existenz, solange er zurückdenken konnte, würde vielleicht nie mehr laufen können! Mit fast unerträglichem Grauen sah er nun zu, wie Reynolds das blutige Skalpell ergriff und den ersten Schnitt an Hals anderem Bein anbrachte. Hal zuckte und schrie in Toms schweißnassen Händen und zerbiss den Holzkeil, dass ihm die Splitter aus den Mundwinkeln hingen.

Tom keuchte und stöhnte unter der Anstrengung, seinen sich windenden Vater festzuhalten. Als das zweite Bein abfiel und auf die blutgetränkten Planken zwischen ihren Füßen purzelte, musste er Wellen von Übelkeit niederkämpfen, die ihn zu überwältigen drohten. Diesmal war Hal nicht die Gnade der Bewusstlosigkeit zuteil geworden. Er blieb die ganze Zeit wach und erlitt die extremen Schmerzen, die Skalpell und Knochensäge einem Menschen zufügen können. Voller Stolz sah Tom, wie sein Vater den Schmerz zurückkämpfte und sich nur geschlagen gab, wenn die Qualen einen neuen Höhepunkt erreichten, und selbst dann versuchte er noch, seine Schreie zu unterdrücken.

Endlich konnte sich Tom über seinen Vater beugen und seine Lippen dicht an sein Ohr bringen, um ihm zuzuflüstern: «Es ist vollbracht, Vater, es ist vorbei.»

Tom konnte es kaum glauben, doch sein Vater hörte und verstand, was er sagte. Er versuchte zu lächeln, und dieses Lächeln bewegte Tom zutiefst. «Danke.» Das war das Wort, das Hals Lippen formten, doch aus seiner Kehle drang kein Laut. Toms Blick war verschwommen, er musste die Tränen zurückkämpfen, und dann küsste er seinen Vater auf die Lippen – etwas, das er in seinem ganzen Leben noch nicht getan hatte – und Hal machte keinen Versuch, sich dem Kuss zu entziehen.

Ned Tyler kam auf Tom zugeeilt, sobald er an Deck kam. «Wie geht es ihm?», fragte er.

«Er lebt», entgegnete Tom knapp, doch als er sah, wie ernst Neds Sorge um seinen Vater war, bedauerte er seine harsche Antwort. «Es geht ihm so gut, wie man es unter den Umständen erwarten kann. Wir müssen die nächsten Tage abwarten. Dr. Reynolds sagt, er braucht jetzt Ruhe.»

«Gott sei Dank. Das ist wenigstens gut gegangen», sagte Ned. Dann stand er da und schaute Tom erwartungsvoll an.

Für einen Augenblick wusste Tom nicht, worauf der Mann wartete, und dann wurde es ihm plötzlich klar: Ned brauchte Befehle. Tom schreckte zurück; er fühlte sich zu müde, zu unsicher, um plötzlich diese Verantwortung zu übernehmen. Doch dann riss er sich zusammen und sprach: «Als Erstes müssen wir alle Verwundeten an Bord holen, damit Dr. Reynolds sich ordentlich um sie kümmern kann.»

«Jawohl, Mr. Courtney.» Ned schien erleichtert und machte kehrt, um die entsprechenden Befehle zu erteilen. Tom war verblüfft, wie schnell alles geschah. Plötzlich war er nicht mehr «Master Tom» – er war nun «Mr. Courtney». Da er Hals Sohn war, war auf ganz natürliche Weise die Befehlsgewalt auf ihn übergegangen. Er war zwar erst siebzehn und offiziell ohne Rang, doch dies war kein Kriegsschiff, und Tom hatte oft genug bewiesen, dass er Verstand und Vernunft besaß und sich in jedem Kampf behaupten konnte. Die Offiziere und Mannschaften mochten ihn; es gab also keine Debatte. Dass Ned Tyler Toms Recht auf die Befehlsgewalt akzeptierte, bedeutete, dass jeder Mann an Bord ihn nun als neuen Kapitän ansehen würde.

Er überlegte, was sein Vater wohl von ihm erwartete. Instinktiv wollte er sofort wieder an Hals Seite eilen und dort verharren, bis sein Vater stark genug war, für sich selbst zu sorgen. Er wusste jedoch auch, dass Dr. Reynolds und seine Gehilfen besser geeignet waren, Hal gesund zu pflegen.

Schließlich befahl er Ned, das Schiff zu sichern und sich um die Routinearbeiten an Bord zu kümmern. «Ich lasse das Schiff in Euren Händen, Mr. Tyler.» Diese Worte, die er seinen Vater so oft hatte aussprechen hören, kamen ihm leicht von den Lippen. «Ich gehe an Land und übernehme dort das Kommando.»

«Jawohl, Sir.»

Dicht gefolgt von Aboli ging Tom zurück in die Festung. Zu einem gewissen Grad war wieder Ordnung hergestellt, obwohl Anderson und alle seine Männer noch kräftig dabei waren, die Lagerräume zu leeren. Ein Berg von Beutegut stapelte sich in der Mitte des Festungshofs, und die Männer liefen durcheinander und fügten immer mehr Ballen und Kästen hinzu.

«Captain Anderson», winkte Tom ihm zu. «Drei- oder vierhundert feindliche Kämpfer sind in den Wald entkommen, viele davon weiterhin bewaffnet. Ich möchte, dass die Brüstungen bemannt werden. Wir müssen uns für einen Gegenangriff bereitmachen.»

Anderson blickte ihn ungläubig an, doch Tom sprach unbeirrt weiter. «Lasst bitte Eure besten Offiziere dafür sorgen, dass die feindlichen Kanonen mit Schrot geladen und auf den Waldrand eingerichtet werden.»

Andersons Kopf schien anzuschwellen und wurde puterrot. Jeder Matrose in Hörweite hatte stehen und liegen gelassen, womit er gerade beschäftigt war, und horchte angestrengt.

«Und dann lasst bitte das offene Tor gegen einen möglichen Angriff verbarrikadieren», fuhr Tom fort. Er war so groß wie Anderson und hielt seinem Blick stand, ohne auch nur zu blinzeln.

Für eine Minute oder länger schaute Anderson ihn an, ohne etwas zu sagen. Es sah aus, als wäre er im Begriff, sich den Befehlen zu widersetzen, doch dann schwankte er und blickte zu dem offenen Tor und dem chaotischen Haufen, den seine Männer darstellten. Toms Befehle waren sinnvoll, daran konnte niemand zweifeln. «Mr. McNaughton!», brüllte er unnötig laut, denn sein Maat stand nur fünf Schritte von ihm entfernt, «fünfzig Mann sollen das Tor verbauen, und hundert Mann an die eroberten Kanonen. Ladet Schrot und deckt das Gelände um die Festung ab.» Dann schaute er wieder Tom an.

«Wir werden nur noch eine oder zwei Stunden Tageslicht haben», sagte Tom. «Wir warten also bis morgen früh, doch dann müssen wir die flüchtigen Araber aus dem Wald scheuchen.» Er schaute auf die Reihen der nackten Gefangenen, die immer noch im Staub knieten. «Aus Gründen der Menschlichkeit möchte ich, dass diese Leute sich anziehen dürfen und Wasser bekommen. Danach können sie in den Zellen der Festung untergebracht werden. Wie viele Verwundete habt Ihr unter Euren Männern?»

«Ich bin nicht sicher.» Anderson schaute schuldbewusst drein, und sein Kopf nahm allmählich wieder seine normale Farbe an.

«Lasst euren Schreiber die Fleischerrechnung aufstellen», befahl Tom. «Die Verwundeten müssen auf die Schiffe gebracht werden, wo die Chirurgen sie behandeln können.»

Tom schaute sich rasch um und sah, dass Ben Abram, der arabische Arzt, immer noch damit beschäftigt war, die feindlichen Verwundeten zu versorgen. Jemand hatte das Herz gehabt, ihm vier der Gefangenen zuzuteilen, die ihm nun zur Hand gingen. «Wir werden noch morgen die Toten begraben, damit sie nicht die Luft verpesten. Die Muselmanen haben ihre festen Rituale, wie sie ihre Toten behandeln. Sie mögen Piraten sein, doch wir sollten ihre Traditionen würdigen.»

Tom arbeitete mit Anderson bis lange nach Sonnenuntergang. Im Fackelschein stellten sie die allgemeine Ordnung wieder her, sicherten das Fort und sorgten dafür, dass die Beute streng bewacht wurde. Tom schwankte inzwischen vor Erschöpfung. Die flache Schwertwunde an seinem Oberschenkel, die al-Auf ihm zugefügt hatte, brannte wie Feuer, und jeder Muskel in seinem Körper schmerzte grausam.

«Es ist jetzt alles sicher, Klebe. Alles ist organisiert bis morgen früh. Du musst jetzt ruhen.» Aboli war plötzlich neben ihm aufgetaucht.

«Es gibt noch etwas, das nicht bis morgen warten kann.» Tom führte den großen Buschmann durch das Tor zu Big Daniel, der immer noch auf dem Vorplatz lag. Zusammen wickelten sie den mächtigen Körper in ein Leinenlaken, und eine der Tragenmannschaften schleppte ihn zum Strand.

Es war nach Mitternacht, als Tom den Gang zur Heckkabine der *Seraph* hinuntertaumelte. Einer der Arztgehilfen saß neben der Koje, auf der Hal ruhte. «Ich übernehme jetzt hier», entließ Tom den Mann. Dann setzte er sich auf die harten Planken. Zweimal in der Nacht weckte ihn das Stöhnen seines Vaters. Einmal gab er ihm Wasser, als er darum bat, und später hielt er ihm die Zinnschüssel zum Urinieren hin. Es bekümmerte ihn zutiefst, Hal in diesem Zustand zu sehen, hilflos wie einen Säugling, doch die Freude, dass er ihm helfen konnte, war stärker als seine Erschöpfung und sein Kummer.

Vor Einbruch der Dämmerung wachte Tom noch einmal auf und dachte für einen schrecklichen Augenblick, sein Vater wäre in der Nacht gestorben, doch als er Hals Wange berührte, fühlte er warmes Fleisch. Er hielt ihm den Rasierspiegel vor den Mund und sah erleichtert, dass das polierte Metall beschlug. Hals Atem stank noch nach Rum, doch er lebte.

Tom wäre am liebsten bei ihm geblieben, doch das war nicht, was sein Vater von ihm erwartete, wie Tom am besten wusste. Also vertraute er ihn der Pflege des Arztgehilfen an und fuhr mit Aboli wieder an Land, bevor die Sonne aufging.

Es gab immer noch eine Menge zu tun. Tom übertrug Master Walsh und dem Schreiber der *Yeoman of York* die Pflicht, die Beute zu registrieren und zusammenzurechnen. Anderson war dafür zuständig, den Schatz zu verpacken und die Truhen zu versiegeln, die dann zum Strand getragen und einem zuverlässigen Offizier und einer bewaffneten Wache anvertraut wurden.

Dann ließ er Ben Abram zu sich kommen. Der alte Mann sah erschöpft aus, und Tom fragte sich, ob er überhaupt geschlafen hatte. «Ich weiß, es ist bei euch Sitte, die Toten vor Sonnenuntergang des zweiten Tages zu begraben.»

Ben Abram nickte. «Du kennst unsere Sitten so gut wie unsere Sprache.»

«Wie viele sind es?»

«Dreihundertunddreiundvierzig», antwortete Ben Abram ernst, «so viele konnte ich zählen.»

«Wenn du mir für ihr Betragen garantieren kannst, werde ich fünfzig von euren Männern aus der Haft entlassen, um die Gräber zu schaufeln.»

Ben Abram wählte einen Begräbnisplatz am anderen Ende des

uralten islamischen Friedhofs aus und ließ seine Männer an die Arbeit gehen. In dem Sandboden ging das Graben sehr schnell. Noch am Vormittag hatten sie die Leichen, jede in ein sauberes, weißes Baumwolltuch gewickelt, vom Fort heruntergetragen. Al-Aufs kopfloser Leichnam wurde zusammen mit den anderen in die flache Grube gelegt und mit Erde bedeckt, und Ben Abram las die islamischen Gebete für die Toten. Danach suchte er Tom auf, der am Strand beschäftigt war. «Für deine Nächstenliebe habe ich Allah gebeten, dir seinen Segen zu schenken. Ohne deine Gnade hätte keiner der Toten Einlass in die Gärten des Paradieses gefunden. Möge der Mann, der dich eines Tages töten wird, dir die gleiche Gnade zukommen lassen.»

«Danke, alter Vater», sagte Tom ernst, «doch meine Gnade endet bei den Toten. Die Lebenden müssen sich den Konsequenzen ihrer Verbrechen stellen.»

Er ließ den alten Mann zurück und ging zu Alf Wilson und Aboli, die an der Spitze von dreihundert bewaffneten Männern auf ihn warteten, darunter auch die Gefangenen, die sie aus al-Aufs Kerker befreit hatten.

«Sehr gut», lobte Tom. «Lasst uns die Schurken zusammentreiben, die aus dem Fort entkommen sind.»

Tom machte sich den stetigen Monsunwind zunutze, indem er mehrere kleine Trupps aussandte, den Ostrand des Waldes in Brand zu setzen. Die Palmen fingen sofort Feuer, und die Flammen brüllten durch das Unterholz, unter turmhohen Wolken dicken, schwarzen Rauches.

Das Feuer trieb die Araber vor sich her, die sich noch im Wald verbargen. Als sie zwischen den Bäumen auftauchten, hatten nur wenige von ihnen noch Lust auf einen Kampf. Sie warfen ihre Waffen weg, flehten um Gnade und wurden zu ihren gefangenen Kameraden abgeführt. Nach zwei vollen Tagen waren fast alle Flüchtlinge eingefangen und in der Festung eingesperrt.

«Das einzige Süßwasser auf der Insel ist in den Zisternen der Festung», klärte Tom Captain Anderson auf, als sie sich bei Sonnenuntergang am Strand trafen. «Wenn uns welche entwischt sind, werden sie verdursten, wenn sie sich nicht vor morgen Mittag ergeben.»

Anderson musterte den Jungen, der so schnell zum Mann geworden war: Toms Gesicht war schwarz vom Ruß der Feuer; sein

Hemd war voller Blutflecken, denn einige der Araber hatten lieber gekämpft, als sich der Gnade der *Ferenghi* auszuliefern. Doch trotz der Erschöpfung nach der Schlacht waren Toms Schultern ungebeugt, und seine Stimme war bestimmter denn je. Anderson hatte bemerkt, dass die Männer ihm ohne zu zögern gehorchten, was immer er befahl. Bei Gott, dachte er, der Welpe ist über Nacht zu einem ausgewachsenen Kampfhund geworden. Er sieht aus und benimmt sich wie sein Vater – keinen von beiden hätte ich gern zum Feind. Ohne lange darüber nachzudenken, ordnete er sich dem jungen Courtney unter und berichtete: «Die Schreiber haben ihre Bilanz abgeschlossen. Ich nehme an, die Rechnung wird Euch überraschen, so wie sie mich überrascht hat. Allein das Gold macht schon dreihunderttausend aus, und das ist eine vorsichtige Schätzung.»

«Sorgt bitte dafür, dass es in vier gleiche Teile aufgeteilt wird», befahl Tom, «einer für jedes Schiff des Geschwaders, einschließlich der *Lam*.»

Anderson war verblüfft. «Sir Henry würde sicher die ganze Beute im Auge behalten wollen», bemerkte er.

«Captain Anderson, wir haben die lange Rückreise nach England vor uns, mit unzähligen Gefahren von Wind und Wetter. Wenn wir Pech hätten und ein Schiff verlören, dann könnte damit das ganze Gold untergehen, falls es das falsche Schiff erwischt. Wenn wir dieses Risiko aber aufteilen, werden wir nur ein Viertel verlieren, nicht den ganzen Schatz.»

Warum zum Teufel habe ich nicht selbst daran gedacht, schalt sich Anderson im Stillen, während er zögernd erwiderte: «Das wäre sicherlich klug …» Fast hätte er ihn wieder «mein Junge» genannt, doch dann bemerkte er, wie unpassend das gewesen wäre. «Ich werde die entsprechenden Befehle erteilen, Mr. Courtney.»

«Sechsundzwanzig unserer Männer sind verwundet, fünf davon schwer. Ich will, dass ein Trupp bequeme, luftige Unterstände baut, nicht weit vom Strand, wo sie sich erholen können. Die Zimmerleute sollen ihnen Betten bauen. Und nun zu unseren Gefallenen.» Tom blickte zu den acht in Leintücher gewickelten Leichnamen, die im Schatten der Palmen lagen. «Ich möchte, dass sie an Bord der *Minotaur* gebracht werden. Sie sollen ordentlich auf See beigesetzt werden. Morgen bei Tagesanbruch soll die *Mino-*

taur auf tiefes Wasser hinaussegeln. Könnt Ihr so gut sein und den Gottesdienst abhalten, Captain Anderson?»

«Es wird mir eine Ehre sein.»

«Gut. Und jetzt werde ich Mr. Walsh um ein Fass Schnaps aus dem Lager der *Seraph* bitten, in dem Aboli al-Aufs Kopf marinieren kann.»

Als Tom die Heckkabine betrat, regte sich Hal auf seiner Koje und flüsterte: «Bist du es, Tom?»

Tom eilte an seine Seite und kniete neben ihm. «Es ist so gut, dass Ihr wieder bei uns seid, Vater. Ihr wart drei Tage lang bewusstlos.»

«Drei Tage? So lange? Erzähle mir, was in der Zeit passiert ist.»

«Wir haben gesiegt, Vater. Dank des Opfers, das Ihr gebracht habt, haben wir die Feste erobert. Al-Auf ist tot. Aboli bewahrt den Kopf in einem Schnapsfass auf. Und wir haben einen riesigen Schatz aus dem Fort geholt.»

«Und Dorian?»

Bei dieser Frage spürte Tom, wie jede Freude in ihm versiegte. Er schaute seinem Vater ins Gesicht, so blass, als wäre es mit Mehl bedeckt, purpurne Halbmonde unter den Augen. «Dorian ist nicht mehr hier.»

Hal schloss die Augen, und Tom dachte, er wäre wieder eingeschlafen. Sie schwiegen lange Zeit. Dann öffnete Hal wieder die Augen und warf seinen Kopf herum. «Wo ist er? Wo ist Dorian?»

«Al-Auf hat ihn in die Sklaverei verkauft. Ich weiß nicht, wohin sie ihn gebracht haben, nehme jedoch an, er ist irgendwo auf dem Festland.»

Hal versuchte, sich aufzusetzen, fand jedoch nicht die Kraft, seine Schultern von der Matratze zu heben. «Hilf mir, Tom, hilf mir auf die Beine. Ich muss an Deck. Ich muss das Schiff bereitmachen. Wir müssen Dorian finden.»

Tom streckte die Arme aus, um ihn zurückzuhalten. Er weiß es nicht, dachte er. Sein Kummer war so tief, dass er fast daran erstickte. *Wie soll ich es ihm nur klar machen?*

«Komm, Junge, hilf mir auf. Ich fühle mich schwach wie ein Rehkitz.»

«Vater, Ihr könnt nicht stehen. Sie haben Euch die Beine abgeschnitten.»

«Rede keinen Unsinn, Tom. Ich verliere allmählich die Geduld.» Sein Vater wurde so erregt, dass Tom schon fürchtete, er könne sich verletzen. Dr. Reynolds hatte ihn gewarnt, dass jede plötzliche Bewegung die Nähte sprengen und die Blutung wieder einsetzen lassen könnte. *Ich muss ihn überzeugen, zu seinem eigenen Wohl.*

Tom beugte sich über Hal und zog das leichte Baumwolltuch weg, unter dem Hal lag. «Vergebt mir, Vater, ich muss es Euch zeigen.» Er schob vorsichtig einen Arm unter Hals Schultern und hob ihn an, bis er an seinem Körper hinabschauen konnte.

Die grotesk gestutzten Beine lagen auf der Matratze, in dicken Bandagen voller schmutzig brauner Flecke, wo das Blut eingetrocknet war. Hal starrte lange an sich hinab, bevor er auf sein Kissen zurückfiel. Zuerst dachte Tom, er wäre wieder bewusstlos, doch dann sah er Tränen zwischen den fest geschlossenen Lidern hervorquellen. Es war zu viel für Tom; er konnte seinen Vater nicht weinen sehen. Er musste ihn allein lassen, damit er mit seinem Schicksal fertig werden konnte. Er zog das Betttuch über ihn, um die schrecklichen Verletzungen zu verbergen, ging auf Zehenspitzen aus der Kabine und zog leise die Tür hinter sich zu.

Als er an Deck kam, war das Langboot bereit, ihn zu der wartenden *Minotaur* überzusetzen. Captain Anderson stand auf dem Achterdeck und sprach leise mit Alf Wilson.

Tom schaute auf die acht umwickelten Leichname. Jeder lag auf seinem eigenen Lattenrost und hatte dicken Kartätschenschrot in seinen Leinensarg eingenäht. Daniel Fisher erkannte er an seiner Größe. Neben den anderen wirkte er wie ein Riese.

«Mr. Wilson, wärt Ihr bitte so freundlich, das Schiff aus der Bucht zu segeln?»

Die schwarzen Segel der *Minotaur* erschienen angemessen für diese traurige Reise. Sie entfernten sich von der Insel und fuhren nach Westen. Das Wasser unter ihnen änderte seine Farbe vom Türkisgrün der Untiefen zum Königsblau des tiefen Ozeans.

«Beilegen bitte, Mr. Wilson.»

Die *Minotaur* drehte sich in den Wind, und Anderson stimmte die sonoren Worte des Beisetzungsrituals an. «Aus der Tiefe rufe ich Dich an …» Der Wind jammerte in der Takelage. Tom stand mit entblößtem Haupt am Großmast und dachte daran, was er in diesen letzten Tagen alles verloren hatte: einen Vater, einen Bruder und einen lieben Freund.

«So übergeben wir ihre Körper dem tiefen Ozean ...» Hinter jedem der Lattenroste stand ein Matrose, und als Anderson diese Worte sprach, hoben sie ihre Lasten alle zugleich an und ließen sie über die Schiffsseite rutschen. Die Leichname fielen, die Füße zuerst, ins Wasser, wo der Bleiballast sie schnell in die Tiefe zog.

Alf Wilson nickte den Kanonieren zu, die neben ihren Geschützen standen, und der erste Salutschuss blies einen langen Strahl silbernen Pulverrauchs aufs Meer hinaus.

«Leb wohl, Big Danny. Leb wohl, alter Freund», flüsterte Tom.

Später an jenem Abend saß Tom an der Koje seines Vaters und berichtete ihm mit leiser Stimme von den Ereignissen des Tages. Er war nicht sicher, ob Hal alles verstand, denn er sagte nichts und schien immer wieder das Bewusstsein zu verlieren. Dennoch fühlte sich Tom ihm näher, wenn er zu ihm sprach. Es half ihm über die Einsamkeit seiner Verantwortung hinweg und erleichterte ihm die Last, die er nun zum ersten Mal spürte.

Als Tom sich schließlich auf seine Matratze an Deck zurückziehen wollte, tastete Hal nach seiner Hand und drückte sie schwach. «Du bist ein guter Junge, Tom», flüsterte er, «wahrscheinlich der Beste von allen. Ich wünschte ...» Er stockte und ließ Toms Hand los. Sein Kopf rollte zur Seite, und Hal begann leise zu schnarchen. Tom würde niemals erfahren, was sein Vater sich wünschte.

Über die nächsten Tage bemerkte Tom eine leichte Verbesserung im Zustand seines Vaters. Hal konnte sich nun für länger als nur einige Minuten auf Toms Berichte konzentrieren, bevor er wieder in Bewusstlosigkeit fiel.

Nach einer Woche konnte Tom ihn um Rat fragen und bekam eine vernünftige Antwort. Als er jedoch Dr. Reynolds fragte, wann sein Vater stark genug für die Rückreise nach England wäre, schüttelte der Doktor nur den Kopf. «In drei Tagen kann ich wohl die Nähte ziehen. Dann werden vierzehn Tage vergangen sein seit der Amputation. Wenn Ihr in einem Monat segelt, gehen wir damit immer noch ein großes Risiko ein, besonders wenn wir in schlechtes Wetter geraten. Um sicher zu sein, sollten wir wenigstens zwei Monate warten. Er braucht Zeit, um wieder zu Kräften zu kommen.»

Tom suchte Anderson auf, der dabei war, das Verladen der schweren Fracht zu beaufsichtigen, die sie erbeutet hatten. Zum größten Teil handelte es sich um Gewürze und Tücher, darunter prächtige Seiden aus China.

«Captain Anderson, ich habe mit meinem Vater die Frage der arabischen Gefangenen besprochen.»

«Ich hoffe, er denkt nicht daran, sie freizulassen. Es sind schließlich Piraten, schlicht und einfach. Sie haben Hunderte von ehrlichen Seeleuten auf dem Gewissen.»

«Nein, das würden wir niemals in Erwägung ziehen», stimmte Tom zu. «Abgesehen von allem anderen würde es ein gefährliches Beispiel setzen. Wir können eine solche Horde von Tigerhaien nicht einfach wieder auf die Schifffahrtswege loslassen.»

«Das freut mich zu hören», brummte Anderson. «Sie sollten alle am Strick enden.»

«Nach der letzten Zählung haben wir fünfhundertundfünfunddreißig dieser Kerle in unserer Gewalt. Das heißt, wir bräuchten schon ziemlich viel Strick, Captain Anderson. Außerdem bezweifle ich, ob wir genug Rahenarme haben, von denen wir sie alle hängen könnten.»

Anderson nuckelte an seiner Tabakspfeife, während er über die praktischen Probleme nachdachte, die mit der Hinrichtung so vieler Männer verbunden waren.

«Auf dem Sklavenblock wären sie dagegen dreißig Pfund pro Mann wert, vielleicht sogar mehr», gab Tom zu bedenken.

Anderson starrte ihn an. Wieder äußerte Tom eine Idee, an die er selbst nicht gedacht hatte. «Beim Blute Jesu, das hätten sie gewiss verdient. Aber Ihr könnt sie nicht in Sansibar verkaufen», entgegnete er schließlich. «Der Sultan würde nie zulassen, dass wir auf seinen Märkten Muselmanen zum Verkauf anbieten. Das würde wieder Krieg bedeuten.»

«Es gibt immer noch die Holländer. Denen ist das gleichgültig», sagte Tom. «Die sind immer auf der Suche nach Sklaven für ihre Zimtplantagen auf Ceylon.»

«Da habt Ihr Recht», gluckste Anderson vergnügt. «Nach Ceylon wären es fünftausend Meilen, hin und zurück, doch der

Wind ist günstig, und dreißig Pfund pro Kopf wären den Umweg wert.» Er rechnete es schnell zusammen. «Meine Güte, das wären fast sechzehntausend Pfund für die ganze Meute!» Er grinste, als er an seinen eigenen Anteil dachte. «Al-Auf hatte so viele Sklavenketten in seiner Festung, dass wir damit seine gesamten Streitkräfte fesseln können. Ausgleichende Gerechtigkeit, könnte man sagen.»

«Nach Dr. Reynolds' Auskunft wird mein Vater erst in frühestens zwei Monaten segeln können. Ich schlage vor, Ihr packt die Gefangenen auf die *Yeoman* und verfrachtet sie nach Colombo. Nachdem Ihr sie dort an die VOC verkauft habt, könnt Ihr wieder hier zu uns stoßen. In der Zwischenzeit werde ich die eroberte Dau nach Süden schicken, um die *Lam* von ihrem Ankerplatz vor den Glorietta-Inseln abzuholen. Die Rückreise nach England werden wir im Konvoi unternehmen. Bei günstigen Winden und mit Gottes Gnade können wir noch vor Weihnachten wieder in Plymouth sein.»

Am folgenden Tag luden sie die Araber auf die *Yeoman*. Sämtliche Schmiede von allen Schiffen wurden benötigt, den vielen Männern die Fußeisen anzulegen. Dann wurden sie in Trauben von jeweils zehn zusammengekettet und auf den Strand geführt.

Tom war bei Reynolds in der Krankenstation, die sie unter den Palmen errichtet hatten. Er besuchte die verwundeten Seeleute, die dort lagen, in der Hoffnung, er könnte ihnen ein wenig Mut zusprechen. Zwei waren schon gestorben, nachdem ihre Wunden zu faulen begonnen und den gefürchteten Gasbrand entwickelt hatten, doch vier hatten sich so weit erholt, dass sie zu ihren Pflichten an Bord zurückkehren konnten, und was die anderen betraf, war Reynolds ebenfalls optimistisch.

Tom verließ die Krankenstation und blieb stehen, um die Trauben von Gefangenen zu beobachten, die vor ihm vorbeischlurften, auf dem Weg zu den Langbooten, die auf sie warteten. Er fühlte sich nicht ganz wohl bei dem Gedanken, dass er diese Männer zu lebenslanger Sklaverei verurteilt hatte. Die Holländer waren nicht gerade als die freundlichsten Sklavenhalter bekannt. Er erinnerte sich an die Geschichten, die sein Vater, Big Daniel und Aboli von ihren eigenen Erfahrungen mit den holländischen Kerkermeistern am Kap der Guten Hoffnung zu erzählen wussten. Doch dann tröstete er sich damit, dass es nicht nur seine Entscheidung gewesen war. Sein Vater hatte der Idee zugestimmt und, gemäß seinen Rechten unter der Lizenz des Königs, den Befehl zum Abtransport unterschrieben. Captain Anderson war offenbar hoch erfreut über den Profit, den ihm dieser Handel bescheren würde. Und schließlich waren es lauter Piraten mit unsagbar viel Blut an den Händen. Wenn er zu guter Letzt an den kleinen Dorian dachte, der zu demselben Schicksal verdammt worden war, konnte er überhaupt kein Mitleid mehr empfinden.

Dennoch hatte er seinen Vater und Anderson in langen Gesprächen überzeugt, die Frauen und Kinder der Garnison zu schonen und nicht in die Sklaverei zu deportieren. Diese Unglücklichen waren siebenundfünfzig an der Zahl, manche nur wenige Monate alte Säuglinge, und viele der Frauen waren offenbar hochschwanger. Dennoch hatten fünf der Frauen sich dafür entschieden, lieber ihren Männern in die Sklaverei zu folgen, als sich von ihnen trennen zu lassen. Die anderen sollten hier auf Flor de la Mar bleiben, bis ein Schiff sie nach Sansibar bringen konnte.

Tom wollte sich schon abwenden, als er das vertraute Gesicht und den silbernen Bart Ben Abrams unter den Gefangenen entdeckte. «Bringt diesen Mann dort zu mir», rief er den Wachen zu, die den alten Mann brutal packten und zu Tom schleppten.

«Zum Teufel mit euch!», tadelte Tom sie. «Seht ihr nicht, dass er ein alter Mann ist? Behandelt ihn gefälligst entsprechend!» Dann zu Ben Abram: «Wie kommt es, dass ein Mann wie du sich al-Auf anschließen konnte?»

Ben Abram zuckte die Schultern. «Es gibt überall Kranke, um die man sich kümmern muss, selbst unter den Gesetzlosen. Ich frage nie nach den guten oder schlechten Taten eines Mannes, wenn er mich bittet, ihn zu heilen.»

«Du hast also al-Aufs *Ferenghi*-Gefangene ebenso behandelt wie jeden Rechtgläubigen?», fragte Tom.

«Natürlich. Das ist der Wille Allahs, des Mitleidigen.»

«Du hast auch für meinen Bruder gesorgt? Hast du ihn getröstet?»

«Er ist ein netter Junge, dein Bruder. Ich habe für ihn getan, was ich konnte», antwortete Ben Abram. «Doch, bei Allah, ich wünschte, ich hätte mehr für ihn tun können.»

Tom zögerte kurz bei dem Gedanken, einen Befehl seines Vaters zu widerrufen, doch dann kam er zu einer Entscheidung.

«Damit hast du dir deine Freiheit verdient. Ich werde dich mit den Frauen und Kindern nach Sansibar zurückschicken. – Lasst dem Mann die Eisen abschlagen», befahl er den Wachen. «Er geht nicht nach Ceylon.» Als Ben Abram ohne seine Ketten zurückkam, schickte er ihn in die Krankenstation, um dort den Arztgehilfen zur Hand zu gehen.

Voll beladen mit ihrer menschlichen Fracht segelte die *Yeoman* beim nächsten Morgengrauen. Tom schaute ihr vom Strand aus nach, bis sie hinter dem östlichen Horizont verschwand. Er wusste, Andersons Ansicht, er könne die lange Reise über den Indischen Ozean nach Ceylon und zurück in zwei Monaten schaffen, war optimistisch. «Je länger er braucht, desto mehr Zeit hat Vater, wieder zu Kräften zu kommen», flüsterte er, bevor er das Fernrohr zusammenschob und ein Langboot heranrief.

Als er die Heckkabine betrat, wusste Tom sofort, dass es seinem Vater schlechter ging als nur wenige Stunden zuvor.

Der säuerliche Geruch von Krankheit hing in der Luft, und Hal schien erhitzt und rastlos; er war wieder im Delirium. «Die Ratten, sie kriechen auf mir herum, die Ratten, schwarze, haarige Ratten …» Er stockte und schrie, schlug nach etwas, das Tom nicht sehen konnte. Voller Sorge schickte Tom das Boot zur Insel zurück, um Dr. Reynolds zu holen.

Tom beugte sich über Hal und berührte sein Gesicht. Die Haut war so heiß, dass er überrascht zurückzuckte. Aboli brachte eine Schüssel kaltes Wasser, und sie zogen die Decke von Hals abgehärmtem Körper, von dem das Fieber das Fleisch gebrannt zu haben schien. Als die Beinstümpfe frei lagen, stieg ein solcher Gestank auf, dass Tom zu würgen begann. «Sagt dem Doktor, er soll sich beeilen!», brüllte er und hörte, wie der Befehl sofort an das sich nähernde Langboot hinausgerufen wurde. Aboli und Tom wuschen den fieberheißen Hal und legten ihm feuchte Tücher auf die Brust, um seine Temperatur zu senken. Dann endlich kam Reynolds den Gang heruntergelaufen, und Tom atmete erleichtert auf. Der Arzt machte sich sofort daran, die Bandagen aufzuwickeln. Der Gestank in der kleinen, heißen Kabine wurde noch unerträglicher.

Tom stand hinter Dr. Reynolds und schaute mit Schrecken auf die Stümpfe seines Vaters. Sie waren purpurrot geschwollen. Die schwarzen Katzendarmnähte waren in dem aufgedunsenen Fleisch fast nicht mehr auszumachen.

«Aha», murmelte Reynolds. Er beugte sich vor, um an den Wunden zu schnuppern wie ein Weinkenner an einem feinen Klarett. «Das ist hübsch gereift. Jetzt kann ich endlich die Fäden ziehen.»

Er krempelte sich die Ärmel hoch und ließ sich die Zinnschüssel bringen. «Haltet das unter den Stumpf», sagte er zu Tom. Aboli befahl er, Hal festzuhalten.

Reynolds nahm das Ende eines der Katzendarmfäden, die zwischen den purpurnen Wundlippen hervorschauten, fest in die Hand und zog daran. Hal versteifte sich, schrie auf und brach in Schweiß aus, der sofort seine Stirn bedeckte. Der schwarze Faden löste sich und glitt aus der Wunde, gefolgt von einer grünlich gelben Welle von Eiter, der dick wie Sahne in die Zinnschüssel tropfte. Hal fiel auf sein Kissen zurück und war wieder tief bewusstlos.

Reynolds nahm Tom die Schale ab und schnupperte an dem grässlichen Ausfluss. «Wunderbar. Es ist gutartig, keine Spur von Gasbrand!»

Tom kniete an seiner Seite, als Reynolds die anderen Fäden eine nach der anderen aus dem entzündeten, geschwollenen Fleisch zog. Jede hatte ein winziges gelbes Bröckchen in dem Knoten an ihrem Ende, die Überreste der zerfallenen Blutgefäße, an denen sie festgemacht waren. Als Reynolds damit fertig war, verband er die Stümpfe mit frischen, weißen Baumwollstreifen.

«Sollten wir die Beine nicht zuerst waschen?», fragte Tom schüchtern.

Reynolds schüttelte heftig den Kopf. «Wir lassen sie in ihrem Eiter heilen. Es ist sicherer, der Natur ihren Lauf zu lassen und nicht unnötig einzugreifen», sagte er bestimmt. «Die Überlebenschancen Eures Vaters sind jetzt bedeutend besser. In ein paar Tagen werde ich die Hauptnähte entfernen können, die die Stumpflappen zusammenhalten.»

In der folgenden Nacht schlief Toms Vater schon viel ruhiger, und am nächsten Morgen hatten sein Fieber und die Entzündung erheblich nachgelassen.

Drei Tage später entfernte Reynolds die restlichen Fäden. Er schnitt mit einer Schere die schwarzen Fäden ab und zupfte mit einer Elfenbeinpinzette die übrigen Stücke Katzendarm aus dem geschundenen Fleisch.

Wenige Tage danach konnte Hal aufrecht sitzen, mit Kissen im Rücken, und war einigermaßen in der Lage, Toms Berichten aufmerksam folgen zu können.

«Ich habe die eroberte Dau zu den Glorietta-Inseln geschickt, um die *Lam* dort abzuholen. Sie sollte in spätestens zwei Wochen wieder zu unserem Geschwader stoßen», erzählte Tom.

«Ich bin froh, wenn wir sie wieder hier unter dem Schutz unserer Kanonen haben», bemerkte Hal. «Dort unten ist sie sehr verletzlich.»

Toms Schätzung erwies sich als zutreffend. Genau vierzehn Tage später segelten die beiden Schiffe, die kleine Dau und die matronenhafte *Lam*, durch die Riffpassage und ankerten in der Lagune vor Flor de la Mar.

Tom ließ Mustafa, den Kapitän der Dau, und seine verschreckte Mannschaft aus den Festungszellen holen, wo sie seit ihrer Gefangennahme gesessen hatten. Als sie auf dem weißen Sand vorgeführt wurden, fielen sie auf die Knie, im sicheren Glauben, dass schließlich ihre Stunde geschlagen hatte, dass dies der Tag ihrer Hinrichtung sei.

«Ich glaube nicht, dass ihr euch der Piraterie schuldig gemacht habt», sagte Tom, um ihre Angst zu lindern.

«Allah ist mein Zeuge, was Ihr sagt, ist die Wahrheit, erhabener Herr», rief Mustafa leidenschaftlich und legte seine Stirn auf den weißen Sand, der danach sein Gesicht bedeckte wie Puderzucker.

«Ich werde euch freilassen», versprach Tom, «doch nur unter einer Bedingung: Ihr müsst bestimmte Passagiere nach Sansibar mitnehmen. Ihr Anführer ist ein ehrbarer Mann, ein Sohn des Propheten. Es sind auch Frauen und Kinder unter diesen Leuten, die bei al-Auf waren, als wir die Insel eroberten.»

«Möge Allah Euch segnen, weiser und mitleidiger Herr!» Mustafa verbeugte sich noch einmal tief, diesmal unter Freudentränen, die seinen Bart benetzten.

«Wie auch immer», beendete Tom Mustafas Dankesbezeugungen, «ich zweifle keinen Augenblick daran, dass ihr hierher gekommen seid, um mit al-Auf Handel zu treiben, und dass ihr genau wusstet, dass die Waren in seinen Lagern Piratenbeute waren, befleckt mit dem Blute Unschuldiger.»

«Ich rufe Gott als meinen Zeugen, dass ich nichts davon wusste», rief Mustafa inbrünstig.

Tom legte den Kopf auf die Seite und schaute für einen Augenblick zum Himmel auf. Dann sagte er trocken: «Gott scheint deine Rufe nicht zu erhören. Ich werde euch deshalb mit einer Strafe von fünfundsechzigtausend Golddinaren belegen, was zufällig genau die Summe ist, die wir in eurer Geldtruhe gefunden haben, als wir euer Schiff durchsuchten.»

Mustafa heulte auf vor Schreck über diese furchtbare Ungerechtigkeit, doch Tom wandte sich ab und sagte zu den Wachen: «Lasst sie frei. Gebt ihnen ihre Dau zurück und lasst sie ziehen. Sie werden alle Frauen und Kinder mitnehmen sowie den arabischen Arzt, aber schickt diesen noch einmal zu mir, bevor er an Bord geht.»

Sobald Ben Abram erschien, führte Tom ihn ans Ende des langen, weißen Strandes, sodass sie sich ungestört verabschieden konnten. «Mustafa, der Eigner der Dau dort, hat sich bereit erklärt, euch nach Sansibar mitzunehmen.» Tom zeigte zur Lagune hinaus, wo das kleine Schiff vor Anker lag. «Er ist schon dabei, die Frauen und Kinder an Bord zu bringen.»

Ben Abram nickte ernst. «Ich möchte dir danken, doch Allah wird es sein, der deinen wahren Lohn neben deinem Namen vermerkt. Du bist noch jung, doch du wirst zu einem mächtigen Mann heranwachsen. Ich habe dich kämpfen sehen. Wer al-Auf bezwingen kann, Mann gegen Mann, ist ein wahrer Krieger.» Er nickte wieder, als er an diese Heldentat dachte. «Die Art, wie du die behandelst, die schwächer sind als du, die Witwen und Waisen, zeigt, dass deine Kraft von Nächstenliebe durchdrungen ist, und das wird dich zu einem großen Mann machen.»

«Auch du hast ein großes Herz», bedankte sich Tom. «Ich habe dich bei der Arbeit beobachtet, als du die Kranken und Verwundeten versorgt hast, selbst die, welche nicht an die Lehren eures Propheten glauben.»

«Gott ist groß», rezitierte Ben Abram. «In Seinen Augen sind wir alle der Gnade würdig.»

«Selbst die kleinen Kinder.»

«Besonders die Kinder», stimmte Ben Abram zu.

«Deshalb, alter Vater, wirst du mir auch offenbaren, was du von meinem Bruder weißt und was du bisher vor mir verheimlicht hast.»

Ben Abram zuckte zusammen und blickte Tom an, doch der hielt seinem Blick stand, und Ben Abram schaute zu Boden.

«Du kennst den Namen des Mannes, der meinen Bruder von al-Auf gekauft hat», ließ Tom nicht locker. «Du kennst seinen Namen.»

Ben Abram strich sich den Bart und schaute aufs Meer hinaus. Schließlich seufzte er: «Ja, ich kenne ihn, doch er ist ein mächtiger Mann von königlichem Blute. Ich kann ihn nicht verraten. Deshalb habe ich den Namen vor dir verborgen, trotz meines Mitgefühls für dein Los.»

Tom schwieg und ließ den alten Mann mit seinem Gewissen und Pflichtgefühl ringen. Dann sagte Ben Abram: «Du kennst den Namen schon.» Tom schaute ihn verblüfft an. «Du hast eine seiner Dauen erobert», gab ihm Ben Abram einen letzten Hinweis.

Toms Miene erhellte sich. «Al-Malik!», rief er aus, «Prinz Abd Muhammad al-Malik!»

«Ich habe den Namen nicht ausgesprochen», sagte Ben Abram. «Ich habe meinen Prinzen nicht verraten.»

«Dann waren die hunderttausend Rupien an Bord der Dau tatsächlich der Preis für meinen Bruder, wie wir vermutet hatten?»

«Ich kann nicht sagen, ob das die Wahrheit ist.» Ben Abram kraulte sich den Bart. «Noch kann ich sagen, ob es die Unwahrheit ist.»

«Mein Vater und ich hatten gleich diesen Verdacht. Ich konnte nur nicht verstehen, wie Dorian von der Insel gebracht werden konnte, bevor die Bezahlung eingetroffen war. Ich kann mir nicht vorstellen, dass al-Auf jemandem einen so kostbaren Sklaven anvertrauen würde, ohne zuvor den vollen Preis erhalten zu haben.»

«Der Prinz ist der mächtigste Mann Arabiens», antwortete Ben Abram, «nach seinem älteren Bruder, dem Kalifen selbst. Al-Malik besitzt unzählige Schiffe und unermessliche Goldschätze, zahllose Kamele, Krieger, Sklaven und Frauen. Sein Ruhm reicht vom mächtigen Nil und den Wüsten des Nordens bis zum östlichen Reich der Großmoguls, im Westen bis zu den verbotenen Wäldern Afrikas und im Süden bis zum Land der Monomotapa.»

«Du sagst also, al-Auf habe ihm einen Kredit von hunderttausend Rupien eingeräumt?», zweifelte Tom immer noch.

«Ich sage, dass al-Auf keinem Lebenden je Kredit eingeräumt hätte – außer Prinz Abd Muhammad al-Malik.»

«Wirst du nach Lamu zurückkehren, Ben Abram, wo al-Malik seinen Palast hat?»

«Ich werde nach Lamu zurückkehren», bestätigte der alte Mann.

«Und wirst du vielleicht meinen Bruder wiedersehen?»

«Das ist in Gottes Hand.»

«Wenn Gott so gnädig ist, wirst du meinem Bruder dann eine Botschaft überbringen?»

«Dein Bruder ist ein Kind von großer Schönheit und Tapferkeit.» Ben Abram lächelte bei der Erinnerung. «Ich habe ihn ‹mein kleines Löwenjunges› genannt. Da du so freundlich zu mir warst und ich das Kind so lieb habe, werde ich ihm deine Botschaft ausrichten.»

«Sage meinem Bruder, ich werde dem heiligen Schwur gerecht werden, den ich ihm geschworen habe. Ich werde diesen Schwur nie vergessen, bis zum Tage meines Todes.»

Dorian saß auf einer Matratze auf dem Steinboden. Nur durch einen engen Schlitz vor ihm wehte der Monsun schwach zu ihm herein und machte die Hitze erträglicher. Wenn er horchte, konnte er die Geräusche der Gefangenen in den anderen Zellen an seinem Gang hören, ihr Murmeln, immer wieder unterbrochen von wilden Beschimpfungen für die arabischen Wächter und lautem Streit untereinander. Sie waren wie eingesperrte Hunde. Die Käfige waren zu klein für ihre Anzahl, und in der drückenden Hitze gedieh die Mordlust in den von Natur aus schon aggressiven und grausamen Seeleuten. Erst gestern hatte er den Lärm eines furchtbaren Kampfes gehört. In der Nachbarzelle war ein Mann erwürgt worden, während die anderen den Mörder lautstark anfeuerten. Dorian erschauerte und konzentrierte sich wieder auf die Aufgabe, die er gewählt hatte, sich die Langeweile der Gefangenschaft zu vertreiben. Mit einem Glied seiner Fußkette ritzte er seinen Namen in die Wand. Viele andere vor ihm hatten auf dem weichen Korallenfels ihre Zeichen hinterlassen. «Vielleicht wird Tom eines Tages meinen Namen hier finden und wissen, was mit mir geschehen ist», sagte er sich während der Arbeit.

Seine Kerkermeister hatten ihn erst am vergangenen Morgen in Ketten gelegt. Zuerst hatten sie das wohl für unnötig gehalten, doch gestern hatten sie ihn dabei erwischt, wie er versuchte, sich durch die enge Schießscharte in der Außenwand zu zwängen. Die dreißig Fuß hohe Wand unter dem Fenster hatte ihn nicht geschreckt, und mit dem Oberkörper war Dorian schon durch, als er die Schreie hinter sich hörte, seine Wächter ihn an den Füßen packten und in die Zelle zurückzogen.

Sie hielten ihn fest, und er zappelte wie ein Fisch am Haken. «Al-Auf wird keine Gnade mit uns haben, wenn der kleine Ungläubige sich verletzt. Hole die Sklavenketten.» Ein Schmied hatte die Fußeisen geändert, sodass sie um seine schmalen Fußgelenke passten. «Gib Acht, dass das Eisen ihm nicht wehtut. Al-Auf wird den Mann töten, der seiner weißen Haut einen Kratzer zufügt oder ihm eines seiner roten Haare krümmt.»

Abgesehen von den Fußeisen behandelten sie ihn mit Aufmerksamkeit und Respekt. Jeden Morgen, sosehr er sich auch sträubte, kamen zwei verschleierte Frauen und nahmen ihn in den Hof mit. Dort zogen sie ihn aus und ölten seinen Körper, bevor sie ihn an der Zisterne badeten. An Bord hatte Dorian monatelang kein Bad gehabt, dafür war das Süßwasser viel zu knapp gewesen. Außerdem wusste jeder Seemann, dass zu viel Waschen die natürlichen Öle der Haut angriff und schlecht für die Gesundheit war. Die Muselmanen waren dagegen geradezu süchtig nach dieser übertriebenen Reinlichkeit. Dorian hatte gesehen, wie sie sich fünf Mal am Tag wuschen, bevor sie sich in ihre Gebete vertieften. So fand sich Dorian mit den Gefahren für seine Gesundheit ab und ergab sich in diese tägliche Wasserfolter. Eigentlich freute er sich sogar über die Unterbrechung der langweiligen Kerkerroutine, und es fiel ihm jedes Mal schwerer, wütenden Protest einzulegen.

Zuweilen unternahm er einen halbherzigen Versuch, eine der Frauen zu beißen, besonders wenn sie die intimeren Teile seiner Anatomie berührten. Bald aber waren sie auf der Hut und entzogen sich diesen Attacken unter kreischendem Gelächter. Sie kamen kaum über Dorians Haar hinweg, das sie unablässig streichelten, kämmten, bürsteten und zu dicken, glänzenden Strängen verflochten. Seine stinkenden, zerfetzten Kleider hatten sie bald durch einen sauberen weißen Kaftan ersetzt.

Auch sonst kümmerten sie sich gut um ihn. Sie hatten ein weiches, wundervoll gefärbtes Schaffell über seine Palmenmatratze geworfen, ihm ein seidenes Kissen unter den Kopf gelegt und eine Öllampe gegeben für die langen, einsamen Nächte. Es stand auch stets eine Kanne kühlen Wassers für ihn bereit. Die Frauen fütterten ihn dreimal am Tag, und obwohl er zuerst geschworen hatte, sich zu Tode zu hungern, nur um sie zu ärgern, erwies sich das Aroma des Essens, das sie ihm anboten, bald als zu verlockend für seinen jungen Appetit.

Obwohl sein einsames Leben schwer zu ertragen war, wusste er, dass er dankbar sein sollte, nicht in die überfüllten Zellen weiter hinten am Gang gesteckt worden zu sein. Sowohl sein Vater als auch Tom hatten ihn davor gewarnt, was einem hübschen Jungen geschehen konnte, wenn er in die Gewalt schmutziger, verdorbener Männer geriet.

Seine Kette war gerade lang genug, dass er die Stufe unter der Schießscharte erreichen konnte, und obwohl er hinaufklettern und ins Freie schauen konnte, war er nicht in der Lage, noch einmal die Flucht zu versuchen. Wenn er nicht damit beschäftigt war, seinen Namen in die Zellenwand zu kratzen, verbrachte er Stunden damit, auf die Lagune hinauszuschauen, wo al-Aufs Flotte vor Anker lag. Er sehnte sich danach, dass die weißen Toppsegel der *Seraph* über diesem fernen, blauen Horizont auftauchen würden. «Tom wird kommen», sagte er sich jeden Morgen, während er auf den sich erhellenden Ozean blickte.

Und jeden Abend, wenn er wartete, bis dieser Horizont in dem weinroten Schatten der Nacht aufging, sprach er sich mit den gleichen Worten Mut zu: «Tom hat es versprochen, und er bricht nie ein Versprechen. Morgen wird er kommen. Ich weiß es, ganz bestimmt.»

Alle paar Tage kamen seine Kerkermeister und brachten ihn zu Ben Abram hinunter. Der muselmanische Arzt hatte Dorian «sein Löwenjunges» genannt, und dieser Spitzname war haften geblieben. Wie die Frauen hatten auch die Wärter seinen Jähzorn schon kennen gelernt und waren jedes Mal froh, wenn sie ihn Ben Abram übergeben konnten. Der Arzt untersuchte ihn sorgfältig, vom schimmernden Kopf bis zu den nackten Füßen, auf irgendwelche

Zeichen von Vernachlässigung oder Missbrauch. Er sorgte sich besonders, dass die Fußeisen seine weiße Haut zerkratzen könnten und ob er ordentlich gefüttert und gepflegt wurde. «Behandeln sie dich gut, mein kleines rotes Löwenjunges?»

«Nein, sie prügeln mich jeden Tag», antwortete Dorian trotzig, «und sie brennen mich mit glühenden Eisen.»

«Geben sie dir genug zu essen?» Ben Abram lächelte sanft über Dorians offensichtliche Lügen.

«Sie geben mir Würmer zu essen und Rattenpiss zu trinken.»

«Diese Diät scheint dir gut zu bekommen», bemerkte Ben Abram. «Vielleicht sollte ich es selbst versuchen.»

«Das Haar fällt mir aus», widersprach Dorian. «Bald werde ich kahl sein, und dann wird al-Auf dich auf den Hinrichtungsplatz schicken.» Dorian wusste um den besonderen Wert, den sein Haar für die Muselmanen zu haben schien, doch der alte Mann war auf diese Drohung nur einmal hereingefallen.

Jetzt lächelte er wieder und raufte dem Jungen den üppigen Schopf. «Komm mit, mein kahlköpfiges Löwenjunges.» Er nahm Dorian bei der Hand, und diesmal versuchte der Junge nicht, sich ihm zu entziehen. In seiner bitteren Einsamkeit fühlte sich Dorian unwiderstehlich zu dem freundlichen alten Mann hingezogen. Er folgte ihm in den Audienzsaal, wo al-Auf auf sie wartete.

Diese Anlässe, bei denen Dorian dem neuesten möglichen Käufer vorgeführt wurde, folgten einem bestimmten Ritual. Während sie stritten und feilschten und sein Haar und seinen nackten Körper begutachteten, stand Dorian stocksteif da und dachte sich im Stillen die schmutzigste Beschimpfung aus, die sein immer besser werdendes Arabisch zu bieten hatte.

Jedes Mal in diesen Verhandlungen kam der Augenblick, wenn der Käufer fragte: «Doch spricht er auch die Sprache des Propheten?»

Al-Auf drehte sich dann zu Dorian um und befahl: «Sag etwas, Kind.»

Und Dorian richtete sich zu seiner vollen Größe auf und gab seine neueste Schöpfung zum Besten. «Möge Allah dein Gesicht schwärzen und die Zähne in deinen verfluchten Kiefern verfaulen lassen.» Oder: «Möge er deine Eingeweide mit Würmern füllen und die Milch in den Eutern all der Ziegen vertrocknen lassen, die du je als Weiber genommen hast.» Der Interessent war dann jedes

Mal erschrocken über solche Beschimpfung. Danach, wenn Ben Abram ihn zu seiner Zelle zurückbrachte, würde er Dorian schelten: «Wo hat ein so schönes Kind wie du nur solche schlimmen Wörter gelernt?» Doch gleichzeitig würde er schelmisch mit dem Auge zwinkern.

Bei seinem letzten Besuch im Audienzsaal spürte Dorian, dass die Atmosphäre anders war als sonst. Der Mann, dem er gezeigt wurde, war nicht irgendein grober Daukapitän oder ein fetter, öliger Kaufmann. Er war ein Prinz.

Aufrecht saß er in der Mitte des Saales auf einem Berg von Seidenkissen und Teppichen, mit königlicher Miene. Obwohl ein Dutzend Diener in tiefer Unterwürfigkeit hinter ihm saßen, zeigte er keinerlei Arroganz. Seine Würde war gebieterisch, seine Präsenz monumental. In der Familienbibel auf High Weald gab es ein Bild des Sankt Peter, an welches sich Dorian durch diesen Mann so stark erinnert fühlte, dass er dachte, es wäre ein und dieselbe Person. Er war überwältigt von religiöser Ehrfurcht.

«Grüße den mächtigen Prinzen al-Malik», befahl al-Auf, als Dorian sprachlos vor dieser Reinkarnation des Apostels stehen blieb. Offenbar war al-Auf nicht sicher, wie Dorian auf diese Aufforderung reagieren würde, und zupfte sich nervös am Bart. «Zeige dem Prinzen Respekt, oder ich lasse dich verprügeln», warnte er.

Dorian wusste, dass dies nur eine leere Drohung war. Al-Auf würde niemals zulassen, dass irgendwelche Narben den Wert des Jungen minderten. Er starrte den fremden Mann weiter ehrfürchtig an.

«Erweise dem Prinzen deine Salams», drängte ihn al-Auf.

Vor dem Prinzen vergaß Dorian seine rebellischen Instinkte und verbeugte sich in tiefem Respekt.

Al-Auf beobachtete dies und beschloss, diesen unerwarteten Vorteil sofort zu nutzen. Er hoffte, der Junge würde diesmal nichts von Ziegen und schwarzen Zähnen sagen. «Sprich zu dem erlauchten Prinzen! Grüße ihn in der Sprache des Propheten!», befahl er.

Dorian erinnerte sich unwillkürlich an eine Übungsaufgabe, die Alf Wilson ihm an einem langen Nachmittag auf dem Achterdeck gestellt hatte, als die *Seraph* in den Kalmen dümpelte. Alf hatte versucht, die Ähnlichkeiten zwischen dem Islam und dem christlichen Glauben zu erklären. Nun rezitierte Dorian mit seiner glockenhellen Stimme aus dem Koran: «Ich bin nur ein Mensch wie ihr, doch ist mir die Erleuchtung widerfahren, dass euer Gott der einzige Gott ist. Wer immer den Herrn zu erblicken hofft, möge in Rechtschaffenheit leben.»

Alle im Saal holten tief Luft. Selbst der Prinz beugte sich nach vorn und schaute Dorian in die klaren grünen Augen.

Dorian war entzückt über die Wirkung, die er hervorgerufen hatte. Die Theateraufführungen, die Master Walsh auf High Weald und an Bord der *Seraph* für sie geleitet hatte und wo Dorian meist Frauen gespielt hatte, hatten ihm stets Spaß gemacht, doch dies war zweifellos seine bislang effektvollste Darbietung.

In der langen Stille, die Dorians Auftritt folgte, richtete sich der Prinz langsam wieder auf und wandte sich dem Mann zu, der neben ihm saß. Dorian erkannte an der Kleidung, dass er ein Mullah war, ein geistlicher Führer. «Erkläre uns die Worte des Kindes», befahl der Prinz nun.

«Es ist Vers einhundertzehn der achtzehnten Sure», gestand der Mullah zögernd. Sein Gesicht war rund und speckig vom angenehmen Leben, und ein dicker Bauch hing ihm über den Schoß. Sein struppiger Ziegenbart war mit Henna gefärbt. «Das Kind hat den Vers richtig zitiert, doch selbst einen Papageien könnte man Worte lehren, die er nicht versteht.»

Der Prinz wandte sich wieder Dorian zu. «Was verstehst du unter Rechtschaffenheit, Kind?»

Auf diese Frage hatte Alf Wilson ihn vorbereitet, und Dorian antwortete, ohne zu zögern: «Wirklich gottesfürchtig ist, wer sich der Anbetung von Götzen enthält, wer weder Menschen vergöttert noch die Kräfte der Natur, und besonders nicht die eigenen Kräfte.»

Al-Malik schaute seinen Mullah an. «Sind dies die Worte eines Papageien?», fragte er.

Der alte Mann fühlte sich offensichtlich unbehaglich. «Nein, Herr. Es sind fürwahr weise Worte.»

«Wie alt bist du, Kind?» Al-Malik fixierte Dorian mit seinen dunklen, durchdringenden Augen.

«Ich bin elf, fast zwölf», eröffnete ihm Dorian stolz.

«Bist du islamischen Glaubens?»

«Nein. Lieber hätte ich die Lepra am Balg», entgegnete Dorian. «Nein, ich bin ein Christ.»

Weder der Prinz noch der Mullah zeigte sich schockiert oder erzürnt über diese vehemente Verneinung. Sie selbst würden nicht weniger heftig reagieren, wenn jemand ihnen Apostasie unterstellte.

«Komm her, Junge», befahl al-Malik mit sanfter Stimme, und Dorian trat näher an ihn heran. Der Prinz streckte die Hand aus und ergriff etwas von Dorians frisch gewaschenem, glänzendem Haar. Dorian ließ geduldig über sich ergehen, wie er sein Haar zwischen den Fingern rieb. «Genau so muss das Haar des Propheten gewesen sein», sagte er leise.

«Gott sei gepriesen», echoten alle im Raum.

«Du kannst ihn jetzt wegschicken», sagte al-Malik zu al-Auf. «Ich habe genug gesehen. Jetzt müssen wir reden.»

Ben Abram nahm Dorians Hand, und sie gingen zur Tür.

«Bewacht ihn gut», rief al-Malik hinter ihnen her, «doch behandelt ihn pfleglich.» Ben Abram fasste sich an die Lippen und ans Herz, die Geste von Respekt und Unterwürfigkeit, und führte Dorian in seine Zelle zurück.

Al-Aufs Diener brachten frischen Kaffee. Während einer die winzige, rein goldene Tasse des Prinzen mit dem teerigen, braunen Gebräu füllte, entzündete ein anderer seine Wasserpfeife.

Die Verhandlungen über einen so bedeutenden Kauf durften nicht überstürzt werden. Allmählich, mit vielen bedeutungsvollen Pausen und subtilen Argumenten, ausgedrückt in poetischen, blumigen Worten, bewegten sich die beiden Männer auf eine Übereinkunft zu. Al-Auf hatte den Preis auf zweihunderttausend Rupien erhöht, um sich Verhandlungsspielraum zu verschaffen, und ließ sich nun nach und nach herunterhandeln.

Erst lange nach Einbruch der Dunkelheit einigten sie sich im Schein der Öllampen und umgeben vom duftenden Rauch der Wasserpfeifen auf einen Preis für den Jungen.

«So viel Gold habe ich nicht auf meinem Schiff», sagte al-Malik. «Ich werde das Kind mitnehmen, wenn ich morgen früh in See steche, und ich werde eine schnelle Dau zu dir schicken, sobald ich wieder in Lamu bin. Vor Ende dieses Mondes wirst du deine hunderttausend haben, darauf hast du meinen heiligen Eid.»

Al-Auf zögerte nicht lange. «Wie der hohe Prinz wünscht.»

«Lasse mich jetzt allein, denn es wird spät, und ich will beten.»

Al-Auf erhob sich sofort. Er hatte seine eigenen Gemächer al-Malik überlassen; es war ihm eine Ehre, einen so hohen Gast bei sich weilen zu sehen. Nun bewegte er sich rückwärts auf die Tür zu, unter tiefen Verbeugungen.

«Mögen die Jungfrauen des Paradieses dich in deinen Träumen besuchen, hoher Prinz.»

«Möge dein Erwachen von Veilchendüften begleitet sein, o Mächtiger.»

«Mögen deine Gebete wie goldene Pfeile direkt zu Allahs Ohren fliegen, o Liebling des Propheten.»

Dorian konnte nicht schlafen. Die Hochstimmung, die er nach seiner Begegnung mit dem Prinzen empfunden hatte, war längst verflogen, und wieder spürte er nichts als Angst und Einsamkeit. Er wusste, sein Leben würde sich wieder ändern, und bald würde er über dunkle, unbekannte Gewässer segeln. Obwohl er die Trübsal seiner Gefangenschaft hasste, war sie wenigstens etwas, an das er sich gewöhnt hatte. Außerdem bot seine gegenwärtige Lage ihre kleinen Tröstungen: Der alte arabische Arzt, den er so lieb gewonnen hatte und auf dessen Fürsorge er inzwischen fest vertraute, war wenigstens ein freundliches Gesicht, das immer für ihn da war. Und solange er auf der Insel war, konnte er zumindest darauf hoffen, dass sein Vater und Tom ihn aufspüren und befreien würden. Wenn ihn dieser Ehrfurcht einflößende Prinz aber woandershin brächte, wie sollten sie ihn dann jemals finden?

Er hatte solche Angst, dass er das Licht der Öllampe nicht ausblies, obwohl es die Moskitos in die winzige Zelle lockte. Lieber kratzte er sich ununterbrochen, als im Dunkeln wach zu liegen. Am Fuß der Festungsmauer raschelten leise die Palmwedel im unablässigen Monsunwind. So kauerte er auf seiner Matratze, lauschte dem Klagen des Windes und kämpfte gegen die Tränen an.

Dann hörte er ein Geräusch, das nicht vom Wind kam, so leise, dass es zuerst kaum durch die dunklen Nebel seiner Traurigkeit drang. Das Geräusch erstarb wieder, doch dann war es wieder da, diesmal klarer und lauter. Er schaute auf und griff nach seiner Lampe. Fast hätte er sie fallen lassen, so zitterten ihm die Hände.

Dorian stolperte durch die Zelle zu der Stufe unter dem Fensterschlitz, soweit seine Kette reichte, und stellte die Lampe auf das Fenstersims. Dann lauschte er wieder, und diesmal war er ganz sicher: Jemand unten am Waldrand pfiff leise eine Melodie, und als er das Lied erkannte, wollte ihm vor Freude das Herz zerspringen.

Es ist Tom! Er wollte es laut herausschreien und zerrte an der Kette, um ans Fenster zu kommen. Er versuchte, die nächste Zeile des Liedes zu singen, doch die Stimme versagte ihm, und er war halb gelähmt vor Aufregung. Er riss sich zusammen und versuchte es noch einmal, mit so leiser Stimme, dass die Wachen am Ende des Ganges oder auf den Brüstungen ihn nicht hören würden.

Wir johlen und grölen über den wilden Ozean,
wir johlen und grölen über das brausende Meer …

Das Pfeifen draußen in der Nacht verstummte abrupt. Dorian lauschte und lauschte, konnte aber nichts mehr hören. Er wollte hinausrufen, doch das hätte vielleicht jemanden aufgeschreckt, und so verschluckte er die Worte, obwohl sie in seinem Mund brannten wie glühende Kohlen.

Plötzlich hörte er es dicht neben der Schießscharte rascheln, und dann Toms Stimme: «Dorry!»

«Tom! Ich wusste, du würdest kommen. Ich wusste, du würdest dein Versprechen halten.»

«Pscht. Nicht so laut, Dorry. Kannst du dich durch das Fenster zwängen?»

«Nein. Sie haben mich an die Wand gekettet.»

«Weine nicht, Dorry. Sie werden dich hören.»

«Ich weine nicht.» Dorian presste sich beide Hände vor den Mund, um sein Schluchzen zu unterdrücken.

Toms Kopf erschien in der Fensteröffnung.

«Hier!» Dorian verschluckte die letzten Tränen und hielt beide Arme aus der Schießscharte. «Gib mir deine Hand.»

Tom versuchte, sich durch die schmale Schießscharte zu zwängen, doch er war zu breit und musste es bald aufgeben. «Es hat keinen Zweck, Dorry.» Ihre Gesichter waren kaum zwei Fuß voneinander entfernt. «Wir müssen wiederkommen und dich holen.»

«Bitte lasse mich nicht hier zurück, Tom», bettelte Dorian.

«Die *Seraph* wartet direkt vor der Küste. Vater, Aboli und ich, wir sind alle auf der Insel. Wir werden bald wieder bei dir sein.»

«Tom!»

«Mache nicht solchen Lärm, Dorry. Ich schwöre dir, wir werden bald zurück sein.»

«Tom! Lass mich nicht allein, Tom!» Dorian konnte den Gedanken nicht ertragen, dass sein Bruder wieder verschwinden würde, und zerrte verzweifelt an Toms Arm. Er wollte ihn nicht gehen lassen.

«Lass los, Dorry, sonst stürze ich ab!»

Plötzlich rief von der Brüstung über ihnen eine Stimme auf Arabisch: «Wer ist da? Wer ist da unten?»

«Die Wachen, Dorry! Lass mich los!»

Dorian spürte, wie sein Bruder sich losriss, doch im selben Augenblick donnerte ein Musketenschuss dicht über ihren Köpfen. Er war sicher, dass Tom getroffen worden war. Er hörte ihn an der Wand herunterrutschen und dann mit einem furchtbaren, dumpfen Knall tief unten am Fuß der Mauer aufschlagen.

«O nein, bitte, o Gott, nein!», rief Dorian. Er versuchte, seinen Kopf weit genug durch die Schießscharte zu zwängen, damit er sehen konnte, ob sein Bruder wirklich tot war, doch die Kette hielt ihn zurück.

Dann hörte er ein Stimmengewirr und eine wilde Füsillade oben auf der Brüstung. Bald war die ganze Garnison in Aufruhr. Innerhalb von Minuten vernahm Dorian arabische Stimmen am Fuß der Mauer unter seinem Fenster.

«Hier ist niemand», rief einer der Araber zu den Männern auf der Brüstung hinauf.

«Ich bin sicher, ich habe ihn getroffen!», rief einer von oben zurück. «Er muss da unten sein.»

«Nein, ich kann niemanden sehen – aber hier sind die Abdrücke, wo er gelandet ist.»

«Er muss in den Wald entkommen sein.»

«Wer war es?»

«Ein Franke. Ich habe sein weißes Gesicht gesehen.»

Die Stimmen entfernten sich in den Wald. Dann hörte Dorian mehr Geschrei und Musketenfeuer und die Geräusche von Männern, die sich durch den Wald schlugen, bis der Lärm langsam in der Ferne verhallte.

Den Rest der Nacht verharrte Dorian an seinem Fenster, wartend und horchend, doch bald verlosch auch der letzte Funke

Hoffnung in seinem Herzen, und als der graue Morgen schließlich die Bucht und den Ozean dahinter erhellte, war von der *Seraph* nichts zu sehen. Erst dann kroch er wieder unter sein Schaffell und vergrub sein Gesicht in dem Seidenkissen, das sein Schluchzen erstickte und seine Tränen aufsaugte.

Es war Mittag, als sie ihn holten. Die beiden Frauen, die sich um ihn gekümmert hatten, weinten und klagten über den Verlust ihres Schützlings, und als der Wärter seine Fußeisen aufschloss, brummte er leise: «Gehe mit Gott, mein Äffchen. Wenn du fort bist, gibt es hier niemanden mehr, der uns zum Lachen bringt.»

Ben Abram führte Dorian zu al-Auf, der, die Hände zornig in die Hüften gestemmt, in seinem Audienzsaal auf sie wartete. «Wer waren die fränkischen Hunde, die sich letzte Nacht um deinen Zwinger herumgetrieben haben, Bürschchen?», fragte er, schäumend vor Wut.

«Ich weiß von nichts.» Obwohl er immer noch den Tränen nahe war, zeigte sich Dorian trotzig. «Ich habe geschlafen und nichts gehört. Vielleicht hat der Teufel dir schlechte Träume eingegeben.» Niemals würde er Tom verraten.

«Ich muss mir deine Unverschämtheit nicht länger gefallen lassen.» Al-Auf trat auf Dorian zu. «Antworte mir, du Satansbrut! Wer war an deinem Zellenfenster? Die Wächter haben dich mit einem Eindringling reden hören.»

Dorian blickte ihn schweigend an und sammelte einen Klumpen Schleim unter seiner Zunge.

«Ich warte!», sagte al-Auf drohend und beugte sich zu Dorian hinunter, bis ihre Augen auf gleicher Höhe waren, ihre Gesichter nur wenige Zoll voneinander entfernt.

«Das kannst du aufgeben», erwiderte Dorian und spuckte dem Piraten eine Ladung Schleim und Speichel ins Gesicht. Al-Auf zuckte erschrocken zurück. Dann verzerrten sich seine Züge in furchtbarem Zorn, und er riss den Dolch aus seinem Gürtel.

«Das wirst du nie wieder tun», schwor er. «Eher werde ich dir dein ungläubiges Herz herausschneiden.»

Als al-Auf zum Stoß ausholte, sprang Ben Abram nach vorn. Für einen Mann seines Alters war er verblüffend schnell und gewandt. Er umklammerte al-Aufs Handgelenk mit beiden Händen.

Wenngleich er nicht die Kraft besaß, den Stoß aufzuhalten, konnte er ihn von Dorians Brust ablenken. Die funkelnde Spitze fuhr in den Ärmel des weißen Gewandes, das der Arzt trug, und schlitzte den Stoff auf.

Al-Auf taumelte zurück. Der unerwartete Angriff hatte ihn aus dem Gleichgewicht gebracht. Dann warf er den alten Mann verächtlich zu Boden. «Dafür wirst du mir bezahlen, du alter Narr.» Er stieg über Ben Abram.

«Herr, tut dem Kind nur kein Leid an! Denkt an die Prophezeiung! Denkt an das Gold!» Ben Abram klammerte sich an al-Aufs Rocksaum, und der Korsar hielt inne. Die Warnung war zu ihm durchgedrungen. «Ihr habt hunderttausend Rupien zu verlieren», bedrängte ihn Ben Abram weiter, «und der Fluch des heiligen Taimtaim wird über Eurem Haupte schweben, wenn Ihr das Kind tötet.»

Al-Auf stand unschlüssig da, mit zuckenden Lippen und zitternder Dolchhand. Der Blick, mit dem er Dorian bedachte, war so voller Hass, dass dem Jungen der Mut schwand und er sich an die Mauer drückte.

«Der Speichel eines Ungläubigen! Das ist schlimmer als Schweineblut! Er hat mich besudelt!», fachte al-Auf seinen verlöschenden Zorn wieder an. Er sprang vor, doch dann erstarrte er in der Bewegung, als eine Stimme durch den Saal dröhnte.

«Halt! Senke den Dolch! Was ist dies für ein Wahnsinn?» Prinz al-Malik stand in der Tür zu den Schlafgemächern hinter dem Saal, wo der Aufruhr seine Aufmerksamkeit erregt hatte. Al-Auf ließ den Dolch fallen und warf sich auf den Steinfußboden. «Vergib mir, edler Prinz», heulte er. «Satan hat mir für einen Augenblick den Verstand geraubt.»

«Ich sollte dich auf deinen eigenen Hinrichtungsplatz schicken», sagte al-Malik kalt.

«Ich bin nur Staub in deinem Angesicht», winselte al-Auf.

«Das Kind ist nicht mehr dein Eigentum. Es gehört mir.»

«Ich werde meine Dummheit wieder gutmachen, auf welche Weise du auch wünschen magst, doch verschone mich vor deiner Ungnade, großer Prinz.»

Al-Malik ließ sich nicht zu einer Antwort herab, sondern wandte sich an Ben Abram. «Bringe das Kind sofort zur Lagune hinunter und lasse ihn auf meine Dau bringen, wo ihn der Kapitän erwarten wird. Ich werde augenblicklich folgen. Wir werden noch heute Abend auslaufen.»

Zwei Männer des Prinzen eskortierten Dorian zur Lagune, während Ben Abram den Jungen an der Hand führte. Dorian war blass und biss die Zähne zusammen. Sie sprachen kein Wort, bis sie am Strand waren, wo das Boot von der königlichen Dau darauf wartete, Dorian aufzunehmen und hinauszubringen.

«Bitte komm mit», flehte Dorian den alten Mann plötzlich an.

«Das kann ich nicht», schüttelte Ben Abram den Kopf.

«Dann nur bis zur Dau. Bitte. Du bist der einzige Freund, den ich noch habe auf dieser Welt.»

«Na gut, aber nur bis zur Dau.» Ben Abram stieg neben ihm in das Boot, und Dorian drückte sich eng an ihn.

«Was wird jetzt mit mir geschehen?», fragte der Junge leise.

«Was immer der Wille Gottes ist, mein kleines Löwenjunges», antwortete der alte Mann sanft.

«Werden sie mir wehtun? Werden sie mich an jemand anderen verkaufen?»

«Der Prinz wird dich immer an seiner Seite haben», versicherte ihm Ben Abram.

«Wie kannst du da so sicher sein?» Dorian legte seinen Kopf an Ben Abrams Arm.

«Wegen der Prophezeiung des heiligen Taimtaim. Er wird dich niemals gehen lassen. Du bist zu wertvoll für ihn.»

«Was ist diese Prophezeiung?» Dorian setzte sich wieder auf und blickte dem Alten ins Gesicht. «Alle reden von der Prophezeiung, doch niemand erzählt mir, was sie bedeutet.»

«Die Zeit ist noch nicht gekommen, wo du das wissen solltest.» Ben Abram zog den Kopf des Jungen wieder an sich. «Eines Tages wird man dir alles erklären.»

«Kannst du es mir nicht jetzt schon sagen?»

«Es könnte dich in Gefahr bringen, wenn du es heute erführest. Du musst Geduld haben, mein Kleiner.»

Das Boot stieß an die Seite der Dau, wo Männer darauf warteten, Dorian in Empfang nehmen zu können. «Ich will nicht.» Dorian klammerte sich an Ben Abram.

«Es ist Gottes Wille.» Der alte Mann löste sich sanft aus der Umklammerung des Kindes. Die arabischen Seeleute griffen nach unten und hoben Dorian an Deck.

«Bitte bleib noch etwas bei mir», flehte Dorian weiter vom Deck des Schiffes.

Ben Abram konnte sich diesem Flehen nicht widersetzen. «Ich werde bei dir bleiben, bis ihr in See stecht», willigte er schließlich ein und folgte Dorian in die kleine Kabine, die man für den Jungen vorbereitet hatte. Dort setzte er sich neben ihn auf die Matratze und griff in ein Säckchen, das von seinem Gürtel hing.

«Trinke das.» Er hielt ihm ein kleines, grünes Glasfläschchen hin.

«Was ist das?», fragte Dorian.

«Es wird deinen Abschiedsschmerz lindern und dich einschlafen lassen.»

Dorian trank das Flakon leer und zog eine Grimasse. «Das schmeckt ekelhaft.»

«Wie Rattenpiss?», lächelte Ben Abram, und Dorian lachte und schluchzte zugleich, während er den alten Mann umarmte.

«Und jetzt lege dich hin.» Ben Abram drückte ihn auf die Matratze, und sie plauderten noch eine Weile, bis Dorian die Lider schwer wurden. Er hatte die ganze Nacht nicht geschlafen, und nun überwältigten ihn die Müdigkeit und die Droge.

Ben Abram streichelte ihm ein letztes Mal den Kopf. «Geh mit Gott, mein Kind», flüsterte er, bevor er aufstand und an Deck ging.

Das Fußgetrampel über seiner Kabine und das Rauschen des Wassers, als die Dau Fahrt aufnahm, weckten Dorian. Er schaute sich nach Ben Abram um, doch der war verschwunden. Stattdessen saß eine fremde Frau auf den Planken neben seiner Matratze. In ihrem schwarzen Gewand und mit ihrem Schleier sah sie aus wie ein brütender Geier.

Dorian erhob sich benommen und taumelte zu dem kleinen Bullauge in der Kabinenwand. Draußen war es dunkel; die Sterne tanzten auf dem Lagunenwasser. Süße Nachtluft wehte ihm ins Gesicht und belebte ihn, und bald war sein Kopf einigermaßen klar. Er wollte an Deck gehen, doch als er sich zur Tür wandte, stand die Frau auf und stellte sich ihm in den Weg. «Du darfst hier nicht heraus, bis der Prinz dich ruft.»

Dorian haderte noch kurz mit ihr, doch dann sah er ein, dass es vergeblich war, und ging an das Bullauge zurück. Er sah die Mauern des Forts vorübergleiten, weiß schimmernd im Mondlicht, während die Dau die Lagune verließ und ihren Weg durch das Riff fand. Dann spürte er, wie das Schiff von der ersten Ozeanwelle erfasst und angehoben wurde. Als sie dann Kurs nach Westen nahmen, konnte er die mondbeschienene Insel nicht mehr sehen. Er warf sich auf die Matratze.

Die schwarz verschleierte Frau ging zu dem Bullauge und schloss den schweren Schlagladen darüber. In diesem Augenblick rief der Ausguck an Deck direkt über Dorian so plötzlich, dass er zusammenzuckte: «Wer seid ihr?»

«Fischerboote auf Nachtfang», kam die Antwort fast unhörbar leise über die Entfernung und durch die geschlossene Luke. Dennoch klopfte Dorian das Herz bis zum Hals.

«Vater!», keuchte er. Obwohl Hal Arabisch gesprochen hatte, hatte Dorian seine Stimme sofort erkannt. Er stürmte durch die Kabine und versuchte, an das Bullauge zu kommen, doch die Frau packte ihn, bevor er dort war.

«Vater!», rief er, während er mit ihr rang, doch sie war schwer gebaut, mit großen Brüsten und einem dicken, weichen Bauch, und trotz ihrer Beleibtheit war sie sehr stark. Sie griff ihn um die Brust und warf ihn auf die Matratze zurück.

«Lass mich los!», schrie er auf Englisch. «Das ist mein Vater! Ich will zu ihm!»

Die Frau lag mit ihrem ganzen Gewicht auf ihm und drückte ihn nieder. «Du darfst die Kabine nicht verlassen», grunzte sie, «so hat es der Prinz befohlen.»

Dorian rang weiter mit ihr, doch dann erstarrte er, als draußen wieder die Stimme seines Vaters zu hören war. «Und wer seid ihr?» Es klang noch ferner als zuvor. Die Dau schien geschwind davonzuziehen.

«Das Schiff des Prinzen Abd Muhammad al-Malik», rief der Ausguck zurück, mit klarer, lauter Stimme.

«Allah sei mit euch!» Hals Stimme war kaum noch zu vernehmen, ganz fern, nur noch ein Flüstern in Dorians Ohren.

«Vater!», schrie er, so laut er konnte, doch das Gewicht der Frau quetschte seine Brust und erstickte ihn fast. «Gehe nicht weg! Ich bin hier! Ich bin es – Dorry!», rief er verzweifelt, obwohl ihm bewusst war, dass sein Vater ihn durch die Wand der Dau und über die immer größere Entfernung gewiss nicht hören konnte.

Mit einer abrupten Drehung und einem Ruck konnte er schließlich und unter der großen Frau hinwegschlüpfen. Bevor sie auf die Beine kam, schoss er zur Kabinentür. Während er noch mit dem Schloss kämpfte, stolperte sie hinter ihm her und erwischte ihn gerade noch am Kragen, als er die Tür aufriss. Er warf sich mit solcher Gewalt nach vorn, dass sein Hemd nachgab.

Dorian stürzte die Stiege hinauf, und die Frau dicht auf seinen Fersen schrie, so laut sie konnte: «Haltet ihn auf! Fangt den Ungläubigen!»

Ein arabischer Matrose erwartete Dorian oben an der Treppe und versperrte ihm den Weg mit ausgestreckten Armen, doch Dorian ließ sich zu Boden fallen und schlüpfte wieselflink zwischen seinen Beinen hindurch. Dann lief er über das Deck zum Heck der Dau.

Der dunkle Umriss des Langboots von der *Seraph* glitt quer über das Kielwasser der Dau und bewegte sich geschwind auf die Insel zu. Phosphoreszierendes Wasser tropfte von den in schnellem Rhythmus auftauchenden Ruderblättern. Dorian konnte eine hoch gewachsene Gestalt erkennen, die im Heck des Bootes stand, und wusste, es war sein Vater. «Lasse mich nicht zurück!» Doch seine Rufe verhallten in der Nacht.

Dorian stieg auf die Heckreling und wollte schon über Bord springen, in die schwarzen Fluten, als sich eine starke Hand um sein Fußgelenk schloss und ihn zurückzog. Innerhalb von Sekunden stürzten sich ein halbes Dutzend Araber auf ihn, die ihn trotz seiner heftigen Gegenwehr die Stiege hinunter und in seine Kabine schleppten.

«Wenn du ins Meer gesprungen wärst, hätten sie mich gleich hinterhergeworfen und ebenfalls den Fischen zum Fraß gegeben», beklagte sich die dicke Frau bitterlich. «Wie kannst du so grausam zu mir sein?» Immer noch keuchend und kopfschüttelnd schickte sie einen Mann, den Kapitän zu bitten, zwei Wachen vor der Kabinentür zu postieren. Dann vergewisserte sie sich, dass der Schlagladen über dem Bullauge fest verriegelt war, um einen erneuten Fluchtversuch zu verhindern. Dorian war so außer sich und erschöpft, dass er immer noch unter dem Einfluss der Droge zu stehen schien, als er schließlich wieder einschlief.

Als die Frau ihn weckte, war es fast Mittag. «Der Prinz hat nach dir geschickt», eröffnete sie ihm, «und er wird sehr böse sein mit der alten Tahi, wenn du schmutzig bist und stinkst wie eine kleine Ziege.» Wieder ließ er über sich ergehen, wie er gebadet, gekämmt, mit duftenden Ölen eingerieben und angekleidet wurde. Dann führte man ihn zu dem Pavillon auf dem Vordeck der Dau.

Eine Leinenplane bot Schutz vor der sengenden Tropensonne, die fast senkrecht über ihnen stand. Die Seiten des zeltartigen Bauwerks waren offen, um die kühle Monsunbrise durchzulassen. Die Deckplanken waren mit Seidenteppichen bedeckt, und der Prinz ruhte auf einem leicht erhöhten Podium auf einem Bett aus Kissen, während der Mullah und vier andere Angehörige seines persönlichen Gefolges mit überkreuzten Beinen um ihn herum saßen. Sie waren in ein lebhaftes Gespräch vertieft, doch als Tahi Dorian brachte, hob al-Malik eine Hand, und alles verstummte.

Tahi berührte das Deck mit der Stirn. Dorian weigerte sich zunächst, ihrem Beispiel zu folgen, und sie zupfte ihn am Fußgelenk. «Erweise dem Prinzen deinen Respekt», zischte sie, «oder er lässt dich verprügeln!»

Dorian war fest entschlossen, ihr nicht zu gehorchen. Er reckte sein Kinn hoch und schaute dem Prinzen frech ins Gesicht. Das hielt er jedoch nur wenige Sekunden durch, bevor er zu Boden schaute. Irgendwie fand er es unmöglich, sich dieser majestätischen Gestalt zu widersetzen. «*Salam alaikum*», flüsterte er respektvoll und warf sich zu Boden.

Al-Maliks Gesichtsausdruck war immer noch streng, doch um seine Augen waren kleine Lachfalten zu sehen. «Friede sei mit dir, al-Amhara.» Er winkte Dorian näher heran und zeigte auf ein Kissen neben seinem Podium, direkt zu seiner Rechten. «Setze dich hier, wo ich dich davon abhalten kann, über Bord zu springen, wenn dich das nächste Mal der *cafard*, der Trübsinn packt.»

Dorian gehorchte ohne Widerstand, worauf die Männer ihn ignorierten und ihre Diskussion fortsetzten. Für eine Weile versuchte Dorian, dem Gespräch zu folgen, doch sie sprachen so schnell und förmlich, dass er mit seinen Arabischkenntnissen an seine Grenzen stieß. Es wurden lauter Leute und Orte erwähnt, von denen er noch nie gehört hatte. Einen Ortsnamen erkannte er jedoch: Lamu. Er versuchte, sich zu orientieren, indem er sich die Karten der Fieberküste vorstellte, die er in seinen Navigationsstunden mit Ned Tyler so oft studiert hatte.

Lamu lag mehrere hundert Seemeilen nördlich von Sansibar.

Es war eine kleinere Insel und – nach seiner Erinnerung an die Segelbefehle im Logbuch seines Vaters – ein bedeutender Handelshafen und ein Regierungszentrum des Reiches von Oman.

An der Windrichtung und dem Winkel der Nachmittagssonne konnte er ablesen, dass die Dau auf einem etwa nordwestlichen Kurs war, was bedeuten würde, dass sie wahrscheinlich auf dem Weg nach Lamu waren. Er fragte sich, welches Schicksal ihn dort wohl erwartete. Dann verdrehte er den Hals, um über das Heck zu schauen.

Flor de la Mar war längst hinter dem Horizont versunken. Über Nacht hatte Dorian damit jeden Kontakt mit der *Seraph*, mit seinem Vater und Tom verloren. Bei diesem Gedanken überkam ihn wieder abgrundtiefe Verzweiflung, doch diesmal war er fest entschlossen, sich dieser Stimmung nicht hinzugeben. Er versuchte noch einmal, der Diskussion zwischen dem Prinzen und seinem Gefolge zu folgen. «Vater erwartet bestimmt von mir, dass ich alles behalte, was sie sagen. Es könnte sehr wichtig sein für seine Pläne», sagte er sich. Doch dann erhob sich der Mullah und ging zum Bug, wo er mit hoher, tremolierender Stimme ein Gebet anstimmte. Der Prinz und seine Männer brachen ihr Gespräch ab und bereiteten sich auf die Nachmittagsandacht vor. Sklaven brachten Kannen voll klaren Wassers, mit dem der Prinz und sein Gefolge sich wuschen.

Der Steuermann zeigte nach Norden, in Richtung der heiligen Stadt Mekka, und jedermann an Bord, der nicht für die Bedienung der Dau gebraucht wurde, schaute in diese Richtung.

Dann, unter Führung des heiligen Mannes, vollführten sie alle zugleich das Ritual: Sie standen, knieten und warfen sich auf die Planken, womit sie sich dem Willen Allahs unterwarfen und ihm ihre Gebete schenkten.

Es war das erste Mal, dass Dorian solche Andacht beobachten konnte. Obwohl er abseits saß, fühlte er sich eigenartig ergriffen von ihrer Macht. Bei den wöchentlichen Gottesdiensten in der Kirche auf High Weald hatte er nie so empfunden. Jedenfalls folgte er den Gesängen und Anrufungen auf der Dau mit mehr Interesse, als der Pastor in Devon je in ihm hervorgerufen hatte.

Er schaute zum Himmel auf, dem unendlichen, blauen Firmament über Afrika, mit seinen Wolkenbänken, die in Reih und Glied vor dem Monsun einherzumarschieren schienen. In seiner religiösen Verzückung sah er Gottes Bart in den silbernen Wolkenwirbeln, seine finsteren Züge in den grauen Gewittertürmen.

Prinz Abd Muhammad al-Malik erhob sich von seinem Fußfall und stand aufrecht auf der niedrigen Dau, sein Blick weiter zur heiligen Stadt gewandt, die Hände vor der Brust gekreuzt als letzten Ausdruck seiner Frömmigkeit. Dorian schaute zu dem bärtigen Gesicht auf und dachte: Vielleicht sieht Gott so aus, so edel, so Furcht einflößend und doch so gütig.

Die Dau segelte vor dem Monsun, das riesige Lateinersegel prall gefüllt und hart wie ein Wassersack. Der einzige Mast war aus Stücken eines dunklen, schweren Tropenholzes zusammengefügt, fast so umfangreich wie eine Männerhüfte und länger als die Dau selbst. Das volle Gewicht des Mastes wurde vom Hauptfall auf dem Maststummel gehalten. Wie die Dau mit den Wellen rollte, schwang der Schatten der Spiere über das Deck, hin und her, sodass die königliche Gestalt des Prinzen, aufrecht unter dem schwingenden Holz, mal verdunkelt war, dann wieder von der strahlenden Tropensonne beschienen. Der arabische Steuermann war abgelenkt; er ließ den Bug zu weit in den Wind geraten, und das Segel quietschte und knarrte bedrohlich.

Ned Tyler hatte Dorian gelehrt, dass das Lateinersegel launisch und unstabil war, wenn einmal ein richtiger Windstoß kam, und nun spürte er, wie das Schiff unter der nachlässigen Behandlung litt.

Aus dem Augenwinkel bemerkte er, wie der Segelschatten auf dem Deck sich plötzlich änderte. Er blinzelte in die Riggung hinauf und sah, wie das Hauptfall sich direkt unter dem schweren, hölzernen Gattklotz aufzuwickeln begann. Das Tau zwirbelte sich auf wie ein Schlangenknäuel, und ein Strang nach dem anderen schnappte entzwei. Dorian war starr vor Schreck und unfähig sich zu rühren oder etwas zu sagen. Er hatte beobachtet, wie sie die Spiere gesenkt hatten, um die Dau zu wenden, und wusste daher, welch entscheidende Rolle das Hauptfall in der Lateinerriggung spielte.

Schließlich stand er langsam auf, immer noch den Mast hinaufstarrend, und im nächsten Augenblick riss der letzte Strang des Falls mit einem Knall wie von einem Pistolenschuss. Unter dem Rauschen und Brüllen des Segels kam die Spiere aus der Höhe gestürzt, eine halbe Tonne Hartholz, und schwang auf das Deck zu wie ein Henkersbeil. Der Prinz war vollkommen in seine religiöse Andacht vertieft und stand ahnungslos direkt unter dem fallenden Mastbaum.

Dorian warf sich nach vorn und rammte mit der Schulter al-Maliks Kniekehlen. Der Prinz kippte nach vorn von seinem Podium und fiel mit dem Gesicht auf die Planken. Die Teppich- und Kissenberge, die auf dem Deck verstreut lagen, dämpften seinen Sturz, und Dorian landete auf ihm.

Hinter ihnen krachte der Hartholzbaum durch das Dach des niedrigen Deckhauses, von dem danach nur noch ein Haufen gebrochener Planken und roher Holzsplitter übrig war. Die mächtige Holzstange brach am Spleiß, und das Vorderende kam herunter, immer schneller, bis es auf dem Vordeck aufprallte, das Podium zertrümmerte, genau dort, wo zuvor der Prinz gestanden hatte, und den größten Teil der Bugverplankung eindrückte.

Das Lateinersegel blähte sich hinter der abgefallenen Spiere und begrub das Vordeck samt den Männern, die nun unter einem Schleier aus steifem Segeltuch lagen. Befreit vom Druck des Segels drehte die Dau nun plötzlich den Bug in den Wind und begann in den Monsunwogen heftig zu rollen.

Bis auf das Schlagen und Klatschen der losen Takelage und Seilenden herrschte vollkommene Stille an Bord. Dann waren erschrockene Rufe zu hören sowie die Schreie der Verletzten. Zwei Matrosen auf dem Achterdeck waren zerquetscht und auf der Stelle getötet worden, drei andere waren furchtbar verstümmelt und winselten jämmerlich im rauschenden Wind.

Der Kapitän schrie Befehle, und die unverletzten Seeleute eilten nach vorn, um das Gewirr von Segeltuch und Tauen wegzuhacken, das die Männer auf dem Vordeck bedeckte.

«Findet den Prinzen!», kreischte der Kapitän voller Angst um sein Leben, falls sein Herr verletzt oder, Allah bewahre, tot unter dem schweren Mastbaum läge.

Nach wenigen Minuten hatten sie das Segel beiseite geräumt und zogen unter erleichterten Rufen und Dankgebeten den Prinzen unter den Trümmern hervor.

Al-Malik stand allein in dem Chaos und ignorierte die Dankesbezeigungen für seine Rettung. Er betrachtete die Überreste seines Podiums. Der Baum hatte gar das dicke Seidengewebe des Gebetsteppichs durchschlagen, auf dem er gestanden hatte. Der

Mullah kam an seine Seite gelaufen. «Du bist unverletzt, Allah sei gedankt. Er hat seine Flügel über dir ausgebreitet, denn du bist der Liebling des Propheten.»

Al-Malik wischte die Hände des fetten Priesters von seinem Gewand und fragte: «Wo ist das Kind?». Dies löste eine weitere hektische Suche unter den Segeltuchbergen aus. Endlich zogen sie auch Dorian heraus und brachten ihn zu dem Prinzen.

«Bist du verletzt, mein Kleiner?»

Dorian grinste vor Freude über die Verwüstung, von der er sich umgeben sah. So hatte er sich nicht mehr amüsiert, seitdem er von Tom getrennt worden war. «Ich fühle mich blendend, Sir.» Vor lauter Aufregung antwortete er auf Englisch. «Aber Euer Schiff sieht ziemlich mitgenommen aus.»

Tom wusste, dass er die Männer über die Tage und Wochen beschäftigt halten musste, bis Anderson von Ceylon zurückkehrte. Untätige Seeleute kamen leicht auf dumme Streiche, mit denen sie sich die Zeit vertrieben, und oft wurden sie dabei zu einer Gefahr für sich selbst und andere.

Er begriff auch, dass er zu seinem eigenen Wohl und Seelenfrieden Trost in der Arbeit suchen musste. Andernfalls würde er die langen Tropentage damit zubringen, über Dorians Schicksal sowie die grässlichen Verletzungen und den immer kritischeren Zustand seines Vaters zu brüten. Er fühlte sich hin und her gerissen zwischen den Verpflichtungen, die ihm diese beiden Menschen auferlegten. Sobald Hal reisefähig war, würde er ihn in den Frieden und die Sicherheit von High Weald zurückbringen müssen, wo ihn englische Ärzte und seine getreue Dienerschaft gesund pflegen würden.

Dies bedeutete jedoch, dass er Dorian seinem Schicksal als Sklave in einer fremden Welt überlassen müsste. Er spürte die unwiderstehliche Macht seines Bluteids, der ihn zu diesem grausamen Afrika zog.

Schließlich wandte er sich an Aboli, um dieses Dilemma aufzulösen: «Wenn mein Vater mir das Kommando der *Minotaur* übertrüge und mir einen kleinen Trupp guter Männer zur Verfügung stellte, könnten wir beide uns auf die Suche nach Dorian machen. Ich weiß, wo die Suche beginnen könnte: Lamu.»

«Was soll dann aus deinem Vater werden, Klebe? Bist du bereit, ihn zu verlassen, jetzt, da er dich am nötigsten braucht?» Er deutete nach Westen, wo der geheimnisvolle Kontinent hinter dem Horizont lag. «Was wirst du empfinden, wenn dich irgendwo dort draußen die Nachricht erreicht, dass dein Vater gestorben ist, wenn du ihn vielleicht hättest retten können?»

«Wie kannst du so reden?», brauste Tom auf, doch dann seufzte er unentschlossen: «Vielleicht ist Vater kräftig genug, die Heimreise ohne uns anzutreten, wenn Captain Anderson mit der *Yeoman* erst wieder bei uns ist. Bis dahin werde ich warten mit meiner Entscheidung, doch inzwischen müssen wir dafür sorgen, dass die *Minotaur* für alle Eventualitäten bereit ist.»

Trotz der Arbeit, die sie schon auf ihr geleistet hatten, litt die *Minotaur* immer noch unter den Nachwirkungen ihrer Zeit in der Gewalt al-Aufs. Tom und Aboli wussten, dass der Rumpf wahrscheinlich mit Schiffswurm verpestet war, dem Fluch der tropischen Gewässer. So befahl Tom noch am selben Tag, sie auf die Seite zu legen und zu reinigen. Dieses Manöver war neu für Tom, und er musste sich weitgehend auf Ned Tylers und Alf Wilsons Erfahrung stützen. Das Schiff wurde entladen, alle Fracht und schwere Ausrüstung einschließlich der Kanonen und Wasserfässer an Land gebracht. Die Ladung wurde unter den Unterständen im Palmenwald abgelegt, während die Kanonen zur Verteidigung des Lagers aufgestellt wurden. Dann wurde das erleichterte Schiff in der nächsten Hochflut parallel zum Strand gedreht.

Von allen drei Mastspitzen wurden Taue durch schwere Gattblöcke zum Strand gezogen und um die kräftigsten Palmen oberhalb des Strandes gelegt. Dann, mit drei Faden Wasser unter dem Kiel, wurde die *Minotaur* auf die Seite gehievt, zwanzig Mann an jedem Gangspill und der Rest an den Tauen am Strand, alle im Gleichtakt. Allmählich nahm die *Minotaur* immer mehr Schlagseite nach Backbord an, sodass der Rumpf auf der anderen Seite sichtbar wurde, bis das Schiff fast zu kentern drohte. Bis dahin hatte sich die Ebbe eingestellt, und die *Minotaur* legte sich auf den Sand, die ganze Backbordseite an der Luft. Noch bevor die Ebbe ihren tiefsten Punkt erreicht hatte, wateten Tom und Ned Tyler hinaus, um die Planken zu inspizieren.

Die *Minotaur* war nun seit fast vier Jahren in diesen Gewässern. Ihr Boden war entsprechend mit Seetang und Entenmuscheln bedeckt, was ihre Schnelligkeit und ihr Segelverhalten beeinträchtigte, obgleich es nicht lebensbedrohlich war. Als jedoch die Krusten abgekratzt waren, offenbarte sich, was sie am meisten befürchtet hatten: Überall unter der Wasserlinie hatte der Schiffswurm seine Löcher in den Rumpf gebohrt. In eine dieser Höhlen konnte Tom seinen ganzen Zeigefinger stecken, und tief drinnen fühlte er, wie der Wurm zusammenzuckte, als er ihn mit der Fingerspitze berührte. An manchen Stellen waren die Löcher so dicht beieinander, dass das Holz aussah wie ein Schweizerkäse.

Am Strand hatten die Zimmerleute eiserne Kessel voll brodelndem Pech auf ihren Feuern. Ned schüttete eine Kelle davon in eines der Wurmlöcher, und die ekelhafte Kreatur, fingerdick, kam herausgeschlängelt, sich windend im Todeskrampf. Als Tom sie am Kopf ergriff und am ausgestreckten Arm hochhielt, reichte ihm der schlangenhafte Körper bis zu den Knien.

«Mit dieser schmutzigen Mannschaft an Bord hätte das Schiff es niemals nach Hause geschafft», erklärte ihm Ned. «Im ersten Sturm, in den sie geriete, wäre der Rumpf einfach aufgebrochen.» Angeekelt schleuderte Tom den gerösteten Wurm weit auf die Lagune hinaus, wo ein Schwarm kleiner, silberner Fische das Wasser aufwühlte, als sie das Untier verschlangen.

Die Zimmerleute und ihre Gehilfen kamen herausgewatet, um ihnen dabei zu helfen, den Schiffsrumpf von dieser Brut zu säubern, und damit waren sie beschäftigt, bis die Gezeiten wechselten und das steigende Wasser sie auf den Strand zurücktrieb. So arbeiteten sie fünf Ebben hindurch. Zuerst wurden Seetang und Muscheln abgekratzt und dann die Würmer ausgekocht sowie die Löcher mit Pech und Werg verstopft. Die Planken, die zu durchlöchert und verrottet waren, als dass man sie noch hätte reparieren können, wurden durch frische, helle Hölzer ersetzt. Der frei gekratzte Rumpf wurde dick mit Pech grundiert, mit einer Mischung aus Pech und Talg eingestrichen und mit noch einer Pechschicht versehen, bevor Ned und Tom mit der Instandsetzung zufrieden waren.

Mit der nächsten Hochflut wurde die *Minotaur* flott gemacht und in tieferem Wasser gewendet, bevor sie an derselben Stelle wieder auf Grund gelegt und die ganze Prozedur auf der Steuerbordseite wiederholt wurde.

Am Ende wurde das Schiff wieder an seinen Ankerplatz weiter

draußen auf der Lagune manövriert, und die Toppmastleute stiegen in die Takelage und ließen die Rahen ab. Diese wurden gründlich inspiziert, und jede Schwachstelle wurde repariert, bevor die Rahen wieder hinaufgehievt wurden. Als Nächstes wurden sämtliche Leinen und Schoten der Riggung genau untersucht und die meisten durch frisches Manila feinster Qualität aus dem Lager der *Seraph* ersetzt. Die alten schwarzen Segel waren in erbärmlichem Zustand, viele in Fetzen und andere von al-Aufs Matrosen grob zusammengeflickt. «Wir tauschen alles aus», entschied Tom und schickte Ned, die Truhen der *Seraph* zu plündern. Die Segelmacher saßen in Reihen auf dem offenen Deck und nähten neue Segel zusammen oder änderten die der *Seraph*, damit sie an die Masten und Rahen der *Minotaur* passten.

Die Unterdecks waren in ähnlich traurigem Zustand wie die Riggung der *Minotaur*. Es wimmelte von Ungeziefer und Ratten, und es stank wie ein Misthaufen. Ned rührte eine grässliche Mischung aus Schießpulver, Schwefel und Vitriol zusammen, und sie verteilten Töpfe davon auf den Unterdecks und zündeten sie an. Sobald diese Töpfe ihren ätzenden Rauch verströmten, liefen sie an die frische Luft und verrammelten alle Luken und Pforten, sodass der Rauch in alle Winkel und Ecken kriechen konnte.

Innerhalb von Minuten begannen die Ratten das Schiff zu verlassen, durch das Klüsloch und jede Ritze der Kanonenluken. Manche waren so groß wie ausgewachsene Hasen. Als das Getier eiligst auf den Strand zuschwamm, machten die Matrosen sich einen Spaß daraus, mit Musketen und Pistolen nach ihnen zu schießen und auf ihre Zielkünste Wetten abzuschließen.

Sobald der Rumpf und die Takelage in Ordnung waren, wandte sich Tom dem Anstrich über der Wasserlinie zu. Die alte Farbe war verblichen und teilweise abgeblättert. Sie ließen Tragekörbe über die Schiffsseiten ab, und mehrere Mannschaften machten sich daran, die Wände abzuschmirgeln, bevor sie drei Schichten leuchtend weißen Lack auftrugen. In einem Anflug künstlerischen Ehrgeizes ließ Tom sie die Kanonenklappen in strahlendem Himmelblau hervorheben und die gehörnte Bugfigur sowie die Schnitzereien an der Heckgalerie mit frischem Goldlack versehen. Nach sechs Wochen unablässiger Arbeit sah die *Minotaur* schließlich aus wie frisch vom Stapel gelaufen; ihre wundervolle Linie und lieblichen Formen kamen wieder voll zur Geltung.

Hal Courtney bewunderte die *Minotaur* von seinem Krankenbett aus, durch die Heckfenster der *Seraph*. «Bei Jesus», lächelte er matt, «sie ist so hübsch wie eine Braut am Hochzeitstag. Gut gemacht, mein Junge. Damit hast du das Schiff fünftausend Pfund wertvoller gemacht.»

Die Worte seines Vaters ermutigten Tom, seine Bitte vorzubringen. Hal hörte seinem Sohn schweigend zu, als der ihn um das unabhängige Kommando über die *Minotaur* anging, doch dann schüttelte er den Kopf. «Ich habe schon einen Sohn verloren», sagte er leise. «Ich möchte nicht noch einen verlieren, Tom.»

«Aber Vater, ich habe Dorry einen heiligen Eid geschworen.»

Schatten furchtbaren Schmerzes, schlimmer als der, den er auf dem Lattenrost erlitten hatte, als man ihm seine Beine nahm, verdunkelten Hals Blick. «Ich weiß, Tom», flüsterte er, «ich weiß. Aber ich habe kein Recht, dir die *Minotaur* anzuvertrauen. Sie gehört der John-Kompanie. Doch selbst das würde mich nicht davon abhalten, wenn ich dächte, wir könnten deinem Bruder helfen. Ich kann dir das Schiff nicht geben und dich in furchtbare Gefahr segeln lassen ohne eine komplette Mannschaft, die dir zur Seite stehen könnte.»

Tom öffnete den Mund, um seinem Vater zu widersprechen, doch Hal hob eine Hand von seinem Krankenbett und legte sie seinem Sohn auf den Arm. «Höre auf mich, Junge.» Seine Stimme war heiser, die bleiche, knochige Hand auf Toms Arm leicht wie eine Vogelschwinge. «Ich kann dich nicht allein ziehen lassen. Dieser al-Malik ist ein mächtiger Mann. Er hat ganze Armeen und Hunderte von Schiffen unter seinem Kommando. Allein kannst du gegen einen wie ihn nichts ausrichten.»

«Vater ...», wollte Tom widersprechen, doch Hal ließ es nicht zu.

«Höre, was ich dir zu sagen habe, Tom. Wir müssen diese Reise gemeinsam zu Ende bringen. Das schulde ich meinem König und den Männern, die ihr Vertrauen in mich gesetzt haben. Ich werde dich in den Orden einführen lassen. Du wirst ein Tempelritter des Ordens von St. George und dem Heiligen Gral sein, mit all der Macht, die dir damit zusteht. Du kannst die Hilfe der anderen Ritter beanspruchen, von Männern wie Lord Childs und Lord Hyde.»

«Bis dahin wird ein Jahr vergehen», rief Tom. Dieser Gedanke schmerzte ihn körperlich. «Oder gar zwei oder drei.»

«Wir werden nichts erreichen, wenn wir uns unvorbereitet und übereilt auf einen Angriff auf einen mächtigen Prinzen in einem fernen Land einlassen, einem Land, wo wir keine Verbündete und keinen Einfluss haben.»

«Jahre!», wiederholte Tom verzweifelt. «Was wird in dieser Zeit mit Dorry geschehen?»

«Bis dahin werde ich mich von meinen Wunden erholt haben.» Hal blickte an seinen jämmerlich verstümmelten Beinen hinab. «Wir werden zusammen in See stechen und Dorian finden, du und ich, mit einer Flotte feiner, mächtiger Schiffe, mit lauter guten Kämpfern an Bord. Glaube mir, Tom, das ist Dorians beste Chance. Und unsere.»

Tom war bestürzt. Er starrte seinen Vater an. Seit seiner Verwundung hatte sich Hal Courtney in einen gebrechlichen alten Mann verwandelt, mit immer weißerem Bart und verkrüppelten Gliedern. Glaubte er wirklich, er würde je wieder ein Geschwader befehligen oder noch eine Schlacht schlagen? Es war ein verzweifelter Traum. Tom hatte gegen seine Tränen anzukämpfen.

«Vertraue mir, Tom», hauchte Hal. «Ich gebe dir mein Wort. Gibst du mir deines?»

«Natürlich, Vater.» Tom musste seinen ganzen Mut zusammennehmen für diesen Schwur, doch er konnte sich seinem Vater nicht widersetzen. «Ich gebe Euch mein Wort.»

«Danke, Tom.» Die Hand fiel von Toms Arm, und Hal sank das Kinn auf die Brust. Seine Augen schlossen sich, und sein Atem war kaum zu hören. Für einen entsetzlichen Augenblick dachte Tom, er hätte ihn verloren, doch dann sah er, wie Hals abgemagerte Brust sich leise hob und senkte.

Tom stand von der Bettkante auf und ging auf Zehenspitzen zur Tür, um seines Vaters Schlaf nicht zu stören.

Der Monsun flaute ab, und sie lagen monatelang im trägen Griff der großen Kalme zwischen den Jahreszeiten. Dann regten sich die Palmwedel, und die Wolken begannen wieder über den Himmel zu marschieren, doch nun in die entgegengesetzte Richtung.

«Diese beiden Winde sind das größte Wunder des Indischen Ozeans», sagte Alf Wilson zu Tom. Sie saßen auf dem Vordeck und sprachen Arabisch, da Hal immer noch darauf bestand, dass Tom diese Sprache jeden Tag übte. Außerdem wusste Tom, dass es ihm auf der Suche nach seinem Bruder zugute kommen würde. «Von November bis April blasen sie von Nordosten; die Araber nennen sie dann *Kaskazi*», erklärte Alf weiter. «Von April bis November kommen sie von Südwesten und werden *Kusi* genannt.»

Somit war es der Kusi, der Captain Edward Anderson am strahlenden Morgen eines weiteren windgepeitschten Tages nach Flor de la Mar zurückbrachte. Die Mannschaften der andern Schiffe des Geschwaders stiegen in die Takelage, um die *Yeoman of York* jubelnd willkommen zu heißen, während sie ihren Weg durch das Korallenriff fand und längsseits der *Seraph* vor Anker ging. Kaum hatte sie ihre Trosse gespannt, schickte Tom schon ein Langboot hinüber, um Captain Anderson abzuholen und zu seinem Vater zu bringen.

Edward Anderson wirkte höchst zufrieden mit sich selbst, als er die Leiter heraufkam, doch als er vor Tom stand, war seine erste Frage, wie es um Hal Courtneys Gesundheit bestellt sei.

«Es ehrt uns, dass Ihr Euch solche Sorgen um ihn macht, aber mein Vater hat sich sehr gut von seinen Wunden erholt», log Tom.

Er führte Anderson zur Heckkabine. Tom hatte dafür gesorgt, dass die Bettwäsche frisch gewaschen und gebügelt war und dass ein Arztgehilfe Hal das Haar geschnitten und gekämmt hatte. Toms Vater saß aufrecht in seiner Koje und sah gesünder aus, als er in Wirklichkeit war.

«Ich danke Gott, dass ich Euch in so hervorragendem Zustand sehen darf, Sir Henry», begrüßte ihn Anderson und setzte sich auf den Stuhl neben dem Bett, den Hal ihm anbot.

Tom brachte den beiden Männern je ein Glas Madeira. «Möchtet Ihr, dass ich Euch mit Captain Anderson allein lasse, Vater?», fragte er, als er Hal das spiralgestielte Glas reichte.

«Nein, natürlich nicht», antwortete Hal rasch, bevor er Anderson erklärte: «Mein Sohn führt das Kommando für mich, solange ich unpässlich bin.»

Tom starrte ihn an. Dies war das erste Mal, dass seine Beförderung ausdrücklich erwähnt wurde.

Anderson zeigte jedoch keinerlei Überraschung. «Er macht Euch alle Ehre, Sir Henry.»

«Genug davon.» Hal versuchte sich höher aufzusetzen, doch

stechender Schmerz zwang ihn auf seine Kissen zurück. «Jetzt will ich hören, was Ihr von Euren Unternehmungen zu berichten habt, seit Ihr von dieser Insel aufgebrochen seid.»

«Ich habe ausgezeichnete Neuigkeiten», brüstete sich Anderson ohne jede Zurückhaltung. «Die Reise nach Ceylon verlief reibungslos. Wir haben nur ein Dutzend der Gefangenen verloren. Van Groote, der holländische Gouverneur in Colombo, hat uns höflich empfangen und war ganz erpicht darauf, mit uns ins Geschäft zu kommen. Offenbar hatten wir einen glücklichen Zeitpunkt erwischt, da eine kürzliche Pockenseuche in seinen Baracken den Sklavenstamm aufs Drastischste reduziert hatte. Zum Glück war ich davon unterrichtet worden, bevor wir die Verhandlungen mit ihm eröffneten, weshalb ich in der Lage war, einen sehr vorteilhaften Preis zu erzielen.»

«Wie viel?»

«Siebenunddreißig Pfund pro Kopf», antwortete Anderson selbstzufrieden.

«Meine Glückwünsche, Captain Anderson!» Hal schüttelte ihm die Hand. «Das ist erheblich mehr, als wir erwartet hatten.»

«Und das sind nicht die einzigen guten Neuigkeiten», grinste Anderson. «Die Pockenepidemie und die Raubzüge al-Aufs in diesen Gewässern hatten dazu geführt, dass van Groote kaum etwas von der Zimternte der letzten zwei Jahre verschiffen konnte. Seine Lagerhäuser waren voll bis unters Dach», zwinkerte er. «So habe ich, anstatt für den Preis der Sklaven eine Note der VOC-Bankiers in Amsterdam zu akzeptieren, mein Schiff mit dem Gegenwert in Zimtballen voll geladen, die ich natürlich sehr billig erwerben konnte. Zweifellos werden wir den doppelten Preis erzielen, wenn wir erst wieder in London sind.»

«Auch hier kann ich Euch nur für Euren Geschäftssinn loben.» Andersons Bericht hatte Hal sichtlich aufgemuntert. So lebhaft und begeistert hatte Tom seinen Vater nicht mehr erlebt, seit er seine Verwundungen davongetragen hatte. «Der Wind steht gut für die Reise zum Kap der Guten Hoffnung. Wir sollten segeln, sobald Eure *Yeoman* wieder bereit ist, auszulaufen, Captain Anderson. Wann werdet Ihr soweit sein?»

«Ich habe einige Fälle von Skorbut unter meinen Männern, doch die werden sich schnell erholen, nun da wir in einem Hafen sind. Ich brauche nur meine Wasserfässer zu füllen und eine Ladung Kokosnüsse an Bord zu nehmen. Spätestens in einer Woche werden wir wieder segelbereit sein.»

Vier Tage später lichtete das Geschwader die Anker und manövrierte in Reih und Glied durch die Riffpassage. Sobald sie auf offener See waren, setzten sie alle Segel und nahmen Kurs nach Süden, durch den Mosambik-Kanal auf das Südkap des afrikanischen Kontinents zu.

Die ersten Wochen hielt sich das Wetter, und der Wind blieb günstig. Die frische Seeluft und die sanfte Bewegung der *Seraph* taten Hal offenbar gut. Täglich übte er mit Tom die Riten des Ordens vom St. George und dem Heiligen Gral und bereitete ihn für den Eintritt in die Bruderschaft vor. Die Fortschritte, die sein Sohn dabei machte, bereiteten ihm große Freude.

Nach der ersten Woche befahl Tom, ein Tagesbett im Freien aufzustellen, auf der Wetterseite des Achterdecks, und ließ seinen Vater hinauftragen, damit er wieder den Wind und die Sonne auf seinem Gesicht spüren konnte. Obwohl Tom die volle Verantwortung für das Schiff hatte, nahm er sich jeden Tag die Zeit, seinen Vater zu besuchen. In jenen Tagen fühlte sich Tom ihm näher als je zuvor. Oft kam ihr Gespräch auf Dorian und wie sie ihn finden und retten könnten. Über Guy und seine Heirat mit Caroline Beatty sprachen sie nur einmal. Zu Toms Erstaunen redete sein Vater von Mann zu Mann. «Dir ist hoffentlich klar, Tom, dass das Kind nicht Guys, sondern deines sein könnte, nicht wahr?»

«Ja, das ist mir auch schon in den Sinn gekommen.» Tom verbarg seine Verlegenheit, so gut er konnte, und antwortete so geradeheraus, wie sein Vater das Thema aufgebracht hatte.

«Ich fürchte, du hast dir deinen Zwillingsbruder zum Feind gemacht. Hüte dich vor Guy. Er wird dir das Leid, das du ihm zugefügt hast, nicht vergeben, und seine Fähigkeit zu hassen ist grenzenlos.»

«Ich bezweifele, ob wir uns je wiedersehen werden. Er ist in Indien, und ich – ich werde auf allen Ozeanen umhersegeln, bis ans Ende der Welt.»

«Das Schicksal spielt uns zuweilen schäbige Streiche, und die Ozeane sind vielleicht nicht so groß, wie du denkst.»

Das Geschwader segelte weiter nach Süden, und als sie dreiundvierzig Grad südlicher Breite erreichten, nahm es Kurs nach Westen, um am Kap der Guten Hoffnung zu landen. Bald sahen sie die weiße Brandung auf den Klippen Südafrikas. Am selben Tag ließ Hal Tom in die Heckkabine kommen und zeigte ihm das Logbuch, in dem Toms Beförderung eingetragen war.

«Abgesehen von dem Vertrauensbeweis, den ich dir damit erbringe, bedeutet dies auch, dass du nun ein Recht auf deinen Anteil an Beute und Prämie hast», erklärte Hal seinem Sohn. «Das könnten gut und gern tausend Pfund für dich sein.»

«Danke, Vater.»

«Ich würde gern viel mehr für dich tun, doch das steht nicht in meiner Macht. William ist mein Erstgeborener – du weißt, was das bedeutet. Ihm wird einmal alles gehören, was ich besitze.»

«Macht Euch um mich keine Sorgen. Ich werde meinen eigenen Weg gehen auf dieser Welt.»

«Da bin ich sicher», lächelte Hal und ergriff Toms Arm. Er war jetzt kräftiger als bei ihrer Abreise von Flor de la Mar. Tom spürte die Kraft in Hals Griff, und die Sonne hatte seinem Gesicht wieder etwas Farbe verliehen. «Es muss daran liegen, dass wir am Kap sind und wieder nach Norden segeln. Wie könnte ich sonst wieder an High Weald denken. Hasst du deinen älteren Bruder nicht, Tom?»

«Nein, Vater, ich hasse ihn nicht. Es ist Black Billy. Er hasst mich.»

«Dass du diesen verächtlichen Namen aussprichst, verrät deine wahren Gefühle für ihn, doch wenn ich einmal nicht mehr bin, wird er das Familienoberhaupt sein. Er wird deinen Respekt und deine Loyalität beanspruchen.»

«Ihr selbst, Vater, habt mich gelehrt, dass Respekt und Loyalität verdient sein wollen. Niemand hat einen Anspruch darauf.»

Sie ankerten weit vor dem Strand der kleinen holländischen Siedlung am Kap der Guten Hoffnung. Sie nahmen frisches Wasser, Gemüse und Fleisch auf und hatten kein Geschäft und keine Schwierigkeiten mit der holländischen Verwaltung auf dem Festland; nach einer Woche waren sie wieder unterwegs, diesmal nach Norden. Sobald sie auf dem Atlantik waren, änderte sich der Charakter der Gewässer schlagartig, mit entsprechender Wirkung auf Hals Gesundheit.

Die Kapbrecher brausten auf sie ein, mächtige graue Wellenberge mit tiefen Tälern dazwischen, und beutelten das Geschwader Tag und Nacht. Die Wogen schäumten über die Schiffsbuge und nahmen jede lose Planke, jedes herumliegende Ausrüstungsstück mit ins Meer. Der Wind heulte wie ein Wolfsrudel und stürmte gnadenlos und unablässig über sie hinweg. Hal wurde jeden Tag schwächer. Als Tom ihn eines stürmischen Morgens in seiner Kabine aufsuchte, fand er ihn fiebrig und schwitzend. Es roch deutlich nach Krankheit, und als er das Betttuch zurückzog, fand er verräterische gelbe Eiterflecke auf dem weißen Leinen.

Er rief der Wache an Deck zu, Dr. Reynolds herbeizuholen, und der kam sofort zu ihm geeilt. Er wickelte die Bandagen um Hals linkes Bein auf, und seine Züge verzerrten sich vor Entsetzen: Der Stumpf war furchtbar geschwollen, die Lippen der frisch verheilten Wunde blaurot und heiß, aufgebrochen, und Eiter quoll an den Rändern hervor. «Ich fürchte, die Wunde ist stark entzündet, Sir Henry.» Dr. Reynolds schnupperte an dem Eiter und verzog das Gesicht. «Der Geruch gefällt mir nicht. Ich rieche Wundbrand. Ich muss die Wunde sofort öffnen.»

Tom hielt seinen Vater an den Schultern fest, während der Arzt die Spitze eines langen Skalpells in die Wunde drückte. Hal zuckte und wimmerte vor Schmerzen. Als Reynolds die Klinge wieder herauszog, floss gelber und purpurner Eiter heraus, gemischt mit frischem Blut. Die Brühe bedeckte den Boden der Schüssel, die der Arztgehilfe unter den Stumpf hielt. «Ich glaube, wir haben die Quelle des Übels trocken gelegt.» Reynolds schien zufrieden mit der Menge und Farbe des Ausflusses. «Und jetzt werde ich Euch zur Ader lassen, um das Fieber zu senken.» Er nickte seinem Gehilfen zu. Sie rollten den Ärmel an Hals Nachthemd hoch und wickelten eine lange Lederschnur um seinen Oberarm. Als sie sie festzogen, traten die Venen in Hals Armbeuge wie blaue Seile unter der bleichen Haut hervor. Reynolds wischte sein Skalpell am Rockärmel ab und prüfte die Spitze an seiner Daumenkuppe, bevor er die geschwollene Vene anstach und beobachtete, wie sich dunkelrotes Blut mit dem gelben Eiter in der Zinnschüssel mischte.

«Ein Pint sollte genügen», murmelte er. «Ich glaube, wir haben die morbiden Säfte jetzt heraus. Ich will mich zwar nicht selbst loben, aber diesseits von Land's End könnte das niemand besser machen.»

Während der folgenden Wochen ging es auf und ab mit Hals Gesundheit. Manchmal lag er tagelang bleich und regungslos in seiner Koje, und dann erholte er sich plötzlich wieder. Als sie den Äquator überquerten, konnte Tom ihn wieder an Deck bringen lassen, wo er sich des warmen Sonnenscheins erfreute und begeistert von zu Hause redete, von den grünen Feldern und wilden Mooren auf High Weald. Er sprach gar von den Büchern und Schriften in seiner Bibliothek: «Dort habe ich alle Logbücher von den frühen Reisen deines Großvaters. Die wenigstens darf ich dir hinterlassen, denn du bist der Seemann in der Familie. William würde nichts damit anfangen können.»

Der Gedanke an Sir Francis versetzte Hal wieder in Trauer. «Auf High Weald wird der Leichnam deines Großvaters auf uns warten, den Anderson von Bombay aus auf die Reise geschickt hat. Wir werden ihn in seinem Sarkophag in der Krypta beisetzen – er wird froh sein, wieder daheim zu sein.» Sein Gesichtsausdruck wurde immer trübsinniger. «Wirst du dafür sorgen, dass auch ich einen Platz in der Krypta finde, Tom? Ich möchte bei meinem Vater ruhen, und bei den drei Frauen, die ich geliebt habe. Deine Mutter …» Er stockte, unfähig weiterzureden.

«So weit ist es noch lange nicht, Vater», versicherte ihm Tom mit Verzweiflung in der Stimme. «Erst müssen wir Dorry finden, das haben wir geschworen. Ihr müsst wieder gesund und stark werden.»

Hal gab sich alle Mühe, die düsteren Gedanken zu vertreiben. «Natürlich, du hast Recht. Mein Gejammer nützt niemandem etwas.»

«Ich habe die Zimmerleute beauftragt, Euch zwei neue Beine anzufertigen, aus starker englischer Eiche», berichtete Tom eifrig. «Bevor wir auf High Weald ankommen, werdet Ihr wieder aufrecht stehen.»

Tom schickte nach dem Zimmermannsmeister. Der kleine, knorrige Waliser kam mit den zwei Holzprothesen herbei, an denen sie zu arbeiten begonnen hatten, und er und Tom machten sich eifrig daran, sie zu messen und an Hals Stümpfe anzupassen.

Hal verfolgte dieses Treiben mit lebhaftem Interesse, lachte mit ihnen und gab alberne Vorschläge zum Besten. «Können wir keinen Kompass und einen Wetterhahn daran festnageln, um mir bei der Navigation zu helfen?» Doch als der Zimmermann fort war, verfiel er wieder in seine Melancholie. «Mit diesen Holzstangen an meinen Beinen werde ich niemals zurechtkommen. Ich fürchte, du musst dich ohne mich auf die Suche nach Dorian machen, Tom.» Er hob die Hand, um Toms Widerspruch Einhalt zu gebieten. «Aber ich werde mein Wort halten. Ich werde dir helfen, so gut ich kann.»

Zwei Wochen darauf, als das Schiff am Rande der trägen Sargassosee dümpelte – dreißig Grad nördlicher Breite und sechzig Grad westlicher Länge – fand Tom seinen Vater regungslos in seiner Koje vor. Hals ganzer Körper schien zusammengesunken, die Haut über die Schädelknochen gestreckt, stramm und gelb wie Pergament – wie das Gesicht der ägyptischen Mumie, die einer von Toms Vorfahren von einer Reise nach Alexandrien mitgebracht hatte und die jetzt in ihrem offenen Sarg an einer der Wände in der Bibliothek auf High Weald lehnte. Tom rief nach Dr. Reynolds und ließ seinen Vater in dessen Obhut; er selbst hielt es in der stickigen Kabine nicht mehr aus. Er lief an Deck und füllte seine Lungen mit der warmen Seeluft. «Wird diese Reise niemals enden?», klagte er für sich. «Wenn wir ihn nicht bald nach Hause bringen, wird er High Weald niemals wieder sehen. Ich wünschte, wir hätten ein wenig Wind, der uns vorantreiben könnte.»

Er lief zu den Hauptmastwanten und kletterte, ohne ein einziges Mal zu rasten, zum Flaggenknopf hinauf. Von dort blickte er zum Horizont hinaus, der verschwommen und dunstig im Norden lag. Dann zog er seinen Dolch, rammte ihn in das Mastholz und ließ ihn dort stecken. Aboli hatte ihn gelehrt, dass man auf diese Weise den Wind heraufbeschwören konnte. Er pfiff die «Frauen von Spanien», doch das erinnerte ihn an Dorian; also pfiff er stattdessen «Greensleeves».

So versuchte Tom den ganzen Morgen, den Wind herbeizuzaubern, und als die Sonne sich dem Zenit näherte, schaute er nach achtern hinaus. Die Meeresoberfläche war spiegelglatt, nur unterbrochen von gelbem Sargassoseegras. Dann jedoch sah er, wie eine Windfront sich dunkelblau über die schimmernde Oberfläche näherte. «Deck!», rief er nach unten. «Wetterlinie, genau von achtern!» Unter sich sah er die winzigen Gestalten an die Schoten eilen, um die Segel für den kommenden Wind zu trimmen, der denn auch bald die vier Schiffe ergriff und davontrug. Die *Seraph* segelte immer noch voran, gefolgt von der *Yeoman*, der *Minotaur* und der behäbigen *Lam*. Von nun an wehte der Wind stetig von Westen, ohne je nachzulassen, nicht einmal nachts. Tom ließ seinen Dolch in der Mastspitze stecken.

Sie landeten vor den Scilly-Inseln und grüßten das erste Segel, das sie nach zwei Monaten zu sehen bekamen. Es handelte sich um ein kleines, offenes Fischerboot mit drei Mann Besatzung.

«Was gibt es Neues?», rief Tom ihnen zu. «Wir haben seit achtzehn Monaten keine Neuigkeiten gehört.»

«Krieg!», wurde als Antwort zurückgerufen. «Krieg mit den Franzosen!»

Tom rief Captain Anderson und die anderen Kapitäne zu einem dringenden Kriegsrat an Bord der *Seraph* zusammen. Es wäre nicht auszudenken, wenn sie am Ende einer so gefährlichen Reise, mit der Heimat fast in Sicht, französischen Privatiers in die Hände fallen sollten. Hal erfreute sich einer seiner besseren Perioden und war in der Lage, an der Diskussion teilzunehmen, weshalb Tom die Männer in der Heckkabine versammelte. «Wir haben die Wahl», begann er. «Wir können in Plymouth eindocken, oder wir fahren den Kanal hinauf zur Themsemündung.»

Anderson war für Plymouth, doch Ned Tyler und Alf Wilson wollten gleich nach London segeln. Als alle ihre Meinung kundgetan hatten, sagte Tom: «Wenn wir erst in Blackwell sind, können wir unsere Fracht gleich in die Lagerhäuser der Kompanie ausladen. Unsere Beute könnte in wenigen Tagen in den Auktionssälen sein.» Er blickte seinen Vater an, in der Hoffnung, er würde ihm zustimmen. Als Hal schließlich nickte, fuhr Tom fort: «Wenn wir dagegen in Plymouth Halt machen, könnten wir Gott weiß wie lange dort festsitzen. Ich würde sagen, wir riskieren die Aufmerksamkeit der französischen Privatiers und nehmen Kurs auf North Foreland.»

«Tom hat Recht. Je eher wir unsere Fracht abliefern können, desto glücklicher werde ich mich fühlen», erklärte Hal.

Sie brachten also die Mannschaften in Bereitschaft und segelten mit geladenen Kanonen und doppelten Ausgucks den Kanal hinauf. Zweimal in den Tagen danach sahen sie fremde Schiffe, die wie Franzosen aussahen, obwohl sie keine Flagge zeigten. Tom gab das Flaggensignal, die Formation zu schließen, und die Fremden drehten ab, zurück nach Osten, wo die französische Küste direkt hinter dem Horizont lag.

Zwei Stunden vor Anbruch der Morgendämmerung lag North

Foreland vor ihnen, und bis Mittag hatten sie Sheerness links liegen gelassen. Am Ende dieses Wintertages legten alle vier Schiffe an den Kompaniedocks am Fluss an. Ein Kompanieagent stand auf dem Quai zu ihrer Begrüßung bereit. Noch bevor die Gangway abgelassen war, rief Tom ihm zu: «Lasst Lord Childs benachrichtigen, dass wir große Beute gemacht haben. Er soll sofort herkommen.»

Zwei Stunden vor Mitternacht kam Childs' Kutsche auf den Hof gerattert, mit zwei Reitern zur Seite, um für freie Bahn zu sorgen. Der Kutscher zügelte die Pferde am Rand des Docks, und Childs fiel fast aus der Kutsche, bevor sie zum Stehen kam. Dann kam er die Gangway der *Seraph* heraufgestampft, mit hochrotem Kopf, die Perücke verrutscht, die Lippen zitternd vor Aufregung.

«Wer bist du?», brüllte er Tom an. «Wo ist Sir Henry?»

«Ich bin Sir Henrys Sohn, Mylord. Ich bin Thomas Courtney.»

«Wo ist dein Vater, Bursche?»

«Er erwartet Euch in seiner Kabine, Mylord.»

Childs schnellte herum und zeigte auf die *Minotaur*.

«Was ist das für ein Schiff dort? Sie sieht aus wie ein Indiaman, aber ich kenne sie nicht.»

«Das ist die alte *Minotaur*, Mylord, mit einem frischen Anstrich.»

«Die *Minotaur*? Ihr habt die *Minotaur* von dem Korsaren zurückerobert?» Childs wartete nicht auf Toms Antwort. «Und das andere Schiff dahinter?» Er zeigte auf die *Lam*. «Welches Schiff ist das?»

«Ein weiteres Beutestück, Mylord, ein Holländer, voll beladen mit chinesischem Tee.»

«Jesus liebt dich, mein Junge. Du bringst fürwahr gute Nachrichten. Führe mich zu deinem Vater.»

Hal saß aufrecht in seinem Kapitänssessel, mit einer Decke auf dem Schoß, um seine Verwundungen zu verbergen. Er trug einen blauen Samtmantel; auf seiner Brust funkelte das goldene, mit Juwelen besetzte Abzeichen des Ordens vom St. George und dem Heiligen Gral. Er war leichenblass, und seine Augen waren tief in ihren dunklen Höhlen versunken, doch er hielt sich aufrecht. «Willkommen an Bord, Mylord», begrüßte er Childs. «Entschuldigt, dass ich nicht aufstehe, aber ich bin ein wenig unpässlich.»

Childs ergriff seine Hand. «Auch Euch ein herzliches Willkommen, Sir Henry. Ich bin gespannt zu hören, wie erfolgreich Ihr wart. Ich habe die beiden Beuteschiffe am Quai gesehen, und Euer Sohn hat mir schon einen Eindruck gegeben, welche Fracht Ihr geladen habt.»

«Bitte setzt Euch doch.» Hal zeigte auf den Sessel neben sich. «Mein Bericht wird einige Zeit in Anspruch nehmen. Ich habe alles niedergeschrieben, doch ich würde Euch gern selbst von unserer Expedition erzählen, von Mann zu Mann, von Angesicht zu Angesicht. Doch zuerst wollen wir ein Glas Wein trinken.» Er gab Tom ein Zeichen, die Gläser zu füllen, die auf einem Silbertablett bereitstanden.

Childs beugte sich in seinem Sessel vor und horchte aufmerksam, als Hal mit seiner Geschichte begann. Gelegentlich warf er eine Frage ein, doch die meiste Zeit lauschte er in gespannter Aufmerksamkeit, während Hal die Frachtmanifeste der vier Schiffe des Geschwaders vorlas. Als er schließlich verstummte, erschöpft von der Anstrengung der langen Lesung, beugte sich Childs zu ihm herüber und nahm ihm die Pergamentbögen aus der Hand, um sie noch einmal durchzulesen. Als er wieder aufschaute, sagte er: «Seit Ausbruch des Krieges mit den Franzosen sind die Preise fast auf das Doppelte gestiegen. Wenn man die beiden eroberten Schiffe einschließt, könnte die Beute, die Ihr für uns gewonnen habt, an die fünfhunderttausend Pfund wert sein. Die Direktoren der Kompanie werden mehr als dankbar sein, und ich glaube, ich spreche für Seine Majestät, wenn ich sage, dass die Krone ihr heiliges Versprechen wahr machen wird. Ihr werdet Euch Henry Courtney, Baron Dartmouth, nennen dürfen, bevor diese Woche zu Ende geht.»

Childs hob ein Glas. «Ich wusste, ich hatte den richtigen Mann gewählt, als ich Euch mit diesem Auftrag betraute. Darf ich auf Eure Gesundheit und Euer Wohlergehen trinken, Sir Henry?»

«Danke, Mylord. Es macht mich glücklich, dass Ihr zufrieden seid.»

«Zufrieden?», lachte Childs. «Ich kann meine Freude, meine Bewunderung, mein Erstaunen über Eure Fähigkeiten und Euren Mut kaum in Worte fassen!» Er lehnte sich zur Seite, um Hal seine Hand aufs Knie zu legen – nur um verdattert nach Hals fehlendem Bein zu tasten.

«Sir Henry, was ist geschehen?» Er schaute auf Hals Hüfte hinab. «Guter Gott, Mann, Eure Beine! Ihr habt Eure Beine verloren!»

Hal lächelte schwach. «Ja, Mylord, diesen Preis hatte ich zu bezahlen. Wir Seeleute nennen es die Fleischerrechnung.»

«Wir müssen Euch sofort von diesem Schiff hinunterbringen. Ihr seid mein Gast in Bombay House, bis Ihr ganz genesen seid. Ich werde meine Ärzte kommen lassen, die besten in London. Es soll Euch an nichts fehlen, das verspreche ich.»

Eines der ersten Dinge, die Hal nach seiner Ankunft in Bombay House erledigte, war, William zu schreiben und ihm von der phantastischen Beute zu berichten, die sie heimgebracht hatten, sowie ihn von seiner bevorstehenden Erhebung in den Adelsstand zu unterrichten. Der Brief brauchte eine Woche, bis er bei seinem Sohn in Devon ankam.

Das Schreiben noch in der Hand, rief William nach seinem Pferd, und innerhalb einer Stunde ritt er in wildem Galopp durch die Tore von High Weald, zur Hauptstraße nach London hinauf, so schnell ihn die Pferde, die er an den Poststationen eintauschte, tragen konnten.

Fünf Tage nachdem er High Weald verlassen hatte, ritt er auf den Hof vor Bombay House, mitten in einem heftigen Nachmittagsschauer. Er ließ sein geliehenes Pferd in die Stallungen führen und stürmte, durchnässt und verschlammt bis zur Hüfte, durch den Haupteingang. Den Steward und die Diener, die sich ihm in den Weg zu stellen versuchten, stieß er einfach beiseite. «Ich bin Sir Henry Courtneys ältester Sohn. Führt mich sofort zu meinem Vater.»

Sobald er diesen Namen hörte, kam einer der Sekretäre zu ihm geeilt. In den vergangenen Tagen hatte der Name Courtney die Stadt im Sturm erobert. Jede Zeitung hatte seitenweise Artikel über die Abenteuer des Sir Henry Courtney auf dem Indischen Ozean gedruckt. Manche dieser Artikel waren stark übertrieben, und doch boten sie mehr Gesprächsstoff als gar der letzte englische Sieg über Frankreich. Hals Name hallte durch alle Tavernen und feinen Empfangssäle in London. Noch aufregender war, dass Nachrichtenblätter, die auf der Straße verteilt wurden, die kommende Auktion der Beute in den Sälen der John-Kompanie an der

Leadenhall Street bekannt machten, indem sie die Frachten der Schiffe als «die größten Schätze, die je von einem Feind auf hoher See erobert worden sind» anpriesen.

Innerhalb weniger Tage nach Ankunft des Geschwaders stieg der Wert der Anteilsscheine der «Vereinigten Kompanie Englischer Kaufleute im Handel mit Ostindien» – dies war der volle, klingende Name dieser ehrenwerten Handelsgesellschaft – um über fünfzehn Prozent. Über die vergangenen fünf Jahre hatte die Kompanie eine jährliche Dividende von fünfundzwanzig Prozent ausgezahlt, doch die Spekulation über den Wert dieses riesigen Schatzes trieb den Anteilspreis in nie da gewesene Höhen.

«Gott sei Dank, Ihr seid hier, Sir», begrüßte der Sekretär William. «Euer Vater hat jeden Tag nach Euch gefragt. Bitte lasst mich Euch zu ihm bringen.»

Er führte William die weite, geschwungene Marmortreppe hinauf. Auf dem ersten Absatz blieb William abrupt stehen, direkt unter dem mächtigen Porträt des Ururgroßvaters von Lord Childs, und schaute zu den beiden Männern auf, die ihm die Treppe herunter entgegenkamen. Er runzelte die Stirn, und seine dunklen Augen funkelten, als er den Jüngeren der beiden erkannte.

«Sieh da, mein lieber Bruder! Anscheinend sind meine Gebete nicht erhört worden. Du bist zurückgekehrt, um mich weiter zu plagen. Du und dieser große, schwarze Wilde.» Er blickte zu Aboli.

Tom blieb vor William stehen. Er war nun eine halbe Handbreit größer als sein älterer Bruder. Er musterte ihn von oben bis unten, von seinen schlammigen Stiefeln bis zu seinem arroganten Gesicht, und lächelte kalt. «Deine brüderliche Zuneigung rührt mich zutiefst. Sei versichert, dass sie von mir gänzlich erwidert wird.»

Wenngleich er es nicht zeigte, überraschte William die Veränderung, welche die Jahre in Tom bewirkt hatten. Er war jetzt ein großer, harter Mann voller Selbstbewusstsein – ein Mann mit dem er zu rechnen hatte.

«Zweifellos werden wir Gelegenheit haben, diese reizende Konversation später fortzusetzen.» William wandte sich ab. «Doch nun warten meine Pflichten als Erstgeborener auf mich. Ich muss zu meinem Vater.»

Tom reagierte nicht auf den gehässigen Hinweis auf Williams Status, obwohl er schmerzte. Er trat zur Seite und verbeugte sich flüchtig. «Zu Euren Diensten, Bruder.»

William lief an ihm vorbei, ohne sich noch einmal umzuschauen, und fand sich bald in der langen Porträtgalerie des Hauses. Der Sekretär führte ihn ans Ende des Ganges und klopfte mit seinem Stock an eine große Flügeltür. Diese öffnete sich sofort, und William trat in ein elegantes Schlafgemach. Vier schwarz gekleidete Chirurgen standen um das riesige, auf einem Podest erhöhte Himmelbett. Sie traten beiseite und ließen William zum Bett durch.

William erstarrte, als er die Gestalt erblickte, die auf den Kissen lag. Er erinnerte sich an den kerngesunden, kräftigen Mann, von dem er sich im Hafen von Plymouth verabschiedet hatte, und nun hatte er einen schwächlichen Greis mit silbernem Bart, kahl rasiertem Kopf und schmerzverzerrtem Gesicht vor sich. Konnte dies derselbe Mann sein?

«Ich habe zu Gott gebetet, dass du endlich kommst», flüsterte Hal. «Komm, küsse mich, William.»

William eilte an seine Seite. Er kniete nieder und küsste seinen Vater auf die blasse Wange. «Ich danke Gott, dass er Euch verschont hat und dass Ihr Euch so gut von Euren Wunden erholt habt», sagte William mit ernster Miene und einer Freude in der Stimme, die seine wahren Gefühle verbarg. Er liegt im Sterben, dachte William voller Schrecken und zugleich voller Glück. Bald wird das Gut mein sein – und dieser berühmte Schatz, den er von seinen Raubzügen heimgebracht hat. «Ich hoffe, du fühlst dich so gut, wie du aussiehst.» Er ergriff die schmale, kalte Hand, die auf dem Brokat der Bettwäsche lag. Bei Jesus, dachte er, wenn der alte Pirat stirbt, bevor er offiziell in den Adelsstand erhoben wurde, ist die Baronie dahin. Ohne den Adelsgürtel um meinen Bauch wird mir der Geschmack selbst dieses riesigen Vermögens, das er den Heiden geraubt hat, versauert sein.

«Du bist ein guter, liebender Sohn, William, doch noch brauchst du nicht um mich weinen. Nicht einmal diesen Totengräbern hier», er deutete auf die vier berühmten Ärzte, die um sein Bett herum standen, «wird es leicht fallen, mich unter die Erde zu bringen.» Sein kraftloses Lachen echote durch den hohen Saal. Keiner der Ärzte verzog eine Miene.

«Meine Liebe zu Euch ist noch stärker durch den Stolz, den ich nach Euren Ruhmestaten empfinde. Wann werdet Ihr Euren Sitz im House of Lords einnehmen, Vater?»

«In den nächsten Tagen», antwortete Hal, «und als mein ältester Sohn wirst du mich begleiten und meiner Ehrung beiwohnen.»

«Sir Henry», warf einer der Ärzte ein, «wir glauben nicht, dass es ratsam wäre, in Eurem gegenwärtigen Zustand das House of Lords zu besuchen. Wir haben ernste Bedenken, dass …»

William sprang auf und funkelte den Doktor an, bevor er seine Bedenken aussprechen konnte. «Unsinn, Mann. Jeder Narr kann sehen, dass mein Vater kräftig genug ist, der Einladung seines Monarchen nachzukommen. Ich werde keine Minute von seiner Seite weichen. Es soll ihm an nichts fehlen, dafür werde ich sorgen.»

Fünf Tage später saß Hal in einem Tragesessel, und vier Diener trugen ihn die Treppe hinunter. William lief aufgeregt um sie herum. Lord Childs' Kutsche stand vor dem Haupteingang bereit. Tom und Aboli standen abseits von den Reitern, die die Kutsche eskortieren würden.

Die Lakaien setzten Hal neben der Kutsche ab. Für einen Augenblick herrschte Verwirrung. Niemand schien zu wissen, was als Nächstes zu tun war. Schließlich trat Tom vor und schob seinen älteren Bruder beiseite. Bevor die Ärzte einschreiten konnten, hob er seinen Vater mühelos aus dem Sessel und stieg mit dem verfallenen Körper in seinen Armen in die Kutsche. «Vater, Ihr solltet nicht hier sein. Diese Fahrt wird Euch überanstrengen», flüsterte er, während er Hal in die Kutsche setzte und die Pelzdecke über ihm ausbreitete.

«Der König könnte bald auf den Kontinent zurückkehren, um seine Armeen dort anzuführen. Wer weiß, wann er das nächste Mal wieder in England sein wird!»

«Dann sollten Aboli und ich Euch begleiten», schüttelte Tom den Kopf, «doch das hat William verboten.»

«William wird sich gut um mich kümmern.» Hal zog sich den schimmernden Pelz über die Schultern. «Du musst hier bleiben, bei Mr. Walsh, und im Auktionshaus unsere Interessen vertreten. Ich setze großes Vertrauen in dich, Tom.»

Tom wusste, dass der wahre Grund für Hals Ablehnung war, dass er ihn nicht mit seinem Halbbruder zusammenbringen wollte. «Wie Ihr wünscht, Vater», fügte er sich.

«Sobald diese Sache im House of Lords erledigt ist und die

Auktionen abgeschlossen sind, können wir nach High Weald heimkehren und Dorians Rettung planen.»

«Ich werde hier warten, bis Ihr zurückkehrt», versprach Tom, bevor er aus der Kutsche stieg und neben dem Hinterrad stehen blieb. William stieg ein und setzte sich neben seinen Vater. Der Kutscher schwang seine Peitsche, und das Gespann zog die Kutsche durch das Tor.

«Schlimm genug, dass Black Billy ihn in diesem Knochenschüttler durch London schleift», sagte Tom zu Aboli. «Für die Reise nach Devon werde ich das nicht zulassen. Die lange Fahrt nach High Weald auf diesen schlechten Straßen würde ihn umbringen. Wir müssen ihn per Schiff nach Plymouth bringen. Die See wird pfleglicher mit ihm umgehen, und an Bord können wir beide uns um ihn kümmern.»

«Du hast kein Schiff, Klebe», erinnerte ihn Aboli. «Die *Seraph* und die *Minotaur* gehören der John-Kompanie.»

«Dann müssen wir ein anderes Schiff chartern.»

«Es wimmelt von französischen Privatiers auf dem Kanal.»

«Wir brauchen ein kleines, gewandtes Schiff – klein genug, dass es nicht die Aufmerksamkeit der Franzosen auf sich zieht, und schnell genug, ihnen zu entwischen, wenn sie uns dennoch auf die Pelle rücken wollen.»

«Ich glaube, ich weiß, wer uns ein solches Schiff zur Verfügung stellen könnte», sagte Aboli nachdenklich, «falls sich in der Zeit, wo wir fort waren, nichts geändert hat.»

Die Auktion in den prächtigen Gebäuden und Höfen der Kompanie an der Leadenhall Street dauerte vier Tage, bevor alles verkauft war. Tom saß die ganze Zeit über neben Master Walsh und notierte die Preise, die für die Beute geboten wurden.

Der Hauptverkaufssaal war wie ein Theater eingerichtet, mit aufsteigenden Sitzreihen rings um die Mitte, wo der Auktionator sein Podest hatte. So viele Kaufleute mit ihren Sekretären und Buchhaltern waren erschienen, dass nicht alle Platz fanden auf den engen Bänken und viele der potenziellen Käufer vor den Wänden stehen mussten. Doch alle beteiligten sich begeistert, riefen dem Auktionator ihre Gebote zu oder winkten mit ihren Katalogen.

Tom hörte, wie die Preise in manchmal verrückte Höhen getrieben wurden, und dachte an die Goldtruhen, die unter den Auktionssälen aufbewahrt wurden. Noch in der ersten Nacht, nachdem das Geschwader am Kompaniequai festgemacht hatte, hatten sie die Truhen in Kutschen über das grobe Pflaster, eskortiert von fünfzig Seeleuten, in Sicherheit gebracht.

Bald war klar, dass die Preise, die Lord Childs vorhergesagt hatte, in der Hysterie, die den Verkauf umgab, weit übertroffen werden würden. Mit jedem Tag, den die Auktion anhielt, sah Tom seinen Anteil im Wert steigen.

«Guter Gott!», staunte er am letzten Tag, als er auf seiner Schiefertafel die Zahlen zusammenrechnete. «Mit etwas Glück werde ich bald über tausend Pfund reicher sein.» Tausend Pfund war etwa die Summe, die ein Bergmann oder Landarbeiter auf High Weald in seinem ganzen Leben verdiente. Die Aussicht auf solchen Reichtum machte ihn benommen, doch dann dachte er daran, was der Anteil seines Vaters wert sein würde. «Fast hunderttausend», rief er aus, «und den Hermelinmantel und den juwelenbesetzten Schwertgürtel eines Barons! Und all das wird nun Black Billy in den Schoß fallen, ohne dass er einen Finger dafür krumm gemacht hätte», rief er zornig, «Black Billy, der sich das Herz aus dem Leibe kotzt, sobald er ein Schiff betritt!»

Während er noch über diese Ungerechtigkeit brütete, kündigte der Auktionator mit lauter Stimme das nächste Los an, das zur Versteigerung stand. «Mylords, Ladys und Gentlemen, wir haben die Freude und das Privileg, Ihnen zu Ihrer Freude und Erbauung, eine einzigartige, wunderbare Trophäe zum Kauf anzubieten, ein Stück, das selbst den Wählerischsten unter Ihnen zusagen muss.» Dann hob er feierlich das Tuch, das einen großen Glaskrug bedeckte, der auf dem Tisch vor ihm stand. «Der Kopf des berüchtigten, blutrünstigen Räubers und Korsaren Jangiri, auch bekannt unter dem Namen al-Auf, der Böse.»

Ein Raunen ging durch die Reihen der Kaufleute. Sie reckten die Hälse, um einen Blick auf den abgetrennten, in Alkohol schwimmenden Kopf zu erhaschen. Tom war bis ins Innerste schockiert, als er al-Auf wieder ins Gesicht sah. Das dunkle Haar des Piraten trieb wie Seetang um das abgeschlagene Haupt. Eines der Augen war geöffnet und schien Tom anzustarren, wie in mildem Erstaunen. Auf den Lippen war noch der Schmerz zu erkennen, den der Araber beim Kuss der Klinge empfunden haben musste, die ihm den Kopf vom Rumpf getrennt hatte.

«Nun kommt schon, Gentlemen!», munterte der Auktionator die Bieter auf. «Dies ist eine Kostbarkeit. Denkt daran, wie viele Leute im ganzen Land ihre Sixpence dafür hergeben werden, einen Blick darauf werfen zu dürfen. Höre ich fünf Pfund?»

Tom spürte, wie blanker Zorn langsam in ihm aufstieg. Er hatte diesen Kopf als Beweis für den Erfolg ihrer Expedition nach London gebracht, nicht, um ihn als eine makabre Jahrmarktsattraktion enden zu sehen. Nach Instinkt und Ausbildung ehrte er das Prinzip, dass der geschlagene Feind Mitgefühl und Respekt verdiente. Dass al-Auf Dorian gefangen genommen und als Sklaven verkauft hatte, spielte dabei keine Rolle.

Ohne nachzudenken, rief er zornig: «Zehn Pfund!» Er hatte dieses Geld nicht, doch er wusste, dass ihm die Kompanie seinen Anteil an der Beute schulden würde. Alle Köpfe drehten sich, und alle starrten ihn neugierig an. Er hörte sie flüstern.

«Das ist Hal Courtneys Junge, der Bursche, der dem Piraten den Kopf abgeschlagen hat.»

«Er ist es; er hat al-Auf besiegt.»

«Wie heißt er noch?»

«Tom Courtney, Hal Courtneys Junge.»

Der Auktionator verbeugte sich theatralisch vor Tom. «Der tapfere Fechter und Henker höchstselbst hat zehn Pfund geboten. Bietet irgendjemand mehr?»

Ein Mann in der ersten Reihe begann zu klatschen. Die Leute um ihn herum fielen ein, und bald donnerte der Saal von Applaus und Fußgetrampel. Tom wollte rufen, sie sollten aufhören. Er wollte sagen, er hatte den Mann nicht zu ihrem Gefallen getötet. Doch es gab keine Worte, die beschreiben konnten, was er empfunden hatte, als er al-Auf den Kopf abhackte, und was er nun empfand, als er diesen Kopf in einem Glaskrug treiben sah, zum Verkauf angeboten, zum Vergnügen des gaffenden Landvolks.

«Zum Ersten! Zum Zweiten! Das Los geht an Mr. Tom Courtney, für die Summe von zehn Pfund!»

«Bezahlt von meinem Anteil», wies Tom Master Walsh kurz an. Dann sprang er auf; er wollte an die frische Luft, weg von den starrenden, grinsenden Massen in diesem Saal. Er drängte sich zur Tür und lief die große Treppe hinunter.

Draußen auf der Leadenhall Street regnete es. Er legte sich seinen Mantel über die Schultern, schob sich den breitkrempigen Hut mit der Kavaliersfeder in die Stirn und rückte den Schwertgurt zurecht, bevor er unter dem Vordach hervortrat. Jemand tippte ihn auf die Schulter, und er schnellte herum. Er war so aufgebracht, dass er Aboli in der Menge der Herumtreiber am Eingang zu den Verkaufsräumen nicht bemerkt hatte.

«Ich habe gefunden, wen wir gesucht haben, Klebe.» Aboli schob einen hoch gewachsenen, schlanken Kerl in einem Seefahrermantel vor. Sein Gesicht war unter einem Monmouth-Hut verborgen, dessen Krempe heruntergeklappt war. Für einen Augenblick war Tom nicht sicher, was Aboli meinte. «Den Mann, der uns helfen wird, deinen Vater auf dem Seeweg nach Plymouth zu bringen anstatt auf der Landstraße», half ihm Aboli auf die Sprünge.

«Gut. Lasst uns die Angelegenheit über einem Krug Bier besprechen», schlug Tom vor. So liefen sie durch den Regen zu einer Bierhalle an der Ecke von Cornhill.

In der stickigen Gaststube wimmelte es von Advokaten und Schreibern. Der Raum war gefüllt von dickem Pfeifenrauch und Hefedünsten aus den zahllosen Bierkrügen. Sie legten ihre Mäntel und Hüte ab, und Tom musterte das Gesicht des Mannes, den Aboli zu ihm gebracht hatte. «Er ist mit deinem Vater und mir auf der alten *Pegasus* gewesen», klärte ihn Aboli auf.

Der Mann gefiel Tom sofort. Er hatte einen scharfen, intelligenten Blick und sah aus wie ein harter Seemann, das Gesicht braun und zerfurcht von Sonne und Salz.

«Luke hat einen schnellen Kutter, und er kennt den Kanal aus dem Effeff, besonders die französischen Häfen.» Aboli lächelte bedeutungsvoll. «Kein Zöllner oder Franzose hat ihn je erwischt.» Tom verstand nicht sofort, wovon die Rede war, und Aboli fuhr fort: «Wenn du eine Ladung guten Limousin-Cognac brauchst, ist Luke der richtige Mann für dich.»

Tom grinste, als ihm endlich klar wurde, dass Luke ein Schmuggler war. Damit war er bestens geeignet für eine schnelle Tour den Kanal hinunter. Sein Boot wäre wieselflink, und er besäße die Fähigkeit, in mondloser, stürmischer Nacht durch gefährliche Gewässer zu navigieren. Tom schüttelte ihm die Hand. «Aboli hat Euch sicher erzählt, was wir brauchen. Was wäre Euer Preis, Captain?»

«Ich schulde Sir Henry mein Leben und einiges mehr», antwortete Luke Jervis. Dabei berührte er eine lange, weiße Narbe auf seiner linken Wange, die vom Auge bis zum Kinn reichte. «Ich berechne keinen Penny für diese Tour. Es wäre mir eine Ehre, wenn ich ihm zu Diensten sein könnte.»

Tom fragte nicht, was es mit der Narbe auf sich hatte, sondern dankte ihm nur. «Aboli wird Euch benachrichtigen, sobald mein Vater bereit ist, London zu verlassen.»

Als Lord Courtney von seinem ersten Besuch im House of Lords zurückkehrte, sah Tom sofort, wie sehr die Fahrt und die Zeremonie ihn angestrengt hatten. Er trug ihn vorsichtig in sein Schlafzimmer in Bombay House hinauf, wo Hal sofort einschlief. Tom saß an seinem Bett, bis es Abend wurde und ein Diener ein Tablett mit einem Imbiss hereinbrachte.

«Wo ist William?», fragte Hal mit schwacher Stimme, während Tom ihn mit Suppe fütterte.

«Er ist zur Bank gefahren, zu Master Samuels. Lord Childs hat ihm die Kompanienote über Euren Anteil an dem Beuteertrag überreicht, und nun ist William dabei, ihn zur Bank zu bringen», berichtete Tom. Er erwähnte nicht, wie schnell Williams Sorge um seines Vaters Gesundheit verflogen war, als erst die Baronie erklärt und seine Erbfolge gesichert war. William lag nun mehr daran, dass das Gold sicher bei den Bankiers deponiert war, wo er es unter seiner Kontrolle hätte.

«Ihr müsst jetzt ruhen, Vater. Ihr müsst wieder zu Kräften kommen, bevor wir Euch heimbringen können. Unsere Geschäfte hier in London sind fast abgeschlossen. Je eher Ihr wieder auf High Weald seid, desto schneller werdet Ihr Eure Gesundheit vollständig wiedererlangen.»

«Ja, Tom», sagte Hal, plötzlich lebhafter. «Ich will jetzt heim. Wusstest du, dass William und Alice mir einen Enkelsohn geschenkt haben? Sie haben ihn Francis genannt, nach deinem Großvater.»

«Ja, Vater. William hat es mir erzählt.» William hatte Tom nicht im Unklaren gelassen, dass er als Hals jüngerer Sohn nun, da der Erstgeborene einen Erben hervorgebracht hatte, keinerlei Aussicht mehr hatte, jemals den Titel und das Familienvermögen zu erben. «Ich habe ein Schiff gechartert, das uns nach Plymouth bringen wird. Der Kapitän ist Luke Jervis. Erinnert Ihr Euch an ihn? Er sagt, Ihr hättet ihm das Leben gerettet.»

«Luke?», lächelte Hal. «Ein Halunke, aber ein guter Kerl. Ich freue mich zu hören, dass er nun sein eigenes Schiff hat.»

«Es ist nur ein kleiner Kutter, aber er ist schnell.»

«Können wir sofort in See stechen, Tom?» Hal packte ungeduldig seinen Arm.

Schließlich verging noch eine Woche, bevor die vier Ärzte zögernd ihre Zustimmung gaben, dass Hal an Bord der *Raven* gebracht wurde, Luke Jervis' Boot. Sie legten vom Kompaniequai ab, am späten Nachmittag, um den gefährlichsten Teil der Reise in Dunkelheit hinter sich zu bringen.

William war nicht bei ihnen. Nun, da das Beutegeld, das die Auktion erbracht hatte, sicher bei der Samuels Bank deponiert war, hatte er es sehr eilig gehabt, nach High Weald zurückzukehren, um sich um das Gut zu kümmern. «Jede Stunde, die ich fort bin, kostet uns Geld. Ich vertraue diesen Gaunern und Idioten nicht, die mich in meiner Abwesenheit vertreten. Ich werde mich sofort auf den Weg nach Plymouth machen. Ich werde Euch am Hafen erwarten, Vater, wenn Euer Schiff eintrifft.»

Die *Raven* erwies sich als so schnell, wie ihr Ruf es versprochen hatte. In der Nacht, als sie nach Süden segelten, stand Tom neben Luke Jervis am Ruder. Luke wollte jede Einzelheit ihrer Reise zum Indischen Ozean berichtet bekommen und stellte unzählige Fragen, die Tom willig beantwortete. «Mein Gott, wenn ich das gewusst hätte, hätte ich damals sofort bei Captain Hal angeheuert», erklärte Luke am Ende.

«Und was ist mit deiner Frau und deinen kleinen Kindern?», bleckte Aboli seine weißen Zähne zu einem breiten Grinsen.

«Es würde mir nicht das Herz brechen, wenn ich kein Baby mehr schreien und keine Patentante mehr schimpfen hören müsste.» Luke zog an seiner Pfeife, sodass die Glut sein raues Gesicht beleuchtete. Dann nahm er die Pfeife aus dem Mund und deutete damit nach Osten. «Seht ihr die Lichter dort drüben? Das ist Calais. Dort war ich vor drei Nächten, um eine Ladung Branntwein und Tabak an Bord zu nehmen. Es wimmelt von Schiffen auf der

Passage, wie Fliegen auf einem schmutzigen Streuner.» Er lächelte schelmisch im Sternenlicht. «Mit einem Enterbrief in der Tasche bräuchte man nicht Tausende von Meilen in den Orient zu segeln, um reiche Beute zu finden.»

«Habt Ihr kein schlechtes Gewissen, weil Ihr mit den Franzosen Handel treibt, mitten im Krieg mit ihnen?», fragte Tom verblüfft.

«Irgendjemand muss es tun», erwiderte Luke, «sonst hätten wir keinen Schnaps und keinen Tabak für unsere Soldaten. Ich bin ein Patriot, ja, das bin ich.» Er sprach in vollem Ernst, und Tom hakte nicht weiter nach, obwohl es ihm zu denken gab, was Luke über die vielen französischen Schiffe gesagt hatte, die sich in den Kanalhäfen drängten.

William hielt sein Wort. Als die *Raven* am Kai in Plymouth festmachte, wartete dort eine große, gut gefederte Kutsche auf dem Dock, und Diener standen bereit, Hal hineinzutragen. Auf der Straße nach High Weald, auf der sie langsam einherrollten, fuhren sie immer wieder an kleinen Gruppen von Männern und Frauen vorbei, den Arbeitern, Bergleuten und Kleinpächtern des Guts, die sich versammelt hatten, seine Lordschaft daheim willkommen zu heißen. Hal bestand darauf, aufrecht zu sitzen, damit sie ihn sehen konnten, und wenn er einmal ein Gesicht erkannte, ließ er den Kutscher anhalten, damit er dem Mann durch das Kutschfenster die Hand schütteln konnte.

Als sie durch das Tor rollten und knirschend den Weg zum Herrenhaus hinauffuhren, kam die gesamte Dienerschaft auf die große Freitreppe geeilt. Manche der Frauen weinten, als sie Hals Zustand sahen, und die Männer brummten ihre Grüße, als die Diener Hal ins Haus trugen.

«Möge Jesus Euch lieben, Mylord. Gut, dass Ihr wieder daheim seid.»

Alice Courtney, Williams Gattin, wartete ganz oben auf der Treppe. Sie hatte ihr Baby auf dem Arm, ein winziges Wesen mit hochrotem Kopf und runzligem Gesicht, wie Tom bemerkte. Der junge Erbe kreischte aus vollem Hals, als Alice ihn für einen Augenblick in Hals Arme legte. Hal lächelte stolz und küsste ihm das mit dichtem, schwarzem Haar bedeckte Haupt.

Er sieht aus wie ein Äffchen, dachte Tom, bevor er Alice näher betrachtete. Obwohl er nie Gelegenheit gehabt hatte, sie kennen zu lernen, hatte er sie sofort gemocht, seit er sie auf Williams Hochzeit gesehen hatte. Damals war sie hübsch und lebhaft gewesen, doch nun erkannte er sie kaum wieder: Sie wirkte niedergeschlagen, ihr Blick war traurig, und ihre Haut, obwohl immer noch pfirsichzart und makellos, schien grau vor Kummer und Müdigkeit. Als Hal hineingetragen wurde, blieb sie auf der Treppe stehen, um Tom zu begrüßen. «Willkommen daheim, Bruder.» Sie küsste ihn auf die Wange und machte einen Knicks.

«Ihr habt ein wunderschönes Baby.» Tom berührte zaghaft das kleine Gesicht und zuckte zurück, als das Kind wieder zu schreien begann. «So schön wie die Mutter», schloss er verschämt.

«Danke, Tom», sagte sie lächelnd. Dann senkte sie die Stimme, damit das Personal sie nicht hörte. «Ich muss mit Euch reden, Tom, nicht hier – aber bei nächster Gelegenheit.» Dann wandte sie sich schnell ab und gab das Baby einem Kindermädchen. Tom folgte seinem Vater ins Haus.

Sobald er die Zeit fand, ging Tom den Gang zur Hintertreppe hinunter. Dort kam er an Dorians Zimmer vorbei. Er öffnete die Tür und blieb auf der Schwelle stehen. Das Zimmer war noch genau so, wie sein kleiner Bruder es verlassen hatte: Die Kompanien von Zinnsoldaten in Reih und Glied auf dem Fensterbrett; der Drachen, den Tom ihm gebaut hatte und der über Dorians Bett hing, alles war noch da. Die Erinnerungen waren zu schmerzlich. Er schloss leise die Tür und ging die Hintertreppe hinunter.

Tom verließ das Haus durch die Küche, ging an den Stallungen vorbei und lief weiter den Hügel hinauf, auf die Kirche zu. In der Krypta war es kalt und dunkel bis auf einen einsamen Sonnenstrahl, der seinen Weg durch die Öffnung im Zenit der Kuppel fand. Zu seiner Erleichterung fand Tom, dass die Truhe, die den Leichnam seines Großvaters enthielt, vor der Wand stand, neben dem Sarkophag, der seit so langer Zeit dort auf ihn gewartet hatte. Die Truhe hatte die lange Reise von Bombay um das Kap der Guten Hoffnung herum also sicher überstanden. Er ging zu dem Sarg, legte seine Hand auf den Deckel und flüsterte: «Willkommen daheim, Großvater. Hier wirst du es bequemer finden als in jener Höhle in einem fernen, wilden Land.»

Er ging die Steinsärge entlang und blieb vor einem anderen stehen, dem in der Mitte mit der Inschrift: «Elizabeth Courtney,

Gattin des Henry und Mutter des Dorian Courtney, geraubt von der See, vor ihrer vollen Blüte. Ruhe in Frieden.»

«Dorian ist heute nicht hier, doch er wird bald heimkommen», sagte er laut, «das schwöre ich.»

Er ging weiter zum Grab seiner eigenen Mutter und küsste die kalten Marmorlippen ihres Abbilds darauf. Dann kniete er davor nieder. «Ich bin wieder hier, Mutter, in Sicherheit. Auch Guy geht es gut. Er ist jetzt in Indien. Er ist verheiratet. Seine Frau, Caroline, würdest du sicher lieben. Sie ist ein hübsches Mädchen, mit einer lieblichen Stimme.» Er sprach zu ihr, als wäre sie am Leben und könnte ihn hören, und verharrte neben ihrem Sarkophag, bis der Sonnenstrahl seinen Kreis auf den Steinwänden vollendet hatte und verlosch, sodass die Gruft im Halbdunkel lag. Erst dann tastete Tom sich die Treppe hinauf und ging in den Abend hinaus.

Er blieb vor der Kirche stehen und schaute auf die Landschaft hinaus, an die er sich so gut erinnerte und die ihm nun so fremd erschien. Hinter den sanften Hügeln sah er die ferne See, die ihn von jenseits der funkelnden Lichter des Hafens zu rufen schien. Er fühlte sich, als wäre er ein ganzes Leben lang fort gewesen, und nun war er nicht zufrieden, sondern rastlos, verzehrt von dem Drang, wieder aufzubrechen. Afrika, dorthin zog ihn sein Herz. Irgendwo dort draußen lag Afrika.

«Ich frage mich, ob ich je wieder irgendwo glücklich sein werde, wenn ich nicht unterwegs bin», sagte er für sich, während er sich auf den Rückweg zum Haus machte.

Vom Fuß des Hügels war das Herrenhaus nur noch eine dunkle Silhouette im Abenddunst, der über die Wiesen strich. An der Mauer um den Park blieb Tom abrupt stehen. Unter den ausladenden Ästen einer der alten Eichen, die sich düster über den Wiesen erhoben, erblickte er eine gespenstische Gestalt, eine Frau, ganz in Weiß gekleidet. Tom fröstelte, so ätherisch, so unwirklich war die Erscheinung. Es gab viele Geschichten über die Geister, die High Weald heimzusuchen pflegten. Als er und Guy klein waren, hatte ihr Kindermädchen sie mit diesen Erzählungen in Angst und Schrecken versetzt. «Ich lasse mich doch von einem Gespenst nicht ins Bockshorn jagen», nahm Tom schließlich seinen Mut zusammen und ging auf die Gestalt in Weiß zu. Sie schien ihn nicht zu bemerken, bis er fast vor ihr stand. Dann schaute sie auf, das Gesicht voller Angst, und Tom erkannte seine Schwägerin Alice. Sobald sie auch ihn erkannte, raffte sie ihre Röcke zusammen und lief auf das Haus zu.

«Alice!» Er lief hinter ihr her. Sie schaute sich nicht um, sondern lief noch schneller. Erst auf dem Kiesweg vor der Fassade des Hauses holte er sie ein. Er packte sie am Handgelenk. «Alice, ich bin es, Tom. Habt keine Angst.»

«Lasst mich los», sagte sie mit ängstlicher Stimme. Sie schaute zu den Fenstern hinauf, die schon von warmem Kerzenschein glühten.

«Ihr wolltet mit mir reden», erinnerte er sie. «Was habt Ihr mir also zu sagen?»

«Nicht hier, Tom. Er wird uns zusammen sehen.»

«Billy?», fragte Tom verwirrt. «Und was wäre, wenn er uns sähe?»

«Ihr versteht nicht. Ihr müsst mich gehen lassen.»

«Ich habe keine Angst vor Black Billy», sagte er in seiner jugendlichen Arroganz.

«Das sollt Ihr aber», erwiderte sie, bevor sie ihm ihre Hand entzog und geschwind die Treppe zum Haus hinauflief. Tom stand, die Arme in die Hüften gestemmt, auf dem Weg und schaute ihr nach. Er wollte sich schon abwenden, als etwas ihn veranlasste, am Haus emporzuschauen.

Hinter einem der hohen Schlafzimmerfenster im zweiten Stockwerk zeichnete sich die elegante Gestalt seines älteren Bruders vor dem Kerzenlicht ab. Beide Männer verharrten für einen langen Augenblick, bevor Tom eine abschätzige Geste machte und Alice ins Haus folgte.

Tom war in seinem Schlafzimmer beim Ankleiden, als er einen fernen Laut hörte, der selbst in einem so alten Haus mit seinen ächzenden Balken und dem zugigen Dach fehl am Platz zu sein schien. Er verharrte in der Bewegung und lauschte. Nach wenigen Sekunden hörte er es wieder, ein Laut wie von einem Hasen in der Falle, ein verzweifeltes Wimmern, hoch und klagend. Er ging ans Fenster und stieß die Läden weit auf. Kühle Nachtluft strömte vom Meer herein und die Schreie wurden vernehmlicher – die Schreie eines Menschen, das Weinen einer Frau, unterbrochen von einer tiefen Männerstimme.

Als Tom sich aus dem Fenster beugte, konnte er hören, dass die

Geräusche von dem Stockwerk unter ihm kamen, wo die Hauptschlafgemächer lagen. Plötzlich wurde es still, und er wollte sein Fenster schon schließen, als er einen Schlag hörte. Ein harter Schlag, sonst wäre es nicht so deutlich zu hören gewesen. Tom blieb fast das Herz stehen, als er die Frau wieder aufheulen hörte, diesmal so hoch und schmerzvoll, so klar, dass er nun sicher war, von wem er kam.

«Dieses Schwein!», rief er und stürzte zur Tür. Noch in Hemdsärmeln, die Krawatte ungeknotet auf seiner Brust hängend, lief er zur Treppe und rannte hinunter, drei Stufen auf einmal.

Die Flügeltür zum Schlafgemach seines Vaters stand weit offen. Tom zögerte, als er daran vorbeikam. Die Vorhänger um das Himmelbett am anderen Ende des Raumes waren aufgezogen, sodass er Hal unter der bestickten Bettwäsche liegen sah. Er hatte Kissen im Rücken und rief Tom verzweifelt zu: «Nein, Tom! Komm her!»

Tom ignorierte seinen Vater und lief weiter, bis er vor Williams Tür stand. Er drückte die Klinke, doch die Tür war abgeschlossen. Also hämmerte er mit geballten Fäusten auf das Holz. «Öffne die Tür, verdammt noch mal, Billy!» Aus dem Zimmer war zunächst kein Ton zu hören, und Tom wollte eben wieder losbrüllen, doch dann öffnete sich die Tür leise, und William baute sich vor ihm auf, sodass Tom nicht an ihm vorbeischauen konnte. «Was willst du?», fragte William. «Wie kannst du es wagen, vor der Tür zu meinen Privatgemächern einen solchen Lärm zu machen?» Auch er war in Hemdsärmeln, doch er wirkte erhitzt von Zorn oder Anstrengung. «Mach, dass du wegkommst, du unverschämter Bursche.»

«Ich möchte mit Alice reden.» Tom blieb stur auf der Stelle stehen.

«Du hast heute Abend schon mit ihr geredet. Alice hat zu tun. Du kannst sie jetzt nicht sprechen.»

«Ich habe jemanden schreien gehört.»

«Das war nicht hier. Vielleicht hast du eine Möwe gehört, oder es war der Wind.»

«Du hast Blut auf deinem Hemd.» Tom zeigte auf die winzigen, scharlachroten Spritzer auf dem weißen Hemd seines Bruders. William schaute an sich hinab und lächelte kalt. Dann zog er seine Hand hinter dem Rücken hervor und saugte an dem Kratzer auf seinen geschwollenen Fingerknöcheln. «Ich habe mir die Hand in der Schranktür eingeklemmt.»

«Ich muss mit Alice reden.»

Tom wollte sich an William vorbeidrängen, doch da rief Alice aus dem Hintergrund: «Tom, bitte geht jetzt. Ich kann Euch jetzt nicht empfangen.» Ihre Stimme war voller Tränen und Schmerz. «Bitte, Tom, hört auf meinen Gatten. Ihr könnt jetzt nicht hereinkommen.»

«Glaubst du mir jetzt?», fragte William anklagend. «Alice will nicht mit dir reden.» Mit diesen Worten trat er zurück und schloss die Tür.

Tom blieb unentschlossen stehen. Er hob die Hand, um noch einmal zu klopfen, doch diesmal hielt ihn die Stimme seines Vaters zurück. «Tom, komm her, ich muss dich sprechen.»

Tom ging den Korridor zurück und in Hals Zimmer, wo er vor dem großen Bett stehen blieb. «Vater, ich habe Schreie gehört und ...»

«Du hast gar nichts gehört, Tom, gar nichts.»

«Doch, das habe ich», presste Tom hervor, außer sich vor Entrüstung.

«Schließe die Tür, Tom. Ich muss dir etwas sagen.» Tom gehorchte und kam zum Bett zurück.

«Es gibt etwas, woran du immer denken musst, Tom, für den Rest deines Lebens. Du darfst dich niemals in eine Ehe einmischen. Alice gehört William. Er kann mit ihr tun, wie ihm beliebt, und wenn du versuchst, zwischen sie zu treten, ist es sein gutes Recht, dich zu töten. Du hast also nichts gehört, Tom.»

Als er zum Abendessen kam, schäumte Tom immer noch vor Wut. Es waren drei Gedecke aufgetischt, und William saß schon am Kopfende des langen, polierten Tisches.

«Du kommst spät, Thomas», sagte er entspannt und lächelnd, eine schwere Goldkette um den Hals und eine funkelnde Rubinbrosche vor der Brust. «Auf High Weald lassen wir uns um acht zum Abendessen nieder. Bitte versuche doch, dich an diesen Brauch zu halten, während du hier zu Gast bist.»

«Ich bin auf High Weald zu Hause», erwiderte Tom kalt. «Ich bin nicht dein Gast.»

«Darüber könnte man streiten. Ich bin jedenfalls anderer Ansicht.»

«Wo ist Alice?» Tom blickte auf den leeren Platz zu Williams Linken.

«Meine Frau ist leider unpässlich», antwortete William geschliffen. «Sie wird heute Abend nicht mit uns essen. Bitte, nimm doch Platz.»

«Ich weiß nicht, aber irgendwie scheine ich keinen Hunger zu haben. Irgendetwas muss mir den Appetit verdorben haben. Ich werde also heute Abend nicht mit dir speisen, Bruder William.»

«Wie du wünschst.» William zuckte die Schultern und wandte sich dem Glas zu, das der Butler gerade mit Rotwein füllte.

In seiner gegenwärtigen Stimmung konnte Tom es nicht wagen, mit seinem Bruder unter einem Dach zu weilen. Er warf sich einen Mantel über und stürmte zu den Ställen hinunter. Dort rief er nach den Stallburschen, die aus ihren Quartieren über den Ställen geeilt kamen, um eines der Pferde für ihn zu satteln. Die erste Meile ritt Tom in vollem Galopp, ohne den Sattel zu berühren, aufrecht in den Steigbügeln. Die Nachtluft kühlte seinen Zorn etwas ab, sodass er schließlich Mitleid empfand mit dem armen Gaul und den Rest des Weges nach Plymouth im Schritt hinter sich brachte.

Er fand Aboli und Luke Jervis im Schankraum der «Royal Oak», eines Gasthofs am Hafen. Sie begrüßten ihn herzlich, und Tom trank den ersten Napf Bier in einem Zug, ohne auch nur Luft zu holen.

Irgendwann später am Abend fand er sich auf der Hintertreppe zu einem kleinen Zimmer hinauf, begleitet von einem hübschen, lachenden Mädchen, das ihn stützte, als er fast rückwärts die Treppe hinuntergefallen wäre.

Ihr nackter Körper schimmerte weiß im Schein der Laterne, und ihre Umarmung war warm und verschlingend. Sie lachte ihm ins Ohr, während sie sich an ihn klammerte, und sein Zorn verpuffte in der Zeit, die sie zusammen verbrachten. Danach lehnte sie kichernd die Münze ab, die er ihr anbot.

«Ich sollte dich bezahlen, Master Tom.» Fast jeder in der Stadt kannte Tom seit seiner Kindheit. «Was für ein reizender Bursche aus dir geworden ist. Es ist viele Monate her, dass jemand so kräftig in meinem Buttertöpfchen gerührt hat.»

Noch später in der Nacht bewahrte Aboli Tom davor, eine Herausforderung zum Kampf mit einem anderen Seemann anzunehmen, der zu tief in seinen Biernapf geschaut hatte. Der große Afrikaner schleppte ihn aus der Kneipe, half ihm aufs Pferd und führte ihn am Zügel nach High Weald, während Tom lustig singend im Sattel schwankte.

Am nächsten Morgen ritt Tom auf das Moor hinauf, eine seiner Satteltaschen prall gefüllt. Aboli erwartete ihn an einer Kreuzung, dunkel und fremd im dichten Nebel. «Ich glaube, die guten Bürger von Plymouth hätten lieber einen Angriff der Franzosen erlebt als deinen letzten Besuch dort», scherzte er. «Leidest du nicht noch unter deinen nächtlichen Eskapaden, Klebe?»

«Ich habe geschlafen wie das unschuldige Kind, das ich bin, Aboli. Weshalb sollte ich leiden?» Tom versuchte zu lächeln, doch dafür schmerzte ihn der Kopf zu sehr.

«Die Freuden der Jugend», schüttelte Aboli lachend den Kopf. Tom grinste und gab seinem Pferd die Sporen. Aboli folgte ihm, und sie galoppierten den Hang entlang, bis sie zu einem dunklen Wäldchen kamen, das sich in eine flache Mulde schmiegte. Tom sprang vom Pferd und band es an einem der Bäume fest. Dann ging er auf das Feld voller alter Steinblöcke, das in dem Gehölz verborgen lag. Nach der Überlieferung markierten die moosbedeckten Steine die Gräber des alten Volkes, das in vorgeschichtlichen Zeiten dort gelebt hatte.

Er wählte einen günstigen Platz zwischen den Steinen, indem er sich nicht von seinem Kopf, sondern von seinen Füßen leiten ließ. Schließlich stampfte er seinen Absatz in den weichen, feuchten Torfboden. «Hier.» Aboli kam zu ihm, den Spaten in der Hand, und begann zu graben. Als er eine Atempause einlegen musste, übernahm Tom die Arbeit und hörte erst auf, als er bis zur Hüfte in der Grube versunken war. Er kletterte hinaus und ging zu seinem Pferd zurück, wo er die Satteltasche öffnete und vorsichtig ein in Tücher gewickeltes Paket herausnahm, mit dem er auf das Gräberfeld zurückging. Er legte es an den Rand der frisch ausgehobenen Grube, wickelte es aus und hielt bald den Glaskrug in Händen, den er auf der Auktion erworben hatte. Al-Aufs abgeschlagener Kopf, ein Auge geöffnet, blinzelte ihn höhnisch an.

«Willst du das Gebet sprechen, Aboli? Dein Arabisch ist besser als meines.»

Abolis tiefe, kräftige Stimme hallte unheimlich durch den dunklen Hain. Als er die Verse gesprochen hatte, packte Tom den Krug wieder ein, sodass der grässliche Inhalt nicht zu sehen war, und legte ihn auf den Grund des Grablochs, das sie für ihn ausgehoben hatten. «Du warst ein tapferer Mann, al-Auf. Möge dein Gott, Allah, dir deine Sünden vergeben, denn gesündigt hast du gewiss, oft und schwer.» Er füllte das Grab auf und trampelte die lockere Erde fest. Dann bedeckte er die Stelle mit Gras und Moos, um die Zeichen ihrer Arbeit zu verbergen.

Als sie wieder in ihren Sätteln saßen, schaute Aboli noch einmal in den Wald zurück. «Du hast diesen Mann in ehrlichem Zweikampf getötet», sagte er leise, «und du hast seinen Leichnam mit Würde behandelt. Jetzt bist du ein wahrer Krieger, Klebe.»

Sie wendeten ihre Pferde und ritten zusammen auf das Meer zu.

Es war, als wäre Hal Courtney bewusst, dass das Stundenglas seines Lebens bald das letzte Sandkorn verbraucht hatte. Er dachte viel an den Tod und die Äußerlichkeiten, die damit zusammenhingen. Er ließ den Steinmetz aus der Stadt kommen und empfing ihn an seinem Bett, um ihm den Entwurf zu zeigen, den er für seinen Grabstein gezeichnet hatte.

«Ich weiß genau, was Ihr von mir erwartet, Mylord», sagte der Steinmetz schließlich.

«Darauf verlasse ich mich, John», entgegnete Hal. Der Mann, ein grauhaariger Geselle mit Steinstaub in jeder Pore, war ein wahrer Künstler mit Hammer und Meißel. Er hatte die Sarkophage für Hals Vater und alle seine Frauen geschaffen, und nun war es nur recht, dass er auch Hal diese Pflicht erwies.

Hal bestimmte, dass der Bischof die Zeremonie zur Beisetzung seines Vaters abhalten sollte. Endlich würde Francis Courtneys Leichnam in dem Grab Ruhe finden, das zwanzig Jahre auf ihn gewartet hatte.

Die Kirche war voll besetzt mit Familienmitgliedern und all denen, die Sir Francis gekannt hatten. Die Dienstboten und Arbeiter des Gutes füllten die hinteren Bänke, Onkel und Tanten sowie die nächsten Angehörigen saßen weiter vorn, und William und Alice saßen neben Hal. Es war das erste Mal, dass Alice sich wieder in der Öffentlichkeit zeigte, seit der Nacht, wo Tom um Eintritt in ihre Privatgemächer ersucht hatte. Sie trug ein schwarzes Trauerkleid und einen dunklen Schleier, der ihr Gesicht verbarg. Als sie ihn jedoch anhob, um sich die Augen abzutupfen, beugte sich Tom vor und sah ihr geschwollenes Gesicht, den tiefen, schwarz verkrusteten Riss in ihrer Lippe und die alte, grün-blaue Prellung auf ihrer Wange. Sie spürte Toms Blick und ließ hastig den Schleier herab.

In der ersten Reihe auf der anderen Seite des Ganges saßen die Ehrengäste, vier Ritter des Ordens vom St. George und dem Heiligen Gral. Nicholas Childs und Oswald Hyde waren zusammen aus London angereist. Alice' Vater, John Grenville, der Earl von Exeter, war von seinem eigenen, benachbarten Landgut nach High Weald geritten, begleitet von seinem jüngeren Bruder Arthur.

Nach der Zeremonie begab sich die Gesellschaft zum Herrenhaus, um dem Begräbnisempfang beizuwohnen. Familie und Ehrengäste speisten im großen Saal. Für das einfache Volk waren Markttische voll Speisen und Getränken vor den Stallungen aufgebaut worden. Der Bischof war so überwältigt von den Anstrengungen seines Amtes und dem vorzüglichen Klarett, den es zu trinken gab, dass zwei Diener ihm die Treppe hinaufhelfen mussten, wo er auf dem Absatz Atem schöpfte und der Trauergesellschaft, die von unten seinen Aufstieg bewunderte, seinen Segen spendete, bevor er sich zu Bett begab.

Die Gäste vor den Ställen bedienten sich eifrig aus den Krügen schäumenden Apfelweins, und so mancher war ebenfalls bald müde und zog sich hinter die nahen Hecken und Heuhaufen zurück, während andere diese Deckung für weniger friedvolles Treiben nutzten. Das Schnarchen der Betrunkenen mischte sich mit Heurascheln und dem hellen Lachen und den Lustschreien junger Paare.

Als der Abend hereinbrach, kamen die vier Ordensritter aus ihren Zimmern, mehr oder weniger erholt von dem Leichenschmaus, und stiegen in die wartenden Kutschen. Dann fuhr die kleine Kavalkade, mit Hals und Toms Kutsche an der Spitze, den Hügel zur Kirche hinauf.

In der Krypta war schon alles für die Ordenszeremonie vorbereitet. In der Mitte des fünfzackigen Sterns, den das Mosaik auf dem Boden darstellte, standen drei Bronzekessel, je einer für die antiken Elemente Feuer, Erde und Wasser. Die Flammen aus dem Kohlenbecken tanzten vor den Wänden und warfen gespenstische Schatten in die Winkel hinter der Grabreihe.

Vor der Kirchentür stand Hals Sessel bereit. Sobald er saß, trugen ihn seine Ordensbrüder die Treppen zur Gruft hinunter und setzten ihn auf dem Davidsstern ab, mitten zwischen den drei Kesseln.

Tom, in der einfachen weißen Robe des Akolythen, blieb allein oben im Kirchenschiff zurück und betete vor dem Altar im Lichte der Kerzen, die hoch über ihm brannten. Er hörte das Murmeln der Ritter in der Gruft, wie sie die Loge ersten Grades eröffneten. Dann waren schwere Schritte auf der Steintreppe zu hören, und der Earl von Exeter, Toms Bürge, erschien, um ihn abzuholen.

Tom folgte ihm die Steinstufen hinab in die Gruft, wo die anderen Ritter innerhalb des heiligen Kreises saßen und ihn erwarteten. Sie hatten ihre Schwerter gezogen und trugen die goldenen Ringe und Ketten ihres Amtes als Nautonniers, Seefahrer des ersten Ordensgrades. Tom kniete am Rand des Sterns und bat um Eintritt. «Im Namen des Vaters, des Sohnes und des Heiligen Geistes!»

«Wer sucht Eintritt in den Tempel des Ordens vom St. George und dem Heiligen Gral?», fragte sein Vater mit rasselnder Stimme, wie ein Mann, der nahe am Ertrinken war.

«Ein Novize, der in die Mysterien des Tempels eingeweiht werden möchte.»

«Tritt ein und wage dein ewiges Leben», sprach sein Vater so leise, dass die Warnung noch drohender klang. Tom erhob sich und überschritt das Marmormosaik, das die Grenze des mystischen Kreises bildete. Er hatte nicht gedacht, er würde irgendetwas empfinden, doch plötzlich zitterte er am ganzen Körper, als hätte ein Feind Toms Schwert in den Boden gestoßen und damit sein Grab markiert.

«Wer bürgt für diesen Novizen?», fragte Hal mit derselben röchelnden Stimme.

«Ich bürge für ihn», antwortete der Earl laut.

Hal schaute auf seinen Sohn und reiste in Gedanken zu jenem Berggipfel in dem wilden Land weit südlich des Äquators, wo er vor so langer Zeit selbst sein Gelöbnis geleistet hatte. Er blickte über den Kreis hinaus auf den Steinsarg, wo endlich sein Vater ruhte. Er lächelte fast verträumt, als er an die glorreiche Kette der Ritterschaft dachte, die eine Generation mit der nächsten verband. Er spürte, wie seine eigene Sterblichkeit ihn umschlich wie eine wilde Bestie in der Dunkelheit. Es wird mir leichter fallen, dem Teufel gegenüberzutreten, wenn ich die Zukunft erst sicher in den Händen meiner Söhne sehe, dachte er, und dann sah er, wie die Zukunft mit der Vergangenheit verschmolz und sich ihm offenbarte: Er sah Schatten vor sich, Gestalten, die er erkannte, die Feinde, die er zum Kampf gestellt hatte, die Männer und Frauen, die er geliebt hatte und die nun seit langem tot waren, zusammen mit anderen, die er kannte und die sich noch nicht in den Nebeln der Zeit verloren hatten.

Der Earl legte Hal sanft eine Hand auf die Schulter und rief ihn in die Gegenwart zurück. Hal richtete sich auf und schaute Tom an. «Wer bist du?», begann er den langen Katechismus.

«Thomas Courtney, Sohn des Henry und der Margaret Courtney.»

Hals Augen wollten sich mit Tränen füllen, als er den Namen der Frau ausgesprochen hörte, die er so innig geliebt hatte. Die Trauer saß tief in seiner Seele. Er fühlte sich geistig erschöpft und wollte ruhen, doch das würde er erst können, wenn er die Pflicht erfüllt hätte, die ihm nun oblag. Noch einmal richtete er sich auf und reichte Tom das blaue Neptunschwert, das er selbst von seinem Vater geerbt hatte. Das Kerzenlicht tanzte auf der goldenen Einlegearbeit in der Klinge und funkelte tief in dem Saphir, der den Knauf zierte. «Nun schwöre uns deinen Glauben bei dieser Klinge.»

Tom berührte den Stahl und begann zu rezitieren: «Dies sind die Dinge, an die ich glaube: Dass es nur einen Gott gibt in Dreieinigkeit, den Vater in Ewigkeit, den Sohn in Ewigkeit und den Heiligen Geist in Ewigkeit.»

«Amen!», sprachen die Nautonniers im Chor.

So ging es weiter, Frage und Antwort, während die Kerzen ihr Wachs auf den Boden tröpfelten. Jede Frage verwies auf den Ordenskodex, der fast wörtlich dem der Tempelritter entsprach.

Der Katechismus zeichnete die Geschichte der Templer nach. Er erinnerte daran, wie die Armen Ritter Christi und des Tempels des Salomon im Jahre 1312 vom König von Frankreich, Philipp dem Schönen, und seinem ergebenen Papst Klemens V. angegriffen und vernichtet worden waren. Die Krone konfiszierte das riesige Vermögen der Templer, alles Gold und Land, und der Ordensmeister wurde gefoltert und auf dem Scheiterhaufen hingerichtet. Die Seefahrer der Templer waren jedoch von ihren Verbündeten gewarnt worden und entkamen von ihren Liegeplätzen in den französischen Kanalhäfen. Sie segelten nach England und stellten sich unter den Schutz König Edwards. Seitdem hatten sie Logen in Schottland und England gegründet, unter neuen Namen, doch alle unter denselben, ursprünglichen Ordensgesetzen der alten Templer.

Schließlich, als alle Fragen gestellt und alle Antworten gegeben waren, bildeten die Ritter einen Kreis um den knienden Tom. Jeder legte eine Hand auf Toms gebeugten Kopf und die andere auf das Heft des Neptunschwerts. «Thomas Courtney, willkommen in der Bruderschaft des Grals. Wir nehmen dich auf als einen Bruder und Tempelritter des Ordens vom St. George und dem Heiligen Gral.»

Sie ließen ihn aufstehen und umarmten ihn einer nach dem anderen, als Teil des uralten Rituals, doch als Tom sich niederbeugte, um seinen Vater zu küssen, wich Hal schließlich ab von dem althergebrachten Protokoll. Er legte Tom das Schwertheft in die Hand und schloss seine Finger darum. «Dies ist nun dein, mein Sohn. Führe es mit Tapferkeit und Würde.»

Tom wusste, dass diese prachtvolle Klinge zu den kostbarsten Dingen gehörte, die sein Vater besaß. Er fand keine Worte, seiner Dankbarkeit Ausdruck zu geben. Er blickte ihm nur tief in die Augen und sah, dass sein Vater die Botschaft seiner Liebe und seines Pflichtbewusstseins, die er ihm auf diese Weise zu vermitteln versuchte, sehr wohl verstand.

Nachdem die Beerdigungsgäste und die vier Ordensritter das Gut verlassen hatten, schien High Weald still und verlassen. Alice verbrachte die meiste Zeit in ihrem Zimmer. Tom sah sie nur einmal, wie sie allein über das Moor ritt, und obwohl er sie aus der Ferne beobachtete, erinnerte er sich an die Folgen ihrer letzten kurzen Begegnung und näherte sich ihr nicht.

William war mit der Führung des Guts beschäftigt und saß Tag für Tag in den Bergwerksbüros, wo er stundenlang mit seinem

Verwalter konferierte, oder er erschien unangemeldet irgendwo auf dem Gut, um Faulenzer und Übeltäter unter seinen Bediensteten aufzustöbern. An den Abenden kam er ins Haus und verbrachte eine Stunde mit seinem Vater, bevor er sich pünktlich um acht zum Essen niederließ. Er speiste allein: Alice leistete ihm keine Gesellschaft, und Tom fand stets eine Entschuldigung, in seinem Zimmer oder in einer der örtlichen Tavernen zu essen, wo er sich wohler fühlte, besonders wenn er sich mit Aboli und Luke Jervis, Ned Tyler und Alf Wilson traf.

Die Monate vergingen, und Tom wurde immer rastloser und ungeduldiger. Wenn William aus dem Haus war, verbrachte er die meiste Zeit bei seinem Vater. Er trug Hal in die Bibliothek, setzte ihn auf seinen Stuhl am Kopfende des langen Eichentisches und holte ihm die Bücher und Karten, um die er bat, von den voll gepackten Regalen. Hal breitete alles auf dem Tisch vor sich aus und diskutierte mit Tom alle Einzelheiten der Reise, die er, wie Tom wusste, niemals antreten würde.

Master Walsh, mit seiner nagelneuen Brille auf der Nase, saß am anderen Ende des Tisches und schrieb nieder, was Hal ihm diktierte. Sie fertigten ausführliche Listen der Verpflegung und Ausrüstung an, die sie brauchen würden, und Wachlisten für die Mannschaften, die sie auf der Expedition zurück auf den Indischen Ozean begleiten würden.

«Wir brauchen zwei Schiffe», entschied Hal, «nicht so groß wie die *Seraph* oder die *Minotaur*, schnelle, wendige Segler, aber gut bewaffnet, denn bestimmt werden wir es wieder mit den Heiden zu tun bekommen, und nicht zu viel Tiefgang, da wir sie wahrscheinlich die Deltas und Flüsse der Fieberküste hinaufbringen müssen.»

«Ich werde Ned Tyler und Alf Wilson losschicken, nach passenden Schiffen Ausschau zu halten», warf Tom eifrig ein. «Sie sollen die Küste entlangreiten und in jedem Hafen zwischen Plymouth und Margate Halt machen. Solange aber der Krieg auf dem Kontinent wütet, wird es nicht leicht sein, die richtigen Schiffe zu finden.»

«Wenn du das Gold hast, für sie zu bezahlen, wirst du erstaunt sein, wie leicht sie zu finden sind», widersprach Hal. «Selbst wenn ich jeden Penny der Beute ausgeben muss, die wir al-Auf abgenommen haben, ist das Geld gut angelegt.»

«Wir könnten eine Anzeige in einer der Zeitungen aufgeben», schlug Master Walsh vor.

«Welch gute Idee!», strahlte Hal.

«Oder wir bitten Lord Childs, uns ein Kompanieschiff zu geben.» Tom schaute von der Seekarte auf.

«Nein!» Hal schüttelte den Kopf. «Wenn Childs erfährt, dass wir uns mit einer Schwadron in die Domäne der Kompanie begeben wollen, wird er alles tun, uns davon abzuhalten. Die Kompanie ist strikt dagegen, dass Eindringlinge – so nennen sie es – auf ihrem Territorium Handel treiben oder auch nur mit ihren Schiffen dort aufkreuzen.»

So planten und diskutierten sie Tag für Tag, bis, fünfzehn Tage nachdem Tom sie auf ihre Erkundungsreise geschickt hatte, Ned Tyler und Alf Wilson mit der Neuigkeit kamen, dass sie ein Schiff gefunden hatten. Es war ideal für ihr Vorhaben, doch die Eigner verlangten den unverschämten Wucherpreis von siebentausend Pfund. Ned und Alf hatten einen Vertrag bei sich, den Hal zu unterzeichnen hatte, und die Eigner baten um einen Bankwechsel über den geforderten Betrag.

Hal befragte die beiden eingehend über Zustand und Qualität des Schiffes. Dann schloss er die Augen und saß so lange schweigend da, dass Tom sich Sorgen zu machen begann. «Vater!» Er sprang auf und eilte an Hals Seite. Als er seine Wange berührte, fühlte er brennendes Fieber. «Seine Lordschaft fühlt sich nicht wohl. Helft mir, Männer. Wir müssen ihn ins Bett bringen.» Selbst Master Walsh packte mit an, und zusammen trugen sie Hal in seinem Sessel die Treppe hinauf, so schnell sie konnten.

Sobald sein Vater sicher in dem großen Bett lag, schickte Tom Aboli nach Plymouth, um Dr. Reynolds aus seiner Wohnung in der Stadt herbeizuholen. Ned Tyler und die anderen bat er, unten zu warten. Als er mit Hal allein war, verriegelte er die Schlafzimmertür, damit sie nicht gestört wurden. Dann schlug er die Bettdecke auf und begann zaghaft, die Verbände um die Beinstümpfe aufzuwickeln.

Hal glühte inzwischen in dem plötzlichen Fieber und murmelte im Delirium. Als Tom die letzte Lage Verbandstuch anhob, sah er, dass die Narbe wieder aufgebrochen war und gelber Ausfluss daraus hervorquoll. Der vertraute, widerliche Geruch erfüllte das Zimmer, und Tom war bewusst, dass die tiefe Entzündung wieder aufgeflammt war, doch diesmal viel heftiger als je zuvor. Der ganze Stumpf war von dunkelroten Linien überzogen, als hätte jemand seine Peitsche darübergezogen; Dr. Reynolds hatte ihn auf dieses Symptom vorbereitet. Als Nächstes tastete Tom mit zitternden Fingern den Unterleib seines Vaters ab und fand, was er befürchtet hatte: Die Drüsen waren geschwollen, knotig und hart wie Walnüsse. Hal stöhnte vor Schmerzen, als Tom sie berührte.

«Es ist Gasgangrän», bestätigte Dr. Reynolds, als er endlich eintraf, «Wundbrand. Diesmal werde ich ihn nicht retten können.»

«Könnt Ihr es nicht herausschneiden?», schrie Tom ihn an. «Könnt Ihr die Entzündung nicht trockenlegen, wie Ihr es schon einmal getan habt?»

«Sie ist schon zu hoch gestiegen.» Reynolds strich mit den Fingerspitzen die brandroten Linien entlang, die sich nun zusehends auch auf Hals Bauch ausbreiteten.

«Irgendetwas müsst Ihr doch tun können!», flehte Tom.

«Es brennt sich durch den ganzen Körper, wie ein Wildfeuer. Euer Vater wird morgen tot sein», erklärte Reynolds schlicht. «Ihr solltet Euren älteren Bruder holen lassen, damit er ihm die letzte Ehre erweisen kann.»

Tom schickte Aboli, doch William war unter Tage in der Zinnmine in East Rushwold. Aboli wartete bis zum Abend; dann kam Hals Erstgeborener endlich wieder nach oben. Als William hörte, dass sich der Zustand seines Vaters plötzlich verschlechtert hatte, galoppierte er zum Haus. Sein Erscheinen in Hals Schlafzimmer war ein solcher Auftritt, dass Tom beinahe dachte, er sorge sich wirklich um seinen Vater.

«Wie geht es ihm?», fragte William Dr. Reynolds.

«Es tut mir sehr Leid, aber es geht rapide zu Ende mit Seiner Lordschaft.»

William ignorierte Tom und kniete am Kopfende des Betts nieder. «Vater, ich bin es, William. Könnt Ihr mich hören?» Hal rührte sich ein wenig, öffnete jedoch nicht die Augen.

«Sagt etwas», drängte William, doch Hals Atem war flach und dünn.

«Er stirbt», sagte William.

Tom schaute ihm zornig ins Gesicht. Schwang in Williams Ton nicht eine Spur von Erleichterung mit? «Du hast nicht mehr lange zu warten, Billy», sagte Tom kalt. «Morgen früh bist du vielleicht schon Lord Courtney.»

«Du abscheuliche kleine Kröte», fauchte William. «Für diese Bemerkung wirst du mir bezahlen.»

Die nächste Stunde sagte keiner von beiden einen Ton. Dann stand William plötzlich auf. «Es ist acht Uhr. Ich habe den ganzen Tag nichts gegessen. Kommst du zum Abendessen?»

«Ich bleibe hier.» Tom schaute ihn nicht an. «Vielleicht wacht er auf und braucht uns.»

«Reynolds kann uns Bescheid geben. Wir könnten in einer Minute wieder hier sein.»

«Geh nur, Billy, ich werde dich rufen», versprach Tom, und William begab sich sofort zum Speisezimmer.

Innerhalb einer halben Stunde kam er zurück, die Serviette noch in der Hand, um sich den Mund abzuwischen. «Wie geht es ihm?», fragte er etwas kleinlaut.

«Er hat dich nicht vermisst», entgegnete Tom. «Keine Angst, Billy, er kann dich nicht enterben, nur weil du nicht ohne ein gutes Abendessen auskommen kannst.»

Sie ließen sich zu der langen Nachtwache nieder, zu beiden Seiten des Bettes; Reynolds lag angezogen auf dem Bett im Ankleidezimmer und schnarchte leise.

Das große Haus schien den Atem anzuhalten. Die Nacht draußen war so still, dass Tom die Glocke im Kirchturm auf dem Hügel die Stunden schlagen hörte. Als sie ein Uhr schlug, schaute er über das Bett hinweg und sah, dass William der Kopf auf die Bettdecke gesunken war. Er war eingeschlafen.

Tom legte seinem Vater die Hand auf die Stirn. Er fühlt sich ein wenig kühler an, dachte er. Vielleicht lässt das Fieber wieder nach, wie es schon so oft geschehen ist. Zum ersten Mal in dieser Nacht spürte er wieder etwas Hoffnung.

Sein Vater regte sich unter seiner Berührung und schlug die Augen auf. «Bist du da, Tom?»

«Ja, Vater, ich bin hier», antwortete Tom so munter, wie er konnte. «Ihr werdet bald wieder gesund sein. Wir werden wieder zusammen zur See fahren, wie wir es geplant haben.»

«Ich werde nicht mitkommen, Junge.» Endlich gestand Hal sich ein, was Tom schon lange gewusst hatte. «Diese Reise wirst du ohne mich machen müssen.»

«Ich wünschte …» Tom stockte, da sein Vater nach seiner Hand tastete.

«Verschwende keine Zeit damit, dir etwas anderes einzureden», flüsterte Hal. «Es wird bald vorbei sein. Gib mir dein Wort, dass du Dorian für mich finden wirst.»

«Ich gebe Euch mein Wort, so wie ich Dorry meinen Bluteid geschworen habe.»

Hal seufzte und schloss die Augen. Tom blieb das Herz stehen. Er befürchtete das Schlimmste, doch dann öffneten sich die Augen wieder. «William. Wo ist William?»

Als sein Name ausgesprochen wurde, wachte William auf und hob den Kopf. «Ich bin hier, Vater.»

«Gib mir deine rechte Hand, William», forderte Hal ihn auf, «und du, Tom, gib mir deine.» Sie erfüllten seinen Wunsch. «Weißt du, welch grausames Schicksal deinen jüngsten Bruder ereilt hat?»

«Ja, Vater.»

«Ich habe Tom in die Pflicht genommen, ihn zu finden und zu befreien. Tom hat diese Pflicht akzeptiert. Und nun will ich sagen, was du für mich tun musst. Hörst du zu, William?»

«Ja, Vater.»

«Du musst alles tun, was in deiner Macht steht, um Tom bei Dorians Rettung zu helfen – das ist deine heilige Pflicht. Du wirst für die Schiffe aufkommen, die er brauchen wird. Du wirst die Mannschaften bezahlen, die Verpflegung und alles andere. Du wirst mit nichts geizen, sondern das Manifest erfüllen, das Tom und ich zusammen aufgestellt haben.»

William nickte. «Ich verstehe Eure Wünsche, Vater.»

«Dann schwöre mir, dass du sie erfüllen wirst!», erhob Hal seine Stimme. «Wir haben nicht mehr viel Zeit.»

«Ich schwöre es», sagte William ernst.

«Gott sei gedankt», flüsterte Hal. Er lag für eine Weile still, als wollte er Kräfte sammeln für eine letzte Anstrengung. Er hielt jedoch ihre Hände mit verblüffender Kraft. Dann sprach er wieder. «Ihr seid Brüder. Brüder sollten einander niemals Feinde sein. Ich will, dass ihr allen alten Streit vergesst, der euch entzweit hat, und wirklich Brüder werdet, um meinetwillen.»

William und Tom schauten schweigend zu Boden.

«Es ist mein letzter Wunsch. Bitte erfüllt ihn mir», sagte Hal.

Tom sprach als Erster. «Ich bin bereit, zu vergessen, was in der Vergangenheit geschehen ist. In Zukunft werde ich William den Respekt und die Liebe schenken, die er verdient.»

«Mehr könnte ich mir nicht wünschen», keuchte Hal. «Und nun du, William. Schwöre es mir.»

«Wenn Tom sich an dieses Versprechen hält, werde ich seinen Respekt und seine Liebe erwidern», sagte William, ohne Tom anzuschauen.

«Danke, danke euch beiden», hauchte Hal. «Nun bleibt noch ein wenig bei mir, die kurze Zeit, die wir noch gemeinsam haben werden.»

Die Nacht war lang. Mehr als einmal dachte Tom, sein Vater wäre tot, doch wenn er dann an Hals Lippen lauschte, hörte er ihn leise atmen. Später musste er eingedöst sein, denn das Nächste, was er hörte, waren die Hähne unten auf dem Hof. Er sprang auf. William lag halb auf dem Bett und schnarchte leise. Die Lampe war ausgebrannt, doch durch die Vorhänge drang der erste Morgenschimmer.

Tom berührte das Gesicht seines Vaters. Die Haut war kalt. In furchtbarem Schreck tastete er nach der Halsschlagader: Kein Puls, nichts, kein Fünkchen Leben.

Ich hätte mich wach halten sollen. Ich habe ihn im Stich gelassen, im letzten Augenblick. Tom beugte sich über das Bett und küsste seinen Vater auf die Lippen. Tränen rannen ihm über die Wangen und tropften auf Hals Gesicht. Mit einer Ecke der Bettdecke wischte er sie ab und küsste ihn noch einmal.

Er wartete fast eine halbe Stunde, bis das Licht in dem Schlafzimmer stärker war, bevor er in den Wandspiegel schaute, um sich zu vergewissern, dass er seine Trauer sicher unter Kontrolle hatte. Black Billy sollte ihn niemals in Tränen sehen. Dann langte er über das Bett und schüttelte seinen älteren Bruder. «Wach auf, Billy. Vater ist tot.»

William hob den Kopf und glotzte ihn an, benommen und mit verschwommenem Blick. Dann schaute er auf Hal hinab. «Es ist also endlich vorbei.» Er stand steifbeinig auf und reckte sich. «Mein Gott, der alte Halunke hat wirklich eine Ewigkeit gebraucht. Ich dachte, er würde mir niemals Platz machen.»

«Vater ist tot!» Tom dachte, William hätte ihn nicht verstanden. So gemein konnte nicht einmal Black Billy sein.

«Am besten, wir rufen Reynolds, damit wir ganz sicher sind, und dann packen wir ihn in seinen kitschigen Sarg, bevor er es sich anders überlegt.» William lächelte über seinen schwarzen Humor und brüllte nach dem Arzt, der sogleich aus dem Ankleidezimmer gestolpert kam, noch halb im Schlaf. Er untersuchte Hal geschwind, horchte an seinem Mund, ob er noch atmete, und schob seine Hand in sein Nachthemd, um das Herz zu fühlen. Schließlich schüttelte er den Kopf und schaute zu William auf. «Euer Vater ist tatsächlich tot, Mylord.» Tom war verblüfft, wie schnell und einfach es war. Billy war plötzlich Baron Dartmouth. «Möchtet Ihr, dass ich die Aufbahrung und die anderen Vorbereitungen für das Begräbnis arrangiere?»

«Ja, natürlich», antwortete William. «Ich werde beschäftigt sein. Es gibt viel zu tun. Ich muss so bald wie möglich nach London.» Er sprach mehr zu sich selbst als zu den anderen. «Ich muss meinen Sitz im House of Lords einnehmen, und dann muss ich zu Master Samuels, zur Bank ...» Er stockte und schaute Tom an. «Du kannst das Begräbnis organisieren. Es wird Zeit, dass du dir dein Futter verdienst.»

«Das wäre mir eine Ehre.» Tom wollte ihn beschämen, doch William ging einfach darüber hinweg.

«Ein stilles Begräbnis, nur die unmittelbare Familie. Wir wollen es so bald wie möglich hinter uns bringen. Der Bischof soll die Grabrede halten, wenn wir ihn lange genug nüchtern halten können. In einer Woche», bestimmte er knapp. «Die Einzelheiten überlasse ich dir.» Er reckte sich noch einmal. «Bei Gott, ich bin hungrig. Ich bin beim Frühstück, wenn du mich brauchst.»

Es war nicht genug Zeit, um alle von Hals Ordensbrüdern zu seinem Begräbnis zusammenzurufen. Der Earl of Exeter und sein Bruder waren die Einzigen, die nah genug wohnten, dass sie erscheinen konnten. Die Offiziere und Männer, die mit Hal gesegelt waren, eilten dagegen aus allen Winkeln des Landes und aus jedem Hafen entlang der Küste herbei. Manche wanderten fünfzig Meilen, um erscheinen zu können. Ned Tyler, Alf Wilson und Luke Jervis fanden Sitze auf einer der vorderen Kirchenbänke, während die gewöhnlichen Matrosen und Arbeiter den Rest der Kirche füllten, bis auf den Kirchplatz hinaus.

«Ich werde meine sauer verdienten Pennys doch nicht für jeden Säufer und Herumtreiber in England ausgeben», weigerte sich William und kam nur für seine geladenen Gäste auf. Für Leichenschmaus und Getränke für die Männer, die zu Ehren seines Vaters gekommen waren, zahlte Tom aus eigener Tasche.

Zwei Tage nachdem Hals neuer Sarg in der Gruft der Familienkirche geschlossen worden war, begab sich William per Kutsche nach London und blieb fast drei Wochen fort. Bevor er sich auf den Weg machte, schickte er Alice und das Baby zu ihrem Vater, bestimmt um zu verhindern, dass sie mit Tom sprach, da war Tom ganz sicher. Er fand das leere Haus so bedrückend, dass er sich in der «Royal Oak» einmietete und seine Tage dort damit verbrachte, mit Ned Tyler, Alf Wilson und Master Walsh die letzten Einzelheiten der Rettungsexpedition für Dorian zu planen.

Gemäß den Wachlisten und Frachtmanifesten, die er mit Hal ausgearbeitet hatte, stellte er ein Budget auf, das er William sofort nach dessen Rückkehr nach High Weald vorlegen wollte, denn der Herbst rückte immer näher. Tom hatte gegen die Uhr zu arbeiten. Er hatte kaum drei Monate, um die Schiffe auszurüsten und die Mannschaften zusammenzutrommeln, die Biskaya zu überqueren und in die milderen südlichen Gewässer zu gelangen, bevor sich ihm die Winterstürme in den Weg stellen würden. «Wenn wir in den Winter geraten, kostet uns das ein ganzes Jahr», sorgte sich Tom. Bei den Ausrüstern bürgte er mit seinem Wort für die Bezahlung der Ware, sobald William zurück wäre, und dessen Kredit war so gut wie bares Geld. Er mietete ein großes Lagerhaus auf den Docks und beauftragte Ned und Aboli, die Mannschaften, die sie brauchten, auszuheben. Nach dem Triumph ihrer letzten Expedition fiel es ihnen nicht schwer, die besten Männer zu finden, lauter Veteranen von der *Seraph*. Die meisten hatten ihr Beutegeld schon ausgegeben und waren Feuer und Flamme, bei Tom anzuheuern.

Ned und Alf fanden bald ein zweites Schiff und konnten einen guten Preis dafür aushandeln. Die Eigner beider Schiffe wollten die Übergabe jedoch erst abschließen, wenn sie vollständig bezahlt wären. Wieder hatte Tom auf William zu warten.

Ende September kam William schließlich nach High Weald zurück. Sein Besuch in der Hauptstadt war ein Triumph gewesen. Er hatte seinen Sitz im House of Lords eingenommen und war bei

Hofe vorgestellt worden. Für seinen ganzen Aufenthalt war er Lord Childs' Gast in Bombay House gewesen. Childs hatte ihn in die vornehme Londoner Gesellschaft eingeführt, in die Zentren der Macht, und hatte ihn überredet, seines Vaters Platz im Vorstand der John-Kompanie einzunehmen. Mit dem Beutegeld, das er geerbt hatte, vergrößerte William seinen Anteil an den Kompanieaktien auf sieben Prozent und wurde damit zu einem der fünf größten Anteilseigner nach der Krone.

Gerüchten zufolge war Alice zusammen mit William nach High Weald zurückgekehrt. Man sagte auch, Alice erwartete ihr zweites Baby.

Sobald er davon hörte, ritt Tom nach High Weald hinauf, um seine Pläne für die Expedition mit seinem Bruder zu diskutieren. In den Satteltaschen hatte er zwei Eisenkästen mit allen Papieren, die sich in den vergangenen Wochen angesammelt hatten, die Kaufverträge für die beiden Schiffe und die Rechnungen der Ausrüster und Lieferanten für Verpflegung und Handelswaren.

Als Tom am Vormittag das Herrenhaus betrat, saß William schon in der Bibliothek, in Beratung mit seinem Gutsverwalter. Tom war überrascht, wie viele Leute bereits darauf warteten, bei Lord Courtney vorsprechen zu können. Sie drängten sich in der Eingangshalle, sechzehn an der Zahl, wie Tom rasch zählte. Die meisten von ihnen kannte Tom. Jon Anstey, der Familienanwalt und oberste Grafschaftsrichter, war da, Aufseher und Ingenieure von der Mine sowie der Bürgermeister und die wichtigsten Ratsherren von Plymouth. Die anderen erkannte Tom nicht, doch er grüßte alle höflich und plauderte mit Anstey, während er darauf wartete, dass sein Bruder ihn vorließ.

Als es Mittag wurde, kam Tom zu dem Schluss, dass William nicht wusste, dass er mit den anderen wartete, und ließ ihm durch Evan, den Butler, eine Note zukommen. Evan kam augenblicklich zurück, offenbar beschämt. «Seine Lordschaft sagt, er wird Euch rufen, sobald er bereit ist. Ihr mögt so lange warten.»

Der Nachmittag schleppte sich dahin. Ab und zu kam Evan, um den Nächsten in der Reihe zur Audienz zu bitten, und gegen Abend war nur noch Tom übrig geblieben.

«Seine Lordschaft kann Euch jetzt empfangen, Master Thomas», sagte Evan mit entschuldigender Stimme.

Tom nahm seine Aktenkästen unter die Arme und ging zur Bibliothek, wobei er sich bemühte, seinen Ärger darüber zu verbergen, wie er behandelt worden war. William stand vor dem brennenden Kamin, die Hände hinter dem Rücken und die Rockschöße gehoben, um sich das Hinterteil zu wärmen.

«Guten Abend, William. Ich hoffe, dein Besuch in London war erfolgreich. Ich habe von deiner Einführung bei Hofe gehört. Meine Glückwünsche.» Er stellte die Kästen auf den langen Büchertisch.

«Wie nett von dir, Bruder», entgegnete William abweisend.

Evan kam mit zwei gefüllten Pokalen auf einem Silbertablett zurück und bot zunächst William einen an. Dann kam er zu Tom und bot ihm den anderen Cognac an, wobei er fragte: «Werdet Ihr zum Abendessen bleiben, Sir?»

Bevor Tom antworten konnte, rief William dazwischen: «Das nehme ich nicht an, Evan. Master Thomas wird nicht lange bleiben. Ich bin sicher, er hat vor, mit seinen Kumpanen in der Stadt zu speisen.»

Tom und Evan schauten ihn verblüfft an, doch er fuhr unbeirrt fort: «Das ist alles, danke, Evan. Abendessen um acht, wie gewöhnlich. Bis dahin möchte ich nicht mehr gestört werden.»

Er nippte an dem Cognac und hob eine Augenbraue, als er die beiden schwarzen Blechkästen auf dem Tisch sah. «Sicher kommst du nicht nur, um mir zu gratulieren.»

«Ich möchte dir das Manifest für die Expedition zur Genehmigung vorlegen. Und die Rechnungen über die Ausgaben, die schon angefallen sind.»

«Welche Expedition?», fragte William in gespielter Verwunderung. «Ich entsinne mich nicht, dich gebeten zu haben, irgendwelche Ausgaben in meinem Namen zu tätigen. Habe ich mich vielleicht verhört?»

«Es geht um dein Versprechen an unseren Vater.» Tom versuchte, nicht zu zeigen, wie sehr ihn Williams Reaktion aus dem Gleichgewicht geworfen hatte. «Die Vorbereitungen sind fast abgeschlossen.» Er öffnete die Kästen und breitete die Papiere in sauberen Stapeln auf dem Tisch aus. «Das hier sind die Heuerlisten. Ich habe einhundertfünfzig tüchtige Seeleute gefunden. Mehr werde ich nicht brauchen. Jeder Einzelne von ihnen ist mit unserem Vater gesegelt. Ich kenne die Männer gut. Ich kann mich für sie verbürgen.»

William blieb vor dem Kamin stehen. Um seine Lippen spielte ein geheimnisvolles Lächeln, doch sein Blick war kalt.

«Und das hier sind die Kaufverträge für die beiden Schiffe. Ich habe beide inspiziert. Sie sind ideal für unsere Zwecke. Die Preise habe ich um fast viertausend Pfund herunterhandeln können.» Er schaute zu William, doch sein Bruder schwieg immer noch. Darauf fuhr Tom unbeirrt fort. «Dies ist das vollständige Manifest der Vorräte und Ausrüstung, die wir an Bord nehmen müssen. Das meiste habe ich schon erworben und in Patchleys Lagerhaus unten auf den Docks eingelagert. Die Sachen waren leider nicht billig. Die Admiralität kauft alles auf, um die Marine auszurüsten. Pulver und Munition und Seile und Segel sind furchtbar knapp. Seit Beginn des Krieges haben sich die Preise mehr als verdoppelt.»

Wieder wartete er auf Williams Reaktion, und als nichts kam, sagte er matt: «Ich habe mein Wort gegeben. Ich brauche das Geld, um diese Rechnungen zu bezahlen. Die Wechsel für die Schiffseigner brauche ich sofort, das andere hat noch etwas Zeit.»

William seufzte und ließ sich auf einen der Ledersessel fallen. Tom wollte weiterreden, doch William schnitt ihm das Wort ab, indem er nach einem der Stubenmädchen rief: «Susan!»

Sie musste vor der Tür gewartet haben, denn sie kam sofort herein. Tom kannte sie. Sie war noch ein Kind gewesen, als er mit seinem Vater in See gestochen war, doch während seiner Abwesenheit war sie zu einem hübschen Mädchen herangewachsen. Dunkle Löckchen schauten unter ihrer Haube hervor, und ihre blauen Augen funkelten verschmitzt. Sie machte einen flüchtigen Knicks vor Tom und lief zu William.

William hob ein Bein. Sie nahm es zwischen ihre Schenkel, den Hintern vor seinem Gesicht, und packte seinen Stiefel an Ferse und Spitze. Der Stiefel glitt ihm vom Fuß, und er hielt ihr den anderen hin. Sie wiederholte die Prozedur, und als der Fuß aus dem Stiefel war, steckte er ihn unter ihre Unterröcke. Sie quietschte und wurde puterrot. «Mylord!», rief sie aus, doch anstatt sich loszureißen, beugte sie sich noch ein wenig weiter vor und erlaubte ihm, sie mit seinen Zehen zu betasten, wie es ihm beliebte.

Nach einer Minute lachte William. «Nun geh, du verkommenes kleines Luder.» Er zog seinen Fuß unter ihren Röcken hervor, setzte ihn auf ihr Hinterteil und gab ihr einen sanften Tritt Richtung Tür. Sie huschte davon, doch nicht ohne schalkhaft über die Schulter zu schauen, als sie die Tür schloss.

«Wenn du damit fertig bist, deine Rechte als Herr auf High Weald auszuüben, können wir vielleicht auf die Expedition zurückkommen?»

«Bitte, Tom, fahre nur fort», sagte William gelassen.

«Willst du dir die Kostenaufstellung anschauen?»

«Ach was, Thomas, verschone mich mit deinen Aufstellungen. Heraus mit der Sprache, sage mir, um wie viel du mich anbetteln willst!»

«Ich bettele lediglich um das, was mein Vater mir versprochen hat.» Tom hatte Mühe, die Beherrschung zu wahren. «Die Hauptausgabe sind die beiden Schiffe.»

«Nun sag schon!», schnappte William. «Lasse die Katze endlich aus dem Sack. Wie viel?»

«Alles in allem geht es um neunzehntausend Pfund», sagte Tom, «aber das schließt auch die Handelsware ein. Ich werde entlang der Elfenbeinküste Handel treiben: Gold, Kupfer und Gummi arabikum. Ich erwarte einen hübschen Profit ...» Er stockte, da William zu lachen begann, zuerst leise, dann aus vollem Halse. Tom stand da und schaute ihn an, kaum noch fähig, seinen Zorn zu beherrschen. William verschluckte sich, und sein Lachen ging in Husten über, bevor er weiterkicherte.

Schließlich konnte Tom seinen Ärger nicht mehr verbergen. «Vielleicht bin ich schwer von Begriff, aber ich weiß nicht, was du so lustig findest, Bruder.»

«Ja, Thomas, schwer von Begriff, das bist du gewiss. Ist es noch nicht in deinen dicken Schädel gedrungen, dass ich jetzt der Herr bin auf High Weald und dass du mir verpflichtet bist für jeden Penny, mir, nicht dem Schatten unseres Vaters?»

«Worum ich bitte, ist nicht für mich selbst. Es ist für Dorian. Es ist für den Schwur, den du deinem Vater geleistet hast», sagte Tom bitter. «Du hast ihm dein Wort gegeben. Du bist an einen Eid gebunden.»

«Das glaube ich nicht, Thomas.» William hörte abrupt auf zu lachen. «Vater war im Delirium. Er war nicht bei Sinnen. Wenn ich irgendetwas gesagt habe, dann nur, um ihn zu beruhigen. Es wäre närrisch, mein Erbe an die Launen eines Sterbenden zu verschwenden. Neunzehntausend Pfund! Du musst den Verstand verloren haben, wenn du auch nur eine Minute lang gedacht hast, ich würde dir eine solche Summe überlassen, damit du ans Ende der Welt verschwinden kannst. Nein, mein Lieber. Schlage dir das aus dem Kopf.»

Tom konnte es kaum fassen. «Du widerrufst deinen heiligen Schwur? Ich verschwinde nicht zu meinem Vergnügen, Billy. Wir reden davon, deinen eigenen Bruder aus der Gewalt der Ungläubigen zu befreien.»

«Nenne mich nicht Billy, nie mehr.» William hob seinen Pokal und trank den letzten Tropfen Cognac.

«Nein, du hast Recht, es gibt bessere Namen für dich. Wie wäre es mit ‹Lügner›. Oder ‹Betrüger›? Als was sonst könnte man einen Mann bezeichnen, der seinen eigenen kleinen Bruder verleugnet und das Wort bricht, das er seinem Vater gegeben hat?»

«Sei vorsichtig mit deinem Ton!» William schleuderte den Glaspokal wütend ins Feuer, wo er in tausend Stücke zersprang, und ging drohend auf Tom zu. «Du wirst lernen, mir Respekt zu erweisen, oder ich werde es in dich hineinprügeln.»

Doch Tom war nicht mehr zu bremsen. «So, wie du es in Alice hineingeprügelt hast?», fragte er sarkastisch. «Du magst ein harter Mann sein, wenn du Bedienstete und Frauen züchtigen kannst, doch wenn es darum geht, dein Wort zu halten und deinen eigenen Schwur zu würdigen, bist du nichts als ein Lügner und Betrüger.»

«Du nichtsnutzige Kröte.» Williams Kopf war inzwischen tiefrot und schien anzuschwellen; er war nicht mehr der elegante, schöne Mann. «Du wirst es nicht wagen, so von meiner Frau zu reden.»

Tom hatte die Schwachstelle gefunden, wo er ihn angreifen und verletzen konnte. «Hüte dich, Billy. Alice könnte zurückschlagen. In einem fairen Kampf hättest du keine Chance gegen sie. Du müsstest dich darauf beschränken, ihr Baby zu schlagen. Das würde dir bestimmt Freude machen, dem kleinen Francis das Gesicht grün und blau zu prügeln.» Tom beobachtete sein Gegenüber genau. Er war auf dem Sprung, die Fäuste hängend, aber geballt, und schaute William in die Augen, um seine Absichten zu erraten, bereit für den Angriff.

«Bitte, Tom, nein.» Zu Toms Erstaunen schien William fast in

Tränen auszubrechen. Sein Zorn schien verpufft zu sein und er wirkte zutiefst erschüttert. «Bitte sage das nicht. Bitte!» Er ließ die Schultern hängen und streckte beide Arme flehend nach seinem Bruder aus. «Du hast Recht. Ich schulde es dem Gedenken an unseren Vater. Wir haben versprochen, unseren Streit zu begraben.» Er kam auf Tom zu und bot ihm die rechte Hand. «Hier ist meine Hand darauf. Komm, Tom, lass uns Frieden schließen.»

Tom verwirrte dieser plötzliche Wandel in Williams Benehmen. Er zögerte, doch William lächelte warm, und es war wahr, was er sagte: Sie hatten es ihrem Vater versprochen. Er beruhigte sich mühsam und streckte langsam seine Hand aus. William ergriff sie fest und blickte Tom lächelnd in die Augen. Dann zog er ihn plötzlich mit aller Macht auf sich zu, während er zugleich Tom seine Stirn ins Gesicht rammte. Er traf ihn an der Nasenwurzel.

Tom sah nur noch Sterne und spürte, wie die Nasenknorpel barsten. Blut strömte ihm aus beiden Nasenlöchern, und er taumelte zurück, doch William hielt ihn weiter an der rechten Hand fest und zog ihn wieder nach vorn. William war Linkshänder, und dies war seine starke Seite. Tom hatte immer noch explodierende Feuerbälle vor Augen und war benommen. So sah er die Faust nicht kommen, die im nächsten Augenblick gegen seine Schläfe krachte und ihn rückwärts auf den Büchertisch warf. Die Papierstapel flogen davon wie Laub im Herbstwind, und Tom landete mit dem Rücken auf dem Boden. Obwohl er halb betäubt war, versuchte er sofort, auf die Beine zu kommen, um den Kampf aufzunehmen.

Als Tom auf den Knien war, kam William schon mit gezogenem Dolch quer über den Tisch auf ihn zugestürzt. Tom sah die Klinge verschwommen funkeln und lenkte den Stoß mit dem Unterarm von seiner Brust ab, auf die er gezielt war. Die Dolchspitze glitt über seine Schulter hinweg und schlitzte seinen Rock auf. Tom spürte den Schnitt kaum, doch dann lag plötzlich William mit seinem ganzen Gewicht auf ihm, Brust an Brust. Tom ergriff Williams Handgelenk, während William versuchte, ihm das Messer ins Auge zu stoßen, und sie rollten über den polierten Holzboden, mal der eine obenauf, mal der andere.

«Ich werde dir die Leber herausschneiden», grunzte William, während er die Stoßrichtung änderte. Tom musste all seine Kraft zusammennehmen, um ihn zurückzudrängen. Die Dolchspitze zitterte dicht über seinem Gesicht. William mochte die letzten drei Jahre das ruhige Leben eines Landedelmanns geführt haben, doch an Kampfkunst und Körperkraft schien er nichts eingebüßt zu haben.

Sie krachten gegen das Bücherregal am anderen Ende des Raums. Tom war in diesem Moment obenauf und nutzte die Gelegenheit, die Dolchhand seines Bruders gegen die scharfe Kante eines der Eichenregale zu schlagen. William schrie auf, und sein Griff um das Messerheft lockerte sich. Tom wiederholte das Manöver mit aller Kraft. Er sah das Blut aus Williams Faust träufeln, wo sie auf das Holz aufgeschlagen war, doch er ließ den Dolch immer noch nicht fallen. Erst nach dem dritten Mal stöhnte William auf, und der Dolch rutschte ihm aus der Hand.

Keiner der beiden konnte seine Hand nach der Waffe ausstrecken, ohne den anderen aus dem Griff zu verlieren, doch Tom gelang es nun, seine Beine durchzubiegen und William mit sich hochzuziehen. So standen sie aufrecht, Brust an Brust, und hielten einander an den Handgelenken. William versuchte, Tom umzureißen – vergeblich. Als er es das zweite Mal versuchte, ging Tom mit der Bewegung und nutzte den Schwung, William in die Bücherregale zu schleudern, die, beladen mit schweren Bänden, bis fast an die Decke reichten. William krachte mit solcher Gewalt in die Bücherwand, dass sich ein Teil von der Wand löste und über ihnen ins Schwanken geriet. Eine Lawine dicker Lederbände prasselte auf sie hernieder, und das Regal war nahe am Umstürzen. Jeden, der darunter begraben würde, hätte das Gewicht zu Tode gequetscht, das erkannten beide im selben Augenblick und sprangen zur Seite, kurz bevor die Regale in einem Sturm aus Holz- und Glassplittern zu Boden donnerten.

Über die Trümmer der Bücherwand hinweg starrten sie sich keuchend an. Blut strömte aus Toms gebrochener Nase und tropfte auf seine Hemdbrust, doch er konnte wieder klar sehen, und seine Kräfte kehrten zurück und mit ihnen sein Zorn. «Du hast dich noch nie an die Spielregeln gehalten, Billy, doch diesmal bist du zu weit gegangen.»

Tom sprang vor, doch William wirbelte herum und lief zur anderen Seite des Raumes, wo eine Sammlung von Kriegswaffen die Wand zierte, Eisenschilde und Hunderte von Hieb- und Stichwaffen, welche die Courtneys von all den Schlachtfeldern, auf denen sie gekämpft hatten, heimgebracht hatten. William schnappte sich ein schweres Schwert, das einmal einem Kavallerieoffizier in König Charles' Armee gehört hatte. «Jetzt werden wir die Sache ein für allemal zu Ende bringen», knurrte William, während er mit der Waffe auf Tom zukam. Er hieb und stach die Luft mit der langen Klinge, um ein Gefühl für ihr Gewicht zu bekommen.

Tom wich langsam vor ihm zurück. Er konnte weder die Waffenwand erreichen, um sich ebenfalls ein Schwert auszusuchen, noch konnte er sich zur Tür durchschlagen, denn dann hätte ihm William bestimmt den Weg abgeschnitten. Er dachte an den Dolch, der nun unter den Büchern begraben lag. Er wischte sich mit dem Ärmel das Blut aus dem Gesicht und wich weiter zurück.

William beschleunigte seinen Angriff mit einer Serie von Vorstößen. Tom wurde immer weiter von der Tür weggedrängt in die hinterste Ecke des Zimmers. Er wusste, dass er bald in der Falle sitzen würde, doch jedem seiner Ausbruchsversuche stellte sich William mit hohen Hieben links und rechts am Kopf vorbei entgegen. Tom versuchte, sich ein Bild von Williams Stil und Können zu machen. Sein älterer Bruder hatte offenbar nichts dazugelernt, seit er ihn mit Aboli üben gesehen hatte. William war immer noch ein besserer Ringer, als er ein Fechter war. Seine Blicke verrieten seine Absichten, und obwohl er in Vorstoß und linkshändigem Hieb schnell wie eine Viper war, zeigte er Schwächen im Rückschwung und brauchte seine Zeit, nach einer Attacke wieder in Position zu kommen.

Offenbar unterschätzte er seinen unbewaffneten Gegner und stürmte ungestüm auf ihn ein. Tom reagierte mit einer Serie schneller Ausfallschritte und fixierte Williams Augen. Dann spürte er ein Buchregal im Rücken und sah Williams triumphierenden Blick. «Jetzt bist du dran, Bursche!» Tom ließ Williams Stoß seinen vollen Schwung entwickeln, bevor er sich davor wegdrehte. Die Schwertspitze glitt unter seinem Arm hindurch und blieb tief in einem der Bücher stecken, die hinter Tom auf dem Regal standen. Die Spitze saß fest, doch Tom beging nicht den Fehler, sie herausziehen zu wollen und sich an der rasiermesserscharfen Klinge die Hand aufzuschneiden. Während William an dem Schwert zerrte, bückte sich Tom geschwind, hob eines der Bücher auf, die zu seinen Füßen lagen, und schleuderte es William ins Gesicht. Es traf ihn an der Stirn, und im Zurücktaumeln riss er die Klinge aus der Bücherwand.

Als Tom an ihm vorbeihechtete, schlug William mit dem Schwert nach ihm, doch es war seine schwache Seite, und er war immer noch aus dem Gleichgewicht. Die Spitze traf Tom in die Seite; er blutete, doch es war nur eine Fleischwunde, und er war an William vorbei. Er lief auf die Waffensammlung zu. Dicht hinter sich hörte er Williams bestrumpfte Füße über den Boden wischen. Er wusste, William würde ihn einholen, bevor er ein Schwert von der Wand nehmen konnte, und ihm einen tödlichen Stoß in den deckungslosen Rücken versetzen. Also änderte er die Richtung und hörte William fluchen, wie er über den polierten Holzboden rutschte, auf dem er in seinen Strümpfen keinen Halt fand.

Tom nahm den massiv silbernen Kerzenhalter vom Bibliothekstisch und wirbelte herum, um sich Williams nächstem Angriff entgegenzustellen. William hob sein Schwert hoch über die Schulter und schlug nach Toms Kopf. Es war jedoch kein guter Hieb und hätte dem Angreifer sehr zum Nachteil gereicht, wäre Tom ebenfalls mit einem Schwert bewaffnet gewesen. Tom hob den Kerzenhalter, und die Klinge krachte gegen das weiche Silber. Tom wusste, dass der Aufprall Williams Handgelenk erschüttert haben musste. William zuckte stöhnend zusammen. Dennoch hob er sein Schwert, um denselben wilden Angriff noch einmal zu versuchen.

Tom war schneller wieder in Stellung gekommen. Nun schwang er den Kerzenhalter wie eine Streitaxt und schlug sie William unter dem erhobenen Schwertarm in die Rippen. Ein Knochen brach wie ein junger Zweig und William schrie auf vor Schmerzen. Er konnte seinen Hieb jedoch nicht mehr bremsen. Die Klinge zischte an Toms Kopf vorbei und grub sich in den prachtvoll gemaserten Walnusstisch.

Tom schlug noch einmal mit dem Kerzenhalter zu, doch diesmal duckte sich William, und es gelang ihm, der vollen Wucht des Schlages zu entgehen. Dennoch taumelte er zurück und stolperte über den Haufen Bücher, der hinter ihm den Boden bedeckte. Fast wäre er gestürzt, fand jedoch mit rudernden Armen sein Gleichgewicht wieder. Tom war inzwischen zur Tür gestürzt, und William rannte nun hinter ihm her, links und rechts auf Toms Rücken zustechend, doch der konnte sich gerade außer Reichweite halten.

Durch die offene Tür sah Tom seinen Schwertgurt in der Nische, wo Matthew ihn nach Toms Ankunft an einen Haken gehängt hatte. Der große Saphir auf dem Heft blitzte ihn an wie ein Leuchtfeuer, das ein von Stürmen gebeuteltes Schiff im Hafen begrüßt.

Er schlug vor William die Tür zu. William stemmte sich mit der Schulter dagegen, und die Tür flog wieder auf, doch Tom hatte gerade genug Vorsprung, dass er durch die Halle laufen und seinen Schwertgurt vom Haken nehmen konnte. Er wirbelte herum und wehrte Williams nächsten wilden Hieb mit der lackierten Scheide ab. Dann sprang er zurück, und bevor William nachsetzen konnte, war der Stahl des blauen Neptunschwerts schnalzend aus der Scheide geschlüpft.

Die Klinge zitterte in Toms Hand wie ein stählerner Sonnenstrahl. Reflektionen tanzten auf den Wänden und der der Decke über ihnen. Endlich konnte Tom seinem Bruder mit der Waffe entgegentreten. William zuckte zurück, als sich die reich verzierte Klinge wie eine Kobra vor seinem Gesicht aufrichtete und ihn golden anblitzte.

«Ja, Bruder, jetzt werden wir die Sache zu Ende bringen, ein für allemal», erwiderte Tom die Drohung, die William ausgesprochen hatte. Er schaute seinem Bruder tief in die dunklen Augen, während er, den rechten Fuß voran, mit leichten, schnellen Schritten zum Angriff überging. William wich zurück, und Tom sah die Furcht in seinen Augen. Endlich bewies sich, was Tom schon immer gewusst hatte: William war ein Feigling.

Wie könnte mich das überraschen, dachte er grimmig. Tyrannen sind gewöhnlich feige Männer. Er stellte ihn mit einer Attacke *en flèche* auf die Probe, indem er mit einem Feuerwerk schneller Stöße auf ihn einstürmte. William fiel fast hintüber in seinem eiligen Rückzug vor der blitzenden Klinge.

«Du bist geschwind wie ein verschrecktes Karnickel, Bruder», lachte Tom ihm ins Gesicht, ohne jedoch in seiner Wachsamkeit nachzulassen – bedrängt ist der Leopard am gefährlichsten. Außerdem sah Tom sich einem Linkshänder gegenüber, was ihm zusätzliche Vorsicht auferlegte, um nicht von Hieben von Williams starker linker Seite überrascht zu werden. Zum Glück hatte Aboli dies in vielen Übungsstunden hervorgehoben. Aboli konnte mit beiden Händen fechten und hatte sein Schwert oft mitten im Gefecht in die linke Hand genommen, um die Symmetrie des Kampfes zu ändern und Tom aus dem Rhythmus zu bringen. Am Anfang hatte er damit Erfolg gehabt, doch Tom war ein aufmerksamer Schüler gewesen.

William rutschte und stolperte und fiel auf ein Knie. Es sah echt aus, doch Tom hatte Williams Blick verfolgt und die Art, wie er seine Klinge für einen tiefen Schwung in Position brachte – ein Hieb, der Toms Achillessehnen gekappt und ihn gelähmt hätte. Er ging also nicht in die Falle, sondern sprang zurück und lief geschwind auf Williams schwache Seite.

«Du verschwendest dein Talent, Bruder», lächelte Tom unter dem Blut seiner gebrochenen Nase. «Mit solchen Tricks solltest du besser im Theater auftreten.»

William war gezwungen, auf die Beine zu kommen, da Tom ihn nun von rechts angriff und mit einer Serie von Stichen und Hieben, jedes Mal Winkel und Linie ändernd, zur Haupttreppe zurückdrängte. William hatte große Mühe, den Angriff abzublocken. Sein Atem wurde immer rauer, und seine Augen füllten sich mit Schrecken. Winzige Schweißperlen bedeckten seine Stirn.

«Keine Angst, Billy», lächelte Tom über seine Klinge hinweg, «sie ist scharf wie ein Rasiermesser. Du wirst kaum etwas spüren.» Sein nächster Stoß riss William das Hemd auf und ritzte ihm die elfenbeinglatte Haut. «Siehst du? Es tut kein bisschen weh.»

William stand mit dem Rücken zur Treppe und wirbelte herum, um mit langen Schritten, drei Stufen auf einmal, nach oben zu fliehen. Tom kam hinter ihm her und holte mit jedem Schritt auf. William hörte ihn, und auf dem ersten Treppenabsatz war er gezwungen, sich wieder zum Kampf zu stellen. Instinktiv griff er nach dem Dolch an seinem Gürtel, doch die Scheide war leer.

«Das Messer ist weg, Billy», erinnerte ihn sein Bruder. «Es ist vorbei mit deinen schmutzigen Tricks. Du wirst schon kämpfen müssen.»

Zu Beginn hatte William den Vorteil, dass er über Tom stand. Er versuchte es daher mit einem Hieb auf Toms Kopf zu, doch das war nicht die Taktik, mit der man einen Fechter von Toms Kaliber in Verlegenheit bringen konnte. Tom blockte mühelos ab und hielt Williams Klinge in Schach, während er auf den Treppenabsatz sprang, wo sie nun miteinander rangen, die Klingen zwischen ihren Gesichtern.

«Wenn du tot bist, Billy, wird dein Titel auf den kleinen Francis übergehen.» Tom versuchte, sich die Anstrengung nicht anmerken zu lassen, doch William hatte starke Schultern, und unter dem Druck, den beide auf sie ausübten, zitterten die Klingen zwischen ihnen.

«Alice wird sein Vormund sein, und sie würde Dorian niemals im Stich lassen.» Mit diesen Worten stieß er William mit einer Schulter von sich. Gleichzeitig trat er einen Schritt zurück und hielt seine Schwertspitze vor Williams Kehle. «Du siehst also, ich muss dich töten, selbst wenn es nur um Dorians willen wäre.» Tom setzte zum tödlichen Stoß an und um auszuweichen, warf sich William blind nach hinten. Er krachte in das Geländer, das Holz gab splitternd nach, und er stürzte zappelnd zehn Fuß tief in die Eingangshalle hinunter.

Er landete hart auf dem Rücken, und das Schwert flog ihm aus der Hand. Für einen Augenblick war er besinnungslos. Tom sprang über das zerschmetterte Geländer, orientierte sich im Flug wie eine Katze und federte den Aufprall mit den Knien ab. Dann trat er Williams Schwert weit weg zum anderen Ende der Halle und stand über seinem hilflosen Bruder, der immer noch flach auf dem Rücken lag.

Er setzte William die Schwertspitze auf die Kehle, in das V des weißen Hemdkragens, wo sich sein krauses, schwarzes Brusthaar zeigte.

«Wie du gesagt hast, Billy, ein für allemal. Es ist vorbei zwischen uns», wiederholte Tom grimmig, während er erneut zum Todesstoß ansetzte. Doch dann schienen eiserne Fesseln seine Schwerthand zurückzuhalten. Er ritzte die Haut an Williams Kehle an, konnte jedoch nicht tiefer stoßen. Er versuchte es noch einmal mit aller Gewalt, doch eine äußere Kraft, die er nicht beherrschte, schien die Klinge zurückzuhalten.

So stand er über William, Furcht einflößend, blutverschmiert, das Schwert in zitternder Hand, das Gesicht verzerrt vor Wut und Enttäuschung. *Nun tu es schon!*, hallte es in seinen Ohren, und wieder versuchte er zuzustoßen, doch sein rechter Arm wollte ihm nicht gehorchen. *Tu es! Töte ihn, für Dorian, wenn nicht um deiner selbst willen.*

Dann übertönte das Echo seines Vaters die innere Stimme, die ihn zum Mord drängte. «Ihr seid Brüder. Brüder sollten einander niemals Feinde sein. Ich will, dass ihr allen alten Streit vergesst, der euch entzweit hat, und wirklich Brüder werdet, um meinetwillen.»

«Ich muss es tun!», wollte er zurückschreien.

William lag auf dem Rücken und konnte sich nicht rühren unter der Klinge. Tränen der Angst stiegen ihm in die Augen. Er öffnete den Mund, wollte um sein Leben betteln, doch es kam nur ein grausiges Krächzen heraus, wie der Schrei eines Raben.

Tom spürte, wie sich die Muskeln und Sehnen seines rechten Arms verkrampften unter der Anstrengung, sie seinem Willen zu unterwerfen, und die Schwertspitze senkte sich einen halben Zoll und durchstieß die weiche Haut. Hellrotes Blut rann aus dem dünnen Kratzer, und William wimmerte: «Bitte! Ich werde dir das Geld geben, Tom, ich schwöre es. Diesmal werde ich dir das Geld geben.»

«Wie könnte ich dir je vertrauen? Du hast einen heiligen Schwur gebrochen. Du hast jede Ehre verloren», erwiderte Tom, und sein Ekel für die Feigheit und Heimtücke seines Bruders verlieh ihm die Kraft zu der furchtbaren Tat. Plötzlich gehorchte ihm sein rechter Arm.

«Tom!»

Ein herzzerreißender Schrei hallte durch das stille Haus. Für einen Augenblick dachte Tom, es wäre die Stimme seiner Mutter, die ihn aus dem Jenseits rief. Er schaute auf. Eine gespenstische Gestalt stand hoch oben auf der Treppe. Tom fühlte sich wie in einem Albtraum. Dann erkannte er Alice mit ihrem Baby im Arm. «Nein, Tom. Ihr dürft ihn nicht töten.»

Tom schwankte. «Ihr versteht nicht. Er ist böse. Ihr wisst selbst, dass er böse ist wie der Teufel selbst.»

«Er ist mein Mann und Francis' Vater. Tut es nicht, Tom, um meinetwillen.»

«Ihr und das Kind werdet es besser haben, wenn er erst tot ist.» Tom wandte sich wieder der Kreatur zu, die wimmernd zu seinen Füßen lag.

«Es wäre Mord, Tom. Sie würden Euch jagen, wohin Ihr auch fliehen mögt, und sie würden Euch finden und aufs Schafott schleppen.»

«Das ist mir egal», sagte Tom, und er meinte, was er sagte.

«Ihr seid der Einzige, der Dorian retten kann. Ihr dürft es nicht tun, um Dorians willen, wenn nicht um meinetwillen.»

Diese Wahrheit traf Tom wie ein Hammerschlag. Er schauderte und trat einen Schritt zurück.

«Steh auf!», befahl er, und William rappelte sich auf. Tom sah, dass William jeden Kampfgeist verloren hatte. «Aus meinen Augen.» Toms Stimme war belegt vor Ekel. «Und das nächste Mal, wenn du die Hand gegen deine Frau erhebst, erinnere dich daran, dass sie dir heute das Leben gerettet hat.»

William ging rückwärts zur Treppe, und als er in sicherem Abstand war, drehte er sich um, rannte hinauf und verschwand den langen Korridor hinunter.

«Danke, Tom.» Alice schaute mit traurigem Blick zu ihm herunter.

«Wir werden es für immer bedauern, Ihr und ich», sagte Tom.

«Das liegt in Gottes Hand.»

«Ich muss jetzt fort», erklärte Tom. «Ich kann nicht hier bleiben, um Euch zu beschützen.»

«Das weiß ich», flüsterte sie schicksalsergeben.

«Ich werde nie mehr nach High Weald zurückkehren», fuhr er fort.

«Auch das ist mir klar», nickte sie. «Geht mit Gott, Tom. Ihr seid ein guter Mann, so wie es Euer Vater war.» Mit diesen Worten drehte sie sich um und verschwand um die Ecke der Galerie.

Tom blieb eine Weile auf der Stelle stehen und dachte darüber nach, was er soeben ausgesprochen hatte. Er würde nie mehr nach High Weald zurückkehren. Nach seinem Tod würde er nicht neben seinen Ahnen ruhen, in der Gruft der Kirche auf dem Hügel dort draußen; sein Grab wäre in einer fernen Wildnis. Tom schauderte. Schließlich bückte er sich, um seinen Schwertgurt aufzuheben, und schnallte sich das Neptunschwert um.

Er blickte in die Bibliothek, wo seine Papiere auf dem Boden verstreut lagen. Er ging in das alte Zimmer und wollte sie aufheben, doch dann hielt er inne. Das werde ich jetzt nicht mehr brauchen, dachte er finster. Er schaute sich langsam im Zimmer um. Es war voller wunderbarer Erinnerungen an seinen Vater, noch eine Bande mit seiner Kindheit, die nun zerrissen war. Sein Blick fiel auf ein Regal neben der Tür, auf die Reihe der Tagebücher, die Hal hinterlassen hatte, die Berichte aller seiner Reisen, jede Seite in seiner eigenen Handschrift, mit Segelanweisungen und Informationen, die wertvoller waren als alles andere in diesem Haus, das

Tom nun für immer verlassen würde. Ich werde sie mitnehmen, dachte er. Er nahm sie von dem Regal und ging in die Halle hinaus.

Evan, der Butler, und zwei der Diener warteten dort auf ihn. Evan hatte eine Pistole in jeder Hand. «Seine Lordschaft hat nach den Männern des Sheriffs geschickt. Er hat mir befohlen, Euch festzuhalten, bis sie eintreffen, Master Tom.»

«Was werdet Ihr also tun, Evan?» Tom legte seine Hand auf den Schwertknauf.

«Euer Pferd wartet draußen, Master Tom.» Evan senkte die Pistolen. «Ich hoffe, Ihr findet Master Dorian. Alle hier auf High Weald werden Euch vermissen. Wir hoffen, Ihr werdet eines Tages heimkehren.»

«Lebt wohl, Evan», sagte Tom mit heiserer Stimme. «Danke.»

Er lief die Freitreppe hinunter, steckte die Tagebücher in seine Satteltaschen und sprang in den Sattel. Dann wendete er das Pferd auf die See zu und ritt den langen Kiesweg hinunter. Am Tor widerstand er dem Drang, noch einmal zurückzublicken. «Es ist vorbei», sagte er sich, «aus und vorbei.» Er gab dem Pferd die Sporen und ritt auf die dunkle Straße.

Tom beschloss, nicht zu warten, bis die Männer des Sheriffs kamen und ihm die Anklagen vorlegten, die William zusammengelogen hatte. Er fand seine Freunde im Schankraum der «Royal Oak». Sie blickten erstaunt auf seine blutbefleckten Kleider und die gebrochene Nase. «Wir werden sofort in See stechen», eröffnete er Aboli, Ned Tyler und Alf Wilson. Dann schaute er zu Luke Jervis hinüber, der auf der anderen Seite des Kamins saß. Die *Raven* war Lukes Eigentum, und er konnte tun, was er wollte, doch er nickte, ohne zu zögern.

Als sie schon im Begriff waren, vom Dock loszumachen, kam ein einsamer Reiter Plymouth Ho heruntergaloppiert. Er fiel fast aus dem Sattel, als er das Pferd auf dem Dock zügelte. «Wartet auf mich, Sir!» Tom lächelte. Es war Master Walsh. «Ihr könnt mich nicht hier zurücklassen!»

Eine kleine Gruppe von Veteranen versammelte sich auf dem offenen Deck der *Raven*, während sie auf die dunkle See hinaussegelten. «Welchen Kurs, Sir?», fragte Luke, sobald sie die Landzunge hinter sich hatten.

Tom schaute sehnsüchtig nach Süden, wo das Kap der Guten Hoffnung lag, das Tor zum Orient. Was gäbe ich für ein Schiff, ein richtiges Schiff anstatt dieser Nussschale, dachte er, bevor er sich abwandte. «Nach London», nuschelte er durch seine geschwollene und verstopfte Nase. «Ich werde für diese Reise bezahlen», fügte er hinzu, denn der größte Teil seines Beutegeldes lag immer noch auf der Samuels Bank in London.

«Das regeln wir später», brummte Luke, bevor er seinen drei Matrosen den Befehl zurief, den kleinen Kutter nach Osten zu wenden.

Die *Raven* fuhr lautlos die Themse hinauf in den Hafen von London, ohne in dem Gewimmel von kleinen Schiffen Aufsehen zu erregen. Luke setzte sie auf dem Steinpier vor dem Tower von London ab, und Aboli fand ihnen billige Unterkunft an einer Gasse am Fluss.

«Mit etwas Glück werden wir diese Bleibe nur für ein paar Tage in Anspruch nehmen müssen», sagte Tom, als er sich in der düsteren Bruchbude umschaute.

«Wir können von Glück sagen, wenn uns die Ratten und Kakerlaken hier nicht auffressen», bemerkte Alf Wilson, während Tom die besten Kleider anlegte, die er mitgebracht hatte. Der dunkelblaue Rock und die Hose in der gleichen Farbe verliehen ihm ein nüchternes, geschäftsmäßiges Aussehen.

«Ich werde mitkommen, Klebe», bot Aboli an, «sonst wirst du dich wahrscheinlich verirren.»

Der Herbst lag in der Luft. Es war ein kalter, regnerischer Tag und ein langer Marsch durch das Labyrinth enger Straßen, doch Aboli fand den Weg so unfehlbar, als liefe er durch seine heimatlichen Wälder. Sie kamen am Cornhill-Ende der Leadenhall Street heraus, überquerten die Straße und standen vor der imposanten Fassade des Kompaniehauptquartiers. «Ich werde in der Eckkneipe auf dich warten», sagte Aboli, als sie sich trennten.

Einer der Sekretäre im Foyer des Gebäudes erkannte Tom und begrüßte ihn respektvoll. «Ich werde schauen, ob Seine Lordschaft Euch empfangen kann. Wartet doch inzwischen im Salon, Mr. Courtney.»

Ein livrierter Diener nahm Toms Bootsmantel an sich und brachte ihm ein Glas Madeira. Tom setzte sich in einen Sessel vor dem Kamin und ging im Kopf noch einmal den Vorschlag durch, den er Nicholas Childs zu unterbreiten gedachte. Er konnte einigermaßen sicher sein, dass Childs noch nicht von William gehört hatte. William hätte schon ein Hellseher sein müssen, um vorherzusehen, dass Tom hier vorsprechen würde.

Andererseits sah Tom ein, wie hoffnungslos es wäre, Childs um ein Kommando über ein Kompanieschiff zu bitten. Es gab genug Kapitäne mit großer Erfahrung und vielen Dienstjahren hinter sich, die Vorzug vor ihm genießen würden. Tom hatte noch nie das volle Kommando geführt, und Childs würde ihm niemals einen der prächtigen Indiensegler anvertrauen. Bestenfalls konnte er eine Koje als Junioroffizier auf einem Schiff nach Indien erwarten, und Dorian war in Afrika.

Tom schaute ins Feuer und nippte an seinem Wein, während er das Problem überdachte. Lord Childs war vollkommen im Bilde über Dorians Gefangenschaft. Tom hatte gehört, wie er mit seinem Vater darüber gesprochen hatte, als sie in Bombay House zu Gast waren. Wenn Tom um ein Schiff bäte, wüsste Childs sofort, dass er es für die Rettung seines Bruders einsetzen würde anstatt für den Profit der Kompanie. Und wenn Tom irgendein anderes Schiff fände, würde Childs alles daransetzen, ihn vom Kap der Guten Hoffnung fern zu halten. Hal hatte ihn gewarnt, wie energisch die Kompanie gegen Eindringlinge vorging, die in ihren Gewässern Handel zu treiben versuchten. Nein, das Beste war, gar kein Interesse an jenem Teil der Welt zu zeigen. Diese Katze werde ich vom Schwanz her häuten, nahm er sich vor.

Lord Childs ließ ihn nicht einmal eine Stunde warten, was Tom als einen großen Gunstbeweis auffasste. Der Vorsitzende der Ostindischen Kompanie war wahrscheinlich einer der meistbeschäftigten Männer in London, und Tom war ohne Einladung oder Ankündigung bei ihm erschienen.

Immerhin bin ich sein Ordensbruder, sagte er sich, und meine Familie besitzt sieben Prozent der Kompanieanteile. Er kann nicht wissen, dass ich vor wenigen Tagen nahe daran war, Billy die Kehle aufzuschlitzen.

Der Sekretär führte ihn die große Treppe hinauf und durch das Vorzimmer zu Childs Büro. Die Einrichtung zeugte vom enormen Reichtum und Pomp der Kompanie. Die Teppiche auf dem Fußboden waren aus schimmernder Seide, und die Gemälde an den holzgetäfelten Wänden stellten die Schiffe der Kompanie dar, unter vollen Segeln vor den exotischen Küsten von Karnataka und Koromandel. Der Kronleuchter an der Decke war massiv wie ein umgedrehter Eisberg. Als sich dann eine geschnitzte und vergoldete Tür vor ihm öffnete und Lord Childs sich hinter seinem Schreibtisch erhob, um ihm entgegenzukommen, verflogen die letzten Zweifel, die Tom noch hinsichtlich der Art seines Empfangs gehabt hatte. «Mein lieber Thomas!» Childs ergriff seine Hand und sie tauschten den geheimen Gruß der Ordensritter aus, mit Daumen und Zeigefinger. «Welch angenehme Überraschung!»

«Es ist sehr großzügig von Euch, Mylord, mich so kurzfristig zu empfangen.»

Childs machte eine entschuldigende Geste. «Ach was. Es tut mir Leid, dass ich Euch warten lassen musste. Der holländische Botschafter», er zuckte die Schultern, «Ihr wisst schon ...» Childs war in vollem Putz, mit Perücke auf dem Kopf und dem Stern des Hosenbandordens am goldbestickten Revers. «Wie geht es Eurem lieben Bruder William?»

«Sehr gut, Mylord. Er hat mich gebeten, Euch seines tiefsten Respekts zu versichern.»

«Ich bedauere sehr, dass ich dem Begräbnis Eures Vaters nicht beiwohnen konnte. Plymouth ist so weit weg.» Childs führte Tom zu einem Sessel vor den hohen Fenstern, durch die – über die Dächer der Stadt hinweg – der Fluss und die Schiffe darauf zu sehen waren. «Ein bemerkenswerter Mann, Euer Vater. Wir alle, die ihn gut gekannt haben, werden ihn sehr vermissen.»

Sie tauschten noch für eine Weile Höflichkeiten aus, bevor Childs sich zurücklehnte und eine goldene Uhr aus der Weste zog, die sich über seinen mächtigen Bauch spannte. «Meine Güte, es ist schon nach zehn. Man erwartet mich in St. James.» Er steckte die Uhr in die Uhrtasche zurück. «Ich bin sicher, Ihr seid nicht nur hergekommen, um mir guten Tag zu sagen.»

«Nein, Mylord, lasst mich zur Sache kommen: Ich brauche eine Beschäftigung.»

«Da seid Ihr bei mir an der richtigen Adresse.» Childs nickte so heftig, dass seine Wangen schlotterten wie Truthahnlappen. «Die *Seraph* wird in zehn Tagen nach Karnataka aufbrechen, unter Captain Anderson. Ihr kennt das Schiff und Anderson natürlich. Er sucht noch nach einem Dritten Offizier. Der Posten wäre der Eure. Ihr braucht nur zu fragen.»

«Ich hatte etwas anderes im Sinn, Mylord, vielleicht etwas, das mehr mit dem Krieg zu tun hat.»

«Ach so. Mr. Pepys ist ein persönlicher Freund von mir. Er hat auch Euren Vater gekannt. Ich hege nicht den geringsten Zweifel, dass wir Euch eine Koje auf einem der Kriegsschiffe finden können. Ich meine, eine Schlachtfregatte wäre das Angemessene für einen jungen Mann Eures Temperaments …»

«Danke, Mylord, aber darf ich ganz offen sein», unterbrach ihn Tom höflich. «Ich verfüge über einen kleinen Kutter, sehr schnell und wendig, ideal für Überfälle auf französische Handelsschiffe auf dem Kanal.» Childs war offenbar erstaunt und Tom fuhr schnell fort, bevor der fette Mann etwas einwenden konnte. «Außerdem steht eine Mannschaft von Seekriegern für mich bereit, die alle unter meinem Vater auf der *Seraph* gedient haben. Ich brauche also nur noch einen Enterbrief, um die Franzosen angreifen zu können.»

Childs lachte so herzlich in sich hinein, dass sein Bauch auf seinem Schoß hüpfte wie ein Gummiball. «Der Apfel fällt nicht weit vom Stamm, nicht wahr? Genau wie Euer Vater: Ihr wollt führen, nicht geführt werden. Natürlich weiß jeder, was Ihr auf dem Schlachtfeld schon erreicht habt. Al-Aufs abgeschlagenes Haupt sollte auf Eurem Wappenschild erscheinen, wenn Ihr eines schönen Tages Euren Ritterschlag erhaltet.»

Er hörte abrupt auf zu lachen, und Tom spürte etwas von der Gerissenheit und Berechnung hinter Childs' gutmütigen blauen Augen. Childs ging zu einem der Fenster und schaute auf den Fluss hinaus. Nach einer Weile begann Tom, unruhig auf seinem Stuhl herumzurutschen, bis ihm schließlich dämmerte, dass diese Pause beabsichtigt war. «Mylord», begann er, «Ihr sollt natürlich Euren Anteil bekommen an aller Beute, die ich unter dieser Lizenz zu gewinnen hoffe. Ich dachte, fünf Prozent wären ein angemessener Ausdruck meiner Dankbarkeit.»

«Zehn Prozent wären vielleicht noch angemessener», bemerkte Childs.

«Sicher, zehn Prozent», stimmte Tom zu, «und je schneller ich in See stechen kann, desto eher werde ich in der Lage sein, die entsprechenden Zahlungen zu leisten.»

Childs drehte sich zu ihm um und rieb sich befriedigt die Hände. «Wie es sich trifft, werde ich heute Morgen im St.-James-

Palast eine Reihe von Persönlichkeiten sprechen, die in der Lage wären, eine solche Lizenz auszustellen. Kommt doch in drei Tagen wieder zu mir, Donnerstag um zehn. Vielleicht habe ich dann schon Neuigkeiten für Euch.»

Diese drei Tage zogen sich hin wie eine Trauerprozession, jede Minute voller Sorge und Zweifel. Wenn William all die mächtigen Männer, die er in London kannte, benachrichtigt hatte, würden Tom bald sämtliche Türen verschlossen sein. Inzwischen war gerade genug Zeit vergangen, dass ein Eilbote von High Weald alle seine Pläne zunichte machen konnte.

Selbst wenn Childs eine Lizenz besorgen konnte, hatte er immer noch weder Schiff noch Mannschaft, denn bevor er den Enterbrief des Königs nicht in Händen hielt, konnte er keinen seiner Männer in den Plan einweihen. Luke Jervis war schon wieder unterwegs, um sich irgendwo mitten auf dem Kanal mit einem seiner französischen Geschäftspartner zu treffen, und diesmal würden ihn vielleicht die königlichen Zollfahnder erwischen, und er würde nie zurückkehren. Solche Sorgen plagten Tom nicht nur am Tage, sondern selbst in seinen Träumen. Und wenn Luke schließlich wieder auftauchte, wäre er dann noch bereit, seine *Raven* in einem so gewagten Unternehmen aufs Spiel zu setzen? Vermutlich war er ohnehin schon ein wohlhabender Mann, mit einer Frau und, wie Aboli gesagt hatte, einem Stall voll Kinder.

Seine Männer schauten ihn immer wieder erwartungsvoll an, doch Tom konnte nichts sagen. Er wagte nicht einmal, ihnen von Childs' Versprechen zu erzählen; schließlich wollte er ihnen keine falschen Hoffnungen machen. Am Donnerstagmorgen schlich er sich aus dem Haus wie ein Dieb. Nicht einmal Aboli erzählte er, wohin er gehen würde.

Die Uhr am Turm der kleinen Kirche an der Leadenhall Street hatte kaum zehn geschlagen, als Lord Childs' Sekretär in das Besucherzimmer kam, um Tom zu seinem Herrn zu führen.

Ein Blick in Childs' Gesicht genügte, um all die Albträume zu verscheuchen, die Tom gepeinigt hatten. Nachdem sie sich begrüßt und Platz genommen hatten, griff Childs nach dem dicken Pergament, das vor ihm auf dem Schreibtisch lag. Tom erkannte das große, rote Siegel des Kanzlers von England unten an dem einzelnen Blatt. Es sah genauso aus wie das Siegel an der Lizenz, unter der sein Vater mit der *Seraph* in See gestochen war. Childs las die erste Zeile vor: «So sei mit diesem Brief verkündet, dass unser loyaler und geliebter Untertan, Thomas Courtney ...» Weiter brauchte er nicht zu lesen. Er schaute lächelnd auf.

«Gott sei gedankt, Ihr habt den Enterbrief!», rief Tom aufgeregt.

«Ich bezweifle, ob je ein Kapitän so schnell zu einer solchen Lizenz gekommen ist», erklärte Childs. «Ein gutes Omen für unser Unternehmen», bemerkte er weiter, wobei er das «unser» betonte. Dann legte er den Enterbrief beiseite und nahm ein anderes Dokument von seinem Schreibtisch. «Dies ist der Vertrag, in dem unsere Vereinbarung festgehalten ist. Den Namen des Schiffes habe ich noch offen gelassen, doch Ihr solltet ihn nun eintragen.» Er nahm einen Gänsekiel und spitzte ihn an, bevor er das Ende in ein Tintenfass tauchte und Tom dabei erwartungsvoll anblickte.

Tom atmete tief durch, bevor er sich endgültig verpflichtete. «Die *Raven*», sagte er mit fester Stimme.

«Die *Raven*», schrieb Childs in kunstvoller Handschrift. Dann schaute er wieder zu Tom auf. «Und nun bräuchte ich Eure Unterschrift.»

Tom schaute den Partnerschaftsvertrag kaum an, bevor er seinen Namen darunterkritzelte. Childs unterschrieb ebenfalls und trocknete die Tinte. Immer noch freundlich lächelnd begab er sich dann zu einem niedrigen Tisch, auf dem eine Armee von Kristallkaraffen aufgebaut war, und füllte zwei Gläser bis zum Rand. Eines davon reichte er Tom, während er das andere zum Trinkspruch hob.

«Soll Ludwig der Vierzehnte in der Hölle schmoren, und den übrigen Franzosen die Pest an den Hals.»

Aboli feilschte mit einem Fährmann um den Preis für die Tour den Fluss hinauf zu einer kleinen Insel mit dem eigenartigen Namen Eel Pie, wo Luke Jervis seinen Liegeplatz hatte. Aus einer Kabellänge Entfernung sahen sie, dass die *Raven* von ihrem letzten Ausflug zurückgekehrt und an dem Holzpier der Insel festgemacht war. Als sie näher kamen, erschien Luke in der Tür des Häuschens, das zwischen den Weidenbäumen stand, und kam in einer Wolke blauen Pfeifenrauchs auf den Pier herausgeschlendert, um sie zu begrüßen. Tom sprang an Land, während Aboli dem Fährmann seine Sixpence bezahlte.

«Hattet Ihr eine profitable Reise, Master Luke?», erkundigte sich Tom.

«Vor Sheerness hatten wir plötzlich die Zöllner auf den Fersen. Ich musste drei Oxhoft Branntwein über Bord werfen, bevor wir ihnen entwischen konnten. Damit sind meine Gewinne für die nächsten drei Monate ins Wasser gefallen.» Er rieb sich die Narbe auf seiner Wange und schaute trübsinnig drein. «Ich glaube, ich werde zu alt für dieses Spiel, Mr. Courtney.»

«Vielleicht kann ich Euch dann für ein Unternehmen gewinnen, das Eure Nerven weniger beanspruchen würde», schlug Tom vor.

Lukes Stimmung hob sich sofort. «Ich hatte mir schon gedacht, dass Ihr etwas im Schilde führt. Ihr erinnert mich an Euren Vater. Der hatte auch immer den großen Preis im Auge.»

Eine Frau kam aus dem Haus. Das Haar hing ihr ölig in die Stirn. Ihre Schürze war schwarz vom Ruß des Herdfeuers, und sie trug ein nacktes Baby mit schmutzigem Hintern auf ihrer Hüfte. Das Kind klammerte sich mit beiden Händen an die weiche, weiße Brust, die schlaff wie ein Hundeohr aus der offenen Bluse hing. «Luke Jervis, wage ja nicht, mich hier allein zu lassen, ohne Essen im Haus und mit sechs hungrigen Mäulern zu füttern, und wieder mit deinen Kumpanen auf Tour zu gehen!», schrie sie Luke hinterher.

Luke zwinkerte Tom zu. «Das ist mein kleiner Engel. Die Ehe ist ein feiner und edler Stand, zu edel für Kerle wie mich, denke ich manchmal.»

«Es wird Zeit, dass du dir vernünftige Arbeit suchst», keifte die Frau, «anstatt dich nachts davonzustehlen und mir danach zu erzählen, du hättest dein Geld verloren, obwohl ich genau weiß, dass du mit irgendeiner pockennarbigen Hure in der Pussy Bay vor Anker gelegen hast!»

«Habet Ihr vernünftige Arbeit für mich, Mr. Courtney, irgendetwas, das mich außer Hörweite meiner lieben Gattin bringen würde?»

«Genau darüber wollte ich mit Euch reden», grinste Tom erleichtert.

Drei Nächte später stahl sich die *Raven* mit einem Lotmann im Bug vor die französische Küste. «Fünf Faden», gab der Mann leise die Tiefe durch, bevor er die Laterne einen Spalt weit öffnete, um den Talgklumpen am Ende der Leine zu betrachten und zu sehen, was er vom Meeresgrund mitgebracht hatte. «Sand und Muscheln!», meldete er kaum lauter als im Flüsterton.

«Huitre Bank», nickte Luke in der Dunkelheit, nachdem seine Positionsschätzung bestätigt worden war. «Dort drüben, nach Steuerbord, liegt Calais. Honfleur ist hinter der Landspitze.» Er sprach die schwierigen Namen aus, ohne zu stocken. Aboli hatte Tom schon erzählt, dass Luke die Sprache beherrschte wie ein Franzose. «Der Strand steigt hier sehr sanft an; in der leichten Ostbrise können wir problemlos an Land waten», sagte er zu Tom. «Macht Euch bereit, über Bord zu springen, sobald ich Bescheid sage.»

Tom hatte beschlossen, dass nur er und Luke an Land gehen würden, um die Ankergründe vor Calais auszukundschaften. Luke kannte die Gegend und wäre am ehesten in der Lage gewesen, sich herauszureden, falls sie in Schwierigkeiten gerieten. Er war versucht gewesen, auch Aboli mitzunehmen, doch es war besser, die Gruppe so klein wie möglich zu halten, und Abolis schwarzes Gesicht hätte sicherlich zu unangenehmen Fragen geführt, wenn sie von einer französischen Patrouille angehalten würden.

«Zwei Faden!», kam der leise Ruf vom Bug.

«Fertig», flüsterte Luke und überließ das Steuerrad seinem Maat. Er und Tom nahmen ihre Lederrucksäcke und gingen zum Bug vor. Beide Männer trugen grobe Fischerkleidung, mit Holzschuhen an den Füßen, Lederwämsen über dem Wollkittel und einer Strickmütze auf dem Kopf. Die *Raven* berührte den Grund mit einem sanften Stoß.

«Ruder hoch!», flüsterte Luke, und die Männer an den Riemen lehnten sich auf ihre Ruder. Luke sprang als Erster über die Seite. Das Wasser reichte ihm bis unter die Achseln. Tom reichte ihm die beiden Rucksäcke und sprang hinter ihm her. Das Wasser war so kalt, dass ihm der Atem stockte.

«Abstoßen!», befahl der Maat den Ruderern leise, und die *Raven* löste sich langsam aus dem Sand. Luke hatte sich für eine Landung bei steigender Flut entschieden, sodass sie bestimmt nicht stranden würden. Nach wenigen Zügen war der kleine Kutter in der Dunkelheit verschwunden. Tom zitterte nicht nur vor Kälte. Es war ein unheimliches Gefühl, allein an einer feindlichen Küste zu sein, im Ungewissen, was sie auf dem Strand erwarten würde.

Das Wasser verlor schnell an Tiefe, und bald befanden sie sich auf hartem, nassem Sand, wo sie sich niederhockten und lauschten. Als sie nur das Klatschen und Rauschen der sanften Wellen hören konnten, sprangen sie auf und liefen in die Dünen. Dort rasteten sie noch einmal für einige Minuten, um Atem zu schöpfen und noch einmal in die Nacht zu horchen. Dann liefen sie geschwind durch Dünen und Gebüsch auf die Landspitze zu. Nach einer halben Meile stolperten sie fast über ein uraltes Schiffswrack, das über der Hochwasserlinie zu liegen gekommen war.

«Das ist die alte *Bonheur*, ein bretonischer Küstensegler», erklärte Luke, «eine gute Landmarke für den Rückweg.» Er kniete sich hin und kratzte ein Loch in den Sand unter den knochenweißen Rippen des Schiffsskeletts. Dann legte er einen der Rucksäcke hinein und bedeckte ihn mit losem Sand. «Dort werden wir sie finden, falls wir sie brauchen.»

Sie gingen noch schneller weiter und erkletterten die Landspitze. Auf dem Grat ging es langsamer voran, da sie nun zwischen dem niedrigen Salzgestrüpp nach einem günstigen Versteck suchen mussten. Sie fanden eine geeignete Stelle in den Ruinen eines Steingebäudes, das nach Lukes Worten den Franzosen während der Hollandkriege als Bunker gedient hatte. Von dort aus hatten sie unbehinderte Sicht auf die Hafeneinfahrten und Ankerplätze. Sie vergewisserten sich, dass die kleine Festung tatsächlich verlassen war und keine Zeichen von Aktivität zu entdecken waren, bevor sie sich niederließen. Luke zog ein Paar Pistolen aus seinem Rucksack und gab eine davon Tom. Sie luden sie mit frischem Pulver, überprüften die Zünder und legten sie griffbereit. Dann warteten sie auf die Morgendämmerung, die sich schließlich über dem östlichen Horizont ankündigte, den Himmel zitronengelb und rosarot färbte und die Landschaft vor ihnen in einem wunderschönen warmen Licht erglühen ließ.

Selbst um diese Tageszeit herrschte hektische Aktivität rund um die französische Kriegsflotte, die im Hafen vor Anker lag. Durch sein Fernrohr zählte Tom fünfzehn Dreidecker mit je achtzig Kanonen und einen Schwarm kleinerer Schiffe. Viele davon hatten ihre Rahen nicht gekreuzt und hatten zahlreiche Handwerker an Deck.

Auch an der Küste war man sehr beschäftigt. Sobald die Sonne sich über den Morgendunst erhob, sahen sie Kompanien von Truppen auf der Straße in die Stadt marschieren. Die Sonne funkelte auf den Bajonetten der geschulterten Musketen und die Federn und Bänder an ihren Dreieckshüten hüpften und flatterten mit jedem Schritt. Ein Wagenzug folgte ratternd auf der zerfurchten Trasse.

Ein wenig später trabte eine Schwadron Kavalleriesoldaten in golden beschnürten Jacken, blauen Capes und glänzenden schwarzen Stiefeln aus der Stadt. Für einen Augenblick wollte Tom das Herz stillstehen, da er dachte, sie kämen genau auf ihr Versteck zugeritten, doch dann bogen sie an der Kreuzung vor der Stadt ab in die Pappelallee nach Süden. Die Staubwolke, die sie aufwirbelten, verschwand bald Richtung Honfleur.

Als die Sonne höher stieg und die tiefe Bewölkung vertrieb, konnte Tom sein Fernrohr wieder auf den Hafen richten, um die Schiffe genauer zu mustern. Zwischen den Kriegsschiffen bewegten sich Dutzende kleinerer Boote. Manche davon waren Leichter und Barken, die Verpflegung und Mannschaften zu den größeren Schiffen hinausbrachten. Eine der Barken hatte Warnflaggen gehisst und wurde langsam zu einem der Dreidecker gerudert, tief im Wasser unter der Last der Schwarzpulverfässer, die auf ihr aufgetürmt waren.

Andere Schiffe hatten am Quai festgemacht oder ankerten bunt verstreut in der Bucht. Viele davon hatten Fock- und Achterriggung, mit einem einzelnen Mast und Bugspriet. Für kleinere Schiffe bot diese neue Anordnung der Segel manche Vorteile gegenüber der althergebrachten Rahtakelung; so fand sie in allen Kriegsmarinen immer mehr Verbreitung. Die Schiffe kamen mit kleineren Mannschaften aus und waren schneller am Wind. Oft wurden sie als Kundschafter und Hilfseinheiten für die Hauptflotte eingesetzt. An diesen und anderen kleinen Schiffen herrschte reger Verkehr im Hafen von Calais, doch alle einlaufenden und auslaufenden Schiffe hielten sich dicht an der Küste, um nicht die Aufmerksamkeit der Royal Navy zu erregen. Die englische Flotte hatte die wichtigsten Kanalhäfen mit einer Blockade belegt, bereit, jeden französischen Ausfall, gleichgültig in welcher Stärke, sofort abzufangen. Auf der Mitte des Kanals hatte Tom gelegentlich ein fernes englisches Segel erspäht. Irgendwo dort draußen lag jetzt auch die *Raven* und wartete auf den Abend, wenn sie sich wieder der französischen Küste nähern und sie in den Untiefen an Bord nehmen würde.

Als Nächstes begann Tom, die kleineren französischen Schiffe näher zu studieren, die vor Calais vor Anker lagen. Die meisten waren immer noch größer als die *Raven*, und viele waren mit kleinen Geschützen bewaffnet. Er suchte etwa ein Dutzend Schiffe aus, die für seine Zwecke geeignet erschienen. Von dieser Liste musste er jedoch eins nach dem anderen streichen, als er die verschiedenen Mängel entdeckte. Manche waren allzu reparaturbedürftig oder zu leicht bewaffnet, andere waren Küstensegler und nicht für lange Reisen oder schwere See gebaut, und wieder andere verfügten nicht über die Kapazität, die Menge an Fracht und Mannschaften zu tragen, die Tom benötigen würde.

Am Mittag lagen Tom und Luke auf dem Bauch in dem warmen Sand und nahmen eine Mahlzeit aus Brot, Schinken und hart gekochten Eiern zu sich, die Luke aus seinem Rucksack gezaubert hatte, und sie teilten sich eine Flasche Bier. Tom wollte die Hoffnung nicht aufgeben, doch hier schien nicht viel zu holen zu sein für sie.

Als die Sonne auf den Horizont zusank, waren nur noch zwei Schiffe übrig von dem Dutzend, das er unter die Lupe genommen hatte, von denen eines irgendwann die Segel hisste und den Bug Richtung Meer drehte. So blieb Tom keine andere Wahl, als sich auf einen schmutzigen alten Kutter zu konzentrieren, der gewiss schon bessere Zeiten erlebt hatte.

«Das wär's also», sagte Tom enttäuscht. Sie packten ihre Pistolen und Ausrüstung zusammen und machten sich bereit, sich zum Strand zurückzuziehen, sobald es dunkel wurde. Plötzlich packte Tom Luke am Arm und zeigte nach Norden. «Das ist es!», jubelte er. «Das ist unser Schiff!»

Schlank und schnell wie ein Windhund kam eine Schlup um die Landspitze geschossen, wendete sauber ins Fahrwasser und lief blitzschnell in den Hafen ein. «Schaut nur! Sie ist schwer beladen, das sieht man an der Wasserlinie, und trotzdem würde sie jeder Jungfernfurz mit fünfzehn Knoten vor sich hertreiben», flüsterte Luke voller Bewunderung für das prachtvolle Boot. Sie hatte ein glattes Deck und weder Back noch Schanze. Der einzelne Mast war elegant geneigt und in perfekter Proportion zur Rumpflänge, die nach Toms Schätzung etwa sechzig Fuß betragen musste.

«Zehn Kanonen», zählte Tom durch sein Fernrohr, «genug, um jede arabische Dau in die Flucht zu schlagen.»

Am Mast führte sie ein Gaffelsegel mit einer Spiere, an der Rahe ein großes Toppsegel und am Bugspriet zwei Focksegel. In der Dämmerung wirkte sie unwirklich, fast gespenstisch, ein Geschöpf von Wind, Gischt und Wellenschaum.

«Ich habe mich schon in sie verliebt, obwohl ich noch nicht einmal ihren Namen kenne», sagte Luke.

«Wir werden ihr einen neuen Namen geben», versprach Tom.

Die Schlup drehte hart bei. Das Segel wurde abgelassen und verschwand wie durch Zauberei. Sie blinzelten in die Dämmerung, um zuzusehen, wie sie festgemacht wurde. Tom zählte die Besatzung ab und kam auf neun Mann. Er schätzte jedoch, das Schiff könnte ohne weiteres dreißig Seekrieger für eine lange Reise aufnehmen, obwohl man dazu vielleicht ihr Unterdeck umbauen musste.

«Merkt Euch die Position», sagte Tom, ohne das Fernrohr vom Auge zu nehmen, «damit wir sie später im Dunkeln wieder finden.»

«Sie hat sich mir schon ins Hirn gebrannt», versicherte ihm Luke.

Im letzten Tageslicht sahen sie sechs Männer das Schiff verlassen und den Quai entlanggehen, auf die Tavernen zu, in deren Fenstern gerade die Lampen angezündet wurden. «Ich kann ihren Durst von hier aus riechen. Die werden vor Morgengrauen nicht zurück sein», flüsterte Tom. «Das heißt, es sollten nur drei Mann an Bord sein.»

Als es schließlich vollkommen dunkel war, liefen sie die Dünen zum Strand hinunter. Luke grub den anderen Rucksack unter dem Schiffswrack aus und zündete die Laterne an, die er darin mitgebracht hatte. Er hielt sie zur See und öffnete dreimal kurz die Klappe. Dann wartete er eine Weile und wiederholte das Lichtzeichen. Nach dem vierten Versuch wurde das Signal mit drei kurzen Blitzen draußen auf dem dunklen Meer beantwortet.

Sie wateten hinaus, bis die sanfte Dünung ihre Gesichter berührte, und als sie in der Finsternis Ruder knarren hörten, stieß

Luke einen scharfen Pfiff aus. Minuten später war die *Raven* neben ihnen, und sie zogen sich an der Bordwand hoch.

Triefend von Seewasser übernahm Luke das Steuerrad, und sie entfernten sich von dem seichten Strand. Sobald sie genug Wasser unter dem Kiel hatten, setzte er Hauptsegel und Fock. Tom zog sich nackt aus, trocknete sich mit dem groben Tuch ab, das Aboli ihm reichte, und zog sich frische Kleider an. Eine Seemeile vor der Küste drehte Luke bei, und sie setzten sich im Kreis um eine Laterne herum auf das offene Deck.

«Wir haben ein Schiff gefunden», eröffnete Tom seinen Männern, «doch es wird kein Kinderspiel sein, es den Franzosen vor der Nase wegzuschnappen: «Wir warten bis zur Mittelwache, wenn alle in ihren Hängematten schnarchen. Master Luke wird uns in den Hafen bringen und uns längsseits manövrieren. Wenn jemand etwas von uns will, wird Luke für uns antworten. Wir andere müssen unbedingt den Mund halten.» Er schaute ernst in die Runde, um die Wichtigkeit dieser Anordnung zu unterstreichen.

«Sobald wir neben der Schlup liegen, werde ich das Signal geben und den Entertrupp führen. Aboli und Alf Wilson werden mir helfen, die Leute auf dem Schiff auszuschalten. Wir sollten es nur mit drei Mann zu tun haben. Keine Pistolen, nur Fäuste und Knüppel, und eure Klingen benutzt ihr nur im äußersten Notfall. Vor allem dürfen wir keinen Lärm machen, und ein Mann mit einer Klinge im Bauch würde kreischen wie eine werfende Sau. Fred wird die Bugleinen losschneiden und Reggie das Heck, und dann nichts wie weg, Männer. Haltet also eure Taschenmesser bereit.»

Anschließend sprach Tom mit jedem Mann einzeln und ließ sie seine Befehle wiederholen, damit es in der Dunkelheit nicht zu einem Durcheinander kam. Einschließlich Luke und seiner dreiköpfigen Besatzung waren sie fünfzehn Mann, lauter Veteranen von der *Seraph*, die Aboli und Alf kurzfristig hatten zusammentrommeln können – mehr als genug für dieses Unternehmen.

«Der Wind kommt von Osten, und Luke meint, bis Mitternacht wird er auffrischen. Soweit ich sehen konnte, haben sie keine Zeisinge um das Hauptsegel gelegt, das heißt, es wird loskommen, sobald wir am Fall ziehen.» Tom schaute Ned Tyler an, dessen Gesicht im gelben Schimmer der Laterne noch runzliger wirkte. «Mr. Tyler, Ihr werdet das Ruder übernehmen. Haltet Euch aus den Kämpfen heraus. Luke wird uns mit der *Raven* herauslotsen. Er wird eine verdunkelte Laterne über das Heck hängen.»

Als jeder wusste, was Tom von ihm erwartete, überprüfte Tom ihre Waffen und vergewisserte sich, dass jeder einen Knüppel und ein Messer bei sich trug. Tom war der Einzige, der mit einer langen Klinge bewaffnet sein würde. Er schnallte sich das Neptunschwert um den Bauch.

Auf Toms Anordnung war die ganze Mannschaft in dunkler Kleidung erschienen, und nun ließ er die Laterne herumgehen, und sie schmierten sich den Ruß aus dem Deckel auf Gesicht und Hände. Es gab die üblichen Scherze, dass Aboli diese Schminke nicht nötig hätte, und dann setzten sich alle in ihren Bootsmänteln unter die Schandecks und aßen Brot und kaltes Fleisch, bevor sie ein paar Stunden Schlaf zu bekommen versuchten.

Am Ende der ersten Wache begann Luke, die *Raven* näher an die Küste heranzuluven. Der Landwind trug jedes Geräusch von der Küste zu ihnen. Eine Kirchturmuhr in der Stadt war so deutlich zu hören, dass sie jeden Gong mitzählen konnten, als sie Mitternacht schlug. Tom gab das Signal, und sie rüttelten die Männer wach, die noch schliefen, doch das waren nicht viele. Die meisten waren schon wach, nervös und angespannt.

Sie mussten gegen den Wind in den Hafen kreuzen. Diesen Preis zahlte Tom gern, wenn die Brise dafür später ihre Flucht beschleunigte. Bald waren sie mitten unter der französischen Flotte und fuhren so dicht an einem hohen Dreidecker vorbei, dass sie die Ankerwachen auf dem Hauptdeck müde miteinander sprechen hörten. Niemand hielt sie jedoch auf, und Luke manövrierte die *Raven* ruhig auf das Steinquai zu, wo sie die Schlup zuletzt gesehen hatten. Tom hockte im Bug und hielt nach dem französischen Schiff Ausschau. Es war immer noch möglich, dass es ausgelaufen war oder das Quai verlassen hatte, doch Tom betete, dass der größte Teil der Besatzung noch in den Kneipen war und dass der Kapitän vorhatte, erst am nächsten Morgen seine Ladung zu löschen.

Langsam schob sich die *Raven* zwischen zwei geankerten Schiffen hindurch auf das dunkle Quai zu. Tom kniff die Augen zusammen und versuchte mit seinen Händen das Licht von den Häusern am Wasser auszublenden. Von den Tavernen hallte Lachen und Gesang zu ihnen heraus, doch sonst herrschte Stille.

«Sie ist weg!» Tom sank das Herz, als sie einen halben Pistolenschuss von der Stelle entfernt waren, wo sie die Schlup am Abend noch gesehen hatten, und immer noch keine Spur von ihr zu entdecken war. Er verfluchte sich, dass er für diesen Fall kein Ersatzziel ausgewählt hatte. Er wollte Luke schon zurufen, er solle beidrehen, als ihm plötzlich das Herz bis zum Hals klopfte. Vor dem schwachen Lichtschimmer von der Stadt zeichnete sich ihr nackter Mast ab, und nun wurde Tom klar, dass die Ebbe das Schiff hinter die Quaimauer gesenkt hatte; deshalb hatte er es nicht sehen können.

«Sie ist noch da! Sie wartet auf uns!» Er schaute sich um, ob seine Männer bereit waren. Sie hockten, wie er, unter den Schandecks. Mit ihren geschwärzten Gesichtern sahen sie aus wie unordentlich gestapelte Fracht. Nur Luke stand aufrecht am Steuerrad, das er nun bis zum Anschlag drehte, während sein Maat das Fall bediente und, ohne auf einen Befehl zu warten, das Hauptsegel fallen ließ. Die *Raven* trieb langsam weiter, bis sie an die Seite des französischen Seglers stieß. Das Deck der Schlup war sechs Fuß höher als die *Raven* und Tom nahm einen Anlauf, um hinaufzuspringen.

Der Zusammenstoß der beiden Schiffsrümpfe hatte jemanden geweckt, und nun rief eine schläfrige Stimme auf Französisch: «*Nom de Dieu!*»

«Ich habe eine Nachricht für Marcel», antwortete Luke in derselben Sprache.

«Es gibt hier keinen Marcel», rief der Franzose verärgert. «Du ruinierst meinen Anstrich mit deinem Äppelkahn.»

«Ich habe die fünfzig Francs, die Jacques ihm schuldet.» Luke ließ sich nicht aus der Ruhe bringen. «Ich kann einen Mann hinaufschicken, dir das Geld zu geben.»

Bei der Erwähnung von so viel Geld beschwerte sich der Franzose nicht weiter, sondern sagte, plötzlich sehr freundlich: «*Très bien*. Du kannst es mir geben. Ich werde dafür sorgen, dass Marcel es bekommt.»

Tom sprang über die Seite der *Raven* und schwang sich geschmeidig auf die Schlup. Der Franzose lehnte sich über die Reling, eine Wollmütze auf dem Kopf und eine Tonpfeife zwischen den Zähnen unter dem prächtig gezwirbelten Schurrbart. Nun richtete er sich auf und nahm die Pfeife aus dem Mund. «Gib es mir.»

Der Mann kam mit ausgestreckter Hand auf Tom zu. «Gewiss», sagte Tom und versetzte ihm einen Hieb mit dem Knüppel direkt über dem linken Ohr. Ohne einen Ton von sich zu geben, sank der Franzose zu Boden. In der nächsten Sekunde kam Aboli barfüßig über die Reling geklettert und landete neben Tom, lautlos wie ein Panther. Tom bemerkte, dass eine der vorderen Luken offen stand und ein schwacher Lichtschein vom Unterdeck kam. Er sprang die Stiege hinunter, Aboli dicht hinter ihm. Eine Laterne schaukelte an der Decke, und nun sah Tom drei Hängematten quer durch die Kabine am anderen Ende. Er erkannte, dass er sich bei der Mannschaft verzählt haben musste. Als er durch die Kabine ging, saß der Mann in der nächsten Hängematte plötzlich kerzengerade. *«Qui est là?»*, fragte er.

Als Antwort versetzte Tom ihm einen Schwinger ans Kinn. Er sank auf seine Hängematte zurück, doch der Matrose in der nächsten schrie nun erschrocken auf. Aboli drehte die Hängematte um, und der Mann fiel zu Boden. Bevor er noch einen Laut von sich geben konnte, schwang Tom seinen Knüppel und streckte ihn nieder. Ein dritter Franzose sprang aus der letzten Hängematte und versuchte, die Stiege hinauf zu fliehen, doch Tom packte ihn am nackten Fußgelenk und zog ihn zurück. Aboli ballte seine mächtige Faust und hämmerte sie dem Mann an die Schläfe, worauf er lautlos zusammenbrach.

«Waren das alle?» Tom schaute sich geschwind um.

«Das war der Letzte.» Aboli lief die Leiter hinauf, und Tom folgte ihm an Deck. Fred und Reggie hatten die Haltetaue gekappt und die Schlup trieb schon vom Quai ab. Der Schrei des Franzosen unter Deck war offenbar genügend gedämpft gewesen, dass niemand sonst aufgeschreckt worden war. Der Hafen erschien so still und schläfrig wie zuvor.

«Ned?», flüsterte Tom.

«Ja, Captain?», kam sofort die Antwort vom Heck. Selbst in der Hitze des Gefechts fand Tom es wunderbar, so angeredet zu werden: Er hatte wieder ein Schiff und war der Kapitän.

«Gut gemacht. Wo ist die *Raven*?»

«Direkt voraus, schon unter Segel.»

Es gab eine kleine Verzögerung an den Mastfallen, da die Männer in der Dunkelheit und auf dem fremden Schiff Schwierigkeiten hatten, die richtigen Seile zu finden. Die Franzosen hatten ein anderes Riggungssystem. Tom lief zu ihnen und half ihnen dabei, die Leinen zu entwirren.

Die Schlup nahm inzwischen Fahrt auf und trieb rückwärts auf eines der geankerten Schiffe zu. Tom erkannte, dass sie schon so schnell waren, dass ein Zusammenstoß zu Schäden führen konnte.

Ein Franzose auf dem anderen Schiff rief: «Passt auf, ihr Holzköpfe! Ihr rammt uns gleich!»

«Haltet euch fest, Leute!», sagte einer von Toms Besatzung auf Englisch.

Die Reaktion von dem anderen Schiff kam augenblicklich. «*Merde! Ils sont Anglais!*»

Tom griff nach dem Hauptfall in dem Seilgewirr. «Und jetzt, kräftig ziehen!»

Das Hauptsegel rauschte den Mast empor, die Schlup nahm den Wind auf und hörte auf zu treiben, hatte jedoch immer noch genug Fahrt, dass sie das geankerte Schiff sacht streifte.

Inzwischen riefen andere Stimmen: «Die Engländer! Die Engländer greifen an!»

Ein Wachsoldat auf dem Quai, grob aus dem Schlaf gerissen, feuerte seine Muskete ab und sofort war der ganze Hafen in Aufruhr. Doch Ned hatte die Schlup nun unter Kontrolle, und sie nahmen schnell Fahrt auf. Als Tom vorausschaute, sah er die *Raven*, die mit funkelnder Hecklaterne im Fahrwasser aufs offene Meer zusegelte.

«Fockschoten!», schnappte Tom und führte die Mannschaft zum Bug. Sie gewöhnten sich allmählich an die Takelage, und die Focksegel waren bald oben. Die Schlup legte sich sofort auf die Seite und schoss nach vorn, das Wasser rauschte unter ihrem Kiel hinweg, und sie begannen, die *Raven* einzuholen. Doch auch die französische Flotte wachte nun auf. Rufe wurden zwischen Schiffen ausgetauscht und etliche Gefechtslaternen angezündet und die Masten hinaufgezogen.

Angespornt von dem wachsenden Aufruhr lief Tom zu einer der Schiffskanonen. Es war ein Spielzeug im Vergleich zu den Geschützen der Schlachtschiffe, die um sie herum ankerten. Er konnte nur hoffen, dass sie geladen war.

«Hilf mir!», rief er Aboli zu. Zusammen schwangen sie die Klappe der Kanonenluke auf und schoben das Geschütz hinaus. Tom schaute auf und sah, dass sie in nur einem halben Pistolenschuss Entfernung an einem der Schlachtschiffe vorbeisegelten, einer gigantischen *Soixante-quatorze* mit vierundsiebzig Kanonen, die den halben Himmel über ihnen einnahm. Er brauchte nicht einmal zu zielen mit seiner kleinen Kanone und feuerte einfach drauflos. Das Geschützschloss funkte, doch lange Zeit löste sich kein Schuss, bis die Kanone plötzlich aufbrüllte und in ihre Seile zurückgeworfen wurde.

Tom hörte, wie die Kugel in die schweren Planken des Kriegsschiffes krachte. Wilde Wutschreie verfolgten sie, doch die Schlup segelte zügig weiter. Sie lag so tief im Wasser, dass sie bald in der Dunkelheit verschwunden war.

Etwas weiter draußen war noch ein Schuss zu hören, doch an der langen Stichflamme erkannte Tom, dass die Kugel sie weit verfehlen würde. Es gab mehr Geschrei, und dann wuchs das stotternde Kanonenfeuer zu einer ohrenbetäubenden Füsillade, als die großen Schiffe auf die imaginäre englische Flotte feuerten, unter deren Angriff sich die Franzosen wähnten. Dichte Wolken von Pulverrauch trieben über die beiden Boote hinweg, sodass Tom fast das Leitlicht der *Raven* aus den Augen verlor.

Bald waren die Rufe und das Kanonenfeuer nicht mehr zu hören. Auch der Rauch verzog sich, und sie segelten in die milde, klare Nacht. Die Brise trug ferne Stimmen zu ihnen, englische Stimmen: Die Besatzung der *Raven*, die ihnen zujubelte. Toms eigene Mannschaft ließ einen Augenblick ihre Arbeit an den Schoten liegen und jubelte ebenfalls. Es war dumm, den Franzosen Gelegenheit zum Aufholen zu geben, doch Tom sagte kein Wort. Er sah Abolis weiße Zähne in der Dunkelheit schimmern und grinste ebenfalls. «Wo sind die Franzosen?», fragte er. Die drei zerzausten Gestalten wurden aus der Kabine heraufgeschleppt und zu ihrem Kapitän gesellt, der im Heck saß.

«Wir haben ein Boot an Bord», sagte Tom. «Wir drehen bei und setzen sie darin ab. Wir schicken sie nach Hause, mit besten Grüßen.»

Sie packten die vier Männer in das kleine Boot und stießen es ab. Als ihm klar wurde, wie ihm geschah, stand der französische Kapitän im Bug des winzigen Bötchens, der Schnurrbart zitternd vor Entrüstung, und schüttelte beide Fäuste in Richtung der Engländer.

«Deine Mutter war eine Kuh, und du bist aus dem falschen

Loch geschlüpft, du feuchter Scheißhaufen! Ich pisse in die Milch deiner Mutter! Ich trampele auf den Nüssen deines Vaters!»

«Sprich Englisch, Mann!», rief Luke zurück. «Das Meer weiß die Schönheit deiner Poesie nicht zu schätzen.» Die Tirade des Franzosen verhallte in der Dunkelheit hinter ihnen.

Aboli half Tom, das Hauptsegel zu trimmen, und sobald es sie hart und prall voranzog, sagte er: «Jetzt ist sie dein, Klebe. Wie willst du sie nennen?»

«Wie hatten die Franzosen sie getauft?» Alf Wilson beugte sich über die Reling und verdrehte den Hals, um im Licht einer Laterne den Namen auf dem Heckbrett zu lesen.

«*Hirondelle*. Was bedeutet das?»

«Die Schwalbe», übersetzte Luke.

«Das ist ein guter Name», nickten alle sofort. «Sie fliegt wirklich wie ein Vogel.»

«Aber nicht in dieser gottverdammten Sprache», weigerte sich Tom. «Sagen wir es doch in unserer süßen Muttersprache – nennen wir sie die *Swallow*. Wir werden auf ihre Gesundheit anstoßen, sobald wir auf dem Fluss sind.» Die Mannschaft jubelte ihm zu.

Als die Sonne aufging, waren sie vor Sheerness, und obwohl sie alle Segel gesetzt hatte, war die *Raven* weit zurückgefallen. Die *Swallow* segelte einen raumen Kurs über die zinkgrauen Wogen und schlug weiße Sprühnebel aus den Wellen, die sie durchstieß.

«Sie liebt es, wenn man ihr freien Lauf lässt», freute sich Ned, hundert Lachfältchen auf dem rauen Gesicht. «Wir müssten einen Schleppanker vom Heck hängen lassen, um sie zu bremsen.»

In der strahlenden Morgensonne war sie so hübsch wie eine Braut im Hochzeitskleid, ihre Segel so neu und sauber, dass sie schimmerten wie Perlmutt. Der Anstrich war noch so frisch, dass Tom das Terpentin riechen konnte, und ihr Deck war so gründlich gescheuert worden, dass es weiß wie ein Schneefeld war.

Tom fragte sich, welche Fracht der Laderaum der *Swallow* wohl bergen mochte. So bat er Aboli, hinunterzugehen und nachzuschauen. Aboli und Alf Wilson hoben die Lukendeckel und stiegen mit Laternen in der Hand in den dunklen Frachtbunker hinab. Als sie eine halbe Stunde später wieder an Deck erschienen, waren sie offenbar zufrieden mit dem, was sie entdeckt hatten.

«Sie ist bis unter die Decke mit Segeltuch voll gestopft, feinste

Qualität, genug, um ein Geschwader von Schlachtschiffen mit Segeln auszurüsten.»

Tom strahlte. Er wusste, welchen Preis solche Ware in den Auktionssälen der Kompanie erzielen konnte. «Die Sehnen des Krieges!», freute er sich. «Die Fracht ist Gold wert!»

Sie löschten ihre Segeltuchfracht am Quai der Kompanie. Dann ließ Tom Lord Childs eine Nachricht zukommen, und sie segelten die *Swallow* den Fluss hinauf zu Lukes Liegeplatz vor Eel Pie Island. Dort instruierte Tom die Männer, wie sie die Zwischendecks umzubauen hatten, damit sie eine größere Mannschaft beherbergen konnten, und wie er sich die Kabinen für den Kapitän und die drei Offiziere vorstellte. Es würden winzige Kämmerchen mit niedrigen Decken sein, mit gerade genug Platz für eine Koje, eine Seetruhe, deren Deckel zugleich als Schreib- oder Kartentisch dienen konnte, und nicht viel mehr.

Tom plante, das Vorschiff so einzurichten, dass es zwanzig Mann aufnehmen konnte. Er revidierte seine ursprüngliche Schätzung, wie viele Männer er mindestens brauchen würde, um das Schiff zu segeln und um notfalls einen Kampftrupp aufzustellen. Er musste mit einer kleineren Mannschaft vorlieb nehmen, wenn er ausreichend Platz für Verpflegung und Ausrüstung für eine Reise von drei Jahren und für die Ladungen haben wollte, die er befördern müsste, um in der Zeit einen angemessenen Gewinn zu erzielen.

Schon in gutem Wetter, wenn die meisten Männer unter freiem Himmel schliefen, würde es in den Unterkünften sehr eng werden, doch in Sturm und Regen, wenn sich alle unter Deck aufhalten mussten, würde die Situation selbst für die alten Seebären, die Alf und Aboli angeheuert hatten, wohl beinahe unerträglich.

Sobald die neue Einrichtung geplant und die Zimmerleute an der Arbeit waren, mieteten Tom und Aboli ein Fährboot, das sie flussabwärts bringen sollte. Als sie an der Leadenhall Street ankamen, erklärte ihnen der Sekretär, Lord Childs wäre den ganzen Tag im House of Lords beschäftigt. Er hatte jedoch Toms Nachricht erhalten und erwartete seinen Besuch. Der Sekretär überreichte Tom die Notiz, die Childs für ihn hinterlassen hatte.

Mein lieber Thomas

So schnell hatte ich gute Nachrichten von Euch nicht erwartet. Die Fracht, die Ihr erbeutet habt, haben wir schon an die Admiralität verkauft, für einen äußerst guten Preis. Ich muss mit Euch darüber reden. Bitte kommt doch ins House of Lords, wo ein Bote mich von Eurem Eintreffen benachrichtigen kann.

Immer zu Diensten
N. C.

Tom und Aboli machten sich auf den Weg den Fluss entlang zu den großen Regierungsgebäuden, dem Palast von Westminster. Der Bote nahm den Brief entgegen, den Tom an der Besuchertür vorzeigte, und erstaunlich bald kam Lord Childs, offenbar erregt und besorgt, die Treppe heruntergekeucht und nahm Tom beim Arm. Ohne weitere Worte platzte er heraus: «Euer Bruder William ist im Hause. Erst vor zehn Minuten habe ich mit ihm gesprochen. Ihr hättet mich warnen sollen, wie es zwischen euch steht.» Er rief nach seiner Kutsche. «Und Ihr solltet gewarnt sein, dass er auf Vergeltung aus ist für das Unrecht, das Ihr ihm angetan habt.»

«Es war Billys Schuld», erwiderte Tom zornig, doch Childs schob ihn schon in die Kutsche, die vorgefahren war. «Bombay House», rief er dem Fahrer zu, «so schnell du kannst!» Dann ließ er sich auf den Sitz neben Tom fallen. «Euer Bootsmann kann neben meinen Diener aufsteigen», sagte Childs, und Tom rief Aboli zu, er solle auf das Trittbrett klettern.

Die Kutsche setzte sich ruckartig in Bewegung, und Childs hob seine Perücke, um sich den Schädel abzuwischen. «Euer Bruder ist ein wichtiger Anteilseigner. Mit ihm ist nicht zu scherzen. Er darf uns niemals zusammen sehen. Um des lieben Friedens willen habe ich ihm erzählt, ich hätte nichts mit Euch zu tun.»

«Er kann mir nichts anhaben», sagte Tom überzeugter, als er in Wirklichkeit war. In der schaukelnden Kutsche musste er sich am Handriemen festhalten und das Geratter überschreien, das die stahlumgürteten Räder auf dem Pflaster erzeugten.

«Ich glaube, Ihr unterschätzt, wie feindlich Euer Bruder Euch gesinnt ist, Courtney», entgegnete Childs, während er sich die

Perücke wieder auf den rasierten Kopf setzte. «Ganz gleich, wer im Recht ist: Wenn jemand in meiner Position – ein Mann von einigem Einfluss, wenn ich so sagen darf – nicht mit ihm aneinander geraten will, solltet Ihr, ein enterbter jüngerer Bruder, Euch dann nicht erst recht vor ihm hüten?» Nach einer Weile fuhr er nachdenklich fort: «Noch nie habe ich einen Menschen solchen Hass, solch bittere Feindschaft zeigen sehen.»

Sie schwiegen für den Rest der Fahrt zu Bombay House. Als sie durch das Tor fuhren, lehnte sich Childs aus dem Fenster und rief dem Kutscher zu: «Bringe uns zu den Ställen, nicht zum Haupteingang.»

Auf dem Stallhof führte er Tom zu einer kleinen Hintertür, die in das Herrenhaus führte. «Wie ich gehört habe, hat Euer Bruder Euch Spione auf den Hals gehetzt. Es ist besser, wenn er nichts von unserem Treffen erfährt.»

Tom folgte Childs durch scheinbar endlose Korridore und unzählige Treppen hinauf, bis sie sich in einer kleinen Kammer fanden, wo die Wände mit Teppichen behängt waren. In der Mitte des Raumes stand ein großer, vergoldeter Spucknapf auf dem Boden. Childs winkte Tom zu einem Sessel neben dem seinen und durchwühlte die Dokumente, die den Schreibtisch bedeckten. Dann fischte er eines heraus. «Hier ist die Abrechnung vom Verkauf der Fracht, die Ihr von der französischen Schlup *Hirondelle* erbeutet habt und die die Admiralität von uns aufgekauft hat.» Er reichte Tom das Papier. «Wie Ihr seht, habe ich die übliche Bearbeitungsgebühr abgezogen.»

«Zwanzig Prozent!», staunte Tom.

«Das ist üblich», sagte Childs schlicht. «Wenn Ihr unseren Vertrag noch einmal lesen möchtet, findet Ihr es in Artikel fünfzehn.»

Tom winkte ab. «Was ist mit der *Hirondelle* selbst? Wollt Ihr auch davon Eure zwanzig Prozent?»

Sie begannen zu feilschen, und bald wurde Tom klar, weshalb Nicholas Childs es in der Welt der Geschäfts- und Geldleute so weit gebracht hatte. Er hatte immer mehr das Gefühl, einen Fechter vor sich zu haben, dem er einfach nicht gewachsen war. Irgendwann entschuldigte sich Childs und ließ Tom so lange allein, dass dieser unruhig wurde und schließlich aufsprang und ungeduldig auf und ab lief.

Im Nebenzimmer schrieb Childs inzwischen eine lange Botschaft auf einen Bogen Pergament. Während er das Schreiben trocknete und zusammenfaltete, sagte er leise zu seinem Sekretär: «Lasst Barnes zu mir kommen.»

Als der Kutscher vor ihm stand, sagte Childs: «Dies ist eine Nachricht an Lord Courtney im House of Lords, Barnes. Du musst sie ihm persönlich aushändigen. Es geht um Leben und Tod.»

«Sehr wohl, Mylord.»

«Wenn du zurückkommst, musst du meinen Besucher und seinen Diener zum Kai am Tower bringen, doch nicht auf direktem Wege, sondern ...» Childs gab dem Fahrer genaue Instruktionen. Am Ende fragte er: «Hast du verstanden, Barnes?»

«Vollkommen, Mylord.»

Childs eilte in das Zimmer zurück, wo Tom auf ihn wartete, und entschuldigte sich. «Vergebt mir, dass ich Euch so lange habe warten lassen, aber ich musste dringend etwas erledigen.» Er tätschelte Toms Arm. «Und nun, zurück zu unseren Geschäften.»

Gegen drei Uhr nachmittags musste Tom akzeptieren, dass er zwar die Besitzurkunde für die *Hirondelle* in Händen halten würde, ohne jedoch irgendwelche Gelder vom Verkauf der Fracht erwarten zu können. Nicholas Childs hatte einen Anteil von 25 Prozent an allen zukünftigen Gewinnen, die Tom unter der Lizenz, die Childs besorgt hatte, erwirtschaften würde. Tom wusste, dass Childs ihn in der Hand hatte, doch er hielt stur die Stellung.

Tom konnte froh sein, dass Childs die *Hirondelle* noch nicht gesehen hatte und dass die Beschreibung, die Tom ihm gegeben hatte, der Schlup kaum gerecht wurde und daher kaum Childs' Interesse erregt hatte. Er hatte keine Verwendung für ein so winziges Schiff, und Tom spürte, dass er gewillt war, auf sie zu verzichten. Er blieb standhaft, und am Ende ließ Childs seine exorbitanten Forderungen fallen und erklärte sich bereit, ihm die Besitzurkunde auszustellen, wenn auch nur unter dem Vorbehalt, dass keine anderen Ansprüche bekannt würden. Im Gegenzug durfte er den gesamten Ertrag von der Fracht für sich behalten.

Childs schien sehr zufrieden mit diesem Handel – zu Recht, ärgerte sich Tom. Er fragte sich, wie er den Männern, die vor Calais um die *Hirondelle* gekämpft hatten, klar machen würde, dass ihnen ihr Einsatz keinen Penny einbringen würde.

«Das Klügste wäre, wenn Ihr England verlassen würdet, sobald Ihr ein Segel hissen könnt, Courtney, und wenn Ihr am Ende der Welt bleiben würdet, solange sich Euer Bruder erinnern kann.» Childs lächelte gutmütig. «Ich ermögliche Euch, mit heiler Haut aus einer gefährlichen Situation zu entkommen.»

In diesem Augenblick klopfte es leise an der Tür, und auf Childs' Aufforderung trat der Sekretär ein. «Die Sache ist erledigt, Mylord. Barnes ist zurück und steht bereit, Eure Gäste wegzubringen.»

«Sehr gut», nickte Childs, «ausgezeichnet.» Er stand auf und sagte lächelnd zu Tom: «Ich glaube, damit sind unsere Geschäfte hier erledigt, Courtney. Ihr wollt eine Fähre nehmen, vom Tower aus, nicht wahr?»

Er brachte Tom persönlich zur Tür, wo Barnes mit der Kutsche wartete. Als sie sich zum Abschied die Hand schüttelten, fragte Childs unschuldig: «Wohin soll es also gehen mit Eurem neuen Schiff? Und wann werdet Ihr auslaufen?»

Tom wusste, wie zweischneidig diese Frage war, und antwortete ausweichend: «Ich bin erst seit einer Minute der neue Eigentümer», lachte er. «Darüber nachzudenken hatte ich noch keine Zeit.» Childs schaute ihm fragend in die Augen, und Tom sah sich gezwungen fortzufahren: «Ich glaube, die französischen Mittelmeerhäfen wären das beste Revier für mich. Oder vielleicht die französischen Gewässer vor Louisiana am Golf von Mexiko. Ja, vielleicht bringe ich die *Swallow*, das ist ihr neuer Name, über den Atlantik.»

Childs grunzte, offenbar nicht vollkommen überzeugt. «Ich hoffe sehr, Ihr hegt nicht den Gedanken, das Kap der Guten Hoffnung zu umsegeln und auf den Indischen Ozean zu fahren, um nach Eurem vermissten Bruder zu suchen.»

«Bei Gott, nein, Sir!», lachte Tom. «Wie könnte ich so töricht sein, mich mit einer Nussschale wie der *Swallow* in die Kapstürme zu wagen?»

«Sämtliche Territorien jenseits des Kaps gehören der Kompanie, das besagt unsere königliche Lizenz. Jedem Eindringling werden wir mit aller Härte begegnen, soweit es unter dem Gesetz erlaubt ist.» Der stählerne Blick in Childs' blauen Augen bedeutete Tom, dass kein Gesetz die Kompanie in ihrer Vergeltung einschränken würde. Wie jeder Seemann wusste, hatten die Gesetze der zivilisierten Welt an den Enden der Ozeane oft keine Gültigkeit.

Childs packte ihn am Arm, um es noch einmal ganz deutlich zu machen. «Wenn Ihr dennoch so leichtsinnig wärt, mir vor den Bug zu segeln, müsst Ihr mich mehr fürchten als Euren Bruder. Vergesst das nie.»

«Ich versichere Euch, Mylord, dass ich Euch als meinen guten Freund betrachte und dass ich nichts tun würde, was das ändern könnte», sagte Tom ernst.

«Wir verstehen uns also.» Childs lächelte ebenso ernst wie Tom, und sie schüttelten sich noch einmal die Hand. Was macht es schon, sagte sich Childs selbstzufrieden, das Schicksal dieses Burschen liegt jetzt ohnehin in der Hand seines Bruders. Dann sagte er laut: «Geht mit Gott» – oder zum Teufel, fügte er leise hinzu, während er ihm mit seiner fetten Hand nachwinkte.

Tom sprang leichtfüßig in die Kutsche und lud Aboli ein, neben ihm Platz zu nehmen. Childs trat zurück und nickte dem Kutscher zu, der mit einem bedeutungsvollen Blick antwortete, bevor er sich mit der Peitsche an den Hut tippte. Dann schüttelte er die Zügel, und die Kutsche rollte davon.

Tom und Aboli waren so in ihr Gespräch vertieft, dass keiner von beiden auf den Weg achtete, den der Kutscher einschlug. Tom erzählte Aboli alle Einzelheiten seines Treffens mit Childs.

Am Ende bemerkte Aboli: «Der Handel ist nicht so schlecht, wie du denkst, Klebe. Du hast die *Swallow* und eine Mannschaft, mit der du sie segeln kannst.»

«Aber Luke Jervis und die Männer, die mit uns nach Calais gekommen sind, muss ich aus eigener Tasche bezahlen», schüttelte Tom den Kopf. «Sie erwarten ihren Anteil an der Beute.»

«Biete ihnen einen Anteil und eine Koje für unsere nächste Reise an. Das wird sie williger machen», schlug Aboli vor.

«Ich habe nur noch sechshundert Pfund von meinem Beutegeld übrig, um die *Swallow* auszurüsten und Verpflegung zu beschaffen.»

«Nein», entgegnete Aboli, «du hast zwölfhundert.»

Tom starrte ihn an. «Was redest du da für einen Unsinn, Aboli?»

«Ich habe die Beutegelder von all den Fahrten, die ich im Laufe der Jahre mit deinem Vater unternommen habe. Wir legen zusammen. Ich habe sonst keine Verwendung für das Geld.»

«Du wirst mein gleichberechtigter Partner sein. Wir machen einen Vertrag.» Tom gab sich keine Mühe, seine Freude zu verbergen.

Aboli musste lächeln. «Wenn ich dir jetzt noch nicht vertrauen kann, was will ich dann mit einem Fetzen Papier? Es ist schließlich nur Geld, Klebe.»

«Mit zwölfhundert Pfund können wir die *Swallow* ganz neu ausrüsten, reichlich Proviant an Bord nehmen und den restlichen Laderaum mit Waren voll packen. Du wirst es nicht bereuen, alter Freund, das schwöre ich.»

«Ich bedauere nur wenige Dinge in meinem Leben», sagte Aboli ruhig, «und wenn wir Dorian gefunden haben, werde ich überhaupt nichts mehr bedauern. Und jetzt möchte ich ein wenig schlafen, wenn es dir nichts ausmacht.»

Er lehnte sich auf seinem Sitz zurück und schloss die Augen. Tom studierte verstohlen sein Gesicht und dachte über die einfache Philosophie und innere Kraft nach, die Aboli zu einem so zufriedenen und in sich ruhenden Menschen machte. Er kennt keine Laster, ist nicht getrieben von dem Drang, ein Vermögen zu besitzen oder anzuhäufen. Seine Motive sind Treue und Ehre. Er ist ein stoischer Mann voller natürlicher Weisheit, im Frieden mit sich selbst, sodass er sich all der Gaben erfreuen kann, die seine eigentümlichen Waldgötter ihm geschenkt haben, und alles Böse und alle Unbill klaglos ertragen kann, die die Welt für ihn bereithalten mag.

Er betrachtete den polierten schwarzen Schädel, auf dem kein Härchen wuchs, weder schwarz noch grau, das sein Alter verraten würde. Dann schaute er ihm ins Gesicht. Die komplizierten Muster der Tätowierung, die es bedeckten, verbargen alle Narben der Zeit. Wie alt er wohl in Wirklichkeit war? Er schien so zeitlos wie eine schwarze Obsidianklippe. Obwohl er erheblich älter als Toms Vater sein musste, hatten die Jahre Aboli nichts von seinen Fähigkeiten oder von seiner Kraft geraubt. Er ist alles, was ich noch habe, dachte Tom. Sein Respekt und seine Liebe für den großen Mann hätten nicht tiefer sein können. Er ist mein Vater und Ratgeber und, noch wichtiger, er ist mein Freund.

Ohne die Augen zu öffnen, riss Aboli ihn plötzlich aus seinen Gedanken. «Das ist nicht der Weg zum Fluss.»

«Wie kannst du das wissen?» Tom schaute aus dem Fenster und sah nichts als düstere, halb verfallene Gebäude in dem braunen Dämmerlicht. Die engen Straßen waren verlassen bis auf vereinzelte, dick vermummte Gestalten, die wer weiß wohin eilten oder stumm und bedrohlich in dunklen Hauseingängen standen, die Gesichter bedeckt, sodass Tom nicht sagen konnte, wer Mann und wer Frau war. «Wie kannst du das wissen?», fragte er noch einmal.

«Wir haben uns vom Fluss entfernt», antwortete Aboli. «Wir sollten längst an dem Anlegeplatz am Tower sein, wenn wir wirklich dorthin unterwegs wären.»

Tom zweifelte nicht an Abolis Gefühl für Zeit und Richtung; es war unfehlbar. Er lehnte sich aus dem Fenster und rief dem Fahrer auf dem Kutschbock zu: «Wo bringst du uns hin, Bursche?»

«Wohin Seine Lordschaft mir befohlen hat, zum Markt von Spitalfields.»

«Nein, du Idiot!», rief Tom. «Wir wollen zum Tower!»

«Dann muss ich mich verhört haben. Ich bin sicher, Seine Lordschaft hat befohlen …»

«Zum Teufel damit, was Seine Lordschaft gesagt hat! Bringe uns zum Tower! Wir brauchen eine Fähre den Fluss hinauf!»

Der Fahrer murrte noch einmal und wendete die Kutsche, die dadurch die ganze Gasse einnahm. Der Lakai hielt das Führungspferd am Zaumzeug, um es in die richtige Richtung zu zwingen. «Vor sechs Uhr werden wir dort nicht ankommen», warnte der Fahrer Tom. «Um die Zeit werdet Ihr keine Fähre mehr finden.»

«Lass das nur unsere Sorge sein», grollte Tom. «Und nun tu, was ich sage, Mann.»

Der Kutscher trieb die Pferde missmutig in Trab, und sie schaukelten über die Pfützen und Spurrillen den Weg zurück, den sie gekommen waren. Allmählich fanden sie sich von dem milden, kriechenden Nebel umgeben, der den Abend ankündigte. Die Gebäude, an denen sie vorbeifuhren, waren nun in graue Rauchschwaden gehüllt. Selbst der Lärm der Kutschenräder und Hufe klang gedämpft unter diesem dichten Schleier. Es wurde plötzlich kälter. Tom schauderte und zog sich seinen Mantel enger um die Schultern.

«Sitzt dein Schwert locker in der Scheide?», fragte Aboli.

Tom sah ihn erschrocken an. «Warum fragst du das?» Dennoch legte er sofort seine Hand auf den blauen Saphir auf dem Schwertknauf und hielt die Scheide fest zwischen den Knien.

«Du könntest es bald benötigen», brummte Aboli. «Ich rieche Verrat. Der fette alte Mann hat uns nicht ohne Grund in die Irre geschickt.»

«Der Fahrer hat einen Fehler gemacht», erwiderte Tom, doch Aboli lachte nur leise.

«Es war kein Fehler, Klebe.» Er hatte inzwischen die Augen geöffnet und lockerte sein Schwert in der Scheide, indem er es einen halben Zoll herauszog und mit einem leisen, schabenden Geräusch wieder hineingleiten ließ. Nach einer weiteren langen Pause sagte er: «Wir sind jetzt in der Nähe des Flusses. Ich spüre die Feuchtigkeit und rieche das Wasser.»

Er hatte kaum zu Ende gesprochen, als sie aus der engen Gasse herauskamen und der Fahrer die Kutsche am Rand eines Quais zum Stehen brachte. Tom schaute hinaus. Der Fluss war so dicht mit Dunst bedeckt, dass er das andere Ufer nicht sehen konnte. Es wurde schnell dunkel, und mit der Dunkelheit stellten sich böse Vorahnungen ein.

«Das ist nicht der Anlegeplatz», stellte Tom den Fahrer zur Rede.

«Folgt dem Pfad dort.» Der Mann zeigte den Weg mit seiner Peitsche. «Es sind nur zweihundert Schritte von hier.»

«Dann fahre uns hin, wenn es so nah ist», erwiderte Tom misstrauisch.

«Die Kutsche ist zu breit für den Pfad, und über die Straße ist es ein großer Umweg. Zu Fuß werdet Ihr nur eine Minute brauchen.»

Sie sprangen auf den schlammigen Wegesrand. «Ein ordentlicher Gentleman würde mich für meine Mühe mit Sixpence beehren», nörgelte der Kutscher.

«Ich bin kein Gentleman, und von welcher Mühe sprichst du?», entgegnete Tom. «Das nächste Mal tust du lieber, was man dir sagt, und schlägst den richtigen Weg ein.»

Der Fahrer ließ wütend seine Peitsche knallen, und die Kutsche ratterte davon. Sie sahen zu, wie die Kutschlaternen den Weg hinauf verschwanden. Tom holte tief Atem. Die Luft war kalt, feucht und stinkig von den Abwässern, die sich unablässig in den

Fluss ergossen. Der Nebel öffnete und schloss sich wie ein Vorhang, sodass Tom manchmal nicht sicher war, was er vor sich sah. Ein Schlepppfad säumte den Rand des Quais, gut zwei Faden senkrecht über der Wasseroberfläche. Auf der anderen Seite, vom Wasser weg, war eine nackte Ziegelmauer.

«Halte dich rechts», brummte Aboli. «Ich gehe auf der Wasserseite.»

Tom bemerkte, dass Aboli seine Schwertscheide vor die rechte Hüfte geschoben hatte, damit sie sich nicht mit ihren Schwertern in die Quere kämen, wenn Aboli linkshändig focht, wozu er natürlich in der Lage war. «Halte dich auf der Mitte des Weges.»

Schulter an Schulter gingen sie den Schlepppfad entlang, die Mäntel ans Kinn gezogen, doch jederzeit bereit, sie zu öffnen und ihre Schwertarme frei zu machen. Die Stille und immer tiefere Dunkelheit waren bedrückend. Durch den Nebel vor ihnen schimmerte bald schwaches Licht, gerade genug, um den Rand der Quaimauer zu beleuchten. Als sie näher kamen, sah Tom, dass es von einer einzelnen offenen Laterne kam.

Augenblicke später sah er die Steinstufen des Landeplatzes vor sich im dunklen Nebel.

«Das ist die Stelle», sagte er so leise, dass nur Aboli ihn hören konnte. «Schau, da scheint eine Fähre auf uns zu warten. Da ist der Fährmann.»

Der Fährmann stand an der Treppe des Landestegs, eine hoch gewachsene, finstere Gestalt, den Hut tief in die Stirn gezogen. Die Laterne stand auf der obersten Stufe und warf seinen langen Schatten auf die Steinbrücke hinter ihm. Tom zögerte. «Das gefällt mir nicht. Jemand scheint all dies inszeniert zu haben. Der Mann sieht aus wie ein Schauspieler, der auf seinen Einsatz wartet.» Er sprach Arabisch, damit kein verborgener Lauscher ihn verstehen konnte. «Warum sollte der Fährmann uns erwarten? Er muss wissen, dass wir auf dem Weg waren.»

«Ruhig, Klebe», warnte ihn Aboli. «Lasse dich nicht von dem Fährmann ablenken. Er ist im Augenblick nicht die Gefahr. Es gibt bestimmt noch andere hier.»

Sie gingen weiter auf die einsame Gestalt zu, doch ihre Blicke schwirrten durch die Schatten, von denen sie umgeben waren. Plötzlich löste sich eine Gestalt aus der Dunkelheit und trat ihnen in den Weg, gerade außer Reichweite ihrer Schwerter. Sie lüftete die Kapuze und offenbarte einen goldenen Lockenkopf, der in der Dämmerung schimmerte.

«Guten Abend, meine Hübschen.» Die Stimme war rauchig und verführerisch, doch Tom sah die ekelhaften roten Schminkflecke auf den Wangen der Frau und die dicke Farbe auf ihrem breiten Mund, in diesem Licht blau wie die Lippen einer Leiche. «Für einen Schilling lass ich euch beide am Himmelstor klopfen.»

Sie hatte sie gezwungen, an einer engen Stelle des Pfades stehen zu bleiben, und nun schwang sie ihre Hüften und schaute Tom gierig an, eine grässliche Parodie von Wollust.

«Hinter uns!», rief Aboli auf Arabisch, und Tom hörte leise Schritte auf dem Pflaster des Quais. «Um den werde ich mich kümmern. Behalte du die Hure im Auge», warnte Aboli, bevor Tom sich umdrehen konnte. «Nach ihrer Stimme zu urteilen, könnte sich ein stinkender Knüppel unter ihren Röcken verbergen.»

«Sixpence für uns beide, mein Schatz», sagte Tom, während er auf sie zutrat, sodass sie in Reichweite seines Schwertes kam. Er hörte Aboli herumwirbeln, ließ seinen Blick jedoch nicht von der Hure. Aboli führte einen flüssigen Stoß auf den ersten der beiden Männer, die von hinten aus der Dunkelheit kamen. Seine Attacke war so geschwind, dass sein Opfer nicht einmal die Klinge zur Abwehr heben konnte. Die Schwertspitze versank in seinem Bauch und tauchte aus seinem Rücken auf, auf Höhe der Nieren. Er begann zu schreien.

Mit der im Fleisch steckenden Klinge und der Kraft seines linken Armes schwang Aboli den Mann herum wie einen aufgespießten Fisch und schleuderte ihn in den Kerl hinter ihm. Die Klinge löste sich aus dem Bauch des Mannes und beide Angreifer taumelten zurück. Sie klammerten sich aneinander, sodass der verwundete Mann – er schrie immer noch, ein wilder, gespenstischer Laut in der Nacht – den Schwertarm seines Freundes blockierte. Aboli führte den nächsten Stoß über die Schulter des Verwundeten hinweg mitten ins Gesicht des anderen.

In den Mund getroffen ließ der Mann seine Waffe fallen und hielt sich beide Hände vors Gesicht. Dickes, schwarzes Blut quoll zwischen den Fingern hervor. Er taumelte an den Rand des Quais und fiel platschend ins Wasser, wo er sofort versank.

Der andere Mann ging in die Knie, hielt sich den Bauch und

fiel mit dem Gesicht in den Schlamm. Aboli wirbelte herum, um Tom zu Hilfe zu eilen.

Die Hure hatte ein Schwert unter ihrem Mantel hervorgezogen. Als sie sich auf Tom stürzte, fiel ihr die Perücke vom Kopf, sodass sich ein kurz geschorener Kopf und raue, männliche Züge offenbarten. Tom war bereit und sprang vor, um sich dem Angriff entgegenzustellen. Überrascht durch die schnelle Reaktion fand der Angreifer nicht die Zeit, sich um seine Deckung zu kümmern.

Tom wählte die hohe, natürliche Gefechtslinie, den schnellen Todesstoß in die Kehle, wo kein Knochen die Klinge ablenken würde. Sie schob sich glatt durch die Luftröhre und die Halsschlagadern zu den Knochen der Wirbelsäule. Er zog die Klinge zurück und stieß noch einmal zu, diesmal etwas tiefer, sodass die Schwertspitze den Knorpel zwischen den Wirbeln fand und glatt hindurchfuhr.

«Du lernst sehr schnell», flüsterte Aboli, als die Hure zusammenbrach, ohne noch einmal zu zucken, die Röcke hochgezogen über die haarigen, weißen Beine. «Wir sind jedoch noch nicht fertig hier. Es werden andere kommen.»

Sie strömten aus den dunklen Hauseingängen wie streunende Hunde, die Aas gerochen haben. Tom machte sich nicht die Mühe zu zählen, doch es waren viele.

«Rücken an Rücken», ordnete Aboli an, während er sein Schwert in die stärkere Hand nahm. Der Engpass auf dem Weg, der zuvor wie eine Falle ausgesehen hatte, gereichte ihnen nun zum Vorteil. Zur einen Flanke hatten sie den Fluss, zur anderen die nackte, fensterlose Backsteinwand eines dreigeschossigen Hauses.

Tom erwartete Haufen von Schurken von beiden Enden des Schlepppfades, doch sie konnten nur einer nach dem anderen angreifen. Der nächste Mann, der auf Tom zustürmte, war mit einem Spieß mit Eisenspitze bewaffnet, und als er damit nach Toms Kopf hieb, war sofort klar, dass er ein Meister dieser gemeinen Waffe war. Tom war dankbar für die langen Übungsstunden auf dem Fechthof, zu denen Aboli ihn auf High Weald gezwungen hatte. Gegen den brutalen Hieb wollte Tom die empfindliche Klinge des Neptunschwerts nicht riskieren, und so duckte er sich unter dem langen, schweren Stab. Er erwartete jedoch den nächsten Angriff, bei dem es sich nur um einen Stoß auf seinen Kopf zu handeln konnte. Er konnte nicht zurückweichen, da Abolis breiter

Rücken an den seinen gepresst war. Der sechs Fuß lange Spieß hatte den Angreifer aus Toms Reichweite gehalten, bis er mit der Eisenspitze zum Stoß ansetzte, die auf Toms Kopf zuschoss wie von einem Bogen geschossen. Tom drehte sich im letzten Augenblick zur Seite, und die Spitze flog an seiner Wange vorbei. Mit der Linken packte er nun die Eichenstange und ließ sich von dem Mann in Reichweite seines Schwertes ziehen. Im nächsten Augenblick zischte die blaue Klinge durch die Luft, blitzend wie Wetterleuchten an einem heißen Sommerabend.

Das Neptunschwert öffnete dem Mann die Kehle mit einem Schnitt, gerade wie von einem Rasiermesser.

Dem Mann hinter dem Angreifer bot sich ein grausiger Anblick, als der Sterbende vor ihm im Kreise taumelte. Er war so gebannt davon, dass er Toms nächsten Vorstoß nicht bemerkte. Tom ging wieder auf die hohe Linie, auf die Kehle zu, doch sein Opfer wandte sich im letzten Augenblick ab, und die Klinge durchbohrte seine Schulter. Die Waffe fiel dem Schurken aus der Hand und krachte aufs Pflaster. Er umklammerte seine Wunde und schrie: «In Gottes Namen, er hat mich umgebracht!» Dann drehte er sich um und stolperte in die Männer hinter ihm, die so dicht gedrängt standen, dass es Tom schwer fiel, ein klares Ziel auszumachen. Er stach dreimal schnell und hart in die Menge, und jedem Stoß folgte ein schriller Schmerzensschrei. Einer taumelte nach hinten und fiel rücklings in die stinkenden Fluten, wo er in einer Kaskade von Sprühwasser versank. Die anderen begannen nun das Weite zu suchen, hielten sich ihre Wunden, die Gesichter schmutzig grau in dem fahlen Licht.

Tom hörte etwas hinter sich. Jemand stöhnte kehlig, ein anderer schluchzte vor Schmerzen. Ein dritter Mann lag zuckend und tretend am Boden, wie ein Rennpferd mit gebrochenem Bein. Tom wagte nicht, seinen Blick von den Männern zu nehmen, die sich ihm entgegenstellten, doch er musste sicher sein, dass Aboli ihm weiterhin den Rücken deckte.

«Aboli, bist du getroffen?», fragte er leise.

Eine tiefe, zornige Stimme hinter ihm erwiderte sofort: «Was? Wir haben es hier mit Affen zu tun, nicht mit Kriegern. Sie besudeln mein Schwert mit ihrem Blut.»

«Sei bitte nicht so empfindlich, alter Freund. Wie viele sind noch übrig?»

«Viele, aber ich glaube, sie haben den Appetit verloren auf die Kost, die wir ihnen servieren.»

Aboli hatte eine Traube von Männern vor sich, gerade außerhalb der Reichweite seines Schwertes. Als er sah, wie sie sich zurückzuziehen begannen, warf er plötzlich den Kopf zurück und ließ einen solchen Schrei los, dass selbst Tom zusammenzuckte. Er konnte nicht anders, als sich umzudrehen.

Abolis Mund war wie eine große, rote Höhle, das tätowierte Gesicht eine wilde, grausame Maske. Sein Schrei war das Brüllen eines großen Affen, ein in den Ohren schmerzender, alle Sinne betäubender Laut.

Die Männer vor ihm flohen entsetzt in die Finsternis, während der Schrei über den dunklen Fluss hallte. Die gleiche Panik ergriff auch die Leute, die sich Tom entgegengestellt hatten. Sie drehten sich auf dem Absatz um und rannten davon. Zwei hinkten und hielten sich stöhnend ihre Wunden, doch sie entkamen in eine Seitenstraße. Das Trappeln ihrer Füße verlor sich in der Stille des Nebels, der sie zu umhüllen begann.

«Damit hast du bestimmt die Stadtwachen geweckt.» Tom beugte sich zu der toten Hure hinunter und wischte an ihren Kleidern seine Klinge ab. «Sie werden jede Minute hier sein.»

«Lass uns gehen», stimmte Aboli zu. Nach dem grässlichen Schrei, den er gerade eben von sich gegeben hatte, klang seine Stimme nun sanft und beruhigend.

Sie stiegen über die gekrümmten Leichname und näherten sich der Treppe. Aboli lief direkt zu dem Boot, das an der Mauer festgemacht war, während Tom auf den Fährmann zuging. «Eine Goldguinee, wenn du uns den Fluss hinaufbringst», versprach Tom noch im Laufen.

Als er keine zehn Schritte mehr von ihm entfernt war, riss der Mann plötzlich seinen Umhang auf und hob die Pistole, die er darunter verborgen hatte. Tom schaute in die Zwillingsläufe, deren Mündungen ihn anstarrten wie zwei schwarze, leere Augenhöhlen.

Die Zeit schien stehen zu bleiben, die Sekunden gefroren zu einer Ewigkeit. Alles erschien unwirklich, wie ein Traum. Obwohl Tom alles schärfer zu sehen meinte als gewöhnlich, obwohl alle seine Sinne aufs Äußerste angespannt waren, wurden seine Bewegungen so langsam, als watete er durch klebrigen Schlamm.

Er sah, dass beide Hämmer der Pistole bis zum Anschlag gespannt waren. Unter dem weiten Hutrand funkelte Tom ein dunkles Auge an. Ein weißer Zeigefinger krümmte sich um den Abzug, immer fester.

Tom sah, wie der Hammer des linken Laufes fiel, die Rauchwolke und den Blitz auf der Zündpfanne, als der Feuerstein auf den Stahl schlug. Er wollte sich zur Seite werfen, doch seine Glieder gehorchten ihm nur widerwillig. Die Pistolenhand des Fährmanns flog hoch, und die Waffe feuerte mit einem lauten Donner. Blauer Pulverrauch erfüllte die Luft zwischen ihnen. Im selben Augenblick spürte Tom einen mächtigen Schlag gegen seinen Körper und wurde zurückgeworfen. Er fiel hart auf den Rücken und blieb auf der obersten Stufe liegen. Er spürte ein dumpfes Gewicht auf seiner Brust. Er wusste, was das bedeutete. Vielleicht bin ich schon tot, dachte er als Nächstes, und der Gedanke machte ihn wütend. Er schaute zu dem Mann auf, der auf ihn geschossen hatte.

Das Neptunschwert lag immer noch in seiner rechten Hand. Er sah, wie die Pistole sich auf ihn zu senkte und ihren grausamen Blick auf ihn richtete. Wenn ich tot bin, kann ich meinen Schwertarm nicht mehr bewegen. Der Gedanke brannte in seinem Hirn und zwang ihn, jedes Gran seiner Kraft und Entschlossenheit in seinen rechten Arm zu legen.

Zu seiner Verblüffung hatte der Arm nichts von seiner Kraft eingebüßt. Er schnellte vor, und das Schwert flog ihm aus der Hand wie ein Wurfspeer. Tom verfolgte seinen Flug mit der Spitze voran, schnurgerade, golden funkelnd im Licht der Laterne.

Der Mantel des Fährmanns hatte sich geöffnet und seine Brust offenbart. Er trug nichts als ein schwarzes Seidenhemd darunter, am Hals von einer Schleife zusammengehalten. Bevor die Pistole aus dem zweiten Lauf feuern konnte, durchbohrte das Schwert den weichen Stoff unter dem Pistolenarm, und Tom sah zu, wie die ganze Klinge wie durch Zauberei im Torso des Mannes verschwand.

Der Fährmann stand stocksteif im Todeskrampf, das Herz gespalten von der kalten Klinge. Er schwankte nach hinten, und die langen Beine in den glänzenden schwarzen Lederstiefeln gaben unter ihm nach. Er fiel auf den Rücken und bäumte sich noch einmal auf, bevor er ganz still lag.

Tom stützte sich auf einen Ellbogen und sah Aboli die Treppe heraufgestürmt kommen. «Klebe! Wo hat er dich getroffen?»

«Ich weiß nicht. Ich spüre nichts.»

Aboli öffnete Toms Mantel und riss sein Hemd auf. Er tastete das harte, junge Fleisch darunter ab, bis Tom aufschrie. «Vorsichtig, Mann! Willst du mich umbringen?»

Aboli nahm die Laterne, die noch auf der obersten Stufe der Quaitreppe brannte, und öffnete die Klappe, um Toms nackte Brust zu beleuchten. Er sah Blut, viel Blut. «Tief in der rechten Seite», murmelte er, «nicht im Herzen, aber vielleicht in der Lunge.» Er leuchtete Tom in die Augen, um die Pupillenreaktion zu beobachten. «Gut. Kannst du kurz husten?»

Tom gehorchte und wischte sich mit dem Handrücken den Mund ab. «Kein Blut», bemerkte er, während er sich seine Hand anschaute.

«Den Göttern sei gedankt, deinen und meinen Göttern, Klebe», brummte Aboli, während er Tom zu Boden drückte. «Das wird jetzt wehtun», kündigte er an. «Du kannst schreien, wenn du willst, aber ich muss den Einschusskanal abtasten.»

Er fand das Wundloch, und bevor Tom etwas sagen konnte, steckte Aboli seinen langen, dicken Finger tief in die Wunde. Tom krümmte sich vor Schmerz und schrie wie eine Jungfrau in der Hochzeitsnacht.

«Die Kugel hat eine Rippe gestreift und ist zur Seite abgelenkt worden. Sie ist nicht in den Brustkorb eingedrungen.» Er fuhr mit der blutverschmierten Hand über Toms Brust unter die Achselhöhle und fühlte die harte Kugel dicht neben dem Schulterblatt. «Sie sitzt zwischen Haut und Knochen. Wir werden sie später herausschneiden.»

Er hob sein mächtiges, tätowiertes Haupt, als ein Schuss aus der dunklen Gasse hallte, die zu dem Anlegeplatz führte. Dann eine raue Stimme: «Ergebt euch, Schurken, im Namen des Königs!»

«Die Wachen. Sie dürfen uns hier nicht finden, umgeben von Leichen.» Aboli zog Tom auf die Beine. «Komm, ich helfe dir zum Boot.»

«Lass mich los!», schnappte Tom. «Ich habe mein Schwert verloren.»

Tom riss sich los und hoppelte gekrümmt zu dem toten Fährmann. Er setzte ihm seinen Stiefel auf die Brust und zog die lange, glänzende Klinge heraus. Schon wollte er sich abwenden und die Treppe hinuntergehen, als er plötzlich auf den Gedanken kam, dem Toten mit der Schwertspitze den breitkrempigen Hut aus dem Gesicht zu schieben.

Er blickte in das dunkle, hübsche Gesicht unter den schwarzen, nubischen Locken, die im fahlen Licht schimmerten. Der Mund war entspannt, nicht mehr grausam, und die Augen starrten matt und blind in den Nachthimmel.

«Billy!», flüsterte Tom voller Grauen, als er das Gesicht seines Bruders erkannte, und zum ersten Mal wurden ihm nun die Knie weich. «Billy! Ich habe Billy ermordet!»

«Es war kein Mord.» Abolis kräftiger Arm legte sich um Toms Schultern. «Doch wenn die Wachen uns hier erwischen, könnte es leicht dazu kommen.»

Er hob Tom hoch und trug ihn fast die Stufen hinunter. Dann legte er ihn in das Fährboot und sprang neben ihm hinein. Mit einem Schwerthieb kappte er das Fangtau, mit dem das Boot an einem Eisenring festgemacht war, und griff nach den Rudern. Das Boot machte einen Satz, so stark war sein Zug.

«Halt! Ergebt euch!», rief eine heisere Stimme vom Quai. Im Nebel hörten sie die Schritte und Stimmen anderer Männer. «Halt, oder wir schießen! Im Namen des Königs!»

Aboli ruderte mit beiden Riemen, stöhnend vor Anstrengung, während sich die Nebelbänke um sie schlossen. Das dunkle Quai versank in silbrig dampfenden Wolken. Dann hörten sie den lauten Schuss einer Donnerbüchse. Ein Schwarm Bleischrot umschwirrte sie und hagelte auf das Wasser um sie. Einzelne Kugeln bohrten sich in die Bootswand. Tom duckte sich auf den Boden und drückte sich die verletzte Seite. Aboli legte sich in die Riemen und brachte sie weiter auf den breiten Strom hinaus. Bald waren die Rufe der Wachen nicht mehr zu hören, und Aboli hörte auf zu rudern.

«Bitte pisse nicht auf mich. Lasse diese schwarze Python gefälligst in der Hose», bettelte Tom in gespielter Angst vor der berüchtigten Medizin, mit der Aboli jede Wunde zu behandeln pflegte.

Aboli grinste und riss einen Streifen Stoff von seinem Unterhemd. «Diese Ehre verdienst du nicht. Wie dumm muss man sein, um auf seinen Todfeind zuzugehen und ihm Geld anzubieten.» Aboli äffte Toms Stimme nach. «Eine Goldguinee, wenn du uns den Fluss hinaufbringst!» Er lachte, faltete dann den Stoffstreifen zu einem Paket, das er nun auf die Schusswunde legte. «Halte das fest», befahl er Tom. «Drücke darauf, das wird die Blutung stillen.» Dann nahm er wieder die Ruder auf. «Wir haben die Flut im Rücken. Wir werden noch vor Mitternacht auf Eel Pie sein.»

So glitten sie eine Stunde lang lautlos durch die Nebelbänke. Aboli fand seinen Weg auf dem dunklen Fluss, als wäre es helllichter Tag. Irgendwann sagte Tom: «Er war mein Bruder, Aboli.»

«Er war dein Todfeind.»

«Ich habe es meinem Vater auf dem Totenbett geschworen.»

«Du hast ihn einmal verschont. Du hast den Schwur an deinen Vater erfüllt.»

«Vor dem Jüngsten Gericht wird das keine Entschuldigung sein.»

«Bis dahin wird noch einige Zeit vergehen.» Aboli sprach im Rhythmus des Ruderschlags. «Wollen wir also abwarten. Ich werde jedenfalls als Zeuge für dich sprechen, wenn dein Gott das Zeugnis eines Heiden anhört. Wie steht es mit deiner Wunde?»

«Sie blutet nicht mehr, aber es tut weh.»

«Das ist gut. Wenn eine Wunde nicht mehr schmerzt, bist du tot.»

Sie verstummten wieder, bis Tom die Glocke einer Kirchenuhr acht schlagen hörte. Er richtete sich auf, stöhnend vor Schmerzen. «Nicholas Childs muss Billy verraten haben, wo wir zu finden sein würden», sagte er leise. «Mitten in unseren Verhandlungen verließ er plötzlich das Zimmer. Er blieb lange weg, lange genug, eine Botschaft für ihn abzufassen.»

«Natürlich. Er hat uns mit der Kutsche in die falsche Richtung geschickt, damit dein Bruder Zeit haben würde, uns mit seinen Freunden auf dem Quai willkommen zu heißen», nickte Aboli.

«Childs wird uns als Mörder darstellen. Die Amtsrichter werden ihre Schergen schicken, uns festzunehmen. Der Wachmann auf dem Quai hat wahrscheinlich unsere Gesichter gesehen. Wir werden am Galgen enden, wenn sie uns erwischen.»

Dies war eine so sichere Tatsache, dass Aboli nichts dazu zu sagen hatte.

«Childs wollte die *Swallow*, deshalb hat er Billy verraten, wo er uns finden kann. Ich dachte, der Hund hätte sich mit unserem Handel abgefunden, doch er wollte alles, unsere ganze Beute, Ladung und Schiff.»

«Er ist fett und habgierig», stimmte Aboli zu.

«Childs weiß, wo er die Häscher hinschicken muss. Er weiß, dass die *Swallow* vor Eel Pie liegt.»

«Du brauchst dir keine Vorwürfe zu machen. Du hattest keine Ahnung, dass es so kommen würde.»

Tom rutschte unruhig auf dem Hosenboden herum, um sich in eine bequemere Lage zu bringen.

«Billy war ein Lord des Königreichs, ein bedeutender Mann mit mächtigen Freunden. Sie werden wie Bulldoggen hinter uns her sein. Sie werden uns nicht einfach ziehen lassen», brummte Aboli, ohne den Rhythmus der Ruder zu unterbrechen.

«Wir müssen noch diese Nacht in See stechen», sagte Tom entschlossen. «Wir können nicht bis morgen früh warten.»

«Endlich hast du begriffen, was schon lange Zeit klar war», lobte ihn Aboli trocken. Tom lehnte sich an die Ducht. Jetzt, da die Entscheidung getroffen war, fühlte er sich etwas ruhiger. Er schlief ab und zu ein, doch der Schmerz ließ ihn immer wieder aufzucken.

Eine Stunde vor Mitternacht weckte ihn eine Veränderung in Abolis Schlagzahl. Als er aufschaute, sah er den schnittigen Umriss der *Swallow* im Nebel direkt voraus. Sie hatte ein Signallicht an der Mastspitze, und eine dunkle Gestalt, die Ankerwache, erhob sich hinter dem Schandeck. «Wer da?»

«*Swallow*!», rief Tom die traditionelle Antwort des Kapitäns, der zu seinem Schiff zurückkehrt, worauf es sich an Bord der Schlup sofort zu regen begann. Sobald sie längsseits waren, standen die Männer bereit, ihn an Bord zu heben.

«Wir müssen nach einem Arzt schicken», sagte Ned Tyler, als er das Blut sah und Aboli ihn über die Ursache und Schwere von Toms Verwundung aufgeklärt hatte.

«Nein! Die Schergen sind hinter uns her», weigerte sich Tom. «Wir müssen sofort auslaufen. Die Gezeiten haben schon gewechselt. Wir müssen mit der Ebbe den Fluss hinuntersegeln.»

«Die Arbeiten unter Deck sind aber noch nicht abgeschlossen», warnte Ned ihn.

«Das weiß ich», antwortete Tom. «Wir werden einen sicheren

Hafen an der Südküste finden und dort weitermachen. Nach Plymouth können wir nicht. Dort würden sie als Erstes nach uns suchen. Dr. Reynolds lebt jetzt in Cowes auf der Isle of Wight. Dort werden uns die Häscher kaum vermuten. Wir können dann die Männer benachrichtigen, die wir an Bord brauchen, und mit dem Ausrüsten fertig werden, bevor wir zum Kap der Guten Hoffnung segeln.»

Er rappelte sich hoch. «Wo ist Luke Jervis?»

«An Land, bei seiner Frau und seinen Bälgern», antwortete Ned.

«Lasst ihn holen.»

Luke erschien nach wenigen Minuten, immer noch schlaftrunken. Tom erzählte ihm, was passiert war, wie er die Beutefracht an Childs verloren hatte und wie lebenswichtig es war, sofort flussabwärts zu segeln. «Ich weiß, dass ich Euch einen Anteil an der *Swallow* und ihrer Fracht schulde, aber im Augenblick kann ich nicht bezahlen. Ich werde Euch einen Schuldschein ausstellen. Vielleicht werde ich nie mehr nach England zurückkehren können, doch Ihr werdet das Geld bekommen, sobald ich es habe.»

«Nein!» Im Laufe von Toms raschem Bericht war Luke vollkommen aufgewacht. «Mit einer solchen Summe kann ich Euch nicht einfach verschwinden lassen», sagte er ernst. Tom glotzte ihn sprachlos an, doch im nächsten Augenblick entspannten sich Lukes Züge zu einem diebischen Grinsen. «Ich muss Euch schon begleiten, um Eure Schulden bei mir zu sichern.»

«Ihr versteht nicht», sagte Tom verdutzt. «Wir segeln nach Afrika.»

«Ich wollte schon immer mal diese Kokosnüsse probieren», entgegnete Luke. «Gebt mir eine Minute, um meinen Seesack zu holen, Captain, und macht Euch nicht aus dem Staub, bevor ich wieder hier bin.»

Da Tom sich weigerte, sich unter Deck in die halb fertige Kabine tragen zu lassen, legte Aboli ihm eine Matratze auf das offene Deck, mit einer Decke darüber, um den Nebel abzuhalten. Nach zehn Minuten erschien Ned. «Alles tipptopp und fertig zum Auslaufen, Captain.»

«Wo ist Luke Jervis?», wollte Tom wissen.

«Er sollte jeden Moment zurück …», begann Ned, bevor er stockte, da ein schriller Schrei durch die Nacht hallte, der Schrei einer Frau in höchster Not. Sie zuckten zusammen und griffen nach ihren Waffen, als zwei dunkle Gestalten den Holzsteg herunter auf die *Swallow* zugelaufen kamen.

«Es ist Luke», sagte Alf Wilson schließlich erleichtert, «und seine Frau. Wir machen besser, dass wir wegkommen, sonst lässt sie uns alle leiden.»

«Ablegen!», rief Luke, als er erst den halben Steg hinter sich hatte. «Der Teufel ist hinter mir her!»

Sie warfen die Leinen an Land und liefen zu den Fallen. Die *Swallow* löste sich vom Pier. Luke rannte, so schnell er konnte, seine Frau dicht auf den Fersen, kreischend vor Wut und mit einem langen Stock nach ihm schlagend, doch Luke gelang es, aufs Schiff zu springen.

«Komm zurück, Luke Jervis! Du wirst mich nicht hier mit dieser Brut von Bastarden zurücklassen, die ich dir geboren habe, ohne Essen oder einen Penny für Futter und Kleidung für uns! Du wirst nicht nach Afrika abhauen, um es mit den schwarzen Huren dort zu treiben!»

«Leb wohl, mein Täubchen!», rief Jervis mit neuem Mut, da nun fünfzehn Fuß Wasser zwischen ihnen waren, und blies ihr eine Kusshand zu. «Bis in drei Jahren, oder vier, oder vielleicht mehr.»

«Und was wird aus mir und meinen unschuldigen Babys?», jammerte sie nun. «Hast du kein Fünkchen Mitleid in dir?», heulte sie elendiglich.

«Verkaufe die *Raven*», rief Luke zurück. «Das Geld, das du für sie bekommst, wird dich und deine Brut zwanzig Jahre im Futter halten.»

«Wenn du meinst, ich würde auf dich warten, hast du dich getäuscht, Luke Jervis», änderte sie erneut den Ton. «Es gibt genug gute Männer, die nur zu gern deinen Platz in meinem Bett einnehmen würden.»

«Ja, gute und tapfere Männer.» Luke winkte mit seiner Mütze. «Die verdienen dich eher als ich, mein Primelchen.»

Auf dem Fluss Medina, eine halbe Meile aufwärts von Cowes, takelten sie ab. Tom hatte Ned befohlen, den französischen Namen der Schlup zu übermalen, ohne ihn jedoch durch den neuen Namen zu ersetzen. Sie fiel nicht auf unter den anderen Booten am

Ankerplatz. Der Mannschaft wurde eingeschärft, keinem an Land von ihrer Herkunft, ihren Plänen oder ihrem Ziel zu erzählen.

Dr. Reynolds kam sofort an Bord, nachdem er Toms Nachricht erhalten hatte. Er legte Tom auf einen Lattenrost in seiner neuen, winzigen Kabine und schnitt nach der Kugel. Aboli hielt Tom an den Armen fest, und Alf Wilson saß auf seinen Beinen. Reynolds fand die weiche Bleikugel mit dem ersten Schnitt, und sie schlüpfte aus dem geschwollenen, entzündeten Fleisch wie ein Pflaumenstein. Das Metall zeigte einen hellen Streifen, wo es Toms Rippe gestreift hatte.

Während Tom auf seinem Lattenrost stöhnte und schwitzte, überprüfte Reynolds den Kanal, den die Kugel durch seinen Brustkorb gebohrt hatte. «Da haben wir es: Stücke von Eurem Hemd, die die Kugel mitgerissen hat.» Der Chirurg hielt mit seiner Zange stolz die stinkenden Trophäen hoch, um sie Tom zu zeigen, der in höllischen Schmerzen auf dem Holzkeil kaute, den man ihm zwischen die Zähne geschoben hatte.

«Ich glaube, das wird jetzt sauber heilen.» Reynolds schnupperte an dem eitrigen Schmutz aus der Wunde. «So süß wie der beste Devon-Apfelwein. Die Fäule hat sich noch nicht im Blut festgesetzt. Ich werde jedoch einen Federkiel in der Wunde stecken lassen, um sie ordentlich trocken zu legen. In drei Tagen komme ich zurück, um das Röhrchen zu entfernen.»

Als Reynolds wie versprochen wieder erschien, pries er seine Operation als Meisterwerk der Chirurgenkunst und trank die zwei Pint starken Apfelweins, den Tom ihm anbot. Unter dem Einfluss des Alkohols erklärte er sich ohne Widerstand oder Protest bereit, den Posten als Schiffsarzt anzunehmen, den Tom für ihn im Sinn hatte. «In diesem vergangenen Jahr bin ich vor Langeweile fast gestorben, ohne eine einzige Musketenwunde, eine einzige Schwertschramme, die ich hätte verarzten können. Nichts als Triefnasen und juckende Ärsche», vertraute er Tom über dem zweiten Krug an, während sie auf Deck vor dem Hauptmast saßen. «Ich habe oft an die warmen Tage an der Fieberküste zurückgedacht.»

Von unter Deck war kräftiges Hämmern zu hören. Minuten später steckte der Zimmermannsmeister den Kopf durch eine der Luken und meldete: «Es ist alles fertig, Captain. Ihr könnt auslaufen, wann Ihr wollt.»

Tom hatte drei örtliche Zimmerleute eingestellt, bei der Fertigstellung der *Swallow* zu helfen. Sie hatten in Schichten gearbeitet, den ganzen Tag und bis spät in die Abende, um Toms Anordnungen zu erfüllen. Nun bezahlte er sie für ihre vorzügliche Arbeit und wünschte ihnen Lebewohl.

Alf Wilson und Ned Tyler hatte er inzwischen die Fähre über den Solent nehmen lassen, um auf dem Festland die besten der Männer zusammenzusuchen, die sie schon für die Reise angeworben hatten. Sie waren entlang der Südküste verstreut, in Häfen und Fischerdörfern zwischen Plymouth und Portsmouth, und warteten auf Toms Aufforderung, sich auf dem Schiff einzufinden.

Tom und Master Walsh begleiteten die beiden bis nach Southampton, wo sie die Krämer und Kaufleute aufsuchten, von denen sie Vorräte und Handelsware für die *Swallow* und ihre bevorstehende lange Handelsreise kauften. Von der letzten Fahrt mit seinem Vater wusste Tom, welche Güter unter den schwarzafrikanischen Stämmen am meisten gefragt waren.

Er bestellte und bezahlte fast zwei Tonnen Merikani-Baumwolltuch, zweitausend Axtköpfe, fünf Tonnen Kupferdraht, fünfhundert Taschenspiegel, eine Tonne venezianische Glasperlen, zwanzig Pfund Nadeln, hundert billige Musketen mit Pulverflakons und Bleibeuteln und eine Tonne verschiedener Schmuckstücke und Geschenke. Der größte Teil der Ware wurde innerhalb einer Woche sicher über den Solent gebracht und auf die *Swallow* verladen.

Tom ließ Master Walsh in Southampton zurück, um die letzten Einkäufe abzuwickeln, und kehrte auf sein Schiff zurück. Die nächsten Tage verbrachte er damit, ungeduldig auf seine Matrosen zu warten, die mit ihren Seesäcken einzeln oder in kleinen Gruppen über den Solent kamen. Er begrüßte jeden beim Namen und ließ sie ihre Kreuze auf der Heuerliste machen. Es waren die besten der Männer, die auf der *Seraph* und den anderen Schiffen des Geschwaders gesegelt waren. Tom war erfreut und erleichtert, sie an Bord zu haben. Er zahlte jedem seinen Silberschilling Heuerprämie und schickte sie nach unten, um sich die Haken für ihre Hängematten zu suchen.

Master Walsh kam mit der Barke, die er gemietet hatte, um die letzten Lieferungen an Handelswaren und Verpflegung zum Ankerplatz der *Swallow* vor der Medina zu befördern. Damit waren die Ladebuchten der *Swallow* voll. Das Boot lag nun tief im Wasser.

Ned Tyler und Alf Wilson waren jedoch noch nicht zurück. Keine Stunde verging, ohne dass Tom zur Küste schaute und sich über die Gerichtsschergen Sorgen machte, die hinter ihm her waren.

Tom war überzeugt, dass die Gesetzeshüter nun dabei waren, alle Häfen entlang der Südküste zu durchkämmen. Wahrscheinlich fingen sie in Plymouth an und schwärmten von dort aus, um Toms Schlup zu finden. Es war nur eine Frage der Zeit, bis sie zur Isle of Wight kämen und Erkundigungen einzögen, die sie zum Liegeplatz der *Swallow* führen würden.

Und das war nicht Toms einzige Sorge. Der Herbst war schon weit fortgeschritten, und bald würde der Winter sein stürmisches Netz über die Seewege nach Süden legen und sie einschließen. Doch wenigstens gaben diese Tage des Wartens seiner Wunde Zeit zum Heilen. Er war stark und voller Energie und konnte es kaum erwarten, wieder in See zu stechen.

Nachts in seiner winzigen Kabine verfolgte ihn der Tod seines Bruders, und er brütete über seine Schuld nach. In seiner Bibel mit ihrem abgenutzten Ledereinband las er immer wieder die Geschichte von Kain und Abel, die ihm wenig Trost spendete. Dann, nach zwei langen Wochen, kehrten Alf Wilson und Ned Tyler endlich zurück. Die beiden waren überrascht über den warmen, begeisterten Empfang, den Tom ihnen bereitete. «Jeremy Compton hat es sich anders überlegt, und Will Barnes und John Birdham konnten wir nicht finden», berichtete Ned kleinlaut.

«Das macht nichts, Ned», versicherte ihm Tom lächelnd. Dann gingen sie zusammen die Heuerliste durch und wiesen jedem Mann seinen Posten zu. Ned war der Obermaat, Alf, Luke und Aboli hatten die anderen Offiziersstellen inne, und siebenundzwanzig wettergegerbte, erfahrene Seeleute stellten die übrige Mannschaft dar.

«Wir warten nur noch auf eine Ladung Handelsware, zwei Zentner rote und grüne venezianische Glasperlen», erklärte Tom seinen Offizieren. «Wenn wir Glück haben, werden sie morgen hier eintreffen. Sobald sie verstaut sind, laufen wir mit der nächsten Tide aus.»

So ließen sie sich für die letzte Nacht vor ihrer Reise nieder. Als die Sonne hinter den dicken, grauen Wolken versank, trat eine Abordnung unter Führung von Luke an Tom heran, der nachdenklich am Bug saß und zu den Lichtern des Dorfes hinüberschaute. Er nahm Abschied von England – für immer. Er war traurig, dass er den Rest seines Lebens im Exil zu verbringen haben würde; zugleich freute er sich jedoch, dass er die Suche nach Dorian endlich aufnehmen konnte und diese geheimnisvollen, verlockenden Lande wieder sehen würde, so fern im Süden.

«Einige der Burschen würden gern an Land gehen, für einen letzten Napf Bier und den Kuss eines hübschen Christenmädchens, bevor wir in See stechen. Erlaubt Ihr ihnen, für eine Stunde ins Dorf zu gehen, Captain?», fragte Luke respektvoll.

Tom dachte eine Minute darüber nach. Es wäre unklug, die Männer an Land zu lassen, denn mit Alkohol im Blut waren selbst die besten Seeleute wild und unzuverlässig.

«Sie werden für die nächsten drei Jahre kein gutes englisches Bier kosten können», gab Luke ihm einen sanften Stoß.

Da hat er Recht, dachte Tom. Es wäre nicht fair, ihnen diesen Wunsch abzuschlagen. Die erleuchteten Fenster der Taverne schienen über das Wasser, fast zum Greifen nahe. Was konnte schon passieren? «Werdet Ihr mitgehen, Mr. Jervis, und dafür sorgen, dass es wirklich bei einer Stunde bleibt?»

«Warum kommt Ihr nicht selbst mit, Captain? Dann werden die Männer bestimmt ihre besten Manieren zeigen und pünktlich und nüchtern wieder an Bord erscheinen.»

«Das wäre besser, als hier zu sitzen und sich über Dinge zu sorgen, die vielleicht nie geschehen werden, Klebe», sagte Aboli leise von seinem Ruheplatz neben dem Mast. «Die Männer würden sich bestimmt freuen, wenn du ihnen einen Krug Bier ausgeben und mit ihnen auf den Erfolg der Reise trinken würdest.»

Tom vertraute die Schlup Ned und den Männern an, die lieber in ihren Hängematten dösten, als in der Kneipe zu sitzen, und ruderte mit den anderen an Land. Im Schankraum der Taverne ging es laut und gedrängt zu. Die Kneipe war voller Hummerfarmer und Fischer und Matrosen von den Kriegsschiffen Seiner Majestät. Die Luft war dick und blau vor Tabakrauch. Tom bestellte einige Krüge Bier für seine Männer und zog sich mit Aboli in eine Ecke zurück, von wo aus sie den Raum und die Tür im Auge behalten konnten. Jim Smiley und zwei der anderen begannen eine ausgelassene Unterhaltung mit drei Frauen in der anderen Ecke und verschwanden mit ihnen, Paar für Paar, nach wenigen Minuten hinaus in den Nieselregen.

«Sie werden nicht weit weggehen», beruhigte Aboli Tom. «Ich habe ihnen befohlen, in Hörweite zu bleiben.»

Tom hatte noch keine drei Schlücke von seinem Krug genommen, als zwei Fremde die Tür öffneten und auf der Schwelle stehen blieben, um sich den Regen von Hüten und Mänteln zu schütteln.

«Die beiden gefallen mir nicht», bemerkte Tom und schob sein Bier beiseite. Es waren große, kräftige Kerle mit ernsten, strengen Gesichtern. «Die sind bestimmt nicht gekommen, um sich zu vergnügen.»

«Bleibe hier sitzen», sagte Aboli im Aufstehen. «Ich versuche herauszufinden, was sie hier wollen.»

Er schob sich durch die Menge und folgte dem Paar zur Theke, wo die Wirtin und zwei Schankkellner das Bier zapften. «Guten Abend, Frau Wirtin», sagte der ältere der beiden Fremden, «ich hätte ein paar Fragen.»

«Fragen kostet nichts.» Sie schaute auf und wischte sich das Haar aus den Augen. «Zeigt mir Euren halben Penny für ein Bier, und Ihr könnt mich fragen, was Ihr wollt.» Der Mann schnippte eine Münze auf den Schanktisch, und Aboli ging näher an ihn heran, sodass er jedes Wort hören konnte, das gesprochen wurde, ohne aufzufallen.

«Ich suche ein Schiff», sagte der große Mann.

«Da seid Ihr hier an der richtigen Adresse. Hier gibt es jede Menge Schiffe. Spithead ist gleich um die Ecke. Dort liegt die ganze verdammte Marine. Sucht Euch eines aus.»

«Das Schiff, nach dem ich suche, ist eine kleine Schlup.» Der Mann lächelte schmeichlerisch, doch sein Blick war hart und kalt. «Ein hübsches Boot namens *Hirondelle*.» Er konnte den französischen Namen nicht recht aussprechen. «Oder die *Swallow*.»

Aboli wartete die Antwort der Wirtin nicht ab, sondern drehte sich um und ging zu dem Tisch, wo die Mehrzahl der Männer lachend und trinkend zusammenstanden.

Tom beobachtete ihn durch den rauchigen Saal. Aboli gab ihm ein unmissverständliches Zeichen herzukommen. Tom stand auf und mischte sich unauffällig unter seine Leute, tippte jedem auf die Schulter und hatte ein stilles Wörtchen mit ihnen. Aboli tat das Gleiche. So trieben sie die Mannschaft nach und nach in den Regen hinaus.

«Was ist los?», wollte Luke wissen.

«Die Schergen sind uns auf der Spur», klärte Aboli ihn auf. «Wo sind John Smiley und seine Freunde?»

«Wahrscheinlich löschen sie gerade ihre Ladung in irgendeinem hübschen rosa Hafen», antwortete Luke.

«Pfeife sie heran», befahl Tom. «Wir können nicht auf die Ebbe warten.»

Luke hob die Walbeinpfeife, die an einem Taljereep um seinen Hals hing, und blies zweimal kräftig hinein. Fast sofort kam John Smiley aus den Schatten hinter der Taverne hervorgelaufen. Die anderen stolperten hinter ihm her, während sie sich noch die Hosen zubanden und die Hemden hineinstopften.

«Zurück zum Boot, Männer», sagte Tom, «oder ihr müsst zurückbleiben.»

Es waren keine hundert Schritte zu dem Pier, wo das Langboot festgemacht war, doch als sie kaum die halbe Strecke hinter sich hatten, erhob sich schon eine Donnerstimme hinter ihnen.

«Thomas Courtney! Bleib stehen, im Namen des Gesetzes!» Tom schaute sich um und sah die beiden großen Männer aus der Kneipentür gestürzt kommen.

«Ich habe einen Haftbefehl, unterschrieben vom obersten Richter Englands! Du wirst des blutigen Mordes an Lord Courtney beschuldigt!»

«Lauft, Männer!», rief Tom.

An der Treppe zum Boot hinunter hatten sie noch reichlich Vorsprung vor den Verfolgern, doch nun stellten die schmalen Stufen einen Engpass dar, und die beiden Schergen holten schnell auf. Sie hatten beide ihre Schwerter unter dem Mantel hervorgezogen, und ihre schweren Stiefel hämmerten auf das Pflaster. «Halt! Im Namen des Gesetzes!»

«Ich werde sie aufhalten», brummte Aboli und drehte sich um, um sich ihnen entgegenzustellen. «Steigt ins Boot.» Tom blieb jedoch neben ihm an der obersten Stufe, Schulter an Schulter.

«Deine Wunde, Klebe. Du kannst noch kein Schwert führen. Wirst du je auf mich hören?», schimpfte Aboli.

«Nur wenn dein Rat sinnvoll ist.» Tom wechselte das Neptunschwert in die linke Hand, da ihn die unverheilte Wunde in seiner anderen Seite schmerzte.

«Ich werde euch töten, wenn ihr mich dazu zwingt», rief er den beiden entgegen, und sein Ton veranlasste sie, stehen zu bleiben, gerade außerhalb der Reichweite des Neptunschwerts.

«Wir sind Hüter des Gesetzes. Gnade dir Gott, wenn du uns anrührst.» Der Anblick des rotbackigen Jünglings mit der gebrochenen Nase und des mit Narben bedeckten schwarzen Riesen machte sie jedoch unsicher.

«Ich bin ein Mörder mit Blut an den Händen. Ein Mord mehr oder weniger macht mir nichts aus.» Tom versuchte ein wahnsinniges Lachen. «Der Wilde hier neben mir frisst euch roh, mit Haut und Haaren. Die Köpfe mag er am liebsten – er lutscht das Fleisch von den Knochen.»

Aboli riss sich die Mütze von seinem großen Kahlschädel und funkelte sie an. Dazu verzerrte er sein tätowiertes Gesicht zu einer grotesken Maske. Die Schergen traten unwillkürlich einen Schritt zurück. Hinter sich hörte Tom, wie der letzte Mann in das Langboot sprang und die Riemen in den Ruderlöchern knirschten.

«Kommt an Bord, Captain», rief Luke Jervis.

«Haut ab!», antwortete Tom und sprang vor, um einen der beiden Schergen anzugreifen. «*En garde*! Verteidigt euch!»

Er stach nach dem Mann vor ihm, trieb ihn zurück, die Klinge nur einen Zoll vor seinen Augen, und ritzte mit der Spitze den Mantelstoff, immer darauf bedacht, den Mann nicht zu verletzen.

Nach der ersten Klingenberührung erkannten die Schergen, dass sie einen schweren Stand haben würden, und zogen sich weiter zurück.

Wieder war Luke Jervis' Ruf zu hören. Tom schaute rasch über seine Schulter und sah, dass das Langboot inzwischen fünfzehn Fuß vom Quai trieb, die Ruder erhoben. «Wir müssen hier weg», sagte er auf Arabisch zu Aboli, bevor er zwei Stöße auf die Gesichter der beiden Schergen antäuschte. Die beiden massigen Männer stürzten erschrocken nach hinten. Tom und Aboli wirbelten herum, liefen zum Rand des Quais und sprangen aus vollem Lauf nebeneinander ins Wasser.

Sobald sie wieder auftauchten, kam das Langboot herbeigeglitten, um sie aufzufischen. Tom hielt das Neptunschwert in der Rechten und paddelte mit dem linken Arm dem Boot entgegen. Die Mannschaft hob ihn und Aboli aus dem Wasser und wendete das Boot sofort, bevor sie mit mächtigen Zügen auf die *Swallow* zuruderten. Als alle sicher an Bord waren, brauchten sie nur eine Minute, das Langboot aus dem Wasser zu hieven und auf dem Vordeck zu vertäuen, während die andere Wache an die Winde lief und den Anker aus dem schlammigen Grund lichtete.

Die Schergen hatten offenbar ein Boot beschlagnahmt, denn als die Mannschaft das Hauptsegel hisste, waren sie auf halbem Weg zur *Swallow*. In der engen Durchfahrt zum offenen Wasser des Solent kamen sie dicht an das Boot heran. Einer der Beamten stand im Heck und hielt sein Schwert auf Tom gerichtet, der neben dem Steuerrad stand. «Du kannst nicht entkommen», rief der Mann über die Lücke zwischen den beiden Booten hinweg. «Du hast Blut an den Händen. Wir werden dich finden, überall auf der Welt, ganz gleich, wo du landest.»

Tom antwortete nicht, sondern starrte stur geradeaus. Das Boot mit den beiden Männern schaukelte auf der Bugwelle der *Swallow* und war bald hinter ihnen verschwunden.

Der Wind streichelte sie wie ein Liebhaber. Er kam von Norden, ein Bote des Winters, kalt und geschwind, doch nicht so stark, dass sie das Hauptsegel reffen mussten. Nach einer Woche hatten sie Ushant hinter sich. Dann trieb sie der Nordwind über die Biskaya, jene berüchtigte Brutstätte von Stürmen und schwerer See, und weiter nach Süden, vorbei an den Kanaren in die Kalmen.

Sie rechneten damit, dass der Wind nun abflauen oder unberechenbar werden würde, doch er blies munter weiter, kraftvoll und stetig. Eines Tages, nach der Mittagssonnenpeilung, markierte Tom ihre Position genau auf dem Äquator und tausend Seemeilen westlich von Afrika.

«Neuer Kurs: Südsüdost, Mr. Tyler, voll und bei.» Er markierte es auf dem Kursbrett.

Ned Tyler wischte sich den Schweiß von der Stirn. «Voll und bei, jawohl, Captain.»

Tom blickte am Hauptsegel der *Swallow* empor. Es war prall geschwollen und weiß wie der Bauch einer Schwangeren im achten Monat. Dann schaute er über das Heck. Das Kielwasser lief glatt und gerade über die windgezausten Atlantikwogen. «Bei diesem Wind werden wir in keinen sechs Tagen das Kap vor uns haben, und dreißig Tage danach können wir in den Meerengen um

Sansibar Anker werfen.» Alle seine Zweifel und düsteren Vorahnungen lagen nun weit hinter ihm, jenseits des nördlichen Horizonts. Tom fühlte sich wieder stark und unverletzlich.

Auf Abd Muhammad al-Maliks Dau herrschte pures Chaos. Der umstürzende Baum hätte den Prinzen fast umgebracht, und nun trieb das Schiff hilflos auf dem Meer, der Bug in den Wind gedreht, das Deck begraben unter dem schweren Segel, die Riggung in Trümmern. In den starken Monsunböen schwangen Holzstücke hin und her und schlugen gegen Mast und Rumpf. Die Takelage, peitschend und schnappend, drohte sich selbst und das Schiff in noch größeres Unheil zu prügeln.

Um dieser Zerstörung Herr zu werden, musste als Erstes das Haupthalliard gefunden werden. Das schwere Tau hing von der Mastspitze. Da es durch das Auge des Hauptblocks am Masttopp lief, konnte man es vom Deck aus nicht zurückziehen. Dadurch wurde die Aufgabe, das große Lateinersegel zu hissen und das Schiff wieder seegängig zu machen, noch schwieriger. Jemand musste den Mast erklimmen.

Anders als auf einem rahgetakelten Schiff war der Mast nicht durch Wanten gesichert, und es gab keinen anderen einfachen Zugang zum Masttopp. Ohne ihr Hauptsegel rollte die Dau heftig in der starken Dünung. Der Kapitän versuchte mit dem Ruder, ihren Bug in die See zu halten, doch sie trieb immer mehr nach achtern. Immer wieder traf sie eine größere Welle in die Breitseite und rollte sie fast herum. Der Mast war wie ein riesiges Pendel, das von Seite zu Seite schwang und die unnatürliche Bewegung des Schiffes noch verstärkte. Die Dau war in akuter Seenot.

Der Kapitän musste an der Pinne die Stellung halten. Er kreischte Befehle in alle Richtungen, doch seine Männer verkrochen sich in die entferntesten Winkel und versuchten, seinem Blick auszuweichen. Sie wussten sehr wohl, was zu tun war, doch niemand fand sich bereit, den Mast hinaufzuklettern.

Dorian beobachtete dieses Pandämonium mit wachsender Faszination. Solche Aufregung, solches Geschrei und wildes Gestikulieren hatte es an Bord der *Seraph* nie gegeben.

«Achmed, du Sohn der großen Sau!» Fouad, der Kapitän, hatte sich ein anderes Opfer ausgesucht und zeigte mit zitterndem Finger zur Mastspitze. «Ich werde deinen Leichnam in Schweinehaut einnähen lassen, bevor ich dich über Bord werfe, wenn du nicht gehorchst!» Der Mann wandte sich einfach ab und starrte aufs Meer hinaus, als wäre er plötzlich taub.

Dorian betrachtete den Aufstieg mit erfahrenen Blicken und fragte sich, wovor alle solche Angst hatten. Er war mit Tom über die Hauptrahe getanzt, eine Hand auf der Hüfte, die andere auf dem Kopf, während die *Seraph* mit den Kapbrechern rollte, der Südostwind fast von Sturmstärke, und dieser Mast hier war nur ein Drittel so hoch wie der Großmast des Indienseglers.

Fast konnte er Toms Stimme hören, wie er ihn antrieb: «Nun komm schon, Dorry, zeige ihnen, was du kannst. Hab Mut!»

Niemand beachtete ihn; sie hatten ihn schlicht vergessen in diesem Chaos. Selbst der Prinz hatte seinen gewohnten Aplomb verloren. Er klammerte sich an eines der Stage auf dem Vorschiff und starrte den schwankenden Mast empor.

Dorian schlüpfte aus seinem langen, unpraktischen Gewand und ließ es auf die Planken fallen. Nackt, wie Gott ihn erschaffen hatte, lief er zum Mastfuß und schoss hinauf wie ein Affe auf der Flucht vor einem Leoparden. Der Prinz erwachte aus seiner Lähmung und rief: «Haltet den Knaben auf! Er wird sich umbringen!»

Dorian war jedoch längst außer Reichweite der vielen Arme, die ihn nun herunterziehen wollten. Seine Gewandtheit und seine Fähigkeit, in großen Höhen zu arbeiten, hatten in der Takelage der *Seraph* ein solches Niveau erreicht, dass dies hier für ihn ein leichter Aufstieg war. Das Rollen des Rumpfes und das Pendeln des Mastes verliehen ihm zusätzlichen Schwung, als er sich abwechselnd mit Knien und Händen am Mast hinaufzog. Bald war er an der Spitze und schaute nach unten in die erschrockenen Gesichter der Araber. Alle schauten zu ihm herauf, und er konnte der Versuchung nicht widerstehen, noch einen draufzusetzen. Er legte beide Beine eng um das Hauptstag, hielt sich einen Daumen an die Nasenspitze und zeigte den Männern an Deck eine lange Nase. Obwohl die Mannschaft diese Geste nie zuvor gesehen hatte, verstanden alle, was sie bedeutete. In der Sonne schimmerte Dorians nackter Leib weiß wie eine Austernschale, und nun wakkelte er mit seinem runden, rosa Po, um die Beleidigung noch schlimmer zu machen.

Unten stöhnten die Zuschauer vor Angst und Grauen. Sie wussten, der Zorn des Prinzen wäre grenzenlos, wenn dem Jungen etwas geschah, und sie wären es, die diesen Zorn zu spüren bekämen. Sie schrien auf, als Dorian nach dem flatternden Halliard griff.

«Belegt das Ende!», rief er zum Deck hinunter. Er sprach Seemannsenglisch, doch der Kapitän wusste, um was es ging, und als er sich die Bedeutung zusammengereimt hatte, übersetzte er den Befehl in Arabisch. Drei Mann liefen los und packten das andere Ende des schweren Taus.

Sobald sie bereit waren, seinen Fall zu bremsen, band sich Dorian das aufgezwirbelte, nutzlose Seilende zweimal um den Bauch und nahm das Seil zwischen die Beine.

«Haltet das andere Ende!», rief er noch einmal. Dann wartete er auf den rechten Augenblick im Schwung des Mastes, löste seinen Griff und stieß sich mit den Füßen ab. Das Halliard sauste durch den Block, und Dorian begann den großen Sprung.

Die Männer ließen das Tau durch ihre lederigen Hände gleiten und bremsten Dorians Fall. Mit jedem Rollen der Dau schwang er weit übers Wasser hinaus, und bei jedem dieser Schwünge jauchzte er vor Freude.

Die Matrosen am anderen Ende des Halliard kontrollierten seinen Abstieg, wie es sich für erfahrene Seeleute gehörte, und setzten ihn so sacht auf dem Deck auf, dass seine Füße keinen Laut machten, als sie die Planken berührten. Dann eilten sie zu ihm, um sich zu vergewissern, dass er in Ordnung war, und um das Ende des Halliard zu übernehmen, das er sich um den Bauch gebunden hatte.

Sobald ein neues Tau durch den Block am Masttopp gezogen und die Spiere wieder gehisst war, kam die Dau unter Wind, und der Zug des Lateinersegels verwandelte sie von dem hilflosen Wrack, das sie gewesen war, in ein Geschöpf der Meere, schnell und gewandt.

Der Prinz legte Dorian seine Hand auf die Schulter und schaute auf sein Gefolge. «Mit seinem schnellen Denken und Handeln hat dieses Kind mein Leben gerettet», verkündete er. «Gibt es jemanden unter euch, der immer noch bezweifelt, dass dies das rot gekrönte Waisenkind der Prophezeiung ist?» Er legte seine Hand auf Dorians schimmernde Locken und schaute jedem seiner Höflinge in die Augen. Niemand konnte seinem Blick standhalten.

Es war der Mullah, der danach als Erster den Mund öffnete. «Es ist das Wunder des heiligen Taimtaim», rief er. «Das Heilige Wort: Dies ist das Kind der Prophezeiung!»

«Das Kind der Prophezeiung!», riefen alle im Chor. «Gepriesen sei der Name Gottes!»

Seine Hand immer noch auf Dorians Haupt, sprach der Prinz laut und deutlich: «Dann soll nun jeder wissen, dass dieses Kind fortan mein adoptierter Sohn ist, al-Amhara ibn al-Malik – der Rote, Sohn des al-Malik.»

Der Mullah lächelte über die List seines Herrn. Indem er das Kind zu seinem Sohn erklärte, erfüllte er geschickt die Prophezeiung des Heiligen. Bevor der Prinz den Lohn ernten konnte, den der alte Heilige versprochen hatte, waren noch andere Bedingungen zu erfüllen, doch auch dies würde bestimmt geschehen, wenn die Zeit käme. «Es ist der Wille Gottes!», rief der Mullah.

Die anderen deklamierten im Chor: «Gott ist groß!»

Unabhängig vom Lob des Prinzen hatte Dorian nach vielen gemeinsamen Wochen auf See einen Platz im Herzen jedes einzelnen Matrosen auf der Dau. Sie alle sahen ihn als einen Boten günstiger Vorzeichen, und jeder hoffte, etwas abzubekommen von den Wohltaten, welche die Prophezeiung versprach. Wenn Dorian auf Deck erschien, lächelte selbst der härteste, finsterste Seemann und scherzte mit ihm, oder sie berührten sein rotes Haar, was in ihren Augen Glück brachte.

Der Schiffskoch bereitete besondere Süßigkeiten und Desserts für ihn zu, während die anderen um seine Aufmerksamkeit warben, indem sie ihm kleine Geschenke aufdrängten. Einer nahm gar den Talisman ab, den er an einer Schnur vor der Brust trug, und legte ihn Dorian um den Hals. «Das möge dich beschützen», sagte er feierlich, indem er das Zeichen gegen den bösen Blick machte.

«Kleines Äffchen mit dem Herzen eines Löwen» – so nannte ihn Fouad liebevoll, und nach den Abendgebeten pflegte er mit Dorian an der Ruderpinne zu sitzen. Er zeigte zu den Navigationssternen, wie sie sich über dem Meer erhoben, sagte die Namen der Sternzeichen auf und erzählte Dorian die Legenden hinter jedem Einzelnen.

Diese Araber waren Männer der Wüste und des Ozeans. Ihr ganzes Leben verbrachten sie unter dem Himmelszelt; die Sterne begleiteten sie überall. Im Laufe der Jahrhunderte hatten sie sie studiert und faszinierendes Wissen über sie gesammelt, und etwas von diesem Wissen teilte der Kapitän nun mit Dorian, womit er dem Kind ein kostbares Geschenk machte.

Dorian lauschte ihm begeistert, den Blick auf die Sterne, und revanchierte sich dann, indem er dem Kapitän die englischen Namen der Himmelskörper sagte, wie er sie von Aboli und Big Daniel gelernt hatte.

Die anderen Seeleute versammelten sich um sie und lauschten den Fabeln von den Sieben Schwestern, dem Jäger Orion und dem Skorpion, wie Dorian sie mit seiner süßen, hohen Stimme vortrug. Sie liebten die Sterne, und sie liebten gute Geschichten.

Nun, da er sich auf dem Schiff frei bewegen konnte, fand Dorian so viel zu tun, dass er kaum noch Zeit hatte, Einsamkeit oder Selbstmitleid zu empfinden. Halbe Vormittage verbrachte er damit, sich über die Schiffsseite zu hängen und einer Schule langnasiger Delphine zuzuschauen, wie sie sich in der Bugwelle vergnügten, die breiten Schwänze schlagend und zu ihm aufschauend mit ihren klugen Augen, während sie unter dem Bug hin und her tauchten. Manchmal stieg eine der Kreaturen senkrecht aus den blauen Fluten direkt vor Dorians Gesicht und schenkte ihm ein breitmauliges Grinsen. Dorian winkte ihnen zu und lachte in unbändiger Freude. Die arabischen Seeleute in seiner Nähe hielten dann in ihrer Arbeit inne und lächelten beifällig.

Wann immer er sich zu viel um die Matrosen kümmerte, rief Kapitän Fouad ihn eifersüchtig zu sich. «Komm her, mein Äffchen mit dem Herzen eines Löwen, steuere das Schiff für mich.» Dorian übernahm dann das Ruder und hielt die Dau am Wind. Seine Augen leuchteten, als das Schiff unter seinen Händen zitterte wie ein Vollblut vor dem Sprung.

Der Prinz saß meist mit überkreuzten Beinen auf seinem Seidenteppich unter dem Sonnenzelt. Zuweilen unterbrach er die Diskurse mit seinen Höflingen und beobachtete den Jungen mit einem sanften Lächeln auf den Lippen.

Da Dorian noch ein Kind war und das Beschneidungsmesser noch nicht gespürt hatte, konnte Tahi sich unverschleiert vor ihm zeigen. Sie war eine geschiedene Frau und damit das Letzte vom Letzten in der arabischen Gesellschaft. Sie war mit einem der Kammerdiener des Prinzen verheiratet gewesen, doch der hatte sie verstoßen, da sie ihm keinen Sohn schenken konnte. Nur al-Maliks Wohltätigkeit und Mitleid hatten sie davor bewahrt, als Bettlerin auf den Straßen und Märkten von Lamu zu enden.

Tahi war groß und dick, rund am ganzen Körper, die Haut braun und ölig. Sie liebte ihr Essen, lachte gern und nahm die Dinge nicht so schwer. Ihre Treue und Hingabe für den Prinzen standen im Mittelpunkt ihres Lebens, und nun hatte ihr Herr plötzlich einen Sohn in Dorian.

Wie alle anderen an Bord war Tahi hingerissen von seinem wunderbaren roten Haar, seinen eigenartigen, blassgrünen Augen und seiner milchweißen Haut. Wenn er sein sonnigstes Lächeln und sein gewinnendes Wesen mit aller Macht auf sie wirken ließ, konnte sie ihm nicht widerstehen. Da sie selbst kinderlos war, erweckte Dorian nun alle mütterlichen Instinkte in ihr, und bald hatte sie ihr Herz an ihn verloren.

Als der Prinz sie zu Dorians offizieller Kinderfrau machte, weinte sie vor Dankbarkeit. Nach kurzer Zeit entdeckte Dorian, dass sich hinter ihren einfachen, fast dümmlichen Zügen eine kristallklare Intelligenz und ein scharfer Sinn für Politik verbargen. Sie verstand die Strömungen von Macht und Einfluss am Hofe des Prinzen und navigierte sie mit großem Geschick. Sie erklärte ihm, wer die großen und mächtigen Männer im Gefolge des Prinzen waren, ihre Stärken und Schwächen, ihre Launen und wie man mit jedem Einzelnen umzugehen hatte. Sie schulte ihn in der Hofetikette und wie man sich in Gegenwart des Prinzen und seines Gefolges zu benehmen hatte.

Nur die Nächte waren schwer für Dorian. In der Dunkelheit fand er sich von Erinnerungen an Tom und seinen Vater heimgesucht. Eines Nachts in der Kabine, die sie mit dem Kind teilte, wachte Tahi auf und hörte Dorian leise schluchzen, den Kopf in sein Kissen vergraben. Da sie selbst eine Ausgestoßene war, verstand sie sehr gut, welches Heimweh und welche Einsamkeit ein kleiner Junge empfinden musste, der seine Familie und alles, was ihm vertraut gewesen war, verloren hatte, unter Fremden, die einer anderen Rasse angehörten sowie einer anderen Religion und anderen Bräuchen anhingen als er selbst.

Sie erhob sich leise von ihrer Matratze, legte sich zu Dorian und nahm ihn in ihre warmen, weichen, mütterlichen Arme. Zuerst wollte Dorian sie wegstoßen, doch dann entspannte er sich und lag still in ihrer Umarmung. Sie hielt seinen Kopf und flüsterte kleine Liebkosungen in sein Haar, all die lieben Worte, die sie für den Sohn aufgespart hatte, den ihr unfruchtbarer Leib ihr verwehrt hatte. Nach einer Weile drückte sich Dorian enger an sie und kuschelte seinen Kopf zwischen ihre großen, runden Brüste, bis er schließlich einschlief. Die nächste Nacht kam er an ihr Bett, als wäre es die natürlichste Sache der Welt, und sie streckte ihm ihre fetten Arme entgegen und zog ihn an sich. «Mein Baby», flüsterte sie, während sie sich über die Tiefe ihrer Gefühle für den Jungen wunderte, «mein eigenes, wunderhübsches Baby.»

Dorian wiederum konnte sich nicht erinnern, wie seine Mutter ihn einst umarmt hatte, und so stillte Tahis Liebe ein tiefes Bedürfnis in ihm.

Eines Tages – die Dau näherte sich inzwischen ihrem Heimathafen – war Prinz Abd Muhammad al-Malik einmal nicht zu beschäftigt mit Staats- und Geschäftsangelegenheiten und fand Zeit, über die Prophezeiung des Heiligen nachzudenken und den Jungen zu beobachten. «Al-Allama», redete er seinen Mullah mit dem Familiennamen an, «was hat sich dir bezüglich des Kindes offenbart?»

Der Mullah hielt sich die Hände über die Augen, um seine Gedanken vor den durchdringenden Blicken seines Herrn abzuschirmen. «Er ist reizend. Er zieht Menschen an wie der Honig die Bienen.»

«Das ist offensichtlich», sagte der Prinz etwas ungehalten, «doch das ist nicht, wonach ich gefragt habe.»

«Anscheinend hat er all die Attribute, die der heilige Taimtaim beschrieben hat», fuhr al-Allama vorsichtig fort, «doch es werden noch viele Jahre vergehen, bevor wir ganz sicher sein können.»

«Bis dahin müssen wir gut auf ihn aufpassen und jene Züge in ihm fördern, die notwendig sind, damit die Prophezeiung in Erfüllung gehen kann», sinnierte al-Malik.

«Wir werden alles tun, was in unserer Macht steht, mein Prinz.»

«Es wird deine Pflicht sein, ihn auf den Pfad der Rechtschaffenheit zu führen und ihm die Weisheit des Propheten zu offenbaren, sodass er allmählich zum Glauben kommt und sich dem Islam unterwirft.»

«Er ist noch ein Kind. So junge Schultern können nicht den Kopf eines Mannes tragen.»

«Jede Reise muss mit einem ersten Schritt beginnen», widersprach der Prinz. «Er spricht die geheiligte Sprache des Glaubens schon besser als manche meiner anderen Kinder, und er weiß einiges über religiöse Dinge. Er muss einen Lehrer gehabt haben. Es wird deine heilige Pflicht sein, diese Erziehung fortzusetzen und auf sie aufzubauen, bis er, wenn die Zeit kommt, zum Islam übertritt. Nur so kann die Prophezeiung ganz in Erfüllung gehen.»

«Wie du befiehlst, Herr.» Al-Allama machte die Geste der Zustimmung, indem er seine Lippen und sein Herz berührte. «Noch heute werde ich diesen ersten Schritt tun auf der langen Reise», schwor er dem Prinzen, der anerkennend nickte.

«Zu Allahs Gefallen.»

Nach den Mittagsgebeten, als der Prinz sich mit seinen Konkubinen in die Heckkabine zurückgezogen hatte, suchte al-Allama das Kind auf. Dorian war gerade in ein Gespräch mit Fouad vertieft. Der Kapitän lehrte ihn, wie man zwischen den Inseln navigierte, und zeigte ihm die Seevögel und treibenden Tangknäuel, die ihm den Verlauf der Strömungen verrieten. Er nannte diese Strömungen die «Flüsse des Meeres», die sich in ständig wechselnden Blau- und Grüntönen zwischen den Inseln wanden.

Ned Tyler hatte Dorian bereits in die Geheimnisse der Navigationskunst eingeweiht, an der ihn alles faszinierte. Zu seinen schönsten Erinnerungen gehörte, wie er mit Tom eine Sonnenpeilung durchgeführt oder wie er eine Landmarke angepeilt, sie auf der Karte eingetragen und im Logbuch vermerkt hatte. Wie hatte er mit seinem Bruder gelacht und gezankt, als sie diese Aufgaben zusammen übten.

Nun teilte Fouad mit ihm das Wissen, das auf diesen Gewässern zählte, die Namen und Gewohnheiten der Seevögel und anderen Tiere und das Verhalten der Seegrasbänke. Kleine, schneeweiß gefiederte Vögel flatterten über dem Kielwasser und stürzten sich in die Fluten. «Diese Vögel findet man niemals weiter als zehn Meilen vor der Küste. Beobachte, in welche Richtung sie fliegen, und sie führen dich zum Land», erklärte ihm Fouad.

Ein anderes Mal winkte er ihn zur Reling und zeigte ins Wasser. «Schau, mein Äffchen! Das ist eines der Seeungeheuer, doch es ist sanft wie ein säugendes Lamm.» Sie fuhren so dicht daran vorbei, dass Dorian den gesprenkelten Rücken des Tieres sehen konnte, wenn er auf das Schandeck sprang. Er erkannte, dass es nicht zu den Walen gehörte, die sie zu Hunderten in den südlichen Gefilden des Atlantiks gesehen hatten. Es schien eine andere Art Hai zu sein, und es war fast so lang wie die Dau. Im Vergleich zu den Tiger- und Hammerhaien, die Dorian gesehen hatte, schwamm dieser Fisch träge und harmlos durch das klare Wasser. Dorian bemerkte den Schwarm von Pilotfischen, die vor dem gigantischen Maul des Hais einherschwammen.

«Haben sie keine Angst, gefressen zu werden?», rief er.

«Das Ungeheuer frisst nur die winzigsten Kreaturen, die im Meer zu finden sind, Schleim und kleine Krebse, die im Wasser treiben, kleiner als ein Reiskorn.» Fouad sah mit Freude, wie begeistert sein Schüler war. «Wenn du eines dieser sanften Ungeheuer siehst, dann bedeutet das, dass der Monsun bald vom *Kaskazi* in den *Kusi* umschlagen wird, vom Nordwest- zum Südostwind.»

Al-Allama unterbrach die beiden und führte Dorian in einen Winkel, wo er ungestört mit ihm reden konnte. Der Junge schien enttäuscht und folgte ihm nur zögernd.

«Einmal hast du meine Frage so beantwortet», erinnerte ihn al-Allama. «‹Ich bin nur ein Mensch wie ihr, doch ist mir die Erleuchtung widerfahren, dass euer Gott der einzige Gott ist. Wer immer den Herrn zu erblicken hofft, möge in Rechtschaffenheit leben.›»

«Ja, Eure Heiligkeit.» Dorian interessierte sich nicht besonders für diese Dinge. Viel lieber hätte er sich weiter mit Fouad vergnügt.

Tahi hatte ihn jedoch gewarnt, wie mächtig der Mullah war und wie er einen kleinen Jungen beschützen oder bestrafen konnte. «Er ist ein Diener Gottes und eine Stimme des Propheten. Behandle ihn mit großem Respekt, um unser aller willen», hatte Tahi gesagt, und Dorian war ihrem Rat nicht verschlossen.

«Wer hat dich diese Worte gelehrt?», wollte al-Allama nun wissen.

«Ich hatte einen Lehrer.» Dorian schien plötzlich den Tränen nahe. «Das war, als ich noch bei meinem Vater war. Sein Name war Alf, und er hat mich in der arabischen Sprache unterrichtet.»

«Er war es also, der dich den Koran hat lesen lassen, das Heilige Buch des Propheten?»

«Nur einige Verse, die ich niederschreiben und mit ihm diskutieren musste. Einer davon war die achtzehnte Sure.»

«Glaubst du an Gott, al-Amhara?», fragte der Mullah weiter.

«Ja, natürlich», antwortete Dorian, ohne zu zögern. «Ich glaube an Gott in Ewigkeit, an seinen Sohn in Ewigkeit und den Heiligen Geist in Ewigkeit.» Die Litanei des Ordens, die er Tom auswendig lernen gehört hatte, kam ihm leicht von den Lippen.

Al-Allama versuchte, den Abscheu zu verbergen, den er angesichts solchen Frevels empfand. «Es gibt nur einen Gott», sagte er ernst, «und Mohammed ist sein letzter wahrer Prophet.»

Dorian gab nicht viel auf diese Behauptung, doch es machte ihm Spaß zu diskutieren, besonders mit jemandem, der eine Autorität darstellte. «Woher weißt du das?», fragte er frech. «Woher weißt du, dass du im Recht bist und ich im Unrecht?» Al-Allama nahm die Herausforderung an, und Dorian lehnte sich zurück, um die Flut religiöser Rhetorik über sich ergehen zu lassen, während er von anderen Dingen träumte.

Dorian wünschte, er hätte seinen eigenen Platz an der Mastspitze, wie er ihn auf der *Seraph* gehabt hatte, einen Platz hoch über dem Meer, wo er allein sein konnte. Die Lateinerriggung der Dau ließ dies jedoch nicht zu, und so musste er wie alle anderen vom Deck aus beobachten, wie sich das afrikanische Festland am Horizont als dunkle, geheimnisvolle Landmasse abzeichnete. Er rümpfte die Nase, als er den Tiergeruch in der Luft schnupperte, den Geruch von Staub, Gewürzen und Mangrovensümpfen. Die fremdartigen Aromen waren ein sanfter Schock für Dorians Sinne, doch zugleich waren sie anziehend und verführerisch nach der Salzluft des Ozeans, die seine Nase gereinigt und seinen Geruchssinn geschärft hatte.

Er stand mit Fouad an der Ruderpinne, als er die Insel Lamu zum ersten Mal vor sich sah. Fouad erklärte ihm die wichtigsten Merkmale der Insel und fasste für ihn die Geschichte dieses Juwels unter den Besitztümern des Kalifats von Oman zusammen.

«Seit den Zeiten des Propheten hat mein Volk hier Handel getrieben, und sogar davor, als auch wir noch Ungläubige waren und die große Wahrheit noch nicht kannten», erklärte er stolz. «Hier gab es schon einen wichtigen Hafen, als Sansibar noch ein mit Krokodilen verseuchter Sumpf war.»

Die Dau kreuzte langsam den Kanal zwischen der Insel und dem Festland hinauf, und Fouad zeigte auf die tiefgrünen Hügel über den weißen Stränden. «Der Prinz hat einen Palast auf dem Festland, wo er die trockene Jahreszeit verbringt, und einen auf der Insel für die Regenzeit.» Er wies Dorian auf die weißen Bauwerke hin, die in der Ferne schimmerten wie Gischt auf einem Korallenriff.

«Lamu ist reicher als Sansibar. Die Gebäude hier sind schöner und größer. Der Sultan von Sansibar ist ein Vasall unseres Prinzen und zollt ihm Tribut.»

Im Hafen drängten sich die Schiffe, und Dutzende mehr kamen herein oder stachen in See. Manche waren Fischerboote, andere große, schwer beladene Frachtschiffe und Leichter, und es gab auch leichtere, schnellere Sklaventransporter, alles Beweise für den Wohlstand und die Bedeutung dieses geschäftigen Hafens.

Die Schiffe, die sie passierten, erkannten die Dau des Prinzen an den grünen Wimpeln, die am Masttopp flatterten, und an der majestätischen Gestalt des Abd Muhammad al-Malik unter dem Sonnendach auf dem Vorschiff, umgeben von seinem Hofstaat. Sie senkten ihre Fahnen in Ehrerbietung und riefen ihre Grüße und Segnungen übers Wasser. «Möge Allahs Liebe und das Lächeln des Propheten deine Tage begleiten.»

Die Dauen, die in der Bucht vor Anker lagen, ließen ihre Kanonen knallen und die Kriegstrommeln erklingen. Der Geschützdonner hallte zum Ufer, und als der Prinz mit seinem Gefolge in den Hafen segelte, versammelte sich eine große Menschenmenge auf Strand und Quai, um ihn willkommen zu heißen.

In ihrer winzigen Kabine kleidete Tahi Dorian in ein frisches weißes Gewand und umwickelte sein glänzendes Haar mit einem Tuch. Sie zog ihm lederne Sandalen an und führte ihn an Deck.

Fouad manövrierte die Dau ans Ufer. Die Flut sank rapide; der Gezeitenunterschied konnte hier bis zu zwanzig Fuß betragen. Das Schiff glitt auf den Sand und legte sich leicht auf die Seite, während sich das Wasser unter ihr zurückzog. Eine Gruppe Sklaven watete zu dem gestrandeten Schiff hinaus, um den Prinzen und die anderen Würdenträger an Land zu tragen. Ein riesiger Schwarzer, nur mit einem Lendenschurz bekleidet, nahm den Prinzen auf seinen Rücken und die wartende Menge fiel geschlossen auf die Knie. Alle riefen ihre Grüße und Huldigungen. Musiker spielten mit Flöten, Pfeifen und Trommeln eine schrille, klagende Musik, die Dorian in den Ohren schmerzte.

Tahi wollte Dorian an Land tragen, doch er entzog sich ihrer Berührung und planschte fröhlich durch die Brandung, die ihm bis unter die Arme reichte. Am Strand gab es eine kurze Begrüßungszeremonie für den Prinzen, und dann bestieg al-Malik einen schwarzen Hengst. Hoch zu Ross schaute er sich geschwind um und entdeckte Tahi, die mit Dorian an der Hand in der Menge stand. Sie eilte mit Dorian zu ihm, und er befahl: «Bringe al-Amhara in die Zenana. Kush wird euch dort eure Quartiere zuweisen.» Dorian war so fasziniert von al-Maliks Pferd, dass ihm die Worte entgingen, die seine nächste Zukunft bestimmten. Pferde liebte er fast so sehr wie Schiffe und das Meer. Tom hatte ihm das Reiten beigebracht, sobald er laufen konnte. Der Hengst des Prinzen war ein prächtiges Tier, ganz anders als die Pferde, die er auf High Weald gesehen hatte. Er war kleiner und zierlicher, mit großen, klaren Augen und geblähten Nüstern, einem langen Rücken und starken, eleganten Beinen. Dorian hob den Arm und streichelte dem Tier das Maul. Der Hengst senkte den Kopf und schnupperte an seinen Fingern.

«Er ist wunderbar!», lachte Dorian begeistert.

Der Prinz schaute auf ihn hinab. Das feine Lächeln um seine Lippen milderte die Strenge seines Raubvogelgesichts. Gegen einen Jungen, der ein geborener Seemann war und zugleich Pferde liebte, hatte er wahrlich nichts einzuwenden. «Passt gut auf ihn auf», ermahnte er Tahi und Kush, den Eunuchen, der vorgetreten war, um zu tun, was der Prinz befohlen hatte. Al-Malik hob den Kopf des Hengstes mit einer leichten Berührung der Zügel und ritt die Hafenstraße hinauf, die zu seinen Ehren mit Palmwedeln bedeckt worden war. Die Musiker und Menschenmassen schlossen sich ihm an und bildeten eine singende, klatschende Prozession zu der Festung hinauf, deren Mauern über dem Hafen aufragten.

Sobald sie an Land waren, ließ Kush die Frauen des fürstlichen Haushalts zu sich bringen, die den Prinzen auf seiner Reise begleitet hatten. Es waren zwei der jüngsten Konkubinen, schwer verschleiert, doch schlank und grazil unter den Lagen schwarzen Tuches, die nur ihre wunderschön geformten, mit Henna eingefärbten Hände und Füße sichtbar ließen, deren Finger und Zehen mit kostbaren Saphir- und Smaragdringen geschmückt waren. Sie kicherten ununterbrochen, was Dorian ärgerte, und ihre Zofen waren noch schlimmer, plappernd und zwitschernd wie eine Horde Spatzen. Er war froh, als Kush sie in den ersten der beiden Ochsenkarren packte, die vorgefahren waren.

Tahi führte Dorian zu dem zweiten der Gefährte. Die Ochsen waren strahlend weiß, mit langen Hörnern und dicken Fettwülsten auf den Schultern, fast wie die Kamele, von denen Dorian Zeichnungen gesehen hatte, damals, in den Reisebüchern in der Bibliothek auf High Weald. Er wollte neben dem Karren herlaufen, doch Kush legte ihm eine fleischige Hand auf die Schulter und hielt ihn zurück. Der Eunuch trug Goldringe an jedem Finger. Die Edelsteine, die darin gefasst waren, funkelten in der Tropensonne.

«Setze dich neben mich, mein Kleiner», sagte er in einer hohen, femininen Stimme, und als Dorian sich sträuben wollte, kniff er ihn so fest in den Arm, dass es wehtat. Dorian fasste das als Warnung auf, dass Kush kein Schwächling war, sondern ein Mann – oder irgendetwas –, mit dem man besser Frieden hielt.

Die Karrenprozession fuhr vom Ufer weg, rollte durch das Hafenviertel und hinaus in die Landschaft, über enge, staubige Straßen ins Innere der blühenden Insel. Sie fuhren durch Haine, wo Kokospalmen sich im Wind wiegten, und durch Wälder von wilden Feigenbäumen. Schwärme von strahlend bunten Papageien und grüne Wildtauben flatterten zwischen den Ästen umher und naschten von den reifen Früchten. Solche Vögel hatte Dorian noch nie gesehen, und nun jauchzte er vor Staunen, als er die vielfarbige Vogelschar erblickte.

Kush musterte ihn aufmerksam aus seinen intelligenten dunklen Augen tief zwischen den Fettrollen, die ihm vom Schädel hingen. «Wer hat dich, einen Franken, die Sprache des Propheten gelehrt?», fragte er unvermittelt, und Dorian sagte seufzend die Antwort auf, die er schon so oft wiederholt hatte.

«Bist du ein Anhänger des Islam, oder stimmt es, dass du ein Ungläubiger bist?»

«Ich bin ein Christ», antwortete Dorian stolz.

Kush legte sein fettes Gesicht in Runzeln, als hätte er eine grüne Dattel gekostet. «Wie kommt es dann, dass dein Haar von derselben Farbe ist wie das des Propheten?», wollte er nun wissen. «Oder ist das eine Lüge? Welche Farbe hat dein Haar? Warum verbirgst du es?»

Dorian schob sich das Kopftuch zurecht. Das ständige Gerede über dieses eine Thema ärgerte ihn allmählich. Er wünschte, der fette Kerl würde ihn endlich in Ruhe lassen, damit er sich der Aussicht erfreuen konnte.

«Zeige mir dein Haar», ließ Kush nicht locker. Er griff nach dem Tuch, das um Dorians Haar gewickelt war. Dorian wollte vor ihm zurückweichen, doch auf ein scharfes Wort von Tahi hin erlaubte er dem Eunuchen, das Kopftuch zu lüften. Kush starrte verblüfft auf Dorians buschige Locken, die dem Jungen auf die Schultern fielen und in der Sonne funkelten wie Feuer in einem Weinpokal. Die Leute hinter ihnen auf dem Karren schrien auf und riefen Allah an, dieses Wunder zu bezeugen. Selbst die Ochsentreiber kamen neben die hohen Räder des Karrens gelaufen, um den Jungen anzustarren. Dorian bedeckte schnell wieder sein Haupt.

Nach einer Meile führte der Weg sie aus dem Wald heraus, und vor ihnen erhob sich die hohe, nackte Wand der Zenana. Sie war aus Korallenblöcken errichtet und blendend weiß gekalkt. Es gab keine Fenster. Die einzige Öffnung war eine Teakholztür, beschnitzt mit komplexen Mustern von Schlingpflanzen und Laub in Einklang mit dem islamischen Gesetz, nach dem jede Abbildung von Menschen oder anderen Lebewesen streng verboten war.

Die Flügeltür schwang auf, sobald sich die kleine Karawane von Ochsenkarren näherte, und sie fuhren in die abgeschlossene, verbotene Welt der Zenana. Dies war das Heim der Frauen und ihres Nachwuchses sowie der Eunuchen, die über sie wachten. Kein erwachsener Mann außer dem Prinzen durfte dieses Reich betreten, wenn ihm sein Leben lieb war.

Die Frauen und Kinder hatten sich hinter dem Tor versammelt, um die Prozession zu begrüßen. Da viele die geschlossene

Welt seit ihrer Kindheit nicht verlassen hatten, waren sie dankbar für jede Abwechslung. Sie plapperten und kreischten vor Aufregung und drängten sich an den Karren, um die Passagiere in Augenschein zu nehmen und nach dem neuen Gesicht Ausschau zu halten.

«Da ist er!»

«Es stimmt, es ist ein Franke!»

«Ist sein Haar tatsächlich rot? Bestimmt nicht.»

In der Abgeschlossenheit des Harems durften die Frauen sich unverschleiert zeigen. Der Prinz konnte jedes Mädchen in seinem Reich zu seiner Konkubine erwählen, und die meisten waren jung und hübsch, in allen möglichen Hautfarben von purpurschwarz über verschiedene Schattierungen von braun, golden und bernsteinfarben bis zu buttergelb. Die Kinder tanzten um sie herum und hatten ihren Spaß an der Aufregung. Die Säuglinge in den Armen der Ammen kreischten aus vollem Hals.

Die Frauen drängten näher heran, um Dorian genauer zu betrachten, als er vom Wagen sprang, und folgten Kush, Tahi und dem Jungen durch ein Labyrinth von Höfen und ummauerten Gärten, über üppige Mosaikböden und durch überwölbte Galerien mit zauberhaften, aus Muscheln geformten Mustern auf dem weißen Putz, vorbei an Teichen voller Schilfgräser, bedeckt mit Lotosblüten.

Einige der größeren Kinder tanzten singend um Dorian herum und verspotteten ihn.

«Kleiner weißer Heide!»

«Grünäugiger Teufel!»

Kush tat so, als wollte er mit dem langen Stab, den er stets bei sich trug, nach ihnen schlagen, doch dabei grinste er und machte keinen ernsthaften Versuch, sie zu vertreiben. Von dem schönen, prunkvollen Teil der Zenana kamen sie bald in einen eher verfallenen Bereich weit hinten zwischen den Hauptgebäuden. Dies waren offensichtlich die weniger begehrenswerten Quartiere. Die Gärten waren vernachlässigt und die Mauern fleckig und ohne Anstrich. Sie kamen an mehreren verlassenen Ruinen vorbei, überwachsen mit Tropenpflanzen, bevor sie vor einem baufälligen Gebäude stehen blieben. Kush führte sie zu einer kleinen, aber stabilen Tür und befahl ihnen einzutreten. Sie fanden sich in einem großen Wohnraum, dunkel und nicht sehr sauber. Die Wände waren rußgeschwärzt, der Fußboden staubig und voller Echsen- und Rattendreck.

Kush zog die Tür hinter ihnen fest ins Schloss und drehte einen massiven Schlüssel. Tahi rief durch das winzige Gitter in der Tür: «Warum schließt du uns ein? Wir sind keine Gefangenen. Wir sind keine Verbrecher.»

«Der mächtige Prinz Abd Muhammad al-Malik hat befohlen, dass wir das Kind von der Flucht abhalten sollen.»

«Er kann nicht fliehen. Es gibt keinen Ort, wohin er flüchten könnte.»

Kush ignorierte ihre Proteste und marschierte von dannen. Die meisten folgten ihm, doch manche der königlichen Kinder verspotteten sie durch die Tür, bevor sie des Spiels müde wurden und nach und nach verschwanden.

Als alles ruhig war, machten Dorian und Tahi sich daran, ihre Behausung zu erkunden. Außer dem Wohnzimmer gab es zwei Schlafräume und eine kleine Küche mit einem offenen Herd. Daneben befand sich ein Waschraum mit gekacheltem Fußboden, der zu einem offenen Abwasserkanal abfiel, und dahinter die Latrine mit abgedeckten Eimern.

Die Einrichtung war spärlich. Die Schlafmatten waren aus geflochtenem Schilf, die Bodenteppiche aus einfachem Wollgewebe. In der Küche fanden sie Kochtöpfe und Wasserkrüge; natürlich würden sie nach arabischer Sitte mit den Fingern essen. Es gab auch eine Steingutzisterne für das Regenwasser, das sie trinken würden.

Dorian schaute zu der Öffnung in der Küchendecke hinauf, die als Rauchloch diente. «Da könnte ich leicht hindurchklettern», prahlte er.

«Wenn du das tust, wird Kush dich mit seinem Stab verbläuen», warnte ihn Tahi. «Denke also nicht daran. Komm, hilf mir lieber, diesen Schweinestall zu säubern.»

Während sie zusammen die kargen Zimmer auskehrten und die Lehmfußböden mit Kokosnusshälften abschrubbten, erklärte Tahi ihm die Regeln, die in der Zenana herrschten.

Seit der Scheidung von ihrem Mann hatte sie als königliche Kinderfrau innerhalb der Mauern der Zenana gelebt. So wusste sie genau, wie es in dieser abgegrenzten Gesellschaft zuging. In den kommenden Tagen teilte sie dieses Wissen mit Dorian.

Prinz Abd Muhammad al-Malik war Anfang dreißig. Aus Thronfolgegründen hatte sein älterer Bruder, der Kalif, ihm jede Heirat untersagt, bevor er fast zwanzig war. Deshalb war sein ältester Sohn kaum älter als Dorian. Sein Name war Zayn al-Din, und da er wie Dorian noch als Kind galt, lebte er mit seiner Mutter in der Zenana.

«Präge dir seinen Namen gut ein», riet ihm Tahi. «Er ist der erstgeborene Sohn, also sehr bedeutend.» Dann zählte sie die anderen männlichen Kinder von anderen Frauen und Konkubinen auf, doch deren gab es so viele, dass Dorian sich nicht die Mühe gab, alle Namen zu behalten. Die Mädchen erwähnte Tahi nicht einmal, da sie kaum zählten.

In den Wochen danach schien es, als hätte der Prinz seinen rothaarigen Sklavenjungen schon vergessen; sie hörten nichts mehr von außerhalb der Haremsmauern. Jeden Tag kamen Sklavinnen mit Tahis und Dorians Rationen an Reis, Fleisch und frischem Fisch und holten die Küchenabfälle und Latrineneimer ab. Davon abgesehen waren die beiden auf sich gestellt.

Der Wohnraum hatte vergitterte Fenster, die einen Teil der Gärten überblickten. Um die Langeweile ihrer Gefangenschaft zu lindern, verbrachten sie sehr viel Zeit damit, durch diese Fenster das Kommen und Gehen der anderen Haremsinsassen zu beobachten.

Irgendwann zeigte sich auch Zayn al-Din, und Tahi konnte Dorian auf ihn aufmerksam machen. Er war ein großer, dicker Junge, größer als alle seine Geschwister. Seine Haut war gelblich wie Karamell, und sein Mund war schmollend und trotzig. Er hatte dunkle Ringe um die Augen, als hätte ihn jemand geschlagen. «Zayn liebt Süßigkeiten», erklärte Tahi. In seinen Armbeugen und Kniekehlen war feuerroter Hitzeausschlag zu sehen. Er musste breitbeinig gehen, damit seine Schenkel nicht aneinander rieben und sich die Haut dazwischen wund scheuerte.

Wann immer Dorian ihn sah, war Zayn von einem Dutzend seiner Brüder umringt. Eines Morgens musste Dorian mit ansehen, wie diese Meute einen kleineren Jungen über den Rasen jagte und ihn schließlich an die Außenmauer der Zenana drückte. Sie schleppten ihn vor Zayn; der hatte sich nicht selbst an der Jagd beteiligt, sondern kam erst herangewatschelt, als sie vorbei war. Tahi beobachtete die Szene ebenfalls. Wie sie Dorian erzählte, war das Opfer der Sohn einer der geringeren Konkubinen des Prinzen und damit legitime Beute des ältesten Sohns der ersten Frau.

Dorian, den sein Bruder William die Rechte des Erstgeborenen am eigenen Leib hatte spüren lassen, empfand tiefes Mitgefühl mit dem kleinen Jungen, als Zayn ihm die Ohren verdrehte, bis er vor Angst weinend in die Knie ging. «Als Strafe für das, was du getan hast, musst du jetzt mein Pferd spielen», verkündete Zayn laut das Urteil. Dann zwang er den Jungen auf alle viere und setzte sich mit seinem ganzen Gewicht auf dessen Rücken. Als Reitstock hatte er einen Palmwedel in der Hand, von dem die Blätter entfernt worden war.

«Galopp, Pferd!», befahl er und peitschte dem Jungen den Hintern. Der Palmstock federte geschmeidig und knallte in der Luft, und der Junge heulte vor Angst und Schmerzen, bevor er sich auf Händen und Knien, den fetten Zayn auf dem Rücken, in Bewegung setzte.

Die anderen Kinder liefen tanzend und johlend hinter ihnen her und spornten den Fettwanst an. Als der Junge nicht mehr weiterkonnte, beteiligten sie sich an der Prügelei. Manche liefen zum nächsten Busch und brachen sich Stöcke ab. Einer hob den Kittel des Jungen und entblößte seinen braunen Po, auf dem sich schon feuerrote Striemen zeigten. So trieben sie ihn zweimal im Kreis über den Rasen.

Das Opfer war tränenüberströmt, als es schließlich unter Zayns Gewicht zusammenbrach und schluchzend auf dem harten Gras liegen blieb. Seine Knie waren aufgescheuert und blutig. Zayn gab ihm noch einen Tritt, bevor sie ihn in Ruhe ließen und er sich aufrappeln und davonhumpeln konnte.

«Er ist ein Tyrann!», sagte Dorian wütend. Ihm fiel das arabische Wort nicht ein, deshalb sprach er Englisch. Tahi zuckte die Schultern.

«Im Koran steht, dass der Starke den Schwachen beschützen sollte», bemerkte Dorian, nun wieder auf Arabisch.

«Erzähle das nur nicht Zayn al-Din», riet ihm Tahi. «Der würde das bestimmt nicht gern hören.»

«Ich hätte große Lust, ihn für einen Ritt zu satteln», fuhr Dorian zornig fort, «nur um zu sehen, wie ihm das gefiele.»

Tahi machte die Geste, mit der die Araber Unglück abzuwenden hofften. «Daran darfst du nicht einmal denken. Du machst besser einen großen Bogen um Zayn al-Din», warnte sie ihn noch einmal. «Er ist ein nachtragender Junge. Bestimmt hasst er dich schon für die Gunst, die der Prinz dir gezeigt hat. Er kann uns großen Schaden zufügen. Selbst Kush fürchtet sich vor ihm, denn eines Tages wird er der Prinz sein.»

Im Laufe der folgenden Tage fuhr Tahi fort, Dorian die Hierarchie des Harems zu erklären. Der Prinz durfte vier Ehefrauen haben, so hatte es der Prophet bestimmt. Er durfte sich jedoch auch scheiden lassen und sich neu verheiraten, und er konnte sich beliebig viele Konkubinen gönnen. Die Frauen, von denen er geschieden war und die ihm Kinder geboren hatten, lebten weiterhin in der Zenana.

So hausten fast fünfzig Frauen innerhalb dieser Mauern, fünfzig schöne, gelangweilte, enttäuschte Frauen, die tagein, tagaus nichts anderes zu tun hatten, als ihre Fehden auszufechten, Hass zu säen und Intrigen zu spinnen. Es war eine komplexe Gemeinschaft mit unzähligen Strömungen und Unterströmen.

Über all dies herrschte Kush, weshalb seine Gunst so wichtig war für Glück und Wohlergehen der Insassen. Die nächstwichtigen Personen waren die vier derzeitigen Ehefrauen in der Reihenfolge der Anzahl Ehejahre, die sie jeweils hinter sich hatten, und dann die gegenwärtige Favoritin des Prinzen, die jedoch gewöhnlich nur ein hübsches Kind war, kaum an der Schwelle zum Frauenstand; ihr Stern würde bald verlöschen. Danach kamen all die früheren Gemahlinnen und Konkubinen, die ständig um ihren Platz in der Rangordnung zu streiten hatten. «Du musst diese Dinge verstehen, al-Amhara, das ist für uns beide wichtig. Ich habe hier nichts zu sagen, ich bin nur eine arme, alte Kinderfrau. Ich kann dich kaum beschützen, und niemand wird mich vermissen.»

«Gehst du denn fort?», fragte Dorian erschrocken. Er hatte sie in der kurzen Zeit, die sie zusammen waren, sehr lieb gewonnen, und die Aussicht, nun könne er auch sie verlieren, ängstigte ihn. «Ich würde dich bestimmt vermissen.»

«Ich gehe nirgendwohin, mein Kleiner», beruhigte sie ihn geschwind, «aber Leute sterben in der Zenana, besonders die kleinen, unwichtigen Leute, die denen über ihnen in die Quere kommen.»

«Mache dir keine Sorgen. Ich werde dich beschützen», sagte Dorian ernst und umarmte sie.

«Ich fühle mich sicherer in deiner Gegenwart.» Sie verbarg ihr Lächeln vor ihm. «Aber wir wissen noch nicht, welche Stellung du hier innehast. Der Prinz scheint dich mit einiger Gunst zu behandeln, doch noch können wir nicht gewiss sein. Warum erlaubt er Kush, uns wie Tiere in einen Käfig zu sperren? Warum schickt er nicht nach dir? Hat er dich vergessen?» Sie seufzte und drückte ihn fest an sich.

«Vielleicht weiß er nicht, wie Kush uns behandelt», meinte Dorian.

«Vielleicht», nickte sie. «Lass uns also abwarten. Doch bis wir Gewissheit haben, müssen wir vorsichtig sein, al-Amhara, sehr vorsichtig.»

Die Zeit verging, und die Aufregung um ihre Ankunft war bald vergessen. Niemand kam mehr, um durch das kleine Gitter in der Tür zu schauen, und der Kinderschar um Zayn al-Din wurde es langweilig, unter den Fenstern zu stehen und Beschimpfungen zu rufen; sie fanden andere Beschäftigungen, die ihnen mehr Spaß machten. Dorian litt Tag für Tag mehr unter der Gefangenschaft.

Wenn er die schrillen Schreie und das fröhliche Lachen der anderen Kinder hörte, die in den Gärten spielten, und wenn er sie durch die Kreuzgänge und über den Hof vor seinem bescheidenen Quartier laufen hörte, eilte er zum Fenster, um ihnen zuzuschauen. Das machte seine Einsamkeit und Isolation jedoch nur noch schlimmer. Er fühlte sich so gefangen wie in der Zelle auf der Insel, wo al-Auf ihn angekettet gehalten hatte.

Eines Morgens – das klare Licht des neuen Tages strömte durch die hohen Fenster in sein Zimmer und er lag nackt auf seiner Schlafmatte und kaute auf einem Stück Zuckerrohr – hörte Dorian jemanden singen, draußen im Garten, eine süße Mädchenstimme. Die Worte wiederholten sich und ergaben keinen Sinn. Es war irgendein Kinderreim über Palmdatteln und einen hungrigen Affen. Er lag da und lauschte träge, während er den süßen Saft aus dem Zuckerrohr lutschte und das Mark danach ausspuckte.

Plötzlich hörte er das unverkennbare, schrille Schnattern eines Affen. Die Sängerin brach ihren Refrain ab und ließ ein silberhelles Lachen erklingen. Dorian sprang auf und ging rasch zum Fenster. Er schaute in den Garten hinab und sah ein kleines Mädchen, das allein auf der Einfassung des Lotosteichs unter dem Fenster saß. Sie saß mit dem Rücken zu ihm, doch er sah ihr langes Haar, schwarz schimmernd mit einer silbernen Strähne zwischen den dichten Locken. So etwas hatte Dorian noch nie gesehen. Er war fasziniert.

Sie trug ein besticktes grünes Hemdkleid, das ihre Arme unbedeckt ließ, und eine weite, weiße Baumwollhose. Sie hatte die Beine über Kreuz und er sah, dass die Sohlen ihrer kleinen Füße mit Henna leuchtend rot gefärbt waren. Sie hielt eine süße Dattel hoch, und eine grüne Meerkatze stellte sich vor ihr auf die Hinterbeine und tanzte auf dem Gras. Jedes Mal, wenn sie ihm ein Zeichen gab, schnatterte das Äffchen noch lauter und drehte sich im Kreis. Das Mädchen lachte vergnügt. Schließlich bot sie dem Affen die gezuckerte Frucht an. «Komm her, Jinni!», rief sie, und der Affe sprang ihr auf die Schulter und nahm ihr die Dattel aus der Hand. Er stopfte sich den Leckerbissen in den Mund und begann mit seinen dünnen schwarzen Fingern in ihrem Haar zu spielen, als suchte er nach Flöhen darin. Das Mädchen streichelte ihm den flauschigen weißen Bauch und sang wieder ihr Lied.

Plötzlich schaute der Affe auf und sah Dorians Kopf im Fenster. Er kreischte, sprang von der Schulter des Mädchens und schoss die Wand hinauf, bis er auf Dorians Fensterbank zu sitzen kam. Dort streckte er einen Arm durch das Fenstergitter, hielt die Hand auf wie ein Bettler und versuchte, das Stück Zuckerrohr zu stibitzen, an dem Dorian lutschte.

Dorian lachte, als der Affe seine Zähne bleckte und ihm das Zuckerrohr aus der Hand zu reißen versuchte, die ganze Zeit plappernd und Grimassen ziehend.

Das Mädchen drehte sich um und schaute zu ihm auf. «Lasse ihn ein Kunststück vorführen», rief sie. «Füttere ihn erst, wenn er das getan hat.» Auch sie hatte ein lustiges kleines Affengesicht, wie Dorian jetzt sehen konnte, mit großen, karamellbraunen Augen, wie Honig von einer blühenden Heide im fernen Devon. «So!» Sie führte ihm die Handbewegung vor, und auf ihr Signal vollführte der Affe einen hübschen Rückwärtssalto. «Lass ihn das drei Mal tun.» Das Mädchen klatschte in die Hände. «Jinni muss es drei Mal tun.»

Nach dem dritten Salto bot Dorian ihm das Stück Zuckerrohr an. Der Affe grabschte es, galoppierte mit hoch erhobenem Schwanz quer über die Wiese und schoss eine der Tamarinden hinauf, bis in den Wipfel. Dort saß er dann und kaute, dass ihm die süßen Säfte von den Lippen tropften.

«Ich weiß, wer du bist», gestand das Mädchen ernst, während sie mit ihren unglaublich großen Augen zu Dorian hinaufblickte.

«Und wer bin ich?»

«Du bist al-Amhara, der Ungläubige.»

Bis dahin war es Dorian gleichgültig gewesen, wie sie ihn nannten, doch nun missfiel es ihm plötzlich. «Mein richtiger Name ist Dorian, aber du kannst mich Dorry nennen. So nennt mich mein Bruder.»

«Dowie.» Sie versuchte es, konnte jedoch das R nicht aussprechen. «Ein seltsamer Name, aber ich werde dich Dowie nennen.»

«Und wie heißt du?», wollte Dorian nun wissen.

«Yasmini», antwortete sie. «Das ist die Blüte des Jasminstrauches.» Sie sprang auf und kam näher, während sie weiter mit ernstem Gesicht zu ihm hochschaute. «Dein Haar ist wirklich rot. Ich dachte, das wäre nur erfunden.» Sie legte den Kopf auf die Seite. «Es ist sehr hübsch. Ich wünschte, ich könnte es anfassen.»

«Das kannst du aber nicht», entgegnete er knapp, doch sie ließ sich nicht abschrecken von seinem Ton.

«Du tust mir sehr Leid», sagte sie.

«Warum sollte ich dir Leid tun?», fragte er verblüfft.

«Weil Zayn sagt, du seist ein Ungläubiger. Du wirst nie beschnitten werden und nie die Gärten des Paradieses erblicken.»

«Wir haben unseren eigenen Himmel», winkte Dorian ab, etwas beunruhigt darüber, wie sie seine Beschneidung ins Gespräch brachte.

«Und wo ist der?» Mit dieser Frage begann ein langes, tief schürfendes Gespräch über die verschiedenen Vorzüge der beiden Paradiese. «Unser Paradies heißt Jannat», erklärte sie. «Allah hat gesagt: ‹Für meine rechtschaffenen Diener habe ich etwas geschaffen, was kein Auge je gesehen und kein Ohr je gehört hat und was der Mensch nicht begreifen kann.›»

Dorian dachte schweigend darüber nach, kam jedoch auf keine passende Antwort. Jannat klang tatsächlich unschlagbar. So wechselte er das Thema und sprach von Dingen, bei denen er sich sicherer fühlte.

«Mein Vater in England hat fünfzig Pferde. Und wie viele hat dein Vater?»

Danach kam Yasmini jeden Morgen zu ihm, und immer hatte sie Jinni bei sich. Sie saß unter Dorians Fenster, den Affen auf der Schulter, und lauschte mit leuchtenden Augen, wie Dorian ihr zu erklären versuchte, was Eis ist und wie Schnee vom Himmel fällt und warum ein Engländer nur eine Frau haben kann und dass das Haar mancher Menschen so golden war wie die Glöckchen, die sie am Fußgelenk trug. Sie hörte, dass viele andere feuerrotes Haar hatten wie Dorian, wie die Mädchen es mit heißen Eisen in Locken legten und dass die Männer ihre Schädel kahl rasierten und Perücken trugen. Er berichtete, welche Farben die Frauenkleider in England hatten, welchen Moden die Frauen folgten und dass sie in England keine Hosen trugen wie Yasmini, sondern unter ihren Röcken nackt waren.

«Wie gemein», sagte sie darauf prüde. «Stimmt es auch, wie Zayn sagt, dass ihr Schweinefleisch esst?»

«Ja. Die Haut ist schön knusprig, wenn sie geröstet ist», sagte er zu ihrem Schrecken. «Es knirscht zwischen den Zähnen, wenn man darauf beißt.»

Sie riss die Augen auf und tat, als müsse sie sich übergeben. «Das ist *so* ekelhaft. Kein Wunder, dass du nicht mit uns ins Paradies kommen kannst.»

«Wir waschen uns auch nicht fünf Mal am Tag, wie ihr es tut. Manchmal waschen wir uns den ganzen Winter nicht. Es ist viel zu kalt», fuhr er begeistert fort.

«Dann stinkt ihr bestimmt wie die Schweine, die ihr verzehrt.»

Sie wusste nichts von der Welt jenseits der Haremsmauern, doch was die Zenana anging, war sie eine wahre Expertin. Sie erzählte ihm, dass ihre Mutter eine der geschiedenen Frauen des Prinzen war. Doch sie hatte zwei Brüder, weshalb sie weiterhin seine Gunst genossen. «Wenn ich die Einzige wäre, sähe das anders aus, weil ich nur ein Mädchen bin und mein Vater Töchter nicht ausstehen kann.» Sie sagte es, als wäre es vollkommen selbstverständlich, ohne jedes Selbstmitleid in der Stimme. «Aber meine Mutter ist von königlichem Geblüt. Sie ist die Nichte des Großmoguls. Der Kaiser ist mein Großonkel», erklärte sie stolz.

«Du bist also eine Prinzessin?»

«Ja, aber nur eine kleine, nichts Besonderes.» Ihre Offenheit war entwaffnend. «Siehst du die silberne Strähne in meinem

Haar?» Sie drehte eine Pirouette, um sie zu zeigen. «Meine Mutter hat dieselbe Strähne, und mein Großvater auch. Es ist ein Zeichen unserer königlichen Familie.»

Als sie erklärte, wie sie mit den anderen Kindern verwandt war, hörte Dorian mit größerer Aufmerksamkeit zu, als er Tahi geschenkt hatte.

«Zayn al-Din ist mein Halbbruder, aber ich mag ihn nicht. Er ist fett und gemein.» Sie blickte Dorian ins Gesicht. «Stimmt es, dass mein Vater dich adoptiert hat?»

«Ja, das stimmt.»

«Dann bist du also mein Bruder. Ich glaube, ich mag dich lieber als Zayn, obwohl du Schweinefleisch isst. Magst du mich auch, al-Amhara? Zayn sagt, ich sähe aus wie Jinni.» Sie streichelte den Affen auf ihrer Schulter. «Meinst du, ich sehe aus wie ein Affe?»

«Ich finde, du bist sehr hübsch», antwortete Dorian galant, und es stimmte sogar, wenn sie lächelte.

«Meine Mutter sagt, mein Vater wäre verreist, meinen Onkel besuchen, den Kalifen von Maskat.»

«Wann wird er zurückkommen?», fragte Dorian sofort. Endlich konnte er sich den Grund vorstellen, weshalb er und Tahi so vernachlässigt wurden: Der Prinz war nicht da, um sie zu beschützen. «Wird er bald wieder hier sein?»

«Meine Mutter sagt, er könnte lange Zeit fortbleiben, vielleicht ein Jahr oder länger.» Yasmini legte den Kopf auf die Seite und musterte sein Gesicht. «Wenn du wirklich mein Bruder bist, wird Vater dich vielleicht auf die Jagd mitnehmen, wenn er zurückkommt. Ich wünschte, ich wäre ein Junge, dann könnte ich mit euch kommen.» Sie sprang auf. «Ich muss jetzt gehen. Kush darf mich nicht hier sehen. Er hat uns allen verboten, mit dir zu reden. Er wird mich schlagen, wenn er mich hier findet.»

«Komme doch morgen wieder», sagte er, und es klang beinahe flehend.

«Vielleicht.» Sie schaute noch einmal über ihre Schulter und rannte mit Jinni über den Rasen.

Als sie fort war, schaute Dorian zum Himmel, wo die Möwen über ihm kreisten. Er lauschte der fernen Brandung, die auf den Strand klatschte, und überlegte fieberhaft, wie er entkommen könnte. Er stellte sich vor, wie er durch das Loch in der Küchendecke kletterte, dann über die Einfriedung der Zenana und zum Ufer, wo ein kleines Boot auf ihn warten würde. Doch wohin sollte es mich bringen?, fragte er sich, und der Tagtraum verblasste vor seinen Augen. Ich muss warten, bis Tom kommt. So ergab Dorian sich in das Unvermeidliche.

Eines Morgens stand Kush vor der Tür, klapperte mit seinen Schlüsseln und rief mit seiner schrillen Piepstimme: «Tahi! Mache den Jungen für einen Besuch beim Mullah fertig.» Er ließ einen Arm voll sauberer Kleider auf den Teppich fallen. «Ich komme nach den Mittagsgebeten wieder und hole ihn ab. Sieh zu, dass er dann fertig ist, sonst lasse ich dich blutig schlagen.»

Der Ochsenkarren wartete vor dem Tor, und Dorian kletterte an Bord, halb außer sich vor Aufregung und Freude, endlich sein karges Gefängnis verlassen zu dürfen. Tahi kam nicht mit, doch sie hatte die Erlaubnis bekommen, sich in den Gärten zu sonnen, während er fort war.

Kush saß neben Dorian auf dem Vordersitz des Karrens. Er lächelte und streichelte den Jungen. «Diese Kleider stehen dir gut. Sie sind von feinster Qualität. Siehst du die Stickerei auf dem Kragen? Das ist Seide. Prinz Abd Muhammad al-Malik hat ein Gewand genau wie dieses. Ich habe es extra für dich ausgesucht. Siehst du, wie ich dich verwöhne?»

Je näher sie dem Palast kamen, desto nervöser und schmeichlerischer wurde Kush. «Hier, iss ein paar dieser gezuckerten Zimtkuchen. Die schmecken mir besonders gut. Du wirst sie ebenfalls mögen. Ich will, dass du glücklich bist, al-Amhara.»

Als die weißen Festungsmauern in Sicht kamen, wurde Kush etwas direkter mit seinen Wünschen: «Falls al-Allama, gesegnet sei sein geheiligter Name, dich fragt, wie ich dich behandelt habe, dann musst du sagen, ich wäre wie ein Vater zu dir gewesen. Du hättest die besten Speisen genossen, den frischesten Fisch und erlesenes Obst.»

«Und dass du mich in einem stinkenden, heißen Loch eingesperrt hast wie einen Dieb?», fragte Dorian unschuldig.

«Das ist nicht wahr. Vielleicht war ich etwas zu sehr auf deine Sicherheit bedacht, das ist alles.» Er lächelte, doch sein Blick war kalt wie der einer Kobra. «Komme nicht auf die Idee, mir Ärger machen zu wollen, du kleiner Ungläubiger. Du hast mich besser zum Freund als zum Feind. Frage Tahi, die fette alte Sau. Die wird es dir erklären.»

Sie stiegen von dem Karren, sobald er im äußeren Hof der Festung zum Stehen kam. Kush nahm Dorian bei der Hand und führte ihn durch das labyrinthartige Gebäude. Sie gingen mehrere Treppen hinauf und landeten schließlich auf einer Terrasse hoch über dem Hafen, von wo sie über den Kanal hinweg das afrikanische Festland sehen konnten.

Dorian schaute sich neugierig um. Es war ein Genuss, das Meer wieder zu sehen, die salzige Seeluft im Gesicht zu spüren und die abgestandenen Gerüche der Zenana aus dem Schädel geblasen zu bekommen. Er bemerkte den Mullah und verbeugte sich respektvoll, indem er sein Herz und seine Lippen berührte. Al-Allama begrüßte ihn mit den Worten: «Möge Allah dein Lächeln bewahren, mein Kleiner.»

Neben dem Mullah saß ein anderer Mann unter dem Bambusdach, das sie vor der Sonne schützte. Er trank von einer kleinen Tasse lehmigen schwarzen Kaffees, und eine langhalsige, gläserne Wasserpfeife stand in seiner Nähe.

«*Salam alaikum*, alter Vater», grüßte ihn Dorian unterwürfig. Als der Mann sich umdrehte und ihn anschaute, wollte dem Jungen das Herz zerspringen, so freute er sich, als er ihn erkannte. Er eilte zu ihm und umarmte ihn.

«Ben Abram!» Er drückte sich an den alten Arzt. «Ich dachte, ich würde dich nie mehr wiedersehen. Ich dachte, du wärst noch bei al-Auf auf der Insel.»

Der alte Mann löste sich sanft aus der Umarmung und strich sich den zerzausten Bart glatt. Es war unziemlich, anderen zu zeigen, welch enges Verhältnis sich zwischen ihm und dem Jungen entwickelt hatte. «Lass mich dich anschauen.» Er hielt Dorian auf Armeslänge und schaute ihm ins Gesicht. Seine Miene verfinsterte sich sofort. «Du bist blass. Was ist mit dir geschehen, mein Kind?» Er wirbelte herum und blickte Kush an, der sich ängstlich im Hintergrund gehalten hatte. «Du warst für den Jungen verantwortlich. Was hast du mit ihm gemacht, Eunuch?» Außerhalb der Zenana war Kush nicht mehr als ein Haussklave, der obendrein kastriert war. Ben Abram machte keine Anstrengung, seine Verachtung für ihn zu verbergen.

«Allah und seine Heiligen mögen meine Zeugen sein», begann Kush mit zitternden Wangen und Schweiß auf dem Kinn. «Ich habe ihn gefüttert und verhätschelt, als wäre er der wahre Sohn meines Herrn.»

Ben Abram schaute Dorian an und wartete auf seinen Kommentar. Er wusste, von ihm würde er ehrliche Auskunft bekommen. «Er hat mich in einer düsteren kleinen Kammer eingesperrt gehalten, seit dem Tag meiner Ankunft. Er hat uns Schweinefraß zu essen gegeben, und die ganze Zeit durfte ich mit niemandem reden außer meiner Kinderfrau.»

Ben Abram bedachte Kush mit einem kalten Blick und der Eunuch fiel auf die Knie. «Es war auf Befehl des Prinzen! Er hat mir befohlen, das Kind an der Flucht zu hindern.»

«Der Prinz hat hunderttausend Rupien für dieses Kind bezahlt. Er hat ihn förmlich zu seinem adoptierten Sohn erklärt», erwiderte Ben Abram mit leiser, drohender Stimme. «Wenn Seine Königliche Hoheit von Maskat zurückkehrt, werde ich ihn persönlich informieren, wie du für seinen Sohn gesorgt hast.»

«Ich habe nur meine Pflicht getan, gnädiger Herr», flennte Kush.

«Ich weiß genau, wie du deine Pflicht gegenüber manchen der Kinder und Frauen wahrnimmst, die du in deiner Obhut hast, Eunuch.» Ben Abram legte eine bedeutungsvolle Pause ein.

«Manchmal ist es meine Pflicht, diejenigen zu bestrafen, die die Befehle des Prinzen missachten.»

«Vielleicht erinnerst du dich an die kleine Fatima», bemerkte Ben Abram.

«Sie war eine Hure», rechtfertigte sich Kush.

«Sie war ein sechzehnjähriges, verliebtes Mädchen», widersprach Ben Abram.

«Sie hat ein lüsternes Tier in die Zenana gelassen.»

«Er war ein junger Krieger, ein Offizier der königlichen Garde», verbesserte ihn Ben Abram.

«Es war meine Pflicht, Herr. Ich wollte nicht, dass sie stirbt. Es war nur als eine Lektion für die anderen gedacht.»

Ben Abram hob die Hand, um den Heuchler zum Schweigen zu bringen. «Nun höre mir gut zu, Eunuch: Wenn dieser Junge noch irgendwelchen Schaden durch dich erleidet – nein, wenn du ihn in Zukunft nicht mit der größten Aufmerksamkeit behandelst, werde ich dafür sorgen, dass du noch lauter schreien wirst als die arme kleine Fatima.»

Al-Allama hatte das Gespräch aufmerksam verfolgt, und nun sagte er: «Ich stehe hinter jedem Wort, das Ben Abram gesprochen hat. Das Kind und seine Dienerin müssen anständig untergebracht und gut verpflegt werden. Du darfst ihn nicht eingesperrt halten oder ihn irgendwie in seiner Freiheit einschränken. Er darf kommen und gehen wie jeder andere Sohn des Prinzen. Jeden zweiten Tag wird er zu mir zur Unterweisung kommen, und sei gewiss, ich werde ihn befragen, wie er behandelt wird. Und nun aus meinen Augen.» Er entließ Kush mit einer Handbewegung. «Warte unten, bis du den Jungen zurückbringen kannst, wenn es so weit ist.»

Während er davonkroch, bedachte Kush Dorian mit einem giftigen Blick.

Schließlich wandte Ben Abram sich wieder an Dorian. «Ich habe dir viel zu erzählen. Hast du von den Kämpfen auf der Insel gehört, nachdem du sie verlassen hast?»

«Nein, nein, ich habe nichts gehört. Erzähle, alter Vater, erzähle mir alles.»

«Es sind nicht nur gute Neuigkeiten», warnte ihn Ben Abram, bevor er mit seinem Bericht begann. Dorian lauschte aufmerksam, und als der alte Mann zu dem Angriff auf die Festung von Flor de la Mar kam und wie Tom al-Auf eigenhändig getötet hatte, jubelte er vor Aufregung und Stolz.

«Al-Auf war eine Bestie. Ich bin so stolz auf Tom. Ich wünschte, ich wäre dort gewesen und hätte es gesehen.» Doch dann weinte er, als er hörte, wie sein Vater beide Beine verloren hatte.

«Ist er tot, alter Vater? Bitte sage, dass er noch lebt.»

«Wenn ich ehrlich sein soll, das weiß ich nicht, mein Kleiner. Er war am Leben, als dein Bruder mir erlaubte, die Insel zu verlassen. Ich glaube, dein Bruder hatte vor, ihn nach England zu bringen.»

«Nach England?» Dorian war erschüttert. «Das ist so weit weg. Vielleicht wird er nie zurückkommen. Hat Tom mich im Stich gelassen?» Die Tränen quollen ihm zwischen den Augenlidern hervor und rollten über seine Wangen.

Ben Abram nahm seine Hand und fand sie zitternd wie in hohem Fieber. «Dein Bruder ist ein guter Mann, ein Mann von Ehre. Er hat mir große Nachsicht erwiesen.»

«Aber wenn er nach England zurückgekehrt ist ...» Dorian

stockte und schluckte tief. «Er wird mich vergessen. Ich werde ihn nie mehr wieder sehen.»

«Wenn es so kommt, dann ist es Gottes Wille. Doch nun bist du der Sohn des Prinzen und musst dich seinen Wünschen fügen.» Ben Abram erhob sich. «Und du musst dem heiligen al-Allama gehorchen, der dem Prinzen von Maskat aus vorausgeeilt ist. Seine Königliche Hoheit hat befohlen, dass du dich den Unterweisungen des Mullahs widmest.»

Über zahlreichen Tassen Kaffee und etlichen Zügen an der Wasserpfeife wartete Ben Abram, während sich der Religionsunterricht über die heißesten Stunden des Tages hinzog. Ein- oder zweimal brachte er einen Kommentar an oder stellte eine Frage, doch die meiste Zeit hörte er schweigend zu. Dorian beruhigte seine stumme Gegenwart.

Die Sonne warf schon lange Schatten auf den Strand, als Ben Abram den Mullah um seinen Segen bat und Dorian zu Kush hinunterbrachte, der auf dem Ochsenkarren wartete.

Ben Abram blieb außer Hörweite des Eunuchen stehen und sagte leise zu Dorian: «Wir werden uns treffen, sooft es mir möglich ist», versprach er, «wann immer du zu deinen Lektionen beim Mullah erscheinst.» Er senkte seine Stimme noch mehr. «Dein Bruder hat mir große Gnade erwiesen. Ohne ihn wäre auch ich in die Sklaverei verkauft worden. Deshalb versprach ich ihm, dir eine Botschaft zu überbringen. In Gegenwart des Mullahs konnte ich es nicht sagen. Es ist nur für deine Ohren bestimmt.»

«Was ist diese Botschaft? Bitte sage es mir, alter Vater.»

«Dein Bruder hat mich gebeten, dir zu sagen, dass er den Eid, den er dir geschworen hat, niemals brechen wird. Erinnerst du dich an diesen Schwur?»

«Er hat geschworen, dass er mich holen kommt», flüsterte Dorian. «Es war ein heiliger Bluteid.»

«Ja, mein Kleiner, dieses Versprechen hat er vor mir bekräftigt. Er wird zurückkommen und nach dir suchen. Ich sollte es nicht sagen. Es ist gegen die Interessen meines Herrn, aber ich kann dir diesen Trost nicht verwehren.»

«Ich wusste, er würde diesen Schwur nie vergessen.» Dorian berührte den alten Mann am Arm. «Danke, dass du es mir ausgerichtet hast.»

Ben Abrams und al-Allamas Drohungen hatten bei Kush tiefe Wirkung hinterlassen. Am nächsten Tag zogen Dorian und Tahi in geräumigere Quartiere in einem schöneren Teil der Zenana um, wo sie ihren eigenen kleinen Garten mit einem Trinkwasserbrunnen hatten. Kush teilte ihnen eine Sklavin zu, die Tahi mit dem Kochen und der schweren Hausarbeit, wie dem Ausleeren der Latrineneimer, behilflich war. Dorian schickte er eine Truhe voll neuer Kleider und Tahi durfte von nun an die Karren besuchen, die täglich von der Stadt heraufkamen, beladen mit frischem Obst und Fleisch und Fisch. So konnte sie selbst aussuchen, was sie kochen wollte. Am wichtigsten war aber, dass Dorian sich nun tagsüber frei bewegen konnte, jedenfalls innerhalb der Haremsmauern. Darüber hinaus wollte ihm Kush jedoch trotz seiner bitteren Proteste keinen Auslauf gewähren, außer für die Besuche beim Mullah in der Festung.

Doch selbst das änderte sich, als Dorian sich bei Ben Abram beschwerte. Danach konnte er sich im Hafen und auf der ganzen Insel herumtreiben, wenn auch nur in Begleitung einer Haremswache, die ihn nicht aus den Augen ließ. Dennoch genoss Dorian nun plötzlich so viel Freiheit, dass er gar wieder daran dachte, von der Insel zu entkommen.

Seine Fluchtpläne waren jedoch eher Hirngespinste. Als er sich immer mehr am Strand aufhielt, wo die Fischerboote ihre Fänge an Land brachten, und versuchte, unter dem Fischervolk Freunde zu finden, musste er bald entdecken, dass Kush ihm offenbar zuvorgekommen war. Er musste alle Inselbewohner gewarnt haben, nicht mit dem Ungläubigen zu reden. Mit der Wache ständig in seiner Nähe hatte Dorian nicht die geringste Chance, ein Boot zu stehlen oder von den Fischern und Matrosen irgendwelche Hilfe zu bekommen. Am Ende fand er sich damit ab, dass solche Pläne aussichtslos waren, und verbrachte mehr Zeit damit, sich mit den Festungssoldaten, den königlichen Stallburschen und Falknern anzufreunden.

Yasmini begrüßte Dorians Befreiung aus seiner Gefangenschaft mit offener Freude, und sobald sie sah, dass Kush nichts dagegen zu haben schien, folgte sie Dorian wie ein Schatten. Natürlich durfte sie keinen Fuß außerhalb der Mauern der Zenana setzen, doch in den Gärten waren sie unzertrennlich. Sie wurde auch zu einer ständigen Besucherin in dem Quartier, das er mit Tahi teilte.

Yasminis Stimme und Lachen, zusammen mit Jinnis Geschnatter, erhellten die dunklen Zimmer. Tahi saß mit ihr vor dem rauchenden Holzfeuer und gab ihr Kochunterricht. Das war vollkommen neu für das Mädchen und machte ihr große Freude, und dann ließ sie es sich nicht nehmen, ihre Kreationen Dorian anzubieten. «Das habe ich extra für dich gekocht, Dowie», zwitscherte sie. «Es schmeckt dir doch, oder?», fragte sie ängstlich, während sie ihm beim Essen zusah. «Ist es gut? Magst du es?»

Die Tage, wenn Dorian auf seine Ausflüge zum Strand, zum Hafen und zur Festung verschwand, waren für Yasmini voller Gram. Sie hing an Tahis Rockschleppen und wartete auf seine Rückkehr, und wenn er dann durch die Tür kam, erhellte sich ihr kleines Affengesicht, und sie lief ihm entgegen.

Manchmal wurde ihre Anhänglichkeit so erdrückend, dass Dorian aus der Zenana verschwand, nur um von ihr wegzukommen. Er begab sich dann zu den königlichen Ställen und verbrachte Stunden damit, die prächtigen Rösser des königlichen Gestüts zu füttern, zu tränken und zu striegeln, um sich das Recht zu verdienen, eines der Pferde zu reiten. Er erinnerte sich an alles, was er auf High Weald von seinem Vater und den älteren Brüdern gelernt hatte. An den kühlen Abenden spielten die Stallknechte ein Spiel namens *Pulu*, das persische Wort für «Ball», dem die Moguln mit Leidenschaft nachgingen und das die Omaner übernommen hatten. Der Ball war aus einer Bambuswurzel geschnitzt und wurde mit einem Schläger aus demselben Material vorwärts getrieben. Nach einer Zeit, als der Oberknecht Dorian besser kannte, erlaubte er ihm, sich an den Spielen der jungen Burschen auf dem Übungsfeld zu beteiligen. Dorian liebte es, den schwitzenden Pferderücken zwischen den Beinen zu spüren, das Spielfeld auf und ab zu preschen und sich schubsend und drängelnd in das Getümmel um den Ball zu stürzen. Bald nickten die älteren Stallknechte beifällig über seine Aggression und Geschicklichkeit in dem Wettspiel. «Wenn Allah es zulässt, kann aus dem einmal ein tüchtiger Reiter werden.»

Einer seiner anderen Lieblingsplätze waren die königlichen Falkenhäuser. In Gegenwart der grausamen und bezaubernden Vögel war er ruhig und aufmerksam, und bald belohnten die Falkner sein Interesse an den Tieren, indem sie ihn in ihre Kunst und Weisheit einzuweihen begannen. Dorian lernte ihre farbenfrohen

Ausdrücke und manchmal durfte er sie zum Rand der Mangrovensümpfe auf der Nordseite der Insel begleiten, wo sie die Vögel fliegen ließen.

Zuweilen gelang es ihm, seinem Wächter zu entwischen, um allein die Insel zu erforschen, die Höhlen und versteckten Strände, wo er seine Kleider ablegen, sich in den Ozean stürzen und in die Brandung hinausschwimmen konnte, bis er müde war. Dann schwamm er zurück, legte sich in den weißen Sand, blickte nach Süden und träumte davon, wie Toms Segel über dem Horizont erschienen.

Er wusste, in der Zenana wartete Yasmini sehnsüchtig auf ihn, und um seine Schuldgefühle zu lindern, brachte er ihr jedes Mal ein kleines Geschenk mit, wenn er zurückkehrte. Manchmal war es eine Falkenfeder von einem der Vögel in der Mauser, ein andermal ein Anhängsel, das er aus dem Schwanzhaar eines Pferdes flocht, oder eine Halskette aus Muscheln, die er am Strand gesammelt hatte.

«Ich wünschte, ich könnte mit dir kommen», sagte sie traurig. «So gern würde ich mit dir schwimmen gehen oder dir beim Reiten zusehen.»

«Du weißt, dass das nicht möglich ist», erwiderte Dorian brüsk.

Er verstand nun, welches Leben sie vor sich hatte. Wenn sie die Zenana jemals verlassen dürfte, dann nur tief verschleiert und in Begleitung eines Aufpassers. Er war wahrscheinlich der einzige Freund anderen Geschlechts, den sie jemals haben würde, wenn man ihre Blutsverwandten nicht zählte, und selbst das würde bald aufhören, da sie beide an der Schwelle zur Pubertät standen. Sobald sie eine Frau wäre, würde man sie verheiraten. Tahi hatte ihm erzählt, diese Ehe wäre schon arrangiert worden, als Yasmini gerade vier Jahre alt war. «Sie wird einen ihrer Vettern im Land des Großmoguls heiraten, um die Bande zwischen den beiden Königshäusern zu festigen.» Was Dorian darüber dachte, dass seine kleine Gefährtin über den Ozean geschickt würde, zu einem Mann, den sie nicht kannte, in ein Land, das sie noch nie betreten hatte, war deutlich an seinem Gesicht abzulesen.

«Sie ist meine Schwester. Ich will nicht, dass sie weggeht», platzte Dorian heraus, selbst überrascht von dem Gefühl der Verantwortung, das er für sie empfand.

«Für dich wird sich dadurch nichts ändern», erwiderte Tahi grob, ohne ihr Mitgefühl zu zeigen. «In spätestens einem Jahr wirst du dich zum Manne entwickelt haben. Kush beobachtet dich, ihm entgeht so etwas nie. Als Erstes wirst du für immer aus der Zenana verbannt werden. Selbst wenn sie hier bliebe, würdest du Yasmini danach nie mehr wieder sehen können. Vielleicht ist es das Beste, wenn eure Freundschaft in dem Augenblick endet, wenn das Messer dir deine Manneswürde verleiht.

Die Erwähnung des Messers beunruhigte ihn. Er hatte die anderen Jungen über das Ritual der Beschneidung reden hören. Sie hatten grobe Witze darüber gemacht, doch Dorian hatte nie daran gedacht, dass er selbst davon betroffen wäre. Jetzt hatte ihn Tahi auf unmissverständliche Weise daran erinnert. «Ich bin kein Muselman», protestierte er. «Warum sollten sie mich beschneiden?»

«Du wirst niemals eine Frau finden, wenn du das Stückchen Haut nicht verlierst», warnte sie ihn.

«Ich will keine Frau, und ich will nicht, dass jemand etwas von mir abschneidet.»

Zu seiner Angst vor dem Messer kam noch die Schuld, die er über die erzwungene Trennung von Yasmini empfand. «Was soll aus ihr werden, wenn ich mich nicht mehr um sie kümmern kann?», sorgte er sich. «Sie ist doch noch ein Baby.»

Eines Nachmittags kehrte er kurz nach den Gebeten von seinen Streifzügen über die Insel zurück. Sein Haar war noch feucht und steif vom Salz des Meerwassers. Tahi saß vor dem Feuer in der Küche und schaute auf, als er in der Tür erschien. Mit leidender Miene beantwortete er ihre Fragen, wo er gewesen war und was er gemacht hatte, offenbarte ihr jedoch nur, was sie seiner Ansicht nach wissen sollte. Dann schaute er sich um. «Wo ist Yasmini?», fragte er, als wäre ihm die Antwort im Grunde ganz gleichgültig.

«Sie war hier bis zur Gebetsstunde, und dann ist sie Battuta besuchen gegangen, die ein neues Haustier hat. Ich glaube, es ist ein grauer Papagei.» Dorian beugte sich über ihre Schulter und nahm einen der heißen Brotfladen von den Kohlen vor ihr. Sie schlug ihm auf die Finger. «Das ist für unser Abendessen. Lege es sofort zurück.»

«Möge der Prophet dir die Tore der Gnade öffnen, Tahi.» So

lief er lachend in den Garten, brach sich auf dem Weg Stücke von dem Brot ab und steckte sie sich in den Mund. Er hatte ein Geschenk für Yasmini, eine große Spiralmuschel, die innen rosa schimmerte. Er wusste, wo er sie finden würde. Am östlichen Ende der Gärten gab es ein altes Grabmal, das Jahrhunderte zuvor zu Ehren eines der islamischen Heiligen errichtet worden war. Die Steintafel an der Wand hatte Dorian mühsam entziffert: «Abd Allah Muhammad Ali, gestorben im 120. Jahre des Propheten.»

Die hohe Kuppe des Tempels schmückte ein bronzener, dick mit Grünspan verkrusteter Halbmond. Unter der Kuppe öffnete sich eine Gebetsterrasse Richtung Mekka, auf die Kaaba zu. An einem Ende stand eine große, offene Regenwasserzisterne, in der die Gläubigen einst ihre *Wudu*, die rituelle Waschung vor dem Gebet, vollzogen hatten. Jetzt wurde sie nicht mehr benutzt und zog am Nachmittag Schwärme von Wildvögeln an.

Auf dieser Terrasse spielte Yasmini gern mit ihren besten Freundinnen unter ihren Halbschwestern. Dort schwatzten und zankten sie und widmeten sich ihren Fantasiespielen. Sie zogen ihren Schoßtieren Babykleidung an und spielten Mutter und Kind mit ihnen.

Dorian setzte gerade einen Fuß auf die erste Stufe zu der Terrasse hinauf, als ein Schrei aus der Höhe ihn in der Bewegung erstarren ließ. Er erkannte Yasminis Stimme. Was ihm jedoch im Herzen wehtat, war der Schmerz, den er darin hörte. Er rannte die uralte Treppe hinauf, getrieben von diesen furchtbaren, immer schrilleren Schreien.

Jinni, das Meerkätzchen, saß hoch oben auf der Kuppe des alten Grabmals. Wenn er es müde wurde, von Yasmini bemuttert zu werden, entkam er zu diesem seinem liebsten Aussichtspunkt, wo das Mädchen ihn nicht fangen konnte. Nun kratzte er sich schläfrig unter dem Arm, die blauen Augenlider schwer über den großen, braunen Augen. Alle paar Minuten schwankte er und fiel fast vom Dach, doch jedes Mal zuckte er im letzten Moment auf und blinzelte auf die Gärten hinab, die unter ihm ausgebreitet lagen.

Plötzlich roch er etwas, das ihn gänzlich aufweckte: Zimtkuchen. Nichts auf der Welt liebte Jinni mehr. Er reckte sich zu seiner vollen Größe, balancierte mit seinem langen Schwanz auf der schlüpfrigen Gipskuppel und schaute sich aufgeregt um.

Zwei Jungen kamen einen der Wege durch das Gebüsch herunter. Selbst aus dieser Entfernung sah Jinni, wie sich ihre Kiefer bewegten und dass der Größere von beiden eine Silberplatte mit einem Tuch darüber vor sich her trug. Jinni wusste ganz genau, was sich unter dem Tuch verbarg. Er stieß ein gieriges Kichern aus, sprang von der Kuppel und schwang sich in den Wipfel des Pipalbaumes, der seine Äste neben der Terrasse ausbreitete.

Im Schutz des dichten Laubes beobachtete er die beiden Knaben, wie sie sich in einer versteckten Nische der Gärten niederließen und die Silberplatte zwischen sich abstellten. Zayn al-Din hob das Tuch, und Jinni versteifte seinen Schwanz und rollte mit den Augen, als er den Haufen gelber Küchlein sah. Er war hin und her gerissen zwischen Gier und Furcht. Er kannte Zayn al-Din nur zu gut. Er hatte eine Narbe über dem linken Auge, wo ein Stein von Zayns Schleuder ihn getroffen hatte. Doch die Kuchen waren frisch aus dem Steinofen und ihr Aroma war berauschend und unwiderstehlich.

Jinni schoss den Baumstamm hinunter, auf der Seite, wo die Jungen ihn nicht sehen konnten. Unten angekommen lugte er hinter dem Baum hervor, und als er sich vergewissert hatte, dass er unbemerkt geblieben war, kam er aus seinem Versteck und rannte über den Rasen. Aus der Deckung eines dichten Busches wagte er noch einen Blick. Er blies seine Backen auf und blähte die schmalen Nüstern. Der Duft der Zimtkuchen war hier noch stärker, und nun musste er zusehen, wie Zayn eine dieser gelben Wonnen an den Mund führte und hineinbiss.

Der andere Junge war Ibn al-Malik Abubaker, einer von Zayn al-Dins zahlreichen Halbbrüdern. Er stand auf und ging zu einer der Kasuarinen vor der Außenmauer, wo er in das Geäst hinaufzeigte. «Dort oben nistet ein Falke», rief er Zayn zu, der daraufhin aufstand und zu ihm gewatschelt kam. Der silbernen Platte hatten sie den Rücken zugekehrt, und beide schauten nun in den Baum hinauf, während sie sich über das struppige Nest hoch oben in den Ästen unterhielten.

«Vielleicht ist es ein Wanderfalke», meinte Zayn hoffnungsvoll. «Wir können uns die Küken holen, sobald sie geschlüpft sind.»

Jinni nahm all seinen Mut zusammen, schoss aus dem Gebüsch

hervor und jagte über das offene Gelände wie ein grauer Blitz. An seinem Ziel angekommen, füllte er sich beide Fäuste mit den klebrigen Kuchen und stopfte sich das Maul voll, bis seine Backen zu platzen drohten. Die Silberplatte war immer noch halb voll, und er versuchte, noch mehr Kuchen in die Pfoten zu nehmen, doch dabei ließ er die fallen, die er schon zusammengerafft hatte.

«Der Affe!», kreischte Zayns gefürchtete Stimme hinter ihm, und Jinni wusste, dass sie ihn entdeckt hatten. In der Hast seiner Flucht warf er die Kuchentafel um. Er rannte zu dem Pipalbaum zurück, eine Spur zerbröckelter Zimtkuchen auf dem Rasen hinterlassend.

Sobald er die Sicherheit des ersten hohen Astes erreicht hatte, zog er den Kopf ein und schaute sich um. Die Jungen waren ihm dicht auf den Fersen und schrien vor Wut: «*Scheitan*! Teufelsaffe! Schweinetier!»

Jinni kletterte in den Baumwipfel und ließ sich auf einer Astgabel nieder. Hier fühlte er sich sicher und begann die Kuchenreste zu verputzen, die nach seiner Flucht noch übrig geblieben waren.

Tief unter ihm öffnete Zayn den Beutel an seinem Gürtel und holte seine Steinschleuder heraus. Er wickelte die Lederschnüre auf und hielt sie zwischen seinen ausgestreckten Armen. Dann suchte er sich einen glatten, runden Kieselstein und legte ihn in den Lederflicken am Ende der Doppelschnur. Mit seiner Waffe ging er um den Baum herum, bis er eine klare Schusslinie auf Jinni fand. Der Affe schüttelte den Kopf und schnitt eine Grimasse.

«Ich werde dich lehren, deine Finger von meinen Kuchen zu lassen», sagte Zayn drohend, während er zum Schuss ausholte. Er schwang die Schleuder um seinen Kopf, immer wieder, bis die Schnüre durch die Luft summten, und dann, genau im richtigen Augenblick, ließ er den Stein vom Leder schnellen. Der Kiesel war ein zischender weißer Fleck, zu schnell, als dass Jinni ihm hätte ausweichen können. Er traf den Affen am linken Arm unter dem Ellbogen und brach den Knochen.

Jinni kreischte auf und sprang hoch in die Luft, der gebrochene Arm schlaff hinter ihm her flatternd. Er versuchte, einen Ast zu ergreifen, doch der Arm wollte ihm nicht gehorchen, und er purzelte den halben Baum hinab, bevor er mit der rechten Klaue Halt fand.

Die beiden Jungen jubelten und tanzten vor Aufregung. «Du hast ihn getroffen!», rief Abubaker begeistert.

«Ich werde dich töten, du diebischer Scheitan!» Zayn legte einen anderen Stein in die Schleuder, während Jinni sich mit einem Arm den Baum hinaufhangelte. Er winselte und schnatterte vor Schmerzen, als er den langen Ast erreichte, der sich über die Terrasse erstreckte.

Zayn schoss den zweiten Stein ab. Er zischte durch die Luft und traf den Ast direkt unter Jinnis Brust. Der Affe sprang hoch und rannte zum Ende des Astes; er wusste, wo er Schutz finden würde. Yasmini hatte seine Schreie gehört, und obwohl sie nicht wusste, was ihm geschehen war, rief sie schon nach ihm. «Jinni! Was ist passiert, mein Baby? Komm zu deiner Mama!»

Vom Ende des Astes sprang Jinni dem Mädchen in die Arme, flennend und schnatternd vor Angst und Schmerzen.

«Komm!», rief Zayn Abubaker zu. «Suche dir einen Knüppel! Wir machen ihn fertig!»

Die Gärtner hatten einen Haufen Bambusstangen am Fuß der Treppe liegen gelassen. Die Jungen packten jeder eine davon und liefen die Treppe hinauf. Zayn kam als Erster auf der Terrasse an, schnaufend und lachend, und sah sich plötzlich Yasmini gegenüber, die Jinni in den Armen hielt. «Keinen Schritt näher!», schrie sie. «Lasse uns in Ruhe, Zayn al-Din!»

Für einen Augenblick stoppte ihn der Zorn des kleinen Mädchens, doch dann tauchte Abubaker hinter ihm auf und schubste ihn vor. «Es ist nur Yasmini. Sie ist noch ein Baby. Ich halte sie fest und du schnappst dir den Affen.»

Yasmini wich vor ihnen zurück, das verängstigte Tier an die Brust gedrückt, doch die Jungen schoben sich gegenseitig vor und folgten ihr mit ihren Bambusstöcken. «Der Scheitan hat meine Kuchen gestohlen. Ich werde ihn töten.»

«Bevor das passiert, werde ich dich umbringen», schrie Yasmini, doch die Tapferkeit, die sie zur Schau stellte, begann zu schwinden, und Tränen traten in ihre Augen. Bald stieß sie mit dem Rücken an den Rand der Zisterne und konnte weder vor noch zurück. Ihre Halbschwestern waren längst weggelaufen und Yasmini war allein. Ihre Lippen zitterten, doch sie versuchte stark zu klingen. «Lasst uns in Ruhe, sonst sage ich es al-Amhara. Der wird euch dafür bestrafen, was ihr Jinni angetan habt.»

«Du sagst es al-Amhara?», höhnte Zayn. «Das macht mir nun aber wirklich Angst! Al-Amhara, der ungläubige Schweinefresser!» Sie drückten sie an die Zisterne. Plötzlich sprang Abubaker vor und packte sie am Hals.

«Nimm den Affen!», rief er, und Zayn packte Jinni am Bein. Die drei Kinder zerrten einander über die Terrasse und rangen um das kreischende Tier. Yasmini klammerte sich mit aller Kraft an Jinni und schrie unter Tränen, doch Abubaker gelang es, ihren Griff zu lösen und Zayn nutzte den Augenblick, ihr den Affen zu entreißen.

«Gib ihn zurück», flehte sie, «bitte tut ihm nicht noch mehr weh.»

Zayn hielt Jinni beim Nacken. «Dann komm doch und hole ihn dir, bevor ich ihn töte, den stinkenden Scheitan.»

In diesem Augenblick drehte sich Jinni in seinem Griff und bohrte seine Zähne in Zayns Handgelenk. Zayn heulte auf vor Schmerz und Schock und schleuderte Jinni in die Zisterne, wo er im Wasser versank. Nach kurzer Zeit tauchte er wieder auf und schwamm an den Rand. Zayn hielt sein blutendes Handgelenk hoch und starrte es an. Sein käsiges Gesicht verdunkelte sich vor Zorn. «Er hat mich gebissen! Schau dir das Blut an!» Er lief zum Rand der Zisterne und drückte Jinnis Kopf mit dem Ende seiner Bambusstange unter Wasser, immer wieder, jedes Mal, wenn er wieder auftauchte. Dabei johlte er vor sadistischer Freude. «Mal sehen, wie gut er schwimmen kann!»

Yasmini entriss sich Abubakers Griff und sprang auf Zayns Rücken, wo sie seinen Kopf und seine Schultern schreiend mit den Fäusten bearbeitete. Zayn ignorierte jedoch ihr Geschrei und die Schläge und lachte und johlte unbeirrt weiter, während er fortfuhr, den Affen zu ertränken.

Jinni wurde schnell schwächer. Das nasse Fell klebte ihm am Schädel, und er nieste und prustete jämmerlich. Yasminis Geschrei wurde dagegen immer lauter und schriller. «Lass ihn in Ruhe! Ich hasse dich! Lasse mein Baby in Ruhe!»

Dorian rannte die letzten Stufen hinauf und blieb an der Treppe stehen. Er brauchte einen Augenblick, bevor er begriff, was sich vor ihm abspielte. Er hatte befürchtet, Yasmini schwer verletzt oder sterbend vorzufinden, doch seine Sorge wich kalter Wut, als er sah, was die beiden großen Jungen mit ihr und Jinni machten. Er stürzte sich auf sie.

Abubaker sah ihn kommen und wirbelte herum, um sich ihm entgegenzustellen. Er hob seinen Bambusstock, um Dorians Kopf zu treffen, doch der duckte sich unter dem Hieb und rammte seine Schulter in Abubakers Brust. Der Araberjunge flog zurück und prallte gegen eine Wand. Er ließ seinen Bambusstock fallen, verschwand die Treppe hinunter und suchte das Weite.

Zayn wandte sich Dorian zu, doch das Mädchen auf seinem Rücken behinderte ihn, und seine Schwünge mit dem Bambusstab waren unbeholfen. Dorian blockte sie mühelos ab und packte den Stab mit beiden Händen. So bewegten sie sich im Kreis, beide Jungen an dem Bambusstock zerrend.

«Kümmere dich um Jinni!», keuchte Dorian, und Yasmini sprang gehorsam von Zayns Rücken und lief zu der Zisterne, wo sie den halb ertrunkenen Affen aus dem Wasser zog. Er war triefend nass und nieste und hustete Wasser aus Nase und Mund. Sie hielt ihn an ihre Brust, kniete neben der Zisterne und versuchte, den Jungen aus dem Weg zu bleiben, die sich gegenseitig über die Terrasse zogen und schoben.

Zayn war schwerer und zwei Zoll größer als Dorian. So gewann er allmählich die Oberhand in diesem einfachen Kräftemessen. «Ich werde dich ertränken, genau wie diesen Affen, du teufelsäugiger Ungläubiger», drohte er, während er mit seinem ganzen Gewicht an dem Bambusstab zerrte.

In seiner Wut hatte Dorian alles vergessen, was Tom ihm beigebracht hatte, doch diese Beleidigung machte ihn ruhiger und er erlaubte Zayn, ihn an sich heranzuziehen. Dann ließ er den Stab los und ballte seine rechte Faust. Er wechselte den Tritt und pflanzte seine Füße fest auf den Boden. «Nutze den Schwung des ganzen Körpers, besonders die Schultern», hatte Tom ihm eingeschärft. «Ziele auf die Nase.»

Dorian setzte zum Hieb an, die Hände gestählt vom Reiten und die Schultern gehärtet von seinen Schwimmausflügen. Er traf Zayn auf die Nase, die durch den Schlag zerquetscht wurde wie eine überreife Pflaume und ihre blutigen Säfte verspritzte. Zayn ließ den Bambusstock fallen und hielt sich mit beiden Händen das Gesicht. Tränen des Schmerzes schossen ihm in die Augen, und das Blut quoll ihm durch die Finger und tropfte auf seinen weißen *Kanzu*.

Dorian bereitete seinen nächsten Hieb vor. Tom hatte ihm den

Punkt am Kiefer gezeigt, den es zu treffen galt. Nun legte Dorian sein ganzes Gewicht in den Schlag.

Von dieser Art des Zweikampfs hatte Zayn noch nie gehört. Seine Hand zu einem Hammer zu formen und damit dem Gegner ins Gesicht zu schlagen, war ein Kampfstil, der ihm vollkommen fremd war. Er hatte Unterricht im Ringkampf erhalten, doch wirklich Freude machte es ihm nur, wenn er einen leichteren, schwächeren Jungen gegen sich hatte.

Der Schlag auf die Nase hatte ihn verblüfft. Die Überraschung war noch lähmender als der Schmerz; der zweite Hieb traf ihn daher vollkommen unvorbereitet. Es war, als träfe ihn eine Kanonenkugel seitlich am Kopf, und ihm schwanden die Sinne. Dorian hatte noch nicht das Gewicht, ihn wirklich bewusstlos zu schlagen, doch seine Faust traf genau den Punkt, den er anvisiert hatte, und die Kraft dahinter reichte, Zayn nach hinten zu werfen, tränenblind und mit weichen Knien, unfähig, sich zu verteidigen.

Zu Zayns Bestürzung folgte ein weiterer Hieb, diesmal mitten auf seine fetten Lippen. Er spürte, wie einer seiner Schneidezähne abbrach, und der warme, metallische Geschmack seines eigenen Blutes füllte seinen Mund. Mit beiden Armen schützend vor dem Gesicht taumelte er zur Treppe.

Dorian hatte indessen den Bambusstab aufgehoben und bearbeitete damit Zayns Rücken und Schultern. Die Hiebe brannten so auf der Haut, dass Zayn, nun auf der obersten Stufe der Treppe, aufschrie wie von einem Skorpion gestochen und das Gleichgewicht verlor. So rollte er in einem Knäuel aus Armen und Beinen die Treppe hinunter und kroch schluchzend davon.

Als er Dorian hinter sich auf der Treppe hörte, drehte er sich noch einmal um und sah verschwommen, wie der Ungläubige auf ihn zueilte, mit zornrotem Kopf, die blassgrünen Augen wütend funkelnd, den Bambusstab in beiden Händen hoch erhoben. Zayn rappelte sich auf und spuckte Blut und den abgebrochenen Zahn aus. Er wollte wegrennen, doch etwas in seinem rechten Fuß war gebrochen, sodass er nur hoppelnd und hinkend über den Rasen fliehen konnte, auf die Büsche zu, wo Abubaker verschwunden war.

Dorian ließ den Bambusstock fallen und atmete tief durch, um seinen Zorn abzukühlen, bevor er die Treppe hinauflief, um nach dem Mädchen zu schauen.

Yasmini hockte immer noch vor der Zisterne, zitternd und schluchzend, den triefenden Affen an die Brust gepresst.

«Bist du verletzt, Yasmini? Hat er dir wehgetan?»

Sie schüttelte den Kopf und hielt ihm Jinni hin, ohne etwas zu sagen. Das Fell klebte ihm so am Körper, dass er nur noch halb so groß zu sein schien wie zuvor, als hätte man ihm die Haut abgezogen.

«Sein Arm ist gebrochen», flüsterte Yasmini.

Dorian hob vorsichtig den schlaffen Arm des Tieres. Jinni wimmerte, wehrte sich jedoch nicht, sondern sah Dorian nur an mit seinen großen, zutraulichen Augen. Dorian versuchte sich daran zu erinnern, wie Dr. Reynolds einen Matrosen behandelt hatte, der aus der Takelage der *Seraph* gefallen war, und einen anderen, der mit dem Arm zwischen die Speichen des Gangspills geraten war. So richtete er Jinnis Arm und schiente ihn mit einem kurzen Stück Bambus, das er mit einem Streifen Stoff von seinem Kopftuch festband. «Ich muss ihn zu Ben Abram bringen», erklärte er Yasmini, während er ihr das Tier aus den Armen nahm.

«Ich wünschte, ich könnte mitkommen», hauchte sie, obwohl sie wusste, dass das nicht möglich war. Dorian sagte nichts. Er bettete Jinni in einer Falte seines Gewandes und trug ihn zum Tor der Zenana. Yasmini begleitete ihn und schaute ihm traurig nach, als er die Straße zur Stadt hinunterzuwandern begann.

Nach einer halben Meile stieß er auf einen der Stallknechte, der ein halbes Dutzend Pferde des Prinzen an einem Seil hinter sich her führte.

«Mustafa!», rief er. «Kannst du mich schnell zum Hafen bringen?»

Mustafa ließ ihn hinter sich aufsitzen, und sie galoppierten durch die engen Gassen der Stadt, bis sie am Ufer ankamen.

Ben Abram hatte sein Krankenhaus in der Nähe des Hafens. Er kam aus einem kleinen Hinterzimmer, die Hände noch blutig, und war überrascht, Dorian und Jinni vor sich zu sehen.

«Ich bringe dir einen Patienten, alter Vater, ein Geschöpf, das dringend deiner großen Künste bedarf», erklärte Dorian.

«Wird er mich beißen?» Ben Abram schaute Jinni misstrauisch an.

«Nein, Jinni weiß, dass er dir vertrauen kann.»

«Das Richten von Knochen ist eine uralte Kunst», bemerkte

Ben Abram, während er sich den gebrochenen Arm näher anschaute, «doch ich bezweifle, dass einer meiner Vorgänger je einen solchen Patienten gehabt hat.»

Als er fertig war und der Arm ordentlich geschient und verbunden war, gab Ben Abram dem Affen einen Schluck Laudanum zu trinken, worauf Jinni in Dorians Armen einschlief und den ganzen Weg zurück zur Zenana nicht aufwachte.

Yasmini erwartete sie am Tor. Sie nahm den betäubten Affen aus Dorians Armen und trug ihn zärtlich zu Dorians Quartier. Tahi weinte und jammerte vor Sorge. «Was hast du getan, du dummer Junge?», begann sie zu schimpfen, sobald Dorian über die Schwelle trat. «Die ganze Zenana ist in Aufruhr. Kush war hier. Er konnte vor Wut kaum sprechen. Stimmt es, dass Jinni Zayn al-Din gebissen hat und dass du ihm einen Zahn ausgeschlagen und ihm die Nase gebrochen hast, dass sein Fuß gebrochen ist? Kush sagt, Zayn wird vielleicht nie mehr laufen können; vielleicht wird er sein Leben lang hinken.»

«Den Fuß hat sich der Tölpel selbst gebrochen», sagte Dorian trotzig und ohne jede Reue. Tahi drückte ihn an ihren mütterlichen Busen und weinte bitterlich. «Du weißt nicht, in welche Gefahr du dich gebracht hast», schluchzte sie. «Von nun an musst du ständig auf der Hut sein. Du darfst nichts essen oder trinken, was ich nicht zuvor gekostet habe. Du musst deine Tür verriegeln, wenn du dich schlafen legst.» So listete sie die Vorsichtsmaßnahmen auf, mit denen er sich in Zukunft vor Kushs und Zayn al-Dins Zorn zu schützen hatte. «Nur Allah weiß, was der Prinz darüber denken wird, wenn er aus Maskat zurückkehrt», schloss sie ihre Predigt mit einer düsteren Warnung.

Yasmini und Dorian ließen sie über ihren Kochtöpfen zurück, wo sie weiter jammerte und klagte und sich die schrecklichsten Dinge ausmalte, und trugen Jinni in Dorians Schlafkammer. Dort legten sie ihn auf Dorians Schlafmatte und setzten sich zusammen neben ihn.

Sie sprachen kein Wort, und nach einer Weile schrumpfte Yasmini wie eine welke Blume und schlief an Dorians Schulter ein. Er legte seinen Arm um sie, und als Tahi später nach ihnen schaute, schliefen sie Arm in Arm. Sie kniete sich neben das Paar und betrachtete ihre Gesichter. «Sie sind so schön zusammen, so jung und unschuldig. Wie schade, dass es niemals geschehen kann.

Vielleicht hätten sie sogar rothaarige Kinder», flüsterte sie. Sie hob Yasmini aus Dorians schützender Umarmung und trug sie zu den prächtigen Gemächern ihrer Mutter in der Nähe des Tores, wo sie sie einer der Kinderfrauen übergab.

Am nächsten Morgen kam Kush wieder und stieß weitere Warnungen und Drohungen aus. Dennoch war er offenbar nicht im Begriff, die Versprechen zu brechen, die al-Allama und Ben Abram ihm abgenommen hatten, und Dorian wirklich Schaden zuzufügen, doch sein Hass umgab ihn wie eine Aura des Bösen. «Bald wird der Tag kommen, wenn Allah uns gnädig ist und du nicht mehr in der Zenana weilen und mir Ärger bereiten kannst.»

Die Luft in der Zenana knisterte vor Feindseligkeit. Mit Ausnahme von Yasmini hielten sich die anderen Kinder von Dorian fern. Sobald sie ihn sahen, brachen sie ihre Spiele ab und liefen kichernd auseinander. Die Frauen bedeckten ihre Gesichter und rafften ihre Gewänder zusammen, als könnte jede Berührung mit ihm sie vergiften.

Drei Tage später traf er Zayn, als er von seinem Unterricht bei al-Allama zurückkam. Zayn hockte mit Abubaker und drei anderen seiner Kumpane zusammen. Sie machten sich über einen Teller gezuckerter Früchte her, doch als sie Dorian die Säulengänge herunterkommen sahen, schauten sie ihm besorgt entgegen.

Zayns Nase war noch geschwollen, und an der Oberlippe hatte er eine schwarze Kruste. Beide Augenhöhlen waren noch dunkler gefärbt als gewöhnlich; sein rechter Fuß war mit Bandagen umwickelt. Vielleicht stimmte es, dass er sein Leben lang hinken würde, dachte Dorian, doch er hielt keinen Augenblick inne und schaute Zayn geradewegs ins Gesicht. Der größere Junge konnte diesen kalten, grünen Blick nicht ertragen und wandte sich ab. Er sagte etwas zu Abubaker, und beide kicherten nervös. Erst als Dorian an ihnen vorbei war, wurde Zayn mutiger. «Seine Haut ist weiß wie Eiter», lispelte er durch seine frische Zahnlücke.

«Die Augen so grün wie Schweinepiss», fügte Abubaker hinzu.

«Nur wer es getrunken hat, kann die Farbe kennen», sagte Dorian ebenso laut und ging weiter, ohne sich umzuschauen.

Im Laufe der Wochen legte sich die Feindseligkeit. Dorian galt immer noch als Ausgestoßener in der Zenana, doch nun ignorierten ihn die anderen einfach. Nicht einmal Zayn und Abubaker reagierten, wenn er sich zeigte, sondern benahmen sich übertrieben gelassen, wann immer sie einander über den Weg liefen. Zayn hinkte immer noch und mit der Zeit wurde klar, dass der Schaden in seinem rechten Fuß tatsächlich von Dauer sein würde.

Tahi war jedoch keineswegs überzeugt von dem scheinbaren Waffenstillstand zwischen den beiden Jungen und nahm jede Gelegenheit wahr, Dorian über die Gefahren von Gift und anderen hinterhältigen Mordmethoden zu belehren. «Schüttele deinen Kittel aus, bevor du ihn anziehst, und drehe deine Sandalen um. Es gibt hier kleine, grüne Skorpione, die so schnell töten, dass du nicht einmal Zeit zu schreien hast, wenn dich einer sticht. Kush kennt sich gut aus mit Skorpionen und all den anderen schlimmen Dingen.»

Nichts davon konnte jedoch Dorians natürlichen Überschwang für lange Zeit dämpfen. Er verbrachte immer weniger Zeit innerhalb der Haremsmauern, und wenn er zu Hause war, wich ihm Yasmini nicht von der Seite.

Dank Ben Abrams Heilkünsten erholte sich Jinni schnell, und obwohl er den verletzten Arm noch nicht voll belasten wollte, spazierte er bald auf der Außenmauer umher oder kletterte auf die höchsten Äste des Pipalbaumes.

Nach dem langen Monat des Ramadan zeigte der Neumond das Ende der Fastenzeit an. Kurz darauf verschwand Zayn aus der Zenana. Er war nun in der Pubertät und galt damit als Mann, weshalb er, immer noch hinkend, seine ersten Schritte in der Welt außerhalb des Harems machen musste. Dorian und Yasmini waren überglücklich über sein Weggehen. Später hörten sie dann, der Erstgeborene wäre nach Maskat geschickt worden zum Hofe seines Onkels, des Kalifen.

Tahi schniefte, als sie es den Kindern erzählte. «Der Kalif hat ihn als Geisel genommen, um sich des Gehorsams des Prinzen zu versichern.»

Es war nicht das erste Mal, dass Dorian von den Intrigen innerhalb der königlichen Familie der Omaner hörte. Tahi wiederholte lediglich, was er ohnehin schon wusste. «Sechs seiner Brüder hat der Kalif schon wegen Verrats hinrichten lassen, und denen, die er bisher verschont hat, traut er ebenfalls nicht.» Sie dämpfte ihre Stimme zu einem Flüstern. «Der Kalif ist ein grausamer, böser

Mann. Allah bewahre, dass er je erfährt, dass du, das Kind der Prophezeiung, bei unserem Prinzen bist.» Sie schauderte bei dem Gedanken.

Einige Wochen nach Zayn al-Dins plötzlichem Verschwinden kam Yasmini zu Besuch, als Dorian noch schlief, und rüttelte ihn heftig am Arm. «Jinni ist gestern Abend nicht zum Essen gekommen, und heute Morgen war er nicht in meinem Bett.» Sie zitterte vor Schmerz und Sorge.

Dorian sprang auf und schlüpfte in seinen *Kanzu*, während Yasmini klagte: «Ich glaube, meinem Jinni ist etwas Furchtbares zugestoßen.»

«Wir werden ihn finden», versprach Dorian. «Komm mit.»

Sie begannen mit Jinnis Lieblingsplätzen. Als Erstes gingen sie zum Grabmal des heiligen Abd Allah Muhammad Ali. Sie suchten jeden Winkel des uralten Bauwerks ab und riefen Jinnis Namen. Sie hatten Zimtkuchen mitgenommen, denn wenn irgendetwas ihn hervorlocken würde, dann war es deren Duft. Als auch das nicht half, suchten sie die Gärten systematisch ab, ebenfalls ohne Erfolg. Yasmini war inzwischen außer sich vor Kummer. «Du hast ihn schon einmal gerettet, Dowie, und jetzt ist Scheitan zurückgekommen, um ihn zu holen. Vielleicht hat er ihn geraubt, um mich zu bestrafen.»

«Sei kein Baby, Yassie.» Unbewusst tadelte er sie mit den gleichen Worten, mit denen Tom ihn immer gehänselt hatte. «Scheitan kümmert sich nicht um Affen und kleine Mädchen.»

«Was machen wir jetzt?» Yasminis honigsüßer Blick war voll grenzenlosen Vertrauens.

«Wir fangen noch einmal am Tempel an. Jinni muss irgendwo sein.»

Der Eingang zu der Grabstätte war vor Jahrhunderten zugemauert worden. Nachdem er die verputzte Wand gründlich abgesucht hatte, kam Dorian zu dem Schluss, dass nicht einmal ein Äffchen durch die schmalen Ritzen schlüpfen konnte, die darin zu finden waren. Sie gingen auf die Terrasse und suchten auch diese noch einmal gründlich ab. Obwohl sie seinen Namen riefen, bis sie heiser waren, blieb Jinni verschwunden.

Am Ende saßen sie vor der Zisterne und wagten nicht, sich

gegenseitig anzuschauen, so müde und mutlos waren sie. Wenn es nicht so still zwischen ihnen gewesen wäre, hätten sie das leise Schnattern nie gehört. Sie bemerkten es beide gleichzeitig. Yasmini packte Dorian am Arm und kniff ihn mit ihren kleinen, spitzen Fingernägeln.

«Jinni», flüsterte sie.

Sie sprangen auf und schauten sich angestrengt um. Alle Müdigkeit war sofort vergessen. Das Geräusch schien in der Luft um sie zu hängen, ohne einen erkennbaren Ursprung.

«Wo kommt es her, Dowie?», fragte Yasmini, doch Dorian hielt sich einen Finger vor die Lippen und blieb stumm. Mit erhobener Hand, um Yasmini zum Schweigen anzuhalten, verfolgte er das leise Geräusch über die Terrasse. Wenn es einmal aufhörte, stieß er einen Pfiff aus, und Jinni war sofort wieder vernehmbar, bis Dorian schließlich am anderen Ende der Terrasse war.

Dort schien es nicht weiterzugehen. Dorian ging auf die Knie und kroch den Fuß der Kuppel entlang, wo Jinnis Rufe deutlich lauter klangen. Unkraut und Schlingpflanzen bedeckten die Wand am Rand der Terrasse, doch dann fand Dorian frische Spuren darin. Er schob das Unkraut beiseite und hob die Schlingpflanzen an, um sich den Fuß der Kuppelwand näher anzuschauen.

An einer Stelle war das Korallengestein zerbröckelt, sodass eine Öffnung entstanden war, durch die Jinni leicht hindurchschlüpfen konnte. Als Dorian sein Ohr vor dieses Loch hielt, waren seine letzten Zweifel beseitigt. Jinnis Schreie hallten daraus hervor wie aus einem Sprachrohr. «Er ist da unten!», rief er Yasmini zu.

Sie klatschte vor Freude in die Hände. «Kannst du ihn herausholen, Dowie?» Sie setzte ihren Mund an das Loch und rief: «Jinni, mein Baby! Kannst du mich hören?» Die Antwort war ein schwaches, aufgeregtes Quietschen aus der Tiefe hinter dem Loch.

«Aus dem Weg.» Dorian schob sie zur Seite und machte sich daran, mit bloßen Händen das Loch zu vergrößern. Der Mörtel war zerbröckelt, und das Gestein löste sich in Klumpen. Er schickte Yasmini, einen der Bambusstäbe vom Fuß der Treppe zu holen, und hackte damit die hartnäckigeren Stücke heraus.

Nach einer halben Stunde hatte er die Öffnung so vergrößert, dass er sich hindurchzwängen konnte. Als er jedoch in die Tiefe schaute, sah er nichts als den Staub, den er mit seinem Graben aufgewirbelt hatte, und gähnende Finsternis. «Warte hier, Yassie», befahl er ihr, bevor er, die Füße zuerst, in das Loch stieg. Trotz allen Tastens und Tretens fand er keinen Grund oder Halt in der Höhle. Er klammerte sich mit beiden Händen an den Rand des Loches und ließ sich langsam ab, bis plötzlich ein Stück der Wand, an der er sich festhielt, nachgab und er mit einem Schreckensschrei in die Finsternis stürzte. Er rechnete damit, weit unten auf einem Höhlenboden zu zerschellen, doch dann stieß er nach wenigen Zoll auf festen Grund. Es kam so unerwartet, dass seine Knie unter ihm nachgaben und er auf dem Hosenboden landete.

«Hast du dir wehgetan, Dowie?», rief Yasmini besorgt.

«Nein.»

«Kann ich jetzt hinunterkommen?»

«Nein! Bleib, wo du bist. Geh zur Seite, damit ich etwas Licht habe hier unten.»

Als der Staub sich gelegt und er sich an die Dunkelheit gewöhnt hatte, konnte er sich endlich umschauen. Ein dünner Sonnenstrahl drang durch das Loch über ihm. In seinem Licht konnte er sehen, dass er sich in einem engen Tunnel befand, der unter der massiven Außenwand des Grabmals hindurchzuführen schien. Der Gang war kaum breiter als seine Schultern und gerade hoch genug, dass er aufrecht stehen konnte.

Jinnis Schreie kamen von ganz in der Nähe, und Dorian ging niesend darauf zu. Nach kurzer Zeit stieß er auf eine Holztür, die den Gang versperrte. Die Tür war halb verrottet und aus ihren Leerscharnieren gerutscht. Wahrscheinlich hatte Jinni sich daran hochgezogen und sie mit seinem Federgewicht niedergerissen, und nun saß er darunter fest.

In seinen Versuchen, sich zu befreien, hatte er sich die Fingernägel zerrissen; sein Fell war voller Staub und Sägemehl. Dorian zerrte an der schweren Tür und hob sie gerade hoch genug, dass der Affe darunter hervorhuschen konnte. Jinni war unverletzt und sprang Dorian sofort auf die Schulter, wo er sich mit beiden Armen an seinen Hals klammerte, schnatternd vor Erleichterung.

«Du dummes Tier», tadelte ihn Dorian auf Englisch, während er ihm das Fell streichelte, um ihn zu beruhigen. «Das wird dich lehren, nicht einfach wegzulaufen, du blöder Affe.»

Er trug ihn den Gang zurück und reichte ihn Yasmini an, die mit Kopf und Schultern in der Öffnung hing. Dann ging er zu der Tür zurück, hob sie an einer Seite an und schleifte sie zum Eingang, wo er sie schräg an die Wand stellte und als Rampe benutzte, um wieder ans Tageslicht zu gelangen.

Er war mit Staub und Schmutz bedeckt, von dem er das Schlimmste in der Zisterne abwusch, während Yasmini ihr Äffchen fast erstickte in ihrer liebevollen Umarmung.

Yasmini trug Jinni geschwind die Treppe hinunter, doch Dorian ging noch einmal zurück und schob das Unkraut und die blühenden Schlingpflanzen wieder so zurecht, dass sie das Loch unter der Tempelkuppel verbargen.

Einige Tage später kehrte Dorian zu dem antiken Grabmal zurück, um den Geheimgang weiter zu erkunden. Er ärgerte sich, dass er Yasmini von seinem Plan erzählt hatte, denn nun bestand sie darauf, ihn zu begleiten, und sie wollte Jinni mitnehmen. Ohne Tahis Wissen nahm er eine der Laternen aus dem Haus und steckte sich Stahl und Feuerstein in die Tasche.

Sie trafen alle möglichen Vorkehrungen, um sicher zu sein, dass keiner von Kushs Spitzeln oder Helfershelfern sie verfolgen würde. Sie gingen getrennte Wege zu dem alten Tempel und trafen sich an der Zisterne.

«Ist dir jemand gefolgt?», fragte Dorian, als Yasmini mit Jinni auf der Schulter die Treppe heraufkam.

«Nein, niemand!» Sie tanzte vor Aufregung. «Was werden wir dort unten wohl finden, Dowie? Einen großen Schatz, Gold und Edelsteine?»

«Eher einen Haufen Totenköpfe und alte Knochen», antwortete Dorian scherzhaft.

«Gehst du vor?», fragte sie ängstlich.

Sie fasste ihn an der Hand, und sie krochen zusammen in das Gebüsch vor der Tempelwand. Dann zogen sie das Gestrüpp hinter sich zu und Dorian schob die Schlingpflanzen vor dem Tunneleingang beiseite. Er schaute in das finstere Loch. «Die Luft ist rein. Niemand hat die Stelle gefunden.» Er hockte sich hin und machte sich mit seinem Feuerstein zu schaffen. Als das Licht in der Laterne brannte, befahl er: «Reiche sie mir an, wenn ich es sage.» Er ließ sich durch das Loch ab und schaute auf. «Gib mir jetzt die Lampe.» Er nahm ihr die Laterne aus der Hand und ging ein Stück in den Tunnel vor. «Du kannst jetzt herunterkommen.»

Er setzte ihre tastenden Füße auf die schräg aufgestellte Tür. «Du bist fast unten. Spring.»

Sie kam herunter und schaute sich um. Jinni war hinter ihr her gesprungen und rannte ihr Bein hinauf. Der Tunnel war nicht hoch genug, dass er auf ihrer Schulter sitzen konnte, und so nahm sie ihn auf ihre Hüfte. «Es ist so aufregend! So etwas habe ich noch nie erlebt!»

«Mache nicht solchen Lärm.» Dorian hob die Laterne hoch. «Bleibe dicht hinter mir, aber komme mir nicht in die Quere.»

Er ging vorsichtig zu der Stelle vor, wo die alte Tür gehangen hatte, und sah zu seiner Enttäuschung, dass der Gang nur wenige Schritt dahinter zugemauert war. Es war eine Sackgasse.

«Was ist wohl hinter diesen Ziegeln?», fragte Yasmini leise.

«Es sieht so aus, als hätte dieser Gang früher zu dem eigentlichen Grab geführt, aber aus irgendeinem Grund hat man ihn dann zugemauert. Ich frage mich, wozu der Tunnel jemals gut war.»

«Wahrscheinlich, damit der Engel Gabriel zu dem Grab gelangen konnte, um die Seele des Heiligen ins Paradies mitzunehmen», erklärte Yasmini bestimmt. «Gabriel ist derjenige, der die Seelen der Rechtschaffenen holt.»

Dorian wollte sie schon auslachen, doch dann sah er ihre großen, ernsten Augen im Lampenschein glänzen. «Vielleicht hast du Recht», sagte er schließlich, «aber trotzdem frage ich mich, wo dieser Gang in der anderen Richtung enden könnte.»

Sie kehrten um, unter dem Loch vorbei, durch das sie eingestiegen waren, und tasteten sich langsam in die staubige Finsternis vor. Es roch nach Feuchtigkeit und Schimmel. In dem schwachen, gelben Laternenschein sahen sie, wie der Boden unter ihnen immer abschüssiger wurde, und in Abständen von wenigen Schritten führten Steinstufen weiter in die Tiefe.

«Ich habe Angst», flüsterte Yasmini atemlos. «Vielleicht will der Engel nicht, dass wir seinen Weg benutzen.» Sie drückte Jinni fest an ihre Brust, während sie sich mit der anderen Hand an Dorians *Kanzu* klammerte.

Der Gang führte weiter abwärts. Dorian schätzte irgendwann, dass sie inzwischen tief unter der Erde sein mussten, und dann ließ das Gefälle nach, und der Tunnel verlief waagerecht. Er zählte seine Schritte.

«Was ist, wenn die Decke einstürzt?», fragte Yasmini.

«Der Tunnel ist Hunderte von Jahren alt», sagte Dorian ruhig. «Warum sollte er jetzt plötzlich einstürzen?» Er ging weiter, laut seine Schritte zählend.

«Dreihundertundzweiundzwanzig … Da! Eine Treppe nach oben!»

Sie gingen langsam hinauf. Dorian verharrte auf jeder Stufe und hielt die Laterne hoch, um voranzuleuchten. Dann sagte er plötzlich: «Wir kommen nicht weiter. Da vorn sind eine Seite und die Decke eingestürzt.» Dorian war enttäuscht. Sie blieben unschlüssig stehen und schauten auf das verfallene Mauerwerk.

Plötzlich sprang Jinni von Yasminis Hüfte und lief voraus. Bevor Dorian ihn am Schwanz packen konnte, verschwand er durch eine schmale Lücke zwischen dem intakten Teil der Decke und dem Trümmerhaufen.

«Jinni!» Yasmini schob sich an Dorian vorbei und steckte ihren Arm in die Öffnung. «Er wird wieder stecken bleiben. Du musst ihn zurückholen, Dowie.»

«Dieser dumme Affe!» Dorian begann die Mauerstücke wegzuräumen und griff in die Lücke. Ab und zu hörten sie Jinnis Schreie, doch er wollte anscheinend nicht zurückkommen, sooft Yasmini ihn auch rief. Dorian arbeitete unbeirrt weiter und räumte das Geröll beiseite, das den Tunnel vor ihnen blockierte, bis er plötzlich innehielt. «Ich sehe Licht!», jubelte er. Dann arbeitete er sich mit doppeltem Eifer weiter durch den Schutt.

Nach einer Stunde wischte er sich den Schweiß und Staub ab, der sich auf seinem Gesicht zu einer lehmigen Paste vermischt hatte.

«Ich glaube, ich kann jetzt hindurchkriechen.» Auf dem Bauch arbeitete er sich in die erweiterte Lücke vor, während Yasmini besorgt zusah, wie zuerst sein Oberkörper, dann seine Beine und schließlich seine Füße darin verschwanden. Augenblicke später rief er: «Yassie! Du kannst jetzt kommen!»

Sie war so viel kleiner als er, dass sie auf Händen und Knien durch die Lücke kriechen konnte. Nach kurzer Zeit wurde das Licht stärker und sie sah Dorian am Ende des Tunnels sitzen. Ein grüner Schleier aus Schlingpflanzen hing vor ihnen herab, doch dahinter war heller Sonnenschein.

«Wo sind wir?», fragte sie, während sie sich neben ihn setzte.

«Ich weiß nicht.»

Er öffnete vorsichtig den Pflanzenvorhang. Sie befanden sich in einem Steintrichter, umgeben von umgestürzten, verwitterten Korallenblöcken. Das Gelände war dicht überwachsen. «Warte hier», sagte Dorian und kroch nach draußen, wo er vorsichtig auf den Rand des Ruinentrichters stieg und sich umschaute. Er sah Palmen, grünes Mangrovengehölz und in der Ferne einen weißen Strand und den strahlend blauen Ozean. Er kannte die Gegend von seinen Ausflügen auf der Insel. «Wir sind außerhalb der Zenana», berichtete er verblüfft. «Der Tunnel hat uns unter der Mauer hindurchgeführt.»

«In meinem ganzen Leben war ich noch nicht draußen.» Yasmini kletterte neben ihn. «Schau, ist das dort der Strand, Dowie? Können wir da hinuntergehen?»

Sie hörten Stimmen und duckten sich. Eine Gruppe Frauen ging unter ihrem Versteck vorbei ohne aufzuschauen. Es waren Suaheli-Sklavinnen, tiefschwarz und unverschleiert; sie balancierten große Bündel Brennholz auf ihren Köpfen. Die Stimmen entfernten sich.

«Können wir zum Strand gehen, Dowie?», bettelte Yasmini. «Wir brauchen nicht lange bleiben, nur dieses eine Mal.»

«Nein, du dummes Mädchen!», sagte Dorian streng. «Die Fischer werden uns sehen und es Kush erzählen, und dann haben wir bald ein neues Grab auf dem Friedhof. Du weißt, was mit kleinen Mädchen geschieht, die Kush Ungehorsam zeigen.» Er kroch in den Tunnel zurück. «Komm jetzt.»

«Vielleicht ist es Gottes Wille, dass ich niemals mit dir im Ozean schwimmen werde», sagte sie traurig, während sie immer noch durch die Bäume zum Meer schaute.

«Nun komm schon, Yassie. Wir müssen zurück.»

Ihre Worte wollten ihn nicht loslassen. Jedes Mal, wenn er allein zum Strand ging und zum Riff hinausschwamm, fühlte er sich schuldig, und obwohl sie es nicht wieder erwähnte, konnte er Yasminis Flehen nicht vergessen.

In den Wochen danach erkundete Dorian geduldig das Gelände vor der Ostmauer der Zenana und fand, dass sich viele überwachsene Ruinen unter den Büschen verbargen oder unter dem Sand, den der Monsun vom Strand heraufgeweht hatte. Er brauchte einige Tage, das Gebüsch und die alten Korallenblöcke zu finden, hinter denen der Tunnelausgang lag. Als er sicher war, dass ihn niemand beobachtete, kletterte er über den Steinhaufen zu der Öffnung hinab, die er freigegraben hatte.

Er verbrachte Stunden damit, das Tunnelloch freizuräumen, um den Zugang leichter und sicherer zu machen. Danach verbarg er das Loch wieder mit abgefallenen Palmwedeln und trockenen Ästen, damit es von den Suaheli-Holzsammlerinnen nicht entdeckt wurde.

Sein Freund Mustafa, einer der Stallknechte, gab ihm einen schmutzigen, zerfetzten *Kanzu*, der fast nur noch aus Flicken bestand, und ein ebenso abgetragenes *Kaffiyeh*-Kopftuch, in dem selbst Mustafa sich nicht mehr zeigen wollte. Diese rollte Dorian zu einem Bündel zusammen, das er im Tunnelausgang versteckte. Dann wartete er den nächsten Vollmond ab, und als alles bereit war, fragte er Yasmini: «Möchtest du wirklich im Ozean schwimmen?»

Sie blickte ihn verblüfft an, doch dann verfinsterte sich ihr Gesicht. «Bitte mache dich nicht über mich lustig, Dowie.»

«Komm heute Abend zu uns und iss mit Tahi und mir zu Abend. Nach den Maghreb-Gebeten bedankst du dich bei Tahi und erzählst ihr, du müsstest zu deiner Mutter zurück. In Wirklichkeit kommst du aber her und versteckst dich hinter der Zisterne.» Yasminis Gesicht erhellte sich und ihre Augen blitzten vor Freude. «Deine Mutter wird denken, du wärest bei Tahi, und Tahi denkt, du wärst bei deiner Mutter. Ich komme dann nach, und wir treffen uns hier.»

«Ja, Dowie», nickte sie eifrig.

«Und du wirst bestimmt keine Angst haben, allein in der Dunkelheit hier herauszukommen?»

«Nein, Dowie.» Sie schüttelte den Kopf so heftig, dass Dorian Angst bekam, er könnte ihr von den Schultern fallen.

«Aber Jinni darfst du nicht mitbringen. Er muss in seinem Käfig bleiben. Versprichst du mir das?»

«Ich verspreche es dir von ganzem Herzen, Dowie.»

Beim Abendessen war Yasmini so aufgekratzt und geschwätzig, dass Tahi misstrauisch wurde. «Was ist mit dir los, Kind? Du plapperst wie eine Horde Sittiche und hüpfst umher, als hättest du heiße Kohlen in den Hosenbeinen. Warst du wieder zu lange in der Sonne, ohne deinen Kopf zu bedecken?»

Yasmini verschlang den Rest ihres Essens und wischte mit den Fingern ihrer rechten Hand den Teller blank. Dann sprang sie auf. «Ich muss jetzt gehen, Tahi. Meine Mutter hat mir befohlen, früh heimzukommen.»

«Aber wir sind noch nicht fertig. Ich habe dein Lieblingsdessert gemacht, Kokosgebäck mit Safran.»

«Ich bin heute Abend nicht hungrig. Ich muss jetzt gehen. Ich werde morgen wiederkommen.»

«Zuerst dein Gebet», hielt Tahi sie zurück.

«Sei gepriesen und gedankt, allmächtiger Allah, für die Speisen und Getränke, die Du uns geschenkt hast, und dafür, dass Du uns zu Moslems gemacht hast», sagte Yasmini geschwind auf, und dann war sie aus der Tür, bevor Tahi noch etwas sagen konnte.

Kurze Zeit später stand auch Dorian auf und reckte sich unschuldig. «Ich gehe noch ein wenig in den Gärten spazieren.»

Tahi machte sich sofort Sorgen. «Vergiss nicht, dass du sehr vorsichtig sein musst, al-Amhara. Bilde dir nur nicht ein, Kush hätte dir verziehen.»

Dorian verließ schnell das Haus, um sich nicht weitere Ratschläge anhören zu müssen.

«Yassie?», rief er leise, als er die Treppe zur Gebetsterrasse hinaufschlich. Es war ein eigenartiges Krächzen. Seine Stimme spielte ihm nun schon seit einiger Zeit solche Streiche, besonders wenn er aufgeregt oder nervös war. Sie sprang ständig von einer Oktave in die andere. «Yassie?» Diesmal klang er wie ein erkälteter Papagei.

«Dowie! Ich bin hier!» Sie kroch hinter der Zisterne hervor und lief ihm entgegen. Der Mond stieg gerade über die Haremsmauer, und in seinem Licht führte Dorian sie zum Eingang des Engelsweges, wie sie den Geheimgang inzwischen getauft hatten. Er ließ sich durch die Öffnung ab und griff nach der Laterne und dem Feuerzeug, die er darunter zurückgelassen hatte. Als der Docht gleichmäßig brannte, rief er Yasmini herunter und fing ihren kleinen Körper auf, als sie die Tür heruntergerutscht kam. Dann hielt sie sich wieder an seinem Gewand fest, während er sie den Tunnel hinunterführte.

Sobald sie an dem eingestürzten Stück ankamen, das Dorian freigeräumt hatte, blies er das Licht aus, und sie tasteten sich die letzten Schritte an der Wand entlang, bis sie das Mondlicht durch die Schlingpflanzen scheinen sahen, die den Tunnelausgang verbargen. Er holte das Bündel alter Kleider aus der Nische, wo er es versteckt hatte.

«Hier, ziehe das an», forderte er sie auf.

«Aber die Sachen stinken!», beschwerte sie sich.

«Willst du mitkommen oder nicht?»

Sie sträubte sich nicht weiter. Er hörte ihre Kleider rascheln, als sie sie auszog und sich den alten *Kanzu* überstreifte.

«Ich bin fertig», sagte sie eifrig.

Er führte sie in den Mondschein hinaus. Das Gewand war ihr zu groß, und sie stolperte über den Saum. Also kniete Dorian vor ihr nieder und riss einen Streifen ab, sodass gerade ihre Füße zu sehen waren. Dann half er ihr, das *Kaffiyeh*-Tuch um den Kopf zu wickeln, um ihr langes Haar zu verbergen. «Das sollte reichen», sagte er schließlich, nachdem er sie gemustert hatte. Sie sah aus wie einer der zerlumpten Straßenjungen, die sich in der Stadt und am Hafen herumtrieben, vielleicht der Sohn eines Fischers oder eines Brennholzsammlers. «Komm jetzt.»

Sie kletterten aus der Ruine und schlichen vorsichtig durch den Palmenwald, bis sie am Strand ankamen. Dorian kannte diese Stelle genau. Er hatte sie ausgesucht, weil sich dort hinter sanften Sandsteinklippen ein Flutbecken verbarg.

Am Rand der Klippen war eine kleine, schattige Höhle, wo sie Seite an Seite auf dem harten, feuchten Sand saßen und auf die in silbernes Mondlicht gebadete Bucht hinausschauten. Die Ebbe hatte den schneeweißen Korallensand bloß gelegt, auf dessen glatte, unberührte Oberfläche der Mond scharfe, blaue Schatten der Sandsteinsäulen warf, die das Becken umgaben. Die sanfte Brandung auf dem äußeren Riff phosphoreszierte in blauer Glut, die immer wieder die Gesichter der beiden Kinder erhellte.

«Es ist schön hier», flüsterte Yasmini. «Ich hätte nie geglaubt, wie schön es hier ist.»

«Ich gehe schwimmen», sagte Dorian. Er stand auf, zog sich sein *Kanzu* aus und trat seine Sandalen beiseite. «Kommst du mit?»

Ohne ihre Antwort abzuwarten, ging er auf den Strand hinaus. Am Rand des Flutbeckens blieb er stehen und schaute sich um.

Yasmini kam aus der Höhle wie ein Rehkitz aus dem Unterholz, auf Beinen, die viel zu lang erschienen für ihren kindlichen Körper. Sie hatte das Lumpengewand abgelegt und war nackt wie er. Dorian hatte nackte Sklavenmädchen auf dem Markt gesehen, doch keine hatte diese feenhafte Grazie gezeigt. Das Haar hing ihr über den Rücken bis zu ihrem kleinen, runden Po; die silberne Strähne in ihrem blauschwarzen Haar schimmerte im Mondlicht.

Als sie bei ihm war, nahm sie ihn unschuldig bei der Hand. Ihre Brüste waren noch unscheinbare, zarte Schwellungen, doch die kleinen Knospen standen aufrecht in der kühlen Monsunbrise. Er starrte sie an und spürte, wie sich sein Magen zusammenkrampfte.

Hand in Hand gingen sie ins Wasser. Es war wärmer als die Nachtluft, so warm wie ihr Blut. Yasmini ließ sich darin versinken, bis ihr Haar das Wasser um sie bedeckte wie die Blätter einer Seerose. Sie lachte vor Freude.

Der Mond hatte schon die Hälfte seines nächtlichen Weges zurückgelegt, als er sagte: «Wir können nicht länger bleiben. Es wird zu spät, wir müssen zurück.»

«Ich bin noch nie so glücklich gewesen», gestand sie, «noch nie in meinem ganzen Leben. Ich wünschte, wir könnten für immer hier zusammen sein.» Dann stand sie jedoch gehorsam auf, und das silbrige Wasser floss an ihren langen, schlanken Gliedern hinab. Gemeinsam gingen sie den Strand hinauf. Ihre Fußabdrücke auf dem weißen Sand waren wie eine doppelte Perlenkette.

Vor der Höhle drehte sie sich plötzlich zu ihm um und umarmte ihn. «Danke, Dowie. Ich liebe dich so sehr, mein Bruder.» Dorian stand steif in ihrer Umarmung. Wie sich ihr kleiner Körper so dicht an den seinen drückte, ganz warm unter dem kühlen Meerwasser, spürte er wieder dieses eigenartige Gefühl in der Magengrube.

Sie stieß sich kichernd von ihm ab. «Ich bin ganz nass!» Sie nahm ein Büschel ihres dichten, dunklen Haars und wrang es aus. Das Wasser tropfte auf den Sand.

Dorian hob sein *Kanzu* auf. «Drehe dich um.» Sie zeigte ihm gehorsam die sanften Linien ihres Rückens, und er trocknete sie mit seinem Gewand.

«Und jetzt die andere Seite.»

Sie wandte ihm ihr Gesicht zu, und er wischte mit dem *Kanzu* über die kleinen, warmen Schwellungen auf ihrer Brust, dann tiefer über ihren Bauch. «Das kitzelt!», lachte sie.

Ihr Bauch war glatt und flach, die einzigen Unebenheiten der kleine Nabel und darunter die kurze, senkrechte Ritze in der unbehaarten Haut zwischen ihren Schenkeln.

«Zieh dich an», befahl er, und sie drehte sich um und hob ihren Kittel auf. Er betrachtete ihren kleinen, makellos gerundeten Po und er bemerkte, dass er den Atem anhielt.

Sie richtete sich auf und zog sich den schmutzigen *Kanzu* über. Als sie den Kopf durch das Kragenloch steckte, stand Dorian immer noch da und starrte sie an. Sie schenkte ihm ein elfenhaftes Lächeln. Während sie ihr Haar zu einem dicken Zopf zusammenlegte und unter das *Kaffiyeh* schob, studierte sie seinen Körper, ohne jedes Gefühl von Schuld oder Sünde. «Du bist ganz weiß, wo die Sonne dich nicht berührt hat – und was ist das? Du hast ja Haare da unten!», rief sie erstaunt. «Es hat dieselbe Farbe wie das Haar auf deinem Kopf. Es schimmert wie Seide. Es ist hübsch.»

Er hatte den weichen Flaum vergessen, der in den letzten Monaten um seinen Penis gewachsen war. Zum ersten Mal fühlte er Scham vor ihr und bedeckte seine Blöße mit seinem feuchten Gewand. «Wir müssen gehen», sagte er und ließ sie stehen. Sie musste laufen, um ihn einzuholen, so schnell ging er den Weg durch den Wald zurück. Als sie wieder in dem dunklen Tunnel waren, zog sie den schmutzigen *Kanzu* aus und schlüpfte in ihre eigenen Kleider.

«Bist du fertig?», fragte Dorian.

«Ja, Dowie.» Bevor er den Tunnel hinuntereilen konnte, hielt sie ihn an der Hand fest. «Danke, mein Bruder», flüsterte sie. «Ich werde nie vergessen, was wir heute Abend getan haben, niemals.»

Er versuchte, sich aus ihrem Griff zu befreien. Seine Gefühle verwirrten ihn, und er war fast wütend auf sie, weil sie diese Empfindungen in ihm hervorrief.

«Können wir noch einmal zu diesem Strand gehen, Dowie?», fragte sie flehend.

«Ich weiß nicht.» Er entzog ihr seine Hand. «Vielleicht.»

«Bitte, Dowie, es war solch ein Spaß.»

«Ich weiß nicht, ob das geht.»

«Es wäre so schön. Ich werde alles tun, was du verlangst. Ich werde dich nie mehr necken oder mich über dich lustig machen. Sag bitte ja. Bitte, Dowie.»

«Na gut, Yassie. Wir werden wiederkommen.»

Wenige Tage nach ihrem Ausflug den Engelsweg hinunter und bevor Dorian sein Versprechen an Yasmini wahr machen konnte, kam Kush in sein Quartier. Er kam früh am Morgen, vor Sonnenaufgang, und hatte zwei seiner Eunuchensklaven bei sich. Tahi empfing ihn an der Tür und versuchte, ihn am Eintreten zu hindern. «Was willst du von al-Amhara?», wollte sie wissen.

«Aus dem Weg, du alte Kuh», antwortete er grob. «Der Junge ist nicht mehr in deiner Obhut.»

«Du willst ihn mir wegnehmen?», fragte sie mit zitternder Stimme. Sie packte ihn an seiner bestickten Weste, als er sich an ihr vorbeizudrängen versuchte.

«Aus dem Weg! Ich habe dich gewarnt!» Er rammte ihr den Knauf seines Stocks in den Bauch, und sie krümmte sich vor Schmerzen.

«Holt den Ungläubigen aus seinem Zimmer», befahl Kush seinen beiden Sklaven, und sie eilten in Dorians kleine Schlafkammer. Er saß aufrecht auf seiner Matte, aufgeschreckt von Kushs durchdringender Fistelstimme im Nebenzimmer, und rieb sich den Schlaf aus den Augen. Die Sklaven packten ihn an den Armen und zerrten ihn vor Kush.

«Zieh das aus.» Kush zeigte mit seinem Stock auf das *Kikoi*-Tuch, das Dorian sich um die Hüften geknotet hatte. Die Sklaven rissen es ihm vom Leib, und Kush grinste lüstern. «Das habe ich mir gedacht! Welch hübsches Gärtchen da unten wächst.» Er spielte mit der Spitze seines Stabes in den flauschigen, rotgoldenen Locken, die auf Dorians Scham gesprossen waren. Dorian wollte in die Hocke gehen, um seine Blöße zu bedecken, doch sie hielten ihn aufrecht.

«Es wird Zeit, dass wir dich von diesem stinkenden Stück Haut befreien.» Kush berührte Dorians Penis mit einem dicken, beringten Finger.

«Fass mich nicht an!», schrie Dorian mit brechender Stimme, die Wangen rot vor Zorn und Demütigung. «Nimm deine fetten weißen Hände von mir, du sackloses Scheusal!»

Das Grinsen verschwand von Kushs Lippen, und er zog seine Hand zurück. «Sprich deine Salams für diese alte Kuh.» Er schaute Tahi böse an. «Du wirst sie nie mehr wiedersehen. Meine Burschen werden bei dir bleiben, während du deine Sachen packst. Du verlässt die Zenana. Das Messer wartet auf dich, und dann ein neues Leben.»

Tahi hielt Dorian an der Tür fest. «Du bist der Sohn, den ich nie haben durfte», flüsterte sie. «Ich werde dich immer lieben, mein ganzes Leben lang.»

«Auch ich werde dich lieben, Tahi. An meine wirkliche Mutter kann ich mich nicht erinnern, aber bestimmt war sie wie du.»

«Sei ein Mann und ein Krieger, al-Amhara. Mache mich stolz.»

«Sage Yasmini ...» Er brach ab. Was sollte sie dem Mädchen ausrichten? Während er noch darüber nachdachte, zogen ihn die Sklaven nach draußen. «Sage Yasmini, ich werde sie nie vergessen!», rief er verzweifelt zu Tahi zurück. «Sage ihr, sie wird für immer meine kleine Schwester bleiben!»

Die Sklaven brachten ihn zu dem Ochsenwagen, der im Hof der Zenana wartete. Eine kleine Schar Frauen und Kinder hatte sich versammelt, um seine Abfahrt zu beobachten, doch Yasmini war nirgendwo zu sehen, sosehr er sich auch die Augen nach ihr ausschaute, während der Wagen vom Hof rollte.

«Mit größeren Jungen ist es stets schwieriger und gefährlicher», bemerkte Ben Abram. «Es hätte viel früher geschehen sollen, nicht erst jetzt, wo der Junge schon dreizehn ist und an der Schwelle zum Mannesalter steht.»

«Der Knabe kommt aus der Welt der Ungläubigen und lebt in Schande, solange dieses Ritual nicht vollzogen ist. Es muss getan werden, bevor der Prinz von Maskat zurückkehrt», erwiderte al-Allama. «Wenn er wirklich der Junge aus der Prophezeiung ist, wird Allah ihn beschützen.»

Dorian stand nackt vor ihnen. Sie befanden sich auf der Terrasse des Palastes, von wo aus man den Hafen überblickte. Außer dem Arzt und dem Mullah war noch ein junges, schwarzes Sklavenmädchen anwesend, eine Heidin, die es nicht beschmutzen würde, wenn sie Ben Abram assistierte.

Der Arzt legte seine Instrumente auf einem niedrigen Tisch

bereit und schaute Dorian in die Augen. «Schmerz bedeutet nichts für einen Mann. Ehre ist alles. Vergiss das nie, mein Sohn.»

«Ich werde dich nicht enttäuschen, alter Vater», entgegnete Dorian. Sie hatten über diesen Augenblick schon oft gesprochen.

«*Bismilla-hi Allah akbar*», sagte Ben Abram ruhig. «So beginne ich im Namen des Allmächtigen. Allah ist groß.»

Der Mullah deklamierte eine Sure aus dem Koran: «Wir beginnen mit dem Namen Allahs, dessen Liebe und Gnade unendlich sind. O Allah, schenke ihm festen Glauben, immerwährende Sicherheit, Nahrung im Überfluss, einen reifen Geist, nutzbringendes Wissen, Führung in guten Taten, edlen Charakter, Ehre und gute Gesundheit.»

Ben Abram nickte dem Sklavenmädchen zu, das sich daraufhin vor Dorian kniete, seinen Penis in die Hand nahm und ihn zu melken begann. Das Glied schwoll sofort an und wurde steif, und das Mädchen wandte züchtig den Blick ab, während sie weiter an ihm spielte, bis die Erektion vollkommen war. Ben Abram nahm ein kleines, scharfes Messer von dem Tisch und ging zu Dorian. «Genug», sagte er leise, und das Mädchen entfernte sich.

«Im Namen Allahs …» Ben Abram setzte den ersten, schnellen Schnitt an.

Dorian versteifte sich unter dem Schmerz, doch er biss die Zähne zusammen und unterdrückte den Schmerzensschrei, bevor er ihm über die Lippen kam. Dann kam der nächste Schnitt, und der nächste, und er schrie immer noch nicht, obwohl das Blut ihm heiß an den Beinen herunterlief.

Schließlich legte Ben Abram das Messer weg, sprach «Im Namen Gottes, es ist vollbracht», und verband die Wunde.

Dorian spürte, wie ihm die Knie zitterten, doch sein Gesicht blieb vollkommen ausdruckslos, und er hielt die Augen geöffnet. Selbst al-Allama nickte anerkennend. «Jetzt bist du ein Mann», sagte er und segnete Dorian, indem er seine Stirn berührte. «Und, fürwahr, du hast dich wie ein Mann betragen.»

Ben Abram nahm ihn beim Arm und führte ihn in ein Hinterzimmer, wo eine Schlafmatte für ihn ausgelegt worden war. «Ich werde morgen früh wiederkommen und den Verband wechseln», versprach der Arzt.

Am nächsten Morgen fühlte sich Dorian heiß und erschöpft; die Wunde hatte sich hässlich entzündet. Ben Abram verabreichte ihm eine lindernde Salbe und legte einen frischen Verband an. Dann gab er ihm eine bittere Flüssigkeit zu trinken. Nach wenigen Tagen war das Fieber verschwunden, und die Heilung setzte ein. Kurze Zeit später fiel die Kruste ab, und Ben Abram erlaubte Dorian, allein ans Meer zu gehen und in dem warmen, klaren Wasser zu schwimmen. Er hatte auch Zutritt zu den königlichen Ställen, wo er den Knechten half, die Pferde des Prinzen zu bewegen. Er galoppierte über die weichen, weißen Strände und spielte wieder *Pulu* mit den anderen.

Kurz darauf erschien ein Segel auf dem Kanal, und die Ausgucke auf den Palastmauern erkannten den königlichen Wimpel an der Mastspitze. Die gesamte Bevölkerung der Insel versammelte sich auf den Stränden, um Prinz Abd Muhammad al-Malik willkommen zu heißen.

Unter Kanonendonner von den Zinnen der Festung, dem Heulen der Frauen und Jubel der Männer kam der Prinz an Land. Die Männer feuerten ihre langläufigen Jezail-Büchsen in die Luft und der Hafen war erfüllt von Trommel- und Flötenklängen.

Dorian stand bei den Stallknechten, die mit Pferden am Hafen erschienen waren. Er hatte ihnen geholfen, das Zaumzeug zu wichsen und die Türkise zu polieren, die Sattel und Zügel des Prinzen schmückten. Als adoptierter Sohn des Königshauses hatte Dorian vom Oberknecht den ehrenvollen Auftrag erhalten, al-Maliks Hengst nach vorn zu führen und den Prinzen aufsteigen zu lassen.

Dorian sah zu, wie der Prinz den Strand heraufkam. Die Menge teilte sich vor ihm, und seine Untertanen warfen sich zu Boden und versuchten, ihm die Füße zu küssen. Es war nun über ein Jahr her, dass er ihn das letzte Mal gesehen hatte, und Dorian hatte vergessen, wie groß und königlich er war in seinem weißen Gewand mit dem prächtigen, juwelenbesetzten Dolch am Gürtel, der Knauf aus poliertem Rhinozeroshorn sanft schimmernd wie Bernstein. Das Band, das sein Kopftuch zusammenhielt, war aus gewirktem Golddraht. Der Prinz erwiderte lächelnd die Grüße seiner Untertanen und segnete sie, indem er sein Herz und seine Lippen berührte. So kam er auf Dorian zugeschritten.

«*Salam alaikum*, hoher Herr!» Dorian verbeugte sich. Obwohl seine Stimme im Tumult unterging, schaute ihm der Prinz ins Gesicht, und an dem freundlichen Blick in seinen dunklen Augen erkannte Dorian, dass er ihn nicht vergessen hatte. Der Prinz legte seinen Kopf leicht auf die Seite und schwang sich mit der Gewandtheit eines erfahrenen Reiters in den prächtigen Sattel, um zur Festung hinaufzureiten.

Der Prinz saß mit seinem engsten Hofstaat auf der Terrasse des Palastes. Er trank Kaffee und lauschte den Berichten der Männer, die die Insel und die Kolonien in seiner Abwesenheit verwaltet hatten. «Es sind viele fränkische Schiffe im Hafen von Sansibar erschienen», erzählte sein Wesir, «jeden Monat mehr, jetzt, da der *Kusi*-Wind sie von Süden herauftreibt. Sie sind alle auf Handel mit Elfenbein und Sklaven aus.»

Das Sultanat Sansibar gehörte zur Domäne des Prinzen und ein Teil der Gewinne, die auf den dortigen Märkten erzielt wurden, fand seinen Weg in seine Schatzkammern. Er konnte sicher sein, dass sein getreuer Sultan den Ungläubigen jede Rupie abnehmen würde, die aus dem Handel herauszuholen war.

«Ali Muhammad muss die ungläubigen Kapitäne warnen, dass ich ihre Anwesenheit nördlich von Sansibar auf keinen Fall dulden werde.» Das Gold und die Waren, welche die Ungläubigen brachten, waren willkommen, doch al-Malik wusste sehr gut, wie habgierig und skrupellos die Franken waren. Im Reich des Großmoguls hatten sie schon Faktoreien und Stationen eröffnet. Wo sie sich einmal festgesetzt hatten, ließen sie sich nicht wieder vertreiben. Deshalb durfte er nicht zulassen, dass sie nach Norden, bis nach Lamu vordrangen.

«Ali Muhammad kennt deine Befehle sehr genau. Wenn sich ein Schiff der Ungläubigen in diese Gewässer vorwagt, wird er dem hohen Prinzen sofort Nachricht davon zukommen lassen, mit der schnellsten Dau.»

Der Prinz nickte. «Wie steht es mit den Vorkommen auf dem Festland, wenn der Bedarf nach Elfenbein so groß ist?»

«Elfenbein wird jedes Jahr rarer, und die Ungläubigen wollen jedes Jahr mehr davon kaufen.»

Die Märkte von Sansibar und Lamu hingen in hohem Maße von den heidnischen, schwarzen Stämmen Innerafrikas ab, von denen viele ihrer Waren kamen. Die Stämme besaßen keine Musketen, mit denen sie die riesigen Dickhäuter jagen konnten. Sie benutzten primitive, mit Speeren gespickte Fallgruben, in die sie die Elefantenherden trieben. Es gab zwar eine Reihe furchtloser Jäger unter ihnen, die in der Lage waren, einen Elefanten mit Pfeil und Bogen zu erlegen, doch diese waren die Ausnahme, und so fiel die Beute mager aus.

«Vielleicht sollten wir den Häuptlingen Musketen verkaufen, damit sie größere Mengen liefern können», schlug einer der Höflinge zaghaft vor.

Der Prinz schüttelte energisch den Kopf. «Das wäre zu gefährlich», sagte er. «Es könnte sie zum Aufstand gegen unsere Vorherrschaft ermutigen. Wir würden damit die Pforte des Löwenkäfigs öffnen.»

Sie diskutierten die Frage ausführlich, bevor der Prinz den Sklavenhandel zur Sprache brachte. «Da wir die Sklaven aus den Küstengebieten holen, haben sie sich immer mehr ins Landesinnere zurückgezogen. Sie werden immer wilder und misstrauischer, genau wie die Elefanten. Die Beutezahlen sinken mit jedem Jahr.»

Ähnlich wie im Falle der Elefanten mussten sich die Araber hier auf die kriegerischen Häuptlinge Innerafrikas verlassen, die über ihre Nachbarstämme herfielen und die Männer, Frauen und Kinder ihrer Erzfeinde als Sklaven gefangen nahmen, die sie dann zu Sammelpunkten an den Ufern der großen Seen brachten.

«Vielleicht sollten wir unsere eigenen Krieger in den Urwald schicken, um Sklaven zu fangen», schlug jemand vor.

Der Prinz strich sich nachdenklich den Bart. «Diese Krieger müssten sehr gut und kühn sein. Wer weiß, wem sie sich in der Wildnis gegenüber sehen würden? Das Einzige, was wir darüber wissen, ist, dass es gefährlich und schwer wäre.» Er hielt inne, um über den Vorschlag weiter nachzudenken. «Ich werde meine Entscheidung in dieser Sache später verkünden. Inzwischen sollten wir jedoch eine Liste von fünfzig Männern aufstellen, denen wir die Führung einer solchen Expedition anvertrauen könnten.»

So ging er auf alle Fragen des Handels ein, doch bevor er zu anderen, ernsteren Themen kam, entließ er die weniger wichtigen Mitglieder seines Rates und behielt nur die ältesten und vertrauenswürdigsten Männer bei sich, um ihnen über seinen Besuch in Maskat zu berichten. Dies war gefährliches Terrain, wo Verschwörung und Verrat drohten. Der Kalif, al-Uzar ibn Yaqub, war vierzig Jahre älter als der Prinz. Er war der Sohn einer der ersten Frauen, die sein Vater als junger Mann gehabt hatte, während al-Malik seinem Vater in hohem Alter geschenkt worden war, von seiner letzten Favoritin. Doch wie jeder Reiter wusste: «Ein alter Hengst und eine junge Stute produzieren die besten Fohlen.»

Das winzige Reich der Omaner war ernstlich bedroht von den vordringenden Ottomanen, dem mächtigen Imperium mit seinen Hauptstädten Istanbul und Bagdad, das nun den größten Teil der arabischen Welt beherrschte. Die einzigen Staaten, die ihnen bisher widerstanden hatten, waren eine Hand voll kleiner Fürstentümer, die den türkischen Kalifen des Nordens nicht bedeutend genug erschienen, oder solche, die sich erfolgreich gegen die Feldzüge der Ottomanen verteidigt hatten.

Oman verfügte über eine starke Flotte, die das Reich vor Angriffen vom Meer schützte. Jeder Angreifer, der von Norden über Land kommen wollte, sah sich der gnadenlosen Hitze der Rub' al Khali, der Großen arabischen Wüste, gegenüber sowie den Wüstenkriegern, aus denen die kleine omanische Landstreitmacht bestand und die in der Wüste zu Hause waren.

So hatte Oman seit hundert Jahren die ottomanischen Eroberer abwehren können und hätte es für weitere hundert Jahre tun können, wenn es von einem starken und fähigen Mann geführt worden wäre. Yaqub war jedoch kein solcher Mann. Er war über siebzig Jahre alt und gab sich lieber verworrenen politischen Intrigen und Verschwörungen hin, als sich auf die Härten und Anstrengungen des Krieges einzulassen. Seine Hauptsorge war stets, die eigene Machtposition zu sichern, und er tat wenig dafür, seine kleine Nation zusammenzuhalten und zu beschützen. So hatte er den Respekt der Stämme verloren, aus denen Oman sich zusammensetzte, jeder unter seinem eigenen Scheich. Ohne eine starke Führung verloren diese zähen Wüstenbewohner ihre gemeinsame Richtung und verfielen in Streitereien untereinander. Uralte Blutfehden erwachten zum Leben, während die Herrschaft des wankelmütigen, grausamen und ränkesüchtigen alten Mannes in Maskat missachtet wurde.

Yaqubs Herrschaft mochte noch in der engsten Umgebung seiner Hochburg gelten, doch weit draußen in der glühend heißen Wüste und jenseits des unermesslichen Ozeans wurde sie immer vager, immer weniger greifbar. Die Wüstenscheichs und Daukommandanten folgten niemandem, den sie nicht respektierten.

Manche hatten al-Malik schon geheime Botschaften zukommen lassen, nachdem der Prinz sich als ein starker Führer und furchtloser Krieger erwiesen hatten. Jeder wusste, dass der Kalif ihn auf den Außenposten auf Lamu verbannt hatte, weil er den Einfluss und die Beliebtheit seines Halbbruders fürchtete. Die Botschafter hatten ihm versprochen, sie würden sich mit ihm erheben, wenn er nach Arabien zurückkehrte und die Omaner im Aufstand gegen seinen Bruder führte. Mit ihm an der Spitze würden sie sich wieder gegen die Ottomanen vereinigen. «Es ist deine Pflicht und dein gottgegebenes Recht. Wenn du zu uns stößt, werden die Mullahs den Dschihad ausrufen, den Heiligen Krieg, und wir werden mit dir reiten, um den Tyrannen zu stürzen», versprachen sie.

Dies waren ernste, höchst gefährliche Angelegenheiten. Jeder der sechs Männer auf der Terrasse wusste, welche Konsequenzen eine falsche Entscheidung für ihn haben würde. Sie saßen lange zusammen und debattierten die Erfolgsaussichten und Legitimität solchen Handelns.

Als der Rat seine Sitzung begann, hatte die Ebbe die Dauen auf der Seite liegend auf dem Strand zurückgelassen. Lange Reihen von Sklaven waren zu den Schiffen gezogen und hatten deren Ladungen gelöscht. Während der Rat tagte, kam die Flut wieder herein, und die Dauen richteten sich langsam auf, bis sie frei trieben. Sie hissten ihre Segel und steuerten auf den Kanal zu, während andere schwer beladene Schiffe vom Festland eintrafen und die Liegeplätze über dem Strand einnahmen. Die sechs Männer auf der Terrasse redeten und debattierten noch, als die Flut ihren höchsten Stand erreichte und erneut Ebbe eintrat.

Die ganze Zeit hörte al-Malik zu und sagte wenig, während er jedem seiner Berater erlaubte auszusprechen, was er auf dem Herzen hatte, offen und ohne Zurückhaltung. So siebte al-Malik geduldig die Goldkörnchen der Weisheit aus der Schlacke der Meinungen.

Sie besprachen die Stärke der Streitkräfte, auf deren Unterstützung sie zählen konnten, und stellten Listen der Scheichs auf, die unentschieden oder zweifelhaft waren. Diese verglichen sie dann mit dem Heer, das Yaqub ins Feld führen konnte. Erst als er alles gehört hatte, was sie zu sagen hatten, kam al-Malik zu seiner Entscheidung. «Alles hängt von den Stämmen tief in der Wüste ab, den Saar, den Dahm und den Karab. Das sind die größten Krieger Omans. Ohne sie können wir keinen Erfolg haben. Doch wir haben nichts von ihnen gehört. Wir wissen nicht, gegen wen sie ihre Lanzen richten würden.»

Die Ratgeber brummten ihre Zustimmung, und al-Malik sagte leise: «Ich muss sie besuchen.»

Alle waren still und erwogen den kühnen Plan, bis al-Allama sagte: «Dein Bruder, der Kalif, wird es nicht zulassen. Wenn du es dennoch tust, wird er Gefahr wittern.»

«Ich werde einen *Hadsch* unternehmen. Ich werde als Pilger nach Mekka ziehen, und für meine Reise zu den heiligen Orten wähle ich den alten Weg durch die Wüste, der mich durch die Stammesgebiete führen wird. Einem Pilger kann sich der Kalif nicht in den Weg stellen, denn das würde mit ewiger Verdammnis bestraft.»

«Es ist sehr gefährlich», wendete al-Allama ein.

«Wer nicht viel wagt, wird niemals viel gewinnen», antwortete al-Malik. «Gott ist groß.»

«Allah akbar!», deklamierten die anderen. «Gott ist groß!»

Al-Malik entließ seinen Rat mit einer würdigen Geste und sie kamen einzeln zu ihm und umarmten ihn, küssten seine Hand und gingen weg. Al-Allama war der Letzte, und al-Malik hielt ihn zurück. «Bleibe noch. Es ist die Stunde des Maghreb. Lass uns zusammen beten.»

Zwei Sklavinnen brachten silberne Krüge mit reinem, frischem Quellwasser, mit dem die beiden Männer die rituelle Waschung vollzogen. Sie wuschen sich die Hände, spülten sich dreimal den Mund aus, ließen sich dreimal Wasser in die rechte Hand gießen, sogen es durch die Nase ein und schnaubten es aus, indem sie sich mit den Fingern der linken Hand ein Nasenloch zuhielten, und wuschen sich Gesicht, Arme und Füße.

Die jungen Sklavinnen entfernten sich, und al-Allama stellte sich mit dem Gesicht Richtung Mekka, das Tausende von Meilen entfernt im Norden lag. Dann rief er mit lauter Stimme zum Gebet. «Gott ist groß, und Mohammed ist sein Bote. Kommt zum Gebet! Kommt zu eurem eigensten Gott!»

Auf dem Platz unter der Terrasse und unter den Palmen über

dem Strand versammelten sich die Menschen schweigend und warfen sich zu Boden, alle Gesichter in dieselbe Richtung gewandt.

«Das Gebet hat begonnen!», deklamierte al-Allama.

Nach dem Abendgebet winkte al-Malik den Mullah zu sich auf ein Kissen zu seiner Rechten. «Ich habe den Jungen, al-Amhara, am Hafen gesehen, als ich hier ankam. Sage mir, wie es ihm in meiner Abwesenheit ergangen ist.»

«Er wächst wie eine Tamarinde, groß und stark. Er ist schon ein blendender Reiter. Sein Verstand ist flink und seine Zunge gewandt, wenn auch zuweilen vorlaut. Oft zeigt er zu wenig Respekt für diejenigen, die älter und weiser sind als er. Kritik und Mäßigung bereiten ihm Schwierigkeiten, und wenn er zornig ist oder etwas nicht nach seinem Willen geht, findet er Flüche, die einen alten Seemann erblassen ließen», berichtete al-Allama ernst.

Al-Malik verbarg sein Lächeln hinter seiner Kaffeetasse. Was er gehört hatte, machte ihm seinen ungläubigen Sohn nur noch lieber. Er würde einmal ein großer Führer sein.

«Er hat nun das Mannesalter erreicht», fuhr al-Allama fort. «Ben Abram hat ihn beschnitten, wie es sich gehört. Er wird bereit sein, wenn die Zeit für ihn kommt, den Islam anzunehmen.»

«Das ist gut», sagte der Prinz. «Nun sage mir, heiliger Vater, hat dein Unterricht in dieser Richtung Früchte getragen?»

«Er spricht jetzt unsere Sprache, als wäre er damit geboren worden, und er kann lange Passagen des Heiligen Koran aus dem Gedächtnis rezitieren.» Al-Allama erschien unruhig und ausweichend.

«Ist er weitergekommen auf dem Weg, sich Gott zu unterwerfen?», fragte al-Malik weiter. «Wenn das nicht geschieht, wird die Prophezeiung ohne Wirkung bleiben.»

«Der Prophet hat selbst gesagt, dass niemand gezwungen werden kann, den Islam anzunehmen. Er muss auf seine eigene Weise dorthin finden, und in seiner eigenen Zeit.»

«Die Antwort ist also Nein?»

«Er liebt das Streitgespräch. Manchmal denke ich, der einzige Grund, weshalb er den Koran auswendig lernt, ist, damit er besser mit mir streiten kann. Er rühmt die Religion seines eigenen Volkes und sagt, eines Tages würde er in einen christlichen Orden eingeweiht, den Orden von St. George und dem Heiligen Gral, wie sein Großvater und Vater vor ihm.»

«Es steht uns nicht an, Allahs Wege in Frage zu stellen», bemerkte al-Malik.

«Gott ist groß!», stimmte al-Allama zu. «Aber es gibt noch mehr, was ich dir über den Jungen erzählen muss. Wir hatten eine Anfrage wegen ihm – vom englischen Konsul in Sansibar.»

Al-Malik beugte sich nach vorn. «Ich dachte, der Konsul dort wäre vor über einem Jahr ermordet worden.»

«Das war ein Mann namens Grey. Seit seinem Tod haben die Engländer einen anderen geschickt, seinen Platz einzunehmen.»

«Ich verstehe. Welcher Art war diese Anfrage des neuen Konsuls?»

«Er beschreibt den Jungen ganz richtig, was sein Alter und seine Haarfarbe angeht. Er weiß, dass er von al-Auf gefangen genommen und in die Sklaverei verkauft wurde. Er weiß auch, dass du ihn gekauft hast, und er weiß, wie wir ihn nennen – al-Amhara.»

«Wie konnte er all das erfahren?» Sorgenfalten zerfurchten die Stirn des Prinzen.

«Das weiß ich nicht, doch Ben Abram hat mir viel über die Herkunft des Jungen erzählt. Er hat al-Amharas älteren Bruder getroffen und mit ihm gesprochen, nachdem die Franken ihn in al-Aufs Festung gefangen genommen hatten.»

Der Prinz nickte. «Was weiß der Arzt über den Jungen?»

«Seine Familie ist von Adel und steht dem englischen König nahe. Trotz seiner Jugend ist al-Amharas Bruder schon ein gefürchteter Seekrieger, und er hat einen machtvollen Eid geschworen, seinen kleinen Bruder zu finden und heimzuholen. Vielleicht steckt seine Familie hinter diesen Anfragen aus Sansibar. Wir können nicht sicher sein, doch es wäre ratsam, diese Dinge nicht zu ignorieren.»

Al-Malik dachte darüber nach, bevor er fragte: «Die Engländer sind Käufer und Eigner von Sklaven. Wie können sie dieselbe Praxis ablehnen, wenn andere sie ausüben? Wie können sie uns ihren Willen aufzwingen? Ihr Land ist weit weg, am Ende der Welt. Sie können keine Armee auf uns hetzen.»

«Ben Abram sagt, die Franken hätten hinterhältige Methoden, einen Krieg zu führen. Sie statten die Kapitäne ihrer bewaffneten Handelsschiffe mit Enterbriefen aus und lassen sie Englands Feinde angreifen. Diese Männer sind wie Haifische, wie Barrakudas. Es sind Räuber und Plünderer.»

«Würde der englische König uns den Krieg erklären, nur wegen dieses Kindes?»

«Ben Abram fürchtet, das könnte geschehen. Das Kind könnte den Engländern als Vorwand dienen, ihre Schiffe in unsere Gewässer zu entsenden, um die Länder und Reichtümer der Omaner zu erobern.»

«Ich werde über all das nachdenken», sagte al-Malik zum Schluss. «Lasse Ben Abram und den Jungen morgen nach den Zuhr-Gebeten zu mir kommen.»

Dorian sah seiner Audienz mit dem Prinzen mit gemischten Gefühlen entgegen. Bei seiner ersten Begegnung war das anders gewesen: Al-Malik war für ihn nur irgendein Muselman gewesen, ein feindlicher Heidenführer. Seit er unter al-Allamas und Ben Abrams Obhut war, hatte er jedoch viel dazugelernt. Er wusste nun, dass der Herrschaftsanspruch des Prinzen so alt war wie derjenige des Königs von England; er wusste von seinen Erfolgen als Seefahrer und Feldherr, und er wusste auch, wie seine Untertanen ihn liebten und verehrten. Außerdem hatten Zeit und Entfernung an der geistigen Nabelschnur genagt, die Dorian mit England und dem Christentum verband.

Er hatte keine Gelegenheit, seine Muttersprache zu gebrauchen. Er dachte in Arabisch und erinnerte sich manchmal nicht mehr an die englischen Worte, selbst einen einfachen Gedanken auszudrücken. Auch die Erinnerungen an seine Familie verblassten immer mehr. Er dachte nur noch selten an seinen Bruder Tom, und den Gedanken an eine Flucht von der Insel hatte er längst aufgegeben, er betrachtete sich nicht länger als Gefangenen. Allmählich ging er in der arabischen Welt und im arabischen Denken auf.

Als er nun vor dem Prinzen auf dem Korallenstein der Terrasse kniete und um seinen Segen bat, empfand er nichts als Respekt und Ehrfurcht, und sein Herz schlug schneller vor Verblüffung und Freude über die Art, wie der Prinz ihn begrüßte: «Komm, setze dich neben mich, mein Sohn. Wir haben viel zu besprechen.» Vor all den Zeugen hatte dieser königliche, große Mann ihn als seinen Sohn bestätigt. Dorian war unendlich stolz, doch dann fühlte er sich schuldig, als das Gesicht seines wirklichen Vaters vor ihm erschien, verschwommen und immer schwächer.

Ich werde meinen echten Vater niemals verraten, schwor er sich, bevor er prompt und mit Freude der Aufforderung des Prinzen folgte.

«Du bist zum Mann geworden, während ich fort war.» Al-Malik musterte ihn erfreut.

«Ja, Herr», antwortete Dorian, und fast hätte er automatisch hinzugefügt: «Durch Allahs Gnade.»

«Ich sehe es deutlich.» Al-Malik bewunderte die Konturen der jungen, starken Muskeln und die breiten Schultern unter dem *Kanzu*, den Dorian mit solcher Natürlichkeit trug. «Daher ist es nun Zeit, dass du deinen Kindernamen ablegst und den Namen des Mannes annimmst. Von nun an sollst du al-Salil heißen.»

«Es ist der Wille Allahs», sagten al-Allama und Ben Abram gleichzeitig. Beide waren stolz und befriedigt über die Ehre, die der Prinz ihrem Schützling zuteil werden ließ. Der neue Name gereichte auch ihnen zur Ehre, denn al-Malik hatte ihn gut ausgesucht: «das gezückte Schwert».

«Deine Güte ist wie die aufgehende Sonne nach der finsteren Nacht», entgegnete Dorian, und al-Allama nickte anerkennend über die Wahl der Worte und wie Dorian sie anordnete.

«Du sollst nun auch deinen eigenen Lanzenträger haben.» Al-Malik klatschte in die Hände, und ein junger Mann trat mit großen Marschschritten auf die Terrasse, wie ein rennendes Kamel. Er war vielleicht fünfzehn Jahre älter als Dorian, Ende zwanzig, und nach seiner Kleidung und Miene war er ein Krieger. Er trug einen Krummsäbel an der Hüfte und einen runden Bronzeschild auf der Schulter.

«Das ist Batula», erklärte der Prinz. «Er wird dir nun seinen Eid leisten.»

Batula kam auf Dorian zu und kniete vor ihm nieder. «Vom heutigen Tage an wirst du mein Lehnsherr sein», sprach er mit kräftiger, klarer Stimme. «Deine Feinde sind die meinen. Wo immer du hinreiten wirst, werde ich mit Lanze und Schild zu deiner Rechten sein.»

Dorian akzeptierte den Eid, indem er Batula die rechte Hand auf die Schulter legte, und der Krieger erhob sich. Die beiden jungen Männer blickten einander ins Gesicht und Dorian gefiel sofort, was er darin sah. Batula war kein hübscher Mann. Sein Gesicht war breit und offen, die Nase lang und gebogen. Sein Lächeln offenbarte weiße, ebenmäßige Zähne. Sein dichtes schwarzes Haar glänzte von Butterfett und hing ihm in einem Zopf über eine seiner breiten Schultern.

«Batula ist ein Lanzenreiter», sagte al-Malik, «ein kampferprobter Krieger. Er wird dir einiges beizubringen haben, al-Salil.» Die Lanze war die Waffe der wahren arabischen Reiterkrieger. Dorian hatte die Rekruten auf dem Übungsfeld trainieren sehen, wie sie ihre Lanzenspitzen aus vollem Galopp durch bronzene Fingerringe stießen. Es hatte ihn sehr beeindruckt.

«Ich werde ein williger Schüler sein», versprach Dorian.

Al-Malik entließ Batula und fuhr fort: «In Kürze werde ich wieder eine lange Reise nach Norden antreten, meine Pilgerfahrt nach Mekka, durch den Sand und die Wildnis der Wüste. Du wirst mich begleiten, mein Sohn.»

«Mein Herz jubelt vor Freude, dass du mich auserwählt hast, hoher Herr.»

Al-Malik entließ ihn mit einer Geste, und als Dorian verschwunden war, wandte er sich wieder al-Allama und Ben Abram zu. «Sendet dem Sultan in Sansibar eine Botschaft, die er an den englischen Konsul dort weiterleiten soll.» Er hielt inne, um sich die Worte zurechtzulegen. Dann fuhr er fort: «Schreibt ihm, Prinz al-Malik habe al-Amhara tatsächlich von al-Auf erworben. Er habe es getan, um den Jungen unter seinen Schutz zu nehmen und Unheil von ihm abzuwenden. Schreibt ihm, der Junge wäre trotz aller Bemühungen des Prinzen an Pest erkrankt und vor einem Jahr gestorben. Er sei hier auf der Insel Lamu begraben worden. Schreibt ihm, dies seien die Worte des Prinzen al-Malik.»

Al-Allama verbeugte sich. «Es wird geschehen, wie du befohlen hast, mein Prinz.» Er war beeindruckt von dieser klugen Lösung.

«Al-Amhara ist tot», sprach al-Malik weiter. «Lasst einen Grabstein mit seinem Namen auf dem Friedhof errichten. Al-Amhara ist tot, doch al-Salil lebt weiter.»

«Durch Gottes Gnade», akzeptierte al-Allama den Befehl.

«Ich werde den Jungen in die Wüste mitnehmen und ihn bei den Saar lassen. Sie sollen ihn verbergen. In der Wüste wird er zu einem Krieger heranwachsen, und die Franken werden bald vergessen, dass er je existiert hat.»

«Welch weise Entscheidung.»

«Al-Salil ist mir mehr als ein Sohn. Er ist mein lebendiger Talisman. Niemals werde ich ihn an die Franken ausliefern», sagte er in ruhiger Entschlossenheit.

Die *Swallow* segelte den Kanal hinauf und in die Meerengen von Sansibar. Sie sahen zehn rahgetakelte Schiffe und eine Masse arabischer Dauen, vor Anker liegen. Tom Courtney musterte die westlichen Schiffe genau. Sie zeigten die Flaggen einiger der großen Handelsnationen der nördlichen Hemisphäre; überwiegend kamen sie aus Portugal und Spanien.

«Kein einziger Franzose in Sicht, Mr. Tyler», sagte Tom erleichtert. Es hätte alles unnötig kompliziert, wenn sie einen neutralen Hafen mit feindlichen Schiffen hätten teilen müssen.

«Nein», bestätigte Ned, «aber ich sehe wenigstens einen Indiaman.» Er zeigte auf den Großsegler, eine Prinzessin der Ozeane, die stolz die Kompanie repräsentierte. «Die werden uns einen noch frostigeren Empfang bereiten, als es die Franzosen getan hätten.»

Tom grinste abschätzig. «Ich schere mich keinen Deut um die. Außerhalb der englischen Gerichte können sie nichts tun, und England werden wir so bald nicht wiedersehen – es sei denn, sie schleppen mich in Ketten dorthin», fügte er leise hinzu. Er schaute den Mast der *Swallow* hinauf. Sie zeigten keine Flagge. Er wollte nicht offenbaren, welcher Nationalität sie waren. «Sobald wir vor Anker liegen, werde ich an Land gehen und dem neuen Konsul einen Besuch abstatten», eröffnete er Ned.

In der Tafelbucht vor dem Kap der Guten Hoffnung, wo sie Rast gemacht hatten auf ihrer langen Reise, hatte er mit einem anderen englischen Kapitän gesprochen. Der hatte ihm erzählt, Grey habe einen Nachfolger im Amt des Konsuls in Sansibar. «Es ist ein junger Kerl, den sie aus Bombay geschickt haben, nachdem Grey ins Gras gebissen hat. Der nimmt jetzt die konsularischen Pflichten an der Fieberküste wahr und kümmert sich vor allem um die Interessen der John-Kompanie in den Gewässern dort.»

«Wer ist es?»

«An den Namen kann ich mich nicht erinnern. Ich habe ihn nie getroffen, aber nach allem, was ich gehört habe, ist er arrogant und schwierig, äußerst angetan von seiner eigenen Wichtigkeit.»

Tom sah zu, wie Ned die *Swallow* in die Bucht manövrierte. Das Wasser, wo sie ankerten, war so klar, dass sie die bunten Fischschwärme sehen konnten, die vier Faden unter dem Kiel über die Korallen huschten.

«Ich werde Aboli mit an Land nehmen», sagte Tom, sobald das Langboot zu Wasser gelassen war.

Die beiden landeten an dem Steinpier vor den Mauern der alten portugiesischen Festung. Die Hitze und die Gerüche kamen Tom so vertraut vor, dass er kaum glauben konnte, dass er seit zwei Jahren keinen Fuß mehr auf diese Gestade gesetzt hatte. Sie fragten den arabischen Hafenmeister nach dem Weg. «Nein, nein», klärte er sie auf, «das neue Konsulat ist nicht mehr in Effendi Greys altem Haus in der Stadt. Ich werde euch einen Jungen mitgeben, der euch den Weg zeigen wird.» Er pickte einen aus dem Haufen Straßenjungen heraus, die die Fremden umschwärmten und um Almosen anbettelten. «Dieser Sohn eines Scheitan wird euch führen. Gebt ihm nicht mehr als einen Anna als Bakschisch.»

Der Junge hüpfte vor ihnen her und führte sie aus dem Labyrinth enger Gassen hinaus in die Palmenwälder. Auf einer Sandstraße kamen sie schließlich zu einer großen Villa hinter hohen Mauern, mehr als eine Meile außerhalb der Stadt. Das Haus war offenbar alt, doch die Außenwände waren vor kurzem repariert und frisch gekalkt worden. Das Dach des Hauptgebäudes, das sich über den Mauern zeigte, war neu mit Palmwedeln gedeckt. Am Tor waren zwei Messingschilder zu sehen. Auf dem einen war «Konsulat Seiner Majestät» eingraviert, auf dem anderen prangten das Löwenwappen der Kompanie und die Inschrift «Büro der Vereinigten Kompanie Englischer Kaufleute im Handel mit Ostindien».

Tom zog an der Glocke, und ein Diener kam ans Außentor. Tom gab ihm eine Nachricht für seinen Herrn, und der Bursche kam nach wenigen Minuten wieder. Tom ließ Aboli auf dem Vorplatz zurück und folgte dem Diener.

Das Hauptgebäude war im orientalischen Stil um einen großen Innenhof mit Gärten und Springbrunnen angelegt. Die Decken waren hoch, die Räume spärlich ausgestattet. In jedem Zimmer, durch die der Diener ihn führte, stand jedoch eine Vase mit tropischen Blumen, und dieser Blumenschmuck sowie die Art, wie die Kissen auf den nackten Hartholzmöbeln arrangiert waren, ließen darauf schließen, dass eine Frau hier Hand angelegt hatte. Schließlich führte der Diener ihn in einen großen Raum mit Steinfußboden und Bücherregalen ringsum.

«Bitte wartet hier, Effendi. Mein Herr wird Euch bald empfangen.»

Allein zurückgelassen schaute Tom zu dem langsam rotierenden Deckenventilator hinauf und verfolgte die Seile, die über verschiedene Rollen durch ein Loch in der Wand in ein Nebenzimmer führten, wo ein Sklave regelmäßig an einem Strick zog, um den Propeller in Gang zu halten.

Tom ging zu dem Schreibtisch in der Mitte des Raumes und betrachtete den Federhalter und das Tintenfass, die ordentlich neben mit roten Bändern zusammengebundenen, mit militärischer Präzision aufgestapelten Aktenbündeln lagen. Dann wandte er dem Schreibtisch den Rücken zu, ging vor den Bücherregalen entlang und versuchte aus dem, was er dort sah, darauf zu schließen, welche Art Mann er vor sich haben würde. Die Regale standen voller schwerer Kontorbücher und gebundener Berichte, auf deren Buchrücken das Kompanieemblem eingraviert war. Tom konnte nichts Persönliches entdecken; der Raum hatte keinerlei Seele.

Er hörte Schritte auf der Steinterrasse vor dem Eingang zum Innenhof, und als er hinunterschaute, sah er eine hoch gewachsene, schlanke Gestalt auf dem Hof erscheinen. Er hatte die grelle Tropensonne im Rücken, sodass Tom ihn nicht erkennen konnte. Der Konsul blieb stehen, um seine Augen an die relative Dunkelheit im Haus zu gewöhnen. Er trug einen nüchternen, schwarzen Sergerock mit weißem Spitzenkragen.

Dann kam er ins Zimmer und nahm den breitkrempigen schwarzen Hut ab, und Tom konnte schließlich sein Gesicht sehen. Für einige Sekunden war seine Überraschung so vollkommen, dass er sich weder rühren noch etwas sagen konnte. Dann lachte er und lief auf ihn zu. «Guy! Bist du es wirklich?» Ohne nachzudenken, breitete er die Arme aus, um seinen Bruder zu umarmen.

Guy Courtney war offenbar ebenso überrascht wie Tom.

Unterschiedliche Gefühle huschten über sein Gesicht und verschwanden wieder. Seine Züge wurden kalt und steif, und er trat einen Schritt zurück vor Toms Umarmung.

«Thomas», sagte er. «Ich hatte keine Ahnung, dass du es bist. Du hast einen falschen Namen angegeben.»

«Auch ich hatte keine Ahnung, dass du der Konsul bist», entgegnete Tom und ließ die Arme sinken. Er ging nicht auf die Anschuldigung ein, dass er einen falschen Namen benutzte. Es war eine Vorsichtsmaßnahme für den Fall, dass der Haftbefehl wegen des Mordes an William durch irgendeinen dummen Zufall vor ihm nach Sansibar gelangt war. Er forschte in Guys Gesicht nach Zeichen, dass dies geschehen sein könnte. Er wollte sich jedenfalls nicht darauf verlassen, dass sein Bruder ihn vor dem Gesetz in Schutz nehmen würde.

Sie blickten einander schweigend an, nur für eine Minute, die Tom jedoch wie eine Ewigkeit erschien. Dann bot ihm Guy seine Hand an, und er ergriff sie erleichtert.

Guys Händedruck war schlaff, und sein Fleisch war so kalt wie sein Gesichtsausdruck. Nach einem Augenblick ließ er Toms Hand wieder los und ging zu seinem Schreibtisch. «Bitte setze dich doch, Thomas.» Er zeigte zu einem hochlehnigen Stuhl am anderen Ende des Zimmers, ohne seinen Bruder direkt anzuschauen. «Ich nehme nicht an, du bist in diese Gewässer zurückgekehrt, um irgendwelchen Handel zu treiben. Die Tatsache, dass du einen falschen Namen benutzt, lässt mich jedoch befürchten, dass es so sein könnte.» Als Tom nicht sofort antwortete, fuhr er fort: «Ich muss dich warnen, dass meine Loyalität zuallererst der Kompanie gehört.» Es klang, als spräche er von Gott. «Ich werde also sofort einen Bericht nach London aufsetzen.»

Tom starrte ihn an. Er spürte, wie die Wut in ihm zu brodeln begann. «Gnädiger Himmel, Guy, ist das deine einzige Sorge? Sind wir nicht Brüder? Willst du nicht hören, was ich von Vater und Dorian zu berichten habe?»

«Ich weiß von Vaters Tod. Das Kompanieschiff, das unten im Hafen liegt, hat mir Briefe von Lord Childs und unserem Bruder William gebracht», entgegnete Guy. Tom registrierte zu seiner Erleichterung, dass Guy noch nichts von Williams Tod gehört hatte.

Guy steckte einen neuen Gänsekiel in den Federhalter und fuhr fort: «Ich habe auf meine eigene Weise um Vater getrauert. Es gibt nichts weiter darüber zu sagen.» Sein Mund verhärtete sich. «Außerdem warst du sowieso immer sein Liebling. Ich habe ihm nicht viel bedeutet.»

«Das ist nicht wahr, Guy. Vater hat uns alle gleich geliebt», widersprach ihm Tom heftig.

«Was immer du sagst», zuckte Guy die Schultern, «und was Dorian angeht, so habe ich gehört, er wäre auf hoher See umgekommen, ertrunken.»

«Nein, das ist er nicht.» Tom gab sich keine Mühe, seinen Ton zu mäßigen. «Die Muselmanen haben ihn gefangen genommen und in die Sklaverei verkauft.»

Guy lachte kalt. «Du hast schon immer gern solche wilden Geschichten geglaubt. Ich versichere dir, als Konsul Seiner Majestät in diesen Landen stehen mir die zuverlässigsten Informationsquellen offen.»

«Aber ich war dabei, Guy. Ich habe es mit eigenen Augen gesehen.»

Guy setzte sich hinter den Schreibtisch und spielte mit der Feder an seiner Wange. «Du hast also gesehen, wie er in die Sklaverei verkauft wurde? Wie kommt es dann, dass du es nicht verhindert hast?»

«Du aufgeblasener Affe!», brüllte Tom. «Ich weiß, dass die muslimischen Piraten ihn in ihrer Gewalt hatten. Er war nicht ertrunken oder tot, sondern in ihrer Gefangenschaft. Und ich weiß mit Sicherheit, dass er als Sklave verkauft worden ist.»

«Welchen Beweis hast du ...», begann Guy, doch Tom trat an den Schreibtisch und schlug seine Faust auf die Platte, dass die Tinte spritzte und die Dokumentenstapel durcheinander flogen.

«Ich habe die Aussagen der Araber, die wir auf Flor de la Mar gefangen genommen haben, und ich habe ihn selbst gesehen. Dorian ist am Leben, das sage ich dir, und es ist deine Pflicht als sein Bruder und als Engländer, mir bei seiner Rettung behilflich zu sein.»

Guy sprang von seinem Stuhl auf, kreidebleich, sein Blick voller kalten Zorns. «Wie kannst du es wagen, hier in mein Haus zu kommen, auf mein Territorium, mit deiner großschnäuzigen, brutalen Art, und mir vorschreiben zu wollen, was ich zu tun habe?», schrie er Tom an, dass der Speichel ihm aus dem Mund sprühte.

«Bei Gott, Guy, treibe es nicht zu weit. Ich werde dir die Haut von deinem krummen Rücken prügeln, wenn du deinem kleinen Bruder nicht deine Pflicht und Schuldigkeit erweist.»

«Die Zeiten sind lange vorbei, Thomas Courtney. Ich bin hier der Herr, der ernannte Repräsentant Seiner Majestät und der Kompanie. Ich werde dich ins Gefängnis werfen und dein Schiff beschlagnahmen lassen, wenn du eine Hand gegen mich erhebst.» Er zitterte vor Wut. «Wage nicht, mir Predigten zu halten. Nicht nach dem, was du Caroline angetan hast!» Er schrie den Namen heraus, und Tom zuckte zurück wie von einer Musketenkugel getroffen.

Auch Guy trat einen Schritt zurück, sichtlich erschrocken darüber, was ihm in seinem Zorn über die Lippen gekommen war. Die Beschuldigung verwirrte Tom und traf ihn zutiefst. Beide standen sprachlos da und starrten sich gegenseitig an. Die Stille wurde von einem leisen Geräusch durchbrochen.

Eine Frau stand in der Tür, die zum Garten hinausführte. Sie trug ein hellgrünes Kleid aus chinesischer Seide, mit Schlitzen in den Ärmeln und einem hohen Kragen. Der Rock bedeckte ihre Knöchel, nur die Spitzen ihrer Schuhe waren zu sehen. Sie starrte Tom an, als wäre er ein Geist. Mit einer Hand fasste sie sich an den Hals, mit der anderen hielt sie das Kind an der Hand, das neben ihr zappelte.

«Was tust du hier, Caroline?», brüllte Guy. «Du weißt genau, dass du dich hier nicht zeigen sollst, wenn ich Besuch habe!»

«Ich habe Stimmen gehört», stammelte Caroline. Sie hatte ihr Haar hochgesteckt, und kleine Löckchen fielen ihr vor die Wangen, doch Tom bemerkte sofort, wie blass sie war, als wäre sie erst kürzlich dem Krankenbett entstiegen. «Ich habe meinen Namen rufen gehört.» Sie starrte immer noch Tom an.

Das Kind trug ein mit Bändern verziertes Kittelchen. Es hatte blonde Locken und ein engelhaftes Gesicht mit vollkommenen rosa Lippen.

«Wer ist dieser Mann?», fragte das Kind, während es kichernd auf Tom zeigte.

«Bringe Christopher von hier weg», schrie Guy Caroline an, «sofort!»

Caroline schien ihn nicht zu hören. «Tom?», sagte sie mit Unglauben und Verwirrung in der Stimme. «Ich dachte, ich würde dich nie mehr wiedersehen.» Christopher hing an ihrer Hand und wollte zaghaft auf Tom zugehen, doch sie zog ihn sanft zurück. «Wie geht es dir, Tom?»

«Ich bin gesund», antwortete Tom verlegen. «Ich hoffe, das bist du auch.»

«Ich bin krank gewesen», flüsterte Caroline, immer noch Tom anstarrend. Sie feuchtete ihre Lippen an. «Seit der Geburt unseres ...» Sie stockte errötend und noch verwirrter. «Seit Christophers Geburt bin ich viel krank gewesen.»

«Das tut mir Leid.» Ein Schatten des Bedauerns huschte über Toms Gesicht. «Und deine Familie – wie geht es deinen Eltern und Schwestern?» Er musste überlegen, um auf ihre Namen zu kommen. «Agnes und Sarah?»

«Mein Vater ist zum Gouverneur von Bombay ernannt worden. Ihm verdankt Guy den Posten als Konsul hier in Sansibar.» Sie sah ängstlich ihren Gatten an, der sie immer noch anfunkelte. «Meine Mutter ist vor einem Jahr der Cholera erlegen.»

«Mein tiefstes Beileid», erwiderte Tom leise. «Sie war eine bezaubernde Frau.»

«Danke.» Caroline senkte traurig den Kopf. «Meine Schwester Agnes ist in Bombay verheiratet.»

«Aber sie war doch noch so jung», sagte Tom. Er erinnerte sich an die beiden Wildfänge, die ihm auf der *Seraph* auf die Nerven gefallen waren.

«Sie ist kein Kind mehr; sie ist siebzehn», erklärte Caroline. Dann schwiegen sie wieder. Guy sank auf seinen Stuhl. Er hatte es schließlich aufgegeben, seine Autorität über seine Frau zu demonstrieren.

Tom schaute unwillkürlich auf den kleinen Jungen, der an Carolines Rockschleppen hing. «Er ist ein schönes Kind.» Er schaute ihr in die Augen.

Sie nickte, wie als Antwort auf eine unausgesprochene Frage. «Ja. Er ist wie sein Vater.»

Tom spürte den fast unwiderstehlichen Drang, das lachende Kind hochzuheben und in seine Arme zu schließen. Er musste einen Schritt zurücktreten, um sich davon abzuhalten.

«Caroline!», ging Guy wieder dazwischen, diesmal noch lauter. «Wir haben Geschäfte zu besprechen. Bitte bringe Christopher weg.»

Caroline schien zu erschlaffen. Verzweiflung kroch in ihren Blick, als sie Tom ins Gesicht schaute. «Es war schön, dich wieder zu sehen, Tom. Vielleicht kannst du uns einmal besuchen, solange du in Sansibar bist, zum Abendessen hier im Konsulat», schlug sie mit wehmütiger Stimme vor.

«Ich glaube, Tom wird nicht lange genug hier sein, als dass er Zeit für solche Besuche hätte.» Guy stand auf und runzelte die Stirn, als wollte er sie zum Schweigen ermahnen.

«Wie schade», sagte Caroline. «Dann will ich dir jetzt Lebewohl wünschen.» Sie nahm den kleinen Jungen auf den Arm. «Leb wohl, Tom.»

«Leb wohl, Caroline.»

Sie trug Christopher hinaus. Ihr Seidenkleid raschelte, und der Junge schaute ernst über ihre Schulter zu Tom zurück.

Die beiden Brüder schwiegen noch lange, nachdem Mutter und Kind sich entfernt hatten. Schließlich sagte Guy mit kalter, kontrollierter Stimme: «Du wirst dich von meiner Familie fern halten. Ich werde nicht dulden, dass du noch einmal mit meiner Frau sprichst. Ich habe dich schon einmal zum Duell herausgefordert, und ich werde es wieder tun, wenn du mich provozierst.»

«Es würde mir keine Freude machen, dich zu töten. Du bist noch nie ein Fechter gewesen, Guy», erwiderte Tom. Er musste an William denken. Die Schuld, die er an dessen Tod empfand, nagte immer noch an ihm. «Ich habe nicht die Absicht, mich in dein Leben einzumischen. Von nun an werden wir nur noch geschäftlich miteinander zu tun haben. Können wir uns darauf einigen?»

«Na gut, sosehr mich jedes Abkommen mit dir auch anekelt», antwortete Guy. «Wenn du vom Geschäft redest, muss ich dich als Erstes noch einmal fragen: Hast du vor, in diesen Gewässern irgendwelchen Handel zu treiben? Ich habe gehört, dein Schiff wäre schwer beladen. Hast du eine Handelslizenz der Kompanie? Hast du Handelsware an Bord?»

«London ist achttausend Meilen entfernt. Wir sind jenseits der Grenze, Sir, und in meinen Augen hast du nach englischem Recht keine Autorität, mir in den Weg zu treten oder meine Absichten zu hinterfragen.» Tom hatte Mühe, ruhig zu bleiben. «Meine erste Sorge gilt Dorian. Hast du dich beim Sultan von Sansibar wegen ihm erkundigt?»

«Dazu habe ich keinen Anlass gesehen», antwortete Guy nervös, «und ich verbiete dir, selbst an den Sultan heranzutreten. Es ist mir gelungen, ein gutes Verhältnis zu ihm aufzubauen. Er ist England und der Kompanie nun günstig gesinnt. Ich will nicht, dass du dieses Verhältnis störst, indem du irgendwelche Anschuldigungen bezüglich des Prinzen al-Malik aussprichst.»

Toms Gesichtsausdruck änderte sich sofort. «Woher weißt du, dass es al-Malik war, der Dorian gekauft hat? Ich habe den Namen nie erwähnt.»

Guy schien verwirrt und dachte mehrere Sekunden lang über eine Antwort nach. «Al-Malik ist der oberste Herrscher an dieser Küste. Es war nur natürlich, dass ich annahm …»

«Mein Gott, Guy! Es ist überhaupt nicht natürlich, dass du irgendetwas annehmen kannst! Du weißt etwas über Dorian. Wenn du es mir nicht erzählst, werde ich selbst zum Sultan gehen.»

«Das wirst du nicht!» Guy sprang auf. «Ich werde nicht zulassen, dass du all meine Arbeit hier zunichte machst.»

«Du kannst mich nicht aufhalten.»

«Höre mir zu.» Guy schlug einen anderen Ton an. «Also gut, ich werde dir die Wahrheit sagen. Auch ich habe diese Gerüchte über einen weißen Jungen mit rotem Haar gehört, der den Arabern in die Hände gefallen sein soll. Natürlich dachte ich sofort an Dorian. Deshalb habe ich beim Sultan nachgefragt. Er versprach mir, einen Boten zu Prinz al-Malik zu schicken, um die Wahrheit herauszufinden, und jetzt warte ich darauf, dass der Prinz sich meldet.»

«Warum hast du mich belogen? Warum hast du mir das nicht gleich erzählt?», wollte Tom wissen. «Warum musste ich es aus dir herausquetschen?»

«Weil ich dich genau kenne. Ich wollte nicht, dass du dich einmischst und den Sultan gegen mich aufbringst. Meine Geschäfte mit ihm sind äußerst delikat.»

«Wann hast du diese Anfragen getätigt?», fragte Tom.

«Ich will dich aus dieser Sache heraushalten», wich Guy der Frage aus. «Ich habe die Angelegenheit vollkommen unter Kontrolle.»

«Wie lange ist es her?», insistierte Tom.

«Einige Zeit.» Guy schaute auf seinen Schreibtisch hinab. «Solche Dinge brauchen Zeit, wenn man es mit Arabern zu tun hat.»

«Wann war es?» Tom trat vor ihn und funkelte ihn an.

«Sofort nachdem ich auf dieser Insel angekommen war», gab Guy schließlich zu, «vor einem Jahr.»

«Vor einem Jahr?», rief Tom. «Ein Jahr? So lange werde ich gewiss nicht warten, das kannst du mir glauben. Ich werde noch heute zum Sultan gehen und eine Antwort verlangen.»

«Das verbiete ich dir!», schrie Guy. «Ich bin hier der Konsul!»

«Du kannst mir verbieten, was du willst, Guy», erklärte Tom grimmig. «Ich werde mich jedenfalls sofort zur Festung begeben.»

«Ich werde Lord Childs von deinem Benehmen unterrichten. Ich werde ihm einen umfassenden Bericht schicken», drohte Guy in seiner Verzweiflung. «Das Kompanieschiff im Hafen wird in wenigen Tagen nach England auslaufen. Lord Childs wird die volle Gewalt der Kompanie gegen dich einsetzen.»

«Es gibt keine Drohung, mit der du mich davon abhalten könntest, nach Dorian zu suchen. Du kannst so viele Berichte schicken, wie du willst, Guy. Es wird ein Jahr vergehen, bevor du eine Antwort erhältst. Bis dahin werde ich Dorian längst gerettet haben und tausend Meilen entfernt sein.»

«Verlasst sofort mein Haus, Sir!», schrie Guy. «Und wagt es nicht, noch einmal über diese Schwelle zu treten!»

«Diese Einladung ist ganz nach meinem Geschmack, Sir.» Tom drückte sich den Hut auf den Kopf. «Ich wünsche Euch noch einen schönen Tag.»

Ohne sich noch einmal umzuschauen, marschierte er zur Tür. Er lächelte, als Guy hinter ihm her rief: «Ich verbiete dir, dich dem Palast des Sultans zu nähern. Ich werde ihn sofort benachrichtigen, dass du ein Eindringling bist und nicht den Schutz Seiner Majestät, der Kompanie oder dieses Konsulats genießt!»

Tom stürmte den sandigen Weg zum Hafen zurück, und Aboli musste sich anstrengen, mit ihm Schritt zu halten. Aboli hatte auf seine erste Frage keine Antwort bekommen. So folgte er Tom nun, ohne etwas zu sagen.

Blinde Wut hatte Tom ergriffen. Er wollte in die Festung des Sultans stürmen, das Heidenschwein bei der Kehle packen und ihn so lange würgen, bis er die Antworten ausspuckte. Wenigstens erkannte er noch, dass seine Gefühle außer Kontrolle waren und er wieder einmal im Begriff war, eine Gewalttat zu begehen, die sein Unterfangen zum Scheitern bringen würde. Ich muss auf die *Swallow* zurück, wo ich nicht noch mehr Schaden anrichten kann, sagte er sich, und ich muss mich mit Aboli und Ned besprechen, bevor ich handle. Doch seine Hand streifte den Knauf des blauen Neptunschwerts, und sein Zorn nahm eine andere Wende. So wahr mir Gott helfe, wenn es nötig ist, um Dorian zu retten, werde ich mit der kleinen *Swallow* gegen die gesamte muselmanische Flotte segeln.

Jemand rief hinter ihnen her. Die Stimme war so schwach, dass sie den Zornnebel, der Tom umgab, zuerst nicht durchdrang. Dann endlich hörte er galoppierende Hufe und wieder diese Stimme. «Tom! Warte! Warte auf mich! Ich muss mit dir reden!»

Tom wirbelte herum und schaute den Weg hinauf, den sie gekommen waren. Das Pferd kam auf sie zugerast, der Reiter dicht an seinem Hals, weißer Sand unter den Hufen aufstaubend.

«Tom!» Es war eine Frauenstimme. Als das Pferd näher kam, sah er die Röcke hinter ihm herfliegen und das lange Haar im Wind wehen. Seine Wut war augenblicklich vergessen. Er starrte sie an.

Sie saß breitbeinig auf dem nackten Pferderücken. Blasse, weiße Beine, nackt bis über die Knie, umklammerten die Flanken des Tieres, so weit hatte sie ihre Röcke hochgerafft. Sie hob einen schlanken Arm und winkte ihm zu. «Tom!» Obwohl sie ihn beim Vornamen rief, wusste er immer noch nicht, wen er vor sich hatte. Sie brachte die braune Stute unmittelbar neben ihm zum Stehen, sprang mit raschelnden Röcken zu Boden und drückte Aboli die Zügel in die Hand. «Halte sie bitte, Aboli», sagte sie. Der große Mann packte die Zügel.

«Tom! O Tom!» Das fremde Mädchen warf ihm die Arme um den Hals. «Ich dachte, ich würde dich nie mehr wiedersehen.» Sie umarmte ihn fest. Dann trat sie zurück und ergriff seine beiden Hände. «Lass mich dich anschauen.» Sie schaute ihm ins Gesicht, und er schaute zurück.

Ihr langes Haar war von einem warmen Braun, obwohl man ihr Gesicht nicht als hübsch bezeichnen konnte. Das Kinn war zu stark und der Mund zu breit, besonders wenn sie lächelte, wie sie es jetzt tat. Ihre strahlend blauen, englischen Augen blitzten hinter langen Wimpern hervor, doch das Schönste an ihr war ihre

Haut, das fiel Tom sofort auf. Sie war makellos, und sie hatte der Tropensonne erlaubt, sie in einem unmodischen Goldbraun zu färben. Sie war fast so groß wie Tom. Ihr Blick ging direkt in seine Augen, und ihre Haltung war ungezwungen und selbstbewusst, mit knabenhaftem Hüftschwung und nach vorn gestreckten Schultern.

«Du erkennst mich nicht, Tom?», lachte sie.

Er schüttelte verdattert den Kopf. Er fand ihr Gesicht faszinierend und ihre Augen voller Spaß und lebhafter Intelligenz. «Vergebt mir, Madam», stammelte er. «Ich weiß nicht, was ich sagen soll.»

«Madam!», lachte sie. «Ich bin es! Sarah!» Sie schüttelte seine beiden Hände. «Sarah Beatty, Carolines kleine Schwester. Du hast mich immer deine kleine Schmeißfliege genannt. ‹Warum schwirrst du immer um meinen Kopf herum wie eine Schmeißfliege, Sarah?›», ahmte sie seine Stimme nach. «Erinnerst du dich jetzt?»

«Gütiger Himmel, wie du dich verändert hast!», rief er verblüfft aus, während er nicht anders konnte, als auf die vollen, wohlgeformten Brüste zu starren, die unter ihrem Mieder schwollen.

«Wo du davon sprichst, Tom, was ist mit deiner Nase passiert?»

Tom fasste sich verschämt an die Nasenspitze. «Sie ist gebrochen.»

«Armer Tom.» Sie verzog ihr Gesicht in gespieltem Mitleid. «Aber es steht dir ganz gut. O Tom, es ist so schön, dich wieder zu sehen.» Sie hakte sich bei ihm ein und führte ihn den Weg in die Stadt hinunter. Aboli folgte ihnen in sittsamen Abstand.

«Ich habe deine Stimme gehört, als du Guy angebrüllt hast. Ich wollte es zuerst nicht glauben, aber die Stimme habe ich sofort erkannt.» Sie blickte ihn verschlagen von der Seite an. «Na gut, ich habe an der Tür gelauscht. Guy würde mich verprügeln lassen, wenn er davon wüsste.»

«Schlägt er dich etwa?», fragte Tom in galanter Empörung. «Darum werde ich mich kümmern, das verspreche ich.»

«Ach was, mache keinen Zirkus. Ich kann mich schon selbst um mich kümmern. Aber wir wollen keine Zeit verschwenden. Ich kann nicht lange bleiben; sie werden mich vermissen und die Diener hinter mir her schicken.»

«Es gibt so viel, worüber wir reden müssen, Sarah.» Tom empfand eigenartigen Schmerz bei dem Gedanken, dass sie sich bald wieder trennen würden. Ihr Arm unter dem seinen war stark und warm. Ein leichter Duft umgab sie wie eine Aura – ein Duft, der ihn in seinem tiefsten Innersten berührte.

«Ich weiß», sagte sie. «Ich habe gehört, wie du mit Guy über den kleinen Dorian gesprochen hast. Wir alle haben Dorian geliebt. Ich möchte dir helfen.» Sie dachte geschwind nach. «Nicht weit von der Südspitze der Insel gibt es eine alte Ruine, ein früheres Jesuitenkloster. Dort können wir uns morgen treffen, um zwei Glasen in der Nachmittagswache.» Sie lachte ihn an. «Siehst du? Ich kann mich an all die Matrosendinge erinnern, die du mir beigebracht hast. Wirst du kommen?»

«Natürlich.» Sie hakte sich von ihm los und ging zu Aboli, um ihn zu umarmen. «Erinnerst du dich, wie wir Pferd und Reiter gespielt haben, Aboli? Du hast mich auf deinem Rücken getragen.»

Ein Lächeln verzauberte Abolis Züge. «Miss Sarah! Wie schön Ihr geworden seit!»

Sie nahm ihm die Zügel ab. «Hilf mir bitte aufs Pferd.»

Er baute ihr eine Hühnerleiter und hob sie mit leichter Hand auf den Rücken der Stute. Dann lächelte sie Tom ein letztes Mal zu. «Vergiss es nicht!», warnte sie ihn, bevor sie dem Pferd ihre Fersen in die Flanken stieß.

Tom schaute ihr nach, wie sie davongaloppierte. «Nein», sagte er leise, «ich werde es nicht vergessen.»

«Der Sultan fühlt sich nicht wohl, Effendi. Er kann keine Besucher empfangen, nicht einmal so wichtige, wie Ihr es seid, mein Herr», sagte der Wesir höhnisch zu Tom. Der Hafen war voll mit Frankenschiffen, und die Kapitäne prügelten sich fast um eine Audienz mit dem Sultan, von dem sie sich Handelslizenzen oder die Erlaubnis erhofften, die verbotenen Territorien weiter im Norden besuchen zu dürfen.

«Wann kann er mich empfangen?», fragte Tom. Der Wesir verzog den Mund ob einer so ungehobelten, schlichten Frage. Er wusste, dieser junge Ungläubige kommandierte ein winziges Schiff, das nicht viel Handelsware geladen haben konnte, und er roch nicht nach Gold; er war kaum seiner Aufmerksamkeit wert. Und doch war er ungewöhnlich. Er sprach gut verständliches

Arabisch und kannte die Etikette dieses Geschäfts: Er hatte angemessene Geschenke gemacht, um sich den Weg zum Sultan zu ebnen.

«Das liegt in Allahs Händen», zuckte der Wesir die Schultern. «Vielleicht in einer Woche oder in einem Monat, ich weiß es nicht.»

«Ich werde morgen früh wiederkommen und jeden Tag danach, bis der Sultan mich zu sich lässt», versprach Tom dem Araber.

«Und ich werde jeden Tag auf deine Rückkehr warten, wie die ausgetrocknete Erde auf den Regen wartet», entgegnete der Wesir mit milder Stimme.

Aboli wartete am Tor der Festung, und Tom hob eine Augenbraue als Antwort auf seine stumme Frage. Er war zu verärgert und enttäuscht, um zu reden. Sie gingen über den Gewürzmarkt, wo die Luft von den Düften von Nelken und Pfeffer erfüllt war, an dem Schandpfahl auf dem Sklavenmarkt vorbei, wo irgendeine arme Frau angekettet war, das Fleisch in Streifen von ihrem Rücken hängend, und die Straße der Goldhändler hinunter zum Pier, wo das Langboot wartete.

Während er seinen Platz in den Heckschoten einnahm, schaute Tom zum Himmel auf, um den Winkel der Sonne abzuschätzen. Dann zog er die silberne Tompion-Uhr aus der Tasche und klappte den Deckel auf. «Rudert mich zur Südspitze der Insel herum», befahl er. Am Tag zuvor hatte er auf seiner Karte nachgeschaut und die Ruinen des alten Jesuitenklosters darauf gefunden. Eine kleine Bucht nicht weit davon sollte ihnen die Landung erlauben.

Als die Ruderer den Kanal hinunterpullten, dicht vor dem Korallenriff, das durch die gurgelnde Dünung seine Zähne zeigte, verzog sich Toms üble Laune in dem hellen Sonnenschein und in der Aussicht auf sein Rendezvous mit Sarah.

Bald bemerkte er, wie vor dem Bug des Bootes die Wogen der offenen See auf die ungeschützte Südspitze der Insel einprügelten. Als er aufstand und die Küste vor ihnen musterte, sah er einen Bach in die Lagune fließen, der Lauf markiert durch satt grüne Vegetation. In jedem Riff gab es eine Durchfahrt, wo ein solcher Süßwasserzufluss das Wachstum der Korallen hemmte. Als sie an der Stelle ankamen, fand er das tiefere Wasser der Passage und steuerte das Boot hindurch. Der Strand war menschenleer; kein Kiel hatte seine Spur auf dem Sand hinterlassen. Tom sprang vom

Bug auf den harten weißen Sand, ohne sich die Stiefel nass zu machen. «Ich werde in ungefähr einer Stunde zurück sein», sagte er zu Aboli. «Wartet auf mich.»

Er fand einen überwachsenen Pfad den Bach entlang und wanderte darauf landeinwärts, bis er sich in einem lichten Palmenwald fand und die Klosterruinen vor sich erblickte. Er ging schneller, und als er vor dem verfallenen Gemäuer stand, rief er laut und klar: «Sarah? Bist du hier?» Ein Schwarm Sittiche erhob sich kreischend von den oberen Ästen eines Pipalbaumes, dessen Wurzeln sich zwischen die umgestürzten Steinblöcke gebohrt hatten, doch sonst war kein Laut zu hören.

Er ging weiter um die Mauer herum. Plötzlich hörte er ein heiseres Wiehern direkt vor sich. Er konnte seine Ungeduld nicht zähmen und lief zu der Stute, die an dem verfallenen Tor angebunden war. Der Sattel lag an die Mauer gelehnt, doch von der Reiterin war nichts zu sehen.

Er wollte wieder nach ihr rufen, doch dann besann er sich eines Besseren und ging vorsichtig durch das Tor. Das Bauwerk hatte kein Dach mehr und war mit Unkraut und frischen Palmsprossen bedeckt, die aus abgefallenen Kokosnüssen gewachsen waren. Eidechsen mit blauen Köpfen huschten zwischen die Steine, und leuchtend bunte Schmetterlinge schwebten über den Blumen.

Er stand, die Hände in die Hüften gestemmt, und schaute sich auf dem alten Hof um, auf dem er sich befand. Er erinnerte sich daran, wie gern Sarah Leuten Streiche gespielt hatte, schon damals auf der *Seraph*. Offenbar hatte sie sich nicht gebessert und spielte ein wenig Versteck mit ihm.

«Ich zähle bis zehn», rief er, wie er es getan hatte, als sie noch eine freche kleine Göre war, «dann komme ich dich holen.» Früher hatte diese Drohung genügt, sie und ihre Schwestern quietschend davonlaufen zu lassen. «Eins!», zählte er, und schon hörte er ihre Stimme hoch über sich.

«Guy sagt, du wärst ein Jungfrauenschänder.»

Er legte den Kopf in den Nacken und sah sie auf dem Torbogen sitzen, die langen Beine über den Rand baumelnd, die Waden entblößt unter ihrem Rocksaum und mit nackten Füßen. Er war direkt unter ihr hindurchgegangen.

«Er sagt, kein anständiges Christenmädchen wäre sicher, wenn du auf der Pirsch bist. Stimmt das?»

«Guy ist ein Narr», grinste Tom.

«Guy mag dich nicht besonders. Er hat keine brüderliche Wärme im Herzen.» Sarah ließ ihre Beine schwingen, und er starrte sie an. Sie waren glatt und wohlgeformt. «Ist Christopher wirklich von dir?»

Die Frage warf Tom fast um, so direkt war sie. «Wer hat dir das erzählt?» Er versuchte, sich zu fassen.

«Caroline», antwortete sie. «Sie weint ununterbrochen, seit sie dich gestern gesehen hat.»

Tom glotzte zu ihr hinauf. Was sie ihm mit diesen wenigen Sätzen erzählt hatte, stürzte ihn in Verwirrung. Er wusste nicht, was er sagen sollte.

«Wenn ich hinunterkomme, versprichst du mir dann, dass du dich nicht auf mich stürzt und mir auch ein Baby machst?», fragte sie mit süßer Stimme, während sie sich erhob.

Er hatte ein wenig Angst um sie, wie sie auf dem bröckeligen Mauerwerk balancierte, und fand seine Stimme wieder. «Pass auf, sonst fällst du herunter.»

Als hätte sie ihn nicht gehört, lief sie die schmale, abfallende Mauerkrone entlang, bis sie die letzten zwei Fuß herunterspringen konnte. Sie war gewandt wie eine Akrobatin. «Ich habe einen Picknickkorb mitgebracht.» Sie ging an ihm vorbei tiefer in die Ruinen, und er folgte ihr zu einer der alten Mönchszellen, die ihnen, obwohl sie kein Dach mehr hatte, Schutz bot vor der sengenden Sonne. Dort zog sie den Korb unter einem Haufen Palmwedel hervor. Sie setzte sich, indem sie auf die feminine Art, die Tom so anziehend fand, ihre Beine unter sich faltete, und strich ihre Röcke flüchtig zurecht, wobei sie Tom noch einen atemberaubenden Blick auf diese entzückenden Waden gewährte.

Sie öffnete den Korb und nahm die Dinge heraus, die sie mitgebracht hatte. «Bist du beim Sultan gewesen?», fragte sie.

«Er hat mich nicht vorgelassen.» Tom setzte sich ihr gegenüber und lehnte sich mit überkreuzten Beinen an einen Steinblock.

«Kein Wunder. Guy hat ihn vor dir gewarnt.» Dann wechselte sie das Thema mit verblüffender Leichtigkeit. «Ich habe uns eine Flasche Wein aus Guys Keller geholt.» Sie hielt sie hoch wie eine Trophäe. «Es ist französischer Wein, vom letzten Schiff aus der Heimat.» Sie las das Etikett. «Corton Charlemagne. Ist der gut?»

«Ich weiß nicht», gab Tom zu, «aber es klingt eindrucksvoll.»

«Guy sagt, er ist ausgezeichnet. Mein Schwager betrachtet sich als einen großen Kenner. Darauf ist er furchtbar stolz. Er wäre wütend, wenn er wüsste, dass wir ihn trinken. Kannst du die Flasche öffnen?» Sie gab sie Tom und fuhr fort, ihre Pasteten und den Aufschnitt auf Tellern vor sich auszubreiten. «Es hat mir so Leid getan, als ich vom Tod deines Vaters hörte», sagte sie plötzlich traurig. «Er war auf der Reise zum Kap so lieb zu mir und meiner Familie.»

«Danke», entgegnete Tom, während er den Korken aus der Flasche zog. Er wandte sich ab, um ihr nicht zu zeigen, wie sehr ihn die Erinnerung an seinen Vater immer noch schmerzte.

Sie spürte seinen Kummer und versuchte, ihn aufzuheitern. «Wenn mein Vater nicht diesen Posten für Guy arrangiert hätte, säße er jetzt immer noch als Schreiber in seinem Kontor in Bombay. Er ist kein so großer Mann, wie er es sich einbildet.» Sie machte ein ernstes Gesicht, das so gut seinen Bruder imitierte, dass Toms Trauer verflog und er grinsen musste, besonders als sie seine aufgeblasene Sprache und Stimme nachmachte: «‹Ich bin der jüngste Konsul im Dienste Seiner Majestät. Ich werde meinen Ritterschlag erhalten, bevor ich dreißig bin.›» Tom prustete vor Lachen. Er fühlte sich wunderbar in ihrer Gegenwart.

Dann war sie plötzlich wieder ernst. «O Tom, was sollen wir nur mit dem armen kleinen Dorian machen? Guy ist es leider vollkommen egal. Er kümmert sich nur um seine Kompaniegeschäfte mit den Arabern und um seinen Lord Childs in London. Er würde niemals etwas tun, was dem Sultan und dem Prinzen nicht gefallen würde.»

Toms Gesicht verfinsterte sich wieder. «Guy oder die Omaner werden mich an nichts hindern können. Ich habe ein gutes, schnelles Schiff, und wenn sie mich dazu zwingen, werde ich es einsetzen.»

«Ich weiß genau, wie du leidest, Tom. Für mich ist Dorian wie ein eigener Bruder. Ich werde alles tun, dir zu helfen. Doch du musst vorsichtig sein. Guy sagt, der Prinz würde jedes christliche Schiff beschlagnahmen, das sich nördlich von Sansibar wagte. Er sagt, die Araber würden die Mannschaften in die Sklaverei verkaufen, die diesen Bann missachteten.» Sie beugte sich nach vorn und legte ihm eine Hand auf den Arm. Ihre Finger waren lang und wohlgeformt; sie fühlten sich kühl an auf seiner Haut. «Es wäre furchtbar gefährlich. Ich könnte es nicht ertragen, wenn dir irgendetwas zustieße, mein lieber Tom.»

«Ich passe schon auf … auf mein Schiff und meine Mannschaft», versicherte er ihr. Ihre Berührung verwirrte ihn.

«Das weiß ich.» Sie zog ihre Hand zurück und strahlte ihn an. «Schenke uns von Guys Wein ein.» Sie stellte zwei Zinnbecher bereit. «Mal sehen, ob er so gut ist, wie er behauptet.»

Sie trank einen kleinen Schluck. «Mmm!», raunte sie. «Drücke besser den Korken wieder in die Flasche. Caroline sagt, die Frauenschänder machen ihre unschuldigen Opfer gewöhnlich mit Alkohol gefügig, bevor sie über sie herfallen.» Sie machte große Augen. «Ich will aber kein Kind, wie es Caroline ergangen ist. Jedenfalls nicht heute.»

Sie brachte es immer wieder fertig, ihn aus der Fassung zu bringen. Ihre Bluse war verrutscht, sodass eine ihrer Schultern entblößt war, doch sie schien es nicht zu bemerken. «Agnes hat jetzt auch ein Baby. Sie hat einen Captain Hicks von der Kompaniemiliz in Bombay geheiratet. Anscheinend sind meine beiden Schwestern ziemliche Zuchtstuten. Es könnte in der Familie liegen, ich muss also vorsichtig sein. Du bist doch nicht verheiratet, Tom?»

«Nein», sagte er heiser. Die Haut auf ihrer Schulter und ihrem Arm war zart und sonnengebräunt, mit seidenfeinen, farblos in der Sonne schimmernden Härchen auf den Unterarmen.

«Gut. Wie soll es also mit Dorian weitergehen? Möchtest du, dass ich Guy nachspioniere und herausfinde, was er weiß oder unternimmt? Dir wird er wahrscheinlich nicht viel erzählen.»

«Ich wäre sehr dankbar für deine Hilfe.»

«Ich könnte alle seine Korrespondenz durchlesen und ihn belauschen, wenn er Besuch hat. Da ist das Loch in der Wand, wo die Ventilatorleinen durchgehen.» Sie war offenbar sehr stolz auf ihren Plan. «Aber natürlich müssen wir uns dann regelmäßig hier treffen, damit ich dir Bericht erstatten kann.»

Tom fand diese Aussicht alles andere als unangenehm. «Erinnerst du dich an die Konzerte damals an den Abenden auf der *Seraph*?», fragte sie, und dann stimmte sie spontan den Refrain der «Frauen von Spanien» an. Ihre Stimme war einfach und klar und berührte Tom, obwohl er hoffnungslos unmusikalisch war.

Seine Nackenhaare prickelten und er war enttäuscht, als sie aufhörte.

«Wie ist es Master Walsh ergangen, unserem Lehrer?», fragte sie. «Er war solch ein lustiger kleiner Mann.»

«Er ist bei uns auf der *Swallow*.» So begann er, ihr von den Mannschaftsmitgliedern zu erzählen, an die sie sich von der *Seraph* erinnerte.

Sie weinte, als er davon sprach, wie Big Daniel Fisher umgekommen war, und fast hätte er sie in seine Arme geschlossen, um sie zu trösten. Stattdessen wechselte er das Thema und erzählte, wie sie die *Swallow* erobert hatten, und von der langen Reise nach Afrika.

Sie lauschte aufmerksam, wischte sich die Tränen ab und bejubelte seinen Mut und Einfallsreichtum. Bald plauderte sie wieder munter drauflos, als hätte sie in den Jahren, in denen sie sich nicht gesehen hatten, tausend Fragen für ihn aufgespart.

Tom war fasziniert. Je länger er ihr Gesicht studierte, desto mehr kam er zu dem Schluss, dass sein erster Eindruck von ihr vollkommen falsch gewesen war. Vielleicht waren ihre Züge nicht hübsch, mit der großen Nase, dem breiten Mund und dem energischen Kinn, doch als er nun alles zusammen sah mit der Begeisterung und der Freude, die ihr Gesicht erhellten, meinte er, eine wirkliche Schönheit vor sich zu haben. Die kleinen Fältchen um ihre Augen, wenn sie lachte, wie sie das Kinn ein wenig hob, wenn sie eine Frage stellte: Alles passte zusammen, und es gefiel ihm.

Während sie redeten, krochen die Schatten über den Klosterhof. Plötzlich brach sie mitten im Satz ab, mitten in der lebhaften Beschreibung ihrer Ankunft in Bombay und der Reaktion der Familie Beatty auf die fremde, exotische neue Welt. «O Tom, es ist spät. Wie schnell die Zeit vergangen ist! Ich bin schon viel zu lange geblieben.» Sie packte hastig die Teller und leeren Weinbecher zusammen. «Ich muss jetzt gehen. Guy wäre außer sich, wenn er auch nur ahnte, wo ich gewesen bin.»

«Guy kann nicht über dich bestimmen», runzelte Tom die Stirn.

«Aber er ist der Haushaltsvorstand. Mein Vater hat ihm das Versprechen abgenommen, für mich zu sorgen, als unsere Mutter gestorben ist, und nun darf ich ihn nicht verärgern, allein schon um Carolines willen. Sie ist es, an der er gewöhnlich seinen Jähzorn auslässt.»

«Bist du glücklich mit deinem Leben in Guys und Carolines Haus, Sarah?»

Selbst nach der kurzen Zeit, die sie zusammen verbracht hatten, meinte er, sie gut genug zu kennen, dass er eine so intime Frage stellen konnte.

«Ich könnte mir Umstände vorstellen, die mir mehr zusagen würden», sagte sie fast unvernehmlich, ohne von dem Picknickkorb aufzuschauen. Dann schlüpfte sie in ihre Schuhe und stand auf. Tom nahm den Korb, und sie legte ihm eine schlanke Hand auf den Arm, als müsse sie sich stützen auf dem Weg über den unebenen Ruinengrund. Dabei hatte er sie nur Stunden zuvor die hohe Mauer entlangtanzen sehen.

«Wann kommst du wieder her, um mir zu berichten, was Guy macht?», fragte Tom, während er den Korb auf den Rücken der Stute schnallte.

«Morgen geht es nicht. Ich habe Caroline versprochen, ihr mit Christopher zu helfen. Sagen wir übermorgen, um die gleiche Zeit.»

Er fasste sie um die Taille und hob sie in den Sattel. Er hoffte, sie bemerkte die Kraft, die diese einfache Hilfestellung erforderte, denn sie war kein zartes, leichtes Mauerblümchen. Heute ritt sie auf einem Damensattel.

Sie legte ein Bein um den Knauf, und er half ihr, die langen Röcke korrekt zu arrangieren. Dann schaute sie zu ihm hinab, wie er neben ihrem Steigbügel stand. «O Tom», platzte sie heraus, «es war wunderschön heute. Das Leben auf dieser Insel ist sonst so langweilig. Guy lässt mich nicht einmal allein in die Stadt gehen. Ich kann mich nicht erinnern, wann ich solchen Spaß gehabt habe wie heute mit dir.» Dann schien sie plötzlich beschämt über ihre Offenheit und trieb die Stute in Galopp, ohne auf eine Erwiderung zu warten. So verschwand sie den Sandweg in den Palmenhain hinauf, aufrecht im Sattel wie eine Königin.

Als Tom den Damm vom Hafen hinaufschritt und unter dem Fallgatter der Festung hindurchging, kamen ihm zwei Männer entgegen. Sie waren in ein Gespräch vertieft, und er schnappte nur wenige Worte auf. Sie sprachen Englisch, wie Tom dennoch bemerkte, und so machte er kehrt und lief hinter ihnen her. «Gott zum Gruße, Gentlemen», sprach er sie an. «Es ist gut, in diesem Heidenland die Sprache der Christen zu hören. Darf ich mich vorstellen? Robert Davenport.» Dies war das Pseudonym, mit dem er sich vor dem Haftbefehl schützte, der sicherlich bereits überall verteilt war.

Die beiden Männer drehten sich zu ihm um und schauten ihn misstrauisch an. Jetzt erkannte Tom sie als den Kapitän und einen der Offiziere von dem Indiaman, der im Hafen lag. Er hatte früher am Tag gesehen, wie sie an Land gerudert worden waren. «Ich hoffe, Ihr hattet bisher eine gute Reise», fuhr Tom fort, nachdem sie sich widerstrebend vorgestellt und Tom die Hand gegeben hatten, immer noch steif und reserviert. «Ich nehme an, Ihr kommt von einer Audienz beim Sultan.»

«Ja», nickte der Kapitän kurz angebunden. Offenbar wollte er nicht mehr sagen, sodass Tom weiterbohren musste.

«Wie ist der Bursche? Dies wird meine erste Begegnung mit ihm sein. Spricht er Englisch?»

«Nein, er spricht nur seine eigenes gottverdammtes Kauderwelsch», antwortete der Mann. «Ich wünsche Euch viel Glück mit ihm. Er ist ein gerissener Teufel, und Ihr werdet alles Glück brauchen, das Ihr finden könnt.» Er verbeugte sich. «Wenn Ihr mich jetzt entschuldigen könntet, Sir …»

Tom ging in die Festung, schäumend vor Wut. Jetzt hatte er den Beweis; Sarah hatte die Wahrheit gesagt. Sein eigener Bruder hatte den Wesir bestochen, ihn abzuwimmeln.

Ein Diener des Wesirs versuchte ihn im Vorzimmer aufzuhalten, doch Tom drückte sich an ihm vorbei. Er schob den dicken Seidenvorhang beiseite und riss die Tür auf, die sich dahinter verbarg.

Der Wesir saß auf einem niedrigen Podest am anderen Ende des Raumes. Der Saal stank nach Weihrauch und Haschisch. Der Mann hatte eine Schreibtafel vor sich und einen Sekretär an seiner Seite, der ihm Dokumente nacheinander zur Unterschrift vorlegte. Er schaute erschrocken auf, als Tom plötzlich vor ihm stand.

«Vor einer Minute habe ich mit einem englischen Kapitän gesprochen, der von einer Audienz mit Seiner Exzellenz kam», sagte Tom. «Es freut mich zu hören, dass der Sultan sich so schnell von seiner Unpässlichkeit erholt hat», fuhr er auf Arabisch fort, «denn das bedeutet, dass ich ihn nun sprechen kann und er meine Petition anhören kann.»

Der Wesir kam hastig auf die Beine, doch Tom ging einfach an ihm vorbei und auf den Durchgang hinter ihm zu. «Ihr könnt nicht hineingehen!», schrie der Araber voller Angst, doch Tom ignorierte ihn.

«Wache!», rief der Wesir. «Halte diesen Mann auf!»

Ein großer Kerl in einem langen Gewand und Brustpanzer erschien und stellte sich Tom in den Weg. Er hatte die Hand auf dem Knauf des Krummsäbels an seinem Gürtel. Tom trat vor ihn und packte seinen Schwertarm beim Handgelenk. Der Soldat versuchte, seine Waffe zu ziehen, doch Tom quetschte sein Handgelenk mit solcher Gewalt, dass er winselnd über die Schulter schaute, in den Raum hinter sich.

«Seid gegrüßt, mächtiger Sultan», rief er dem Mann zu, der dort auf einem Haufen Kissen lag. «Ich wünsche Euch alle Segnungen Allahs und erweise Euch meinen demütigen, ergebenen Respekt. Ich bitte Euch, mit einem Gnadengesuch an Euch herantreten zu dürfen. Wie der Prophet selbst gesagt hat: Das Kind und die Witwe verdienen unser Mitleid.»

Der Sultan blinzelte ihn an und setzte sich auf. Er trug eine steife Weste aus schwerem Seidenbrokat und scharlachrote Hosen, die über seinem Bauch von einem Gurt aus Goldfiligran zusammengehalten waren. Sein Turban war von derselben Farbe wie die Hose, und er trug einen buschigen Bart, an dem er nervös herumzupfte. Er hatte nicht damit gerechnet, von einem Frankenbarbaren mit den geheiligten Worten des Korans begrüßt zu werden.

Der Wesir war hinter Tom hergelaufen und nun warf er sich zwischen sie. «Vergebt mir, o Herr, ich habe versucht, ihn aufzuhalten. Dies ist der gemeine und unwürdige Ungläubige, von dem ich Euch erzählt habe. Ich werde die Wachen rufen und ihn entfernen lassen.»

«Lasse ihn in Frieden», erwiderte der Sultan. «Ich will hören, was er zu sagen hat.»

Tom ließ das Handgelenk des Soldaten los und stieß ihn weg. «Der gemeine und unwürdige Ungläubige dankt dem mächtigen Sultan Ali Muhammad und erweist ihm seinen demütigen Respekt.»

Seine Worte standen in derartigen Gegensatz zu seinem Benehmen, dass der Sultan lächeln musste. «Bringe also dein Gnadengesuch vor», forderte er Tom auf.

«Ich bin auf der Suche nach einem Kind, meinem eigenen Bruder. Er ist seit zwei Jahren vermisst. Ich habe guten Grund anzunehmen, dass er in den Landen der Omaner gefangen gehalten wird.»

Der Gesichtsausdruck des Sultans änderte sich merklich.

«Mein Bruder ist ein Untertan Seiner Majestät, König William III. Nach einem Vertrag zwischen Eurem Kalifen und unserem König ist es aufs Strengste verboten, ihre Untertanen als Sklaven zu nehmen.»

«Ich weiß, wer du bist.» Der Sultan hob eine Hand, um Tom zum Schweigen zu bringen. «Ich habe vom englischen Konsul Mitteilungen über dich erhalten. Der Konsul hat auch wegen dieses Kindes bei uns nachgefragt. Wir haben uns der Sache angenommen. Mehr kann ich nicht sagen, solange wir noch auf eine Antwort vom Hofe des Kalifen in Maskat warten.»

«Es ist nun über ein Jahr her, dass ...», begann Tom aufbrausend, doch der Sultan unterbrach ihn.

«Ich bin sicher, du weißt, wie dumm es wäre, den Kalifen zu erzürnen, indem wir ihn mit einer solchen Kleinigkeit belästigten.»

«Es ist keine Kleinigkeit», widersprach Tom. «Meine Familie ist von Adel und hat großen Einfluss.»

«Für den Kalifen ist es dennoch eine Nebensächlichkeit. Wie auch immer, Seine Majestät ist ein Mann von großer Güte. Wir können sicher sein, von ihm zu hören, sobald er uns irgendetwas über den Jungen berichten kann; erst dann wird er uns eine Antwort zukommen lassen. In der Zwischenzeit können wir nur warten.»

«Wie lange?», wollte Tom wissen. «Wie lange sollen wir noch warten?»

«So lange, wie es nötig ist.» Der Sultan machte eine Geste, um Tom zu entlassen. «Das nächste Mal, wenn du hier hereinstürmst wie ein Feind, werde ich dich als solchen behandeln, Engländer», warnte er kühl.

Als Tom den Raum verlassen hatte, rief der Sultan seinen Wesir zu sich. Der Mann warf sich vor ihm zu Boden. «Vergib mir, o Herr. Ich bin nur Staub in deinem Angesicht. Ich habe versucht, diesen irrsinnigen Franken ...»

Der Sultan schnitt ihm das Wort ab. «Lasse den englischen Konsul wissen, dass ich ihn sofort zu sprechen wünsche.»

«Guy ist gestern zur Festung geritten. Der Sultan hatte ihn zu sich bestellt», berichtete Sarah. «Als er zurückkam, hatte er eine Laune wie sieben Tage Regenwetter. Er schlug einen der Stallknechte besinnungslos, und dann hat er Caroline und mich angeschrien.»

«Er hat dich doch nicht geschlagen?», fragte Tom. «Wenn er seine Hand gegen dich erhebt, werde ich ihn zu Brei prügeln, das schwöre ich.»

«Das hat er nur einmal versucht», lachte Sarah. Sie schüttelte ihr Haar aus, sodass es im Monsunwind wehte. «Ich habe eine seiner kostbaren chinesischen Vasen auf seinem Kopf zertrümmert. Es hat nicht sehr geblutet, aber er benahm sich, als läge er im Sterben. Doch genug davon. Darf ich weitererzählen?»

«Fertigmachen zur Wende!», unterbrach Tom sie, und sie sprang an das Besanfall der kleinen Feluke. Sie lernte schnell und war schon eine brauchbare Seglerin. Tom hatte das Boot am Hafen gemietet, für ein paar Rupien am Tag. Sie wendeten um die Südspitze Sansibars. Als sie ihre Aufgabe erfüllt hatte, setzte sie sich wieder neben ihn.

«Nachdem er also das ganze Haus in Aufruhr gebracht hatte, verkroch er sich den Rest des Nachmittags in seinem Zimmer. Beim Abendessen sprach er kaum ein Wort, aber er trank zwei Flaschen Portwein und eine Flasche Madeira. Zwei Pagen mussten Caroline und mir helfen, ihn ins Bett zu tragen.»

«Mein Zwillingsbruder ist zu einem Säufer geworden?», fragte Tom.

«Nein, es war höchst ungewöhnlich, das erste Mal, dass ich ihn sich bewusstlos trinken gesehen habe. Du scheinst eine eigenartige Wirkung auf deine Mitmenschen zu haben.» Sie klang so leichtherzig bei dieser zweischneidigen Bemerkung, dass Tom nicht wusste, was er daraus machen sollte. Dann fuhr sie fröhlich fort: «Nachdem wir ihn ins Bett gesteckt haben, mit Caroline neben ihm unter der Decke, bin ich in sein Büro gegangen und fand dort einen Stapel Briefe, die er geschrieben hatte. Von denen, die uns betreffen, habe ich Abschriften gemacht.»

Sie zog die gefalteten Seiten aus ihrer Kleidtasche. «Dieser hier ist an Lord Childs, und dieser an deinen Bruder William.» Die Briefe flatterten in ihrer Hand, als sie sie ihm überreichte.

«Übernimm das Ruder.» Sie setzte sich auf den Heckbalken und hielt die Pinne, das Kleid bis zu den Knien hochgezogen, um Sonne und Wind auf ihrer Haut spielen zu lassen. Mit einiger Anstrengung nahm Tom seinen Blick von ihren langen, muskulösen Beinen und wandte sich den Briefen zu. Er runzelte die Stirn, als er den ersten Brief begann, und während er weiterlas, verfinsterte sich seine Miene immer mehr. «Dieser verräterische Bastard!», rief er schließlich, nur um sich gleich zu entschuldigen. «Vergib mir, ich sollte nicht so reden.»

Sie lachte und kniff die Augen zusammen. «Wenn Guy ein Bastard ist, dann bist du ebenfalls einer. Du solltest dir lieber ein anderes Schimpfwort ausdenken. Wie wäre es mit Kröte oder Scheißkerl?»

Tom errötete. Er hatte nicht erwartet, dass sie schlimmer fluchen konnte als er. Er wandte sich eilig dem Brief an William zu. Es war ein eigenartiges Gefühl, Worte zu lesen, die an den Mann gerichtet waren, den er getötet hatte.

Als er fertig war, riss er beide Briefe in kleine Fetzen und warf sie hoch. Gemeinsam schauten sie zu, wie die Schnipsel Möwen gleich vom Wind davongetragen wurden.

«Und nun erzähle mir von deiner Audienz beim Sultan. Ich will alles wissen», forderte Sarah.

Bevor er etwas sagte, stand Tom auf und ging zum Mastfuß. Er fierte das Lateinersegel, worauf sich die Feluke sofort ganz anders bewegte. Sie rang nicht mehr mit dem Wind, sondern ließ sich von ihm streicheln wie eine Geliebte und wiegte sich sanft auf den Wellen. Er ging zurück und setzte sich dicht neben Sarah, ohne sie jedoch zu berühren. «Ich musste mich selbst bei ihm einladen», ging er schließlich auf ihre Frage ein, «doch zum Glück hatte ich mich mit einem Koranzitat bewaffnet.» Er beschrieb ihr sein Treffen mit dem Sultan und erzählte das Gespräch nach, Wort für Wort. Sie hörte schweigend zu, ohne ihn ein einziges Mal zu unterbrechen, was sehr ungewöhnlich war, wie Tom schon nach ihrer kurzen Bekanntschaft sagen konnte.

Ein oder zwei Mal verlor Tom den Faden, wenn er sie anschaute, und musste von neuem beginnen. Das Weiß in ihren Augen war so rein und klar, dass es bläulich zu schimmern schien wie die

Augen eines gesunden Babys. Ihre Gesichter waren so dicht zusammen, dass er den flüchtigen Duft ihres Atems riechen konnte. Als er fertig war mit seiner Erzählung, saßen sie beide still da, immer noch Auge in Auge.

Sarah brach schließlich das Schweigen. «Hast du vor, mich zu küssen?» Sie strich sich mit einer Hand das lange Haar aus dem Gesicht. «Wenn es so ist, wäre dies eine gute Gelegenheit. Niemand kann uns hier sehen.»

Er bewegte sein Gesicht näher an ihres und hielt inne, als ihre Lippen nur noch einen halben Zoll voneinander entfernt waren. Er hatte das Gefühl, als wäre er im Begriff, etwas Göttliches zu entheiligen. «Ich möchte nichts tun, was dir irgendwie wehtun könnte», krächzte er.

«Sei kein Frosch, Tom Courtney», sagte sie heiser. Sie schloss langsam die Augen, sodass ihre langen Wimpern sich berührten. Ihre rosa Zungenspitze huschte über die erwartungsvoll geschürzten Lippen.

Tom spürte einen fast unwiderstehlichen Drang, sie zu packen und ihren Körper an sich zu ziehen. Stattdessen berührte er ihre Lippen sanft, wie ein Schmetterling, der auf einer Blüte landet. Die Feuchtigkeit darauf schmeckte leicht süßlich. Er meinte zu ersticken unter dem Druck in seiner Brust. Nach einem Augenblick zog er sich zurück.

Sie riss die smaragdgrünen Augen auf. «Sei verflucht, Tom Courtney», sagte sie. «Ich habe so lange darauf gewartet, und das ist alles, was du mir geben kannst?»

«Du bist so zart, so schön. Ich will dir nicht wehtun. Ich will nicht, dass du mich verachtest.»

«Wenn du nicht willst, dass ich dich verachte, musst du dir schon etwas Besseres einfallen lassen.» Sie schloss wieder die Augen und beugte sich zu ihm nach vorn. Er zögerte nur noch einen Herzschlag, dann nahm er sie in die Arme und presste ihr seinen Mund auf die Lippen.

Sie miaute leise vor Überraschung und versteifte sich am ganzen Körper im Schock über die unerwartete Gewalt seiner Umarmung, doch dann erwiderte sie seinen Kuss mit solcher Leidenschaft, dass ihre Lippen sich öffneten, ihre Zähne aneinander schlugen, die weichen, nassen Münder sich vereinigten und ihre Zungen sich umschlangen.

Eine größere Welle schlug an die Seite der treibenden Feluke und warf sie beide vom Heckbalken. Sie fielen auf das Deck, ohne sich aus ihrer Umarmung zu lösen. Sie störten sich nicht an dem Gestank der Kielpfützen und getrockneten Fischschuppen, mit denen die harten Planken bedeckt waren.

«Tom! Tom!» Sie versuchte zu sprechen, ohne sich von seinen Lippen zu lösen. «Ja! So lange! Ich dachte, es würde niemals – o ja, du bist so stark. Höre nicht auf.»

Er wollte sie verschlingen, vollkommen mit ihr eins werden. Ihr Mund war schlüpfrig, und ihre Zunge machte ihn halb wahnsinnig. Alles verschwamm, das Universum stürzte um ihn zusammen, bis nur noch der warme, duftende Körper in seinen Armen existierte.

Irgendwann lösten sie ihre Lippen voneinander, um Luft zu schöpfen. Es war nur für einen Augenblick, gerade lange genug, dass sie keuchen konnte: «Tom, o Tom, ich habe dich von dem Augenblick an geliebt, als ich dich das erste Mal gesehen habe. All diese Jahre dachte ich, ich hätte dich verloren.»

Dann stürmten sie wieder stöhnend aufeinander ein, ihre Arme fest um seinen Hals, ihre Lippen und Zähne immer wunder an den seinen. Er tastete blind nach ihren Brüsten, und als er sie fand, ließ ihn das Gefühl – das weiche, schwere Fleisch in seinen Händen – laut aufschreien vor schmerzhaftem Verlangen. Er hantierte an den Verschlüssen ihres Mieders, doch er war ungeschickt und aus der Übung. Ungeduldig schob sie seine Hände weg und löste das Miederband. Sie griff hinein, schöpfte eine ihrer Brüste ans Freie und drückte sie in seine Hand, schloss seine Finger um sie.

«Da», sagte sie in seinen Mund, «sie ist dein. Alles ist dein.» Er knetete ihr Fleisch, und sie wimmerte und frohlockte in ihrem Schmerz.

«Ich habe dir wehgetan.» Er zog seine Hand zurück. «Es tut mir Leid, es tut mir wirklich Leid.»

«Nein, nein!» Sie ergriff seine Hand und legte sie wieder auf ihren Busen. «Tu es. Tu, was du willst.»

Er starrte auf die Brust in seiner Hand, weiß wie Elfenbein, mit roten Abdrücken, wo seine Finger sie gequetscht hatten. Sie füllte seine Hand. Die Brustwarze war steif, prall und fast schwarz von heißem Blut. «So schön, so etwas Schönes habe ich noch nie gesehen», keuchte er.

Er senkte seinen Kopf und setzte seine Lippen auf die Warze.

Sie bog den Rücken durch und drückte ihm ihre Brust entgegen, während sie mit beiden Händen in seinen dicken, federnden Locken wühlte und ihn führte. Als er schließlich den Kopf wieder hob, um ihr ins Gesicht zu blicken, schnappte sie erneut nach seinem Mund.

Tom lag auf ihr, und plötzlich wurde Sarah klar, was dieses Harte war, das sich an ihre Schenkel und ihren Bauch drückte. Sie hatte es noch nie gespürt, doch wie oft hatte sie schon mit Caroline davon gesprochen. Sie hatte ihre große Schwester um jede Einzelheit ausgeforscht. Als ihr die Erkenntnis kam, stockte ihr der Atem, und sie versteifte sich vor Schreck. Tom wollte sich sofort wieder von ihr lösen. «Ich wollte dir keine Angst machen. Wir sollten jetzt aufhören.»

Diese Drohung erschreckte sie noch mehr. Verzweifelnd bei dem Gedanken, ihn und seinen harten Körper zu verlieren, zog sie ihn wieder an sich. «Bitte, Tom, geh nicht weg.»

Seine Umarmung war jetzt fast zaghaft. Er versuchte, seinen Unterleib von ihr fern zu halten, doch sie wollte es wieder spüren, dieses wunderbare Mannding, hart an ihrem weichen Bauch. Sie umfasste seine Pobacken mit beiden Händen, zog ihn heran und jagte ihn mit hungernden Lenden. «Ja!» Sie hatte ihn gefunden. «O ja!» Sie war verzückt, ihre Gefühle wie Treibgut in einem rasenden Strudel. Sie spürte, wie er an ihren Kleidern zerrte, unter ihre Röcke fasste, und begriff, was er suchte.

Sie stützte sich auf Schultern und Fersen, hob ihren Po von den Planken und fasste nach unten, um ihm zu helfen. Sie zog ihre Röcke über die Schenkel und dann bis zum Nabel, sodass der kühle Monsunwind ihr den Bauch streichelte. Tom kniete über ihr und arbeitete mit zitternden Händen an seinem Hosenbund. Sie stützte sich auf die Ellbogen, wollte ihn sehen. Caroline hatte ihn ihr lebhaft beschrieben, doch sie wollte ihn selbst sehen. Tom brauchte so lange, dass sie meinte, es nicht länger aushalten zu können. Sie streckte eine Hand aus, um ihm zu helfen.

In diesem Augenblick riss sich Tom die Hose auf und schob sie herunter, alles in einer Bewegung. Sarah keuchte laut auf. Nichts, was ihre Schwester ihr erzählt hatte, hatte sie hierauf vorbereitet. Sie starrte ihn an. Dann fiel sie auf das harte Deck zurück. Ihre Schenkel klappten schlaff auseinander, als hätte sie keine Kontrolle über sie.

Lange Zeit später lag er schwer auf ihr, ohne sich zu rühren. Er keuchte wie jemand, der gerade vor dem Ertrinken gerettet worden war. Sein Schweiß war auf sie geregnet und hatte ihr Mieder, ihr Gesicht und die nackte Brust benetzt. Sie umklammerte ihn mit ihren Beinen und hielt ihn still. Die Feluke schaukelte sie wie Babys in der Wiege.

Schließlich regte sich Tom. Er wollte aufstehen, doch sie verstärkte den Griff ihrer Arme und Schenkel, wollte ihn nicht gehen lassen. Heiser keuchend fiel er auf ihren Busen zurück. Sie empfand eine eigenartige Euphorie, als hätte sie etwas Besonderes, Großes erreicht und in Besitz genommen, etwas von mythischer Bedeutung, weit jenseits des rein Fleischlichen. Sie fand nicht die Worte, es für sich selbst zu beschreiben. Sie streichelte Toms Kopf und flüsterte ihm süße, zusammenhanglose Liebkosungen ins Ohr.

Mit unendlichem Bedauern, fast brennender Trauer spürte sie, wie er in ihr schrumpfte, und obwohl sie Schmerzen spürte, wo er in sie eingedrungen war, spannte sie ihre Muskeln an und versuchte, ihn zu halten, doch er schlüpfte heraus, und sie musste ihm erlauben, sich aufzusetzen. Er schaute sich benommen um. «Wir sind eine Meile auf die offene See getrieben.»

Sie setzte sich neben ihn und strich ihre Röcke glatt. Die Insel erschien als dünne, blaue Linie am Horizont. Tom stellte sich auf die Knie und zog seine Hose hoch. Sie schaute ihm zu, plötzlich mit mütterlichen Gefühlen, als wäre sie wie durch ein Wunder auf einmal zur Frau geworden. Sie war plötzlich kein Mädchen mehr, nein, nun war sie die Starke und er das Kind, das sie hegen und beschützen musste.

Tom stolperte unsicher zum Halliard vor, hisste das Segel und brachte die Feluke in den Wind. Sarah band sich ihr Mieder zu und stand auf, um sich neben ihn an die Pinne zu setzen. Er legte ihr seinen Arm um die Schultern, und sie kuschelte sich an ihn. Sie waren schon auf halbem Weg zur Insel zurück, als Tom es aussprach.

«Ich liebe dich, Sarah Beatty.»

Sie jubelte innerlich, als sie diese Worte hörte, und drückte ihn an sich. «Ich habe es schon gesagt: Ich habe dich von dem Tag an geliebt, als ich dich zum ersten Mal sah, Tom Courtney. Ich war noch ein Kind, doch ich habe gebetet, dass ich eines Tages deine Frau sein würde.»

«Dieser Tag ist nun gekommen», sagte er und küsste sie noch einmal.

Sie trafen sich, sooft sich Sarah Carolines und Guys Wachsamkeit entziehen konnte. Manchmal vergingen zwei oder drei Tage zwischen ihren Rendezvous, doch das Warten machte ihre Leidenschaft nur noch stärker.

Das Stelldichein fand stets am Nachmittag statt, denn morgens half Sarah ihrer Schwester, den Haushalt zu verwalten und sich um den kleinen Christopher zu kümmern. Auch Tom konnte die *Swallow* und ihre Mannschaft nicht einfach allein lassen. Auf dem Weg zwischen dem Kap und Sansibar hatte sein Schiff an Rumpf und Takelage erhebliche Sturmschäden erlitten, und diese mussten repariert werden, wenn es wieder vollkommen seetüchtig sein sollte.

Die meisten Tage begab sich Tom morgens zur Festung, denn er wartete immer ungeduldiger auf Neuigkeiten über Dorian, und er hatte immer noch keine Handelslizenz. Obwohl er den Wesir mit Schmeicheleien und Bakschisch überschüttete, befand er sich bei ihm weiterhin in Ungnade. Der Araber speiste ihn mit blumigen Ausreden und Entschuldigungen ab, wenn Tom ihn erinnerte, wie lange er nun schon auf Nachricht aus Maskat wartete. Und ohne das *Firman*, das Genehmigungsschreiben des Kalifen, war Tom nicht einmal auf den Inselmärkten zugelassen.

Die kostbaren Stunden, die Tom und Sarah zusammen verbringen konnten, vergingen für beide viel zu schnell. Manche Nachmittage lagen sie einander nur in den Armen und kümmerten sich nicht um die Leckerbissen, die Sarah mitgebracht hatte. Sie liebten sich, als wäre es das letzte Mal, und zwischendurch stammelten sie atemlos ihre Gefühle füreinander heraus und schmiedeten fantastische Zukunftspläne, wie sie zusammen von der Insel entkommen und mit Dorian auf der *Swallow* davonsegeln würden.

An anderen Tagen segelten sie die Feluke zu den äußeren Riffen. Dort ankerten sie über den Korallen und angelten, lachend und schreiend vor Aufregung, wenn sie einen der wundervollen Fische aus der Tiefe zogen, zappelnd an der Angelschnur, funkelnd wie Edelsteine, wenn sie sie an Bord holten.

Eines Nachmittags brachte Sarah den Kasten mit den Duellpistolen mit, den ihr Vater ihr gegeben hatte, als sie Bombay verließ, damit sie sich im Land der wilden Tiere und noch wilderen Männer verteidigen konnte. «Papa hatte mir versprochen, mir das Schießen beizubringen, doch dann hat er nie die Zeit gefunden», erklärte sie Tom. «Kannst du mir vielleicht Schießunterricht geben?»

Es waren prächtige Waffen. Die Griffe waren aus üppig gemasertem Walnussholz, die Schlösser und langen, gezogenen Läufe golden und silbern ziseliert. Dazu enthielt die Schatulle Ladestöcke aus Horn und silberne Pulverflakons sowie ein mit einem Schraubdeckel verschlossenes Töpfchen mit fünfzig Bleikugeln, die nach ihrer perfekten Rundheit und Symmetrie ausgesucht waren. Zur Pflege der Waffen waren geölte Lederflicken beigelegt.

Tom füllte eine der Pistolen mit einer halben Ladung Schießpulver, um den Rückstoß zu verringern. Dann zeigte er ihr die richtige Fußstellung, wie man das Ziel ins Auge fasst, sich zur Seite dreht und die rechte Schulter in Schussrichtung hält. Mit der linken Faust auf der Hüfte wurde die Waffe dann am ausgestreckten Arm zum Schuss gehoben, über Kimme und Korn visiert und im Schwung über das Ziel der Abzug durchgedrückt, anstatt zu versuchen, die Pistole still zu halten, bis der Schussarm schmerzt und zittert.

Er legte eine Kokosnuss auf eine der niedrigen Ruinenmauern, fünfzehn Schritte entfernt. «Schieße sie herunter!» Als sie zunächst das Ziel verfehlte, rief er ihr zu: «Tief! Immer noch zu tief! Gut!» Nachdem er das dritte Mal für sie nachgeladen hatte, flog die Kokosnuss schließlich ihren Saft um sich spritzend auseinander. Sarah quietschte vor Freude, und bald waren die Treffer häufiger als die Fehlschüsse.

«Ich sollte jedes Mal einen Preis bekommen, wenn ich treffe», beschwerte sie sich.

«Und an welche Art Preis hast du gedacht?»

«Vielleicht ein Kuss.»

Mit diesem Ansporn schoss sie fünf Nüsse hintereinander von der Mauer, und Tom lobte sie: «Gut gemacht. Damit hast du dir den großen Preis verdient.» Dann nahm er sie auf seine Arme und trug sie unter ihren schwachen, gespielten Protesten durch das Klostertor zu ihrem geheimen Platz zwischen den Ruinen.

Wenige Tage später brachte er eine der besten Musketen mit, die in London zu haben gewesen waren, und zeigte ihr, wie man sie lud und abfeuerte. Vor ihrer Abreise aus England hatte Tom vier dieser außerordentlichen Waffen erworben. Mehr konnte er sich nicht leisten, da sie unglaublich teuer waren.

Die billigen Militärmusketen hatten einen glatten Lauf, in den die Kugel zudem nicht genau eingepasst werden konnte. Das Geschoss erhielt daher keinen Drall, der den Flug stabilisiert hätte, und die Waffe ließ es entsprechend an Zielgenauigkeit mangeln.

Der Lauf der Muskete, die Tom mitgebracht hatte, war dagegen innen gerillt, was ihr eine unglaubliche Zielsicherheit verlieh. Tom traf die Kokosnuss mit jedem Schuss aus hundertfünfzig Schritt Entfernung. Sarah war groß und kräftig genug, die schwere Waffe ohne Schwierigkeiten in Schulterhöhe zu halten, und wieder zeigte sie die Koordination zwischen Hand und Auge, die sie zu einer geborenen Scharfschützin machte. Nach einer Stunde Üben gewann sie ihren Preis fast mit jedem Schuss.

«Als Nächstes muss ich dich wahrscheinlich in die Fechtkunst einweihen», bemerkte Tom, als sie wieder auf der geflochtenen Schlafmatte lagen, mit der sie ihre dachlose Mönchszelle inzwischen ausgestattet hatten.

«Das hast du schon längst getan.» Sie lächelte verschlagen und fasste in seinen Schoß. «Das da ist mein getreues Schwert, Tom, und wie man damit umgeht, hast du mir bestimmt gezeigt.»

In ernsteren Augenblicken besprachen sie ihre Pläne für die Zeit, wenn Tom Dorian gerettet hätte. «Ich werde hierher zurückkommen und dich mitnehmen, weg von Sansibar, weg von Guy.»

«Ja.» Sie nickte, als hätte sie nie daran gezweifelt. «Und dann werden wir zusammen nach England heimkehren, nicht wahr, Tom?» Sie bemerkte, wie seine Miene sich veränderte. «Was ist, mein Schatz?», fragte sie besorgt.

«Ich kann nicht nach England zurück», sagte er leise.

Sie setzte sich auf und sah ihn enttäuscht an. «Meinst du damit, wir werden niemals heimkehren können?»

«Höre mir jetzt gut zu, Sarah.» Er kniete vor ihr und ergriff ihre beiden Hände. «Etwas Schreckliches ist geschehen, bevor ich England verlassen habe, etwas, das ich nie gewollt habe.»

«Erzähle es mir», flehte sie. «Deine Bürde ist die meine.»

So erzählte er ihr von William, angefangen von ihrer Kindheit und wie der Erstgeborene seine kleinen Brüder immer mehr tyrannisiert hatte. Er lieferte ihr unzählige Beispiele für Williams Grausamkeit. «Ich glaube, Dorian, Guy und ich waren nur glücklich, wenn William fort war, zum Beispiel als er zur Universität ging», schloss er.

Ihr Blick war voller Mitgefühl. «Ich mochte ihn auch nicht, als ich ihn auf High Weald gesehen habe», stimmte sie zu. «Er erinnerte mich an eine Schlange, kalt und giftig.»

Tom nickte. «Während unserer Abwesenheit von England, auf der langen Reise auf der *Seraph*, hatte ich fast vergessen, wie bösartig er sein konnte. Doch als wir Vater heimbrachten, wurde ich sofort wieder daran erinnert, und zwar mit aller Gewalt.»

Er erzählte ihr, wie William seinen Vater behandelt hatte, als er im Sterben lag, und wie er seinen Schwur gebrochen hatte, nach Hals Tod Dorians Rettung zu finanzieren. «Es kam zum Kampf zwischen uns», sagte er. «Es war nicht das erste Mal, doch so erbittert war es noch nie gewesen.» Er hielt inne. Der Schmerz, den er bei der Erinnerung empfand, war so deutlich, dass sie ihn umarmen und am Weiterreden hindern wollte. «Nein, Sarah, ich muss dir alles erzählen. Du musst es hören, sonst kannst du nicht verstehen, wie es dazu kommen konnte.» Manchmal stockend, dann wieder in einem wilden Wortschwall schilderte er ihr den Kampf an seinem letzten Abend auf High Weald. «Du hast mich einmal gefragt, wie ich mir die Nase gebrochen habe, und ich konnte es dir nicht sagen.» Er berührte die Beule auf seinem Nasenrücken. «Das war Billy.»

Er beschrieb das Gefecht in einfachen Worten, die Sarah so ergriffen, dass sie erblasste und ihn so fest am Arm packte, dass sich ihre Fingernägel in sein Fleisch bohrten. «Am Ende konnte ich ihn nicht töten, obwohl er es hundert Mal verdient gehabt hätte. Ich nahm mein Schwert und ritt davon. Ich dachte, damit wäre die Sache erledigt, doch da hätte ich meinen Bruder besser kennen sollen.»

«Das war noch nicht alles?», fragte sie mit zarter, ängstlicher Stimme. «Ich weiß nicht, ob ich es ertragen kann, noch Schlimmeres zu hören.»

«Ich muss dir die ganze Geschichte erzählen, sonst wirst du es nicht verstehen.»

Schließlich kam er zu der fatalen Begegnung an der Themse

vor dem Tower von London. Er schilderte den Kampf mit der Bande gedungener Mörder. Er sprach immer leiser, und es gab lange Pausen, wenn er nach Worten suchte, um die furchtbaren letzten Augenblicke zu beschreiben. «Ich wusste immer noch nicht, dass es William war. Es war dunkel. Er trug einen breitkrempigen Hut. Ich konnte sein Gesicht nicht sehen. Ich dachte, er wäre ein Fährmann, und ging auf ihn zu, um ihn zu fragen, ob er uns mitnehmen konnte, und dann war ich wie vom Donner gerührt, als er die Pistole zog. Er feuerte, und die Kugel traf mich hier.» Er hob sein Hemd und zeigte ihr die lange, rosa Narbe auf den Rippen unter seinem Arm.

Sie streckte ihren Arm aus und tastete die leicht hervortretende Strieme mit den Fingerspitzen ab. Die Narbe war ihr zuvor schon aufgefallen, doch ihren Fragen danach war er stets ausgewichen. Jetzt wusste sie, warum. «Er hätte dich umbringen können», keuchte sie erschrocken.

«Ja, ich dachte sogar, das hätte er. Doch zum Glück wurde die Kugel von einer Rippe abgelenkt. Sie warf mich aber auf den Rücken, und dann stand Billy über mir und zielte mit dem zweiten Lauf auf mich. Mit diesem Schuss hätte er mich erledigt. Ich hatte noch mein Schwert in der Hand. Ich hatte Angst, furchtbare Angst. So warf ich die Klinge mit aller Kraft. Sie traf ihn mitten in die Brust und durchbohrte ihm das Herz.»

«Gnädiger Gott!» Sarah starrte ihn an. «Du hast deinen eigenen Bruder getötet?»

«Ich wusste nicht, dass es Billy war, selbst dann noch nicht. Das erkannte ich erst, als ich ihm den Hut vom Kopf schob und sein Gesicht sehen konnte.»

Sie schwiegen für eine Weile.

Sarah war offenbar schockiert, doch dann nahm sie sich zusammen und sagte mit fester Stimme: «Er wollte dich umbringen. Du hattest keine andere Wahl, Tom, du musstest dich verteidigen.» Sie sah die Traurigkeit in seinen Augen und zog seinen Kopf an ihren Busen. So hielt sie ihn und streichelte ihm das Haar. «Du hast keine Schuld. Du musstest es tun.»

«Das habe ich mir tausendmal selbst gesagt», murmelte Tom zwischen ihren Brüsten, «aber er war dennoch mein Bruder.»

«Gott ist gerecht. Ich weiß, dass er dir vergeben wird, mein Liebster. Du musst darüber hinwegkommen.»

Er hob den Kopf, und sie wusste, dass sie nichts sagen konnte, was seinen Schmerz gelindert hätte. Die Vorfälle in London würden ihn bis an sein Lebensende verfolgen. Sie küsste ihn. «Für uns wird dadurch nichts anders, Tom. Ich bin deine Frau, für immer und ewig. Wenn wir nicht nach England zurück können, dann soll es eben so sein. Ich werde mit dir bis ans Ende der Welt gehen. Nichts zählt, nur du und ich und unsere Liebe.»

Sie zog ihn auf die Schlafmatte und tröstete ihn mit ihrem Leib.

Die *Swallow* wartete immer noch im Hafen. Die Reparaturen waren längst abgeschlossen, und sie war wieder ein schnittiges, schönes Boot. Der Rumpf schimmerte mit seinem neuen Anstrich, doch die Segel blieben eingerollt, und so zerrte sie an ihrer Ankertrosse, rastlos wie ein Jagdfalke.

Auch die Mannschaft wurde allmählich ungeduldig. Die lange Untätigkeit hatte schon zu einer Reihe von hässlichen Auseinandersetzungen unter den Männern geführt. Tom wusste, er würde sie nicht viel länger wie Gefangene auf ihrem eigenen Schiff halten können. Die Versuchung wurde immer größer, den Erlass des Sultans zu ignorieren und nach Norden zu segeln in die verbotenen Gewässer, wo Dorian gefangen saß. Oder sie konnten zum afrikanischen Festland aufbrechen und im Inneren des geheimnisvollen Kontinents nach den verborgenen Plätzen suchen, wo Elfenbein, Gold und Gummi arabikum zu finden waren.

Aboli und Ned Tyler rieten zu Geduld, doch Tom fuhr sie zornig an: «Geduld ist für alte Männer. Dem Zauderer wird niemals das Glück lachen.»

Der Monsun flaute ab, drehte um hundertachtzig Grad und flüsterte fast unvernehmbar aus nordöstlicher Richtung – der erste sanfte Hauch, der den Wechsel der Jahreszeiten und die großen Regenfälle ankündigte, die der *Kaskazi* bringen würde.

Der *Kaskazi* wurde stärker; die schwer beladenen Handelsschiffe im Hafen lichteten die Anker, setzten die Segel und verschwanden nach Süden, zum Kap der Guten Hoffnung.

Die *Swallow* verharrte weiter in dem fast leeren Hafen. Dann, bei einem von Toms regelmäßigen Besuchen in der Festung, begrüßte ihn der Wesir, als wäre er gerade erst im Hafen angekommen. Er bot ihm einen Platz auf einem Brokatkissen und eine winzige Tasse dicken, süßen, schwarzen Kaffees an. «Meine Bemühungen für Euch haben schließlich Früchte getragen. Seine Exzellenz, der Sultan, war so gnädig, Eurem Antrag auf eine Handelslizenz stattzugeben.» Er lächelte entwaffnend und zog ein Dokument aus dem Ärmel seines Gewandes. «Hier ist sein *Firman*.»

Tom streckte seine Hand danach aus, doch der Wesir ließ das Papier wieder in seinem Ärmel verschwinden. «Das *Firman* gilt nur für die Insel Sansibar. Es erlaubt Euch nicht, weiter nach Norden zu segeln oder irgendeinen Hafen auf dem Festland anzulaufen. Wenn Ihr es dennoch tut, wird Euer Schiff samt Mannschaft beschlagnahmt werden.»

Tom versuchte, seinen Ärger nicht zu zeigen. «Ich verstehe. Ich bin dankbar für die Großzügigkeit des Sultans.»

«Alle Güter, die Ihr auf den Märkten erwerbt, sind mit einer Steuer belegt, die in Gold zu entrichten ist, bevor sie auf Euer Schiff verladen werden können. Die Steuer beträgt ein Fünftel des Warenwerts.»

Tom schluckte, behielt jedoch sein höfliches Lächeln bei. «Seine Exzellenz ist sehr großzügig.»

Der Wesir hielt ihm noch einmal das Dokument hin, doch als Tom danach griff, zog er es wieder zurück und rief: «Ach, wie konnte ich nur so vergesslich sein? Entschuldigt, Effendi, aber ich habe die Lizenzgebühr noch nicht erwähnt: Tausend Rupien in Gold, und natürlich noch einmal fünfhundert für meine eigenen Bemühungen bei Seiner Exzellenz.»

Nun, da er das königliche *Firman* endlich in der Tasche hatte, konnte Tom die Märkte besuchen. Täglich bei Morgengrauen ging er mit Master Walsh und Aboli an Land, um erst zur Stunde des Zuhr, der Gebete am frühen Nachmittag, wieder an Bord zu gehen, wenn die Markthändler ihre Stände schlossen, um dem Ruf des Muezzin zu folgen und ihre Andacht zu beginnen.

In den ersten Wochen kaufte er nichts, obwohl er täglich stundenlang mit dem einen oder anderen Kaufmann zusammensaß und mit ihm Kaffee trank und Höflichkeiten austauschte, während er sich die Waren anschaute, ohne großes Interesse zu zeigen. Er ließ sich auf keinen Handel ein, sondern verglich nur die Preise und Qualität der Handelsgüter. Zunächst hatte Tom angenommen, er wäre in einer besseren Verhandlungsposition, da die meisten europäischen Kauffahrer schon mit dem *Kaskazi* gesegelt waren und er daher kaum Konkurrenz von anderen Käufern erleben würde.

Bald zeigte sich jedoch, dass dies ganz und gar nicht der Fall war. Die anderen Kaufleute hatten längst die Märkte durchkämmt und die besten Waren aufgekauft. Die Stoßzähne, die noch zum Erwerb standen, waren meist von Jungtieren, und viele waren unförmig und verfärbt. Tom sah nichts, was auch nur im Entferntesten so eindrucksvoll war wie das prächtige Paar Stoßzähne, das sein Vater von Konsul Grey erworben hatte. Trotz der schlechten Qualität verlangten die Händler hohe Preise. Sie saßen auf fetten Gewinnen aus der vergangenen Saison und zuckten einfach die Schultern, wenn Tom sie herunterzuhandeln versuchte.

«*Effendi*, nur wenige Männer jagen noch diese Bestien. Es ist gefährliche Arbeit, und jedes Jahr müssen sie tiefer ins Landesinnere vorstoßen, um die Herden zu finden. Nun ist die Saison fast vorüber. Die anderen fränkischen Kaufleute haben die Elfenbeinvorräte längst aufgekauft», erklärte einer der Händler höflich. «Aber wie wäre es mit Sklaven? Ich habe einige hübsche Exemplare, die ich Euch zeigen könnte.»

Tom lehnte dieses Angebot ab, so freundlich er es fertig bringen konnte. Aboli war noch ein Kind gewesen, als man ihn als Sklaven genommen hatte, doch das Grauen, das ihm dadurch widerfahren war, hatte er nie vergessen. Tom war mit Abolis Erzählungen von diesem grausamen Handel aufgewachsen, lange bevor er die Gestade Afrikas zum ersten Mal erblickt hatte. Auf seinen vielen Reisen hatte Toms Vater aus erster Hand erfahren, was Sklavenhandel bedeutete, und auch sein Einfluss hatte dazu beigetragen, dass Tom dieses unmenschliche Geschäft zutiefst verabscheute.

Seit ihrer Umschiffung des Kaps der Guten Hoffnung war Tom immer wieder mit Sklavenhändlern und ihren Opfern in Berührung gekommen. Während ihres langen Wartens in den Meerengen von Sansibar hatten stets Sklavenschiffe in der Nähe geankert, nah genug, dass der Wind den Gestank und die herzzerreißenden Schreie zur *Swallow* tragen konnte.

Nun, da er täglich mit Aboli über die Sklavenhöfe ging, war es unmöglich, das Elend um sie herum zu ignorieren: das Weinen der Kinder, die aus den Armen ihrer Eltern gerissen worden waren, das Schluchzen der trauernden Mütter und das dumpfe Leiden in den Augen der jungen Männer und Frauen, die ihrer freien, wilden Lebensweise beraubt worden waren, angekettet wie Tiere, beschimpft in einer Sprache, die sie nicht verstanden, ausgestreckt auf dem Block, grausam ausgepeitscht mit Nilpferdpeitschen, bis die Rippen weiß in den Wunden schimmerten. Schon der Gedanke, von den Qualen dieser verlorenen Seelen zu profitieren, verursachte Tom Übelkeit.

Auf der *Swallow* besprach er die Notlage, in der sie sich befanden, mit seinen Offizieren. Obwohl das wichtigste Ziel ihrer Reise war, Dorian zu finden, und Tom dieses Ziel nie aus den Augen verlor, war er auch seiner Mannschaft verpflichtet. Viele der Männer hatte er an Bord gelockt, indem er ihnen reiche Beute versprach. Diese Beute war jedoch bislang ausgeblieben, und es bestand wenig Aussicht auf Gewinne, die er mit ihnen hätte teilen können.

«Hier ist leider nicht viel zu holen für uns», bestätigte Master Walsh finster. Er öffnete sein Notizbuch, schob sich seine goldgefasste Brille auf der Nase zurecht, und las die Preislisten für Elfenbein und Gummi arabikum vor, die er noch in England zusammengestellt hatte. «Die Gewürzpreise sehen etwas besser aus, doch der Gewinn wäre immer noch dürftig, wenn man Mühen und Kosten der Reise in Rechnung stellt. Nelken und Pfeffer finden immer ihre Käufer. Das Gleiche gilt für Zimt, wenn auch in geringerem Maße. Und in Amerika besteht natürlich große Nachfrage nach Chinarinde, ebenso in den Mittelmeerländern, die von Malaria betroffen sind.»

«Wir brauchen ein paar Zentner Chinarinde für unseren eigenen Bedarf», warf Tom ein. «Jetzt, da die Regenzeit anbricht, wird dieses Fieber auch uns nicht schonen.» Der Sud der Rinde schmeckte bitter wie Galle, doch ein Jahrhundert zuvor hatten die Jesuitenmönche entdeckt, dass er eine wirksame Medizin gegen Malaria darstellte. Die Mönche hatten den Chinarindenbaum auch auf Sansibar eingeführt, wo er nun weit verbreitet war.

«Ja», sagte Aboli leise, «du wirst Cinchona brauchen, besonders wenn wir ins Innere Afrikas gehen, um selbst nach Elfenbein zu suchen.»

«Wie kommst du darauf, ich könnte so dumm sein, die Erlasse des Sultans und der John-Kompanie zu missachten, Aboli?», funkelte Tom ihn an. «Du hast mir selbst davon abgeraten. Erinnerst du dich nicht?»

«Ich habe dich beobachtet. Jeden Abend hast du auf der Back gehockt und zum Festland geblickt. Deine Gedanken waren so laut, dass sie mich fast taub machten.»

«Es wäre gefährlich.» Tom konnte Aboli nicht widersprechen. Er schaute unwillkürlich nach Westen. Ein verträumter Blick erschien in seinen Augen, als er über den Kanal schaute, zu der dunklen Linie im Dunst über dem Horizont.

«Das hat dich noch nie an irgendetwas gehindert», erinnerte ihn Aboli.

«Ich wüsste nicht, wo wir anfangen sollten. Es ist unbekanntes Territorium, *terra incognita*», zitierte er von den Karten, die er in seiner Kabine so eifrig studiert hatte. «Nicht einmal du kennst dich dort aus, Aboli. Es wäre töricht, sich ohne einen Führer dorthin zu wagen.»

«Du hast Recht, ich kenne diese nördlichen Lande nicht», gab Aboli zu. «Ich bin viel weiter im Süden geboren, in der Nähe des großen Sambesistroms, und auch dort bin ich seit vielen Jahren nicht mehr gewesen.» Er hielt inne. «Aber ich weiß, wo wir jemanden finden sollten, der uns ins Landesinnere führen kann.»

«Wer?» Tom machte sich nicht mehr die Mühe, seine Begeisterung zu verbergen. «Wo ist dieser Mann? Wie ist sein Name?»

«Noch kenne ich weder seinen Namen, noch weiß ich, wie er aussieht, aber ich werde ihn erkennen, sobald ich ihn sehe.»

Als sie am nächsten Morgen an Land gingen, wurden die ersten Sklaven in Ketten aus den Baracken geführt, in denen sie über Nacht eingesperrt waren.

So spät im Jahr waren Sklaven nicht weniger rar als alle anderen Waren. Auf den Märkten standen daher kaum zweihundert der armen Seelen zum Verkauf – bei der Ankunft der *Swallow* waren es mehrere Tausend gewesen. Die meisten, die jetzt noch da waren, waren alt und schwach, krank und abgemagert oder mit Peitschennarben übersät. Die Käufer schreckten vor derart gezeichneten Sklaven stets zurück, da sie als unverbesserlich und arbeitsuntauglich galten.

Zuvor hatte Tom stets seinen Blick abgewandt, wenn sie über

einen der Sklavenmärkte gingen. Er wollte die Sklaven nicht ansehen, so groß waren sein Abscheu und sein Mitleid. Doch nun bezogen er und Aboli am Eingang Stellung, von wo sie den Elendszug sehen konnten, der auf den Markt getrieben wurde. Sie musterten jeden Einzelnen, der an ihnen vorbeikam.

Zwei oder drei der schwarzen Männer erschienen Tom von der Art zu sein, die sie suchten, hoch gewachsen, stark und würdevoll selbst in Ketten. Doch immer, wenn er Aboli am Arm zupfte und ihn fragend anschaute, schüttelte der nur ungeduldig den Kopf.

«Nichts?», fragte Tom niedergeschlagen, als auch der letzte Sklave vorübergetaumelt war und Aboli immer noch kein Interesse zeigte.

«Unser Mann ist hier», beruhigte ihn Aboli, «aber die Sklaventreiber beobachten uns. Ich konnte nicht auf ihn zeigen.»

Die Sklaven wurden zu den Ständen rings um den Platz geführt und jeder einzeln an einen Pfahl gekettet. Die Händler setzten sich an ihre schattigen Plätze. Es waren wohlhabende, zufriedene Männer in prunkvollen Gewändern. Sie hatten Leibsklaven bei sich, die ihnen Kaffee kochten und ihnen die Wasserpfeifen anzündeten. Die Augen hinter schweren Lidern verborgen, beobachteten sie Tom und Aboli, die nun langsam über den Markt gingen.

Aboli blieb am ersten Stand stehen und schaute sich einen der Sklaven an, einen großen Mann, der wie ein Krieger aussah. Der Sklavenhändler riss ihm den Mund auf, um dem Kunden die Zähne zu zeigen, als hätte er es mit einem Pferd zu tun, und tätschelte seine Muskeln. «Der ist höchstens zwanzig Jahre alt, Effendi», sagte der Araber. «Schaut Euch nur diese Arme an. Er ist stark wie ein Ochse und bestimmt gut für dreißig Jahre Schwerstarbeit.»

Aboli redete den Mann in einem der Dialekte des Urwalds an, erntete damit jedoch nur leere Blicke. Aboli schüttelte den Kopf, und sie gingen zum nächsten Stand weiter, wo sich das Ganze wiederholte.

Tom begriff allmählich, dass Aboli sich auf einen Mann zuarbeitete, den er schon ausgewählt hatte. Er schaute voraus und versuchte zu erraten, wen er wohl im Auge hatte, und plötzlich war er ganz sicher.

Der Schwarze war nackt bis auf einen Lendenschurz. Er war klein und drahtig, mit keinem Gramm Fett oder weichen Muskeln an den Knochen. Sein Haar war ein dichter, ungekämmter Busch, wie die Mähne eines wilden Tieres, doch sein Blick war klar und durchdringend.

Tom und Aboli näherten sich langsam der Gruppe, mit der er zusammengekettet war. Tom gab sich alle Mühe, kein Interesse zu zeigen an dem Mann, den sie ausgewählt hatten. Sie schauten sich einen anderen an, dann ein junges Mädchen, und dann machten sie Anstalten, zum nächsten Stand weiterzugehen, sehr zum Verdruss des Händlers. Plötzlich drehte sich Aboli noch einmal um, als hätte er etwas vergessen, und ging auf den kleinen Mann zu. «Zeige mir seine Hände», forderte er den Sklavenhändler auf, der daraufhin seinem Helfer zunickte. Zusammen packten sie den Sklaven bei den Handgelenken und schleppten ihn mit klirrenden Ketten vor Aboli, der sich die Hände anschaute. «Umdrehen», befahl Aboli, und sie zeigten ihm die Handflächen. Aboli verbarg seine Genugtuung. Die ersten beiden Finger an seinen Händen waren so dick mit Hornhaut überwachsen, dass sie fast verkrüppelt wirkten. «Das ist unser Mann», sagte er auf Englisch zu Tom, doch sein Tonfall ließ es eher wie Ablehnung klingen. Tom schüttelte den Kopf, als hätte auch er kein Interesse an dem Kandidaten. Sie wandten sich ab und ließen den enttäuschten Sklavenhändler mit seiner Ware stehen.

«Was ist mit seinen Händen?», fragte Tom, ohne sich umzuschauen. «Was hat sie so entstellt?»

«Die Bogensehne», antwortete Aboli knapp.

«An beiden Händen?» Tom blieb überrascht stehen.

«Er ist ein Elefantenjäger», sagte Aboli. «Geh weiter. Ich erkläre es dir. Der Elefantenbogen ist so schwer zu spannen, dass niemand das mit einem Arm kann. Der Jäger pirscht sich dicht an sein Opfer heran – so dicht.» Er zeigte auf eine Mauer, zehn Schritte entfernt. «Dann legt er sich auf den Rücken, beide Füße am Schaft des Bogens. Er legt die Pfeilspitze zwischen seine großen Zehen und spannt mit beiden Händen die Sehne. Über Jahre solcher Jagd baut sich dann diese Hornhaut an den Fingern auf.»

Tom hatte Schwierigkeiten, sich einen so gewaltigen Bogen vorzustellen. «Es muss eine furchtbare Waffe sein.»

«Ein Pfeil von einem solchen Bogen geht glatt von Schulter zu Schulter durch einen Büffel hindurch und tötet noch den Mann, der dahinter steht», bemerkte Aboli. «Unser Sklave gehört zu der kleinen, furchtlosen Bruderschaft, die von der Jagd auf die großen Tiere lebt.»

Sie beendeten ihren langsamen Rundgang über den Markt und näherten sich wie zufällig wieder dem Stand, wo der kleine Jäger zum Verkauf stand. «Er ist in doppelten Ketten, an Händen und Füßen», erklärte Aboli, «und schau dir seinen Rücken an.» Tom sah die halb verheilten Narben, die kreuz und quer über den dunklen Rücken liefen. «Sie haben ihn schwer geprügelt, um seinen Willen zu brechen, doch an seinem Blick kannst du erkennen, dass sie damit keinen Erfolg hatten.»

Aboli ging langsam um den kleinen Mann herum, betrachtete seinen muskulösen Körper und sprach in einer Sprache zu ihm, die Tom nicht verstand. Der Sklave zeigte keine Reaktion. Tom beobachtete die Augen und bemerkte den matten, verständnislosen Blick. Aboli sagte zwei Worte in einem anderen Urwalddialekt, doch der kleine Mann sah immer noch nicht aus, als hätte er ihn verstanden.

Wie Tom wusste, beherrschte Aboli außer seiner Muttersprache, die er ihn als Kind gelehrt hatte, noch mindestens ein Dutzend andere Dialekte, die tief im Inneren Afrikas gesprochen wurden. Nach Abolis nächstem Versuch zuckte der kleine Mann auf. Er schaute Aboli verblüfft an und antwortete mit einem einzigen Wort: «Fundi!»

«Das ist sein Name», erklärte Aboli, wieder auf Englisch. «Er ist vom Volk der Lozi. Das ist ein Stamm wilder Krieger. Sein Name bedeutet ‹Meister›. Wahrscheinlich verdient er ihn.»

Tom nahm die Einladung des Sklavenhändlers an und trank mit ihm eine Tasse Kaffee, ohne die kein zivilisierter Markthändler je zu feilschen beginnen würde. Tom war bald klar, dass der Händler den kleinen, aber aufsässigen Sklaven nur zu gern loswerden wollte, und verhandelte entsprechend hart. Nach einer Stunde hob der Händler verzweifelt die Hände. «Meine Kinder werden hungern. Ihr habt mich ruiniert mit Eurer Halsstarrigkeit. Ihr macht mich zu einem Bettler, aber nehmt ihn nur! Nehmt ihn nur mit und lasst mich in meiner Not zurück.»

Sobald Fundi, der Meister, an Bord der *Swallow* war, rief Tom den Schmied herbei und ließ dem Schwarzen die Hand- und Fußketten abschlagen. Der kleine Mann rieb sich die wunde Haut und starrte sie verblüfft an. Dann wandte sich sein Blick nach Westen, zu den dunklen Konturen des Landes, dem man ihn so grausam entrissen hatte.

«Ja», las Aboli seine Gedanken, «du kannst versuchen, zu entkommen und in deine Heimat zu fliehen. Aber kannst du so weit schwimmen?» Er zeigte über die unüberwindliche blaue Weite. «Die Haie, die dort draußen auf dich warten, sind größer als das größte Krokodil, das du je gesehen hast, die Zähne länger und schärfer als deine Pfeilspitzen. Wenn die dich nicht auffressen, werde ich dich einfangen und dich so verprügeln, dass du meinst, die Hiebe der Araber wären das Streicheln einer Jungfrau gewesen. Und dann werde ich dich wieder in Ketten legen wie ein Tier.»

Fundi starrte ihn trotzig an, und Aboli redete weiter: «Wenn du jedoch klug bist, erzählst du uns von dem Land, aus dem du kommst, und wirst uns dorthin führen, ohne Ketten, wie ein wahrer Krieger, ein großer Elefantenjäger, frei und stolz.»

Fundi hörte nicht auf, ihn anzustarren, doch seine Miene änderte sich unwillkürlich, die dunklen Augen weit aufgerissen. «Woher weißt du, dass ich ein Elefantenjäger bin? Wie kommt es, dass du die Sprache der Lozi sprichst? Warum bietest du mir die Freiheit an? Warum willst du das Land meiner Väter besuchen?»

«Ich werde dir alles erklären», versprach Aboli, «doch zuerst musst du mir glauben, dass wir nicht deine Feinde sind. Hier ist etwas zu essen für dich.»

Fundi war halb verhungert, und er verschlang den Reis und das gekochte Ziegenfleisch, das Aboli vor ihn hin stellte. Allmählich besänftigten ihn das Essen in seinem Bauch und Abolis ruhige Fragen, und er antwortete mit seinem Mund voll halb zerkautem Fleisch.

Aboli übersetzte für Tom. «Er weiß nicht, wie weit es ist, denn er misst Entfernungen nicht, wie wir es tun. Doch sein Land ist fern. Für den Weg dorthin würden wir viele Monate brauchen. Er sagt, er lebt an einem großen Fluss.»

Fundi brauchte einige Zeit, um seine ganze Geschichte loszuwerden. Im Laufe der nächsten Tage füllte er jedoch alle Lücken und beeindruckte sie mit seiner Beschreibung der Seen, weiten Ebenen und schneegekrönten Berge.

«Berge mit Schnee auf den Gipfeln?», wunderte sich Tom. «Das gibt es doch nicht in diesen tropischen Breiten.»

Fundi erzählte ihnen von unüberschaubaren Herden eigenartiger Tiere, manche größer als das bucklige Zebuvieh, das die Araber hielten, schwarz und mit sichelförmigen Hörnern, das einem schwarzmähnigen Löwen mit einem Stoß die Eingeweide herausreißen kann.

«Und Elefanten?», fragte Tom. «Elfenbein?»

Fundis Augen leuchteten, wenn er von diesen mächtigen Tieren sprach. «Sie sind meine Ziegen», prahlte er vor Aboli und zeigte ihm die Hornhaut an seinen Fingern. «Mein Name ist Fundi, der große Elefantentöter.» Er hielt beide Hände hoch und öffnete und schloss sie zehnmal. «So viele Elefanten sind vor meinem Bogen gefallen, das Herz durchbohrt von meinen Pfeilen, jeder ein mächtiger Bulle mit so langen Stoßzähnen.» Er stellte sich auf die Zehenspitzen und streckte einen Arm über seinem Kopf aus, so hoch er konnte.

«Gibt es in seinem Land noch viele Elefanten?», fragte Tom. «Oder hat Fundi, der große Jäger, sie schon alle erlegt?»

Als Aboli diese Frage übersetzte, lachte Fundi und schaute verschmitzt drein. «Könnt ihr Grashalme zählen, die auf der großen Steppe wachsen? Wie viele Fische schwimmen in den Seen? Wie viele Enten bilden den Schwarm, der die Sonne verdunkelt, wenn die Regenzeit kommt? So viele Elefanten gibt es im Land der Lozi.»

Tom lauschte diesen faszinierenden Geschichten mit wachsender Spannung. Nachts lag er auf seiner harten, schmalen Koje wach und träumte von dem wilden Land, das der kleine Mann ihnen beschrieben hatte. Es war nicht nur die Aussicht auf Profit und Reichtum. Er wollte all diese Wunder mit eigenen Augen sehen, selbst diese großen Tiere jagen, selbst die schneegekrönten Berge sehen und über die weiten, süßen Wasser der Seen fahren.

Doch dann musste er wieder an Dorian und Sarah denken und an die Versprechen, die er beiden gegeben hatte. Sarah hat gesagt, sie werde immer bei mir bleiben, wohin ich auch gehe, dachte er. Sie ist nicht wie andere Mädchen. Sie ist wie ich. Das Abenteuer liegt ihr im Blut. Doch was soll aus Dorian werden?

Er dachte an seinen kleinen Bruder, wie er es in all den Jahren ihrer Trennung noch nicht getan hatte. Im Geiste hatte er ihn stets gesehen, wie er in jener schicksalhaften Nacht gewesen war, in der Zelle auf Flor de la Mar: ein kleines, hilfloses Kind. Es kostete ihn nun einige Anstrengung, aus diesem Schema auszubrechen, das so lange sein Denken bestimmt hatte. Wie würde Dorian jetzt sein? War er verändert durch die Not, die er zu erleiden hatte? Ist er wirklich noch mein kleiner Bruder oder inzwischen jemand ganz anderes, ein anderer Mensch?, fragte er sich. Der Gedanke, dass Dorian zu einem Fremden geworden sein könnte, machte ihm Angst. Doch in einem war Tom ganz sicher: Dorian hatte sich bestimmt nicht so verändert wie Guy. Er wird immer noch dieses Feuer in sich haben; er würde bestimmt mit mir zu diesem neuen Abenteuer aufbrechen. Die Bande zwischen uns ist immer noch stark, da bin ich sicher.

Es war, als hätte er dem Schicksal damit den Fehdehandschuh hingeworfen, denn die Antwort, die er suchte, kam schneller als erwartet. Am nächsten Morgen kam ein schmutziges kleines Bumboot vom Quai herausgerudert. Als das Boot noch einen halben Pistolenschuss von der *Swallow* entfernt war, stellte sich der Ruderer auf die Ducht und rief: «Effendi! Ich habe einen Brief vom englischen Konsul für Euch!» Er winkte mit dem Papier.

«Kommt längsseits!», gab Ned Tyler Erlaubnis.

Tom hörte die Rufe von seiner Kabine aus. Er hatte eine seltsame Vorahnung, dass etwas Bedeutendes geschehen war. Noch in Hemdsärmeln eilte er an Deck, gerade rechtzeitig, dass er dem Bootsmann den Brief aus der Hand reißen konnte.

Die Adresse auf dem zusammengefalteten Bogen war in Guys Handschrift, die sich seit ihrer Schulstunden unter Master Walsh kaum verändert hatte. Die Anschrift lautete ‹Captain Thomas Courtney, an Bord der *Swallow*, Sansibar.›

Tom riss den Brief hastig auf und las die knappe Botschaft: ‹Der Sultan bittet uns beide zu einer Audienz, heute Mittag. Ich erwarte dich um zehn vor zwölf am Festungstor. G.C.›

Wie nicht anders zu erwarten, war Guy pünktlich auf die Minute. Er kam mit seinem Burschen herangeritten und nickte Tom kurz zu, ohne ein Wort des Grußes. Dann stieg er ab und warf dem Burschen seine Zügel zu. «Ich hätte mir nicht die Mühe gemacht», sagte er, ohne Tom anzusehen, «aber Seine Exzellenz besteht darauf, dass du bei der Audienz anwesend bist.» Er zog eine Uhr aus der Westentasche, warf einen Blick darauf und ging durch das Tor, ohne sich umzublicken.

Der Wesir begrüßte ihn mit größtem Respekt, lächelnd und

katzbuckelnd, und trat mit den Besuchern vor den Sultan, vor dem er sich zu Boden warf.

Guy verbeugte sich – jedoch nicht zu tief, um seine Würde als Repräsentant Seiner Majestät zu wahren – und sprach eine höfliche Grußformel. Tom folgte seinem Beispiel. Sein Blick fiel sofort auf den Mann, der zur Rechten des Sultans saß. Er war wohlgenährt, und sein Gewand war von feinster Qualität. Sein Dolchknauf war aus Gold und Rhinozeroshorn. Er war offenbar eine wichtige, hochrangige Persönlichkeit, denn selbst der Sultan schien ihm Respekt zu zollen. Er musterte Tom mit außerordentlichem Interesse, als ob er wüsste, wer er war, und von ihm gehört hatte.

«Allah möge euch segnen», begrüßte sie der Sultan und wies ihnen die Kissen an, die für sie bereitgelegt worden waren. Guy ließ sich unbeholfen nieder. Er wusste offenbar nicht, was er mit seinem Schwert machen sollte. Tom hatte dagegen so viele Stunden mit den Markthändlern verbracht, dass diese Position für ihn nichts Neues war. Er legte sich das Neptunschwert in seiner Scheide quer über den Schoß.

«Ich habe die Ehre, den heiligen Mullah der Moschee des Prinzen Abd Muhammad al-Malik, des Bruders des Kalifen von Oman, an meinem Hof begrüßen zu dürfen.» Der Sultan neigte sein Haupt zu dem Mann neben ihm. Tom versteifte sich und atmete schneller, als der Name des Prinzen fiel, des Mannes, der Dorian von den Korsaren gekauft hatte. Er starrte den Mullah an, während der Sultan fortfuhr: «Dies ist der heilige al-Allama. Er kommt vom Prinzen.»

Tom und Guy blickten den Mullah an. Al-Allama begrüßte sie mit einer würdigen Geste. Seine Hände waren klein und weich wie die eines Mädchens. «Mögen Gott und sein Prophet mit Gunst auf euch schauen», sagte er, worauf die Engländer sich beide verbeugten.

«Ich hoffe, Ihr hattet eine angenehme Reise und Euer Haus war gut bestellt, als Ihr es verlassen habt», sprach Tom.

«Danke für dein Interesse. Der *Kaskazi* war uns wohlgesinnt, und Allah war uns gnädig», lächelte al-Allama. «Ich muss dir zu deinem ausgezeichneten Arabisch gratulieren. Du sprichst die geheiligte Sprache, als wärst du damit geboren.»

So gingen die Komplimente hin und her, doch Tom fand das

lange, komplizierte Begrüßungsritual schwer zu ertragen. Der Mullah hatte offenbar Neuigkeiten über Dorian. Einen anderen Grund konnte es nicht geben für diese Audienz. Er studierte al-Allamas Gesicht und versuchte, an kleinen Zeichen – das Zucken seiner Lippen, der Ton seiner Stimme und der Ausdruck in seinen Augen – abzulesen, welcher Art diese Neuigkeiten wohl war, doch der Mullah stellte eine neutrale Miene zur Schau und benahm sich wie ein Mann von Welt.

«Warst du erfolgreich in deinen Geschäften auf den Märkten Sansibars?», fragte der Mullah. «Der Prophet betrachtete den ehrlichen Kaufmann mit großer Gunst.»

«Der Hauptgrund für meinen Besuch im Reiche des Kalifen ist nicht dieser Handel», erklärte Tom, erleichtert, dass er endlich sein wirkliches Anliegen zur Sprache bringen konnte. «Ich bin gekommen, um einen Bruder zu finden, den ich und meine Familie sehr vermissen.»

«Mein Gebieter, Prinz al-Malik, hat von eurer Suche gehört und die Petition erhalten, die ihr an ihn gerichtet habt», entgegnete al-Allama. Sein Ton war ausdruckslos, seine Miene unergründlich.

«Ich weiß, Euer Herr ist ein mächtiger Mann voller Mitgefühl für die Schwachen, ein Verfechter von Gesetz und Gerechtigkeit.»

«Das ist Prinz al-Malik gewiss. Deshalb hat er mich als seinen Gesandten geschickt, um eure Anfrage zu beantworten, anstatt nur eine Nachricht zu senden, welche der Tiefe seines Mitgefühls für euren Verlust kaum gerecht geworden wäre.»

Tom fröstelte bei diesen Worten, selbst in der weihrauchschwangeren Hitze in dem Audienzsaal. Die Worte, die der Mullah gewählt hatte, versprachen nichts Gutes. Er spürte, wie Guy neben ihm unruhig wurde, schaute ihn jedoch nicht an. Er wartete, dass der Mullah weiterredete, obwohl er davor Angst hatte, was kommen würde, doch al-Allama nippte nur vornehm an seinem Kaffee und schaute schweigend auf seinen Schoß.

Schließlich hielt es Tom nicht mehr aus und sagte: «Ich warte nun seit drei Jahren auf Nachricht von meinem Bruder. Ich bitte Euch, meine Qualen nicht weiter zu verlängern.»

Der Mullah stellte seine Tasse ab. Eine Sklavin reichte ihm ein gefaltetes Tuch, mit dem er sich die Lippen abtupfte. «Mein Prinz hat mich beauftragt, euch folgende Worte zu übermitteln.» Noch einmal hielt er inne, als müsse er seine Gedanken sammeln. «Es stimmt, dass ich vor einigen Jahren einen fränkischen Jungen gekauft habe. Sein Name war al-Amhara, wegen seines wunderbaren roten Haars.»

Tom stieß einen langen Erleichterungsseufzer aus. Sie gaben es also zu. Er musste nicht gegen Ausflüchte oder Leugnen ankämpfen. Dorian war in der Gewalt des muselmanischen Prinzen. «Eure Worte haben mir einen schweren Stein von der Seele genommen, einen Stein, der das Leben aus mir herauszuquetschen drohte», sagte Tom mit brechender Stimme. Fast hätte er die Kontrolle über sich verloren und wäre zusammengebrochen. Solche Schwäche hätte seinem Ansehen jedoch großen Schaden zugefügt und alle Anwesenden gegen ihn eingenommen. Er holte tief Luft und hob sein Kinn, um dem Mullah in die Augen zu schauen. «Welche Bedingungen hat Euer Prinz dafür genannt, meinen Bruder mit seiner Familie zu vereinigen?»

Der Mullah antwortete nicht sofort, sondern strich sich den parfümierten Bart auf seiner Brust glatt.

«Mein Gebieter hat mir befohlen, euch Folgendes auszurichten: ‹Ich, Abd Muhammad al-Malik, habe den Knaben al-Amhara unter meinen Schutz genommen. Ich habe einen königlichen Preis für ihn bezahlt, um ihn vor den Männern zu beschützen, die ihn gefangen genommen hatten, und um dafür zu sorgen, dass ihm kein weiteres Unheil widerfährt.›»

«Euer Prinz ist ein mächtiger und gnädiger Mann», entgegnete Tom, obwohl er am liebsten geschrien hätte: «Wo ist er? Wo ist mein Bruder? Welchen Preis fordert Ihr für seine Freilassung?»

«Mein Prinz war beeindruckt von der Schönheit des Knaben und nahm ihn in seine Gunst. Er schloss ihn in sein Herz, und um seine Liebe für ihn zu zeigen und ihn vor allem Übel zu beschützen, adoptierte er ihn als seinen eigenen Sohn.»

Tom richtete sich auf seinem Kissen auf. Seine Miene zeigte deutlich, wie erschrocken er war. «Als seinen Sohn?» Tom erkannte sofort, welch furchtbares Hindernis dies bedeutete, wenn er Dorian retten wollte.

«Ja, als seinen eigenen Sohn. Er behandelte ihn wie einen Prinzen. Ich selbst bekam die Aufgabe übertragen, den Jungen zu erziehen, und auch ich fand ihn meiner Liebe würdig.» Al-Allama senkte den Blick. Zum ersten Mal zeigte auch er Gefühle.

«Es erfüllt mich mit Freude, dass mein Bruder bei Euch solche Gunst gefunden hat», sagte Tom, «aber er ist dennoch mein Bruder. Ich habe das Recht des Blutes. Allahs Prophet hat gesagt, die Bande des Blutes ist wie aus Stahl und kann nicht gebrochen werden.»

«Deine Kenntnisse der Heiligen Worte des Islam gereichen dir zur Ehre», entgegnete der Mullah. «Mein Prinz erkennt euer Blutrecht an und bietet euch Geld an für euren Verlust.» Al-Allama winkte einen Diener herbei, der mit einer kleinen, mit Elfenbein und Perlmutt geschmückten Ebenholzschatulle vortrat. Er kniete vor den beiden Weißen, stellte die Schatulle auf den Boden und öffnete den Deckel.

Tom hatte sich nicht gerührt und würdigte das Kästchen keines Blickes, doch Guy beugte sich nach vorn und starrte die Goldmünzen an, mit denen es zum Überlaufen gefüllt war.

«Fünfzigtausend Rupien», sagte al-Allama, «tausend eurer englischen Pfunde, eine Summe, in der berücksichtigt ist, dass al-Amhara ein Prinz des Königshauses von Oman war.»

Endlich fand Tom seine Sprache wieder und konnte sich wieder rühren. Er sprang auf, die Hand auf dem Knauf des Neptunschwerts. «In ganz Arabien gibt es nicht genug Gold, mir meinen Bruder abzukaufen!», brüllte er. «Ich bin hergekommen, um ihn zu finden, und ich werde nicht weggehen, bevor ich ihn in meine Arme schließen kann!»

«Das ist nicht möglich», sagte al-Allama mit Bedauern in der Stimme. «Euer Bruder ist tot. Er starb vor fast zwei Jahren an Malaria. Kein Mensch konnte ihm helfen, und bei Allah, wir, die ihn geliebt haben, haben es versucht. Al-Amhara ist tot.»

Tom sank auf das Kissen zurück, kreidebleich vor Schreck, sein gehetzter Blick auf al-Allama. Lange Zeit sagte er nichts. Das einzige Geräusch war das Summen der Fliege, die unter der Decke schwirrte. «Ich glaube nicht, was Ihr sagt», flüsterte er schließlich, doch seine Stimme war matt, seine Miene verzweifelt.

«Ich schwöre dir bei meiner Liebe zu Gott, dass ich al-Amharas Namen auf seinem Grabstein auf dem königlichen Friedhof in Lamu gesehen habe», sagte al-Allama mit so unendlicher Trauer in der Stimme, dass Tom ihm glauben musste.

«Dorian», flüsterte er. «Er war so jung, so voller Leben.»

«Allah ist gnädig. Seid gewiss, dass er einen Platz für ihn gefunden hat. Mein Prinz spricht sein tiefstes Beileid aus. Auch für ihn war es ein großer Verlust», sagte der Mullah leise.

Tom musste alle Kraft zusammennehmen, um sich von dem Kissen zu erheben. «Ich danke Eurem Herrn», erwiderte er. «Bitte entschuldigt mich nun. Ich muss Euch nun verlassen, um allein um meinen Bruder zu trauern.» Er wandte sich zur Tür.

Guy stand auf und verbeugte sich vor den beiden Arabern. «Wir danken eurem Prinzen für sein Mitgefühl und akzeptieren sein Blutgeld.» Er bückte sich, schloss die Schatulle und nahm sie vom Boden. «Alle Schulden zwischen Prinz Abd Muhammad al-Malik und unserer Familie sind damit in Gänze beglichen.»

Er folgte Tom zur Tür, schwankend unter dem Gewicht des Goldes.

Sarah saß an ihrem gewohnten Platz auf der Mauer des alten Klosters, von wo sie Tom sehen konnte, sobald er auf dem Weg vom Strand herauf erschien. «Tom!» Sie winkte ihm fröhlich zu, stand auf und balancierte, die Arme weit von sich gestreckt, über das verfallene Mauerwerk. «Warum kommst du so spät? Ich warte schon seit Stunden auf dich. Ich hätte es fast aufgegeben.» Sie sprang auf den Waldboden und lief barfuß den Sandweg hinunter, Tom entgegen. Zehn Fuß vor ihm blieb sie abrupt stehen und blickte ihm ins Gesicht. «Was ist geschehen, Tom?», flüsterte sie. Sie hatte ihn noch nie so gesehen. Sein Gesicht war abgehärmt, und in seinen Augen las sie unendliche Trauer. «Tom, was ist passiert?»

Er taumelte unsicher auf sie zu, streckte seine Arme nach ihr aus wie ein Ertrinkender. Sie warf sich an seine Brust.

«Tom, o Tom! Was hast du nur?» Sie umarmte ihn mit aller Kraft. «Sag es mir, Liebster, damit ich dir helfen kann.»

Er zitterte plötzlich, und sie dachte, ihn hätte ein grässliches Fieber gepackt. Er schluchzte, tränenüberströmt. «Du musst es mir sagen!», flehte sie. Sie hätte nie gedacht, dass er so zusammenbrechen könnte. Sie kannte ihn nur als den starken, unbezähmbaren Thomas Courtney, und nun hielt sie ihn in ihren Armen, einen gebrochenen Mann, hilflos. «Bitte, Tom, sage etwas!»

«Dorian ist tot.»

Sie schauderte. «Das kann nicht sein», hauchte sie, «es kann einfach nicht sein. Bist du sicher? Gibt es gar keinen Zweifel?»

«Der Mann, der uns die Nachricht gebracht hat, ist ein Mullah, ein heiliger Mann. Er hat es bei seinem Glauben geschworen», antwortete Tom. «Es gibt keinen Zweifel.»

Immer noch aneinander geklammert sanken sie auf die Knie und weinten zusammen. «Er war mir wie ein Bruder», sagte sie, ihre Wange an die seine gepresst, sodass ihre Tränen sich mischten. Nach einer Weile wischte sie sich mit ihrem Blusenärmel das Gesicht ab und fragte schniefend: «Wie ist es passiert?» Tom war immer noch unfähig zu sprechen. «Sage es mir, Tom.» Sie wusste instinktiv, dass sie ihn zum Reden bringen musste. Sie musste es aus ihm herausholen, wie ein Chirurg Gift und Eiter aus einer Wunde schneidet. Schließlich begann er stockend zu erzählen, was sich in der Festung zugetragen hatte, so mühsam, als schmerzte ihn jedes einzelne Wort in der Kehle. Er brauchte lange, doch endlich hatte er ihr alles erzählt, und sie wusste, es musste wahr sein.

«Was sollen wir jetzt tun?», fragte sie, während sie auf die Beine kam. Sie hielt seine Hände und zog ihn ebenfalls hoch. Sie musste ihn vor den düsteren Wellen der Trauer retten, die wieder und wieder über ihm zusammenstürzten und ihn zu ertränken drohten.

«Ich weiß nicht», antwortete er. «Ich weiß nur, dass Dorian tot ist, dass ich ihn nicht retten konnte. Es war mein Fehler – wenn ich ihn nur früher gefunden hätte!»

«Nichts war dein Fehler», sagte sie wütend. «Das darfst du nicht denken, ich erlaube es nicht. Du hast getan, was du konntest. Niemand hätte mehr tun können.»

«Ach – mir ist jetzt alles egal», sagte Tom matt.

«Nein! Du schuldest es dir selbst und mir und dem Gedenken an Dorian. Er hat immer zu dir aufgeschaut. Er wusste, wie stark du bist. Er würde nicht wollen, dass du plötzlich alles aufgibst.»

«Bitte, Sarah, hör auf. Ich bin erschöpft vor Kummer. Nichts anderes zählt mehr.»

«Ich lasse nicht zu, dass du alles aufgibst. Wir müssen zusammen überlegen, was wir jetzt tun können. Wir müssen einen Plan schmieden.»

«Ich weiß nicht», wiederholte er, doch wenigstens stand er nun aufrecht und schüttelte die Tränen ab.

«Wohin sollen wir gehen?», fragte sie. «Wir können nicht hier bleiben und wir können nicht nach England zurückkehren. Wohin, Tom?»

«Afrika», war seine Antwort. «Aboli hat einen Mann gefunden, der uns ins Innere führen kann.»

«Wann reisen wir ab?», fragte sie schlicht, ohne die Entscheidung eine Sekunde lang in Frage zu stellen.

«Bald, in wenigen Tagen.» Die lähmende Trauer fiel für den Augenblick von ihm ab. «Sobald wir die Wasserfässer gefüllt, frische Verpflegung gekauft und die sonstigen Vorbereitungen abgeschlossen haben, werden wir in See stechen.»

«Ich bin bereit», sagte sie.

«Es wird nicht einfach sein. Wir werden uns auf eine gefährliche, endlose Reise begeben. Bist du sicher, dass du das willst? Du musst es mir jetzt sagen, wenn du irgendwelche Zweifel hegst.»

«Rede keinen Unsinn, Tom Courtney. Natürlich komme ich mit.»

Sarah ritt auf Umwegen zum Konsulat zurück, zuerst auf einem Pfad, der, wie sie entdeckt hatte, zu einem kleinen Küstendorf führte. Nach einer Meile hatte sie das sichere Gefühl, dass ihr jemand folgte; sie meinte, Hufschläge hinter sich zu hören. Sie zügelte ihr Pferd und drehte sich im Sattel.

Zu beiden Seiten des Weges hinter ihr war dichtes Buschwerk, die knorrigen Stämme und glänzenden Blätter der Velutia sowie klumpige Lantanasträucher. Sie konnte bloß bis zur nächsten Biegung sehen, die nur wenige Schritte hinter ihr lag.

«Tom?», rief sie. «Bist du es?»

Niemand antwortete, und sie kam zu dem Schluss, dass sie in der Stille des Waldes Geister zu hören begann. «Sei keine dumme Göre», ermahnte sie sich streng und ritt weiter.

In dem Dorf kaufte sie einen Korb Gemüse von einer alten Frau. Dies wäre ihre Erklärung für die lange Abwesenheit. Dann ritt sie weiter bis kurz vor dem Hafen, von wo sie die Hauptstraße zum Konsulat einschlagen konnte.

In ihrem Kopf jagten sich die Gedanken. Ihre Stimmung schwankte zwischen unbändiger Freude über das Abenteuer, das sie vor sich hatte, und tiefer Traurigkeit, wenn sie daran dachte, dass sie Caroline und den kleinen Christopher verlassen musste, die sie beide inniglich liebte. Caroline brauchte die starke Sarah, um mit ihrer tief unglücklichen Ehe mit Guy fertig zu werden, und Christopher war für Sarah wie ein eigener Sohn. Sie machte sich Sorgen, wie die beiden ohne sie zurechtkommen würden. «Vielleicht können sie mitkommen», überlegte sie, obwohl ihr sofort klar war, wie unmöglich das wäre.

«Nein, ich muss sie zurücklassen», sagte sie sich entschlossen. «Ich liebe sie beide, doch ich gehöre zu Tom. Er ist mein Mann. Ich liebe ihn mehr als das Leben selbst. Ich muss mit ihm gehen.»

Diese Gedanken beschäftigten sie so sehr, dass sie vor die Konsulatsställe ritt, ohne Guy zu bemerken, bis er sich aus dem Schatten der langen Veranda an sie wandte. «Wo bist du gewesen, Sarah?», fragte er streng.

Sie schaute verdutzt auf. «Du hast mich erschreckt, Guy.»

«Ist es vielleicht dein schlechtes Gewissen?»

«Ach was, ich war nur Gemüse kaufen. Hast du Angst, ich laufe mit einem Grünkohl davon?», lachte sie, doch Guy verzog keine Miene.

«Komme in mein Büro», befahl er. Nun bemerkte sie seinen Burschen am Eingang der Ställe. Der Junge war Guys Geschöpf, ein schleimiger, pockennarbiger kleiner Kerl. Sein Name war Assam. Sie hatte ihn nie gemocht und traute ihm nicht über den Weg, besonders nicht, wenn er so verschlagen und wissend grinste, wie er es jetzt tat. Sarah hatte kein gutes Gefühl. Sie wünschte, sie hätte sich mehr Mühe gegeben, ihre Spuren zu verwischen, wenn sie sich mit Tom traf. Und das Gefühl, verfolgt zu werden, hätte sie ebenfalls ernster nehmen sollen.

«Ich möchte erst ein Bad nehmen und mich zum Abendessen umziehen», versuchte sie Zeit zu gewinnen, doch Guy runzelte die Stirn und schlug sich mit der Reitpeitsche an den Stiefel.

«Wir werden nicht lange brauchen», sagte er. «Als dein Vormund muss ich darauf bestehen, dass du gehorchst. Assam wird sich um deine Stute kümmern.»

Sie folgte ihm schweigend die Veranda hinunter in sein kühles, dunkles Büro. Er schloss die Tür hinter ihnen und ließ sie mitten im Zimmer stehen, während er hinter seinem Schreibtisch Platz nahm.

«Du hast dich mit ihm getroffen, in dem alten Kloster», sagte er mit tonloser Stimme.

«Mit wem? Wovon redest du?»

«Mache dir nicht die Mühe, es abzustreiten», fuhr er fort. «Assam ist dir gefolgt.»

«Du hast mir also nachspioniert», funkelte sie ihn an. «Wie konntest du das wagen?» Sie versuchte, sich in Rage zu bringen, doch es klang nicht sehr überzeugend.

«Wenigstens beleidigst du meine Intelligenz nicht, indem du es leugnest.»

«Warum sollte ich den Mann verleugnen, den ich liebe?» Sie reckte sich zu ihrer vollen Höhe auf. Jetzt war sie wirklich wütend.

«Du hast dich zu einer Matrosenhure gemacht», sagte er. «Sobald er von dir bekommen hat, was er will, wird er dich auslachen und davonsegeln, wie er es mit deiner Schwester gemacht hat.»

«Wenn er davonsegelt, werde ich mit ihm gehen.»

«Ich bin dein Vormund, und du bist erst achtzehn. Ohne meine Zustimmung wirst du nirgendwohin gehen.»

«Ich werde bei Tom bleiben», erwiderte sie. «Nichts, was du sagst oder tust, kann mich davon abhalten.»

«Das werden wir sehen.» Er stand auf. «Du stehst unter Hausarrest. Gehe auf dein Zimmer und verlasse es nicht, bevor die *Swallow* Sansibar verlassen hat.»

«Du kannst mich nicht wie deine Gefangene behandeln.»

«Doch, das kann ich. Ich werde Wachposten vor deiner Tür und am Tor postieren. Die entsprechenden Befehle habe ich schon erteilt. Und jetzt gehe auf dein Zimmer. Dein Essen werde ich dir hinaufbringen lassen.»

Tom war so damit beschäftigt, die *Swallow* auslaufbereit zu machen, dass er das rahgetakelte Schiff, das sich nach Sonnenuntergang in den Hafen schleppte, kaum beachtete. Selbst in der Dämmerung war noch deutlich zu erkennen, dass es Sturmschäden davongetragen hatte. Es war die Jahreszeit, in der Taifune über den Indischen Ozean jagten; das Schiff musste in einen dieser teuflischen Stürme geraten sein. Der Name auf dem Heckbalken lautete *Apostle*, und an ihrem Großmast flatterte die zerfetzte Flagge der Ostindischen Kompanie. Sobald sie vor Anker lag, schickte Tom Luke Jervis in einem Boot hinüber, um nach Neuigkeiten zu fragen.

Nach einer Stunde kam Luke zurück und begab sich sofort in die Kapitänskabine, wo Tom damit beschäftigt war, das Logbuch zu ergänzen. «Sie kommt von Bombay und hat Stoffe und Tee geladen», berichtete Luke. «Nördlich der Maskarenen ist sie in einen Sturm geraten. Die Reparaturen sollen hier stattfinden, bevor sie weitersegeln.»

«Haben sie irgendwelche Neuigkeiten?»

«Das meiste ist Schnee von gestern. Es ist Monate her, dass die *Apostle* das Kompaniedock in London verlassen hat. Der Krieg macht anscheinend gute Fortschritte. William gibt den Franzosen einen schönen Tritt in den Arsch. Er ist ein guter Kämpfer, unser Willy.»

«Ausgezeichnet!» Tom sprang auf. «Berichtet das der Mannschaft und gebt jedem eine gute Ration Rum, um auf König Williams Gesundheit zu trinken.»

Es gab jedoch etwas, das Tom nicht wissen konnte: Außer den Neuigkeiten über den Krieg brachte die *Apostle* einen versiegelten, geteerten Segeltuchbeutel mit Briefen und Dokumenten vom Gouverneur von Bombay, adressiert an den Konsul Seiner Majestät in Sansibar. Am nächsten Morgen ließ der Kapitän das Bündel an Land bringen, und Guy Courtney öffnete es am Esstisch auf der langen Veranda des Konsulats. Caroline saß ihm gegenüber; Sarah war immer noch in ihren Gemächern eingesperrt.

«Hier ist ein persönlicher Brief von deinem Vater», sagte Guy zu Caroline, während er das Schreiben zwischen den Gazetten und versiegelten Dokumenten hervorzog.

«Es ist an mich adressiert», protestierte Caroline, als er das Wachssiegel brach und zu lesen begann.

«Ich bin dein Gatte», sagte er kalt.

Plötzlich änderte sich seine Miene, und der Brief zitterte in seinen Händen. «Mein Gott! Das ist nicht wahr!»

«Was ist?» Caroline legte den silbernen Löffel ab, den sie in der Hand hielt. Die Neuigkeiten mussten tatsächlich schockierend sein, wenn sie solche Wirkung auf ihren Gatten zeigten, der sich gewöhnlich selbst unter schwierigsten Umständen um Kühle und Gelassenheit bemühte.

Guy starrte den Brief an, und allmählich sah er nicht mehr bestürzt aus, sondern schien laut losjubeln zu wollen. «Jetzt habe ich ihn!»

«Wen? Was ist geschehen?»

«Tom! Er ist ein Mörder. Bei Gott, jetzt wird er endlich den Preis bezahlen und am Galgen enden. Er hat unseren lieben Bruder William umgebracht. Es steht ein Haftbefehl auf seinen Kopf. Ich werde selbstverständlich meine Pflicht tun, und zwar mit dem größten Vergnügen. Das wird ihm zeigen, dass er nicht ständig tun kann, was er will.» Im Aufstehen stieß Guy die Teekanne um. Sie zerschellte auf dem Steinboden, doch Guy schien es kaum zu bemerken.

«Wo willst du hin, Guy?» Caroline erhob sich schwankend, bleich vor Schreck.

«Zum Sultan», antwortete er, bevor er den Dienern zurief: «Sagt Assam, er soll den Grauen satteln, aber schnell.» Er drehte sich zu Caroline um und schlug sich mit der Faust in die flache Hand. «Endlich! Ich habe lange gewartet auf diesen Augenblick. Ich werde den Sultan bitten, mir einige seiner Soldaten zur Verfügung zu stellen. Nach dem Ärger, den Tom ihm gemacht hat, wird er nichts dagegen haben. Wir werden Master Thomas festnehmen und die *Swallow* beschlagnahmen. Das Schiff sollte mindestens zweitausend Pfund bringen, wenn wir es verkaufen. Diese Belohnung habe ich verdient, wenn ich einen gefährlichen Verbrecher dem Gesetz zuführe.» Er lachte triumphierend. «Master Tom wird auf der *Apostle* nach London zurückkehren – in Ketten.»

«Aber er ist dein Bruder, Guy! Das kannst du ihm nicht antun!», rief Caroline entsetzt.

«Billy war ebenfalls Toms Bruder, und doch hat er ihn kaltblütig umgebracht. Jetzt wird er endlich den Preis zahlen für seine Unverschämtheit.»

Sie lief zu ihm und packte ihn am Ärmel. «Nein, Guy, das kannst du nicht tun!»

«Ach nein?» Er wirbelte zu ihr herum, rot vor Wut. «Du winselst um Gnade für ihn? Du liebst ihn immer noch, nicht wahr? Du würdest in der nächsten Sekunde deine Röcke heben und deine Schenkel für ihn öffnen, du dreckiges kleines Flittchen.»

«Das ist nicht wahr.»

«Du hättest es am liebsten, wenn er dir noch einen Bastard machen würde, nicht wahr?» Er schlug ihr ins Gesicht, dass sie rückwärts gegen die Balustrade zu Boden geschleudert wurde. «Dein Liebster wird keine Gelegenheit mehr haben, Bastarde in die Welt zu setzen.» Er marschierte die Veranda hinunter und brüllte nach seinem Pferd.

Caroline lehnte sich schwer an die niedrige Mauer und hielt sich die feuerrote Wange, wo er sie geschlagen hatte. Dann hörte sie ihn vom Hof galoppieren und die Straße zum Hafen und zur Festung hinunter verschwinden. Sie rappelte sich auf.

Als Guy ihr von dem Verhältnis zwischen Tom und ihrer Schwester erzählte, war sie zunächst außer sich gewesen vor Eifersucht. Doch am vergangenen Abend hatte sie Sarah in ihrem Zimmer besucht und zwei Stunden lang mit ihr gesprochen. Allmählich war ihr dabei klar geworden, wie tief die Liebe ihrer Schwester war. Caroline wusste seit langem, dass ihre eigenen Gefühle für Tom aussichtslos waren. Obwohl sie das Opfer sehr schmerzte, hatte sie Sarah am Ende geküsst und ihr versprochen, ihr bei der Flucht mit Tom behilflich zu sein. «Ich muss sie warnen», flüsterte sie nun. «Es ist nicht viel Zeit.»

Sie nahm ein Tablett von der Anrichte und trug Sarahs Mittagessen am Zimmer des schlafenden Christopher vorbei zur letzten Tür an der Veranda. Einer von Guys Männern saß vor der Tür, halb schlafend in der drückenden Nachmittagshitze, die Muskete quer über den Schoß. Er schreckte hoch, als sie auf ihn zukam, und kam eilig auf die Beine.

«*Salam alaikum*, Donna», verbeugte er sich vor ihr. «Mein Herr hat strengstens befohlen, niemanden durch diese Tür kommen oder gehen zu lassen.»

«Ich bringe das Mittagessen für meine Schwester», sagte sie gebieterisch. «Geh mir aus dem Weg.»

Er zögerte. Diese Situation hatte sein Herr nicht erwähnt in seinem Befehl. Schließlich verbeugte er sich noch einmal. «Ich bin Staub unter Euren Füßen.» Er zog den großen Eisenschlüssel aus seinem Gewand und drehte ihn im Türschloss. Caroline raschelte an ihm vorbei, und sobald sich die Tür hinter ihr geschlossen hatte, stellte sie das Tablett auf den nächstbesten Tisch und eilte in Sarahs Schlafkammer.

«Sarah, wo bist du?»

Sie lag auf ihrem Bett unter dem Moskitozelt. Sie hatte sich mit einem leichten Tuch zugedeckt und schien zu schlafen, doch als sie Carolines Stimme hörte, warf sie das Laken zurück und sprang aus dem Bett, vollständig angezogen und mit Reitstiefeln unter den langen Röcken. «Caroline! Wie gut, dass du kommst. Ich wollte nicht weggehen, ohne dir Lebewohl zu sagen.»

Caroline starrte sie an. Sarah kam zu ihr gelaufen und fiel ihr um den Hals. «Ich gehe mit Tom weg. Er wartet auf mich, am Strand vor dem alten Kloster. Ich muss mich beeilen.»

«Wie willst du an Guys Wachposten vorbeikommen?», fragte Caroline.

Sarah griff sich unter die Röcke und zog die beiden Duellpistolen hervor. «Ich werde jeden erschießen, der mich aufzuhalten versucht.»

«Hör zu, Sarah. Ein Brief von Vater ist angekommen. Er schreibt, dass Tom des Mordes an seinem älteren Bruder angeklagt wird. Es steht ein Haftbefehl auf ihn.»

«Ich weiß. Tom hat es mir erzählt.» Sarah löste sich von ihrer Schwester. «Du kannst mich nicht aufhalten, Caroline. Was Vater schreibt, ändert gar nichts. Ich weiß, dass Tom unschuldig ist, und werde mit ihm fortgehen.»

«Du verstehst nicht.» Caroline packte sie beim Arm. «Du weißt, ich werde dir und Tom helfen – das habe ich dir gestern versprochen, und dabei bleibt es. Doch jetzt ist Guy zur Festung geritten, um den Sultan zu informieren. Sie werden Tom festnehmen und ihn in Ketten nach England zurückschicken, wo er verurteilt und hingerichtet werden wird.»

«Nein!» Sarah starrte ihre Schwester an.

«Du musst ihn warnen, doch ohne meine Hilfe kannst du nicht von hier entkommen.» Sie dachte geschwind nach. «Wir werden Folgendes tun …» Sie redete sehr schnell und füllte die Lücken in ihrem Plan, während sie sprach. «Hast du verstanden?», fragte sie schließlich.

Sarah nickte. «Ich bin bereit. Wir müssen uns beeilen, Caroline, sonst wird Tom glauben, ich käme nicht, und ohne mich segeln.»

Caroline ging zur Tür und befahl dem Wachmann, ihr aufzumachen. Sie ging hinaus, und der Mann schloss die Tür wieder ab. Caroline begab sich direkt zu den Ställen und rief nach Assam. «Sattle meine Stute!»

Als der Knecht zögerte, stampfte sie mit dem Fuß auf. «Los,

oder ich lasse dich verprügeln!», schnappte sie. «Ich bin in Eile. Dein Herr erwartet mich vor der Festung.»

Nach wenigen Minuten kam Assam mit dem Pferd heraus, und Caroline nahm ihm die Zügel ab. «Gehe zum Tor und sage den Wachen, sie sollen es aufsperren. Ich werde gleich hinausreiten.» Assam, inzwischen gründlich eingeschüchtert, gehorchte eiligst.

Caroline gab sich alle Mühe, nicht zu rennen und ihre Aufregung nicht zu zeigen. Sie führte das gesattelte Pferd über den Rasen zum Ende der Veranda. Der Wachposten vor Sarahs Tür stand auf und grüßte sie, und sie hielt ihm den Brief von ihrem Vater vor die Nase.

«Bringe das sofort zu meiner Schwester», befahl sie. Er schwang sich die Muskete über die Schulter und nahm den Brief an sich. Dann klopfte er an die Tür.

Nach einem Augenblick rief Sarah: «Was ist?»

«Ein Brief, Donna.»

«Dann gib ihn mir schon!»

Er drehte den Schlüssel im Schloss und öffnete die Tür. Im nächsten Augenblick stand Sarah vor ihm und hielt ihm ihre beiden Pistolen vor das verdutzte Gesicht. Die Hähne waren gespannt, und ihre Zeigefinger krümmten sich um die Abzüge. «Lege dich flach auf den Boden, das Gesicht nach unten», befahl sie, doch anstatt zu gehorchen, nahm der Mann die Muskete von der Schulter und versuchte, den Hammer zu spannen. Sarah senkte langsam die Pistole in ihrer Rechten und schoss ihm ins Knie. Er brach wimmernd zusammen, das zerschmetterte Bein unter sich begrabend. Sarah trat die Muskete beiseite, die er fallen gelassen hatte.

«Du hättest besser getan, was ich sage, du Narr», sagte Sarah. «Die nächste Kugel geht in deinen Kopf.» Sie setzte ihm die Mündung der anderen Pistole auf die Stirn.

Er schlug sich die Hände vors Gesicht und kauerte zu ihren Füßen. Sarah steckte sich die abgefeuerte Pistole unter den Gürtel und ging in ihr Zimmer zurück, um die Ledertasche zu holen, in die sie ihre kostbarsten Besitztümer gepackt hatte.

Caroline half ihr, die schwere Tasche an den Sattel zu binden. Dann umarmten sich die beiden Schwestern kurz und herzlich.

«Geh mit Gott, meine liebe Sarah. Ich wünsche dir und Tom alles Glück auf dieser Welt.»

«Ich weiß, dass auch du ihn liebst, Caroline.»

«Ja, doch jetzt ist er dein. Sei gut zu ihm.»

«Küsse Christopher von mir.»

«Wir werden dich beide vermissen, aber jetzt geh, beeile dich!» Caroline half Sarah in den Sattel. «Lebwohl, meine Schwester», rief sie, als Sarah die Stute in Galopp trieb und über den Rasen preschte.

Assam sah sie kommen und rief den Wachen zu, das Tor zu schließen, doch Sarah ritt direkt auf ihn zu und er musste sich zur Seite werfen, um nicht unter die Hufe zu geraten. Die Stute flog durch das offene Tor hinaus in den Wald. Sarah lenkte sie auf den Weg nach Süden, der durch die Palmenwälder zu der Klosterruine führte.

«Bitte warte auf mich, Tom», flüsterte sie. Der Wind trug ihre Worte davon, und ihr Haar flatterte hinter ihr her wie eine Fahne. «Bitte warte auf mich, mein Liebster, ich bin auf dem Weg zu dir.» Die Stute lief, so schnell sie konnte, zwischen den Palmen hindurch.

Am Tor des Klosters brachte sie das Pferd aus vollem Galopp zum Stehen. Das Tier tänzelte und warf den Kopf herum, schwitzend vor Angst. Solch raue Behandlung war es nicht gewöhnt.

«Tom!», schrie Sarah. Das Echo von den uralten Mauern schien sie zu verspotten. «Tom!»

Er ist fort, dachte sie. Während die Stute sich unter ihr aufbäumte und im Kreis drehte, lehnte sie sich aus dem Sattel und suchte nach Spuren auf dem weichen Boden. Sie erkannte Toms frische Fußabdrücke, wo er vom Strand gekommen war, und eine platt getrampelte Stelle vor dem Tor, wo er nervös auf und ab gelaufen sein musste, als er auf sie wartete. Irgendwann musste er dann die Geduld verloren haben, denn eine weitere Kette von Fußabdrücken verlief wieder Richtung Strand.

«Tom!», rief sie verzweifelt. Sie trieb das Pferd über den Pfad durch das dichte Unterholz. Die Zweige peitschten ihre Beine, als sie den Bach entlangstob, bis sie schließlich aus dem Wald brach und sich auf dem weißen Korallensand fand, die trägen Wasser der Lagune vor sich ausgebreitet.

Am Ufer entdeckte sie die Abdrücke auf dem Sand, wo die Feluke gelandet war, und als sie aufschaute, sah sie das winzige Boot langsam auf die Lücke im Riff zutreiben, schon eine halbe Meile draußen. Tom stand im Heck. Er hatte eine lange Bambusstange in der Hand und stakte über die Untiefen.

«Tom!», rief sie. «Tom!» Sie winkte mit beiden Armen.

Der Wind rauschte in den Palmen, und die Brandung donnerte und sprudelte über das äußere Riff, sodass Tom sie unmöglich hören konnte. Die Feluke entfernte sich immer weiter, ohne dass Tom sich umschaute.

Sarah trieb ihr Pferd ins Wasser, und obwohl die Stute zuerst scheute, fand sie schließlich den Mut, sich ins Wasser zu stürzen, bis es ihr fast über die Schultern reichte. Sarahs Stiefel und Röcke waren durchnässt, doch die Feluke war immer noch schneller; der Abstand wurde immer größer.

«Tom!» Sarah zog die zweite Pistole aus ihrem Gürtel, richtete sie zum Himmel und feuerte. Das Ergebnis war nur ein kaum vernehmbares ‹Popp› in der Unermesslichkeit von Wind und Meer. «Er hat es nicht gehört!» Sie war der Verzweiflung nahe.

Es dauerte eine lange Sekunde, bis der Laut die Entfernung überbrückt hatte, doch dann sah sie, wie Tom in der Bewegung verharrte und sich endlich umschaute.

«Gott sei gepriesen!» Sie weinte fast vor Erleichterung.

Mit einem fachmännischen Stoß der Bambusstange wendete er das Boot und ließ es zum Strand zurückgleiten. «Wo warst du? Was ist geschehen?», rief, sobald sie in Hörweite war.

«Guy hat erfahren, was zwischen dir und William vorgefallen ist», rief sie zurück. «Er ist zur Festung geritten und hat die Garde alarmiert. Sie sollen dich gefangen nehmen und dein Schiff beschlagnahmen.»

Toms Miene verhärtete sich, doch er sagte nichts, als er mit dem Boot längsseits kam. Er warf die Stake auf die Planken. Dann fasste er Sarah um die Taille, hob sie aus dem Sattel und setzte sie in das Boot.

«Meine Tasche!», keuchte sie. Er zog das Messer aus der Gürtelscheide und schnitt den Riemen durch, mit dem die Tasche an den Sattelknauf geschnallt war. Er hievte sie an Bord und schickte die Stute mit einem Klaps zum Strand zurück. Dann griff er nach der Bambusstange und drehte den Bug der Feluke wieder auf die Riffdurchfahrt zu.

«Wie lange ist es her, dass Guy zur Festung geritten ist?», fragte er. «Wie viel Zeit haben wir?»

«Nicht viel. Er ist vor über zwei Stunden davongeritten.»

«Gehe ans Halliard», befahl er grimmig. «Wir werden das Segel hissen. Wir müssen unser Glück versuchen und hoffen, heil über das Riff zu kommen.»

Das Lateinersegel füllte sich flatternd und klatschend mit der Monsunbrise. Die Feluke legte sich stark auf die Seite und schoss auf die Lücke im Korallenriff zu. Sie glitt sauber hindurch. Sobald das Wasser unter ihrem Kiel tiefblau war, stellte sich Tom an die Pinne und brachte das Boot auf Kurs zum Hafen, wo die *Swallow* vor Anker lag.

«Erzähle mir alles», forderte er sie auf. Sarah kam zu ihm und legte den Arm um seine Hüfte. «Wie hat Guy es erfahren?»

«Gestern Abend ist ein Schiff angekommen.»

«Die *Apostle*», rief er. «Ich hätte damit rechnen können.» Er lauschte aufmerksam, als sie ihm in die Einzelheiten mitteilte. Danach murmelte er: «Hoffentlich kommen wir nicht zu spät.» Bald sahen sie den Hafen von Sansibar vor sich. Die kleine *Swallow* schaukelte friedlich an ihrem Ankertau.

«Gott sei Dank, sie haben sie noch nicht beschlagnahmt», sagte er erleichtert, doch im selben Augenblick bemerkten sie die Flottille aus einem Dutzend kleiner Boote, die vom Quai vor der Festung ablegte und über die Bucht auf die *Swallow* zusegelte. Tom hielt sich eine Hand über die Augen und spähte über die gute Meile Wasser, die zwischen ihnen und dem führenden Boot der kleinen Flotte lag. Eine hoch gewachsene, schmale Gestalt mit einem Federhut auf dem Kopf stand im Bug des ersten Bootes. «Guy benimmt sich wie ein Jagdhund, dem die Witterung in der Nase brennt.»

Unter dem Gewicht der vielen bewaffneten Männer, die sich auf ihr drängten, lag die Barke tief im Wasser. Die anderen Boote der Flottille waren ebenso voll beladen.

«Er hat mindestens hundert Schergen des Sultans bei sich», schätzte Tom. «Er will offenbar nichts riskieren.»

Er schaute am Mast empor und schätzte die Stärke und Richtung des Windes auf seinen Wangen ab. Er hatte das Boot inzwischen so oft gesegelt, dass er alle seine Launen kannte und wusste, wie man den letzten Knoten an Geschwindigkeit aus ihm herausholte. «Nimm sie etwas härter an den Wind», rief er Sarah zu, die daraufhin zum Spierenschot lief. Die Feluke liebte ihre Berührung und schoss nach vorn.

«Es wird ein hartes Rennen.» Tom fixierte das führende Boot und berechnete die Geschwindigkeits- und Kursverhältnisse. Sie hatten den Wind im Rücken und waren im weiten Fahrwasser. Guy war hart am Wind, das überladene Boot tief im Wasser. Tom bezweifelte, dass er die *Swallow* erreichen konnte, ohne noch einmal zu wenden. Die Feluke musste dafür direkt vor Guys Bug vorbeisegeln. Tom kniff die Augen zusammen. Sie waren fast auf Kollisionskurs.

«Wir werden in Reichweite der Musketen sein, wenn wir das Leitboot passieren», erklärte er Sarah. «Stapele die Netze und Fischkisten vor der Steuerbordwand auf und lege dich dahinter.»

«Und was ist mit dir?», fragte sie besorgt.

«Habe ich dir das noch nicht erzählt? Ich bin immun gegen Musketenkugeln», grinste er. «Außerdem sind die Araber gewöhnlich furchtbar schlechte Schützen.»

Seine Sorglosigkeit im Angesicht der Gefahr hätte sie vielleicht mehr beeindruckt, wenn sie ihn nicht so geliebt hätte. «Mein Platz ist an deiner Seite», sagte sie stur.

«Dein Platz ist, wo ich sage.» Seine Miene war plötzlich ernst und kalt. «Leg dich auf die Planken, Weib.»

So hatte sie ihn noch nie gesehen. Sie war verwirrt und gehorchte wortlos. Erst als sie flach auf dem stinkenden Deck lag, hinter Fischnetzen und schweren Holzkisten, konnte sie wieder klar denken.

So schnell sollte ich ihn nicht die Oberhand gewinnen lassen, ermahnte sie sich, doch dann riss ein ferner Schrei sie aus ihren Gedanken. Die Araber in der ersten Dau hatten die kleine Feluke entdeckt, die auf sie zuraste. Die Dau krängte bedenklich, als alle zu einer Seite drängten und über das Wasser glotzten, plappernd und gestikulierend mit ihren langläufigen Donnerbüchsen.

«Halt!» Guys Stimme wurde fast vom Wind davongetragen, doch nun waren sie nah genug zusammen, dass Tom Guys finsteres, wütendes Gesicht sehen konnte. «Drehe augenblicklich bei, Tom Courtney, oder ich werde meinen Männern befehlen, das Feuer zu eröffnen.»

Tom lachte und winkte ihm fröhlich zu. «Piss doch in den Wind, Brüderchen!»

Sie waren nun keine hundert Schritt mehr auseinander, einen Pistolenschuss. Guy rief den arabischen Musketieren, die sich auf dem offenen Deck der Dau drängten, etwas zu und richtete seine Schwertspitze auf die Feluke. Die Araber hoben daraufhin ihre Musketen, und trotz der Bravur, die er zur Schau stellte, bekam es Tom ein wenig mit der Angst zu tun, als er in die vielen Gewehrmündungen blickte.

«Feuer!», rief Guy und schwang seine Klinge. Es gab einen lauten Knall, und für einen Augenblick verschwand die Dau hinter einem dichten Schleier aus weißem Pulverdampf.

Um Tom herum surrten und zischten die schweren Bleikugeln, pflügten das Wasser um die Feluke und schlugen weiße Holzsplitter aus ihrer Seite.

Tom spürte, wie etwas an seinem Hemdsärmel zupfte, und als er auf seinen Arm schaute, sah er einen langen Riss in der Baumwolle und die dünne Blutspur von einem tiefen Kratzer an seinem Bizeps.

«Alles in Ordnung, Tom?», fragte Sarah besorgt. Er lachte und wandte sich halb von ihr ab, damit sie das Blut an seinem Ärmel nicht sehen konnte.

«Ich habe dir gesagt, sie können nicht zielen.» Er lüftete seinen Hut und winkte Guy ausgelassen zu, doch dabei spritzten scharlachrote Blutstropfen auf die schmutzigen Planken. Sarah sah das Blut und erbleichte. Ohne zu zögern, sprang sie auf und eilte an seine Seite im Heck des Bootes.

«Zurück!», schrie Tom. «Das sind Musketenkugeln! Sie könnten dich umbringen!»

Sarah ignorierte ihn und baute sich vor ihm auf, sodass nun sie die Zielscheibe war für das arabische Musketenfeuer. Sie entblößte ihre Schultern und ließ ihr Haar im Wind flattern.

«Nun schieße schon!», rief sie zu der Barke hinüber. «Erschieße mich, Guy Courtney, wenn du es wagst!» Sie waren nah genug beieinander, dass Tom den Zorn und die Verwirrung in Guys Gesicht sehen konnte.

«Runter, Sarah!», schrie dieser sie an. «Wenn du getroffen wirst, bist du selbst schuld!»

Tom versuchte, sie umzustoßen, doch sie legte beide Arme um seinen Hals und klammerte sich an ihn. Sie blickte zu der Barke, das Gesicht glühend vor Zorn. «Wenn du deinen Bruder willst, musst du mich zuerst töten», schrie sie zu Guy hinüber.

Guy schaute seine Männer an, die hastig ihre Musketen nachluden. Tom sah die Ladestöcke auf und ab gehen, als sie neue Kugeln in die langen Läufe rammten. Ein guter Musketier brauchte zwei Minuten zum Nachladen, und als sie für die nächste Salve bereit waren, zog die Feluke schon direkt vor ihrem Bug vorüber.

Die schnelleren und erfahreneren unter den Musketieren waren schussbereit. Vier von ihnen hoben ihre Büchsen und zielten auf das Paar im Heck der Feluke. Guy zögerte immer noch, doch dann änderte sich seine grimmige Miene. Mit seinem Schwert schlug er den langen Lauf des Schützen neben sich hoch und rief auf Arabisch: «Halt! Nicht schießen! Ihr würdet die Frau treffen!»

Einer der Männer ignorierte den Befehl und feuerte. Blauer Rauch schoss aus der Mündung der Donnerbüchse, und die Kugel schlug in die Ruderpinne in Toms Hand.

«Halt!», rief Guy wütend und ließ seine Klinge auf das Handgelenk des Mannes niedersausen. Der Mann hielt sich den blutigen Arm und stolperte von dannen.

«Halt!», rief Guy den anderen Männern noch einmal zu, die endlich widerwillig ihre Musketen sinken ließen, während die Feluke von der Barke wegzog.

«Du hast noch nicht gewonnen, Tom Courtney!», rief Guy ihnen nach. «Von nun an wirst du jeden bewaffneten Mann gegen dich haben. Eines Tages wirst du den vollen Preis bezahlen, dafür werde ich sorgen – das schwöre ich!»

Tom ignorierte den Wutausbruch seines Bruders und blickte nach vorn. Inzwischen trennte sie nur noch eine Kabellänge von der *Swallow*. Das Musketenfeuer von der Barke hatte die Mannschaft alarmiert. Alle Mann waren an Deck und kletterten in die Takelage. Ned Tyler wartete nicht auf Toms Befehl, das Schiff unter Segel zu bringen.

Sarah fasste Tom um die Taille und schaute auf den Schwarm kleiner Boote zurück, die sie verfolgten. «Das war aufregend», sagte sie mit glänzenden Augen.

«Du hast keinerlei Grund, so zufrieden mit dir selbst zu sein, du freche Göre.» Tom drückte sie an sich. «Du hast meinen ausdrücklichen Befehl missachtet.»

«Daran solltest du dich gewöhnen», grinste sie ihn an. «Es könnte eines Tages wieder passieren.» Dann wurde sie wieder ernst und machte sich an die Arbeit. Sie schnitt den zerschossenen Stoff von seinem Hemdsärmel und verband damit die Fleischwunde an seinem Arm.

Die *Swallow* kam rapide näher und Tom befahl: «Beilegen und fertig machen zum Springen.»

Das Gangspill ratterte auf dem Vordeck, und sobald Ned Tyler die Ankerflügel aus dem Meerboden hatte, begann die Schlup heckwärts zu treiben. Sarah raffte ihre Röcke zusammen und steckte sie unter ihren Gürtel, damit sie sich frei bewegen konnte.

Tom sah Abolis Haupt an der Reling der Schlup auftauchen. Sobald die Boote sich berührten und Tom das Segel abgelassen hatte, sprang Aboli zu ihnen herunter wie ein riesiger schwarzer Panter, der sich von einem Baum auf eine Gazelle stürzt, und landete mit einem dumpfen Poltern neben Sarah. Er nahm sie auf seine Arme. Sie kreischte und strampelte, doch schon hatte er die Strickleiter im Griff, die der Schlup von der Seite hing, und trug Sarah an Deck der *Swallow*.

Tom schnappte sich Sarahs Ledertasche und sprang über die schmale Lücke zwischen den beiden Booten. Die Feluke trieb ab. Sobald Tom ein Bein über die Reling geschwungen hatte, begrüßte ihn Ned Tyler förmlich: «Willkommen an Bord, Captain.»

«Danke, Mr. Tyler. Ich sehe keinen Grund mehr, noch hier zu bleiben. Bringt das Schiff an den Wind, wenn es recht ist, Mr. Tyler.»

Er stellte Sarahs Tasche auf die Planken und ging nach achtern. Als die *Swallow* herumkam, war Guys Dau gerade zweihundert Schritt hinter ihnen, doch die Schlup zog so schnell davon, dass Guys Boot vor Anker zu liegen schien.

Guy ließ die Schultern hängen, das gezückte Schwert schlaff an der Seite, das Gesicht eine Fratze von Hass und Zorn. Als sie Tom an Bord der *Swallow* sahen, konnten sich die Männer um ihn herum nicht mehr zurückhalten und eröffneten eine wütende Füsillade. Die Musketen donnerten um ihn herum, doch Guy schien es nicht zu bemerken. Er sah nur noch seinen Zwillingsbruder.

Sie starrten einander an, während die Entfernung zwischen den beiden Schiffen schnell größer wurde. Sarah gesellte sich zu Tom. Hand in Hand schauten sie zurück, bis die Barke hinter den Wellen verschwand und Guy nicht mehr zu sehen war. Schließlich umsegelte die *Swallow* die Landspitze und ließ den Hafen von Sansibar ein für allemal hinter sich.

Dorian Courtney stand langsam auf. Er hatte gekniet und zum Gott seiner Väter gebetet. Er spazierte am Rand der Klippe entlang. Irgendwann bückte er sich und hob einen Kiesel auf, der seinen Blick angezogen hatte. Er feuchtete ihn mit der Zunge an und hielt ihn in die Sonne. Es war ein rosa Achat mit blassblauen Adern, bedeckt mit diamantklaren Kristallen. Er war wunderschön.

Er legte sich auf den Bauch und ließ den Stein den siebenhundert Fuß tiefen Abgrund hinabstürzen. Der Stein wurde immer kleiner und war nicht mehr zu sehen, bevor er im Meer aufschlug und spurlos verschwand, ohne auch nur ein Kräuseln hervorzurufen, als hätte er nie existiert. Plötzlich, zum ersten Mal seit fast sieben Jahren, dachte er an die kleine Yasmini, die ebenso spurlos aus seinem Leben verschwunden war.

Sein Gewand flatterte hinter ihm im Wind, doch er stand breitbeinig und furchtlos über dem Abgrund, der sich zu seinen Füßen auftat. Der nackte, rote Felsenberg, der sich rechts von ihm über dem Meer erhob, war von einem schmalen Tal gespalten, an dessen Grund sich die Häuser und weißen Tempel des Dorfes Shihr klammerten. Dorians Männer lagerten zwischen den dornigen Akazienbüschen und Palmen weiter oben im Tal. Der blaue Rauch ihrer Lagerfeuer erhob sich in öligen Ranken senkrecht in die Luft, bis die Luftwirbel über der Klippe sie zu den menschenleeren Hügeln und Dünen der Wüste trieben.

Dorian hielt sich eine Hand über die Augen und schaute zum Meer hinaus. Die Schiffe kamen immer näher, vier stattliche Dauen mit hohen Schanzen und geflochtenen Segeln: die Flottille des Prinzen al-Malik. Sie waren bei Morgengrauen in Sicht gekommen, hatten jedoch den Wind gegen sich, sodass sie immer wieder wenden mussten. Dorian kniff die Augen zusammen und versuchte abzuschätzen, wie schnell sie vorankamen. Es würde noch mehrere Stunden dauern, bis sie in die Bucht segeln und vor dem Strand ankern würden.

Er war ungeduldig und ruhelos. Es war eine Ewigkeit her, dass er seinen Adoptivvater das letzte Mal gesehen hatte. Er drehte sich um und schlug den Weg ein, der zu dem alten Grabmal führte. Es krönte den Gipfel dieser Felsenhalbinsel, die Kuppel gebleicht von der Wüstensonne.

Al-Allama und die Scheichs der Saar waren noch in ihre Gebete vertieft, die Teppiche im Schatten des Grabmals ausgerollt, die Gesichter zur heiligen Stadt gewandt, die Hunderte von Meilen im Norden dieser verbrannten Landschaft lag. Dorian ging langsamer. Er wollte nicht ankommen, bevor sie mit ihrer Andacht fertig waren.

Die Saar wussten nicht, dass er kein Muslim war. Auf Anweisung des Prinzen hatte er diesen Umstand all die Jahre, die sie nun unter ihnen lebten, vor ihnen verborgen. Er wusste, dass er niemals so bereitwillig aufgenommen worden wäre, hätten sie die Wahrheit geahnt, dass er ein Ungläubiger war. Sie glaubten, er stände unter einem Gelübde, Allah seine Huldigung in Einsamkeit darzubringen. Zu den Gebetsstunden sonderte er sich deshalb stets ab und ging in die Wüste hinaus.

Dort kniete er in der Wildnis und betete für sich zum Gott seiner Vorfahren. Dies fiel ihm jedoch immer schwerer, je mehr Zeit verging, und seine Gebete wurden immer oberflächlicher. Allmählich überkam ihn das Gefühl, von seinem Gott verlassen worden zu sein. Er verlor den Glauben seiner Kindheit und fühlte sich verwirrt und beraubt.

Dorian blieb auf dem Grat des Hügels stehen und beobachtete, wie die Männer im Schatten der Moschee knieten und sich zu Boden warfen. Nicht zum ersten Mal beneidete er sie um ihren unumstößlichen Glauben. Er wartete in höflicher Entfernung, bis sie fertig wurden und ihrer Wege gingen. Die meisten stiegen auf ihre Pferde und trotteten den Klippenpfad zum Dorf hinunter, und bald blieben nur zwei an dem Grabmal zurück.

Batula, sein Lanzenträger, saß mit unendlicher Geduld im Schatten ihrer beiden Kamele. Der bronzene Schild war an Dorians Reitkamel gebunden, ebenso seine Büchse und die lange Lanze. Das war alles, was der Wüstenkrieger brauchte.

Der andere Mann war al-Allama, der im Windschatten auf einem roten Felsen saß. Dorian ging auf ihn zu. Der Bart des Mullahs zeigte schon die ersten grauen Strähnen, doch seine Haut war immer noch glatt, und trotz monatelangen Reitens und spärlicher Rationen war er kaum dünner geworden. Er legte seinen Kopf auf die Seite und sah al-Salil, das gezückte Schwert, direkt auf sich zukommen.

Al-Salil war nun hoch aufgeschossen, ein erwachsener Mann, und unter seinem langen, wehenden Gewand war er stark und drahtig, gehärtet vom Wüstenleben. Sein Gang erinnerte an ein Rennkamel, und die Art, wie er seine Schultern und das verschleierte Haupt hielt, drückte Autorität und Kontrolle aus.

«Sein Name ist gut gewählt», sagte al-Allama zu sich. Als Dorian bei ihm war, machte er eine einladende Geste, und der junge Mann setzte sich neben ihn auf den Felsen. Er verschränkte die Beine unter sich und saß wie ein Saar, elegant und bequem, das Krummschwert in seiner silbernen Lederscheide quer über die Knie. Nur seine grünen Augen waren sichtbar; der Rest seines Hauptes war unter dem Tuch verborgen, das er sich locker um Nase, Mund und Kinn gelegt hatte. Sein Blick war durchdringend, strahlend grün, und trotz des Wüstensandes und der gleißenden Helligkeit war das Weiß in seinen Augen tatsächlich weiß. Dorian wickelte sich langsam das Tuch vom Kopf und lächelte den Mullah an. «Gut, dass du zurück bist, heiliger Vater. Ohne jemanden, mit dem ich streiten konnte, war mein Leben wirklich langweilig.»

«Langweilig?» Al-Allama verbarg sein Lächeln. «Die Scheichs haben mir ganz andere Geschichten erzählt. Sechzehn Feinde sollen allein deiner Lanze zum Opfer gefallen sein.»

Dorian strich sich den Bart, dessen Locken in der trockenen Wüstenluft knisterten und strahlten wie frisch geschmiedetes Kupfer. «Die Ottomanen sind leicht zu töten», sagte er abwertend, immer noch lächelnd.

Er ist noch so schön wie das Kind, das ich damals auf der Insel Daar Al Shaitan zum ersten Mal sah. Al-Allama studierte Dorians Gesicht, die hohe Stirn des Gelehrten und den harten Mund, der den Krieger und Führer verriet.

«Warum hast du mich hierher kommen lassen, alter Vater?» Dorian beugte sich nach vorn und schaute dem Mullah ins Gesicht. «Du tust niemals etwas ohne Grund.»

Al-Allama lächelte und stellte eine Gegenfrage. «Weißt du, wessen Grabmal dies ist?»

Dorian schaute an der verwitterten Kuppel und den halb verfallenen Mauern empor. «Es ist das Grab eines heiligen Mannes», antwortete er. Es gab viele solche uralten Grabmale. Manche hüteten die über die Wüste verstreuten Oasen und andere standen auf den Klippen und schroffen Bergen entlang der südarabischen Küste.

«Ja», bestätigte al-Allama, «das eines heiligen Mannes.»

«Ich kann den Namen nicht lesen», sagte Dorian. Die meisten der Inschriften auf den Wänden waren von Sandstürmen ausradiert worden. Die übrigen waren Zitate aus dem Koran oder Sprüche, die Dorian nicht kannte, vielleicht Worte des Toten selbst.

Al-Allama erhob sich und ging um das Grabmal herum. Hin und wieder blieb er stehen und las die Inschriften, die noch zu entziffern waren. Nach einer Weile stand auch Dorian auf und folgte al-Allamas Schritten. «Dies ist ein Zitat von dem Heiligen, der hier ruht. Vielleicht interessiert es dich.» Al-Allama zeigte die Wand hinauf.

«‹Der Waisenknabe, der vom Meer kommt›», las Dorian mühsam, und al-Allama nickte ermunternd, während Dorian laut fortfuhr. «‹Mit der Zunge und Krone des Propheten …›» Dorian stockte. «Die nächste Zeile kann ich nicht lesen. Sie ist zu verwischt.»

«‹Mit der Zunge und Krone des Propheten, doch mit Finsternis im heidnischen Herzen›», half ihm al-Allama weiter. Dorian ging näher an die Mauer heran und schaute empor.

«‹Sobald das Licht das heidnische Herz erfüllt, wird er die Wüstenlande vereinen, die nun gespalten sind, und sein gerechter und frommer Vater wird auf dem Elefanten einherreiten.›»

Dorian trat wieder an al-Allamas Seite. «Was ist das? Es ist, soweit ich mich entsinne, nicht aus dem Koran. Es stellt ein hübsches Gedicht dar, aber es ergibt keinen Sinn», kommentierte er. «Was sind ‹die Zunge und Krone des Propheten›? Wie kann ein Waisenknabe einen Vater haben? Was hat der Ritt auf dem Elefanten zu bedeuten?»

«Der Prophet war mit rotem Haar gekrönt, und er sprach natürlich Arabisch, die geheiligte Zunge», erinnerte ihn al-Allama. «Der Elefantenthron von Oman steht im Palast zu Maskat. Er ist aus mächtigen Stoßzähnen geschnitzt. Über den Rest der Prophezeiung magst du dir deine eigenen Gedanken machen. Wenn er sich Mühe gibt, sollte selbst ein so fauler Schüler wie al-Salil in der Lage sein, das Rätsel des heiligen Taimtaim zu entschlüsseln.»

«Taimtaim?», rief Dorian aus. «Wir stehen vor dem Grabmal dieses Heiligen?» Er blickte noch einmal zu der verwitterten Inschrift auf und sah schließlich den Namen des Heiligen auf dem Fels erscheinen wie eine Gestalt hinter dichtem Nebel. «Das ist also die Prophezeiung. Das sind die Worte, die mein Leben bestimmt haben.» Seine Ehrfurcht mischte sich mit Zorn und Ärger, dass er wegen dieser wenigen Worte, die vor so langer Zeit geschrieben worden und nun kaum noch lesbar waren, auf so vieles verzichten musste und so viel erlitten hatte. Er wollte sich bei al-Allama beschweren. Er wollte protestieren und die Worte angreifen, doch der Mullah war schon auf dem Weg ins Tal hinunter. So war Dorian nun allein mit seinem Schicksal an diesem kargen Ort.

Er blieb viele Stunden. Manchmal ging er zornig vor dem Gemäuer auf und ab und suchte nach weiteren Inschriften, die ihn erleuchten könnten. Wenn er etwas fand, las er es laut, um den Klang der Worte zu erforschen, bevor er über ihre Bedeutung nachdachte, den Sinn, der sich hinter ihnen verbergen mochte. Zuweilen setzte er sich auf den Boden und studierte ein einzelnes Wort oder eine Zeile, und dann sprang er wieder auf und ging zu der Inschrift zurück, die al-Allama ihm gezeigt hatte. «Wenn ich tatsächlich das Waisenkind war, von dem du sprichst, dann irrst du dich, alter Mann. Deine Prophezeiung wird niemals eintreten. Ich bin ein Christ. Ich werde niemals zum Islam übertreten», warnte er den alten Heiligen. «Ich werde niemals die Wüstenlande vereinen, was immer du damit meinen magst.»

«Herr!», unterbrach Batulas Stimme seine Meditationen. «Die Schiffe!» Batula zeigte die Klippen hinab. «Sie kommen in die Bucht.»

Batula ließ die Kamele aufstehen und trieb sie auf den Pfad zu. Dorian lief los und holte sie ein, bevor sie den Weg erreichten. Er rief sein Kamel herbei, und das Tier kam zu ihm getrottet. «Ibrisam! Seidenwind!» Als das Reitkamel seine Stimme hörte, blickte es ihn an aus diesen großen, dunklen Augen hinter doppelten Wimpernschleiern und hieß ihn mit einem leisen, sanften Knurren willkommen. Sie war eine edle, reinrassige Sherari. In einer einzigen mühelosen Bewegung schwang Dorian sich in den Sattel, der sechs Fuß über dem Erdboden thronte. Er berührte den Hals des Kamels mit der Spitze des langen Reitstocks und verlagerte sein Gewicht nach vorn. Sein Sattel war mit feinstem Leder aus Najd gepolstert und mit üppigem Zierrat behangen, mit Fransen und Riemen, rot, gelb und blau, und mit Tragnetzen, bestickt mit silbernen Sternen und Metallfasern.

Ibrisam reagierte auf seine Berührung und Bewegung und fiel in den langen, bequemen Schritt, in dem sie ihren geliebten Herrn einst achtzehn Stunden ohne Pause trug, wobei sie jede Stunde zehn Meilen zurückgelegt hatten, vom Wadi Taub über die grauenvolle, mit den bleichen Knochen verlorener Karawanen übersäte Ebene von Mudhail zu den salzigen Wassern der Oase von Ma Shadid.

Sie liebte Dorian wie ein Hund seinen Herrn. Nach einer langen Tagesreise durch die grausame Wüste würde sie sich nicht schlafen legen, bevor er sich an ihrer Seite niederließ, und ganz gleich, wie hungrig oder durstig sie war, würde sie sofort aufhören, zu trinken oder zu grasen, und zu ihm gehen, um ihn zu lecken und um sein Streicheln und Zureden zu betteln.

Sie eilten den Weg hinab und überholten Batula, bevor er im Tal war. Das ganze Lager war auf den Beinen. Die Kamele brüllten, die Männer schrien und trillerten, hielten ihre Gewehre hoch und schossen vor Freude in die Luft, während sie zum Strand liefen. Ibrisam trug Dorian an die Spitze dieser ausgelassenen Prozession, über den goldenen Sand zum Wasser.

Als Prinz al-Malik an Land kam, war Dorian der Erste, der zu ihm lief und ihn willkommen hieß. Er hatte sein Gesicht entblößt und fiel auf die Knie, um den Saum des fürstlichen Gewands zu küssen. «Mögen deine Tage in Ruhme erstrahlen, o Prinz. Wie lange haben meine Augen danach gehungert, dein Antlitz wieder zu erblicken!»

Der Prinz half ihm auf und schaute ihm ins Gesicht. «Al-Salil! Ohne dein rotes Haar hätte ich dich nicht wieder erkannt, mein Sohn.» Er umarmte Dorian und drückte ihn an seine Brust. «Wie ich sehe, ist alles wahr, was ich über dich gehört habe. Du bist tatsächlich zum Manne herangewachsen.»

Dann begrüßte Prinz al-Malik die Scheichs der Saar, die sich nun um ihn drängten. Als er jeden umarmt hatte, führte er den Triumphzug langsam das Tal hinauf. Die Wüstenkrieger bestreuten seinen Weg mit Palmwedeln, riefen ihm Segnungen zu, küssten den Saum seines Gewandes und schossen immer wieder in die Luft.

Im Schatten der Bäume neben der Quelle hatten sie ein Lederzelt aufgeschlagen, groß genug für hundert Mann. Die Seitenplanen waren hochgeschlagen, damit die kühle Abendbrise vom Meer hindurchblasen konnte, und der Sandboden war mit Teppichen und Kissen bedeckt. Der Prinz nahm in der Mitte des Zeltes Platz, und die Scheichs versammelten sich um ihn. Sklaven brachten Krüge voll Quellwasser, mit dem sie sich die Hände wuschen, und dann wurden große Bronzetafeln voll Essen hereingebracht, Berge von gelbem Reis, getränkt in geschmolzener Kamelbutter, und duftende Töpfe gewürzten Hammelfleischs.

Al-Malik nahm einen Bissen von jedem Gericht in die rechte Hand. Manches kostete er selbst, andere Stücke verteilte er in die Runde. Dies war eine Ehre, die er den Männern erwies, ein Zeichen seiner Gunst, und die hartgesottenen Krieger, die kaum die Wunden zählen konnten, die ihre Gesichter und Körper bedeckten, bedankten sich mit dem Respekt und der Liebe, die Kinder ihrem Vater zuteil werden lassen.

Als sie gegessen hatten, ließ der Prinz die immer noch vollen Tafeln nach draußen bringen, zu den einfachen Kriegern, damit auch sie an dem Festschmaus teilhaben konnten.

Die Sonne versank rot hinter den Hügeln, und die Sterne blinzelten vom sich verdunkelnden Wüstenhimmel. Sie wuschen noch einmal ihre Hände, und die Sklaven zündeten die Wasserpfeifen an. Die Wände des Lederzelts wurden zugeklappt, und die Scheichs rückten näher an den Prinzen heran und ließen die Elfenbeinmundstücke der Pfeife herumgehen. Die dicken, kräuselnden Rauchwolken des türkischen Tabaks umschwebten ihre Köpfe. Lampen spendeten gelbes Licht, und die Männer begannen zu reden.

Der Erste, der das Wort ergriff, begann: «Die Pforte hat eine Armee von fünfzehntausend Mann entsandt, um Maskat einzunehmen. Yaqub hat die Stadttore für sie geöffnet.» Die Pforte stand für die Macht und Autorität des Osmanischen Reiches der Türken, dessen Regierungssitz sich im fernen Istanbul befand. Al Maliks älterer Bruder, al-Uzar Ibn Yaqub, der schwache und zaudernde Kalif von Oman, hatte schließlich kampflos vor den Osmanen kapituliert – nur Allah wusste, welche Bestechung und Garantien er dafür akzeptiert hatte. Jedenfalls hatte er die Besatzungsarmee der Pforte in Maskat willkommen geheißen, und nun war die Freiheit und Unabhängigkeit aller Wüstenstämme in größter Gefahr.

«Er ist ein Verräter. Allah ist mein Zeuge. Er hat uns in die Sklaverei verkauft», sagte einer der Scheichs. Sie knurrten wie eine Löwenrotte. Aller Blicke waren auf al-Malik gerichtet.

«Er ist mein Bruder und Kalif», bemerkte der Prinz. «Ich bin ihm durch meinen Eid verpflichtet.»

«Bei Gott, er ist nicht mehr der Herrscher über Oman», erwiderte ein Scheich. «Er hat sich zu einer Marionette der Pforte gemacht.»

«Yaqub, der es mit tausend Knaben getrieben hat, ist zur Hure der Türken geworden», stimmte ein anderer zu. «Durch seinen Verrat sind wir alle, auch du, mein Prinz, unseres Treueschwurs enthoben.»

«Führe uns, mächtiger Prinz», ersuchte ihn ein anderer. «Wir sind dein. Führe uns vor die Tore von Maskat. Wir werden mit dir die Osmanen vertreiben und dich auf den Elefantenthron von Oman setzen.»

So sprach einer nach dem anderen, und alle sagten das Gleiche. «Wir haben dich gebeten, zu uns zu kommen. Nun bitten wir dich, uns zu führen.»

«Wir, die Saar, werden uns dir mit dem heiligen Eid unterwerfen. Wir können dreitausend Lanzen für deine Streitmacht erheben.»

«Was ist mit den anderen Stämmen?», fragte der Prinz, der eine so wichtige Entscheidung nicht überstürzen wollte. «Was ist mit den Awamir und den Bait Imami? Was mit den Bait Kathir und den Harasis?»

«Für die können wir Saar nicht sprechen», antworteten sie, «denn zwischen uns und vielen von ihnen gibt es noch Blutfehden. Doch ihre Scheichs erwarten dich in der Wüste. Begib dich zu ihnen, und so Gott will, werden sie ihre Kriegslanzen erheben und uns nach Maskat folgen.»

«Was ist deine Entscheidung?», drängten die Scheichs. «Sage uns, wie du entschieden hast, und wir werden dir unseren Eid leisten.»

«Ich werde euch führen», sagte der Prinz schlicht, und ihre wettergegerbten, braunen Gesichter erhellten sich vor Freude. Einer nach dem anderen knieten sie vor ihm nieder und küssten seine Füße. Er hielt seinen Krummdolch vor sich, und sie berührten den Stahl mit ihren Lippen. Dann nahmen sie seine Hände und führten ihn vor das Zelt, wo die Krieger im Mondschein warteten.

«Dies ist der neue Kalif von Oman», präsentierten sie den Prinzen ihren Männern, und die Krieger riefen ihre Treuegelöbnisse und feuerten ihre Musketen in die Luft. Die Kriegstrommeln begannen zu pochen, und der gespenstische Klang der Widderhörner hallte von den dunklen Klippen über dem Lager wider.

In diesem freudigen Aufruhr trat Dorian zu seinem Vater und umarmte ihn. «Meine Männer und ich sind bereit, dich zu den Scheichs der Awamir an den Quellen von Muhaid zu begleiten.»

«Dann lass uns reiten, mein Sohn», nickte der Prinz.

Dorian verschwand zwischen den Bäumen und rief seinen Männern zu: «Aufsatteln! Wir brechen sofort auf!»

Sie liefen zu ihren Kamelen, riefen sie beim Namen, und bald war das ganze Tal auf den Beinen, als sie ihr Lager auflösten. Die Kamele, grunzend und brüllend, wurden mit ledernen Wassersäcken beladen. Die Zelte wurden abgebrochen und zusammengepackt.

Bevor der Mond aufging in der Kühle der Nacht, waren sie zum Aufbruch bereit, eine lange Kette vermummter Männer auf ihren hohen Reittieren. Das Kamel des Prinzen war eine buttergelbe Stute. Sobald al-Malik sich auf seinem Sattel niedergelassen hatte, befahl Dorian ihr, sich zu erheben, und sie kam stöhnend hoch. Der Prinz, in der Wüste geboren und ein Krieger seit frühester Jugend, thronte majestätisch im ersten Mondlicht.

Dorian schickte eine Vorhut von zwanzig Mann voraus und ließ eine Nachhut zurückhängen. Er hielt sich dicht neben dem Prinzen, als die Marschkolonne sich das Tal hinaufbewegte.

Sie kamen schnell voran, denn ihre Reittiere waren ausnahmslos Rennkamele, und abgesehen von den Wassersäcken waren sie nicht schwer beladen. Bald ließen sie das Tal hinter sich und hatten die schier unendliche, stille Wüste vor sich, purpurne, dunkle Berge und silbern schimmernde Sanddünen, soweit das Auge reichte. Über der Kette von Menschen und Tieren, die sich nach Norden schlängelte, strahlten die Sterne wie ein Feld von Gänseblümchen nach einem Sommerregen. Der Sand dämpfte die Schritte der mächtigen Kamelhufe. Die einzigen Laute waren das Knirschen von Leder und gelegentlich eine geflüsterte Warnung: «Vorsicht, ein Loch!»

Dorian ließ sich von Ibrisams rhythmischem Gang in einen Halbschlaf wiegen, während die rauen Wüstenmeilen unter ihm hinwegglitten. Die dunklen Hügel umgaben sie wie bizarre Gestalten voller Schatten und Geheimnisse, und der Halbmond des

Islam und die Sterne leuchteten ihnen den Weg. Er schaute zum Himmel auf, bezaubert von den ewigen Mustern der Sterne auf ihrem nie endenden Zug über das Firmament, die ihn durch die Dunkelheit leiteten.

Es war eigenartig, aber in solchen Augenblicken fühlte er sich seiner Vergangenheit näher und schien gar Toms Gegenwart zu spüren. Als Knaben an Bord der *Seraph* hatten sie so viele Stunden zusammen unter dem Sternenzelt verbracht, hoch oben in ihrem Mastkorb. Aboli, Big Daniel und Ned Tyler waren es gewesen, die ihm die Namen der Navigationssterne beigebracht hatten, die er nun vor sich hin flüsterte. Viele davon hatten arabische Namen: Al Nilam, Al Nitak, Mintaka, Saif …

Auf diesem Ritt mit dem Mann, der zu seinem Vater geworden war, und mit diesen tapferen Kriegern, die alle seinem Befehl gehorchten, dachte Dorian über die Prophezeiung des heiligen Taimtaim nach, wie er sie auf den verfallenen Mauern des Grabmals des alten Weisen gelesen hatte. Allmählich erfüllte ihn das Gefühl, dass ihn hier unter diesem Wüstenhimmel eine unabänderliche, heilige Bestimmung erwartete.

Nach Mitternacht, als der große Skorpion tief über den Felsenkämmen stand, machten sie schließlich Rast. Einer der Scheichs der Saar kam zu dem Prinzen, um sich von ihm zu verabschieden und seinen Treueschwur zu bekräftigen. «Ich werde meine Streitmacht für dich vergrößern», ließ er al-Malik wissen. «Vor dem nächsten Vollmond werde ich an den Quellen von Ma Shadid zu euch stoßen, mit fünfhundert Lanzen hinter mir», versprach er.

Sie blickten ihm nach, wie er auf seinem Kamel schnell nach Osten verschwand und sich schließlich in den purpurnen Schatten verlor, dann zogen sie weiter. Noch zwei Mal in jener Nacht lösten sich Scheichs aus der Marschkolonne und entfernten sich in die Wüste, nachdem sie den Segen des Prinzen eingeholt hatten, mit dem Versprechen, sich beim nächsten Vollmond an den Quellen von Ma Shadid wieder mit der Hauptstreitmacht zu treffen.

Sie ritten weiter, bis sie auf ein Feld üppiger *Zahra* stießen, das aus dem Boden geschossen war, wo ein Gewitter Monate zuvor einen winzigen Flecken in der Wüste geflutet hatte. Dort hielten sie an und ließen die Kamele grasen, während sie Bündel dieser «Blumen» schnitten und zusammenpackten, denn dies war das beste Kamelfutter und als solches hoch geschätzt. Als sie die Bündel auf ihre Tiere gebunden hatten, ritten sie weiter, bis die Morgendämmerung den östlichen Horizont rosa und orange erglühen ließ.

Wieder machten sie Halt, diesmal um ihr Lager aufzuschlagen. Sie erlaubten den Kamelen, sich niederzulassen, und fütterten sie mit dem geernteten *Zahra*. Dann brühten sie Kaffee und backten Haferkuchen über rauchenden Kameldungfeuern. Nach dem Essen legten sie sich nieder, wickelten sich in ihre Gewänder und verschliefen die Stunden flirrender Hitze, wenn die Felsen sich in der Luft spiegelten. Dorian legte sich in Ibrisams Schatten, wo ihr Rülpsen und rhythmisches Kauen ihn in den Schlaf wiegte. Er schlief gut und wachte erst am Abend wieder auf, als die Luft kühler wurde.

Während die Marschkolonne sich erhob und für den langen Nachtmarsch fertig machte, schickte Dorian eine kleine Patrouille unter Batulas Kommando voraus, um ihre geplante Route auszukundschaften. Er selbst bestieg Ibrisam und ritt in die entgegengesetzte Richtung, wo er ihre Spuren verwischte und sich vergewisserte, dass niemand ihnen folgte.

Dies waren die Bräuche dieses grausamen, unwirtlichen Landes, wo die Stämme in ständige Blutfehden und Kriege verstrickt waren, wo der Raub von Frauen und Kamelen zum täglichen Wüstendasein gehörte und solche Wachsamkeit jedermanns Leben beherrschte.

Dorian stellte fest, dass die Luft hinter ihnen rein war. Er machte kehrt und trieb Ibrisam in einen wiegenden Trab, sodass er bald wieder zur Hauptkolonne aufschloss. Nach Mitternacht erreichten sie die bitteren Quellen von Ghail ya Yamin. Ein kleiner Trupp der Saar hatte dort schon ein Lager aufgeschlagen, und nun kamen die Männer aus ihren Zelten und umringten trillernd und vor Freude in die Luft schießend al-Maliks Kamel.

Für zwei Tage lagerten sie unter den struppigen Dattelpalmen von Ghail ya Yamin, wo das Quellwasser so salzig war, dass man es mit Kamelmilch vermischen musste, um es trinkbar zu machen. Die Männer mussten tief in die Erde steigen, um zu den Quellen zu gelangen, und dann trugen sie das Wasser in Ledersäcken ans Tageslicht und tränkten ihre Kamele damit. Nach der langen, trockenen Reise soffen die Tiere genussvoll und ausgiebig.

Dort war es auch, wo die übrigen Saar-Scheichs den Heerzug verließen und in die Wildnis ausschwärmten, um ihre Leute aufzusuchen. Schließlich hatte Prinz al-Malik nur noch Dorians kleine Streitmacht, um ihn auf der letzten Etappe seiner Reise zu den Awamir an den Quellen von Muhaid zu führen und zu beschützen.

Sie brauchten drei Nächte für die Überquerung der Salzöden vor den Hügeln von Shiya. Selbst im Mondlicht war die Salzebene weiß wie ein Schneefeld, und die Hufe der Kamele hinterließen eine schwarze Spur auf der schimmernden Oberfläche. Am dritten Morgen sahen sie Hügel vor sich in der Ferne aufsteigen, eine blassblaue Linie, gezackt wie die Fänge des Tigerhais vor der roten Dämmerung. Sie lagerten den Tag über in einem flachen Wadi, wo dornige Ghafbäume etwas Schutz vor der Sonne boten. Bevor sie sich schlafen legten, kletterte Dorian die Böschung des Wadis hinauf, um die Konturen der Hügel zu studieren, die vor ihnen lagen. Der rote, zerklüftete Fels zeichnete sich kristallklar vor der aufgehenden Sonne ab.

Die Hügel von Shiya markierten die Grenze zwischen den Gebieten der Saar und der Awamir. Dorian fand die Stelle, wo sich eine Felsenspitze wie ein Festungsturm vor dem Himmel abzeichnete. Die Saar nannten sie den «Hexenturm»; dort verlief der Pass, über den sie in das Reich der Awamir gelangen würden. Dorian lächelte zufrieden. Er hatte den Zug also über die pfadlose Ebene geradewegs zu dem Pass geführt. Er ging in das Wadi zurück, um sich für den Rest des Tages eine schattige Stelle zu suchen.

Am Abend, als der Zug bereit war, den langen Marsch fortzusetzen, ritt Dorian wie gewöhnlich zurück, um ihre Spuren zu verwischen. Eine halbe Meile hinter dem Lager kreuzte er die Spur eines fremden Kamels. Er fühlte sich inzwischen so zu Hause in der Wüste, dass er die Spuren jedes einzelnen Tieres in ihrer Marschkolonne unterscheiden konnte. Diese Spur zeigte ihm nun, dass ein fremder Reiter von Westen gekommen war und ihren Weg gekreuzt hatte. Er sah, wo der Mann abgestiegen war, um sich ihre Fährte anzuschauen, und wo er wieder aufgesessen und ihnen für fast zwei Meilen gefolgt war, bevor er zu einer niedrigen Schieferbank abgebogen war, die sich wie ein Elefantenrücken aus der weißen Salzöde erhob. Hinter dieser Deckung hatte er sein Kamel zurückgelassen und war auf den Grat der Erhebung geschlichen. Seine schlangenhaften Kriechspuren waren deutlich zu erkennen.

Am Ende der Spur fand sich Dorian an einer Stelle, von wo er das Lager zwischen den Ghafbäumen überschauen konnte, wo der

Zug den Tag zugebracht hatte. Dorian sah, dass der Fremde sich für eine Weile auf dem Grat aufgehalten hatte, bevor er sich zurückzog und wieder auf sein Kamel gestiegen war. Dann war er in einem weiten Bogen um das Lager geritten und schließlich auf das Gebirge und den Hexenturm zu, der den Pass überragte. Der Spion hatte mindestens acht Stunden Vorsprung vor ihnen und musste inzwischen den Pass erreicht haben.

Dorian runzelte die Stirn, als er sich ausmalte, was das bedeutete. Die Nachricht, dass al-Malik auf dem Marsch durch die Wüste war und sich mit den Stammesführern traf, war bestimmt schon zum Kalifen in Maskat und seinen osmanischen Verbündeten gedrungen. Vielleicht hatten sie schon eine Streitmacht geschickt, ihnen den Weg abzuschneiden, und der beste Platz für einen solchen Angriff wäre natürlich der Pass unter dem Hexenturm.

Dorian brauchte nur eine Minute, um über seine nächsten Schritte zu entscheiden. Er schwang sich in Ibrisams Sattel und trieb sie zur Eile. So jagten sie über die weiße Ebene und hatten bald die Marschkolonne vor sich, dunkle Schatten auf der gleißenden Erde. Die Nachhut hätte ihn fast aufgehalten, als er heranbrauste, doch dann erkannten sie Ibrisam. «Es ist al-Salil!»

«Wo ist Batula?», rief Dorian, sobald er in Hörweite war.

Sein Lanzenträger kam zu ihm zurückgaloppiert. Als er an Dorians Seite war, schlug er den Schleier zurück und entblößte sein Gesicht. «Du scheinst in Eile, Herr. Ist etwa Gefahr im Anzug?»

«Ein fremder Reiter hat uns beschattet», berichtete Dorian. «Er hat uns aus der Ferne in unserem Lager beobachtet, und dann ist er fortgeritten, auf den Pass zu, vielleicht um ein Heer zu warnen, das dort auf der Lauer liegt.» Er erklärte Batula kurz, was er gefunden hatte. Dann schickte er ihn mit zwei Männern, die Spur des Fremden zu verfolgen. Als sie fort waren, trieb er Ibrisam an, um zum Prinzen aufzuschließen.

Al-Malik hörte aufmerksam zu, als Dorian Bericht erstattete. «Wir haben viele Feinde», bemerkte er schließlich. «Die Männer, mit denen wir es hier zu tun haben, sind fast mit Sicherheit Diener der Osmanen oder meines Bruders, des Kalifen. Allah weiß, wie viele es gibt, die mich davon abhalten möchten, die Stämme des Landesinneren zu erreichen. Was ist dein Plan, mein Sohn?»

Dorian zeigte voraus. Die dunklen Hügel von Shiya waren eine lückenlose Mauer, fast zweihundert Meter hoch über der Salzöde.

«Wir wissen nicht, wie viele Feinde dort auf uns warten, mein Prinz. Ich habe dreißig Mann und würde es lachend mit einer doppelten oder dreifachen Übermacht aufnehmen. Wenn aber die Osmanen von unserer Reise Wind bekommen haben, könnten sie uns eine Armee auf den Hals gehetzt haben.»

«Das ist sehr wahrscheinlich.»

«Der Pass am Hexenturm ist der schnellste und am meisten benutzte Weg zu den Awamir, doch es gibt noch einen tieferen Pass weiter westlich.» Dorian zeigte über die silberne Ebene. «Er ist als der ‹Pass der Klugen Gazelle› bekannt. Um ihn zu erreichen, müssen wir einen Umweg von vielen Meilen auf uns nehmen, doch ich kann nicht riskieren, zum Pass am Hexenturm weiterzuziehen und einer großen osmanischen Streitmacht in die Arme zu laufen.»

Al-Malik nickte. «Wie weit ist es zu diesem anderen Pass? Können wir ihn vor Tagesanbruch erreichen?»

«Nein», antwortete Dorian. «Selbst wenn wir die Kamele zu höchstem Tempo antreiben, können wir erst am Vormittag dort sein.»

«Dann lass uns reiten», entschied al-Malik.

Dorian rief seiner Vorhut zu, nach Westen abzubiegen. Sie schlossen auf und nahmen den Prinzen in die Mitte, jeder Mann darauf vorbereitet, in einen Hinterhalt zu geraten, und trieben die Kamele zu höherem Tempo an. Die Tiere waren noch frisch und stark, und die Salzkristalle knirschten unter ihren fliegenden Hufen. Eine leichte, weiße Staubwolke erhob sich und schimmerte hinter ihnen in der stillen Nachtluft, als sie davoneilten.

Kurz nach Mitternacht legten sie eine kurze Rast ein, um den Kamelen eine Verschnaufpause zu gönnen und etwas Wasser mit Kamelmilch zu trinken, bevor sie weiterzogen.

In der dunkelsten Nacht, vier Stunden vor Anbruch der Dämmerung, waren aufgeregte Schreie von der Nachhut zu hören. Dorian wendete sein Kamel und eilte zurück.

«Was ist?», begann er, doch dann sah er schon den dunklen Haufen, der sich aus der Nacht näherte. Es waren Kamele, nicht viele, doch sie konnten die Spitze einer großen Armee darstellen.

«Schließt die Reihen!», befahl er und löste seine Lanze in ihrem Lederköcher. Die Marschkolonne formierte sich geschwind in Verteidigungsordnung, der Prinz in der Mitte, wo sie ihn am besten beschützen konnten. Als das geschehen war, trieb Dorian

Ibrisam voran und empfing die nahenden Reiter, indem er ihnen eine Frage zurief.

«Al-Salil!», kam sofort die Antwort, und er erkannte Batulas Stimme.

«Batula!» Dorian ritt weiter, um seinen Lanzenträger zu begrüßen. Sie galoppierten aufeinander zu, bevor Dorian Ibrisam wendete und neben Batula her ritt, sodass sie sprechen konnten.

«Was gibt es Neues?»

«Eine Kriegsstreitmacht, viele Männer», keuchte Batula, «oben am Hexenturm.»

«Wie viele?»

«Fünfhundert, vielleicht mehr.»

«Wer sind sie?»

«Türken und Massakara.» Die Massakara waren der Stamm, der den Küstenstreifen um Maskat und Sur bewohnte. Dorian zweifelte keinen Augenblick: Dies waren die Männer des Kalifen, besonders da Türken dabei waren.

«Lagern sie dort?»

«Nein. Sie sind uns schon auf den Fersen.»

«Wie können sie wissen, dass wir die Richtung geändert haben?»

«Ich kann nur annehmen, dass sie viele Späher haben, die uns beobachten. Wir selbst konnten eure Staubwolke aus vielen Meilen Entfernung sehen. In diesem Mondlicht strahlt sie wie ein Leuchtfeuer.»

Dorian schaute auf und sah, wie die Staubwolke den halben Himmel über ihnen bedeckte. «Wie weit sind sie noch hinter uns?»

Batula entblößte sein Gesicht und grinste im Sternenschein. «Bei Tageslicht könntest du schon ihre Staubwolke sehen. Halte deine Lanze bereit, al-Salil. Es wird zum Kampf kommen, bevor die Sonne das nächste Mal untergeht.»

Sie ritten die ganze Nacht im Eiltempo, bis die Dämmerung den Osthimmel zu erhellen begann und das Licht immer stärker wurde.

«Wir reiten weiter!», rief Dorian dem Prinzen zu. Er riss Ibrisam herum und ritt auf eine schwarze Lavakuppe zu, die sich links von ihnen aus der weißen Ebene erhob. Als er davor ankam, sprang er aus dem Sattel und stieg auf die Spitze des Felsenhaufens.

Vor seinen Augen ging die Dämmerung in die wunderbare

Geburt des Wüstentages über. Die wilden Zacken der Shiya-Hügel erhoben sich dicht vor ihm, die Farben so bezaubernd wie das Gefieder eines tropischen Vogels, strahlend golden mit violetten Streifen und karmesinroten Flecken. Der Pass der Klugen Gazelle war deutlich zu erkennen, eine dunkelblaue Spalte im senkrechten Fels, fast bis zur Salzebene herunter. Am Fuß des Hügels bildete der Sand eine weiße Rampe, in die der Wind eigenartige, fantastische Dünenmuster geblasen hatte.

Dann schaute Dorian den Weg zurück, den er gekommen war, und sah die Staubwolke über den Türken, die sich dicht hinter ihm über die funkelnde Ebene erhob. Im selben Augenblick sandte die Sonne ihre ersten Strahlen durch die Lücke in der Hügelkette. Dorian war noch im Schatten, doch die Ebene hinter ihm war plötzlich hell erleuchtet. Die Lanzenspitzen der nahenden Reiter funkelten in der Sonne.

«Batula hat sich getäuscht», flüsterte er, als er die Masse der Krieger sah. «Es sind viel mehr, als er gezählt hat, vielleicht tausend.»

Sie nahten auf breiter Front, viele Schwadronen, manche im Staub der Reiter verborgen, die vor ihnen waren.

«Das riecht nach Verrat», dachte Dorian. «Sie hätten nicht solche Scharen geschickt, wenn sie nicht sicher gewesen wären, dass der Prinz diesen Weg einschlägt.»

Die erste der feindlichen Schwadronen ritt fast in der Mitte der Angriffsreihe, eine kleine Gruppe, die die Hauptstreitmacht leicht hinter sich zu lassen schien. Sie waren so nah, dass Dorian durch die Gazeschleier wogenden Staubs die Umrisse der Kamele und der Reiter auf ihren Rücken erkennen konnte. Er konnte sie nicht zählen, doch er vermutete, dass diese Gruppe zweihundert Mann umfasste, und nach der Art zu urteilen, wie sie ritten, handelte es sich um erstklassige Krieger.

Er kniff die Augen zusammen und versuchte ihr Tempo zu schätzen und mit dem seiner fliehenden Truppen zu vergleichen. Die Kamele dort draußen waren frisch, während sein eigenes Reittier die ganze Nacht auf den Beinen gewesen war. Der Feind war zweifellos schneller, und es würde ein hartes Rennen werden, wer zuerst am Pass der Klugen Gazelle sein würde.

Er lief zu Ibrisam zurück und schwang sich auf ihren Rücken. Auf eine Berührung seines Reitstocks sprang sie nach vorn und floh hinter dem Zug des Prinzen her. Als er aus der Deckung der Felsen hervorkam, erspähten ihn die Verfolger, und er hörte die fernen Kriegsschreie, die der Morgenwind zu ihm trug. Dorian drehte sich im Sattel um und schaute zurück, gerade rechtzeitig, um die Rauchwolken zu sehen, als die erste Reihe der Angreifer auf ihn zu feuern begann.

Sie waren noch zu weit weg, und er hörte nicht einmal die Kugeln kommen. Ibrisam, der Seidenwind, lief ungerührt weiter und holte den Rest des Zuges am Fuß der Sandrampe ein, die zum Fuß der Felswand hinaufführte. Es war ein rutschiger Hang aus losem Kristallgeröll, das unter den Kamelhufen nachgab und abfloss wie Wasser.

Die Marschkolonne mühte sich hinauf, einen halben Schritt zurück für jeden Schritt, den sie weiterkamen. Die Kamele brüllten vor Angst auf dem tückischen Boden. Eines der Leittiere fiel auf die Seite, trat wild um sich in seinem Versuch, wieder auf die Beine zu kommen, und rollte zurück, den Reiter unter sich begrabend. Dorian war nahe genug, dass er die Knochen krachen hörte, als dem Mann beide Beine gebrochen wurden. Das schwere Tier purzelte schließlich den Hang hinab, der Reiter noch in den Fußleinen, wobei es eine Spur aus zertrümmerter Ausrüstung und geborstenen Wassersäcken zurückließ.

Dorian sprang aus dem Sattel und schnitt mit seinem Schwert den verletzten Mann frei. Batula sah ihn und kehrte um, um ihm zu helfen. Sein Kamel rutschte den Hang hinab, Wolken fliegenden Sands aufwirbelnd, und er sprang neben Dorian ab. Zusammen hoben sie den Verletzten, die zerschmetterten Beine lose baumelnd, auf Ibrisams Rücken.

Das Ende des Zuges war inzwischen halb den Hang hinauf. Der Prinz und die Vorhut hatten schon den Fuß der Felswand erreicht und verschwanden in der dunklen Spalte, wo sich der Pass durch die Hügelkette öffnete.

Dorian ergriff Ibrisams Halfter, riss ihren Kopf herum und führte sie die Düne hinauf. Als er sich umschaute und auf die Ebene hinausblickte, sah er die Verfolger sich rasch nähern, mit erhobenen Waffen und flatternden Gewändern und Kriegsschreien auf den Lippen, die Kamele in vollem Galopp. Ihr Plan war offenbar, sie abzuschlachten, während sie sich noch auf dem schwierigen Hang befanden.

Plötzlich war hoch oben in den Hügeln Musketenfeuer zu hören. Der Prinz war am Eingang des Passes zurückgeblieben und hatte die nach ihm ankommenden Männer in Verteidigungsposition gebracht. Ihre Schüsse donnerten und echoten von der Felswand. Dorian sah, wie mindestens drei der nahenden Verfolger aus dem Sattel geworfen wurden. Eines der Kamele musste eine Kugel ins Gehirn getroffen haben, denn es stürzte so plötzlich, dass es sich auf der festgebackenen Erde überschlug und seinen Reiter in hohem Bogen abwarf. Der Angriff verlor an Tempo und Schwung, zumal nun die nächste Salve über Dorian und Batula hinwegzischte, die sich immer noch auf dem Hang abmühten.

Am Fuß der Düne angekommen, stiegen die Feinde von ihren Reitkamelen und erwiderten das Feuer. Sie richteten ihre Büchsen auf die beiden, die noch deckungslos den Hang hinaufhetzten. Bleikugeln wirbelten den Sand um Dorians Füße auf, doch ein Schutzengel schien über ihn zu wachen. Trotz des Kugelhagels kletterten er und Batula unbeirrt weiter.

Der Schweiß strömte ihnen aus allen Poren, und sie rangen um Atem, doch schließlich konnten sie die Kamele auf den Felsabsatz vor dem Passeingang ziehen. Dorian schaute sich keuchend um.

Die anderen Kamele waren in Sicherheit hinter der ersten Biegung der schmalen Schlucht. Die Reiter waren zurückgelaufen gekommen und hockten nun hinter Felsblöcken, von wo sie freie Schussbahn auf die Feinde hatten.

Dorian schaute über die Ebene zurück. Die osmanischen Schwadronen hingen zum Teil noch meilenweit in die Wüste zurück, doch alle ritten auf den Pass zu. Er schätzte noch einmal ihre Anzahl.

«Es müssen an die tausend sein.» Er wischte sich mit seinem Kopfschleier den ätzenden Schweiß aus den Augen. Dann untersuchte er Ibrisam geschwind, indem er ihre Flanken und Lenden abtastete. Er fürchtete, Blut von einer Schusswunde zu finden, doch zum Glück war sie unverletzt. Er warf Batula den Halfterstrick zu. «Bringe die Kamele in Sicherheit», befahl er, «und sorge dafür, dass sich jemand um den Verwundeten kümmert.»

Während Batula die Tiere tiefer in die Schlucht führte, machte Dorian sich auf die Suche nach dem Prinzen. Er fand ihn unverletzt, die Muskete in der Hand. Er hockte ruhig hinter einem Felsen und befehligte die Schützen, die sich um ihn verteilt hatten.

Dorian kroch neben ihn. «Dies ist nicht deine Aufgabe, mein Prinz, es ist meine.»

«Bisher hast du es ganz gut gemacht», lächelte der Prinz, «obwohl du den ungeschickten Kerl besser sich selbst überlassen hättest. Dein Leben ist hundertmal kostbarer als seines.»

Dorian ignorierte sowohl den Tadel als auch das Lob und entgegnete ruhig: «Mit der Hälfte der Männer kann ich den Feind mehrere Tage hier aufhalten. Batula und die andere Hälfte können dich in der Zeit über den Pass eskortieren und zur Oase von Muhaid bringen.»

Der Prinz blickte ihm ernst ins Gesicht: Zwanzig Mann gegen tausend. Ihre Stellung war vorteilhaft, doch sie mussten damit rechnen, dass der Feind hartnäckig und listenreich war. Er wusste, welches Opfer Dorian ihm anbot. «Lasse Batula hier», sagte er, «und komme mit mir nach Muhaid.» Doch es klang eher wie eine Bitte als wie ein Befehl.

«Nein, mein Prinz», antwortete Dorian. «Das kann ich nicht tun. Mein Platz ist hier bei meinen Männern.»

«Du hast Recht», stimmte der Prinz zu, während er sich erhob. «Ich kann dich nicht zwingen, deine Pflicht zu vernachlässigen, doch ich kann dir befehlen, hier nicht bis zum letzten Blutstropfen zu kämpfen.»

Dorian zuckte die Schultern. «Der Tod trifft seine eigene Wahl. Er lässt sich von uns nichts vorschreiben.»

«Dann haltet hier einen Tag und eine Nacht die Stellung», sagte al-Malik. «Das gibt mir die Zeit, nach Muhaid zu gelangen und die Awamir zu Hilfe zu rufen. Ich werde mit einer Armee zu dir zurückkehren.»

«Wie mein Prinz befiehlt», fügte sich Dorian, doch al-Malik sah die Kampflust in seinen grünen Augen, und das beunruhigte ihn.

«Al-Salil», sagte er streng und fasste Dorian an die Schulter, um seinen Worten Nachdruck zu verleihen. «Ich weiß nicht, wie lange es dauern wird, bis ich mit den Awamir zurückkehren kann. Halte den Feind bis morgen früh hier auf, doch keine Stunde länger, und dann komme nach, so schnell dich Ibrisam tragen kann. Du bist mein Talisman. Ich kann mir nicht leisten, dich zu verlieren.»

«Du musst sofort aufbrechen, Herr. Jede Sekunde ist kostbar.»

Sie gingen zusammen zu den Kamelen, und Dorian rief eilig

seine Befehle. Er teilte die Männer in zwei Gruppen auf, eine, die mit ihm den Pass halten würde, und eine andere, die mit dem Prinzen reiten sollte. Sie teilten auf, was sie noch an Wasser und Verpflegung übrig hatten, ein Viertel für den Prinzen und der Rest für Dorians Gruppe.

«Wir lassen unsere Musketen hier sowie die fünf Fässer Schwarzpulver und die Beutel Bleikugeln», wandte al-Malik sich an Dorian.

«Wir werden sie zu nutzen wissen», versprach Dorian.

Nach wenigen Minuten war alles organisiert, und der Prinz und Batula setzten sich an die Spitze der Vorausgruppe. Von seinem Sattel blickte der Prinz auf Dorian hinab. «Möge Allah dein Schild sein, mein Sohn.»

«Gott sei mit dir, Vater», antwortete Dorian.

«Dies ist das erste Mal, dass du mich so nennst.»

«Es ist das erste Mal, dass ich wirklich so empfinde.»

«Du machst mir Ehre», sagte al-Malik ernst. Er berührte den Hals seines Kamels mit seinem Reitstock, und Dorian schaute ihm nach, wie er mit seiner Gruppe zwischen den hohen Felswänden verschwand. Und dann verdrängte Dorian jeden Gedanken bis auf den an die kommende Schlacht. Er ging zum Eingang der Schlucht zurück und betrachtete die weite Ebene vor sich und die Felsen hinter sich mit den Augen eines Soldaten. Nach dem Stand der Sonne war gerade erst der Mittag verstrichen. Sie hatten einen langen Tag und eine noch längere Nacht vor sich.

Er machte die Schwachstellen in seiner Verteidigung aus, die der Feind ausnutzen würde, und plante seine Gegenmaßnahmen für jeden Schachzug, den die Türken versuchen konnten. Der erste Zug wäre wahrscheinlich ein direkter Angriff geradewegs die Sandrampe herauf, dachte Dorian, als er sah, wie die feindlichen Truppen sich davor massierten. Er ging zwischen seinen Männern umher, lachte und scherzte mit ihnen, verteilte sie auf die besten Verteidigungsstellungen zwischen den Felsen und überprüfte, ob alle mit vollen Pulver- und Bleibeuteln ausgerüstet waren.

Noch bevor er alle seine Schützen postiert hatte, hörte er, wie am Fuß der Rampe ein Horn ertönte, und dann erhob sich Kriegsgetrommel und das immer lautere Geschrei der ersten Angriffswelle, die nun die Rampe heraufgestürmt kam.

«Ruhig!», rief Dorian seinen Männern zu. «Schießt noch

nicht, meine Waffenbrüder.» Er klopfte einem Mann auf die Schulter, dessen lange Locken ihm auf den Rücken hingen, und sie grinsten einander ins Gesicht. «Der erste Schuss ist der süßeste, Ahmed. Sorge dafür, dass er ins Schwarze trifft.»

Er ging weiter seine Verteidigungslinie entlang. «Warte, bis sie dir in die Mündung starren, Hassan.»

«Deine erste Kugel muss einen Feind dahinraffen, Mustafa.»

«Lasse sie so nah herankommen, dass nicht einmal du sie verfehlen kannst, Salim.»

Während er seinen Männern lachend und scherzend Mut zusprach, behielt er die Angreifer im Auge, die den Hang heraufkamen. Es waren Türken, das erkannte er an ihrem Körperbau: Sie waren stämmiger als die abgehärmten, vogelgleichen Araber der Wüste. Sie trugen lange Schnurrbärte, runde Bronzehelme mit Nasenschilden und eiserne Kettenwesten über den gestreiften Wollkitteln. Schwere Ausrüstung für die Wüste, dachte Dorian, als er sah, wie sich ihr Aufstieg nach dem ersten Ansturm zu mühsamer Kletterei verlangsamte. Dorian trat an den Rand der Sandrampe, stemmte die Hände in die Hüften und grinste zu ihnen hinab, als wollte er sie willkommen heißen. Seine Absicht war nicht nur, seine Männer durch sein Beispiel anzuspornen; indem er sich in die Schusslinie stellte, sorgte er auch dafür, dass sie seine Befehle nicht vergaßen und nicht voreilig zu feuern begannen.

Einer der Türken blieb stehen und riss seine Muskete hoch. Sein Gesicht glänzte vor Schweiß, und seine Hände zitterten von der Anstrengung des Aufstiegs. Dorian stählte sich, und der Türke feuerte. Die Kugel zischte an Dorians Kopf vorbei, und der Luftzug blies ihm eine rotgoldene Locke vor Wange und Lippen. «Ist das alles, was ihr Ziegenhirten fertig bringt?», verhöhnte er die Feinde. «Nun kommt schon. Kommt her und kostet von der Gastfreundschaft der Saar!»

Sein Spott spornte die türkischen Anführer an, und sie stolperten hastig die letzte Strecke der Rampe hinauf. Dorian trat in seine Verteidigungslinie zurück. «Macht euch bereit, Brüder», sagte er leise. Er spannte den Hahn seiner Jezail-Büchse.

Die erste Reihe der Türken kam Schulter an Schulter auf die Felsplatte geklettert. Die Gesichter tiefrot und schweißgebadet, taumelten sie den Saar vor die Flinten. Die meisten hatten ihre Musketen schon während des Aufstiegs abgefeuert, und nun zogen sie ihre Krummsäbel und stürzten sich mit heiseren Schreien auf die Verteidiger.

«Jetzt!», rief Dorian, und die Saar feuerten alle gleichzeitig, zwanzig Musketen in einer einzigen Explosion von Pulver und Blei. Die Kugeln fraßen sich durch die Reihe der Türken. Dorian sah sein Geschoss eine Lücke zwischen die gelben Zähne eines untersetzten, schnauzbärtigen Türken schlagen. Der Kopf des Mannes schnappte zurück, Blut und Hirnmasse platzte ihm aus dem Hinterkopf, und der Säbel flog aus seiner Hand. Er stürzte rückwärts gegen den Mann, der hinter ihm am Rand des Sandhangs stand, sodass dieser das Gleichgewicht verlor und beide zusammen die Rampe hinunterrollten, wobei sie weitere drei Männer mit sich rissen, die sich hinter ihnen auf dem Hang abgeplackt hatten.

«Und jetzt mit den Schwertern auf sie», rief Dorian. Sie sprangen hinter den Felsen hervor und stürzten sich auf die Türken, die sich an der Kante drängten. Der mörderische Vorstoß trieb die Osmanen zurück. Sie stolperten über ihre Gefallenen und stürzten den Abhang hinab. Der Felsabsatz gehörte den Saar, die sich nun um die Männer kümmern konnten, die ihnen entgegenkletterten. Sie hatten den Höhenvorteil, und die Türken waren vom Aufstieg erschöpft, als sie in Reichweite der arabischen Krummsäbel kamen.

Das Gefecht war bald vorüber, die Angreifer entnervt, verwundet oder tot. Wer konnte, glitt eilig die Sandrampe hinab, trotz der zornigen Befehle ihrer Hauptleute, die sie in dem Getümmel einfach umrannten und mit sich rissen.

Die Saar tanzten auf dem Felsabsatz und riefen dem Feind Spott und obszöne Beschimpfungen nach. Dorian sah mit einem Blick, dass er keinen einzigen Mann verloren hatte. Er hatte nicht einmal Verwundete zu verzeichnen, während mindestens ein Dutzend tote Türken halb unter dem weichen Dünensand begraben lagen. «Das war nur der erste Gang des Festschmauses.» Dorian musste seine Freude im Zaum halten. In diesem ersten, übereilten Angriff hatten sie es nur mit höchstens hundert Türken zu tun gehabt. «Das werden sie nicht noch einmal versuchen.»

Er ging zwischen seinen Männern umher und forderte sie auf, die Musketen nachzuladen, doch es dauerte eine Zeit, bis er sie wieder unter Kontrolle hatte. «Ich will, dass zehn Mann in die Felsen hinaufklettern.» Er rief zehn seiner Leute beim Namen und schickte sie die Felswände hinauf, damit sie von hoch oben die ganze feindliche Front überblicken und jede Bewegung der Türken beobachten konnten. Er vermutete, der Feind würde als Nächstes versuchen, die Rampe von beiden Seiten anzugehen, außerhalb der Reichweite von Dorians Musketen, bevor sie sich auf dem Felsabsatz formieren und Dorian und seine Männer in die Zange nehmen würden. Wenn sie dieses Manöver mit einem weiteren Frontalangriff verbanden, stellten sie Dorian damit vor größere Schwierigkeiten.

Dorian wusste, dass seine Männer am Ende in den engen Pass getrieben werden würden; dort würde das entscheidende Gefecht stattfinden. Im Vertrauen darauf, dass die Männer, die er hoch in den Felsen postiert hatte, sie vor dem nächsten Angriff warnen würden, ging er mit sechs Mann in den Pass, um die beste Verteidigungsstellung auszuwählen.

Es war fast drei Jahre her, dass er zuletzt hier gewesen war, doch er erinnerte sich noch an die Engstelle, wo die Felswände so dicht zusammenliefen, dass ein beladenes Kamel kaum hindurchpasste. Dahinter befand sich ein Geröllhang. Die sechs Saar legten auf seinen Befehl hin ihre Waffen ab und sammelten Felsbrocken von diesem Hang, aus denen sie ein *Sangar* bauten, eine grobe Mauer, die die schmale Lücke blockierte und hinter der sie Deckung finden würden.

Die Kamele rasteten tiefer im Pass, hinter der nächsten Biegung. Dorian wollte nachsehen, ob sie gesattelt waren, bereit für eine schnelle Flucht, wenn der Feind schließlich das *Sangar* überwunden hätte. Ibrisam stöhnte erleichtert, als sie ihn sah, und er streichelte ihr den Kopf, bevor er zum Eingang der Passschlucht zurückging.

Die Männer, die er die Felsen hinaufgeschickt hatte, waren jetzt in Stellung über ihm. Die anderen hatten sich entlang der Kante verteilt. Sie luden die zusätzlichen Musketen, die der Prinz bei ihnen zurückgelassen hatte, und legten sie griffbereit. Damit verfügten sie über einen weiteren Schuss, wenn die Türken in Massen heranstürmten.

Dorian setzte sich an den Rand des Abhangs und schaute auf den Feind hinab. Obwohl die Sonne nun hoch am Himmel stand und die Hitze fast unerträglich war, herrschte auf der Salzebene hektische Aktivität. Immer mehr berittene Truppen füllten die feindlichen Reihen auf, und türkische Offiziere ritten vor dem Fuß der Sandrampe hin und her, offenbar das Gelände studierend. Ihre Helme und Waffen blitzten in der Sonne, und weißer Staub schwebte über ihnen wie ein schimmernder Schleier.

Plötzlich herrschte unter den Truppen direkt unterhalb der Stelle, wo Dorian saß, noch größere Aufregung. Jemand stieß in ein Horn, und eine kleine Gruppe von Reitern näherte sich unter den grün-roten Bannern der Pforte von Istanbul. Es gab kaum einen Zweifel: Dies war der Generalstab der feindlichen Streitkräfte. Dorian musterte sie neugierig. In der Mitte der Gruppe ritten zwei Männer, bei denen es sich, nach ihren prächtigen Gewändern und dem reichen Schmuck ihrer Kamele zu urteilen, um hochrangige Offiziere handeln musste. Der eine war ein Türke; er trug den charakteristischen Bronzeschild und den Rundhelm mit dem stählernen Nasenschild. Dies ist der osmanische General, war Dorian sicher und wandte sich dem zweiten Mann zu, einem Araber. Selbst aus der Entfernung kam er ihm irgendwie bekannt vor. Dorian reckte aufgeregt den Hals. Obwohl der Araber unter feinsten Wollgewändern vermummt war, sah Dorian, dass es sich um einen beleibten Mann handelte. Das Band, das sein Kopftuch zusammenhielt, war aus Goldfiligran, und der Krummsäbel an seiner Seite schimmerte ebenso golden; selbst die Sandalen an seinen Füßen schienen aus Gold zu sein. Der Mann war offenbar ein Pfau. Verdammt, ich kenne ihn, wuchs die Gewissheit in Dorian, und er zermarterte sich das Hirn, um auf den Namen zu kommen.

Die Gruppe stoppte am Fuß der Düne, gut außer Reichweite der Musketen der Saar. Der türkische Kommandeur nahm ein Fernrohr vors Auge und schaute zum Eingang des Passes hinauf. Dann blickte er langsam die Felswand entlang, und schließlich senkte er das Teleskop wieder und sprach mit seinen Offizieren, die sich respektvoll hinter ihm hielten. Nach wenigen Sekunden ritten sie davon und begannen, den wartenden Schwadronen ihre Befehle zuzurufen.

Wieder kam es zu hektischer Aktivität. Sie taten genau, was Dorian vorhergesehen hatte: Nach wenigen Minuten erklommen Hunderte schwer bewaffneter Männer die Rampe zu beiden Seiten des Passes, in sicherem Abstand von den Musketen der Verteidiger. Erst wenn sie oben angekommen wären, würden sie zum Passeingang durchzukommen versuchen.

«Al-Salil! Die türkischen Kamelmistfresser wollen es noch einmal versuchen», riefen die Ausgucke auf den Felsen Dorian zu. Von hoch dort oben sahen sie mehr als er. Sie warnten ihn, sobald die ersten der Feinde den Aufstieg hinter sich hatten und sich auf den Pass zubewegten.

«Schießt auf jeden, der in eure Reichweite kommt», rief Dorian zurück, worauf sofort eine Salve von Musketenschüssen über die Hügel hallte. Die Saar feuerten auf den Felsabsatz hinab, und die Türken erwiderten das Feuer. Zuweilen war ein Schrei zu hören, wenn ein Mann getroffen wurde, doch bald warnten die Ausgucke, dass der Feind sich allmählich in eine Position vorarbeitete, von wo aus er einen Angriff auf die Passspalte wagen konnte.

Trotz all dieses Treibens um ihn herum schaute Dorian immer noch auf den mit Gold behangenen Araber neben dem türkischen General. Schließlich näherte sich ein Ausrüstungszug mit der Nachhut, und die Planen eines bemalten Lederzelts wurden von den Kamelen geladen. Zwanzig Mann rollten sie aus, schlugen das Zelt auf der weißen Ebene auf und breiteten in seinem Schatten Teppiche und Kissen aus. Der arabische Pfau ließ sein Kamel in die Knie gehen und stieg schwerfällig aus dem Sattel. Als er den Türken zum Zelt begleitete, konnte Dorian die breiten Schultern und den dicken Bauch unter den Falten seines Gewandes sehen, und nach wenigen seiner Schritte bemerkte er auch das Hinken: Der Fettwanst schonte seinen rechten Fuß. Dies half Dorians Gedächtnis endlich auf die Sprünge. Er erinnerte sich an den Kampf am alten Grabmal in der Zenana auf Lamu und an den Treppensturz, der diesen Fuß gebrochen hatte.

«Zayn!», flüsterte Dorian. «Zayn al-Din!» Es war sein alter Feind aus Kindestagen, kostümiert als ein osmanischer Prinz, an der Spitze einer Armee.

Dorian spürte seinen alten Hass aufwallen. Wieder war Zayn der Feind. Doch was machte er hier? War er etwa auf der Jagd nach seinem eigenen Vater? Dorian war verwirrt. Weiß er vielleicht auch, dass ich hier bin?

Er versuchte zu verstehen, wie es zu diesem eigenartigen, unwillkommenen Wiedersehen gekommen sein konnte. Zayn hatte so viele Jahre am Hof von Maskat verbracht, dass er in den Strudel der königlichen Intrigen geraten sein musste, wahrscheinlich unter Anleitung und Ermutigung seines Onkels, des Kalifen. Wenn Zayn sich seit seiner Kindheit nicht sehr verändert hatte, kamen die Verschwörungen am Hof seinem Charakter äußerst entgegen. Offenbar war er ebenso wie der Kalif zu einem Spielzeug der Pforte geworden. Vielleicht hatte er sogar eine entscheidende Rolle bei der Kapitulation der Omaner gespielt.

«Du verräterisches Schwein», brummte Dorian, während er voller Abscheu auf Zayn hinabblickte. «Du würdest dein eigenes Land, dein eigenes Volk verkaufen, selbst deinen Vater. Wie viel haben sie dir wohl bezahlt? Welche Belohnung hat dir die Pforte angeboten, Zayn? Haben sie dir vielleicht gar den Rang eines Vasallenprinzen versprochen?»

Zayn al-Din nahm neben dem türkischen General im Schatten der Zeltklappe Platz. Eine Sklavin brachte ihm eine Tasse, an der er nippte. Wie Dorian sehen konnte, spross ein dünner, struppiger Bart an seinem Kinn, doch seine Wangen waren immer noch fett und glatt. Er blickte direkt in Dorians Richtung, der nun seine Kopfbedeckung abnahm und seine schimmernden roten Locken ausschüttelte. Zayn fiel die Tasse aus der Hand. Er musste ihn erkannt haben.

Dorian winkte ihm munter zu. Zayn erwiderte den Gruß nicht, sondern schien den Kopf einzuziehen wie eine fette Kröte. In diesem Augenblick hörte Dorian rechts von sich auf den Felsen schweres Musketenfeuer. Er wandte sich ab und eilte hin, um die Verteidigung dort zu verstärken.

«Vorsicht, al-Salil», rief einer der Ausgucke, «sie kommen!»

«Wie viele?», rief Dorian zurück, während er sich neben Ahmed hinter einen Felsen duckte.

«Viele», kam die Antwort, «zu viele!»

Auf dieser Seite bildeten die Felsen zerklüftete Vorsprünge, sodass sie nicht mehr als zwanzig Schritt nach rechts und links blicken konnten, doch sie hörten die Stimmen und Schritte der Männer hinter der nächsten Ecke, das Klappern ihrer Bronzeschilde auf dem Felsen und das Knirschen der langen Lederriemen ihrer Brustpanzer und Schwertgurte.

«Ruhig», flüsterte Dorian seinen Männern zu. «Wartet. Lasst sie erst näher kommen.»

Plötzlich kam ein Trupp Türken um den Felsenvorsprung gestürmt, direkt auf sie zu. Der Absatz war nur gerade breit genug für drei Mann nebeneinander, doch die Türken kamen eine Reihe nach der anderen.

«Allah akbar!», heulten sie. «Gott ist groß!»

In der ersten Reihe war ein großer, pockennarbiger Kerl mit einem stählernen Sarazenenhelm auf dem Kopf, einem Kettenhemd über dem Leib und einer zweischneidigen Streitaxt in den Fäusten. Er sprang vor seine Kameraden und stürzte sich auf Dorian. Er starrte ihm in die Augen und hob seine Axt mit beiden Händen hoch über den Kopf.

Er stand in Armeslänge vor Dorian. Die Mündung der langen Jezail-Büchse berührte fast sein Gesicht, als Dorian feuerte. Die Kugel traf den Türken in die Kehle. Er sank auf die Knie und hielt sich die Wunde. Eine durchtrennte Arterie pumpte das Blut aus ihm heraus, das nun in klebrigen Strömen zwischen seinen Fingern hervorquoll. Er fiel flach aufs Gesicht.

Dorian ließ die leere Muskete fallen, griff nach der geladenen Waffe, die neben ihm bereitlag, und spannte den Hahn. Ein anderer Mann sprang über den sterbenden Türken und Dorian schoss ihm in die Brust. Er ging zuckend und tretend zu Boden.

Nun zog Dorian sein Schwert und trat nach vorn, um den Felsabsatz zu blockieren. Ahmed war zu seiner Rechten und Salim zu seiner Linken, Schulter an Schulter. Der Feind drängte auf sie ein, immer nur drei auf einmal, doch mit scheinbar unbegrenztem Nachschub hinter sich, der sofort jede Lücke füllte, wo jemand gefallen war. Dorian liebte das Gefühl, eine gute Klinge zu führen. Die Waffe, die er jetzt in Händen hielt, war ein Abschiedsgeschenk des Prinzen gewesen, als er Lamu verlassen hatte. Das Schwert war aus Damaszenerstahl, geschmeidiger als eine Weidenrute und spitz wie ein Schlangenzahn.

Den ersten Mann, der ihn angriff, tötete er mit einem Stich unter den Helmrand in sein dunkles Auge, den Augapfel aufspießend wie eine Schafsniere auf einem Kebabspieß und den Stahl weiter ins Hirn treibend. Dorian zog die Klinge schnalzend heraus und ließ sein Opfer zu Boden sinken. Die nächsten Türken setzten ihre Bronzeschilde ein, und diesmal war weder Platz noch Zeit für hohe Fechtkunst. Es war ein einziges Hacken und Stechen, Schulter an Schulter und Brust an Brust, nach vorn und zurück und hin und her auf dem schmalen Felsabsatz.

Der Warnruf der Saar-Ausgucke ging fast im Gefechtslärm unter. «Sie kommen von links und durch die Mitte!»

Dorian hörte es und fällte noch einen Mann, bevor er zurücksprang und Mustafa seinen Platz in der Verteidigungslinie einnehmen ließ.

Er schaute sich um und sah, dass die Türken, während der Kampf an der rechten Flanke tobte, an allen anderen Punkten der Front im Vormarsch waren. Fünf seiner Männer versuchten verzweifelt, den Pass nach links hin zu halten, wo der Feind nun ebenfalls drängte. Gleichzeitig kamen zweihundert Türken wieder auf geradem Weg die Mitte der Sandrampe herauf. In den Augenblicken, die er für seine Einschätzung brauchte, fielen zwei seiner Männer. Ein Axthieb hatte Salim den halben Kopf abgeschlagen, und Mustafa wurde ein Schwert durch die Lungen gerammt. Er fiel auf die Knie und spuckte hellrotes Blut.

Dorian wusste, dass er sich solche Verluste nicht leisten konnte, zumal die Hauptmasse der Türken nun fast den Felsabsatz erreicht hatte. Die Männer, die er in den Klippen postiert hatte, warteten nicht auf seinen Befehl, sondern kamen schon herabgeeilt, um sich ins Gefecht zu stürzen. Dorian war dankbar, als sie die letzten drei Schritte auf den Felsen neben ihm gesprungen kamen. Inzwischen gaben beide Flanken unter dem Druck des Angriffs nach, und jeden Moment würde der Feind brüllend über die Felsenkante strömen.

«Rücken an Rücken!», schrie Dorian. «Gebt einander Deckung! Zurück in die Felsspalte!»

Sie bildeten einen engen Verteidigungsring und bewegten sich auf den Schluchteingang zu. Die Türken hackten und stachen nach ihnen, und etliche fielen noch den Klingen und Musketen der Araber zum Opfer.

«Jetzt!», befahl Dorian. «Lauft!»

Sie wirbelten herum und liefen tiefer in die Passspalte, die Verwundeten hinter sich her ziehend, während die feindlichen Soldaten sich im Eingang drängten und sich gegenseitig bei der Verfolgung behinderten.

Dorian war an der Spitze, als sie die erste Biegung des Felsenpasses hinter sich brachten, und rief den sechs Mann hinter dem *Sangar* zu: «Nicht schießen! Wir sind es!»

Eilig kletterten sie über die brusthohe Steinmauer, und die Männer dahinter halfen ihnen, die Verwundeten in Deckung zu ziehen.

Als der letzte der Saar über die Mauer fiel, kamen die Türken auch schon brüllend den Felsengang heraufgestürmt. Die sechs Krieger, die bisher die Mauer bewacht hatten, waren Feuer und Flamme, sich in den Kampf zu stürzen. Sie hatten alle Musketen geladen, die sie noch hatten, und sie an der Felswand neben sich aufgestellt. Die langen Lanzen hatten sie im Boden aufgepflanzt, wo sie bereitstanden, wenn die Türken die Mauer überwinden würden.

Die erste Salve in die Reihen der Türken führte zu Verwirrung und Zorn unter ihnen, da die erste Reihe vor dem Feuer zurückzuweichen versuchte, während die nachfolgenden Truppen sie weiter nach vorn drängten. Die zweite Salve aus nächster Nähe besorgte den Rest: Die überlebenden Türken zogen sich zurück und verschwanden um die Biegung der Felsenschlucht. Dort waren sie nicht mehr zu sehen, doch ihre Stimmen hallten zwischen den Felswänden, und Dorian verstand jedes Wort, wie sie die Saar verfluchten und sich gegenseitig zum Angriff anspornten. Er wusste, dies war nur eine kurze Ruhepause.

«Wasser!», befahl Dorian. «Holt einen Wassersack.» In der Schlucht war es heiß wie in einem Backofen. Sie stürzten das stinkende, salzige Nass von den bitteren Quellen von Ghail ya Yamin herunter, als wäre es süßer Obstsaft.

«Wo ist Hassan?», fragte Dorian, während er seine Männer abzählte.

«Ich habe ihn fallen sehen», antwortete einer seiner Männer, «aber ich hatte schon Zayid auf der Schulter und konnte ihn nicht holen.»

Für Dorian war dies ein bitterer Verlust, denn Hassan war einer seiner Lieblingskrieger. Jetzt hatte er nur noch zwölf kampffähige Männer um sich. Fünf ihrer Verwundeten hatten sie bergen können, doch andere befanden sich nun in der Gewalt der Türken. Sie trugen die Verwundeten zu den Kamelen zurück, und Dorian teilte den Rest in vier gleich starke Gruppen auf.

Die *Sangar*-Mauer bot gerade drei Mann nebeneinander Platz. Die anderen Gruppen postierte Dorian hinter der ersten Reihe, die sich nach jeder Salve zurückfallen lassen würde, um nachzuladen, während die zweite Gruppe ihre Plätze einnahm. Auf diese Weise hoffte er die Türken ständig unter Feuer zu halten und sie bis zur Dunkelheit am Durchbruch zu hindern.

Ob sie die Nacht überleben würden, war eine andere Frage.

Von den Saar waren nicht mehr viele übrig, und die Türken galten nicht zu Unrecht als grausame und zähe Krieger. Dorian wusste, irgendwann würden sie eine Strategie finden, wie sie seine Verteidigung überwinden konnten, sosehr er es auch zu verhindern versuchte. Er konnte bestenfalls hoffen, für al-Malik noch etwas Zeit zu gewinnen, doch am Ende würden sie sich mit Lanze und Schwert einen Fluchtweg freikämpfen müssen.

So ließen sie sich hinter dem *Sangar* nieder, in der stickig heißen Luft zwischen den Felswänden, und leckten ihre Wunden.

«Ich würde meinen Platz im Paradies dafür geben, wenn ich jetzt eine Pfeife *Kiff* rauchen könnte», grinste Misqha, während er sich einen Stofffetzen um den Schnitt in seinem Oberarm band. Der schwere Haschischrauch machte den Raucher furchtlos und ließ ihn den Schmerz seiner Wunden vergessen.

«Ich werde dir eigenhändig die Pfeife stopfen und anzünden, wenn wir erst im Palast von Maskat sind», versprach Dorian. Dann rief plötzlich jemand seinen Namen.

«Al-Salil, mein Bruder!» Die Stimme hallte und echote zwischen den Felsen. «Das Herz will mir vor Freude zerspringen, dass ich dich endlich wiedersehe.» Es war eine hohe, fast mädchenhafte Stimme.

Dorian erkannte sie sofort. «Wie geht es deinem Fuß, Zayn al-Din?», rief er zurück. «Komm her, damit ich dir auch den anderen brechen kann, damit du wieder ordentlich watscheln kannst.»

Zayn kicherte, unsichtbar hinter der Biegung. «Wir werden kommen, mein Bruder, das kannst du mir glauben, wir werden kommen, und wenn es so weit ist, werde ich lachend zuschauen, wie meine türkischen Verbündeten dein Gewand heben und dich über deinen Kamelsattel beugen.»

«Das würde dir wahrscheinlich mehr Freude machen als mir, Zayn.» Dorian benutzte eine Form der Anrede, die Frauen vorbehalten war, als spräche er mit einem Mädchen. Das brachte Zayn für eine Weile zum Schweigen.

«Höre gut hin, al-Salil», rief er danach. «Dies ist dein Blutsbruder Hassan. Du hast ihn zurückgelassen, als du wie ein feiger Schakal davongerannt bist. Er ist noch am Leben.»

Dorian lief es kalt den Rücken herunter, als er daran dachte, was nun kommen würde. «Er ist ein tapferer Mann, Zayn al-Din. Lasse ihn mit Würde sterben», rief er. Hassan war sein Freund seit dem Tag, als er zu den Saar gekommen war. Er hatte zwei junge Frauen und vier kleine Söhne, der älteste gerade fünf.

Ein schrecklicher Schrei hallte durch die Schlucht, ein Schrei voller Schmerz und Wut, der zu einem stöhnenden Schluchzen erstarb.

«Hier ist ein Geschenk für dich von deinem Freund.» Etwas Kleines, Weiches, Blutiges kam um die Ecke geflogen. Es rollte über den Sand und kam vor dem *Sangar* zu liegen. «Du wirst noch ein Paar Eier nötig haben, al-Salil, mein Bruder», rief Zayn al-Din. «Da hast du sie. Hassan wird sie nicht brauchen, wo er bald enden wird.»

Die Saar knurrten und fluchten, und Dorian stiegen die Tränen in die Augen. «Ich schwöre im Namen Gottes», rief er mit erstickter Stimme, «dass ich eines Tages das Gleiche mit dir machen werde.»

«Oh, mein lieber Bruder», rief Zayn zurück, «wenn dir dieser Hund von einem Saar so lieb ist, gebe ich ihn dir gern zurück. Doch zuvor möchte ich mir seine Leber anschauen.»

Ein weiterer grässlicher Schrei erklang, und dann wurde Hassan in die Schlucht hinausgestoßen, wo er auf die *Sangar*-Mauer zutaumelte. Er war nackt; zwischen seinen Beinen klaffte ein dunkles, blutiges Loch. Sie hatten seinen Bauch aufgeschlitzt, und seine Eingeweide hingen ihm um die Knie, purpurn triefend. Er taumelte auf Dorian zu, den Mund weit aufgerissen. Er stieß ein tierisches Krächzen aus – sein Mund war eine blutige Höhle. Zayn al-Din hatte ihm die Zunge herausgeschnitten.

Bevor er an dem *Sangar* war, brach er zusammen und blieb leise zappelnd im Sand liegen. Dorian sprang über die Mauer, eine Muskete in der Hand. Er setzte die Mündung an Hassans Kopf auf und feuerte. Der Schädel fiel zusammen wie eine verfaulte Melone. Nach dem Schuss kamen die Türken den Pass heraufgeströmt wie eine Sturmwelle, und Dorian sprang hinter die Mauer zurück.

«Feuer!», rief er seinen Männern zu, und die erste Salve prasselte auf die vorderste Angriffsreihe ein wie eine Ladung tödlichen Kieses.

Über die verbleibenden Stunden des Tages wütete die Schlacht hin und her. Die Schlucht füllte sich allmählich mit toten Türken, und bald war der Leichenhaufen so hoch wie die Mauer, hinter der die Saar sich verschanzt hatten. Dicker Pulverrauch wälzte sich zwischen den Felswänden, sodass die Luft kaum noch zu atmen war. Sie keuchten und husteten, während sie feuerten und nachluden. Der Rauch vermischte sich mit dem metallischen Geruch von Blut und dem Gas aus geplatzten Därmen, und in der Hitze floss ihnen der Schweiß am Körper herunter und brannte salzig in ihren Augen.

Mit ihren eigenen Gefallenen als Rampe gelang es den Türken dreimal, die Mauer zu überwinden, und dreimal wurden sie von Dorian und seinen Saar zurückgeschlagen. Als die Dunkelheit hereinbrach, standen nur noch sieben Araber aufrecht neben Dorian, und alle waren verwundet. In der Ruhe zwischen den Attacken zogen sie die Toten und Verwundeten zu den Kamelen zurück. Niemand konnte sich um die Verletzten kümmern. So legte Dorian einen Wassersack neben diejenigen, die noch die Kraft hatten, davon zu trinken.

Jaub, den alle «die Katze» nannten, war von einer Streitaxt die rechte Schulter zertrümmert worden, und Dorian gelang es nicht, die Blutung aus der Arterie zu stillen. «Es wird Zeit, dass ich dich verlasse, al-Salil», flüsterte Jaub, während er sich auf die Knie stellte. «Halte mir mein Schwert.»

Dorian konnte ihm diesen letzten Wunsch nicht abschlagen. Er durfte diesen Veteranen von zwölf gemeinsam geschlagenen Schlachten nicht den Türken überlassen. Mit eisiger Kälte im Herzen stellte er den Schwertknauf fest auf den Sand und hielt die Spitze der krummen Klinge auf die Kuhle unter Jaubs Brustbein zu, direkt über dem Herzen.

«Allah und sein Prophet mögen dich segnen, mein Freund», dankte Jaub ihm. Dann ließ er sich nach vorn fallen. Die Klinge bohrte sich durch seine Brust und trat blutverschmiert zwischen den Schulterblättern aus. Dorian stand auf und lief zu der Mauer zurück, gerade rechtzeitig für den nächsten Angriff der Türken, die heulend auf sie zugerannt kamen. Wieder konnten sie sie zurückwerfen, und wieder hatten zwei Saar ihr Leben gelassen. Ich hatte gehofft, ich könnte sie länger aufhalten, dachte Dorian. Er lehnte sich schwer an die blutgetränkte Mauer. Ich hatte gehofft, meinem Vater mehr Zeit zu geben, um die Awamir zu den Waffen zu rufen, doch es sind nicht mehr genug von uns übrig. Es ist fast vorbei.

Es wurde nun sehr dunkel in der Schlucht. Bald würden die Türken in der Lage sein, ungesehen zu der Mauer vorzukriechen.

«Bin-Shibam», krächzte Dorian dem Mann neben sich zu. Seine Kehle war geschwollen vor Durst, und er war heiser vom vielen Schreien. «Hole den letzten Wassersack und die Bündel Brennholz von den Kamelen. Lasst uns trinken und die Nacht mit unserem letzten Feuer erhellen.»

Die Flammen tauchten die Felswände in rotes, flackerndes Licht. Von Zeit zu Zeit warf einer der Saar einen brennenden Ast über die Mauer, um die Schatten zu vertreiben, in deren Schutz sich die Feinde anschleichen könnten.

Sie hörten die Stimmen der Türken hinter der Biegung. Das Stöhnen der Verwundeten und Sterbenden war furchtbar. Doch der nächste Angriff schien nicht kommen zu wollen. Die Saar hockten zusammengedrängt hinter ihrer Mauer, tranken das letzte Wasser und halfen sich gegenseitig, ihre Wunden zu verbinden. Niemand war noch unverletzt, doch obwohl Dorian den ganzen Tag mitten im Kampfgetümmel gewesen war, waren seine Wunden die leichtesten. Er hatte einen tiefen Schnitt an seinem linken Oberarm, und ein Schwert hatte seine linke Schulter durchbohrt. «Wenigstens habe ich noch meinen Schwertarm», sagte er zu dem Mann, der ihm aus einem Stück Kamelstrick eine Schlinge für den verletzten Arm zusammenknotete. «Ich glaube, wir haben hier getan, was wir konnten. Wenn irgendjemand von euch verschwinden möchte, soll er ein Kamel nehmen und meinen Dank und Segen empfangen.»

«Dies ist ein guter Ort zu sterben», sagte der Mann neben ihm.

«Die Jungfern des Paradieses werden traurig sein, wenn wir ihren Rufen nicht folgen», lehnte ein anderer Dorians Angebot ab.

Dann schauten alle auf, als ein Kiesel hoch über ihnen von Wand zu Wand prallte, winzige Funken aus dem Fels schlagend.

«Sie haben die Klippen erklommen und sind über unseren Köpfen.» Dorian sprang auf. «Löscht das Feuer.» Die Flammen würden den Feinden dort oben ihre Position verraten. Doch seine Warnung kam zu spät.

Plötzlich war die Nacht von einem unheimlichen Getöse erfüllt, wie von einem großen Wasserfall, und Felsen hagelten auf sie hernieder, manche so groß wie ein Pulverfass, andere nur wie der Kopf eines Mannes, doch vor diesem tödlichen Schauer gab es keinen Schutz.

In den ersten Sekunden wurden drei weitere von Dorians Männern zermalmt. Die anderen erwischte es, während sie zu den Kamelen zurückliefen. Dorian war der Einzige, der durchkam. Er schwang sich in Ibrisams Sattel. «*Hut! Hut!*», drängte er sie aufzustehen, doch als sie stand, hörte der Felsenhagel plötzlich auf, und die Türken kamen über die Mauer hinter ihm. Sie erstachen die verwundeten Araber, ohne sich lange aufzuhalten, und umstellten Ibrisam.

Dorian stieß einem von ihnen seine Lanze in die Brust. Er drückte die Stahlspitze tief in das Fleisch des Türken, doch dann brach der Schaft ab. Er schleuderte den Stumpf einem anderen ins Gesicht und zog sein Schwert. Er hieb nach den Köpfen der Männer, die ihn aus dem Sattel zu ziehen versuchten, und trieb Ibrisam den Pass hinauf. Sie trat nach denen, die sich ihr in den Weg stellten, biss einem Mann mit ihren großen, gelben Zähnen alle Finger einer Hand ab und zerschmetterte die Rippen eines anderen mit einem Tritt ihres Vorderlaufs. Dann sprang sie nach vorn und entkam aus der Umzingelung der Feinde.

Dorian klammerte sich mit seinem heilen Arm an den Sattelknauf, und Ibrisam flog um die Kurven des gewundenen Passweges. Die blutrünstigen Schreie der Türken hinter ihnen klangen immer ferner.

Der Pass zog sich über eine Meile durch die Berge. Es handelte sich um ein ausgetrocknetes Flutbett, das sich gebildet hatte, als eine weichere Gesteinsader im Laufe der Jahrtausende ausgewaschen worden war. Nachdem sie die Verfolger hinter sich gelassen hatten, fiel Ibrisam in den sanften, raumgreifenden Trab, der ihr den Namen Seidenwind eingebracht hatte.

Durst, Erschöpfung und bohrender Schmerz in seinen Wunden ließen Dorian in einen unruhigen Schlaf sinken. Die Felswände um den Pass schienen endlos an ihm vorbeizuströmen und sogen ihn noch tiefer in die Trance. Einmal wäre er fast von seinem Kamel gefallen, doch Ibrisam spürte es und blieb auf der Stelle stehen. Dorian wachte davon auf und saß danach fester im Sattel.

Irgendwann bemerkte er, dass Ibrisam hinkte, doch er war verwirrt und benommen, kaum in der Lage, sich aufrecht zu halten. Er konnte nicht die Kraft aufbringen, abzusteigen und nach dem Rechten zu sehen.

Er schlief wieder ein, und als er das nächste Mal aufwachte, sah er, dass sie den Pass hinter sich hatten und auf offenem Gelände waren, im Land der Awamir. Am Stand des Mondes und der Sterne konnte er ablesen, dass es nach Mitternacht war.

Die Nacht war eisig kalt, im krassen Gegensatz zu der Gluthitze des Tages. Das Blut und der Schweiß, mit dem seine Kleider getränkt waren, ließen ihn noch mehr frieren; Dorian zitterte vor Kälte. Ibrisams Bewegungen unter ihm waren nicht normal. Ihr Schritt war kurz, und sie bog ihren Rücken durch. Schließlich fand er die Kraft und Entschlossenheit, sie anzuhalten und dazu zu bringen, sich niederzulassen. Er schaute nach dem Wassersack, der von ihrem Höcker hing, und stellte fest, dass er kaum noch zehn Pint des stinkenden Wassers von Ghail ya Yamin enthielt. Er nahm seinen dicken Wollschal aus dem Tragenetz und legte ihn sich um die Schultern. Immer noch zitternd ging er um Ibrisam herum und fand die Ursache ihrer Qualen.

Er sah sofort, dass ihr Leib feucht im Mondschein glänzte. Dann entdeckte er, dass sie sich schmerzhaft entleerte. Ihr flüssiger Stuhl war dunkelrot vor Blut. Dorian war entsetzt und niedergeschlagen. Er vergaß seine eigenen Wunden, alles Elend, das er gesehen hatte, und streichelte ihre weichen, glatten Flanken, doch als er ihren Bauch berührte, direkt vor den Hinterläufen, stöhnte sie leise, und er zog seine Hand zurück: voller Blut.

Eine türkische Lanze war tief in ihren Leib gedrungen und hatte ihre Gedärme durchbohrt. Die Verletzung war tödlich; es war ein Wunder, dass sie ihn überhaupt so weit getragen hatte. Dorian war derart geschwächt und niedergeschlagen, dass er nur noch weinen konnte. Er band den Ledereimer los und füllte ihn mit den letzten Tropfen Wasser. Er trank ein wenig von der stinkenden Brühe und kniete neben Ibrisams Kopf.

«Mein tapferer Liebling.» Er hielt ihr den Eimer hin. Sie trank alles aus und schnupperte in dem Eimer. «Mehr kann ich nicht für dich tun.» Er streichelte ihre Ohren – das liebte sie. «Morgen früh wirst du tot sein, und ich auch, es sei denn, du kannst mich noch ein Stück weiter tragen, denn die Türken müssen uns dicht auf den Fersen sein. Wirst du mich noch einmal auf deinen Rücken nehmen?» Er stand auf und flüsterte: «*Hut! Hut!*»

Sie drehte ihren Kopf und schaute ihn an aus diesen großen, dunklen, traurigen Augen.

«*Hut! Hut!*» Sie stöhnte, brüllte und stemmte sich auf die Beine. Dorian zog sich in den Sattel.

So folgten sie den Spuren, die der Prinz und Batula auf den Geröllhügeln und in den Wadis hinterlassen hatten. Ibrisams Gang wurde immer mühsamer. Dorian wäre fast wieder aus dem Sattel gefallen, doch im letzten Moment zuckte er hoch; darauf band er sich mit dem leeren Tragenetz am Sattelknauf fest. Er döste ein, schreckte auf und schlief wieder ein, immer näher am Koma. Er verlor jedes Zeitgefühl, doch sie zogen weiter, ein sterbendes Tier, ein sterbender Mann.

Eine Stunde nach Anbruch der Morgendämmerung, als die Sonne sie wieder zu quälen begann, ging Ibrisam schließlich zu Boden. Sie starb, während sie noch versuchte, sich aufzuraffen. Mit einem letzten Stöhnen fiel sie auf die Seite, warf ihn aus dem Sattel und blieb auf dem steinigen Wüstenboden liegen.

Dorian kroch in den Schatten des toten Kamels. Er zwang sich, nicht über den Tod des geliebten Tieres nachzudenken oder über den Tod so vieler seiner Krieger. Er musste sich darauf konzentrieren, am Leben zu bleiben, bis Batula die Awamir zu ihm führen und ihn retten würde.

Er sah die tiefen Spuren vieler Kamele auf dem losen Boden vor sich und begriff, dass Ibrisam selbst in ihren Todesqualen dem Weg gefolgt war, den der Prinz zur Oase von Muhaid eingeschlagen hatte. Es konnte sein Leben retten, denn denselben Weg würden sie zurückverfolgen, um die Türken zur Schlacht zu stellen.

Wer in der Wüste überleben wollte, durfte sich niemals von einem sicheren Platz entfernen und in die Wildnis hinausgehen: Das war ein eisernes Gesetz. Dorian jedoch wusste, dass die Türken ihn verfolgten. Zayn al-Din würde ihn nicht einfach ziehen lassen. Der Feind war nah, und wenn sie ihn fänden, bevor Batula bei ihm war, würde ihm die gleiche Behandlung zuteil werden, die die Verwundeten erfahren hatten, welche die Türken am Pass der Klugen Gazelle gefangen genommen hatten.

Dorian musste weiter. Er musste sich von den Türken absetzen, solange er sich auf den Beinen halten konnte. Er stand schwankend auf und schaute auf die Fracht, die Ibrisam getragen hatte. War irgendetwas darunter, was ihm helfen konnte? Er schnallte den Wassersack ab, schüttelte ihn und hielt ihn mit beiden Händen hoch, die Zitze an seinen Lippen. Ein paar bittere Tropfen fielen zögernd in seinen Mund, und er schluckte schmerzhaft, sein Hals fast zugeschwollen, dann warf er den leeren Lederbeutel in den Staub.

Waffen. Was hatte er bei sich? Die Büchse in ihrem Lederköcher und das Pulverfläschchen und der Beutel voll Kugeln, der mit Elfenbein und Perlmutt verzierte Ladestock, das versilberte Flintenschloss: Alles zusammen wog fast sieben Pfund, zu schwer, um es mitzunehmen.

Seine gebrochene Lanze hatte er am Pass zurückgelassen und das Schwert war auch nur nutzloser Ballast. So schnallte er traurig den Schwertgurt ab und ließ ihn zu Boden fallen. Den Dolch behielt er jedoch; den würde er am Ende brauchen. Die Klinge war scharf. Er hatte sie geschliffen, bis sie die roten Härchen auf seinem Unterarm mühelos abmähte. Wenn die Türken ihn umzingeln würden, wäre sie sein Ausweg – ein schneller Tod anstatt langsamer Folter.

Er schaute auf Ibrisam hinab und sagte: «Ich will dich nur noch um eines bitten, mein Schatz.» Er kniete neben ihr und schnitt ihren Bauch auf. Aus dem Inhalt, der daraus hervorquoll, saugte er alle Flüssigkeit. Es war bitter wie Galle, und er musste sich zwingen, nicht seine eigenen Eingeweide auszuspucken, doch er wusste, dies würde ihm die Kraft schenken, einige Stunden länger zu überleben unter der gnadenlosen Sonne.

Dann verband er seine Wunden neu. Die Blutungen hatten aufgehört, und schwarze Krusten hatten sich gebildet. Er zog die Riemen seiner Sandalen stramm und wickelte sich den Schal ordentlich um den Kopf, um nicht der grausamen Sonnenstrahlung zum Opfer zu fallen. Ohne sich noch einmal nach Ibrisam umzuschauen, folgte er dann den Spuren des Prinzen auf den flirrenden Horizont zu.

Es war vielleicht eine Stunde später, dass Dorian das erste Mal stürzte. Seine Beine schienen zu Watte zu werden, und er fiel aufs Gesicht. Sein Mund war voller Kalk, und fast hätte er sich übergeben, als er auszuspucken versuchte – kein Speichel, nichts. Der Staub legte sich auf seine Lungen, und er japste nach Luft. Mühsam setzte er sich auf und versuchte, zu Atem zu kommen. Das rettete ihn davor, in Bewusstlosigkeit zu fallen. Er wischte sich das Gesicht ab, doch er war vollkommen trocken, weder Speichel noch Schweiß. Er zwang sich aufzustehen und taumelte weiter. Wo kam nur die Kraft in seinen Beinen her?

So lief er und lief er unter der gleißenden Sonne, die sein Gehirn zu rösten schien. Wenn er zu schlucken versuchte, fühlte er seine Lippen wie Pergament und den Geschmack von Blut in seinem Mund.

Langsam ließen der Schmerz und der Durst nach, und Dorian glitt in den traumartigen Zustand, wo man nichts mehr fühlt. Er hörte Musik, süße Melodien. Er schaute sich um und sah Tom und Yasmini auf dem Hügelkamm stehen, den er vor sich hatte, lachend und winkend.

«Sei kein Baby, Dorry!», rief Tom.

«Komm schon, Dowie!» Yasmini tanzte wie eine Fee neben seinem Bruder. Er hatte vergessen, wie hübsch sie war. «Komm mit, Dowie, lass uns noch einmal den Engelsweg gehen!»

Dorian fiel in einen taumelnden, unsicheren Laufschritt. Die beiden auf dem Hügel drehten sich um, winkten noch einmal und verschwanden hinter dem Kamm. Er meinte, durch weichen, tiefen Sand zu laufen. Er stolperte über einen Stein und ruderte mit den Armen, um nicht wieder aufs Gesicht zu fallen, doch schließlich war er auf dem Hügelkamm und schaute in das Tal hinab, das sich dahinter erstreckte.

Er sah eine weite Ebene voller grüner Bäume vor sich, beladen mit reifen, roten Früchten, und üppig grüne, englische Wiesengründe um einen glitzernden See. Tom war fort, doch Yasmini stand nackt am Ufer dieses Sees. Sie war groß und schlank, die Haut golden braun, das Haar mit der silbernen Strähne hüftlang und lockig. Unter dem schimmernden Haarschleier lugten ihre kleinen, apfelförmigen Brüste scheu hervor. «Dowie!» Ihre Stimme war süß wie der Morgengesang der Wüstendrossel. «Dowie, ich habe so lange auf dich gewartet.»

Er wollte zu ihr laufen, doch seine Beine gaben wieder unter ihm nach, und er stürzte. Er war zu erschöpft, den Kopf zu heben. «Lass mich nur ein wenig schlafen, Yassie», flehte er, doch kein Laut kam aus seiner geschwollenen Kehle, und seine Zunge schien den ganzen Mund einzunehmen und am Gaumen zu kleben.

Mit letzter Anstrengung öffnete er die Augen, nur um mit Entsetzen zu sehen, dass Yasmini und der See verschwunden waren. Es gab nur noch die raue, sengende Wildnis vor ihm, Fels, Sand und Dornen. Er rollte sich herum, um zurückzuschauen, und sah die osmanische Reiterpatrouille. Sie folgten seiner Spur, fünfzig Mann auf Rennkamelen, gut zwei Seemeilen entfernt, doch sie näherten sich schnell, und diesmal wusste Dorian, dass er keine Gespenster sah.

Er kroch ein Stück auf Händen und Knien, bevor er sich wieder aufrappeln konnte. Seine Knie drohten wegzuklappen, doch er kämpfte gegen die Schwäche an und taumelte über den Hügelkamm, hinter dem das Gefälle ihm half weiterzulaufen.

Dann hörte Dorian wieder diese Musik, die nun den ganzen Himmel zu erfüllen schien, der Gesang von Hunderten von Stimmen. Er blickte nach oben und sah den himmlischen Chor, ein Kreis von Engeln um die Sonne, so strahlend, dass sie vor seinen Augen funkelten wie die Facetten eines prächtigen Diamanten.

«Komm zu Gott!», sangen sie. «Gib dich dem Willen Gottes hin!»

«Ja!», stammelte er, und seine Stimme klang seltsam in seinen Ohren, als käme sie aus großer Ferne. «Ja, ich bin bereit.»

Sobald er diese Worte gesprochen hatte, sah er ein Wunder geschehen. Gott erschien ihm. Gott war groß. Er trug ein blendend weißes Gewand, und die Sonnenstrahlen hinter seinem Haupt formten eine goldene Aura. Sein Gesicht war von großer Schönheit, edel, sanft und voller Gnade. Gott hob seine rechte Hand zum Segen, und sein Blick war voller Liebe, wie er auf Dorian hinabschaute. Dorian spürte, wie Gottes Kraft seinen Körper durchströmte und seine Seele mit unendlicher Frömmigkeit und Ehrfurcht erfüllte. Er fiel auf die Knie und rief mit dieser neu gewonnenen Kraft: «So wahr ich lebe, es gibt keinen Gott außer Gott, und Mohammed ist sein Prophet!»

Gottes Antlitz erstrahlte in Güte. Er trat auf Dorian zu, hob ihn auf die Beine, umarmte ihn und küsste seine geschwärzten, blutigen Lippen.

«Mein Sohn», sagte Gott, doch er sprach mit der Stimme des Prinzen Abd Muhammad al-Malik. «Dein Bekenntnis zum einzigen wahren Glauben erfüllt mein Herz mit Freude. Nun wird die Prophezeiung in Erfüllung gehen. Ich danke Gott, dass wir dich rechtzeitig gefunden haben.»

Dorian sackte in al-Maliks Armen zusammen, und der Prinz drehte sich zu den Männern um, die dicht hinter ihm waren: «Wasser! Batula, bringe uns Wasser!»

Batula presste kühles, süßes Wasser aus einem Schwamm auf Dorians Lippen. Dann legten sie ihn auf die Trage, die sie für diesen Augenblick vorbereitet hatten. Männer vom Stamm der Awamir hoben ihn auf den Rücken eines der Lastkamele.

Hoch auf der schwingenden Trage drehte Dorian den Kopf zur Seite, öffnete die geschwollenen Lider und sah mit seinen blutdurchschossenen Augen die Horden der Awamir über die Ebene geritten kommen.

Dann erschien die türkische Patrouille auf dem Hügelkamm. Sie zügelten ihre Kamele inmitten einer großen Staubwolke und schauten entsetzt auf die Heerscharen der Awamir hinab.

«Allah akbar!», erhob sich der mächtige Schrei aus den Reihen der Wüstenkrieger. Sie packten ihre langen Lanzen, bereit zur Schlacht, doch die Türken machten kehrt und ergriffen die Flucht.

Dorian sank auf die Trage zurück, schloss die Augen und ließ sich von der Dunkelheit umarmen.

Das Heer der Awamir, das nun über den Pass der Klugen Gazelle strömte, umfasste annähernd sechstausend Krieger. Die Salzöde jenseits des Passes war menschenleer. Die feindlichen Kundschafter hatten das Nahen der Armee des Prinzen gemeldet, und die Türken waren mit ihren Verbündeten nach Norden geflohen, Richtung Maskat.

Al-Malik ließ den Zug auf dem Pass anhalten, um die geschundenen Körper der Saar, die dort gestorben waren, ordentlich zu beerdigen. Dorian war noch zu schwach und krank, um sich von seinem Lager zu erheben, doch Batula und vier andere Männer trugen ihn ans Grab, wo er zum ersten Mal als Muslim in der Gemeinschaft anderer Gläubiger das Totengebet sprach.

Von dort zog die Armee weiter über die Salzwüste zu den bitteren Quellen von Ghail ya Yamin, wo die Krieger der Saar sich schon versammelt hatten, was die Streitmacht des Prinzen um weitere dreitausend Lanzen verstärkte.

Am Abend kamen die Scheichs der Saar in das Zelt, wo Dorian ruhte, scharten sich um sein Lager und ließen ihn alles erzählen, jede Einzelheit, was sich in der Schlacht am Pass der Klugen Gazelle zugetragen hatte. Immer wieder unterbrachen sie seine Erzählung mit erstaunten, bewundernden Rufen, wenn er darstellte, wie jeder einzelne der Saar dort gestorben war, und die Väter und Brüder der Gefallenen weinten vor Stolz.

«Bei Allah, dies war eine Schlacht, wie sie Hassan sich für seinen Tod gewünscht hätte.»

«Bei Gott, welch ein Mann unser Salim war.»

«Allah wird meinem Sohn Mustafa einen Platz im Paradies freihalten.»

Sie dürsteten nach Krieg und Rache, denn eine Blutfehde konnte nur mit Blut gelöst werden. Sie spuckten in den Sand und schworen ihre Rachegelübde gegen Zayn al-Din und die Türken, und im Herzen schwor Dorian den gleichen Schwur.

Jeden Mittag und jeden Abend, solange sie in Ghail ya Yamin lagerten, besuchten sie dann sein Zelt, um die Geschichte noch einmal zu hören, und wenn Dorian auch nur die kleinste Einzelheit ausließ, beschworen sie ihn, sich an jeden Hieb und Schuss zu erinnern und genau zu berichten, was jeder der Saar-Krieger getan und gesagt hatte, bevor er fiel.

Die nächste Etappe des langen Marsches nach Maskat führte das Heer nach Norden. An jeder Quelle und jedem Pass durch die Berge schlossen sich ihnen weitere Stämme an, die Balhaf und die Afar, die Bait Kathir und die Harasis, sodass die Streitmacht, als sie in Muqaibara eintraf, fünfzehntausend Lanzen aufbieten konnte. Es war ein mächtiger Heerzug, der sich zehn Meilen in die Wüste hinauszog.

Batula vertraute die Geschichte von Dorians Bekehrung einem seiner Freunde an. Doch kein Araber kann ein Geheimnis wahren, schon gar nicht eines wie dieses, und bald erzählte man sich die Mär an jedem Lagerfeuer. Die Krieger erinnerten sich an die Prophezeiung des heiligen Taimtaim, die viele von ihnen auf jenem Grabmal gelesen hatten. Sie debattierten endlos darüber und schworen bei Gott, dass al-Salil wirklich das Waisenkind der Prophezeiung und dass ihnen mit ihm der Sieg sicher sei: Noch vor dem Monat des Ramadan würden sie Prinz Abd Muhammad al-Malik auf den Elefantenthron im Palast von Maskat setzen.

In den Wochen ihres Marsches von Ghail ya Yamin nach Muqaibara waren Dorians Wunden sauber verheilt, denn in der Wüste gab es keine üblen Säfte, die die Wunde entzünden und das Fleisch absterben lassen konnten. Sobald er wieder bereit war, seinen Platz in den Reihen der Krieger einzunehmen, schickte der Prinz nach ihm. Als er durch das Lager schritt, jubelte ihm jeder Stamm zu und folgte ihm zum Zelt des Prinzen. Sie drängten sich vor der offenen Türplane und sahen zu, wie Dorian vor al-Malik niederkniete und ihn bat: «Erweise mir deinen Segen, Vater.»

«Du hast meine Dankbarkeit und meinen Segen, mein Sohn, und vieles mehr.» Al-Malik klatschte in die Hände, und Batula führte zwei prächtige, vollblütige Rennkamele heran. Beide waren reich geschmückt und trugen eine Lanze, ein Schwert und eine Jezail-Büchse auf dem Rücken. «Dies ist mein Geschenk für dich, um dich ein wenig zu entschädigen für das, was du am Pass der Klugen Gazelle verloren hast.»

«Ich danke dir für deine Großzügigkeit, Vater, obgleich ich keine Belohnung dafür erwarte, nur meine Pflicht zu tun.»

Al-Malik klatschte noch einmal in die Hände, und zwei schwer verschleierte, ältere Frauen vom Stamm der Saar legten Dorian ein Bündel gefaltete Seidentücher zu Füßen. «Dies sind die Mütter Hassans und Salims, die am Pass ihr Leben gelassen haben», erklärte der Prinz. «Sie haben mich um die Ehre ersucht, dein Feldbanner nähen und besticken zu dürfen.»

Die Frauen breiteten das Banner auf dem Zeltboden aus. Es war eine sieben Fuß lange Bahn azurblauer Seide, bestickt mit der Prophezeiung des heiligen Taimtaim in feinstem Silbergarn. Die zierliche Schrift sprudelte über den Seidengrund wie die Strömungen und Wirbel auf einem blauen Wildwasser.

«Aber dies ist das Banner eines Scheichs, Vater», wunderte sich Dorian.

«Ja, denn ein Scheich bist du nun.» Al-Malik lächelte liebevoll. «In diesen Rang habe ich dich erhoben. Ich weiß, dass du die Würde mit Ehre tragen wirst.»

Dorian erhob sich und hielt sein Banner hoch über seinen Kopf. Dann trat er damit in den Sonnenschein hinaus. Die Menge teilte sich vor ihm; alle jubelten ihm zu und feuerten ihre Musketen in die Luft. Das Banner wehte hinter Dorian her wie eine blaue Luftschlange. Schließlich trat er wieder vor den Prinzen und warf sich vor ihm zu Boden. «Du erweist mir zu viel Ehre, mein Prinz.»

«In der kommenden Schlacht sollst du die linke Flanke führen, Scheich al-Salil», eröffnete ihm der Prinz. «Ich werde viertausend Lanzen unter dein Kommando stellen.»

Dorian richtete sich auf und schaute ihm ernst in die Augen. «Kann ich vertraulich mit dir reden, Vater?»

Al-Malik gab ein Zeichen, und die ledernen Seitenplanen des Zelts wurden herabgelassen. Al-Allama und sein Gefolge verließen das Zelt, und der Prinz blieb allein mit Dorian zurück. «Was möchtest du noch von mir, mein Sohn?» Al-Malik beugte sich näher zu seinem Sohn. «Sprich, und du wirst es bekommen.»

Dorian breitete das blaue Banner aus und schrieb mit einem Finger die Worte der Prophezeiung nach. «... wird er die Wüstenlande vereinen, die nun gespalten sind ...», las er laut vor.

«Sprich.» Der Prinz runzelte die Stirn. «Ich verstehe nicht, was du meinst.»

«Offenbar hat mir der Heilige eine weitere Pflicht auferlegt. Als er von den gespaltenen Wüstenlanden sprach, meinte er die Stämme, die in Kriege gegeneinander verstrickt sind.»

Der Prinz nickte. «Das mag gewiss wahr sein», gab er zu, «obwohl nun die meisten Stämme zu uns gestoßen sind. Doch die Masakara, die Harth und die Bani Bu Hasan schlagen immer noch ihre Kriegstrommeln für Yaqub und die türkische Pforte.»

«Lasse mich mit diesem Banner zu ihnen gehen», bat Dorian. «Lasse mich ihnen die Farbe meines Haars zeigen. Ich werde die Prophezeiung mit ihnen diskutieren, und dann, wenn Allah uns gnädig ist, wirst du weitere zehntausend Lanzen auf deiner Seite haben.»

«Nein!», rief al-Malik entsetzt. «Die Masakara sind ein Volk von Verrätern. Sie werden dir den Bauch aufschlitzen und dich in der Sonne verdorren lassen. Ich kann nicht zulassen, dass du dich in solche Gefahr begibst.»

«Ich habe gegen sie gekämpft», erwiderte Dorian leise. «Sie müssen mir den Respekt erweisen, der einem ehrenhaften Feind gebührt. Wenn ich allein zu ihnen gehe und mich als Reisender in ihre Gewalt begebe, werden sie nicht wagen, gegen die Lehren des Propheten zu verstoßen. Sie müssen zuhören, was ich ihnen zu sagen habe.»

Der Prinz war offenbar gar nicht glücklich über diesen Vorschlag. Er strich sich nervös den Bart. Doch Dorian sprach die

Wahrheit: Der Prophet hatte alle Gläubigen zu Gastfreundschaft verpflichtet; sie mussten dem Reisenden in ihrer Mitte Schutz gewähren. «Ich kann nicht erlauben, dass du ein solches Risiko eingehst», sagte er dennoch.

«Das Risiko betrifft ein einziges Leben, doch der Preis könnten zehntausend Lanzen sein», widersprach Dorian. «Du kannst mir diese Chance, meine Bestimmung zu erfüllen, nicht verwehren, mein Vater.»

Schließlich seufzte der Prinz: «Wie sollten die Masakara gegen deine Beredsamkeit ankommen? Ich jedenfalls gebe mich geschlagen. Geh also, al-Salil, als mein Gesandter. Doch ich schwöre beim roten Bart des Propheten: Wenn sie dir irgendwie Schaden zufügen, werden die Geier sich so voll fressen an ihren Leichnamen, dass sie nicht mehr fliegen können.»

Bei Sonnenuntergang am folgenden Abend saß der Prinz allein auf einem Felsen auf der Spitze eines kleinen Hügels außerhalb der Oase. Vier Kamele trotteten aus dem Heerlager und kamen an ihm vorbei auf ihrem Weg nach Norden, in die purpurnen Schatten. Das erste Kamel ritt Dorian, mit einem zweiten an einer Leine hinter sich. Ihm folgte Batula, ebenfalls mit einem zweiten Kamel. Beide Männer waren verschleiert. Dorian schaute zum Prinzen auf und senkte zum Gruß seine Lanze, worauf der Prinz seine rechte Hand hob und ihn segnete.

Dann schaute Abd Muhammad al-Malik ihnen nach, wie sie in die Wildnis ritten. Sein Blick war traurig und niedergeschlagen. Es war längst dunkel, die Sterne über ihm ein prachtvolles Feuerwerk, als er sich schließlich von dem Felsen erhob und auf die Lagerfeuer zuging, die das weite Tal von Muqaibara mit Licht erfüllten.

In den kühleren Monaten vor den Feiern des Ramadan, als der Wind vom Meer hereinwehte, stand al-Maliks Armee vor Maskat und beobachtete, wie die Osmanen und die Stämme, die dem Kalifen ergeben waren, aus der Stadt geströmt kamen.

Al-Malik saß mit seinem Stab unter einer Lederplane auf einer Felsenklippe, die in die Ebene ragte. Seine Armee hatte sich vor ihm aufgestellt. Er hob das lange Messingteleskop vor sein Auge und musterte die feindlichen Truppen, wie sie sich vor ihm formierten. Die Türken standen in der Mitte, ihre Kavallerieschwadronen im Gefolge, und dahinter die Kamelreiter.

«Wie viele sind es?», fragte er die Männer um sich, die nun diskutierten, als ginge es darum, Ziegen zu zählen.

«Zwölftausend Türken», schlossen sie am Ende. Die Mitte der Front funkelte vor Bronze und Stahl. Die grünen Banner der Pforte von Istanbul flatterten in der Seebrise; die Kavallerieschwadronen trabten nach vorn und stellten sich zu einer geschlossenen Schlachtreihe auf, die den Angriff führen würde.

«Und die Masakara?», fragte der Prinz. «Wie viele?» Die Masakara bildeten die rechte Flanke, eine wimmelnde Horde von Kamelreitern, ruhelos wie ein Schwarm Sperlinge.

«Sechs-, siebentausend», schätzte der Scheich der Harasis.

«Mindestens», sagte ein anderer, «wenn nicht mehr.»

Al-Malik schaute zu der anderen Flanke des Feindes, wo die schwarzen Schleier und Kopftücher der Bani Bu Hasan und der Harth zu sehen waren. Dies waren die Wölfe der Wüste, und sie waren ebenso zahlreich wie die Masakara.

Wieder hatte al-Malik den bitteren Geschmack der Enttäuschung im Mund. Der Feind war fast um das Doppelte in der Überzahl. Al-Salils Versuch, die nördlichen Stämme für sie zu gewinnen, war fehlgeschlagen. Al-Malik hatte nichts von ihm gehört, seit er fast zwei Monate zuvor in die Wüste gezogen war. Er wusste in seinem Herzen, dass er einen Fehler gemacht hatte, dass er al-Salil nie in den Norden hätte schicken sollen. Jeden Tag hatte er gefürchtet, ein Geschenk von den Masakara zu erhalten, den Kopf seines rothaarigen Sohnes in einem Ledersack. Obwohl diese grausige Trophäe nie angekommen war, sah er den Beweis seines Fehlschlages nun deutlich vor sich: Fast fünfzehntausend Rebellenlanzen gegen sein Heer.

Plötzlich kam Unruhe auf in der Mitte der türkischen Phalanx. Botenreiter galoppierten vor und brachten Befehle vom osmanischen Generalstab. Die türkische Kavallerie rückte vor, Reihe auf Reihe, mit schimmernden Tressen und Zaumzeug, doch die arabischen Formationen an den Flanken blieben zurück, sodass sich Lücken auftaten in der Front. Das war ungewöhnlich. Der Prinz hob sein Fernrohr wieder ans Auge und beobachtete das Geschehen mit wachsendem Interesse.

Als Nächstes galoppierten die Stabsreiter vom türkischen

Kommando in der Mitte der Front zu den Flanken zurück und wedelten dort wild mit den Armen. Offenbar drängten sie ihre arabischen Verbündeten, endlich aufzuschließen und die gefährlichen Lücken zu schließen.

Schließlich setzten sich die arabischen Einheiten in Bewegung, doch nicht nach vorn, sondern von rechts und links auf die Mitte zu. Die Türken schienen verwirrt durch diese unerwartete Entwicklung.

«Im süßen Namen Gottes», flüsterte al-Malik. Er spürte, wie das Herz ihm in der Brust schwoll und ihm beinahe der Atem stockte.

In der Mitte der vordersten Reihe der Masakara entfaltete sich ein fremdes, neues Banner, getragen von einem hoch gewachsenen Reiter auf einem honigfarbenen Vollblutkamel. Al-Malik richtete sein Teleskop auf diesen Krieger und sah, dass das Banner azurblau war, mit einer silbern funkelnden Inschrift, und während er noch das Banner anstarrte, riss sich der Reiter die Tücher vom Kopf und hob seine Lanze. Sein Haar war rotgolden, und seine Lanze war auf die türkische Flanke gerichtet.

«Allah! Allah sei gepriesen! Al-Salil hat es vollbracht! Er hat die Rebellen auf unsere Seite gebracht!»

Vor al-Maliks Augen stürmten die arabischen Formationen nach vorn, nahmen die osmanische Front von beiden Seiten unter Feuer und umklammerten sie wie eine stählerne Faust.

Der Prinz erhob sich. «Vorwärts, zum Angriff!» Die Kriegstrommeln donnerten, und die Hörner ließen schrille, drängende Signale erklingen.

Mit den Saar und den Awamir in der Mitte wogte die Armee des Südens gegen den Feind, dass die Staubwolke über ihnen den Himmel verdunkelte.

Dorian ritt in der Mitte der Front. Sein Herz jubilierte vor Freude und Erleichterung. Bis zum letzten Augenblick war er nicht sicher gewesen, ob die Scheichs der Masakara sich an ihr Versprechen halten würden, sich gegen die Osmanen zu wenden. Das Rennkamel unter ihm zog von den Reitern links und rechts von ihm davon. Nur Batula konnte mit ihm Schritt halten, eine Lanzenlänge hinter ihm.

Die Türken vor ihnen wussten nicht, wie ihnen geschah. Die meisten schauten noch nach vorn, wo Prinz al-Maliks Armee vorzurücken begann. Nur die osmanischen Krieger dicht an der rechten Flanke hatten die Gefahr erkannt und stellten sich dem Angriff der Araber entgegen.

Mann gegen Mann und Schild gegen Schild rissen die Wüstenkrieger blutige Lücken in die Flanke der Türken. Dorian suchte sich einen massigen Mann in Kettenhemd und Bronzehelm aus, das dunkle Gesicht verzerrt vor Wut und Entsetzen, verzweifelt bemüht, den Hengst zu beruhigen, der sich unter ihm aufbäumte. Dorian senkte die Spitze seiner Lanze und duckte sich tief in den Sattel. Nach Batulas Ausbildung war er nun in der Lage, eine hochgeworfene Wüstenmelone in vollem Galopp in der Luft aufzuspießen. Er zielte auf eine Lücke in der Rüstung des Türken, unter dessen Achselhöhle.

Die Lanze zitterte in Dorians Faust, als die Spitze unfehlbar ihr Ziel fand und sich durch den Brustkorb des Mannes bohrte, bis sie auf der anderen Seite auf das Kettenhemd stieß. Der Stoß hob den Türken aus dem Sattel, und nun hing er zappelnd am geschmeidigen Holz.

Dorian senkte die Lanze und ließ sein Opfer von der Spitze rutschen und in den Sand rollen, bevor er den nächsten Feind anvisierte. Diesmal zerbarst der Schaft in seiner Hand unter der Gewalt des Aufpralls, doch die Stahlspitze blieb tief in der Kehle des Kriegers stecken, den er getroffen hatte. Der Türke umklammerte den Stumpf mit beiden Händen und versuchte, ihn sich aus dem Hals zu ziehen, doch dann starb er, bevor es ihm gelang, rutschte aus dem Sattel und wurde von seinem vor Angst wahnsinnigen Ross davongeschleift.

Batula warf Dorian die Ersatzlanze zu. Er fing sie und richtete sie in derselben Bewegung auf den Bauch des nächsten Feindes.

Nach den ersten Minuten des Angriffs von beiden Flanken zeigten die Reihen der Türken klaffende Lücken, und während sie noch wankten unter diesem Ansturm, donnerte die Armee des Südens in ihre zerbröckelnde Front.

Die Krieger der beiden Armeen umwirbelten einander wie in einem waffenklirrenden Strudel. Der Schlachtlärm war ohrenbetäubend; die Männer hackten aufeinander ein, schrien und starben. Das Gefecht konnte nicht lange währen, so einseitig war es, so mächtig der Zorn der Angreifer. Attackiert an Flanken und Front, unterlegen in jedem Abschnitt, begannen die türkischen Reihen schließlich nachzugeben. Die Araber rochen den Sieg und drängten noch stärker vor, wie Wölfe um ein sterbendes Kamel, heulend und reißend, bis die Verteidigung gänzlich zusammenbrach und die Schlacht zu einem blutigen, wilden Gemetzel ausartete.

Dorians erster Vorstoß hatte ihn tief in die feindlichen Massen getragen, und für einige verzweifelte Augenblicke waren er und Batula abgeschnitten und umzingelt. Die zweite Lanze brach ebenfalls, und Dorian kämpfte mit dem Schwert weiter, bis sein rechter Arm gänzlich mit türkischem Blut bedeckt war.

Plötzlich schienen die Feinde um sie herum die Nerven zu verlieren und wandten ihre Pferde zur Flucht. Manche warfen ihre Waffen fort, als sie die Araber durch die Lücken in ihren Reihen stürmen sahen. Die Türken prügelten ihre Pferde in Galopp und stoben davon. «Hinterher!», rief Dorian. «Jagt sie! Macht sie nieder!»

Wie ein Gemisch aus Öl und Wasser strömten die beiden Armeen über die Ebene zurück. Die Araber schrien ihre Kriegsrufe, trillernd und die blutigen Säbel schwingend, während die Schlacht sich zu einem Massaker wandte. Die fliehenden Türken verteidigten sich kaum noch. Manche warfen sich von ihren Pferden und knieten vor den Angreifern, flehten um Gnade, doch die Araber spießten sie im Vorbeireiten auf, bevor sie gemächlich zurückkamen, um den Leichnamen Gold und andere Beute abzunehmen.

Dorian kämpfte sich nach hinten durch. Er sah, dass der osmanische Stab längst die Stellung geräumt hatte und mit der Armee auf der Flucht war. Der General und seine Offiziere hatten sich Pferde und Kamele genommen und waren auf dem Weg zur Stadt. Doch Dorian war nur hinter einem her.

«Wo ist Zayn al-Din?», rief er Batula zu. Dorian hatte ihn früher am Morgen gesehen, als die Armee durch die Stadttore von Maskat ritt. Zayn al-Din war beim türkischen Stab gewesen, hinter dem osmanischen General. Er hatte einen leichten Panzer und eine Lanze getragen, als wollte er sich in die Schlacht stürzen. Neben ihm hatte Dorian Abubaker gesehen, Zayns alten Kumpan aus der Zenana von Lamu. Abubaker war zu einem großen, schlanken

Mann herangewachsen, mit langem Schnurrbart, und auch er war wie ein Krieger gekleidet gewesen. Obwohl seine beiden alten Feinde nur zwei Lanzenlängen entfernt gewesen waren, hatten sie Dorian unter den Masakara nicht erkannt, da sein Gesicht und Haar unter dem dicken Tuch eines schwarzen Turbans verborgen gewesen waren.

«Wo ist er?», fragte er noch einmal. «Kannst du ihn sehen?» Er sprang auf und stellte sich in vollem Lauf aufrecht auf den hölzernen Sattelrahmen des Kamels, als wäre es das Leichteste auf der Welt. Aus der Höhe blickte er auf das Gelände vor ihnen hinaus, wo es von fliehenden Feinden und reiterlosen Pferden und Kamelen wimmelte.

«Da ist er!», rief Dorian. Er ließ sich wieder in den Sattel fallen und trieb sein Reittier zu noch höherem Tempo an. Zayn al-Din war eine halbe Meile voraus, immer noch auf demselben braunen Hengst wie am Morgen. Der Fettwanst war unverwechselbar, zumal er noch die goldene Kordel um sein Kopftuch trug. Dorian überholte viele andere Türken, manche davon hochrangige Offiziere, doch er ignorierte sie wie ein Gepard, der es auf eine bestimmte Gazelle abgesehen hat, und machte hinter Zayn al-Din unaufhaltsam Boden gut.

«Bruder!», brüllte Dorian, als er schließlich dicht hinter dem braunen Hengst war. «Warte auf mich! Ich habe etwas für dich!»

Zayn schaute über seine Schulter. Das Kopftuch wurde ihm vom Haupt geblasen, und sein langes, dunkles Haar und der Bart flatterten im Wind. Als er Dorian so dicht hinter sich sah, den Krummsäbel in der Hand, blutig von den Wunden seiner Opfer, nahm Zayn al-Dins Gesicht vor Angst die Farbe ranziger Kamelbutter an.

Er schien vor Schreck wie gelähmt. Er klammerte sich an den Sattelknauf und starrte Dorian an, als der mit hoch erhobenem Krummsäbel neben ihn vorrückte. Plötzlich schrie er auf, ließ den Knauf los und fiel aus dem Sattel. Er schlug hart auf dem Sand auf und rollte wie ein runder Felsbrocken einen steilen Abhang hinunter, bis er wie ein Haufen alter Kleider am Fuß des Hangs zu liegen kam.

Dorian wendete sein Kamel und war bei Zayn, als dieser schließlich auf die Knie kam. Sein Gesicht war mit weißem Staub bedeckt und er hatte einen frischen Kratzer auf der Wange. Er schaute zu Dorian auf und flennte: «Verschone mich, al-Salil. Ich werde dir alles geben, was du willst.»

«Gib mir deine Lanze», rief Dorian Batula zu, ohne seinen Blick von Zayns angstverzerrter Fratze zu nehmen. Batula warf ihm die Lanze zu. Dorian senkte die Spitze und setzte sie Zayn auf die Brust, dem nun die Tränen über das staubige Gesicht rannen, wo sie graue Spuren hinterließen. «Ich habe hunderttausend Goldrupien, mein Bruder. Sie gehören dir, wenn du mich verschonst, das schwöre ich», flehte er sabbernd vor Angst und mit zitternden Lippen.

«Erinnerst du dich an Hassan, oben am Pass der Klugen Gazelle?», fragte Dorian finster. Er lehnte sich aus dem Sattel und starrte Zayn ins Gesicht.

«Gott vergebe mir», flennte Zayn. «Es war in der Hitze des Gefechts. Ich war nicht bei Sinnen. Vergib mir, Bruder.»

«Ich wollte, ich könnte es über mich bringen, dich anzufassen. Dann würde ich dir bestimmt die Hoden abschneiden, so wie du es mit meinem Freund gemacht hast, doch eher würde ich eine Giftschlange berühren.» Dorian spuckte angeekelt vor ihm aus. «Du verdienst nicht, wie ein Krieger durch die Lanze zu sterben. Dennoch werde ich dir diesen Tod schenken. Ich bin ein gnädiger Mann.»

Die Spitze ritzte Zayns fette Brust, doch dann rettete dieser sein Leben, indem er die einzigen Worte gebrauchte, die Dorians unversöhnlichen Zorn abzuwenden vermochten.

«Im Namen des Mannes, der unser Vater ist. Im Namen von al-Maliks Liebe, sei gnädig mit mir.»

Dorians Miene änderte sich sofort. Sein Blick wurde unsicher, und er zog die Lanze einen halben Zoll zurück. «Du fragst, wie der Vater urteilen würde, den du verraten hast? Wir wissen beide, es kann nur die Garotte oder das Henkersbeil sein. Wenn das der Tod ist, den du meiner ehrlichen Lanze vorziehst, dann soll es so sein. Dein Wunsch soll dir erfüllt werden.»

Dorian hob die Lanze und rammte den Schaft in den Köcher hinter seiner Ferse.

«Batula!» Als sein Lanzenträger bei ihm war, befahl Dorian ihm: «Fessele diesem Schweinefresser die Arme hinter dem Rücken und lege ihm eine Schlinge um den Hals.» Batula ließ sich aus seinem Sattel rutschen, band Zayn geschwind die Handgelenke hinter dem Rücken zusammen und legte ihm eine Galgenschlinge um den Hals. Das andere Ende des Seils reichte er Dorian, der es an eine der Ösen an seinem Sattel knotete.

«Auf die Beine!», brüllte Dorian und zog kräftig an dem Seil. «Ich bringe dich zum Prinzen.» Zayn sprang auf und stolperte hinter Dorians Kamel her. Einmal verlor er das Gleichgewicht und stürzte, doch Dorian ritt keinen Deut langsamer und blickte sich nicht einmal um. Als Zayn sich schließlich aufrappeln konnte, war sein Gewand zerrissen, seine Knie blutig geschürft. Bevor sie eine Meile über das blutgetränkte Schlachtfeld zurückgelegt hatten, wo tote Türken auf dem Sand verstreut lagen wie Seetang nach einem Sturm, hatte Zayn seine goldenen Sandalen verloren und blutige Füße. Sein Gesicht war geschwollen und schwarz, da die Schlinge ihn halb erwürgte. Er war zu schwach, um weiter um Gnade zu winseln.

Als Prinz Abd Muhammad al-Malik an der Spitze seines Gefolges vor Maskat auftauchte, öffneten die Bürger der Stadt und die Höflinge des Kalifen al-Uzar ibn Yaqub das Stadttor vor ihm und kamen heraus, um ihn zu begrüßen. Als Zeichen der Reue hatten sie ihre Kleider in Fetzen gerissen und ihre Häupter mit Asche und Staub bestreut. Nun knieten sie vor al-Maliks Pferd und winselten um ihr Leben, schworen ihm ewige Treue und huldigten ihm als dem neuen Kalifen von Oman.

Während all dieses Aufruhrs blieb der Prinz majestätisch im Sattel sitzen, doch als der Wesir seines Bruders Yaqub vortrat, einen schmutzigen Sack über der Schulter, fiel ein Schatten der Trauer über seine Züge, denn er wusste, was dieser Sack enthielt.

Der Wesir leerte den Sack in den Straßenstaub. Yaqubs Kopf rollte dem Prinzen entgegen, blieb vor den Hufen seines Hengstes liegen und starrte ihn an aus matten, leblosen Augen. Sein Bart war zottig und verdreckt wie der eines Straßenbettlers. Fliegen setzten sich bald auf seine offenen Augen und blutigen Lippen.

Al-Malik blickte traurig auf ihn hinab. Dann schaute er den Wesir an und fragte ihn leise: «Glaubst du, du kannst meine Gunst gewinnen, indem du meinen Bruder ermordest und mir dieses traurige, zerbrochene Ding vorwirfst?»

«O Herr, ich habe es nur zu deinem Gefallen getan.» Der Wesir erbleichte und begann zu zittern.

Der Scheich der Awamir war an der Seite des Prinzen. Er gab ihm ein Zeichen. «Töte ihn.» Der Scheich beugte sich aus dem Sattel, zog seinen Krummsäbel und spaltete dem Wesir den Schädel bis zum Kinn. «Behandelt die Überreste meines Bruders mit allem Respekt und sorgt dafür, dass er beerdigt werden kann, bevor die Sonne untergeht. Ich werde die Gebete für seine Seele sprechen», erklärte al-Malik. Dann schaute er auf die verängstigten Bürger von Maskat. «Eure Stadt ist nun meine Stadt. Euer Volk ist mein Volk», sprach er. «Durch meinen königlichen Erlass soll Maskat von der Plünderung verschont bleiben. Mein Wort beschützt die Frauen der Stadt vor Vergewaltigung und ihre Schätze vor Raub.» Er hob seine rechte Hand zum Segen und fuhr fort: «Nachdem ihr euer Treuegelübde geleistet habt, sollen alle eure Vergehen und Verbrechen gegen mich vergeben und vergessen sein.»

So ritt al-Malik in die Stadt und zum Palast des Kalifen, wo er seinen Platz auf dem aus Elfenbein geschnitzten Elefantenthron einnahm.

Einhundert Edelmänner rangen um Gehör beim neuen Kalifen, und hundert dringende Angelegenheiten warteten auf seine Zuwendung, doch einer der Ersten, nach dem er schickte, war Scheich al-Salil. Als Dorian sich vor dem Thron zu Boden warf, kam al-Malik zu ihm, hob ihn auf und umarmte ihn.

«Ich hatte dich für tot gehalten, mein Sohn. Als ich dann dein Banner über den Reihen der Masakara wehen sah, jubelte mein Herz vor Freude. Ich schulde dir so viel, dass ich nie wissen werde, wie viel es wirklich es ist, denn wenn du die Stämme des Nordens nicht zu uns gebracht hättest, wäre die Schlacht sehr schwer geworden. Vielleicht säße ich dann heute nicht auf diesem Thron.»

«Ich habe in der Schlacht einen Offizier der osmanischen Armee gefangen genommen, Vater», eröffnete ihm Dorian. Er gab Batula, der unter den Edelleuten am anderen Ende des Thronsaals stand, ein Zeichen, und der Lanzenträger führte Zayn al-Din an seinem Strick vor den Thron.

Zayn war zerlumpt und mit Schmutz und getrocknetem Blut bedeckt. Sein Haar und Bart waren weiß vor Staub und seine nackten Füße wund gescheuert und blutig wie die eines Pilgers. Zuerst erkannte al-Malik ihn nicht. Dann taumelte Zayn auf ihn zu und warf sich seinem Vater zu Füßen. Er weinte und zitterte am ganzen Körper wie ein geprügelter Hund. «Vergib mir, Vater. Ich habe mich des Verrats schuldig gemacht. Ich habe dich nicht geehrt. Ich war habgierig. Ich habe mich von bösen Männern auf Abwege führen lassen.»

«Wie konnte es dazu kommen?», fragte der Kalif kalt.

«Die osmanische Pforte bot mir den Elefantenthron an, wenn ich mich gegen dich wende, und ich war schwach und dumm. Ich bedaure es von ganzem Herzen, und wenn du mich hinrichten lassen solltest, würde ich in dem Augenblick, wo das Leben meinem Körper entschwebt, meine Liebe für dich zum Himmel schreien.»

«Solchen Tod hast du mehr als verdient», entgegnete der Kalif. «Dein ganzes Leben hast du von mir nichts als Liebe und Milde erfahren, und dein Dank waren Verrat und Schande.»

«Gib mir noch eine Chance, meine Liebe für dich zu beweisen.» Zayn sabberte auf al-Maliks Sandalen, und der Nasenschleim vermischte sich mit seinen Tränen.

«Der Tod meines Bruders Yaqub hat diesen Freudentag schon getrübt. Es ist genug Blut vergossen worden», sagte der Kalif ruhig. «Steh auf, Zayn al-Din. Ich begnadige dich, doch als Buße musst du zu den heiligen Stätten in Mekka pilgern und auch dort um Vergebung bitten. Zeige dich nicht vor mir, bevor du zurück bist und deine Seele geläutert ist.»

Zayn kam mühsam auf die Beine. «Alle Segnungen Allahs, Majestät, für Eure Güte und Gnade. Meine Liebe für Euch wird sein wie ein mächtiger Strom, der niemals versiegt.» Zayn bewegte sich rückwärts durch den ganzen Thronsaal, immer noch verbeugt und mit Treueschwüren und Dankesbezeigungen auf den Lippen. Als er am anderen Ende des Saales war, drehte er sich um, drängte sich durch die Menge und verschwand.

Zehn Tage nach ihrem triumphalen Einzug in Maskat und eine Woche vor Anbruch des Ramadan wurde im Palast und auf den Straßen Maskats die Krönung des neuen Kalifen gefeiert. Die meisten der Stammeskrieger waren in die Wildnis zurückgekehrt, in die Dörfer um die winzigen Oasen, die über Oman verstreut lagen. Sie waren Wüstenbewohner und fühlten sich daher nicht wohl in der Enge der Stadt. Sie legten ihre Treuegelübde an al-Malik ab, beluden ihre Kamele mit dem, was sie von der osmanischen Armee erbeutet hatten, und ritten davon.

Wer innerhalb der Stadtmauern blieb, schloss sich den Straßenfesten an. Über Feuern auf jedem Suk und Platz wurden ganze Kamele und Schafe geröstet. Die Widderhörner erklangen, Trommeln wurden geschlagen, und die Männer tanzten auf der Straße, beobachtet von den verschleierten Frauen in den Obergeschossen der dichten Häuserreihen.

Der neue Kalif führte eine Prozession durch die Stadt. Unzählige Male blieb er stehen, um Krieger zu umarmen, die in seiner Armee gekämpft hatten. Die Menge trillerte, feuerte Freudenschüsse in die Luft und warf sich ihm zu Füßen.

Es war lange nach Mitternacht, als der Kalif in seinen Palast zurückkehrte, und auch jetzt, wie den ganzen Tag über, war Scheich al-Salil an seiner Seite.

«Bleibe noch etwas bei mir», sagte der Kalif, als sie vor seinem Schlafgemach standen. Er nahm Dorians Arm und führte ihn durch das Zimmer zu dem hohen Balkon, der das Meer und die Straßen der Stadt überblickte. Die Musik und der Lärm der Festlichkeiten drangen leise zu ihnen und die Flammen der Lagerfeuer flackerten auf den Hauswänden und beleuchteten die Tänzer.

«Ich schulde dir eine Erklärung dafür, dass ich Zayn al-Din begnadigt habe», begann der Kalif.

«Ihr schuldet mir gar nichts, Majestät», widersprach Dorian. «Ich bin es, der Euch alles schuldet.»

«Zayn verdiente eine strengere Strafe. Er war ein Verräter, und ich weiß, wie er deine Kameraden am Pass der Klugen Gazelle behandelt hat.»

«Das ist nicht das Wichtige», erwiderte Dorian. «Was er Euch angetan hat und was er Euch eines Tages wieder antun wird, das ist meine Sorge.»

«Du glaubst, seine Reue war gespielt?»

«Er giert nach dem Elefantenthron», sagte Dorian. «Ich wäre glücklicher, wenn Ihr einen Skorpion an die Brust und eine Kobra in Euer Bett genommen hättet.»

Der Kalif seufzte bedrückt. «Er ist mein ältester Sohn. Ich konnte meine Herrschaft nicht damit beginnen, ihn zu töten.

Doch nun habe ich dich in große Gefahr gebracht, denn sein Hass auf dich ist unversöhnlich.»

«Ich kann mich verteidigen, Vater.»

«Das hast du bewiesen», lächelte der Kalif milde. «Doch nun zu anderen Angelegenheiten. Ich habe eine neue Aufgabe für dich, eine schwierige und gefährliche Mission.»

«Ihr braucht nur Eure Befehle auszusprechen, Majestät.»

«Unser Handel mit Innerafrika ist entscheidend für den Wohlstand unseres Volkes. Wir, die einstigen Wüstennomaden, sind zu einem Volk von Seefahrern und Kaufleuten geworden.»

«Das ist mir klar, Vater.»

«Ich habe heute eine Botschaft vom Sultan von Sansibar erhalten. Unser Afrikahandel sieht sich einer neuen, schweren Bedrohung gegenüber. Die Existenz unserer Stützpunkte auf Sansibar und Lamu steht auf dem Spiel.»

«Wie ist das möglich?»

«Eine Bande von Plünderern ist über unsere Karawanenstraßen zwischen der Fieberküste und den großen Seen hergefallen. Unser Handel in Afrika ist in größter Gefahr.»

«Haben die schwarzen Stämme sich erhoben?», fragte Dorian.

«Vielleicht. Wir wissen, dass schwarze Krieger unter den Plünderern sind, doch es gibt auch Gerüchte, nach denen die Anführer ungläubige Franken sein sollen.»

«Aus welchem Land?», fragte Dorian.

Der Kalif zuckte die Schultern. «Das ist nicht bekannt. Sicher ist nur, dass sie keine Skrupel kennen in ihren Attacken auf unsere Sklavenkarawanen. Allein im Sklavenhandel haben wir die Einnahmen fast eines ganzen Jahres verloren. Außerdem fehlen uns immense Mengen von Elfenbein und Gold aus dem Landesinneren.»

«Was soll ich tun? Was ist Euer Wunsch?», wollte Dorian nun wissen.

«Ich werde dir ein *Firman* ausstellen, ein Dekret, mit dem ich dich beauftrage, den Franken ihre Beute abzunehmen. Außerdem mache ich dich zum General und stelle dir so viele Truppen zur Verfügung, wie du brauchst. Was meinst du? Tausend? Zweitausend? Ich will, dass du nach Süden segelst, nach Lamu, und dann sollst du über den Kanal fahren und ins Landesinnere marschieren, um diesem Treiben ein Ende zu bereiten.»

«Wann soll ich auslaufen?»

«Du segelst mit dem Neumond, der das Ende des Fastens ankündigt.»

Die Flottille des Scheichs al-Salil landete unter dem Vollmond vor der Küste der Insel Lamu. Sie bestand aus sieben großen, hochseetüchtigen Dauen mit zwölfhundert Soldaten des Kalifats an Bord.

Bei Anbruch der Dämmerung ging Dorian an Land, um den Gouverneur zu besuchen und ihm sein *Firman* zu zeigen. Außerdem wollte er mit ihm die Unterbringung und Verpflegung seiner Truppen arrangieren, die sich erholen mussten von der langen Reise die ostafrikanische Küste hinunter. Sie brauchten frische Nahrung, Pferde und Lasttiere.

Weder Kamele noch Araberpferde hätten an dieser feuchten, fieberverseuchten Küste lange überlebt. Dorian brauchte Tiere, die an der Küste gezogen worden waren und Immunität gegen die afrikanischen Krankheiten entwickelt hatten.

Sie brauchten drei Tage, um alle Mannschaften und Ausrüstung an Land zu bringen, und Dorian verbrachte viele Stunden am Quai und in dem neu errichteten Lager oberhalb des Strandes. Am Abend des dritten Tages war er mit Batula und drei seiner Hauptleute auf dem Rückweg durch die Stadt. Sie waren fast an der Festung, als er jemanden seinen Kindheitsnamen rufen hörte: «Al-Amhara!»

Er wirbelte herum. Er erkannte die Stimme, obwohl er sie seit vielen Jahren nicht mehr gehört hatte, und nun sah er eine dick verschleierte Frau vor sich, die im Eingang der alten Moschee auf der anderen Seite der Gasse saß. «Tahi? Bist du es, alte Mutter?»

«Gott sei gepriesen, mein Kind, ich dachte, du würdest dich nicht mehr an mich erinnern.»

Dorian wollte zu ihr eilen und sie umarmen, doch das wäre in der Öffentlichkeit gegen alle Regeln von Anstand und Etikette gewesen. «Bleibe, wo du bist», sagte er zu ihr, «ich werde jemanden schicken und dich in meine Gemächer bringen lassen.» Sie gingen weiter, und er sandte Batula zurück, sie durch das Festungstor zu bringen und zu dem Flügel, den der Gouverneur Dorian zur Verfügung gestellt hatte.

Kaum war Tahi eingetreten, warf sie ihren Schleier zurück und eilte zu ihm. Sie weinte hysterisch. «Mein kleiner Junge, mein Baby, wie groß du geworden bist! Der Bart! Und die Augen, wild wie ein Falke! Aber ich hätte dich überall wiedererkannt. Welch ein großer Mann du geworden bist, ein richtiger Scheich!»

Dorian umarmte sie lachend und streichelte ihr das Haar. «Was sind das denn für silberne Strähnen, liebe Mutter? Wirst du etwa alt? Aber du bist so schön wie eh und je.»

«Ach was, ich bin eine alte Frau, doch deine Umarmung macht mich wieder jung.»

«Setze dich.» Er führte sie zu einer mit Teppichen ausgelegten Ecke der Terrasse und ließ einen Sklaven einen Krug Scherbett und einen Teller Honigdatteln bringen.

«Du musst mir alles erzählen.» Sie streckte den Arm aus und berührte seine Wange und seinen Bart. «Mein hübsches Baby, das zu einem so schönen Mann geworden ist. Erzähle mir, was du erlebt hast, seit du Lamu verlassen hast.»

«Das würde einen ganzen Tag und eine Nacht in Anspruch nehmen», winkte er lächelnd ab.

«Ich könnte dir für den Rest meines Lebens lauschen», sagte sie, und so begann er zu erzählen. Seine eigenen Fragen hielt er dabei zurück, was ihm große Mühe bereitete.

Schließlich kam er zum Ende seiner Geschichte: «Deshalb hat der Kalif mich nach Lamu und zur Fieberküste entsandt, und dafür danke ich Gott, da ich nun dein liebes Gesicht wiedersehe.» Kummer und Not hatten dieses Gesicht mit tiefen Falten durchfurcht. Tahis Haar war stahlgrau, doch seine Liebe zu ihr war unvermindert. «Und nun erzähle mir, wie es dir ergangen ist, seit wir uns trennen mussten.»

Sie berichtete, dass sie in der Zenana geblieben war, wo Kush, der Obereunuch, sie mit einfachen Arbeiten beschäftigte. «Wenigstens hatte ich ein Dach über dem Kopf und Essen im Topf, wofür ich Gottes Namen preise.»

«In Zukunft wirst du bei mir leben», versprach er ihr, «damit ich dich für all die Liebe und Zärtlichkeit belohnen kann, die du mir geschenkt hast.» Wieder weinte sie vor Glück, und schließlich fasste er den Mut, die Frage zu stellen, die ihm am meisten am Herzen lag und deren Antwort er so fürchtete. «Und was gibt es Neues von der kleinen Yasmini? Sie muss inzwischen zur Frau geworden sein. Wahrscheinlich ist sie längst in Indien und hat ihren Mogulprinzling geheiratet.»

«Der ist an der Cholera gestorben, bevor sie sie zu ihm schicken konnten», antwortete Tahi, wobei sie sein Gesicht aufmerksam musterte.

Er versuchte, seine Gefühle vor ihr zu verbergen, und nippte an seinem Becher Scherbett. «Dann haben sie ihr also einen anderen edlen und bedeutenden Gatten gefunden», sagte er leise.

«O ja», nickte Tahi, «den Emir der al-Bil Khail in Abu Dhabi, ein reicher alter Mann mit fünfzig Konkubinen, aber nur drei Ehefrauen, nachdem die älteste vor zwei Jahren gestorben ist.» Sie bemerkte den Schmerz und die Enttäuschung in seinen grünen Augen.

«Wann ist sie verheiratet worden?», fragte er weiter.

Schließlich hatte sie ein Einsehen mit ihm. «Sie ist ihm versprochen, doch die Hochzeit hat noch nicht stattgefunden. Sie wird zu ihrem Bräutigam reisen, sobald der Wind dreht und der *Kusi* von Osten weht. Nun sitzt sie traurig in der Zenana hier auf Lamu.»

«Yasmini ist noch auf Lamu?», fragte er mit weit aufgerissenen Augen. «Das wusste ich nicht.»

«Noch heute Morgen habe ich mit ihr im Garten am Springbrunnen gesessen. Sie weiß, dass du hier bist; jeder in der Zenana weiß das. Du hättest Yasminis Augen sehen sollen, als sie deinen Namen aussprach. Sie leuchteten wie die Sterne des großen Kreuzes. ‹Ich liebe al-Amhara›, sagte sie, ‹ich liebe ihn wie einen Bruder, und mehr. Ich muss ihn noch einmal wiedersehen, ein letztes Mal, bevor ich die Braut eines alten Mannes werde und für immer von der Welt verschwinde.›»

Dorian sprang auf und lief ans Ende der Terrasse. Dort blieb er stehen und blickte auf die Bucht hinaus, wo seine Dauen vor Anker lagen. Er empfand eine eigenartige, unbändige Freude, als hätte sein Schicksal wieder eine neue Wende genommen. In den harten Jahren in der Wüste waren seine Erinnerungen an Yasmini zwar verblasst, doch die Angebote der Saar-Scheichs, unter ihren Töchtern ein Weib für ihn zu finden, hatte er trotzdem abgelehnt. Bisher war ihm nicht klar gewesen, dass er auf etwas oder jemand anders gewartet hatte – auf das kleine Mädchen mit dem Affengesicht und dem schelmischen Lächeln.

Doch dann verfinsterten sich seine Gedanken wieder. Es gab so viele Hindernisse zwischen ihnen. Sie war in der Zenana gefangen und einem anderen Mann versprochen. In Allahs Augen war sie zudem seine Schwester, und Inzest wurde mit einem grausamen Tod bestraft. Wenn er eine jungfräuliche Prinzessin anfasste und die Zenana entweihte, würde ihn selbst der Kalif nicht vor Steinigung oder Enthauptung retten können. Und was würden sie Yasmini antun? Er schauderte bei dem Gedanken. Er erinnerte sich an die Geschichten, die man sich darüber zugeflüstert hatte, wie Kush mit einem Schützling verfuhr, der vom rechten Weg abkam. Ein Mädchen, so sagte man, hatte vier Tage zum Sterben gebraucht, und ihre Schreie hatten die ganze Zenana wach gehalten in dieser furchtbaren Zeit.

«Ich kann sie nicht dieser Gefahr aussetzen», sagte er laut, doch seine Gefühle pendelten hin und her. «Doch wie soll ich diesem Drang in meinem Herzen widerstehen?» Er schlug mit der Faust gegen die grobe Korallenwand und weidete sich an dem Schmerz. «Was soll ich nur tun?»

Schließlich ging er zu Tahi zurück, die geduldig auf ihrem Teppich gewartet hatte. «Würdest du ihr eine Nachricht von mir überbringen?»

«Du weißt, dass ich das tun werde. Was soll ich ihr sagen, mein Sohn?»

«Sage ihr, dass ich am Ende des Engelswegs auf sie warten werde, heute Abend, sobald der Mond aufgeht.»

Dorian befahl Batula, ihn allein zu lassen, und sobald die Nacht anbrach, nahm er ein Pferd und ritt unter Schleier und Umhang nach Norden aus der Stadt. Er erinnerte sich an jeden Pfad, Bach, Busch und Sumpfstreifen.

Er ritt in einem Bogen durch den Palmenwald, bis er die Mauern der Zenana vor sich sah, hoch, massig und dunkel vor dem aufgehenden Mond. Er fand die alte Ruine und band seine Stute an einen Busch in der Nähe, wo sie von dem Holzsammlerpfad aus nicht zu sehen war, obwohl er nicht damit rechnete, dass um diese Zeit noch jemand durch den Wald kommen würde, denn die Insulaner waren abergläubisch und fürchteten sich vor Waldgeistern.

Er kletterte über die Haufen umgestürzten Mauerwerks und schlug sich durch das Dickicht, bis er in dem verborgenen Trichter in dessen Mitte war. Der Tunneleingang war überwachsen. Offenbar hatte ihn in all den Jahren, die vergangen waren, niemand benutzt.

Dorian setzte sich auf einen Felsblock, von wo er sowohl den Eingang des Tunnels als auch den Pfad im Auge behalten konnte. Er brauchte nicht lange zu warten, denn bald schimmerte der östliche Himmel im Mondschein, und wenig später stieg der Mond über die Palmwipfel und tauchte den Ruinentrichter in silbernes Licht.

Er hörte ein Geräusch, leise Schritte und Flüstern vom Tunneleingang her. «Dowie? Bist du da?» Ihre Stimme war anders als früher, voller, fast rauchig. Er spürte die Gänsehaut auf seinen Unterarmen und wie sich seine Nackenhaare aufrichteten.

«Ich bin hier, Yassie.»

Der grüne Vorhang, hinter dem der Eingang verborgen lag, öffnete sich, und sie trat in die Nacht. Sie trug ein einfaches weißes Gewand und Kopftuch. Er bemerkte sofort, dass sie viele Zoll gewachsen war, doch ihr Körper war immer noch schlank und zart wie eine Weinrebe, ihre Schritte flink und geschmeidig wie der Lauf einer Gazelle. Sie sah ihn und erstarrte. Dann hob sie langsam die Hände und schlug den Schleier beiseite, der ihr Gesicht bedeckte.

Ihm stockte der Atem, so schön war sie im Mondschein. Sie war kein Kind mehr, doch ihr Gesicht war immer noch das einer Elfe, mit hohen Wangenknochen und riesigen dunklen Augen. Sie lächelte. Ihre Lippen waren voll, ihre Zähne weiß und ebenmäßig.

Er stand auf und lüftete ebenfalls seinen Schleier. Sie zuckte zusammen. «Wie groß du jetzt bist! Und der Bart …» Sie stockte und schaute unsicher zu Boden.

«Und du bist zu einer wunderschönen Frau herangewachsen.»

«Ich habe dich so vermisst», flüsterte sie, «jeden einzelnen Tag …»

Plötzlich kam sie zu ihm gelaufen und warf sich in seine Arme. Sie zitterte und schluchzte an seiner Brust. «Weine nicht, Yassie», sagte er leise. «Bitte weine nicht.»

«Ich bin so glücklich», schluchzte sie, «noch nie in meinem Leben bin ich so glücklich gewesen.»

Er zog sie neben sich auf den Korallenblock, und sie hörte zu weinen auf. Sie hielt ihn auf Armeslänge, um ihm ins Gesicht zu blicken. «Selbst in der Zenana haben wir die Neuigkeiten über dich gehört, welch ein mächtiger Krieger du geworden bist, wie du die große Schlacht in der Wüste gewonnen hast und mit unserem Vater nach Maskat geritten bist, um noch einen großen Sieg zu erringen.»

«Das war ich nicht allein.» Er lächelte und fuhr ihr mit einer Fingerspitze über die Lippen. Sie redeten schnell und aufgeregt, unterbrachen sich ständig gegenseitig und ließen manchen Satz halb unausgesprochen.

«Was ist mit deinem Äffchen passiert, mit Jinni?», fragte er.

Ihre Augen füllten sich mit Tränen, die im Mondschein glitzerten. «Jinni ist tot», flüsterte sie. «Kush hat ihn in seinem teuren Garten erwischt und mit einem Spaten totgeschlagen. Den kleinen Leichnam hat er mir dann als Geschenk geschickt.»

Dorian wechselte das Thema und heiterte sie mit Kindheitserinnerungen auf, und bald lachte sie wieder. Irgendwann fielen beide in langes Schweigen und sie senkte scheu den Blick. Ohne ihn anzuschauen, flüsterte sie: «Weißt du noch, wie du mich damals zum Schwimmen im Meer mitgenommen hast? Es war das erste Mal, dass ich je die Zenana verlassen konnte.»

«Daran erinnere ich mich gut», antwortete er heiser.

«Wirst du mich heute Abend wieder zum Meer führen?» Sie blickte ihm in die Augen. «Bitte, Dowie.»

So gingen sie Hand in Hand durch den Palmenwald und fanden den Strand verlassen im Mondschein. Die Schatten der Palmen fielen purpurschwarz auf den Sand, und das Wasser hatte den öligen Schimmer einer schwarzen Perle.

Seit sie das letzte Mal dort gewesen waren, hatten die Wellen die kleine Höhle im Sandstein tiefer ausgewaschen. Sie blieben vor dem Eingang stehen und schauten einander an. «Ist das, was wir tun, eine Sünde, Dowie?», fragte sie.

«Es ist mir egal», antwortete er. «Ich weiß nur, dass ich dich liebe und dass ich es nicht als Sünde empfinde, bei dir zu sein.»

«Ich liebe dich auch», sagte sie. «Nichts und niemanden könnte ich mehr lieben, selbst wenn ich hundert Jahre alt würde.» Sie löste das Band an ihrem Hals, und ihr Kleid fiel in den Sand. Sie hatte nur noch eine lange Seidenhose an.

Dorian stockte wieder der Atem, als er sie so erblickte. Ihre Brüste waren gewachsen, die Spitzen dunkel. Ihre Haut war glatt und schimmerte wie die Innenseite einer Austernmuschel. «Du hast mich immer geneckt, ich sähe aus wie ein Affe», sagte sie halb trotzig, halb schüchtern.

«Wie könnte ich das heute noch sagen?», keuchte er. «Etwas Schöneres als dich habe ich noch nie gesehen.»

«Ich hatte solche Angst, ich würde dir nicht gefallen. Ich will, dass ich dir gefalle, Dowie. Sag bitte, dass du mich magst.»

«Ich liebe dich, Yassie. Ich will, dass du meine Frau wirst.»

Sie lachte vor Freude, nahm seine Hände und legte sie auf ihre Brüste. Sie waren warm und fest, und die Warzen versteiften sich, als er sie sanft zwischen seinen Fingern rollte. «Ich bin deine Frau. Ich glaube, ich bin schon immer deine Frau gewesen. Ich weiß nicht, wie es geht, aber ich möchte diese Nacht deine Gemahlin sein.»

«Bist du sicher, Liebste? Wenn jemand davon erfährt, könnte es Schande und einen furchtbaren Tod bedeuten.»

«Mein Leben ohne dich wäre ein viel schlimmerer Tod, als selbst Kush ihn sich ausdenken könnte. Ich weiß, dass es nicht für immer sein kann, doch schenke mir wenigstens diese eine Nacht, damit ich deine Frau sein kann. Zeige mir, wie es geht, Dowie, bitte zeige es mir.»

Er breitete sein Gewand auf dem Sand aus, und sie legten sich darauf nieder, und dann, unendlich sanft und langsam, unter leisen Lauten des Staunens, kleinen, überraschten Schreien und schließlich mit einem einzigen langen, bebenden Höhepunkt, unter heißem Schmerz, der sich bald in Verzückung verlor, wurden sie zu Geliebten.

Während der Tage danach war Dorian mit der Planung seines bevorstehenden Feldzugs auf dem Festland beschäftigt. Er kaufte die Mehrheit der Zugtiere und Pferde auf, die auf Lamu erhältlich waren, und schickte einen seiner Kapitäne mit drei Dauen nach Sansibar, um dort das Gleiche zu tun. Er erwarb auch einen großen Teil der Kornvorräte und Handelswaren, die auf den Märkten zu haben waren.

Dann sprach er jeden Tag stundenlang mit den Karawanenführern und arabischen Kaufleuten, die von den Räubern angegriffen und geplündert worden waren. Er wollte herausfinden, wer diese Banditen waren – ihre Anzahl, ihre Bewaffnung und welche Methoden sie in ihren Überfällen einsetzten. Irgendwann zählte er die Verluste zusammen, die diese Männer erlitten hatten, und die Summe schockierte ihn: Mehr als drei Kisten Goldstaub waren geraubt worden, siebenundzwanzig Tonnen frischen Elfenbeins und fast fünfzehntausend frisch gefangene Sklaven. Der Kalif hatte allen Grund, sich Sorgen zu machen.

Was die Banditen anging, waren die Berichte vage und widersprüchlich. Manche sagten, es seien weiße Männer, Franken, unterstützt von schwarzen Bogenschützen und Speerwerfern. Andere berichteten, es seien nur Wilde, die mit Bogen und Speeren in den Kampf zögen. Einer sagte, sie würden ihre Überfälle nur nachts ausführen, wenn die Karawanen lagerten. Wieder ein anderer erzählte, wie sie seinen langen Zug von Sklaven und Trägern am helllichten Tag angegriffen und die ganze arabische Eskorte getötet hätten; nur er allein sei entkommen. Ein weiterer Kaufmann berichtete, wie sie ihn und alle seine Männer verschont und freigelassen hätten, nachdem sie sie ihrer Besitztümer entledigt hätten. Dorian konnte sich also kein klares Bild davon machen, wer diese Wegelagerer waren, noch gab es ein klares Muster, nach dem sie handelten. Nur eines war klar: Die Räuber erschienen wie Waldgeister aus der südlichen Wildnis und verschwanden auf die gleiche Weise.

«Was machen sie mit den Sklaven, die sie erbeuten?», fragte Dorian, worauf die Araber nur die Schultern zuckten. «Aber sie müssen sie irgendwo verkaufen!», ärgerte er sich. «Sie bräuchten eine Flotte großer Schiffe, um solche Mengen abzutransportieren.»

«Solch eine Flotte ist nirgendwo an der Fieberküste gesichtet worden», bekam er darauf als Auskunft, was Dorian vor ein noch größeres Rätsel stellte.

Es mangelte ihm also an zuverlässigen Informationen, auf die er seine Pläne hätte stützen können. Er konnte sich nur darauf konzentrieren, die Karawanen zu beschützen und wieder auf den Weg zu bringen, da der Handel fast zum Stillstand gekommen war. Angesichts so schwerer Verluste wollte kaum noch ein Kaufmann auf Lamu oder Sansibar das Risiko eingehen, weitere Expeditionen zu finanzieren.

Sein anderer Plan war, die Banditen zum Gefecht zu stellen, ihnen ins Dickicht zu folgen und sie zu jagen und zu töten wie wilde Tiere, denn um solche handelte es sich offenbar. Zu diesem Zweck rekrutierte er all die Kundschafter und Karawanenführer, die der flaue Handel arbeitslos gemacht hatte.

Er konnte seinen Feldzug erst beginnen, wenn das Wetter auf dem Festland umschlug, denn im Augenblick herrschte die große Regenzeit, wo die Küstenniederungen überflutet waren und die Fieberküste ihrem Namen alle Ehre machte. Sobald der Regen aufhörte und der *Kusi* wieder zu wehen begann, musste er jedoch bereit sein.

Wenn er an den Beginn der *Kusi*-Zeit dachte, erinnerte er sich wieder, dass der gleiche Wind ihm Yasmini rauben würde. Bald wäre sie auf dem Weg zum Persischen Golf und zu ihrem versprochenen Ehemann. Dieser Gedanke füllte sein Herz mit Zorn und Enttäuschung. Er dachte daran, an den Kalifen in Maskat zu schreiben und ihn darum zu bitten, die Hochzeitspläne zu unterbinden. Er erwog sogar, al-Malik seine Liebe zu Yasmini zu gestehen und ihn um einen königlichen Dispens zu bitten, der ihm erlauben würde, sie zu heiraten.

Jeden Abend nach Einbruch der Dunkelheit traf sich das Liebespaar, doch als er ihr seine Idee offenbarte, zitterte Yasmini vor Angst. «Ich denke nicht an mich selbst, Dowie, doch wenn unser Vater auch nur ahnte, dass wir uns lieben wie Mann und Weib, wäre er bei seiner Ehre verpflichtet, den Fall vor die Mullahs zu bringen und uns nach den Gesetzen der Scharia aburteilen zu lassen, sosehr er dich auch lieben mag. Das Urteil stände fest. Nein, Dowie, das ist keine Lösung. Unser Schicksal liegt in Gottes Händen, und Gott ist nicht immer gnädig.»

«Ich werde dich mitnehmen», erklärte Dorian. «Wir werden eine der Dauen nehmen und einige meiner besten Leute und irgendwohin segeln, wo wir unsere Liebe leben können.»

«Diesen Ort gibt es nicht», sagte Yasmini traurig. «Wir sind beide Muslims, und in der Welt des Islam hätten wir keinen Platz. Wir wären Ausgestoßene, ewige Wanderer. Hier bist du ein großer Mann, und bald wirst du noch mächtiger sein. Du hast die Liebe und den Respekt unseres Vaters und aller seiner Untertanen. Ich werde nicht zulassen, dass du all das für mich aufgibst.»

Viele ihrer kostbaren Stunden zusammen verbrachten sie mit solchen Diskussionen. Sie lagen unter dem Mond, Arm in Arm, und flüsterten ihre Argumente, und wenn sie an dem Punkt waren, wo es keine Lösung zu geben schien, liebten sie sich mit solcher Leidenschaft, als wollten sie das Schicksal sprengen, das unausweichlich vor ihnen lag.

Jeden Morgen vor Anbruch der Dämmerung führte Dorian sie zurück zu dem Tunnel, und jedes Mal küsste sie ihn, als wäre es das letzte Mal. Dann ging sie den Engelsweg zur Zenana hinauf. Am Tage war das Mädchen, das einmal so lustig und glücklich gewesen war – der Liebling der ganzen Frauensiedlung, blass –, still und müde. Ihre Freunde und Diener machten sich allmählich Sorgen. Und nichts geschah in dieser kleinen, abgeschlossenen Welt, was nicht irgendwann Kush zu Ohren kam.

Ihre verzweifelte Idylle aus Liebe und Verzweiflung währte für die Monate bis zum Wechsel der Monsunwinde. Die Expeditionsstreitmacht war fast fertig zum Auslaufen, und die Vorbereitungen für Yasminis Hochzeit waren fast abgeschlossen. Ihr Bräutigam in Abu Dhabi hatte die Mitgift erhalten, und ihre Aussteuer war verpackt und bereit, auf die Dau verladen zu werden, die sie in ihre neue Heimat Tausende von Meilen im Norden bringen sollte, in einen anderen Harem, wo sie den Rest ihres Lebens verbringen würde.

«Ich kann es nicht geschehen lassen», bedrängte Dorian sie. «Ich muss dich davor retten, selbst wenn ich dafür alles aufgeben muss.»

«Nein, Dowie, das werde ich nicht zulassen. In den Jahren, die vor dir liegen, wirst du viele andere Frauen haben. Du brauchst mich nicht, um Ruhm und Glück zu erlangen.»

«Nein! Du bist die Einzige, die ich je lieben werde!»

«Dann werde ich nie mehr den Engelsweg beschreiten. Wenn du mir nicht versprichst, diesen Wahnsinn aufzugeben, ist dies das letzte Mal, dass wir uns sehen, Dowie. Schwöre mir, dass du es aufgibst.»

«Das kann ich nicht.»

«Dann werden wir uns nie mehr wiedersehen.»

Er begriff, dass sie es ernst meinte. «Bitte, Yassie, sei nicht so grausam zu uns.»

«Dann liebe mich ein letztes Mal.»

«Ich kann ohne dich nicht weiterleben, Yassie.»

«Du bist stark; du wirst es schaffen. Liebe mich. Gib mir etwas, das ich behalten kann, an das ich mich erinnern kann in den Jahren, die vor mir liegen.»

So trennten sie sich am Eingang des Tunnels, und Yasmini lief zurück durch den engen Gang, blind vor Tränen. Als sie aus der Öffnung im Grabmal des Heiligen steigen wollte, schloss sich eine mächtige Faust um ihr Handgelenk und hob sie heraus.

Während sie strampelte und um sich trat, kicherte Kush ihr ins Gesicht. «Auf diesen Augenblick habe ich viele Jahre gewartet, mein kleines Flittchen. Ich wusste, eines Tages wirst du in meiner Gewalt sein. Du warst schon immer zu frech und dickköpfig.»

«Lass mich los!», schrie sie. «Lass mich herunter!»

«Nein», antwortete Kush, «jetzt bist du mein. Nie mehr wirst du meine Regeln verletzen. Die anderen Frauen werden deine Schreie hören und sich in ihre Betten verkriechen. Das wird sie lehren, wie Sünde bestraft wird.»

«Mein Vater», schrie sie, «mein zukünftiger Gatte! Es wird dich teuer zu stehen kommen, wenn du mir wehtust.»

«Dein Vater weiß kaum deinen Namen. Er hat viele andere Töchter, und keine davon ist eine Hure. Dein zukünftiger Gatte würde eine verfaulte, halb gegessene Frucht niemals in seine Zenana aufnehmen. Nein, meine Kleine, von nun an gehörst du nur noch mir.»

Kush schleppte sie zu einer kleinen Hütte am Friedhof, am Ende des Parks, hinter einer blühenden Dornenhecke. Zwei seiner Helfer warteten dort auf ihn, ebenfalls Eunuchen, große, fette Männer, aber dennoch sehr stark. Sie hatten dieser Bestrafung schon oft beigewohnt, und alles war bereit.

Kush legte Yasmini auf ein hartes Holzbrett und entkleidete sie langsam. Die drei Eunuchen grinsten in freudiger Erwartung. Obwohl sie nichts als einen Lendenschurz trugen, schwitzten sie in der Hitze der kleinen Kammer. Sie berührten Yasminis Körper, während sie ihn entblätterten, streichelten ihre weichen Glieder, schnupperten an ihrem Haar und kniffen ihre kleinen, schimmernden Brüste. Als sie schließlich vollkommen nackt war, fesselten sie ihre Hand- und Fußgelenke mit Lederriemen, sodass sie hilflos vor ihnen ausgebreitet lag. Kush stellte sich zwischen ihre Beine und lächelte auf sie hinab, als würde er ein Bild betrachten.

«Wir haben dich erwischt. Du bist eine Hure. Wir kennen den Mann, doch leider ist er nun zu mächtig, als dass ich ihn vor den Richter bringen könnte. Seine Strafe wird sein, von deinem Schicksal zu hören. Jeder andere außerhalb dieser Zenana wird glauben, du wärst am Fieber verstorben, wie so viele um diese Jahreszeit, doch ich werde dafür sorgen, dass dein Geliebter die Wahrheit erfährt. Den Rest seines Lebens wird er in dem Wissen verbringen, dass er für deinen seltsamen, ganz besonderen Tod verantwortlich ist.»

Immer noch lächelnd beugte er sich vor, legte seine fette Hand auf ihre Genitalien und streichelte das weiche Nest dunklen Haars zwischen ihren Schenkeln. «Ich bin sicher, du hast gehört, was mit den bösen Mädchen geschieht, die in diese Hütte kommen. Doch falls du nicht ganz sicher bist, werde ich es dir erklären, während wir dabei sind.»

Er nickte einem der anderen Eunuchen zu, der mit einem hölzernen Tablett an Kushs Seite trat. Auf dem Tablett lagen zwei kleine Päckchen, eingewickelt in feines Reispapier und geformt wie Fische, fingerlang und an beiden Enden spitz zulaufend. Sie waren dick mit Schaffett eingeschmiert und glänzten im Laternenschein.

«Jedes dieser Pakete enthält fünf Unzen Chilipfeffer. Ich ziehe die Pflanzen in meinem eigenen Garten. Sie sind von feinster Qualität. Der Saft meiner Schoten brennt die Haut vom Gaumen eines Moguls, der sein ganzes Leben nur die schärfsten Currys gegessen hat. Ich muss Handschuhe aus Hundefell tragen, wenn ich sie zu Pulver mahle.»

Plötzlich stieß er seinen Zeigefinger tief in sie hinein. «Ein Päckchen ist für dieses hübsche, parfümierte Loch da vorne.» Er grinste auf sie hinab, während sie vor Schreck, Schmerz und Demütigung aufschrie. Dann zog er seinen Finger wieder heraus und schob ihn in das andere Loch weiter hinten. «Und das zweite Päckchen ist für diese andere, dunklere Höhle.» Er zog seinen Finger zurück, schnupperte daran und schnitt eine Fratze für die anderen Eunuchen, die vor Vergnügen kicherten.

Dann nahm er eines der Päckchen von dem Tablett. Yasmini starrte es an, voller Grauen, und wand sich in ihren Fesseln.

«Haltet ihre Beine fest», befahl Kush den anderen. Einer von ihnen drückte ihre Knie so weit auseinander, wie es ging, und Kush schob ihr mit geübter Hand das eingefettete Paket in den Leib.

«Seht nur, wie al-Amhara den Weg für mich geöffnet und mir meine Aufgabe erleichtert hat.» Er trat zurück und wischte sich die Hände an seinem Lendenschurz ab. «Das vordere Loch ist nun gestopft. Jetzt der Hintern.» Er nahm das andere Päckchen. Sein Helfer griff unter Yasminis Po, nahm eine ihrer runden Backen in jede Hand und riss sie brutal auseinander.

Sie biss sich auf die Lippen. Ihre Zähne färbten sich rot von ihrem eigenen Blut. Sie warf ihren schlanken, goldenen Körper hin und her, soweit es ihre Fesseln erlaubten. Ihre Tränen nässten ihr Haar.

Yasminis Schluchzen endete in einem schrillen Schrei. «Ja!», grunzte Kush. «*Schabasch!* Es ist vollbracht. Bindet ihr die Fußgelenke und Knie zusammen, damit sie die Leckereien nicht herausquetschen kann.» Sie führten geschwind seine Anweisungen aus und traten ebenfalls zurück, um ihre Arbeit zu bewundern.

«Jetzt geht hinaus und schaufelt das Grab der Hure zu Ende.» Sie gingen auf den Friedhof hinaus, und bald war zu hören, wie ihre Spaten in die sandige Erde glitten, während sie fröhlich miteinander scherzten.

Kush trat an Yasminis Seite. «Deine Leichentrage ist schon bereit und auch das Tuch, das dich bedecken wird, wenn wir dich in die Erde ablassen.» Er zeigte auf die Trage, die an einer Wand lehnte. «Sieh nur, ich habe dir sogar ein Grabbrett geschnitzt, mit meinen eigenen, liebevollen Händen.» Er hielt es hoch, damit sie es lesen konnte. «Da ist das Datum deines Todes und die Ursache: Du bist an Fieber gestorben.»

Yasmini lag inzwischen still und steif. Durch einen Schleier aus Tränen starrte sie ihm ins Gesicht, als er sich über sie beugte.

«Das Chilipulver ist so scharf, dass es sich durch das Reispapier fressen wird, das von deinen Säften von außen weiter aufgeweicht wird. Bald wird sich das Paket auflösen, und das Pulver wird in deine geheimsten Winkel kriechen.»

Er strich ihr das Haar aus der Stirn. Dann wischte er ihr zärtlich mit einem Daumen die Tränen von den Augenlidern. «Zuerst wirst du nur ein leichtes Jucken spüren, das jedoch zu einem wütenden Brand anwachsen wird, ein so starkes Brennen, dass du dich nach dem Höllenfeuer sehnen wirst. Ich habe schon viele Huren auf diesem Holzbett sterben sehen, und glaube mir, ihre Leiden waren unbeschreiblich. Es wird sich durch deinen Leib und deine Eingeweide fressen wie hundert Ratten in deinem weichen Körper, und jede Frau in der Zenana wird deine Schreie hören. Sie werden daran denken, wenn sie das nächste Mal versucht sind, sich der Sünde hinzugeben.»

Er atmete schwer, sichtbar erregt von dem Bild des Leidens, das er gemalt hatte. «Wann es anfängt?», fragte er für sie. «Das weiß man nicht genau. Vielleicht in einer oder zwei Stunden, vielleicht später. Man kann es nicht sagen. Und wie lange es dauert? Auch das weiß man nicht. Die Schwachen habe ich innerhalb eines Tages sterben sehen, schreiend bis zum letzten Augenblick. Ich glaube aber, du bist stärker. Lass uns abwarten.»

Er ging zur Tür und rief den Männern auf dem Friedhof zu: «Seid ihr noch nicht fertig? Ihr könnt erst wieder hereinkommen und euch an dem Schauspiel erfreuen, wenn ihr mit eurer Arbeit fertig seid.»

«Wir kommen gleich.» Einer hielt inne und stützte sich auf seinen Spaten. Nur sein rasierter Schädel ragte noch aus der Grube. «Wir werden fertig sein, bevor das erste Päckchen aufbricht.»

Kush ging in die Hütte zurück und machte es sich auf der Bank an der Rückwand bequem. «Das Warten ist das Interessanteste», erzählte er Yasmini. «Manche betteln um Gnade, doch dafür bist du zu stolz, das weiß ich. Manchmal versuchen die Tapferen, den Augenblick vor mir zu verbergen, wenn das Papier sich auflöst. Sie wollen mir den Spaß vorenthalten, doch das können sie nicht lange durchhalten», kicherte er, «nicht lange.»

Er verschränkte die Arme vor seiner weichen, weiblichen Brust und lehnte sich an die Wand. «Ich werde bis zum Schluss an deiner Seite sein, Yasmini. Ich werde jeden wunderbaren Augenblick mit dir teilen, und wahrscheinlich werde ich sogar eine Träne vergießen an deinem Grab, denn ich bin ein sentimentaler, weichherziger Mann.»

Die Kunde, dass Kush wieder ein Mädchen in die kleine Hütte neben dem Friedhof geschleppt hatte, sprach sich schnell in der

Zenana herum, und in dem Augenblick, als Tahi die Gerüchte hörte, wusste sie mit grausamer Gewissheit, wer dieses Mädchen war. Sie wusste auch genau, was sie nun zu tun hatte. Ohne eine Minute zu verschwenden, legte sie Schal und Schleier an und nahm den Korb, in dem sie gewöhnlich ihre Einkäufe heimbrachte, wenn eine der königlichen Gemahlinnen oder Konkubinen sie in die Stadt schickte. Da sie alt war und keine Sklavin, konnte sie unbehelligt zwischen der Zenana und der Außenwelt ein- und ausgehen, und zu ihren Pflichten gehörte der tägliche Ausflug zu den Märkten. Sie verließ ihre Kammer hinten im Küchenblock und eilte die Säulengänge hinab, voller Angst, einer der Eunuchen könnte sie aufhalten, bevor sie am Tor war.

Eine tiefe, unnatürliche Stille lag über der Zenana und den menschenleeren Gärten. Kein Kinderlachen, kein Gesang war zu hören, und die Küchenfeuer blieben tot und kalt. Alle Insassen dieser Frauenwelt hatten sich und ihre Kinder in den Wohnungen eingeschlossen. Es war so still, dass Tahi nur das eigene Blut in ihren Ohren pulsieren hörte.

Am Tor stand nur einer der Eunuchen Wache, doch der kannte sie gut. Er war so fasziniert von der dramatischen Atmosphäre, die in der Zenana herrschte, dass er sie kaum anschaute, als sie ihren Schleier lüftete, um sich auszuweisen, und sie lässig durchwinkte mit seiner dicken, beringten Hand.

Sobald sie außer Sichtweite war, warf sie den Korb weg und rannte, so schnell sie konnte. Nach einer Meile war sie so erschöpft, dass sie kaum noch atmen konnte. Sie brach am Wegesrand zusammen und konnte ihre Beine nicht dazu bringen, noch einen Schritt zu tun.

Ein Sklavenjunge kam von den Feldern. Er trieb zwei mit Bündeln von Mangrovenrinde beladene Esel vor sich her. Tahi rappelte sich mühsam auf und tastete unter ihrem Gewand nach der Geldbörse.

«Meine Tochter liegt im Sterben!», rief sie dem Jungen zu. «Ich muss den Arzt holen.» Sie hielt eine Silberrupie hoch. «Bringe mich zu ihm, und ich gebe dir noch eine Münze, wenn wir an der Festung sind.»

Der Knabe beäugte das Geldstück und nickte eifrig. Er band eines der Bündel los und ließ es zu Boden fallen. Dann schob er Tahi auf den Rücken des Esels, brachte das kleine Tier auf Trab und lief lachend hinterher. «Halte dich gut fest, alte Mutter! Rabat ist schnell wie ein Pfeil. Wir werden am Hafen sein, bevor du zweimal geblinzelt hast.»

Dorian saß mit Ben Abram auf der Terrasse. Sie tranken schwarzen, teerigen Kaffee und waren dabei, eine Liste der Kräuter und Tinkturen zusammenzustellen, die sie für die Expedition aufs Festland benötigen würden.

Fast von dem Augenblick, als Dorian seinen Fuß wieder auf die Insel Lamu gesetzt hatte, hatten die beiden ihre Freundschaft wieder aufgenommen. Ben Abram hatte jeden Morgen mit ihm gebetet, und danach saßen sie lange zusammen und plauderten, wie es sich für alte Freunde gehörte.

«Ich bin zu alt, noch einmal die Insel zu verlassen», widersetzte sich Ben Abram Dorians Drängen, sich der Expedition anzuschließen, um sich um die Gesundheit der Soldaten zu kümmern.

«Wir wissen beide, dass du noch so stark und frisch bist wie an dem Tag, als wir uns kennen lernten», widersprach Dorian. «Willst du, dass ich an irgendeiner grässlichen Krankheit sterbe? Ich brauche dich, Ben Abram.»

Dorian hielt inne, als er die Unruhe am anderen Ende der Terrasse bemerkte. Er stand auf und rief verärgert den Wachen zu: «Was soll dieser Lärm? Ihr habt strikten Befehl, dass ich nicht gestört werden darf.»

«Ich bin wie Staub unter deinen Füßen, großer Scheich, doch wir haben es mit einer alten Zicke zu tun, die um sich tritt und kratzt wie eine tollwütige Wildkatze.»

Dorian war im Begriff, die Frau auf die Straße werfen zu lassen, doch dann schrie sie: «Al-Amhara! Ich bin es, Tahi! Im Namen Allahs, lass mich von jemandem reden, den wir beide lieben!»

Dorian erzitterte vor Schreck. Tahi wären diese Worte nie über die Lippen gekommen, wenn Yasmini nicht etwas Furchtbares zugestoßen wäre.

«Lasst sie vorbei», rief er den Wachen zu, und dann eilte er auf die alte Frau zu, die halb tot vor Erschöpfung und Sorge auf ihn zugetaumelt kam.

Sie brach zu seinen Füßen zusammen und klammerte sich an seine Knie.

«Kush weiß von dir und dem Mädchen. Er hat Yasmini abgefangen, als sie in die Zenana zurückkam. Er hat sie in die kleine Hütte neben dem Friedhof geschleppt», platzte sie heraus.

Von seinem eigenen Aufenthalt hinter den Mauern der Zenana wusste Dorian, was es mit dieser Hütte auf sich hatte. Unter den kleinen Jungen der Zenana galt es als Mutprobe, hinter die Dornenhecke zu kriechen, in die Hütte zu gehen und den unheimlichen Holzrahmen darin anzufassen. Und es kursierten die schauerlichsten Geschichten darüber, was Kush mit den Frauen anstellte, die er dorthin verschleppte. Eine der unheimlichsten Erinnerungen aus den Tagen in der Zenana waren die Schreie eines Mädchens namens Salima, die dorthin gebracht worden war, nachdem Kush entdeckt hatte, dass sie einen Offizier der königlichen Garde liebte. Das Schreien währte drei Tage und Nächte, in denen es immer schwächer wurde, und die Stille am Ende war noch schrecklicher als der grässlichste Schrei.

Für einen langen Augenblick war Dorian wie gelähmt. Die Knie wurden ihm weich, und er konnte sich nicht rühren. Er konnte an nichts denken, als wollte sein Geist das Grauen vor ihm verbergen, das Tahis Worte bedeuteten. Doch bald erwachte er aus dieser dumpfen Trance und drehte sich zu Ben Abram um. Der alte Arzt war inzwischen ebenfalls auf den Beinen. Seine Miene zeigte eine Mischung aus Schrecken und Mitleid. «Ich hätte diese Worte nicht hören sollen, mein Sohn. Du musst ein Narr gewesen sein, wahnsinnig. Du musst den Verstand verloren haben, doch mein Herz weint für dich.»

«Hilf mir, alter Freund», flehte Dorian. «Ja, ich war dumm und habe furchtbar gesündigt, doch es war die Sünde der Liebe. Du weißt, was Kush mit ihr machen wird.»

Ben Abram nickte. «Ich habe die Früchte seiner bestialischen Grausamkeit mit eigenen Augen gesehen.»

«Ich brauche deine Hilfe, Ben Abram.» Dorian hatte solches Feuer in den Augen, dass sich ihm in diesem Augenblick niemand widersetzen konnte, nicht einmal der weise Ben Abram.

«Ich kann die Zenana nicht betreten», sagte der alte Mann.

«Wirst du uns helfen, wenn ich sie zu dir herausbringe?»

«Ja, mein Sohn. Wenn du sie zu mir bringen kannst, werde ich euch helfen, wenn es noch nicht zu spät ist.» Ben Abram wandte sich an Tahi. «Wann hat er sie in diese kleine Hütte geschleppt?»

«Ich weiß nicht, vielleicht vor zwei Stunden», schluchzte Tahi.

«Dann haben wir nicht mehr viel Zeit», sagte Ben Abram rasch. «Ich habe die Instrumente bei mir, die ich brauchen werde. Lass uns gehen.»

«Du wirst niemals mit mir Schritt halten können, alter Vater.» Dorian schnallte seinen Schwertgurt um. «Komme nach, so schnell du kannst. Es gibt einen Geheimgang unter der Ostwand hindurch.» Er beschrieb ihm schnell, wo der Tunneleingang zu finden war.

«Ich bin dort vorbeigeritten. Ich erinnere mich an diese alten Ruinen», murmelte Ben Abram.

«Warte dort auf mich», sagte Dorian, und dann lief er schon die Treppe hinunter, drei Stufen auf einmal, hinaus zu den Ställen. Einer der Stallknechte führte gerade seinen schwarzen Hengst auf den Hof, um ihn zu striegeln. Das Pferd hatte ein Halfter um den hageren Araberkopf. Es war eines der schnellsten Tiere der Herde, das der Kalif ihm als Abschiedsgeschenk vermacht hatte, als er Maskat verließ.

Er riss dem verdutzten Knecht den Zügel aus der Hand und schwang sich auf den nackten Rücken des Hengstes. Als er ihm die Fersen in die Flanken stieß, sprang das Ross vor, und bevor sie am Tor der Festung waren, lief es in vollem Galopp.

Sie stoben durch die engen Gassen, zwischen aufflatternden Hühnern und erschrockenen Hunden und Menschen hindurch. Sobald sie auf offenem Gelände waren, legte sich Dorian flach an den Hals des Tieres und trieb es zu höchster Eile an.

«Lauf», flüsterte er ihm ins Ohr. «Lauf um das Leben meiner Liebsten.»

Es gab eine Abkürzung durch die Mangroven. Dorian bog vom Weg ab, und sie spritzten durch den Schlamm, bis sie wieder auf festem Boden waren und durch den Palmenwald auf der anderen Seite der Sümpfe stürmten. So sparte Dorian fast eine halbe Meile.

Als die hohen Mauern der Zenana weiß zwischen den Palmstämmen hervorschimmerten, bog er nochmals ab und ritt auf den Strand zu, um vom Tor der Zenana aus nicht gesehen zu werden. Dann galoppierte er im Bogen zurück und ritt am Fuß der Mauer entlang, bis er die Ruinentrümmer vor sich sah. Dort sprang er ab und war sich über die Ruinenmauer, direkt in den grünen Trichter dahinter.

Er riss die Ranken vor dem Tunneleingang beiseite und lief in die dunkle Öffnung. Der Gang war enger und niedriger, als er ihn in Erinnerung hatte, und es war stockfinster. Als der Boden unter ihm anzusteigen begann, wäre er fast gestolpert, doch schließlich sah er den schwachen Lichtschein vom Ausgangsloch vor sich und kam schneller voran. Er sprang hoch, packte den Rand des Lochs und zog sich in einer einzigen Bewegung hinauf und hindurch, hinaus auf die sonnendurchflutete Terrasse, wo Yasmini und ihre kleinen Freundinnen einst mit ihren Puppen und Äffchen gespielt hatten. Außer Dorian war kein Mensch zu sehen. Er ging mit langen Schritten weiter und sprang die Treppe hinunter, auf der Zayn al-Din sich den Fuß gebrochen hatte.

Unten im Garten blieb er stehen, um sich zu orientieren. Drückende Stille hing über der Zenana. Keine der Sklavinnen, die gewöhnlich in den Blumenbeeten und an den Springbrunnen arbeiteten, war zu sehen. Kein Vogelgesang war zu hören; nichts rührte sich, nicht einmal der Wind, als hätte selbst die Natur den Atem angehalten. Die Palmwedel hingen schlaff in der Sonne, und kein Blatt regte sich an den Kasuarinenbäumen.

Dorian zog sein Schwert. Er wusste, er würde jeden Eunuchen sofort töten, der sich ihm in den Weg zu stellen versuchte. So ging er zum Nordende der Anlage, auf die Moschee und den Friedhof zu.

Er lief die schmale Gasse zwischen der Außenmauer und der Moschee entlang und hatte bald die Dornenhecke vor sich, die den Friedhof umgab. Er kroch durch die Lücke, an die er sich noch gut erinnerte, und blickte über das Gräberfeld. Jeder Grabhügel hatte ein Brett am Kopfende, und manche der frischeren Gräber waren noch mit verblichenen Bändern und Wimpeln geschmückt.

Die Hütte war am anderen Ende des Friedhofs. In den Jahren, die seit Dorians Kindheit vergangen waren, war sie fast unter der Dornenhecke versunken. Die Tür stand offen, und Dorian hielt den Atem an, um zu lauschen, ob sich drinnen irgendetwas regte. Die Stille war unheilschwanger, das Böse fast greifbar in der Luft.

Dann hörte er Stimmen, das hohe, weibische Geplapper eines kastrierten Mannes. Er verbarg das Schwert unter seinem Gewand und schlich langsam weiter. Er vernahm Kichern, und dann sah er einen der Eunuchen am Rand eines frisch geschaufelten Grabes. Seine Füße baumelten in das Loch, die Fettrollen seines Bauches hingen ihm auf den Schoß. Dorian schlich sich hinter ihn. Er sah die Wirbelknochen unter den Fettschichten, als der Mann sich nach vorn beugte und mit jemandem in der Grube sprach. Dorian trieb die Spitze seines langen Krummsäbels zwischen den Wirbelkörpern hindurch und durchtrennte das Rückenmark mit der Präzision eines Chirurgen. Der Eunuch starb, ohne einen Laut von sich zu geben, und rutschte in das Grab, wo er wie ein Sack Schweineschmalz auf den Mann unter ihm fiel.

Unter dem Gewicht des Leichnams quietschte der andere Mann vor Entrüstung und versuchte hervorzukriechen. «Was fällt dir ein, Sharif? Bist du verrückt geworden? Geh von mir runter!» Er schob die Leiche weg und kam auf die Beine. Seine Schädeldecke war gerade unter dem Rand des Grabes, und er schaute immer noch auf den toten Mann zu seinen Füßen. «Steh auf, Sharif. Welches Spiel spielst du hier?»

Die Kuppe seines kahl rasierten Schädels sah aus wie ein Straußenei. Dorian hob das Schwert und spaltete diesen Schädel bis zu den Zähnen hinunter. Dann drehte er die Klinge kurz, hebelte sie aus dem knirschenden Knochen und wandte sich der Hütte zu.

Als er die Tür erreichte, erschien Kush vor ihm und verstellte ihm den Weg mit seinem massigen Körper. Sie starrten sich an, nur für einen Augenblick, doch Kush erkannte ihn. Er war unter der Menge gewesen, als Dorian nach seiner Ankunft mit der Flottille aus Maskat an Land gekommen war.

Mit verblüffender Schnelligkeit und Gewandtheit für einen solchen Fettwanst sprang er in die Hütte zurück und ergriff einen Spaten, der an der Wand stand. Mit einem weiteren Sprung brachte er den Holzrahmen, auf dem Yasmini ausgestreckt war, zwischen sich und Dorian und hob den Spaten über dem Mädchen.

«Bleib stehen!», kreischte er. «Mit einem Hieb kann ich die Beutel in ihr aufbrechen, und das Gift wird sich in ihr ausbreiten.»

Yasmini lag nackt vor ihm, die langen, schlanken Beine an Knien und Fußgelenken fest zusammengebunden, die Arme über dem Kopf ausgestreckt, sodass ihre zarten, goldenen Brüste grausam verzerrt waren. Sie schaute zu Dorian auf, doch selbst ihre

Augen waren nicht groß und tief genug, das Grauen auszudrücken, das sie empfinden musste.

Dorian stürzte sich in die Hütte, als Kush sein ganzes Gewicht in den Hieb legte und den Spaten niedersausen ließ. Dorian warf sich schützend über Yasmini; der Spaten krachte auf seinen Rücken, und er spürte, wie seine Rippen brachen. Der Schmerz schoss ihm heiß durch die Brust.

Er rollte sich über den Holzrahmen und zwang sich, die Schmerzen zu ignorieren, immer darauf bedacht, sich nicht mit seinem Gewicht auf ihren Körper zu legen und die zerbrechlichen Giftpäckchen damit zum Bersten zu bringen. Kush hob wieder seinen Spaten, und diesmal zielte er auf Dorians Kopf. Sein fettes Gesicht war eine Maske des Zorns. Der riesige Bauch schwappte über den Lendenschurz. Dorians ganze linke Seite war taub von dem ersten Hieb, und er lag halb auf den Knien, unfähig, aufzustehen und den nächsten Schlag abzufangen.

Er hatte jedoch immer noch seinen Säbel in der rechten Faust. Er riss die Klinge hoch und zog die Spitze quer über Kushs Bauch, von links nach rechts auf Höhe des Nabels. So schlitzte er ihn auf, wie ein Fischweib einen Barsch aufschneidet. Kushs Spaten schepperte auf den Steinboden. Er taumelte zurück gegen die Wand und versuchte mit beiden Händen, sich die lange Wunde zuzuhalten. Mit ungläubigem Staunen blickte er auf seinen Bauch hinab und sah zu, wie seine Därme gleich nassen Seilen zwischen seinen Fingern hervorquollen. Der heiße, faulige Gestank aus seinem aufgeschlitzten Bauch erfüllte den engen Raum.

Dorian erhob sich unter Schmerzen. Sein linker Arm baumelte ihm von der Schulter, taub und nutzlos. Er beugte sich über Yasmini.

«Ich habe darum gebetet, dass du kommst», flüsterte sie, «obwohl ich es nicht geglaubt habe, und jetzt ist es zu spät. Kush hat furchtbare Dinge in mich hineingesteckt.»

«Ich weiß, was er getan hat», sagte Dorian. «Rede jetzt nicht. Lieg still.»

Kush stieß einen hohen, klagenden Schrei aus, doch Dorian beachtete ihn kaum, als der Eunuch aufs Gesicht fiel und zuckend und strampelnd in seinen blutigen Eingeweiden liegen blieb.

Dorian schob seinen Krummsäbel zwischen Yasminis Fußgelenke und schnitt die Lederschnüre durch. Dann tat er das Gleiche zwischen ihren Knien. «Bleibe ruhig liegen. Jede Bewegung könnte die Päckchen zum Platzen bringen.»

Mit einer Berührung der rasiermesserscharfen Klinge schnitt er die Fesseln um ihre Handgelenke durch. Erst dann ließ er das Schwert fallen und massierte sich den gelähmten linken Arm. Zu seiner Erleichterung spürte er bald ein Kribbeln darin und merkte, wie wieder Leben in den Arm floss, bis in die Fingerspitzen. Er hob Yasmini langsam unter den Schultern an und stellte sie vorsichtig auf die Beine.

«Hocke dich hin», forderte er sie auf, «aber ganz langsam, keine plötzliche Bewegung.» Er stützte sie, und sie ging langsam in die Hocke. «Und jetzt spreize deine Knie und drücke vorsichtig, als säßest du über dem Latrineneimer.» Er kniete sich neben sie und legte ihr den Arm um die Schultern. «Zuerst ganz langsam und dann stärker.»

Sie holte tief Luft und drückte, das Gesicht verzerrt und rot vor Anstrengung. Plötzlich kam ein prasselnder Laut aus ihrem Hinterteil, und eines der Päckchen schoss mit solcher Gewalt aus ihrem Leib, dass es zwischen ihren Füßen aufplatzte und das rote Pulver über die Bodenplatten spritzte. Der beißende Chemiegestank des Chilipfeffers, vermischt mit dem Mief, den Kushs Fäkalien verströmten, brannte ihnen in der Nase. «Gut! Gut gemacht, Yassie!» Er drückte sie fester an sich. «Kannst du dasselbe Kunststück mit dem anderen Beutel vollführen?»

«Ich versuche es.» Sie holte noch einmal tief Luft und drückte, doch nach einer Minute stöhnte sie enttäuscht und schüttelte den Kopf. «Nein, es bewegt sich nicht. Ich schaffe es nicht.»

«Ben Abram wartet am Ende des Engelswegs», beruhigte er sie. «Ich bringe dich zu ihm. Er wird wissen, was zu tun ist.»

Dorian zog sie vorsichtig hoch. «Du darfst nicht versuchen zu gehen. Die geringste Bewegung könnte das Giftpaket zum Platzen bringen. Lege mir deinen Arm um den Hals und halte dich fest.»

Er schob ihr seinen heilen Arm hinter die Knie und hob sie mühelos hoch. Als er zur Tür ging, hörte er Kush hinter sich stöhnen und flennen: «Helft mir. Lasst mich nicht allein. Ich sterbe.» Doch Dorian schaute sich nicht um.

Er ging an dem offenen Grab vorbei, in dem die beiden toten Eunuchen lagen. Er ging schnell; er wollte keinem anderen Eunuchen in die Arme laufen, denn sein Krummsäbel lag noch in der Hütte, und seinen linken Arm konnte er immer noch nicht vernünftig gebrauchen. Am meisten fürchtete er jedoch, er könnte Yasmini zu sehr erschüttern oder quetschen. So musste er zwischen Schnelligkeit und Vorsicht abwägen. Auf dem Weg flüsterte er Yasmini immer wieder beruhigende Worte ins Ohr. «Es wird alles gut, meine Kleine. Ben Abram wird es schon herausholen. Es wird bald vorbei sein.»

Sein wiegender Schritt dämpfte jede Erschütterung, als er mit seiner kostbaren Last über die Wiesen ging, und bald stieg er langsam, Stufe für Stufe, die Treppe zur Terrasse des Heiligengrabmals hinauf. Er ließ sie durch die Öffnung in den Tunnel ab, und als er wieder bei ihr war, schaute er ihr besorgt ins Gesicht, ob es irgendein Zeichen gab, dass die Bewegung etwas Unaussprechliches in ihrem zarten Frauenleib ausgelöst hatte. «Geht es noch?», fragte er. Sie nickte und versuchte zu lächeln. «Wir sind fast da. Ben Abram wartet auf uns.» Er nahm sie wieder auf seinen Arm und ging tief gebückt durch den niedrigen Tunnel.

Als er Licht vor sich sah, ging er unwillkürlich schneller. Ein Brocken losen Korallengesteins rollte ihm unter den Fuß. Er stolperte und wäre fast gestürzt, und dabei stieß er mit ihr an die Wand.

«Ah!», stöhnte Yasmini auf, und Dorians Herz krampfte sich zusammen.

«Was ist, Liebste?»

«Es brennt da drinnen», flüsterte sie, «o Allah, wie es brennt!»

Er rannte die letzten Schritte und trug sie hinaus ins Sonnenlicht zwischen den Ruinen.

«Ben Abram!», rief Dorian. «In Gottes Namen, wo bist du?»

«Hier, mein Sohn.» Ben Abram erschien aus dem Schatten, wo er sich verborgen hatte, und eilte zu ihnen, seine Tasche unter dem Arm.

«Es hat angefangen, alter Vater, wir müssen uns beeilen.»

Sie legten das Mädchen auf den Boden, und Dorian erzählte dem Arzt keuchend und in fast unverständlichen Worten, wie Yasmini sich des ersten Päckchens entledigt hatte. «Aber das andere ist immer noch in ihr, und es scheint undicht geworden zu sein.»

«Halte ihr die Knie hoch», forderte ihn Ben Abram auf. Dann sagte er zu Yasmini: «Ich muss dir leider wehtun. Dies sind die

Instrumente, die ich für Geburten benutze.» Die Chirurgenwerkzeuge glitzerten in seinen Händen.

Sie schloss die Augen. «Ich ergebe mich in den Willen Gottes», murmelte sie und presste Dorian ihre Fingernägel in den Unterarm, als Ben Abram sich an die Arbeit machte.

Die Zeichen ihres Schmerzes huschten über ihr liebliches Gesicht. Sie biss die Zähne zusammen; ihre Lippen verzerrten sich. Einmal miaute sie leise, und Dorian flüsterte hilflos: «Ich liebe dich, Blume meines Herzens.»

«Ich liebe dich, Dowie», keuchte sie, «aber in mir brennt etwas wie Feuer.»

«Ich muss dich jetzt aufschneiden», warnte sie Ben Abram.

Im nächsten Augenblick schrie Yasmini auf und versteifte sich am ganzen Körper. Dorian blickte an ihr hinab und sah Blut an Ben Abrams Händen, als dieser ein silbernes Instrument nahm, geformt wie zwei zu einer Zange montierte Löffel. Eine Minute später lehnte sich der Arzt zurück, das blutverschmierte, nasse, halb aufgelöste Päckchen zwischen den beiden Löffeln der Zange. «Ich habe es», sagte er, «aber ein Teil des Chilipulvers ist noch in ihrem Körper. Wir müssen sie so schnell wie möglich ans Wasser bringen.»

Dorian hob sie hoch. Den verletzten Arm und sein gebrochenen Rippen hatte er längst vergessen. Er drückte Yasmini an seine Brust und lief los. Ben Abram humpelte hinter ihnen her, immer weiter zurück, während Dorian zwischen den Bäumen dahineilte. Er lief zum Strand und direkt in den Ozean, wo er Yasmini in die kühlen, grünen Fluten tauchte. Ben Abram kam schließlich mit einer bronzenen Einlaufspritze. Dorian hielt Yasminis Unterleib unter die Oberfläche, während der Arzt die Spritze mehrmals mit Seewasser füllte, mit dem er ihre Geschlechtsorgane ausspülte. Es verging fast eine halbe Stunde, bevor er zufrieden war und Dorian erlaubte, sie den Strand hinaufzutragen.

Yasmini zitterte vor Schock und Schmerzen. Dorian wickelte sie in seinen Wollschal, und sie legten sie in den Schatten unter den Palmen. Ben Abram nahm eine große Flasche Salbe aus seiner Tasche und schmierte damit ihre Wunden ein. Nach einer Weile hörte sie auf zu zittern und sagte tapfer: «Der Schmerz hat nachgelassen. Es brennt noch, aber nicht mehr so schlimm.»

«Mit der Löffelzange konnte ich den größten Teil des Giftes

entfernen, und den Rest habe ich wahrscheinlich herausgespült, bevor es großen Schaden anrichten konnte. Ich musste einen Schnitt machen, um zu dem Päckchen zu gelangen, doch das ist gut gegangen. Ich kann ihn jetzt zunähen. Die Salbe wird dafür sorgen, dass die Wunde schnell heilt.» Er lächelte aufmunternd, während er Nadel und Katzendarm vorbereitete. «Du hast Glück gehabt. Danke Tahi und al-Salil für deine Rettung.»

«Was sollen wir jetzt nur tun, Dowie?» Sie streckte eine Hand nach ihm aus. Er nahm sie und drückte sie. «Wie kann ich je wieder in die Zenana zurück?» So blass und mit dunklen Rändern unter den Augen, das Haar nass und zottig, ängstlich in den dicken Schal gekuschelt sah sie wieder aus wie das kleine, affengesichtige Mädchen aus Dorians Kindertagen.

«Du wirst nie mehr in die Zenana zurückkehren», sagte er, «das schwöre ich dir.» Dorian beugte sich zu ihr hinunter und küsste ihre wunden, geschwollenen Lippen. Dann erhob er sich, plötzlich mit finsterer Miene. «Ich muss dich jetzt bei Ben Abram lassen, während er seine Arbeit beendet. Auch ich habe noch etwas zu tun, doch ich werde bald zurück sein, sehr bald, bevor Ben Abram fertig ist. Sei tapfer, meine Liebste.»

Er ging durch den Wald zurück, sprang in den Ruinentrichter und lief den Tunnel unter den Mauern der Zenana hindurch. Dort kletterte er vorsichtig auf die Terrasse des alten Grabmals und verharrte eine Minute, um zu lauschen und sich umzusehen. Es herrschte immer noch Totenstille. Also ging Dorian die Treppe hinunter und überquerte den Rasen. Hinter der Dornenhecke des Friedhofs blieb er noch einmal stehen, um sich zu vergewissern, dass die Leichen der Eunuchen nicht entdeckt worden waren oder jemand Alarm geschlagen hatte. Dann ging er leise weiter.

An der Tür der Hütte wartete er eine Minute, um sich nach dem hellen Sonnenschein an die Finsternis in der kleinen Folterkammer zu gewöhnen. Kush lag zusammengerollt auf dem Boden, wie ein Embryo im Mutterleib. Mit seinen blutigen Händen hielt er sich noch den offenen Bauch. Er hatte die Augen geschlossen. Dorian dachte schon, er wäre tot, doch als er auf ihn zuging, öffnete der Eunuch die Augen. «Bitte hilf dem alten Kush», murmelte er. «Du warst immer ein guter Junge, al-Amhara. Du wirst mich doch nicht sterben lassen.»

Dorian bückte sich und hob sein Schwert auf. Kush wurde immer lebendiger. «Nein, töte mich nicht, im Namen Allahs, hab Gnade mit mir.»

Dorian ließ die Klinge in ihre Scheide gleiten, und Kush wimmerte erleichtert. «Ich wusste, du bist ein guter Junge. Hilf mir auf die Trage.» Er versuchte, zu der Trage zu kriechen, auf der er Yasmini zu ihrem Grab gebracht hätte, doch durch seine Bewegung öffnete sich die große Wunde in seinem Bauch. Frisches Blut tropfte heraus, und er brach wieder zusammen. «Hilf mir, al-Amhara. Rufe Leute herbei, mich zu einem Arzt zu tragen.»

Dorians Blick war gnadenlos, als er sich bückte, Kush bei den Fußgelenken packte und ihn zur Tür zog. «Nein! Tu das nicht! Mein Bauch!», kreischte Kush, doch Dorian beachtete sein Klagen nicht. Kush hinterließ eine lange, schleimige Spur aus Blut und Magensäften auf dem Steinboden. Mit der Kraft eines Ertrinkenden klammerte er sich stöhnend an den Türrahmen, als Dorian ihn ins Freie ziehen wollte. Dorian ließ kurz seine Füße fallen, zückte den Krummsäbel und hackte ihm mit einem Hieb die drei Finger ab, mit denen er am Türpfosten hing. Das Ganze ging so schnell, dass man es kaum sehen konnte. Kush heulte auf und hielt sich die verletzte Hand vor die Brust. «Du hast mich verstümmelt», stammelte er ungläubig.

Dorian steckte sein Schwert wieder in die Scheide, packte die Fußgelenke des Eunuchen und zog ihn durch den Staub auf das offene Grab zu. Sie waren schon halb da, als Kush endlich begriff, was Dorian vorhatte. Seine Schreie waren hoch und mädchenhaft. Er rollte sich herum und strampelte.

«Wenn die Frauen dein Geheule hören, werden sie denken, deine gemeinen Päckchen wären in ihrem Bauch geplatzt», brummte Dorian. «Sing nur weiter, du alter Schleimsack. Niemand wird dir zu Hilfe kommen, bevor du den Teufel triffst.»

Mit einem letzten Ruck ließ er Kush in das Grab fallen, auf die anderen beiden Leichname. Er stemmte die Arme in die Hüften und schaute auf ihn hinab, während er Atem schöpfte und darauf wartete, dass die Schmerzen in seinen Rippen ein wenig nachließen. In den grünen Augen konnte Kush sein Todesurteil lesen.

«Gnade!» Er wollte sich aufrichten, doch der Schmerz in seinen Gedärmen war zu groß. Er zog die Knie vor die Brust und kauerte mit dem Rücken an der frisch ausgeschachteten Grabwand.

Dorian ging zu der Hütte zurück und holte den Spaten. Als er zurückkam und die erste Schaufel Erde hob, schrie Kush: «Nein! Nein, wie kannst du das tun?»

«Ich kann es tun, weil ich weiß, welche unsäglichen Grausamkeiten du den wehrlosen Frauen zugefügt hast, die du in deiner Obhut hattest», antwortete Dorian. Kush schrie und flehte, bis die Erde seine Schreie erstickte. Dorian arbeitete unermüdlich, bis das Grab über den drei Leichen gefüllt war. Am Ende trat er den Boden fest und formte einen ordentlichen Grabhügel.

Dann holte er das Holzschild mit Yasminis Namen darauf aus der Hütte und steckte es auf das Grab. Er band sogar ein Beerdigungsband mit eingestickten Gebeten für die Verstorbenen daran fest. Schließlich stellte er den Spaten in die Hütte zurück und sammelte die durchgeschnittenen Lederschnüre auf. Dann nahm er Kushs Kleider von dem Haken, wo er sie aufgehängt hatte, rollte sie zu einem Bündel zusammen und band dieses mit einem der Schnurstücke zu.

Bevor Dorian die Hütte endgültig verließ, schaute er sich noch einmal um und vergewisserte sich, dass alles in Ordnung war. Er lächelte finster. «Die nächsten hundert Jahre werden die Poeten von dem plötzlichen Verschwinden der drei Eunuchen singen, nachdem sie die liebliche Prinzessin Yasmini ermordet hatten. Vielleicht werden die Leute sagen, der Teufel persönlich habe sie in die Hölle geholt. Niemand wird jemals wissen, was wirklich geschehen ist, doch welch wunderbare Legende man daraus spinnen wird!»

Dann verließ er die Zenana zum letzten Mal auf dem Engelsweg.

Als Dorian zum Strand zurückkam, hatte Ben Abram Yasminis Wunden bereits zusammengenäht und verband sie nun mit einem Ballen Baumwolle.

«Es ist alles in Ordnung, al-Salil», versicherte er Dorian. «In sieben Tagen werde ich die Nähte ziehen, und in einem Monat wird alles verheilt sein, als wäre es nie geschehen.»

Dorian wickelte Yasmini in Kushs feines Wollgewand ein und hob sie sanft auf den Rücken des Hengstes. Er hielt sie auf seinem Schoß, um ihre Wunden zu schonen, und so ritten sie langsam zur Festung zurück. Sie war derart tief in dem Kleiderhaufen vergraben, dass niemand, dem sie auf der Straße begegneten, hätte sagen können, ob sie Mann oder Frau war.

«Niemand außerhalb der Zenana hat je dein Gesicht gesehen. Sie werden dich nicht als die Prinzessin Yasmini erkennen, denn die liegt in ihrem Grab auf dem Friedhof der Zenana.»

«Bin ich tatsächlich frei, Dowie?», flüsterte sie gequält, denn trotz seiner Fürsorge schmerzten die Stiche noch stark.

«Natürlich nicht, du dummes Ding. Du bist jetzt der Sklavenjunge des großen Scheichs al-Salil. Du wirst niemals frei sein.»

«Niemals?», fragte sie. «Versprich mir, dass ich für immer dein Sklave sein werde, dass du mich niemals wegschicken wirst.»

«Ich schwöre es.»

«Dann bin ich zufrieden.» Sie legte ihren Kopf an seine Schulter und vergaß den Schmerz.

Für viele Wochen danach kursierten seltsame Gerüchte auf den Märkten von Lamu, wie es zum Verschwinden Kushs, des Eunuchen, gekommen war. Jeder auf der Insel hatte ihn gekannt. Er war gefürchtet und verhasst gewesen, selbst außerhalb der Zenana. Manche sagten, die Waldgeister hätten ihn geholt, als er nachts unterwegs war. Nach einer anderen Version war Satan persönlich der Entführer des fetten Unholds. Weniger abergläubische Leute waren der Ansicht, er hätte von seinem Herrn, dem Kalifen al-Malik, gestohlen. Voller Angst vor Entdeckung und Strafe hätte er dann eine Dau gemietet und wäre zum afrikanischen Kontinent geflohen. Um diese Theorie zu untermauern, erließ Scheich al-Salil einen Haftbefehl auf Kushs Namen und bot eine Belohnung von zehntausend Rupien für seine Gefangennahme. Nach etwa einem Monat, als niemand mehr etwas von dem dicken Eunuchen hörte, verloren die Leute schließlich das Interesse an der Geschichte.

Das neue Thema auf Lamu war das Drehen der Monsunwinde und der Beginn der neuen Handelsperiode. Auch die bevorstehende Abreise der Expeditionsarmee unter Scheich al-Salil lenkte die Insulaner von den drei vermissten Eunuchen ab.

Kaum jemand unter dem umfangreichen Gefolge des Scheichs nahm Notiz von dem neuen Sklavenjungen Yassie. Obwohl der Knabe bemerkenswert hübsch und grazil war, selbst in seinem knöchellangen Gewand erschien er zunächst recht kränklich, scheu und unsicher. Die Dienerin Tahi, die frühere Kinderfrau des Scheichs, die ebenfalls neu war in seinem Haushalt, nahm den Knaben sofort unter ihre Fittiche. Yassie teilte ihre Wohnung und bald gewann er durch seine Schönheit und sein liebes Wesen die Herzen der anderen Diener und Sklaven.

Yassie hatte eine zwitschernde, ungebrochene Stimme und war ein ausgezeichneter Sistrumspieler. Als al-Salil jeden Abend nach ihm schickte und in seinen Privatgemächern seinem Gesang und Rasselspiel lauschte, um die Mühen und Sorgen des Tages hinter sich zu lassen, fand niemand im Haushalt etwas Besonderes daran. Nach wenigen Wochen stand Yassie offenbar in hoher Gunst bei seinem Herrn und wurde zu einem seiner Leibdiener ernannt. Das hieß, dass Yassie seine Schlafmatte in einem winzigen Erker im Schlafgemach des Scheichs ausrollen musste, in Rufweite von al-Salils Bett, damit er auch nachts seinen Wünschen nachkommen konnte.

In der ersten Nacht, in der diese Regelung galt, kam al-Salil spät vom Kriegsrat mit seinen Daukapitänen zurück. Yassie war eingedöst, während er auf ihn wartete, und schreckte hoch, als er mit Batula in das Schlafgemach kam. Yassie hielt Krüge mit heißem Wasser auf einem Kohlenbecken bereit, und nachdem Batula dem Scheich geholfen hatte, sich bis auf den Lendenschurz zu entkleiden, schüttete Yassie ihm das Wasser über Kopf und Körper, damit er sich waschen konnte. In der Zwischenzeit hing Batula die Waffen seines Herrn an die Haken neben seinem Bett, das Schwert und der Dolch frisch geschärft, der Schild poliert, und kniete vor ihm, um seinen weiteren Wünschen zu lauschen.

«Du kannst jetzt gehen, Batula, doch wecke mich in der Stunde vor Anbruch der Dämmerung, denn es gibt immer noch viel zu tun, bevor wir in See stechen können.» Während er so sprach, trocknete er sich mit dem Tuch ab, das Yassie ihm gereicht hatte. «Schlafe gut, Batula, und möge das Auge Gottes über deinen Schlummer wachen.»

In dem Augenblick, als die Vorhänge vor dem Eingang sich hinter Batula schlossen, grinsten Dorian und Yasmini einander an, und er streckte seine Hand nach ihr aus. «Ich habe zu lange auf dich gewartet», sagte er, doch sie tänzelte zurück, außer Reichweite.

«Ich muss erst meine Pflichten erledigen, edler Herr. Ich muss dir das Haar kämmen und deinen Körper ölen.»

Sie kniete hinter ihm auf einem Seidenteppich und rieb sein Haar mit einem Tuch, bis es fast trocken war. Dann kämmte sie es aus und flocht es zu einem dicken Zopf, der ihm über den nackten Rücken hing. Während sie das tat, murmelte sie ehrfürchtige Komplimente. «Es ist so dicht und schön, und die Farbe ist wie Gold und Safran.»

Sie massierte ihm die Schultern mit parfümiertem Kokosöl und berührte die Narben an seinem Körper. «Wo hast du diese Wunde davongetragen?»

«Am Pass der Klugen Gazelle, tief in der Wüste.» Er hatte die Augen geschlossen und gab sich ihren geübten Fingern hin, denn in der Zenana lehrte man die Kunst, wie man den zukünftigen Gatten zufrieden stellt. Als er fast eingeschlafen war unter ihren Händen, beugte sie sich zu ihm hinunter. «Bist du da immer noch so kitzlig wie früher, Dowie?» Sie ließ ihre Zunge tief in sein Ohr schnellen.

Er zuckte und keuchte vor Erregung. Auf seinen muskulösen Armen bildete sich eine Gänsehaut. Er griff nach hinten und fasste sie um die Hüfte. «Ich glaube, ich muss dir Respekt beibringen, Sklave.» Er warf sie aufs Bett, kniete breitbeinig über ihr und hielt sie bei den Handgelenken. Für eine Weile lachten sie einander ins Gesicht, bis er plötzlich ernst wurde und seinen Mund auf den ihren legte.

Ihre Lippen öffneten sich und empfingen ihn warm und nass. «Ich wusste nicht, wie viel Liebe in meinem Herzen wohnen kann», flüsterte sie in seinen Mund.

«Du hast zu viele Kleider an», murmelte er. Sie wand sich geschwind aus ihren Gewändern und bog den Rücken durch, sodass er sie unter ihr wegziehen und auf den Boden werfen konnte.

«Du bist schöner, als ich es in Worte fassen kann.» Er bewunderte ihren schlanken, seidigen, goldbraunen Körper. «Doch ist dein Leib wirklich geheilt?»

«Vollkommen. Doch verlasse dich nicht auf mein Wort, Herr, sondern beweise es selbst, zu deiner und meiner Zufriedenheit.»

Als der *Kusi*-Wind stetig und kraftvoll den Kanal hinunterblies und keine Sturmwolken mehr am Himmel zu sehen waren, lief die Flottille des Scheichs al-Salil schließlich aus dem Hafen von

Lamu aus, und drei Tage später landeten sie am afrikanischen Festland.

Unter der flatternden Seide des blauen Banners gingen sie an Land, und die langen Reihen bewaffneter Männer und Zugtiere marschierten auf der Sklavenstraße von der Fieberküste weg ins Landesinnere.

Der Scheich ritt in der Vorhut, dicht gefolgt von seinem Sklavenjungen Yassie. Manche der Männer bemerkten, wie der Junge seinen Herrn anzubeten schien, und tauschten billigende Blicke aus.

Nach der geglückten Flucht aus Sansibar verbrachte Tom Courtney viele Monate damit, die Festlandküste zu erkunden. Er hielt sich weit südlich der arabischen Handelswege und vermied jedes Zusammentreffen mit den Omanern, sowohl zu Wasser als auch zu Land. Sie suchten nach der Flussmündung, die Fundi, der Elefantenjäger, Lunga nannte.

Ohne die Hilfe des kleinen Mannes hätten sie die Einfahrt wahrscheinlich nie gefunden, denn das Mündungsbecken war so verwinkelt, dass die Küstenlinie vom Meer aus ohne Unterbrechung weiterzugehen schien und ein Schiff einfach vorbeisegeln konnte, ohne dass jemand ahnte, dass sich dort ein Fluss in die See ergoss.

Sobald das Schiff sicher auf dem Mündungskanal war, ließ Tom die beiden Langboote zu Wasser und schickte Luke Jervis und Alf Wilson voraus, dem Hauptarm zu folgen und die *Swallow* hindurchzulotsen. Es gab viele Scheinkanäle und Sackgassen zwischen den Papyrusfeldern. Oft mussten sie umkehren, wenn der Kanal, dem sie gefolgt waren, im Dickicht endete. Es bedurfte tagelangen Suchens und harter Arbeit, die *Swallow* durch dieses Netz zu fädeln, und Tom dankte Gott, dass sein Schiff einen so geringen Tiefgang hatte, denn sonst wären sie nie über die zahllosen Sandbänke und Untiefen gekommen. Doch schließlich erreichten sie den Hauptstrom.

In den Papyrusfeldern hausten grässliche Krokodile und grunzende, brüllende Flusspferde, umgeben von Insektenwolken. Riesige Schwärme kreischender, quakender Vögel erhoben sich aus den Schilfen, als die *Swallow* vorbeifuhr.

Plötzlich lichtete sich das Schilfdickicht, und sie segelten durch ausgedehnte, offene Flutebenen und zwischen lichten Wäldern hindurch. Herden fremdartiger Tiere hielten in ihrem Grasen inne, hoben die Köpfe und beobachteten, wie das kleine Schiff vorüberzog, bevor sie erschrocken schnaubten und in den Wald flohen. Die Menge und Vielfalt der Tiere war verblüffend, und die Matrosen drängten sich an der Reling, um an Land zu blicken und diese fremde Welt zu bestaunen.

Sie sahen graziöse Antilopen, manche so groß wie englisches Rotwild, andere viel größer, mit eigenartigen, fantastischen Hörnern wie Krummsäbel oder halbmondförmig oder verdrillt wie ein Korkenzieher, nicht verzweigt wie die Hirschgeweihe, die die Seeleute von zu Hause kannten. Jeden Tag gingen sie an Land, um diese Tiere zu jagen. Das Wild war zutraulich. Offenbar hatten diese Geschöpfe noch nie einen weißen Mann gesehen, geschweige denn Feuerwaffen, sodass die Jäger leicht auf Schussweite herangehen und die Beute mit einer wohlgezielten Kugel niederstrecken konnten. So mangelte es ihnen nie an Fleisch, und was sie nicht sofort essen konnten, pökelten und trockneten sie.

Nachdem sie die Beute ausgenommen hatten, kamen noch seltsamere Kreaturen und nagten die Knochen ab und verschlangen die Innereien, die die Jäger am Ufer zurückließen. Die Ersten, die ankamen, waren Aasvögel: schwarze Störche und ein halbes Dutzend verschiedene Geierarten, die wie eine dunkle, wirbelnde Wolke über den Männern kreisten, bevor sie das Aas bedeckten. So anmutig und majestätisch sie im Fluge waren, so grotesk und grausam wirkten sie, wenn sie sich niedergelassen hatten.

Nach den Vögeln kamen gepunktete, hundeähnliche Tiere, bellend und heulend wie Furien, und kleine rote Füchse mit schwarzem Rücken und silberner Flanke. Und dann sahen sie die ersten Löwen. Aboli musste Tom nicht erklären, was diese mächtigen, bemähnten Katzen waren, denn er kannte sie von den Wappen und Bannern der Könige und Ritter Englands und aus hundert Büchern in der Bibliothek auf High Weald. Das Brüllen und bestialische Grunzen der Großkatzen ließ die Männer auffahren, wenn sie nachts in ihren Hängematten schaukelten, und Sarah drückte sich noch enger an Tom auf der schmalen Matratze in ihrer kleinen Kabine.

In den Wäldern und auf den Lichtungen suchten sie nach Spuren ihrer eigentlichen Beute, der Elefanten, deren Stoßzähne sie für alle Mühen und Gefahren entschädigen würden. Fundi und Aboli wiesen sie auf große Fußabdrücke hin, die durch die Sonnenhitze steinhart in den Lehmboden gebrannt waren. «Diese Spuren stammen von der letzten großen Regenzeit», erklärten sie Tom. Sie kamen auch an umgestürzten Bäumen vorbei, wie nach einem Sturm, jedoch ohne Rinde und die höchsten Äste abgefressen. Doch die Bäume waren längst vertrocknet: auch diese Spur war kalt.

«Die Herden sind seit einem Jahr nicht mehr hier gewesen und werden vielleicht erst in vielen Jahren wiederkommen», meinte Fundi.

Die Landschaft wurde hügelig, und der Fluss Lunga wand sich durch die Täler. Die Strömung wurde stärker; dann stießen sie auf Stromschnellen. Bald kamen sie nur noch mühsam voran, denn zu beiden Seiten des Fahrwassers drohten scharfkantige, große Felsen. Mit jeder Meile begab sich die *Swallow* in größere Gefahr.

Irgendwann kamen sie zu einem Flussknie um einen kleinen, bewaldeten Hügel. Tom und Sarah gingen an Land und kletterten zum Gipfel empor. Dort saßen sie zusammen auf einem Felsen, und Tom betrachtete die Landschaft durch sein Fernrohr. «Dies ist eine natürliche Festung», sagte er schließlich. «Wir sind auf drei Seiten von Wasser umgeben. Wir brauchen nur einen Wall quer über die schmale Landzunge zu errichten, und weder Mensch noch Tier wird uns hier etwas anhaben können.» Er zeigte zu einer kleinen, von glatten Felsen umsäumten Bucht. «Und dort ist ein perfekter Liegeplatz für die *Swallow*.»

«Doch was werden wir hier tun?», fragte Sarah. «Wir haben schließlich immer noch keine Elefanten gefunden.»

«Wir werden den Platz zu unserem Stützpunkt machen», erklärte er. «Von hier aus können wir mit den Langbooten oder zu Fuß weiter ins Landesinnere vorstoßen, bis wir die Herden finden, die Fundi versprochen hat.»

Aus schweren Baumstämmen errichteten sie eine Palisade über die Landzunge. Dann brachten sie die Kanonen von der *Swallow* an Land und bauten sie in Stellungen auf, von denen sie das Gelände vor der Palisade unter Beschuss nehmen konnten. Und schließlich bauten sie Holzhütten, deren Wände sie mit Lehm verputzten und die sie mit Schilf vom Flussufer deckten.

In einer der Hütten richtete Dr. Reynolds seine Krankenstation ein, mit all seinen chirurgischen Instrumenten und Medizinflaschen. Er zwang jedes Mannschaftsmitglied, täglich einen Löffel des bitteren, grünen Chinarindenpulvers zu schlucken, das er auf dem Markt in Sansibar erworben hatte, und obwohl die Medizin ihnen Ohrensausen verursachte, wofür sie den Arzt verfluchten, gab es keine Fälle von Fieber in dem Lager. Sarah wurde zu Reynolds' eifrigstem Lehrling, und bald war sie so geschickt wie ihr Lehrmeister, wenn es darum ging, eine Fußwunde zu nähen, die eine nachlässig geschwungene Axt gerissen hatte, oder einen kranken Mann zur Ader zu lassen.

Sarah sorgte dafür, dass ihre Wohnhütte in diskretem Abstand von den anderen Gebäuden errichtet wurde. Von dort hatten sie einen wunderbaren Blick über das Flusstal und die blauen Berge, die sich in der Ferne erhoben. Aus Baumwolltüchern, die sie unter den Tauschwaren an Bord der *Swallow* fand, nähte sie Vorhänge und Bettwäsche. Sie entwarf sogar die Möbel selbst, die sie dann von den Schiffszimmerleuten anfertigen ließ.

Ned Tyler hatte die Instinkte eines Farmers. Um die Diät von Wild und Zwieback etwas abwechslungsreicher zu gestalten, kramte er das Saatgut hervor, das er aus England mitgebracht hatte, und richtete einen Gemüsegarten ein, mit Bewässerungsgräben, die er am Flussufer aushob. Danach focht er einen endlosen Krieg mit den Affen und Meerkatzen, die sich über die grünen Sprosse hermachten, sobald sie aus dem Boden schossen.

Nach wenigen Monaten war das Lager fertig. Sarah taufte es auf den Namen «Fort Providence» – die Festung der Vorsehung. Eine Woche später ließ Tom die Langboote mit Tauschware, Pulver, Musketen und Munition beladen. Mit Fundi als Führer machte er sich auf eine Jagd- und Erkundungsexpedition weiter flussaufwärts, auf der Suche nach den Elefantenherden, die sich bisher nicht hatten zeigen wollen, und den Eingeborenenstämmen, mit denen sie Handel treiben konnten.

Ned Tyler wurde mit fünf Mann zurückgelassen, um Fort Providence zu verteidigen. Auch Sarah blieb bei Ned, denn Tom wollte ihr die Weiterreise erst erlauben, wenn er wusste, welche Gefahren flussaufwärts auf sie warteten. In Dr. Reynolds' Abwesenheit war sie für das Buschkrankenhaus verantwortlich; außerdem hatte sie weitere Pläne hinsichtlich der Einrichtung ihrer

Hütte. Sie stand vor der Tür und winkte Tom nach, bis die Boote hinter der nächsten Flussbiegung verschwanden.

Drei Tagereisen von dem Fort entfernt legten die Boote an der Einmündung eines schmaleren Flusses an. Die Männer sammelten Dornenäste, aus denen sie Unterstände für die Nacht bauten, zum Schutz gegen Raubtiere. Fundi und Aboli erkundeten indes die Flussufer. Sie waren kaum weg, als Fundi aus dem Wald zurückgelaufen kam, die Augen weit aufgerissen vor Erregung. Er schnatterte seinen Bericht so schnell, dass Tom nur einzelne Wörter verstand. Er musste auf Aboli warten, um sich das Ganze übersetzen zu lassen.

«Frische Spuren», klärte Aboli ihn schließlich auf, «nur einen Tag alt. Eine große Herde, vielleicht hundert Tiere, darunter ein paar große Bullen.»

«Wir müssen sie sofort verfolgen.»

Tom war noch aufgeregter als der kleine Jäger, doch Aboli zeigte zur Sonne, die nur noch einen Fingerbreit über den Baumwipfeln stand. «Es wird dunkel sein, bevor wir eine Meile gelaufen sind. Machen wir uns lieber morgen früh auf den Weg, sobald der Morgen graut. Eine solche Herde wird sich nicht vor uns verbergen können. Die Spuren sind deutlich zu sehen. Sie bewegen sich langsam und fressen sich durch den Wald. Sie werden eine Schneise hinterlassen.»

Bevor es dunkel war, hatte Tom die Planung für die Expedition abgeschlossen. Vier Musketiere würden die großen Tiere angreifen: er selbst, Aboli, Alf Wilson und Luke Jervis. Jeder der Jäger hätte zwei Mann bei sich, die ihm die Ersatzgewehre trugen, das Nachladen erledigten und ihm nach jedem Schuss eine frisch geladene Muskete reichen würden. Sie würden die Präzisionsflinten nehmen, die Tom in London gekauft hatte. Er vergewisserte sich, dass sie Ersatzfeuersteine für die Schlösser hatten, die Pulverflakons voll waren und die Munitionsbeutel prall mit Antimon-gehärteten Bleikugeln für die großkalibrigen Flinten gefüllt waren. Jede der Kugeln wog fast zwei Unzen. Während er sich um die Waffen kümmerte, füllte Aboli die Wasserbeutel und vergewisserte sich, dass sie genug Zwieback und Trockenfleisch für den dreitägigen Marsch dabeihatten.

Obwohl sie den ganzen Tag gerudert und die Boote über Untiefen getragen hatten, waren die Männer so aufgeregt, dass keiner ein Auge zubekam. Sie saßen bis spät in die Nacht an den Lagerfeuern, lauschten den exotischen Lauten der afrikanischen Nacht, dem Pfeifen und Trompeten der Nachtvögel, dem irrsinnigen Gekicher der Hyänen und dem tiefen Brüllen der Löwenrotte, die in den fernen Hügeln auf der Jagd war.

In der kurzen Zeit, seit sie zusammen waren, hatte Tom schon oft den Geschichten gelauscht, die Fundi von der Jagd auf die mächtigen grauen Dickhäuter zu erzählen wusste, doch in dieser Nacht bat er den kleinen Mann, sie noch einmal zu erzählen. Aboli übersetzte, wenn Tom einmal nicht folgen konnte, doch Tom lernte die Sprache der Lozi immer besser, und das meiste von dem, was Fundi sagte, konnte er problemlos verstehen.

Fundi legte noch einmal dar, dass Elefanten zwar nicht sehr gut sehen könnten, dass ihr Geruchssinn jedoch so empfindlich sei, dass sie einen Jäger über eine Meile gegen den Wind wittern könnten. «Er saugt deine Witterung aus der Luft auf und sammelt sie in den knöchernen Höhlen seines Schädels. Dann legt er damit eine große Entfernung zurück und bläst die Luft seinen Kameraden in den Mund.»

«In den Mund?», wunderte sich Tom. «Nicht in die Nasenlöcher?»

«Der Geruchssinn des Nzou liegt in der Oberlippe», erklärte Fundi. Das Wort, das er für den Elefanten gebrauchte, bezeichnete kein Tier, sondern einen weisen alten Mann, und er gebrauchte es mit dem Respekt und der Liebe, die der wahre Jäger für seine Beute empfindet. «Er hat rosa Knospen in seinem Mund, wie die Blüten des Kigeliabaumes. Damit schmeckt er die Luft.»

Fundi zeichnete mit einem Stock die Umrisse des wilden Tieres in den Staub und sie lehnten sich im Feuerschein nach vorn, um sehen zu können, wie der Elefantenjäger erklärte, wo man seinen Pfeil anbringen musste, um einen der Riesen niederzustrecken.

«Hier.» Er zeigte auf eine Stelle hinter der Schulter des Tieres. «Aber dabei muss man aufpassen, dass man nicht die Beinknochen trifft, denn die sind dick wie Baumstämme. Der Pfeil muss tief hineingehen, sehr tief müsst ihr das Eisen treiben, denn das Herz und die Lungen sitzen hinter so viel Haut», er hielt seine Handspanne hoch, «und so viel Muskeln und Rippen.» Er breitete seine Arme aus. «So tief müsst ihr ihn durchbohren, um den Nzou zu töten, den weisen grauen Mann der Wälder.»

Als Fundi schließlich schwieg, drängte Tom ihn, er solle weitererzählen, doch der Buschmann erhob sich würdevoll. «Wir haben morgen einen langen, mühsamen Weg vor uns. Es ist Zeit, sich zur Ruhe zu legen. Ich werde euch mehr erzählen, wenn wir auf der Spur sind.»

Tom lag wach, bis der Mond seine Bahn über den Himmel fast beendet hatte, so brachte die Aufregung sein Blut in Wallung. Wenn er die Augen schloss, sah er die Beute vor sich. Er hatte diese Tiere noch nie lebendig gesehen, obwohl er Hunderte ihrer Stoßzähne auf den Märkten der Pfefferinseln aufgestapelt gesehen hatte, und wieder musste er an die beiden mächtigen Exemplare denken, die sein Vater von Konsul Grey in Sansibar gekauft hatte und die nun in der Bibliothek auf High Weald standen. «Einen solchen Riesen will ich erlegen», schwor er sich, bevor er eine Stunde vor Anbruch der Dämmerung in einen so tiefen, dunklen Schlaf fiel, dass Aboli ihn schließlich wachrütteln musste.

Tom ließ zwei Mann zur Bewachung der Langboote zurück. Im ersten, eisigen Schimmer der Morgendämmerung beschritten sie dann den Pfad, den die Elefantenherde am Flussufer gebahnt hatte.

Wie Aboli gesagt hatte, waren die Spuren deutlich zu erkennen, und sie kamen zügig voran. Als es heller wurde, gingen sie noch schneller an den zertrümmerten und kahl gefressenen Bäumen vorbei. Große Haufen gelben Elefantenmists lagen über den Waldboden verstreut, und Horden brauner, rebhuhnartiger Wildvögel pickten darin nach unverdauten Samen und Früchten. «Hier!» Aboli zeigte auf einen dieser Haufen. «Dies ist der Dung eines sehr alten Bullen, der enorme Stoßzähne tragen könnte. Das Elfenbein hört erst auf zu wachsen, wenn das Tier stirbt.»

«Wie unterscheidest du diesen Haufen von einem, den ein jüngeres Tier fallen gelassen hat?», wollte Tom wissen.

«Ein alter Kerl kann seine Nahrung nicht mehr richtig verdauen.» Aboli stocherte mit der Fußspitze in dem Haufen Mist. «Hier, die Zweige und Blätter sind noch zu sehen, und das da sind Nüsse der Elfenbeinpalme, nur halb verdaut.»

Am späten Vormittag kamen sie zu der Stelle, wo die Herde den Fluss verlassen hatte und nach Westen abgebogen war, auf die Berge zu. Das Gelände, das sie nun überquerten, war mit feinem Talkstaub bedeckt. Auf diesem Untergrund waren die Abdrücke der Elefantenfüße so scharf, dass man jeden Riss, jede Falte in der Sohle erkennen konnte.

«Hier!» Aboli zeigte auf eine Reihe Abdrücke. «Dies ist die Spur des großen Bullen. Schau dir an, wie groß jeder Fußabdruck ist. Die der Vorderläufe sind rund, die Hinterläufe haben eher ovale Füße.» Als Maßstab legte Aboli seinen Arm neben eine der Spuren, vom Ellbogen bis zu den Fingerspitzen. «Das bedeutet, dass es ein mächtiger Bulle ist. Siehst du, wie glatt geschliffen die Sohlen sind? Er muss sehr alt sein. Wenn seine Stoßzähne nicht verschlissen oder abgebrochen sind, ist dieses Tier wirklich die Jagd wert.»

Sie überquerten den ersten Hügelkamm, und in dem saftigen Grün des Tales dahinter sahen Fundi und Aboli an den Spuren, dass die Herde in der Nacht zuvor dort geäst und geruht hatte. «Wir haben schon viele Wegstunden aufgeholt», freute sich Fundi. «Sie sind nicht mehr weit voraus.» Im Laufe des Tages erkannte Tom jedoch, dass Fundis Auffassung von Entfernung nicht viel mit seiner zu tun hatte. Als die Nacht hereinbrach, verfolgten sie immer noch die Spuren der Herde, obwohl Fundi ihnen weiterhin versicherte, die Herde wäre dicht vor ihnen.

Die Weißen in der Gruppe waren der Erschöpfung nahe. Seeleute waren es nicht gewohnt, solche Entfernungen zu Fuß zurückzulegen. Sie hatten kaum noch die Energie, einen Zwieback oder ein Stück Trockenfleisch zu essen oder einen Schluck aus dem Wasserbeutel zu trinken, bevor sie auf dem harten Boden einschliefen.

Am nächsten Morgen, noch in der Dunkelheit, machten sie sich wieder auf die Verfolgung. Nach kurzer Zeit war an den Spuren deutlich zu erkennen, dass viel von dem, was sie am Vortag aufgeholt hatten, wieder verloren war, da die Herde im Mondschein, während die Jäger schliefen, weiter nach Westen gezogen war. Für die meisten der weißen Männer wurde der Marsch zu einer endlosen Qual mit ständigem Durst, schmerzenden Muskeln und unzähligen Blasen an den Füßen. Tom war jedoch noch jung und ausdauernd genug, die Mühsal zu vergessen und hinter den Führern herzueilen, die schwere Muskete quer über den Schultern.

«Jetzt sind wir ganz nah dran», grinste Fundi schelmisch, während sie sich Meile um grausame Meile durch den Urwald schlugen. Die Wasserbeutel waren inzwischen fast leer und Tom musste seine Männer mit finsteren Drohungen dazu anhalten, nur zu trinken, wenn er die Erlaubnis gab. Winzige schwarze Fliegen umschwärmten ihre Köpfe und krochen ihnen in Ohren, Augen und Nasenlöcher. Die Sonne prügelte auf sie ein wie ein Hammer auf einen Amboss und schien den steinigen Boden unter ihnen zum Glühen zu bringen. Die widerhakigen Dornen zerrissen ihnen die Kleider und hinterließen blutige Kratzer auf ihrer Haut.

Endlich gelangten sie zu einer Stelle in einem dichten Waldstück, wo die Elefanten viele Stunden gerastet hatten, um sich zu säubern und Äste zu verspeisen, bevor sie sich wieder auf den Weg gemacht hatten. Die Jäger schienen nun tatsächlich aufzuholen.

Aboli wies Tom darauf hin, dass die Misthaufen, die die Herde hinterlassen hatte, noch feucht waren, und als er einen Finger in einen der Haufen steckte, fühlte er die Körperwärme, die sich darin gehalten hatte. Farbenfrohe Schmetterlinge flatterten in Wolken über den warmen Misthügeln, um die Feuchtigkeit in sich aufzusaugen. Die Männer spürten frische Kraft in ihren Beinen und erklommen den nächsten Hügelkamm.

Auf den felsigen Hängen wuchsen eigenartige Bäume mit geschwollenen Stämmen und kahlen Wipfeln siebzig Fuß über dem Boden. Am Fuß eines dieser Bäume hatten sich große, haarige Früchte angehäuft. Aboli brach eine davon auf. Die schwarzen Samenkörner darin waren von einem gelben Mark umgeben. «Lutscht die Samen», sagte er. Der angenehm saure Geschmack regte die Speicheldrüsen an und linderte den brennenden Durst der Jäger.

Dicht unter dem Hügelkamm schauten die Männer, keuchend unter der Last ihrer Waffen und Wasserbeutel, abrupt auf. Ein unheimlicher Laut drang durch die flirrende Luft, fern und drohend wie eine Schlachtfanfare. Tom hatte diesen Laut noch nie gehört, doch er wusste sofort, was es war.

Er befahl seinen Männern stehen zu bleiben. Sie ließen sich dankbar in den Schatten sinken, während Tom, Aboli und Fundi zum Grat weiterkrochen. Halb hinter einem Baumstamm verborgen, um ihre Umrisse zu verhüllen, schauten sie in das Tal, das hinter dem Hügel lag. Tom klopfte das Herz gegen die Rippen wie ein eingesperrtes Tier.

Eine Kette von grünen Tümpeln zog sich durch den Talgrund vor ihnen, jeder umgeben von dichten Schilfbetten und Schatten spendenden Bäumen. Die Elefantenherde war in Gruppen um die

Tümpel herum versammelt. Manche der riesigen Tiere standen im Schatten und wedelten sich mit Ohrlappen, die Tom so groß vorkamen wie das Hauptsegel der *Swallow*, kühle Luft zu. Andere standen auf den gelben Sandbänken am Rand der Wasserlöcher, tauchten ihre Rüssel in das grüne Nass und saugten mächtige Schlucke ein, bevor sie den Rüssel in den Mund steckten und sich das Wasser mit der Kraft einer Schiffspumpe in den Rachen bliesen. Jungtiere spielten und planschten in den Tümpeln wie ausgelassene Kinder, schlugen das Wasser mit Rüsseln und Köpfen und flatternden Ohren, die nassen Körper schwarz in der Sonne glänzend. Andere legten sich auf die Seite und tauchten unter, nur die Rüssel noch sichtbar, sich windend wie Seeschlangen.

Tom stützte sich auf ein Knie und hob sein Fernrohr. Der erste Anblick der legendären Dickhäuter war so jenseits von allem, was er sich vorgestellt hatte, dass ihm vor Staunen der Atem stockte. Er studierte die Tiere in allen Einzelheiten. Eines der kleinsten Kälber, nicht viel größer als ein ausgewachsenes Schwein, jedoch viel agiler und frecher, stob aus dem Wasser und jagte mit wedelndem Rüssel unter wildem Trompeten hinter den weißen Reihern her, die am Rand des Tümpels saßen. Die Vögel erhoben sich in einer majestätischen weißen Wolke, und der kleine Elefant stolzierte ins Wasser zurück, wo er sofort auf dem Schlamm ausrutschte und sich unter einem versunkenen Ast verfing.

Sein erschrockenes Kreischen alarmierte die Elefantenkühe in der Nähe, und sie eilten zu seiner Rettung, in mütterlicher Sorge, das Kleine könnte von einem Krokodil angegriffen worden sein. Sie zogen es aus dem Wasser, und reumütig trottete es zu seiner Mutter, um sich unter ihr zu verkriechen und sich mit den prallen Eutern zwischen ihren Vorderläufen zu trösten. Tom lachte auf, doch dann tippte ihn Aboli auf die Schulter und zeigte zu einer Gruppe von drei gigantischen Tieren, die sich abseits hielten vom Treiben der Kühe und Kälber.

Sie standen in einem dichten Gebüsch auf der anderen Seite der Wasserlöcher, Schulter an Schulter, faul mit den Ohren wedelnd. Von Zeit zu Zeit saugte einer eine Ladung Staub auf und streute ihn sich über Kopf und Rücken, sonst hätte man meinen können, sie schliefen im Stehen.

Tom richtete sein Fernrohr auf dieses mächtige Trio, neben dem alle anderen Tiere der Herde wie Zwerge wirkten. Er schaute sich die langen Elfenbeinhauer an, die sie am Kiefer trugen, und erkannte sofort, dass der Bulle in der Mitte die mächtigsten Stoßzähne aufwies, fast so lang wie die Ruder seiner Langboote und vom Umfang einer schlanken Frauentaille. Er spürte, wie das Jägerblut in seinen Ohren pulsierte und durch sein Herz pumpte. Dies war der Bulle, von dem er geträumt hatte. Am liebsten hätte er sofort die Muskete ergriffen, die er an den Baum neben sich gelehnt hatte, und sich in die Schlacht mit diesem Bullen dort unten gestürzt, doch Aboli spürte, was in ihm vorging und legte ihm eine warnende Hand auf die Schulter.

«Dies sind weise, aufmerksame Kreaturen», erinnerte er Tom. «Es wird nicht leicht sein, an diesen Bullen dort heranzukommen. Seine Kühe werden ihn bewachen und beschützen. Wir werden all unsere Schlauheit und Geschicklichkeit benötigen, wenn wir ihn überlisten wollen.»

«Sagt mir, was wir zu tun haben», befahl Tom, und Aboli und Fundi legten sich links und rechts neben ihn, um mit ihm die Jagd zu planen.

«Das Entscheidende ist der Wind», begann Aboli. «Wir müssen uns stets gegen den Wind halten.»

«Aber es weht nicht die geringste Brise.» Tom zeigte auf das Laub, das in der sengenden Mittagshitze leblos von den oberen Ästen des Baumes hing.

«Der Wind ist immer da», widersprach ihm Aboli. Er ließ eine Hand voll Staub durch seine Finger rieseln. Die feinen, goldenen Körnchen schwebten im Sonnenschein und trieben langsam ab in das Tal hinunter.

«Wenn sie Gefahr wittern, fliehen sie immer zunächst mit dem Wind im Gesicht, bevor sie einen Bogen schlagen und die Witterung mitnehmen.» Er beschrieb das Manöver mit einer Geste. «Wir werden Alf und Luke mit ihren Leuten da und da postieren.» Er zeigte ihm die Stellungen, die er für sie im Sinn hatte. «Sobald sie ihre Positionen eingenommen haben, werden wir mit den anderen dort drüben hinuntergehen.» Er zeigte ihm die Route, auf der sie sich anschleichen würden. «Wir werden so nah wie möglich an sie herangehen. Unsere Schüsse werden die Bullen zu dem Rest der Herde treiben.»

Tom winkte Alf und Luke herbei. Sobald die beiden sich von ihrem Staunen über das, was sie vor sich sahen, erholt hatten, befahl er ihnen, hinter dem Grat entlangzugehen und ihn erst zu überqueren, wenn sie eine Meile entfernt wären, außer Sichtweite und windabwärts von der Herde.

Etwa eine Stunde später sah er, wie die beiden Gruppen sich das Tal hinauf auf ihre Stellungen zubewegten. Wieder war er froh, Männer bei sich zu haben, die verstanden, wie er dachte, und die seine Befehle so gewissenhaft auszuführen vermochten.

Mit Aboli an der Spitze krochen sie lautlos über den Hügelkamm, in der Deckung von Bäumen und Sträuchern. Die großen Dickhäuter mochten kurzsichtig sein, doch sie waren nicht so blind, dass sie plötzliche Bewegung nicht bemerkt hätten. So gaben sie sich auf ihrem Weg zu den Wasserlöchern alle Mühe, keinen Zweig zu bewegen und keiner der Elefantenkühe in die Quere zu geraten, die zwischen den Bäumen verstreut standen. Tom konnte kaum fassen, wie sich ein solcher Riese praktisch unsichtbar machen konnte, indem er reglos im dichten Busch stehen blieb, graue Haut vor grauem Holz, Beine dick wie Baumstämme. Langsam näherten sie sich den drei Bullen. Obwohl sie noch nicht zu sehen waren, hörten die Jäger ihr tiefes Knurren.

«Ist das ihr Magen?», flüsterte Tom.

Aboli schüttelte den Kopf. «Nein, die alten Kerle sprechen miteinander.»

Von Zeit zu Zeit sahen sie eine Staubwolke über den Büschen aufsteigen, wenn die Bullen eine Staubdusche nahmen. Diese Zeichen führten sie durch das dichte Unterholz. Schritt für Schritt schlichen sie weiter. Einmal mussten sie sich zurückziehen und einen Bogen schlagen, um einer jungen Kuh aus dem Weg zu gehen, die im Gebüsch zwischen ihnen und ihrer Beute ihr Kalb stillte.

Schließlich hielt Fundi sie an, indem er seine rosa Handfläche hob, und zeigte nach vorn. Tom ging auf ein Knie und schaute unter den Schlingpflanzen und Ästen hindurch, und dann sah er die massigen, grauen Vorderläufe des ersten Bullen. Der Schweiß tropfte ihm in die Augen und brannte wie Meerwasser. Er wischte sich mit dem Tuch, das er sich um den Hals gebunden hatte, die Stirn ab und überprüfte das Schloss und den Feuerstein seiner Muskete. Aboli nickte ihm zu, und er spannte den Hahn halb. Erst dann krochen sie weiter.

Langsam kam mehr von dem ersten Tier in Sicht, sein hängender Bauch und die faltige, graue Haut, die ihm um die Knie schlabberte, sowie das Ende eines dicken gelben Stoßzahns.

Sie schlichen sich noch näher heran. Tom sah die Flecken, die die Säfte der Rinde, welche der Bulle von den Bäumen geschält hatte, auf den Stoßzähnen hinterlassen hatten. Bald konnte er jede Rille und Falte in der Haut des Riesen erkennen, jedes drahtige Haar am Stummelschwanz des Dickhäuters. Tom schaute Aboli fragend an, ob er nun feuern sollte, doch Aboli schüttelte heftig den Kopf und signalisierte ihm, näher heranzugehen.

Der Bulle wiegte sich sanft, und dann begann sich zu Toms Erstaunen etwas Enormes zwischen den Hinterläufen zu entwickeln. Es war dicker als Toms Oberschenkel und schier endlos lang, sodass es fast den Boden berührte. Der alte Kerl ließ halb im Schlaf genüsslich sein Glied unter sich baumeln und dabei steif werden.

Wieder schaute Tom sich fragend nach Aboli um, und wieder runzelte Aboli die Stirn und schickte ihn weiter nach vorn. In diesem Moment trat der Bulle einen Schritt zurück und riss seinen Rüssel hoch, um ein Büschel Blätter von einem Ast über sich zu rupfen. Dadurch wurde der andere Bulle sichtbar, der hinter dem ersten verborgen gewesen war.

Tom holte leise pfeifend Atem, als er sah, wie viel größer als seine Begleiter der alte Patriarch war. Er ließ den enormen Kopf hängen und bewegte faul die mächtigen Ohrlappen, die abgenutzt und ausgefranst waren wie die Segel eines Schiffes nach einem Sturm. Das kleine Auge war geschlossen hinter dichten, hellgrauen Lidern, und aus der Drüse dahinter sickerte Flüssigkeit und lief ihm in einer langen, schmierigen Spur über die Wange.

Der Bulle hielt seinen Kopf auf die Stoßzähne gestützt. Tom bestaunte die Länge und den Umfang der Elfenbeinhauer, die bis zur Erde reichten. Sie waren dick und schwer und verjüngten sich kaum zwischen der Oberlippe des Tieres und den stumpfen Enden. Er sah die Schwellung unter der grauen Haut, wo ein Viertel der Länge im Schädelknochen steckte. Selbst für einen solchen Riesen musste dies eine schwere Last sein, die er Tag für Tag mit sich herumzutragen hatte, dachte Tom.

Inzwischen war er so nah bei der Beute, dass er eine blau schillernde Fliege auf dem Augenlid des Bullen landen sehen konnte. Der Elefant blinzelte, um sie zu vertreiben. In diesem Augenblick spürte Tom eine leichte Berührung an seiner Schulter. Er schaute sich langsam um. Aboli nickte ihm zu. Tom wandte sich wieder der Beute zu und fixierte die Stelle, wo sich die Schulterknochen unter der faltigen, verwitterten Haut des Bullen abzeichneten. Er visierte genau den Punkt an, den Fundi ihm beschrieben hatte, direkt hinter der Schulter und zwei Drittel des mächtigen Brustkorbs hinunter.

Tom hob die Muskete und spannte langsam den Hammer durch, wobei er das Geräusch dämpfte, indem er seine Hand über das Flintenschloss hielt. Er schaute den langen Lauf entlang; die Mündung berührte beinahe die Flanke des Bullen. Es bestand keine Notwendigkeit, über Kimme und Korn zu zielen. Langsam zog er den Abzug durch, und der Hammer schlug blau-weiße Funken sprühend auf die Zündpfanne. Es schien eine Ewigkeit zu vergehen, bis die schwere Waffe aufbrüllte, gegen Toms Schulter zurückschlug und ihn auf den Hosenboden warf. Sein Ziel versank indessen in einer weißen Rauchwolke.

Einen Augenblick nach seinem Schuss hörte er Aboli feuern. Der vor Sekunden noch so stille Wald um sie war plötzlich voller umherrasender Fleischberge. Kreischend und trompetend brach die Herde durch das Unterholz, Bäume bogen sich und stürzten um.

Tom ließ die leer geschossene Waffe fallen, griff nach der zweiten Muskete, die ihm ein Mann anreichte, und sprang auf. Er lief in die dichte Rauchwolke, und als er auf der anderen Seite herauskam, sah er gerade noch, wie das Hinterteil des Bullen im Busch verschwand.

«Hinterher!», rief Aboli neben ihm, und sie nahmen die Verfolgung des fliehenden Bullen auf. Ringsum hörten sie die Kühe und quietschenden Kälber durch den Busch hetzen. Tom ignorierte, wie Äste und Dornen seine Kleider zerrissen und seine Haut zerkratzten, während er der Schneise folgte, die der Bulle durch das Unterholz geschlagen hatte.

Plötzlich stand er an dem nackten Ufer eines der Wasserlöcher und sah den Riesen nur zwanzig Schritt vor sich in vollem Lauf auf der Flucht, die Ohren abgespreizt, die gelben Stoßzähne auf beiden Seiten vor dem faltigen Hinterteil hinausragend. Der Stummelschwanz war steil aufgerichtet, und Tom sah die Wirbelkette, die sich durch die Rückenhaut drückte und in dem Schwanz endete.

Er riss die Muskete hoch und feuerte auf das Rückgrat. Die Hinterläufe des Bullen klappten ein, er saß auf den Lenden und rutschte die Uferböschung hinunter. Offenbar hatte die Kugel die Wirbelsäule jedoch nur gestreift, denn die Lähmung währte nur eine Sekunde. Am Fuß der Böschung kam er wieder auf alle viere, stob durch das Wasserloch und das andere Ufer hinauf.

Aboli schloss zu Tom auf und feuerte über den Tümpel. Sie sahen beide, wie die Kugel einen Klumpen getrockneten Lehm vom Schädel des Bullen schlug, doch der schüttelte nur den Kopf, klatschte die Ohren an die Flanken und verschwand im dichten Busch auf der anderen Seite des Wasserlochs. Tom riss dem keuchenden Matrosen hinter sich die dritte Muskete aus der Hand und stürzte sich die Böschung hinunter.

Aboli blieb neben ihm. Die Spur, die der Bulle durch den Dschungel zog, war so unübersehbar wie die Wellen, die ein auftauchender Wal auf dem Meer schlägt. Die Baumwipfel zitterten noch, und vor ihnen raschelte und krachte es.

Plötzlich hörten sie eine Salve Musketenfeuer auf der rechten Flanke, wo die anderen Jäger sich verborgen hatten, und Aboli brummte: «Die anderen beiden Bullen sind Alf und Luke vor die Flinte gelaufen.»

Sie rannten um das Wasserloch herum und stürzten sich auf der anderen Seite in die Büsche. Die Schneise, die der Bulle durch den Wald geschlagen hatte, schloss sich hinter ihm, und nun hatte sie sich mühsam durch das dornige Unterholz zu schlagen.

«So holen wir ihn niemals ein», keuchte Tom. «Er wird bald über alle Berge sein.»

Doch als sie schließlich auf eine Lichtung kamen, jubelten sie beide, da der Bulle nur einen Pistolenschuss vor ihnen war. Er war offenbar schwer getroffen. Er taumelte nur noch, und sein Kopf hing so tief, dass die Stoßzähne lange Furchen in die weiche Erde pflügten. Helles, schaumiges Blut tropfte ihm nun von der Rüsselspitze.

«Dein erster Schuss war ein Lungentreffer!», rief Aboli, und sie liefen mit neuem Mut weiter, sodass sie das verwundete Tier bald eingeholt hatten. Zehn Schritte hinter ihm kniete sich Tom auf den Boden. Er atmete schwer, das Herz klopfte ihm bis zum Hals, und seine Hände zitterten, als er noch einmal auf das Rückgrat über dem schwankenden Hinterteil des Riesen zielte.

In dem Augenblick, bevor der Pulverdampf ihm die Sicht nahm, konnte er diesmal sehen, wie die Kugel sich in den breiten grauen Rücken bohrte und die Wirbel über dem Schwanz zerschmetterte. Wieder sank der Bulle auf sein Hinterteil. Tom sprang auf und lief seitlich an der Rauchwolke vorbei, um freie Sicht auf seine Beute zu haben.

Der Elefant saß vor ihm und schüttelte den mächtigen Kopf in Wut und Schmerz, die riesigen Stoßzähne hoch erhoben, karminroten Blutnebel aus dem Rüssel schnaubend. Seine Todesschreie waren so laut, dass sie Tom den Schädel zu sprengen und die Trommelfelle zu zerreißen schienen.

Aboli feuerte auf den Kopf, und obwohl die Kugel, wie sie beide sehen konnten, auf der gewölbten Stirn aufschlug, vermochte sie nicht in die Knochenfestung einzudringen, in der das Elefantenhirn eingebettet war. Das verstümmelte Tier zog die gelähmten Hinterläufe hinter sich her und schleppte sich auf seine Peiniger zu.

Die beiden Männer wichen zurück, außer Reichweite der hin und her schwingenden Stoßzähne, und begannen mit zitternden Händen, frisches Pulver in die Mündungen ihrer Musketen zu schütten und Werg und Kugel nachzustopfen. Dann traten sie wieder nach vorn, um aus nächster Nähe auf den Brustkorb des Elefanten zu feuern.

So liefen sie zurück, um nachzuladen, und kamen nach vorn, um zu feuern, und allmählich sickerte dem Bullen die Lebenskraft aus zwanzig blutenden Wunden. Mit einem letzten Stöhnen fiel er schließlich auf die Seite, reckte die fabelhaften Stoßzähne in die Luft und blieb still liegen.

Vorsichtig ging Tom auf die Beute zu. Er streckte den Arm aus und berührte das winzige, vor fast menschlich wirkenden Tränen glänzende Auge des Elefanten mit der Mündung seiner Muskete. Das Tier reagierte nicht; der Bulle war endlich tot. Tom wollte einen Triumphschrei ausstoßen, doch dann fand er sich von einer eigenartigen Trauer überwältigt. Aboli trat neben ihn, und als ihre Blicke sich trafen, nickte er verständnisvoll. «Ja», sagte er leise, «jetzt weißt du, was es bedeutet, ein wahrer Jäger zu sein. Du hast die Schönheit und das Schreckliche in dem gesehen, was wir hier tun.»

Alf und Luke hatten zusammen einen der anderen Bullen erlegt, doch der dritte war unversehrt mit dem Rest der Herde in den Wald entkommen. Tom wollte sich an die Verfolgung machen, aber Aboli lachte: «Den wirst du nie mehr wiedersehen. Er wird zwanzig Meilen rennen, ohne einmal zu rasten, und dann trottet er noch einmal fünfzig Meilen, immer noch schneller, als du laufen kannst.»

Am Abend gab es ein fürstliches Mahl: Zähes, übel riechendes Fleisch von der Wange des Elefanten, auf grüne Äste gesteckt und geröstet. Dazu tranken sie lehmiges Wasser aus den Tümpeln, versetzt mit Elefantenurin, als wäre es der feinste Rotwein. Danach legten sie sich vor die Feuer und schliefen wie die Toten.

Die nächsten zwei Tage verbrachten sie damit, die Stoßzähne der beiden Bullen aus den Schädeln zu hacken, wobei sie sorgfältig darauf achteten, das Elfenbein nicht zu zerkratzen oder sonst wie zu beschädigen. Fundi zeigte ihnen, wie man den langen, kegelförmigen Nerv aus der Wurzel des Stoßzahns schabte und das Loch mit frischem Gras füllte. Dann banden sie die riesigen Stoßzähne mit Rindenseilen an vier Tragestangen fest. Auf dem langen Rückweg zu den Booten wurden Schichten von sechzehn Mann benötigt, um das schwere Elfenbein zu transportieren.

Als sie wieder am Fluss waren, vergruben sie die Stoßzähne so tief, dass nicht einmal die Hyänen sie ausbuddeln und zu Splittern nagen konnten. Dann fuhren sie in den beiden Langbooten weiter flussaufwärts. Täglich fanden sie mehr frische Elefantenspuren, denen sie dann zu Fuß folgten, und manchmal konnten sie innerhalb weniger Meilen Beute machen. In anderen Fällen mussten sie wieder tagelang durch den Busch marschieren, um die Herden einzuholen.

Innerhalb eines Monats hatten sie genug Elfenbein für zwei volle Bootsladungen gesammelt. Die weißen Expeditionsmitglieder waren alle zerlumpt und erschöpft. Sie hatten jedes Gramm Fett verbrannt, die Gesichter waren abgehärmt, die Körper wie Haut und Knochen. Aboli und Fundi konnte die Mühsal der Jagd nichts anhaben, doch unter den Weißen war die Freude groß, als Tom seine Entscheidung bekannt gab, nach Fort Providence zurückzukehren.

In der letzten Nacht an den Lagerfeuern kamen Aboli und Fundi zu Tom, der in die Flammen starrte und von seinem Wiedersehen mit Sarah träumte. Sie setzten sich links und rechts neben ihn, und er blickte ihnen nachdenklich ins Gesicht. «Ich sehe, ihr kommt mit schlechten Neuigkeiten», sagte er ihnen auf den Kopf zu. «Wollt ihr mir die Freude über unsere Heimkehr nach Fort Providence verderben? Also, heraus mit der Sprache», seufzte er schließlich, «was ist es?»

«Fundi sagt, wir sind nicht weit vom Land seines Volkes, der Lozi.»

«Wie weit?», fragte Tom misstrauisch. Er sprach Fundis Sprache inzwischen fließend und konnte sich vorstellen, was Fundi mit «nicht weit» meinte.

«Zehn Tagereisen», sagte Fundi bestimmt, doch als Tom ihn anschaute, blickte er verschämt zu Boden. «Oder vielleicht ein bisschen weiter», gab er zu.

«Fundi möchte also zu seinem Volk zurückkehren.»

«Und ich werde mit ihm gehen», fügte Aboli ruhig hinzu.

Tom fühlte einen Stich im Herzen. Er stand auf und nahm Aboli beiseite, um ihn zur Rede zu stellen. «Du willst mich verlassen und in Afrika bleiben?»

«Nur für eine Weile», lächelte Aboli. «Wir beide sind zu Zweigen desselben Baumes geworden. Nichts und niemand kann uns noch auseinander reißen.»

«Warum willst du dann ohne mich gehen?»

«Die Lozi werden seit vielen Jahren von Sklavenhändlern gejagt. Wenn sie dein weißes Gesicht sehen …» Sein Blick war viel sagend. «Nein, ich werde Fundi allein begleiten. Wir werden Tauschwaren mitnehmen, so viel wir tragen können. Fundi sagt, sein Stamm habe ein Lagerhaus voll Elfenbein von den Elefanten, die sie in ihren Fallgruben gefangen haben, und von verendeten Alttieren, die sie im Wald finden. Wenn Fundi für uns redet und ich ihnen Muster unserer Waren zeige, können wir vielleicht mit den Lozi dauerhaft ins Geschäft kommen.»

«Und wie soll ich dich wieder finden?»

«Ich werde nach Fort Providence zurückkommen. Fundi sagt, ich könne seinem Stamm ein Kanu abkaufen, und wer weiß, vielleicht wird dieses Kanu mit Schätzen beladen sein, wenn wir uns wiedersehen.» Aboli legte Tom brüderlich die Hand auf die Schulter. «In den letzten Wochen hast du gezeigt, dass du ein großer Jäger bist, doch jetzt wird es Zeit, dass du ein wenig ruhst. Kehre zu der Frau zurück, die auf dich wartet, und mache sie glücklich. Ich werde wieder zu euch stoßen, bevor das Wetter umschlägt und der große Regen beginnt.»

Am nächsten Morgen nahmen Aboli und Fundi die schweren Bündel voll Glasperlen, Kupferdraht und Tuch auf ihre Köpfe. So trugen sie ihre Last, um sich die Hände für ihre Waffen frei zu halten, und zogen den Fluss entlang nach Westen. Tom ging ein Stück neben Aboli her. Irgendwann blieb er stehen und schaute seinem alten Kameraden nach, wie er zwischen den hohen Bäumen verschwand, die den Fluss säumten, bevor er sich traurig umdrehte und zu den Booten zurückging, die inzwischen beladen waren und abfahrtbereit am Ufer lagen.

«Abstoßen», befahl er, während er seinen Platz an der Pinne des ersten Bootes einnahm. «Zurück nach Fort Providence!» Seine Männer legten sich freudig in die Riemen, und mit der Strömung fuhren sie nach Osten zurück.

Der Ausguck auf dem Hügel über Fort Providence erspähte die Langboote, sobald sie um die nächste Biegung flussaufwärts kamen. Sarah lief zum Ufer und tanzte vor Aufregung, als Tom aus seinem Boot stieg. Sie warf sich an seine Brust, doch nach der ersten Umarmung trat sie zurück und schaute ihm erschrocken ins Gesicht. «Du bist ja halb verhungert!», rief sie. «Und deine Kleider – wie eine Vogelscheuche!» Sie rümpfte die Nase. «Wann hast du das letzte Mal gebadet?»

Sie führte ihn den Hang hinauf, ließ ihn jedoch nicht in ihre kleine Hütte. «So wie du stinkst, wirst du mir das ganze Haus verpesten.»

Also füllte sie ihm den blechernen Badekübel, der unter einem wilden Feigenbaum hinter der Hütte stand, mit dampfend heißem Wasser. Dann entkleidete sie ihn, legte seine Lumpen beiseite, um sie später zu waschen und zu flicken, und setzte ihn in die Badewanne wie einen kleinen Jungen. Sie seifte ihn ein und wusch mit einem Schwamm die Schichten von Staub und Schmutz von ihm ab, die sich in den Wochen der schweren Jagd angesammelt hatten. Dann kämmte sie sein dichtes schwarzes Haar und flocht es zu einem Seemannszopf. Sie nahm ihre Schere zur Hand und trimmte den zottigen Busch, der an seinem Kinn gewachsen war, zu dem sauberen Spitzbart, wie König William ihn zur Mode gemacht hatte. Mit einer Salbe, die sie aus Dr. Reynolds Krankenstation holte, schmierte sie schließlich die vielen Kratzer und Schnitte ein, mit denen seine Arme und Beine bedeckt waren. Tom genoss es, das sie sich so um ihn kümmerte.

Als er gebadet und verarztet war, half sie ihm in Hemd und Hose, beides frisch gewaschen und liebevoll gebügelt. Erst dann nahm sie ihn bei der Hand und führte ihn in die Hütte. Stolz zeigte sie ihm all die Dinge, die sie in seiner Abwesenheit besorgt hatte, von dem Lehnstuhl, den die Tischler eigens für ihn angefertigt hatten, bis zu dem großen Doppelbett im Hinterzimmer und der Matratze, die sie genäht und mit Watte von den Kapokbäumen gestopft hatte, die den Fluss entlang wuchsen.

Tom betrachtete das Bett mit einem verdorbenen Grinsen im Gesicht. «Es scheint ein feines Stück zu sein, aber ich will es lieber erst ausprobieren, bevor ich mein endgültiges Urteil fälle.» Er jagte sie zweimal um das Bett herum, bevor sie sich kichernd einfangen ließ und ihm erlaubte, sie auf die bestickte Bettdecke zu legen.

Danach lagen sie zusammen und redeten bis tief in die Nacht. Er beschrieb ihr alles, was er getan und gesehen hatte. Er erzählte ihr von der Jagd und den jungfräulichen, fremden Landschaften, die sie gefunden hatten, von den Wäldern und fernen blauen Bergen, von den wunderbaren Tieren und Vögeln, die sie entdeckt hatten. «Dieses Land ist so groß, so endlos, schön und unberührt.» Er drückte sie an sich. «Wir haben keine Menschenseele getroffen, keine Spur auf der ganzen Reise. Es gehört alles uns, Sarah, wir brauchen es nur zu nehmen.»

«Wirst du mich das nächste Mal mitnehmen, wenn du in die Wildnis gehst?» Sie schien etwas eifersüchtig und wollte die Wunder mit ihm teilen, die er gesehen hatte. Irgendwie zweifelte sie nicht daran, dass dieses nächste Mal kommen würde. Sie sah, dass er sich in dieses Land verliebt hatte, so wie er in sie verliebt war. Sie wusste, von nun an wären sie beide ein Teil dieses wunderbaren Kontinents.

«Ja», sagte er, «das nächste Mal wirst du mitkommen, damit auch du es sehen kannst.»

Es gab so viel zu erzählen und diskutieren, dass sie mehr als eine lange Nacht dafür brauchten. In den untätigen Wochen, die nun folgten, als die Männer ruhten und sich von den Strapazen der Jagd erholten, verbrachten Tom und Sarah täglich Stunden allein miteinander. Er las ihr aus dem Tagebuch vor, das er während der Expedition geführt hatte, und sie erinnerte ihn, wenn er eine Einzelheit ausgelassen hatte, und als er ihr alles erzählt hatte, besprachen und planten sie die Zukunft.

«Es war ein Glück, dass wir diesen Fluss Lunga gefunden haben – oder besser, dass Fundi ihn uns gezeigt hat», sagte Tom. «Die portugiesischen Entdeckungsreisenden müssen ihn übersehen haben, ebenso die Araber. Fundi sagt, die arabischen Handelswege, die Sklavenstraße, ist viel weiter im Norden.» Er lächelte wissend. «Und wenn Fundi sagt, es ist weit, dann sind es mindestens hundert Meilen. Wenn wir weiterhin Glück habe, werden weder die Omaner noch die John-Kompanie uns je hier finden. Fort Providence ist der perfekte Stützpunkt für unsere Geschäfte im Landesinneren. Die Elefantenherden in dieser Gegend sind noch nie gejagt worden, und wenn Aboli und Fundi mit den Stämmen Kontakte knüpfen können, werden wir bald den ganzen Handel mit ihnen für uns allein haben.»

«Aber wo willst du dein Elfenbein verkaufen?», fragte sie. «Bestimmt nicht in Sansibar oder irgendeinem anderen arabischen Hafen, und auch überall dort nicht, wo die Kompanie eine Faktorei hat. Brüderchen Guy wird dir keine Ruhe lassen, falls er herausfindet, wo du dich aufhältst. Wir werden niemals nach England zurückkehren können.» Sie versuchte, nicht wehmütig zu klingen und sprach schnell weiter. «Also, wo können wir unsere Waren verkaufen und die Dinge beschaffen, die wir benötigen – Pulver und Blei, Medizin und Mehl, Kerzen und Öl, Seile, Segeltuch und Pech?»

«Ein solcher Ort ist ganz in der Nähe», beruhigte sie Tom. «Sobald die Regenzeit einsetzt, werden wir uns von hier zurückziehen und zum Kap der Guten Hoffnung hinuntersegeln. Die Holländer am Kap werden ganz scharf sein auf unser Elfenbein, und noch erpichter werden sie darauf sein, uns so viele Waren zu verkaufen, wie wir bezahlen können. Und das Beste ist, sie geben keinen Kupfergulden, keinen Krümel von ihrem alten Käse auf einen Haftbefehl, den der Lord Chancellor von England erlassen hat.»

In den Wochen, während sie auf Abolis Rückkehr warteten, hatte jeder im Fort alle Hände voll zu tun. Das ganze Elfenbein musste gereinigt, gewogen und mit trockenem Gras eingepackt werden, damit es auf dem Transport nicht beschädigt würde. Dann musste die kleine *Swallow* auf dem Ufer vor dem Fort auf dem Seite gelegt werden, um den Seetang vom Kiel zu kratzen. Der Schiffswurm, der sich in ihren Planken festgesetzt hatte, musste mit kochendem Pech ausgebrannt werden, und als sie wieder auf dem Wasser war, bekam sie einen neuen Anstrich, und die Risse im Segel wurden genäht. Und dann mussten sie kleine Änderungen an der Takelage vornehmen, sodass sie nicht mehr als das Schiff zu erkennen war, in dem sie aus England entkommen waren. Nach dem Aberglauben der Seeleute brachte es Unglück, den Namen eines Schiffes zu ändern, doch in diesem Fall ging es nicht anders. Sie kratzten den alten Namen vom Heckbrett und malten den neuen auf.

Als sie sie wieder zu Wasser ließen, zerschmetterte Sarah eine Flasche Schnaps aus dem Schiffslager an ihrem Bug. «Ich taufe dieses Schiff hiermit auf den neuen Namen *Centaurus*», sagte sie feierlich. «Gott segne es und alle, die auf ihm segeln.»

Danach wurde das Elfenbein auf die *Centaurus* getragen und sorgfältig in den Frachtraum geladen. Sie füllten die Wasserfässer und bereiteten alles für die Reise nach Süden vor.

Jeden Nachmittag bauten sich nun die Gewitterwolken über dem Nordhorizont auf, Wolkenberge, die fast zu den Sternen zu reichen schienen. Der Sonnenuntergang färbte diese Wolkenbänke purpurn und scharlachrot; Blitze zuckten in ihrem Bauch, und ferner Donner kündigte die nahende Regenzeit an.

Dann brachen die ersten Regengüsse über sie herein. Sie kamen wie graue, wogende Schleier über die Hügel gezogen. Drei Tage und Nächte brüllten die Donnerschläge und die Luft war gesättigt, als läge alles unter einem mächtigen Wasserfall. Eines Tages rissen die Wolken auf, und ein Dutzend lange Einbaumkanus kamen die geschwollenen Fluten des Lunga herunter. Im ersten der Boote stand Aboli. Tom jubelte vor Freude und lief ans Ufer, um ihn willkommen zu heißen.

Fundi war im letzten Kanu, doch die Ruderer waren lauter Fremde. Auf dem Boden jedes Bootes stapelten sich Stoßzähne, keiner so groß wie die, welche Toms Expedition erbeutet hatte, aber dennoch von beträchtlichem Wert.

Die Ruderer waren vom Stamm der Lozi, zu dem auch Fundi gehörte. Trotz seiner Beteuerungen versetzte die Aussicht, Weiße zu treffen, sie in Angst und Schrecken. Sie rechneten damit, in Fort Providence als Sklaven gefangen genommen, zusammengekettet und zur Küste gebracht zu werden, um für immer von ihrer Welt zu verschwinden, wie es schon so vielen ihres Stammes widerfahren war.

Die meisten der Ruderer waren deshalb alte Männer, grau und gebeugt, oder schmächtige Grünschnäbel. Sie blieben verängstigt am Ufer hocken, sosehr sich Tom auch bemühte, sie zu beruhigen. «Sie sind nur mitgekommen, weil Bongola, ihr Häuptling, es ihnen befohlen hat», erklärte ihm Aboli. «Als er die Waren sah, die wir mitbrachten, siegte seine Habgier über die Furcht vor Sklavenjägern. Dennoch wollte er nicht selbst herkommen, sondern schickte nur die Leute, die er am ehesten entbehren konnte.»

Sie brachten das Elfenbein an Bord und wogen es, und dann handelten sie mit Fundi einen fairen Preis aus. «Ich will mir das Geschäft nicht verderben, indem ich ihnen zu viel bezahle», erklärte Tom Sarah, «aber ich möchte ihnen auch nichts schuldig bleiben und den Handel mit ihnen zum Erliegen bringen, bevor er richtig begonnen hat.»

Schließlich wurden die Beutel venezianischer Glasperlen, Tuchballen, Kisten voll Handspiegel und Axtköpfen und Rollen von Kupferdraht in die Kanus verladen, und die Lozi machten sich auf die Heimreise. Die kleine Flotte schoss gegen die Strömung den Fluss hinauf, so erleichtert waren die Ruderer, mit dem Leben davongekommen zu sein. Noch als sie hinter der ersten Biegung verschwanden, dankten sie ihren Göttern und Vorfahren mit hysterischen Gesängen.

«Sie werden wiederkommen, wenn die Regenzeit erst zu Ende ist», sagte Aboli voraus. «Dafür wird Bongola sorgen.»

Fundi und drei nicht ganz so ängstliche Lozi, die bei ihm geblieben waren, erklärten sich bereit, die Jahreszeit des großen Regens in Fort Providence zu verbringen und die Hütten und Gärten vor dem Wetter und wilden Tieren zu beschützen. Alle anderen verluden das restliche Elfenbein und richteten sich an Bord der *Centaurus* ein. Während der Regen mit voller Gewalt auf sie niederprasselte, ließen sie das kleine Schiff von der mächtigen Strömung und dem Monsunwind den Fluss hinab und auf den Indischen Ozean treiben.

«Der Kurs an Madagaskar vorbei zum Kap der Guten Hoffnung ist Südsüdost. Markiert es auf dem Kursbrett, wenn Ihr so freundlich sein wollt, Mr. Tyler», befahl Tom.

«Südsüdost, verstanden, Captain.»

«Voll und bei, Mr. Tyler», sagte Tom. Dann nahm er Sarah bei der Hand und führte sie zum Bug. Dort standen sie zusammen und beobachteten, wie die fliegenden Fische durch die Oberfläche des Mosambik-Kanals brachen und silbern blinkend ihrer Wege zogen, wie frisch geprägte Münzen, die jemand über die blauen Fluten hüpfen ließ.

«Wenn ich am Kap einen Pfarrer finden kann, wirst du mich dann heiraten, Sarah Beatty?», fragte er.

«Das werde ich gewiss, Thomas Courtney.» Sie lachte und nahm ihn in den Arm. «Ja, Thomas, das werde ich.»

Die *Centaurus* warf in der Tafelbucht Anker. Es war ein sonniger Morgen, und die Südostbrise blies weiße Kronen von den sanften Wellen. Vor dem schier himmelhohen Berg, dessen Hochebene von dem berühmten Tischtuch bedeckt war, einer unbeweglichen weißen Wolkendecke, gingen sie an Land.

Seit ihrem letzten Besuch am Kap hatte sich die Siedlung erheblich ausgedehnt. Die Regeln der holländischen Ostindienkompanie, die Fremden verboten, Land zu eignen oder sich auf den Kapterritorien niederzulassen, waren nicht weniger drakonisch als die entsprechenden Gesetze ihres englischen Gegenstücks. Bald wurde Tom jedoch klar, dass über diese Regeln freundlich hinweggesehen wurde, wenn man dem richtigen Beamten ein paar Goldgulden in die Hand drückte. Nachdem sie diese «Gebühren» entrichtet hatten, war das Willkommen, das ihnen die Bürger bereiteten, durchaus herzlich, zumal die *Centaurus* schwer beladen war und die Holländer Profit rochen.

Sie planten, am Kap zu verweilen, bis an der Fieberküste die Regenzeit vorbei wäre. Da ihre Unterkünfte an Bord der *Centaurus* allzu eng waren und die Bewegung des Schiffes an der Ankertrosse den Aufenthalt an Bord recht unbequem machte, fand Tom für Sarah und sich selbst Quartier in einem der kleinen Gasthäuser am Rand des Kompanieparks. Die Hauswirtin, eine freigelassene malaysische Sklavin, war sehr freundlich und eine wunderbare Köchin.

In der ersten Woche besuchte Tom all die Kaufleute, deren Lagerhäuser den Hafen säumten, und zu seiner Freude herrschte reger Bedarf nach Elfenbein. Er erzielte einen sehr guten Preis für ihre Ladung. Die Mannschaft erhielt ihre erste Bezahlung und ihre Anteile am Gewinn, seit sie England verlassen hatten. Über die nächsten Monate verprassten die meisten der Männer ihren ganzen Verdienst in den Bierstuben und Bordellen der Stadt, doch Ned Tyler und Dr. Reynolds kauften mit ihrem Geld Land im Constantia-Tal auf der anderen Seite des Tafelbergs.

Tom und Aboli investierten fast ihren ganzen Anteil in Ausrüstung und Verpflegung für ihren nächsten Aufenthalt in Fort Providence und in einen schönen Vorrat der Handelsware, die es in den Kaufhäusern der Kolonie zu kaufen gab.

Tom gab Sarah fünfzig Pfund, die sie in ihre Aussteuer steckte. Unter den Dingen, die sie erwarb, waren ein kleines Cembalo und eine Babywiege, die sie mit Blumengirlanden und Engelchören bemalte.

Die ganze Mannschaft fand sich in der kleinen Kirche im Park ein, als Tom und Sarah schließlich den Ehebund eingingen, und nach dem Gottesdienst trugen sie die frisch Vermählten auf den Schultern zu ihrem Gasthaus, den ganzen Weg singend und Rosenblätter über das Brautpaar streuend.

In einer der Hafenkneipen lernte Aboli eines Tages einen sonnengegerbten kleinen Holländer namens Andries van Houten kennen, den die VOC als Goldsucher nach Afrika geschickt hatte. «Ich habe die Berge durchkämmt, bis nach Stellenbosch hinauf», erzählte van Houten Aboli, nachdem er sich den dritten Krug Bier in den faltigen Hals geschüttet hatte, «aber es gibt einfach kein Gold in dieser gottverdammten Kolonie. Doch im Norden, oben im Norden, da rieche ich Gold.» Er schnupperte die Luft. «Wenn ich nur ein Schiff fände, das mich die Küste hinaufbringen könnte.» Er blickte Aboli hoffnungsvoll an. «Leider habe ich aber keine Gulden in der Tasche, um für die Reise zu bezahlen.»

Aboli stellte ihn Tom vor, und in der Woche danach trafen sie sich jeden Abend. Am Ende erklärte Tom sich bereit, alle Ausrüstung zu besorgen, die van Houten benötigen würde, und ihn nach Fort Providence mitzunehmen, wenn es so weit wäre.

Die schönen Tage am Kap vergingen viel zu schnell, und bald waren sie wieder dabei, die *Centaurus* zu beladen, wobei sie mit

Sarahs Cembalo und Wiege besonders vorsichtig umgingen. Als die Eichen, die die Straßen der Siedlung säumten, schließlich ihr Laub zu verlieren begannen, lichteten sie Anker und segelten nach Norden um das Kap herum und auf den Mosambik-Kanal.

Nach der Einfahrt in die Mündung des Flusses Lunga und während der Reise stromaufwärts sahen sie an der Hochwasserlinie am Ufer und an den Trümmern, die in den Bäumen hingen, wie gewaltig die Fluten in den Monaten des großen Regens gewesen waren. Weiter oben im Hügelland strotzte der Wald vor saftigem, frischem Grün.

Fundi hatte das Vertrauen gerechtfertigt, das sie in ihn gesetzt hatten. Er erwartete sie an der kleinen Bucht vor Fort Providence und zeigte Tom stolz, wie gut er sich in ihrer Abwesenheit um alles gekümmert hatte. Die Lozi hatten sogar die Hütten mit neuen Dächern gedeckt und die Schwachstellen in der Palisade ausgebessert. Sarah ließ ihr Cembalo im Wohnzimmer ihrer Hütte aufstellen und spielte und sang Tom jeden Abend vor.

Die bemalte Babywiege stellte sie neben ihr Bett im Schlafzimmer. Die erste Nacht blickte Tom das kleine Möbelstück nachdenklich an, als er auf der Bettkante saß und sich die Stiefel auszog. «Ich fasse das als eine Herausforderung auf, Mrs. Courtney», sagte er. «Mal sehen, was wir tun können, um das Ding zu füllen.»

Sie hatten nicht viel Zeit für diese Aufgabe, denn nach wenigen Wochen war Tom bereit, die erste Jagdexpedition flussaufwärts zu führen.

Van Houten saß im vordersten Boot auf seiner Kiste Chemikalien, die Goldpfannen griffbereit vor sich aufgestapelt. Er untersuchte jedes Kiesbett und jede Sandbank, an der sie vorbeikamen. Wenn sie an Land gingen, um die Elefantenherden aufzuspüren, schlug sich van Houten mit seinen beiden Lozi-Helfern getrennt in den Dschungel, um in den Hügeln und Bächen nach Spuren des kostbaren Metalls zu suchen.

Die Jagd war sehr erfolgreich. Innerhalb eines Monats hatten sie zwei Bootsladungen Elfenbein zusammen und konnten nach Fort Providence zurückkehren.

Sarah begleitete Tom auf die zweite Expedition, wobei sie den Malkasten mitnahm, den sie am Kap gekauft hatte. So füllte sie die Seiten ihres Skizzenbuchs mit Bildern von der Reise.

Sie folgten dem Fluss weiter landeinwärts als je zuvor, bis sie im Land der Lozi waren. Im ersten Dorf floh die gesamte Bevölkerung beim Anblick der Besucher in den Wald, und es dauerte mehrere Tage, bis sie zaghaft wieder aus dem Busch hervorkamen. Nachdem Fundi und Aboli die Angst und das Misstrauen der Afrikaner endlich überwunden hatten, entwickelten sich gute Beziehungen zwischen dem Stamm und Toms Leuten.

Wie sich herausstellte, waren die Lozi ein durchweg freundliches und frohes Volk. Sie waren klein, doch wohlproportioniert und wirklich hübsch. Manche der Frauen waren wahre Schönheiten mit feinen, nilotischen Zügen. Sie gingen barbrüstig einher und bewegten sich voller Stolz und Anmut.

Aboli führte ein langes, ernstes Gespräch mit den Dorfältesten, und am Ende erwarb er für einen kleinen Beutel Glasperlen zwei der hübschesten, rundesten Jungfrauen als Gemahlinnen. Die Mädchen hießen Falla und Zete. Es war schwer zu sagen, wer über den Handel glücklicher war, der Bräutigam oder die kleinen Bräute, die in dem neuen Schmuck einherstolzierten, den Aboli ihnen als Teil des Brautpreises vermacht hatte, und ihren Gatten stets mit Ehrfurcht und Ergebenheit behandelten.

Dr. Reynolds heilte mit Sarahs Hilfe viele der kranken Lozi, was die Freundschaft mit dem Stamm weiter vertiefte. Als die Expedition weiter flussaufwärts zog, zum Hauptkral der Lozi, kündeten die Trommeln von ihrer bevorstehenden Ankunft. Der oberste Häuptling, Bongola, kam ans Ufer, um sie willkommen zu heißen und zu den neuen Hütten zu führen, die er zu ihren Ehren hatte errichten lassen.

Bongolas Dorf bestand aus mehreren hundert Hütten entlang dem Fluss und an den Hängen der nahen Hügel. Zu jeder Hütte gehörte ein Garten mit Mango- und Bananenbäumen und Maniokpflanzen. In mit Holzbalken eingezäunten Kralen hielten sie das struppige Vieh und die Ziegen des Stammes; dort waren sie sicher vor den nächtlichen Überfällen der Leoparden und Hyänen.

Tom und Aboli, die inzwischen beide fließend Lozi sprachen, hielten jeden Tag ihres Aufenthalts lange *Indabas* oder Palaver mit Bongola ab. Bongola war ein Mann, der gern redete. So weihte er Tom in die jüngere Geschichte des Stammes ein. Die Lozi hatten einst das fruchtbare Land an den Ufern der großen Süßwasserseen im Norden besessen, doch dann waren die Sklavenjäger über sie hergefallen wie der Gepard über die Gazellenherden der großen

Steppen. Die Überlebenden waren nach Süden geflohen und nun seit fast zwei Jahrzehnten von weiterer Not verschont geblieben. Dennoch lebten sie immer noch in ständiger Angst vor den Sklavenjägern, die auf ihren Raubzügen, wie die Lozi wussten, immer tiefer ins Landesinnere vordrangen. «Eines Tages werden wir wieder flüchten müssen», sagte Bongola. «Deshalb waren wir so erschrocken, als wir von eurer Ankunft hörten.»

Tom erinnerte sich an Abolis Geschichten, wie er als Kind von Sklavenjägern gefangen worden war. Er erinnerte sich auch an die Unglücklichen, die er auf den Sklavenmärkten Sansibars gesehen hatte. Wieder empfand er tiefen Abscheu vor diesem Handel und Zorn, weil er nicht in der Lage gewesen war, diesen Menschen ihr Los zu erleichtern.

Der Handel mit Bongola erwies sich als lukrativ: Er verkaufte Tom viel Elfenbein aus seinem Lagerhaus. Irgendwann kehrte van Houten von seinen Ausflügen in die Wildnis zurück und zeigte Tom stolz fünf Stachelschweinborsten, jede an einem Ende mit einem Stopfen versehen. Als er eine Borste öffnete und den Inhalt in die Schale seiner Goldwaage fließen ließ, starrte Tom auf das Häufchen metallischer Flocken und Körner, die gelb in der Sonne glänzten.

«Goldstaub?», sagte er skeptisch. «Seid Ihr sicher, dass es kein Katzengold ist?»

Van Houten runzelte die Stirn über diesen Angriff auf seine Fachkunde und zeigte Tom, wie man die Flocken mit der Säure aus seinem Chemikalienkasten prüfte. «Die Säure zerfrisst alle minderwertigen Metalle, doch nicht das Edelmetall», erklärte er. Sie schauten zu, wie es sprudelte und zischte, als er eine Flocke in die Säure tunkte, doch als er sie wieder herauszog, war das Metall blank und unversehrt.

Er führte Tom zu der Stelle, wo er den Goldstaub ausgewaschen hatte, und zeigte ihm die Kette von Kiesfeldern und Sandbänken in einem Bach in einem der Seitentäler. Auf Toms Bitte gab ihnen Bongola fünfzig Frauen des Stammes mit. Nach ihrer Tradition ließ sich das Mannsvolk nicht zu so niederen Tätigkeiten herab wie Feldarbeit oder in einem Bachbett graben.

Van Houten gab jeder Frau eine Pfanne und zeigte ihr, wie man sie in den Bachgrund tauchte und hin und her bewegte, sodass der Sand und Kies über den Rand der Pfanne schwappte, bis nur noch die schwereren, funkelnden Partikel übrig waren. Die Frauen lernten sehr schnell, und Tom versprach ihnen ein paar Glasperlen für jeden Stachel voll dieses edlen Staubes, den sie ihm bringen konnten.

Van Houtens Goldfeld erwies sich als so ergiebig, dass eine fleißige Frau keinen Tag brauchte, um einen Stachel zu füllen, und bald war das Goldwaschen die Lieblingstätigkeit im Stamm der Lozi. Als einige der Männer an der profitablen Beschäftigung teilhaben wollten, wurden sie von den Frauen wütend vertrieben.

Bald stand wieder die Regenzeit bevor, und so mussten sie die Reise flussabwärts antreten. Unter ihrer Elfenbeinlast lagen die Langboote tief im Wasser, und Tom hatte fast hundert Unzen Goldstaub in seiner Geldtruhe verstaut.

Als Aboli Falla und Zete eröffnete, er würde sie bis zu seiner Rückkehr in der nächsten Trockenzeit bei ihren Familien zurücklassen, erhob sich großes Geheul, und sie vergossen Ströme von Tränen. Sarah tadelte ihn, dass er die jungen Frauen so behandelte. «Wie kannst du so grausam sein, Aboli? Du hast dafür gesorgt, dass sie dich lieben, und nun brichst du ihre kleinen Herzen.»

«Auf der Reise zum Kap der Guten Hoffnung würden sie sterben vor Angst und Seekrankheit, und selbst wenn sie überlebten, würden sie täglich nach ihrer Mutter schreien. Sie würden sich selbst und mir das Leben zur Hölle machen. Nein, sie müssen hier bleiben und auf mich warten, wie es sich für gute Ehefrauen gehört.»

Der Kummer der beiden Mädchen verflog auf wunderbare Weise, als Aboli ihnen seine Abschiedsgeschenke überreichte: Perlen, Tücher und Handspiegel, genug, um sie zu den reichsten Frauen des Dorfes zu machen. Beide Mädchen lachten und kicherten, während sie dem großen Krieger am Ruder des ersten Langbootes nachwinkten.

Als sie zu Beginn der nächsten Trockenzeit ins Land der Lozi zurückkehrten, waren Falla und Zete hochschwanger. Ihre schimmernden schwarzen Bäuche wölbten sich über den Lendenschurzen, und ihre Brüste waren groß wie reife Melonen. Im Abstand von wenigen Tagen gebaren sie zwei kräftige Söhne, wobei Sarah als Hebamme fungierte.

«Bei Gott», sagte Tom, während er sich die Säuglinge ansah, «die sind zweifellos von dir, Aboli. Den armen kleinen Teufeln fehlt nur die Tätowierung, sonst sind sie so hässlich wie der Vater.»

Aboli war wie verwandelt. Von der würdevollen Zurückhaltung und königlichen Haltung, die er gewöhnlich an den Tag legte, war nichts mehr zu sehen, wenn er seine pummeligen, brabbelnden Söhne auf den Knien hielt. Die zernarbte Fratze, die schon tausend Feinde in Grauen versetzt hatte, wurde sanft und mild, geradezu schön. «Dieser hier heißt Zama», eröffnete er Tom und Sarah, «denn aus ihm wird einmal ein mächtiger Krieger werden. Und dieser ist Tula, der zukünftige Dichter und Gelehrte.»

In jener Nacht, in der Dunkelheit ihrer Hütte, legte Sarah ihre Wange an Toms Brust und flüsterte: «Ich will auch einen Sohn. Bitte, Tom, bitte, mein Liebster, gib mir ein Baby, das ich im Arm halten und lieben kann.»

«Ich werde es versuchen», versprach er, «mit ganzem Herzen. Ich will es versuchen.» Doch die Jahre vergingen, zum Teil in Fort Providence, zum Teil auf Expeditionen in die Wildnis des Lozi-Landes und am Kap der Guten Hoffnung, und Sarah blieb schlank und flachbäuchig, mit nichts, was ihren Leib aufquellen oder ihren wohlgeformten Busen schwellen lassen konnte.

Zama und Tula wuchsen schnell zu kräftigen Knaben heran, ganz wie der Vater – groß für ihr Alter und von Natur aus Führer unter den anderen Jungen ihrer Altersgruppe. Sie verbrachten ihre Tage im Wald und auf den Wiesenauen am Fluss, wo sie die Herden des Stammes hüteten. Sie lernten, mit Bogen und Speer umzugehen, und machten sich mit der Lebensweise der wilden Tiere des Waldes vertraut. Am Abend saßen sie zu Abolis Füßen am Feuer und lauschten mit großen Augen seinen Geschichten vom Meer und seinen Schlachten und Abenteuern in fernen Landen.

«Lass uns mit dir gehen, Vater», flehte Zama. Wie Aboli vorausgesagt hatte, war Zama der größere und kräftigere der beiden Brüder.

«Bitte, verehrter Vater», zwitscherte Tula, «nimm uns mit und zeige uns all diese Wunder.»

«Ihr müsst bei euren Müttern bleiben und hier eure Pflicht tun, bis ihr beschnitten und in den Mannesstand aufgenommen worden seid», erklärte ihnen Aboli, «doch danach werden Lord Klebe und ich euch die Welt jenseits der Lozi-Lande zeigen.»

Die Elefantenjagd war weiterhin ergiebig, und van Houten entdeckte ein neues Goldfeld drei Tagereisen nördlich vom ersten, das er gefunden hatte. Dies brachte einen ständigen Strom von Goldstaub nach Fort Providence, der sowohl den Stamm als auch Tom reich machte. Jede Regenzeit brachte die *Centaurus* eine volle Ladung zum Kap der Guten Hoffnung.

Eine angesehene Amsterdamer Bank hatte ein Büro an der Heerengracht oberhalb des Hafens. Dort hatte Tom schon zweitausend Pfund deponiert, und bei seinem nächsten Besuch konnte er seine Einlage verdoppeln. Endlich durfte er sich als einen wohlhabenden Mann betrachten.

Doch dann kam der bittere Augenblick, als Ned Tyler ihm eröffnete, er wäre nun zu alt, noch eine Reise nach Norden zu unternehmen. Sein Haar war inzwischen fein und weiß wie frisch geerntete Baumwolle, sein Rücken krumm, seine einst blitzblanken Augen matt und verschwommen. «Lasst mich auf meiner kleinen Farm hier im Constantia-Tal», bat er Tom. «Ich will mich nur noch um meine Hühner und mein Gemüse kümmern.»

«Ich werde bei Ned bleiben», beschloss Dr. Reynolds. «Ich habe für mein Leben genug Abenteuer erlebt.» Erst als Tom dem Arzt lange in das rote, aufgedunsene Gesicht schaute, wurde ihm klar, wie dieser mit Ned gealtert war. «Ich habe genug davon, Eure Rabauken zu verbinden und zusammenzunähen. Ich möchte ein paar Reben pflanzen. Vielleicht werde ich noch einen guten Wein produzieren, bevor ich sterbe.»

«Doch wer wird sich dann um uns kümmern?», fragte ihn Tom besorgt. «Ihr könnt uns doch nicht einfach an Malaria sterben lassen in der Wildnis dort draußen.»

«Ihr habt schon eine feine kleine Chirurgin in Eurem Trupp», entgegnete der alte Arzt. «Ich habe Frau Sarah alles beigebracht, was ich darüber weiß, wie man ein gebrochenes Bein richtet oder eine Tinktur zusammenmischt. Ich vertraue Euch und Eure Männer ihren guten Händen an. Warum auch nicht – Ihr werdet besser dran sein als mit mir. Sie ist weiß Gott hübscher und gutherziger als ich.»

Alf Wilson übernahm den Posten des Ersten Offiziers an Bord der *Centaurus*, und er stand am Steuerrad, als sie zu Beginn der nächsten Trockenzeit in die Mündung des Lunga einschwenkten. Alle an Bord sahen mit Spannung dieser alljährlichen Rückkehr nach Fort Providence entgegen und wollten sehen, wie Fundi während der Regenzeit in der Siedlung zurechtgekommen war. Sie waren gespannt, ob die Elefantenherden immer noch zahlreich auf den Hügeln des Lozi-Lands zu finden waren und wie viel Gold die Frauen wohl in ihrer Abwesenheit aus den Bachbetten gewaschen hatten.

Aboli gelang es nicht, zu verbergen, wie sehr er sich auf das Wiedersehen mit seinen Frauen und Kindern freute. Inzwischen hatten Falla und Zete für reichlich Familienzuwachs gesorgt. Er hatte jetzt zwei kleine Töchter und zwei weitere Söhne.

Fundi empfing sie wie immer am Ufer vor dem Fort und hieß Tom und Sarah an Land willkommen. In der Siedlung stand alles zum Besten; der Regen hatte kaum Schaden angerichtet. Sarah schlug das Tuch über ihrem Cembalo zurück, spielte einen Akkord und lächelte glücklich, als die Noten noch stimmten. Dann spielte sie den Refrain der «Frauen von Spanien».

Aboli fragte Fundi nach Neuigkeiten vom Stamm und von seiner Familie, doch es gab keine, da der Regen in diesem Jahr besonders heftig und der Fluss nicht befahrbar gewesen war. Kein einziges Kanu aus Bongolas Dorf hatte das Fort erreicht. Aboli war die ganze Zeit unruhig, während die Ladung der *Centaurus* gelöscht, die notwendigen Reparaturen am Fort ausgeführt und die letzten Vorbereitungen für die Expedition zu den Lozi getroffen wurden. Als sie Fort Providence endlich verlassen konnten, saß er an der Ruderpinne des führenden Langboots.

Als erstes Anzeichen, dass etwas ernstlich im Argen lag, fanden sie die ersten, abgelegenen Dörfer der Lozi alle verlassen vor. Sie durchkämmten die Gebiete um jedes dieser Dörfer, fanden jedoch keine Menschenseele noch irgendeinen Hinweis, was mit den Menschen dort passiert war.

Voller düsterer Vorahnungen ruderten sie, so schnell sie konnten, zu Bongolas Dorf weiter. Sie schleppten die Boote über die Untiefen und ruderten, solange gerade noch genug Licht war, um beide Ufer sehen und den Felsblöcken ausweichen zu können, die hier und dort im Fahrwasser lagen.

Sie erreichten das Dorf am frühen Vormittag. Eine furchtbare Stille hing über den Hügeln – kein Trommelklang, niemand stieß ins Horn, um sie willkommen zu heißen. Die umliegenden Gärten waren mit Unkraut überwuchert. Und dann kamen sie an der ersten Hütte am Ufer vorbei. Das Dach war verbrannt, die Wände nackt und düster, der Lehmmörtel ausgewaschen durch die schweren Regenfälle.

Niemand in den Booten sagte einen Ton, doch Abolis Gesicht war eine Maske der Verzweiflung. Er ruderte mit aller Kraft weiter. Sie starrten auf die Ruinen des Dorfes, durch das sie fuhren, die niedergebrannten Hütten, verkommenen Gärten und leeren Viehkoppeln. Auf den hohen Ästen der Bäume hatten sich unzählige Geier niedergelassen, düstere Silhouetten, bucklig mit krummen Schnäbeln. Der süßliche Geruch von Tod und Verwesung hing in der Luft.

Ein einzelnes Kanu lag am Landeplatz; der Boden war offenbar mit Spießen durchlöchert worden. Die Fischroste, auf denen die Männer ihren Fang zu trocknen pflegten, waren umgestürzt, und die Netze lagen in unordentlichen Haufen. Aboli sprang aus dem Boot, als das Wasser noch hüfttief war, watete an Land und rannte das Ufer hinauf zum überwucherten Pfad, der zu Fallas und Zetes Hütten führte.

Tom folgte ihm, holte ihn jedoch erst ein, als er vor dem Dornenzaun stand, der Abolis Grundstück umgab. Aboli stand im offenen Tor und starrte auf die ausgebrannten Hütten seiner Frauen und Kinder. Tom trat neben ihn, doch keiner der beiden Männer sagte ein Wort. Dann ging Aboli langsam weiter hinein und kniete nieder. Aus der weichen, blauen Asche hob er einen winzigen Menschenschädel auf. Er hielt ihn in beiden Händen wie einen heiligen Kelch. Ein mächtiger Hieb musste die Schädeldecke zertrümmert haben. Er starrte in die leeren Augenhöhlen, und Tränen strömten über sein narbengeschmücktes Gesicht. Dennoch war seine Stimme stark, als er zu Tom aufschaute. «Die Sklavenjäger töten die Babys, weil sie den langen Marsch zur Küste ohnehin nicht überleben würden. Ihr Gewicht würde nur die Mütter schwächen, die sie tragen müssten.»

Er berührte die tiefe Kerbe in der Kuppel des winzigen Schädels. «Siehst du das? Sie haben meine kleine Tochter bei den Füßen gepackt und ihren Kopf gegen den Türpfosten geschleudert. Dies war mein zauberhaftes Baby Kassa.» Er hob den Schädel an seinen Mund und küsste die grässliche Wunde.

Tom konnte Abolis Trauer nicht mit ansehen. Er schaute weg und sah, was jemand mit einem verkohlten Stock an die Wand der dachlosen Hütte gekritzelt hatte. Es war in arabischer Schrift: «Gott ist groß. Es gibt keinen Gott außer Gott.» Damit war klar, wer für diese Untat verantwortlich war. Er starrte den Spruch an und versuchte, sich zu fassen. Als er schließlich seine Sprache wiederfand, zitterte seine Stimme vor Grauen. «Wann ist es passiert?», fragte er.

«Es ist vielleicht einen Monat her.» Aboli erhob sich. «Vielleicht etwas länger.»

«Die Sklavenzüge kommen nicht schnell voran, oder?», fragte Tom. «Mit Fußketten und all den Frauen und Kindern …»

«Das stimmt», bestätigte Aboli, «sie sind sehr langsam, und zur Küste ist es ein langer, mühsamer Weg.»

«Wir können sie einholen.» Toms Stimme wurde fester. «Wir können sie einholen, wenn wir sofort aufbrechen und einen Gewaltmarsch einlegen.»

«Ja», entgegnete Aboli, «wir werden sie einholen, aber erst muss ich meine Toten begraben. Bereite alles für den Marsch vor, Klebe. Ich werde fertig sein, bevor es Mittag wird.»

Aboli fand noch zwei kleine Skelette unter den Ruinen und dem Unkraut. Die Knochen waren zerstreut und von den Aasfressern abgenagt, doch er erkannte seine Babys an den Perlenkettchen, die er ihnen geschenkt hatte und die noch um die winzigen Knochen hingen. Es waren seine beiden jüngsten Söhne; sie waren keine zwei Jahre alt gewesen. Aboli sammelte ihre Überreste auf und legte sie auf eine braune Lederdecke.

Dann schaufelte er ihr Grab im Boden der Hütte, in der sie gezeugt worden waren, und begrub sie nebeneinander. Er öffnete eine Vene an seinem Handgelenk, träufelte Blut auf das Grab und betete zu seinen Vorfahren, die Seelen der Kinder gnädig unter sich aufzunehmen.

Als er zum Fluss kam, waren Tom und die anderen fast abmarschbereit. Nach Jahren der Elefantenjagd wusste jeder genau, was er zu tun hatte. Sie gingen in drei Gruppen von jeweils fünf Mann unter dem Kommando von Tom, Alf Wilson und Luke Jervis. Drei Mann wurden zurückgelassen, sie sollten die Boote bewachen.

Jeder trug seine Waffen, Pulver und Blei, seinen Wasserbeutel und eine Decke sowie genug Verpflegung für eine Woche. Das waren sechzig Pfund Gepäck, und wenn die mitgeführten Lebensmittel verbraucht wären, würden sie von dem leben, was sie unterwegs fanden.

«Du bleibst hier bei den Booten», sagte Tom zu Sarah, während er das blaue Schwert aus dem Segeltuch wickelte, in dem er es aufbewahrte. Er hatte die lange Waffe nie auf die Elefantenjagd mitgenommen, da sie ihn beim Gehen behindert hätte, doch nun würde er sie brauchen. «Es wird gefährlich dort draußen. Es wird zum Kampf kommen», erklärte er ihr. Er schnallte sich den Schwertgurt mit der Scheide um die Taille.

«Deshalb muss ich mitkommen. Es wird viele Verletzte und Verwundete geben, und wenn ich nicht mitgehe, wird niemand da sein, sie zu versorgen. Ich kann nicht hier bleiben», erwiderte sie. Er sah die Entschlossenheit in ihrem Blick und ihrer Haltung. Sie hatte bereits ihre Decke und den Medizinkasten gepackt. Aus langer Erfahrung wusste er, dass es keinen Zweck hatte, mit ihr zu streiten. Also gab er nach.

«Halte dich in meiner Nähe. Wenn es gefährlich wird, tu, was ich dir sage, Frau, und versuche nicht, mich in Diskussionen zu verwickeln.»

Mit Aboli und Fundi an der Spitze gingen sie hintereinander durch das niedergebrannte Dorf. Sie kamen an vielen Gerippen vorbei, die Überreste der alten Männer und Frauen und kleinen Kinder, die die Sklavenjäger für zu schwach befunden hatten, den Marsch zur Küste zu überleben. Sie waren erleichtert, als sie diesen Schauplatz von Tod und Verwüstung endlich hinter sich hatten und dem Pfad folgen konnten, den die schlurfende Kette der Lozi-Gefangenen durch den Dschungel gebahnt hatte. Sie waren nach Norden in die Hügel getrieben worden.

Aboli und Fundi legten ein mörderisches Tempo vor. Fundi trug seinen großen Elefantenbogen an einer Schulter und einen Köcher voll Giftpfeile über der anderen. Auch er hatte in dem Massaker seine Familie verloren.

Nach Toms Schätzung legten sie auf dieser ersten Etappe zehn Meilen zurück. Er gab erst den Befehl zum Anhalten, als die mondlose Nacht so dunkel wurde, dass sie den Boden vor ihren Füßen nicht mehr sehen konnten. Er schlief unruhig mit Sarah an seiner Seite, und kurz nach Mitternacht schreckte er hoch, als ein gespenstischer Schrei vom nächsten Hügel zu ihnen hallte. Es war die Stimme eines Menschen, der in der Sprache der Lozi fragte: «Welche Art Männer seid ihr?»

«Ich bin euer Freund Klebe!», rief Tom zurück.

«Ich bin Aboli, Fallas und Zetes Mann!» Aboli warf mehr Holz auf das Feuer, das sofort hell aufflackerte.

«Ich bin Fundi, der Elefantenjäger! Kommt zu uns herunter, Männer der Lozi!»

Sie tauchten zwischen den dunklen Bäumen auf wie Schatten, die erst im Feuerschein zu Menschen wurden. Nicht einmal hundert Menschen hatten den Überfall auf das Dorf überlebt, viele davon Frauen, doch unter ihnen befanden sich auch über fünfzig bewaffnete Krieger mit Wurfspeeren, schweren Elefantenbogen und Köchern mit Giftpfeilen.

Sie setzten sich in einer gedrängten Masse um das Feuer, und die Ältesten beschrieben einer nach dem anderen den Überfall, der das Dorf überrascht hatte, das furchtbare Massaker und die Sklavennahme.

«Manche von uns konnten in den Wald fliehen, andere waren schon draußen auf der Jagd oder beim Sammeln von Wurzeln und wildem Honig. So kam es, dass wir entkommen sind», erklärten sie.

«Wisst ihr, wie es meiner Familie ergangen ist?», fragte Aboli.

«Sie haben Falla und Zete mitgenommen und auch deine Söhne Zama und Tula», antworteten sie. «Wir haben sie in Ketten gesehen, als wir die Sklavenkarawane aus der Ferne beobachteten.»

Den Rest der Nacht saßen sie wach und beklagten die lange Liste derer, die umgekommen oder in Gefangenschaft geraten waren. In der Morgendämmerung, als es Zeit wurde, die Verfolgung wieder aufzunehmen, befahl Tom den alten Männern und Frauen, zu den Ruinen des Dorfes zurückzukehren, die Toten zu begraben und die Gärten zu bestellen, um die Hungersnot abzuwenden, die einer solchen Katastrophe fast immer folgte. «Einige meiner Männer sind noch dort. Sie werden für euch auf die Jagd gehen und euch mit Fleisch versorgen, bis ihr etwas ernten könnt.» Sie machten sich gehorsam auf den Weg, und Tom versammelte die Lozi-Krieger um sich. Die meisten kannte er beim Namen, und mit einigen war er auf der Jagd gewesen. «Wir werden die Karawane verfolgen. Wir werden kämpfen und die Gefangenen befreien», erklärte er ihnen. «Kommt ihr mit?»

«Auch wir wollten ihnen folgen, aber die Araber haben Feuerstöcke, und wir hatten Angst», gaben sie zu. «Doch da auch ihr diese grausame Waffe habt, werden wir mitkommen.»

Fundi suchte die furchtlosesten, erfahrensten Jäger aus und schickte sie als Kundschafter voraus, um zu verhindern, dass sie in einen Hinterhalt oder eine Falle liefen, die die Araber gestellt haben konnten. Dann folgte der Hauptzug mit dem Rest der Lozi der ausgetretenen Sklavenstraße in den Norden.

Sie marschierten in Eiltempo vom Morgengrauen bis in die Dunkelheit. Die Spuren der Sklavenkarawane waren so alt und verwittert, dass nicht einmal Fundi und Aboli sie genau lesen konnten, doch sie wussten zumindest, dass sie an einem Tag dieselbe Strecke hinter sich gebracht hatten, für die die langen Reihen zusammengeketteter Sklaven die sechsfache Zeit brauchten. An so vielen grob zusammengesteckten Unterständen und kalten Lagerfeuern waren sie an diesem Tag vorbeigekommen.

Am nächsten Morgen brachen sie wieder vor Sonnenaufgang auf, und noch am Vormittag stießen sie auf die Überreste der ersten Todesopfer unter den Sklaven. Es waren nur ein paar Knochensplitter und blutverkrustete Fetzen von Lendenschurzen am Wegesrand zu sehen, denn die Araber hatten den Leichen die Ketten abgenommen, und die Aasfresser hatten das tote Fleisch verschlungen.

«Das waren die schwächsten unter den Gefangenen», sagte Fundi. «Sie sind an Erschöpfung und gebrochenem Herzen gestorben. Wir werden viele so finden, bevor wir die Karawane einholen.»

Mit jedem Tag waren die Spuren nun frischer und besser zu lesen. In regelmäßigen Abständen sahen sie die verlassenen Nachtlager der Karawane, und immer wieder kamen sie an den Überresten derer vorbei, die die Mühsal des Marsches nicht überstanden hatten.

Nach zehn Tagen erreichten sie die Kreuzung, wo die Sklavenkarawane aus den südlichen Landen der Lozi mit einem anderen, größeren Zug zusammengetroffen war, der von den großen Süßwasserseen im Westen kam. Fundi und Aboli inspizierten den verlassenen Lagerplatz, wo die beiden Karawanen die erste Nacht nach ihrer Vereinigung verbracht hatten. «Der Zug umfasst jetzt über zweitausend Sklaven», berichtete Aboli. «Ich habe die Schlafplätze gezählt.» Aboli zeigte Tom, wo die Sklaven das Gras platt gedrückt hatten, als sie sich für die Nacht niedergelegt hatten. «Die meisten tragen schwere Lasten, meistens Verpflegung, Korn und Trockenfleisch.»

«Woran erkennst du das?», wollte Tom wissen.

«Die tiefen Fersenabdrücke im Staub zeigen, dass sie unter Last marschierten. Außerdem haben sie Tragekörbe an den Feuern zurückgelassen, und in denen habe ich einzelne Körner und Fleischreste entdeckt», erklärte Aboli. «Die Araber zwingen sie jedoch auch, viele schwere Stoßzähne zu tragen.»

«Elfenbein?» Das erregte Toms Interesse. «Woher sollten sie Elfenbein haben?»

«Die Araber plündern die Dörfer, die sie überfallen. Außerdem sind die Omaner Jäger wie du und ich», schaltete sich Fundi in das Gespräch ein.

«Woher wisst ihr von dem Elfenbein?»

Aboli führte ihn ans andere Ende des Lagers und zeigte auf die Erde. «Hier haben sie die Stoßzähne gestapelt, als sie sich für die Nacht niederließen.» Selbst für Tom waren die langen, gebogenen Abdrücke im Boden deutlich zu erkennen.

«Die Karawane wird von etwa einhundertsechzig arabischen Wachen und Kaufleuten begleitet.» Aboli führte ihn zu den aus Dornzweigen zusammengesteckten Hütten, in denen die Wachen übernachtet hatten, und zeigte auf die Matratzen aus frischem Gras, auf denen sie geschlafen hatten. «Eine für jeden Mann. Außerdem habe ich die Fußabdrücke gezählt.»

«Wie unterscheidest du die Fußabdrücke der Araber von denen der Sklaven?», wollte Tom nun wissen.

«Die Araber tragen Sandalen. Viele führen große Hunde an der Leine – hier: Siehst du die Pfotenabdrücke? Sie halten die Hunde, um die Sklaven zu ängstigen und um Flüchtlinge einzufangen.»

«Wir haben hier jetzt fast eine Stunde verschwendet», unterbrach ihn Tom. «Wir wissen also, mit wie vielen Feinden wir es zu tun haben. Hinterher!»

Der lange Zug schwer beladener Männer und Frauen, den sie nun vor sich hatten, bewegte sich noch langsamer als zuvor, und die viel kleinere Verfolgergruppe, lauter durch Jahre der Elefantenjagd gestählte Männer, holte rapide auf.

Am Vormittag des siebzehnten Tages seit ihrem Aufbruch in Bongolas Dorf kamen zwei der Kundschafter zur Spitze des Zuges zurückgelaufen, wo Sarah mit ihren langen Beinen mühelos mit Tom Schritt hielt, und riefen noch im Laufen: «Wir haben den Rauch ihrer Lagerfeuer vor uns gesehen!»

«Bleibe bei Luke und Alf», befahl Tom seiner Frau. Dann winkte er Aboli zu sich. Im stetigen Trab, in dem sie sich in der letzten Phase der Jagd einer Elefantenherde zu nähern pflegten, wurden sie von den Lozi-Kundschaftern auf die Spitze eines kleinen Granithügels geführt, von wo aus sie weit in die Landschaft schauen konnten, die vor ihnen lag.

Nur wenige Meilen entfernt kritzelten Hunderte kleiner Feuer Rauchfahnen in den wolkenlosen Himmel. «Wir haben sie!», jubelte Tom und führte die anderen in demselben raumgreifenden Trab den Hügel hinab. Innerhalb einer Stunde hatten sie das verlassene Lager erreicht, wo die Feuer noch rauchten. Von dort aus folgten sie der weiten, von Tausenden von Füßen platt getretenen Straße, die sich vor ihnen durch den Busch wand.

Plötzlich hörten sie einen fernen Laut. Sie blieben auf der Stelle stehen. Es war ein trauriges Klagelied Tausender Kehlen, kaum vernehmbar unter der glühenden Mittagssonne, doch von herzzerreißender Schönheit. Die Sklaven besangen ein verlorenes Land, die Heimat und die Menschen, die sie niemals wiedersehen würden.

Tom schaute sich das Gelände an. «Wir schlagen einen Bogen nach rechts», befahl er nach wenigen Sekunden. «Wir müssen uns vor die Karawane bringen und sie vorbeiziehen lassen, damit wir genau sehen können, wie viele es sind und in welcher Formation sie marschieren.»

Sie kamen ans Ende des Waldes. Vor ihnen erstreckte sich offenes Steppenland bis zum Horizont; das blassgrüne Gras flimmerte unter Luftspiegelungen in der heißen Sonne. Vereinzelte *Koppies*, kleine Felsenhügel, lagen auf der weiten Ebene verstreut, und da und dort erhob sich die flache Krone einer Akazie über die Steppe. Zebra-, Gnu- und Gazellenherden grasten überall. Giraffen reckten ihre eleganten Hälse nach dem Akazienlaub, und schwere, dick gepanzerte Nashörner trotteten einsam durch das hohe Gras.

Zwei oder drei Meilen zu ihrer Linken verriet ein feiner Staubnebel, wo die Sklavenkarawane sich im Moment befand, und schnell einigten sich Tom und Aboli, was sie als Nächstes tun wollten. Einer der Granitkegel stand ziemlich genau im Weg der fernen Marschkolonne. Der Gipfel wäre ein idealer Aussichtspunkt, doch sie mussten sich beeilen. Sie ließen die Lozi-Kundschafter zwischen den Bäumen zurück und spurteten über die Steppe.

Außer Atem kamen sie auf der dem nahenden Sklavenzug abgewandten Seite des kleinen Hügels an. Sie ließen sich zu Boden fallen und rangen um Luft. Sobald sie sich genügend erholt hatten, dass sie sich aufsetzen konnten, tranken sie einige Schlücke aus ihren Wasserbeuteln; dann rappelten sie sich auf und erklommen die Felsenkuppe.

Unmittelbar unter dem Gipfel warfen sie sich wieder flach zu Boden, krochen nach vorn und spähten vorsichtig über die Spitze. Die Sklavenkarawane war noch eine Meile entfernt und würde dicht an ihrem Hügel vorbeiziehen.

Tausende winzige Gestalten zogen in einer taumelnden Menschenkette, die fast drei Meilen zum Waldrand zurückreichte. Es war genauso, wie es sich Tom nach Abolis Erklärung der Spuren ausgemalt hatte. An der Spitze der Karawane ritt eine eindrucksvolle Gestalt auf einem Araberhengst. Er trug ein langes grünes Gewand, der Kopf und das Gesicht unter einem dicken Turban derselben Farbe; nur seine Augen waren nicht bedeckt. Zwei splitternackte schwarze Sklavinnen liefen neben dem Pferd her und hielten ein großes, mit Quasten verziertes Sonnendach über den Reiter.

Die anderen Araber marschierten an den Flanken des Zuges. Tom hielt sich sein Fernrohr vors Auge und zählte insgesamt 154 Sklaventreiber. 136 davon waren Fußsoldaten und der Rest beritten. Alle waren dick vermummt und schwer bewaffnet.

Der Sklaven waren zu viele, um sie genau zu zählen, doch Tom sah, dass Abolis frühere Schätzung von ungefähr zweitausend recht genau gewesen war. Die meisten, Männer wie Frauen, waren nackt. Einige trugen Lederfetzen oder Stofflumpen um die Hüften, doch alle waren in Fesseln. Die Kinder waren mit Rindenstricken oder Hautschnüren um den Hals in Gruppen von fünf oder sechs zusammengebunden. Offenbar wollten die Sklaventreiber nichts von ihren Kettenvorräten auf sie verschwenden.

Die Köpfe und Körper aller Sklaven waren mit einer grauen Staubschicht bedeckt, durch die der Schweiß dunkle Spuren zog; sie sahen aus wie Wesen aus einer anderen Welt. Jeder trug irgendeine Last. Selbst die Kinder balancierten Kürbisflaschen oder Getreidekörbe auf ihren Köpfen. Die Frauen trugen die Decken und persönlichen Besitztümer der Sklavenjäger oder Körbe und Wasserbeutel. Die Männer schleppten das Elfenbein. Durch sein Teleskop sah Tom, dass sie Hunderte von Stoßzähnen transportierten, manche davon so groß, dass sie von je vier Mann getragen werden mussten.

Der Zug kroch immer näher an den Hügel heran, auf dem sie lagen, und nun konnten Tom und Aboli mehr Einzelheiten ausmachen und den Klagegesang hören. Eine der Frauen nicht weit hinter der Spitze des Zuges ließ den Korb von ihrem Kopf fallen und sank zu Boden, wobei sie die drei anderen umriss, die mit ihr zusammengekettet waren. Die Frauen um sie herum versuchten, sie wieder auf die Beine zu heben, doch sie war schon zu schwach, um sich aufrecht zu halten.

Die Unruhe führte dazu, dass vier der Sklaventreiber herbeigelaufen kamen. Sie versammelten sich um das gestrauchelte Mädchen, und Tom hörte die zornigen Schreie, als sie versuchten, sie wieder auf die Beine zu bringen. Und dann begann einer, sie mit der *Kiboko*, der Nilpferdpeitsche, zu bearbeiten. Er holte weit aus und zielte zunächst auf ihre Oberschenkel. Als das keine Wirkung zeigte, prügelte er auf ihren Rücken und ihre Hinterbacken ein. Der scharfe Knall der Peitsche auf nackter Haut hallte weit durch die stehende, heiße Luft.

Schließlich fanden sich die Treiber mit dem Verlust eines weiteren Stücks Handelsguts ab. Einer kniete sich hin und nahm dem Mädchen die Fesseln von den Handgelenken. Dann packte er sie bei den Füßen und zog sie aus dem Weg. Seine Kameraden trieben den Zug weiter. Das nackte, staubbedeckte Mädchen ließen sie einfach liegen.

Die Karawane zog nun so dicht an dem *Koppie* vorbei, dass Tom und Aboli die Gesichter der Sklaven mit bloßem Auge erkennen konnten. Aboli versteifte sich plötzlich und packte Tom am Arm. Er zeigte in die Mitte der Sklavenkette, und Tom brauchte einen Augenblick, bevor er sah, was Aboli so aufgeregt machte. Eine Gruppe Kinder zog an ihnen vorüber, Mädchen und Jungen bunt durcheinander, zusammengebunden mit einem langen, leichten Seil, das um ihre Bäuche geknotet war. Jedes Kind trug ein Bündel oder einen Korb auf dem Kopf, je älter und größer das Kind, desto größer und schwerer die Last. Der Junge an der Spitze der Gruppe war der größte. Sein Gang war stolz und mühelos, während die anderen vor Erschöpfung und Verzweiflung nur noch taumeln konnten.

«Zama», sagte Aboli, «mein ältester Sohn. Und der hinter ihm ist Tula.» Seine Stimme war ruhig, doch in seinem Blick lag unermesslicher, brennender Zorn. «Jetzt sehe ich auch Zete und Falla, in der Gruppe hinter ihnen.» Die beiden Frauen waren nackt und am Hals zusammengekettet, die Brüste schwer und voll von der Milch, die ihre ermordeten Säuglinge nun nicht mehr trinken konnten.

Tom wusste nichts zu sagen, mit dem er seinen alten Freund hätte trösten können. So lag er stumm neben ihm und ließ den Elendszug an sich vorüberziehen. Sie schleppten sich so langsam voran, dass es fast zwei Stunden dauerte, bis alle vorbei waren, obwohl die Sklaventreiber sie mit Schreien und knallenden Peitschen unermüdlich antrieben.

Der Karawane folgten Rotten von Hyänen und Schakalen, die es auf die auf der Steppe zurückgelassenen Exkremente der ruhrkranken Sklaven und anderen Unrat abgesehen hatten. Tom hatte gedacht, das zusammengebrochene Sklavenmädchen sei tot, doch er hatte sich getäuscht. Als die Hyänen sie kichernd und heulend vor Gier zu umkreisen begannen, stützte sie sich mühsam auf einen Ellbogen und versuchte, auf die Beine zu kommen, doch das war zu viel für sie. Sie sank wieder zu Boden, zog ihre Knie vor die Brust und schützte ihren Kopf mit den nackten Armen.

Die Hyänenrotte zog sich ein Stück zurück, doch dann kamen sie wieder näher. Eines der Ungeheuer streckte den Hals aus und wollte den Fuß des Mädchens beschnuppern. Sie griff nach einem Stein und warf ihn nach der Bestie. Ein anderes der großen, hundeähnlichen Tiere schlich sich von hinten an sie heran und schlug seine Fänge in ihre Schulter. Während das Mädchen sich im Staub herumrollte und um sich trat, schüttelte die Hyäne so lange den Kopf und zerrte unablässig, bis sie einen Klumpen Fleisch aus der Schulter gerissen hatte, den sie sofort verschlang, während das Mädchen kreischend zusammenbrach. Der Geruch frischen

Blutes machte die Tiere nun vollkommen wild. Eine andere Hyäne schoss vor und packte sie am Fuß. Sie zog ihr Opfer auf dem Rücken hinter sich her wie einen Schlitten. Tom sprang auf und wollte den Hügel hinunterlaufen und sie retten, doch Aboli hielt ihn zurück. «Die Araber sind noch nicht weit genug weg.» Er zeigte zum Ende des Sklavenzuges, der nun eine halbe Meile entfernt sein mochte. «Sie würden dich sehen. Wir können nichts für sie tun.»

Aboli hatte natürlich Recht. Tom ließ sich neben ihn sinken und musste zusehen, wie eine weitere Hyäne vorstürmte und dem Mädchen in den Bauch biss. Die beiden Tiere zerrten nun von beiden Seiten an ihrem Opfer. Ihre schrillen Schreie hallten zu den Männern auf dem Hügel herauf. Schließlich beteiligten sich ein Dutzend andere Hyänen an dem Blutbad, rissen das Mädchen in Stücke, brachen ihr die Knochen mit ihren mächtigen Kiefern und schlangen ihr Fleisch herunter. Ihr Ringen wurde schwächer und endete schließlich. Nach Minuten war von ihr nur ein feuchter, blutiger Flecken Erde übrig, und die Rotte trottete weiter hinter der in der Ferne verschwindenden Karawane her.

Tom und Aboli stiegen von ihrem Aussichtspunkt und folgten ihnen. So beschatteten sie den Sklavenzug, während der Tag dahinschwand und die Sonne sich langsam auf den Horizont zusenkte. Als die Sklaventreiber das Kommando zur Nachtruhe riefen und der Zug sein Lager aufschlug, schlichen sich die beiden näher heran. Im Schutz einer Akaziengruppe studierten sie, wie das Lager angelegt war, wobei sie sich besonders merkten, wo die Araber ihre Pferde anbanden und ihre Unterstände aufbauten.

Erst als die Sonne untergegangen war und es finster wurde, machten sie sich auf den Rückweg. Nach einer Stunde stießen sie wieder zum Rest des Verfolgertrupps. Auf einem abgeschirmten Lagerfeuer kochten sie ihr Abendessen, und während sie hastig aßen, hielt Tom seinen Kriegsrat und gab jedem der Offiziere die entsprechenden Befehle für den Nachtangriff auf das Araberlager. Sobald sie gegessen hatten, zogen sie weiter.

Auf der offenen Steppe sahen sie den Schimmer der Lagerfeuer aus zwei Meilen Entfernung. Tom und Aboli brachten die Lozi-Bogenschützen persönlich in ihre vorgesehenen Stellungen, damit jedes Missverständnis ausgeschlossen war. Dann begaben sie sich selbst an ihre Plätze, und das lange Warten begann. Tom wollte in den dunkelsten Stunden der Nacht angreifen, zwischen Mitternacht und Morgengrauen, wenn die Araber am müdesten und verletzlichsten wären.

Die Lagerfeuer der Karawane brannten langsam zu roten Gluthäufchen nieder. Der große Skorpion des Sternenhimmels, mit hoch erhobenem Stachel, kroch den Himmel über ihnen herunter auf den Horizont zu. Allmählich verstummten die Stimmen und der Gesang der Sklaven; tiefe Stille senkte sich über das Lager.

«Jetzt», sagte Tom endlich und stand auf. Sie schlichen näher heran und schauten sich noch einmal das Lager an, um sich zu vergewissern, dass sich nichts verändert hatte. Das einzige Feuer, das noch lichterloh brannte, war dasjenige bei den Pferden, die in einer Baumgruppe auf Toms Seite des Lagers zusammen festgemacht waren.

Vor den Flammen sah er drei der arabischen Wachen zusammensitzen. Sie tranken Kaffee und unterhielten sich leise. Dabei blickten sie ins Feuer. Das wird sie blind machen, dachte Tom finster. Dann flüsterte er Aboli zu: «Nimm dir den vor, der am nächsten bei dir ist.»

Sie schlichen sich bis zu dem Rand des Feuerscheins vor. Beide hielten ihre Schwerter bedeckt, damit sich das Licht nicht in ihnen spiegeln und die Wachen alarmieren konnte.

«Auf sie!» Tom lief auf Zehenspitzen hinter die Araber, die vor dem Feuer saßen. Den ersten tötete er lautlos mit einem Stich ins Genick. Auf der anderen Seite erledigte Aboli einen anderen, der leblos mit dem Gesicht in die Flammen fiel. Sein Turban und der dichte Bart gingen in Flammen auf und brannten wie eine Fackel.

Der dritte Araber schrie auf und wollte aufspringen, doch Tom schob ihm das blaue Schwert seitlich in den Hals, und der nächste Schrei erstickte gurgelnd im Blut seines Opfers.

Tom und Aboli hockten neben den Leichen der Araber und lauschten auf irgendeine Reaktion aus dem Lager. Die Pferde waren jedoch etwas abseits angebunden, und die sterbenden Araber hatten nicht mehr Lärm gemacht als jemand, der im Schlaf redet. Es blieb alles ruhig. Sie gingen zu den Pferden. Ein Schatten näherte sich aus dem Gebüsch. Tom stieß einen leisen Pfiff aus, der Ruf einer Nachtigall, der sofort mit dem Gegensignal beantwortet wurde. Es war Luke Jervis.

«Alles klar», flüsterte er. Die anderen Araber, die die Pferde bewachten, waren also ebenfalls unschädlich gemacht. Tom lief zu dem braunen Hengst, den der arabische Anführer am Tag geritten hatte. Er band ihn los, sprach leise in sein Ohr und streichelte ihm die Stirn, um ihn zu beruhigen. Dann schwang er sich auf den nackten Pferderücken. Aboli hatte sich ebenfalls ein Pferd ausgesucht, und als er aufgestiegen war, pfiff Tom noch einmal Luke zu.

Luke lief zu seinen Männern zurück, die die Schlafhütten der arabischen Wachen umstellt hatten. Fast im selben Augenblick waren von überall am Rand des Lagers Salven von Musketenfeuer zu hören. Mündungsblitze erhellten die Nacht, als die Matrosen aus nächster Nähe auf die schlafenden Araber schossen. Das Lager wachte murmelnd auf, was sich schnell zu wildem Geschrei wandelte. Die arabischen Sklaventreiber stolperten aus ihren Unterständen, noch halb im Schlaf und mit ihren Waffen fuchtelnd, und wurden von Salve um Salve sowie von den zischenden Pfeilen der Lozi empfangen.

Die Sklaven konnten sich nicht bewegen, da sie an Eisenstangen gekettet waren, die die Sklavenjäger in die harte Erde gerammt hatten. Sie blieben gefesselt liegen, winselnd und heulend vor Angst.

Einige der Araber erwiderten das Feuer, und bald entwickelte sich erbitterter Widerstand. Tom galoppierte zu der Dornenhütte, in die er bei Sonnenuntergang den Anführer der Karawane verschwinden gesehen hatte. Er nahm einen brennenden Knüppel aus dem nächsten Lagerfeuer und warf ihn auf das Dach der Hütte. Es fing sofort Feuer und innerhalb von Sekunden war im Umkreis von hundert Schritt alles hell erleuchtet. Die Hitze trieb den Araber ins Freie; er hatte seine Flinte in der Hand. Er trug keinen Turban, und sein öliges, graues Haar hing ihm strähnig auf die Schultern. Tom riss sein Pferd herum und galoppierte direkt auf ihn zu. Der Araber rührte sich nicht vom Fleck und riss seine Flinte hoch. Tom duckte sich hinter den Hals des Hengstes und ritt weiter auf die Mündung der Muskete zu.

Der Araber feuerte, und inmitten von Pulverdampf hörte Tom die Kugel dicht an seinem Kopf vorbeizischen. Er dachte, der alte Mann würde die Flucht ergreifen, doch dieser blieb einfach stehen. Stolz den Kopf erhoben, hilflos und unbewaffnet schaute er seinem Tod ins Auge. Mit Bewunderung und Respekt beugte sich Tom aus dem Sattel und trieb dem Mann die funkelnde Klinge des

Neptunschwerts mit solcher Gewalt durch das Herz, dass der Araber in die Luft gehoben wurde und tot war, bevor er wieder den Boden berührte. Tom ritt zurück und schaute auf ihn hinab. Der silberne Bart des Arabers wehte leise im Nachtwind. Fast hätte Tom Reue empfunden, doch dann dachte er an die massakrierten Kinder und das Mädchen, das bei lebendigem Leibe von Hyänen verschlungen worden war, und seine Schuldgefühle verflogen, bevor sie ihm etwas anhaben konnten.

Er wendete sein Pferd und blickte die Angriffslinie entlang. Es gab noch zwei Widerstandsnester, in denen die Araber Deckung gefunden hatten und auf die Angreifer schossen. «Wir müssen sie auseinander treiben!», rief er Aboli zu. So stürmten sie mit gezückten Klingen auf die Sklavenjäger ein, wilde Kriegsschreie auf den Lippen, und hackten sie nieder. Die Überlebenden warfen ihre Flinten in den Staub und flohen in die Finsternis.

«Lasst sie laufen», rief Tom seinen Leuten zu. «Sie werden nicht weit kommen. Ich werde Fundi und seine Bogenschützen hinter ihnen herschicken, sobald es hell wird.»

In der Hitze des Gefechts war Tom von Aboli getrennt worden. Nun bahnte sich Tom einen Weg zwischen den Sklavenmassen hindurch und hielt nach seinem Freund Ausschau. Der Kampf war vorüber und das Lager in hellem Aufruhr. Viele der Sklaven hatten die Eisenstangen, an die sie gekettet waren, aus dem Boden gerissen und taumelten schreiend und heulend durch den Feuerschein. Der Lärm war ohrenbetäubend, und niemand hörte auf Toms Befehle; seine Versuche, einige der Sklaven mit Schlägen seiner Schwertscheide zur Vernunft zu bringen, versetzte sie nur noch mehr in Panik. Schließlich gab er es auf und ritt weiter, immer noch auf der Suche nach Aboli. Er sah sein Pferd, das reiterlos durch die Menge irrte, und wurde von brennender Sorge gepackt, jemand könnte seinen Freund aus dem Sattel geschossen haben. So trieb er seinen Hengst voran, und endlich entdeckte er Aboli mit zwei kleinen Jungen auf den Armen, die nackten, staubigen Körper an seine Brust gedrückt.

«Sie sind beide unversehrt, Klebe!», rief Aboli ihm zu. Tom winkte und machte sich auf die Suche nach Sarah. Er wusste, sie war irgendwo in diesem Meer schwarzer Körper und versuchte zu helfen, wo sie konnte. In diesem unberechenbaren Chaos war sie in höchster Gefahr. Sie konnte niedergetrampelt werden oder einem der entkommenen Araber, die immer noch ihre Krummsäbel hatten, in die Hände fallen.

Schließlich sah er ihr goldenes Haar im Feuerschein funkeln und trieb seinen Hengst durch die Menge zu ihr. Er beugte sich hinunter und griff sie um die Taille, hob sie vor sich auf das Pferd und küsste sie. Sie legte ihm die Arme um den Hals und drückte ihn so fest an sich, dass es schmerzte. «Du hast es geschafft, Liebling! Sie sind frei!»

«Und wir werden eine hübsche Ladung Elfenbein nach Hause bringen», grinste er.

«Du niederträchtiger Lump!», lachte sie. «Ist das alles, woran du in diesem Augenblick denken kannst?»

«Mein Vater hat es mir beigebracht: Tu Gutes für die Menschheit, doch vergiss am Ende nie, deinen Preis zu kassieren.»

Sie brauchten die restliche Nacht, in der Sklavenhorde für Ordnung zu sorgen. Die meisten waren noch in Ketten, doch sobald es hell wurde, machten Toms Leute sich an die Arbeit, sie daraus zu befreien. Tom fand ein großes Schlüsselbund am Gürtel des arabischen Anführers, den er getötet hatte. Die Schlüssel passten in die Schlösser, und als alle frei waren, befahl Tom, die Sklaven in Gruppen aufzuteilen, sortiert nach Stämmen und Dörfern. Dann legte er die Verantwortlichkeit für sie in die Hände der Häuptlinge und Dorfältesten.

Sarah kümmerte sich als Erstes um Abolis Familie. Die beiden Knaben waren gesund und unverletzt. Zeta und Falla waren außer sich vor Trauer und Panik, doch Aboli hatte ein ernstes Wort mit ihnen, und schließlich beruhigten sie sich. Als Sarah sich überzeugt hatte, dass sie ihre Hilfe nicht mehr brauchten, ging sie durch die Reihen der anderen Schwarzen, zuerst zu den Kindern. Viele hatte die Ruhr entkräftet, und so verabreichte sie ihnen einen Saft, der ihren Stuhl festigen würde. Danach behandelte sie die Abschürfungen, die die Ketten und Stricke hinterlassen hatten, mit lindernder Salbe. Obwohl sie die ganze Nacht und in den Tag hinein unermüdlich arbeitete, konnte sie mit ihrem kleinen Medizinkasten nicht genug tun für die Hunderte, die sie um Hilfe anflehten.

Tom schickte Fundi und seine Bogenschützen inzwischen hinter den Arabern her, die in die Nacht geflohen waren. Sie waren nicht weit gekommen, und die meisten waren unbewaffnet. Fundis Männer hatten sie bald eingeholt und mit ihren Pfeilen niedergestreckt. Das Gift an den Pfeilspitzen verfärbte das Fleisch um die Wunde violett, bevor es sich durch die Blutbahn fraß wie flüssiges Feuer. Es war kein gnädiger Tod, doch als Tom die Köpfe der Feinde sah, die die Jäger als Beweis ihres Erfolges zurückbrachten, empfand er kein Mitleid. Er hatte die Untaten der Araber noch frisch im Gedächtnis, und sein Zorn hatte sich noch nicht gelegt.

Toms Männer plünderten das Lager und warfen, was sie fanden, auf einen Haufen, damit Tom alles zählen und in sein Logbuch eintragen konnte. Außer dem Berg von Elfenbein entdeckten sie in der Asche der Hütte des Anführers eine kleine Eisentruhe. Die Feuersbrunst hatte ihr nichts anhaben können, und als sie sie aufbrachen, fanden sie Golddinare im Wert von fast dreihundert Pfund darin. «Das rundet den Lohn für unsere guten Taten hübsch ab», sagte er zufrieden zu Sarah.

Sie sammelten die Verpflegungskörbe und Musketen ein, die Pulverfässer und Bleibarren zum Gießen von Kugeln, Stoffballen, Säcke voll Glasperlen und Berge anderer wertvoller Ausrüstung.

«Wie willst du all das nach Fort Providence schaffen?», fragte Sarah skeptisch. «Du könntest dich gezwungen sehen, das meiste hier zu lassen.»

«Darum werde ich mich schon kümmern», versprach Tom grimmig. Er ließ alle Häuptlinge der befreiten Sklaven zu sich kommen und erklärte ihnen, er würde die Nahrungsvorräte unter den verschiedenen Stämmen aufteilen und die Frauen und Kinder in ihre Dörfer zurückkehren lassen. Als Gegenleistung für ihre Freiheit sollten alle Männer jedoch als Träger für ihn arbeiten und die Beute ins Land der Lozi bringen. Danach könnten sie ihren Frauen in die Heimat folgen. Er würde die Männer für ihre Arbeit mit Tauschwaren bezahlen. Die Häuptlinge waren über diese Regelung hoch erfreut, denn natürlich würde aller Lohn, den ihre Untertanen verdienten, direkt in ihre Taschen fließen. Bis zu diesem Augenblick hatten sie nicht begriffen, dass sie wieder frei waren; sie hatten vielmehr geglaubt, sie wären lediglich vom Besitz des einen Sklavenherrn in den eines anderen übergegangen.

Sie brauchten mehrere Tage, die Verpflegung aufzuteilen und

die verschiedenen Karawanen zusammenzustellen, bevor Tom die Frauen auf den Heimweg schicken konnte. Als es so weit war, sangen sie voll Dankbarkeit Lobpreisungen für die weißen Männer, die sie gerettet hatten. Dann machte sich der Zug der schwer beladenen Männer auf den Weg nach Süden, Tom und Sarah an der Spitze, auf dem Rücken der Araberpferde, die sie erbeutet hatten.

Tom ließ Fundi und zwanzig seiner furchtlosen Jäger zurück, um die Sklavenstraße zu bewachen. Sobald sie eine andere arabische Karawane sichteten, sollten sie Läufer nach Fort Providence schicken und Tom alarmieren.

Als sie in Fort Providence ankamen, stellte Tom fest, dass er mehr als eine Ladung Elfenbein für die kleine *Centaurus* hatte.

«Wir brauchen nicht mehr auf Jagd gehen, wenigstens nicht diese Saison», erklärte er Sarah. «So kann ich mich ganz darauf konzentrieren, mehr arme Sklaven aus den Klauen der verfluchten Muselmanen zu befreien.»

Sein Ton war ernst und pietätvoll, doch das Lächeln in seinen Augen entging ihr nicht, und sie nahm ihm diese neu gefundene Frömmigkeit nicht ab. «Ich wünschte, du meintest das ernst, Thomas Courtney. Nur schade, dass ich dich zu gut kenne. Dir geht es doch nur um das Elfenbein und ein gutes Gefecht.»

«Dein Urteil ist zu streng, meine Hübsche», widersprach er grinsend, «doch worüber wolltest du dich beschweren? Dir selbst geht es nur darum, dich um deine schwarzen Schützlinge kümmern zu dürfen. Wir bekommen also beide, was wir wollen.»

«Das nächste Mal wird es nicht so einfach sein», warnte sie ihn. «Die arabischen Kaufleute werden dich erwarten.»

«Ach ja? Keine Sorge, für den Fall habe ich mir schon etwas ausgedacht.»

Sie hatten fast zweihundert arabische Musketen erbeutet und einen guten Vorrat an Pulver und Blei. Anstatt auf die Elefantenjagd zu gehen, bildeten Tom und seine Mannschaft fünfzig Lozi-Krieger zu Musketieren aus. Sie hatten dafür die aussichtsreichsten Kandidaten ausgesucht, doch selbst die hatten Schwierigkeiten mit einer Waffe, die ihrer Kultur so fremd war. Sie überwanden nie ganz ihre Angst und Ehrfurcht vor der Feuerwaffe, und vor jedem Schuss kniffen sie die Augen fest zusammen.

Bald erkannte Tom, dass er niemals Scharfschützen aus ihnen machen würde, und drillte sie von da an für massive Salven aus kleiner Entfernung. Er gab ihnen keine einzelnen Kugeln als Munition, sondern eigens für diesen Zweck gegossenen Schrot, mit dem selbst sie irgendetwas treffen würden.

Nach wenigen Wochen kam einer von Fundis Läufern aus dem Norden und meldete, dass sich wieder eine Karawane von den großen Seen näherte. «Es wird Zeit, dass ich meine neue Strategie ausprobiere», sagte Tom zu Sarah. «Kann ich dich vielleicht diesmal überreden, hier in Fort Providence zu bleiben? Es könnte sehr gefährlich werden.» Als Antwort lächelte sie nur und packte ihre Instrumente zusammen.

Die Karawane erwies sich als noch größer und mit noch mehr Schätzen beladen, doch dafür wurde sie von vielen arabischen Kriegern begleitet, zu Fuß und zu Pferde, eine Übermacht von fast zwei zu eins. Tom und Aboli beschatteten die Araber mehrere Tage, bevor sie einen Angriffsplan ausarbeiten konnten.

Bald war klar, dass die arabischen Sklavenjäger vom Schicksal der ersten Karawane erfahren hatten; offensichtlich waren sie in höchster Alarmbereitschaft. Sie bewegten sich hinter einem Netz von Kundschaftern, und beim ersten Anzeichen von Gefahr gingen sie mit militärischer Präzision sofort in Verteidigungsformation. Nachts lagerten sie in sorgfältig errichteten Dornenfestungen, umgeben von einem Ring von Wachen.

Tom und Aboli setzten sich vor den Sklavenzug und fanden eine Furt durch einen breiten Strom, wo die Karawane mit Sicherheit durchkommen würde. Sie zogen ihre Streitmacht vor und massierten die Männer im dichten Wald am anderen Ufer.

Schließlich erreichte auch die Sklavenkarawane den Strom und begann die langwierige, schwerfällige Überquerung. Tom ließ die Spitze des Zuges unbehelligt ans andere Ufer kommen und als die Hälfte der Sklaven und Soldaten den Fluss hinter sich hatten, schnitt er sie ab und fiel mit seinen Leuten über die Spitzengruppe her.

Aus ihren sorgfältig getarnten Stellungen feuerten die Lozi-Musketiere massive Salven Schrot in die Reihen der arabischen Wachen, mit verheerender Wirkung. Eine Weile gab es eine wilde Schlacht, doch die arabischen Truppen an der Spitze der Karawane waren in der Unterzahl und wurden durch diese ersten Salven in Stücke geschossen. Als ihre Kameraden auf der anderen Seite des Flusses ihnen zu Hilfe kommen wollten, wurden sie von den gezielten Schüssen der englischen Seeleute zurückgetrieben.

Bei Einbruch der Dunkelheit endeten die Kämpfe auf dieser Seite des Stroms. Toms Männer hatten der Karawane den Kopf abgeschlagen und die arabische Eskorte aufgerieben. Sie hatten zudem den gesamten Schießpulvervorrat der Araber erbeutet. Toms Streitmacht war nun in der Übermacht und die Araber, die sich noch am anderen Ufer befanden, litten unter verzweifeltem Munitionsmangel.

Tom brachte seine Männer über den Fluss zurück und führte eine Reihe von Blitzangriffen auf die arabischen Stellungen. So zwang er die Araber, sich zu verteidigen und ihr letztes Pulver zu verschießen. Als das geschehen war, setzte er zur Hauptattacke an und zerschlug die arabische Schlachtordnung. Ohne Munition mussten sie sich in verzweifelten Zweikämpfen verteidigen, in denen die Lozi mit ihren kurzen Spießen ein grässliches Blutbad anrichteten. Der letzte Araber wurde in den Fluss getrieben, wo, angezogen vom Geruch des Blutes im Wasser, die Krokodile auf ihn warteten.

Nach den Kämpfen befreite Tom über dreitausend Sklaven und zog mit einer langen Kolonne von Trägern und reicher Beute nach Fort Providence zurück.

Fundis Kundschafter behielten die Sklavenstraße weiter im Auge, doch dies war die letzte Karawane, die sich in jener Trockenzeit zur Fieberküste durchzuschlagen versuchte. «Wir können nur beten, dass die Geschäfte nächstes Jahr besser gehen», sagte er zu Sarah. Sie standen zusammen auf dem Achterdeck der *Centaurus*. Die Regenzeit stand kurz bevor, und sie waren auf dem Weg zum Ozean.

«Wenn die Geschäfte noch besser werden, wird dieses Schiff unter der Last versinken», schüttelte sie den Kopf. «Ich kann nicht einmal in meine Kabine, so ist sie mit Stoßzähnen voll gestopft.»

«Diese Kinder, die du überallhin mitschleppst, sind der wirkliche Ballast», verteidigte sich Tom.

Sarah hatte vier entzückende Waisenkinder aus der Sklavenkarawane in ihre Obhut genommen. Mit denen lebte sie nun ihre mütterlichen Instinkte aus. Sie drängten sich um sie in den Kleidern, die sie für sie genäht hatte, und hingen ihr Daumen lutschend an den Rockschleppen. «Thomas Courtney, bist du etwa eifersüchtig auf ein paar kleine Kinder?», fragte sie ungläubig.

«Wenn wir am Kap der Guten Hoffnung sind, werde ich dir einen hübschen Hut kaufen, um deine Liebe wiederzugewinnen», versprach er.

Sie öffnete den Mund und wollte sagen, sie hätte viel lieber ein Baby von ihm, doch dies war für beide ein schmerzliches Thema. «Und ein dazu passendes Kleid», lächelte sie also. «Ich laufe seit Monaten in denselben Lumpen umher.» Sie drückte seinen Arm. «Ach Tom, es ist so schön, die Zivilisation wiederzusehen, selbst wenn es nur für kurze Zeit sein wird.»

Der Kalif von Oman, Abd Muhammad al-Malik, lag sterbend in seinem Palast zu Maskat, und nicht einmal seine weisesten Ärzte vermochten zu ergründen, was die Ursache der geheimnisvollen Krankheit war, die ihn befallen hatte. Sie hatten ihm die Därme gereinigt, bis ihm das Blut aus dem Anus tropfte. Sie hatten die Venen in seinen Armen angezapft und ihn zur Ader gelassen, bis sein hageres Gesicht kreidebleich war und seine Augenhöhlen pflaumenblau. Sie hatten mit heißen Eisen die Krankheit auszubrennen versucht, bis seine Brust und sein Rücken mit Blasen übersät waren. Doch nichts hatte geholfen.

Die Krankheit hatte sich zum ersten Mal gezeigt, kurz nachdem Prinz Zayn al-Din von seiner langen Pilgerfahrt nach Mekka, zu den Heiligtümern des Islam, zurückgekehrt war, die sein Vater ihm als Strafe für seinen Verrat auferlegt hatte. Wieder hatte Zayn al-Din sich vor seinem Vater in den Schmutz geworfen und um Vergebung gefleht. Er hatte sich mit einem scharfen Messer Wangen und Brust geritzt. Er hatte sich Asche und Staub auf den Kopf gestreut und war jammernd und heulend auf Händen und Knien vor seinen Vater gekrochen.

Al-Malik war dann vom Elefantenthron gestiegen und hatte ihm aufgeholfen. Mit dem Saum seines Gewandes hatte er seinem Sohn das Blut und den Schmutz aus dem fetten Gesicht gewischt. Und dann hatte er ihn auf die Lippen geküsst. «Du bist mein Sohn. Ich hatte dich verloren, doch nun bist du wieder mein Sohn», hatte er gesagt. «Gehe und bade dich und wechsle das Gewand. Lege die blaue Robe des omanischen Königshauses an und nimm deinen Platz auf dem Kissen zu meiner Rechten ein.»

Kurze Zeit später stellten sich furchtbare Kopfschmerzen ein, die den Kalifen verwirrt und benommen machten, und dann begannen die Krampfanfälle und das plötzliche Erbrechen. Der Bauch schmerzte ihm, sein Stuhl war schwarz und teerig und sein Urin dunkelrot vor Blut.

Die Ärzte versuchten alles, seinen Zustand zu bessern, doch die Krankheit wurde nur noch schlimmer. Seine Fingernägel färbten sich blau. Das Haar fiel ihm in Büscheln von Kopf und Bart. Er fiel immer öfter in ein Koma, und sein Fleisch schmolz dahin, sodass sein kahles Haupt bald wie ein Totenkopf aussah.

Da er wusste, dass das Ende nahe war, versammelte er seine dreißig Söhne um das Bett in seinem dunklen, stickigen Schlafgemach. Sein ältester Sohn, Zayn al-Din, saß ihm am nächsten und sprach die Gebetsgesänge vor, in denen sie Allah anflehten, ihren Vater aus seinen Qualen zu befreien.

Einmal, in einer Pause zwischen den Gebeten, hob Zayn al-Din seinen tränenvollen Blick und schaute durch den Raum zu seinem Halbbruder Ibn al-Malik Abubaker, dem Sohn einer der geringeren Konkubinen. Seit seiner Kindheit in der Zenana auf der Insel Lamu war er Zayns treuer Freund und Kamerad gewesen. Normalerweise hätte ihn sein niederer Rang im königlichen Haushalt zur Bedeutungslosigkeit verurteilt, doch, wie ein altes Sprichwort der Wüstenbewohner sagt, jeder Mann braucht ein Kamel, um durch die Wüste zu kommen, und Abubakers Kamel war Zayn al-Din. Auf dem Rücken seines älteren Halbbruders würde er eines Tages die Macht ergreifen – das hatte er sich vor langer Zeit vorgenommen. Er wusste zudem, dass Zayn al-Din ihn brauchte, nicht nur wegen seiner Loyalität, sondern auch, weil er schlau und gerissen war. In der Schlacht von Maskat war er an Zayns Seite gewesen und hatte ihn zu verteidigen gesucht, als die osmanische Streitmacht aufgerieben wurde, doch in den Wirren der Schlacht hatte ihn eine Lanze in die Brust getroffen und vom Pferd geworfen.

Nach der Schlacht hatte er sich von seiner Wunde erholt, und der neue Kalif hatte ihn begnadigt, denn al-Malik war stets gnädig mit seinen Söhnen. Statt dankbar zu sein, hasste Abubaker seinen Vater dafür nur noch mehr. Wie Zayn al-Din war auch Abubaker ehrgeizig und hinterhältig, ein geborener Verschwörer, machthungrig bis zum Letzten. Er wusste, sein Vater mochte ihm vergeben haben, doch sein Verrat würde niemals vergessen sein, solange der Kalif am Leben war. Möge dieses Leben kurz sein, dachte er, als sich quer durch die Weihrauchnebel in dem gedrängten Raum sein Blick mit jenem Zayn al-Dins traf. Dieser nickte ihm unauffällig zu, und als Zeichen, dass er verstanden hatte, senkte Abubaker den Blick und betastete seinen Schnurrbart.

Abubaker war es gewesen, der das bittere weiße Pulver beschafft hatte, das hier am Werke war. Einer der Ärzte, die sich um den sterbenden Kalifen kümmerten, war Abubaker verpflichtet. Das Gift wurde in winzigen Dosen verabreicht und sammelte sich im Körper des Opfers an, sodass die Symptome langsam schlimmer wurden. Nun kam Abubaker mit seinem Bruder zum stummen Einverständnis, dass die Zeit gekommen war, dem Kalifen die letzte Dosis einzugeben, die seinem Leben ein Ende machen würde.

Abubaker verbarg das Gesicht hinter seinem schwarzen Kopftuch, als wollte er seine Trauer nicht zeigen, und lächelte. Morgen um diese Zeit würde sein Bruder Zayn al-Din auf dem Elefantenthron sitzen, und er, Ibn al-Malik Abubaker, würde zum Kommandanten der Armeen und Flotten von Oman befördert werden. Diesen Posten hatte Zayn al-Din ihm versprochen und dazu noch den Titel eines Imam sowie zweihunderttausend Rupien aus den königlichen Schatzkammern. Abubaker hatte sich immer schon als großen Krieger gesehen, doch nun wusste er, dass seine Zeit gekommen war. Von morgen an wäre sein Aufstieg unaufhaltsam. «Danke, Bruder Zayn», flüsterte er. «Möge Allah dich mit zehntausend Segnungen beglücken.»

Am Abend gaben die Ärzte dem Kalifen einen Trank, der ihm das Einschlafen erleichtern und ihn für den Anschlag der Dämonen der Nacht stärken sollte. Al-Malik hustete, spuckte die Medizin mehrmals aus und drehte den Kopf weg, doch die Ärzte hielten ihn sanft fest und träufelten ihm den letzten Tropfen in die Kehle.

Er lag so still und bleich, dass die Ärzte zweimal in der langen, heißen Nacht seine Augenlider öffneten, ihm eine Lampe vors Gesicht hielten und nachschauten, ob die Pupillen schrumpften, und nach jedem Mal deklamierten sie: «Bei der Liebe und Gnade Allahs, der Kalif lebt noch.»

Als das erste kupferrote Morgenlicht durch die Ritzen des Ostfensters drang, richtete sich der Kalif plötzlich auf und rief mit lauter, klarer Stimme: «Gott ist groß!» Dann fiel er auf das schweißnasse Kissen zurück. Ein dünnes Blutrinnsal zeigte sich unter seinen Nasenlöchern und floss ihm über die Wangen.

Die Ärzte eilten zu ihm und stellten sich im Kreis um ihn herum, und obwohl alle seine Söhne die Hälse reckten, konnten sie ihren Vater in diesem Augenblick nicht sehen. Der Oberarzt flüsterte dem Wesir düstere Worte ins Ohr. Der Wesir wandte sich dann den Söhnen zu, die auf ihren Stühlen saßen, und intonierte mit würdevoller Stimme: «Abd Muhammad al-Malik, der Kalif von Oman, ist tot. Möge Allah seine Seele bei sich aufnehmen.»

«Im Namen Allahs», antworteten die Prinzen im Chor, viele von ihnen mit vor Trauer verzerrtem Gesicht.

«Nach den Wünschen seines Vaters ist Zayn al-Din sein Nachfolger auf dem Elefantenthron von Oman. Möge Allah ihn segnen und ihm eine lange, ruhmreiche Herrschaft schenken.»

«Im Namen Allahs!», wiederholten die Söhne, doch niemand unter ihnen zeigte Freude über diese Bekanntmachung. Sie wussten, es lagen finstere Zeiten vor ihnen.

Außerhalb von Maskat ragte eine felsige Landzunge ins Meer. Ihre Spitze fiel senkrecht in tiefes, kristallklares Wasser ab, unter dem das Korallenriff sich so scharf abzeichnete, als wäre es ein Marmormosaik. Am Rand dieses Abgrunds hatte der neue Kalif einen Pavillon aus poliertem rosa Granit bauen lassen, den «Palast der Vergeltung», wie er ihn nannte. Von seinem Kissen im Schatten der Säulen konnte er das Meer am Fuß der Klippe sehen und die langen, dunklen Schatten der Haie betrachten, die über das Riff glitten. Als der Palast gebaut wurde, hatte es dort noch keine Haie gegeben, doch nun waren sie zahlreich und wohlgenährt.

Zayn al-Din aß von einem reifen Granatapfel, als sie noch einen der Offiziere seines Vaters vor ihn schleppten. Der Mann war barfuß. Man hatte ihm das Haar und den Bart abrasiert, und als Zeichen seiner Verdammnis war ihm eine Kette um den Hals gelegt worden. «Du warst nicht gut zu mir, bin-Nabula, als ich bei meinem Vater, Allah segne seine heilige Seele, in Ungnade war», sagte der Kalif. Er spuckte einen der Kerne aus und traf den Mann damit im Gesicht, doch der alte bin-Nabula zuckte mit keiner Wimper und blickte seinem Peiniger kalt in die Augen. Bin-Nabula hatte das Kommando über al-Maliks Heer und Flotte geführt; er war ein stolzer Krieger.

«Du hast mich ‹das fette Hündchen› genannt», schüttelte Zayn al-Din traurig den Kopf. «Das war sehr grausam von dir.»

«Der Name hat gut zu dir gepasst», erwiderte der Verurteilte. «Doch seitdem bist du noch fetter und ekelhafter geworden. Ich danke Allah, dass dein edler Vater nicht sehen muss, welche Pest er über sein Volk gebracht hat.»

«Du warst immer schon geschwätzig, alter Mann, doch von diesem Laster kann ich dich heilen.» Zayn al-Din nickte seinem neuen General zu. «Meine kleinen Freunde dort unten sind hungrig. Wir wollen sie nicht länger warten lassen.»

Abubaker verbeugte sich. Er trug einen polierten Brustpanzer und einen Pickelhelm mit seidenem Nackentuch. Als er sich wieder aufrichtete, spielte ein Lächeln auf seinen Lippen. Das Lächeln dieses schmalen Mundes mit den spitzen Zähnen eines Barrakudas war ein grässlicher Anblick, doch bin-Nabula verzog immer noch keine Miene. «Viele gute Männer sind vor mir diesen Weg gegangen», sagte er ruhig. «Deren Gesellschaft ist mir lieber als deine.»

Die Hinrichtungen waren seit der Thronbesteigung des neuen Kalifen vor einem Monat zur täglichen Routine geworden. Hunderte einst mächtiger und bedeutender Männer waren über diese Klippe den Haien zum Fraß vorgeworfen worden. Zayn al-Din hatte ein langes Gedächtnis für Kränkungen und Beleidigungen, und weder er noch General Abubaker schienen dieses Spiels müde zu werden.

«Nehmt ihm die Kette ab», befahl Abubaker seinen Männern. Er wollte nicht, dass bin-Nabula zu schnell versank. Sie nahmen dem Gefangenen die schwere Kette vom Hals und führten ihn zum Block.

«Beide Füße», befahl Abubaker, und die Soldaten legten bin-Nabulas Füße auf den Block. Abubaker hatte die Bestrafung weiter verfeinert: Ohne seine Füße konnte der Verurteilte sich zwar über Wasser halten, doch nicht an Land schwimmen, und das Blut aus den Stümpfen zog die Haie an und versetzte sie in einen wahren Fressrausch.

Er zog sein Schwert und ließ die Klinge über bin-Nabulas Beinen durch die Luft sausen. Dabei lächelte er weiter mit seinen spitzen, schiefen Zähnen. Der alte General blickte ihn ungerührt an, ohne eine Spur von Furcht zu zeigen. Abubaker hätte diese Aufgabe einem seiner Männer überlassen können, doch dafür bereitete sie ihm zu viel Freude. Er legte dem alten Mann die Schneide der gekrümmten Klinge auf das Fußgelenk und zielte seinen Hieb mit zusammengekniffenen Augen.

«Ein einziger, sauberer Hieb», spornte ihn Zayn al-Din an, «oder du musst mir eine Strafe bezahlen, mein Bruder.»

Abubaker hob die Klinge, hielt sie eine Sekunde hoch und ließ sie niedersausen. Der Stahl zischte durch die Luft, schmatzte durch Fleisch und Knochen und landete mit einem Knall auf dem hölzernen Henkersblock. Der weiße Fuß mit seinen blauen Venen fiel auf den polierten Granitboden, und Zayn al-Din klatschte in die Hände. «Wahrlich ein sauberer Hieb. Aber schaffst du es noch einmal?»

Abubaker wischte mit einem Seidentuch, das ein Sklave ihm reichte, die Klinge ab und bereitete sich auf die Amputation des anderen Fußes vor. Wieder ein Zischen und ein Knall, und diesmal blieb die Klinge tief in dem Holzblock stecken. Zayn al-Din brüllte vor Lachen.

Die Soldaten trugen bin-Nabula zum Klippenrand. Sein Gewand blähte sich um ihn, als er aufs Meer zustürzte, doch er gab keinen Laut von sich. Manche der Opfer hatten bis zum Schluss geschrien, was Zayn al-Din große Freude zu bereiten pflegte. Bin-Nabula tauchte tief ins Wasser ein. Als sich die Wellen beruhigt hatten, sahen sie, wie er an die Oberfläche kam und den Kopf über Wasser zu halten versuchte, doch um ihn formte sich schon eine blutrote Wolke im Meer.

«Da!» Zayn al-Din zeigte mit zitterndem Finger aufs Wasser und kreischte vor Aufregung. «Sieh nur meine wunderhübschen Fischlein!»

Dunkle Umrisse kreisten aufgeregt um den alten Mann, immer schneller, je näher sie an die Oberfläche kamen.

«Ja, meine Kleinen, kommt, kommt!»

Der erste Hai biss zu, und bin-Nabula wurde unter Wasser gezogen, das jedoch so klar war, dass Zayn al-Din das Festmahl, das er seinen Schoßtieren bereitete, genau verfolgen konnte.

Als das Spiel vorbei war und es nichts mehr zu beobachten gab, ging er zu seinem Haufen Kissen unter dem seidenen Sonnendach zurück und ließ sich einen Becher kalten Scherbett bringen. Er nippte daran und winkte seinen Bruder zu sich. «Gut gemacht, Abubaker, aber es ist schöner, wenn sie schreien. Ich glaube, der alte Scheitan ist nur stumm geblieben, um mir den Spaß zu verderben.»

«Bin-Nabula war schon immer ein sturer alter Ziegenbock», stimmte Abubaker zu. «Auf der Liste, die du mir gegeben hast, waren sechshundertundzwölf Namen. Es ist traurig, Majestät, doch bin-Nabula war Nummer sechshundert. Wir sind fast am Ende der Liste.»

«Nein, nein, mein liebster Bruder, wir sind noch lange nicht am Ende. Um einen meiner größten Feinde haben wir uns überhaupt noch nicht gekümmert.»

«Nenne mir den Namen des Schurken.» Abubaker zeigte seine schiefen Zähne in einer Grimasse, die zu hässlich war, als dass man sie noch als Lächeln bezeichnen konnte. «Sage mir, wo er zu finden ist, und ich werde ihn für dich aufstöbern.»

«Du kennst ihn gut, mein Bruder. Auch du hast eine Rechnung mit ihm zu begleichen.» Zayn al-Din beugte sich nach vorn, dass ihm der Bauch in den Schoß sackte, hob den Saum seines Gewandes und rieb sich das verkrüppelte Fußgelenk. «Noch nach so vielen Jahren schmerzt mir der Fuß, wenn ein Gewitter in der Luft liegt.» Endlich dämmerte Verständnis in Abubakers dunklen Augen und Zayn al-Din fuhr leise fort: «Es hat mir auch nicht gefallen, an einem Seil durch das Stadttor von Maskat geschleift zu werden.»

«Al-Salil», nickte Abubaker, «der rothaarige, grünäugige Teufel. Ich weiß, wo ich ihn finden kann. Unser geheiligter Vater, Allah segne sein Gedenken, hat ihn nach Afrika entsandt, um unsere Karawanenstraßen wieder zu eröffnen.»

«Nimm so viele Schiffe und Männer, wie du brauchst, Abubaker. Gehe nach Afrika. Finde ihn und bringe ihn zu mir – gebrochen, wenn du es wünschst, aber nicht tot. Verstehst du?»

«Gebrochen, aber nicht tot. Ich verstehe Euch vollkommen, Majestät.»

Yasmini watete in den See hinein. Vor Kälte zog sie ihren ohnehin schon flachen Bauch noch weiter ein und legte sich die Hände auf den Kopf. Dorian lag auf dem makellos weißen Sand und beobachtete sie. Obwohl sie sich nur Minuten zuvor geliebt hatten, wurde er es niemals müde, diesen Körper, der aus Elfenbein und Honig gemacht zu sein schien, anzuschauen. Seit der Flucht aus der Zenana war sie zu ihrer vollen Schönheit erblüht. Sie sprudelte über vor Begeisterung über all die Wunder um sich herum, und wenn sie allein waren, beglückte sie ihn mit ihrem Sinn für Spaß und Streiche.

Hüfttief im See formte Yasmini eine Schale mit ihren Händen und trank von dem süßen Nass. Als sie schluckte, sickerten einige Tropfen zwischen ihren Fingern hindurch und tropften ihr auf die Brust. Die Sonne spiegelte sich in den Tropfen auf ihrer zarten Haut und ließ sie auffunkeln wie eine Diamantkette. Die Brustwarzen versteiften sich und standen aufrecht unter der Berührung des kühlen Wassers.

Sie blickte zu ihm und winkte. Dann ließ sie sich zitternd in das kalte Wasser sinken, bis nur noch ihr Kopf zu sehen war. Ihr Haar mit der silbernen Strähne trieb in einem schimmernden, dunklen Kreis um ihr Lotosantlitz.

«Habe Mut, Herr! Komme ins Wasser!», forderte sie ihn heraus, doch er winkte träge ab. Nach dem monatelangen Marsch von der Küste war diese Ruhepause ein unendlicher Genuss.

«Fürchtet sich der große Scheich, der mächtige Krieger, der Sieger von Maskat vor ein wenig kaltem Wasser?», neckte sie ihn.

Er lächelte und schüttelte den Kopf. «Das kalte Wasser macht mir nichts aus, aber du hast meine Kraft erschöpft, oh Prinzessin.»

«Das hatte ich auch vor.» Sie lachte trillernd, stand plötzlich auf und spritzte ihn nass von oben bis unten.

«Du freches Ding!» Er sprang auf. «Jetzt hast du auch meine Geduld erschöpft!» Er lief in den See, dass das Wasser um ihn aufspritzte. Sie tat, als wollte sie vor ihm weglaufen, doch er packte sie und zog sie unter Wasser. Als sie wieder auftauchten, hingen sie einander am Hals, beide lachend.

Nach einer Weile wurde sie ernst. «Ich glaube, du hast mir nicht die Wahrheit gesagt, Herr», sagte sie. «Was ich in meiner rechten Hand halte, beweist, dass deine Kraft bei weitem nicht erschöpft ist.»

«Genügt es, wenn ich dich um Verzeihung bitte?»

«Nein, das ist nicht annähernd genug.» Sie legte ihm ihre schlanken Arme um den Hals. «So bestrafen Fische und Krokodile ihre Geliebten, wenn sie auf Abwege geraten sind.» Sie sprang unter Wasser hoch und umschlang seine Hüften mit ihren beiden Beinen.

Nach einer Weile wateten sie an den Strand zurück, immer noch aneinander hängend und atemlos lachend. Auf dem Trockenen ließen sie sich in den Sand fallen, und Dorian schaute zur Sonne hoch. «Der Vormittag ist fast vorüber», murmelte er bedauernd. «Wir müssen zurück, Yassie.»

«Bleiben wir doch noch ein bisschen», bettelte sie. «Manchmal werde ich es müde, den Sklavenjungen zu spielen.»

«Komm!», befahl er und zog sie hoch. Sie gingen zu ihren Kleidern, die in einem unordentlichen Haufen auf dem Strand lagen, und zogen sich geschwind an. Die kleine Dau hatten sie auf den Sand gezogen. Bevor sie an Bord ging, blieb Yasmini noch einmal stehen und schaute sich langsam um. Wie wunderbar dieser Ort war, wo sie für eine Stunde glücklich und frei gewesen waren.

Auf dem Wipfel des höchsten Baumes der Insel saßen zwei Seeadler mit schneeweißen Köpfen und braun schimmernden, schlanken Körpern. Einer der Vögel warf den Kopf zurück und stieß einen jaulenden Schrei aus. «Diesen Laut werde ich nie vergessen», sagte Yasmini. «Es ist die Stimme dieses wilden Landes.»

Die Hügel in der Ferne hinter dem anderen Ufer des Sees waren nur eine blassblaue Silhouette, heller als das Wasser. Eine lange Reihe rosaroter Flamingos flog tief über den See hinweg. Die Spitze der Formation stieg auf dem warmen Aufwind und sank wieder, gefolgt von den anderen Vögeln, die alle an derselben Stelle aufstiegen und sanken. Es war ein fantastischer Anblick, wie eine lange, rosa Schlange, die sich über das azurblaue Wasser wand.

«Auch das werde ich nie vergessen», flüsterte Yasmini. «Am liebsten würde ich für immer mit dir hier bleiben.»

«Dies ist das Land Gottes, wo der Mensch nicht zählt», sagte Dorian. «Doch nun komm endlich. Wir können uns solche Träume nicht leisten. Die Pflicht hat mich in ihrem eisernen Griff. Morgen müssen wir diesen Ort verlassen und den Rückmarsch an die Fieberküste antreten.»

«Nur noch einen Augenblick, Herr», flehte sie. Sie zeigte zu einer eigenartigen dunklen Wolke, die sich eine Meile draußen über dem See erhob, mehr als dreihundert Fuß hoch in den makellos blauen Himmel über Afrika.

«Was ist das? Es sieht aus wie eine Rauchwolke über brennendem Wasser.»

«Das sind winzige Insekten», klärte Dorian sie auf. «Sie brüten auf dem Grund des Sees. Dann steigen sie in Massen an die Oberfläche und spinnen winzige Gazesegel. Auf diesen Segeln erheben sie sich in die Luft und werden davongetragen.»

«Allahs Wege sind wunderbar», flüsterte sie mit glänzenden Augen.

«Nun komm», drängte er sie noch einmal, «und vergiss nicht, dass du nun wieder Yassie bist und mir Gehorsam und Respekt zeigen musst.»

«Ja, Herr.» Sie verbeugte sich, die Hände vor den Lippen gefaltet, und ihre ganze Haltung veränderte sich. Sie war eine vollendete Schauspielerin, und als sie sich wieder aufrichtete, war sie keine Prinzessin mehr, sondern ein Sklave. Als sie die Dau auf den See schob und in das Boot kletterte, bewegte sie sich schon wie ein Junge.

Sie saßen voneinander getrennt, als das kleine Segelboot die Spitze der Insel umrundete und von dem Dorf auf dem Festland aus zu sehen war. Selbst aus einer Seemeile Entfernung waren nun bestimmt viele Augen auf sie gerichtet.

Obwohl der See selbst so groß wie ein Meer war, waren sie einen Marsch von mehreren Monaten von der Fieberküste entfernt. Hier auf den Hochebenen des Kontinents war das Klima trockener und gesünder als in Küstennähe. Das Dorf Ghandu erstreckte sich über mehrere Meilen das Seeufer entlang. Es war das Zentrum des omanischen Handels mit Innerafrika. Von hier aus wand sich die lange Sklavenstraße zur Küste hinab. Sie sahen nun mehrere Kanus und Segeldauen vor sich, die in den Hafen von Ghandu einliefen. Sie waren Hunderte von Meilen das Seeufer heruntergekommen und hatten Trockenfisch, Elfenbein, Sklaven, Häute und Gummi arabikum geladen, lauter Handelsgut aus der unermesslichen Wildnis.

Als Dorian und Yasmini sich dem Dorf näherten, rümpfte sie ihre Nase. Die Luft war bald mit dem Gestank der Fischroste und

Sklavenbaracken verpestet. Bashir al-Sind, sein Adjutant, und der Rest seines Stabes begrüßten Dorian, sobald er an Land kam. Yassie hielt sich bescheiden im Hintergrund, während Dorian sich sofort wieder mit seinen Pflichten und seiner Verantwortung als Kommandant konfrontiert sah, denen er für jene kostbaren Augenblicke mit Yasmini auf der Insel entkommen war.

«Die Frauen sind eingetroffen, Herr», unterrichtete ihn Bashir, «und die Händler haben sich versammelt, um deine Befehle für den Marsch entgegenzunehmen.»

Dorian ging schnell durch das Dorf, zwischen den stinkenden Baracken hindurch, wo die Sklaven eingesperrt waren, durch Elend und Not, die in so bitterem Kontrast standen zu der Schönheit, die er und Yasmini so kurz zuvor erblickt hatten. Auf dem Hauptmarkt erwarteten ihn die vier Händler unter bunten, seidenen Sonnenschirmen, jeder umgeben von seinem Gefolge aus vermummten Leibwächtern und Haussklaven. Diese Männer kontrollierten den gesamten Handel, der durch Ghandu kam. Es waren fromme, gebildete Männer. Ihre Sprache war kultiviert, und sie empfingen Dorian mit blumigen Komplimenten. Ihre Haltung war würdevoll und erhaben, und alle vier waren außerordentlich reich. Dennoch hatte Dorian in der kurzen Zeit, die er sich in Ghandu aufgehalten hatte, sie verachten gelernt, denn er hatte gesehen, auf welch grausames Geschäft dieser Reichtum sich gründete.

Dorian war selbst einmal ein Sklave gewesen, doch al-Malik hatte ihn nie als solchen behandelt. In seinem Erwachsenenleben war Sklaverei allgegenwärtig gewesen, und genau aus diesem Grund hatte er kaum darüber nachgedacht. Die meisten Sklaven, die er kennen gelernt hatte, waren gezähmt oder in Gefangenschaft geboren worden. Sie hatten sich mit ihrem Los abgefunden und wurden behandelt wie das kostbare Gut, das sie waren. Doch seit Dorian in Ghandu eingetroffen war, hatte er die nackte, brutale Wirklichkeit gesehen. Er war zum Zeugen geworden, wie die frisch eingefangenen Menschen angeliefert wurden, und es war eine Lektion, die er nie mehr vergessen würde.

Er fand sich hin und her gerissen zwischen seinen menschlichen Instinkten und seiner Liebe und Pflicht gegenüber seinem Adoptivvater, dem Kalifen. Er wusste, in welchem Maße der Wohlstand und das Wohlergehen der Nation von diesem Handel abhingen. Er drückte sich nicht vor der schmutzigen Pflicht, den

Schutz desselben zu gewährleisten, doch gewiss bereitete es ihm keine Freude.

Es war die Stunde der Mittagsgebete. Nach der rituellen Waschung betete Dorian neben den Händlern, auf seidenen Teppichen knieend und den islamischen Heiligtümern im Norden zugewandt. Als sie wieder ihre Plätze unter den Sonnenschirmen einnahmen, spürte Dorian den starken Drang, den umständlichen Eröffnungsreden und dem Austauschen von Schmeicheleien ein Ende zu machen und gleich zu den Dingen überzugehen, die zu besprechen waren. Er war jedoch schon so weit zum Araber geworden, dass er solche Taktlosigkeit nicht über sich brachte. Die Sonne hatte längst den Zenit überschritten, bevor einer der Händler fast beiläufig erwähnte, dass die zweihundert weiblichen Sklaven, die Dorian angefordert hatte, nun bereitstanden.

«Bringt sie zu mir», befahl er, und auf ein Zeichen des Händlers wurden ihm die Frauen vorgeführt. Dorian erkannte sofort, dass sie ihn mit den ältesten und schwächlichsten Exemplaren abzuspeisen versuchten. Viele der Frauen würden den zermürbenden Marsch zur Küste niemals überleben. Er fühlte, wie die Wut in ihm aufstieg. Er war hergekommen, diese Männer vor dem Ruin zu retten. Er hatte ein *Firman* des Kalifen, das sie zu Gehorsam verpflichtete, und nun benahmen sie sich kleinlich und wenig hilfreich. Er unterdrückte seinen Zorn. Der Zustand der Frauen war nicht entscheidend für seinen Plan; er wollte sie nur in die Karawane aufnehmen, um die Banditen in einen Angriff zu locken. Ein Sklavenzug, der ausschließlich aus Männern bestand, würde Verdacht erregen.

Fünfzig der Frauen, die alten Weiber und die Hochschwangeren, lehnte Dorian ohne Umschweife ab. Die Strapazen des Marsches würden die Alten umbringen und bei den Schwangeren zu Frühgeburten führen, und den unvermeidlichen Tod der Neugeborenen wollte Dorian bestimmt nicht auf dem Gewissen haben. Aus demselben Grund hatte er auch die Kinder abgelehnt, die die Händler ihm angeboten hatten. «Wenn wir Ghandu verlassen, will ich diese Weiber in den leichtesten Ketten sehen, die ihr finden könnt», warnte er die Händler schließlich, bevor er sich erhob, als Zeichen, dass die Besprechung beendet war.

Er war erleichtert, das stinkende Dorf hinter sich zu lassen und in die Hügel über dem See zu gelangen, wo die Luft reiner und kühler war und die Aussicht prachtvoll. Dorian hatte sein Lager an den Hängen aufgeschlagen. Er wusste aus Erfahrung, dass seine Männer gesünder blieben, wenn sie von überfüllten Dörfern fern gehalten wurden, wenn die Latrinengruben abseits der Quellen lagen und die *Halal*-Regeln der Essenszubereitung strikt befolgt wurden. Oft hatte er sich gefragt, ob nicht auch die rituelle Waschung vor den Gebeten zur Gesundheit der Truppen beitrug. Jedenfalls gab es weniger Krankheit in seinen Lagern als bei seinem Vater auf den beengten englischen Schiffen wie jenem, auf dem Dorian als Kind gewesen war.

Obwohl es inzwischen dem Abend zuging, war sein Tagwerk noch längst nicht vollbracht. Da sie am nächsten Morgen in aller Frühe aufbrechen würden, ging er nun noch einmal seine Pläne für die Karawane durch.

Fünfhundert seiner Truppen und die weiblichen Sklaven würden den Köder darstellen. Die Sklavinnen waren tiefpurpurschwarz. Nicht einmal der dunkelste seiner Araber war von dieser Farbe, weshalb Dorian sie sich mit Bräunungsrinde einreiben ließ, mit der die Fischer ihre Netze zu färben pflegten. Dennoch stimmte der Farbton nicht ganz, doch er verließ sich auf den Staub und Dreck der Sklavenstraße, dass der Effekt am Ende glaubhaft sein würde.

Es gab noch eine andere Schwierigkeit: Keiner seiner Männer würde sich öffentlich nackt ausziehen – das verbot ihr religiöses Schamgefühl – sodass Tom ihnen erlauben musste, Lendenschurze zu tragen, obwohl diese schmutzig und zerfetzt sein mussten. Sie hatten sich auch gescheut, sich die Köpfe rasieren zu lassen, doch kein afrikanischer Sklave hatte wallende Locken auf dem Haupt, und Dorian musste in diesem Punkt hart bleiben. Sie würden leichte, unverschlossene Ketten tragen, die sie in Sekundenschnelle abwerfen konnten. Die vier Kaufleute von Ghandu hatten sich widerwillig bereit erklärt, hundert Elefantenstoßzähne beizusteuern, um den Köder verlockender zu machen. Sie waren klein und leicht, sodass die Männer ihre Waffen in Bündeln mit dem Elfenbein auf dem Kopf tragen konnten.

Dorian würde an der Spitze des Zuges reiten, in Umhang und Schleier, so wie es die Räuber erwarteten. Yassie würde dicht in seiner Nähe bleiben; sie hatte auf dem Marsch von der Küste herauf reiten gelernt. Eine kleine Schwadron arabischer Krieger würde die Flanken bewachen, nicht so schwach, dass es Verdacht erregte, doch auch nicht so zahlreich, dass es einen Angriff abschrecken könnte.

Bashir al-Sind würde die Nachhut mit nochmals tausend Kämpfern führen, zwei oder drei Seemeilen zurück, damit der Staub, den sie aufwirbelten, den feindlichen Kundschaftern nicht auffiel. Als Signal, dass die Spitze angegriffen wurde, wollte Dorian eine rote chinesische Rakete abfeuern. Bashir würde dann mit seiner Streitmacht herbeigeeilt kommen und die Angreifer einschließen, während Dorian und seine Männer sie bis dahin beschäftigen würden.

«Es ist ein einfacher Plan», bemerkte Dorian, nachdem er und Bashir alles zum zehnten Mal durchgegangen waren. «Es gibt viele Dinge, die wir nicht vorhersehen können, doch so ist es nun einmal im Krieg: Wir werden jede Situation nehmen, wie sie kommt. Vielleicht tauchen die *Fisi* überhaupt nicht auf.» Fisi war das Suaheliwort für Hyäne; so nannten sie die Banditen.

«Sie werden kommen, al-Salil», sagte Bashir voraus. «Sie haben omanisches Blut gerochen, und jetzt sind sie süchtig danach.»

«Ich bete zu Allah, dass du Recht hast», entgegnete Dorian. Dann ging er in sein Zelt, wo der Sklavenjunge Yassie mit dem Abendessen auf ihn wartete.

«Etwas stimmt hier nicht», sagte Aboli, als er die ferne Karawane durch das Fernrohr betrachtete.

«Dann teile deine Sorgen bitte mit mir», sagte Tom mit kaum verhohlenem Sarkasmus.

Aboli zuckte die Schultern. «Die Männer, die ich sehe, sind leichtknochige, zart gebaute Gestalten. Ihr Gang hat eine eigenartige Anmut, leichtfüßig wie eine Katze. So habe ich noch keinen Sklaven gehen sehen.»

Drei Meilen von ihrem Schlupfwinkel entfernt schlängelte sich die arabische Karawane die Hügel herunter. «Sie sind erst seit wenigen Wochen unterwegs, seit sie die Seen verlassen haben», meinte Tom mehr zu sich selbst als zu Aboli. «Sie sind noch frisch und kräftig.» Er wollte nichts glauben, was gegen den Angriff gesprochen hätte. Dies war die erste Karawane dieser Trockenzeit, die sie ausfindig gemacht hatten, und er fürchtete, die Quelle seines Reichtums könnte versiegen. Er war entschlossen, sich diese Beute nicht durch die Lappen gehen zu lassen.

«Ja, die Männer sind jung und stark, aber schau dir die Frauen an.» Tom nahm das Teleskop zurück und fühlte sofort leichte Unruhe in der Magengegend, als er die Frauen näher betrachtete. Die Frauen hatten eine dunklere Hautfarbe und waren anderen Alters und Körperbaus als die Männer. «Sie sind von einem anderen Stamm», sagte Tom mit mehr Überzeugung in der Stimme, als er wirklich empfand.

«Es sind keine Kinder dabei», fuhr Aboli fort. «Wo sind die Kinder?»

«Um Gottes willen, Aboli», sagte Tom verärgert, «manchmal kannst du eine frisch gepflückte Rose stinken lassen wie einen nassen Furz.»

Beide schwiegen für eine Weile. Tom schwenkte das Fernrohr zur Spitze der Karawane. Der arabische Führer ritt eine grau gefleckte Stute mit reich verziertem Zaumzeug. Tom sah auf den ersten Blick, dass er ein ausgezeichneter Reiter war und wahrscheinlich jung. Er saß aufrecht und bequem im Sattel. Er hatte sich seine lange Jezail-Büchse auf den Rücken geschnallt und trug einen Schild an der Schulter. Ein Lanzenträger ritt zu seiner Rechten und ein junger Bursche auf der anderen Seite: der Kammersklave und das Lieblingsjünglein, vermutete Tom. Der Araber trug den blauen Turban des omanischen Königshauses. Das Ende des Tuches hatte er sich vors Gesicht gebunden, sodass nur seine Augen zu sehen waren.

«Dich würde ich gern auf die Probe stellen.» Tom zwang sich, seine eigenen Zweifel zu verdrängen. «Bei Gott, bei dem sollte einiges zu holen sein.»

«Die Stoßzähne sind klein und, nach der Leichtigkeit zu urteilen, mit der sie sie tragen, auch nicht sehr schwer», sagte Aboli leise.

«Ich bin hundert Meilen marschiert, um dieses Elfenbein aufzusammeln!», brüllte Tom ihn an. «Leicht oder schwer, ich will es haben! Ich werde nicht den Schwanz einziehen, nur weil du einen schlechten Traum hattest, Aboli!»

Ich hätte ihm nie von dem Traum erzählen sollen, schalt sich Aboli im Stillen, bevor er sagte: «Ich bin dir in jedes verrückte Abenteuer gefolgt, das dir je in den Kopf gekommen ist, Klebe.

Vielleicht ist es der Eigensinn eines alten Mannes, aber ich habe vor, an deiner Seite zu sterben. Wenn du also darauf bestehst, dann lass uns hinuntergehen und uns diese reiche und leichte Beute holen.»

Tom schob das Teleskop zusammen und grinste ihn an. «Wir wollen an einem so wunderschönen Tag wie heute nicht vom Sterben reden, alter Freund.» Er stand auf. «Als Erstes schauen wir uns das Ende der Karawane an, und dann setzen wir uns vor sie und finden einen guten Platz, wo wir das Hauptgeschäft erledigen werden.» Sie stiegen zum Fuß des Hügels hinab, wo Fundi mit ihren Pferden wartete.

Batula kam an die Spitze des langen Zuges geritten, der sich durch einen lichten Wald wand, und grüßte al-Salil. «Die *Fisi* schnuppern um unseren Schwanz herum», berichtete er.

Dorian schwenkte aus der Kolonne aus. Sein Ross wieherte und warf den Kopf herum. «Wann hast du sie entdeckt?»

«Gestern Abend, nachdem wir das Lager aufgeschlagen hatten. Zwei Reiter kamen von Süden, gefolgt von anderen Männern zu Fuß.»

«Was hast du sonst noch ausmachen können?»

«Als sie abstiegen, um unsere Spur zu untersuchen, sah ich, dass beide Reiter in Leder gekleidet waren. Obwohl sie Wilde bei sich haben, glaube ich, dass es Franken sind. Sie sind auf der Straße auf und ab gegangen, dann sind sie wieder aufgestiegen und uns gefolgt. Von einem Hügel aus haben sie unser Lager ausgekundschaftet, bevor sie nach Süden zurückritten.»

«Hattest du den Eindruck, sie hätten bemerkt, dass Bashir al-Sind hinter uns ist?»

«Nein, Herr, es sah so aus, als wüssten sie das nicht.»

«Es geht also los, in Allahs Namen», sagte Dorian zufrieden. «Baut das Zeichen für Bashir al-Sind, dass die *Fisi* in der Nähe sind und er aufschließen kann.» Drei harmlos aussehende Steinhaufen, in einem bestimmten Muster auf der Straße hinter ihnen aufgebaut, würden nur für al-Sind eine Bedeutung haben. Batula ritt an das Ende des Zuges zurück. Als er wiederkam, meldete er Dorian: «Es ist alles geschehen, wie du es befohlen hast, Herr.»

«Dann reite jetzt mit drei Mann vor und finde den Platz, wo sie uns am wahrscheinlichsten angreifen werden», befahl Dorian. «Versucht nicht, euch zu verbergen, und keine verdächtige Bewegung.»

Am Nachmittag sah Dorian die Patrouille zurückkehren, und Batula kam ruhig zu ihm geritten. «Vor uns gibt es einen solchen Platz, der den Zwecken des Feindes entgegenkommen würde, Herr.» Dorian wartete, dass er fortfuhr. «Unsere Spitze wird in einer Stunde dort sein. Die Straße verläuft einen Hang hinunter und windet sich durch einen engen Pass zwischen Felsen hindurch. Dort könnten sich Bogenschützen verbergen und aus geringer Entfernung auf uns schießen, von beiden Seiten. Auf halber Höhe des Hanges kommt eine noch steilere Stelle, wo der Weg wie eine Treppe aus natürlichen Steinstufen nach unten führt. Dort könnten sie unseren Zug in zwei Teile hacken.»

«Ja», nickte Dorian, «ich erinnere mich an die Stelle von unserem Marsch von der Küste herauf. In dem Tal vor dem Hang fließt ein Fluss mit einem Becken, wo wir vier Tage gerastet haben.»

«Genau jener Ort ist es», bestätigte Batula.

«Dort werden sie uns angreifen», sagte Dorian bestimmt, «denn hinter dem Fluss beginnt eine weite Ebene, wo unser Feind keinen Hinterhalt finden würde.»

Über der natürlichen Steintreppe erhob sich ein mit Zinnen gekrönter Felsenturm aus rotem, mit Flechten bedecktem Gestein, hundert Fuß hoch und stark verwittert. Tiefe, senkrechte Ritzen spalteten das Gebilde, das über dem engen Pass hing. Tom saß auf den Zinnen und ließ seine Beine baumeln. Er schaute auf den Pass hinab, den er zwei Jahre zuvor, nach ihrem ersten Erfolg gegen die Sklaventreiber, entdeckt und sich eingeprägt hatte.

Höchstens fünf Reiter können hier nebeneinander gehen, schätzte Tom, und das Gelände ist so rau, dass sie absitzen und ihre Pferde am Zügel führen müssen. Das war gut, da die Lozi-Bogenschützen sich als unzuverlässig erwiesen hatten, wenn sie sich einem Kavallerieangriff gegenübersahen. Im Nahkampf Mann gegen Mann waren sie jedoch äußerst wirkungsvoll, und an der ganzen, Hunderte von Meilen langen Sklavenstraße gab es wohl keine Stelle, die so perfekt für die Art Angriff und Kampf geeignet war, in der sich seine Männer auszeichneten.

Hinter Tom mühte sich Luke Jervis mit zehn Mann den brüchigen Felsen herauf. Jeder der Männer trug ein Fünfzig-Pfund-Fass Schwarzpulver auf dem Rücken. Tom stand auf und führte sie zu der Stelle, wo der tiefe Schlitz sich öffnete, der den Felsenturm spaltete. Sie stellten die Pulverfässer ab und ließen sich um Atem ringend zu Boden fallen.

Aboli baute geschwind einen groben Bootsmannsstuhl aus einer Planke und einer Rolle Seil. Mit drei Mann am Ende des Seils ließ er sich dann in die Spalte ab. Als er unten war, folgten die Fässer. Tom wusste, dass Aboli solche Arbeiten besser beherrschte als jeder andere. Also ließ er die Männer allein und machte noch eine Runde den Rand der Klippe entlang. Vor allem wollte er sich noch einmal vergewissern, dass sie einen Fluchtweg hatten für den Fall, dass der Überfall fehlschlug. Sarah würde mit den Pferden in einer dicht überwachsenen Schlucht warten, in einiger Entfernung von den Kämpfen, doch nicht zu weit weg, falls sich alles gegen sie wenden sollte und sie fliehen mussten.

Als er zu der Spalte zurückkam, hatte Aboli den Sprengstoff an Ort und Stelle gebracht und wurde wieder hochgezogen. «Ich habe drei getrennte Zünder gelegt», erklärte er Tom, indem er auf die langen, weißen Schnüre zeigte, die den Felsen hinabhingen, «falls eine versagen sollte.»

«Fünfhundert Pfund», grinste Tom. «Das wird ihnen die Augen öffnen und die Zähne losrütteln.»

Sie gingen auf die andere Seite des Felsens zu einer Stelle, von wo sie die nahende Sklavenkarawane überschauen konnten. Sie sahen die Staubwolke, lange bevor der Zug selbst zwischen den Bäumen des lichten Miombowalds in Sicht kam. Tom nahm sein Fernrohr hoch und studierte die Spitze, konnte jedoch keine Veränderung in der Marschordnung erkennen. Die Sklaven wanderten zu dreien oder vieren nebeneinander, mit hängenden, klirrenden Ketten. Die arabischen Wachen gingen neben ihnen her an den Flanken, und an der Spitze ritt immer noch der Anführer mit dem blauen Turban.

«Ich höre keinen Gesang», bemerkte Aboli.

Das stimmte, wie nun auch Tom auffiel. Von jeder anderen Karawane, die sie sich vorgenommen hatten, waren Sklavengesänge zu hören gewesen. «Das muss ein trauriger Haufen sein.»

«Die Sklaventreiber lassen sie mit ihren Peitschen in Ruhe», fuhr Aboli fort. «Hast du auch dafür eine schlaue Erklärung, Klebe?»

Tom rieb sich die Beule auf seiner gebrochenen Nase. «Wir haben hier offenbar die einzigen mildherzigen Muselmanen Arabiens vor uns. Höre auf, deinen Atem zu verschwenden, Aboli. Die Karawane gehört mir. Ich werde sie mir holen.»

Aboli zuckte die Schultern. «Es ist nicht dein Fehler, Klebe. Dein Vater war schon ein sturer Mann und vor ihm dein Großvater. Es liegt euch im Blut.»

Tom wechselte das Thema. «Glaubst du, sie werden heute Abend vor dem Pass lagern, oder werden sie hineinmarschieren?»

Aboli betrachtete den Sonnenstand. «Wenn sie versuchen, noch heute den Pass hinter sich zu bringen, wird es dunkel sein, bevor sie durch sind.»

«Das wäre uns nur recht.»

«Stecke jetzt lieber dein Fernrohr weg. Die Sonne könnte sich darin spiegeln und sie verschrecken.»

Dorian zügelte sein Pferd und richtete sich in den Steigbügeln auf, um sich den Eingang des Passes anzuschauen. Er verengte sich nach und nach; die Wände wurden steiler und waren dichter beieinander, je weiter man hineinging. Er erinnerte sich genau an das Gelände. Er wusste noch, wie gefährlich es war, nachdem sie es schon einmal auf dem Weg zu den großen Seen passiert hatten. Es war ein perfekter Hinterhalt. Er spürte, wie sich seine Nackenhaare sträubten, ein Vorzeichen drohender Gefahr, wie er aus langer Erfahrung wusste. «Batula, reite mit zwei Mann voraus und kundschafte den Pass aus.» So hätte jeder kluge Karawanenführer gehandelt. «Zeigt dem Feind, dass ihr nach Spuren sucht, aber lasst euch nicht anmerken, wenn ihr etwas findet. Kommt zu mir zurückgeritten und ruft mir laut und deutlich zu, dass der Weg frei und sicher ist.»

Batula senkte die Spitze seiner Lanze und verschwand hinter der ersten Biegung des Passeingangs. Dorian stieg ab, und der lange Zug hinter ihm kam schlurfend zum Stehen. Die Sklaven sanken zu Boden und legten ihre Lasten ab. Yassie, der Sklavenjunge, stellte ein Sonnendach für den Scheich auf und blies in die Kohlen, die er in einer Kupferpfanne hinter seinem Sattel transportiert hatte. Als die Glut angefacht war, stellte er eine Kaffeekanne darauf. Der Kaffee brodelte auf, und Yassie schenkte eine winzige Tasse davon ein, die er seinem Herrn anbot.

«Halte dich dicht bei mir, wenn der Kampf beginnt», flüsterte Dorian Yassie zu. «Nimm auf keinen Fall eine Waffe in die Hand. Mache keine feindselige Bewegung. Wenn dich ein Feind bedroht, wirf dich zu Boden und schreie um Gnade. Wenn sie dich gefangen nehmen, offenbare ihnen nicht, dass du eine Frau bist, sonst werden sie dich als solche gebrauchen.»

«Wie du befiehlst, Herr. Mit dir an meiner Seite fürchte ich nichts.»

«Erinnere dich stets, dass ich dich liebe, meine Kleine, und dass ich dich immer lieben werde.»

«So wie ich dich liebe, Herr, für immer.»

Ein Ruf vom Eingang des Passes unterbrach ihr Gespräch. «Der Weg ist frei; es ist alles sicher!» Dorian schaute auf und sah Batula mit seiner Lanze winken, an deren Spitze das blaue Banner wehte.

Dorian schwang sich in den Sattel und stand aufrecht in den Steigbügeln, um den Weitermarsch zu befehlen. Mehr brauchte er nicht zu sagen, denn jeder seiner Männer kannte seine Pflicht. Die Karawane setzte sich langsam in Bewegung, auf das rote Felsenmaul zu.

Die Steinwände schlossen sich um sie. Es war eine der alten Elefantenstraßen, und über die Zeitalter hatten die Füße der großen Dickhäuter den Felsengrund glatt geschliffen. Dorian band sich das blaue Turbantuch fester über Mund und Nase und suchte den Boden unauffällig, ohne sich vorzubeugen, nach frischen Spuren der Straßenräuber ab. Der Fels war sauber, doch das bedeutete gar nichts. Sie hatten es mit gefährlichen Männern zu tun, die bestimmt nicht so unvorsichtig waren, grobe Spuren zu hinterlassen.

Der Pass verengte sich, und die Reihen der Sklaven und Wachen wurden zusammengedrängt, bis sie Schulter an Schulter gingen. Niemand sprach einen Ton, niemand sang, denn keiner der Araber konnte die Melodien und Rhythmen des wilden Afrika nachahmen.

Dorian bemerkte, wie sich hoch auf den Felsen über ihnen etwas bewegte, ein graues Huschen. Sein Herz schlug schneller, doch dann sah er, dass es nur ein kleiner Klippspringer war, eine hasengroße Gazellenart, die in den Felsen lebte. Das Tier stand hoch oben auf einem Felsblock, alle vier Hufe dicht zusammen, die Ohren neben den geraden Hörnern aufgerichtet, und beobachtete die Menschen unten im Pass mit seinen großen, staunenden Augen.

Auf halbem Weg den Hang hinunter wurde es erheblich steiler. Der Pass führte durch ein Tor aus verwittertem Fels, bevor er in eine natürliche Treppe überging. Dorian schwang sich aus dem Sattel und führte seine graue Stute den tückischen Pfad hinunter. Als er die Treppe hinter sich hatte, schaute er zurück die Steigung hinauf. Sein Kriegerinstinkt sträubte sich gegen den Anblick seiner Truppen in einer so beengten, hilflosen Lage. Sie waren in der engen Felsspalte derart eingeklemmt, dass sie kaum einen Säbel schwingen oder eine Muskete abfeuern konnten.

Er zog seine Stute von dem Pfad und drückte sich mit ihr an die Wand, um die Reihen der Sklaven und Wachen vorbeizulassen. Gleichzeitig schaute er an beiden Wänden hinauf und hielt nach dem Aufblitzen von Waffenstahl Ausschau oder nach Köpfen, die sich vor dem Himmel abzeichneten. Er konnte nichts entdecken, obwohl die Hälfte der Karawane schon an der Steintreppe vorübergegangen war. Die zweite Hälfte zwängte sich gerade durch das rote Felsenportal. Der Angriff muss unmittelbar bevorstehen, sagte er sich. Sie saßen vollständig in der Falle. Er schaute Yassie an, die dicht hinter ihm stehen geblieben war und ihr Pferd an der Wand hielt. Sie selbst hatte sich hinter einen großen Felsbrocken verkrochen, um die Männer vorbeiziehen zu lassen.

Dorian schaute wieder zum Himmel auf. Ein einzelner Geier segelte hoch oben im Blau und schaute auf die Menschenmassen hinab, über denen er kreiste. Er war trauerschwarz mit kahlem, rotem Kopf und einem langen, krummen Schnabel.

Nur Geduld, mein Vögelchen, dachte Dorian grimmig, dieser Tag wird dir ein Festmahl schenken, das selbst den größten Hunger auf Fleisch stillen wird.

Bevor er den Gedanken zu Ende denken konnte, wurde ihm die Luft mit solcher Gewalt auf die Trommelfelle gepresst, dass er zurücktaumelte. Ein mächtiger Schraubstock schien seine Brust zu umfangen, und der massive Fels unter seinen Füßen bebte und zitterte.

Er sah einen Turm aus Rauch, Staub und Felsbrocken in die

Luft aufschießen bis hinauf, wo der Geier kreiste. Dann schien sich die Erde zu öffnen, und der hohe Felsenturm über ihnen begann in Stücke zu zerfallen. Die Klippe erzitterte und schwankte und lehnte sich langsam über den Pass, so langsam, dass er noch denken konnte: Schwarzpulver! Das hätte ich mir denken können. Sie haben den Felsen in die Luft gejagt.

Der Felsenturm brach immer schneller zusammen, donnernd, knirschend, kreischend. Die Schreie der Menschen auf dem engen Pfad waren dagegen schwach und dünn. Die Felsen hagelten auf sie hernieder und ließen ihre fruchtlosen Gebete verstummen. Der Pass war blockiert, die lange Karawane in zwei Stücke geschnitten.

Während Dorian sich noch an den Hals seines Pferdes klammerte, Rauschen in den Ohren, alle Sinne benommen, sah er die ersten Pfeilschwärme auf seine Männer herniederstürzen wie Wolken von Heuschrecken, und von den Felsen, die den Pass überschauten, donnerten Salven von Musketenfeuer. Pulverdampfwolken füllten die heiße, stehende Luft, und die Bleikugeln prasselten wie Hagelkörner auf Fels und Fleisch.

Mindestens hundert seiner Männer waren unter der Lawine begraben worden; keine fünfzig waren jenseits der rauchenden Trümmer entkommen. Der Rest seiner Streitmacht war im oberen Teil des Passes abgeschnitten. Dorian erkannte sofort, dass die Angreifer die Überhand gewonnen hatten und bald auf sie einstürmen würden, um das blutige Tagwerk zu vollenden, das sie so erfolgreich begonnen hatten. Er sprang in den Sattel und zog seinen Krummsäbel.

Er war von Batula getrennt worden, doch das spielte keine Rolle, da der Pass für ein Lanzengefecht ohnehin zu eng war. Der Kampf würde mit Schwert und Dolch ausgetragen werden, wenn die *Fisi* herunterkämen. Die falschen Sklaven hockten in gespieltem Schrecken auf dem Felsenboden, schlüpften aus ihren Ketten und nahmen ihre Waffen aus den Bündeln, die sie auf den Köpfen getragen hatten.

Dann sah Dorian, wie die *Fisi* aufsprangen und die steilen Felswände zu beiden Seiten des Pfades heruntergestürmt kamen – mit Kriegsfedern geschmückte Schwarze, einfache Lederschilde am Arm, sprangen unter Kriegsgeheul von Stein zu Stein. Ihre Waffen waren kurze Spieße und schwere Knüppel. Und dann sah Dorian zu seiner Verblüffung einen Weißen hinter ihnen, und dann noch einen und einen dritten.

«Gott ist groß!», brüllte Dorian.

Die halb nackten Araber sprangen auf, die Krummsäbel in den Fäusten, um sich dem Ansturm entgegenzustellen, und erwiderten seinen Schlachtruf. «Gott ist groß! *Allah akbar*!»

Dorian sprengte vor, um sich in eine Stellung zu bringen, von wo er die Schlacht kommandieren konnte, doch eine schwere Bleikugel aus einer der feindlichen Musketen traf sein Pferd in die Schulter, und es ging schreiend zu Boden. Dorian sprang von dem sterbenden Tier und landete geschickt auf den Füßen. Um ihn herum herrschte heller Aufruhr, doch durch den Lärm hörte er eine einzelne Stimme: «Auf sie, Männer! Reißt ihnen die heidnischen Ärsche auf!» Es war eine englische Stimme, die erdige, rollende Sprache von Devon, und sie versetzte Dorian einen größeren Schock als die Explosion, die er soeben überlebt hatte.

«Engländer!» Wie viele Jahre hatte er diese Sprache nicht mehr gehört! Doch plötzlich waren all diese Jahre wie weggewischt – es waren seine Landsleute. Dorian fand sich in einem Strudel widersprüchlicher Gefühle. Er schaute sich um, suchte nach einer Möglichkeit, der Schlacht Einhalt zu gebieten, um das Leben seiner Truppen und seiner Landsleute zu retten, die erbittert aufeinander einstürmten.

Doch die Kriegslanze war schon in vollem Fluge; es war zu spät, ihre Bahn noch zu ändern. Dorian schaute sich nach Yassie um, die immer noch hinter ihrem Felsen kauerte. Plötzlich stieß sie einen schrillen Warnschrei aus und zeigte hinter seinen Rücken. «Hinter dir, Herr!» Dorian wirbelte herum und sah einen Mann auf sich zustürmen. Es war ein großer, breitschultriger Schläger mit krummer Nase und buschigem schwarzem Bart. Sein Gesicht war tiefbraun von Wind und Sonne, doch in seinen Augen hatte er ein grünes Funkeln, das zu etwas rührte, was tief in Dorians Erinnerung begraben lag. Es war nicht der Augenblick, lange darüber nachzudenken, denn der Mann kam mit einer Schnelligkeit und Gewandtheit auf ihn zugesprungen, die er von einem so massigen Mann nicht erwartet hätte.

Den ersten Hieb konnte Dorian abblocken, doch dieser Hieb war so gewaltig, dass sein rechter Arm bis zur Schulter halb gelähmt war. Er ripostierte flüssig und elegant, doch der Engländer fing seine Klinge hoch auf der natürlichen Linie ab und zwang ihn in die klassische Haltestellung, sodass die beiden Klingen kreischend und singend aneinander kratzten.

Dorian begriff drei Dinge: Dass dieser Engländer der beste Fechter war, dem er sich je gegenübergesehen hatte, dass er ein toter Mann wäre, wenn er einen Ausbruch versuchte, und dass er das Schwert kannte, das nun seine eigene Klinge beherrschte. Das letzte Mal hatte er es an der Hüfte seines Vaters gesehen, auf dem Achterdeck der *Seraph*. Der blaue Stahl und die goldene Einlegearbeit schimmerten und funkelten vor seinen Augen. Es war unverwechselbar.

Dann öffnete sein Gegner zum ersten Mal den Mund, nicht einmal keuchend von der Anstrengung, Dorians Klinge in Schach zu halten. «Komm schon, Abdulla, lass mich noch etwas von deinem beschnittenen Schwanz abhacken.»

Er sprach Arabisch, doch Dorian kannte diese Stimme.

«Tom!», wollte er ausrufen, doch der Schock war so tief, dass ihm die Stimme versagte und kein Laut über seine Lippen drang. Die Muskeln in seinem rechten Arm gaben nach, und die Spitze seines Krummsäbels senkte sich langsam.

Kein Mensch auf der Welt konnte sich erlauben, die Klinge sinken zu lassen, wenn Tom Courtney ihn in Haltstellung hatte. Der tödliche Stoß kam wie ein Blitz aus heiterem Himmel. Dorian konnte sich im letzten Augenblick ein wenig zur Seite drehen, sodass Tom den Punkt an seinem Körper, den er anvisiert hatte, um einen Daumenbreit verfehlte, doch dann spürte Dorian den Treffer hoch rechts in seiner Brust und wie der Stahl tief in sein Fleisch glitt. Der Krummsäbel flog aus seiner betäubten Schwerthand, und er sank auf die Knie, die Klinge noch in der Brust.

«*Tom*!», versuchte er noch einmal den Namen seines Bruders zu rufen, doch wieder drang kein Laut aus seiner Kehle. Tom trat einen Schritt zurück und zog die Klinge heraus, ein leises, feuchtes Schnalzen, wie wenn ein Säugling sich von der Mutterbrust löst. Dorian fiel flach aufs Gesicht. Tom stellte sich über ihn und setzte zum letzten Hieb an, doch bevor er sich versah, kam eine kleine Gestalt zwischen sie und warf sich schützend über Dorian.

«Verdammt!», rief Tom und hielt inne. «Verschwinde!» Der Junge machte sich zu einem Schild für den Mann unter ihm, und selbst in seinem Blutrausch fühlte Tom sich gerührt von solcher

Aufopferung. Er hätte sie beide auf einen Schlag töten können, doch er brachte es nicht über sich. Er trat zurück und versuchte, den Jungen vom Rücken des arabischen Anführers zu treten, doch der kleine Kerl hing auf seinem Herrn wie eine Auster auf einem Felsen.

«Gnade, im Namen Allahs, Gnade!», flehte der Knabe jämmerlich.

Im selben Augenblick rief Aboli: «Hinter dir, Klebe!» Tom wirbelte herum, das Schwert erhoben, und sah sich dem Ansturm zweier halb nackter Männer gegenüber. Einen Moment lang dachte er, sie wären Sklaven, die auf wunderbare Weise ihren Ketten entschlüpft waren und ihn nun mit Krummsäbeln angriffen, die sie von irgendwoher hervorgezaubert hatten. Dann aber sah er, dass sie die Züge von Arabern hatten, nicht von Schwarzafrikanern. Mein Gott, dachte er, das sind gar keine Sklaven, sondern muselmanische Krieger. Er konterte rechts und links und ließ sie dicht an sich herankommen, dann tötete er einen und sah den anderen davontaumeln, mit einer klaffenden Wunde quer über die nackten Schultern.

«Es ist eine Falle, Klebe!», brüllte Aboli. Tom fand einen Augenblick Zeit, sich umzusehen. Jeder einzelne der vermeintlichen Sklaven hatte seine Ketten abgelegt und war bewaffnet. Sie waren schnelle, entschlossene Kämpfer und führten einen gut organisierten Gegenangriff. Die Lozi-Reihen brachen bald auf, und die meisten der Schwarzen waren bereits auf der Flucht die Felswände hinauf.

Über der Spitze der Karawane sah Tom eine rote chinesische Rakete in den Himmel schießen, eine lange, weiße Rauchspur hinter sich her ziehend. Er wusste, dies musste ein Signal sein, und bald würden noch mehr arabische Truppen über sie herfallen.

Eine Welle von Muselmanen, manche in arabischen Gewändern, andere in Lendenschurzen, kam über die roten Felsentrümmer geströmt, die sie vom oberen Teil des Passes abschnitten. Aboli und der kleine Trupp englischer Seeleute waren längst in der Unterzahl. Innerhalb von Minuten würden sie von diesen frischen Kriegern überwältigt werden.

«Weg hier, Klebe! Die Schlacht ist verloren! Flieh!»

«Zu mir!», brüllte Tom. «*Centaurus*, zu mir!», rief er seine Mannschaft zu sich. Alf Wilson und Luke Jervis schlugen sich durch die feindlichen Reihen und kamen an seine Seite gelaufen. Mit Aboli und allen anderen Seeleuten, die noch auf den Beinen waren, bildeten sie einen Ring aus Stahl, eine Formation, die sie oft geübt hatten, und zogen sich zurück. Ohne ihren Anführer wirkten die Araber plötzlich unentschlossen und schienen schnell die Lust zu verlieren, sich auf diesen Schwerterzaun zu stürzen. Sobald Tom einen Hang hinter sich sah, über den sie die Schluchtwand erklimmen konnten, rief er: «Hinauf, Burschen! Jeder für sich selbst! Den Letzten holt der Teufel!»

Sie kletterten auf Händen und Füßen, schwitzend, keuchend und fluchend. Bevor sie den Grat erreicht hatten, hatten die Araber sich unter ihnen formiert, und die ersten Musketensalven prasselten auf die Felsen um sie herum. Steinsplitter flogen ihnen um die Ohren, und Querschläger summten über sie hinweg. Einer der Engländer wurde in den Rücken getroffen. Er zuckte auf, verlor seinen Halt und rutschte und rollte den Hang hinab. Tom schaute ihm nach. Sobald der Matrose unten ankam, waren die Araber über ihm und hackten ihn in Stücke. «Wir können nichts mehr tun für den armen Davie. Klettert weiter», knurrte er.

Tom und Aboli krochen zusammen über die Felsenkante, hinter der sie vor dem Musketenfeuer der Araber sicher waren. Dort warteten sie, um zu verschnaufen und die anderen um sich zu sammeln.

Abolis Narbengesicht war schweißüberströmt. Er schaute Tom an und schüttelte sein großes kahles Haupt. Er brauchte es nicht auszusprechen; es war klar genug, was er dachte.

«Sage es nicht, Aboli. Du hast wieder einmal bewiesen, dass du so weise bist wie Gott, nur etwas älter und hässlicher.» Tom lachte rau, immer noch außer Atem. «Kommt, Männer, zurück zu den Pferden.»

Sarah hielt die Pferde in dem dichten Busch unten im Tal. Sie schaute den Männern in die Gesichter, die, zwei Verwundete mitschleppend, in den Wald getaumelt kamen, und stellte keine Fragen. Die meisten bluteten aus Säbelwunden, und alle waren schweißbedeckt. Sie hatten nicht genug Pferde für alle, sodass Tom Sarah hinter seinen Sattel nahm. Luke hatte einen der Verwundeten auf seinem Pferd und Alf Wilson den anderen. Die anderen Seeleute hielten sich an den Steigriemen fest und trotteten nebenher auf ihrem Rückzug nach Süden. Die Lozi-Krieger waren längst im Busch verschwunden.

«Wir haben den Sturm über uns gebracht. Sie werden eine Armee hinter uns herschicken», sagte Aboli.

«Unsere Tage in Fort Providence gehen zu Ende», stimmte Tom zu, der neben ihm ritt. «Gott sei Dank wird die *Centaurus* keine Ladung an Bord haben. Der Fluss ist seicht, doch mit so wenig Tiefgang können wir flussabwärts entkommen, bevor die Araber uns eingeholt haben.»

Dorian lag, wo er gefallen war, auf dem Grund der Felsenschlucht. Ben Abram erlaubte nicht, dass man ihn bewegte, bevor er eine Kompresse auf die Wunde gelegt und ihn stramm verbunden hatte, um die Blutung zu stillen. «Der Stich ist an Herz und Lunge vorbeigegangen», sagte er ernst, «aber er ist dennoch in Lebensgefahr.»

Sie bauten eine Trage aus Lanzenstäben und einer ledernen Zeltklappe, und acht Mann trugen ihn sanft über das Schlachtfeld, wo die anderen Verwundeten stöhnten und um Wasser flehten. Yasmini ging neben der Trage her. Sie hatte sich das Kopftuch fest vor das Gesicht gebunden, um ihr Schluchzen zu dämpfen und die Tränen zu verbergen.

Als sie im Schatten der hohen Bäume am Fuß des Passes ankamen, hatten die Lagersklaven das Zelt des Scheichs schon unter dem verstreuten Gepäck hervorgezogen und aufgeschlagen. Sie legten al-Salil auf seine Schlafmatte und schoben ihm seidene Kissen unter Kopf und Schultern. Ben Abram gab ihm vom Saft des Schlafmohns zu trinken, und Dorian fiel in einen unruhigen Schlummer.

«Er wird doch nicht sterben?», fragte Yasmini in verzweifelter Sorge. «Bitte sage, dass er nicht sterben wird, alter Vater.»

«Er ist jung und kräftig. Mit Gottes Gnade wird er überleben, doch es wird dauern, bis er genesen ist und seinen rechten Arm wieder gebrauchen kann.»

«Ich werde an seiner Seite bleiben und nicht ruhen, bis er wieder gesund ist.»

«Das weiß ich, Kind.»

Nach einer Stunde waren laute Stimmen vor dem Zelt zu hören. Yassie lief hinaus, um ihren Herrn zu beschützen und die Männer zu vertreiben, doch selbst in seinem Opiumrausch erkannte Dorian die Stimmen Bashir al-Sinds und Batulas. «Lasse sie eintreten», rief er schwach, und Yassie ließ sie widerwillig durch.

Bashir verbeugte sich am Eingang. «Erhabener Scheich, ich bete, dass Allah dich beschützen möge.»

«Wie steht es mit dem Feind?»

«Wir sind herbeigeeilt, sobald wir die Rakete sahen, doch wir kamen zu spät. Sie sind entkommen.»

«Wie viele der Feinde sind getötet worden?»

«Viele schwarze *Kaffir* und drei Franken.»

«War einer der Franken ein großer Mann mit schwarzem Bart?»

Bashir schüttelte den Kopf. «Nein, ein solcher ist nicht unter den Toten. Zwei waren klein und schmächtig, und der Dritte hatte einen grauen Bart.»

Dorian empfand unendliche Erleichterung. Tom war also entkommen. Dann ergriff Batula ungefragt das Wort. «Herr, ich bin der Spur der *Fisi* gefolgt, die vom Schlachtfeld entkommen sind. Sie hatten ihre Pferde in der Nähe verborgen, und jetzt sind sie auf eiliger Flucht nach Süden. Wenn du es befiehlst, werden wir sie verfolgen.»

Bashir klang nicht weniger eifrig. «Al-Salil, wir haben tausend kampfbereite berittene Krieger, die nur darauf warten, hinter den Ungläubigen herzujagen. Ich warte nur noch auf deinen Befehl, und, bei Allah, keiner der Franken wird diesen Tag überleben.»

«Nein!» Es klang wie ein Schmerzensschrei, und Bashir zuckte zurück vor der Macht seiner Ablehnung.

«Vergib mir, erhabener Herr, aber ich verstehe nicht. War es nicht unser Plan, die ungläubigen Banditen zur Strecke zu bringen?»

«Ihr werdet sie nicht verfolgen. Ich verbiete es», bestätigte Dorian seinen Befehl mit aller Kraft, die er aufbringen konnte.

«Wenn wir uns nicht sofort hinterhermachen, werden sie uns entwischen!»

Bashir sah sich der Aussicht beraubt, großen Ruhm zu ernten, und schaute Ben Abram an. «Vielleicht trübt die Schwere deiner Wunde deine Urteilskraft, erhabener Scheich.»

Dorian stützte sich mühsam auf einen Ellbogen. «Im Namen Allahs, so will ich schwören: Wenn du meine Befehle missachtest, werde ich deinen Kopf auf meine Lanzenspitze setzen und deinen Leib in Schweinehaut einnähen lassen.»

Es blieb lange still im Zelt, bis Bashir leise sagte: «Wird der mächtige Scheich al-Salil diese Befehle vor dem restlichen Stab wiederholen, damit die Offiziere bezeugen können, dass es nicht meine Feigheit war, durch die der Feind entkommen ist?»

Die vier ranghöchsten Offiziere kamen ins Zelt, und Dorian wiederholte seinen Befehl, bevor er sie wegschickte. Als Bashir ihnen folgen wollte, hielt Dorian ihn zurück. «Es geht hier um Angelegenheiten von solcher Tiefe, dass ich sie dir nicht erklären kann, Bashir. Vergib mir, wenn du dich verachtet fühlst, doch wisse, dass du weiterhin hoch in meiner Gunst stehst.» Bashir verbeugte sich und berührte sein Herz und seine Lippen, doch seine Miene war kalt und verletzt, als er sich mit dem Gesicht zu Dorian aus dem Zelt entfernte. Draußen schrie er seinen Truppen zornig zu, abzusitzen und sich aufzulösen.

Dorian schien in einen tiefen Schlaf zu fallen. Die Stille im Zelt war erdrückend. Yasmini tupfte ihm mit einem feuchten Tuch den Schweiß von der Stirn. Nach Stunden rührte er sich endlich und öffnete die Augen. Er schaute erst Yasmini an, dann Ben Abram.

«Sind wir allein?», fragte er, und beide nickten.

«Tritt näher, alter Vater. Ich muss dir etwas erzählen.» Als Yasmini aufstehen wollte, um das Zelt zu verlassen, legte er ihr eine Hand auf den Arm und hielt sie zurück. Dann, als beide neben ihm saßen, begann er leise: «Der Mann, der mich niedergestreckt hat, ist mein Bruder. Deshalb konnte ich Bashir nicht auf ihn hetzen.»

«Wie kann das sein, Dowie?» Yasmini starrte ihn an.

«Ja», antwortete Ben Abram für Dorian, «ich kenne diesen Bruder, und es erscheint mir möglich.»

«Sage es ihr, alter Vater. Das Sprechen ermüdet mich zu sehr. Erkläre es ihr.»

Ben Abram brauchte eine Minute, um sich zu sammeln. Dann sprach er so leise, dass niemand außerhalb des Zelts ihn hören konnte. Er erzählte Yasmini, wie Dorian als Kind in Gefangenschaft und Sklaverei geraten war und wie al-Malik ihn von den Piraten gekauft und adoptiert hatte. «Ich habe ihn von Angesicht zu Angesicht gesehen, diesen Bruder al-Salils. Ich lernte ihn auf der Insel kennen, nachdem er den Schlupfwinkel der Piraten vernichtet hatte. Sein Name ist Tom. Ich war sein Gefangener, doch er ließ mich frei und betraute mich mit einer Botschaft an al-Salil. In dieser Botschaft versprach er, die Suche nach ihm niemals aufzugeben, und dass er ihn eines Tages finden und retten würde.»

Yasmini schaute Dorian in die Augen und suchte darin nach Bestätigung, und Dorian nickte. «Warum hat dieser Bruder dann sein Versprechen nicht eingelöst und dich befreit?», wollte sie nun wissen.

«Diese Frage kann ich nicht beantworten», sagte Dorian beschämt. «Mein Bruder Tom war kein Mensch, der einen Schwur einfach gebrochen hätte. Ich glaube, er hat mich nach so vielen Jahren einfach vergessen.»

«Nein», sagte Ben Abram. «Es ist etwas geschehen, von dem du nie erfahren hast und in das ich dich nicht einweihen konnte. Dein Bruder kehrte nach Sansibar zurück, um nach dir zu suchen, doch Prinz al-Malik wollte dich nicht mehr hergeben. Er schickte den Mullah al-Allama mit einer Botschaft zu deinem Bruder, in der er ihm sagte, al-Amhara wäre am Fieber gestorben und dass es ein Grab mit al-Amharas Namen darauf gäbe.»

«Das war, als mein Vater meinen Namen in al-Salil geändert hat.» Dorians Stimme wurde kräftiger. Endlich verstand er. «Er hat es getan, um die Wahrheit vor Tom zu verbergen. Kein Wunder, dass mein Bruder die Suche nach mir aufgegeben hat.»

Er schloss die Augen und lag still. Yasmini dachte, er wäre in ein Koma gefallen, doch dann sah sie eine einzelne Träne zwischen seinen geschlossenen Lidern hervorquellen, und ihr Herz brannte vor Mitleid. «Was wirst du tun, mein Geliebter?» Sie streichelte seine feuerrote Stirn.

«Ich weiß nicht», sagte er. «Es ist alles so furchtbar, als wollte ein Dolch meine Seele entzweischneiden.»

«Du bist jetzt ein Muslim», sagte Ben Abram. «Wirst du je zu deinen Ursprüngen zurückkehren können?»

«Würde dein Bruder glauben, dass du lebst, nachdem er dich so viele Jahre für tot gehalten hat?», fragte Yasmini.

«Und könntest du ihn noch umarmen, da er nun der erbitterte Feind deines Vaters ist, des Kalifen al-Malik, ein Feind deines Gottes und deines Volkes?», bohrte Ben Abram den Dolch noch tiefer in Dorians Herz.

Dorian hatte keine Antwort für sie. Er wandte sein Gesicht der ledernen Zeltwand zu und flüchtete sich in seine Krankheit. Yasmini wich ihm nicht von der Seite, während er immer wieder in Bewusstlosigkeit versank, gepeinigt vom Schmerz seiner Wunde und den Kräften, die sein Herz zu entzweien drohten.

Das Heer verharrte tagelang in dem Lager vor dem Pass, während der Scheich in seinem Zelt litt.

Unter Bashirs Kommando bargen sie die Verwundeten und bauten Unterstände für sie zwischen den hohen Bäumen; Ben Abram kümmerte sich um ihre Wunden. Sie begruben ihre Toten, doch die, die schon unter der Felsenlawine lagen, ließen sie dort ruhen. Sie reparierten die zerschmetterte Ausrüstung und schärften ihre Waffen. Dann warteten sie auf weitere Befehle, doch es kamen keine. Bashir al-Sind lief zornig durch das Lager und schrie jeden an, der seinen Weg kreuzte. Die Männer teilten seinen Zorn. Sie brannten auf eine Gelegenheit, ihre Kameraden zu rächen, die in der engen Schlucht umgekommen waren, doch ohne al-Salils Befehl konnten sie nichts tun.

Böse Gerüchte breiteten sich im Lager aus: Bashir wolle rebellieren und dem auf sein Lager gefesselten Scheich das Kommando entreißen, der Scheich sei längst tot oder er habe sich erholt und sich im Schutz der Nacht davongeschlichen und sie ihrem Schicksal überlassen.

Doch dann ging ein anderes, noch seltsameres Gerücht durch die Reihen der Krieger: Eine zweite große Expeditionsstreitmacht unter dem Kommando eines Prinzen des Königshauses von Oman sei auf dem Marsch von der Küste herauf, um zu ihnen zu stoßen. Einmal vereinigt würden die beiden Heere endlich die Verfolgung der Ungläubigen aufnehmen und sie in ihrem Schlupfwinkel niedermachen. Dieses Gerücht war erst wenige Stunden alt, als sie den dumpfen Donner ferner Kriegstrommeln hörten, zuerst so leise, dass viele meinten, es wäre ihr eigener Herzschlag. Die arabischen Soldaten drängten sich auf den Höhen und blickten über die Ebene hinaus, und schließlich hörten sie den Klang eines Widderhorns und sahen das prächtige Heer nahen, mit vielen hochrangigen Offizieren.

Sie versammelten sich gespannt, als diese Fremden in das Lager ritten. Der Offizier an der Spitze der Kohorte trug einen

Brustpanzer türkischen Stils und einen ebensolchen runden Pickelhelm mit seidenem Nackentuch. Diese prächtige Gestalt sprach nun vom Rücken seines Pferdes zu ihnen.

«Ich bin Prinz Ibn al-Malik Abubaker. Männer von Oman, tapfere Soldaten, ich bringe traurige Kunde. Abd Muhammad al-Malik, mein Vater und euer Kalif, liegt tot im Palast von Maskat, dahingerafft in der Blüte seines Lebens vom Schwert des schwarzen Engels.»

Die Männer stöhnten auf, denn die meisten von ihnen hatten in der Schlacht von Maskat gekämpft, um al-Malik auf den Elefantenthron zu setzen. Sie hatten ihren Kalifen geliebt. Sie sanken auf die Knie und riefen: «Möge Gott seiner Seele gnädig sein.»

Abubaker ließ sie für eine Weile ihre Trauer kundtun. Dann hob er seine behandschuhte Hand, um die Männer zum Schweigen zu bringen. «Soldaten des Kalifats! Ich bringe euch Grüße von eurem neuen Herrscher, Zayn al-Din, geliebter Erstgeborener des al-Malik, der neue Kalif von Oman. Er hat mich beauftragt, euch euren Treueschwur für ihn abzunehmen.»

Sie knieten in Reihen, mit Bashir al-Sind an der Spitze des Heeres, und schworen ihr Loyalitätsgelübde mit Allah als Zeugen. Bei Sonnenuntergang war die Zeremonie vorüber. Abubaker entließ die Soldaten und winkte Bashir zu sich.

«Wo ist dieser Feigling und Verräter al-Salil?», fragte er den Offizier. «Im Namen des Kalifen, führe mich zu ihm.»

Dorian hatte durch die Lederwand seines Zeltes gehört, wie Abubaker den Tod seines Adoptivvaters bekannt gab. Eine nach der anderen schienen die Säulen seines Lebens um ihn zusammenzustürzen. Er fühlte sich zu krank und schwach, all diese Schläge noch verkraften zu können.

Dann hörte er den Namen Zayn al-Din und die Nachricht von dessen Thronbesteigung in Maskat, und in diesem Augenblick begriff er, dass seine Lage noch schlimmer war, als er sich vorgestellt hatte. Mit größter Anstrengung überwand er die Trauer um seinen Vater und seine lähmenden Schmerzen. Er nahm Yasminis Hand und zog sie näher an sein Lager. Die Nachricht von al-Maliks Tod hatte sie erschüttert, wenn auch nicht so tief wie Dorian, da sie ihren Vater kaum gekannt hatte. Sie fasste sich schnell, als Dorian sie schüttelte. «Wir sind in großer Gefahr, Yassie. Wir sind nun beide vollkommen in Zayns Gewalt. Ich brauche nicht zu sagen, was das bedeutet. Kush war ein Heiliger im Vergleich zu unserem Bruder.»

«Wie sollen wir ihm entkommen, solange du dich nicht rühren kannst, Dowie? Was sollen wir tun?»

Er erklärte ihr leise, was sie zu tun hatte, und ließ sie jede Einzelheit wiederholen. «Ich würde dir einen Brief mitgeben, aber ich kann mit dieser Hand nicht schreiben. Meine Nachricht ist also mündlich. Du musst sie gut auswendig lernen, sonst wird man dir nicht glauben.»

Sie war ein kluges Kind, und selbst in ihrem verwirrten Zustand lernte sie alles im ersten Versuch, wenngleich sie Schwierigkeiten hatte, manche der Wörter zu betonen, die er sie lernen ließ.

«Das wird reichen. Er wird dich verstehen. Und jetzt geh!», befahl er ihr.

«Ich kann dich nicht verlassen, Herr!», flehte sie in panischer Angst.

«Abubaker wird dich erkennen, wenn er uns zusammen sieht. Wenn du ihm in die Klauen gerätst, wirst du nichts mehr für uns tun können.»

Sie küsste ihn zärtlich und voller Liebe. Dann wollte sie aufstehen und ihn verlassen, doch schon hörte sie schwere Schritte vor dem Zelt. Sie verkroch sich in einer Ecke und bedeckte Kopf und Schultern mit ihrem dicken Schal. Im nächsten Augenblick wurde die Zeltklappe aufgerissen und Bashir al-Sind trat ein. Ben Abram wollte ihm in den Weg treten und ihn nicht an das Bett lassen, wo Dorian lag.

«Al-Salil ist schwer verwundet und darf nicht gestört werden.»

Bashir schob ihn verächtlich beiseite. «General Abubaker, der Abgesandte des Kalifen, ist auf dem Weg!», warnte er Dorian. Seine Miene war kalt und drohend. Dorian war klar, dass er die Seiten gewechselt hatte und nicht mehr sein Freund und Verbündeter war.

Nach Bashir trat Abubaker in das Zelt und baute sich, die Hände in die Hüften gestemmt, vor Dorians Schlafmatte auf. «Der Verräter lebt also noch. Das ist gut, al-Salil, der du einmal al-Amhara warst, unser Spielkamerad in der Zenana von Lamu.» Er kicherte idiotisch. «Ich bin gekommen, dich zum Kalifen nach Maskat zu bringen, wo dich die Anklage des Hochverrats erwartet. Im Morgengrauen werden wir den Marsch zur Küste antreten.»

Wieder schaltete sich Ben Abram ein. «Edler Prinz, er darf nicht bewegt werden. Die Wunde ist gefährlich. Er würde den Marsch nicht überleben.»

Abubaker ging näher an das Bett heran und schaute auf Dorian hinab. «Eine Wunde, sagst du? Wie kann ich sicher sein, dass er sich nicht verstellt?»

Er griff blitzschnell nach unten und packte den Verband, der Dorians Brust bedeckte. Mit einem brutalen Ruck riss er ihn ab. Die frische Kruste blieb an der Baumwolle kleben. Dorian verkrampfte sich und zischte vor Schmerzen. Frisches Blut quoll aus der Wunde und lief ihm über die Brust. In ihrer Ecke wimmerte Yasmini vor Angst um Dorian, doch niemand beachtete sie. «Es ist nur ein Kratzer», gab Abubaker seine Meinung zum Besten, während er die Wunde betrachtete. «Das reicht nicht, einen Verräter vor dem Arm des Gesetzes zu schützen.» Er packte Dorian beim dichten, roten Schopf und zerrte ihn von seinem Lager. «Auf die Beine, du Verräterschwein.»

Er zog Dorian hoch. «Siehst du, Quacksalber, wie kräftig dein Patient schon ist? Er hat dich hinters Licht geführt. Es fehlt ihm überhaupt nichts.»

«Edler Prinz, er wird solche Behandlung nicht überleben, und erst recht nicht den langen Marsch zur Küste.»

«Ben Abram, du alter Tattergreis, wenn er stirbt, bevor wir das Meer erreichen, wird dich das den Kopf kosten. Lass es uns zu einem kleinen Wettkampf zwischen uns machen.» Er lächelte und zeigte alle seine schiefen Zähne. «Du tust dein Bestes, al-Salil am Leben zu halten, und ich für meinen Teil werde alles tun, ihn langsam umzubringen. Mal sehen, wer gewinnt.» Er warf Dorian auf seine Schlafmatte zurück und marschierte aus dem Zelt, gefolgt von Bashir.

Yasmini sprang auf und eilte zu Dorian. Mit schmerzverzerrtem Gesicht flüsterte er ihr ins Gesicht: «Geh schon, Frau, verschwende keinen weiteren Augenblick. Finde Batula und reite los.»

Tom und seine Männer erreichten Fort Providence nach einem dreitägigen Eilritt. Sofort nach ihrer Ankunft begannen sie mit den Vorbereitungen, die Siedlung abzubrechen. Aboli schickte Fundi und drei seiner Männer den Fluss hinauf, seine Familie zu holen. «Ich kann ohne sie nicht hier weg», eröffnete er Tom schlicht.

«Das hätte ich auch nicht von dir erwartet», entgegnete Tom, «aber sie müssen sich sputen. Die Muselmanen sind uns bestimmt schon auf den Fersen.»

Tom postierte Wachposten an allen Wegen zum Fort, sodass sie wenigstens gewarnt wären, wenn die Araber sich näherten. Dann machten sie sich eilig an die Arbeit, die *Centaurus* für die Fahrt den Lunga hinunter zu beladen. Sie holten die leichten Neunpfündergeschütze von der Palisade und setzten sie auf ihre Stafetten auf dem Oberdeck. Es gab kein Elfenbein einzuladen, doch sie trugen all die Tauschwaren wieder an Bord, die sie zu Beginn der Saison vom Kap der Guten Hoffnung mitgebracht hatten. Sarah packte ihre sämtlichen Schätze zusammen, Leinen und Porzellan, Töpfe und Pfannen, Medizin und Bücher, bis ihre kleine Kabine damit voll war. Tom stritt mit ihr über das Cembalo.

«Ich werde dir ein neues kaufen», versprach er, doch als sie dieses bestimmte Gesicht zog, wusste er, dass es zwecklos war. Widerwillig erlaubte er den Matrosen, es auf die *Centaurus* zu tragen und im Laderaum zu verstauen.

Allmählich wunderten sie sich, warum immer noch nichts von den Verfolgern aus dem Norden zu sehen war. So schickte Tom Aboli hinaus, um sich zu vergewissern, dass die Wachen nördlich des Lagers auf ihren Posten waren und die Augen offenhielten. Diese Ruhe war unnatürlich; sicherlich würden die Araber bald ihren Vergeltungsschlag führen.

Doch die Tage vergingen, und nichts geschah. Dann endlich kehrte Fundi aus dem Lozi-Land zurück. Er hatte zwei Einbaumkanus bei sich, in denen er Zete und Falla, die beiden Knaben Zama und Tula und zwei neue Babys mitbrachte. Sarah nahm sie alle unter ihre Fittiche. Tom setzte eine eilige Botschaft an Aboli ab, in der er ihn anhielt, die Wachen ins Fort zurückzuholen, da alles zur Abfahrt bereit war.

Zwei Tage darauf rief einer der Männer auf dem Wachturm der Siedlung: «Reiter aus dem Norden!»

Tom kletterte die Leiter hinauf, das Fernrohr in der Hand. «Wo?», fragte er. Der Wachposten zeigte mit dem Finger in die Richtung, und Tom hob das Teleskop vors Auge.

Sarah kam neben ihn geklettert. «Wo sind sie?», fragte sie besorgt.

«Es ist Aboli. Er hat die Wachen bei sich.» Er pfiff erleichtert durch die Zähne. «Und kein Zeichen von irgendwelchen Verfolgern. Es sieht so aus, als könnten wir kampflos hier hinauskommen. Das hätte ich nicht für möglich gehalten. Ich verstehe nicht, warum die Muselmanen uns so leicht entwischen lassen. Doch jetzt bring deine Gören an Bord. Wir werden flussabwärts verschwinden, sobald Aboli an Deck ist.»

Sie wollte schon wieder hinunterklettern, als er nochmals pfiff. «Aboli bringt offenbar zwei Fremdlinge mit, Araber, bei Gott. Wie es aussieht, sind es seine Gefangenen, denn Aboli hat sie gut verkordelt. Er hat sich wohl ein Paar feindliche Kundschafter eingefangen. Wahrscheinlich werden die uns erzählen können, wo ihre Hauptstreitmacht ist.»

Tom und Sarah erwarteten ihn, als Aboli seine Gefangenen an Bord der *Centaurus* brachte.

«Welch hübsche Fischlein du da im Netz hast, Aboli!», rief Tom. Er musterte die beiden gründlich. Nach ihrer Kleidung waren es Araber, der eine ein Krieger – allem Anschein nach ein gefährlicher Mann –, der andere ein schmächtiger Junge, ein hübscher Bursche mit großen, dunklen Augen, der vor Angst schlotterte.

«Ein eigenartiges Paar», sagte Tom schließlich.

Der Junge schien sich durch seinen gelassenen Ton ermutigt zu fühlen. «Effendi, du sprichst meine Sprache?», fragte er leise. Seine Stimme war süß und hell.

«Ja, Junge, ich spreche Arabisch.»

«Dein Name ist Tom?»

«Verdammt, du kleiner Strolch.» Tom runzelte die Stirn und trat drohend auf ihn zu. «Woher weißt du das?»

«Warte, Tom!», hielt Sarah ihn zurück. «Es ist ein Mädchen.»

Tom schaute noch einmal lange in Yasminis Gesicht, und dann lachte er. Er wischte ihr das Tuch vom Kopf, und langes, dunkles Haar floss ihr über die Schultern. «Tatsächlich! Und wie hübsch sie ist! Wer bist du?»

«Ich bin Prinzessin Yasmini. Ich bringe eine Botschaft von Dowie.»

«Von wem?»

«Von Dowie», wiederholte sie verzweifelt. «Dowie! Dowie!» Sie versuchte verschiedene Betonungen, doch Tom schüttelte nur verwirrt den Kopf.

«Ich glaube, sie versucht, ‹Dorry› zu sagen», mischte sich Sarah ein, und sofort erhellte sich das Gesicht des Mädchens voller Erleichterung.

«Ja! Ja! Dowie! Deinem Bruder!»

Toms Miene verfinsterte sich. «Willst du dich über mich lustig machen? Mein Bruder Dorry ist seit vielen Jahren tot! Was führst du im Schilde, du kleine Hexe? Ist dies eine Falle?», schrie er ihr ins Gesicht.

Ihre Augen füllten sich mit Tränen, doch sie riss sich zusammen und begann zu singen, erst zögernd, dann immer stetiger. Ihre Stimme war süß und klar, doch sie sang in dem Halbtremolo des Orients, das so fremd klingt in den Ohren eines Europäers. Die Melodie war verzerrt und die Worte eine Karikatur der englischen Sprache. Alle starrten sie verständnislos an.

Dann stieß Sarah plötzlich hervor: «Tom! Sie singt die ‹Frauen von Spanien›! Sie versucht, die ‹Frauen von Spanien› zu singen!» Sie lief zu dem Mädchen und schloss sie in ihre Arme. «Es muss also wahr sein. Dorian ist am Leben. Das Lied beweist, dass sie von ihm kommt.»

«Dorian! Ist das möglich? Wo ist er?» Tom packte Yasmini am Arm und schüttelte sie heftig. *«Wo ist mein Bruder?»*

So begann Yasmini ihre Geschichte zu erzählen, zuerst in einem wilden Wortschwall. Sie begann einen Satz, bevor sie den vorigen beendet hatte. Sie stolperte über die Worte, so eilig hatte sie es, alles zu sagen, was Dorian ihr aufgetragen hatte, und oft ließ sie etwas aus, sodass sie von neuem beginnen musste.

«Dorry braucht Hilfe.» Tom hatte das Wichtigste verstanden und wandte sich an Aboli. «Dorry ist am Leben, doch er ist verwundet und in höchster Not. Er hat das Mädchen geschickt, uns zu Hilfe zu holen.»

«Die Pferde sind noch gesattelt», sagte Aboli ruhig. «Wir können sofort losreiten.»

Tom drehte sich wieder zu Yasmini um, die immer noch ihre Geschichte plapperte, doch nur Sarah hörte ihr noch zu. «Genug, Kind!», fiel er ihr ins Wort. «Den Rest kannst du uns ein andermal erzählen. Kannst du uns zu Dorry bringen?»

«Ja», sagte sie eifrig, «Batula und ich können euch zu ihm führen.»

Tom beugte sich aus dem Sattel, um Sarah einen letzten, flüchtigen Kuss zu geben. Diesmal hatte sie nicht darauf bestanden, an der Expedition teilzunehmen. An diesem ungewöhnlichen Benehmen und ihrer Schweigsamkeit in letzter Zeit hätte Tom merken können, dass etwas in der Luft lag, doch er war so aufgeregt, dass ihn nichts Besonderes auffiel.

«Sorge dafür, dass Alf Wilson alle an Bord hält. Dort ist es am sichersten. Wenn wir zurückkommen, werden wir wahrscheinlich in größter Eile sein. Es könnte gut sein, dass uns halb Arabien auf den Fersen sein wird.» Er zog die Zügel stramm, riss den Kopf seines Pferdes hoch und schaute sich nach den anderen um.

Yasmini und Batula waren schon losgeritten und halb den ersten Hügel über dem Fluss Lunga hinauf. Luke und Aboli hingen zurück und warteten, dass Tom zu ihnen aufschloss. Alle waren als Araber verkleidet und hatten ein Ersatzpferd bei sich. Tom stieß seinem Pferd die Fersen in die Flanken und winkte Sarah zu, als das Tier unter ihm davonstob.

«Komme bald zurück, und bleibe gesund!», rief Sarah ihm nach, während sie sich mit einer Hand sanft den Bauch drückte.

Sie ritten drei Tage so schnell es ging, wechselten die Pferde stündlich und nutzten jeden Funken Licht zwischen Morgengrauen und der kurzen afrikanischen Abenddämmerung, und dann hatten sie endlich den arabischen Heerzug in Sicht.

Tom war die ganze Zeit neben Yasmini geritten. Sie hatten geredet, bis ihre Kehlen ausgetrocknet waren von Staub und Hitze. Sie hatte ihm alles erzählt, was Dorian erlebt hatte zwischen ihrer ersten Begegnung in der Zenana und Dorians Festnahme durch Abubaker vor wenigen Tagen. Diesmal war ihre Erzählung klar und zusammenhängend, voller Humor und Gefühl, sodass Tom manchmal vor Vergnügen auflachte und dann zu Tränen gerührt war. Sie zeigte ihm, welch ein Mann aus Dorian geworden war, und machte Tom damit stolz. Sie erzählte ihm auch von der Liebe zwischen Dorian und ihr und gewann Toms Zuneigung. Er war bezaubert von ihrem hübschen Lächeln und heiterem Wesen. «Jetzt bist du also meine kleine Schwester», lächelte er sie an.

«Das gefällt mir, Effendi», lächelte sie zurück. «Es macht mich sehr glücklich.»

«Wenn ich dein Bruder bin, musst du mich auch Tom nennen.»

Als sie darauf zu sprechen kam, wie er seinem eigenen Bruder fast das Schwert durchs Herz gestoßen hätte, war er voller Reue. «Er hat mir nie sein Gesicht gezeigt! Wie hätte ich es wissen können?»

«Er versteht, Tom. Er liebt dich.»

«Ich hätte euch fast beide getötet. Es war, als ob mir eine mächtige Hand in den Schwertarm gefallen wäre.»

«Gottes Wege sind wunderbar.»

Sie führte ihn durch das Labyrinth der omanischen Politik, erklärte, wie sie darin verstrickt worden waren und welche Folgen es für Dorian hatte, dass Zayn al-Din das Kalifat von Oman gewonnen hatte. «Und jetzt will ihn Abubaker nach Maskat bringen, um ihn dem Hass und der Rache Zayns auszuliefern», sagte sie schließlich, und Tränen flossen ihr über das staubbedeckte Gesicht.

Er beugte sich zu ihr und tätschelte ihr brüderlich den Arm. «Das wollen wir erst mal sehen, Yasmini. Bitte weine nicht.»

Sie fanden die breite, tiefe Spur des arabischen Heerzuges und machten Boden gut, bis sie endlich die Staubwolke über dem Wald vor sich sahen. Batula ritt voraus, während die anderen zurückblieben und den Einbruch der Dunkelheit abwarteten. Batula konnte sich unter die Massen verschleierter Reiter mischen, ohne aufzufallen oder Verdacht zu erregen.

Mit dem Sonnenuntergang kam er die Heerstraße zurückgeritten. «Gott sei gepriesen, al-Salil ist noch am Leben», waren seine ersten Worte. In Toms Ohren klang Dorians arabischer Name immer noch eigenartig. «Ich habe ihn von weitem gesehen, habe aber nicht versucht, mich ihm zu nähern. Sie ziehen ihn auf einer Schlepptrage hinter sich her.»

«Wie kräftig war er nach deinem Eindruck?», wollte Tom nun wissen.

«Er kann schon ein wenig laufen», antwortete Batula. «Ich habe gesehen, wie Ben Abram ihm von der Trage half und in das Zelt führte, wo sie ihn nun gefangen halten. Sein rechter Arm ist noch in einer Schlinge. Seine Bewegungen sind langsam und steif, wie ein alter Mann, doch er geht mit erhobenem Haupt. Er ist stärker als an dem Tag, als wir ihn verlassen haben.»

«Gott sei gepriesen», flüsterte Yasmini.

«Kannst du uns zu seinem Zelt führen, Batula?», fragte Tom.

Batula nickte. «Ja, aber er wird besonders bewacht.»

«Haben sie ihn in Ketten gelegt?»

«Nein, Effendi, sie glauben anscheinend, seine Wunde behindere ihn genug.»

«Wir werden ihn noch heute Nacht herausholen», beschloss Tom. Und dann legte er seinen Plan dar.

Sie näherten sich dem Lager mit dem Wind, sodass ihre Pferde nicht die der Araber witterten und ihnen zuwieherten. Sie ließen Yasmini zurück, die Tiere zu halten, und rückten zu Fuß zum Waldrand vor. In dem Lager herrschte ein Gewimmel und Gesumme wie in einem Bienennest. Die Luft war blau vom Rauch Hunderter kleiner Lagerfeuer. Pferdeknechte und Sklaven gingen ständig hin und her zwischen den Pferdeleinen und den Feuern, Männer verschwanden zwischen den Bäumen, um ihre Geschäfte zu erledigen, und kamen zu ihren Schlafmatten zurück. Die Köche trugen dampfende Reistöpfe durch das Lager und teilten das Abendessen aus. Es waren nur wenige Wachen aufgestellt, und niemand schien für Ordnung zu sorgen.

«Abubaker ist kein wirklicher Soldat», sagte Batula verächtlich. «Al-Salil würde einen solchen Mangel an Disziplin niemals zulassen.»

Tom schickte Batula als Ersten in das Lager. Die anderen folgten ihm einzeln in bestimmten Abständen, vermummt und verschleiert, die Waffen verborgen. Batula ging auf eine Mulde in der Mitte des Lagers zu, wo ein Lederzelt abseits von den anderen stand. Im Feuerschein sah Tom, dass man das Gebüsch dort nicht gelichtet hatte, doch um das Zelt herum waren mindestens drei Wachen postiert. Sie saßen auf dem Boden, die Waffen quer über den Schoß.

Batula setzte sich unter die spiraligen Äste eines Marulabaumes, hundert Schritte von dem Gefängniszelt entfernt. Die anderen kamen nach und nach herbeigeschlendert und setzten sich zu ihm. Sie breiteten ihre Gewänder um sich aus, sodass sie bald aussahen wie die omanischen Soldaten, die in kleinen Gruppen im Lager verstreut saßen und leise plaudernd Kaffee tranken und ihre Pfeifen teilten.

Plötzlich gab es Unruhe, als drei prächtig gekleidete Araber auf sie zumarschiert kamen, dicht gefolgt von ihren Leibwachen. Tom klopfte das Herz. Er war sicher, ihre Gegenwart war irgendwie aufgefallen, doch die Männer gingen dicht an ihnen vorbei auf das Zelt zu.

«Der mit dem blauen *Kaffiyeh* und der goldenen Kordel darum ist Prinz Abubaker, von dem ich euch erzählt habe», flüsterte Batula. «Die anderen beiden sind al-Sind und bin Tati, beides große Krieger und Verbündete des Abubaker.»

Tom beobachtete, wie die drei in das Zelt gingen, in dem sie Dorian gefangen hielten. Sie waren nah genug, dass sie die Stimmen durch die lederne Zeltwand hören konnten. Dann hörten sie einen Schlag und einen Schmerzensschrei. Tom wäre fast aufgesprungen, doch Aboli hielt ihn zurück. Sie hörten weiteres Gemurmel in dem Zelt; dann kam Abubaker heraus und schaute sich noch einmal um. «Halte ihn am Leben, Ben Abram, damit er einen längeren Tod erleiden kann.» Abubaker lachte und kam wieder so dicht an den Eindringlingen vorbei, dass Tom seinen Saum hätte berühren können.

«*Salam alaikum*, mächtiger Prinz», murmelte Tom, doch Abubaker schaute nicht einmal in seine Richtung und ging weiter zu seinem Zelt in der Mitte des Lagers.

Langsam wurde alles still. Die Stimmen erstarben, und die Männer an den Feuern wickelten sich in ihre Schals, während die Flammen langsam zu Asche niederbrannten. Tom und seine Männer legten sich neben das kleine Feuer, das Batula gebaut hatte, und bedeckten ihre Köpfe. Während die Feuer nacheinander verloschen, wurde die Finsternis immer tiefer. Tom beobachtete die Sterne, um das Zeitgefühl zu behalten, doch die Stunden verstrichen unendlich langsam. Nach einer Ewigkeit streckte er schließlich seine Hand aus und tippte Aboli auf den Rücken.

«Es ist so weit.» Er stand langsam auf und ging auf Dorians Zelt zu. Er hatte den Soldaten im Auge behalten, der hinter dem Zelt hockte. Er hatte gesehen, wie ihm der Kopf auf die Brust gesunken und mit einem Ruck wieder hochgeschnellt war, bevor er endgültig einschlief.

Tom schlich sich von hinten an, beugte sich über ihn und zog ihm seinen Pistolenlauf über die Schläfe. Er spürte, wie die dünne Knochenschicht unter seinem Hieb zerbrach, und der Mann sackte lautlos vornüber. Tom nahm seinen Platz ein, in genau derselben Position, mit der Muskete des Toten quer über dem Schoß. So wartete er eine unendlich lange Minute, um sicherzugehen, dass ihn niemand bemerkt hatte. Dann rutschte er im Sitzen langsam vor, bis er dicht hinter der Zeltrückwand war.

Er wusste nicht, ob sie eine Wache neben Dorians Bett postiert hatten. Er feuchtete sich die Lippen an, holte Atem und pfiff den ersten Takt der «Frauen von Spanien».

Etwas regte sich hinter der Lederwand, und dann hörte er eine unbekannte Stimme. Es war nicht die Stimme des kleinen Dorian, den er gekannt hatte. Es war die Stimme eines Mannes.

«Tom?»

«Ja, Junge. Ist es sicher da drinnen?»

«Nur Ben Abram und ich.»

Tom zog das Klappmesser aus seinem Gewand, und das Leder vor ihm teilte sich unter der Klinge. Eine Hand kam durch den Schlitz, schimmernd im Sternenschein. Tom ergriff sie und drückte sie, und dann zog Dorian ihn in das Zelt, wo sie sich auf Knien umarmten, Brust an Brust. Tom wollte etwas sagen, doch die Stimme versagte ihm. Er drückte Dorian fest an sich und holte noch einmal Luft. «Gott liebt dich, Dorian Courtney. Ich weiß nicht, was ich sagen soll.»

«Tom!» Mit seiner heilen Hand griff Dorian in die dichten, drahtigen Locken an Toms Hinterkopf. «Wie gut, dich zu sehen.» Die englischen Worte klangen fremd aus seinem Mund, und er begann zu weinen, überwältigt von Schwäche und unendlichem Glück.

«Hör auf damit, Dorry, sonst fange ich auch noch an zu heulen», sagte Tom und riss sich von Dorian los, um sich mit dem Arm über die Augen zu wischen. «Lass uns hier verschwinden, Junge. Wie schlimm ist die Wunde? Kannst du laufen, wenn Aboli dich stützt?»

«Aboli? Aboli ist hier bei dir?», fragte Dorian mit zitternder Stimme.

«Ich bin hier, Bomvu», brummte Aboli dicht neben seinem Ohr, «doch für all dies werden wir später noch Zeit haben.» Er zog den toten Soldaten durch den Schlitz in der Zeltwand. Tom und er rollten den Araber auf die Schlafmatte und legten Dorians Wolldecke über ihn. Inzwischen half Ben Abram Dorian in seinen Umhang und bedeckte die rot schimmernden Locken mit einem Turban.

«Geh mit Gott, al-Salil», flüsterte er, bevor er sich an Tom wandte. «Ich bin Ben Abram. Erinnerst du dich an mich?»

«Ich werde dich und das, was du für meinen Bruder getan hast, nie vergessen, alter Freund.» Tom ergriff seinen Arm. «Möge Gott dich mit seinen Segnungen überschütten.»

«Du hast deinen Schwur erfüllt», sagte Ben Abram leise. «Jetzt musst du mich fesseln und knebeln, sonst wird Abubaker seinen Zorn an mir auslassen, wenn er sieht, dass al-Salil verschwunden ist.»

Sie ließen Ben Abram in dicken Fesseln zurück und krochen mit Dorian nach hinten aus dem Zelt. Draußen halfen sie ihm auf die Beine und stützten ihn zwischen sich. So gingen sie langsam durch das schlafende Heerlager. Batula und Luke Jervis gingen voran, wie dunkle Geister zwischen den kalten Feuern hindurch. Ein Araber setzte sich auf und starrte sie an, als sie dicht an ihm vorbeigingen, doch er sagte nichts, ließ sich zu Boden sinken und zog sich wieder seinen Schal über den Kopf.

«Halte durch, Dorry», flüsterte Tom seinem Bruder ins Ohr, «wir sind fast draußen.» Bald erreichten sie den Waldrand und verschwanden zwischen den Bäumen. Tom hätte vor Erleichterung fast laut gejubelt, doch im selben Augenblick ertönte eine raue Stimme aus nächster Nähe und fragte auf Arabisch: «Wer seid ihr? Bleibt stehen, in Gottes Namen, und erklärt euch.»

Tom griff nach dem Schwert unter seinem Umhang, doch Dorian packte sein Handgelenk und antwortete in derselben Sprache: «Der Friede Allahs sei mit dir, mein Freund. Ich bin Mustafa von Muhaid. Die Ruhr verzehrt mich, und meine Freunde bringen mich zu einem stillen Ort in den Büschen.»

«Du bist nicht der Einzige, der so leidet, Mustafa. Die Krankheit wütet überall im Lager», sagte der Wachsoldat voller Mitgefühl. «Friede sei mit dir und hoffentlich mit deinen Gedärmen.»

Langsam gingen sie weiter. Plötzlich erschien Batula aus der Dunkelheit. «Hierher, Effendi», flüsterte er, «wir sind dicht bei den Pferden.»

Sie hörten Hufe stampfen, und wie aus dem Nichts zeichnete sich Yasminis zarte Gestalt in der Finsternis ab und kam auf Dorian zugelaufen. Sie umarmten sich und flüsterten sich Liebkosungen zu, bis Tom sie sanft voneinander trennte und Dorian zu dem stärksten Pferd führte. Aboli und Tom hoben ihn in den Sattel, wo er schwankend zu sitzen kam. Tom band Dorians Fußgelenke mit einer Lederschnur unter dem Bauch des Pferdes zusammen. Dann setzten sie Yasmini hinter ihn.

«Halte ihn fest, kleine Schwester», ermahnte Tom sie. «Lasse ihn nicht herunterrutschen.»

Tom stieg nun ebenfalls auf und nahm Dorians Zügel. «Führe uns heim, Aboli.» Er schaute durch das dünne Gehölz noch einmal zu dem stillen Lager zurück. «Sie werden uns höchstens ein paar Stunden Vorsprung gewähren. Danach werden sie hinter uns herkommen wie ein Hornissenschwarm.»

Sie mussten den Pferden grausam zusetzen. Schon auf dem Weg von Fort Providence waren sie scharf geritten worden, fast ohne Ruhepause oder Zeit zum Grasen, außer während der kurzen Nachtrasten. Die gleiche Behandlung erlitten sie nun auf dem Rückritt. Am Mittag war es glühend heiß, und die Entfernungen zwischen den Wasserstellen waren groß. Der harte, steinige Boden zerfetzte ihnen die Hufe.

Das erste Pferd verloren sie nach kaum zwanzig Meilen. Es war das Ross, das Dorian und Yasmini getragen hatte. Es wurde lahm in allen vier Füßen und konnte kaum noch weiterhinken. Tom ließ es laufen, obwohl er sicher war, dass es noch in der nächsten Nacht den Löwen und Hyänen zum Opfer fallen würde. Sie setzten Dorian auf eines der Ersatzpferde und ritten in unvermindertem Tempo weiter. Bis zum dritten Tag hatten sie alle Reservepferde verbraucht und hatten nur noch die, die sie schon ritten. Als sie nach einer kurzen Mittagsrast an einem lehmigen Wasserloch wieder aufsteigen wollten, sagte Aboli ruhig: «Die Musketen werden uns nichts nützen gegen eine Armee, und ihr Gewicht bringt die Pferde um.»

So ließen sie ihre Gewehre und Pulverflakons zurück, zusammen mit dem Blei und allem Gepäck. Sie behielten nur ihre Messer und Schwerter sowie die Wasserbeutel. Doch Tom wandte den anderen den Rücken zu, damit niemand sah, was er tat, und steckte sich eine der geladenen Pistolen unter das Hemd.

Es war eine doppelläufige Waffe. Von Yasminis Erzählungen wusste er, welches Schicksal ihr und Dorian bevorstand, wenn die Araber sie einholen würden. Die Pistole war für die beiden – ein Lauf für sie, einer für ihn. «Gott, gib mir die Kraft, wenn es dazu kommt», betete er im Stillen.

Trotz der erheblich leichteren Last verloren sie am selben Tag noch zwei Pferde. Luke, Aboli und Tom liefen abwechselnd neben den Reitern her und hielten sich an den Steigriemen fest, um mit dem mörderischen Marschtempo Schritt zu halten.

Am Abend sahen sie zum ersten Mal den arabischen Verfolgerzug. Sie überquerten eine der vielen Hügellinien, die dieses wilde Land durchzogen. Als Tom sich umschaute, sah er die Staubwolke vielleicht drei Seemeilen hinter sich.

Sie rasteten in jener Nacht eine Stunde, bevor sie im Sternenschein weiterzogen, geleitet vom Leuchtfeuer des großen Kreuzes im Sternbild Centaurus. Trotz dieses langen Nachtmarsches und obwohl die Araber ihre Pferde ebenso verbrauchten wie sie, mussten sie am nächsten Morgen entdecken, dass sich der Abstand zu den Verfolgern nicht vergrößert hatte. Kurz nach Sonnenaufgang sahen sie, wie die Staubwolke sich blutrot über den Horizont erhob, immer noch nur drei Seemeilen hinter ihnen.

Während der Nachtmärsche verlor selbst Aboli jedes Gefühl für die Entfernung, die sie zurückgelegt hatten, und für ihre genaue Position in dieser Wildnis aus Wäldern und felsigem Hügelland. Eines Abends überquerten sie wieder einen Hügelkamm und hofften den glitzernden Lauf des Lunga vor sich zu sehen, doch stattdessen erhob sich eine weitere grüne Hügellinie vor ihnen. Sie mühten sich durch das Tal davor, die Pferde am Rande des Zusammenbruchs und die Menschen fast am Ende ihrer Kräfte. Selbst Aboli litt und hatte Mühe, das Hinken zu verbergen, das die gezerrten Bänder in einem Knie ihm verursachten. Sein Gesicht war ausgetrocknet und grau vom Staub; alle Feuchtigkeit war aus ihm herausgeschwitzt. Dorian war abgehärmt, fast ein Skelett unter seinem dicken Gewand. Durch den schmutzigen Verband über seiner Wunde sickerte frisches Blut. Yasmini war ebenfalls fast am Ende, versuchte aber dennoch, ihn im Sattel zu halten. Das letzte Pferd taumelte unter dem Gewicht der beiden.

Dicht unter dem Kamm der nächsten Hügelkette stürzte es schließlich. Es fiel um, als wäre es von einer Musketenkugel ins Hirn getroffen worden. Tom schnitt die Schnur durch, die Dorians Knöchel zusammenband, und zog ihn unter dem toten Tier hervor.

«Von hier aus geht es zu Fuß weiter, Junge. Kannst du laufen?», fragte er Dorian.

Dorian versuchte zu lächeln. «Ich werde so lange weitergehen wie du.» Doch als Tom ihn anheben wollte, gaben Dorians Knie unter ihm nach, und er sackte auf den steinigen Boden.

Dicht hinter ihnen erhob sich die rote Staubwolke über dem Tal, das sie gerade durchquert hatten. Schnell hackten sie eine kurze Stange zurecht. Tom und Aboli nahmen jeder ein Ende davon und setzten Dorian in die Mitte. Dorian legte ihnen seine Arme über die Schultern, und sie trugen ihn zwischen sich den Hang in das nächste Tal hinunter.

In der Nacht rasteten sie mehrmals für wenige Minuten, bevor sie Dorian wieder auf seine Stange setzten und loshumpelten, bis sie keinen Schritt mehr tun konnten und sich für die nächste Rast zu Boden sinken ließen. Sie brauchten die ganze Nacht, um durch dieses weite Tal zu kommen. Sie konnten nur hoffen, dass die Dunkelheit die Verfolger aufgehalten hatte, dass sie ihrer Spur während der Nacht nicht folgen konnten.

Im Morgengrauen mühten sie sich die Steigung auf der anderen Seite des Tals hinauf. Als sie sich umblickten, waren die Araber so nah, dass sie ihre Lanzenspitzen im ersten Licht funkeln sahen.

«Sie haben den Abstand halbiert», keuchte Tom, als sie Dorian für die nächste Rast absetzten. «Bei dem Tempo, in dem wir vorankommen, werden sie uns in einer Stunde eingeholt haben.»

«Lasst mich hier, Tom», flüsterte Dorian. «Rettet euch.»

«Bist du verrückt?», rief Tom. «Das letzte Mal, als ich dir den Rücken gekehrt habe, bist du für Jahre verschwunden. Das riskiere ich nicht noch einmal.»

Sie wuchteten ihn hoch und gingen weiter. Yasmini ging einige Schritte vor ihnen. Ihre Ledersandalen waren zerfetzt, und ihre Fersen bluteten, wo die Blasen aufgeplatzt waren. Sie stürzte, bevor sie den Kamm erreichten. Sie kroch zum nächsten Baum und versuchte, sich daran hochzuziehen, doch sie war schon zu schwach, um noch einmal auf die Beine zu kommen.

«Luke, nimm hier meinen Platz ein! Batula, hilf ihm!» Tom übergab ihnen sein Ende der Tragestange und ging zu Yasmini, die leise schluchzend vor dem Baum saß.

«Ich bin eine dumme, schwache Frau», weinte sie, als er sich über sie beugte.

«Ja», stimmte er zu, «aber du bist viel zu hübsch, als dass wir dich hier lassen könnten.» Er hob sie hoch, und obwohl sie zerbrechlich und leicht wie ein Vogel war, schmerzte ihn jeder Muskel in Rücken und Schultern von der Anstrengung. Er hielt sie vor seine Brust und stählte sich für den nächsten Schritt bergauf.

Weit hinter sich hörte er einen Schrei. Er schaute über seine Schulter. Die Vorausreiter des arabischen Verfolgerzuges waren am Fuß des Hanges angekommen, den sie gerade erklommen. Einer hob seine Büchse, und Pulverdampf schoss aus dem langen Lauf. Eine Sekunde später hörte Tom den fernen Knall, doch sie waren immer noch sicher außer Reichweite, und die Kugel konnte ihnen nichts anhaben.

«Wir sind fast oben», rief Tom so fröhlich, wie er nur konnte. «Strengt euch noch einmal richtig an, Burschen.» Und dann fand er sich auf dem Gipfel des Hügels, blind vor Schweiß. Er wusste, er konnte nicht mehr weiter. Er setzte Yasmini auf dem Boden ab und wischte sich den Schweiß aus den Augen, doch seine Sicht war immer noch verschwommen, und seine Augen brannten wie Feuer. Mühsam richtete er sich auf, blickte zu den anderen zurück und sah, dass auch sie am Ende waren. Selbst Aboli hatte alle seiner Riesenkräfte verbraucht. Er schaffte kaum den letzten Schritt auf den Hügelkamm.

Hier werden wir also sterben, dachte Tom. Ich habe immer noch das blaue Schwert und werde ihnen einen ordentlichen Kampf liefern, und dann habe ich die Pistole für Yasmini und Dorian. Er kramte unter seinem Hemd und betastete den Kolben.

Plötzlich stand Aboli neben ihm und rüttelte ihn am Arm, unfähig zu sprechen. Er deutete in das Tal vor ihnen. Für einen Augenblick dachte Tom, es wäre nur eine Fata Morgana, doch dann begriff er, dass das Licht, das ihm so in den Augen brannte, die Sonne war, die sich auf der Breite des Flusses Lunga spiegelte, und dass die *Centaurus* direkt unter ihnen am Ufer lag. Sie waren so nah an ihrem Ziel, dass er die Leute auf Deck erkennen konnte, winzige Gestalten.

Tom spürte, wie wieder Kraft in seine Beine floss. Er zog die Pistole unter seinem Hemd hervor und feuerte beide Kugeln in die Luft. Plötzlich kam Bewegung in die Menschen auf dem Schiff, und Tom sah die Linse eines Fernrohrs aufblitzen, das sich auf sie richtete. Er winkte mit beiden Armen, und Alf Wilson winkte zurück.

Tom drehte sich um und schaute hinter sich. Die arabischen Reiter kamen im Galopp den Hang herauf und waren schon auf halber Höhe. Ohne ein weiteres Wort nahm er Yasmini wieder auf seine Arme und stürzte sich den Abhang zum Fluss hinunter. Die Schwerkraft bekam seine Beine in die Gewalt, und er kam kaum hinter ihnen her. Jeder Schritt, jeder Sprung erschütterte sein Rückgrat. Er hörte, wie Aboli und die anderen hinter ihm herkamen, doch er konnte sich nicht umschauen; er brauchte all seine Kraft und Konzentration, sich auf den Beinen zu halten. Yasmini schloss vor Angst die Augen und umschlang ihn zugleich mit beiden Armen.

Plötzlich hörte er einen Ruf hinter sich, gefolgt von einer Musketensalve. Die Araber hatten den Kamm erreicht. Eine Kugel schlug ein Stück Rinde von einem Baum dicht neben Tom. Er vermochte das Tempo nicht mehr durchzuhalten, konnte aber, mit Yasminis Gewicht vor sich, auch nicht anhalten. Ein Bein gab unter ihm nach, und er stürzte. Er und das Mädchen rollten in einem Knäuel den Hang hinab, bis sie gegen einen Felsblock rutschten und benommen liegen blieben.

Aboli kam an ihnen vorbei, mit Dorian auf dem Rücken; Batula und Luke Jervis versuchten, mit ihm Schritt zu halten. Auch Aboli hatte die Kontrolle über seine Beine verloren. Er konnte nicht stehen bleiben und Tom helfen, doch Luke packte Toms Arm und zog ihn hoch, während Batula Yasmini ergriff und auf wackligen Beinen die nächsten Schritte bergab versuchte.

Hinter ihnen donnerten die Hufe der Araberhengste. Die Verfolger trieben ihre Rösser den Hang hinab hinter den Flüchtenden her. Tom konnte schon das Triumphlächeln in ihren dunklen Gesichtern sehen. Und dann hörte er Sarahs Stimme. «Tom! Wir kommen!»

Er wirbelte herum und sah sie auf einem Braunen geradewegs den Hügel heraufkommen, in vollem Galopp und mit zwei Ersatzpferden an der Leine. Alf Wilson war eine Länge hinter ihr; auch er hatte zwei Pferde bei sich. Sarah zügelte ihren Hengst neben Tom, der Yasmini aus Batulas Armen nahm und das Leichtgewicht geradezu vor Sarahs Sattel warf. Sarah packte sie und verhinderte, dass sie auf der anderen Seite herunterrutschte.

«Reite los!», keuchte Tom. «Bringe sie hier heraus!»

Ohne ein Wort warf sie ihm die Zügel der Ersatzpferde zu und ritt zum Fluss hinunter, wobei Yasmini vor ihr auf und ab hüpfte wie ein nasser Sack.

Tom ließ ein Pferd für Luke und Batula zurück und schwang sich auf den Rücken des anderen. Er schloss schnell zu Aboli auf und nahm ihm den blutenden, geschundenen Dorian vom Rücken. «Nimm ein Pferd von Alf!», rief er Aboli im Vorbeireiten zu, bevor er Sarah den Hang hinab folgte. Er hörte arabisches Geheul und trommelnde Hufe hinter sich, doch er konnte sich nicht umschauen, da er alle Hände voll zu tun hatte, Dorian festzuhalten. Bald erkannte er zu seiner Verzweiflung, dass er ihn nicht mehr halten konnte, doch da war Aboli schon neben ihm, beugte sich zu ihm herüber und schob Dorian aufrecht, sodass Tom ihn um die Schultern zu fassen bekam.

Als sie auf dem ebenen Uferstreifen ankamen, ritten Tom und Aboli Knie an Knie, dicht hinter Sarah mit Yasmini vor dem Sattel. Danach kamen Alf, Batula und Luke, und die hatten die arabische Kavallerie auf den Fersen. Sie holten immer mehr auf und lehnten sich schon mit ihren langen Lanzen aus dem Sattel.

Sarah zauderte keine Sekunde, als sie den Fluss erreichte, und trieb ihren Hengst hemmungslos weiter. Er sprang über das hohe Ufer hinaus, platschte ins Wasser und tauchte bis über den Kopf unter. Tom und Aboli folgten ihr ins Wasser, ohne den Galopp ihrer Pferde zu bremsen. Die anderen sprangen fast auf sie. Als sie wieder auftauchten, schwammen sie neben den schnaubenden Tieren in den Fluss hinaus, wo die *Centaurus* auf sie wartete.

Die Araber zügelten ihre Pferde am Ufer und versuchten, ihre Büchsen aus den Köchern zu ziehen, während ihre Pferde sich aufbäumten und im Kreise drehten. Die erste Schrapnellladung aus einem der Neunpfünder der *Centaurus* hämmerte auf sie ein, und die Hälfte des Trupps fiel in einem blutigen Gewirr aus Menschen und Tieren. Der Rest stob in Panik davon, wieder den Hang hinauf, wo die zweite Breitseite von der *Centaurus* die Bäume um sie herum zerschmetterte.

Die schwimmenden Pferde kamen schließlich längsseits, und die Matrosen zogen die Reiter an Bord. Sobald er an Deck war, lief Tom auf Sarah zu und umarmte sie. «Wenn es drauf ankommt, bist du mir zehn Männer wert, meine Schöne.» Dann löste er sich von ihr und hielt sie vor sich. «Dorian ist schwer verwundet. Er wird all deine Pflege benötigen. Yasmini ist auch nicht gerade in guter Verfassung. Kümmere dich um die beiden, während ich das Schiff hier wegbringe.»

Er trat ans Steuerrad und blickte die Takelage hinauf. Alf Wilson hatte alles tipptopp vorbereitet. Sie waren auslaufbereit.

«Wenn ich bitten darf, Mr. Wilson, würdet Ihr uns bitte flussabwärts bringen?», lautete sein Befehl. Dann ging Tom zu Aboli. «Wir werden die Pferde brauchen, das Schiff durch die Untiefen zu schleppen. Bringe sie ans Südufer, wo die Muselmanen sie nicht erreichen können. Du solltest in der Lage sein, mit dem Schiff Schritt zu halten.»

Aboli rief seine Söhne Zama und Tula zu sich. «Jetzt habe ich richtige Männerarbeit für euch. Kommt mit.» Sie folgten ihm über die Seite des Schiffes und halfen ihm, die Pferde zusammenzutreiben.

Tom spürte, wie das Schiff unter ihm zum Leben erwachte und in die Strömung einschwenkte. Die Ufer begannen an ihnen vorbeizufliegen. Als er zur Südseite schaute, sah er, dass Aboli und seine Jungen die Pferde zu einer kompakten Herde formiert hatten und sie im Trab das Ufer entlangtrieben.

Er drehte sich eben noch rechtzeitig nach Norden um, um die Vorhut der arabischen Hauptarmee über die Hügel kommen und in einem dichten Strom glitzernder Panzer, Lanzen und Musketenläufe auf das Ufer zureiten zu sehen. Tom riss Alf Wilson das Fernrohr aus der Hand und richtete es auf die Spitze des vorrückenden Zuges. Er erkannte Abubakers türkischen Helm und daneben al-Sinds gelben Turban. «Ich glaube, diese Ehrengarde wird uns den ganzen Fluss hinunter begleiten», sagte er finster. «Bis wir in den Untiefen sind, können sie uns zum Glück nicht viel anhaben.»

Bevor sie das Meer erreichen würden, hatten sie die Stelle zu überwinden, wo der Fluss breiter und seichter wurde und die Strömung auf den Ozean zu fast zum Stillstand kam. Die Sandbänke dort änderten oft ihre Lage und Tiefe. Beim gegenwärtigen Pegelstand hätte die *Centaurus* kaum genug Wasser unter dem Kiel, um über diese Untiefen hinwegzukommen. Tom rechnete damit, dass Abubaker und al-Sind ihnen dorthin folgen und sie in Schwierigkeiten bringen würden, sobald das Schiff nicht mehr vorankäme.

Ihm blieben nur wenige Stunden, bevor sie diesen tückischen Abschnitt erreichen würden, und so setzte er jeden Mann darauf an, die Vorbereitungen zu treffen, damit sie das Schiff über die Sand- und Kiesbänke bringen und es verteidigen konnten.

Tom nahm sich einen Augenblick Zeit, die Kabine zu besuchen, wo Sarah Dorian und Yasmini untergebracht hatte. Zu seiner Erleichterung lag sein Bruder ruhig auf der kleinen Koje. Sarah hatte den Verband gewechselt und nickte Tom zu, um ihn wissen zu lassen, dass alles in Ordnung war. Yasmini hatte sich so weit erholt, dass sie Sarah helfen konnte, und nun fütterte sie Dorian mit Suppe aus einer Zinnschale. Tom verbrachte nur eine Minute bei ihnen, bevor er wieder an Deck eilte.

Das Erste, was er sah, als er über die Süll blickte, war die lange Reihe omanischer Kavallerie, die sie auf dem Nordufer verfolgte.

«Das sind mindestens fünfhundert», schätzte er.

Alf Wilson war derselben Ansicht. «Genug, um uns in offenem Gefecht einigen Ärger zu bereiten, Captain.»

«Dazu lassen wir es besser nicht kommen», lächelte Tom zuversichtlicher, als er eigentlich war. «Wann werden wir in die Untiefen kommen?»

«Bei diesem Tempo in zwei Stunden.»

«Also gut. Wir müssen das Schiff erleichtern. Werft alles über Bord, was wir für diese Reise nicht unbedingt benötigen», befahl er. Dann senkte er seine Stimme, damit Sarah in ihrer Kabine ihn nicht hören konnte: «Vielleicht fangt ihr am besten mit diesem Cembalo an.»

Stück um Stück platschte die Fracht ins Wasser. Dem Cembalo folgten die Ballen Tauschware, die im Kielwasser schaukelten, während das Schiff schnell auf diese Sandbänke zutrieb. Auch die meisten Pulverfässer und sämtliche Eisenkugeln gingen über Bord: Tom behielt gerade genug Pulver und Schrapnell für eine Stunde schwerer Kämpfe.

«Lasst die Hälfte des Wassers aus den Fässern ab. Lasst gerade genug übrig, dass wir es mit Notrationen bis zum Kap schaffen», rief Tom seinen Männern zu. Für die Frauen und Kinder würde das nicht einfach werden – doch immer noch viel besser, als von den Omanern gefangen genommen zu werden, tröstete er sich.

Während die Mannschaft fieberhaft arbeitete, behielt Tom die arabische Kavallerie im Auge. In den Stromschnellen konnte sich die *Centaurus* von den Verfolgern absetzen, doch als die Strömung gegen Mittag langsamer wurde und die Segel träge im launischen Wind flatterten, gewannen die Araber wieder allen Boden, den sie verloren hatten.

Tom lud eine der Heckkanonen mit einer doppelten Ladung Pulver und einem Hut voll Schrapnell. Er feuerte, sobald die Spitze des Heerzuges gerade in Reichweite war. Zwar wurde nicht viel Schaden angerichtet, doch wenigstens fielen die Araber auf einen respektvollen Abstand zurück.

Aboli und seine beiden Jungen, die die Pferde das Südufer entlangführten, kamen gut voran. Die Herde war ausgeruht und stark, während die arabischen Pferde nach der langen Verfolgungsjagd sicherlich müde waren und sich kaum mit ihnen messen konnten.

Schließlich erreichten sie die letzten Stromschnellen, wo sie das Schiff zwischen hässlichen schwarzen Felsen hindurchmanövrieren mussten, und dann verlor der Fluss alle Kraft und Schnelligkeit, und sie trieben auf das Stück zu, wo die Sandbänke mit ihren gelben Buckeln die Strömung fast zum Stillstand brachten.

«Setzt die Frauen und Kinder in die Langboote», befahl Tom. «Jedes Pfund Gewicht kann entscheidend sein.»

Dorian war zu schwach, als dass Tom ihn an Land schicken konnte, und Yasmini blieb an Bord, um sich um ihn zu kümmern. Sarah übernahm das Steuerrad, damit sie einen Mann mehr für die Schwerstarbeit des Bugsierens hatten. Alle anderen Passagiere wurden ans Südufer gebracht und Abolis Obhut überlassen. Anschließend kam das Langboot zurück und wurde bereitgehalten, das Schiff weiterzuschleppen, falls sie auf Grund laufen sollten.

Tom stand am Steuerrad. Gespannte Stille lag über der kleinen *Centaurus*, während sie auf die erste Biegung zutrieben, wo sie den Flussboden durch das klare, grüne Wasser sehen konnten. Die arabischen Reiter schienen ihre Gelegenheit kommen zu sehen und schlossen eilig auf. Tom schaute zu ihnen hinüber, doch obwohl sie gut in Reichweite waren, war er zu beschäftigt, um auch noch die kleinen Geschütze bedienen zu können.

Die *Centaurus* glitt problemlos in die Biegung und Tom seufzte erleichtert. Doch plötzlich stockte und ruckte das Schiff unter seinen Füßen, als sie den Grund berührten. Sie kam jedoch wieder frei und glitt weiter über den grünen Fluss.

«Das war knapp», schnaufte Tom.

Die nächste Biegung lag vor ihnen und die Fahrt wurde immer langsamer. Die Araber waren einen halben Musketenschuss hinter ihnen und kamen nun in Schlachtordnung das flache, sandige Nordufer herunter, mit funkelnden Lanzen und wehenden Kopftüchern.

Erneut lief der Kiel der *Centaurus* auf Sand, doch diesmal kam sie so plötzlich zum Stehen, dass es die Besatzung fast auf die Planken warf. Tom musste sich am Kompasshäuschen festhalten, um nicht umzufallen. Die *Centaurus* saß gründlich fest.

«Boote abstoßen!», rief Tom, und alle Mann an Bord sprangen in die Langboote. «Halte das Ruder gerade!», rief er Sarah zu, bevor er ebenfalls in eines der Boote kletterte.

Die Steuermänner im Heck der beiden Langboote schnappten sich die Enden der langen Schleppseile und machten sie fest. Dann pullten die Ruderer mit ganzer Kraft, die Boote schossen vor der *Centaurus* davon, und die Seile spannten sich. Alle mühten sich an den langen Riemen und versuchten so, ihr Schiff aus dem klebrigen Sand zu ziehen.

Aboli trieb sein Pferd ins Wasser und fing das Ende des langen Seiles, das Sarah ihm zuwarf. Dann schwamm er mit dem Ross ans Südufer zurück, ließ es das Ufer erklettern und machte das Ende des Seiles an dem Gespann fest, das er aus den übrigen Pferden zusammengestellt hatte.

«Ja, ja! Zieht!» Er ließ die Peitsche über ihren Rücken knallen und die Tiere legten sich mit ihrem ganzen Gewicht ins Zeug.

Knirschend rutschte die *Centaurus* ein Stück über Kies und Sand, doch dann saß sie wieder fest. Die arabischen Reiter am Nordufer fielen in Galopp und nahmen im Vorstürmen ihre Positionen ein. Als sie auf gleicher Höhe mit dem gestrandeten Schiff waren, riss die erste Angriffsreihe ihre Pferde herum, und die Soldaten brachten ihre Lanzen in Stellung. In einem Vorhang aus Sprühwasser stoben sie in den Fluss, direkt auf die Männer in den Langbooten zu.

Das Wasser reichte den Pferden zuerst bis zum Bauch und dann bis zu den Schultern. Die führenden Pferde schwammen inzwischen, doch die Reiter hatten immer noch ihre Lanzen erhoben und umkreisten das erste Boot wie ein Rudel Haie einen sterbenden Wal.

Die Matrosen feuerten zuerst ihre Pistolen auf die Araber ab, dann standen sie auf und hielten sie sich mit den langen Rudern vom Leib, doch das Boot schaukelte heftig und musste bald kentern unter der schieren Masse des Ansturms.

Bald ging die nächste Reihe von Reitern in Angriffsposition, eine dichte Menge am Rand des Sandufers. Abubaker war in der Mitte dieser Angriffsreihe, mit glänzendem Kürass und Pickelhelm. Er hob den Krummsäbel und führte seine Reiter voran, zuerst in Trab, dann in leichtem Galopp und schließlich in wildem Tempo.

Sarah konnte das Steuerrad nicht verlassen. Über den Bug sah sie die Langboote von paddelnden Pferden und Menschen eingekreist. Tom stand im Heck, das blaue Schwert in der Hand, und hackte nach den Köpfen der Araber im Wasser. Manche der Soldaten versuchten, mit ihren Krummsäbeln die Schleppleine zu kappen. Andere warfen sich mit dem Gewicht ihrer Pferde gegen das Boot, das dadurch so weit in Schräglage kam, dass es bald Wasser fassen und sinken würde.

Abubakers Schwadron stürmte in den Fluss, und selbst Sarah sah nun, dass es bald vorbei sein würde. Sie war hilflos, konnte nicht eingreifen. Sie hatte noch nicht bemerkt, dass Dorian sich aus seiner Kabine geschleppt hatte. Auf Yasmini gestützt hoppelte er mit schmerzverzerrtem Gesicht zur nächsten Kanone. Dort packte er den Marlspieker, um den schwarzen Stummellauf herumzuschwenken, und dann nahm er die rauchende Dauerlunte aus dem Sandeimer und drückte das Ende auf das Zündloch des Geschützes.

Die Kanone flog in die Seile, und ein Schrapnellsturm traf die erste Reihe der arabischen Angreifer, als sie gerade am Wasser waren. Yasmini klammerte sich an die Reling und starrte zum Ufer. Sie sah, wie eine der zwei Unzen schweren Bleikugeln Abubaker voll in den Mund traf. Die Zähne explodierten zwischen seinen Lippen in einer glitzernden Splitterwolke; dann brach die Kugel den Kieferknochen und trat hinten aus seinem Kopf aus. Der Pickelhelm flog ihm vom zertrümmerten Schädel und wirbelte durch die Luft.

Die Männer um ihn herum wurden aus ihren Sätteln gerissen, und die Reihe wich rasch vom Wasser zurück. Dorian taumelte indes zur nächsten Kanone und richtete sie auf sein Ziel ein. Die Reiter sahen, wie die Kanonenmündung sich auf sie richtete, und stoben in Panik davon. Die summende Schrapnellwolke erwischte sie von der Seite, und ein Dutzend Pferde gingen zu Boden. Innerhalb von Sekunden sah sich die arabische Kavallerie in vollkommenes Chaos gestürzt. Sie alle hatten gesehen, wie General Abubaker der Kopf abgeschossen worden war, und nun lag Bashir al-Sinds Pferd tot unter seinem Reiter. Sie verloren den Geschmack an dieser Schlacht. Die Reihen brachen auf, und die Reiter suchten schleunigst das Weite, um nicht Opfer der nächsten vernichtenden Schrapnellladung zu werden.

Yasmini ergriff Dorians Arm, als er auf dem Weg zur nächsten Kanone beinahe stürzte. Als er sie abfeuerte, ließ der Rückstoß die *Centaurus* leicht nach Backbord krängen, und sie begann, zäh über den Sand zu rutschen. Die Araber um die Langboote sahen ihre Kameraden am Ufer davonpreschen und wendeten nun ebenfalls ihre Pferde zum Rückzug.

«Pullt! Pullt, bis euch die Därme platzen!», schrie Tom seine Männer an, und sie legten sich wieder in die Riemen. Die *Centaurus* rutschte noch ein Stück nach vorn und blieb wieder liegen. Dorian feuerte noch eine Kanone ab, und als das Schiff ins Schaukeln kam, trieb Aboli die Pferde zu letzter Anstrengung. Langsam und widerwillig ließ sich die *Centaurus* über den Sand ziehen und trieb schließlich frei im tiefen Fahrwasser jenseits der Sandbank.

«Zurück an Bord!», brüllte Tom triumphierend. «Bringt die Frauen und Kinder wieder an Bord!»

Aboli lud seine Frauen und Kinder in das Langboot, sobald es das Ufer berührte. Er befreite die Pferde von ihrem Zaumzeug und schickte sie mit einem Klaps in den Wald. Dann sprang er über das Schandeck des Bootes, und die Männer ruderten, so schnell sie konnten, hinter der *Centaurus* her, die inzwischen zügig den Fluss hinabtrieb.

«Von hier aus haben wir freie Bahn bis zur Mündung», sagte Aboli, als er neben Tom hinter das Steuerrad trat. Sie blickten zu der demoralisierten arabischen Streitmacht zurück, die keine Anstalten zu machen schien, sich neu zu formieren und die Verfolgung wieder aufzunehmen.

«Lasst die Männer ruhen, Mr. Wilson. Und gebt ihnen für ihre Mühen eine doppelte Ration Rum.»

Alf Wilson tippte sich an die Mütze. «Verzeihung, Captain, aber Ihr habt das Rumfass flussaufwärts über Bord werfen lassen. Möchtet Ihr, dass ich das Schiff wende und wir zurückfahren?» Seine Stimme war ernst, doch seine Lippen zuckten.

«Ich glaube, dann müssen die Männer wohl warten, bis wir am Kap der Guten Hoffnung sind», antwortete Tom in ebenso ernstem Ton.

Tom stand an der Heckreling, als die *Centaurus* auf das offene Meer segelte und der afrikanische Kontinent langsam in der Nacht versank. Neben sich hörte er leichte Schritte auf den Planken. Er streckte den Arm aus und zog Sarah vor sich, sodass sich ihr Rücken an seine Brust drückte. Er drückte sie fest an sich und beugte sich über ihre Schulter, um ihr Ohr zu küssen. Sie schauderte wohlig, als sein Bart ihren Nacken kitzelte. «Dorry möchte dich sehen», sagte sie.

«Ich gehe gleich zu ihm», antwortete er, ohne sich von der Stelle zu rühren.

Nach einer Weile fragte sie: «Was wird jetzt geschehen, Tom?»

«Ich weiß es nicht, Liebes. Als Nächstes geht es zum Kap der Guten Hoffnung, und danach komme, was kommen mag.»

«Nur eines ist sicher: Ich werde eine kleine Überraschung für dich haben, wenn wir am Kap ankommen.»

«Ach ja?» Er klang neugierig. «Und was wird das sein?»

«Wenn ich es dir erzähle, ist es keine Überraschung mehr.» Sie fasste hinter sich, nahm seine beiden Hände und legte sie sich fest auf den Bauch. Er brauchte einen Augenblick, bevor er verstand. Dann lachte er vor Freude. «Jesus, Sarah Courtney! Ich weiß nicht, was ich sagen soll!»

Sie wusste, dass seine Freude nicht größer sein konnte. «Dann sei doch still, du grober Klotz, und gib mir stattdessen einen Kuss.»